MIA & KORUM

La Trilogia Completa Sulle Cronache dei Krinar

ANNA ZAIRES

♠ Mozaika Publications ♠

Pubblicato da Mozaika Publications, stampato da Mozaika LLC.
www.mozaikallc.com

Copertina di Najla Qamber Designs
www.najlaqamberdesigns.com

e-ISBN: 978-1-63142-504-2
ISBN: 978-1-63142-505-9

RELAZIONI INTIME

Le Cronache dei Krinar: Volume 1

PROLOGO

Cinque Anni Prima

"Signor Presidente, la stanno tutti aspettando."

Il Presidente degli Stati Uniti d'America alzò lo sguardo, con fare stanco, e chiuse la cartellina sulla scrivania. Aveva dormito male nell'ultima settimana, con la mente occupata dalla situazione sempre peggiore del Medio Oriente e dalla continua debolezza dell'economia. Sebbene nessun presidente avesse mai avuto vita facile, sembrava che il suo mandato fosse stato segnato da un compito impossibile dopo l'altro, e lo stress quotidiano cominciava a incidere sulla sua salute. Annotò mentalmente di farsi visitare dal medico entro la settimana. Il Paese non aveva bisogno di un presidente malato e sfinito, tra tutti gli altri problemi.

Alzandosi, l'uomo uscì dallo Studio Ovale e si diresse verso la Sala Operativa. Era stato informato poco prima del fatto che la NASA aveva individuato qualcosa di insolito. Aveva sperato che non fosse altro che un satellite vagante, ma non sembrava quello il caso, vista l'urgenza con cui il Consigliere della Sicurezza Nazionale aveva chiesto la sua presenza.

Entrando nella sala, salutò i consiglieri e si sedette, in attesa di saperne di più sulla necessità dell'incontro.

Il Segretario della Difesa parlò per primo. "Signor Presidente, abbiamo scoperto qualcosa di strano nell'orbita della Terra. Non sappiamo di cosa si tratti, ma crediamo che possa essere una minaccia." Fece un cenno verso le immagini visualizzate su uno dei sei schermi piatti sulle pareti della sala. "Come può vedere, l'oggetto in questione è grande, più grande di uno qualsiasi dei nostri satelliti, ma sembra essere venuto fuori dal nulla. Non abbiamo visto nulla che venisse lanciato da un punto qualsiasi del globo e non abbiamo rilevato nulla che si avvicinasse alla Terra. È come se l'oggetto fosse apparso semplicemente qui qualche ora fa."

Lo schermo mostrò diverse immagini di un turbine scuro su uno sfondo buio e stellato.

"Che cosa potrebbe essere secondo la NASA?" chiese il Presidente con calma, cercando di riflettere sulle possibilità. Se i cinesi avessero inventato una nuova tecnologia satellitare, loro l'avrebbero già saputo, e il programma spaziale russo non era più quello di un tempo. La presenza dell'oggetto non aveva alcun senso.

"Non lo sanno" rispose il Consigliere della Sicurezza Nazionale. "Non hanno mai visto una cosa simile."

"La NASA non si è nemmeno sbilanciata con qualche ipotesi?"

"Sanno che non è un corpo celeste."

Quindi, doveva essere stato creato dall'uomo. Perplesso, il Presidente fissò le immagini, rifiutando persino di contemplare l'idea che gli era appena venuta in mente. Voltandosi verso il Consigliere, chiese: "Abbiamo contattato i cinesi? Non sanno niente al riguardo?"

Il Consigliere aprì la bocca, pronto a rispondere, quando apparve un improvviso lampo di luce. Momentaneamente abbagliato, il Presidente sbatté le palpebre per schiarirsi la vista—e rimase paralizzato dallo shock.

Davanti allo schermo che il Presidente stava guardando, c'era un uomo. Alto e muscoloso, aveva i capelli neri e gli occhi scuri, con la carnagione olivastra in contrasto con il colore bianco del suo completo. Sembrava calmo, rilassato, come se non avesse appena invaso il luogo sacro del governo degli Stati Uniti.

Gli Agenti del Servizio Segreto furono i primi a reagire, gridando e sparando all'intruso in preda al panico. Prima che il Presidente potesse riflettere, si ritrovò contro il muro, con due agenti che formarono uno scudo umano davanti a lui.

"Non ce n'è bisogno" disse l'intruso, con voce profonda e roca. "Non ho intenzione di fare del male al vostro Presidente—e se lo volessi, non potreste farci niente." Parlava un perfetto inglese americano, senza nemmeno un lieve accento. Nonostante i colpi di arma da fuoco che l'avevano raggiunto, sembrava assolutamente illeso, e il Presidente vide i proiettili sul pavimento davanti all'uomo.

Solo gli anni di esperienza di una grande crisi dopo l'altra permisero al Presidente di fare quello che fece dopo. "Chi sei?" chiese con voce ferma, ignorando il terrore e l'adrenalina che gli scorrevano nelle vene.

L'intruso sorrise. "Mi chiamo Arus. Abbiamo deciso che è giunto il momento che la nostra specie conosca la vostra."

CAPITOLO UNO

L'aria era frizzante e fresca, mentre Mia camminava velocemente lungo un sentiero tortuoso di Central Park. I segni della primavera erano dappertutto, dai piccoli germogli sugli alberi ancora spogli alla proliferazione di tate intente a godersi la prima giornata calda con i loro bambini indisciplinati.

Era strano quanto fosse cambiato tutto negli ultimi anni, e quanto al contempo fosse rimasto tutto uguale. Se qualcuno dieci anni fa avesse chiesto a Mia come sarebbe stata secondo lei la vita dopo un'invasione aliena, tutto questo sarebbe stato lontanissimo dalla sua immaginazione. *Independence Day, La guerra dei mondi*—nessuno di questi film si avvicinava alla realtà dell'incontro con una civiltà più avanzata. Non c'era stata alcuna guerra, nessuna resistenza di alcun tipo a livello governativo—perché *loro* non l'avevano permesso. Col senno di poi, quei film erano sembrati davvero stupidi. Armi nucleari, satelliti, aerei da combattimento—quelli erano poco più che rocce e bastoni per un'antica civiltà in grado di attraversare l'universo più velocemente della luce.

Scorgendo una panchina libera lungo il lago, Mia si diresse allegramente in quella direzione, con le spalle che sentivano la fatica dovuta allo zaino contenente il grande computer portatile vecchio di dodici anni e i libri cartacei. A ventun anni, a volte si sentiva anziana, arretrata rispetto al nuovo mondo dei tablet sottili e dei cellulari integrati negli orologi da polso. Il ritmo del progresso tecnologico non era rallentato dal K-Day; anzi, molti nuovi gadget erano stati influenzati da ciò che avevano i Krinar. Non che i K avessero condiviso alcune loro tecnologie preziose; il loro piccolo esperimento doveva continuare ininterrottamente.

Aprendo la zip dello zaino, Mia tirò fuori il vecchio Mac. Era pesante e lento, ma funzionava—ed essendo una studentessa disagiata, la ragazza non poteva permettersi niente di meglio. Effettuando l'accesso, aprì un documento Word e si preparò ad iniziare il complesso processo di scrittura del saggio di Sociologia.

Dopo dieci minuti ed esattamente zero parole, si fermò. Chi voleva prendere in giro? Se avesse davvero voluto scrivere quel dannato saggio, non sarebbe mai andata al parco. Per quanto fosse allettante l'idea di fingere di poter godere dell'aria fresca ed essere produttiva al tempo stesso, le due cose non erano mai state compatibili nella sua esperienza. Una vecchia biblioteca sarebbe stata molto meglio per qualsiasi attività che avesse richiesto quel genere di esercizio mentale.

Imprecando tra sé e sé per la pigrizia, Mia sospirò e cominciò a guardarsi intorno. Osservare la gente a New York l'aveva sempre divertita.

La scena era familiare, con il solito senzatetto che occupava una panchina vicina—grazie a Dio non la più vicina a lei, dal momento che sembrava potesse emanare un pessimo odore—e due tate che parlavano tra loro in spagnolo, mentre spingevano i bimbi avanti e indietro nel passeggino, ad un ritmo rilassato. Una ragazza correva su un sentiero poco più avanti, con le sue brillanti Reebok rosa in netto contrasto con i leggings blu. Lo sguardo di Mia seguì la jogger che svoltò dietro l'angolo, invidiandone la buona forma fisica. I suoi orari frenetici le lasciavano poco tempo per esercitarsi, e dubitava che sarebbe riuscita a tenere il passo della ragazza anche solo per un chilometro.

A destra, si vedeva il Bow Bridge sul lago. Un uomo era appoggiato alla ringhiera, tutto preso a guardare l'acqua. Dava le spalle a Mia, quindi lei poteva vederne solo una parte del profilo. Tuttavia, qualcosa di lui attirò la sua attenzione.

Non sapeva cosa. Era decisamente alto e sembrava robusto sotto il cappotto apparentemente costoso che indossava, ma non era quello il motivo. Gli uomini alti e belli erano comuni nella New York invasa dai modelli. No, c'era dell'altro. Forse il portamento—molto rigido, senza movimenti supplementari. Aveva i capelli scuri e lucenti sotto il sole luminoso del pomeriggio, abbastanza lunghi nella parte anteriore da muoversi leggermente nella calda brezza primaverile.

Ed era solo.

Le cose stavano così, si rese conto Mia. Il ponte, normalmente popolare e pittoresco, era completamente deserto, a parte l'uomo su di esso. Tutti sembravano evitarlo per qualche sconosciuta ragione. Infatti, a parte lei e il suo vicino senzatetto probabilmente puzzolente, l'intera fila di panchine nella posizione altamente desiderabile del lungolago era vuota.

Come se percepisse lo sguardo su di lui, l'oggetto dell'attenzione di Mia ruotò lentamente la testa e la guardò. Prima che il suo cervello cosciente potesse riflettere, il sangue della ragazza si trasformò in ghiaccio, lasciandola paralizzata e impossibilitata a fare qualunque cosa, tranne fissare il predatore che sembrava esaminarla con interesse.

Respira, Mia, respira. Una vocina razionale ripeteva quelle parole in qualche parte della sua mente. Quella stessa parte stranamente obiettiva notò la simmetrica struttura del viso dell'uomo, con la pelle dorata ben tesa sugli zigomi e la mascella marcata. Le foto e i video dei K che aveva visto non rendevano loro giustizia. A non più di dieci metri di distanza, quella creatura era semplicemente straordinaria.

Mentre continuava a fissarlo, ancora bloccata, lui si raddrizzò e cominciò a camminare verso di lei. O, più che altro, a braccarla, pensò Mia stupidamente, dato che ogni suo movimento le ricordava una tigre della giungla che si avvicina sinuosamente ad una gazzella. Per tutto il tempo, non le staccò gli occhi di dosso. Man mano che si avvicinava, la ragazza distinse singole striature gialle nei suoi occhi dorati e le folte ciglia che li incorniciavano.

Lo guardò sedersi sulla panchina con incredulità, a meno di un metro da lei, e sorrise, mostrando i denti bianchi. Non aveva zanne, realizzò Mia con una parte funzionante del cervello. Nemmeno un accenno. Quello doveva essere un altro mito su di loro, come la presunta avversione per il sole.

"Come ti chiami?" le chiese la creatura. La sua voce era bassa e rilassante, senza il minimo accento. Dilatò leggermente le narici, come per inebriarsi del suo profumo.

"Uhm..." Mia deglutì nervosamente. "M-Mia."

"Mia" ripeté lui lentamente, come se volesse assaporare quel nome. "Mia come?"

"Mia Stalis." Oh cazzo, perché voleva sapere il suo cognome? Perché era lì a parlarle? In generale, che cosa stava facendo a Central Park, lontano da uno dei Centri K? *Respira, Mia, respira.*

"Rilassati, Mia Stalis." Il suo sorriso si allargò, mostrando una fossetta sulla guancia sinistra. Un K con la fossetta? "Non avevi mai incontrato uno di noi prima d'ora?"

"No." Mia respirò forte, realizzando che stava trattenendo il fiato. Era orgogliosa che non le tremasse la voce. Avrebbe dovuto chiederglielo? Voleva saperlo?

Raccolse il coraggio. "Che cosa, uhm—" Deglutì un'altra volta. "Che cosa vuoi da me?"

"Per ora, conversare." Sembrava essere sul punto di riderle in faccia, con quegli occhi dorati socchiusi leggermente agli angoli.

Stranamente, quello la infastidì abbastanza da farle superare la paura. Se c'era una cosa che Mia detestava, era che qualcuno le ridesse in faccia. Con la sua statura bassa, esile e una generale mancanza di abilità sociali derivante da una difficile fase adolescenziale vissuta con l'incubo di ogni ragazza dell'apparecchio dei denti, i capelli crespi e gli occhiali, Mia aveva provato fin troppe volte la sensazione di essere l'oggetto di scherno della gente.

Sollevò il mento con fare belligerante. "Bene, *tu* come ti chiami invece?"

"Korum."

"Solo Korum?"

"In realtà non abbiamo cognomi, non come voi. Il mio nome completo è molto più lungo, ma non riusciresti a pronunciarlo se te lo dicessi."

Interessante. Ricordava di aver letto qualcosa del genere sul *New York Times*. Finora, tutto bene. Le gambe avevano quasi smesso di tremare e il respiro stava tornando alla normalità. Forse ne sarebbe uscita viva. Quella conversazione sembrava abbastanza tranquilla, anche se il modo in cui continuava a fissarla con quegli occhi giallognoli che non sbattevano mai le palpebre era inquietante. Decise di continuare a farlo parlare.

"Che cosa ci fai qui, Korum?"

"Te l'ho appena detto, sto facendo conversazione con te, Mia." C'era di nuovo un lieve accenno di risata nella sua voce.

Frustrata, Mia sospirò. "Voglio dire, che cosa ci fai qui a Central Park? A New York in generale?"

Korum sorrise ancora, piegando leggermente la testa di lato. "Forse speravo di incontrare una bella ragazza con i capelli ricci."

Bene, aveva davvero oltrepassato il limite. Chiaramente la stava prendendo in giro. Ora che riusciva a riflettere un po' di più, si rese conto che erano al centro di Central Park, davanti a migliaia di spettatori. Si guardò intorno con fare sospettoso per riceverne la conferma. Sì, proprio così; anche se le persone naturalmente evitavano la sua panchina e quella dell'altro occupante, c'era una serie di anime coraggiose che li guardava lungo il loro sentiero. Una coppia li stava addirittura riprendendo con le telecamere da polso. Se il K avesse provato a farle qualcosa, sarebbe finito su YouTube in un batter d'occhio, e sicuramente lui lo sapeva. Tuttavia, non era detto che gliene importasse.

Comunque, partendo dal presupposto che non aveva mai visto un video sulle aggressioni di K alle studentesse universitarie nel bel mezzo di Central Park e che doveva essere piuttosto al sicuro, Mia prese con cautela il portatile e lo sollevò per rimetterlo nello zaino.

"Lascia che ti aiuti, Mia—"

E prima che potesse fare qualcosa, lo sentì prenderle il pesante portatile dalle dita improvvisamente molli, sfiorandole delicatamente le nocche. A quel tocco, una sensazione simile a una leggera scossa elettrica la attraversò, facendole fremere le terminazioni nervose.

Allungandosi verso il suo zaino, le mise con attenzione il portatile all'interno con un movimento disinvolto e sinuoso. "Ecco fatto, tutto a posto."

Oh Dio, l'aveva toccata. Forse la sua teoria sulla sicurezza nei luoghi pubblici era falsa. Sentì il suo respiro accelerare di nuovo, e la frequenza cardiaca probabilmente era in zona anaerobica a quel punto.

"Devo andare ora... Ciao!"

Non capendo come, riuscì a pronunciare quelle parole senza andare in iperventilazione. Afferrando la cinghia dello zaino che lui aveva appena posato, saltò in piedi, notando con qualche parte funzionante della mente che la sua paralisi precedente era scomparsa.

"Ciao, Mia. Ci vediamo dopo." La sua voce derisoria si insinuò nell'aria fresca della primavera, mentre lei andò via, quasi correndo per la fretta di allontanarsi.

"*D*annazione! Sputa il rospo! Dici sul serio? Dimmi che cos'è successo, e non tralasciare i dettagli!" La sua coinquilina stava quasi saltando su e giù dall'emozione.

"Te l'ho detto... Ho conosciuto un K nel parco." Mia si strofinò le tempie, sentendo la morsa della tensione intorno alla testa lasciata dalla precedente overdose di adrenalina. "Si è seduto sulla panchina accanto alla mia e mi ha parlato per qualche minuto. Poi gli ho detto che dovevo andarmene e sono corsa via."

"Davvero? Che cosa voleva?"

"Non lo so. Gliel'ho chiesto, ma ha detto che voleva solo parlare."

"Sì, certo, e gli asini possono volare." Jessie era sprezzante su quell'argomento, proprio come lo era stata Mia. "No, seriamente, non ha cercato di bere il tuo sangue o qualcosa del genere?"

"No, non ha fatto niente." Tranne sfiorarle la mano. "Mi ha solo chiesto quale fosse il mio nome e mi ha detto il suo."

Gli occhi di Jessie ora somigliavano a grandi piattini marroni. "Ti ha detto il suo nome? Qual è?"

"Korum."

"Naturalmente, Korum il K, ha perfettamente senso." Il senso dell'umorismo di Jessie veniva fuori nei momenti più strani. Risero entrambe davanti alla ridicolaggine di quell'affermazione.

"Hai capito subito che era un K? Che aspetto aveva?" Riprendendosi, Jessie continuò con le domande.

"Sì." Mia ripensò a quel primo momento in cui lo vide. Come l'aveva capito? Dai suoi occhi? O da qualcosa di istintivo dentro di lei che le permetteva di riconoscere un predatore quando ne vedeva uno? "Penso che forse avesse a che fare con il modo in cui si muoveva. È difficile da descrivere. Era decisamente inumano. Somigliava molto ai K che si vedono in TV—era alto, bello e gli occhi avevano un aspetto strano—sembravano quasi gialli."

"Wow, non posso crederci." Jessie stava camminando in cerchio per la stanza. "Come ti ha parlato? Che voce aveva?"

Mia sospirò. "La prossima volta in cui mi ritroverò nel parco insieme ad un extraterrestre, mi assicurerò di avere un dispositivo di registrazione a portata di mano."

"Oh, andiamo, come se tu non saresti curiosa al posto mio."

Vero, Jessie aveva ragione. Sospirando di nuovo, Mia raccontò tutti i dettagli del suo incontro alla compagna di stanza, tralasciando solo quel breve istante in cui la mano di Korum aveva sfiorato la sua. Per qualche strana ragione, quel tocco—e la sua reazione ad esso—le era sembrato intimo.

"E così, l'hai salutato, e lui ti ha detto 'ci vediamo dopo?' Oh mio Dio, sai che cosa significa?" Invece di soddisfare Jessie, quella dettagliata storia sembrò emozionarla. Stava quasi rimbalzando sulle pareti.

"No, che cosa?" Mia si sentiva stanca e sfinita. Quello le ricordava la sensazione dopo un colloquio o un esame, quando tutto quello che voleva era dare al suo povero cervello esausto la possibilità di rilassarsi. Forse non avrebbe dovuto dire a Jessie dell'incontro fino all'indomani, quando avrebbe potuto rilassarsi un po'.

"Vuole rivederti!"

"Che cosa? Perché?" La stanchezza di Mia scomparve all'improvviso, rimpiazzata dall'adrenalina. "È solo un modo di dire! Sono certa che non intendesse nulla con quello—l'inglese non è nemmeno la sua prima lingua! Perché dovrebbe avere voglia di rivedermi?"

"Beh, hai detto che ti trovava carina—"

"No, ho detto che *lui* ha detto di essere lì per incontrare 'una bella ragazza con i capelli ricci'. Mi stava solo prendendo in giro. Sono sicura che si stesse solo divertendo con me... Probabilmente era annoiato, così ha deciso di avvicinarsi e parlarmi. Perché un K dovrebbe essere interessato a me?" Mia rivolse uno sguardo sprezzante allo specchio, vedendo i suoi Ugg di due anni, i jeans consumati e un maglione troppo grande che aveva acquistato a saldo al Century 21.

"Mia, te l'ho detto, sottovaluti costantemente il tuo fascino." Jessie sembrava seria, come tutte le volte in cui cercava di accrescere l'autostima di Mia. "Sei molto carina, con quella folta massa di capelli ricci. Inoltre, hai degli occhi davvero graziosi—è molto insolito avere gli occhi azzurri con capelli neri come i tuoi—"

"Oh, per favore, Jessie." Mia alzò gli occhi. "Sono certa che essere *carina* non sia sufficiente per un bellissimo K. E poi, tu sei una mia amica—devi dirmi cose belle."

Secondo Mia, era Jessie la bella nella stanza. Con la sua costituzione atletica e le curve al punto giusto, i lunghi capelli neri e la carnagione dorata, Jessie era la fantasia di ogni ragazzo—soprattutto di chi amava le ragazze asiatiche. Un'ex cheerleader della scuola superiore, la sua coinquilina degli ultimi tre anni aveva anche la personalità estroversa abbinata al piacevole aspetto esteriore. Come avessero fatto a diventare amiche così intime era un mistero per Mia, dato che le sue abilità sociali a diciotto anni erano praticamente inesistenti.

Ripensando a quel periodo, Mia ricordò come si sentisse persa e sconvolta arrivando nella grande città dopo aver trascorso tutta la vita in una piccola cittadina della Florida. L'Università di New York era la migliore scuola in cui potesse essere accettata, e il suo pacchetto di aiuti finanziari si rivelò essere generoso, rendendo i suoi genitori molto felici. Tuttavia, Mia stessa non era stata affatto entusiasta di frequentare la scuola di una grande città senza un vero e proprio campus. Entrando nel competitivo processo di candidatura all'università, aveva fatto domanda alle quindici scuole migliori, solo per affrontare numerosi rifiuti e inadeguate offerte di aiuti finanziari. La NYU era sembrata l'alternativa migliore. Le scuole locali della Florida non erano state nemmeno considerate dai genitori di Mia, a causa delle voci secondo cui i K avrebbero creato un Centro in Florida, e i suoi genitori la volevano lontana da lì, se fosse successo. Non successe—l'Arizona e il Nuovo Messico finirono per essere i luoghi preferiti dai K negli Stati Uniti. Tuttavia, a quel punto era troppo tardi. Mia aveva iniziato il secondo semestre alla NYU, aveva conosciuto Jessie, e lentamente si era innamorata di New York e di tutto quello che aveva da offrire.

Era divertente il modo in cui stavano andando le cose. Solo cinque anni prima, la maggior parte delle persone pensavano di essere gli unici esseri intelligenti dell'universo. Certo, c'erano sempre stati i tossici convinti di aver avvistato degli UFO, e c'erano state anche cose come il SETI—importanti sforzi finanziati dal governo per esplorare la possibilità della vita extraterrestre. Ma la gente non aveva modo di sapere se qualche tipo di vita—o almeno degli organismi monocellulari— esistesse su altri pianeti. Di conseguenza, la maggior parte aveva creduto che gli esseri umani fossero speciali e unici, che l'homo sapiens fosse il culmine dello sviluppo evolutivo. Ora sembrava tutto così sciocco, come quando le persone nel Medioevo pensavano che la Terra fosse piatta e che la luna e le stelle girassero intorno ad essa. Quando i Krinar arrivarono nella seconda decade del ventunesimo secolo, essi sovvertirono tutto ciò che gli scienziati credevano di sapere sulla vita e le sue origini.

"Te lo ripeto, Mia, credo che tu gli sia piaciuta!" La voce insistente di Jessie interruppe le sue riflessioni.

Sospirando, Mia rivolse l'attenzione alla coinquilina. "Ne dubito fortemente. E poi, anche ammesso che sia come dici tu, che cosa potrebbe volere da me? Siamo di due specie diverse. Il solo pensiero che io possa piacergli è semplicemente spaventoso... Che cosa potrebbe volere da me, il mio sangue?"

"Beh, non lo sappiamo per certo. Quella è solo una diceria. Ufficialmente, non è mai stato annunciato che i K bevano sangue." Per qualche strana ragione, Jessie sembrava speranzosa. Forse la vita sociale di Mia era così scarsa agli occhi della sua compagna di stanza che era desiderosa che lei frequentasse qualcuno, chiunque—a prescindere dalla specie.

"È una diceria a cui credono molte persone. Sono certa che ci sia un fondo di verità. Sono vampiri, Jessie. Forse non i Dracula della leggenda, ma tutti sanno che sono dei predatori. Ecco perché hanno stabilito i loro Centri in zone isolate... in modo da poter fare tutto quello che vogliono, senza che nessuno lo venga a sapere."

"Va bene, va bene." Con l'euforia ridotta, Jessie si sedette sul letto. "Hai ragione, sarebbe molto spaventoso se avesse davvero intenzione di rivederti. È solo che è divertente a volte fingere che siano semplicemente degli splendidi esseri umani provenienti dallo spazio, e non una specie misteriosa completamente diversa."

"Lo so. Era incredibilmente bello." Le due ragazze si scambiarono un'occhiata di intesa. "Se solo fosse umano..."

"Sei troppo esigente, Mia. Te l'ho sempre detto." Scuotendo la testa per un finto rimprovero, Jessie utilizzò un tono di voce più serio. Mia la guardò, incredula, ed entrambe scoppiarono a ridere.

Quella notte, Mia non riuscì a dormire, con la mente che continuava a rivivere l'incontro più e più volte. Ogni volta che sembrava sul punto di addormentarsi, vedeva quegli occhi color ambra e sentiva quel tocco elettrizzante sulla pelle. Con grande imbarazzo, la sua mente inconscia andava ben oltre, e Mia sognò lui che le toccava la mano. Nel sogno, il suo tocco le provocava brividi in tutto il corpo, scaldandola dall'interno—poi le faceva scivolare la mano lungo il braccio, afferrandole la spalla e portandola verso di lui, ipnotizzandola con lo sguardo, prima di baciarla. Con il cuore che le batteva forte, Mia chiudeva gli occhi e si appoggiava a lui, sentendo le sue morbide labbra che la sfioravano, inviandole ondate di calde sensazioni in tutto il corpo.

Svegliandosi, Mia sentì il cuore martellarle nel petto e il calore addensarsi tra le gambe. Erano le cinque del mattino e aveva dormito a stento nelle ultime cinque ore. Dannazione, perché un breve incontro con un alieno aveva avuto quelle conseguenze su di lei? Forse Jessie aveva ragione, e aveva bisogno di uscire di più, di frequentare altri ragazzi. Negli ultimi tre anni, grazie al sostegno di Jessie, Mia si era tolta di dosso gran parte della vecchia timidezza. Per il diploma, i genitori le avevano regalato la chirurgia laser agli occhi, e il suo sorriso post-apparecchio dentale era bello e luminoso. Ora si sentiva a proprio agio andando ad una festa in cui conosceva almeno alcune persone, e riusciva addirittura a ballare dopo aver bevuto un numero sufficiente di shottini. Ma per qualche motivo, il mondo delle frequentazioni continuava a sfuggirle. I pochi appuntamenti a cui si era presentata negli ultimi mesi erano stati deludenti, e non ricordava l'ultima volta che avesse baciato davvero un ragazzo. Forse era stato quel bel ragazzo che studiava biologia lo scorso anno? Mia non era mai riuscita a concludere le cose con nessuno degli uomini che aveva conosciuto, e stava diventando imbarazzante ammettere che era ancora vergine a ventun anni.

Per fortuna, lei e Jessie non condividevano più la stanza, dopo aver trovato una camera che poteva essere modificata in un appartamento con due camere da letto ad un affitto ragionevole (per gli standard di NYC) di soli 2.380 dollari. Avere una propria camera significava poter disporre di un livello di libertà e privacy molto utile in situazioni come quella.

Accendendo la lampada sul comodino, Mia si guardò intorno nella stanza, accertandosi che la porta della camera fosse chiusa ermeticamente. Raggiungendo il cassetto, prese un involucro normalmente nascosto sul retro, dietro la crema per il viso, la lozione per le mani e un flaconcino di Advil. Aprendo attentamente l'involucro, tirò fuori il piccolo vibratore che le aveva regalato sua sorella maggiore. Marisa gliel'aveva donato per il diploma con la scherzosa ammonizione di utilizzarlo ogni volta che ne "sentiva il bisogno" e "di tenersi alla larga da quei ragazzi universitari arrapati della grande città." Mia era arrossita e aveva riso, ma quel regalo si era rivelato molto utile. In alcuni momenti passati al buio della notte, quando la solitudine si faceva sentire, Mia giocava con il dispositivo, esplorando gradualmente il proprio corpo e scoprendo come fosse un vero orgasmo.

Premendo il piccolo oggetto sul punto sensibile tra le gambe, Mia chiuse gli occhi e rivisse le sensazioni suscitate dal sogno. Aumentando gradualmente la velocità della vibrazione sul giocattolo, si abbandonò alla fantasia, immaginando le mani del K sul suo corpo e le labbra che la baciavano, accarezzandola e toccandola in zone sensibili e proibite, fin quando la profonda tensione all'interno del ventre non crebbe ed esplose, scaldandola fino alle dita dei piedi.

La mattina seguente, Mia si svegliò con un cielo grigio e coperto. Raggiungendo il telefono per controllare il tempo, gemette. Il novanta percento di possibilità di pioggia con temperature intorno ai quaranta gradi. Proprio ciò di cui aveva bisogno per dedicarsi al saggio di Sociologia. Beh, forse ce l'avrebbe fatta a raggiungere la biblioteca prima che avesse iniziato a piovere.

Saltando giù dal letto, si avvicinò alla sua tuta più comoda, composta da una maglietta a maniche lunghe e da un grosso maglione con il cappuccio che aveva acquistato durante un viaggio in Europa delle superiori. Era il suo completo da studio/scrittura del saggio preferito, e quel giorno sembrava brutto come la prima volta in cui l'aveva indossato, preparandosi per il test di algebra del secondo anno del liceo. I vestiti le stavano ancora bene, poiché sembrava aver sviluppato una disgustosa incapacità di crescere sia in circonferenza che in altezza dall'età di quattordici anni.

Spazzolando rapidamente i denti e lavando il viso, Mia fissò lo specchio con aria critica. Un volto pallido e con qualche lentiggine la fissava. I suoi occhi erano probabilmente la caratteristica migliore, con un'insolita sfumatura grigio-azzurra in contrasto con i capelli scuri. Per quanto riguardava i capelli, invece, era tutta un'altra storia. Se avesse passato un'ora ad asciugarli con un diffusore, forse avrebbe ottenuto dei ricci con una parvenza accettabile. La sua normale abitudine di andare a dormire con i capelli bagnati, però, non faceva altro che favorire la massa incolta di capelli che aveva sulla testa in quel momento. Sospirando profondamente, li legò in una coda. Un giorno, dopo aver ottenuto un vero e proprio lavoro, si sarebbe rivolta ad uno di quei costosi saloni per un trattamento lisciante. Per ora, dato che non aveva un'ora da perdere ogni mattina con i capelli, Mia pensò che avrebbe dovuto farsene una ragione.

Era giunto il momento di recarsi in biblioteca. Afferrando lo zainetto e il portatile, Mia indossò gli Ugg e uscì dall'appartamento. Dopo aver fatto cinque piani di scale, uscì dall'edificio, prestando poca attenzione alla vernice distaccata sulle pareti e agli scarafaggi che amavano vivere vicino alla spazzatura. Era quella la vita studentesca di New York, e Mia era una delle poche fortunate ad avere un appartamento semi-conveniente così vicino al campus.

I prezzi dei beni immobili a Manhattan erano più alti che mai. Nei primi anni dopo l'invasione, i prezzi degli appartamenti della città erano lievitati, proprio come in tutte le altre principali città del mondo. Con i film sulle invasioni ancora ben impressi nell'immaginazione della gente, la maggior parte delle persone pensava che le città sarebbero state poco sicure e partiva per le zone rurali, quando poteva. Le famiglie con bambini—già un lusso raro a Manhattan—lasciavano la città in orde, dirigendosi verso le zone più remote che potessero trovare. I K avevano incoraggiato la migrazione, in quanto essa avrebbe alleviato l'inquinamento nelle aree urbane. Naturalmente, le persone si resero subito conto della loro follia, dato che i K non volevano avere niente a che fare con le principali città umane, preferendo costruire i loro Centri nelle aree calde e scarsamente popolate del mondo. I prezzi di Manhattan erano nuovamente aumentati, con alcuni privilegiati che facevano fortuna sulle vendite immobiliari che avevano acquistato durante il crash. Ora, più di cinque anni dopo il K-Day—come era stato chiamato il giorno dell'invasione dei Krinar—gli affitti di New York City avevano raggiunto nuovamente livelli record.

Come sono fortunata, pensò Mia con lieve irritazione. Se avesse avuto un paio d'anni di più, avrebbe potuto affittare il suo attuale appartamento per meno della metà del prezzo. Naturalmente, i laureandi del prossimo anno avrebbero avuto quella fortuna, vista la recessione del Grande Panico—i mesi dopo in cui la Terra si ritrovò ad affrontare gli invasori.

Fermandosi al negozio di gastronomia, Mia ordinò una ciambella leggermente tostata (grano intero, ovviamente, l'unico disponibile) con avocado e pomodoro. Sospirando, ricordò le deliziose frittate che preparava sua madre, con pancetta, funghi e formaggio. I funghi erano l'unico ingrediente della lista abbordabile per una studentessa universitaria. La carne, il pesce, le uova e il latte erano prodotti di prima qualità, disponibili solo occasionalmente—come un tempo lo erano stati il foie gras e il caviale. Quello fu uno dei principali cambiamenti che i Krinar avevano apportato. Avendo stabilito che la tipica dieta del mondo sviluppata all'inizio del ventunesimo secolo era dannosa sia per gli umani che per l'ambiente, chiusero le grandi industrie, costringendo i produttori di carne e di latticini a convertirsi alla frutta e alla verdura. Solo i piccoli agricoltori vennero lasciati in pace e venne concesso loro di allevare alcuni animali per occasioni speciali. Le organizzazioni ambientaliste e per i diritti umani ne furono entusiaste e i tassi di obesità in America si avvicinarono rapidamente a quelli del Vietnam. Naturalmente, le conseguenze furono enormi, con numerose aziende costrette a chiudere l'attività e la carenza di cibo durante il Grande Panico. E in seguito, quando vennero scoperte le tendenze vampiresche dei Krinar (sebbene non fossero state ancora ufficialmente dimostrate), gli attivisti di Estrema Destra avevano affermato che il vero motivo del cambiamento forzato nella dieta era dovuto al fatto che rendeva il sangue umano più dolce per i K. Ad ogni modo, la maggior parte del cibo disponibile e conveniente ora era incredibilmente sano.

"Ombrello, ombrello, ombrello!" Un uomo dall'aspetto sconfortato si trovava all'angolo, vendendo la merce con un forte accento mediorientale. "Ombrello da cinque dollari!"

Meno di un minuto dopo, cominciò una pioggia leggera. Per l'ennesima volta, Mia si chiese se i venditori ambulanti di ombrelli avessero il sesto senso per la pioggia. Sembravano aver sempre ragione sulla caduta della prima goccia, anche quando la pioggia non era prevista. Per quanto fosse tentata di acquistarne uno per non bagnarsi, a Mia rimanevano solo pochi isolati e la pioggia era troppo leggera per giustificare un'inutile spesa di cinque dollari. Avrebbe potuto portare il vecchio ombrello da casa, ma un oggetto in più non era mai nella sua lista delle priorità.

Camminando il più velocemente possibile mentre trascinava lo zaino pesante, Mia girò l'angolo sulla West 4th Street, con la Biblioteca Bobst già in vista, quando iniziò a diluviare. Cazzo, avrebbe dovuto comprare quell'ombrello! Imprecando tra sé e sé, Mia cominciò a correre—o meglio a camminare rapidamente, vista la pesantezza dello zaino—mentre le gocce di pioggia le colpivano il volto con la forza di proiettili d'acqua. I suoi capelli in qualche modo riuscirono a sfuggirle dalla coda, e le coprirono gli occhi, impedendole di vedere. Un gruppo di persone si precipitò davanti a lei, affrettandosi a ripararsi dalla pioggia, e Mia fu spinta diverse volte dai pedoni accecati dalla combinazione di pioggia e ombrelli tenuti dalle anime più fortunate. In momenti come quello, essere alta un metro e sessanta e pesare appena quarantacinque chili era un grave svantaggio. Un uomo grosso le venne addosso, sbattendo il gomito sulla sua spalla, e Mia inciampò, colpendo il marciapiede con un piede. Cadendo in avanti, riuscì a portare le mani sul pavimento bagnato, scivolando per pochi centimetri sulla superficie ruvida.

All'improvviso, due mani forti la sollevarono dal suolo, come se non pesasse niente, tenendola in piedi sotto un grande ombrello che l'uomo teneva sulle loro teste.

Sentendosi come un topo sporco e bagnato, Mia cercò di togliersi i capelli dal viso con il dorso della mano graffiata, sbattendo le palpebre per togliere la pioggia dagli occhi. Il naso decise di aggiungersi all'umiliazione, scegliendo quel particolare momento per lasciar sfuggire un incontrollabile starnuto sul soccorritore.

"Oh mio Dio, mi dispiace tanto!" Mia si scusò freneticamente, mortificata. Con la vista ancora appannata a causa dell'acqua che le scorreva sul viso, cercò di soffiarsi disperatamente il naso con la manica umida per evitare un altro starnuto. "Mi dispiace, non volevo starnutirle addosso!"

"Non c'è bisogno di scusarsi, Mia. Naturalmente, hai preso freddo e ti sei raffreddata. E ti sei ferita. Fammi vedere le mani."

Non poteva essere vero. Dimenticando il disagio, Mia fissò Korum incredula, mentre lui le sollevò i polsi per esaminare i graffi. Le sue grandi mani erano incredibilmente delicate sulla sua pelle, anche se la tenevano in una morsa strettissima. Sebbene fosse fradicia a causa di quel brutto tempo di metà aprile, Mia si sentì sul punto di andare a fuoco, con quel tocco che le provocò un'ondata di calore in tutto il corpo.

"Dovresti far medicare subito quelle ferite. Potrebbero cicatrizzarsi se non fai attenzione. Ecco, vieni con me, e ce ne occuperemo." Liberandole i polsi, Korum le mise un braccio intorno alla vita con fare possessivo e cominciò a condurla verso Broadway.

"Aspetta, che cosa—" provò a chiedere Mia. "Che cosa ci fai qui? Dove mi stai portando?" Stava cominciando a riflettere sulla pericolosità della situazione, e cominciò a tremare per un mix di freddo e paura.

"Ovviamente ti stai congelando. Ti tirerò fuori da questa pioggia, e poi parleremo." Il suo tono non ammetteva obiezioni.

Guardandosi disperatamente intorno, tutto quello che Mia vedeva era la gente che correva per ripararsi dalla pioggia, senza prestare attenzione all'ambiente circostante. Con un tempo del genere, un omicidio in mezzo alla strada sarebbe potuto passare inosservato, figuriamoci le grida di una ragazza. Il braccio di Korum era come una fascia d'acciaio intorno alla sua vita, completamente inamovibile, e Mia si ritrovò inevitabilmente a seguirlo in ogni direzione in cui la conduceva.

"Aspetta, ti prego, non posso venire con te" protestò Mia, tremando. Arrampicandosi sugli specchi, sbottò: "Devo scrivere il saggio!"

"Oh, davvero? E lo scriverai in queste condizioni?" Con il tono carico di sarcasmo, Korum le rivolse una rapida occhiata denigratoria, soffermandosi sui capelli gocciolanti e le mani graffiate. "Sei ferita, e probabilmente ti verrà la polmonite—con quel sistema immunitario pigro che hai."

Come la volta precedente, in qualche modo era riuscito a farla sentire inferiore. Come osava chiamarla pigra? Mia vide rosso. "Scusa, ma il mio sistema immunitario funziona benissimo! Nessuno si ammala di polmonite a causa della pioggia al giorno d'oggi! E poi, perché te ne preoccupi? Che cosa ci fai qui, mi segui?"

"Esatto." La sua risposta era disinvolta e assolutamente indifferente.

Con la rabbia che si raffreddò immediatamente, Mia sentì nuovamente la paura attanagliarla. Deglutendo per inumidire la gola improvvisamente secca, riuscì a pronunciare una sola parola. "P-Perché?"

"Ah, eccoci qui." Una limousine nera li stava aspettando all'incrocio tra la West 4th e Broadway. Man mano che si avvicinavano, le portiere automatiche si aprirono, mostrando un interno color crema. Il cuore di Mia le saltò nella gola. Non sarebbe mai salita su una strana macchina con un K che aveva ammesso di seguirla.

Puntò i piedi e si preparò a urlare.

"Mia. Sali. In. Macchina." Quelle parole la colpirono come una frusta.

Sembrava arrabbiato, con gli occhi sempre più gialli. La sua bocca, normalmente sensuale, appariva crudele tutto d'un tratto, sembrando fin troppo intransigente. "Non FARMELO ripetere."

Tremando come una foglia, Mia obbedì. Oh Dio, voleva solo sopravvivere, qualunque cosa il K avesse in serbo per lei. Improvvisamente, le vennero in mente tutte le storie dell'orrore che aveva sentito sugli invasori, rievocando le immagini dei raccapriccianti tumulti avvenuti durante il Grande Panico. Soffocò un singhiozzo, guardando Korum salire sulla limousine e chiudere l'ombrello. L'auto chiuse le portiere.

Korum premette il pulsante dell'interfono. "Roger, portaci a casa mia." Sembrava molto più calmo ora, con gli occhi che avevano riacquistato l'originale colore castano-dorato.

"Sì, signore." La risposta del conducente venne dal retro del divisorio che lo copriva completamente dalla visuale.

Roger? Era un nome umano, pensò Mia, disperata. Forse avrebbe potuto aiutarla, chiamare la polizia per lei o qualcosa del genere. Ma che cosa avrebbe potuto fare la polizia? Era impossibile arrestare un K. Per quanto Mia ne sapeva, erano al di sopra della legge umana. Praticamente avrebbe potuto farle tutto quello che voleva, e nessuno l'avrebbe fermato. Mia sentì le lacrime scorrerle lungo il viso bagnato, pensando al dolore dei suoi genitori, non appena avrebbero saputo che la loro figlia era scomparsa.

"Che cosa? Stai piangendo?" La voce di Korum aveva una nota di incredulità. "Che cos'hai, cinque anni?" La raggiunse, stringendole le braccia, e l'avvicinò a sé per fisarla. Al suo tocco, Mia cominciò a tremare ancora di più, con i singhiozzi che le uscivano dalla gola.

"Silenzio, ora. Non ce n'è bisogno. Shhh..." Mia si ritrovò improvvisamente ad essere cullata sul suo grembo, con il volto premuto su un grande torace. Continuando a singhiozzare, sentì vagamente un piacevole odore di vestiti puliti e di calda pelle maschile, mentre Korum muoveva la mano sulla sua schiena, con dei cerchi rilassanti. La stava trattando davvero come una bambina di cinque anni in lacrime per uno stupido errore, pensò, semi-isterica. Stranamente, il trattamento stava funzionando. Mia sentì la sua paura svanire, mentre la stringeva dolcemente con quelle braccia forti, solo per essere sostituita da un crescente senso di consapevolezza e da una calda sensazione interna. L'adrenalina amplificava l'attrazione, si rese conto con un particolare distacco, ricordando uno studio su quell'argomento durante il corso di psicologia.

Ancora sul suo grembo, riuscì a tirarsi su abbastanza da guardarlo negli occhi. Da vicino, era ancora più affascinante. La sua carnagione, una calda tonalità dorata leggermente più scura rispetto a quella della sua coinquilina, era impeccabile e sembrava scoppiare di salute. Delle folte ciglia nere circondavano quegli incredibili occhi chiari—incorniciati dalle sopracciglia scure.

"Mi farai del male?" Quella domanda le sfuggì prima di poter riflettere.

Il suo rapitore fece un sospiro sorprendentemente umano, sembrando esasperato. "Mia, ascoltami, non ti farò del male... Ok?" La guardò dritto negli occhi, e Mia non riuscì a distogliere lo sguardo, ipnotizzata dalle striature gialle nelle sue iridi. "Tutto quello che volevo era ripararti dalla pioggia e medicarti le ferite. Ti sto portando a casa mia perché è qui vicino, e posso fornirti l'assistenza medica e un cambio di vestiti. Non avevo intenzione di spaventarti, tanto meno di vederti in queste condizioni."

"Ma hai detto... hai detto che mi stavi seguendo!" Mia lo fissò, confusa.

"Sì. Perché ti ho trovata interessante al parco e volevo rivederti. Non perché voglio farti del male." Ora le stava accarezzando le braccia con un delicato movimento dall'alto in basso, come se stesse rassicurando un cavallo imbizzarrito.

A quell'ammissione, un'ondata di calore la attraversò. Era attratto da lei? La sua frequenza cardiaca si impennò di nuovo, questa volta per un motivo diverso.

C'era qualcos'altro che aveva bisogno di capire. "Mi hai costretta a salire in macchina..."

"Solo perché ti stavi comportando in maniera ostinata, rifiutando di ascoltare il buon senso. Eri bagnata e raffreddata. Non volevo perdere tempo a litigare sotto la pioggia, con una macchina calda davanti a noi." Se le cose stavano davvero così, le sue azioni sembravano molto umane.

"Ecco." Tirando fuori un fazzoletto da qualche parte, rimosse con cura le restanti lacrime sul suo viso e le diede un altro fazzoletto per asciugarsi il naso, guardandola divertito, mentre cercava di soffiarlo con la massima delicatezza possibile. "Ti senti meglio ora?"

Stranamente, si sentiva meglio. Forse le stava mentendo, ma perché avrebbe dovuto farlo? Avrebbe potuto farle qualunque cosa, quindi perché perdere tempo ad alleviare le sue paure? Con il terrore ormai scomparso,

Mia si sentì improvvisamente esausta per tutte quelle emozioni sconvolgenti. Come se avesse percepito il suo stato d'animo, Korum la strinse a sé, premendola dolcemente contro il petto. Mia non si oppose. In qualche modo, seduta lì sul suo grembo, respirando quel profumo caldo e sentendone il calore del corpo, la ragazza non si sentiva così bene da tempo.

CAPITOLO TRE

"*E*ccoci qui. Benvenuta nella mia umile dimora."

Mia si guardò intorno con stupore, con lo sguardo concentrato sulle finestre alte fino al soffitto che si affacciavano sull'Hudson, sui pavimenti in legno luccicanti e sui lussuosi arredi color crema. Alcuni pezzi di arte moderna sulle pareti e le piante dall'aspetto lussureggiante vicino alle finestre conferivano un tono di buon gusto. Era l'appartamento più bello che avesse mai visto. E sembrava completamente umano.

"Vivi qui?" chiese con stupore.

"Solo quando vengo a New York."

Korum stava appendendo il cappotto all'armadio vicino alla porta. Era un'azione semplice e banale, ma in qualche modo i suoi movimenti erano troppo disinvolti per essere completamente umani. Ora indossava solo una maglietta azzurra e un paio di jeans. Gli abiti abbracciavano il suo corpo slanciato e potente alla perfezione. Mia deglutì, rendendosi conto che lo splendido ambiente circostante impallidiva in confronto alla straordinaria creatura a cui apparteneva.

Come poteva permettersi quella casa? I K erano tutti ricchi? Quando la limousine si era fermata nel garage del parcheggio del più recente grattacielo di TriBeCa, Mia era rimasta scioccata, quando fu accompagnata verso un ascensore privato che li aveva condotti direttamente sull'attico. L'appartamento sembrava enorme, soprattutto per gli standard di Manhattan. Occupava l'intero piano superiore dell'edificio?

"Sì, l'appartamento occupa l'intero piano."

Mia arrossì, rendendosi conto che aveva dato voce alla domanda nella sua testa. "Uhm... è un bellissimo posto."

"Grazie. Siediti qui." La accompagnò verso un divano di pelle—ovviamente color crema. "Fammi vedere le mani."

Mia mostrò i palmi con esitazione, chiedendosi che cosa intendesse fare. Utilizzare il suo sangue per guarirle, come facevano i vampiri della narrativa popolare?

Invece di tagliarle il palmo o di fare qualcosa di vampiresco, Korum portò un sottile oggetto argentato sul suo palmo destro. Con la forma e lo spessore di una vecchia carta di credito di plastica, l'oggetto sembrava assolutamente innocuo. Cioè, finché non cominciò a emettere una soffusa luce rossa sulla sua mano. Non le provocò dolore, solo una piacevole sensazione calda, dove la luce toccava la sua pelle danneggiata. Mentre Mia guardava, i graffi cominciarono a svanire e a scomparire definitivamente, così come si cancellano i segni scritti a matita. Nel giro di due minuti, il palmo guarì completamente, come se non ci fosse mai stato niente. Mia toccò la zona con le dita. Nessun dolore.

"Wow. È straordinario." La ragazza sospirò forte, lasciandosi sfuggire un respiro che non sapeva nemmeno di trattenere. Naturalmente, sapeva che i K erano molto più avanzati dal punto di vista tecnologico, ma vedere quel miracolo con i propri occhi era davvero scioccante.

Korum ripeté il procedimento sull'altra mano. Entrambi i palmi dell'umana erano ormai completamente guariti, senza alcuna traccia di ferite.

"Uh... grazie." Mia non sapeva che cosa dire. Quella era la versione K di un cerotto oppure aveva appena effettuato una complicata procedura medica su di lei? Avrebbe dovuto pagarlo? E se le avesse detto di sì, avrebbe accettato l'assicurazione sanitaria studentesca? *Smettila, Mia! Sei ridicola!*

"Prego" rispose lui piano, tenendole delicatamente la mano sinistra. "Ora, togliamo quei vestiti bagnati."

Mia sollevò subito la testa, incredula. Sicuramente non poteva voler dire—

Prima che potesse dire qualcosa, Korum fece un sospiro esasperato.

"Mia, intendevo davvero quello che ho detto, quando ho promesso che non ti avrei fatto del male. La mia definizione di male include lo stupro, nel caso pensassi che abbiamo qualche differenza culturale. Quindi, puoi rilassarti e smettere di saltare per ogni parola che dico."

"Mi dispiace, non volevo insinuare..." Mia avrebbe desiderato che il pavimento si aprisse e la ingoiasse. Ovviamente non l'avrebbe stuprata. Probabilmente non era nemmeno interessato a lei in quel senso. Perché avrebbe dovuto volere una piccola umana pallida e scheletrica, quando poteva avere una delle splendide donne K che aveva visto in TV? Non aveva mai detto di essere attratto da lei—solo che l'aveva trovata 'interessante.' Per quanto ne sapeva, poteva essere uno scienziato K che studiava la razza umana di New York—e aveva appena trovato un topo da laboratorio con i capelli ricci.

Facendo un altro sospiro, Korum si alzò con grazia dal divano, con ogni sua mossa carica di inumane doti atletiche. "Ecco, vieni con me."

Sentendosi ancora imbarazzata, Mia prestò a malapena attenzione all'ambiente circostante, mentre lui la conduceva lungo il corridoio. Tuttavia, non poté fare a meno di restare a bocca aperta, notando l'enorme bagno davanti a sé.

Il box doccia in vetro era più grande di tutto il suo bagno di casa, e una grossa Jacuzzi occupava il centro della stanza. L'intero bagno era color avorio e grigio, una combinazione insolita che tuttavia si abbinava bene in quel lussuoso ambiente. Due delle pareti erano ricoperte da specchi che andavano dal pavimento al soffitto, contribuendo all'atmosfera spaziosa. Anche lì c'erano delle piante, notò, confusa. Due piante dall'aspetto esotico con foglie rosse scure sembravano floride negli angoli, riuscendo a ricevere luce solare a sufficienza dal grande lucernario nel soffitto.

"Questi sono per te." Korum aprì una parte della parete di vetro facendola scorrere, e tirò fuori un grande asciugamano color avorio e un accappatoio dall'aspetto morbido. "Puoi fare una doccia calda e cambiarti; metterò i tuoi vestiti nell'asciugatrice."

Con un cenno del capo e un sussurrato ringraziamento, Mia accettò i due indumenti, guardando Korum uscire dalla stanza e chiudere la porta dietro di sé.

Un senso di irrealtà la attanagliò, fissando il lusso all'avanguardia intorno a lei. Non poteva essere vero. Forse era un sogno molto vivido? Sicuramente Mia Stalis di Ormond Beach, Florida, non poteva essere in un bagno adatto a un re, a fare una doccia calda dopo che un K l'aveva praticamente rapita per guarirle dei graffi insignificanti con un magico dispositivo alieno. Forse, se avesse sbattuto le palpebre un paio di volte, si sarebbe risvegliata nella sua stanza angusta dell'appartamento condiviso con Jessie.

Per verificare quella teoria, Mia chiuse gli occhi e li riaprì. No, era ancora lì, con l'asciugamano e l'accappatoio tra le braccia. Se quello era un sogno, allora era il più realistico che avesse mai fatto. Tanto valeva fare quella doccia—ora che l'emozione stava iniziando a svanire, sentiva il freddo dei suoi vestiti umidi nelle ossa.

Poggiando il peso sul bordo della Jacuzzi, Mia si avvicinò alla porta e la chiuse a chiave. Naturalmente, se Korum avesse davvero voluto entrare, era poco probabile che la fragile serratura lo avrebbe tenuto fuori. L'incredibile forza dei Krinar era stata scoperta fin dalle prime settimane dopo l'invasione, quando alcuni guerriglieri in Medio Oriente avevano teso un'imboscata a un piccolo gruppo di K, che aveva violato il Trattato di Coesistenza recentemente firmato. Il video dell'evento, filmato da un passante col suo iPhone, mostrava scene tratte da un film dell'orrore. La banda composta da oltre trenta Sauditi, armati di granate e fucili d'assalto automatici, non aveva avuto alcuna possibilità contro i sei K disarmati. Anche feriti, gli alieni si muovevano a una velocità superiore a quella di tutte le creature viventi conosciute sulla Terra, facendo letteralmente a pezzi gli aggressori a mani nude. Una scena particolarmente drammatica mostrava un K che lanciava in aria due uomini urlanti—uno per ogni mano. L'altezza esatta del lancio venne stabilita in seguito, ed era pari a circa venti metri. Naturalmente, gli uomini non erano sopravvissuti alla caduta. La pura violenza di quel combattimento—e alcuni incontri successivi nei giorni del Grande Panico—colpì la popolazione umana, che iniziò a credere alle voci sul vampirismo emerse qualche mese dopo. Con tutti i loro progressi tecnologici e l'apparente rispetto dell'ambiente, i K potevano essere brutali e violenti come qualsiasi altro vampiro delle leggende.

E aveva a che fare proprio con uno di loro. Uno che voleva guarirle dei trascurabili graffi e farle fare una doccia calda nello splendido attico. E metterle i vestiti nell'asciugatrice.

A quel pensiero, una risata isterica le sfuggì.

Naturalmente, forse gli piaceva che il suo bocconcino fosse pulito e profumato, ma in qualche modo Mia gli aveva creduto, quando le aveva detto che non voleva farle del male. Inoltre, poteva fare ben poco in quella situazione—tanto valeva smettere di agitarsi e approfittare della doccia più lussuosa della sua vita.

Togliendo i vestiti bagnati, Mia si guardò allo specchio. Perché era interessato a lei? Certo, era magra, cosa che era ancora in voga, ma sicuramente aveva le più belle donne di entrambe le specie ai suoi piedi. Nuda, Mia cercò di guardarsi oggettivamente e non attraverso gli occhi di un'adolescente imbarazzata. Lo specchio rifletteva una giovane donna esile, con seni piccoli, ma rotondi, fianchi sottili e una vita stretta. Il suo sedere era abbastanza formoso, considerando il resto del corpo. Nuda, non somigliava alla figura informe che sentiva sempre di essere con gli abiti larghi. Se fosse stata più alta, sarebbe stata addirittura carina. Tuttavia, la carnagione troppo chiara e i ricci indomabili che le incorniciavano il volto erano troppo crespi per poter essere considerata più che moderatamente carina o abbastanza bella.

Sospirando, Mia entrò nella doccia. Dopo una breve lotta con i comandi digitali, capì come funzionavano e presto poté godersi l'acqua calda che usciva da cinque direzioni diverse. Utilizzò anche il sapone, che aveva un profumo molto tenue, ma piacevole di qualcosa di tropicale.

Dieci minuti dopo, chiuse l'acqua con dispiacere e uscì dalla doccia, mettendo i piedi su un tappeto color avorio. Si asciugò con l'asciugamano che Korum le aveva dato tanto cortesemente, lo avvolse intorno ai capelli bagnati e indossò l'accappatoio—che, con sua sorpresa, era solo un po' troppo grande per lei. Doveva essere l'accappatoio di una donna, si rese conto con una spiacevole sensazione simile alla gelosia. *Non essere sciocca, Mia, certo che ha ospiti donne!* Una creatura così splendida non poteva essere single. Sicuramente aveva una fidanzata o una moglie.

Deglutì per sbarazzarsi di un'ostruzione nella gola che si era formata a quel pensiero. *Basta, Mia!* Non aveva idea di cosa volesse da lei, e non aveva alcun motivo di provare quelle sensazioni per un alieno proveniente dallo spazio che forse beveva sangue umano.

Avvicinandosi alla porta con i piedi nudi, Mia raccolse i vestiti dal pavimento. Erano bagnati e puzzolenti nelle sue mani, ed era felice di non indossarli più. Aprendo la porta con cautela, sbirciò nel corridoio, individuando un paio di pantofole grigie che Korum a quanto pareva aveva lasciato per lei.

Non c'era traccia dell'extraterrestre.

Infilando le pantofole, Mia lasciò il bagno e si diresse verso sinistra, sperando di tornare verso il salotto. L'ultima cosa che voleva era ritrovarsi nella sua camera da letto, anche se quel pensiero la faceva arrossire.

Era seduto sul divano, a guardare qualcosa nel suo palmo. Percependo la sua presenza, sollevò la testa e un sorriso gli illuminò lentamente il volto, vedendola lì in piedi, con un accappatoio troppo grande e un asciugamano disposto come un turbante sulla testa.

"Sei adorabile." La sua voce era bassa e in qualche modo intima, pur provenendo dall'altra parte della stanza, facendole contorcere le viscere in un modo stranamente sessuale. Oh Dio, che cosa voleva dire con quello? Era davvero interessato a lei? Mia era certa di essere diventata rossa come un pomodoro, mentre la sua frequenza cardiaca accelerò improvvisamente.

"Ah, grazie" mormorò, non riuscendo a trovare una risposta migliore. Era la sua immaginazione o gli occhi di Korum erano ancora più dorati?

"Ecco, dammi quelli." Prima che potesse ritrovare la compostezza, fu accanto a lei, prendendo i vestiti bagnati dalle sue braccia leggermente tremanti. "Siediti, e li metterò nell'asciugatrice."

Detto ciò, scomparve nel corridoio. Mia lo fissò, chiedendosi se dovesse preoccuparsi. Aveva detto che non le avrebbe fatto del male, ma avrebbe accettato un no come risposta, se fosse stato davvero interessato a lei sessualmente? E soprattutto, sarebbe riuscita a dire di no, visto come aveva reagito a lui finora?

Aveva sentito parlare di umani che facevano sesso con i K, quindi le due specie erano sicuramente compatibili in quel senso. Infatti, c'erano anche dei siti web in cui le persone che volevano fare sesso con i K pubblicavano annunci per attirarli. Alcuni degli annunci dovevano ricevere risposte, perché i siti web erano rimasti in attività. Mia aveva sempre pensato che quegli xenos—l'abbreviazione di xenofili, un termine dispregiativo per indicare i K-dipendenti—fossero pazzi. Certo, la maggior parte degli invasori erano molto belli, ma erano così lontani dall'essere umani che tanto valeva fare sesso con un gorilla; c'erano meno differenze tra il DNA umano e quello dei gorilla che tra quello umano e quello dei Krinar.

Eppure eccola lì, apparentemente molto attratta da un K.

Un minuto dopo, Korum tornò a mani vuote, interrompendo il flusso di pensieri di Mia. "I vestiti si stanno asciugando" le comunicò. "Hai fame? Posso preparare qualcosa da mangiare nel frattempo."

I K sapevano cucinare? Mia si rese conto di essere, effettivamente, affamata. Con tutte le emozioni che aveva vissuto nell'ultima ora, la ciambella che aveva mangiato a colazione sembrava molto lontana. Inoltre, cucinare e mangiare sembrava un modo molto innocuo per passare il tempo.

"Certo, sarebbe fantastico. Grazie."

"D'accordo, vieni con me in cucina, e preparerò qualcosa."

Con quella promessa, si avvicinò a una porta che lei non aveva notato prima e l'aprì, rivelando una grande cucina. Come il resto dell'attico, era straordinaria. Lucidi elettrodomestici in acciaio inossidabile, pavimenti in marmo nero e avorio e controsoffitti smaltati in nero lava popolavano lo spazio, in un aspetto quasi futuristico. Dal soffitto vicino alle finestre pendevano delle piante a foglia larga contenute in vasi d'argento, che sembravano stare al posto giusto in un ambiente altrimenti troppo sterile.

"Che ne dici di un'insalata e di un panino vegetariano?" Korum stava già aprendo il frigorifero, che sembrava l'ultima versione dell'iZero—un frigorifero intelligente creato congiuntamente da Apple e Sub-Zero qualche anno prima.

"Sarebbe straordinario, grazie" rispose Mia, con aria assente, continuando a studiare l'ambiente circostante. Qualcosa la tormentava, un'ovvia domanda che richiedeva una risposta.

Improvvisamente, capì di cosa si trattasse.

"La tua casa ha solo la nostra tecnologia all'interno" esclamò Mia. "Beh, tranne il piccolo strumento di guarigione che hai usato su di me. Tutti questi elettrodomestici, tutta la nostra tecnologia—deve sembrarvi primitiva. Perché la usate al posto della vostra?"

Korum sorrise, mostrando nuovamente la fossetta sulla guancia sinistra, e si avvicinò al lavandino per sciacquare la lattuga. "Mi piace provare cose diverse. Gran parte della vostra tecnologia è davvero ingegnosa, considerati i vostri limiti. E, per usare uno dei vostri proverbi, Paese che vai..."

"Quindi, stai praticamente esplorando la vita nei bassifondi" concluse Mia. "Vivendo con i primitivi, utilizzando i loro strumenti rudimentali—"

"Se vuoi metterla così..."

Cominciò a tagliare le verdure, muovendo le mani più velocemente di uno chef professionista. Mia lo fissava affascinata, colpita dall'incongruenza di una creatura proveniente dallo spazio che preparava un'insalata. Tutti i suoi movimenti erano fluidi ed eleganti—e in qualche modo molto inumani.

"Che cosa mangiate normalmente su Krina?" gli chiese,

improvvisamente molto curiosa. "La vostra dieta è molto diversa dalla nostra?"

Alzò lo sguardo e le sorrise. "È diversa per certi versi, ma molto simile per altri. Siamo onnivori come voi, ma prediligiamo i cibi vegetali nella nostra dieta. C'è una grande varietà di piante commestibili su Krina—più che qui sulla Terra. Alcune delle nostre piante contengono molte calorie e hanno un sapore molto ricco, quindi non abbiamo mai sviluppato il gusto per la carne che gli umani sembrano aver acquisito di recente."

Mia sbatté le palpebre, sorpresa. C'era qualcosa di predatorio nel modo in cui si muoveva— nel modo in cui tutti i K si muovevano. Le loro velocità e forza, così come la violenza che avevano mostrato, non avevano senso per una specie principalmente erbivora. Quindi, dopotutto, le voci sulla loro natura vampiresca dovevano essere vere. Se non cacciavano gli animali per la loro carne, allora come avevano fatto a sviluppare tratti simili ai cacciatori?

Voleva chiederglielo, ma aveva la sensazione di non voler conoscere la risposta. Se la sua specie vedeva davvero gli esseri umani come prede, probabilmente era meglio non ricordarglielo, quando era sola con lui nella sua tana.

Mia decise di provare con un argomento più sicuro. "Quindi, è per questo che enfatizzate così tanto i cibi vegetali per noi? Perché vi piacciono?"

Scosse la testa, continuando a sminuzzare. "Non esattamente. La nostra principale preoccupazione era l'abuso di risorse del vostro pianeta. La vostra malsana dipendenza dai prodotti animali stava distruggendo l'ambiente a un ritmo troppo elevato, e non volevamo assistere a una cosa del genere."

Mia si strinse nelle spalle, non essendo particolarmente ecologista. Dato che lui era così accomodante, però, decise di continuare con le domande di prima. "È per questo che sei qui a New York? Per sperimentare qualcosa di diverso?"

"Tra gli altri motivi." Accese il forno e posizionò zucchine affettate, melanzane, peperoni e pomodori su un vassoio all'interno.

Che cosa frustrante. Era evasivo, e a Mia questo non piaceva nemmeno un po'. Decise di cambiare atteggiamento. "Che cosa ti ha spinto a venire sulla Terra? Sei un soldato, uno scienziato o fai qualcosa di diverso..." La sua voce si affievolì in modo teatrale.

"Perché mi stai chiedendo della mia occupazione?" Sembrava che le stesse di nuovo ridendo in faccia.

Mia sentì i peli del collo rizzarsi. "Perché sì. Sono informazioni riservate?"

Lui piegò la testa all'indietro e scoppiò a ridere. "Solo per le ragazzine curiose." Mia lo fissò con un'espressione impietrita. Continuando a ridere, le rivelò: "Sono un ingegnere. La mia azienda ha progettato le astronavi che ci hanno portato qui."

"Le astronavi che vi hanno portato qui? Ma credevo che i Krinar avessero visitato la Terra migliaia di anni prima di venire qui ufficialmente." Questa era stata una delle rivelazioni più eclatanti degli invasori—il fatto che avessero osservato gli umani e che avessero vissuto in mezzo a loro molto prima del K-Day.

Lui annuì, continuando a sorridere. "È vero. Abbiamo visitato la Terra molto tempo fa. Tuttavia, viaggiare verso la Terra è sempre stato un compito pericoloso—come i viaggi nello spazio in generale—quindi, solo alcuni individui intrepidi ci provavano di tanto in tanto. È solo negli ultimi cento anni che abbiamo perfezionato la tecnologia per i viaggi più veloci della luce, e che la mia azienda è riuscita a costruire astronavi in grado di trasportare in modo sicuro migliaia di civili in questa parte di universo."

Interessante. Non l'aveva mai sentito prima. Le stava dicendo qualcosa che nessun altro sapeva? Determinata e insopportabilmente curiosa, Mia continuò con le domande. "Quindi, *sei* stato sulla Terra prima del K-Day?" gli chiese, guardandolo, affascinata.

Lui scrollò le spalle—un gesto umano apparentemente utilizzato anche dai K. "Un paio di volte."

"È vero che tutti i nostri avvistamenti UFO si basano su effettive interazioni con i Krinar?"

Sorrise. "No, quelle erano più che altro sonde atmosferiche e aerei segreti testati dai vostri governi. Meno dell'un percento di quelle visioni possono essere attribuite a noi."

"E i miti greci e romani?" Mia aveva letto le recenti speculazioni sul fatto che i Krinar potessero essere adorati come divinità nell'antichità, dando origine alle religioni politeiste greche e romane. Naturalmente, ancora oggi, alcuni gruppi religiosi riconoscevano i K come i veri creatori dell'umanità, dando vita a un movimento completamente nuovo dedicato alla venerazione e all'emulazione degli invasori. I Krinari, come si facevano chiamare questi adoratori dei K, cercavano ogni occasione per interagire con gli esseri che consideravano degli dei in carne ed ossa, credendo che così facendo avrebbero avuto maggiori probabilità di reincarnazione come K. Le Tre Grandi Religioni—Cristianesimo, Islam ed Ebraismo—avevano reagito in modo molto diverso, rifiutandosi di accettare che i K fossero in qualche modo responsabili dell'origine della vita sulla Terra. Alcune fazioni religiose più estremiste avevano persino dichiarato che i Krinar fossero dei demoni e sostenevano che il loro arrivo facesse parte della profezia sulla fine del mondo. Molte persone, tuttavia, avevano accettato gli alieni per quello che erano—un'antica specie altamente avanzata che aveva inviato il DNA da Krina alla Terra, dando così inizio alla vita su questo pianeta.

"Quelli *erano* basati sui Krinar" confermò Korum. "Qualche migliaio di anni fa, un piccolo gruppo di scienziati, mandato qui per studiare e osservare, rimase eccessivamente coinvolto negli affari umani—al punto tale da trattenersi per altri centinaia di anni. Alla fine, furono costretti a tornare su Krina, quando divenne evidente che stavano intenzionalmente approfittando dell'ignoranza umana."

Prima che Mia avesse la possibilità di metabolizzare quelle informazioni, il forno emise un breve segnale acustico per avvisare che il cibo era pronto.

"Ah, ecco." Korum tirò fuori le verdure cotte e le versò su una marinata che era riuscito a preparare durante la loro conversazione. Poggiando una grande insalata al centro del tavolo, ne prese una porzione considerevole e la mise nel piatto di Mia. "Possiamo cominciare con questa, mentre le verdure marinano."

Mia affondò la forchetta nell'insalata, trattenendo un'inappropriata risata al pensiero di mangiare letteralmente il cibo degli dei—o per lo meno il cibo preparato da qualcuno che era stato adorato come un dio un paio di migliaia di anni fa. L'insalata era deliziosa—lattuga fresca, avocado cremoso, peperoni croccanti e pomodori dolci mescolati con un condimento a base di limone leggermente aspro. O era affamatissima o quella era l'insalata migliore che avesse assaggiato da tempo. Negli ultimi anni, aveva imparato a tollerarla per necessità, ma quell'insalata le piaceva davvero.

"Grazie, è deliziosa" mormorò, con la bocca piena di insalata.

"Prego." Anche lui aveva affondato la forchetta, godendosi il pasto. Per un po', ci fu solo il rumore di loro due che masticavano avvolti dal silenzio. Dopo aver finito la propria porzione—mangiava anche più velocemente del normale, notò Mia—Korum si alzò per preparare i panini.

Due minuti dopo, Mia si ritrovò davanti un bel panino. Il pane scuro e croccante sembrava essere stato appena sfornato, e le verdure sembravano tenere ed erano state condite con qualche spezia all'arancia. Mia prese la sua porzione e l'assaggiò, quasi soffocando un gemito di godimento. Il sapore era ancora migliore dell'aspetto.

"È squisito. Dove hai imparato a cucinare così bene?" gli chiese con curiosità, dopo aver ingoiato il quinto boccone.

Lui scrollò le spalle, finendo il suo panino più grande. "Mi piace preparare i pasti. La cottura è solo una parte del procedimento. Mi piace anche mangiare, quindi è utile saper preparare cibi buoni."

Aveva senso per lei. Mia inghiottì l'ultimo boccone, e si leccò il dito per prendere il resto della deliziosa marinata. Sollevando la testa, improvvisamente si bloccò, notando lo sguardo sul volto di Korum.

Le stava fissando la bocca con quella che sembrava una fame vorace, con gli occhi che si fecero più dorati.

"Rifallo" le ordinò piano, con la voce simile a un basso ringhio dall'altra parte del tavolo.

Il cuore di Mia saltò un battito.

L'atmosfera era diventata improvvisamente pesante e intensamente sessuale, e non sapeva cosa fare. La vulnerabilità della sua situazione la innervosiva. Era completamente nuda sotto l'accappatoio. Tutto ciò che Korum avrebbe dovuto fare era tirarle la debole cintura che teneva l'indumento, e il suo corpo sarebbe stato pienamente in mostra. Non che i vestiti le avrebbero garantito una protezione migliore davanti a un K—o a un maschio umano, date le sue dimensioni—ma indossare solo un accappatoio, la faceva sentire molto più esposta.

Alzandosi lentamente, si allontanò dal tavolo. Con il battito del cuore che le rimbombava nelle orecchie, Mia disse nervosamente: "Grazie per il pasto, ma devo proprio andare ora. Pensi che i miei vestiti si siano asciugati?"

Per un attimo, Korum non rispose, continuando a guardarla con quell'espressione incredibilmente voluttuosa. Poi, come se fosse giunto a una decisione, le sorrise lentamente e si alzò. "Dovrebbero essere pronti ormai. Perché non metti i piatti nella lavastoviglie, mentre vado a controllare?"

Mia annuì, temendo che le avrebbe tremato la voce, se avesse pronunciato qualche parola. Le sue gambe sembravano degli spaghetti scotti, ma cominciò a radunare i piatti. L'alieno continuò a sorriderle in segno di approvazione e uscì dalla stanza, lasciando Mia da sola a recuperare la compostezza.

Quando tornò, con le braccia cariche di vestiti asciutti, Mia era riuscita a convincersi che aveva reagito in maniera eccessiva a un'osservazione potenzialmente innocua. Molto probabilmente, la sua immaginazione stava galoppando, vedendo insinuazioni sessuali dove non ce n'erano. Vista l'apparente passione dell'extraterrestre per la tecnologia e lo stile di vita umani, non era sorprendente che trovasse interessante anche un'umana—forse addirittura carina in qualcosa— nello stesso modo in cui Mia trovava interessanti e carini gli animali dello zoo.

Sentendosi male per il precedente imbarazzo, Mia sorrise a Korum, che le porse gli abiti. "Grazie per averli asciugati—ti ringrazio."

"Nessun problema. È stato un piacere." Ricambiò il sorriso, ma c'era un accenno di qualcosa di leggermente inquietante nell'occhiata che le aveva rivolto.

"Se non ti dispiace, vado a cambiarmi." Sentendosi ancora inspiegabilmente nervosa, Mia si voltò verso l'uscita della cucina.

"Certo. Ti ricordi la strada per il bagno? Puoi cambiarti lì." Indicò il corridoio, guardandola con un sorrisetto, mentre lei si allontanò, riconoscente.

Chiudendo a chiave la porta del bagno, Mia si affrettò a cambiarsi, indossando i suoi abiti brutti—e piacevolmente caldi, dopo essere stati messi ad asciugare. In qualche modo, era riuscito ad asciugarle anche gli Ugg, si accorse Mia, tirandoli su. Sentendosi molto meglio, tolse l'asciugamano dai capelli, che ormai erano sono leggermente umidi, e lasciò che i ricci finissero di asciugarsi. Poi, pensando di essere più pronta che mai, lasciò la sicurezza del bagno e tornò nel salotto per affrontare Korum e il suo ambiguo atteggiamento.

Era nuovamente seduto sul divano, ad analizzare qualcosa nel palmo. Sembrava tutto preso, così Mia si schiarì la gola per avvisarlo della sua presenza.

A quel suono, alzò lo sguardo con un misterioso sorriso. "Eccoti, tutta carina e asciutta."

"Ah, sì, grazie." Sentendosi a disagio, Mia si spostò da un piede all'altro. "E grazie ancora per la tua ospitalità. Devo proprio andare ora, cercare di scrivere il saggio e finire i lavori domestici..."

"Certo, ti porterò ovunque desideri." Si alzò con un movimento disinvolto, dirigendosi verso l'armadio.

"Oh no, non ce n'è bisogno" protestò Mia. "Davvero, non ho problemi a prendere la metropolitana. Ha smesso di piovere, quindi andrà tutto bene."

Le rivolse un'occhiata incredula. "Ho detto che ti porterò ovunque desideri." Il suo tono non lasciava spazio ad alcuna obiezione.

Mia decise di non discutere. Non le succedeva tutti i giorni di andare in giro in limousine. Dal momento che Korum era così determinato a darle un passaggio, tanto valeva approfittare dell'esperienza. Così, rimase in silenzio e lo seguì, mentre lui entrò in un elegante ascensore e premette il pulsante per il piano terra.

Roger e la sua limousine li stavano già aspettando davanti all'edificio. Le portiere si aprirono man mano che si avvicinavano, e Korum attese gentilmente che Mia salisse prima di entrare anche lui. La ragazza si chiese dove avesse appreso tutti quei gesti umani così educati. Dubitava che il "prima le signore" fosse un'usanza universale.

"Dove vuoi andare?" domandò, sedendosi accanto a lei.

Mia rifletté un attimo. Per quanto avrebbe voluto correre a casa e riferire a Jessie dell'incredibile incontro, la scadenza per la consegna del saggio si stava avvicinando. Doveva andare in biblioteca. Sperava solo di potersi togliere dalla mente gli eventi di quella giornata per qualche ora o comunque abbastanza da riuscire a scrivere quel maledetto saggio. "La Biblioteca Bobst, per favore, se non è un problema" disse con esitazione.

"Non è affatto un problema" la rassicurò, premendo il pulsante dell'interfono e trasmettendo le istruzioni a Roger.

Seduta nella limousine, Mia diventò sempre più consapevole del grosso corpo caldo di Korum, a meno di un metro da lei. Il fisico reagì alla sua vicinanza senza riserve.

Era un esemplare maschile incredibilmente bello per gli standard di chiunque, pensò Mia con un distacco quasi analitico. Doveva essere alto poco più di un metro e ottanta, e sembrava abbastanza muscoloso, a giudicare da come gli aderiva la maglietta. Con quello straordinario colorito, era l'uomo più bello che avesse mai visto, nella vita reale o in TV. Non c'era da meravigliarsi che avesse un effetto simile su di lei, si disse— qualsiasi donna avrebbe provato le stesse sensazioni. Comprendere la logica alla base della sua attrazione verso di lui, tuttavia, non ne diminuiva la potenza nemmeno un po'.

"Allora, Mia, parlami di te." L'affermazione dell'alieno interruppe i suoi pensieri.

"Uhm, ok." Per qualche ragione, quella domanda l'aveva sconvolta. "Che cosa vuoi sapere?"

Lui scrollò le spalle e sorrise. "Qualunque cosa."

"Beh, sono al terzo anno alla NYU, mi sto specializzando in psicologia" cominciò a dire Mia, sperando di non balbettare. "Sono nata in una piccola città della Florida e sono venuta a New York per studiare."

La fermò, scuotendo la testa. "So già tutto questo. Dimmi qualcosa in più delle informazioni di base."

Mia lo guardò in stato di shock, sentendosi improvvisamente come un coniglio braccato. Con una calma sorprendente, domandò: "Come fai a sapere tutto questo?"

"Nello stesso modo in cui sapevo dove ti avrei trovata oggi. È molto facile reperire informazioni sugli umani, soprattutto su quelli che non hanno niente da nascondere." Sorrise, come se non avesse appena infranto tutte le illusioni di Mia sulla privacy.

"Ma perché?" La ragazza non poteva più trattenere la domanda che l'aveva tormentata negli ultimi due giorni. "Perché sei così interessato a me? Perché stai facendo tutto questo?" Agitò la mano, indicando la limousine e tutto quello che aveva fatto finora.

La fissò, con lo sguardo quasi ipnotizzante per l'intensità. "Perché voglio scoparti, Mia. È questo che avevi paura di sentirti dire? È per questo che sembri sempre così spaventata?" Senza concederle la possibilità di riprendere fiato, continuò con lo stesso tono derisorio. "Beh, è vero. Le cose stanno così. Non so perché, ma hai attirato la mia attenzione ieri, seduta lì su quella panchina con i capelli ricci e gli occhioni azzurri, così terrorizzata quando ho incrociato il tuo sguardo. Non sei affatto il mio tipo. Di solito non mi piacciono le ragazzine spaventate, soprattutto quelle umane, ma tu"—allungò la mano destra per accarezzarle delicatamente la guancia—"mi hai fatto venir voglia di spogliarti proprio lì in mezzo a quel parco, per vedere cosa si nascondesse sotto quei brutti abiti. Ho dovuto far appello a tutta la mia forza di volontà per lasciarti andare, e, quando ti sei leccata il dito in quel modo nella mia cucina, ho dovuto trattenermi per evitare di toglierti l'accappatoio e affondare tra le tue cosce sul tavolo della cucina."

Il suo tocco sembrò bruciarla nella sua scia, quando le sistemò una ciocca di capelli dietro l'orecchio e le strofinò delicatamente le nocche sulle labbra. "Ma non sono uno stupratore. E questo è esattamente quello che sarebbe ora—uno stupro—perché sei così spaventata da me e dalla tua sessualità." Avvicinandosi, mormorò dolcemente: "So che mi vuoi, Mia.

Vedo l'eccitazione sulle tue graziose guance rosse, e la sento dal profumo della tua biancheria intima. So che i tuoi piccoli capezzoli sono duri adesso, e che sei bagnata mentre parliamo, con il corpo che si lubrifica nell'attesa della mia penetrazione. Se ti prendessi in questo momento, ti piacerebbe, dopo aver superato la paura e il dolore per la perdita della verginità—sì, so anche questo—ma aspetterò che ti abitui all'idea di essere mia. Non farmi aspettare troppo però—mi è rimasta poca pazienza."

CAPITOLO QUATTRO

Mia ricordava a stento il resto del tragitto.

A un certo punto, nei minuti successivi, la limousine si era fermata davanti alla Biblioteca Bobst e Korum le aveva aperto cortesemente la portiera, porgendole lo zaino. Poi, le aveva strofinato delicatamente le labbra sulla guancia, come se si stesse separando da una sorella, e l'aveva lasciata davanti all'imponente edificio della biblioteca.

Agendo senza pensare, Mia si ritrovò all'interno, seduta su una delle poltrone che erano il suo posto preferito per studiare. Tirò fuori il Mac e lo poggiò sul tavolino, notando con un certo interesse che le tremava la mano e che le unghie avevano una lieve tonalità bluastra. Sentiva anche freddo nel profondo di se stessa.

Era in stato di shock, si rese conto Mia. Doveva essere in uno stato di lieve shock.

Per qualche motivo, questo la infastidiva. Sì, si sentiva come se lui l'avesse spogliata con le parole in macchina, lasciandola nuda e vulnerabile. Sì, se avesse riflettuto a fondo sul significato delle sue ultime parole, probabilmente avrebbe iniziato a correre e a urlare. Ma non era una fanciulla vittoriana—nonostante la mancanza di esperienza—e rifiutò di lasciare che alcune frasi esplicite la mandassero in crisi.

Alzandosi con risolutezza, Mia lasciò lo zaino sulla sedia come segnaposto—nessuno avrebbe rubato un computer così vecchio—e si diresse verso il bar per bere qualcosa di caldo. Lungo la strada, si fermò per andare al bagno. Spruzzando dell'acqua calda sul viso nel tentativo di riconquistare l'equilibrio, Mia rivolse involontariamente un'occhiata allo specchio. Il solito viso pallido che la fissava era leggermente diverso—in qualche modo più dolce e più bello. Le sue labbra sembravano più carnose, anche se leggermente gonfie nel punto in cui le aveva toccate. Gli occhi erano più brillanti, ed era apparso un leggero colorito sulle guance.

Korum aveva ragione, pensò Mia. Si era eccitata in auto, con quelle parole che l'avevano portata quasi all'orgasmo—nonostante lo shock e la paura. Ma preferiva evitare di analizzare la situazione troppo a fondo. Persino ora, sentiva l'umidità residua nella biancheria intima e provava una leggera sensazione pulsante nelle profondità del sesso, ogni volta che ripensava a quel viaggio in limousine.

Facendo un respiro profondo, Mia raddrizzò le spalle e uscì dal bagno. La vita sessuale in tutte le sue manifestazioni extraterrestri avrebbe dovuto aspettare fin quando il saggio non fosse stato presentato.

Le sue priorità erano due in quel momento—un caffè extra lungo e poche ore di qualità ininterrotta con il Mac.

~

Il suono del campanello della porta e un eccitato grido da parte della coinquilina svegliarono Mia dodici minuti prima della sveglia.

Gemendo, si rotolò nel letto e mise il cuscino sopra la testa, sperando che la fonte del rumore se ne andasse e le permettesse di godere dei restanti minuti di sonno prezioso.

Era tornata a casa alle tre di mattina, dopo aver finalmente completato quel maledetto saggio. Purtroppo, lunedì avrebbe avuto una lezione alle nove del mattino, il che significava che avrebbe avuto meno di cinque ore di sonno quella notte. Tuttavia, il suo cervello sovraffaticato aveva rifiutato di abbandonare gli eventi del giorno, con sogni oscuri ed erotici che le interruppero il sonno—sogni in cui vedeva il suo viso, sentiva il suo tocco bruciarle la pelle, sentiva la sua voce prometterle sia dolore che estasi.

Ed ora, non riusciva a godersi nemmeno pochi momenti di sereno riposo, dato che Jessie a quanto pareva non riusciva a trattenere l'emozione per qualunque cosa fosse arrivata alla porta.

"Mia! Mia! Indovina un po'?" Jessie stava praticamente cantando, mentre bussava alla porta della camera di Mia.

"Sto dormendo!" ringhiò Mia, desiderando dare un cazzotto a Jessie per la prima volta in vita sua.

"Oh, andiamo, so che la tua sveglia sta per suonare. Alzati, Bella Addormentata, e va' a vedere cosa ti ha portato il Principe Azzurro!"

Mia si mise a sedere sul letto, dimenticando la sonnolenza. "Di cosa stai parlando?" Saltando giù, aprì la porta, guardando con occhi sgranati la compagna di stanza, sfacciatamente allegra e contenta.

"Quello!" Con un enorme sorriso emozionato, Jessie fece un gesto verso il grande vaso di fiori rosa e bianchi che occupava il centro del tavolo della cucina. "Il ragazzo delle consegne è appena arrivato e ha portato questo. Guarda, c'è anche un bigliettino! Sai chi l'ha inviato? C'è qualche ammiratore segreto di cui non mi hai parlato?"

Mia sentì un brivido improvviso, mentre il battito cardiaco accelerò. Avvicinandosi al tavolo, prese il bigliettino e lo aprì con trepidazione. Il suo contenuto—scritto in un inglese elegante, ma chiaramente maschile—era semplice:

Stasera, alle 19:00. Verrò a prenderti. Indossa qualcosa di bello.

Con la mano leggermente tremante, Mia poggiò il bigliettino. Per qualche motivo, non aveva pensato che lui avrebbe voluto rivederla così presto, tanto meno passare a prenderla a casa sua.

"Allora? Non tenermi sulle spine!" Non potendo più aspettare, Jessie afferrò il bigliettino e lo lesse. "Ooh, che cos'è? Un appuntamento?"

Mia cominciò a sentire un palpitante mal di testa. "Non esattamente" disse, stanca. "Lasciami preparare per la lezione, e ne parleremo lungo il tragitto."

Dieci minuti dopo, Mia afferrò una barretta per la colazione e uscì dalla porta insieme a Jessie, che a quel punto stava quasi per scoppiare dalla curiosità. Sospirando, Mia le raccontò una versione abbreviata della storia, tralasciando alcuni particolari che riteneva troppo privati per poter essere condivisi—come le parole esatte di Korum e la sua reazione a lui.

"Oh mio Dio." Il viso di Jessie rifletteva una terrorizzata incredulità. "E adesso vuole rivederti? Mia—è terribile, davvero terribile."

"Lo so."

"Non posso credere che ti abbia apertamente detto che intende fare sesso con te." Jessie si stava torcendo le mani per il disagio. "E se non ti presentassi stasera—se andassi in biblioteca o qualcosa del genere?"

"Sono abbastanza certa che riuscirebbe a trovarmi. Lo ha già fatto. E non ho idea di cosa farebbe, se si arrabbiasse."

Jessie sgranò gli occhi. "Credi che ti farebbe del male?" chiese con voce tirata.

Mia rifletté per alcuni secondi. Finora, tutte le sue azioni verso di lei erano state… premurose, in mancanza di una parola migliore. Forse era stata tutta una recita, ovviamente, ma in qualche modo dubitava che le avrebbe fatto del male fisico.

"Non credo" disse lentamente. "Ma non so di cosa possa essere capace."

"Ad esempio?"

"Beh, è proprio questo il punto—non lo so." Mia si tirò nervosamente un lungo ricciolo. "Sicuramente non sta seguendo le normali regole di frequentazione. Voglio dire, ieri mi ha praticamente rapita in mezzo alla strada..."

"E se tornassi a casa in Florida?" Jessie ovviamente era alla disperata ricerca di una soluzione.

"Mi sembrerebbe una reazione eccessiva. Inoltre, siamo a metà del semestre. Non potrò andare da nessuna parte prima dell'arrivo dell'estate."

"Cazzo." Jessie sembrò confusa per un attimo. "Beh, allora digli di no, quando si presenterà stasera. Pensi che ti costringerà ad andare con lui lo stesso?"

"Non ne ho idea" rispose Mia, fermandosi davanti all'edificio che era la sua destinazione. "Dovrò rifletterci. Forse se sarò particolarmente brutta stasera, perderà l'interesse."

"Questa è un'ottima idea!" Jessie batté le mani dall'emozione. "Vuole che indossi qualcosa di bello stasera? Beh, fagli vedere! Presentati con i vestiti più brutti che hai, mangia aglio fresco e cipolla, metti un po' d'olio sui capelli, in modo da farli sembrare grassi; magari fa' qualcosa che ti faccia sudare—come una corsa—e non farti la doccia; evita anche di mettere il deodorante!"

Mia fissò la coinquilina, affascinata. "Sei straordinaria. Come ti è venuto in mente tutto questo? Non è da te cercare di allontanare i ragazzi."

"Oh, è facile. Basta pensare a tutte le cose che faresti per prepararti a un appuntamento—e fare esattamente il contrario." Jessie agitò leggermente una mano con un'espressione talmente da saputella che Mia non poté fare a meno di scoppiare a ridere.

~

Alle sei, Mia iniziò ad attuare il piano di Jessie. La sua compagna di stanza moriva dalla voglia di vedere il suo primo K e sostenere moralmente Mia, ma aveva un laboratorio di biologia a cui non poteva proprio mancare. Mia era felice di quello. Mettere in pericolo Jessie era l'ultima cosa che voleva.

Cominciò a fare salti, flessioni e addominali. Nel giro di quindici minuti, i muscoli della gamba e dello stomaco—poco abituati a tutto quello sforzo—cominciarono a bruciare, e Mia si ritrovò ad essere coperta da un sottile strato di sudore. Senza preoccuparsi di fare una doccia, indossò le mutandine più logore, un paio di calze spesse e marroni che sua sorella disprezzava, e un abito nero a maniche lunghe che secondo Jessie la faceva sembrare assolutamente informe. Un paio di vecchie Mary-Janes nere con tacchi medi, usurate e rovinate, completavano il look. Niente trucco, ad eccezione di una leggera spolverata di ombretto blu scuro, sotto gli occhi, per imitare le occhiaie. I capelli sembravano già una massa incolta, ma Mia li spazzolò e aggiunse il balsamo solo sulle radici, lasciando che le punte andassero in ogni direzione. E per finire, tagliò un intero spicchio d'aglio, mescolandolo alla cipolla verde, e li masticò con cura, assicurandosi che la fetida miscela raggiungesse ogni angolo della bocca, prima di sputarli. Soddisfatta, diede un'ultima occhiata allo specchio. Come immaginava, aveva un aspetto orribile—sembrava una vecchia zitella pazza—e probabilmente puzzava molto di più. Se Korum fosse stato ancora interessato a lei dopo quella sera, ne sarebbe rimasta molto sorpresa.

Quando il campanello suonò, alle sette in punto, Mia indossò il vecchio cappotto di lana e aprì la porta con un mix di trepidazione e gioia appena contenuta.

La vista che l'accolse era mozzafiato.

In qualche modo, nel giro di una giornata, Mia era riuscita a dimenticare quanto fosse bello. Con un paio di jeans scuri e una camicia color grigio chiaro che evidenziava il suo fisico alto e muscoloso, emanava salute e vitalità, con la carnagione abbronzata e i lucenti capelli neri in netto contrasto con quegli incredibili occhi color ambra. Mia si sentì improvvisamente imbarazzata per il suo aspetto sudicio.

Vedendola, Korum separò le labbra per un sorrisetto. "Ah, Mia. Immaginavo che non mi avresti facilitato le cose."

"Non so di cosa stai parlando" disse Mia in modo sfacciato, sollevando il mento.

"Mi fa piacere che tu abbia deciso di giocare a questo gioco." Alzò la mano e le accarezzò la guancia, provocandole un brivido di piacere indesiderato lungo la schiena. "Renderà la tua resa molto più dolce."

Continuando a sorridere, le offrì gentilmente il braccio. "Pronta per andare?"

Furiosa, Mia ignorò la sua offerta, scendendo le scale da sola. *Idiota!* Avrebbe dovuto immaginare che lui avrebbe preso il suo aspetto volontariamente brutto come una sfida. Con quel fisico e tutta quella ricchezza, probabilmente le donne gli cadevano ai piedi. Forse trovava addirittura divertente che qualcuna non andasse subito a letto con lui. Forse avrebbe dovuto farlo. Se gli piaceva l'inseguimento, allora avrebbe perso l'interesse molto rapidamente, se avesse ottenuto quello che voleva.

La limousine li stava aspettando. "Dove stiamo andando?" chiese Mia, domandandoselo per la prima volta.

"Percival" rispose Korum, aprendo la portiera per lei. Il luogo che aveva menzionato era un famoso ristorante del Meatpacking District, in cui era difficile cenare, anche il lunedì sera.

Mia imprecò mentalmente. Un conto era sembrare repellente per Korum—uno sforzo inutile, a quanto pareva—un altro era andare in giro per il quartiere più alla moda e più trendy di New York sembrando e puzzando come un senzatetto. Tuttavia, avrebbe preferito morire di imbarazzo che dare a Korum la soddisfazione di sapere come si sentisse infastidita.

Salì in macchina e si sedette accanto a lei. Raggiungendola, le prese una mano e la poggiò sul grembo, studiandole il palmo e le dita, affascinato. La sua mano sembrava piccola nella sua forte presa, con la carnagione dorata che sembrava molto più scura rispetto al suo pallore, creando un contrasto sorprendentemente erotico. Mia tentò di ritrarre la mano, cercando di ignorare le sensazioni che quel tocco le stava provocando alle zone inferiori. Le tenne la mano abbastanza a lungo da farle capire la futilità dei suoi tentativi di liberarsene, e poi la lasciò andare con un sorrisetto.

Era strano, pensò Mia, che avesse smesso di aver paura di lui. In un certo senso, sapere delle sue intenzioni verso di lei—per quanto fossero rozze e basse—la tranquillizzava. La ragazza spaventata seduta in quella macchina il giorno prima non avrebbe mai osato opporsi in alcun modo per paura di una sconosciuta vendetta. Ma non si faceva più quei problemi, e stranamente quello era liberatorio.

Un minuto dopo, la limousine si fermò davanti alla porta del ristorante. Korum scese per primo e Mia lo seguì, notando con mortificazione le occhiate che ricevevano dalle donne e dagli uomini ben vestiti. Un bellissimo K in limousine doveva attirare l'attenzione, e Mia era certa che si stessero facendo mille domande sulla sua trasandata compagna.

Una cameriera alta e magra li accolse alla porta. Senza nemmeno chiedere se avessero prenotato, li condusse in un separé privato sul retro del ristorante. "Benvenuti al Percival" disse con fare teatrale, rivolgendosi a Korum e consegnando loro i menù. "Cominciamo con uno spumante dolce o secco?"

"Dolce va benissimo, Ashley, grazie" rispose l'alieno con aria assente, studiando il menù.

Mia sentì un'improvvisa e sconvolgente voglia di strappare tutti i capelli biondi dalla testa di Ashley, che sembrava una modella. Una strana sensazione di nausea si insinuò nel suo stomaco, immaginandoli a letto insieme, con il corpo muscoloso di Korum avvolto attorno a quello della bionda. *Basta, Mia! Certo che è andato a letto con altre donne!* Senza dubbio, quella creatura aveva migliaia di donne ai suoi piedi.

"Hai deciso cosa vuoi?" le chiese, sollevando la testa dal menù, apparentemente ignaro dell'espressione omicida sul volto di Mia.

"No, non ancora." Facendo un respiro profondo, si sforzò di concentrarsi sul menù. Quello era senza dubbio il ristorante più bello in cui fosse mai stata, e il menù—a cui mancavano i prezzi— elencava alcuni piatti e ingredienti che non conosceva. Sgranò gli occhi quando lesse formaggio di capra e caviale nella sezione degli antipasti, e uova in uno dei piatti a base di spaghetti. Le venne l'acquolina in bocca. "Credo che prenderò le bietole arrostite e l'insalata di formaggio di capra, seguiti dal Pad Thai con pesto ai carciofi."

Korum sorrise, accondiscendendo. "Certamente." Fece un cenno alla cameriera e le riferì il suo ordine. "Per me invece insalata di crescione jicama e ravioli shiitake in crema di anacardio. E una bottiglia di Dom Perignon."

Mia lo guardò affascinata. Non sapeva che i K bevessero alcolici. In realtà, c'erano tantissime cose che lei—e la gente in generale—non sapeva degli invasori che ormai vivevano insieme a loro. Mia aveva l'opportunità ideale per imparare, essendo seduta al suo tavolo.

Sentendosi leggermente temeraria, decise di iniziare con la domanda che le era frullata per la testa fin dal primo incontro. "È vero che bevete sangue umano?"

Korum sollevò le sopracciglia, e quasi si strozzò con la bevanda. "Sei molto diretta, non è vero?" Un grande sorriso gli apparve sul viso, quando domandò: "Stai chiedendo se dobbiamo bere sangue umano o se lo facciamo comunque?"

Mia deglutì. Improvvisamente, non sapeva quale fosse la domanda migliore da fare. "Entrambe, credo."

"Beh, lascia che ti tranquillizzi... Non abbiamo più bisogno di sangue per sopravvivere."

"Ma prima sì?" Mia sgranò gli occhi per lo shock.

"Originariamente, quando ci evolvemmo nella nostra forma attuale, avevamo bisogno di consumare significative quantità di sangue da un gruppo di primati che avevano alcune somiglianze genetiche con noi. Era una carenza del DNA a renderci vulnerabili e a legare la nostra esistenza ad un'altra specie. Da allora abbiamo corretto questo difetto."

"E così, è vero? C'erano degli umani sul vostro pianeta?" Mia lo guardava a bocca aperta.

"Non erano esattamente umani. Il loro sangue, però, aveva le stesse caratteristiche dell'emoglobina che avete voi."

"Che cos'è successo a loro? Ci sono ancora?"

"No, sono estinti ormai."

"Non capisco" disse Mia lentamente, cercando di dare un senso a ciò che aveva scoperto fino a quel momento. "Se avevate bisogno di loro per sopravvivere, come e quando si sono estinti? È stato prima o dopo... uhm... che avete corretto il vostro difetto?"

"È successo molto prima di allora. Siamo riusciti a sviluppare una sostanza sintetica prima che l'ultimo esemplare della loro specie scomparisse, e questo ci ha permesso di sopravvivere alla loro scomparsa. Sono stati una specie in pericolo per milioni di anni. In parte è stata colpa nostra, avendo dato loro la caccia, ma fu dovuto in gran parte alla loro bassa natalità e alla breve durata di vita. Proprio come voi, avevano un sistema immunitario debole, e una peste per poco non li fece scomparire. Così, iniziammo a cercare strade alternative per la sopravvivenza della nostra specie—sostituti sintetici di emoglobina, sperimentazioni con il nostro DNA e il tentativo di sviluppare una specie compatibile sia su Krina che su altri pianeti."

Una lampadina si accese nel cervello di Mia. "È per questo che avete predisposto la vita qui sulla Terra? È per questo che sono nati gli umani— avevate bisogno di una specie compatibile?"

"Più o meno. Si è trattato di un esperimento, con minuscole probabilità di successo. Diffondemmo il nostro DNA, per quanto la nostra primitiva tecnologia di allora lo permettesse. Non sapevamo quali pianeti fossero adatti alla vita, figuriamoci se sapevamo quanto somigliassero a Krina, così inviammo ciecamente miliardi di droni sui pianeti che si trovano in quelle che ora chiamiate Zone Goldilocks."

"Zone Goldilocks?"

"Sì, sono chiamate anche zone abitabili—regioni dell'universo intorno a varie stelle che potenzialmente hanno la giusta pressione atmosferica per mantenere l'acqua liquida sulla superficie. Sulla base delle nostre conoscenze, questi sono gli unici luoghi dove avrebbe potuto esserci una vita simile a quella di Krina."

Mia annuì, ricordando di averlo appreso durante il liceo.

Soddisfatto che lei stesse seguendo, continuò con la spiegazione. "Uno dei droni raggiunse la Terra, e i primi semplici organismi riuscirono a sopravvivere lì. Certo, non lo sapevamo all'epoca. Solo circa seicento milioni di anni fa raggiungemmo questa parte della galassia e trovammo la Terra."

"Appena prima dell'inizio dell'esplosione cambriana?" chiese Mia, con la pelle d'oca sulle braccia. Ormai tutti sapevano che i K avevano influenzato l'evoluzione sulla Terra in maniera abbastanza significativa, con la tempistica del loro arrivo iniziale che era coincisa con l'apparizione precedentemente confusa di molte forme di vita nuove e complesse durante il periodo cambriano. Ma i motivi per cui predisposero la vita sulla Terra per poi manipolarla erano rimasti un mistero, ed era incredibile per Mia sentirlo parlare con una tale disinvoltura, rivelandole così tanto durante la cena.

"Esattamente. Di tanto in tanto abbiamo guidato la vostra evoluzione, soprattutto quando ha minacciato di divergere drasticamente dalla nostra —come quando i dinosauri erano diventati la forma di vita dominante—"

"Ma pensavo che i dinosauri fossero stati uccisi da un asteroide."

"È così. Ma avremmo potuto evitare facilmente quell'impatto. Invece, ci assicurammo semplicemente che le forme di vita necessarie, come le prime versioni dei mammiferi, sopravvivessero."

Mia lo fissò a bocca aperta, mentre lui continuò con la storia.

"Quando un primate apparve qui per la prima volta, fu un risultato straordinario per noi, perché il suo sangue conteneva l'emoglobina. Tuttavia, non ne avevamo più bisogno, perché avevamo recentemente fatto una scoperta che ci permise di manipolare il nostro DNA senza conseguenze negative."

Si fermò quando le insalate furono servite, e continuò a parlare tra un boccone e l'altro. "A quel punto, la Terra e le sue specie di primati erano diventate il più grande esperimento scientifico nella storia dell'universo conosciuto. La sfida per noi divenne quella di vedere se avessimo potuto continuare con l'evoluzione abbastanza da veder emergere un'altra specie intelligente."

Mia sentì i brividi lungo la schiena, mentre ascoltava la storia delle origini umane raccontata da un alieno appartenente a una civiltà di miliardi di anni che essenzialmente aveva giocato ad essere Dio. Un alieno che al tempo stesso stava mangiando l'insalata, come se non stesse discutendo niente di più importante del tempo.

"Vedi" continuò: "I primati di Krina avevano il livello di intelligenza dei vostri scimpanzé, e alcuni di noi pensavano che una specie con una vita breve come la vostra avrebbe potuto sviluppare un intelletto davvero sofisticato. Ma insistemmo, a volte con modifiche genetiche per farvi assomigliare a noi, e il risultato superò tutte le nostre aspettative. Pur condividendo molte delle caratteristiche dei primati kriniani—la presenza dell'emoglobina, un sistema immunitario relativamente debole e una breve durata della vita—avete un tasso di natalità molto più elevato e un'intelligenza quasi paragonabile alla nostra. Anche il vostro tasso di evoluzione è molto più veloce del nostro—per lo più dovuto a un tasso di natalità più elevato. La transizione dei primati della Terra verso l'intelligenza durò solo un paio di milioni di anni, mentre da noi quasi un miliardo."

Decine di domande stavano attraversando la mente di Mia. Si concentrò sulla prima. "Perché vi importava che somigliassimo a voi? È un requisito per l'intelligenza?"

"No, non proprio. Aveva solo più senso per gli scienziati che all'epoca supervisionavano il progetto. Volevano creare una specie sorella, esseri intelligenti che ci somigliavano, in modo che fosse più facile per noi relazionarci a loro, in modo che fosse più facile comunicare con loro. Naturalmente" disse con un sorriso maligno, sollevando la forchetta vuota: "C'era un vantaggio inaspettato."

Mia lo guardò con diffidenza. "Quale vantaggio?"

"Beh, vedi, quando i primati della Terra apparvero, alcuni dei Krinar provarono a berne il sangue per curiosità. E scoprirono rapidamente che, in mancanza della necessità biologica di emoglobina, bere il sangue dava loro una sensazione molto piacevole—simile al piacere sessuale. Era meglio di qualunque droga, anche se le versioni sintetiche del vostro sangue da allora sono diventate molto popolari nei nostri bar e nei locali notturni."

Mia quasi si strozzò con l'insalata. Tossendo, bevve qualche sorso d'acqua per eliminare l'ostruzione nella gola, mentre lui la guardava con un'espressione divertita sul viso.

"Ma la cosa più interessante di tutte è stata la nostra scoperta più recente." Le si avvicinò, con gli occhi che assunsero l'ormai familiare sfumatura dorata più scura. "Vedi, abbiamo scoperto che non c'è niente di così piacevole quanto bere il sangue da una fonte vivente durante il sesso. Quell'esperienza è semplicemente indescrivibile."

Mia rifletté attentamente, sentendosi inorridita e stranamente eccitata al tempo stesso. "Quindi, vuoi bere il mio sangue mentre... scopiamo?"

Gli angoli della bocca dell'alieno si piegarono per un sorriso sensuale. "Quello sarebbe l'obiettivo finale, sì."

Doveva immaginarlo, anche se la risposta le dava il voltastomaco. "Morirei?"

Lui rise. "Moriresti? No, bere qualche sorso del tuo sangue ti ucciderebbe né più né meno di un prelievo dal medico. Anzi, la nostra saliva contiene una sostanza chimica che rende l'intero processo abbastanza piacevole per gli umani. Originariamente era stato pensato per le nostre prede, per drogarle e renderle docili quando ci nutrivamo di loro—ma ora serve solo per migliorare la vostra esperienza."

Mia si sentiva come se la testa le stesse scoppiando, dopo tutto ciò che aveva saputo, ma c'era qualcos'altro che doveva scoprire. "Come fate esattamente?" chiese timorosa. "A bere sangue, voglio dire. Avete le zanne?"

Lui scosse la testa. "No, questa è un'invenzione letteraria. Non abbiamo bisogno delle zanne—i bordi dei nostri denti superiori sono abbastanza affilati da poter penetrare nella pelle con relativa facilità, di solito semplicemente tagliando lo strato superiore."

Il pasto principale arrivò, concedendo a Mia alcuni preziosi momenti per ritrovare la compostezza.

Era troppo, tutto quello.

I suoi pensieri vagavano, confusi e caotici. In qualche modo, nelle ultime ventiquattro ore, si era abituata all'idea che un extraterrestre desiderava fare sesso con lei. Ma ora voleva anche che gli facesse da donatrice di sangue durante il sesso. La specie di Korum aveva fondamentalmente creato la sua, e ora utilizzava il sangue umano come una sorta di afrodisiaco. L'idea era inquietante e nauseante, e tutto ciò che

Mia avrebbe voluto era andare a letto, tirando le coperte sopra la testa e fingendo che nulla di tutto quello stesse accadendo.

Il tormento interiore doveva essere evidente sul suo volto, perché Korum si allungò, coprendole delicatamente la mano con la sua, e disse dolcemente: "Mia, so che questo è un enorme shock per te. So che hai bisogno di tempo per capire e conoscermi meglio. Perché non ti rilassi e ti godi il pasto, e parliamo di qualcos'altro nel frattempo?" Poi, aggiunse con un sorrisetto: "Ti prometto che non mordo."

Mia annuì e si tuffò nel cibo non appena le lasciò andare la mano. L'alternativa era scappare dal ristorante urlando, ma non sapeva come l'alieno avrebbe reagito. Dopo tutto ciò che aveva scoperto, l'ultima cosa che voleva era provocare l'istinto predatorio che la sua specie ancora possedeva.

Il Pad Thai era delizioso, si rese conto, degustando i ricchi sapori accompagnati ai pezzi d'uovo. Per qualche ragione, nonostante il suo esile fisico, nulla interferiva mai con l'appetito. La sua famiglia scherzava spesso sul fatto che Mia dovesse essere davvero un boscaiolo travestito, viste le grandi quantità di cibo che amava consumare regolarmente. "Come sono i tuoi ravioli?" chiese tra un boccone e l'altro delle tagliatelle, cercando un argomento più innocuo.

"Squisiti" rispose lui, godendosi il pasto nello stesso modo. "Vengo spesso in questo ristorante, perché hanno uno dei migliori chef di New York."

"Non so" mugolò Mia, cercando di tenere la conversazione leggera. "Anche l'insalata e il panino che hai preparato ieri erano gustosi."

Le sorrise, mostrando la fossetta che lo faceva sembrare molto più cordiale. L'aveva solo sulla guancia sinistra, non sulla destra—una leggera imperfezione sul suo volto altrimenti impeccabile che non faceva che potenziarne il fascino. "Oh, grazie. È il complimento più bello che mi abbiano fatto quest'anno."

"Cucini molto o la maggior parte delle volte vai al ristorante?" Il cibo sembrava un argomento sicuro.

"Entrambi. Mi piace mangiare, e anche a te, a quanto pare"—indicò con un sorriso la sua porzione, che stava scomparendo rapidamente —"quindi, serve una grande quantità di entrambi. E tu? Credo che sia difficile uscire troppo a New York, avendo il budget di una studentessa."

"Quello sarebbe un eufemismo" concordò Mia. "Ma ci sono alcuni locali economici davvero belli vicino alla NYU e a Chinatown, se voglio avventurarmi così lontano."

"Che cosa ti ha fatto decidere di venire a New York per studiare? Il tuo Stato di origine ha delle ottime università, e il tempo è migliore lì." Sembrava davvero perplesso.

Mia rise, riflettendo solo ora sull'ironia della sua scelta scolastica. "Al momento di fare domanda per le università, i miei genitori hanno avuto paura che voi—i Krinar, voglio dire—avreste stabilito un Centro in Florida, così hanno preferito che studiassi in un altro Stato."

Korum sorrise. "Avevamo pensato di stabilirci lì, ma era troppo popolato per i nostri gusti." Bevve un sorso del suo champagne. "Quindi, immagino che non sarebbero particolarmente felici, se sapessero che sei qui con me oggi."

"Oh no." Mia tremò. "Mia madre probabilmente sarebbe isterica, e a mio padre verrebbe una delle sue emicranie da stress."

"E tua sorella?"

"Uhm, nemmeno lei sarebbe particolarmente contenta." Per un attimo, aveva quasi dimenticato quante informazioni avesse Korum su di lei.

"È più grande di te, vero?"

"Di quasi otto anni. Si è sposata l'anno scorso."

"Mi chiedo come sarebbe avere una sorella o un fratello" rifletté l'extraterrestre. "Non è comune tra noi avere più di un figlio."

Mia si strinse nelle spalle. "Non so se la mia esperienza sia stata particolarmente autentica, vista la differenza di età. Quando fui abbastanza grande da essere più di una mocciosa, lei era già partita per il college." Incuriosita, chiese: "E così, non hai fratelli? Che mi dici dei tuoi genitori?"

"Sono figlio unico. I miei genitori sono su Krina, quindi non li vedo da un bel po'. Comunichiamo a distanza, regolarmente."

La cameriera tornò per sparecchiare e porgere loro i menù per il dessert. Mia scelse il tiramisù—preparato con formaggio e uova—e Korum optò per una torta di mele. In qualche modo, nel corso della conversazione, era riuscita a mandar giù due bicchieri di champagne e stava cominciando a sentirsi stordita. La serata aveva assunto una sfumatura leggermente surreale nella sua mente, dal ristorante frequentato dalle più belle persone di Manhattan al meraviglioso predatore seduto dall'altra parte del tavolo, con cui stava parlando della sua famiglia.

Mia si chiese quanti anni avesse. Sapeva che i K vivevano a lungo, quindi era impossibile indovinare la sua età giudicandolo dall'aspetto. Se fosse stato umano, avrebbe avuto intorno ai ventott'anni. Con la curiosità che ebbe la meglio, domandò: "Quanti anni hai?"

"Circa duemila dei vostri anni terrestri."

Mia lo fissò in stato di shock. Questo lo avrebbe collocato nella categoria molto antica secondo gli standard umani. Duemila anni fa, l'impero romano dominava ancora il mondo occidentale, e la religione cristiana era appena agli inizi. Ed era vivo da allora?

Bevve altro champagne per togliere un po' della secchezza nella gola. "Questo ti rende vecchio o giovane nella tua società?"

Alzò le spalle. "Credo giovane. I miei genitori sono molto più anziani. Non importa, però. Una volta raggiunta la piena maturità, l'età diventa letteralmente solo un numero."

"Dobbiamo sembrarvi tutti dei neonati, eh?" Mia mandò giù un grosso sorso dal suo bicchiere e sentì che la stanza stava cominciando a girare. Sperava che non stesse blaterando. Probabilmente avrebbe dovuto smettere di bere. Avrebbe potuto facilmente approfittarsi di lei, se fosse stata ubriaca. Ma comunque, avrebbe potuto facilmente approfittarsene anche da sobria. Era completamente alla mercé di un alieno che voleva scoparla e berne il sangue, quindi tanto valeva godere di quella situazione.

"Non dei neonati. Solo un po' ingenui. Più come degli adolescenti."

Mia si strofinò un punto del naso che le prudeva con il dorso della mano, chiedendosi se volesse conoscere la risposta alla domanda successiva. Decise di chiedere. "E così, siete immortali, come i vampiri delle nostre leggende?"

"Non la vediamo così. Tutti possono morire. La nostra specie ha sempre goduto di una senescenza trascurabile, ma possiamo essere uccisi o morire in un incidente."

"Senescenza trascurabile?"

"In pratica, non abbiamo i sintomi dell'invecchiamento. Prima che fossimo sufficientemente avanzati nella scienza e nella medicina, potevamo ancora morire per tutta una serie di cause naturali, ma ormai siamo riusciti a raggiungere un tasso di mortalità molto basso—e quasi trascurabile."

"Com'è possibile?" chiese Mia. "Come può una creatura vivente non invecchiare? È una cosa peculiare su Krina?"

"Non proprio. In realtà ci sono molte specie qui sulla Terra che hanno questa stessa caratteristica. Per esempio, hai mai sentito parlare della vongola di quattrocento anni?"

"Che cosa? No!" Evidentemente si stava prendendo gioco della sua ignoranza; sicuramente una cosa del genere non esisteva.

Annuì. "È vero—informati, se non mi credi. Ci sono molte creature che non perdono le capacità riproduttive o funzionali con l'età—alcune specie di cozze e vongole, aragoste, anemoni di mare, tartarughe giganti, meduse... Anzi, le meduse sono praticamente immortali; muoiono a causa di ferite o malattie, ma non della vecchiaia."

Cercando di riflettere su quell'incredibile informazione, Mia si strofinò di nuovo il naso. Basta, si rese conto, niente più alcol. Per qualche ragione, il naso aveva la tendenza a pruderle dopo qualche bevuta, e Mia aveva imparato a rispettarlo come un segnale per fermarsi. Le rare volte che aveva ignorato quell'avvertimento, le conseguenze non erano state piacevoli.

Vedendola leggermente sbandare sulla sedia, Korum fece cenno alla cameriera di portare il conto. Mia pensò di chiedergli di poter pagare la propria parte, come faceva sempre quando usciva con i ragazzi del college. Nah, decise. L'aveva praticamente obbligata a uscire, quindi tanto valeva approfittare di un pasto gratuito. Inoltre, non era sicura di potersi permettere quel posto, dato che il menù non aveva prezzi. Così, osservò Korum avvicinare il portafoglio telefonico del suo orologio da polso al piccolo ricevitore digitale della cameriera e aggiungere quella che sembrava una generosa mancia, a giudicare dall'espressione grata sul volto della ragazza.

"Pronta per andare?" L'aiutò a mettere il cappotto e le offrì nuovamente il braccio. Mia accettò questa volta, sentendosi un po' brilla e un po' sfiduciata nei confronti delle proprie capacità di riuscire a uscire dal ristorante senza cadere.

"Sei ubriaca?" le chiese divertito, osservandola barcollare leggermente, mentre uscirono sulla strada. "Ti ho vista bere solo un paio di bicchieri."

Mia sollevò il mento e mentì: "Sto benissimo." Detestava quando le persone le facevano notare quanto reggesse poco l'alcol.

"Se lo dici tu." Sembrava che stesse sul punto di riderle in faccia, e Mia avrebbe avuto voglia di dargli un cazzotto.

Naturalmente, Roger e la limousine li stavano aspettando. Mia esitò, con il battito del cuore che accelerò davanti alla consapevolezza che sarebbe stata sola con un predatore extraterrestre che voleva il suo sangue.

Lo guardò. "Sai, ho davvero voglia di un po' d'aria fresca. Posso andare a piedi—il mio appartamento è a una dozzina di isolati di distanza, e il tempo è veramente bello e fa fresco." L'ultima parte era una menzogna. Faceva piuttosto freddo, e Mia stava già tremando sotto al suo sottile cappotto.

L'espressione di Korum si rabbuiò. "Mia. Sali. Ti porto a casa." Era di nuovo quello spaventoso tono di voce, e stava funzionando per la seconda volta su di lei. Tremando leggermente per un mix di nervosismo e aria fredda, salì in macchina.

Il tragitto verso l'appartamento fu stranamente privo di eventi significativi, impiegando solo pochi minuti in assenza di traffico. Le tenne di nuovo la mano, strofinandole delicatamente il palmo con fare rassicurante. Malgrado il nervosismo iniziale, Mia chiuse gli occhi, si appoggiò al comodo sedile, e stava cominciando ad addormentarsi quando arrivarono a destinazione.

L'accompagnò al suo appartamento, salendo tre rampe di scale, tenendole il braccio come apparente precauzione contro qualsiasi instabilità indotta dall'alcol. Si sentiva stanca e assonnata, non desiderando altro che crollare sul letto di casa. Ad un certo punto, riuscì a inciampare e quasi cadde, facendo un passo falso a causa delle scarpe col tacco alto. Korum sospirò e la sollevò tra le braccia, portandola sulle due rampe rimanenti, nonostante le sue proteste.

Arrivati davanti casa sua, la mise attentamente in piedi, tenendola premuta sul suo corpo duro prima di lasciarla allontanare. Le pose le mani sulla vita, tenendola a breve distanza. Mia lo fissò, ipnotizzata. Il suo respiro accelerò, e una calda umidità si insinuò tra le gambe, rendendosi conto di cosa significava il grande rigonfiamento che aveva sentito nei jeans di Korum. Anche il suo respiro era un po' troppo veloce, e dubitava che avesse qualcosa a che fare con il fatto di aver portato in braccio una ragazza umana di quarantacinque chili per due rampe di scale. Le si avvicinò, con gli occhi quasi gialli a quel punto, e Mia si bloccò, quando le afferrò la nuca e premette le labbra sulle sue.

La baciò piacevolmente, con la lingua che le esplorò la bocca con dolcezza infinita, anche se la stringeva in una morsa implacabile. Mia gemette, con un'ondata di calore che l'attraversò, lasciando un sorprendente senso di letargia nella sua scia. Da qualche parte nella sua mente, un campanello d'allarme stava suonando, ma tutto quello su cui riusciva a concentrarsi erano la bocca e le sensazioni che si stavano diffondendo in tutto il suo corpo. La tirò ancora più a sé, premendole l'inguine contro il ventre, e Mia sentì nuovamente la durezza dell'alieno, col suo intimo che si strinse in risposta. Le succhiò leggermente il labbro inferiore, tirandolo nella sua bocca, e fece scivolare la mano verso il basso per afferrarle le natiche, sollevandola da terra in modo da poter spingere l'erezione direttamente sul suo clitoride attraverso lo strato di indumenti.

La pressione che cresceva dentro di lei era diversa e più forte di qualunque cosa avesse mai provato, e Mia gemette dalla frustrazione, desiderando di più. Le sue mani in qualche modo trovarono le spalle di Korum, massaggiando fortemente i muscoli duri sotto la camicia, ma non bastava. Aveva bisogno della sensazione della sua pelle nuda su di sé, del grosso cazzo nel suo sesso, in grado di alleviare la sensazione di vuota pulsazione che sentiva lì. Gli avvolse le gambe intorno alla vita, spingendo contro di lui, e le sensazioni raggiunsero un picco febbrile. Esitò per alcuni secondi preziosi, e poi raggiunse l'orgasmo, con un urlo soffocato sulle labbra dell'extraterrestre. Anche lui gemette, raggiungendo con l'altra mano la gonna e strappandole le calze, lasciandole andare la bocca per darle dei baci appassionati sul collo e sulla clavicola.

"Mia? Sei tu?" Una familiare voce la raggiunse in quello stato di stordimento, e la ragazza si rese conto con mortificazione che Jessie aveva aperto la porta dell'appartamento e li stava fissando, scioccata. "Stai bene? Vuoi che chiami la polizia?" La sua compagna di stanza chiaramente non sapeva come interpretare quello a cui stava assistendo.

Ancora avvolta intorno a Korum, Mia sentì un brivido attraversarle il corpo, mentre lui lottò visibilmente per riprendere il controllo. Temendo per Jessie, Mia le gridò: "Sì, sto bene! Vattene e lasciaci soli!" Un'espressione ferita apparve sul volto della coinquilina, che scomparve in casa, sbattendo la porta dietro di sé.

Mia spinse sul torace di Korum, cercando di frapporre una certa distanza tra loro. "Lasciami andare, ti prego" disse piano, non desiderando altro che arrotolarsi in una piccola palla in camera sua e piangere. Lui esitò un attimo, poi la poggiò a terra, continuando a tenerla su di sé. La sua pelle dorata sembrava infiammata dall'interno, e gli occhi continuavano ad avere un'intensa sfumatura gialla. Il rigonfiamento spinto sul suo stomaco non mostrava segni di regressione, e Mia tremò, rendendosi conto che l'autocontrollo di Korum era appeso a un filo. "Ti prego" ripeté, sapendo che non avrebbe potuto fare niente, a meno che non l'avesse voluto lui.

"Vuoi che ti lasci andare? Dopo tutto questo?" La sua voce era dura e gutturale, e le strinse le braccia intorno alla schiena, permettendole a malapena di respirare.

Mia annuì, tremando, con il forte desiderio caldo che aveva provato prima che lasciò il posto a un mix di paura e acuto imbarazzo. La guardò, con espressione oscura e indecifrabile, e poi le tolse le braccia dalla vita e si allontanò.

"Va bene" disse sottovoce. "Come vuoi. Va' nella cameretta e racconta tutto alla tua coinquilina. Fatti un bel pianto pensando alla troietta che sei, venendo il quel modo per un bacio in mezzo al corridoio." I suoi occhi brillarono, notando l'espressione di Mia. "E faresti bene ad abituarti all'idea che verrai molto di più, per tutto quello che ti farò—e ti farò davvero di tutto."

Con quella promessa, si voltò e si diresse verso le scale. Fermandosi prima di raggiungere la rampa, si guardò indietro e disse: "Verrò a prenderti dopo la lezione, domani. Niente più giochini, Mia."

CAPITOLO CINQUE

Con le gambe tremanti, Mia si fece strada nell'appartamento con tutta la dignità possibile, considerando che la biancheria intima era bagnata e le calze erano a pezzi intorno alle ginocchia. Jessie era seduta sul divano del salotto, aspettando che entrasse. Non sembrava più arrabbiata, solo estremamente preoccupata.

"Oh mio Dio, Mia" disse lentamente. "Che diavolo è successo nel corridoio?"

Mia scosse la testa, trattenendo le lacrime a stento. "Jessie, mi dispiace. Non riesco a parlare ora" disse, andando direttamente in camera sua e chiudendo la porta.

Crollando sul letto, si avvolse la coperta intorno e tirò le ginocchia al petto. Era come se il corpo non le appartenesse, con il sesso che continuava a pulsarle per i postumi dell'orgasmo. Aveva le labbra gonfie dopo tutti quei baci, e i capezzoli erano così sensibili che il reggiseno sembrava troppo abrasivo sulla pelle. Si sentiva anche distrutta e devastata, esposta in un modo che non aveva mai sperimentato in vita sua.

Non voleva quello—niente di tutto quello. La totale perdita di controllo del proprio corpo era sconvolgente, e il fatto che fosse stato Korum a sollecitare una reazione così potente la faceva sentire ancora più vulnerabile.

La terrorizzava.

Era completamente alla sua mercé con lui, e lo sapeva. Per quanto fosse spaventoso pensare a che cosa avrebbe potuto comportare l'atto sessuale con un vampiro extraterrestre, la cosa che Mia temeva di più era l'effetto che aveva sulle sue emozioni. Le avrebbe strappato via tutto—il corpo e l'anima—e dopo averlo fatto, avrebbe voltato pagina, lasciandola a pezzi e segnata per tutta la vita, incapace di dimenticare il suo oscuro amante alieno.

Non era quello il modo in cui sarebbero dovute andare le cose. Provenendo da una famiglia di immigrati polacchi di seconda generazione, Mia aveva sempre seguito la retta via. Aveva studiato duramente a scuola, sia per soddisfare i genitori che per il proprio desiderio di realizzazione. Dopo aver conseguito la specializzazione, avrebbe voluto utilizzarla per assistere gli studenti delle scuole superiori o universitari nella loro carriera. Era legata ai genitori e alla sorella e, inoltre, sperava di diventare una brava madre per i propri figli, un giorno. Ad un certo punto, si sarebbe innamorata di un brav'uomo di buona famiglia e avrebbe avuto un lungo matrimonio felice, come i genitori. Mentre le altre ragazze sognavano le avventure e flirtavano con i ragazzacci, Mia voleva una vita normale, condotta nel modo giusto.

Aveva sempre saputo di essere una creatura sessuale. Nonostante la mancanza di esperienza, non aveva dubbi sul fatto che le sarebbe piaciuto il sesso, una volta trovata la persona giusta. Amava leggere romanzi erotici e guardare video porno, e non si riteneva una puritana. Anzi, le piaceva l'idea di provare nuove cose e di avere diverse relazioni prima di sistemarsi. Quando usciva insieme a Jessie, Mia si ritrovava spesso eccitata, ballando con i ragazzi attraenti, soprattutto dopo aver bevuto un po'. Per qualche motivo, non era mai andata oltre qualche bacio, forse perché era troppo cauta e razionale per scegliere un ragazzo in un locale per una botta e via. Tuttavia, aveva aspettato con ansia la sua prima volta, preferibilmente con una persona speciale a cui voler bene e da cui essere ricambiata. Un predatore alieno che voleva scoparla e bere il suo sangue era il più lontano possibile da quell'ideale.

Voleva fare una doccia.

Alzandosi lentamente, Mia si tolse i vestiti. Le calze erano irrecuperabili, così le gettò nel cestino. Anche l'abito nero era leggermente strappato sulla parte anteriore—Mia non ricordava nemmeno cosa fosse successo—e si liberò anche di quello. Sentendosi sconsiderata, tolse le Mary-Janes e la biancheria intima, buttando anche quelle nel cestino, non volendo ricordare nulla di quella serata.

Indossando la vestaglia, lasciò la sicurezza della sua stanza e si diresse verso la doccia, sperando che Jessie fosse andata a dormire.

La mattina seguente, Mia si svegliò con il mal di testa.

Appena aprì gli occhi, gli eventi della sera prima le tornarono in mente, accompagnati da una sensazione di scottante umiliazione. L'aveva chiamata troietta, e si sentiva tale, soprattutto perché Jessie li aveva visti. Ricordò anche quello che le aveva detto sul fatto di passarla a prendere, e improvvisamente si sentì nauseata per un mix di paura e perversa eccitazione.

Avrebbe avuto solo una lezione oggi, e sarebbe iniziata alle undici. Era positivo, dal momento che non sapeva nemmeno se avesse voluto scendere dal letto.

Qualcuno bussò timidamente alla sua porta.

"Sì, avanti" disse Mia, con rassegnazione, sapendo che Jessie doveva aver aspettato con ansia che si svegliasse.

La sua compagna di stanza entrò impacciatamente e si sedette sul letto di Mia. "E così, a quanto pare la mia strategia brevettata per allontanare i ragazzi si è rivelata un fallimento totale, eh?"

Mia si strofinò gli occhi e rivolse a Jessie un sorriso amareggiato. "Puoi dirlo forte, sì." Facendo un respiro profondo, disse: "Ascolta, mi dispiace per ieri. Non volevo urlarti contro—è solo che non volevo che fossi lì, a vedere quello che credo tu abbia visto."

Jessie annuì, avendolo immaginato. "Non preoccuparti. Avrei fatto la stessa cosa. Ero solo preoccupata che ti stesse costringendo a fare qualcosa. Quindi, ti piace davvero adesso?"

Mia gemette e seppellì la testa sotto al cuscino. "Non lo so. Ogni parte sana di me grida di scappare il più lontano possibile, ma ogni volta che mi tocca, non posso farne a meno. È come se non avessi alcun controllo. Lo detesto."

Jessie sgranò gli occhi. "Oh, wow. È così *eccitante*. È una di quelle cose che si leggono nei romanzi—lui la bacia e lei si scioglie!"

Un qualcosa di sfuggente tormentava Mia quella mattina, e le parole di Jessie improvvisamente misero insieme i pezzi del puzzle.

Certo! L'aveva baciata, e le aveva detto esplicitamente che la saliva dei K conteneva una sostanza chimica che drogava la preda, rendendola docile. Tutto aveva senso ora—la piacevole letargia che si era diffusa nelle sue vene e il modo in cui il cervello si era praticamente spento non appena le aveva sfiorato le labbra, lasciandola agire in base al puro istinto animale. La sostanza chimica probabilmente era ancora più potente, se immessa direttamente nel flusso sanguigno, ma ne aveva sicuramente ottenuto una bella dose.

Non c'era da meravigliarsi che si fosse comportata come una troietta —non solo era ubriaca per lo champagne, ma era letteralmente drogata per via del bacio.

Una furia ardente prese lentamente il sopravvento nel suo stomaco, sostituendo il senso d'umiliazione che aveva provato. Il bastardo. L'aveva sostanzialmente drogata e se ne era quasi approfittato, e poi aveva avuto il coraggio di *accusarla* di aver giocato. Beh, fanculo! Se pensava che sarebbe uscita docilmente insieme a lui oggi dopo la lezione, poteva scordarselo.

Il cervello le frullava, alla ricerca di un'alternativa.

"Jessie" disse lentamente. "Non mi hai detto una volta che un tuo cugino ha qualche collegamento nella Resistenza?"

"Uh—" Jessie era chiaramente sorpresa. "Stai parlando di quella cosa che ti ho detto una volta di Jason? È stato tanto tempo fa, quando eravamo ancora matricole. Sono abbastanza certa che non abbia più niente a che fare con quello, almeno per quanto ne so." Fissò Mia con un'espressione preoccupata sul volto. "Perché me lo stai chiedendo? Vuoi unirti ai combattenti per la libertà ora?"

Mia scrollò le spalle, non sapendo neppure lei dove la coinquilina volesse andare a parare. Tutto ciò che sapeva era che si sarebbe rifiutata di diventare il giocattolo erotico di Korum, di essere usata e scartata in base ai suoi capricci.

Non aveva mai creduto al movimento anti-K, e pensava che i combattenti della Resistenza fossero pazzi. I Krinar sarebbero rimasti. La tecnologia e le armi umane erano irrimediabilmente primitive rispetto alle loro, e Mia aveva sempre pensato che cercare di combatterli fosse l'equivalente di sbattere la testa contro il muro—inutile e molto pericoloso. Inoltre, le cose non sembravano andare così male, passati i giorni del Grande Panico. I K li avevano lasciati in pace, scegliendo di vivere nei loro insediamenti, e la vita andava avanti con lievi differenze— aria più pulita, una dieta più sana e molte illusioni infrante sul posto dell'umanità nell'universo. Tuttavia, ora che aveva interagito personalmente con un K, si sentiva un po' più vicina alla causa dei combattenti—non che quello rendesse il movimento della Resistenza meno inutile.

Sospirò. "Non importa, era solo un'idea stupida. Ho solo bisogno di schiarirmi le idee." Saltando giù dal letto, Mia infilò i jeans, una vecchia maglietta e un maglione comodo.

"Aspetta, Mia. Che cosa sta succedendo?" Jessie era confusa per le sue azioni. "Sei arrabbiata per quello che è successo la notte scorsa?"

Mia tirò su i calzini e indossò un paio di scarpe da ginnastica. "Credo di sì" mormorò. Raccontare alla compagna di stanza tutta la storia l'avrebbe solo fatta preoccupare, e una Jessie preoccupata a volte faceva cose drastiche —come quando aveva chiamato la polizia per informarli della scomparsa di Mia, che in realtà si era solo addormentata in biblioteca con la batteria del cellulare scarica. Non che Jessie avrebbe potuto fare qualcosa in questo caso, ma preferiva non procurarle un inutile disagio. "Ascolta, sto bene" mormorò Mia. "Ho solo bisogno di fare una passeggiata e di respirare un po' d'aria fresca. Sai che non ho molta esperienza con questo genere di cose, e questo è un po' come essere gettati nelle profondità di una piscina. Voglio solo cercare di capire come mi sento, prima di poter cominciare a parlarne."

Jessie la guardò con un'espressione leggermente offesa. "Va bene, certo. Come vuoi." Poi si riprese. "Sarai a casa per cena? Stavo pensando di cucinare un po' di pasta, e di passare una serata tra ragazze, guardando alcuni vecchi film..."

Mia scosse la testa, rammaricata. "È un'idea fantastica, ma non lo so. Credo che lo rivedrò oggi."

Notando l'espressione preoccupata sul volto di Jessie, aggiunse con un sorrisetto: "E potrebbe essere molto divertente." Prima che Jessie avesse la possibilità di rispondere, Mia afferrò il suo zaino e corse fuori dalla porta con un rapido "ci vediamo dopo."

Camminò in fretta, senza una particolare destinazione in mente. Fermandosi in un bar, comprò un pacchetto di gomme da masticare—dal momento che non si era nemmeno lavata i denti quella mattina—e una piadina farcita con hummus, avocado e verdure fresche. Il suo cervello sembrava essere ibernato, e camminava senza pensare a qualcosa in particolare, godendosi la sensazione dei piedi che colpivano il pavimento e del sole di mezzogiorno che le scaldava il viso. Doveva aver camminato così per molto tempo perché, quando cominciò a prestare attenzione ai cartelli stradali, era già a TriBeCa, a un isolato dal lussuoso grattacielo in cui era stata meno di quarantotto ore fa.

Improvvisamente, capì che cosa avrebbe fatto—che cosa il suo subconscio doveva aver capito ancor prima di portarla lì.

Era davvero semplice.

Scappare era inutile. Avrebbe potuto rintracciarla ovunque fosse andata, e aveva già dimostrato di poterle manipolare il corpo, facendolo reagire al suo con l'aiuto di varie sostanze chimiche. No, scappare non era la soluzione. Lui era un cacciatore. Amava inseguire, e c'era solo una cosa che avrebbe potuto fare per fermarlo. Avrebbe potuto negargli la caccia, togliendogli il piacere di inseguire una preda riluttante.

Sarebbe potuta andare da lui volontariamente.

Dopo aver preso la decisione, Mia non perse tempo ad agire.

Entrando nell'atrio del suo edificio, disse con calma al portiere che era lì per vedere Korum. L'uomo sgranò un po' gli occhi—chiaramente sapeva chi era l'abitante dell'ultimo piano—e avvisò la vigilanza della sua presenza. Dieci secondi dopo, indicò l'ascensore posizionato un po' a sinistra rispetto a quello principale. "Prego, signorina. Basta digitare il numero 1159, quando le verrà chiesto di inserire un codice, e la porterà all'attico."

Korum stava aspettando, quando le porte dell'ascensore si aprirono.

Nonostante l'intenzione di Mia di rimanere calma, il respiro le si bloccò in gola e il cuore iniziò a batterle forte, non appena lo vide. Indossava un paio di pantaloni del pigiama grigi e nient'altro. La parte superiore del corpo era completamente nuda, con la pelle bronzea che gli copriva i muscoli scolpiti e una leggera spolverata di peli scuri visibili intorno ai piccoli capezzoli maschili. Le spalle larghe e muscolose lasciavano spazio a una vita sottile e una vera e propria tartaruga gli copriva l'addome piatto. Non c'era il minimo accenno di grasso sul suo corpo potente.

Mia deglutì per alleviare la secchezza nella gola, improvvisamente molto meno sicura della saggezza del proprio piano.

"Mia" le disse dolcemente, appoggiandosi alla porta, sembrando un grosso gatto selvatico pronto a saltare. "A cosa devo questo piacere? Non mi aspettavo di rivederti così presto." Qualcosa nell'espressione della ragazza doveva averla tradirla, perché Korum si lasciò sfuggire una risatina. "Ah, capisco. È *perché* non ti aspettavo. Beh, entra."

Entrando lentamente in cucina a piedi nudi, le chiese: "Hai fatto colazione?"

Mia annuì, sentendosi come un muto, ma temendo che la voce potesse tradire il proprio nervosismo. Quello non era sicuramente il piano migliore. Perché aveva pensato che entrare nella tana del leone fosse meglio che cercare di evitarlo totalmente?

Ma non poteva fare marcia indietro.

"Bene, quindi, forse posso offrirti un caffè o un tè?" Il suo tono era troppo cortese, rendendo derisoria quella domanda normalmente educata.

La ragazza sollevò il mento, rendendosi conto che l'alieno trovava la situazione molto divertente. "No, grazie" disse freddamente, orgogliosa del tono piatto della sua voce. "Sai perché sono qui. Perché non *smetti* di giocare, e andiamo al sodo?"

Si fermò e la guardò. Il suo volto non mostrava più alcuna traccia di ilarità. "Va bene, Mia" disse lentamente. "Se è questo che vuoi..."

"Un'altra cosa" disse, desiderosa di stuzzicarlo senza pensare alle conseguenze. "Niente più droghe. Niente alcol, né saliva nel mio corpo. Se vuoi il mio sangue, puoi tagliarmi la vena e berlo. E niente più baci sulla bocca. Non voglio essere ubriaca, *né* drogata oggi."

Il volto dell'extraterrestre si rabbuiò e i suoi occhi sembrarono trasformarsi in piscine di oro liquido. "Credi che io ti abbia drogata ieri? È ciò che stai dicendo a te stessa per spiegare quello che è accaduto? Che un paio di bicchieri di champagne e i miei baci magici ti hanno trasformata in una ninfomane?" Rise sardonicamente. "Beh, mi dispiace deluderti, tesoro, ma la chimica nella nostra saliva funziona solo se affluisce direttamente nel sangue. Forse se ti baciassi per tutto il giorno, dopo qualche ora potresti sentirne un minimo effetto—se sei fortunata. Naturalmente, se ti baciassi per tutto il giorno, probabilmente verresti decine di volte e non noteresti alcun effetto indotto dalla saliva." Continuando a sorridere, disse allegramente: "Ma facciamo come dici tu. Niente baci e niente morsi. Tutto il resto è permesso."

Avvicinandosi a lei, le prese la mano e la condusse nel corridoio. Con il cuore che le martellava nel petto, Mia evitò di protestare, sapendo che il tempo per cambiare idea era ormai passato. Non sapeva se credergli o meno e, soprattutto, non voleva credergli. Se quello che le stava dicendo era la verità, allora aveva commesso un grosso errore andando lì. Una parte sciocca di lei aveva pensato che avrebbe potuto farlo—che avrebbe potuto lasciare che lui facesse sesso senza la sua volontà con il suo corpo insensibile, riducendolo ad essere lo stupratore che aveva affermato di non essere—e andarsene con le emozioni intatte, mantenendo un alto livello di moralità. Se non le stava mentendo, allora, era praticamente rovinata.

La portò in quella che doveva essere la sua camera da letto. Come il resto dell'attico, la stanza era moderna e opulenta al tempo stesso. Un grande letto rotondo dominava il centro di essa. Era sfatto e ovviamente qualcuno ci aveva dormito di recente. Le lenzuola erano di un leggero color avorio, e le spesse coperte e i cuscini sparsi intorno al letto erano azzurri. Il cuore le saltò in gola, realizzando cosa aveva appena accettato di fare.

Le liberò la mano e fece un passo indietro, lasciandola in mezzo alla stanza. "Va bene" disse piano: "Adesso spogliati."

Mia rimase lì, bloccata, con una calda ondata di imbarazzo che l'attraversò. Voleva che si togliesse i vestiti, proprio nel bel mezzo della stanza illuminata dal sole?

"Mi hai sentito" ripeté la voce fredda, nonostante il caldo colore giallo nei suoi occhi. "Spogliati." Notando la sua esitazione, aggiunse: "Posso garantirti che i tuoi vestiti non sopravvivranno, se ci metto le mani io."

Le mani di Mia tremarono, quando le sollevò lentamente per togliere il maglione dalla testa. La guardava appena, con il volto imperturbabile, nonostante il desiderio nello sguardo. La ragazza tolse prima le scarpe da ginnastica e poi i jeans, lasciando solo le mutandine rosa e la maglietta. Aveva dimenticato di indossare il reggiseno, e ora sentiva acutamente quella mancanza, con i capezzoli duri e visibili sul sottile tessuto della maglietta.

"Ora togliti la maglietta" ordinò, notando che si era fermata. La parte anteriore dei pantaloni di Korum era tesa, notò lei, e in qualche modo ciò era stranamente rassicurante—sapere che aveva quel tipo di effetto su di lui, che non era rimasto disgustato dalla sua goffaggine o dal fisico esile. Tremando leggermente, si tolse la maglietta da sopra la testa, mostrando i seni agli occhi di un uomo per la prima volta. Dovette far appello a tutta la sua forza di volontà per non incrociare le braccia sul petto in uno stupido gesto verginale; invece, rimase lì con le mani strette a pugno lungo i fianchi.

Le si avvicinò e la toccò, passandole lentamente un palmo lungo la schiena, mentre le afferrò il seno sinistro con l'altro mano, palpandolo dolcemente, come se volesse valutarne il peso e la consistenza. "Sei molto carina" mormorò, guardandola mentre le esplorava il corpo con le mani, con ogni carezza che inviava ondate di calore nelle zone inferiori. Stando lì con i piedi nudi, Mia sapeva benissimo quanto il corpo dell'extraterrestre fosse più grande rispetto al suo, con la testa della ragazza che raggiungeva appena la sua spalla e ciascun braccio dell'alieno più spesso della metà del suo busto. Le mani sembravano scure sulla sua pallida carnagione, e tremò quando Korum spostò il palmo sul suo ventre, con la larghezza della mano aperta che quasi copriva la distanza tra le ossa del bacino di Mia. L'erezione spingeva sul suo fianco, con il sottile materiale dei pantaloni del pigiama che faceva poco per nascondere il calore e la durezza.

Senza l'effetto stordente dell'alcol o lo scudo dell'oscurità, era impossibile ripararsi dalle sue azioni brutalmente intime, fuggire in una nebbia sensuale. Così, Mia rimase lì alla luce del sole, esposta e vulnerabile, intensamente consapevole di ogni carezza delle sue grandi mani sul suo corpo e della calda umidità che le lubrificava il sesso in risposta.

Agganciando i pollici alla biancheria intima della ragazza, l'alieno le spinse le mutandine lungo le gambe, rimuovendo la sua ultima difesa. "Esci da lì" ordinò con voce roca, e Mia obbedì, completamente nuda tra le sue braccia. Il fatto che lui stesse ancora indossando i pantaloni in qualche modo peggiorava le cose, acuendo la sua sensazione di totale impotenza.

Le toccò le natiche, piegando le mani intorno ai piccoli globi pallidi del suo sedere e stringendoli leggermente. "Molto carino" sussurrò, e Mia arrossì per qualche inspiegabile ragione. I riccioli scuri tra le gambe furono il particolare successivo ad attirare la sua attenzione, e Mia si irrigidì, quando le dita di Korum le accarezzarono lentamente i peli della vagina, cercando la tenera carne sottostante. Sentendo la sua umidità, sorrise con soddisfazione puramente maschile, e l'imbarazzo di Mia crebbe di dieci volte. Era quella la parte peggiore—sapere che il suo corpo l'aveva tradita, che una creatura che non era nemmeno umana poteva provocare quella reazione in lei in quelle circostanze.

"Niente baci sulla bocca, vero?" mormorò lui, prendendola e portandola a letto. Mia annuì, chiudendo gli occhi nella speranza che avrebbe finito rapidamente. Invece, la mise in mezzo al letto circolare, come una vergine da sacrificare, e le scivolò lungo il corpo, fin quando la testa non fu sulla giunzione delle sue gambe. Mia cercò di tirarsi su, comprendendo le sue intenzioni, ma non aveva intenzione di lasciarla andare. Le tenne le gambe agitate con i gomiti, separandole le pieghe con le dita, esponendo le zone più sensibili al suo sguardo bruciante. Abbassando la testa, spinse delicatamente la lingua, morbida e piatta, sul suo clitoride—tenendola lì e lasciandola dimenarsi fin quando non ne poté più, inarcando il corpo per l'orgasmo più potente della sua vita.

Mentre giaceva lì, ancora tremante per i residui dell'orgasmo, lui si alzò in ginocchio, togliendosi i pantaloni per rivelare un grande pene proteso. Mia sgranò gli occhi non appena si accorse che la sua prima volta probabilmente le avrebbe provocato più di un piccolo disagio, viste le dimensioni del cazzo davanti a lei.

Notando la sua paura, si fermò. "Mia" disse con calma: "Non dobbiamo farlo, se non sei pronta. Posso aspettare—"

Lei scosse la testa, non riuscendo a riflettere con la nebbia del desiderio che le appannava il cervello. Aveva raccolto tutto il suo coraggio per arrivare a quel punto, per concedergli una simile intimità. Fare marcia indietro ora sarebbe sembrato codardo, e Mia sentì un timore improvviso e irrazionale—che se avesse rinunciato alla possibilità di vivere quella passione ora, non l'avrebbe mai più provata.

Korum non ebbe bisogno di un grande incoraggiamento. Prima che il suo lato logico potesse riaffermarsi, era già sopra di lei, separandole le gambe con una coscia muscolosa e sistemandosi lì in mezzo. Guardandola dritto negli occhi, cominciò a spingerle il cazzo nell'apertura, facendosi strada centimetro dopo centimetro.

Pentendosi quasi subito della decisione presa, Mia si agitò sotto di lui, sentendosi come se una calda mazza da baseball stesse cercando di entrare nel suo canale. Nonostante l'umidità dovuta all'orgasmo, i suoi muscoli interni non volevano farlo entrare, irrigidendosi disperatamente per respingere l'invasione. "Shhh" sussurrò lui con calma, mentre le lacrime le rigavano il viso per l'ardente disagio che minacciava di trasformarsi in dolore. Delle gocce di sudore apparvero sul volto dell'alieno—dovute all'evidente sforzo di trattenersi—che flesse le braccia per tenersi fermo, aspettando che i delicati muscoli si rilassassero attorno alla sua asta prima di procedere. Ma lei non riusciva a stare ferma, con ogni istinto che la spingeva ad opporsi alla penetrazione e piccole grida che le uscirono dalla gola, mentre lui spinse ulteriormente, fermandosi brevemente sulla barriera interna. "Mi dispiace" disse bruscamente, e Mia urlò, quando lui spinse con un movimento fluido, strappando la membrana che gli impediva l'ingresso e affondando il cazzo fino in fondo, con i peli pubici dell'umana che spinsero sui suoi.

La vista di Mia si oscurò per un attimo, e una calda nausea le risalì fino alla gola, quando un dolore simile a un coltello le dilaniò le viscere. Non si sarebbe mai aspettata di provare una simile agonia, e affondò le unghie nelle spalle di Korum, con grida basse e gutturali che le uscirono dalla gola, nel disperato tentativo di liberarsi dell'oggetto che la stava facendo a pezzi. Dimenticando il piacere di prima, si dimenò sotto di lui come un pesce attaccato all'amo, notando appena le rassicuranti parole che le stava sussurrando nell'orecchio e i dolci baci che le stava dando sulle guance e sulla fronte.

A un certo punto, quel terribile dolore cominciò a placarsi, e si rese conto che lui non si stava più muovendo, che era rimasto in profondità dentro di lei, con i muscoli tremanti per lo sforzo necessario per rimanere fermo. "Mi dispiace" le disse, ripetendolo per l'ennesima volta: "Andrà meglio, te lo prometto. Rilassati, e non ti farà più così male, te lo prometto... Shhh, tesoro, rilassati... Che brava ragazza... Presto andrà meglio, te lo prometto..."

Bugiardo, pensò Mia amaramente. Come poteva andare meglio, quando era ancora dentro di lei, con l'organo che le aveva provocato tanto dolore sepolto in profondità? Si sentiva violata e tradita, inchiodata sotto quel corpo molto più grosso e senza alcuna possibilità di fuga, fin quando lui non avesse finito. "Finisci quello che hai cominciato" gli disse con severità, disposta a tollerare qualsiasi cosa purché quell'agonia terminasse.

Un sorrisetto gli piegò le labbra, nonostante la tensione sul volto. "Ah Mia, dolce ragazza coraggiosa, ogni tuo desiderio sarà esaudito." Lo tirò fuori lentamente, e Mia chiuse gli occhi, non riuscendo a trattenere le lacrime, con quel movimento che le causò ancora più dolore in un primo momento. Tuttavia, Korum continuò a muoversi, ritirandosi lentamente dal suo corpo e penetrandolo nuovamente, e il vecchio ritmo in qualche modo accese una piccola scintilla dentro di lei. Percependolo, l'extraterrestre aumentò gradualmente la velocità e cambiò leggermente l'angolazione, in modo che la larga punta della sua asta colpisse il sensibile punto in profondità. Allungò il braccio, con dita esperte che trovarono il clitoride, e premette leggermente, mantenendo la pressione costante e lasciando che i suoi colpi la spostassero contro la sua mano. Il corpo di Mia si tese nuovamente, questa volta per una ragione diversa, e un calore liquido cominciò a radunarsi nel suo intimo. Cominciò ad ansimare, facendo eco al suo respiro pesante, e la tensione dentro di lei diventò quasi insopportabile, con ogni spinta del cazzo che la portò sempre più al limite, senza farle raggiungere il culmine. Il dolore non scomparve—era ancora lì—ma in qualche modo non importava, in quanto ogni nervo del corpo di Mia era concentrato sul disperato bisogno di rilascio. L'alieno gemette, sbattendo i fianchi contro di lei, e Mia gridò dalla frustrazione, spingendogli inutilmente i pugni contro il petto, con il corpo che vibrava come una corda di chitarra a causa dell'intollerabile tensione interna. Improvvisamente, era troppo. Lo sentì gonfiarsi ancora di più, e poi venne con un'ultima spinta profonda che la spinse oltre il limite, sbattendole il bacino sul sesso, mentre il suo intero corpo sembrò esplodere con un orgasmo così potente che vide letteralmente le stelle, con il cervello che andò quasi in cortocircuito per l'intensità di esso.

Rimase lì, sentendo il cazzo ancora dentro di lei, anche se era diventato più floscio e piccolo. Le spalle e la schiena dell'alieno erano madide di sudore, con il respiro corto, come se avesse appena corso durante una maratona, e il corpo pesante sopra di lei. Anche le membra di Mia stavano tremando leggermente, si accorse con un interesse curiosamente distaccato, e il cuore le batteva come se avesse fatto uno sforzo fisico.

Poi Korum lo tirò fuori, e Mia sentì la perdita di calore del suo corpo, rimpiazzata da una strana freddezza interna. L'extraterrestre uscì dalla stanza, e lei tirò su le ginocchia in un movimento lento e doloroso, con il corpo che sembrava un estraneo, mentre si rannicchiò in posizione fetale sul fianco, con la mente stranamente vuota. C'erano striature di sangue sulle sue cosce, molto più di quanto aveva sempre pensato fosse la norma.

L'extraterrestre tornò un minuto dopo, con un tubetto bianco in mano. Facendo uscire una sostanza chiara, la spalmò sul dito e si allungò tra le gambe della ragazza, entrando nella dolorante apertura nonostante la sua debole protesta. Quasi immediatamente, Mia sentì che il dolore bruciante cominciava a diminuire, mentre il misterioso gel faceva la sua magia.

"È un analgesico e velocizza la guarigione" le spiegò, strofinando la mano sulle lenzuola per liberarsi di quello in eccesso. "Purtroppo, non posso guarirti completamente, perché l'ultima cosa che voglio è che la membrana ricresca."

Mia rispose raggomitolandosi in una palla ancora più piccola. Più che altro, voleva scomparire, fingere che niente di tutto quello fosse reale. Non glielo permise, però, tirandola a sé nella posizione a cucchiaio, con il grosso corpo caldo intorno a lei. "Ti odio" gli disse, desiderando ferirlo in qualche modo. Lo sentì sospirare sulla sua schiena. "Lo so" le disse, accarezzando delicatamente i riccioli aggrovigliati.

Dovevano essere rimasti così per qualche minuto. Le lenzuola odoravano di sesso, notò Mia, e di lui. C'era anche un odore metallico, e Mia capì che dovevano essere i resti della sua verginità.

"Non hai bevuto il mio sangue" gli disse, trovando più facile comunicare in quel modo, dandogli le spalle.

"No, non l'ho fatto" concordò, aggiungendo: "Credo che tu abbia vissuto fin troppe nuove esperienze come prima volta."

Com'era premuroso, pensò Mia amaramente. Un vero gentiluomo per aver risparmiato alla povera vergine un ulteriore trauma. Non importava che fosse lui la causa di quel trauma.

Come se avesse percepito la direzione dei suoi pensieri, le disse, continuando ad accarezzarle i capelli: "Mi dispiace che sia stato così doloroso per te. So che non mi credi ora, ma non avrei mai voluto farti del male e non lo farò più. Se avessi saputo quanto sei stretta e quanto era spessa la tua membrana, avrei cercato di rimuoverla prima di avvicinarmi a questa camera da letto. Una volta entrato dentro di te, era troppo tardi —non sono riuscito a fermarmi. La prossima volta non sarà così, te lo giuro."

Mia ascoltò il suo discorso con un crescente timore nello stomaco. "Tanto per chiarire le cose" disse lentamente: "Non lo rifarò mai più con te. Mai. Se mi toccherai un'altra volta, sarà stupro nel vero e proprio senso della parola."

Korum non rispose, e Mia si rese conto con grande sgomento che lui avrebbe voluto una prossima volta. "Sei un mostro" gli disse, cercando di staccarsi. La lasciò andare, alzandosi. Prima che lei potesse capire cosa voleva l'alieno, si chinò sul letto e la sollevò fra le braccia, portandola nuda fuori dalla stanza.

La condusse nello stesso bagno in cui Mia aveva fatto la doccia. A un certo punto, doveva aver riempito la Jacuzzi, perché era pronta per loro. La mise nella splendida acqua calda che le arrivava alla vita. Con le gambe ancora tremanti, Mia si abbassò tra le bolle, trovando un gradino su cui poté sedersi. Dei potenti getti le massaggiarono piacevolmente i muscoli sfiniti, togliendole il sangue secco e il seme dalle cosce, e l'umana si appoggiò al bordo e chiuse gli occhi, cercando di ignorare la presenza nuda di Korum.

Un pensiero spaventoso si insinuò improvvisamente nella sua mente, facendole aprire gli occhi. "Non hai usato la protezione" sibilò, spaventata da quella consapevolezza. "Mi verrà qualche malattia trasmissibile sessualmente o peggio—rimarrò incinta?"

Rise, piegando la testa all'indietro. "No, dolcezza—entrambe le ipotesi sono irrealizzabili. Sei molto più al sicuro facendo sesso con me che con qualsiasi maschio umano, a prescindere dal numero di preservativi che indossi."

Mia tirò un sospiro di sollievo. Il gel di prima e l'acqua calda stavano facendo miracoli al suo fisico, e si sentiva quasi bene. Aveva anche fame, si rese conto.

"Devo andare" disse, guardandosi intorno nel bagno alla ricerca di un asciugamano o di un accappatoio che l'avvolgesse. Non si sentiva ancora a proprio agio nuda davanti a lui.

"Perché?" le chiese pigramente, spostando la schiena muscolosa per approfittare dei getti. "Hai già perso la lezione e non hai niente da fare il mercoledì."

A quanto pareva, conosceva il suo orario delle lezioni a memoria.

Mia si strinse nelle spalle, non più sorpresa da niente. "Ho fame, e voglio tornare a casa" affermò, dicendo la verità.

Le sorrise, sembrando contento. "Ti preparerò qualcosa da mangiare. Perché non ti rilassi un po'? Ti avviserò quando è pronto."

Lei annuì, decidendo di non discutere, al ricordo del delizioso pasto che aveva preparato.

Continuando a sorridere, Korum si alzò e uscì dalla vasca, con l'acqua che gli rigava la pelle dorata e i muscoli ben definiti. Nonostante tutto ciò che era successo, Mia sentì una scintilla di eccitazione, vedendolo completamente nudo. La sua schiena era larga e muscolosa, e aveva i fianchi stretti. Il sedere era il migliore che avesse mai visto su un uomo, sodo e muscoloso, e le gambe sembravano potenti. Si chiese se i K si esercitassero per mantenersi in forma e decise che gliel'avrebbe chiesto in un secondo momento.

"Ti piace quello che vedi?" le chiese con un astuto sorrisetto, accorgendosi che lo stava osservando.

Mia arrossì leggermente e poi si disse di non comportarsi come una stupida. "Certo" disse sinceramente. "Sei molto carino, come la versione maschile di una Barbie."

Invece di offendersi, Korum scoppiò a ridere. "Non come Ken, spero. Non gli manca l'attrezzatura necessaria?"

Mia scrollò le spalle, non volendo entrare in quella discussione con lui in quel momento. Sorridendo, uscì dalla stanza, lasciandola sola a godersi la Jacuzzi per i venti minuti successivi.

Quando tornò, Mia aveva già fatto la doccia e indossato il familiare accappatoio che aveva scoperto nell'armadietto del bagno. Trovò anche le pantofole che aveva già indossato e le mise volentieri. Fare la doccia lì stava diventando un'abitudine.

Accompagnò Korum in cucina, con l'acquolina in bocca per i deliziosi profumi che provenivano da lì. Aveva preparato un'altra delle sue ottime insalate e un piatto di grano saraceno arrostito con carote e funghi arrosto. Sentendosi affamata, Mia aggredì il cibo con apprezzamento, e lo stesse fece lui. Per un po', la cucina rimase in silenzio, ad eccezione dei rumori della masticazione e dello sbattere dei piatti. Sentendosi finalmente sazia, Mia si appoggiò allo schienale. Lui aveva già finito la propria porzione, come al solito, e la stava osservando con un sorrisetto.

"Che cosa c'è?" chiese Mia, sentendosi a disagio e chiedendosi se avesse un pezzo di lattuga in mezzo ai denti.

"Niente" rispose lui, e il suo sorriso si allargò. "È solo che mi piace guardarti mangiare. Lo fai con molto entusiasmo—è molto tenero."

Mia arrossì leggermente. Ovviamente l'aveva presa per una ghiottona. Alzando le spalle, disse: "Sì, che cosa posso dire? Mi piace molto il cibo."

Lui sorrise. "Lo so. Mi piace molto questa tua particolarità. Molto inaspettata per una ragazza magra come te."

Mia ricambiò il sorriso e si alzò dalla sedia. Quello era il momento perfetto. "Ok, beh, grazie per il pasto. Ora mi cambio e me ne vado."

Il sorriso scomparve dal volto di Korum. Chiaramente non era felice di sentire quelle parole. "Perché non resti?" le suggerì dolcemente. "Ti prometto che non ti sfiorerò, se è questo che ti preoccupa."

Mia deglutì, sentendosi improvvisamente a disagio. "Devo proprio andare" disse, sperando che il linguaggio del corpo non la tradisse—che lui non avesse intenzione di tenerla lì contro la sua volontà.

La guardò negli occhi. Qualunque cosa ci vide, sembrò sufficiente a fargli prendere una decisione. "Va bene" disse lentamente. "Puoi andare a casa." Mia tirò un sospiro di sollievo—prematuramente, come si rese conto. Perché poi l'alieno aggiunse: "Ma voglio che torni qui stasera. Porta tutto quello che ti occorre per un giorno o due—oppure posso comprarti nuove cose, se preferisci—e torna entro le 19:00. Preparerò la cena."

Mia lo fissò. "E se non lo facessi?" chiese, sfacciata.

"Allora verrò a prenderti io" rispose Korum, con lo sguardo che non lasciava dubbi sulla sua serietà.

"Ma perché?" sbottò Mia in preda alla frustrazione. "Perché vuoi stare con una che non ti vuole? Chi ti odia, anzi? Sicuramente sarai pieno di donne che ti desiderano. Hai già ottenuto quello che volevi da me. Non puoi passare ad un'altra vittima?"

Socchiuse gli occhi dalla rabbia. "Beh, Mia, hai ragione. Non mi mancano le donne che farebbero di tutto per essere al posto tuo, e potrei facilmente trovare un'altra 'vittima,' come hai detto tu." Fece un passo verso di lei. "Il motivo per cui voglio te è che—nonostante tu finga di non volerlo—una chimica come la nostra è molto rara. Sei molto giovane, anche per un'umana, quindi non ti rendi conto di quello che abbiamo. Credi davvero che il sesso sarebbe così per te con un altro uomo? O che qualunque altra donna avrebbe lo stesso effetto su di me?" Fece una pausa e continuò con un tono più dolce: "Questo tipo di attrazione capita molto raramente, e non intendo rinunciarci, anche se ora sei spaventata." Fissando il suo viso scioccato, aggiunse con un familiare scintillio dorato negli occhi: "So che si tratta di una novità per te e che probabilmente hai provato più dolore che piacere oggi. Ma non sarà più così. La prossima volta che sarai nel mio letto, prometto che le tue uniche grida saranno quelle di piacere."

ia lasciò il suo appartamento e tornò a casa, con i pensieri confusi. Non era più vergine, e il residuo dolore tra le cosce ne era la prova. Il gel aveva alleviato gran parte della sofferenza, ma sentiva ancora l'eco della sua pienezza dentro di lei. Il sesso le palpitò leggermente al ricordo degli orgasmi che le aveva provocato, e tremò per l'intensità di esso. E voleva rivederla, quella sera. Anzi, sembrava che non avesse alcuna intenzione di lasciarla andare—incurante dei suoi desideri.

A quel pensiero, Mia si arrabbiò di nuovo. Non aveva alcun diritto di farle quello. La sua specie aveva guidato l'evoluzione umana, ma ciò non significava che avrebbe potuto possederla. Qualunque chimica pensava ci fosse tra loro, non era una buona scusa per il suo comportamento, e Mia detestava l'idea che Korum pensasse di poter avere tutto ciò che voleva. Desiderava che ci fosse qualcosa da poter fare per impedirglielo, ma la sua reazione a lui rendeva ridicola qualunque resistenza.

Il tragitto per tornare a casa era lungo, ma Mia voleva sgranchirsi le gambe e schiarirsi le idee prima di rivedere la compagna di stanza. Quando arrivò sotto il suo edificio, era così stanca che salire cinque rampe di scale le sembrò un peso. Non vedeva l'ora di riposarsi sul divano e di fare qualunque cosa per distrarsi—come guardare uno show sul portatile.

Non era la sua giornata fortunata, però. Jessie aveva ospiti, si rese conto Mia, quando aprì la porta e udì delle voci maschili nel salotto.

Entrando, rimase sorpresa di vedere due uomini che non aveva mai visto prima.

Uno di loro—un ragazzo asiatico—sembrava avere intorno ai venticinque anni, mentre l'altro doveva averne almeno trenta. Il ragazzo più grande attirò subito la sua attenzione. C'era qualcosa nel modo in cui era seduto sul divano che le dava l'impressione di una molla pronta a scattare. Era biondo e aveva degli occhi azzurri incredibilmente vigili. Sembrava essere di media altezza e magro, forse anche un po' troppo.

Vedendo entrare Mia, si alzarono entrambi. Jessie rimase seduta, sembrando pallida e stranamente in colpa. "Ciao, Mia" disse con una leggera esitazione. "Questo è mio cugino Jason, con il suo amico John."

Mia sollevò le sopracciglia. "Il Jason di cui abbiamo parlato questa mattina?" chiese, confusa.

Il ragazzo asiatico annuì. "Il solo e l'unico."

"Oh, ciao... piacere di conoscervi" disse Mia con gentilezza, cercando di collegare i punti.

"Sono qui per parlare con te" chiarì Jessie, e Mia comprese perché sembrava così in colpa.

"Voi ragazzi fate parte della Resistenza o qualcosa del genere?" chiese, incredula. Davanti alla loro non risposta, saltò da sola alle conclusioni. "Ascoltate, non so che cosa vi abbia detto Jessie, ma non abbiamo davvero niente di cui parlare—"

"Non credo proprio, Signorina Stalis" disse John, parlando per la prima volta con una voce leggermente roca: "Abbiamo molte cose da dirci. Jason—perché non parli un po' con tua cugina, mentre la Signorina Stalis ed io concludiamo la nostra discussione?"

Notando l'espressione corrucciata sul viso di Mia, Jessie le rivolse un'occhiata implorante. "Ti prego, Mia, so che sei arrabbiata con me, ma credo che possano davvero aiutarti. Ascoltali, ok? Jason ha detto che possono darti degli utili consigli su come affrontare questa situazione—ecco perché sono qui."

Mia sospirò profondamente e sbottò: "Va bene." A quanto pareva, non avrebbe trascorso un rilassante pomeriggio in casa.

"Quand'è che vuole rivederti?" domandò John.

Mia sbatté le palpebre per la sorpresa. "Uh—questa sera alle 19:00."

"Ok" disse lui: "Questo ci dà il tempo necessario per agire. Dimmi—sei stata irradiata?"

"Irradiata?"

"Ha usato qualche dispositivo alieno su di te che ha emesso una luce rossastra su qualche parte del tuo corpo in cui la pelle era rovinata?"

Mia lo fissò in stato di shock. "Come lo sai?"

Prendendola come una risposta affermativa, disse: "Allora, non puoi lasciare l'appartamento. Jason—perché non porti tua cugina a vedere un film, mentre la Signorina Stalis ed io parliamo qui?"

Jason annuì e se ne andò, seguito da Jessie, anche se Mia poté vedere che la coinquilina stava morendo dalla curiosità.

Quando furono soli, Mia chiese con rabbia: "Che cosa vuol dire che non posso lasciare l'appartamento?"

"Sei stata irradiata. In pratica, ti ha marchiato—ora hai delle piccole nano-macchine impiantate nella parte del corpo che è stata irradiata. Gli trasmettono la tua posizione in ogni momento. Se dovessi fare qualcosa che non si aspetta, come lasciare il tuo appartamento quando pensa che dovresti essere a casa, lo saprebbe immediatamente—e questo potrebbe renderlo sospettoso."

Mia si guardò i palmi con orrore. "Vuoi dire che quando mi ha guarito i graffi ha davvero inserito un dispositivo di rilevamento dentro di me? Perché l'avrebbe fatto?" Sollevò la testa con sospetto. "E come fai a sapere tutto questo?"

"Signorina Stalis—" disse, sfinito.

"Puoi chiamarmi Mia" lo interruppe.

"Ok, Mia" ripeté confidenzialmente: "Combattiamo i Krinar da molto tempo. Non pensi che abbiamo scoperto molte cose sui nostri nemici?"

"E va bene" disse Mia lentamente: "Supponiamo che vi creda. Perché l'avrebbe fatto? Perché mi avrebbe marchiata in quel modo?"

"Per sapere sempre dove sei, ovviamente. È la loro procedura operativa standard."

Mia lo fissò scioccata. "Beh, allora, cosa potete fare per aiutarmi?"

"Non possiamo aiutarti, Mia" disse John sinceramente. "Ma tu puoi aiutare noi."

Mia respirò forte. Temeva che sarebbe successo qualcosa di simile. "Credo che siate stati informati male. Non voglio essere coinvolta nella vostra causa in alcun modo o forma. Non potete vincere, e l'ultima cosa di cui abbiamo bisogno è tornare ai giorni del Grande Panico. Voglio solo essere lasciata in pace—da Korum, da voi e da tutti gli altri—e se non mi potete aiutare in questo, dovreste andarvene." Indicò la porta.

"Sei già coinvolta, Mia, che ti piaccia o meno. Sai chi è il tuo amante K?"

"Non è il mio amante!" disse Mia bruscamente.

"Non sei andata a letto con lui?" Vedendo il colorito sul volto della ragazza, aggiunse: "Proprio come pensavo. Sono certo che non abbia perso tempo a ottenere esattamente ciò che voleva da te, proprio come hanno fatto con il nostro pianeta."

Mia cercò di nascondere l'imbarazzo. "Che cosa vuoi dire con 'so chi è'?"

"Ti ha raccontato qualcosa di sé? Sai perché è qui a New York? Come hanno fatto i K ad arrivare sulla Terra in generale?"

Mia annuì lentamente. "Ha detto di essere un ingegnere, che l'azienda per cui lavora ha costruito le astronavi che li hanno portati qui sulla Terra."

"Un ingegnere? Bene." John si lasciò sfuggire una risatina priva di ilarità. "È uno dei K più potenti su questo pianeta, Mia. Possiede le astronavi che li hanno portati qui—la sua azienda, in realtà, è stata la forza trainante dietro il loro insediamento sulla Terra."

Vedendo l'espressione di pura incredulità sul suo volto, aggiunse: "Fa parte del loro consiglio governativo—alcuni dicono che sia addirittura a capo del consiglio. La sua azienda fornisce tutto il necessario per i loro Centri. Senza di lui, non ci sarebbero Centri K, né Krinar sulla Terra."

"Non capisco" disse Mia, confusa. "Se le cose stanno così, allora perché è qui? E che cosa vuole da me?"

"È qui perché, per la prima volta dopo il K-Day, abbiamo una possibilità contro di loro." Gli occhi di John brillarono dall'emozione. "Perché sa che siamo quasi pronti per un equo combattimento. Perché vuole estirpare la Resistenza prima che sia troppo tardi."

Fece un respiro profondo. "Per quanto riguarda ciò che vuole da te, è abbastanza evidente. Sai che cos'è una charl?"

Mia scosse la testa, sentendosi sconvolta.

"La traduzione letterale di charl è *colui o colei che soddisfa*. È il termine che usano per gli schiavi umani che tengono nei loro insediamenti. Lo scopo dei charl è quello di dar piacere ai K. Come forse saprai, amano bere il sangue durante il sesso. Quindi, ci tengono prigionieri, rinchiusi nelle loro gabbie altamente tecnologiche, e ci usano come vogliono."

Mia sentì una calda bile risalirle nella gola. "Stai mentendo. Perché dovrebbero farlo? Siamo esseri intelligenti."

"Non ci vedono necessariamente così. Molti di loro ci considerano animali domestici che hanno allevato appositamente per questo fine—

poco più dei primati a cui avevano dato la caccia fino a farli estinguere sul loro pianeta."

"Quindi, che cosa stai cercando di dire? Che Korum vuole tenermi come schiava?" chiese, incredula. "Sono tutte stronzate. Se avesse voluto rinchiudermi, non sarei qui, no?"

Sospirò. "Mia, non so esattamente a quale gioco sta giocando con te. Forse trova divertente illuderti di essere libera per ora. Non è così però— lo capisci, vero? Se provassi a lasciare New York invece di restare qui e andare da lui ogni volta che vuole, non so cosa farebbe, se la tua famiglia ti rivedrebbe. Sei una ragazza intelligente. Lo hai percepito, vero? Ecco perché non lo hai esattamente evitato. Ecco perché la tua coinquilina era così spaventata per te, perché è corsa da Jason, anche se non si parlavano da tre anni—perché ha detto che era una cosa più grande di te."

Mia aveva voglia di vomitare. Se John stava dicendo la verità, allora la sua situazione era decisamente peggiore di quanto avesse immaginato. Lui aveva ragione; il suo subconscio doveva aver capito il pericolo che avrebbe corso, se fosse fuggita da Korum; ecco perché non aveva mai pensato seriamente di lasciare la città. Il cervello le frullava per un milione di domande, mentre un grande pozzo di disperazione prendeva il sopravvento nello stomaco.

"Allora, che cosa volete da me?" chiese amaramente. "Siete venuti fin qui per dirmi che sono rovinata? Che finirò per essere l'animale domestico di un alieno, rinchiusa da qualche parte e usata per il sesso? È questo che stai cercando di dire?"

"Sì, Mia" rispose John con calma, con il volto stranamente inespressivo. "Non hai scelta. Se si stancasse di te, potresti riuscire a riprendere in mano la tua vita—soprattutto se sarai ancora a New York. Naturalmente, potresti anche attirare l'attenzione di un altro K e scomparire per sempre. È quello che è successo a mia sorella—è per questo che faccio quello che faccio, in modo che altre giovani innocenti possano avere una vita normale."

Mia lo guardò inorridita. "Tua sorella? Che cosa le è successo?"

La bocca di John si contorse amaramente. "È successo che le regalai un viaggio in Messico per la laurea. Partì con le amiche e conobbe un bellissimo sconosciuto sulla spiaggia. Scoprì che non era esattamente umano... La sera prima di tornare a casa, Dana scomparve dalla sua stanza. Per molto tempo, non ricevemmo alcuna notizia di lei— sospettavamo solo che i K fossero coinvolti in qualche modo. Ecco perché ho cominciato a combatterli, per vendicare mia sorella. Solo un anno fa, scoprii che è ancora viva e che è detenuta come charl nel Centro K della Costa Rica."

Gli occhi di Mia si riempirono di lacrime, immaginando la sofferenza della sua famiglia. "Oh mio Dio, mi dispiace" disse. "Non c'è modo di salvarla?"

"No." Scosse la testa con furioso rammarico. "Anche se riuscissimo a tirarla fuori di lì—cosa alquanto improbabile—è stata irradiata, come tutte le charl. Saprebbero sempre dove si trova—non possiamo annullare la procedura."

"Irradiata" disse Mia. "Come tutte le charl—come me."

"Come te" concordò John.

Aveva voglia di urlare, piangere e lanciare oggetti. Invece, chiese: "Allora, perché siete venuti qui oggi?"

"Perché, Mia, anche se non possiamo davvero aiutarti, tu puoi aiutare noi. Se ci riusciamo, non solo riavrai indietro la tua vita, ma salverai anche quella di innumerevoli altre giovani donne— e uomini—dal destino di mia sorella."

"Non capisco... Che cosa mi stai chiedendo?" domandò Mia lentamente, con il cuore che cominciò a batterle forte.

"Vogliamo che lavori con noi. Che ci informi sugli spostamenti di Korum, su quello che ama mangiare, su come dorme, su eventuali debolezze che potrebbe avere. E se ti capita di ottenere qualche informazione che potrebbero essere utile—password, misure di sicurezza, qualsiasi cosa—informaci."

"Mi stai chiedendo di fare la spia per voi?" Mia alzò la voce, incredula.

"Ti sto chiedendo di sfruttare al meglio la tua indubbiamente sfortunata situazione. Di aiutare te stessa e tutta l'umanità. Tutto quello che dovrai fare è tenere le orecchie e gli occhi aperti quando sei con lui, e riferirci di tanto in tanto le tue scoperte."

"E credi che io sia in grado di riuscirci? Senza alcuna formazione, né abilità di recitazione? Come potrei ingannare uno dei più potenti K su questo pianeta? Che cosa ti fa pensare che non sappia già che siete qui, soprattutto se il suo obiettivo è quello di schiacciare il vostro movimento?"

"In quest'appartamento non ci sono cimici—abbiamo controllato. Non avrebbe motivo di spiarti, se non fai nulla di sospetto e continui a stare al gioco. Non sa che siamo qui—se lo avesse saputo, saremmo già morti. Ascolta, non ti stiamo chiedendo di essere James Bond, né una femme fatale. Non dovrai cercare di avvicinarti a lui, di sedurlo o qualcosa del genere—basterà continuare la relazione con lui, così com'è, e informarci di tanto in tanto."

"E come? E a cosa porterebbe tutto questo? Che cosa vi fa pensare di avere qualche possibilità, se tutti i governi del mondo con le loro armi nucleari sono stati completamente impotenti durante l'invasione?" Quell'idea era folle, e Mia non aveva intenzione di diventare una martire in nome di una causa persa.

"Del come—ce ne occuperemo noi. Se continuerà a concederti un po' di libertà, sarà sicuramente molto più facile. Altrimenti, sarà tutto più complicato, ma troveremo un modo." Si fermò un attimo, riflettendo sulla saggezza delle parole successive. "Per quanto riguarda il motivo per cui pensiamo di poter vincere, diciamo solo che non tutti i K sono uguali. Non condividono tutti le stesse credenze sull'inferiorità umana. Non posso dirti di più senza metterti in pericolo, ma ti assicuro che abbiamo degli alleati potenti."

Alleati degli umani tra i K? Le implicazioni di quel fatto erano incredibili.

"Non lo so" disse Mia, cercando di riflettere. "E se scoprisse tutto? Che cosa mi succederebbe?"

Rispose sinceramente: "Non ne ho idea. Potrebbe decidere di ucciderti o punirti in qualche altro modo. Non lo so proprio."

Mia si lasciò sfuggire una risata amareggiata. "E non ti importa, vero?"

John sospirò. "Sì, Mia. Più che altro, vorrei che le cose stessero diversamente. Vorrei non doverti chiedere di fare questo, che l'unica cosa di cui debba preoccuparti fossero gli esami. Ma non viviamo più in quel genere di mondo. Se vogliamo riconquistare la nostra libertà, dobbiamo rischiare. Sei la nostra migliore occasione per avvicinarci a Korum. Puoi davvero fare la differenza, Mia."

La ragazza si avvicinò al tavolo e si sedette, chiudendo gli occhi per un minuto in modo da poter riflettere. Non aveva alcun motivo di fidarsi di John, e non sapeva se ciò che le aveva detto era la verità. Tuttavia, in qualche modo era incline a credergli. C'era stato troppo dolore nella sua voce, quando aveva parlato della sorella; o era il miglior attore del mondo o i K rapivano e schiavizzavano davvero gli umani che attiravano la loro attenzione. Proprio come lei aveva involontariamente attirato quella di Korum.

Un'altra domanda le passò per la testa. Aprendo gli occhi, chiese: "E se Korum sapesse che Jason è il cugino di Jessie, e già sospettasse di me?"

John alzò le spalle. "È possibile, naturalmente. Ma Jason è il cugino di terzo grado di Jessie, quindi il legame è molto lontano. Inoltre, non è nessuno nella nostra operazione—è stato a malapena coinvolto negli ultimi due anni. È venuto da me solo oggi, perché Jessie l'aveva chiamato per te. Non possiamo escludere completamente questa possibilità, ma le probabilità sono a nostro favore. E poi, non dimenticare—Korum è quello che ti ha corteggiata, non il contrario, quindi non ha motivo di sospettare."

"Va bene" disse Mia: "Supponiamo per un attimo che io decida di fare la spia per voi. Ti aspetti che vada da lui stasera, sapendo tutto quello che mi hai appena detto, e che mi comporti come se non fosse cambiato nulla? Ha migliaia di anni—può leggermi come un libro aperto. Non ho alcuna possibilità."

"Non lo so, Mia. A questo punto, lo conosci molto meglio di noi. So che non sei mai stata messa alla prova in questo modo, ma credo in te. Il tuo più grande vantaggio potrebbe essere che probabilmente sottovaluta la tua intelligenza. Finché sarai solo la sua charl, non ti vedrà come una minaccia."

Mia ne aveva abbastanza. Si alzò in piedi, sentendosi davvero esausta.

"John" disse, sfinita: "Capisco cosa stai cercando di fare, e apprezzo la tua causa. Ma non posso prometterti niente. Non metterò la mia vita in pericolo informandoti su dove si trova Korum e su cos'ha mangiato per cena. Ma se otterrò qualche informazione davvero utile, farò del mio meglio per riferirvela."

Annuì. "D'accordo, Mia. Se hai bisogno di contattarci, parla con Jessie —o, se non è possibile, inviale un'e-mail con 'Ciao' nella riga dell'oggetto —monitoreremo il suo account. In questo modo, se deciderà di controllare la tua posta elettronica—cosa che probabilmente farà—non sospetterà di nulla. Avrai solo salutato la tua compagna di stanza."

Mia fece un cenno con la testa in segno di accordo, non desiderando altro che rimanere sola. La testa le pulsava a causa di una terribile emicrania, e chiuse con piacere la porta non appena John se ne andò.

Incamminandosi verso la sua camera, crollò sul letto.

Si sentiva male, con lo stomaco in subbuglio per le rivelazioni di John. Non potevano essere vere—non voleva crederci. Sì, Korum non sembrava accettare obiezioni, e finora non le aveva lasciato molta scelta nella loro relazione. Ma tenerla come una vera e propria schiava sessuale? Toglierle la libertà e rinchiuderla in un Centro K? Se l'esistenza dei charl fosse stata qualcosa di più del frutto dell'immaginazione di John—e Korum voleva renderla davvero tale—allora l'alieno era davvero il mostro che l'aveva accusato di essere.

Mia si sentì nauseata al pensiero di rivederlo quella sera e di sentirne il tocco sul suo corpo. E probabilmente gli avrebbe risposto, come se fosse davvero il suo amante. Quell'ultima parte le fece venir nuovamente voglia di vomitare. Com'era possibile che il suo corpo lo desiderava, quando lui non la considerava nemmeno una persona con i diritti umani di base—o addirittura nemmeno un essere intelligente?

Era anche spaventata all'idea di spiarlo. Se l'avesse sorpresa a farlo, era certa che probabilmente l'avrebbe uccisa—forse dopo averla torturata, per ottenere informazioni. Chiunque fosse in grado di tenere degli schiavi, probabilmente non avrebbe battuto ciglio davanti alla tortura.

Rabbrividì.

Anzi, se Korum avesse saputo della sua conversazione con John, probabilmente sarebbe stata la sua fine.

Cercò di immaginarlo infliggerle dolore intenzionalmente. Per qualche ragione, era difficile. Più che altro perché era stato molto gentile con lei. Perfino la perdita della verginità quella mattina—per quanto fosse stata traumatica—avrebbe potuto essere decisamente peggiore, se non avesse cercato di controllarsi. In realtà, alcune delle sue azioni erano addirittura tenere—prepararle da mangiare, assicurarsi che fosse asciutta e al sicuro, guarirla (beh, forse quello no, considerato ciò che aveva appena saputo)—e quelle azioni non sembravano combaciare con l'immagine crudele che John aveva dipinto per lei. Tuttavia, Mia non avrebbe mai fatto del male a un gattino, ma non si sarebbe fatta alcun problema a tenerne uno in casa. Se l'alieno la vedeva davvero in quel modo—come un grazioso animale domestico che voleva scoparsi—allora il suo comportamento aveva perfettamente senso.

La ragazza cercò di non pensare alle implicazioni di tutto quello, ma era impossibile. Aveva sempre creduto in un futuro brillante, e le piaceva pensarci, programmare gli anni successivi della sua vita. E ora non aveva idea di cosa le avrebbero riservato le prossime settimane—non sapeva nemmeno se sarebbe stata ancora viva, tanto meno se avrebbe frequentato la NYU.

Il pensiero di poter diventare la charl di Korum in un insediamento alieno era devastante, soprattutto se immaginava la reazione della famiglia dopo aver saputo della sua scomparsa. Le avrebbe almeno permesso di dir loro che era viva o sarebbe scomparsa senza lasciare tracce?

Un'ondata di autocommiserazione prese il sopravvento, sentendo il caldo bruciore delle lacrime dietro le palpebre. Non riuscendo più a sopportare tutte quelle emozioni, seppellì il viso nel cuscino e singhiozzò per l'amara ingiustizia di tutto—finché non si ritrovò con gli occhi rossi e gonfi, e lasciò cadere un'altra lacrima.

Poi si alzò, lavò il viso e cominciò a preparare le sue cose per la serata, seguendo il suggerimento di Korum.

Alle 18:45 prese la metropolitana fino a TriBeCa ed entrò nell'edificio di Korum alle 18:59. Dandosi mentalmente una pacca sulla spalla, Mia pensò di essere una spia molto puntuale.

L'accolse con un lento sorrisetto sensuale, stupendo come non mai con quel paio di jeans chiari e una maglietta bianca. Nonostante le rivelazioni di John, il suo cuore saltò un battito a quella vista. I muscoli interni si irrigidirono, e cominciò a bagnarsi. Il sorriso dell'alieno si allargò, mostrando quella dannata fossetta. Ovviamente, percepiva la sua eccitazione.

Mia maledisse il suo corpo. Continuava a reagire a lui, nonostante tutto. Ma, dato che sarebbe dovuta andare letteralmente a letto con il nemico, pensò che tanto valeva divertirsi. Ora che conosceva la verità sulla sua razza e le sue probabili intenzioni verso di lei, era abbastanza certa di riuscire a tenere sotto controllo le emozioni, a prescindere da quanti orgasmi le avrebbe provocato.

La cena che le aveva preparato era eccezionale, come al solito. Le patate arrosto con i funghi selvatici, l'aneto e le cipolle caramellate erano il pasto principale, preceduto da un antipasto a base di insalata di spinaci con pere affogate. Il dessert era un piatto di frutta fresca, tagliata in varie forme, con un salsa di noci dolci. L'intero pasto venne servito a lume di candela. Se non l'avesse conosciuto meglio, avrebbe pensato che la stava corteggiando con una cena romantica. La spiegazione più plausibile era che semplicemente gli piaceva il buon cibo in una bell'atmosfera, e lei ne era la beneficiaria.

Eppure, quello non combaciava affatto con l'immagine malvagia che John le aveva dipinto.

Nonostante la preoccupazione iniziale di Mia, trovò facile comportarsi naturalmente con lui— forse perché non doveva fingere che le piacesse, né di essere calma in sua presenza. Korum conosceva benissimo i sentimenti che Mia provava per lui, e sapeva che sarebbe stata nervosa, tremante ed eccitata, anche se a malincuore—tutto verissimo.

La cena proseguì, dominata da un leggero scambio di battute—scoprì che gli piacevano molto i film americani degli inizi del ventunesimo secolo—e dal cibo delizioso. Man mano che il pasto si avviava alla conclusione, i livelli di ansia di Mia cominciarono a crescere al pensiero di ciò che l'avrebbe aspettata più tardi. Nonostante il gel che aveva usato su di lei, continuava a sentire un leggero disagio dentro di sé, e non voleva rifare sesso così presto—anche se, in teoria, la seconda volta avrebbe fatto meno male. Dubitava che avrebbe mai potuto essere completamente indolore, viste la dimensione del cazzo dell'alieno e la sua presunta strettezza. Tuttavia, al suo corpo non sembrava importare, mentre una calda umidità si radunò tra le gambe dall'attesa.

Dopo cena, Mia aiutò Korum a sparecchiare, sistemando i piatti nella lavastoviglie e ripulendo il tavolo. Era un compito assolutamente domestico—qualcosa che avrebbe potuto fare con un ragazzo o il marito in futuro—e questo la rendeva ancora più consapevole della strana direzione che la sua vita aveva preso. Era difficile credere che solo quattro giorni fa temeva per il saggio di Sociologica, ed era preoccupata per le scarse frequentazioni. Ed ora stava cercando di non essere scoperta nella sua nuova veste, mentre spiava un extraterrestre di duemila anni che probabilmente voleva tenerla come schiava sessuale.

Dopo aver ripulito, Korum la portò in camera da letto.

A quel punto, Mia si sentì nervosissima, con la paura e il desiderio che lottavano nello stomaco. Notando la sua apparente apprensione, le disse: "Niente sesso stanotte, promesso. So che sei ancora dolorante."

L'ansia di Mia raggiunse un nuovo record. Che cos'aveva intenzione di fare esattamente, se il sesso era fuori discussione?

Entrarono in camera, e la condusse verso il familiare letto circolare, ora ricoperto da nuove lenzuola blu e avorio. La stanza era illuminata da una tenue luce giallognola, e una sorta di musica sensuale suonava in sottofondo. Sedendosi sul letto, la tirò a sé, fin quando la ragazza non si ritrovò tra le sue gambe aperte. In quella posizione, Mia era quasi al livello dei suoi occhi. Tremando leggermente, cercò di non guardarlo, quando le tolse la maglietta da sopra la testa, rivelando un reggiseno bianco che stavolta aveva ricordato di indossare. "Sei bellissima" mormorò, accarezzandole delicatamente i fianchi, mentre studiava il corpo finora denudato. Inspiegabilmente, Mia arrossì, con l'adolescente insicura dentro di sé assurdamente felice del complimento.

Piegandosi verso di lei, diede un caldo bacio sul punto sensibile in cui il collo incontrava la spalla. Mia tremò per quella sensazione, con la pelle d'oca dappertutto. Soddisfatto della reazione, lo fece di nuovo, per poi soffiare leggermente sull'umido punto che la bocca aveva abbandonato. Mia ansimò, con i capezzoli che si indurirono per quel gradevole brivido. Le sorrise, con gli occhi dorati e scintillanti. "Ancora niente baci in bocca?" chiese con calma, e Mia scrollò le spalle, ricordando cos'era successo l'ultima volta che aveva posto quella condizione.

Interpretandolo come un consenso, la tirò verso di lui, seppellendole una mano nei capelli e tenendole l'altra sulla schiena. Mettendo le mani sulle spalle vestite di Korum, Mia chiuse gli occhi e lo sentì darle piccoli baci dolci sulle guance, la fronte e le palpebre chiuse. Quando le sue morbide labbra raggiunsero la sua bocca, la ragazza si stava quasi contorcendo dall'attesa.

All'inizio, la baciò molto dolcemente, appoggiando appena la bocca sulla sua. Poi, cominciò a mordicchiarle delicatamente le labbra, stuzzicandole con la lingua. Lei gemette, spingendo il corpo su di lui, che le spinse la lingua nella bocca, penetrandola con un'imprevista imitazione dell'atto sessuale. L'umidità le inondò il sesso già bagnato, mentre le scopava la bocca con la lingua e le succhiava leggermente le labbra gonfie e sensibili, alternando le due azioni.

Persa in quelle sensazioni, Mia si rese conto solo vagamente che le aveva tolto il reggiseno. Staccando la bocca dalla sua, le baciò l'orecchio, succhiandole attentamente il lobo. Lei si inarcò dal piacere, lasciando cedere le ginocchia e piegando la testa all'indietro, e lui ne approfittò, leccandole e succhiandole la dolce colonna della gola e la zona della clavicola, fin quando la bocca calda non raggiunse i piccoli globi bianchi dei suoi seni. "Davvero bellissima" sussurrò, prima di tirare un capezzolo rosa nella bocca e di graffiarlo leggermente con i denti. Mia gridò, con il clitoride palpitante sull'orlo dell'orgasmo, e lui riservò all'altro seno il medesimo trattamento, tenendola stretta, mentre si dimenava tra le sue braccia, prossima al culmine. La tenne così, fermandosi per alcuni secondi, finché la sensazione si affievolì un po', e poi la sollevò su una gamba piegata, sbattendole la figa coperta dai jeans sul ginocchio e ingoiando le sue grida con la bocca, mentre raggiunse l'orgasmo tanto atteso.

Crollando su di lui, Mia sentì i muscoli interni pulsare per i residui dell'orgasmo. Senza aspettare che si riprendesse, Korum si alzò, la sollevò fra le braccia e la poggiò sul letto. Togliendosi i vestiti con una velocità che la lasciò a bocca aperta, salì sopra di lei, sbottonandole i jeans, e li tirò via insieme alle mutandine.

Rimasta completamente nuda, Mia ricordò spiacevolmente il dolore che aveva provato l'ultima volta in cui era stata in quella posizione. Tuttavia, nonostante quel grosso cazzo che sporgeva aggressivamente verso di lei, tutto quello che l'extraterrestre fece fu baciarle delicatamente il corpo, partendo dal punto sensibile vicino alla spalla e finendo vicino al ventre. Lei si irrigidì dall'attesa, ma lui non la deluse. Divaricandole le gambe con mani forti, piegò la testa e le leccò delicatamente le pieghe, evitando un contatto diretto con il clitoride. Mia rimase sorpresa di sentirsi di nuovo eccitata, solo pochi minuti dopo l'ultimo orgasmo. Un dito lungo entrò lentamente nella sua apertura, premendo con cautela su un punto sensibile in profondità, mentre le passò la lingua sopra con un ritmo più veloce. Stavolta, non ci fu un lento crescendo; il suo corpo si irrigidì intorno al dito dell'alieno, liberando la tensione che si era accumulata dentro di lei in pochi secondi.

Stupefatta, Mia rimase lì. A un certo punto, doveva avergli afferrato la testa, perché si ritrovò con le dita sepolte nelle sue ciocche lucenti. Sentendosi irrazionalmente imbarazzata, si staccò, tirando via le mani. Lentamente le tirò fuori il dito, facendole fremere il sesso con un tremito residuo, e lo leccò, guardandola. Mia quasi gemette di nuovo.

Korum si sedette, continuando a sostenere il suo sguardo. Mia si rese conto che era ancora estremamente duro, non essendo venuto. Si leccò le labbra nervosamente, chiedendosi cosa intendesse fare. Gli occhi dell'extraterrestre seguirono con bramosia la sua lingua, e la ragazza improvvisamente capì che cosa voleva.

Mettendosi a sedere, l'umana allungò con cautela la mano e strofinò delicatamente le dita sul suo pene, sentendone la durezza. Con sua sorpresa, saltò nella sua mano, come se fosse vivo. Guardò Korum, e ciò che scorse nel suo sguardo era rassicurante. Sembrava dolorante, con gli occhi chiusi e il sudore che gli rigava le tempie. Sentendo che si era fermata, aprì gli occhi e sussurrò con voce roca: "Continua."

Incoraggiata, Mia avvolse le dita intorno al suo cazzo e lo accarezzò lentamente con un movimento dall'alto verso il basso, come aveva visto fare nei video porno. La sua mano sembrava bianca e piccola intorno a quello spessore, e si chiese come avesse fatto ad entrare dentro di lei. Lui gemette per la sua azione, con il corpo che si irrigidì, e Mia improvvisamente si sentì molto potente. Sapere che aveva quell'effetto su di lui, che quella creatura straordinaria era alla mercé del suo tocco—in qualche modo ripristinava l'equilibrio del potere in un rapporto che era stato molto unilaterale fino a quel momento.

Decidendo di portare le cose a un livello superiore, si mise in ginocchio e si chinò su di lui. Con i riccioli scuri che gli strofinavano le cosce, gli leccò la punta. Lui sussurrò, spingendo i fianchi verso di lei, e lei sorrise, godendo della capacità di controllarlo in quel modo. Tenendogli l'asta con una mano, gli afferrò le palle pesanti con l'altra e strinse dolcemente, esplorando la parte sconosciuta con curiosità. "Mia..." gemette, e sorrise, contento. Desiderava una risposta ancora più forte dal suo corpo, come quella che aveva ricevuto da lei. Continuando a stringergli le palle, attorcigliò attentamente le labbra intorno alla punta del cazzo, muovendo l'altra mano sulla sua asta con un movimento ritmico. Korum si lasciò sfuggire un grido rauco, sollevando i fianchi, e lei sentì un liquido caldo e leggermente salato entrarle nella bocca. Sorpresa e soddisfatta, Mia lo lasciò entrare, osservando il resto del fluido color crema atterrare sul suo stomaco abbronzato. Aveva uno strano sapore— non cattivo—e si chiese se ci fossero differenze tra lo sperma dei K e quello umano. Il cazzo continuava a fremere davanti ai suoi occhi, anche se le dimensioni cominciavano a diminuire.

Alzando gli occhi, Mia vide che la stava fissando con un sorriso. "L'avevi mai fatto prima?" chiese, indicando il proprio sesso.

Mia scosse la testa. Per qualche strana ragione, non aveva mai voluto andare oltre qualche bacio con i ragazzi che aveva frequentato in passato.

"Beh, allora, hai un talento naturale" le disse, sorridendole ancora più ampiamente. Allungandosi sotto il letto, tirò fuori una scatola di fazzoletti e ne utilizzò uno per pulirsi lo stomaco. Mia sbatté le palpebre, chiedendosi cos'altro tenesse lì sotto. Dopo essersi pulito, si alzò e si avvicinò alla porta completamente nudo. "Doccia?" chiese, e Mia accettò volentieri, seguendolo nel bagno.

Entrarono nella cabina doccia gigante, e Korum impostò i comandi per fare in modo che l'acqua calda uscisse da tutte le direzioni. Versando lo shampoo nella mano, le massaggiò i capelli, lavandoli con movimenti esperti. Con gli occhi chiusi, Mia rimase lì, godendosi la sensazione delle sue dita sul cuoio capelluto e dell'acqua sulla pelle sensibile. Poi, le lavò tutto il corpo, facendola arrossire. Sentendosi leggermente intimidita, Mia ricambiò, sfregando il sapone sulla sua pelle dorata e sui muscoli potenti. Korum si beò del suo tocco, inarcandosi come un grosso gatto che viene accarezzato.

Dopo aver finito, le asciugò il corpo con un asciugamano e poi asciugò se stesso. Rilassata dall'acqua calda e dai due orgasmi, Mia sentì un'ondata di sonnolenza prendere il sopravvento. Notando il suo sbadiglio appena soffocato, Korum la prese e la portò a letto. Mettendola al centro, tirò una coperta morbida sopra di loro e si sistemò accanto a lei, abbracciandola da dietro. Sentendosi stranamente confortata dalla sensazione del suo grande corpo piegato intorno al suo, Mia chiuse gli occhi e si addormentò facilmente per la prima volta da quando il suo mondo era stato capovolto dall'extraterrestre sdraiato accanto a lei.

CAPITOLO SETTE

Il mattino seguente, la luce filtrante del sole risvegliò Mia.

Tenendo gli occhi chiusi per l'eccessiva luminosità, Mia pensò con un leggero fastidio che doveva aver dimenticato di chiudere le persiane la notte prima. Non importava, però; si sentiva riposata ed estremamente comoda. *Forse troppo comoda?* Rendendosi improvvisamente conto che il letto su cui era sdraiata era troppo morbido per essere il suo materasso dell'IKEA, si mise a sedere e fissò l'ambiente circostante. I ricordi del giorno prima le affollavano la mente, e riconobbe il posto.

Era anche completamente nuda e sola.

Tirando la coperta fino al petto, si guardò intorno nella stanza. Era seduta in mezzo a un gigantesco letto rotondo—doveva avere un diametro di almeno cinque metri—nella camera da letto decorata di Korum. Alcune piante in vaso erano rigogliose vicino alla grande finestra che si affacciava sul fiume Hudson.

Notando la vestaglia e le pantofole che Korum doveva aver lasciato per lei, le indossò e andò a cercare il bagno. Sorprendentemente, non ce n'era uno adiacente alla camera da letto. Sbirciando nel corridoio, Mia notò la porta del bagno. Si affrettò in quella direzione, non volendo che Korum sapesse che era già sveglia.

Dopo essersi presa cura dei bisogni primari, Mia lavò i denti con lo spazzolino che l'extraterrestre aveva lasciato per lei e lavò il viso.

Fissando lo specchio, fu sorpresa di vedere che sembrava piuttosto bella. La sua carnagione pallida era quasi radiante, e gli occhi erano insolitamente brillanti. Persino i capelli—la rovina della sua esistenza—sembravano più setosi, con i ricci scuri lucenti e ben definiti. Qualunque shampoo avesse usato su di lei, chiaramente aveva fatto miracoli. Proprio come gli orgasmi.

Si chiese dove fossero i suoi vestiti. La pancia borbottava, ricordandole che la cena della sera precedente era già molto lontana. Continuando a indossare la vestaglia, decise di andare a cercare del cibo.

Entrando nel salotto, Mia udì voci provenienti da qualche parte alla sua sinistra.

Pensando che Korum stesse guardando la TV, si diresse in quella direzione. Le voci salirono, e capì che stavano parlando in una lingua straniera che non aveva mai sentito prima. Leggermente gutturale, anche se sembrava fluire senza problemi, a differenza di quelle che conosceva.

Restò a bocca aperta.

Doveva essere la lingua dei Krinar—il che significava che Korum probabilmente aveva dei visitatori, e che c'erano altri K in casa. Quella poteva essere la sua occasione per apprendere qualcosa di utile, si rese conto, con il cuore che saltò un battito.

Avvicinandosi silenziosamente alla stanza, si spaventò quando le pesanti porte si aprirono bruscamente davanti a lei, mostrando gli occupanti ed esponendola ai loro occhi.

Korum e altri due K erano disposti intorno a un grande tavolo con una sorta di immagine tridimensionale. Vedendola, Korum agitò la mano e l'immagine scomparve, lasciando solo una superficie di legno.

Mia si bloccò, mentre tre paia di occhi alieni la esaminavano.

L'espressione sul volto di Korum era fredda e distante, diversa da quelle che la ragazza aveva visto finora. L'altro maschio K, alto quanto Korum, aveva i capelli castani e gli occhi color nocciola, con una carnagione dorata molto simile. La femmina era un po' più chiara, più simile a Jessie, e i capelli setosi che le scendevano fino alla vita avevano un'insolita sfumatura color rosso scuro. I suoi occhi erano quasi neri e sembravano enormi sul bellissimo viso. Era anche alta, probabilmente circa un metro e ottanta, e indossava un vestito che sembrava fosse stato realizzato appositamente per le sue curve. Sembrava essere uscita dalle pagine di un vecchio catalogo di Victoria's Secret—se avessero ritoccato l'immagine, ovviamente.

Lì in piedi con la vestaglia, Mia si sentiva come una bambina cattiva sorpresa a rubare un biscotto in un barattolo.

Non poteva farci niente. Si schiarì la gola, con il cuore che le batteva forte nel petto. "Uhm, ciao. Stavo solo cercando la cucina—"

Un sorrisetto apparve sul viso di Korum, addolcendogli i lineamenti, e il suo sguardo distante svanì. "Certo" disse. "Devi avere fame."

Si voltò verso i visitatori. "Mia, questi sono i miei... colleghi" disse, sembrando esitante sull'ultima parola: "Leeta e Rezav."

"Piacere di conoscervi" disse Mia gentilmente, guardandoli con cautela.

Aveva la forte impressione che quei due non fossero felici di vederla. Leeta la fissò, con la sua bella bocca piegata dal disgusto. Rezav era un po' più amichevole, curvando le labbra in un mezzo sorriso e facendo un grazioso inchino verso di lei. Parlando con Korum, gli chiese qualcosa nella loro lingua, e Korum annuì con fare assente.

"Ok, beh, non intendevo intromettermi" si scusò Mia, con il boato del battito cardiaco nelle orecchie. "Vi lascio al vostro lavoro."

Korum indicò la cucina. "Prendi un po' di frutta o qualsiasi altra cosa desideri. Ti raggiungerò presto."

Con un ringraziamento soffocato, Mia scappò in fretta, per quanto le gambe tremanti glielo permettessero.

Entrando in cucina, si sedette su una sedia, abbracciandosi con fare protettivo. La testa le girava più che mai, e lo stomaco le bruciava dalla nausea.

Della domanda di Rezav, interamente pronunciata in Krinar, Mia aveva compreso una sola parola: *charl.*

Quando Korum la raggiunse in cucina, Mia era riuscita a ricomporsi.

Al suo ingresso, gli rivolse un sorrisetto e continuò a mangiare i mirtilli come se non le importasse di niente al mondo—come se non l'avesse appena sentito confermare le sue peggiori paure.

Le si avvicinò e si chinò, baciandole la bocca. Per la prima volta, Mia sopportò semplicemente il suo tocco, con la bile nello stomaco troppo forte per consentirle una normale risposta sessuale.

Non sapeva perché avesse avuto bisogno di quella conferma. Aveva creduto a John, quando le aveva raccontato dei K e del loro approccio atavico ai diritti umani. Eppure una piccola parte di lei doveva essersi aggrappata alla speranza che John si fosse sbagliato—che Korum non pensasse quelle cose di lei, che in qualche modo fosse speciale ai suoi occhi.

Sentirlo ammettere che era la sua schiava sessuale—il suo animale domestico umano—era stato come venire colpita ripetutamente allo stomaco.

Se l'avesse trattata con crudeltà fin dall'inizio, sarebbe stato facile odiarlo. Invece, la sua arroganza era stata spesso temprata dalla tenerezza —e quello peggiorava le cose. Nonostante il buonsenso di Mia, era riuscito a conquistarla, e la rivelazione di oggi le sembrava il più terribile dei tradimenti.

Percependo la sua mancata risposta, si allontanò e aggrottò leggermente la fronte. "Che cosa c'è?" chiese, perplesso. "Ti senti bene?"

Il cervello di Mia pensò rapidamente a una risposta sensata. Sarebbe stato pericoloso per lei—e per la Resistenza—se avesse saputo che lei aveva capito la domanda di Rezav. Tuttavia, non riusciva a nascondere che era sconvolta—Korum era troppo astuto per non accorgersene. Improvvisamente, le venne in mente un'idea rischiosa ma brillante.

"Sto bene" disse con dignità, ovviamente mentendo.

"Uh-uh" disse Korum con tono sarcastico: "Certo."

Sedendosi accanto a lei, le sollevò il mento in modo da poterla guardare negli occhi. "Ora, dimmi che cosa sta succedendo."

Mia sentì sfuggirle una lacrima furibonda. "Niente" gli disse con rabbia.

"Mia" pronunciò il suo nome con quel tono particolare che utilizzava sempre per intimidirla. "Smettila di mentirmi."

Guardando dritto nei suoi bellissimi occhi, Mia diresse tutta la frustrazione e l'irrazionale sensazione di tradimento nelle parole successive. "Quante volte la scopi?" sbottò, al ricordo della gelosia che aveva provato davanti ad Ashley, la cameriera. "In generale, quante donne ti ripassi ogni giorno? Due, tre, una dozzina?"

Scorgendo lo sguardo sorpreso sul viso dell'alieno, continuò, iniettando nel suo tono quanta più amarezza possibile: "Perché mi stai costringendo a stare qui, se hai lei? E Ashley, e Dio sa quante altre?"

Continuando a tenerle il mento con le dita, Korum disse lentamente: "Stai parlando di Leeta? Pensi che siamo amanti?"

Mia lasciò che un'altra lacrima le rigasse la guancia. "Non è così?"

Scosse la testa. "No. In realtà, siamo cugini lontani, quindi sarebbe impossibile."

"Oh" disse Mia, fingendo di essere imbarazzata per la sua scenata. Cercò di allontanarsi, e lui la lasciò andare, osservandola alzarsi e avvicinarsi alla finestra, asciugandosi il viso con la manica con fare indifferente.

Mia rimase lì, a guardare l'Hudson. Una parte stupidamente romantica di lei fu scioccamente felice di sentire quelle cose su Leeta, anche se la sua esplosione di gelosia era stata pensata per destabilizzarlo. Non disse niente quando le si avvicinò, abbracciandola da dietro. Non le fece alcuna promessa, né le diede dei chiarimenti, notò Mia. Naturalmente, perché avrebbe dovuto cercare di rassicurarla, di convincerla che era speciale per lui, quando chiaramente non lo era? Nemmeno lei si sarebbe preoccupata molto per i sentimenti del proprio cane.

"Credo che andrò a fare una passeggiata nel parco" mormorò, stringendola ancora. "Ti andrebbe di venire con me?"

Le stava lasciando una scelta? E se avesse detto di no? "Non lo so" disse. "Devo studiare, e volevo parlare con i miei genitori. Di solito, mercoledì è il giorno in cui chattiamo su Skype..."

Non riusciva a vedere l'espressione di Korum, e ne era felice. Ora avrebbe mostrato le sue vere intenzioni, pensò.

"D'accordo" le disse: "Come vuoi."

Mia sorrise, sorpresa. Poi, lui continuò: "Per stasera, ho prenotato al Le Bernardin alle 19:00. Verrò a prenderti alle 18:30. Visto che non sembri avere dei bei vestiti, farò mandare qualcosa di appropriato a casa tua."

Era riaffiorato il dittatore che conosceva—e che detestava.

"Non ho bisogno di vestiti" protestò Mia. "Ho dei vestiti più belli. Solo che non li ho indossati quel giorno."

Rigirandola tra le braccia, la guardò e sorrise. "Mia, non offenderti, ma non ti ho mai vista indossare un solo abito decente. Sei una ragazza molto carina, ma i tuoi indumenti ti fanno sembrare un ragazzo di dieci anni. Direi che il vestire bene non è uno dei tuoi punti di forza."

Mia arrossì dalla rabbia e l'imbarazzo, ma decise di tenere la bocca chiusa. Se voleva vestirla come una bambola, gliel'avrebbe lasciato fare. Non sarebbe stata la cosa peggiore che le avrebbe fatto, probabilmente.

Notando l'espressione ribelle sul viso della ragazza, il sorriso di Korum si allargò, con gli occhi più dorati che mai. Tirandola su per la vita, la portò verso di sé e la baciò di nuovo. Le sue labbra cercarono dolcemente le sue, e la lingua le accarezzò la bocca con una maestria tale che Mia sentì una scintilla di desiderio accendersi nuovamente. Sollevata di non dover continuare a recitare, gli mise le braccia intorno al collo, lasciò svuotare la mente e si concentrò sulle sensazioni. Il suo corpo, già abituato a quel tocco, reagì con l'istinto animale, e ricambiò il bacio con tutta la passione possibile.

A quella reazione, lui gemette e la avvicinò a sé, sbattendo i fianchi contro di lei e lasciandole sentire il duro rigonfiamento che gli era cresciuto nei pantaloni. Le viscere di Mia si strinsero, e si ritrovò a strofinarsi contro il suo corpo come una gatta in calore. All'improvviso, non fu più soddisfatto dei baci. Mia sentì lo spostamento della gravità, quando la poggiò sul tavolo, con il sedere sul bordo e le gambe penzoloni. Sistemandosi tra le sue gambe aperte, Korum le strappò la vestaglia con mani impazienti. Prima che lei potesse comprendere le sue intenzioni, si era già sbottonato i jeans, spingendo nella sua apertura.

Mia era bagnata, ma non abbastanza, e l'alieno riuscì ad infilare solo la punta, prima che lei iniziasse a gridare dal dolore. Tirandolo fuori, si mise accovacciato, con la testa tra le cosce aperte della ragazza, e le leccò le pieghe con la lingua, spargendo l'umidità intorno all'ingresso. Lei si inarcò, presa alla sprovvista dall'improvvisa intensità, e lui le spinse un dito dentro, sfregando il punto sensibile, fin quando i suoi muscoli interni non cominciarono a fremere in maniera incontrollabile. Prima che le pulsazioni si placassero, era già sopra di lei, premendo il grosso cazzo nella sua apertura, e spingendolo dentro lentamente.

Mia si contorse sotto di lui, con leggere grida che le sfuggirono dalla gola, mentre il canale interno cercava di espandersi intorno alla sua larghezza. Nonostante l'orgasmo, la penetrazione non fu affatto facile, e poté vedere la fatica sul viso dell'extraterrestre per lo sforzo di procedere lentamente.

Non ci fu alcun dolore questa volta—solo una scomoda sensazione di invasione ed estrema pienezza. Era troppo grande, con quell'asta simile a un tubo riscaldato che le entrava nel corpo. Eppure, c'era la promessa di qualcosa che andasse oltre il disagio. Continuò la sua inesorabile avanzata, e Mia ansimò, man mano che i suoi muscoli interni cedevano, permettendogli di seppellire tutta la lunghezza dentro di lei. Fece una pausa, permettendole di abituarsi alla sconosciuta sensazione, e poi tirò fuori lentamente e rispinse dentro. Un'ondata di calore le attraversò le vene, quando il cazzo colpì il medesimo punto sensibile, e lei gridò per l'intensità del piacere, affondando le unghie nelle spalle di Korum.

Sentendo quelle unghie affilate nella pelle, l'ultimo brandello di controllo sembrò dissolversi. Con un basso ringhio, cominciò a spingere in profondità, con ogni colpo del cazzo che la spingeva avanti e indietro sul tavolo scivoloso. In lontananza, le grida di una donna sembravano far eco alle sue spinte, e Mia si rese conto vagamente che quella donna era lei. Ogni cellula del suo corpo stava urlando affinché tutto quello finisse, affinché ottenesse il sollievo dalla terribile tensione che le stava stringendo ogni muscolo e tendine, e improvvisamente lo raggiunse—un culmine così potente che sembrò lacerarla, facendola scalciare inavvertitamente nelle sue braccia, mentre lui raggiunse il climax con un gutturale ruggito.

CAPITOLO OTTO

Mia tornò al suo appartamento, sentendo un disperato bisogno di passare un po' di tempo da sola prima di affrontare Jessie e le sue domande.

Si sentiva emotiva, disgustata da se stessa. Razionalmente, sapeva che reagire a lui in quel modo le rendeva le cose più facili e sopportabili. Sarebbe stato infinitamente peggio, se l'avesse trovato repellente o avesse dovuto fingere di provare la passione laddove non ce n'era. Tuttavia, l'adolescente romantica sepolta in profondità dentro di lei era in lacrime per la perversione della sua storia d'amore. Non c'erano eroi nella sua relazione amorosa, e il cattivo le faceva provare cose che non aveva mai immaginato di poter sperimentare.

Dopo aver finito di scoparla sul tavolo della cucina, l'aveva portata al bagno e l'aveva ripulita delicatamente. Poi, le aveva permesso di vestirsi e tornare a casa, con un bacio e l'ammonimento di prepararsi e farsi trovare pronta per le 18:30. Mia aveva acconsentito docilmente, non volendo altro che andar via, con il corpo ancora palpitante dopo quell'episodio.

Rifletté su quanto rivelare a Jessie. L'ultima cosa che voleva era trascinarla in tutto quel casino. Ma Jessie era già coinvolta a causa di Jason, e probabilmente aveva involontariamente peggiorato le cose per Mia, spingendola nel movimento anti-K.

Entrando nell'appartamento, fu sorpresa e sollevata di scoprire che non c'era nessuno. Jessie doveva essere fuori a studiare o a eseguire commissioni.

Sospirando, decise di sfruttare quella tranquillità per parlare con la sua famiglia. L'ultima volta che aveva parlato con loro era stato sabato scorso, che ormai sembrava una vita fa. I suoi genitori probabilmente pensavano che fosse sommersa dal lavoro scolastico, perciò non l'avevano disturbata, a parte inviarle qualche messaggio, a cui Mia era riuscita a rispondere con un generico "Va tutto a gonfie vele, vi voglio bene."

Accese il vecchio computer e vide che sua madre la stava già aspettando su Skype. Suo padre era sul retro della stanza, a leggere qualcosa. Notando che Mia si era connessa, un grande sorriso apparve sul volto della mamma.

"Tesoro! Come stai? Non ti sentiamo da una settimana!"

Se c'era una cosa per cui Mia era grata ai K, era l'impatto che avevano avuto sui genitori e gli altri americani di mezza età in tutta la nazione. La nuova dieta dei K aveva fatto miracoli per la salute dei suoi genitori, invertendo il valore del diabete del padre e abbassando drasticamente gli anomali livelli elevati di colesterolo della madre. Ora che avevano cinquantacinque anni, i suoi genitori erano più magri, più energici e sembravano più giovani che mai.

Mia sorrise con piacere davanti alla telecamera. La cosa peggiore di vivere a New York era il fatto di vedere i genitori così raramente. Sebbene tornasse a casa tutte le volte che poteva—volare in Florida per la pausa primaverile non era troppo impegnativo—le mancavano. Sperava di avvicinarsi a loro un giorno, forse dopo aver terminato la specializzazione.

"Sto bene, mamma. Come va da voi?"

"Oh, sai, niente di nuovo—tutte le novità riguardano voi ragazze ultimamente. Hai parlato con tua sorella?"

"Non ancora" rispose Mia: "Perché?"

Il sorriso di sua madre si allargò ulteriormente. "Oh, non so se dovrei dirtelo. Chiamala, ok?"

Mia annuì, morendo dalla curiosità.

"Come vanno le cose a scuola? Hai finito di scrivere il saggio?" chiese sua madre.

Mia se n'era quasi dimenticata. "Il saggio? Oh, sì, il saggio di Sociologica. L'ho finito domenica."

"Hai dovuto scriverne altri da allora?" chiese sua madre con disapprovazione. Senza aspettare una risposta, continuò: "Mia, tesoro, studi troppo. Hai ventun anni—dovresti uscire e divertirti in città, non rinchiuderti in quella biblioteca. Quand'è stata l'ultima volta che sei uscita con un ragazzo?"

Mia arrossì un po'. Quella era una vecchia discussione che riaffiorava sempre più spesso ultimamente. Per qualche ragione, a differenza di altri genitori che avrebbero voluto una figlia studiosa e responsabile, la madre si preoccupava per la mancanza di vita sociale di Mia.

La ragazza cercò di immaginare la reazione dei genitori, se avesse detto loro quanto fosse stata attiva la sua vita nell'ultima settimana. "Mamma" disse esasperata: "Frequento dei ragazzi. È solo che non ti dico necessariamente tutto."

"Sì, certo" disse sua madre, incredula. "Ricordo perfettamente l'ultimo appuntamento a cui sei andata. Era con quel ragazzo che studiava biologia, vero? Come si chiamava? Ethan?"

Mia sorrise. Sua madre la conosceva troppo bene. O, perlomeno, conosceva la Mia che era stata prima di sabato scorso, quando il suo mondo era stato capovolto.

"A proposito" disse sua madre: "Sei davvero bella. Hai fatto qualcosa ai capelli?" Girandosi, disse al padre di Mia: "Dan, vieni qui e da' un'occhiata a tua figlia! Non è stupenda?"

Suo padre si avvicinò alla telecamera e sorrise. "È sempre stupenda. Come stai, tesoro? Hai conosciuto qualche bel ragazzo?"

"Papà" mugolò Mia: "Non ti ci mettere anche tu."

"Mia, te lo ripeto, i migliori sono i primi ad essere scelti." Ogni volta che sua madre affrontava quell'argomento, era difficile fermarla. "Un altro anno, e finirai il college, e poi dove conoscerai un bravo ragazzo?"

"Per strada, su internet, a qualche festa, in qualche locale, in un bar o al lavoro" rispose Mia, elencando l'ovvio. "Ascolta, mamma, solo perché Marisa ha conosciuto Connor all'università, non significa che quello sia l'unico modo per conoscere qualcuno." Era possibile anche incontrare un alieno nel parco—ne era la prova vivente.

Sua madre scosse la testa per un rimprovero, ma cambiò saggiamente argomento. Parlarono di altre cose di poca importanza, e Mia scoprì che i genitori stavano pensando di andare in vacanza in Europa per il loro trentesimo anniversario di matrimonio, e che la ricerca di un lavoro di sua madre stava andando bene. Era una conversazione meravigliosamente normale, e Mia si rallegrò, desiderando ricordarne ogni momento, nel caso quella fosse stata l'ultima volta che avrebbe parlato con i suoi genitori in quel modo. Alla fine, li salutò con riluttanza, promettendo che avrebbe chiamato subito Marisa.

Le sue capacità di recitazione dovevano essere migliorate drasticamente negli ultimi giorni, pensò Mia. Nonostante il suo tormento interiore, i genitori non avevano sospettato di nulla.

Cercare di contattare Marisa su Skype era stato sempre un po' impegnativo, così la chiamò al cellulare.

"Mia! Ehi, sorellina, come stai? Hai letto qualche mio post su Facebook?" Sua sorella sembrava incredibilmente emozionata.

"Uhm, no" rispose Mia lentamente. "È successo qualcosa?"

"Oh mio Dio, sei proprio una secchiona! Non posso credere che non vai più su Facebook! Beh, è successo qualcosa. Avrai una nipote o un nipote!"

"Oh mio Dio!" Mia saltò, quasi urlando dall'emozione. "Sei incinta?"

"Sì! Oh, so che stai pensando che sono troppo giovane, che ci siamo appena sposati e bla, bla, bla, ma sono davvero emozionata."

"No, penso che sia fantastico! Sono molto felice per te" disse Mia sinceramente. "Non posso credere che la mia sorella preferita avrà un figlio!"

A ventinove anni, Marisa aveva esattamente il tipo di vita che Mia aveva sempre sperato di avere. Era felicemente sposata con un ragazzo meraviglioso che l'adorava, viveva a un'ora di distanza dai suoi genitori in Florida e lavorava come insegnante di musica in una scuola elementare. E ora aspettava un bambino. La sua vita non avrebbe potuto essere più perfetta, e Mia era davvero felice per lei. E anche se sentiva un pizzico— un po' più di un pizzico—di invidia, non avrebbe mai lasciato che questo interferisse con la felicità di Marisa. Non era colpa di sua sorella, se la vita di Mia era diventata così incasinata nell'ultima settimana.

Parlarono un altro po', e Mia scoprì tutto sulla nausea e le voglie del primo trimestre, e poi Marisa dovette scappare, perché la pausa pranzo era terminata. Mia la lasciò andare, sentendo già la mancanza della sua voce allegra, e poi decise di sfruttare il tempo rimasto per studiare.

Un'ora dopo, Mia aveva finito gli esercizi di Statistica e aveva appena iniziato a ripassare il suo libro di testo 'Psicologia del Bambino,' quando arrivò Jessie.

"Mia!" esclamò con sollievo, fissandola, incurvata sul divano. "Oh, grazie a Dio! Ero così preoccupata, non avendoti vista tornare a casa ieri sera! Ho chiamato Jason, ma mi ha detto che probabilmente stavi benissimo e che non avrei dovuto preoccuparmi. Che cos'è successo? John ti ha detto qualcosa di utile?"

Mia fissò la compagna di stanza, riflettendo ancora una volta su quanto condividere con la ragazza, che era stata la sua migliore amica negli ultimi tre anni. "Sì" disse lentamente, cercando di trovare qualcosa che avrebbe tranquillizzato Jessie.

"Beh, che cosa ti ha detto? E dove sei stata ieri sera? Eri con quel K?"

Mia sospirò, optando per una storia plausibile. "Beh, John sostanzialmente ha detto che di tanto in tanto i K si interessano agli umani in questo modo. Di solito, è una fantasia che passa, si stancano della relazione e voltano pagina abbastanza rapidamente. Non c'è nulla di cui preoccuparsi, e dovrei solo stare al gioco e godermi il tutto, finché dura."

"Goderti cosa? Andare a letto con il K?" Jessie sgranò gli occhi dallo shock.

"Più o meno" confermò Mia. "Non è affatto male. Mi porta anche in posti piacevoli. Stasera andremo al Le Bernardin."

"Aspetta, Mia, fai sesso con lui ora?" Jessie alzò la voce, incredula. "Ma non sei mai stata con nessuno prima d'ora! Mi stai dicendo che hai già perso la verginità con lui?"

Mia arrossì, sentendosi imbarazzata. Ormai era lontanissima dall'essere una vergine. Vedendo la risposta nel rossore apparso sul viso di Mia, Jessie disse dolcemente: "Oh mio Dio. Com'è stato? Non ti ha fatto male, vero?"

Mia avvampò ancora di più. "Jessie" disse disperatamente: "Non mi va di parlarne dettagliatamente. Abbiamo fatto sesso, ed è stato bello. Ora possiamo cambiare argomento?"

Jessie esitò ed accettò con riluttanza. Mia poté vedere che la coinquilina stava morendo dalla curiosità, ma sapeva che non avrebbe potuto continuare a fingersi coraggiosa ancora a lungo. Voleva raccontare a Jessie tutta la sua incasinatissima storia più di qualunque altra cosa, confessandole la nauseante paura che avvertiva davanti alla prospettiva di finire come schiava sessuale o di essere sorpresa a fare la spia per la Resistenza. Ma farlo probabilmente avrebbe messo in pericolo anche Jessie, e questa era l'ultima cosa che voleva.

La menzogna era un piccolo prezzo da pagare per tenere i propri cari al sicuro.

. . .

Prima che Mia avesse la possibilità di studiare un altro po', fu interrotta da qualcuno che suonò il campanello. Aprendo la porta, rimase sorpresa di vedere una donna di mezza età vestita di tutto punto e un giovane uomo in abiti sgargianti. L'uomo teneva in mano un borsone pieno di vestiti alto quasi quanto lui. "Sì?" disse cautamente, aspettandosi di sentir dire che avevano sbagliato appartamento.

"Mia Stalis?" chiese la donna con un debole accento britannico.

"Uh, sì" rispose Mia: "Sono io."

"Fantastico" disse la donna. "Sono Bridget, e questo è Claude. Siamo personal shopper della Saks Fifth Avenue, e siamo qui per rinnovare il tuo guardaroba."

Improvvisamente, capì.

Cercando di trattenere la rabbia, Mia chiese: "Vi ha mandati Korum? Credevo che mi avrebbe fatto portare solo un abito per questa sera."

"È così. Questo è il tuo vestito. Ci assicureremo che ti stia perfettamente, e poi prenderemo le misure." Bridget sembrava un po' altezzosa, ma forse era dovuto all'accento britannico.

Mia fece un respiro profondo. "D'accordo" acconsentì: "Prego, entrate pure." Jessie era uscita dalla sua camera e stava osservando l'evento con grande interesse, e Mia non voleva fare una scenata per una cosa così banale.

Entrarono, e Claude aprì il borsone con un gesto plateale. "Wow" disse Jessie con tono riverente: "Credo di non aver mai visto un abito simile..."

L'indumento era davvero stupendo, di un tessuto blu scintillante che sembrava ondeggiare ad ogni movimento. Aveva le maniche a tre quarti—perfette per un ristorante fresco—e le arrivava alle ginocchia. Sembrava piccolo, e Mia dubitava che le sarebbe andato bene.

Così, andò in camera sua e lo provò. Roteando davanti allo specchio, fu sconvolta di vedere che in realtà le calzava perfettamente. L'abito era molto sobrio nella parte anteriore, ma aveva un profondo spacco sul retro, quindi non poteva indossare il reggiseno. Tuttavia, era fatto in modo intelligente, con le coppe già cucite all'interno, in modo tale che non fosse necessario alcun reggiseno per una ragazza esile come lei. La giovane donna riflessa nello specchio era più che bella; sembrava sexy, con tutte le piccole curve messe in risalto ed evidenziate al meglio.

Imbarazzata, Mia uscì dalla camera e mostrò l'abito al suo pubblico. Claude e Bridget emisero suoni di ammirazione, e Jessie rimase a bocca aperta, vedendola. "Wow, Mia, sei stupenda!" esclamò, girandole intorno per esaminarla da ogni angolazione.

"Ecco" disse Bridget, con un tono meno altezzoso: "Puoi indossare queste calze e queste scarpe." Teneva in mano un paio di collant neri di seta e delle semplici scarpe nere scollate con le suole rosse.

Provando le calze e le scarpe, Mia scoprì che anche quelle le stavano perfettamente. Si chiese come facesse Korum a conoscere così precisamente la sua taglia. Se avesse dovuto scegliere l'abito da sola, non avrebbe mai acquistato quello, sicura che fosse troppo piccolo per lei. Ancora affascinata dalla bellezza del vestito, Mia permise gentilmente a Bridget di prenderle le misure.

Controllando l'ora, Mia fu sorpresa di vedere che erano già le sei del pomeriggio. Aveva solo mezz'ora di tempo per prepararsi—non che avesse bisogno di tutto quel tempo, dato che era già vestita. I capelli si stavano comportando ancora magicamente bene, per cui doveva solo preoccuparsi del trucco. Due minuti dopo, era pronta, dopo aver passato due mani di mascara, aver applicato un po' di fard per nascondere le lentiggini e un lucidalabbra. Soddisfatta, si sedette sul divano per finire di studiare, e aspettò che Korum venisse a prenderla.

Salutando Korum sulla porta, fu felice di scorgere i suoi occhi assumere una tonalità ambra, vedendola con quell'abito.

"Mia" disse: "Ti ho sempre trovata bellissima, ma stasera sei davvero splendida."

L'umana arrossì a quel complimento, e mormorò un grazie.

La cena fu la più deliziosa che avesse mai assaggiato. Le Bernardin era assolutamente elegante, con i camerieri che anticipavano ogni suo desiderio con un'attenzione quasi inquietante e il cibo a metà tra il celestiale e lo stellare. Avevano un menù di degustazione speciale, e Mia provò di tutto, dal carpaccio di aragosta al fiore di zucchina farcito. Il vino associato ai pasti era ottimo, anche se Korum tenne d'occhio il suo consumo di alcolici, fermando il cameriere, quando provò a riempirle il bicchiere per l'ennesima volta.

Tenere la conversazione sul leggero fu sorprendentemente facile. Korum era un buon ascoltatore, e sembrava sinceramente interessato alla sua vita, per quanto dovesse sembrargli semplice e noiosa. Dato che sapeva già tutto di lei e che non stava cercando di conquistarlo, Mia si ritrovò ad aprirsi come non aveva mai fatto durante gli appuntamenti del passato. Gli raccontò del primo ragazzo che avesse mai baciato—un bambino di otto anni per il quale si era presa una cotta quando ne aveva sei—e di quanto fosse stata gelosa della sorella maggiore da piccola. Gli parlò delle aspettative dei genitori e del proprio desiderio di influenzare positivamente i giovani, aiutandoli e consigliandoli.

Scoprì anche che normalmente Korum viveva in Costa Rica. Probabilmente, il clima di quella zona era simile a quello di Krina. "Il nostro Centro nel Guanacaste è la cosa più vicina che abbiamo a una capitale qui sulla Terra. Lo chiamiamo Lenkarda" spiegò. Ricordò che la Costa Rica era il Paese in cui John aveva detto che sua sorella era tenuta prigioniera. Si chiese se Korum l'avesse mai vista. Era possibile—aveva detto che in ciascun Centro vivevano solo circa cinquemila K.

Man mano che la cena proseguiva, Mia si ritrovò ad allontanarsi sempre più dagli argomenti sicuri. Non riuscendo a controllare la curiosità, gli chiese della vita su Krina e di come fosse il pianeta in generale.

"Krina è un bel posto" disse Korum. "È come una Terra molto lussureggiante. Abbiamo molte più specie di piante e animali, grazie alla nostra storia evolutiva più lunga. Siamo anche riusciti a preservare la maggior parte della nostra biodiversità, evitando le estinzioni di massa che si sono verificate qui negli ultimi secoli." Di cui gli umani erano responsabili—non c'era bisogno che aggiungesse quella parte ad alta voce.

"La maggior parte, ad eccezione dei primati umani, vero?" chiese Mia causticamente, leggermente irritata dal suo atteggiamento di chi vuole dare lezioni sulla morale.

"Ad eccezione dei primati umani, sì" concordò Korum. "E di qualche altra specie particolarmente debole per poter sopravvivere."

Mia sospirò e decise di passare a qualcosa di meno controverso. "Allora, come sono le vostre città? Visto che vivete così a lungo, il vostro pianeta dev'essere molto popolato ormai."

Scosse la testa. "In realtà, non lo è. Non siamo fertili come la vostra razza, e pochi coppie ultimamente sono interessate ad avere più di uno o due figli. Di conseguenza, il nostro tasso di natalità negli ultimi tempi è stato molto basso, a malapena al di sopra dei livelli di ripopolazione, e la nostra popolazione non cresce da milioni di anni." Fermandosi per sorseggiare la sua bevanda, continuò: "Le nostre città sono molto diverse dalle vostre. Non ci piace vivere l'uno sull'altro. Tendiamo ad essere molto territoriali, quindi ci piace avere molto spazio. Le nostre città sono più simili alle vostre periferie, dove i Krinar vivono ai margini per poi fare i pendolari e recarsi nei centri più popolati, solo per attività commerciali. E ovunque si vada, l'aria è pulita e incontaminata. Ci piace circondarci di alberi e piante, quindi anche le aree più popolate delle nostre città sono quasi verdi come i vostri parchi."

Mia lo ascoltava affascinata. Quello spiegava la presenza di tutte le piante nell'attico. "Sembra davvero bello" gli disse. Poi, le venne in mente una domanda ovvia. "Perché avete lasciato tutto quello per venire sulla Terra, con tutto il nostro inquinamento e la sovrappopolazione? Dev'essere davvero brutto per voi vivere a New York, per esempio."

Sorrise e si allungò per prenderle la mano, accarezzandola. "Beh, di recente ho scoperto alcuni vantaggi di questa città."

"No, ma davvero, perché venire sulla Terra?" insistette. "Non posso credere che abbiate abbandonato il vostro pianeta solo per venire qui e bere il nostro sangue." Cosa che, chissà perché, non aveva ancora fatto con lei, si rese conto.

Sospirò e la guardò, giungendo a una decisione. "Beh, Mia, è così. Per quanto sia bellissimo il nostro pianeta, non è immortale. Il nostro sole, che è una stella molto più vecchia della vostra, comincerà a morire tra altri cento milioni di anni. Se saremo ancora su Krina in quel momento, tutta la nostra razza morirà. Quindi, non abbiamo altra scelta che cercare delle alternative."

"Cento milioni di anni?" A Mia sembrava un periodo di tempo lunghissimo. "Ma è così lontano. Perché venire qui adesso? Perché non godervi il vostro bellissimo pianeta, non so, per altri novanta milioni di anni?"

"Perché, mia cara, se avessimo lasciato la Terra agli umani per altri novanta milioni di anni, forse non ci sarebbe stato un pianeta abitabile per noi." Si chinò in avanti, con un'espressione fredda. "La vostra specie si è rivelata incredibilmente distruttiva, con la tecnologia che si sta evolvendo molto più velocemente rispetto alla moralità e al buon senso. Quando iniziò la vostra Rivoluzione Industriale, sapevamo che avremmo dovuto intervenire a un certo punto, perché stavate utilizzando le risorse del pianeta ad un ritmo senza precedenti. Così, cominciammo a prepararci per venire qui, vedendo quale piega stavano prendendo le cose." Fece una pausa, facendo un respiro profondo. "E avevamo ragione. Ogni generazione era più avida della precedente, con ogni progresso tecnologico che faceva sempre più danni al vostro ambiente. Con una vita breve come la vostra, ragionate in termini di decenni—nemmeno centinaia di anni—e questo non porta a preoccuparsi per il futuro. Siete come un bambino che rompe un giocattolo per divertirsi, senza preoccuparsi che l'indomani non potrà più giocarci."

Mia rimase seduta lì, sentendosi proprio come quel bambino, punito dal maestro. Le punte delle orecchie le bruciavano dalla rabbia e la vergogna. Forse quello che stava dicendo era la verità, ma non aveva il diritto di giudicare tutta la sua specie, soprattutto alla luce di ciò che lei sapeva sulla sua. Gli umani forse erano davvero primitivi e poco lungimiranti rispetto ai Krinar, ma almeno avevano avuto la saggezza—e la moralità—per smettere di ridurre in schiavitù gli esseri intelligenti.

"E così, siete venuti sul nostro pianeta per impossessarvene e sfruttarlo come volete?" gli chiese, risentita. "Fingendo di salvarlo dai nostri modi poco rispettosi verso l'ambiente?"

"No, Mia" disse con pazienza, come se stesse spiegando l'ovvio a una bambina piccola. "Siamo venuti per condividere il vostro pianeta. Se avessimo voluto impossessarcene, credimi, l'avremmo già fatto. Siamo stati più che generosi con la vostra specie. A parte vietare alcune pratiche particolarmente stupide, generalmente vi abbiamo lasciati in pace, a vivere come volete. Questo è molto meglio di come avete trattato la vostra stessa razza."

Notando l'espressione testarda sul viso di Mia, aggiunse: "Quando gli Europei vennero nelle Americhe, lasciarono vivere in pace i nativi? Rispettarono le loro tradizioni e le usanze o cercarono di imporre la propria religione, i valori e i costumi? Li trattarono come altri esseri umani o come animali selvaggi?"

Mia scosse la testa per il disaccordo. "È stato molto tempo fa. Siamo cambiati e abbiamo imparato la lezione. Non faremmo mai più una cosa del genere."

"Forse no" ammise lui. "Ma continuate a non farvi problemi a sterminare altre specie con la negligenza e l'ignoranza. Recentemente, fino a qualche anno fa, trattavate gli animali che allevavate per il cibo come se non fossero creature viventi. Per non parlare dell'Olocausto e delle altre atrocità che avete perpetuato contro altri umani nel corso del secolo scorso. Non siete illuminati come credete di essere."

Aveva ragione, e Mia lo detestava per questo. Per quanto avrebbe voluto rinfacciargli l'utilizzo degli schiavi umani, non poteva farlo. Così, chiese: "Se siamo tanto pessimi, allora perché mi vuoi? Sicuramente non vorrei stare con una persona di cui ho un'opinione così bassa."

Korum sospirò dall'esasperazione. "Mia, non ho mai detto che siete pessimi. Soprattutto non tu. La vostra specie è ancora immatura e ha bisogno di essere guidata, tutto qui."

"E poi, sono solo il tuo giocattolo erotico, non è vero?" chiese Mia amaramente, non sapendo nemmeno perché avesse fatto quella domanda. "Suppongo che non abbia importanza ciò che pensi degli umani nel loro complesso, in quel caso."

La fissò, impassibile. "Se è questo che pensi, va bene. Sicuramente mi piace molto scoparti." I suoi occhi assunsero una sfumatura più dorata, e si chinò verso di lei. "E tu ami essere scopata. Quindi, perché non smetti di etichettare tutto e inizi a goderti le cose?"

Appoggiandosi allo schienale, fece un cenno al cameriere per il conto. Le guance di Mia bruciarono dall'imbarazzo, anche se il suo corpo reagì involontariamente a quelle parole con una rapida eccitazione.

L'alieno pagò il conto e se ne andarono, tornando nell'attico.

Non appena salirono sulla limousine, Korum la tirò sul suo grembo e la baciò appassionatamente, fin quando Mia non riuscì a pensare ad altro che arrivare nella camera da letto. Le mani dell'extraterrestre si fecero strada sotto la gonna del suo vestito, premendo ritmicamente tra le gambe fino a farla gemere dolcemente e contorcere tra le sue braccia. Prima di poter raggiungere l'orgasmo, arrivarono a destinazione.

La portò rapidamente nella hall dell'edificio, e Mia nascose il volto nel suo petto, fingendo di non vedere gli sguardi sconvolti del portiere e dei pochi passanti. Non appena furono soli nell'ascensore, la baciò di nuovo, esplorandole lentamente la bocca con la lingua, fin quando non fu quasi pronta per venire ancora. Senza fermarsi a togliere i vestiti, la portò in camera e la gettò sul letto.

Al loro ingresso, la musica in sottofondo e la tenue illuminazione si accesero, creando un'atmosfera romantica. Mia se ne accorse appena, con un'eccitazione quasi febbrile. Lo osservò spogliarsi con una rapidità inumana, mostrando il corpo muscoloso sotto ai vestiti. Non c'era da stupirsi che fosse così attratta da lui, pensò con una parte fredda e razionale della mente. Probabilmente era il maschio più bello che avrebbe mai visto in tutta la sua vita.

La raggiunse e le tolse l'abito, senza nemmeno perdere tempo a tirarle giù la lampo. Rimase sdraiata con i collant neri e le scarpe col tacco alto, con la parte superiore del corpo completamente esposta al suo sguardo affamato. "Sei così sexy" le disse, con voce carica di lussuria. Il grosso cazzo gonfio puntato verso di lei avvalorava le sue parole. Piegandosi verso i suoi seni, chiuse le labbra intorno al capezzolo sinistro e lo succhiò duramente, facendola inarcare dall'intensità della sensazione. Ripetendo la stessa azione con l'altro capezzolo, premette simultaneamente sulla zona palpitante tra le sue cosce, e Mia urlò mentre venne, tremando per la forza dell'orgasmo.

Prima che potesse riprendersi, ricominciò a baciarla con una strana espressione sul volto. Partendo dalle labbra, la bocca calda si spostò lungo il viso e il collo della ragazza, soffermandosi sulla sensibile giuntura tra il collo e la spalla, facendola rabbrividire dal piacere.

Improvvisamente, Mia provò un leggero dolore, e si rese conto che doveva averla morsa. Ansimò dallo shock, ma prima che potesse provare qualcosa di più di un pizzico di paura, una calda estasi le attraversò le vene. Ogni muscolo del suo corpo si strinse, trasformandosi in poltiglia, e le sembrò che la pelle stesse bruciando dall'interno. L'ultimo pensiero razionale fu che doveva essere la sostanza chimica nella saliva di Korum, e poi non riuscì più a pensare, con tutto il suo essere concentrato solo sulla bocca dell'alieno sul suo collo e sulla sensazione di quel corpo che entrava nel suo con una potente spinta.

Il resto della notte trascorse con sensazioni e immagini sfocate. Si rese conto vagamente di aver raggiunto l'orgasmo ripetutamente, con i sensi amplificati a un livello quasi insopportabile. Tutti i colori sembravano più brillanti, e le sembrò di fluttuare in un mare caldo, con le correnti che le accarezzavano la pelle e le lambivano l'interno, facendola contrarre e rilassare dall'estasi. Era implacabile nella sua passione, con il cazzo che spingeva dentro di lei a un ritmo selvaggio e spietato, fino a trasformarla in pura sensazione, con la sua essenza ridotta all'essenziale, e la sua persona sconvolta dal rapimento totale.

Potevano essere passate ore, o giorni. Mia non lo sapeva e non le importava. A un certo punto, perse la voce a forza di urlare, e non poté più venire, con il corpo prosciugato da tutti quegli orgasmi incessanti. Anche lui venne duramente, fremendo parecchie volte durante la notte, e poi la penetrò ancora qualche istante dopo. Sfinita, Mia svenne letteralmente, cadendo in un sonno profondo e senza sogni, che pose fine all'esperienza sessuale più incredibile della sua vita.

CAPITOLO NOVE

*N*elle settimane seguenti, Mia stabilì una routine—se dormire con un extraterrestre, mentre cercava di spiarlo poteva essere definito come un'attività tanto banale.

Insistette di vederla ogni sera, per cena e oltre. La ragazza trascorreva ogni notte nel suo attico, senza più dormire nel suo appartamento. Durante il giorno, le permetteva di frequentare le lezioni, tornare a casa per studiare o trascorrere il tempo a chattare con la famiglia. La sua vita sociale—mai particolarmente attiva—ora girava intorno alla relazione con lui, e Jessie ne era inorridita.

"Ascoltami, Mia" cercò di convincerla. "So che hai detto che si tratta di una cosa temporanea, ma sono davvero preoccupata per te. Non fai altro che andare da lui—è come se non avessi più una vita. Non è sano il modo in cui ti ha privato del tempo libero. Ti vedo a malapena—e condividiamo un appartamento. Non puoi trascorrere una notte lontana da lui, per uscire con le amiche o andare a una festa? Sei al college, per l'amor di Dio!"

Mia si strinse nelle spalle, non volendo discutere con Jessie. Le lasciò credere che fosse semplicemente ossessionata dal suo primo amante. Era meglio che spiegare la realtà della sua precaria situazione.

John la contattò giovedì, chiedendosi se avesse ottenuto informazioni utili. Mia non aveva niente. Leeta e Rezav erano andati a casa di Korum qualche volta, ma si erano ritirati in quella stanza, e Mia si era sentita troppo spaventata per provare a spiarli di nuovo. Camminando per Central Park, Korum e Mia erano stati avvicinati da un gruppo di tre K, che non aveva mai visto prima. Il loro atteggiamento nei confronti di Korum era stato particolarmente rispettoso, facendo riflettere Mia sul potere che probabilmente deteneva sui Krinar in questo pianeta. Tuttavia, avevano parlato nella loro lingua, e Mia non aveva avuto idea di cosa avessero detto. Tuttavia, era rimasta sorpresa di vederli; non sapeva che Manhattan fosse un luogo così popolare tra i K.

Il venerdì e il sabato, la portava fuori a vedere spettacoli di Broadway e nuovi film. Mia si divertiva molto. Per qualche ragione, pur vivendo a New York, raramente aveva avuto la possibilità di andare a vedere quegli spettacoli—ed era divertente fingere di essere una turista per una notte. La portava anche in ristoranti costosi oppure le preparava deliziosi pasti in casa, quando non uscivano. Vista da fuori, la sua vita era il sogno di ogni ragazza—con tanto di amante bello e ricco che la portava in giro in limousine e che solitamente la trattava come una principessa.

Anche il suo guardaroba aveva subìto un radicale cambiamento. I personal shopper della Saks si erano dati da fare, sostituendo ogni vestito di Mia con qualcosa di più bello, più elegante e infinitamente più costoso. I nuovi cappotti alla moda e i morbidi mantelli la scaldavano ed erano comodi al tempo stesso, perfetti per il tempo imprevedibile della primavera. Tutta la biancheria intima ora era per lo più di seta e pizzo, con alcune parti in cotone per il comfort e l'esercizio quotidiano. I maglioni vecchi e i pantaloni larghi furono sostituiti da comodi, ma aderenti pantaloni per lo yoga e leggeri top morbidi. Anche i jeans vennero considerati troppo vecchi e logori, e al loro posto ora ce n'erano altri di marche famose sui suoi scaffali. E, naturalmente, i begli abiti che ora erano appesi nel suo armadio erano di una categoria a sé. Nemmeno le scarpe erano sopravvissute, con scarpe da ginnastica, scarponcini, pianelle e tacchi alla moda che rimpiazzarono i vecchi Ugg e le All Stars della scuola superiore.

Le obiezioni di Mia per le stravaganti spese di Korum per lei furono completamente ignorate.

"Ti sembra che questo sia qualcosa in più di qualche spicciolo per me?" le chiese con fare arrogante, sollevando un sopracciglio nero davanti alle sue proteste. "Mi piace vederti vestita bene, e voglio che indossi questi."

E quelle parole posero fine alla discussione.

Il sesso tra loro era esplosivo—letteralmente e figurativamente stellare. Korum era un amante molto lunatico. Un giorno poteva essere giocoso e tenero, passando ore a massaggiare Mia con oli profumati, fino a farla godere dal piacere; l'altro, era spietato, spingendo dentro di lei con una forza incomprensibile, fino a farla gridare dall'estasi. Nei giorni in cui le prendeva il sangue—non tutti, perché farlo avrebbe reso dipendenti entrambi, le aveva spiegato—pensava che sarebbe impazzita per l'intensità dell'esperienza. Anche se Mia non aveva mai provato droghe pesanti, era a conoscenza degli effetti di varie sostanze sul cervello, grazie al suo corso di Psicologia della Dipendenza, e pensava che la combinazione sesso-sangue con Korum fosse simile al mix di eroina ed ecstasy.

Si sentiva spesso amareggiata per questo, sapendo che non avrebbe mai provato le stesse sensazioni con un umano. Anche se un giorno fosse riuscita a tornare alla sua vita di sempre, sapeva che non sarebbe mai più stata la stessa cosa, che lui era impresso troppo in profondità nella sua mente e nel corpo. Ogni giorno che passava, desiderava sempre di più il suo tocco, con ogni cellula del corpo sofferente quando lui non c'era. Tutto quello che doveva fare era sorriderle o guardarla con quegli occhi color ambra e lei era pronta, con il corpo che si rilassava e si scioglieva, preparandosi per il suo.

La calma e razionale Mia Stalis degli ultimi venti anni era stata sostituita da un relitto insicuro ed emotivo. Quando era con Korum, sentendo il suo tocco e godendo della sua presenza, Mia si sentiva fluttuare nell'aria. Non appena lui si allontanava, però, percepiva tutto il timore, il disgusto per se stessa, la paura—la paura di essere sorpresa a spiare, di non riuscire a portare a termine la propria missione prima che si stancasse di lei e, soprattutto, di perderlo.

Era inevitabile, lo sapeva. Anche se non fosse stato il nemico, anche se la sua specie non avesse schiavizzato la sua, non ci sarebbe stato alcun futuro per loro. Appartenevano a specie diverse, e, anche se quello non avesse rappresentato un ostacolo, la sua durata di vita era come quella di un moscerino della frutta in confronto a quella dell'alieno. Tra qualche anno—una decina al massimo—avrebbe iniziato l'inevitabile processo di invecchiamento, e l'attrazione di Korum verso di lei sarebbe svanita, ammesso che fosse durata così a lungo.

Nei momenti più bui, una vocina insidiosa nella sua testa si chiedeva se sarebbe stato davvero così terribile—essere la sua charl in Costa Rica. L'avrebbe trattata diversamente dal modo in cui l'aveva trattata oggi? Se non l'avrebbe fatto, allora che cosa importava dell'etichetta affibbiata alla loro relazione, se poteva continuare a stare con lui? E poi, si sentì disgustata da se stessa, nauseata per aver perso in considerazione quell'idea.

Nonostante i suoi migliori sforzi di mostrarsi allegra a spensierata, la famiglia aveva cominciato a notare che c'era qualcosa di strano in lei. Sua madre lo attribuiva allo stress per la vicinanza degli esami, ma suo padre aveva più spirito di osservazione. "Hai conosciuto qualcuno, tesoro?" le chiese un giorno all'improvviso, sorprendendo Mia. Naturalmente lo aveva negato con convinzione, ma vide che lui aveva ancora dei dubbi. Tra tutti i familiari, suo padre era l'unico a leggere le sottigliezze degli umori di Mia, e lei era sicura che il luminoso sorriso artificiale non fosse sufficiente a nascondere il tormento interiore al suo sguardo aguzzo.

L'unica volta in cui si sentiva come la vecchia se stessa era quando passava il tempo in biblioteca, assorbita dagli studi. La fine del semestre si stava avvicinando rapidamente, e il carico di lavoro di Mia si era triplicato, con saggi ed esami che incombevano su di lei. In circostanze normali, sarebbe stata tesa e nervosa dallo stress. In quei giorni, però, lo studio rappresentava un sollievo dal dramma del resto della sua vita, e apriva volentieri i libri di testo, ripassando ogni volta che poteva.

I primi giorni di maggio portarono un clima insolitamente caldo a New York, e l'intera città si ravvivò, con i residenti che cominciavano a indossare vestiti estivi e i turisti che arrivavano in gruppi numerosi.

Per quanto Mia desiderasse unirsi agli altri studenti che si ritrovavano sul prato con i libri, aveva bisogno delle quattro mura intorno a lei per concentrarsi. Korum stava diventando sempre più riluttante a lasciarla andare in biblioteca, vista la tendenza della ragazza a dimenticare di controllare l'ora mentre era lì, quindi cercò di studiare di più nel suo attico. L'extraterrestre aveva allestito una scrivania e una comoda poltrona per lei in una stanzetta soleggiata accanto al suo ufficio—il luogo in cui si era visto con Leeta e Rezav—e Mia aveva cominciato a trascorrerci molte ore.

Aveva anche cominciato a pensare all'estate. Dopo gli esami, Mia sarebbe dovuta tornare a casa in Florida dai genitori. Aveva avuto la fortuna di svolgere un tirocinio in un campo per i ragazzi problematici a Orlando, dove sarebbe stata una consulente. Dato che Orlando distava solo circa novanta minuti da Ormond Beach, sarebbe potuta andare a trovare facilmente i genitori durante i fine settimana o le giornate libere. Anche se avere a che fare con i ragazzi difficili non sarebbe stato un compito semplice, quell'esperienza era considerata preziosa per qualcuno del suo campo e l'avrebbe aiutata molto nella domanda per il master.

Non sapeva come Korum avrebbe reagito alla sua idea di lasciarlo per i mesi seguenti. Forse tra un altro paio di settimane si sarebbe stancato di lei, e a quel punto non ci sarebbe stato alcun problema. Finora, non le aveva impedito di studiare, e sperava che avrebbero trovato una soluzione anche per l'estate—se la relazione fosse durata così a lungo. Per ora, decise di stare zitta e di non agitare le acque.

Due giorni prima dell'esame di Statistica, con Mia che cominciava a pensare e a sognare, Korum venne convocato per un'emergenza sconosciuta. Seduta nella sua stanza per studiare, Mia sentì delle voci alterate che parlavano in Krinar nella stanza accanto. Qualche minuto dopo, l'alieno entrò nella sua stanza e le disse che sarebbe stato via per il resto della giornata.

"Se hai bisogno di tornare a casa per studiare o vuoi uscire con la tua compagna di stanza stasera, vai pure" aggiunse. "Potrei tornare a casa tardi stasera."

Sorpresa, Mia annuì e lo guardò andarsene di corsa, dopo averle dato un bacetto sulla guancia.

Il cuore le saltò in gola, rendendosi conto che quella avrebbe potuto essere l'occasione che stava aspettando.

Si sedette per qualche minuto, assicurandosi che fosse andato via per davvero. Per precauzione, si diresse in bagno e spruzzò un po' d'acqua fredda sulle guance, cercando di convincersi che non c'era nulla di cui preoccuparsi... che era completamente sola in casa. Le mani le tremavano leggermente, notò, portandole al viso, e gli occhi risaltavano sul viso insolitamente pallido. *Puoi farcela, Mia. Tutto quello che devi fare è dare un'occhiata in giro.*

Si diresse con fare indifferente verso l'ufficio di Korum, pronta a correre nella sua stanza al primo segnale del ritorno dell'extraterrestre. L'attico era inquietantemente silenzioso, con solo i suoi passi che infrangevano lo scomodo silenzio. Con il battito cardiaco che le rimbombava nelle orecchie, Mia camminò in punta di piedi verso la porta dell'ufficio.

Come sempre, le porte si aprirono automaticamente, man mano che si avvicinava. Pur aspettandoselo, sussultò a quel fruscio. Entrando, esaminò rapidamente l'ambiente circostante.

La stanza era completamente vuota.

Un grande tavolo era al centro, dominando lo spazio. C'erano alcune sedie intorno ad esso, con la sistemazione che le ricordava una sala conferenze aziendale. Non sapeva che cosa avrebbe sperato di trovare—forse alcuni documenti lasciati in giro o un computer acceso. Ma non c'era niente.

Naturalmente, si rese conto, Korum non avrebbe utilizzato niente di primitivo come la carta o un computer. Qualunque fosse stato l'equivalente K di un computer, probabilmente non l'avrebbe nemmeno riconosciuto come tale, visto lo stato della loro tecnologia.

Mia maledisse la propria inettitudine tecnologica. Una che aveva problemi a tenere il passo di tutti i più recenti gadget umani era particolarmente inadatta a spiare un alieno di una specie molto più avanzata.

Addentrandosi nella stanza, si avvicinò cautamente al tavolo. Sembrava normalissimo, ma Mia ricordò l'immagine tridimensionale che aveva visto su di esso una volta. Cercò di ricordare cos'aveva fatto Korum per farla scomparire. Aveva agitato la mano?

Cercando di imitare quel gesto, mosse il braccio destro. Niente. Agitò il braccio sinistro. Ancora niente. Frustrata, puntò i piedi. Come aveva immaginato, non successe nulla.

Girò intorno al tavolo, studiandone ogni angolo e fessura. Mettendosi in ginocchio, si chinò e cercò di guardare lì sotto, nella folle speranza che ci fosse un pulsante riconoscibile da qualche parte. Naturalmente, non c'era. La superficie sopra di lei era assolutamente innocua, realizzata con niente di più che un misterioso legno chiaro.

Cercando di rialzarsi, sbatté contro una sedia. Proprio come una sedia da ufficio aziendale, aveva le rotelle e ruotò verso il centro. Un maglione di lana che Korum di tanto in tanto indossava per casa era appeso alla parte posteriore. Strisciò intorno alla sedia, facendo attenzione a non modificarne la disposizione, nel caso Korum avesse ricordato bene la posizione dei mobili.

Seduta sul freddo pavimento accanto alla sedia, Mia esaminò la stanza. Era assurdo... John era stato un pazzo a pensare che Mia avrebbe potuto essere utile in qualche modo. Se si erano davvero affidati a lei, allora erano rovinati. Era semplicemente la spia peggiore del mondo.

Cominciava ad avere il sedere freddo per essere stata seduta troppo a lungo, e tutto quello era comunque inutile.

Cercando di alzarsi, urtò inevitabilmente contro la sedia e perse l'equilibrio per un attimo. Afferrando la sedia per sostenersi, fece cadere accidentalmente il maglione di Korum.

Perfetto. Non era solo una spia inutile—era anche maldestra. Sollevando il maglione, l'avvicinò al naso e ne respirò il familiare profumo. Fresco e mascolino, le scaldò le viscere. *Ti sei presa una bella cotta, Mia. Smettila di rimuginare sul nemico che stai spiando.*

Cercò di rimettere il maglione nella posizione originale, e sentì qualcosa di insolito. Una piccola sporgenza sul bordo della manica che non sembrava far parte di un maglione morbido come quello.

Con il cuore che iniziò a batterle forte dall'emozione, Mia sollevò la manica per analizzarla meglio.

In fondo ad essa, un piccolo chip era incorporato nel tessuto. Era grosso quanto un piccolo bottone, ed era stata una fortuna che le dita di Mia fossero finite lì sopra—altrimenti non se ne sarebbe mai accorta.

Le tornò in mente un particolare. Korum aveva indossato quel maglione, quando aveva agitato il braccio e aveva fatto scomparire l'immagine, ricordò Mia con i brividi lungo la schiena. Aveva letteralmente l'asso nella manica!

Quasi saltando dall'emozione, esaminò il piccolo computer—o perlomeno, questo era ciò che presumeva fosse—con attenzione. Era minuscolo e non aveva alcun pulsante di accensione/spegnimento.

"Accenditi" ordinò Mia, chiedendosi se rispondesse ai comandi vocali.

Niente.

Riprovò. "Accenditi!"

Ancora niente.

Era frustrante. O il chip non rispondeva ai comandi vocali o non capiva l'inglese. Forse, era stato programmato per rispondere solo alla voce di Korum o alla sua impronta.

E se l'avesse strofinato?

Provò. Niente.

Soffiando dalla frustrazione verso un ricciolo che le era caduto sull'occhio, Mia rifletté sulle alternative. Se il chip rispondeva al tocco di Korum, probabilmente conosceva il suo DNA o qualcosa del genere. In quel caso, non avrebbe mai potuto farlo funzionare.

Scoraggiata, si sedette nuovamente sul pavimento. Sembrava aver aiutato l'ultima volta in cui era rimasta di sasso. Se solo avesse potuto verificare la sua teoria—con una ciocca dei capelli dell'alieno o qualcosa del genere...

Improvvisamente speranzosa, Mia saltò e corse in camera da letto per cercare qualche capello. Con sua enorme delusione, la stanza era assolutamente priva di capelli, ad eccezione di qualche lunga ciocca, che non poteva che essere sua. O Korum era un fanatico della pulizia o semplicemente non gli cadevano i capelli come agli umani.

Riflettendo, la ragazza corse in bagno e afferrò lo spazzolino da denti elettrico di Korum. Forse c'erano delle tracce della sua saliva o del tessuto gengivale... Avvicinò lo spazzolino al piccolo dispositivo con un respiro soffocato.

Il dispositivo lampeggiò, accendendosi per un secondo, e poi si spense di nuovo.

Mia quasi urlò dall'emozione.

Avvicinò lo spazzolino ancora di più, quasi strofinandolo sul maglione, ma il chip rimase spento e silenzioso.

Digrignò i denti dalla frustrazione. Era sulla buona strada, ma aveva bisogno di un pezzo più grande del DNA di Korum. I suoi vestiti avrebbero potuto contenerne, le scarpe, le lenzuola del letto... Ma probabilmente ne contenevano solo qualche traccia, come lo spazzolino.

Le lenzuola del letto! Sul volto di Mia apparve lentamente un grande sorriso. Sapeva esattamente dove poterne trovare una grossa quantità.

Entrando nella lavanderia, scavò nella pila di asciugamani e biancheria sporca che si era accumulata nella settimana scorsa. Korum di solito faceva il bucato il lunedì. Visto che oggi era sabato, la stanza doveva essere piena di pezzi di DNA, per gentile concessione della loro attiva vita sessuale.

Tirò fuori una federa particolarmente macchiata, arrossendo un po' al ricordo di come si era ridotta in quel modo. Portandola nell'ufficio, l'avvicinò al piccolo dispositivo e aspettò, fiduciosa.

Senza emettere suoni, il chip si accese e si spense. Sulla superficie del tavolo apparve una gigantesca immagine tridimensionale. Con il cuore in gola, Mia appoggiò il maglione sulla sedia— cosa che non ebbe alcun effetto sull'immagine—e girò intorno al tavolo, cercando di dare un senso a quello che stava vedendo.

CAPITOLO DIECI

*D*avanti a lei c'era una gigantesca mappa tridimensionale di Manhattan e dei quartieri circostanti. Sembrava una versione molto più realistica di Google Earth.

Girando lentamente intorno al tavolo, Mia fissò il familiare paesaggio davanti a lei. C'era Central Park, proprio nel mezzo dell'isola lunga e stretta che era ancora il centro culturale e finanziario degli Stati Uniti d'America. Molto più in basso, sul lato occidentale, poté vedere l'alto grattacielo di Korum, contraddistinto da precisi dettagli.

Affascinata, allungò la mano verso la piccola immagine dell'edificio, chiedendosi se ci fosse qualche sostanza. Le dita l'attraversarono, ma sentì un piccolo impulso elettrico correre lungo il palmo. All'improvviso, la realtà si modificò e si adattò... e Mia gridò in preda al panico, ritrovandosi sulla strada a guardare l'edificio—non la sua immagine, ma l'edificio vero e proprio.

Ansimando, inciampò, cadendo all'indietro e sostenendosi con le mani.

Non provò dolore al contatto con la superficie ruvida del marciapiede; anzi, era come se il marciapiede non ci fosse. Tutto era stranamente silenzioso. Non c'erano automobili per la strada e nessun pedone che passeggiava.

Doveva trattarsi di un sogno, pensò Mia con un brivido, o di un'allucinazione davvero vivida. Forse stava morendo a causa del contatto con la tecnologia aliena, e quello era il gran finale del suo cervello. Non le sembrava così, però—si sentiva strana, come se fosse caduta in una piscina riflettente e i riflessi si fossero rivelati reali.

Realtà virtuale.

Mia ne era certa. Anche la tecnologia umana poteva imitarla debolmente grazie ai film e ai videogiochi tridimensionali. I K evidentemente potevano fare molto di più, facendola sentire come se fosse all'interno dell'immagine stessa. Doveva essere la versione K di Google Maps, dove, invece di posizionare la piccola figura arancione sulla mappa digitale per guardarsi intorno tramite le immagini, la mappa portava semplicemente lo spettatore nella realtà tridimensionale.

Ora, la domanda era come uscirne.

Forse se avesse chiuso gli occhi e li avesse riaperti, si sarebbe ritrovata in ufficio. Chiudendo gli occhi, Mia cercò di contare fino a cinque. Al tre, perse la pazienza e sbirciò. No, era ancora di fronte all'edificio.

Come mossa successiva, si pizzicò il naso... duramente.

Ahi.

Provò dolore, ma la visuale non cambiò. Sbatté un piede. La gamba comunicò quella sensazione al cervello, ma Mia era ancora in quel misterioso mondo.

Cazzo. Cominciò ad entrare nel panico. Che cosa sarebbe successo, se non fosse riuscita a lasciare quel luogo, o peggio, se fosse rimasta ancora lì dopo il ritorno a casa di Korum? L'alieno avrebbe capito subito che lei aveva ficcato il naso. Non c'era modo di vedere le cose sotto una luce positiva o di farla passare per semplice curiosità. Aveva davvero esagerato, accedendo a quei documenti.

Rifletti, Mia, rifletti. Se era riuscita a entrare in quel mondo così facilmente, doveva esserci un modo altrettanto facile per uscirne. Qualcosa doveva essere reale in quel luogo surreale, anche se sembrava tutto falso.

Sollevando le braccia, Mia si girò lentamente in un cerchio. Inizialmente le sue mani protese non trovarono altro che aria. Fece un passo a destra e ripeté la procedura. Poi un altro passo, e un altro ancora. Al quinto tentativo, le dita trovarono qualcosa di morbido e familiare. Il maglione! Non riusciva a vederlo, ma sicuramente poteva sentirlo.

Afferrandolo con una stretta disperata, cercò di individuare il dispositivo. E lo trovò, vicino al bordo della manica. Non appena Mia lo toccò, il noto impulso elettrico le attraversò la mano. Per un attimo, sperimentò quella sensazione di disorientamento, e poi si ritrovò sul pavimento solido—nell'ufficio di Korum all'interno dell'edificio che stava guardando.

Quasi tremando dal sollievo, fissò la mappa ancora aperta davanti a lei. Ce l'aveva fatta! Lei—Mia Stalis, che non sapeva nemmeno utilizzare gli iPad di ultima generazione—era entrata nella realtà virtuale aliena, uscendone indenne.

Naturalmente, non aveva ancora scoperto niente di utile. Per quanto avrebbe voluto smettere e tornare a memorizzare la formula per la deviazione standard, doveva sfruttare ulteriormente quell'occasione.

Questa volta, Mia sapeva che cosa avrebbe dovuto fare per evitare di perdersi in quello strano mondo. Indossò il maglione di Korum. Era enorme su di lei, arrivandole quasi alle ginocchia. Il suo profumo familiare la inebriava, quasi come se fosse tra le sue braccia. Per qualche motivo, lo trovava molto confortante, anche se sapeva che l'avrebbe uccisa se l'avesse sorpresa in quel momento.

Camminando intorno al tavolo, esaminò la mappa nel dettaglio. L'immagine sembrò pulsare leggermente, e c'erano zone che brillavano più di altre. Un particolare edificio di Brooklyn aveva quasi un bagliore attorno.

Un bagliore? Mia doveva indagare ulteriormente.

Allungando la mano verso quell'immagine minuscola, chiuse gli occhi e aspettò il trasferimento della realtà. Quando li riaprì, si ritrovò sulla strada, a guardare un palazzo residenziale alberato, seguito da una fila di case con i mattoni rossi.

Con sua sorpresa, la scena era tutt'altro che vuota. Soffocando un sussulto sbalordito, osservò un uomo che si affrettò ad entrare in una delle case. Passò proprio davanti a lei, senza nemmeno degnarla di un'occhiata. Naturalmente, si rese conto Mia, non era lì nella prospettiva dell'uomo. O stava guardando un video in diretta—un video molto realistico—o, più probabilmente, un video pre-registrato.

Un detto che aveva sentito una volta le frullò per la testa. Qualcosa riguardo al fatto che le tecnologie avanzate fossero indistinguibili dalla magia. Era esattamente così con i K, pensò. Si sentiva un po' come Harry Potter col suo mantello dell'invisibilità—sebbene il suo antagonista fosse indubbiamente molto più bello di Voldemort.

Raccogliendo il coraggio, seguì l'uomo sulle scale, fino a casa sua. *Tutto questo non è reale, Mia. Non possono vederti. Puoi uscirne ogni volta che vuoi.* Aprì la porta—che, chissà perché, non era chiusa a chiave—ed entrò dentro.

Non c'era nessuno nel corridoio, ma poté sentire delle persone nel salotto. Con il cuore in gola, Mia si avvicinò lentamente al gruppo. Il grande maglione avvolto intorno a lei era come una coperta di sicurezza, che le dava la forza di continuare.

Entrando nella stanza in punta di piedi, rimase sulla porta, aspettandosi che qualcuno gridasse: "Intrusa!" Ma gli occupanti della stanza non erano consapevoli della sua presenza. Sentendosi molto più calma, cominciò a guardarsi intorno.

C'erano circa quindici persone, di diversa età e nazionalità. Solo tre di loro erano donne, tra cui una signora di mezz'età che sembrava una professoressa. Le altre due donne erano giovani, probabilmente avevano più o meno l'età di Mia, anche se l'aspetto stressato sui loro volti le faceva sembrare più anziane in qualche modo. Un uomo biondo e magro era seduto dando le spalle a Mia, ma qualcosa di lui sembrava familiare.

"John" disse la donna di mezz'età, rivolgendosi all'uomo biondo: "Abbiamo davvero bisogno di studiare i dettagli. Non possiamo fidarci ciecamente di loro..."

Girò la testa per rispondere, e Mia si rese conto, scioccata, che conosceva quel John—che gli aveva parlato due volte nelle ultime settimane. E ciò significava solo una cosa: che quella a cui stava assistendo doveva essere una riunione della Resistenza—e che se la stava osservando attraverso il video della realtà virtuale di Korum, allora evidentemente lui sapeva di loro.

Oh mio Dio. Credevano di essere al sicuro, di non essere monitorati. Altrimenti, come mai erano tutti riuniti lì in quel modo? John aveva detto che Korum era a New York per debellare il movimento della Resistenza... perché si stavano avvicinando a qualche scoperta. Ma, chiaramente, l'extraterrestre era ancora più vicino al suo obiettivo di stanare i combattenti per la libertà.

Doveva avvisarli. Erano seduti in quella casa di Brooklyn. Korum avrebbe potuto irrompere da un momento all'altro.

All'improvviso, Mia sentì rizzarsi i capelli. I pezzi del puzzle si ricomposero, e rimase a bocca aperta per quella sconvolgente scoperta.

Forse era già troppo tardi per John e i suoi amici.

Altrimenti, perché Korum se n'era andato così bruscamente oggi? Sapeva esattamente dove fossero. Non aveva motivo di aspettare ancora. L'agguato—se non era ancora avvenuto—sarebbe accaduto presto.

· · ·

Senza aspettare un secondo di più, Mia toccò il piccolo dispositivo sulla manica e fu trasportata immediatamente nell'ufficio di Korum. Agitando la mano come aveva visto fare dall'alieno, quasi crollò dal sollievo, quando l'azione effettivamente funzionò, e la mappa scomparve. Togliendo rapidamente il maglione, lo appese sul retro della sedia, assicurandosi che nessun capello fosse rimasto attaccato al tessuto. Poi, posizionò le sedie come le aveva trovate e corse fuori dalla stanza. All'ultimo minuto, si ricordò della federa e afferrò anche quella, mettendola sulla pila della lavanderia mentre usciva dall'appartamento. Due minuti dopo, aveva lo zaino e le scarpe, e stava per entrare nell'ascensore.

Aveva bisogno di contattare John, immediatamente.

Tirando fuori il vecchio cellulare, inviò un'e-mail a Jessie, scrivendo 'Ciao' nella riga dell'oggetto. Nel corpo del testo, menzionò che sarebbe tornata a casa quella sera, e chiese a Jessie se avesse voluto trascorrere una serata tra ragazze. Quello avrebbe dovuto mettere John in allerta, pensò, se stava davvero monitorando l'account di Jessie. Ora tutto quello che poteva fare era sperare e pregare che non fosse troppo tardi.

Volendo tornare a casa al più presto possibile, Mia chiamò un taxi. Era un'inutile stravaganza, ma se c'era un buon motivo per affrettarsi—era proprio quello. Salendo in macchina, diede al conducente l'indirizzo di casa e si appoggiò al sedile, chiudendo gli occhi.

Pensieri e idee le frullavano per la testa, saltando da un argomento all'altro. Come faceva Korum a sapere della riunione? Doveva aver installato delle telecamere nella casa dei combattenti senza che loro lo sapessero... Ma John le aveva assicurato che avrebbe saputo se una stanza fosse stata monitorata o meno. O John le aveva mentito o Korum era dieci passi più avanti di qualunque conoscenza la squadra di John ritenesse di possedere. Quell'ultima parte aveva senso per lei. Gli umani non avrebbero mai potuto sperare di vincere contro la tecnologia K. Se Korum voleva monitorare la Resistenza, ovviamente poteva farlo senza che loro lo sapessero.

Mia si rese conto del pericolo del gioco a cui stava giocando. Probabilmente Korum era ormai a conoscenza di tutti i loro piani... e forse sapeva del coinvolgimento di Mia, anche se era rimasto limitato fino a quel giorno. A quel pensiero, lo stomaco della ragazza si contorse e sentì il freddo espandersi fino alle dita dei piedi. Non aveva mai visto Korum veramente arrabbiato, ma senza dubbio non sarebbe stato piacevole.

Arrivando a destinazione, la ragazza pagò il conducente con dita fredde e tremanti, e salì per le cinque rampe di scale del suo appartamento. Jessie non era a casa, e Mia pensò con invidia che probabilmente si stava godendo la bella giornata con gli amici. O quello oppure stava studiando per gli esami—ed entrambe le alternative le sembravano straordinarie in quel momento.

Cominciò ad aspettare.

Era passata circa mezz'ora, e Mia aveva quasi scavato un buco nel tappeto a forza di camminare avanti e indietro nel salotto. Alla fine, proprio mentre stava iniziando a impazzire dalla frustrazione, suonò il campanello.

John e una delle giovani donne della riunione erano davanti alla sua porta. I capelli della ragazza erano di una tonalità sabbiosa di castano e corti, quasi come quelli di un uomo. Sembrava anche molto atletica. Se non fosse stato per i lineamenti delicati, avrebbe potuto essere scambiata facilmente per un ragazzo adolescente.

"Mia, questa è Leslie" disse John. "Leslie—questa è Mia, la ragazza di cui ti ho parlato."

Mia li salutò e li lasciò entrare nell'appartamento.

"John" disse senza preamboli: "Ho appena scoperto che sei in pericolo."

"Altroché" disse Leslie sarcasticamente. "Non lo sapevamo."

Mia rimase a bocca aperta. Quella ragazza non aveva motivo di detestarla, ma il suo tono era quasi di disprezzo. Si innervosì. "Esatto" disse lei freddamente. "Ovviamente non lo sapevate... altrimenti non ci sarebbe stata quella riunione, che Korum ha potuto riprendere in un bel video di tutti voi—compresa te, Leslie."

John sgranò gli occhi dallo shock. "Di cosa stai parlando? Quale video?"

"Non so nemmeno se video sia la parola giusta. È più un reality show virtuale—"

Raccontò per filo e per segno quello a cui aveva assistito. Quando ebbe finito, John sembrava pallido e il sorriso arrogante di Leslie era scomparso dal suo viso.

"Non capisco" disse lui lentamente. "Come sapeva dove trovarci? Tutti i nostri luoghi di riunione vengono monitorati quotidianamente. Inoltre, eseguiamo delle scansioni regolari—"

"Ovviamente non è abbastanza" disse Leslie. "Oppure siamo stati traditi."

Si guardarono, sconvolti.

"Come fate a farlo?" chiese Mia. "Come fate a sapere cosa cercare, quando eseguite le scansioni? Possono nascondere i dispositivi di monitoraggio in qualsiasi cosa. Mi avete addirittura detto che ce li ho dentro di me..."

"È vero" annuì John: "Ma possiamo ancora trovarli—"

"Di solito" disse Leslie.

"Esatto, di solito, perché non ci basiamo solo sulla nostra moderna tecnologia—"

"John" disse Leslie con tono preoccupato.

"Leslie, Mia dovrebbe sapere. Chiaramente ha rischiato molto per trovare queste informazioni per noi stasera—"

"Ma come puoi fidarti di lei? Va a letto con lui ogni giorno!"

"Non ha altra scelta! Altrimenti, come avrebbe fatto a scoprire quelle cose oggi? Dovresti ringraziarla per aver rischiato la vita—"

"Scusate" li interruppe Mia, rossa per la rabbia e l'imbarazzo: "Che cosa dovrei sapere?"

Leslie sembrava furiosa, come se volesse colpire John. Lui la ignorò e disse: "Ascolta, Mia... Non voglio che pensi che siamo solo un gruppo di idioti esaltati. Forse il movimento era così nelle prime fasi, quando non sapevamo cosa fossero o di cosa fossero capaci. Ora è diverso. Conosciamo bene il nostro avversario. E abbiamo l'aiuto—"

"L'aiuto dei K?" lo interruppe Mia, con il cuore che le batté più velocemente a quel pensiero.

"Dei K" confermò John. "Come ti ho già detto, non sono tutti uguali. Alcuni credono che sia sbagliato il modo in cui i K sono venuti su questo pianeta per rubarcelo... per schiavizzare la nostra popolazione. Vogliono aiutarci—condividere la loro tecnologia con noi, aiutarci a progredire fino a diventare come loro—"

"Sono come la versione dell'associazione animalista PETA dei K" disse Leslie, arrendendosi all'inevitabile, ma con un cipiglio ancora presente sul viso. "Li chiamiamo KETH—K per il Trattamento Etico degli Umani."

"KETH, o Keith, per pronunciarlo più facilmente" chiarì John.

Mia li fissò con stupore. Aveva già accennato ai loro potenti alleati, ma questo andava ben oltre uno o due ribelli K.

"Quanta influenza hanno i Keith all'interno della loro società?" chiese, cercando di capire.

"Non molta" ammise John.

"Sono un gruppo estremista, da quello che abbiamo capito" aggiunse Leslie. "Ma hanno accesso alla tecnologia K, e ci forniscono ciò di cui abbiamo bisogno per andare avanti—gli strumenti di scansione che utilizziamo, la tecnologia di schermatura..."

"Ma a che pro?" chiese Mia, continuando a non capire. "Potervi permettere di operare senza essere visti—oppure no, come abbiamo scoperto oggi—ma in che modo un gruppo estremista può fare davvero la differenza? Non potete ancora combatterli, anche se avete qualche dispositivo di scansione di microspie. A meno che—"

Rimase a bocca aperta, capendo tutto.

"A meno che non ci forniscano molto più di qualche dispositivo di scansione" confermò John.

"Basta, John" disse Leslie con tono severo. "Ora ne sa quanto la maggior parte dei membri del nostro gruppo. Se le dici qualcos'altro e la catturano—"

John sospirò. "Leslie ha ragione. Il tuo amante sa già tutto quello che ti abbiamo detto finora. Non posso dirti altro senza metterti in pericolo. In un pericolo ancora maggiore, voglio dire..."

Mia annuì. Non c'era motivo che conoscesse i particolari dei piani della Resistenza. L'ultima cosa di cui aveva bisogno era essere torturata per le informazioni. Naturalmente, non sapeva se avrebbe potuto resistere alla minaccia della tortura. Il solo pensiero che Korum potesse essere arrabbiato con lei la terrorizzava.

"D'accordo, allora" disse lei. "Devo chiedervi una cosa... Visto che la vostra sicurezza non è buona come pensavate, è possibile che Korum possa sapere di me? Avete parlato di me in quell'edificio di Brooklyn? Perché se l'avete fatto—"

"No, Mia, sei al sicuro." John capì subito le preoccupazioni di Mia. "C'è sempre la possibilità che possa venirlo a sapere... ma ne dubito fortemente. Sei la nostra arma segreta. Non ho mai parlato di te con nessuno. Fatta eccezione per Jason—e Leslie, che era con me oggi, quando ho ricevuto la tua e-mail—nessuno sa che stai lavorando per noi."

Notando l'espressione sorpresa sul volto di Mia, spiegò: "Non volevo metterti ancora più in pericolo. Se fossimo stati catturati e interrogati, il tuo nome sarebbe venuto fuori."

Fece una pausa, riflettendo sulle parole successive. "E, francamente, non sapevo se avresti potuto trovare qualcosa di utile. Quello che ci hai detto oggi va oltre ogni mia aspettativa... non immagini quanto ti siamo grati. Vedi, stasera avremmo dovuto avere una sessione finale di discussione di gruppo—avrebbero partecipato più di trenta dei nostri combattenti migliori. Korum dovrebbe saperlo... Ne abbiamo parlato durante l'ultima riunione—quella a cui in parte hai assistito. Se ci avesse teso un'imboscata questa sera, sarebbe stato un duro colpo per il movimento. Probabilmente hai salvato molte vite oggi, Mia."

La ragazza lo guardò, con le guance in fiamme per un mix di emozioni contrastanti. Era felice di poter aiutare la Resistenza ed enormemente sollevata che il suo segreto fosse al sicuro per ora. Ma era anche un po' offesa per la bassa fiducia nelle sue capacità. Era stata davvero fortunata ad aver scoperto quelle informazioni oggi. Prima di quell'episodio, era stata davvero inutile al movimento, quindi non riusciva a biasimarlo per pensarla così.

"Va bene" disse lei. "Spero che possiate riprogrammare quello che avevate in mente per stasera. Korum ha detto che potrebbe non essere a casa in serata, quindi probabilmente sta facendo qualcosa di importante."

CAPITOLO UNDICI

"Ehi straniera, bentornata!"

Jessie aveva ricevuto la sua e-mail ed era tornata a casa, tutta entusiasta.

Mia le sorrise e abbracciò forte la compagna di stanza, sinceramente felice di vederla allegra. Il suo incontro con i combattenti della Resistenza l'aveva sconvolta, e Jessie era proprio la distrazione di cui aveva bisogno.

"Allora, dimmi" scherzò Jessie: "Come mai il grosso e cattivo K ti ha permesso di uscire stasera? Ero certa che ti avrebbe chiusa in una stanza e avrebbe buttato via la chiave."

Mia arrossì. Era un po' troppo vicina alla verità. Alzando le spalle, disse: "Credo che debba lavorare stasera. Non sapeva quando sarebbe tornato a casa, quindi mi ha suggerito di uscire."

"Wow, molto gentile da parte sua" disse Jessie, strabuzzando gli occhi in modo comico. "Sai che cosa significa questo?"

"No, cosa?" chiese Mia, ridendo per l'espressione drammatica sul volto di Jessie.

"Significa che usciremo! È sabato sera, e festeggeremo!"

Mia arricciò un po' il naso. "Davvero? Proprio prima degli esami?"

"Certo! Oh, non guardarmi così. So che stai studiando da settimane. Una serata fuori non ti farà bocciare. E visto che il tuo K ha deciso di lasciarti uscire solo stasera, ci divertiremo un mondo!"

Mia sorrise. L'entusiasmo di Jessie era contagioso, e all'improvviso l'idea di perdersi completamente ballando tutta la notte le sembrò quasi perfetta.

Due ore dopo, le ragazze cominciarono a prepararsi per la serata. Facendo la doccia e depilando ogni centimetro del corpo, Mia lavò i capelli e ci passò il balsamo. L'uso regolare dello shampoo di Korum li aveva resi morbidi e setosi, infinitamente più gestibili, e dopo averli asciugati il risultato era una morbida massa di ricci scuri ben definiti che le cadevano a cascata sulla schiena.

Poi passò al trucco, e Mia optò per lo smoky-eye, senza esagerare con il resto del viso. Il suo guardaroba, però, presentava un problema, per il quale aveva bisogno di consigli. "Jessie!" gridò all'esperta.

La coinquilina entrò, vestita in modo elegante. Con l'abito rosso e i tacchi alti, era davvero splendida. "Fammi indovinare. Non hai ancora deciso che cosa indossare?" le chiese con un bel sorriso.

"Ho bisogno del tuo aiuto." Mia le rivolse un'occhiata disperata, indicando l'armadio.

"Ok, vediamo, cos'abbiamo qui... Prada, Gucci, Badgley Mischka—oh povera te, non hai davvero niente da indossare!" Jessie scosse la testa per un finto rimprovero. "È incredibile, Mia—ti vizia davvero. Non mi stupisce che non torni più a casa."

Scavando nell'armadio di Mia, Jessie tirò fuori un abito risqué di Dolce & Gabbana e lo porse a Mia. "Ecco, prova questo."

Mia lo guardò, dubbiosa. "Non avrò freddo?" Non sembrava coprire molto. Era composto da due pezzi di tessuto viola tenuti insieme da alcuni ganci e cerniere.

"Ballando in un locale caldo e affollato? Oh, per favore." Jessie sbuffò. "E se indosserai questo, ti assicuro che non faremo la fila fuori."

Mia decise di ascoltare l'esperta. Indossando l'abito, uscì dalla stanza per mostrarlo a Jessie.

"Wow." Jessie era quasi senza parole. "Non so cosa ti faccia mangiare quel K, ma sei meravigliosa. Voglio dire, sei sempre stata carina—ma ora sei a tutt'altro livello."

Mia arrossì un po'. L'abito era decisamente sexy, mostrando le gambe ed esponendole la schiena e le spalle. Era un po' troppo provocante per i gusti di Mia, con i fragili laccetti intorno al collo che erano l'unico supporto per il top. Non poteva indossare un reggiseno, visto il taglio basso nella parte posteriore, e si sentiva come se i capezzoli fossero visibili sotto il tessuto appiccicoso. Per completare il tutto, indossò un paio di scarpe col tacco sexy e afferrò una borsetta scintillante.

Era pronta per la festa.

∾

Come locale, scelsero il luogo più trendy di Meatpacking District. Era una destinazione popolare per celebrità, modelle, aspiranti modelle, e chiunque altro amasse festeggiare. La Mia pre-Korum non sarebbe mai andata in quel posto, certa che per entrare avrebbe dovuto aspettare due ore al freddo. Tuttavia, la nuova Mia sicura di sé e ben vestita non si faceva tutti quei problemi.

Avvicinandosi al buttafuori, Mia e Jessie gli rivolsero ampi sorrisi sexy. Le guardò con un apprezzamento puramente maschile e sollevò la corda, lasciandole entrare senza dire una parola.

"Ben fatto" sussurrò Jessie, mentre scendevano i gradini, dirigendosi verso la musica assordante.

Sebbene fossero le 23:00, il locale era gremito. La musica era eccellente, un mix di vecchio hip-hop e alcune delle ultime canzoni dance-hop. La pista da ballo non era particolarmente grande, e ogni centimetro era pieno di bellissime ragazze e dei pochi ragazzi fortunati che erano riusciti a entrare. A volte era davvero bello essere una ragazza, pensò Mia. L'unico modo in cui la maggior parte degli uomini poteva entrare in un posto del genere era spendere un'assurda quantità di soldi, mentre le ragazze potevano entrare gratuitamente—come esca, ovviamente.

Andando al bar, le due ragazze trovarono rapidamente un paio di sgabelli e ordinarono quattro bicchieri di vodka. Due ragazzi si offrirono immediatamente di pagare i loro drink, e Jessie declinò con una risatina. "È troppo presto per questo" disse a Mia. "Vogliamo ballare, non passare il tempo con questi buffoni tutta la notte."

Mia ridacchiò, concordando, e bevvero il primo bicchiere, mordicchiando una fetta di limone subito dopo.

La serata si fece ancora più allegra, con quella speciale scintilla che solo il primo bicchiere di alcol e la promessa di una nottata divertente potevano portare. Mia si sentiva giovane e bella—e, per il momento, completamente spensierata. L'indomani avrebbe ripreso a preoccuparsi, ma quella sera—quella sera si sarebbe divertita.

"Salute!"

Il secondo bicchiere scese giù ancora più liscio, e le cose acquistarono un piacevole bagliore confuso nella mente di Mia. La pista da ballo la chiamava, con il ritmo pulsante della musica che le riverberava nelle ossa. Afferrando la mano di Jessie, la trascinò verso la folla danzante.

Durante l'ora successiva, ballarono senza sosta. Le belle canzoni si susseguirono una dopo l'altra, mandando la pista da ballo in delirio. Mia ballò con Jessie, con altre due ragazze che si erano avvicinate a loro, con un gruppo di tipi di Wall Street che continuavano a cercare di toccarle la schiena nuda, e poi di nuovo con Jessie. Ballò fino a sentirsi calda, sudata e senza fiato, con i muscoli delle gambe tremanti per tutti i movimenti che la danza comportava. Ballò fin quando non dimenticò come mai si era sentita così di merda e cosa avrebbe potuto portare l'indomani.

"Ho bisogno di acqua!" gridò Jessie, cercando di farsi sentire sopra la musica. Ridendo, Mia la riaccompagnò al bar. Bevvero un bicchiere d'acqua del rubinetto e un altro di vodka ciascuna. Questa volta, Jessie fu troppo sbronza per rifiutare, quando un bel ragazzo dal volto vagamente familiare—forse una star della TV—si offrì di pagare le loro bevande.

Edgar—l'attore di una commedia drammatica recentemente cancellata —fece subito amicizia con Jessie. La sua compagna di stanza, lusingata dall'attenzione di una celebrità, flirtò e ridacchiò per tutto il tempo. Sentendosi leggermente fuori posto, Mia andò al bagno da sola.

Quando tornò, un paio di amici di Edgar si erano uniti al bar. Erano entrambi carini in quel modo leggermente infantile che era ormai popolare, e sembravano in gran forma. Si presentarono, e Mia scoprì che anche loro facevano parte della commedia. Peter era uno stuntman, mentre Sean era un membro del cast di supporto. "Che cos'è questo *Entourage?*" scherzò Mia, e loro risero, affermando che le loro vite avevano poco in comune con il vecchio spettacolo.

Rendendosi conto che stavano ficcando il naso in una serata per sole ragazze, i giovani ordinarono un altro round di drink per tutti. Tequila, questa volta, e Mia quasi si strozzò per il forte sapore che le rimase in bocca anche dopo aver morso il limone. Il suo naso, che fungeva da barometro alcolico, aveva superato da tempo il limite del prurito, e sapeva che il giorno dopo probabilmente si sarebbe pentita. Ma in quel momento, con la vodka e la tequila nelle vene, non le importava.

Mia non intendeva fare amicizia con nuovi ragazzi, ma Peter si rivelò essere uno straordinario oratore. La sua voce era abbastanza profonda da superare la musica forte, e scoprì che avevano l'origine polacca in comune. In realtà, i suoi genitori erano giunti in quel Paese abbastanza recentemente, anche se era un cittadino americano e non aveva alcun accento. Anche lui si era laureato presso la NYU—alla Tisch School of the Arts—e voleva diventare un produttore cinematografico. Dal momento che era sempre stato atletico, lavorare come stuntman era stato il miglior modo per entrare nell'ambiente e cominciare a conoscere gente, ed era stato fortunato a ottenere una parte nella commedia annullata recentemente.

Anche lui sembrava sinceramente interessato a Mia, con gli occhi azzurri che brillavano ogni volta che la guardava. Con i capelli biondi e mossi, sembrava un angelo malizioso, e Mia non poté fare a meno di ridere per alcuni complimenti che le rivolgeva. In circostanze normali, un ragazzo simpatico ed estroverso come quello non sarebbe mai stato interessato a una ragazza timida e studiosa come Mia—e non poteva che essere lusingata da tutte quelle attenzioni. Così, quando Peter le chiese il numero, glielo diede senza pensare, con l'alcol nelle vene che le rallentava il pensiero abbastanza da rimuovere ogni cautela.

Tornarono sulla pista da ballo—con Edgar e Peter che si unirono a lei e a Jessie. Sean, probabilmente sentendosi come una ruota di scorta, si unì a un altro gruppo di ragazze. Inizialmente ballarono come gruppo, e poi Peter cominciò a ballare più vicino a Mia, con movimenti atletici e pieni di grazia. Lei sorrise, chiudendo gli occhi e ondeggiando al ritmo della musica, e non le venne in mente di allontanarsi, quando le mise le mani sulla vita.

Era bello danzare con un ragazzo normale che le piaceva, le cui intenzioni erano chiare. Naturalmente, non sarebbe potuto venir fuori nulla di buono da quella serata, ma una parte sciocca e ubriaca di lei sperava che forse—se fosse sopravvissuta a tutto e fosse stata ancora a New York, quando Korum si fosse inevitabilmente stancato di lei—un giorno avrebbe rintracciato Peter su Facebook. Tra tutti i ragazzi che aveva conosciuto negli ultimi anni, lui gli piaceva più di tutti, e poteva facilmente immaginarsi come sua amica... e forse qualcosa di più.

Partì una nuova canzone, con testi ancora più espliciti. La folla andò in delirio, e il movimento sulla pista da ballo aumentò. Peter le si avvicinò, sfregando suggestivamente i fianchi sui suoi. Era di altezza media, e i tacchi alti di Mia la facevano arrivare quasi alle sue tempie. Le sorrise, con gli occhi scintillanti, e Mia ricambiò il sorriso, sperimentando una lieve attrazione—niente a che vedere con il folle e travolgente calore che le faceva provare Korum. E anche se il suo stupido corpo sperava che ci fosse Korum a stringerla in quel modo, le piaceva ballare con un ragazzo carino... che, in circostanze diverse, avrebbe potuto frequentare.

"Sei davvero carina" disse Peter, praticamente urlando sopra la musica.

Mia sorrise, muovendosi al ritmo. Era sempre bello ricevere complimenti. "Grazie" gridò lei: "Anche tu!"

Le girava la testa per tutti quei drink, e l'intera serata cominciò a sembrarle un po' surreale—a partire dal ragazzo bello come un angelo che stava ballando insieme a lei. Continuando a danzare, chiuse gli occhi per un attimo, tenendosi alla vita di Peter per combattere una leggera vertigine. Fraintendendo le sue azioni, si appoggiò a Mia, strofinando le labbra sulle sue per un breve secondo.

Stupita, Mia respinse Peter, facendo un passo indietro. Imbarazzata, si guardò intorno e improvvisamente si sentì bloccata, paralizzata dalla paura.

A guardarla dal bordo della pista da ballo c'erano due familiari occhi color ambra. E la gelida rabbia riflessa in essi era la cosa più terrificante che avesse mai visto in vita sua.

CAPITOLO DODICI

*L*ui sapeva.

Nel panico soffocante che la inghiottì, Mia aveva un solo pensiero: Korum sapeva. In qualche modo, aveva saputo di quel pomeriggio—di quello che aveva fatto per i combattenti della Resistenza—ed era venuto lì a cercarla.

Il suo istinto di sopravvivenza le urlò contro, e una scarica di adrenalina dissipò la nebbia indotta dall'alcol. Combatté la disperata voglia di fuggire, sapendo che l'avrebbe raggiunta nel giro di pochi secondi. Così, si limitò a restare lì, guardandolo farsi strada verso di lei tra la folla della pista da ballo, con gli occhi quasi gialli dalla furia.

Nonostante la musica pulsante e il battito terrorizzato del proprio cuore, sentì gridare il suo nome.

"Mia! Mia!" Era Peter, e stava parlando con lei. "Ehi Mia, ascolta, non volevo essere così insistente—"

Si fermò nel bel mezzo delle sue scuse e seguì il suo sguardo. "Che diavolo... È il tuo ragazzo o qualcosa del genere?"

"Qualcosa del genere" precisò Mia, guardando Korum sgomitare tra la folla normalmente impenetrabile. Lo stomaco le brontolava dalla nausea e la paura. L'avrebbe uccisa lì sul posto o prima l'avrebbe portata altrove per interrogarla?

Ed eccolo lì, davanti a lei.

"Ehi amico, ascolta, credo che ci sia stato un malinteso—" si intromise

Peter con coraggio, senza rendersi conto di chi fosse l'uomo con cui aveva a che fare, a causa del buio. In un batter d'occhio, Korum avvolse la mano intorno alla gola di Peter.

"No!" urlò Mia, mentre Peter fu sollevato dal pavimento, scalciando in aria e graffiando con le mani sulla presa ferrea intorno alla gola. "No, ti prego, lascialo andare—"

"Vuoi che lo lasci andare?" chiese Korum con calma, come se non stesse uccidendo un uomo adulto con una mano in un club affollato.

"Ti prego! Non c'entra niente lui" lo supplicò Mia, con lacrime di terrore che le rigavano il volto.

"Oh, davvero?" disse Korum, con voce carica di sarcasmo. "I miei occhi mi hanno ingannato, allora. Non era lui quello avvinghiato a te... Era qualcun altro?"

Avvinghiato a lei? Korum era arrabbiato perché lei aveva ballato con Peter? Il suo cervello non riusciva a crederci.

"Korum, per favore" riprovò: "Sei arrabbiato con *me*. Lui non ha fatto niente—"

"Ha toccato ciò che mi appartiene." Quelle parole suonarono come un verdetto.

"Korum, ti prego, non lo sapeva! Sono stata io—"

I ballerini intorno si resero conto che stava accadendo qualcosa di insolito, e un cerchio di spettatori iniziò a formarsi intorno a loro.

"Per favore, non ucciderlo!" lo implorò, afferrando il braccio di Korum dalla disperazione. "Ti prego, farò qualsiasi cosa—"

"Oh, certo" disse sottovoce: "Farai tutto quello che voglio a prescindere."

Il volto di Peter stava diventando viola, e la frenetica presa sulle dita di Korum stava cedendo. Si levarono grida di panico tra la folla, ma nessuno osò intervenire.

"TI PREGO!" urlò Mia istericamente, tirandogli inutilmente il braccio. Non la degnò di uno sguardo.

E poi, improvvisamente lasciò andare Peter, facendo cadere il suo corpo a terra con un tonfo.

La folla ansimò, mentre Peter mandò giù aria per la prima volta, soffocando e tossendo.

Singhiozzando, Mia quasi crollò dal sollievo. Le sue mani stavano ancora stringendo l'avambraccio di Korum, e si allontanò, facendo un passo indietro.

Non le permise di andare lontano. Allungò la mano, avvolgendole dita di acciaio intorno al braccio.

"Andiamo" disse sottovoce, con un tono che non lasciava spazio a discussioni.

E Mia andò con lui, ignorando le espressioni scioccate dalle persone intorno a lei.

Era certa che non sarebbe sopravvissuta a quella notte.

Non c'era alcuna limousine ad aspettarli. Korum chiamò un taxi e diede l'indirizzo del suo edificio al tassista.

Il tragitto fu assolutamente breve. Non le parlò affatto, con il silenzio nella macchina interrotto solo dal suono del pianto dell'umana.

Aveva sempre saputo che i K potevano essere molto violenti, ma non ne era mai stata testimone. Korum era sempre stato così premuroso, così gentile con lei... Era stato difficile per Mia immaginarlo fare a pezzi un umano—come avevano fatto quei K con i Sauditi. Ma ora sapeva che non era un'eccezione, che poteva annientare una vita umana con la stessa indifferenza con cui si schiaccia una mosca.

Mia non voleva morire. Si sentiva come se avesse appena iniziato a vivere. Pensieri confusi le attraversarono la mente, alla frenetica ricerca di qualche via d'uscita, ma non ce n'erano. L'avrebbe prima interrogata? Non sapeva niente di significativo, ma forse non le avrebbe creduto. Rabbrividì al pensiero della tortura. Non aveva mai provato il dolore vero, e non sapeva se avrebbe resistito. L'ultima cosa che voleva era morire in quel modo, implorandolo di salvarle la vita. Se solo fosse stata più coraggiosa—

Arrivarono all'edificio, e la fece scendere dal taxi, continuando a tenerle il braccio. Le gambe della ragazza erano deboli per la paura, e inciampò sulle scale. La prese e la sollevò tra le braccia, portandola nella hall e nell'ascensore, fino all'attico. Il calore del corpo dell'alieno era ottimale per la sua pelle congelata, ricordandole l'altra notte in cui l'aveva portata in quel modo—in circostanze molto diverse.

Una volta dentro l'appartamento, la poggiò sul divano e si diresse verso l'armadio per appendere la giacca. Naturalmente, pensò Mia con risentimento, voleva stare il più comodo possibile per la tortura e la mutilazione imminenti.

Con sua totale mortificazione, sentì un forte bisogno di fare la pipì, con la vescica sul punto di esplodere, a causa dei drink che aveva bevuto.

Voleva disperatamente aggrapparsi agli ultimi brandelli di dignità—farsela addosso mentre moriva sembrava l'umiliazione finale.

"Per favore" sussurrò, con voce tremante: "Posso andare al bagno?"

Lui annuì, con un sorrisetto beffardo sulle labbra.

Mia andò in fretta, per quanto le gambe traballanti glielo permettessero. Una volta dentro, si liberò rapidamente e lavò le mani. Le unghie avevano una tenue tonalità bluastra, notò, e l'acqua calda sembrava bollente sulle sue gelide mani.

Concludendo, guardò la porta chiusa e la debole serratura. Era inutile, lo sapeva. Ma non voleva uscire. Per qualche strano motivo, il pensiero del suo sangue sparso sui mobili color crema era troppo inquietante. Avrebbe aspettato lì, decise. Sicuramente, sarebbe venuto a prenderla tra pochi minuti. Ma visto che quelli avrebbero potuto essere gli ultimi momenti della sua vita, ogni secondo era importante.

Si sedette sul bordo della Jacuzzi e aspettò. Sembrava che fosse passata un'eternità. Il suo riflesso nello specchio non le somigliava affatto, dal provocante vestito viola ai cerchi intorno agli occhi causati dal mascara. Era inquietante che sarebbe morta in quel modo—non come la Mia Stalis della Florida che la sua famiglia conosceva e amava. Al pensiero della loro disperazione, un acuto dolore le perforò il petto, e Mia quasi cadde per la sua potenza. Non poteva pensarci in quel momento. Se l'avesse fatto, sarebbe scoppiata in lacrime e avrebbe implorato affinché la risparmiasse, ed era stranamente importante conservare almeno una sembianza di orgoglio—

Sentì bussare alla porta.

Mia soffocò una risata isterica. Sarebbe stato gentile prima di ucciderla.

"Mia? Che cosa stai facendo? Apri la porta ed esci fuori." Sembrava irritato.

La ragazza non rispose, con gli occhi fissi sulla porta.

"Mia. Apri questa fottuta porta."

Aspettò.

"Mia, se mi obbligherai ad aprire questa porta, te ne pentirai."

Gli credeva, ma rifiutò di comportarsi docilmente, come un agnellino pronto per andare al macello. Perlomeno, in quel modo Korum avrebbe dovuto affrontare alcune riparazioni in casa dopo averla uccisa.

La porta si staccò dai cardini, schiantandosi a terra. Pur aspettandoselo, Mia sobbalzò per quell'azione così violenta.

Korum stava sulla soglia, magnifico e arrabbiato. I suoi zigomi alti erano arrossati e gli occhi sembravano oro puro.

"Ti stai davvero nascondendo da me nel mio bagno?" chiese, con tono pericolosamente calmo.

Mia annuì, temendo che la voce potesse tremarle, se avesse parlato. Nonostante le sue migliori intenzioni, delle grosse lacrime cominciarono a rigarle le guance.

Le si avvicinò, e Mia chiuse gli occhi, sperando che sarebbe finita in fretta. Invece, le mise le mani sulle spalle nude, accarezzandole dolcemente la pelle.

Aprì gli occhi, e lo fissò.

"Entra nella doccia" le disse. "Hai il suo fetore su tutto il corpo."

Nella doccia? La voleva pulita. Lo stomaco di Mia si contorse dalla nausea davanti alla consapevolezza che intendeva fare sesso con lei—forse per l'ultima volta—prima di ucciderla.

Scosse la testa, rifiutando.

L'espressione di Korum si rabbuiò. Prima che Mia potesse continuare a riflettere sulla saggezza delle sue azioni, l'abitino finì a pezzi sul pavimento, e lui la portò—nuda e tutta presa a dimenarsi—nel box doccia. Con una scarica di adrenalina, si inarcò in preda al panico, scalciando e graffiando furiosamente tutto ciò che trovava. All'improvviso, si ritrovò in piedi all'interno della cabina, con lui che incombeva su di lei con un'espressione incredula sul volto.

"Sei pazza?" le chiese piano. "L'alcol ti ha fottuto il cervello?"

Ansimando per la stanchezza e la paura, lo guardò sfacciatamente attraverso le lacrime che le offuscavano la vista. "Se vuoi uccidermi, fallo e basta! Non voglio essere scopata!"

Sollevò le sopracciglia, sembrando sinceramente sorpreso. "Pensi che ti ucciderò?" le chiese lentamente, come se non credesse alle proprie orecchie.

"Non lo farai?" Ora era Mia ad essere sorpresa. Con il cuore che le batteva forte, come se avesse corso durante una maratona, riusciva a riflettere a stento.

L'alieno fece un passo indietro. Era ancora vestito. L'espressione sul suo viso era strana. Se non l'avesse conosciuto meglio, avrebbe pensato che l'aveva ferito in qualche modo.

"Mia" disse, stanco: "Solo perché sono arrabbiato con te, questo non significa che ti farò del male, figuriamoci se voglio ucciderti."

"Non vuoi?"

Trovava difficile credergli. Da quando l'aveva vista in quel locale, era stata certa che non sarebbe sopravvissuta a quella scoperta.

"Certo che no" disse, continuando a guardarla con quella strana espressione. "Hai tradito la mia fiducia stasera, ma eri ubriaca e stupida—"

Mia sbatté le palpebre. Qualcosa non tornava.

"—e credo che non avrei dovuto lasciarti uscire il sabato sera."

Lo fissò, confusa, osando a malapena sperare. "Sei arrabbiato perché sono andata in quel locale?"

"Arrabbiato è un termine molto riduttivo per quello che provo in questo momento" disse con calma. "Hai lasciato che quel verme ti mettesse le mani addosso, e lo hai baciato proprio davanti ai miei occhi. No, Mia, arrabbiato non è affatto la parola adatta."

Non sapeva.

Le ginocchia quasi le cedettero dal sollievo, e si appoggiò alla parete della doccia per sostenersi. Per quanto le sembrava incredibile, la rabbia di quella sera era dovuta puramente alla gelosia e non aveva nulla a che vedere con il movimento della Resistenza.

Era una sorprendente constatazione, e Mia desiderò disperatamente di poter vedere oltre la nebbia che sembrava permeare ogni suo pensiero. Scosse la testa nel tentativo di diradarla. "Mi dispiace" disse con cautela. "Non pensavo che ti importasse, se fossi uscita stasera. Volevo solo divertirmi con Jessie e... non credevo che ti importasse in ogni caso. Volevo solo ballare, te lo giuro..."

Continuò a guardarla, come se cercasse di decifrare i suoi pensieri.

"Va bene, Mia" disse lentamente: "Fa' la doccia, ok? Parleremo quando avrai finito."

Poi se ne andò, camminando intorno alla porta rotta sul pavimento.

CAPITOLO TREDICI

L'avrebbe lasciata vivere. Aveva detto che non le avrebbe fatto del male, nonostante la rabbia.

Korum non sapeva del suo vero tradimento. Era stata incredibilmente fortunata.

Le girava la testa, e tutti i muscoli del corpo le tremavano dall'adrenalina. Mentre era lì, sentì lo stomaco contorcersi per una nausea improvvisa. Raggiungendo la toilette, Mia fece appena in tempo, prima che i contenuti dello stomaco si riversassero all'esterno, con la miscela tossica dell'alcol e del terrore residuo che si dimostrarono eccessivi per il suo organismo.

Mortificata, si inginocchiò nuda davanti al gabinetto, tremando incontrollabilmente. Tirando lo scarico per sbarazzarsi di quel disgustoso disastro, utilizzò la forza residua per rientrare nella cabina della doccia e aprire l'acqua, rabbrividendo dal sollievo, mentre il flusso caldo le scorreva sul corpo congelato.

La doccia calda fece miracoli. Qualche minuto dopo, Mia si sentì abbastanza bene da alzarsi dal pavimento. Lavò e passò lo shampoo su ogni centimetro del corpo, spazzando via tutte le tracce dell'orribile notte. Dopo aver finito, si asciugò, indossò un grosso accappatoio morbido e spazzolò due volte i denti per rimuovere il sapore spiacevole in bocca. Ora era nuovamente pronta per affrontare Korum, sebbene tutto quello che avrebbe voluto fosse svenire e dormire per le dieci ore successive.

La stava aspettando nel salotto, guardando ancora qualcosa nel palmo. Al suo ingresso, alzò lo sguardo e le fece cenno di avvicinarsi. Mia lo raggiunse con cautela, ancora preoccupata.

"Ecco, bevi questo."

Prese un bicchiere pieno di un liquido rosa dal tavolo accanto a lui, e glielo porse.

"Che cos'è quello?" chiese Mia con visibile nervosismo.

"Non è veleno, puoi rilassarti." Notando la sua continua riluttanza, aggiunse: "Solo qualcosa per liberare il tuo fegato da tutte le schifezze che hai bevuto."

Mia arrossì dall'imbarazzo. Chiaramente l'aveva sentita vomitare. Senza ulteriori discussioni, prese il bicchiere e assaggiò il liquido. Sapeva di acqua dolce ed era meravigliosamente rinfrescante. Mandò giù il resto del contenuto.

"Bene" disse Korum. "Ora, siediti e parliamo delle aspettative nella nostra relazione... nello specifico, delle mie aspettative sul tuo comportamento."

Mia deglutì nervosamente e si sedette accanto a lui. Il liquido le stava già attraversando l'organismo, e sentì le ragnatele staccarsi dalla mente.

Si girò verso di lei e le prese una mano nella sua, accarezzandole delicatamente il palmo. Gli occhi avevano quasi riassunto la loro tonalità ambra, con solo alcune tracce delle pericolose striature gialle.

"Sei mia" le disse, accarezzandole l'interno del polso con il pollice. "Sei stata mia fin dal primo momento in cui ti ho vista nel parco quel giorno. Non condivido ciò che mi appartiene. Mai. Se guarderai un altro maschio —umano o Krinar—te ne pentirai. E chiunque ti sfiori firmerà la propria condanna a morte. Sono stato chiaro?"

Mia annuì, incapace di parlare a causa del fragile mix di emozioni che le si agitavano nel petto.

"Bene. Il bel ragazzo che stava ballando con te stasera è stato molto fortunato ad andarsene con le sue gambe. Se mai ci sarà una prossima volta, non sarò così clemente."

Mia chiuse la mano libera a pugno sul divano.

"Ti sei comportata come una sciocca stasera. Due belle ragazze che vanno in giro vestite in quel modo—sarebbe potuta succedervi qualsiasi cosa. E bere fino a vomitare—tanto varrebbe pianificare un trapianto di fegato in futuro. Il corpo umano è già fragile, e non ti permetterò di abusarne così."

Le unghie di Mia scavarono nel proprio palmo dalla rabbia e la frustrazione. Dover ascoltare quella ramanzina, come se fosse una stupida adolescente, era più che umiliante.

"Se vuoi andare a ballare, ti ci porterò. E niente più serate fuori con la tua coinquilina— ovviamente non ci si può fidare di voi."

Mia lo fissò con un sguardo di sfida sul viso.

"E adesso" disse piano: "Dovremmo discutere del tuo errato pregiudizio di prima... il fatto che pensavi che ti avrei uccisa per aver baciato un ragazzo in un locale."

"Hai quasi ucciso Peter" disse Mia, alla frenetica ricerca di una spiegazione per il panico di prima. "Perché il mio spavento ti sorprende tanto?"

"*Peter* ha meritato esattamente quello che ha ottenuto per aver toccato ciò che mi appartiene." Si chinò verso di lei. "*Tu*, invece, non hai nulla di cui temere. Ti ho mai fatto del male—perdita della verginità a parte?"

Era vero. Non le aveva mai provocato del dolore fisico—perlomeno non del tipo spiacevole. Era sempre molto attento a non farle del male con tutta la sua forza. Naturalmente, non sapeva che lei stava aiutando la Resistenza.

"Mia, so che proveniamo letteralmente da mondi diversi, ma alcune cose sono universali in entrambe le specie. Dormo con te ogni notte, ti bacio e ti accarezzo il corpo, provo molto piacere nel fare sesso con te—e pensi che potrei toglierti la vita così, senza rimorsi?"

Avrebbe potuto, se avesse scoperto il suo vero tradimento.

Interpretando il suo silenzio come una risposta affermativa, scosse la testa dalla delusione. "Mia, non sono il mostro che hai dipinto nella tua testa. Non ti farei mai del male—mai, in nessuna circostanza. Hai capito?"

"Sì" sussurrò lei, sopprimendo un leggero sbadiglio. Si sentiva completamente esausta, con la stanchezza che si insinuò nella loro conversazione. Anche dopo la pozione ricostituente che le aveva dato, era più che pronta per dormire. L'indomani avrebbe analizzato volentieri i significati nascosti dietro le parole di Korum, ma per quella notte—era assolutamente sfinita.

"Va bene" le disse: "Vedo che sei stanca. Andiamo a letto. Ti sentirai molto meglio dopo aver riposato."

Mia annuì con gratitudine, e la prese in braccio, portandola in camera da letto.

.   .   .

Entrando nella stanza, la pose delicatamente sul letto.

Troppo stanca per muoversi, Mia rimase lì, guardandolo togliersi i vestiti. Il suo corpo era davvero bellissimo—tutto muscoloso, ricoperto da quella pelle liscia e dorata. Tutti i suoi movimenti erano inumanamente graziosi e controllati. Per la prima volta, Mia si rese conto che probabilmente richiedeva immensi sforzi convivere con l'enorme forza che aveva visto oggi.

Venne verso di lei, con il cazzo già rigido, e le aprì l'accappatoio. "Sei così bella" mormorò, studiandole il corpo con evidente apprezzamento. Nonostante la stanchezza, sentì i muscoli interni contrarsi dall'attesa.

Salendo sopra di lei, si chinò e le baciò la zona sensibile del collo. Mia trattenne il fiato, aspettando la familiare estasi indotta dal morso, ma continuò a mordicchiarla lungo tutto il corpo, sfiorandola solo con le labbra e la lingua. Lei gemette dolcemente, desiderando di più, ma era spietatamente lento, contrassegnando ogni centimetro della sua pelle con la bocca.

Le raggiunse i piedi e Mia ridacchiò, sentendo le sue labbra chiudersi su una delle dita. E poi le sue mani calde le toccarono il piede, massaggiandolo con una pressione leggera ma solida, e Mia si inarcò per un piacere inaspettato, quando il suo pollice trovò un punto che inviò le sensazioni direttamente alle zone inferiori. All'improvviso, non ebbe più voglia di ridacchiare, mentre la tensione cominciò a crescere nel suo sesso. Riservò all'altro piede lo stesso trattamento, e lei gridò, sentendosi come se le stesse toccando il clitoride.

La girò e le tolse l'accappatoio. Afferrando un cuscino, glielo mise sotto i fianchi, sollevandole il sedere. Per qualche motivo, la ragazza si sentiva molto vulnerabile, sdraiata a faccia in giù, con la schiena esposta al predatore con cui stava dormendo.

Appoggiandosi a lei, Korum le sollevò la massa scura di capelli ricci dalle spalle, esponendo il tenero punto della nuca. Piegandosi, lo baciò delicatamente, con la bocca calda sulla sua pelle sensibile. Lei tremò dalla sensazione, e lui si spostò più in basso, facendosi strada vertebra dopo vertebra, fino a raggiungere l'osso sacro. Le toccò il sedere, stringendo leggermente i pallidi globi, e lei sentì la bocca dell'alieno farsi strada piacevolmente verso l'apertura del suo sesso, stuzzicando la fessura tra le natiche con la lingua. Saltò, sorpresa dalla sensazione sconosciuta, e lui ridacchiò, notando la sua reazione. "Non ti preoccupare" le sussurrò: "Lo lasceremo per un'altra volta."

E poi, il tempo dei preliminari finì.

Si sistemò sopra di lei, spingendo con le gambe tra le sue, aprendole di più. Mia ansimò, sentendo la forza del cazzo spingere dentro di lei. Nonostante l'umidità, lui sembrava incredibilmente grosso in quella posizione, e lei gemette, con i muscoli tremanti, cercando di abituarsi all'intrusione. Percependo la sua difficoltà, l'alieno si fermò un attimo e si allungò sotto i suoi fianchi, applicando una pressione costante al suo clitoride, mentre spostò il bacino in una serie di piccole e leggere spinte, scendendo più in profondità dentro di lei. Con il suo corpo molto più grosso sopra di lei, si sentiva completamente dominata, impossibilitata a muoversi di mezzo centimetro, e gemette dalla frustrazione, al limite dell'orgasmo, ma senza raggiungerlo. Si spinse più in profondità, toccandole la cervice, e lei si bloccò con ogni terminazione nervosa in fiamme, aspettando qualcosa—piacere, dolore, non le importava, purché avesse raggiunto quell'inafferrabile culmine.

A quel punto, si ritirò e lentamente tornò dentro. La tensione stava diventando insopportabile, e Mia ricominciò ad implorarlo, chiedendogli di fare qualcosa per farla venire. "Non ancora" le disse, muovendosi con quel ritmo follemente lento che la teneva ad un livello di intensità agonizzante. Ogni volta che sentiva l'orgasmo avvicinarsi, lui rallentava ulteriormente, per poi spingere più forte quando la sensazione si riduceva. Era una vera e propria tortura, e Mia si rese conto che quella sarebbe stata la sua punizione per quella notte.

"Korum, ti prego" lo implorò, ma non la ascoltò. Le lente spinte del suo cazzo la stavano facendo impazzire. In qualsiasi altra posizione, sarebbe riuscita a fare qualcosa, a muovere i fianchi in modo tale da poter raggiungere l'orgasmo più rapidamente. Ma sdraiata lì in quel modo, con il corpo pesante dell'alieno sul suo, poteva solo urlare dalla frustrazione.

"Sei mia, lo capisci ora?" disse con voce roca, continuando a mantenere quel ritmo senza pietà. "Solo a te posso dare questo—ciò che il tuo corpo desidera. A nessun'altra... capito?"

"SÌ! Ti prego, lasciami—"

"Lasciarti cosa?" ansimò, con la tortura che ebbe la meglio anche su di lui.

"Lasciami venire! Per favore!"

E lo fece. Accelerò gradualmente la velocità dei colpi, spingendo ancora più in profondità, e lei gridò ancora più forte... e poi arrivò al limite, con tutto il corpo pulsante e fremente per un rilascio così potente da farle tremare ogni muscolo del corpo. Il suo orgasmo portò al limite anche lui, e venne in profondità dentro di lei con un gemito rauco, e il seme si disperse in calde fuoruscite nel ventre della ragazza.

Mia rimase sdraiata lì, sentendosi inchiodata dal peso di Korum. Non riusciva a respirare facilmente, ma non le importava. Si sentiva completamente senza ossa, incapace di muoversi. Poi, Korum rotolò giù, liberandola. L'umana rabbrividì leggermente per la sensazione di aria fredda sulla schiena nuda e sudata. La prese e la riportò nella doccia, stavolta per un rapido risciacquo. E poi finalmente dormirono, con lui che la cullò con fare possessivo anche nel sonno.

CAPITOLO QUATTORDICI

Mia si svegliò la mattina successiva, sentendosi sorprendentemente bene. La bocca asciutta, la cefalea, e lo stato generale complessivamente pessimo in cui di solito di sentiva dopo aver passato la serata in un locale—nulla di tutto quello era presente oggi, probabilmente grazie alla pozione magica di Korum.

Come al solito, era sola in camera da letto. Aveva imparato che i K avevano bisogno di molte meno ore di sonno rispetto agli umani—circa un paio d'ore a notte—quindi, Korum era un mattiniero. Ed era meglio così. Non era sicura di volerlo affrontare quella mattina.

Per qualche ragione, non si aspettava che fosse geloso. Con quell'aspetto e quelle abilità a letto, non riusciva a immaginare che una donna potesse preferire un altro uomo a lui. Il suo piccolo flirt con Peter la serata scorsa era stato solo un divertimento innocuo, che non avrebbe portato da nessuna parte.

Spesso aveva difficoltà a decifrare le emozioni dell'extraterrestre. Di solito sembrava calmo e controllato, con quell'espressione leggermente derisoria sul bellissimo volto. Sapeva che spesso lo divertiva, e a volte gli piaceva stuzzicarla solo per farla arrabbiare. Si sentiva come se fosse qualcosa di simile a una gattina per lui, una piccola creatura con cui amava giocare. La reazione della scorsa notte, tuttavia, non era stata in linea con quell'atteggiamento indifferente. La possessività estrema che aveva mostrato non aveva senso alla luce della natura della loro relazione.

Sicuramente gli piaceva fare sesso con lei, ma la ragazza non riusciva a immaginare di significare qualcosa in più di quello.

Però—anche se probabilmente aveva frainteso la sua espressione la notte scorsa—era sembrato davvero ferito al pensiero che lei l'avesse ritenuto capace di ucciderla. Forse le cose stavano così? Gli importava davvero di lei come persona—come qualcosa di più di un giocattolo umano? A quel pensiero, un dolore acuto cominciò a prendere vita nel suo petto. Non poteva essere così, naturalmente, ma se gli fosse davvero importato di lei...

Poi, ricordò un piccolo aneddoto della vita su Krina. Erano territoriali, aveva detto, e non amavano vivere l'uno sull'altro.

E voleva piangere.

Ora era tutto chiaro. Certo che si era arrabbiato con Peter la notte scorsa: il povero ragazzo aveva inavvertitamente violato il territorio di Korum. Per l'alieno, lei gli apparteneva, finché avesse voluto tenerla.

Era una sua proprietà. E non gli piaceva condividerla.

Per quanto avrebbe voluto rimanere a letto tutto il giorno, aveva delle cose da fare. Il suo esame era domani, e ancora non si sentiva pronta. L'ultima cosa di cui aveva bisogno era la distrazione della sua incasinata vita amorosa.

Alzandosi, Mia si lavò i denti e fece colazione. Korum non era in casa, e si chiese dove fosse andato.

Prima di mettersi a studiare, decise di controllare il telefono per assicurarsi che Jessie fosse tornata a casa sana e salva la scorsa notte. C'erano circa una dozzina di chiamate perse della sua compagna di stanza e un numero altrettanto significativo di messaggi ed e-mail—l'uno più preoccupato dell'altro. Mia gemette. Non avrebbe dovuto scrivere a Jessie la scorsa notte prima di addormentarsi, ma era stata l'ultima cosa che le era venuta in mente.

Non poteva farci niente. Lo studio avrebbe dovuto aspettare. Chiamò Jessie, invece.

La sua coinquilina rispose dopo il primo squillo. "Oh mio Dio, Mia, stai bene?!? Che cazzo è successo ieri sera? Se quel bastardo di un alieno ti ha fatto del male—"

"No, Jessie, non l'ha fatto! Ascolta, sto benissimo—"

"Benissimo? Ne stavano parlando tutti ieri sera—di come ti ha trascinata dopo aver quasi ucciso Peter! Sono tornata dal bagno e tu eri scomparsa, e quel povero ragazzo stava ancora soffocando sul pavimento—"

"Sta bene ora?" la interruppe Mia, improvvisamente sopraffatta dal senso di colpa.

"È stato portato in ospedale, ma aveva solo qualche graffio e qualche gonfiore, hanno detto. Probabilmente avrà difficoltà a parlare per qualche giorno, e sono certa che si sia spaventato a morte..."

"Oh mio Dio, mi dispiace tanto" gemette Mia. "Non avrei mai dovuto metterlo in pericolo—"

"Non avresti dovuto mettere in pericolo lui? E tu? Mia, questo tuo K è pazzo! Stava per uccidere una persona solo perché aveva ballato con te—"

"Per avermi baciata in realtà..."

"È la stessa cosa! Non è che sei andata a letto con quel povero ragazzo, ma anche se l'avessi fatto... è assurdo!"

Mia sospirò. "Lo so. Ho scoperto troppo tardi che a quanto pare sono molto territoriali e possessivi. Se l'avessi saputo prima, ovviamente non sarei mai andata in un locale—"

"Territoriali e possessivi? Più che altro quasi omicidi! Mia... devi assolutamente lasciarlo. Sono preoccupata per te..."

"Jessie" disse Mia lentamente, chiedendosi come poterlo spiegare al meglio: "Non credo di poterlo lasciare ancora."

"Che cosa vuoi dire? Ti obbligherebbe a rimanere con lui?"

"Non lo so, ma non credo che sia l'idea migliore rompere con lui ora—"

"Oh mio Dio, lo sapevo! Hai *paura* di lui! Ti ha minacciata in qualche modo?"

"No, Jessie, non è così... Ha detto che non mi avrebbe mai fatto del male. Penso che sia meglio lasciare che la relazione finisca in modo naturale. Sono certa che presto si stancherà di me e volterà pagina—"

"E ti va bene così? Aspettare che si stanchi di te? E cosa mi dici dell'estate, quando tornerai in Florida?"

"Uhm, non lo so ancora... non gliel'ho ancora detto—"

"Beh, faresti meglio a farlo, perché è imminente! Gli esami ci saranno la prossima settimana, e poi te ne andrai. Che cosa farà a quel punto? Ti impedirà di tornare a casa?"

Jessie aveva ragione. Mia non aveva idea di cosa sarebbe successo alla fine della prossima settimana. Per qualche motivo, aveva pensato che Korum si sarebbe stancato di lei prima che la Florida diventasse un problema. Le sue azioni della scorsa notte, tuttavia, non erano quelle di qualcuno stanco del nuovo giocattolo; anzi, era sembrato molto determinato a tenere quel giocattolo. Mia stava cominciando a preoccuparsi, ma Jessie non doveva saperlo.

"No, sono sicura che troveremo una soluzione. Ascolta, Jessie, so che può sembrarti strano, ma non mi maltratta. Se agisco con attenzione, andrà tutto bene. Tornerà presto al suo Centro K e avrò molte storie interessanti da raccontare ai miei nipoti..."

"Non lo so, Mia. Ho l'impressione che ti stia quasi tenendo prigioniera—"

"Non essere sciocca! Non è così!"

"Uh-uh" disse Jessie, scettica: "Certo, come no. Puoi andare dove vuoi, fare tutto quello che vuoi—"

"Beh, no" ammise Mia: "Non esattamente—"

"Nient'affatto! Ti tiene prigioniera lì—"

"No, no" protestò Mia. Facendo un respiro profondo, aggiunse: "Ma anche se lo facesse, nessuno potrebbe farci niente. L'hai visto ieri sera— possono uccidere una persona davanti a tutti e nessuno alzerebbe un dito. Che ci piaccia o meno, non sono soggetti alle nostre leggi. Jessie—per favore, non preoccuparti... so come gestire la mia relazione con lui. Ovviamente, non è come frequentare un altro studente della NYU, ma non è così male—"

"Non è così male? Vuoi dire che il sesso è buono?"

Mia arrossì, felice che Jessie non potesse vederla. "Beh, sicuramente quello—è davvero incredibile... ma anche solo passare il tempo con lui. Può essere davvero divertente... e romantico, ed è un ottimo cuoco—"

"Oh, non dirmi che... ti stai innamorando di lui?"

"No! Certo che no!" Mia sperava sinceramente di non mentire. "Non è nemmeno umano—"

"Esatto! Non è umano! Mia, è pericoloso. Stai attenta, ok? Se senti di non poter ancora rompere con lui, allora non farlo... ma non innamorarti, ok? Non voglio vederti soffrire..."

"Certo, Jessie. Non ti preoccupare—sto benissimo. Ma basta parlare di me" disse Mia con falsa allegria. "Che cosa c'è tra te e quell'attore sexy con cui hai flirtato tutta la notte?"

"Oh, è stato un vero tesoro. Gli ho dato il mio numero, e ha detto che mi avrebbe chiamata oggi—"

E Jessie le raccontò di quel ragazzo carino e del fatto che sarebbe rimasto in città per almeno qualche mese, e di come entrambi avevano apprezzato il cibo cinese e amavano la musica degli anni Novanta... Era tutto così semplice, e Mia invidiò la compagna di stanza, che si agitava per una cosa così ordinaria come il dubbio che Edgar non l'avrebbe chiamata come promesso.

La conversazione continuò, e Mia promise a Jessie che sarebbe andata a trovarla la mattina dopo l'esame. E poi si mise a studiare per il resto della giornata.

CAPITOLO QUINDICI

$\mathcal{L}$unedì mattina, Mia uscì dall'esame come se avesse conquistato il mondo. Sapeva la risposta di ogni domanda e aveva terminato la prova in metà del tempo. Ora doveva solo consegnare tre saggi, e l'anno scolastico si sarebbe ufficialmente concluso.

Felice, mandò un messaggio a Jessie per comunicarle che aveva finito. La sua coinquilina probabilmente stava ancora facendo il suo esame di Biochimica, così Mia decise di rilassarsi nel parco per un po', aspettando che Jessie terminasse.

Sedendosi su una panchina, tirò fuori il telefono per chiamare i genitori e far sapere loro che la prova era andata bene. Ma prima che potesse premere un pulsante, un uomo si sedette accanto a lei, e Mia si ritrovò a fissare un paio di familiari occhi azzurri.

"John! Che cosa ci fai qui?" chiese Mia, sorpresa. L'aveva sempre visto all'interno del suo appartamento, ed era un po' sconvolgente vederlo all'aperto in quel modo.

"Volevo parlarti di una cosa importante, e non sapevo quando ti avrei trovata a casa" disse. "Ma, innanzitutto, volevo chiederti... stai bene?"

"Uh, sì." Mia arrossì un po'. "Perché? Jessie ha parlato di nuovo con Jason?"

"No, ma abbiamo saputo cos'è successo. La tua avventura del sabato sera è finita su tutti i giornali locali."

Mia rabbrividì. Era imbarazzante. Un terribile pensiero la spaventò. "C'era il mio nome su quei giornali? Se i miei genitori scoprissero—"

"No, c'era solo una descrizione. Dubito che la tua famiglia la collegherebbe a te."

Mia tirò un sospiro di sollievo. "Sì, beh, come puoi vedere—sto benissimo."

"Perché ha attaccato quel ragazzo in quel modo?"

Mia si strinse nelle spalle. "È solo possessivo, credo. Mi sono davvero spaventata, in realtà, perché pensavo che avesse scoperto che vi sto aiutando. A quanto pare, mi sono sbagliata, ma ho passato un'ora molto sgradevole, certa che mi avrebbe uccisa."

John la studiò con calma. "È un rischio che corriamo tutti, purtroppo" disse.

Mia tremò leggermente. Non voleva ripensare al terrore quasi paralizzante che l'aveva attanagliata quella notte. Così, gli chiese allegramente: "Allora, come sono andate le cose per voi durante questo fine settimana? Avete spostato la riunione, vero?"

"Sì. Ecco perché sono qui a parlare con te oggi. C'è stato un cambio di programma."

"Di che genere? Ma, aspetta, innanzitutto—avete capito che vi stava riprendendo con le telecamere?"

"Ti ricordi i Keith che abbiamo menzionato l'ultima volta?"

Mia annuì.

"Sono riusciti a trovare i dispositivi. Erano avvolti tra le tende e il tessuto del divano—addirittura tra i rami degli alberi fuori. Si tratta di una tecnologia nuova e diversa—qualcosa che devono aver sviluppato di recente. Siamo stati fortunati, perché uno dei Keith che ha studiato progettazione è riuscito a capire di cosa si trattasse in base alla loro nuova nano-firma."

Mia ascoltava affascinata. "E ora?"

"Siamo stati molto fortunati che tu abbia trovato quelle informazioni. Anche i Keith la pensano così—"

"Sanno di me ora?" La ragazza non sapeva se avrebbe dovuto preoccuparsi.

"Sì. Abbiamo dovuto spiegare come abbiamo scoperto di essere ripresi."

L'espressione sul suo viso doveva essergli sembrata corrucciata, perché aggiunse: "Ascolta, ti giuro che non sono tutti uguali. I Keith credono davvero nella nostra causa—non faranno nulla per metterti in pericolo."

"Non capisco una cosa" disse Mia. "Questi Keith vanno in giro apertamente nelle loro comunità parlando delle loro opinioni e del fatto che vi stanno aiutando?"

"No, certo che no! Se Korum sapesse chi sono, li neutralizzerebbe in fretta. Avrebbero molto da perdere, se le loro identità venissero scoperte prima che mettiamo in azione il nostro piano."

"Ok" disse Mia: "Quindi, qual è il piano? E dovrei davvero saperlo, data la vicinanza a tu-sai-chi?"

"Purtroppo, devi saperlo... perché ora fai parte di questo piano."

Mia sentì il cuore saltare un battito. "D'accordo" disse lentamente: "Sono tutta orecchi."

"Ricordi quando ti ho detto che Korum è uno dei motivi principali per cui sono venuti qui? Che la sua azienda essenzialmente gestisce i Centri K?"

Mia annuì.

"Beh, il motivo per cui ha tutto questo potere è che la sua azienda ha sviluppato diversi brevetti con una tecnologia segreta che non è disponibile per la popolazione Krinar. Non sappiamo molto sulla loro scienza, ma pensiamo che probabilmente dispongano di nanotecnologia matura—"

"Nanotecnologia matura?" chiese Mia.

"Fondamentalmente, riteniamo che possano manipolare la materia a livello atomico. Come ci hanno spiegato i Keith, possono creare quasi tutto utilizzando la tecnologia a loro disposizione—purché abbiano semplici input di materiali e il design per farlo. I loro progettisti—che sono un po' come i nostri ingegneri di software—creano nano-modelli per tutte le cose che utilizzano nella vita quotidiana, così come per le armi, le astronavi, le case, eccetera... Capisci cosa sto dicendo?"

Mia non capiva completamente, ma annuì lo stesso.

"Korum è uno dei loro progettisti più brillanti. Molti dei progetti che lui e la sua azienda hanno creato non sono disponibili al grande pubblico. Ciò include la progettazione delle loro astronavi—queste sono informazioni altamente segrete—e molti dei loro dettagli sulla sicurezza, tra cui scudi e armi per i Centri K. Se sei un comune costruttore K, puoi facilmente entrare nella versione Krinar di Internet e farti un progetto per le armi e le tecnologie standard. Ecco come hanno fatto ad aiutarci i Keith finora—fornendoci gli strumenti di base necessari ad evitare la cattura e alcune armi semplici. In definitiva, l'obiettivo era quello di utilizzare le loro armi per attaccare i loro Centri e buttarli fuori dal nostro pianeta.

"Ma, come ho detto, i Centri K sono protetti da una tecnologia a cui solo Korum e i suoi fidati collaboratori hanno accesso. Uno dei Keith ha passato mesi cercando di infiltrarsi nei loro file... ma senza successo. Pensavamo di essere vicini a penetrare le loro difese, ma abbiamo scoperto questo fine settimana che siamo lontanissimi da tutto questo. Korum continua a sviluppare progetti sempre più nuovi e complicati—i dispositivi che ha usato per spiarci sono particolarmente ingegnosi—"

"I Keith non riescono a modificare questi progetti?" lo interruppe Mia. Non che sapesse qualcosa di tecnologia, ma le sembrava logico.

"La maggior parte dei progetti di Korum è dotata di una funzionalità auto-distruttiva che viene attivata quando si tenta di separare il dispositivo a livello molecolare—che è quello che si dovrebbe fare per capirne la struttura. È così che detiene il monopolio su questa roba—la protezione del brevetto o del copyright è incorporata nel progetto stesso."

"Ok, vediamo se ho capito... I Keith sono disposti ad aiutarvi ad attaccare i loro Centri, ma non riescono a infrangere il codice della tecnologia che protegge gli insediamenti? Ho capito bene?"

"Esattamente. Ci sono cinquantamila K e miliardi di noi. Saranno più forti e più veloci, ma potremmo facilmente sopraffarli, se non avessero la loro tecnologia. Se potessimo in qualche modo disattivare i loro scudi e mettere le mani su alcune delle loro armi, potremmo riprenderci il pianeta."

Mia si strofinò le tempie. "Ma perché i Keith dovrebbero aiutarvi tanto contro la loro specie? Voglio dire, capisco che pensano che sia sbagliato il modo in cui sono stati trattati gli umani... Ma mettere in pericolo la vita di cinquantamila K per aiutarci? Questo non ha molto senso per me—"

"Abbiamo promesso di ridurre al minimo il numero delle vittime Krinar e di concedere loro un ritorno sicuro su Krina. Inoltre, abbiamo promesso che i Keith—e chiunque altro abbia la loro fiducia—possono rimanere qui sulla Terra e vivere tra gli umani, purché obbediscano alle nostre leggi.

"Vedi, Mia, sarebbero i nostri maestri, le nostre guide... portandoci nella nuova era tecnologica e accelerando notevolmente il nostro naturale progresso. Sarebbero considerati degli eroi da tutta l'umanità, e i loro nomi sarebbero venerati per secoli. Ci aiuterebbero a curare il cancro e altre malattie, e ci aiuterebbero a estendere la nostra durata di vita." Il suo viso si illuminò dal fervore. "Mia... sarebbero come degli dei qui sulla Terra, dopo che tutti gli altri K se ne saranno andati. Perché non dovrebbero volere questo, continuando con le loro normali vite che hanno già condotto per migliaia di anni?"

Mia stava giungendo alla sua conclusione. "E così, sono annoiati e in cerca di qualcosa di epico?"

"Se vuoi vederla in questo modo... Credo che il loro desiderio di aiutare la nostra specie ad evolvere sia sincero."

"D'accordo, facciamo un passo indietro. Se non riescono ad accedere a quei file, allora cosa farete? Ho l'impressione che Korum stia vincendo la guerra, prima che voi abbiate anche solo la possibilità di vincere una singola battaglia."

"Non esattamente" disse John, con gli occhi brillanti dall'emozione. "Non possiamo accedere ai file—ma possiamo comunque rubare le informazioni."

A Mia non piaceva la piega che stava prendendo quella conversazione. "Rubarle in che modo?" chiese lentamente.

"Beh, secondo le voci Korum tiene sempre con sé molti dei suoi progetti particolarmente sensibili. Per esempio, l'hai mai visto fare qualcosa come guardare nel palmo o nell'avambraccio?"

"L'ho visto guardare nel palmo" disse Mia con riluttanza, cominciando ad avere un brutto presentimento.

"Ecco, quindi è lì che tiene uno dei loro computer incorporati. Ovviamente, utilizzo il termine computer liberamente. Ha in comune con i computer umani quello che i nostri computer hanno con l'abaco originale. Tuttavia, ha delle informazioni memorizzate—letteralmente nel palmo della mano. Non potremmo mai sperare di ottenerle, perché anche se lo catturassimo e lo immobilizzassimo—che è un compito quasi impossibile—probabilmente riuscirebbe a cancellare i dati nel giro di pochi secondi."

"Allora, che cosa potete fare?" chiese Mia, confusa.

"*Noi* non possiamo fare niente... ma *tu* sì. Sei l'unica in grado di avvicinarlo abbastanza da poter accedere a quelle informazioni—"

"Che cosa? Sei impazzito? Sono nel suo palmo—come potrei accedervi? Non me le consegnerebbe mai!"

"No, certo che no" sospirò John. "Ma abbiamo questo..."

Teneva in mano un piccolo anello argentato.

"Che cos'è?" chiese Mia con cautela.

"È un dispositivo che esegue la scansione dei dati. I Keith l'hanno reso volontariamente simile a un gioiello, in modo che tu potessi indossarlo senza sollevare sospetti. Se in qualche modo potessi tenerlo sul palmo di Korum per un minuto, dovrebbe riuscire ad accedere ai suoi file e potremmo ottenere i progetti."

"Dovrei tenerlo sul suo palmo per un minuto? E secondo te, non sospetterebbe nulla?"

"Non se è distratto..." Affievolì la voce con fare teatrale.

"Oh mio Dio, dici sul serio? Vuoi che gli rubi i dati durante il sesso?" Lo stomaco di Mia si contorse a quel pensiero.

"Ascolta, il momento puoi deciderlo tu. Potresti farlo mentre dorme—"

"Dorme solo poche ore, e di solito sono svenuta quando succede."

"Ok, allora, riesci mai ad avvicinarti a lui, quando ti tiene la mano?"

Mia rifletté. Quando passeggiavano insieme, solitamente gli metteva il braccio intorno al gomito. Altre volte, le metteva la mano sulla vita. Quando le teneva la mano, solitamente era per un breve periodo di tempo. "Non direi."

"Beh, allora, dovresti farlo quando non sarebbe strano che lo tocchi..."

"Quindi, durante il sesso?"

"Se quella è l'unica volta, allora sì."

Mia fissò John in stato di shock, incapace di credere che le stesse chiedendo di fare quello. "John" disse lentamente: "Non sono una femme fatale in grado di fare cose del genere. L'ultima volta, quando ho pensato che Korum mi avesse scoperta, sono praticamente uscita di testa. Non sono tagliata per fare la spia, nemmeno un po'. E Korum mi conosce ormai—se improvvisamente cominciassi a comportarmi in modo strano, se ne accorgerebbe subito—"

"Ascolta, capisco che non sarà facile. Hai ragione—non sei un agente esperto. Ma sei letteralmente la nostra unica speranza. I Keith ritengono che Korum abbia quasi capito chi sono. Sa che stiamo ricevendo aiuto dall'interno, e i Keith pensano che il loro consiglio direttivo non sarà gentile con coloro che costituiscono una minaccia per i Centri qui sulla Terra. Nella migliore delle ipotesi, procederanno con una deportazione forzata su Krina e con qualche grave punizione. Nella peggiore, beh..."

"John" disse Mia, stanca, iniziando ad avere il mal di testa: "Non posso—"

"Mia, ti prego, indossa quell'anello. È tutto quello che ti chiedo di fare. Se ne avrai l'opportunità, fantastico. Altrimenti, beh, almeno avremo provato."

"E se mi sorprende a indossare questo dispositivo? Se Korum è brillante come dici, non riconoscerebbe la loro tecnologia da un miglio di distanza?"

"Non ha motivo di sospettare di te. Sei solo la sua charl. Non ti considera una minaccia. E come vedi, l'anello è davvero bello. Potresti dirgli che è un regalo di tua sorella, se te lo chiede."

Mia fissò il dispositivo. Il piccolo cerchio argentato era sottile ed elegante, e probabilmente non sarebbe sembrato fuori luogo sul suo dito. Per confermare quella teoria, allungò la mano. "Bene, lascia che lo provi— vediamo se la taglia è quella giusta."

John le porse l'anello con un sorriso sollevato. La ragazza lo fece scivolare sul dito medio della mano destra. Le stava perfettamente. Se non avesse saputo quale fosse il suo vero scopo, non avrebbe mai pensato che fosse qualcosa in più di un semplice gioiello. Sperava che Korum potesse essere ingannato altrettanto facilmente.

Avendo portato a termine la propria missione, John si alzò in piedi. "Mia" disse: "Spero che ti renda conto che se questo funziona, se riuscirai a farlo, la nostra specie entrerà in un'era completamente nuova. Ci riprenderemo il pianeta e la libertà. E avremo una maggiore conoscenza —scienza e tecnologia che non avremmo avuto per centinaia o forse migliaia di anni. Sarai un'eroina, il tuo nome verrà scritto nei libri di storia per le generazioni future—"

Mia sentì un brivido attraversarle la spina dorsale.

"—e non avrai più niente da temere da lui, mai più. E le ragazze come mia sorella potranno finalmente ricongiungersi alle loro famiglie, e potrebbero tornare a condurre una vita normale—come te."

Dipinse un quadro convincente, ma Mia non riusciva a immaginare come avrebbe potuto farcela. "John" disse: "Ci proverò. Questo è tutto ciò che posso prometterti."

"È tutto ciò che voglio." Le mise una mano sulla spalla e le diede una stretta rassicurante. "Buona fortuna."

Poi si allontanò, lasciando Mia con il dispositivo alieno che avrebbe determinato il futuro dell'umanità, pur sembrando tanto innocuo sul suo dito.

CAPITOLO SEDICI

essie si unì a Mia nel parco pochi minuti dopo. "Uh" disse: "Detesto Biochimica. Sono contenta che la tortura sia finita."

Mia le sorrise. "Nessuno ha mai detto che sarebbe stato facile essere una laureanda di medicina."

"Sì, beh, non tutti scelgono la strada più facile con una specializzazione in psicologia—"

"Facile, per favore! Devo scrivere tre saggi entro giovedì, e ne ho scritto uno solo finora!"

"Il mio cuore sanguina per te... davvero—"

"Oh, chiudi il becco" disse Mia, e risero entrambe.

"Allora, che cosa farai adesso? Andrai in biblioteca?" chiese Jessie, arricciando il naso.

"No, credo che tornerò da Korum. Tutti i libri e le mie cose sono lì ora—"

L'espressione di Jessie si rabbuiò immediatamente. "Certo. Avrei dovuto immaginarlo."

"Jessie" disse Mia, stanca: "Non preoccuparti, ti prego. In un modo o nell'altro, sono sicura che questa relazione finirà presto—"

"Mia, c'è qualcos'altro che non mi stai dicendo?" Jessie la guardava con sospetto.

"No! Volevo solo dire che tornerò in Florida—e probabilmente non vorrà continuare a vedermi quando tornerò, ecco tutto."

"Gli hai già parlato di questo?"

Mia scosse la testa. "Lo farò stasera."

"Ok, in bocca al lupo allora. Fammi sapere come va." Fece una pausa e poi aggiunse: "Oh, a proposito, Edgar mi ha detto che Peter ha chiesto di te."

"Che cosa? Perché?"

Jessie si strinse nelle spalle. "Credo che sia un aspirante suicida. O questo, oppure gli piaci per davvero. È difficile da dire, sai?"

"Sta meglio ora?"

Jessie annuì. "Sembrerebbe di sì, a parte qualche livido residuo."

"Beh, mi fa piacere. Ascolta, di' a Edgar che Peter dovrebbe dimenticarmi. Se starà bene, quando questa cosa con Korum sarà finita, lo contatterò io stessa."

Jessie promise di farlo, e parlarono un altro po' di Edgar. Jessie l'avrebbe rivisto quella sera, e Mia invidiò nuovamente la facilità e la semplicità della vita della compagna di stanza.

Mia aveva letteralmente il destino della sua specie sul dito, e l'onere era molto più pesante del leggero anello argentato.

Quella sera, Korum preparò di nuovo la cena. Dopo aver riflettuto sul miglior modo per avvicinarsi ai piani estivi, Mia decise di sputare subito il rospo. Per prima cosa, però, volle assicurarsi che fosse di buon umore e ricettivo all'idea.

La cena era deliziosa, come al solito. L'umana consumò con piacere un'altra insalata preparata in modo creativo—ormai le piacevano tutte—e una crepe di fagioli avvolta nelle alghe con una piccante salsa ai funghi.

Se fosse riuscita nella sua missione, non ci sarebbero più state cene come quella. Korum sarebbe stato costretto a tornare su Krina—ammesso che fosse sopravvissuto all'attacco dei loro insediamenti.

A quel pensiero, Mia provò una strana sensazione di stretta nel petto. Non voleva che fosse ucciso. Sarà anche stato il nemico, ma non voleva vederlo ferito in alcun modo.

Riflettendo furiosamente, decise di chiedere a John di concedere a Korum un ritorno sicuro— se fosse riuscita a mettere le mani su quei dati. Naturalmente, anche il pensiero che lui avrebbe semplicemente lasciato il pianeta era stranamente straziante. *Idiota, è riuscito a farti innamorare.*

"Un centesimo per i tuoi pensieri" la stuzzicò Korum, notando lo sguardo introspettivo sul volto di Mia.

"Uhm, sto solo pensando a tutte le cose che devo ancora fare prima della fine della settimana—consegnare tutti quei saggi e poi cominciare a fare le valigie..." Mia lasciò affievolire la voce. Sembrava una buona introduzione per quello di cui avrebbe voluto discutere.

"Fare le valigie?" Un leggero cipiglio apparve sulla fronte liscia dell'extraterrestre.

"Sì, beh, sai, il semestre finirà presto" disse Mia con attenzione, con la frequenza cardiaca che cominciava ad aumentare. "Dopo gli esami, devo tornare a casa, in Florida, per andare a trovare i miei genitori, e poi inizierò un tirocinio a Orlando—"

L'espressione dell'alieno si rabbuiò visibilmente. "E quando avevi intenzione di dirmelo?" La sua voce era ingannevolmente calma.

Mia masticò lentamente l'ultimo boccone di cibo e inghiottì. "Pensavo che sapessi già tutto di me, compresi i miei piani estivi." Il suo tono era altrettanto piatto, nonostante il battito del cuore.

"La ricerca che ho eseguito su di te un mese fa non includeva tutto, credo" disse, con tono ancora inquietantemente calmo.

Mia si strinse nelle spalle. "Credo di no." Era orgogliosa del coraggio con cui stava gestendo quella discussione. Forse sarebbe stata una spia dignitosa.

"Non voglio che te ne vada" le disse piano. I suoi occhi stavano assumendo quella sfumatura dorata che ormai la ragazza associava alle emozioni forti.

"Korum, devo andare." Mia cercò di pensare ai modi per convincerlo. "Devo andare a trovare i miei genitori e mia sorella—è incinta, in realtà— e poi, inizierò un tirocinio molto buono presso un campo locale, dove potrò lavorare come consulente per i bambini che stanno attraversando un momento difficile..."

La guardò, con un'inespressività che la spaventò più di qualsiasi esplosione di rabbia.

"Va bene" disse. "Ti porterò a trovare la tua famiglia quest'estate... ma non la prossima settimana. Non posso ancora lasciare New York. E se vuoi, ti troverò anche un tirocinio qui, qualcosa nel tuo campo che ti piaccia."

Mia sentì una fredda sensazione irradiarsi dall'intimo fino alle dita dei piedi. Finora, anche se sapeva che la considerava come il suo giocattolo, il loro rapporto aveva assunto una parvenza di normalità. Forse la considerava come un animaletto domestico umano, ma lei poteva ancora fingere che fosse il suo ragazzo—un ragazzo arrogante e dominante, certo... ma comunque un ragazzo. Ora quell'illusione si era infranta. Se davvero si fosse spinto fino al punto di ignorare i suoi piani per i mesi estivi, allora non aveva assolutamente alcun rispetto per i suoi diritti come persona—e probabilmente non si sarebbe fatto alcuno scrupolo a tenerla come charl a tempo indeterminato, finché non si fosse stancato.

Si accorse di avere i pugni stretti sul tavolo, e si sforzò di rilassare le dita prima di procedere. "E quando avrai finito con la tua attività a New York" gli chiese con calma: "Che cosa succederà a quel punto?"

La fissò. "Perché non ne riparliamo quando sarà il momento?" suggerì gentilmente. "Potrebbe trattarsi di un futuro non troppo imminente."

"No" disse Mia, superando la fase della preoccupazione. "Voglio parlarne ora. Se finirai con la tua attività la settimana prossima, che cosa succederà dopo?"

Non rispose.

Mia si sentiva sempre più fredda dentro. Alzandosi lentamente dal tavolo, cercò qualcosa da dire. Non c'era veramente niente. Voleva urlare, gridare e lanciargli contro qualcosa, ma quello non avrebbe portato a niente. La sprovveduta Mia che doveva essere non avrebbe letto nulla di particolarmente sinistro nel suo silenzio. Ma la Mia spia sapeva che cosa poteva succedere a una ragazza che un K considerava la sua charl.

Così, reagì come lui si sarebbe aspettato che avrebbe reagito una normale ragazza davanti a un ragazzo irragionevole. "Korum" gli disse con un'espressione ostinata sul volto: "Andrò in Florida quest'estate—punto. Ho una vita che non ruota intorno a te. Ho organizzato tutto mesi prima di conoscerti, e non posso cambiare i miei programmi solo perché tu vuoi che io—"

"Mia" disse dolcemente: "*Puoi* cambiarli, e lo farai. Se cercherai di andartene alla fine della settimana, te lo impedirò. Hai capito?"

Capiva benissimo. Capiva perfettamente. Ma la Mia che stava fingendo di essere non avrebbe capito.

"Mi impedirai di salire sull'aereo? È ridicolo" disse, anche se lo stomaco si contorceva dalla paura.

"Certo" disse. "Tutto quello che devo fare è effettuare una telefonata, e il tuo nome finirà su una lista di divieto di volo in tutti gli aeroporti umani."

Lo guardò scioccata. In qualche modo, non si aspettava che si sarebbe spinto fino a tanto per trattenerla. Pensava che l'avrebbe bloccata nell'appartamento o qualcosa del genere. Ma aveva perfettamente senso... Perché fare qualcosa di tanto rozzo come limitarla fisicamente, quando poteva semplicemente esercitare il proprio potere con il governo americano?

Sentì le lacrime bruciarle gli occhi, e le trattenne con un grande sforzo. "Ti odio" gli disse, a malapena in grado di parlare con quell'oppressione nel petto. E lo odiava davvero in quel momento. Se aveva ancora dei dubbi sul voler aiutare la Resistenza, si dissolsero, mentre fissava la sua espressione senza compromessi. Non aveva alcun diritto di farle quello, di assumere il controllo della sua vita in quel modo —e la sua specie meritava esattamente quella fine. Se Mia avesse potuto davvero fare la differenza nella lotta contro i K, allora aveva l'obbligo di farlo—anche se quello avesse significato perdere la vita.

Si alzò e le si avvicinò. "Non mi odi" disse con voce morbida. "Forse vorresti, ma non ci riesci..." Le afferrò il mento, costringendola a guardarlo. I suoi occhi erano quasi gialli a quel punto. "Sei mia" disse piano: "E non andrai da nessuna parte senza di me. Prima lo accetterai, tesoro, più sarà facile per te."

E così, la maschera era caduta. Non stava più nascondendo la sua vera natura.

Mia strinse i pugni dalla rabbia.

"Non accetterò un bel niente" gli sussurrò. "Sono un essere umano. Ho dei diritti. Non puoi darmi ordini in questo modo—"

"Hai ragione, Mia" disse con lo stesso tono. "Sei un essere umano—una creazione della mia specie. Vi abbiamo creati noi. Se non fosse stato per i Krinar, la vostra specie non esisterebbe nemmeno. La vostra razza ha inventato tante divinità immaginarie da adorare, per spiegare la vostra esistenza su questa Terra. Le cose che avete fatto in nome dei vostri cosiddetti dei sono semplicemente sconcertanti. Ma siamo *noi* i vostri veri creatori—siamo stati *noi* a crearvi a nostra immagine. L'unica ragione per cui avete i diritti che pensate di avere è che noi abbiamo deciso di concederveli. E siamo stati estremamente tolleranti con la vostra specie, interferendo il meno possibile fin da quando siamo venuti sul vostro pianeta." Le si avvicinò. "Quindi, se voglio tenere una piccola ragazza umana con me, e devo ordinarglielo perché è troppo inesperta per rendersi conto che quello che abbiamo è molto speciale—beh, allora, farò esattamente così."

Mia riusciva a malapena a riflettere a causa della furia che le annebbiava il cervello. Guardando il suo bel viso, provò un odio così forte che l'avrebbe pugnalato volentieri, se avesse avuto un coltello in quel momento. "Che tu sia maledetto" gli disse amaramente, facendo un passo indietro per evitare il suo tocco. "Tu e la tua specie dovreste tornare all'inferno da cui provenite e lasciarci in pace."

Sorrise sardonicamente in risposta, lasciandola andare. "Non accadrà, Mia. Siamo qui e ci resteremo—faresti meglio ad abituartici."

No, le cose non sarebbero andate in quel modo. Mia non lo avrebbe permesso.

Ma lui ancora non lo sapeva, così non disse niente, guardandolo semplicemente con aria di sfida.

"E Mia" aggiunse dolcemente: "Posso essere molto gentile... o meno—dipende da te."

"Fottiti" gli disse furiosamente, e vide i suoi occhi brillare ancora di più.

"Oh, sarò io a fottere te—e con molto piacere." Sorrise, immaginando la scena.

Mia avrebbe voluto colpirlo. Se pensava che si sarebbe sciolta al suo tocco, si sbagliava di grosso. A meno che...

"Bene" gli disse lentamente: "Ma sarò io a condurre le danze stasera." E ricambiò il sorriso, ignorando il rapido battito del cuore.

Gli brillarono gli occhi per un improvviso interesse. "Oh, davvero? E perché?"

"Perché questo è l'unico modo in cui farò sesso con te stasera... volontariamente, voglio dire." Il suo sorriso assunse una forma canzonatoria. "Puoi sempre costringermi, naturalmente—forse puoi addirittura farmelo piacere. Ma ti odierò per sempre... e alla fine te ne pentirai."

"Ok" disse piano, con il rigonfiamento nei pantaloni che cresceva davanti ai suoi occhi: "Facciamo finta che sia tu ad avere il controllo della situazione... Che cosa vorresti fare?"

Mia inumidì le labbra improvvisamente asciutte con la punta della lingua e guardò gli occhi dell'alieno seguire il movimento con uno sguardo famelico. "Andiamo in camera da letto" disse con voce roca, passandogli davanti, certa che l'avrebbe seguita.

CAPITOLO DICIASSETTE

*E*ntrarono nella stanza.

Mia si avvicinò al letto e si sedette, completamente vestita. Lui stava per fare lo stesso, ma lei lo fermò, scuotendo la testa. "Non ancora" mormorò, guardandolo fermarsi.

"Voglio che ti spogli" disse, aspettando di vedere cosa sarebbe successo.

Con sua grande sorpresa e crescente eccitazione, fece come le aveva detto, togliendo la maglietta con un movimento fluido e controllato. La ragazza respirò profondamente, con la vista di quel corpo muscoloso mezzo-nudo che le fece contrarre i muscoli interni dal desiderio. Guardandola con un sorrisetto divertito, sbottonò i jeans e li posò sul pavimento, uscendo da essi con fare elegante. La sua erezione ora era coperta solo da un paio di mutande, e Mia si sentiva sempre più bagnata dentro.

"Ok" disse lui piano: "E ora?"

Il cuore di Mia le galoppava nel petto. "Sdraiati sul letto" disse, sperando di non sembrare troppo nervosa.

Lui sorrise e obbedì, distendendosi sulla schiena, con le mani dietro la testa.

La ragazza si alzò e cominciò a spogliarsi, guardando il rigonfiamento nelle mutande di Korum crescere ancora di più, mentre si toglieva i jeans e sbottonava la camicetta. Indossando ancora il reggiseno e la biancheria intima, salì sopra di lui, cavalcandogli i fianchi. All'improvviso, non sembrava più divertito, con tutto il corpo teso, quando il sesso di Mia premette sulla sua erezione, con solo i due strati di biancheria intima che la separavano dal suo cazzo.

Mia sorrise trionfante e gli mise le mani sul petto, sentendo i muscoli potenti sotto le dita. Il gioco a cui stava giocando era incredibilmente pericoloso, eppure non poteva fare a meno di sentirsi eccitata per il controllo che stava esercitando sul suo amante normalmente dominante. Passandogli le mani sul petto, si chinò in avanti e gli toccò il capezzolo piatto e mascolino con la lingua, adorando il modo in cui il suo cazzo saltò sotto di lei per quella semplice azione.

"Dammi le mani" sussurrò, facendogli il solletico con i capelli sul petto nudo. Si allungò verso di lei, ma lo intercettò, afferrandogli i polsi. L'alieno sollevò le sopracciglia dalla sorpresa, ma le permise di farlo, osservando le sue azioni con le palpebre pesanti che nascondevano lo sguardo ambrato.

Infilò le dita tra le sue e gli premette le mani sul cuscino sopra la testa, come se le sue piccole mani umane avessero potuto contenere la forza del Krinar per un secondo. Gli occhi gli bruciavano dalla lussuria, ma non si oppose, permettendole di tenerlo prigioniero per il momento. Si avvicinò e gli baciò il collo, e si inarcò sotto di lei con un tagliente sibilo. Davanti alla sua reazione, graffiò leggermente quella zona con i denti e fu ricompensata da un basso ringhio. Sollevandosi un po', ripeté l'azione sull'altra parte del collo. Ormai il corpo dell'extraterrestre stava quasi vibrando dalla tensione, e la ragazza si chiese vagamente per quanto ancora le avrebbe permesso di stuzzicarlo così. Continuando a tenergli le mani, lo baciò sulle labbra, infilandogli la lingua in bocca. Ricambiò il bacio con un'aggressione controllata a stento, e gli succhiò leggermente la lingua, facendolo sussultare sotto di lei. Lasciando stare la bocca, ricominciò a mordicchiargli il collo, concentrandosi sul muscolo che lo collegava alla spalla, e lui gemette come se stese soffrendo.

Adorando il suo nuovo potere, Mia gli leccò il lato del collo e l'orecchio, mordendo dolcemente il lobo. I fianchi di Korum spinsero dentro di lei in risposta, ma la biancheria intima ne impedì la penetrazione. Lei gemette, con le mutandine zuppe per i suoi liquidi, mentre l'erezione le strofinava il clitoride.

"Tieni le braccia sollevate" sussurrò, lasciandogli andare i palmi.

Lui lo fece, e Mia poté vedere lo sforzo che stava facendo per non toccarla dal sudore sulla fronte. Poi, si abbassò lungo il suo corpo, leccando e baciandogli ogni centimetro di pelle fino allo stomaco piatto. I muscoli dell'addome gli tremarono dall'attesa, e lei sorrise dall'emozione, stringendogli dolcemente le palle nelle mutande, mentre le labbra seguivano il tracciato scuro dei peli dal suo ombelico fin dove scomparivano nella biancheria intima. Korum gemette il suo nome, e lei gli infilò le dita negli slip, tirandoli lentamente giù. Sollevando i fianchi per aiutarla, il cazzo schizzò fuori, con l'asta rigida e la punta brillante di liquido pre-eiaculatorio.

Mia deglutì dal nervosismo e dall'eccitazione, chiedendosi cosa sarebbe successo, se avesse perso il controllo—se lo avesse fatto impazzire come lui faceva impazzire lei.

Afferrandogli l'asta con una mano, abbassò la testa e gli leccò lentamente la parte inferiore delle palle, che erano strettamente attaccate al suo corpo per un'estrema eccitazione. Sussurrò, davanti a quell'azione, inarcando il busto con il cazzo che le saltò nella mano, e Mia lo lasciò andare, usando le mani per afferrargli le palle. Al tempo stesso, chiuse le labbra intorno alla punta del suo cazzo e si spostò per prenderlo più in profondità nella bocca, fermandosi solo quando raggiunse la parte posteriore della gola. Poteva gustare il sapore salato del liquido pre-eiaculatorio, e il suo sesso si contrasse dall'eccitazione. Con il corpo che vibrava dalla tensione, Korum ringhiò con la gola, spingendo i fianchi dentro di lei in una richiesta senza parole di prenderlo più in profondità, ma Mia si oppose, muovendo le labbra su e giù lungo l'asta con un ritmo dolorosamente lento e poco profondo.

E a quel punto, lui scattò.

Prima di capire che cosa stesse succedendo, la fece sdraiare sulla schiena, strappandole le mutandine, e spinse il cazzo dentro di lei con un solo colpo. Lei gridò dallo shock, scavando con le unghie nelle sue braccia, mentre la penetrava senza concederle il tempo di abituarsi alla pienezza. Era bagnata fradicia, ma non importava, e i suoi muscoli interni tremarono nel disperato tentativo di accogliere l'invasione. Provò dolore, ma anche piacere, mentre sbatteva i fianchi contro di lei con un ritmo spietato e martellante. Lei gridò—dall'agonia, dall'estasi, non sapeva da cosa—e lo sentì gonfiarsi ancora di più, diventando incredibilmente duro e spesso, e poi lui venne, piegando la testa all'indietro con un ruggito e sfregandole il bacino sul sesso. Mia gridò dalla frustrazione, con il proprio rilascio distante pochi sfuggenti secondi, e poi Korum affondò i denti nella sua spalla, e tutto il mondo della ragazza esplose per l'improvvisa ondata di estasi nelle vene.

Non era abbastanza per lui, naturalmente, con il sapore del sangue che lo rese frenetico, e il suo cazzo si irrigidì nuovamente dentro di lei, prima che le pulsazioni si attenuassero. E Mia non riuscì più a pensare a niente, con quella saliva simile a una droga che le trasformò il corpo in un puro strumento di piacere, rendendo la pelle incredibilmente sensibile al suo tocco e facendole bruciare l'intimo dal desiderio liquido. Spinse dentro di lei inesorabilmente, e l'umana gridò dalla tensione fin quando non raggiunse l'orgasmo, più volte, in una cascata senza fine di vallate e picchi orgasmici, che trasformarono la notte in una maratona senza sosta di sesso e sangue.

Infine, svenendo verso la mattina, Mia dormì, con il corpo ancora unito a quello di Korum e la mente priva di ogni pensiero.

Mia si svegliò il giorno successivo con la sensazione della mano di qualcuno che giocava delicatamente con i suoi capelli.

Sorpresa, aprì un po' gli occhi e vide Korum seduto sul bordo del letto, che sembrava stranamente preoccupato.

"Che-Che cosa ci fai qui?" mormorò assonnata, sbattendo le palpebre nel tentativo di concentrarsi.

"Come ti senti?" le chiese gentilmente, spazzolando un ricciolo che le era caduto sull'occhio.

"Uhm..." L'umana cercò di riflettere. Muovendosi un po', si rese conto di diversi dolori, così come dell'estremo indolenzimento tra le cosce.

Ovviamente non soddisfatto della sua risposta, Korum tirò via la coperta, esponendole il corpo nudo. Con la mente ancora confusa, Mia seguì il suo sguardo concentrato sui lievi lividi che le coprivano i seni e il busto, molti simili a impronte di dita.

Il volto dell'alieno si rabbuiò per il senso di colpa, e gemette. "Mia, mi dispiace tanto... Non avrei mai dovuto lasciarti giocare con me la scorsa notte. Di solito riesco a controllarmi con te, perché so quanto sei piccola e fragile, ma ho perso completamente la testa ieri... Non avrei mai voluto farti del male in quel modo—ti prego, credimi..."

Mia annuì, cercando ancora di capire che cosa fosse successo. Tutto quello che riusciva a ricordare era il sesso straordinario, unito alla scarica di adrenalina dovuta al morso.

Le accarezzò dolcemente la spalla, sfregando la pelle morbida. "Mi dispiace davvero" mormorò. "Sei così delicata... Non avrei mai dovuto perdere il controllo in quel modo. Ti farò sentire meglio, promesso—"

Gli eventi della notte scorsa stavano lentamente tornando in mente a Mia. Strinse la mano in un pugno, ricordando che cosa l'avesse portata a stuzzicarlo in quel modo, e la sensazione dell'anello sul dito era assolutamente rassicurante.

Sarà anche stata dolorante quella mattina, ma sperava che il piccolo dispositivo avesse funzionato come promesso. Naturalmente non c'era alcuna garanzia, ma la vicinanza del suo dito al palmo di Korum la scorsa notte avrebbe dovuto essere sufficiente per avere accesso ai progetti necessari. Ora doveva solo consegnare l'anello a John e, per farlo, aveva bisogno che Korum la lasciasse sola.

"Va tutto bene" mormorò lei, cercando di pensare a qualcosa di appropriato da dire. Chiaramente si sentiva in colpa per averle lasciato qualche livido sul corpo. La ritenne ipocrita, quell'estrema preoccupazione per il suo benessere fisico, dato che ovviamente non si faceva problemi a provocarle dolore emotivo sconvolgendole tutta la vita. I suoi dolori avrebbero potuto interferire con la loro vita sessuale, e probabilmente non lo voleva.

"Ti porto qualcosa, va bene?" le disse, e scomparve dalla stanza con una velocità inumana.

Mia seppellì la testa nel cuscino, aspettando il suo ritorno, pensando disperatamente ai modi per poter consegnare rapidamente le informazioni a John. Doveva ancora scrivere i suoi saggi, quindi forse avrebbe potuto dire a Korum che doveva prendere dei libri in biblioteca.

Tornò un minuto dopo, con il familiare dispositivo che l'aveva "irradiata" e qualcos'altro che non aveva mai visto prima. Il secondo oggetto somigliava al tubetto di un rossetto, ma era composto da qualche strano materiale.

"Uhm, sto bene—davvero, non ce n'è bisogno" disse Mia in fretta, non volendo che le impiantasse ulteriori dispositivi di monitoraggio. Per quanto ne sapeva, il prossimo set di nanotecnologie nel suo corpo avrebbe potuto trasmettergli ogni pensiero, e quella era l'ultima cosa che voleva.

"Ce n'è davvero bisogno, invece" disse, ovviamente sorpreso dalla sua riluttanza. "Sei ferita, e posso sistemare le cose. Perché no?"

Già, perché no. Non aveva una buona risposta per quello, e protestare ulteriormente lo avrebbe reso sospettoso. Venire scoperta alla fine della missione sarebbe stato stupido, e non è che non avesse già i dispositivi di monitoraggio incorporati nei palmi. Che cosa avrebbe cambiato averne uno in più?

Così, scrollò le spalle in risposta, lasciandogli fare come voleva.

Attivò il dispositivo di "irradiazione" e le passò la luce calda e rossa sui lividi. Vederlo funzionare per la seconda volta era ancora incredibile, con tutti i segni sulla pelle che scomparvero come se non fossero mai esistiti. Era molto preciso, ispezionando ogni centimetro della sua pelle, e Mia arrossì leggermente, avendo il corpo così esposto alla piena luce del giorno. Dopo aver finito, l'alieno prese il dispositivo a forma di tubetto nella mano e glielo passò sulle cosce.

"Che cosa mi farai?" gli chiese con sospetto, guardandolo con diffidenza. C'era solo una zona del corpo che non era stata ancora guarita, e la luce rossa del dispositivo non poteva arrivare lì. Sperava che il tubetto non sarebbe andato davvero dove sembrava diretto.

Korum sospirò e disse: "È qualcosa che utilizziamo per i danni interni profondi, quando si devono guarire diversi organi prima di poter riparare lo strato esterno della pelle. So che è un'esagerazione per quello che hai, ma è l'unica cosa che ho in questo appartamento che possa entrare dentro di te e attenuare l'indolenzimento."

Quindi, stava andando lì. Il rossore di Mia peggiorò. L'oggetto aveva più o meno la stessa grandezza di un tampone, e il pensiero di avere qualcosa di medico come quello inserito alla piena luce del giorno era imbarazzante.

"Davvero?" le chiese con incredulità. "Dopo ieri notte, arrossisci per questo?"

Mia si rifiutò di guardarlo. "Fa' quello che devi fare" mormorò, sdraiandosi e nascondendo il viso nel cuscino.

Ridacchiò e fece come gli aveva chiesto, lasciando scivolare il piccolo dispositivo all'interno della sua apertura infiammata e gonfia. Entrò facilmente, e Mia non provò niente per alcuni secondi, finché il formicolio non cominciò.

"È buffo" si lamentò, ancora protetta dal cuscino.

"Dovrebbe esserlo—significa che sta funzionando."

Il formicolio continuò per un paio di minuti e poi si fermò. Non si sentiva più dolorante, il che era positivo, anche se la sensazione dell'oggetto estraneo dentro di lei era inquietante.

"Dovrebbe aver finito" disse Korum, inserendo le unghie delle dita dentro di lei e tirando fuori il tubetto. "Ecco fatto—finito. Ora puoi smettere di nasconderti."

"Va bene, grazie" mormorò Mia, continuando a rifiutarsi di guardarlo in faccia. "Credo che farò una doccia."

Rise e le baciò la spalla esposta. "Vai. Ho alcune cose di cui occuparmi, quindi sarò fuori per il resto della giornata. Probabilmente ceneremo tardi, quindi assicurati di mangiare bene a pranzo."

Poi, uscì dalla stanza, lasciando Mia da sola a riflettere sul resto del piano.

Non appena Korum se ne andò, Mia passò all'azione, con il cuore che le batteva forte per la grandezza di quello che stava per fare.

Prima di saltare nella doccia, mandò una rapida e-mail a Jessie con 'Ciao' come oggetto, comunicandole che sarebbe passata da lei in giornata e chiedendole com'era andato l'ultimo esame di Anatomia. Sperava che John avrebbe visto l'e-mail e si sarebbe messo in contatto con Mia al più presto. Erano già le prime ore del pomeriggio; a causa della stanchezza più totale, Mia aveva dormito molto più del previsto, e c'era molto da fare prima di sera.

Korum le aveva premurosamente lasciato un panino per pranzo, e Mia lo consumò con gratitudine prima di uscire dalla porta. Quando lui faceva cose come quella—piccoli gesti affettuosi—credeva quasi che fosse sinceramente interessato a lei, e sentiva uno spiacevole senso di colpa tradendo la sua fiducia. Anche oggi, dopo tutto quello che era successo la notte scorsa, il pensiero che potessero fargli del male l'aveva turbata. Naturalmente, era ridicolo; probabilmente sarebbe andato tutto bene—e anche in caso contrario, era stata colpa sua aver invaso la Terra e aver cercato di schiavizzare la sua specie. Tuttavia, avrebbe preferito che fosse riportato in modo sicuro su Krina, in modo che lei potesse riprendere la sua vita normale con la consapevolezza che era migliaia di anni luce lontano e non l'avrebbe più infastidita.

Perlomeno, questo era ciò che diceva a se stessa.

In profondità, una sciocca parte romantica di lei voleva piangere al pensiero che non avrebbe mai più rivisto Korum—che non avrebbe mai più sentito il suo tocco, che non avrebbe mai più sentito la sua risata, né avrebbe mai più rivisto la fossetta così illogica sulla sua guancia sinistra. Era il suo nemico, ma era anche il suo amante, e si era affezionata a lui, nonostante tutto. Il piacere che le dava era più che sessuale; il solo fatto di stare con lui la faceva sentire emozionata e viva, e—se evitava di pensare alla vera natura della loro relazione—stranamente felice.

Non poteva immaginare di avere rapporti sessuali con qualcun altro dopo aver fatto l'amore con Korum. Sarebbe stato come mangiare la segatura per il resto della vita dopo aver degustato l'ambrosia. Aveva perfettamente senso che fosse un buon amante, naturalmente; a parte la speciale chimica che avevano insieme, Korum era anche più anziano di migliaia di anni—e aveva avuto abbastanza tempo per imparare esattamente come soddisfare una donna. Come avrebbe potuto eguagliarlo un maschio umano? E non voleva nemmeno pensare a come la faceva sentire, quando le prendeva il sangue. Non sapeva se fosse sano, provare un piacere così intenso, ma il pensiero di non provarlo mai più era davvero insopportabile.

Per la prima volta, rifletté sugli xenos di cui aveva sentito parlare. Le motivazioni di quelle persone—che a quanto pareva si erano fatte pubblicità online con l'intento di avere rapporti sessuali con i Krinar— erano sempre state un mistero per lei. Ma ora si chiese se fossero veramente dipendenti... se avessero avuto un assaggio del paradiso e sapevano che tutto il resto sarebbe stato solo un pallido confronto. Korum l'aveva avvertita del fatto che la dipendenza era una possibilità per entrambi, se le avesse prelevato il sangue troppo spesso. Mia rabbrividì a quel pensiero. Quella era l'ultima cosa di cui aveva bisogno—sviluppare una dipendenza fisica per lui. Era sufficiente che probabilmente gli sarebbe mancato con ogni fibra del proprio essere, una volta sparito definitivamente dalla sua vita; l'ultima cosa di cui aveva bisogno era desiderare un'estasi sfrenata che poteva raggiungere solo con lui.

Non c'erano alternative per lei; doveva completare la missione. La loro relazione era destinata a finire—era solo una questione di tempo. Anche se fosse stata disposta a sopportare la sua natura autocratica—o se avesse accettato di essere la sua charl—si sarebbe stancato di lei nel giro di pochi anni e poi sarebbe rimasta sola lo stesso, completamente a pezzi e devastata.

No, doveva farlo. Era l'unica soluzione. Non avrebbe potuto vivere con se stessa, sapendo che avrebbe potuto fare una vera e propria differenza nel corso della storia umana e che non era riuscita a farlo a causa del debole per un particolare K—per qualcuno che la considerava come un giocattolo.

Arrivando al suo appartamento, Mia fu sorpresa di vedere che John era già lì. C'erano anche Jessie ed Edgar, l'attore che a quanto pareva la sua coinquilina aveva cominciato a frequentare.

Non appena oltrepassò la porta, John chiese se potevano parlare in privato. Mia annuì e lo condusse in camera sua, chiudendo la porta alle spalle. Prima che la porta fosse completamente chiusa, Mia sentì Edgar chiedere a Jessie se la sua compagna di stanza stesse frequentando John, ma la risposta di Jessie fu impercettibile.

"Penso di avere le informazioni" disse Mia senza alcun preambolo.

Il viso di John si illuminò. "Davvero? È fantastico! Come hai fatto a farlo così velocemente?" Vedendo il rossore inondarle il viso, aggiunse in fretta: "Non importa, non ha importanza."

Mia si strinse nelle spalle e tirò fuori l'anello. Le aveva lasciato un leggero solco sulla pelle. Sperava sinceramente che Korum non fosse particolarmente attento in fatto di gioielli femminili; altrimenti, avrebbe potuto chiedersi perché lei avesse indossato quell'anello una volta e mai più.

"Ho bisogno che tu mi prometta una cosa" disse Mia lentamente, continuando a tenere l'anello.

"Che cosa?"

"Promettimi che Korum non rimarrà ferito in qualunque cosa intendiate fare."

John esitò, e Mia socchiuse gli occhi. "Promettimelo, John. Me lo devi."

"Perché? Non lo merita—"

"Non importa se lo merita o meno. Questa è la mia condizione per aiutarti. Korum dovrà tornare a casa sano e salvo."

John la guardò e poi sospirò pesantemente. "Va bene, Mia, se è quello che vuoi davvero. Ci assicureremo che venga riportato sul suo pianeta in sicurezza."

Mia annuì e gli consegnò l'anello. "E ora?" chiese. "Quanto tempo pensi che impiegheranno i tuoi Keith a fare qualcosa con queste informazioni?"

Le sorrise, somigliando a un bambino il giorno di Natale. "Daranno un'occhiata e si assicureranno che non sia più complicato di quanto pensino, ma se hanno ragione... possiamo attaccare nel giro di pochi giorni."

Giorni? I tempi erano molto più brevi di quanto Mia avesse mai ritenuto possibile.

"Non ci vorrà tempo per fare... beh, qualunque cosa per cui servano quei modelli?" chiese con fare esitante.

Scosse la testa. "No, non serve tutto quel tempo. Ricordi cosa ti ho detto su come producono tutto utilizzando la nanotecnologia—e su come possono creare le cose quasi istantaneamente, se hanno il progetto per farlo?"

Mia ricordò vagamente qualcosa del genere, così annuì.

"Beh, ora avranno i modelli, e hanno già la tecnologia per creare quei progetti. Hanno solo bisogno di portare quella tecnologia in una posizione sicura al di fuori dei loro insediamenti, e quindi potranno produrre le armi necessarie per penetrare le protezioni dei Centri K. Una volta che gli scudi saranno spariti, le forze umane saranno pronte."

Le *forze?*

"Il governo è coinvolto in questo?" chiese Mia, sorpresa.

John esitò. "Non esattamente. Ma ci sono alcuni all'interno del governo che credono che sia stato un errore firmare il Trattato di Coesistenza, consentire loro di costruire gli insediamenti. Questi individui hanno a cuore la nostra causa e possono portarci i rinforzi. Alcuni di loro sono persone dell'Esercito e della Marina, altri della CIA e delle altre agenzie equivalenti in tutto il mondo."

Mia lo guardò, scioccata. Non si era resa conto dell'intera portata del movimento anti-K. Per qualche ragione, aveva immaginato qualche centinaio di individui suicidi all'interno della Resistenza—o quelli come John, che volevano una vendetta personale contro i K—aiutati da alcuni alieni che simpatizzavano per gli umani. Ma, naturalmente, aveva senso che i combattenti per la libertà non sarebbero potuti arrivare così lontano—nonostante avessero ottenuto l'assistenza dei Keith—se non avessero avuto almeno una discreta probabilità di successo.

"Wow" disse piano: "E così, sta succedendo per davvero? Li stiamo cacciando dal nostro pianeta?"

John annuì con gioia appena trattenuta. "Sì, Mia. Se le informazioni su quest'anello sono buone come speriamo, la Terra sarà liberata entro una settimana—un paio di settimane al massimo."

Era assurdo. La ragazza cercò di immaginare che cosa sarebbe successo, quando i K avrebbero appreso che li stavano attaccando. Ricordò i giorni del Grande Panico e rabbrividì.

"John" disse lentamente: "Se ne andrebbero davvero senza una grande lotta? Sai cos'è successo... quanti danni potrebbero causare a mani nude—"

"È vero" concordò John: "Potrebbero combatterci—e potrebbero esserci spargimenti di sangue da entrambe le parti. Ecco perché le informazioni che hai ottenuto per noi sono così importanti. Vedi, se i Keith hanno ragione, questi modelli contengono anche il progetto di una delle loro armi più avanzate. Non appena gli scudi saranno eliminati e i K sapranno che abbiamo quest'arma, sarebbero suicidi a non arrendersi. Perché se ci combattono, la *useremo*—e ogni K nelle loro colonie sarà polverizzato."

"Polverizzato? Quale tipo di arma può farlo?" domandò Mia con grande shock.

"Si tratta di una nanotecnologia trasformata in arma su larga scala. Può essere programmata con vincoli molto specifici, quindi possiamo impostarla solo per distruggere i K entro un certo raggio e per risparmiare gli umani nella zona."

Mia sgranò gli occhi, e John continuò: "Naturalmente, ci aspettiamo ancora che alcuni K cerchino di fuggire dai Centri, quando sapranno dell'attacco, quindi avremo i nostri combattenti schierati tutto intorno per catturarli e contenerli—e questo potrebbe rivelarsi sanguinoso. Potremmo ancora subire pesanti perdite, ma abbiamo un'ottima possibilità di vittoria."

Mia deglutì, sentendosi nauseata al pensiero di uno spargimento di sangue. Sapere che qualcosa che aveva fatto avrebbe portato a "pesanti perdite" o allo sterminio di migliaia di esseri intelligenti—non sapeva come avrebbe gestito quella responsabilità.

Ma ormai non aveva altra scelta, non che l'avesse mai avuta. Da quando aveva messo gli occhi su Korum al parco, il suo destino era stato deciso. La sua unica scelta era stata quella di accettare docilmente di essere la sua charl oppure combattere—e aveva deciso di combattere. E ora quella decisione avrebbe potuto comportare la perdita di molte vite umane e Krinar.

Mia desiderò amaramente che non fosse mai andata al parco quel giorno, ma non sapeva dei Centri K. Se avesse potuto riportare indietro le lancette dell'orologio e tornare alla sua vita ordinaria, senza sapere pressoché nulla sui K, sarebbe stata felice di farlo—lasciando la liberazione della Terra a qualcuno più preparato per affrontarla. Ma lei sapeva, e quel peso era insopportabilmente pesante, mentre guardava il viso raggiante di John, immaginando l'imminente, sanguinosa battaglia.

"Mia" disse John, percependo la sua sofferenza: "Non dimenticare: *loro* sono venuti sul nostro pianeta, *loro* ci hanno imposto le regole—uccidendo migliaia di persone, finché non abbiamo avuto altra scelta che arrenderci. Ti ricordi com'era durante il Grande Panico?"

Mia annuì, ripensando al terrificante caos e alle sanguinose battaglie di quei tristi mesi.

Soddisfatto, John continuò: "So che la tua unica esposizione nei loro confronti è passata attraverso Korum, e probabilmente ti ha trattata bene finora... perché ti ritiene il suo animaletto preferito. Ma non sono affatto gentili. Sono dei predatori. Si sono evoluti come parassiti, come vampiri, sostenendosi consumando il sangue di altre specie. Infatti, hanno sviluppato gli umani per questo fine—per soddisfare a nostre spese i loro istinti perversi—"

Quello non era esattamente ciò che Korum le aveva detto, ma non aveva intenzione di discutere in quel momento.

"—e non hanno alcun riguardo per i nostri diritti. Molti di loro ci considerano inferiori, e non esiterebbero a schiavizzarci completamente pur di soddisfare i loro desideri."

"Lo so" disse Mia, strofinandosi le tempie per sbarazzarsi della tensione. "So tutto—ecco perché ti sto aiutando, John. Vorrei solo che ci fosse un altro modo... un modo per sbarazzarcene senza spargimenti di sangue."

"Lo vorrei anch'io" disse John, sospirando pesantemente. "Ma non c'è. Hanno invaso il nostro pianeta con la forza—e ora ce lo riprenderemo nello stesso modo. E se alcune vite dovranno essere spezzate nel farlo—beh, dobbiamo solo sperare che non molte siano dalla nostra parte. È la guerra, Mia—la vera *Guerra dei Mondi*."

John se ne andò, e Mia si sedette sul letto per metabolizzare tutto.

Come aveva fatto lei—una normale studentessa universitaria—ad essere coinvolta in una guerra? Lo spionaggio era qualcosa che aveva sempre associato agli agenti segreti, agli uomini e alle donne che avevano una formazione approfondita in tutto, dalle arti marziali al disinnesco di una bomba. Una studentessa di psicologia della NYU non era la persona adatta. Eppure eccola lì, ad aiutare la Resistenza nella loro lotta più importante contro i K.

Un terrificante pensiero l'attraversò. Non appena Korum avesse saputo che cosa stava succedendo—che i loro insediamenti erano stati attaccati—avrebbe capito che era lei la responsabile? Sarebbe risalito al legame tra i suoi progetti sorvegliati con tanta attenzione che erano stati rubati e la ragazza umana con cui dormiva ogni notte? Perché se lo avesse fatto—e fosse stato ancora a New York—allora anche i giorni di Mia probabilmente sarebbero stati contati.

Qualcuno che bussò alla porta interruppe le sue tetre riflessioni.

"Sì, avanti!" esclamò, sollevata di essere stata distratta da quei pensieri.

Con sua sorpresa e sgomento, non era Jessie. C'era Peter sulla porta della sua camera da letto, con i capelli biondi e mossi e gli occhi azzurri che sembravano ancora più angelici alla luminosa luce del giorno. Aveva ancora dei segni neri e blu sulla gola.

"Peter!" esclamò. "Che cosa ci fai qui?"

"Sono venuto a trovarti" disse. "La tua coinquilina ha detto a Edgar che saresti stata a casa oggi, e volevo solo assicurarmi che stessi bene dopo quello che è successo quella notte—"

"Oh, Peter, è davvero gentile da parte tua" disse Mia, cercando disperatamente di pensare al modo più rapido per sbarazzarsene. Korum non sarebbe stato contento di sapere che Peter era vicino a lei in quel momento, soprattutto non se stava nella sua camera da letto. Probabilmente non l'avrebbe scoperto, ma Mia non voleva rischiare. Le era bastato che l'aveva quasi ucciso in quel locale.

Peter la guardava con un'espressione preoccupata. "Che cos'è successo quella notte, Mia? Quel mostro ti ha fatto del male?"

"No, certo che no" cercò di rassicurarlo. "Si è solo ingelosito—non mi sarei mai aspettata che reagisse in quel modo, credimi. Mi dispiace davvero per tutto quello che è successo. Non avrei mai dovuto ballare con te quella sera. Ti ha ferito per colpa mia—"

Agitò la mano con fare indifferente. "Non è un grosso problema. Una volta sono stato picchiato al liceo, perché il quarterback pensava che stessi flirtando con la sua ragazza. Credimi, questo non è stato niente in confronto." E le rivolse un bel sorriso contagioso.

Mia ricambiò il sorriso. Era bello sentire che non era risentito e non ce l'aveva con lei. Ma avrebbe dovuto andarsene per la sua sicurezza.

"Ascolta, Peter, grazie per essere venuto a trovarmi" disse. "È stato davvero gentile da parte tua. Ma ora sappiamo che il mio ragazzo non è molto favorevole alla nostra amicizia—ed è meglio che non ti trovi qui—"

"Mia" disse Peter seriamente, con il sorriso completamente scomparso: "Frequenti davvero quella creatura? Non pensavo che fossi una xeno—"

"Non lo sono!"

"Non sei una Krinara, vero?"

"Assolutamente no! Non sono affatto religiosa!"

"Allora, perché lo frequenti?"

Mia sospirò. "Ascolta, Peter, non sono affari tuoi. È il mio ragazzo—e questo è tutto quello che devi sapere. Mi dispiace non avertelo detto quando ci siamo incontrati per la prima volta. Mi stavo solo divertendo durante una serata tra ragazze. Non avevo intenzione di ingannarti in quel modo—"

"Stronzate" disse Peter con convinzione. "Un ragazzo—è un ragazzo umano, non un vizioso alieno che ti trascina fuori da un locale in quel modo." Si fermò un attimo e chiese lentamente: "Mia, ti ha costretta a stare con lui?"

"Che cosa? Perché pensi una cosa simile?" Mia lo fissò, chiedendosi che cosa lo avesse spinto a fare una domanda del genere.

La guardò, con le sopracciglia sollevate. "Non sembri un tipo in cerca di mostri."

"E che tipo sarebbe quello?" chiese Mia, davvero curiosa di sentire la risposta.

Si tirò l'orecchio dalla frustrazione. "Beh, molte persone dell'industria dell'intrattenimento... modelle, attrici, cantanti—si annoiano e cercano qualcosa che vivacizzi la loro vita... Sono superficiali, e molte sono stupide—tutto quello che vedono sono i bei volti e non il male che nascondono—"

"Il male che nascondono?" chiese Mia, sorpresa che avesse opinioni così forti sui Krinar. Prima dei suoi incontri ravvicinati con Korum, non conosceva affatto gli invasori e non aveva alcuna opinione su di loro. Forse Peter era religioso e credeva alle voci secondo cui i K erano demoni?

Fece una smorfia. "Ho visto persone scomparire, Mia, quando si sono lasciate coinvolgere da queste creature. Oppure sono finite male. Non è naturale per noi—stare con la loro specie. Non va mai a finire bene..."

Mia fece un respiro profondo e disse con fermezza: "Peter, ascolta, capisco la tua preoccupazione, ma in questo caso non ce n'è bisogno. So cosa sto facendo. Non sono né superficiale, né stupida—"

"Non ho mai detto questo" protestò Peter.

"—e non mi piace che tu faccia insinuazioni sulla mia relazione. Sto con Korum perché voglio starci, tutto qui."

Sperava sinceramente che quello fosse sufficiente a far andare via Peter. L'ultima cosa di cui aveva bisogno era un cavaliere bianco che cercava di salvarla dal mostro malvagio—un cavaliere bianco che sicuramente sarebbe stato ucciso. Forse in un secondo momento, se fosse sopravvissuta alle prossime settimane, si sarebbe scusata con Peter per essere stata così dura. Gli piaceva, e sarebbe stato bello averlo come amico, soprattutto se la sua vita fosse tornata alla normalità.

Sembrava leggermente ferito. "Certo, mi dispiace, non intendevo insinuare niente. Naturalmente, sei libera di stare con chi vuoi. Volevo solo assicurarmi che stessi bene, ecco tutto."

Mia annuì e gli rivolse un debole sorriso. "Capisco. Grazie ancora per essere venuto a trovarmi." Raggiungendo lo zaino, tirò fuori il portatile e un paio di libri.

Peter capì immediatamente. "Certo. Ci vediamo, ok?" disse, e uscì dalla stanza. Mia lo sentì parlare con Jessie ed Edgar per un minuto, e poi se ne andò, chiudendo la porta alle sue spalle.

Mia si lasciò cadere sul letto, sollevata. Com'era possibile che un ragazzo così carino—con il quale andava d'accordo—fosse arrivato in un momento così sbagliato della sua vita? Se l'avesse conosciuto due mesi fa, sicuramente sarebbe stata entusiasta delle attenzioni che le rivolgeva—ma ormai era troppo tardi.

Come quelle persone che lui conosceva, probabilmente sarebbe finita male anche lei—oppure sarebbe morta per mano del suo amante alieno.

CAPITOLO DICIANNOVE

*P*oco dopo che Peter se ne fu andato, andò via anche Edgar. Mia sentì dei baci e delle risate alla porta, e poi calò il silenzio. Quasi subito dopo, Jessie entrò in camera sua.

"Allora" disse Mia, sorridendo alla compagna di stanza: "Immagino che le cose stiano andando bene con Edgar."

Jessie le rivolse un sorriso enorme. "Stanno andando *molto* bene. È così gentile, simpatico e carino..."

Mia rise e disse: "Sono felice per te. Meriti un bravo ragazzo come quello."

"Sì" disse Jessie senza falsa modestia, sorridendo ancora. E poi, la sua espressione si fece improvvisamente seria. "Anche tu, Mia—"

Uh-uh, pensò Mia. Ecco la ramanzina.

"—ma chiaramente non lo capisci."

"Jessie, ti prego, non sparare sulla croce rossa—"

"Sparare sulla croce rossa? Io vorrei sparare a un certo K!" Jessie fece un respiro profondo, chiaramente preoccupata per Mia. "Peter è un bravo ragazzo, e sembra che tu gli piaccia davvero—è venuto qui dopo tutto quello che è successo... e tu sei ancora legata a quel mostro!"

Mia si strofinò la nuca per allentare la tensione. "Jessie, per favore, smetti di preoccuparti per la mia relazione... si sistemerà tutto col tempo."

"Parlando di cose da sistemare, gli hai parlato dell'estate?"

Mia si morse il labbro. Detestava mentire a Jessie, e voleva disperatamente parlare con qualcuno di tutta quella follia. Se John aveva ragione sulla tempistica dei Keith, il suo viaggio in Florida sarebbe stato posticipato—e neppure di molto. Naturalmente, ammesso che fosse stata ancora viva a quel punto. Mia optò per una versione leggermente modificata della verità.

"Sì" disse lentamente.

"E?"

"E abbiamo concordato che partirò più tardi quest'estate, e che farò un tirocinio qui a New York."

Jessie la fissò scioccata. "Quale tirocinio?"

"Non ne sono ancora sicura. Korum ha promesso di trovare qualcosa nel mio campo."

"Oh mio Dio, non ti lascerà andare, vero?" Jessie sembrava assolutamente inorridita.

"Non esattamente" ammise Mia. "Però, ha detto che andremo in Florida insieme non appena avrà finito con la sua attività a New York."

"Insieme? Che cosa? Vuole conoscere la tua famiglia?" L'espressione sul volto di Jessie era assolutamente incredula.

"Non ne ho idea" disse Mia, ed era vero. Non aveva avuto la possibilità di rifletterci, con tutto quello che era successo—ma non riusciva a immaginare la sua normale famiglia senza pretese interagire con calma con il suo amante alieno. "Non abbiamo discusso dei dettagli—"

"Che bastardo! Non posso credere che ti stia facendo questo! Non c'è da meravigliarsi che tu stia aiutando la Resistenza—probabilmente lo detesti."

Mia non riusciva a credere alle proprie orecchie. "Che cosa? Che cos'hai detto?"

"Oh, andiamo, Mia" disse Jessie con calma. "Non sono un'idiota. So fare due più due. John era qui ad aspettarti nell'appartamento prima ancora che tu arrivassi. Chiaramente, sapeva che saresti venuta. Comunichi con loro, non è vero?"

Accidenti. A volte, Mia dimenticava quanto fosse astuta la sua bella compagna di stanza. Continuare a negarlo sarebbe stato inutile, ma Jessie non poteva essere al corrente della portata del coinvolgimento di Mia— sarebbe stato troppo pericoloso per entrambe.

Mia la fulminò con lo sguardo. "Jessie, ascoltami, non dire mai più una cosa del genere—e non parlarne mai con nessuno, nemmeno con Edgar. Me lo prometti?"

Jessie annuì, socchiudendo gli occhi. "Non ho mai detto niente.

Quando Edgar mi ha chiesto se stessi frequentando John, ho risposto che era solo un vecchio amico della tua famiglia."

"Bene" disse Mia, sollevata. Poi aggiunse: "Ascolta, non sto facendo niente di folle, te lo giuro. John mi ha solo chiesto di tenere d'occhio le attività di Korum e di riferirgliele di tanto in tanto. Questo è tutto quello che stavo facendo oggi. Korum ha incontrato un altro paio di K di recente, e volevo solo parlarne con John. A quanto pare, già lo sapeva, quindi non era un grosso problema." Mia non aveva idea di dove avesse imparato a fingere così bene.

"Non è un grosso problema? Mia... hai a che fare con un extraterrestre che non ha alcun riguardo per la vita umana. Hai visto cos'ha fatto a Peter —solo per aver ballato con te! Se ti sorprende a spiarlo, ti ucciderà sicuramente! Certo che è un grosso problema!" Jessie si lasciò sfuggire un respiro frustrato.

Non c'era davvero niente che Mia avrebbe potuto dire davanti a quell'affermazione, così scrollò le spalle.

"Ed è stata tutta colpa mia, avendo parlato di te a Jason! Non posso credere che quei bastardi abbiano deciso di usarti così."

Mia si strofinò di nuovo la nuca. "Hanno solo intravisto un'opportunità e hanno deciso di sfruttarla. Questo non cambia di molto la mia situazione. Sto ancora con Korum, che io lo spii o meno. Tanto vale aiutare, sai?"

Jessie la guardò, frustrata. "Non posso credere che ti stia succedendo tutto questo. Sei la persona più tranquilla che conosca... e finisci per andare a letto con un K e spiarlo."

Mia sospirò pesantemente. "Lo so. Sono rovinata, Jessie—e non in senso buono."

Un sorrisetto apparve sul viso di Jessie, che scosse la testa in segno di rimprovero. "Mia..."

Mia le sorrise. "Lo so, lo so, non sono la persona giusta."

"Non sei James Bond, questo è sicuro." E Jessie ricambiò il sorriso.

Quella sera, Korum tornò a casa intorno alle otto. Mia era già tornata da lui e stava lavorando freneticamente sul suo saggio.

Entrò nella sua stanza e la baciò. "Ehilà, qualcuno sta lavorando duramente" la prese in giro, strofinandole le labbra sulla guancia.

Mia lo guardò accigliata. "Sì, devo finire di scrivere questo saggio entro stasera. Devo consegnare questo e il saggio di Psicologia del Bambino entro giovedì, e non ho ancora finito nessuno dei due."

"È terribile" disse Korum, con la leggera curva delle labbra che tradiva il suo divertimento.

"Proprio così!" disse Mia, con il cipiglio sempre più accentuato. Non capiva che era stressata? Non c'era bisogno di riderle in faccia solo perché le sue preoccupazioni gli sembravano meno importanti.

"Vuoi che ti aiuti?" chiese, e Mia lo guardò, incredula.

"Vuoi aiutarmi con i miei saggi?" Stava dicendo sul serio?

"Non è per questo che sei stressata?" Non sembrava scherzare.

"Uh..." La ragazza era senza parole. Trovandole, mormorò: "Non preoccuparti, grazie... me la caverò."

Abbozzando un sorriso, immaginò di consegnare un saggio sugli effetti dei fattori ambientali nel primo sviluppo infantile—scritto dal punto di vista di un extraterrestre di duemila anni. L'espressione sul volto del Professor Dunkin sarebbe stata impagabile.

"So scrivere in inglese, lo sai" disse Korum, apparentemente offeso dalla sua riluttanza.

Mia sorrise con una leggera aria di superiorità. "Certo." Quella era la conversazione più strana di sempre. "Ma conoscere la lingua non è sufficiente per scrivere un saggio accademico. Devi aver letto tutti questi libri e aver frequentato le lezioni..." Indicò la grossa pila di libri all'angolo della sua scrivania.

"Allora" disse Korum, scrollando le spalle con fare indifferente: "Posso leggere i libri ora."

Mia rimase a bocca aperta. "Sono dieci..." Deglutì per sbarazzarsi dell'improvvisa secchezza nella gola. "L-leggi molto velocemente?"

"Abbastanza" ammise. "Ho anche quella che definiresti una memoria fotografica, quindi non ho bisogno di leggere il materiale più di una volta."

Mia lo fissò, scioccata. "Quindi, puoi leggere tutti questi libri nel giro di poche ore?"

Annuì. "Probabilmente avrei bisogno di circa due ore per finirli tutti."

Era incredibile. "È normale per la tua specie?" chiese Mia, continuando a metabolizzare quella rivelazione scioccante.

"Alcuni di noi hanno questa capacità in modo naturale, mentre altri decidono di migliorarla con la tecnologia. Io sono nato così."

Mia sentì la frequenza cardiaca aumentare. Sapeva che era molto intelligente, e John le aveva detto che Korum era uno dei migliori progettisti tra i K. Ma non si aspettava che avesse un'intelligenza sovrumana.

"Allora, devo sembrarti davvero stupida" disse Mia sottovoce: "Visto quanto tempo impiego a leggere tutti questi..."

Sospirò. "No, Mia, non è così. Solo perché ti mancano alcune abilità, questo non significa che non sei intelligente."

Certo, come no. "Cos'altro sai fare?" chiese Mia, rendendosi conto di quanto sapesse ancora poco del suo amante alieno.

Fece spallucce. "Probabilmente so anche fare a mente qualche calcolo per il quale tu avresti bisogno di una calcolatrice."

Era affascinante e spaventoso al tempo stesso. "Quanto fa 10.456 per 6.345?" gli chiese, raggiungendo il cellulare per controllare la risposta.

"66.343.320."

Era esatto. E le aveva dato la risposta prima ancora che avesse avuto il tempo di inserire i numeri nella calcolatrice del telefono. Mia deglutì ancora una volta.

"Allora, vuoi che ti aiuti con il saggio o no?" Korum stava cominciando a sembrare impaziente.

Mia scosse la testa. "Uh, no—non serve, grazie. Sono certa che scriveresti un saggio fantastico—forse migliore del mio—ma devo farlo io."

"Ok, certo, come vuoi" disse, scuotendo la testa davanti alla sua ostinazione. "Hai fame? Vuoi che ti prepari qualcosa?"

Mia aveva mangiato spuntini tutto il giorno, quindi non stava morendo di fame. "Non lo so" disse. "Non credo di avere tempo per sedermi a mangiare." Lo guardò, sperando che avrebbe capito.

"Certo" disse: "Ti porterò qualcosa da mangiare qui." Sorridendole, uscì dalla stanza.

Mia fissò la porta con frustrazione. Perché doveva essere così gentile con lei oggi? Sarebbe stato molto più facile se l'avesse trattata con crudeltà o indifferenza. Il senso di colpa che le bruciava dentro non aveva alcun senso; sapeva che stava facendo la cosa giusta, aiutando la Resistenza. I K avevano invaso il loro pianeta, non il contrario; liberare la sua specie non avrebbe dovuto farla sentire così—come se stesse tradendo qualcuno a cui voleva bene.

Facendo un respiro profondo, cercò di concentrarsi sul saggio. Era impossibile. I suoi pensieri continuavano a vagare, saltando da un argomento sgradevole all'altro. Aveva avviato qualcosa che avrebbe causato la perdita di migliaia di vite umane? E Korum sarebbe stato una delle vittime? Il potenziale impatto delle sue azioni ancora non le sembrava vero.

Korum tornò qualche minuto dopo. Aveva preparato degli involtini, con lattuga fresca e peperoni, e un piatto di noci e mele per dessert.

Mia lo ringraziò e cominciò ad affondare la forchetta, scoprendo di essere piuttosto affamata.

Le sorrise e si chinò per baciarle la fronte. "Buon appetito. Sono nella stanza accanto, se hai bisogno di me."

Poi, se ne andò, lasciandola lavorare sui saggi—e combattere i brutti pensieri.

CAPITOLO VENTI

Quella notte, fu incredibilmente tenero con lei.

Le sue dita trovarono ineffabilmente ogni nodo e muscolo teso, e le massaggiò ogni centimetro del corpo, finché non si ritrovò sdraiata lì in un mare di soddisfazione. Soddisfatto per averla fatta rilassare completamente, la girò di schiena e cominciò a baciarla, partendo dalle punte delle dita. Le labbra di Korum erano morbide e calde sulla pelle della mano, e quando le succhiò il dito nella bocca, circondandolo con la lingua, Mia gemette per l'inaspettata sensazione erotica.

Lasciando stare le dita, spostò la bocca sul suo palmo, leccandole il punto sensibile all'interno del polso e poi, passò al braccio, fino a raggiungere la colonna arcuata della gola. Mia trattenne il respiro, aspettando il doloroso morso familiare, ma le diede solo una serie di baci, facendole venire la pelle d'oca alla gamba e al braccio, e le mordicchiò dolcemente il lobo. Mia gemette di nuovo, sopraffatta dal piacere di quel tocco, e affondò le dita nei suoi capelli, tirandogli la testa verso il basso per un appassionato bacio alla francese.

L'alieno ricambiò il bacio, con passione e intensità, e Mia sentì la forza del suo desiderio nella rigida erezione che le strofinava la coscia. Trovò i suoi seni con la mano, stringendo debolmente e massaggiando i piccoli globi, e le passò il pollice sul capezzolo sinistro, facendolo irrigidire ulteriormente.

Sollevandosi sui gomiti, la guardò con un caldo sguardo dorato. "Sei così bella" mormorò, fissandola, e la tenera espressione sul viso le fece venir voglia di piangere. Perché si stava comportando in quel modo proprio oggi, tra tutti i giorni? Quella avrebbe potuto essere una delle ultime volte in cui avrebbe fatto sesso con lui, e non voleva ricordarlo così—come il rapporto che non avrebbe mai potuto esserci.

La baciò di nuovo, e gli succhiò la lingua, sperando di fargli perdere il controllo, in modo da poter dimenticare tutto in preda all'estasi sfrenata e finalmente spegnere il cervello. Lui gemette, e lei sentì il cazzo saltarle sulla gamba, ma il suo tocco rimase estremamente delicato, senza alcuna traccia della cruda lussuria della notte precedente.

Frustrata, Mia gli spinse le spalle. "Voglio stare sopra" gli disse con voce roca. Chiaramente l'extraterrestre stava facendo penitenza per la rudezza del giorno prima, ma non era quello che Mia voleva quella sera.

Sgranò gli occhi dalla sorpresa, ma rotolò giù per mettersi di schiena. Mia salì sopra di lui, e gli afferrò la testa con entrambe le mani, avvicinando il viso per un bacio con la lingua e sfregando contemporaneamente il sesso su di lui senza permettere una vera e propria penetrazione. Le avvolse le braccia intorno, così forte da permetterle appena di respirare, e la baciò con l'intensità che stava cercando. Vide un bello strato di sudore sulla fronte dell'alieno, dovuto allo sforzo di trattenersi. A quel punto, Mia agitò i fianchi con fare suggestivo, sbattendo sul suo cazzo, e lui sollevò i fianchi dal letto, cercando di ottenere di più. L'abbraccio di Korum si allentò leggermente, e Mia si fece strada tra i loro corpi, avvolgendo le dita intorno alla sua asta. Lui sussurrò, irrigidendosi, e lei guidò con cautela il cazzo sulla sua apertura, cominciando ad abbassarsi su di lui con un movimento assolutamente lento.

Ringhiò con la gola e spinse i fianchi, penetrandola con un solo colpo potente. Mia gridò, sentendo i muscoli fremere, adattandosi all'estrema pienezza. Le afferrò i fianchi, trovando il clitoride con il pollice in mezzo alle pieghe e premette su di esso, con un tocco incredibilmente leggero, che la portò più vicino al picco desiderato, ma senza farle raggiungere l'orgasmo. Mia gemette, con il sesso che si strinse intorno al suo cazzo. Voleva di più—più follia, più beatitudine senza senso che solo lui poteva farle provare. "Mordimi" gli disse, e vide i suoi occhi diventare ancora più gialli, anche se scosse la testa per rifiutare. "Non sai che cosa stai chiedendo" mormorò con durezza, e rotolò in modo da sistemarsi nuovamente sopra di lei, con i corpi ancora uniti.

Prima che lei potesse dire qualsiasi, l'alieno piegò leggermente i fianchi, e la punta del cazzo colpì il punto sensibile in profondità. Mia gemette, inarcandosi verso di lui, e Korum ripeté l'azione, più volte, fin quando la mostruosa tensione dentro di lei divenne insopportabile, e gridò, affondando le unghie nella sua schiena, mentre l'atteso orgasmo l'attraversò, annullando ogni pensiero razionale nella scia.

Ma non aveva ancora finito con lei. Non era ancora venuto, nonostante la ritmica compressione dei suoi muscoli interni, e l'asta era dentro di lei, dura e grossa come sempre. Seppellendole la mano nei capelli, la baciò profondamente e cominciò a spingere, alternando un colpo superficiale ad uno più profondo, fin quando la tensione non cominciò ad accumularsi di nuovo dentro di lei e ogni cellula nel suo corpo non gridò per il rilascio. Cercò di muovere i fianchi, di costringerlo a quel ritmo costante di cui aveva bisogno per raggiungere l'orgasmo, ma non glielo permise, con il corpo grande e potente che la tenne giù. Il suo bacio fu implacabile, con la lingua che le divorò la bocca, e Mia si sentì esplodere dall'intensità delle sensazioni. E poi, improvvisamente fu lì, con tutto il corpo che si agitava tra le sue braccia, e vide anche lui sbattere il bacino contro di lei, mentre il cazzo pulsava dentro, rilasciando il seme in brevi e calde ondate.

Poi, rotolò giù e la tirò a sé, lasciandola parzialmente sdraiata sopra, con la testa sul suo petto e la gamba sinistra tra i fianchi. Erano entrambi madidi di sudore, e Mia sentì il rapido battito del cuore che cominciava lentamente a rallentare, mentre il respiro di Korum tornava alla normalità.

Non sapeva cosa dire, quindi non disse niente. Il sesso era stato incredibile, e detestava il fatto che solo lui sapeva farla sentire così— anche senza alcun aiuto chimico.

Perché proprio lui, pensò amaramente, guardandogli lo stomaco piatto e abbronzato che si alzava ed abbassava ad ogni respiro. Perché non un normale ragazzo umano invece di un genio alieno, la cui specie si stava impossessando del suo pianeta?

Sentì il caldo bruciore delle lacrime dietro le palpebre e le chiuse forte, non lasciando uscire l'umidità. Il suo corpo si sentiva languido e stanco dopo il sesso, ma la mente continuava a frullare, a lavorare incessantemente, cercando una soluzione anche se non ce n'era alcuna. Anche se a modo suo provava qualcosa per lei, quei sentimenti si sarebbero trasformati in odio non appena avrebbe scoperto il tradimento

—e le mani che l'avevano tenuta così dolcemente probabilmente le avrebbero avvolto la gola.

Doveva essersi irrigidita a quel pensiero, perché si allontanò per guardarla e le chiese con curiosità: "Che cosa succede?"

Vedendo la sua esitazione, sul suo volto apparve un preoccupato cipiglio. "Mia? Che cosa succede? Non ti ho fatto male, vero?"

Mia scosse la testa, cercando di non guardarlo negli occhi. "No, certo che no" disse con voce roca: "È stato meraviglioso... Lo sai—"

"Allora, che cosa c'è?" domandò, cercando di afferrarle il mento e di costringerla a incrociare il suo sguardo.

Mia cercò di controllarsi, ma quelle stupide lacrime non la lasciavano in pace, sgorgando dagli occhi.

"Non è niente" mormorò, maledicendo tra sé e sé la voce che le tremava: "È... è solo che divento così quando sono stressata—"

Il suo cipiglio si approfondì. "Perché sei così stressata? Per i saggi?" chiese, studiandola con uno sguardo perplesso.

L'umana annuì leggermente, chiudendo gli occhi e cercando di calmarsi. Si sarebbe potuto insospettire, se non gli avesse dato una buona spiegazione per quelle lacrime. A meno che...

Aprendo gli occhi, lo guardò, senza più preoccuparsi del luccichio. "Mi manca tanto la mia famiglia" confessò, ed era vero. In quel momento, desiderò disperatamente di poter tornare bambina, di stare al sicuro nella casa dei genitori, con la madre che preparava la zuppa di pollo con le palle di matzah e il padre che leggeva un giornale sul divano. Voleva riportare indietro le lancette dell'orologio e tornare all'ultimo decennio, al periodo prima che la gente sapesse dell'esistenza della vita su altri pianeti—e prima che il pianeta appartenesse a loro. Al periodo in cui non aveva ancora incontrato l'alieno che la stava fissando con i suoi begli occhi color ambra—l'amante che lei non aveva avuto altra scelta che tradire.

Korum sembrò accettare quella spiegazione. "Mia" disse lentamente, lasciandole andare il mento: "Li rivedrai presto, te lo prometto. Sto per terminare la mia attività qui, e poi ti porterò da loro—"

"Non li ho nemmeno avvisati che non sarei andata" disse Mia, con la voce carica di lacrime. "Mi aspettano questo sabato, e il mio biglietto aereo non è rimborsabile—"

Sembrava esasperato. "Ti preoccupi dei soldi ora? Ti rimborserò il prezzo del biglietto—"

"L'hanno acquistato i miei genitori."

"Ok, allora li rimborserò." Facendo un respiro profondo, aggiunse:

"Mia, non c'è bisogno che ti preoccupi di queste cose quando sei con me. Mi prenderò sempre cura di te e della tua famiglia—non dovrai più stressarti per i soldi. So che le finanze dei tuoi genitori sono strette, e sarei più che felice di aiutarli finanziariamente—o in qualunque altro modo."

Mia inghiottì un singhiozzo, sentendosi come se un pugno di ferro le stesse schiacciando il cuore. Per quanto quell'affermazione suonasse arrogante e presuntuosa, non aveva dubbi circa la sincerità dell'offerta. "Gr-grazie" sussurrò, con voce rotta: "È molto... generoso da parte tua—"

"Mia" disse piano: "Sei importante per me, ok? Voglio che tu sia felice con me, e farò il possibile per far sì che sia così."

Ogni sua parola sembrava trafiggerla con un coltello, finché non riuscì più a trattenersi. Seppellendo il viso nel cuscino, si allontanò da lui e scoppiò a piangere, con tutto il corpo scosso dalla potenza dei singhiozzi.

"Mia?" La sua voce sembrò incerta per la prima volta da quando l'aveva conosciuto. "Che cosa... Perché piangi?"

Pianse ancora di più. Non poteva dirgli la verità, e il senso di colpa era come l'acido nel petto, che la consumava dall'interno.

Toccandole la schiena, la accarezzò con fare rilassante, mormorandole parole di affetto. Vedendo che non sembravano aiutare, la tirò tra le sue braccia, lasciando che seppellisse il viso nella cavità del suo collo, lasciandola piangere mentre le accarezzava i capelli.

Così, Mia pianse. Pianse per se stessa, per lui e per la relazione che non avrebbe mai potuto esistere... anche se non fosse stato il nemico che lei aveva spiato.

Qualche minuto dopo, quando i singhiozzi cominciarono a calmarsi, si allungò da qualche parte e le porse un fazzoletto, lasciando che si asciugasse il viso e soffiasse il naso, prima di chiederle nuovamente: "Perché?"

Mia lo guardò, con la vista ancora appannata dalle lacrime. La piena verità era fuori discussione, naturalmente, ma poteva dirgli una cosa che la tormentava da un po'. "Questo non è giusto" sussurrò, con la voce roca per le lacrime residue. "Io, te—non è giusto, non è naturale... E non può durare—"

"Perché no?" disse piano. "Può durare finché lo vogliamo."

"Tu non sei umano" disse, guardandolo con incredulità. "Come potrebbe mai funzionare tra noi?"

Esitò un secondo e poi disse, togliendole delicatamente i capelli dal viso: "Può durare—fidati, tesoro. Non posso dirti di più ora, ma ne riparleremo... quando sarà il momento."

Mia sbatté le palpebre dalla sorpresa, fissandolo. Non se lo aspettava. Voleva dire che c'era un modo per poter stare insieme... come coppia effettiva? Le implicazioni di ciò erano troppo grandi per poter essere contemplate in quel momento, con la testa che le pulsava e la mente a malapena funzionante dopo quella tempesta emozionale.

Si allontanò e poi scese dal letto. "Ti porterò qualcosa per farti stare meglio" disse, e se ne andò.

Mia guardò la porta, soffocando una risata isterica al pensiero che quella stava diventando una ricorrenza notturna. Sperava solo che non le avrebbe riportato quel tubetto.

Tornò con un bicchiere pieno di un liquido lattiginoso e glielo porse.

"Che cos'è?" gli chiese, annusandolo con sospetto. Non aveva alcun odore.

Le sorrise, mostrando la fossetta. "Non è veleno, te lo giuro. È solo qualcosa per aiutarti a dormire meglio e a sbarazzarti del mal di testa."

Come faceva a sapere che le faceva male la testa? Mia sbatté di nuovo le palpebre.

Come se potesse leggerle nel pensiero, disse: "So come si sentono gli umani dopo aver pianto. Questa bevanda è stata pensata per aiutare in caso di raffreddore o influenza, ma non ha effetti collaterali dannosi, quindi puoi berla e sentirti meglio."

Mia annuì e assaggiò il liquido. Era anche insapore; se non fosse stato per il colore, avrebbe pensato che stesse bevendo acqua. Si sentiva disidratata, così bevve volentieri l'intero bicchiere. Quasi immediatamente, la dolorosa pressione intorno alle tempie si allentò, e la sensazione di naso chiuso scomparve. Un altro farmaco K che faceva miracoli, a quanto pareva.

"Perché hai tutti questi medicinali per gli esseri umani?" gli chiese, con quel pensiero che le venne in mente solo ora. "Li usi anche per te?"

Scosse la testa, sorridendo. "No, sono specifici per gli umani. Noi abbiamo altri modi per guarire."

"Allora, perché ce li hai?" insistette Mia.

Scrollò le spalle. "Sapevo che sarei vissuto in mezzo agli umani e che avrei interagito con loro. Aveva senso averne alcuni a portata di mano in caso di emergenza."

Interagire con gli umani nel suo appartamento? All'improvviso, Mia sentì uno spiacevole accenno di gelosia al pensiero che altre donne fossero state lì, in quel letto. Naturalmente non era sorprendente; era un maschio sano, attraente e con una forte carica erotica—sarebbe stato perfettamente normale per lui aver avuto altre partner sessuali prima di lei, sia umane che K.

O, perlomeno, questo è quello che disse a se stessa. Il mostro con gli occhi verdi all'interno rifiutava di sentire ragioni.

Qualcosa dei suoi pensieri doveva essere evidente sul viso, perché le disse dolcemente: "E no, nessuna di queste interazioni è stata con donne umane negli ultimi mesi—sicuramente nessuna da quando ti ho incontrata."

"E con le donne di K?" sbottò, per poi maledirsi mentalmente. Non aveva il diritto di essere gelosa, dopo quello che aveva fatto. Era il suo nemico, e lo aveva trattato come tale. Era assurdo sentirsi così sollevata che ora fosse l'unica donna della sua vita. I loro giorni insieme erano contati, e non avrebbe dovuto importare se Korum le fosse stato fedele o se avesse scopato centinaia di donne il mese prima. Eppure, in qualche modo, le importava—e le importava molto.

"Nessuna da quando ti ho incontrata" disse, sorridendo. Sembrava compiaciuto della sua gelosia, e Mia stava per scoppiare nuovamente a piangere. Facendo un respiro profondo, si controllò con un enorme sforzo. Una seconda ondata di lacrime sarebbe stata ancora più difficile da spiegare.

"Andiamo a dormire, ok?" le suggerì. "Sembri ancora stressata, e probabilmente ti sentirai meglio domani mattina."

Mia annuì e si sdraiò, coprendosi con la coperta. Korum seguì il suo esempio, tirandola a sé finché non si ritrovavano nella sua posizione preferita del cucchiaio.

Contro ogni probabilità, Mia si addormentò non appena chiuse gli occhi, sentendosi confortata dal calore del corpo dell'extraterrestre avvolto intorno a lei.

CAPITOLO VENTUNO

Mercoledì mattina, Mia si svegliò con un senso di terrore nello stomaco.

Oggi avrebbe dovuto dire ai suoi genitori che sabato non sarebbe andata a trovarli. Non aveva ancora trovato un buon motivo per spiegare il ritardo, specialmente dal momento che lunedì doveva iniziare il tirocinio al campo.

E se Korum avesse scoperto il suo coinvolgimento in quello che di lì a poco sarebbe accaduto nelle colonie K, allora quella avrebbe potuto essere l'ultima volta in cui avrebbe parlato con la sua famiglia. Ciò rendeva ancor più imperativo che desse un'immagine allegra e positiva oggi, in modo da non far preoccupare i suoi genitori prematuramente. Sarebbe stato meglio lasciare solo buoni ricordi, una volta scomparsa dalle loro vite.

A quel pensiero, quelle stupide lacrime minacciarono nuovamente di uscire, e Mia fece un respiro profondo per controllarsi. Non aveva tempo per quello ora; doveva ancora scrivere l'ultimo saggio. Anche se non aveva senso preoccuparsi per una cosa così banale vista la situazione precaria, non scrivere quel saggio sarebbe equivalso a cedere—e una piccola parte di Mia continuava a sperare che ci fosse una luce alla fine di quel tunnel, che qualche parvenza di una vita normale sarebbe stata ancora possibile, se fosse sopravvissuta alle settimane successive.

Aggrappandosi a quel pensiero, la ragazza si trascinò fuori dal letto e si diresse verso la doccia. Korum non era in casa, e pensò che stesse fuori a fare quello che normalmente faceva durante il giorno. Probabilmente aveva qualcosa a che fare con il monitoraggio dei combattenti della Resistenza, ma non poteva saperlo con certezza. Facendo una rapida colazione, si diresse verso la biblioteca, sperando di riuscire a concentrarsi meglio lì.

La giornata era bellissima e soleggiata—perfetta per il suo umore cupo. In circostanze normali, avrebbe fatto una piacevole passeggiata, ma aveva poco tempo a disposizione, così prese un taxi. Soggiornando da Korum e consumando quasi tutti i pasti con lui, Mia era piena di soldi per la prima volta nella sua carriera universitaria. La borsa di studio per studenti che contribuiva a pagare le lezioni e i libri le forniva anche un'indennità minima per il cibo e le altre spese correnti, ma di solito era appena sufficiente per la sopravvivenza. Mangiare ai ristoranti o prendere un taxi erano lussi che normalmente non poteva permettersi, ed era bello poter spendere ora che non doveva preoccuparsi troppo per il costo del cibo.

La biblioteca era affollata. Quasi tutti gli studenti della NYU erano lì, intenti a prepararsi per gli esami e a scrivere saggi. Certo, pensò Mia, era la settimana degli esami. Sarebbe dovuta rimanere nel confortevole studio che Korum aveva preparato per lei, ma voleva passare un po' di tempo in un luogo in cui niente le rammentasse il caos che la sua vita era diventata.

Dopo aver vagato per ben quindici minuti, finalmente trovò una sedia comoda, che era appena stata liberata da un ragazzo con i capelli rossi che sembrava avere dodici anni. Occupandola prima che qualcun altro vedesse il suo trofeo, Mia sorrise tra sé e sé. Non che lei fosse vecchia, ma alcune matricole le sembravano davvero troppo giovani.

Cinque ore dopo, finì di scrivere l'ultima frase e salvò il lavoro. Doveva ancora rileggere quel dannatissimo saggio, ma la maggior parte del lavoro era finita. Raccogliendo le cose, lasciò la biblioteca e tornò nel suo appartamento, sperando di vedere Jessie e avere la possibilità di parlare con i suoi genitori.

Jessie non era in casa quando arrivò, quindi rimanevano solo i genitori. Facendo un respiro profondo, Mia accese il computer, e si preparò ad essere positiva e spensierata come qualsiasi altra studentessa universitaria che avesse quasi finito con la settimana degli esami.

. . .

"Mia! Tesoro, come stai?" La madre era in perfetta forma, con gli occhi azzurri brillanti dall'emozione e un enorme sorriso sul viso.

Mia ricambiò il sorriso. "Ho quasi finito! Devo solo rileggere l'ultimo saggio, e poi l'anno scolastico sarà ufficialmente finito per me" disse Mia, mantenendo la voce intenzionalmente allegra.

"Oh, è fantastico!" esclamò sua madre. "Non vediamo l'ora di rivederti questo fine settimana! Verranno anche Marisa e Connor domenica, e ci sarà una grande cena. Preparerò tutti i tuoi piatti preferiti. Ho già comprato alcune uova e perfino il formaggio di capra—"

"Mamma" la interruppe Mia, sentendosi morire dentro: "C'è una cosa che devo dirti..."

La madre si fermò un attimo, sembrando perplessa. "Che cosa c'è, tesoro?"

Mia fece un respiro profondo. Non sarebbe stato facile. "Un professore mi ha chiesto un grande favore questa settimana" disse lentamente, dopo aver trovato una storia semi-plausibile da raccontare negli ultimi minuti. "C'è un programma qui alla NYU, in cui gli studenti di psicologia passano e trascorrono un po' di tempo con i ragazzi svantaggiati delle scuole superiori dei quartieri più difficili..."

"Uh-uh" disse sua madre, con un leggero cipiglio sul volto.

"È un programma straordinario" mentì Mia. "Questi ragazzi non hanno nessuno che li aiuti a capire cosa fare della propria vita, se andare all'università o meno, come fare domanda, se decidessero di andare... E come sai, è esattamente quello che voglio fare—offrire quel genere di consulenza..."

Il cipiglio della madre si fece più accentuato.

Mia si affrettò con la sua spiegazione. "Beh, non sapevo del programma, ma questa settimana ho parlato con il mio professore, menzionando il mio interesse per la consulenza. Così, mi ha parlato di questo programma, dicendomi che stava disperatamente cercando un volontario che lo aiutasse per una settimana o due quest'estate—"

"Ma devi tornare a casa sabato" disse sua madre, sempre più triste. "Quando potresti farlo?"

"Beh, è questo il problema" disse Mia, detestandosi per tutte quelle bugie: "Non credo di poter tornare a casa questo fine settimana, non se accetterò questo programma—"

"Che cosa? Che cosa vuol dire che non puoi tornare a casa questo fine settimana?" Sua madre era livida ora. "Hai già il biglietto e tutto il resto! E il tuo tirocinio al campo? Non dovrebbe cominciare lunedì?"

"Ho già parlato con il direttore del campo" mentì Mia nuovamente. "Per lui non è un problema posticipare la mia data di inizio di due settimane. Ho spiegato tutta la situazione, ed è stato molto comprensivo. E il professore ha detto che mi rimborserà il costo del biglietto e che me ne comprerà un altro per sostituirlo—"

"Beh, è il minimo che possa fare! Che dire dei soldi che avresti dovuto guadagnare durante le due settimane del tirocinio?" disse sua madre con rabbia. "E del fatto che non ti vediamo da marzo? Come ha potuto chiederti di fare una cosa simile, all'ultimo momento?"

"Mamma" disse Mia in tono di supplica: "È una straordinaria opportunità per me. È esattamente quello che voglio fare per quanto riguarda la carriera, e farà aumentare le mie possibilità di frequentare un master. Inoltre, il professore ha detto che mi scriverà una bellissima lettera di referenze, se lo farò—e sai quanto sono importanti per me le domande di master..."

Sua madre sbatté rapidamente le palpebre, e nel suo sguardo Mia scorse un luccichio sospetto. "Certo" disse con voce carica di delusione: "So quanto sono importanti... Solo che eravamo così felici di rivederti sabato, e adesso questo—"

Ogni parola di sua madre sembrava un coltello conficcato nell'intestino di Mia. "Lo so, mamma, mi dispiace davvero" disse, sbattendo le palpebre per trattenere le proprie lacrime. "Ci rivedremo tra un paio di settimane, ok? Non sarà così male, vedrai..."

Sua madre tirò su col naso. "E così, niente cena di famiglia domenica, credo."

Mia scosse la testa con rammarico. "No... ma ne faremo una tra due settimane, d'accordo? Cucinerò io e farò tutto il resto—"

"Oh, per favore, Mia, non sei affatto capace!" disse sua madre, ma un sorrisetto apparve sul suo volto. "Non ho mai conosciuto nessuno che non sapesse far bollire l'acqua—"

"So farlo ora" disse Mia sulla difensiva. "Vivo sola da tre anni, lo sai, e so preparare anche il riso—"

Il sorrisetto si trasformò in un sorriso pieno. "Wow, riso? È un *bel* progresso" disse sua madre con una risata appena contenuta. "Non so proprio come farai, quando conoscerai qualcuno..."

"Oh, mamma, ti prego" mugolò Mia.

"È vero, lo sai. Agli uomini piace ancora quando una donna sa preparare un buon pasto e tenere in ordine la casa—"

"Fare il bucato, essere una brava schiava domestica, eccetera" concluse Mia, alzando gli occhi. Sua madre era incredibilmente all'antica a volte.

"Esattamente. Ascolta: a meno che non trovi un ragazzo che ami cucinare, sarai costretta a mangiare fuori per il resto della tua vita" disse sua madre profeticamente.

Mia si strinse nelle spalle, mordendosi l'interno della guancia per evitare di scoppiare in una risata semi-isterica. L'ironia stava nel fatto che aveva effettivamente trovato un ragazzo del genere—solo che non era umano. Si chiese che cosa avrebbe detto sua madre, se le avesse parlato di Korum. *È fantastico: ama cucinare e fa anche il bucato per entrambi. C'è solo un piccolo problema—è un alieno che beve sangue.* No, probabilmente non sarebbe stata una buona idea.

"Mamma, non preoccuparti per me, ok? Andrà tutto bene." Perlomeno, sperava sinceramente che fosse così. "Ci rivedremo presto, e forse cercherò di imparare davvero a cucinare quest'estate. Che ne dici?" Mia rivolse a sua madre un bel sorriso, cercando di risparmiarsi altre ramanzine.

Sua madre scosse la testa per rimproverarla e sospirò. "Certo. Dirò a tuo padre che cos'è successo. Sarà così deluso..."

Mia si sentì di nuovo malissimo. "Dov'è?" chiese, volendo parlare anche con suo padre.

"Sta fuori a riparare l'auto. Quella maledetta si è rotta di nuovo. Dovremmo davvero comprarne un'altra... forse l'anno prossimo."

Mia annuì, mostrandosi comprensiva. Sapeva che la situazione finanziaria dei genitori non era la migliore ultimamente. Sua madre era in un momento di transizione lavorativa. Essendo un'insegnante di scuola elementare, era molto richiesta. Tuttavia, la scuola privata dove aveva insegnato negli ultimi otto anni aveva chiuso di recente, facendo perdere a molti insegnanti il proprio posto, e tutti avevano fatto domanda per le stesse poche disponibilità nelle scuole pubbliche locali. Suo padre—un professore di scienze politiche presso l'università locale—ora sosteneva la famiglia solo con il suo stipendio, e dovevano fare attenzione con le spese più grandi, come una nuova auto. In generale, la sua famiglia, come molti altri americani della classe media con il piano di pensionamento 401(k), aveva sofferto durante il Crollo K—l'enorme crollo del mercato azionario avvenuto con l'arrivo dei Krinar. A un certo punto, il Dow aveva perso quasi il novanta percento del proprio valore, e solo un anno fa i mercati si erano ripresi completamente.

"Va bene" disse Mia: "Cercherò di ricollegarmi più tardi, per vedere se posso parlare con papà."

"Chiama anche Marisa" disse sua madre. "So che non vedeva l'ora di rivederti domenica."

Mia annuì. "Lo farò sicuramente."

La madre sospirò di nuovo. "Beh, ci risentiremo presto."

"Ti voglio bene, mamma" disse Mia, sentendosi come se avesse il petto stretto in una morsa. "Spero che lo sappiate. Tu e papà siete i migliori genitori del mondo."

"Naturalmente" disse sua madre, sembrando un po' perplessa. "Anche noi ti vogliamo bene. Torna presto, ok?"

"Lo farò" disse Mia, lanciando un bacio verso lo schermo del computer, e terminò la conversazione.

Sua sorella sarebbe stata la prossima. Per la prima volta, era davvero raggiungibile su Skype.

"Ehilà, sorellina! Che cos'è questo messaggio che ho ricevuto da mamma sul fatto che non tornerai a casa?"

Mia non vedeva sua sorella da quando era rimasta incinta, ed era sorpresa di vedere Marisa pallida e magra, invece di avere quella luminosità dovuta alla gravidanza di cui aveva sempre sentito parlare.

"Marisa!" esclamò. "Che succede? Non sembri star bene. Sei malata?"

Sua sorella fece una smorfia. "Se avere la nausea può essere definita malattia, allora sì. Vomito costantemente" si lamentò. "Non riesco a tenere giù il cibo. In realtà, ho perso due chili da quando sono rimasta incinta—"

Mia ansimò dallo shock. Due chili erano tanti per qualcuno come sua sorella. Pur essendo un po' più alta e formosa di Mia, Marisa aveva le ossa piccole, con il peso normale che oscillava tra i 50 e i 52 chili. Ora sembrava troppo esile, con gli zigomi eccessivamente prominenti sul viso solitamente grazioso.

"—e il mio medico non è contento di questo."

"Certo che non lo è! Ha detto che cosa dovresti fare?"

Marisa sospirò. "Ha detto che devo riposare di più e che devo cercare di non stressarmi. Quindi, lavorerò da casa oggi, preparando le mie lezioni per la settimana prossima, e mi faranno sostituire da qualcuno per qualche giorno."

"Oh mio Dio, povera te" esclamò Mia con fare comprensivo. "Che schifo. Non puoi mangiare qualcosa, come i cracker o del brodo?"

"È di quelli che mi nutro ultimamente. Beh, di quelli e dei sottaceti." Marisa le rivolse un sorrisetto. "Per qualche ragione, non riesco a smettere di mangiare quei sottaceti israeliani—sai, quelli piccoli e croccanti?"

Mia annuì, soffocando un sorriso. Sua sorella era sempre stata una fan dei sottaceti, quindi non era affatto sorprendente che ne andasse pazza durante la gravidanza.

"Comunque, basta parlare dei miei problemi di stomaco... Tu cosa mi racconti? Perché non verrai sabato? Eravamo tutti pronti ed emozionati all'idea che saresti venuta, non vedevo l'ora di rivedere te e i nostri genitori—"

Mia fece un respiro profondo e ripeté tutta la storia a Marisa. Stava diventando così brava a mentire che riusciva quasi a credere a se stessa. Forse avrebbe dovuto iniziare un programma simile alla NYU l'anno seguente—sempre se fosse stata ancora viva e avesse continuato a frequentare quella scuola, naturalmente.

Sua sorella ascoltò tutto con un'espressione vagamente incredula. E poi, chiese: "È carino il professore?"

Con orrore, Mia sentì le guance avvampare. "Che cosa? No! È vecchio e ha figli!"

"Uh-uh" disse Marisa. "Quindi, dovrei pensare che tu sia disposta a fare qualcosa del genere per un professore brutto? Solo per abbellire il tuo curriculum?" Scosse leggermente la testa. "No, non capisco proprio." Un sorriso malizioso apparve sul suo viso, e domandò: "Quanti anni ha?"

Mia maledisse le sue scarse doti di recitazione. Ora Marisa probabilmente avrebbe detto ai genitori che Mia si era presa una cotta per il suo professore. Cercò di immaginare che le piacesse il Professor Dunkin in quel modo e rabbrividì. Tra i capelli stempiati e la saliva giallastra che appariva spesso agli angoli della bocca quando parlava, probabilmente era uno degli individui meno attraenti che avesse mai incontrato.

"È vecchio" disse Mia con fermezza. "E poco attraente."

Marisa sorrise, imperterrita. "Ok, allora chi è?" Insistette. "Ti conosco, sorellina... e stai nascondendo qualcosa. Se non è il professore vecchio e poco attraente il motivo per cui rimarrai a New York, allora qual è?"

"Niente" disse Mia. "Non c'è nessun uomo nella mia vita... lo sai." E non stava mentendo. Non c'era alcun uomo umano—solo un extraterrestre della varietà maschile. Che era anche vecchio—molto più di quanto sua sorella avrebbe mai potuto immaginare.

"Oh, per favore, allora perché ti comporti in modo così strano? Sei un po' strana ultimamente" disse Marisa, scrutandola minuziosamente. "Mia... c'è qualcosa che non va?"

Mia scosse la testa e maledisse tra sé e sé l'intuizione da sorella di Marisa. Era stato molto più facile ingannare sua madre. "No, va tutto bene. Sono solo stressata, sai, con gli esami e tutto il resto..."

"Uh-uh" disse Marisa: "Hai avuto esami negli ultimi tre anni, e non è mai stato così. Vedo che non sei tu, Mia. Sputa il rospo... che cosa sta succedendo?"

Mia scosse di nuovo la testa e provò a mostrarsi tutta sorridente. "Niente! Non so di cosa stai parlando—non c'è assolutamente niente che non vada. Ho appena avuto una fantastica opportunità per una preziosa esperienza di lavoro, e la sto sfruttando. Ci rivedremo presto, tra un paio di settimane. Non c'è niente di cui preoccuparsi—"

"Hai già comprato i biglietti?" la interruppe Marisa. "Sai già quando partirai?"

"Non ancora" ammise Mia. "Lo saprò presto. Il professore ha detto che mi comprerà un nuovo biglietto aereo, quindi non c'è nulla di cui preoccuparsi—"

"Non c'è nulla di cui preoccuparsi? Mia, capisco quando stai mentendo" disse Marisa, guardandola storto. "Non fa per te. Sei sempre stata una brava ragazza, non hai mai avuto capacità nell'ingannare me o i nostri genitori. Non hai nemmeno mai marinato la scuola per intrufolarti a una festa durante la scuola superiore..."

Mia si morse il labbro. Come faceva Marisa ad essere così attenta? Era un problema grosso. Forse se le avesse detto una parziale verità...

"E va bene" disse Mia, scegliendo le parole con attenzione. "Diciamo che c'è qualcosa di vero in quello che stai dicendo... Se te lo dico, prometti di non dirlo a mamma e papà? Si preoccuperebbero, e non ce n'è affatto bisogno—"

Marisa la guardò, socchiudendo gli occhi azzurri per riflettere. "Ok" disse lentamente: "Puoi sempre parlare con me, sorellina, lo sai. Manterrò il tuo segreto... ma solo se non è qualcosa di pericoloso per la tua vita che loro dovrebbero sapere."

In realtà, *era* qualcosa di pericoloso per la sua vita, ma i genitori non dovevano assolutamente saperlo. Mia sospirò. Dal momento che aveva intrapreso quella strada, tanto valeva rivelare qualcosa a sua sorella; altrimenti tutta la famiglia sarebbe entrata nel panico nel giro di mezz'ora.

Facendo un respiro profondo, Mia disse: "Hai ragione. Ho conosciuto qualcuno—"

"Lo sapevo!" gridò trionfalmente Marisa.

"—e non è esattamente qualcuno con cui saresti felice di vedermi."

Marisa la fissò, sorpresa. "Perché? Chi è? Un altro studente?"

Mia scosse la testa. "No, è questo il problema. È più grande, e non è esattamente la persona adatta come fidanzato."

"Stiamo parlando del professore ora?" chiese Marisa, confusa.

"No, il professore è solo il professore. È qualcun altro. In realtà, è il dirigente di una società tecnologica" mentì Mia, cercando di avvicinarsi il più possibile alla verità. "L'ho incontrato nel parco un giorno, e andiamo a letto insieme—"

"Che cosa?" Sua sorella rimase a bocca aperta dall'incredulità. "È sposato? Ha figli?"

"No, e no. Ma so che è solo uno scappatina temporanea per lui, quindi non volevo proprio entrare nei dettagli con te e con mamma e papà..."

Mentre Mia parlava, sul viso di Marisa apparve lentamente un grande sorriso. "Una scappatina? Wow. Quando la mia sorellina decide di perdere la verginità, lo fa con stile! Un dirigente, nientemeno..."

Mia si strinse nelle spalle, cercando di sembrare indifferente.

"Come si chiama?"

"Uh, preferirei non dirlo" mormorò Mia. "Partirà tra un paio di settimane, e non c'è motivo di discuterne—"

"Partirà per andare dove?"

"Uhm... Dubai." Mia non sapeva come mai avesse scelto quella città in particolare, ma le sembrava adatta alla storia.

"Dubai? Proviene da lì?" La curiosità di sua sorella non conosceva limiti.

Mia sospirò. "Marisa, ascolta, è davvero inutile discuterne. Partirà, e finirà lì."

Sua sorella piegò la testa di lato, studiando il viso di Mia. "E ti sta bene, sorellina?" chiese con calma. "Che il tuo primo amore ti lasci così?"

Mia distolse lo guardo, cercando di nascondere le lacrime negli occhi. "Deve andare, Marisa. Non ha altra scelta. Non importa se mi stia bene o meno."

"Certo che importa" disse Marisa. "Credi che ti ami? O sei solo una bella ragazza del college con cui va a letto mentre è a New York?"

Mia alzò le spalle. "Non lo so. Penso che mi ami un po'."

"Ma non abbastanza da rimanere?"

"No, non può rimanere" disse Mia. "E non importa. Non siamo fatti l'uno per l'altra. La relazione è stata segnata sin dall'inizio."

"Perché l'hai iniziata allora?" chiese Marisa, sembrando sconvolta. "È davvero bello? Ti ha fatto prendere la testa?"

Mia annuì. "È stupendo, intelligente, e sa molto di tutto..." Quelle erano tutte affermazioni vere. "E mi ha portata in tutti i ristoranti più raffinati e agli spettacoli di Broadway—"

"Wow, Mia" esclamò Marisa, sembrando invidiosa per la prima volta in vita sua: "Sembra un ragazzo da favola."

Mia sorrise. "È anche un ottimo cuoco, e fa il bucato—"

"Oh mio Dio, dove hai trovato questo modello?"

"Vedi? A mamma verrebbe un infarto, se lo sapesse."

E le sorelle si sorrisero a vicenda, comprendendosi alla perfezione.

Poi, Marisa si fece di nuovo seria. "Allora, perché non può funzionare tra voi? Sembra perfetto. Ha qualche grosso difetto caratteriale che non riesci a sopportare?"

"Beh, è molto prepotente e presuntuoso" confessò Mia. "Quindi, è sicuramente un problema. E nel Paese da cui proviene, non vedono necessariamente, uhm, le donne... come uguali, se capisci cosa intendo dire." Quella era la cosa più vicina alla verità.

Marisa sgranò gli occhi, capendo tutto. "Ohhh, è uno di quei tipi del Medio Oriente? Con un harem e tutto il resto... che esigono che le loro donne siano coperte dalla testa ai piedi?"

Mia si strinse nelle spalle. "Qualcosa del genere. Quindi, non sarebbe mai durata. Veniamo da mondi molto diversi." Mia intendeva in senso letterale, ma Marisa non doveva saperlo.

"Wow, sorellina." Marisa la guardava con un rinnovato rispetto. "Devo dire che mi hai sorpresa. Nessun noioso ragazzo universitario per te... oh no—hai puntato verso i pezzi grossi. Uno sceicco di Dubai, eh?"

Mia arrossì. "Non è uno sceicco, solo un dirigente."

"Wow." La sorella sembrava ancora sorpresa. "E così, ti ha regalato gioielli preziosi?"

Mia sorrise. Sua sorella era fin troppo prevedibile a volte. Anche se conduceva una vita semplice, Marisa sicuramente apprezzava le cose più belle della vita—hotel lussuosi, vestiti firmati, accessori eleganti.

"Mi ha comprato un guardaroba completamente nuovo della Saks Fifth Avenue" ammise Mia. "Non gli piacevano i miei vecchi indumenti—"

"OH MIO DIO, DELLA SAKS?" Il grido di Marisa le perforò il timpano. "Dici sul serio? Devi prestarmi qualcosa, quando vengo!"

Mia rise. "Certo! Qualunque cosa vuoi, è tua."

"Oh cazzo, non importa" disse Marisa. "Mi sono appena resa conto che presto non sarò in grado di prendere in prestito nulla da nessuno—specialmente dalla mia sorellina. Tra un paio di mesi, sarò un ippopotamo."

"Oh, per favore" disse Mia, ridendo all'idea della sorella simile a un ippopotamo. "Somiglierai a una di quelle attrici di Hollywood—tutta normale, solo con un po' di pancia."

Marisa rabbrividì. "Lo spero. Ma devo ammettere che finora la gravidanza non è stata affatto come l'avevo immaginata."

Mia le rivolse un'occhiata comprensiva. "Che brutto. Tieni duro, ok? Solo qualche altro mese, e poi avrai un bel bambino..."

Marisa le sorrise. "È vero. Anche tu, sorellina, tieni duro, va bene? Chiamami, se vuoi ancora parlare di Mr. Bellissimo. E prometto di non dire niente a mamma e papà. Hai ragione—si preoccuperebbero inutilmente. È meglio parlare di queste cose con tua sorella."

Mia sorrise a trentadue denti e disse: "Lo penso anch'io. Ti voglio bene. Saluta Connor da parte mia, ok?"

"Lo farò" disse Marisa, e si scollegò con un ultimo saluto.

Rilassata, Mia fissò lo schermo vuoto del computer. Aveva mentito alla sua famiglia, ma almeno era riuscita a impedire che impazzissero del tutto. In qualche modo, la conversazione con Marisa era stata terapeutica. Anche se non aveva potuto rivelarle tutta la verità, era riuscita a condividere dettagli a sufficienza da sentirsi molto meglio per la situazione. L'orecchio non-giudicante e comprensivo di Marisa era stato esattamente quello di cui aveva avuto bisogno a un certo punto.

Ora doveva finire di rileggere il saggio—e poi avrebbe completato tutto quello che si era ripromessa di fare quel giorno.

CAPITOLO VENTIDUE

Ora che aveva finito di studiare, Mia non aveva idea di cosa fare. Svegliandosi giovedì mattina, inviò i saggi su internet e decise di fare una passeggiata a Central Park. Korum se n'era di nuovo andato via presto quella mattina, prima che lei si svegliasse, quindi sarebbe stata sola per il resto della giornata. Scrisse a Jessie, ma la compagna di stanza aveva l'esame di Calcolo nel pomeriggio ed era in preda al panico. Mia voleva che ci fosse qualcun altro con cui uscire, solo per evitare di essere sola con i propri pensieri, ma la maggior parte degli altri studenti era troppo impegnata a fare le valigie per l'estate o era ancora nel bel mezzo degli esami.

Durante la metà di maggio, il tempo di New York era solitamente molto imprevedibile. Quell'anno, sembrava che l'estate fosse iniziata presto, e la temperatura quel giorno sfiorava i venticinque gradi. Mia indossò volentieri uno dei suoi nuovi abiti primaverili: un semplice tubino di cotone blu e un paio di sandali rossi, comodi ed eleganti al contempo. Poi, si diresse verso le orde dei newyorkesi e dei turisti che erano usciti per godersi il parco.

Era difficile credere che solo un mese fa Mia aveva passeggiato lì da sola, senza una conoscenza diretta dei K, pensando solo al saggio di Sociologia. Non aveva ancora incontrato Korum, e non aveva idea di quale drastica svolta avrebbe preso la sua vita nei minuti successivi. Che cosa sarebbe successo, se quel giorno non si fosse seduta su quella panchina? Ora avrebbe fatto le valigie per tornare a casa il prossimo sabato?

Come se i suoi piedi avessero una mente propria, Mia si ritrovò a camminare verso Bow Bridge, il luogo del suo primo incontro ravvicinato. A differenza dell'ultima volta, il piccolo ponte era pieno di gente oggi, tutta presa a scattare foto della vista pittoresca. Mia trovò un posto su una panchina accanto a una giovane coppia e si mise a leggere l'ultimo thriller bestseller—cosa che aveva tempo di fare solo quando non era occupata con la scuola.

Mezz'ora dopo, la coppia andò via, e Mia ottenne l'intera panchina per sé. Prima che potesse averla a lungo, però, sentì qualcuno gridare il suo nome. Sorpresa, sollevò la testa e vide una giovane donna con un paio di jeans strappati e una maglietta bianca senza maniche, che si stava avvicinando alla panchina. I suoi capelli corti color sabbia erano arruffati, come quelli di un ragazzo, e aveva le braccia muscolose. Era Leslie, la ragazza che aveva visto una volta con John—una dei combattenti della Resistenza.

"Ehi Mia" le disse: "Ti dispiace se mi unisco un attimo a te?" Senza aspettare una risposta, si sedette sulla panchina.

"Certo" disse Mia, con fare un po' rude. Leslie non era la sua persona preferita, e in realtà non aveva voglia di parlare con nessuno in quel momento. Aveva portato a termine la propria missione, e tutto ciò che voleva era essere lasciata in pace.

"Ascolta" disse Leslie, con un tono molto più amichevole rispetto a prima: "So che siamo partite col piede sbagliato. Volevo solo ringraziarti per quello che hai fatto e darti una cosa da parte di John." Aveva in mano un piccolo oggetto ovale che somigliava vagamente a un telecomando per il garage o a una chiave per auto automatica.

"Che cos'è?" chiese Mia con cautela, senza prenderlo.

"È un'arma" rispose Leslie. "Un'arma che potrai utilizzare per proteggerti, nel caso in cui Korum scopra che cos'è successo prima che noi abbiamo la possibilità di neutralizzarlo."

"Neutralizzarlo?"

Leslie sospirò. "Come hai richiesto, cercheremo di catturarlo vivo, in modo che possa essere riportato su Krina. Non sarà facile, ma faremo del nostro meglio."

Mia deglutì. "Che cosa... uhm, quando lo farete?"

"Non possiamo farlo prima che abbassino le difese, e l'attacco ai Centri K è in preparazione. Potrebbe riuscire ad avvisarli, o ad ottenere rinforzi, se provassimo a prenderlo ora, quindi non possiamo rischiare. Dobbiamo agire quasi simultaneamente. Non è l'unico. Ci sono altri K fuori dai loro Centri in questo momento. Non appena sapranno dell'attacco alle loro colonie—e lo scopriranno quasi immediatamente—si uniranno alla lotta. Ma non sono in zone remote—sono nelle nostre città, vicino ai nostri centri governativi. Se capiranno che abbiamo infranto il trattato, ci attaccheranno—e molte vite civili verranno spezzate, prima di poterli fermare. Quindi, dobbiamo pianificare tutto con molta attenzione, altrimenti ci sarà un bagno di sangue."

Sarebbe stato terribile, pensò Mia. Davvero terribile. Non aveva riflettuto su quell'aspetto—altri K vivevano, come Korum, tra gli esseri umani per qualche motivo. Forte, veloce e armato con la tecnologia K, anche un solo individuo avrebbe potuto infliggere una quantità enorme di danni alla popolazione umana. Cercò di immaginare Korum combattere per proteggere la propria specie, e rabbrividì a quel pensiero. Un breve assaggio della sua rabbia in quel locale era stato spaventoso. Non aveva dubbi sul fatto che potesse essere davvero brutale, se l'occasione lo avesse richiesto.

Rivolgendo nuovamente l'attenzione al piccolo oggetto, Mia chiese: "Allora, che cosa dovrebbe fare quest'arma?"

"Dissolve i legami molecolari, abbattendo tutto sulla sua strada" spiegò Leslie. "Praticamente, trasformerà tutto quello che vuoi in polvere. È una semplice versione in miniatura della grande arma che intendiamo usare per far arrendere i K."

Inorridita, Mia fissò il piccolo dispositivo dall'aspetto innocuo nel palmo di Leslie. "Quindi, può trasformare una persona in polvere?"

Leslie annuì. "Funziona su tutto ciò che incontra sul suo cammino. Le nanomacchine che rilascia funzionano solo per un periodo di circa trenta secondi prima di diventare inattive, ma di solito quel tempo è sufficiente a dissolvere completamente una persona. Non dovrai nemmeno preoccuparti di sparare al petto, né di qualunque altra cosa—se le nanomacchine raggiungono qualsiasi parte del corpo, esso viene incenerito."

Mia quasi soffocò a quel pensiero. "Che cosa? No! Non potrei mai fare una cosa simile!" esclamò, sconvolta. "Non posso utilizzarlo su di lui—"

"Puoi, e lo farai" disse Leslie: "Se la tua vita sarà in pericolo. Non so se capirà il legame che c'è tra ciò che sta succedendo nei Centri K e te—ma dovrebbe essere una specie di genio, quindi non sarei sorpresa se lo capisse. Passandosi una mano tra i capelli con un movimento frustrato,

Leslie aggiunse: "E faresti meglio a farlo in fretta, prima che possa reagire. Mira e spara, senza pensare... Capito? Sono veloci, Mia, davvero veloci."

Mia scosse la testa. "Non lo farò. Non posso—"

Leslie scrollò le spalle. "Come vuoi. Se preferisci morire, morirai—non sono affari miei. John mi ha chiesto di dartelo, ed eccolo qui. Puoi prenderlo senza usarlo, se è questo che vuoi. Ma almeno non sarai completamente impotente, quando ne avrai bisogno." Poggiò il dispositivo sul grembo di Mia. "Se vuoi usarlo, premi il piccolo pulsante sul lato—se premi forte, si accende. Assicurati solo di puntare l'estremità arrotondata contro di lui—"

Mia scosse di nuovo la testa. "Non lo userò" disse con fermezza.

Leslie la guardò con qualcosa di simile alla compassione. "Sei un'idiota" disse piano. "Ti sei innamorata di quel mostro, non è vero?"

Mia distolse lo guardo. "Non sono affari tuoi" disse, guardandosi le unghie. "Ho fatto quello che dovevo fare. Lui se ne andrà, e questo è tutto."

"Sei una ragazza stupida" disse Leslie con un tono sprezzante: "Non significhi niente per lui—meno di niente. Ti schiaccerà come se fossi un insetto, se sarai nelle vicinanze quando attaccheremo. Solo perché gli piace scoparti, questo non vuol dire che avrà pietà, quando scoprirà che cos'hai fatto. È andato a letto con centinaia di donne proprio come te— migliaia, probabilmente—e tu non sei affatto speciale—"

"Non sai niente!" la interruppe Mia, sentendosi come se ogni parola fosse un pugnale nel cuore. "Non l'hai mai conosciuto—"

Leslie strinse gli occhi. "Non ho bisogno di conoscerlo per sapere esattamente com'è—come sono tutti, Mia. Non hanno alcun riguardo per noi, per la vita umana. Siamo solo un esperimento per loro, qualcosa che hanno creato. Siamo le loro creature—e possono farci ciò che vogliono. E se vogliono, si libereranno di noi e si prenderanno il nostro pianeta per farne ciò che desiderano. E sei una sciocca, se pensi che lui sia in qualche modo diverso. È cattivo come loro—è colui che li ha portati qui..."

Leslie aveva ragione. Mia lo sapeva con la parte razionale della mente, ma il suo stupido cuore rifiutava di accettarlo. La consapevolezza che tra pochi giorni sarebbe scomparso dalla sua vita era stranamente dolorosa, e il pensiero che avrebbe potuto rimanere ferito le faceva contorcere lo stomaco dalla paura. Eppure, Leslie aveva ragione—probabilmente non avrebbe esitato a ucciderla, se avesse saputo che le sue azioni avevano minacciato il programma dei K sulla Terra.

Non voleva morire, ma pensava che non avrebbe mai potuto ucciderlo, nemmeno per autodifesa.

Facendo un respiro profondo, Mia chiese: "Quando succederà? Quanto manca all'attacco?"

Leslie esitò, domandandosi se Mia fosse ancora degna di fiducia.

"Leslie" disse Mia stancamente. "So che cosa succederebbe, se scoprisse che vi ho aiutati. Non lo avvertirò. Non posso, non senza perdere la mia vita. Non sono pentita di quello che ho fatto. Solo perché non posso uccidere qualcuno con cui sono stata intima ultimamente, questo non significa che tradirei la nostra causa. Voglio solo sapere quanto tempo mi rimane a disposizione—"

"Fino a domani" disse Leslie. "Hai tempo fino a domani. Il mio consiglio è quello di scomparire in mattinata—scappa il più lontano possibile. Non fare le valigie, non fare nulla che potrebbe sollevare i suoi sospetti. Vattene. In un modo o nell'altro, sarà tutto finito entro questo fine settimana."

~

Quella sera, Korum tornò a casa tardi, verso le nove.

Mia si ritrovò a camminare avanti e indietro nel salotto a partire dalle cinque, non riuscendo a stare seduta ad aspettarlo, né a rilassarsi in attesa di ciò che sarebbe successo. Se Leslie le aveva detto la verità, quella sarebbe stata la sua ultima notte insieme a Korum... e forse l'ultima notte in cui sarebbe stata viva. Per massimizzare le possibilità di sopravvivenza, decise di seguire il consiglio di Leslie sul fatto di partire in mattinata. Korum sarebbe già andato via, e lei sarebbe potuta fuggire—magari prendendo la metropolitana verso uno dei quartieri. Il dissolvitore, come aveva deciso di chiamarlo, era nello zaino, al sicuro. Non aveva alcuna intenzione di utilizzarlo su Korum, ma le piaceva l'idea di avere qualcosa con cui potersi difendere, nel caso in cui venerdì si fosse scatenato il finimondo.

Per tenersi occupata, aprì l'armadio e provò alcuni abiti nuovi. Il suo guardaroba ora era così grande che molti dei vestiti avevano ancora l'etichetta attaccata e non aveva idea di cosa possedesse. Naturalmente, le stava tutto perfettamente; i personal shopper della Saks avevano fatto il loro lavoro. Dopo un'ora trascorsa a provare un vestito dopo l'altro, Mia optò per un semplice abito grigio senza maniche, composto da un mix di cotone-seta, che le abbracciava la parte superiore del corpo e si allargava dolcemente dalla vita fino alle ginocchia. Nonostante il colore e lo spacco tradizionali, era elegante e sexy—come la maggior parte di quello che Mia indossava ora. Decise di applicare un trucco abbinato all'abito, optando per un po' di mascara e una leggera spolverata di cipria. Non sapeva perché improvvisamente fosse così importante essere bella quella sera, dato che di solito non era ossessionata da quelle cose, ma voleva essere particolarmente attraente per Korum. Completando il tutto con un paio di scarpe nere col tacco, riprese a camminare avanti e indietro.

Le aveva dato un numero di telefono al quale avrebbe potuto raggiungerlo, se fosse stato necessario, ma Mia non l'aveva mai utilizzato. Passate le otto, tuttavia, pensò davvero di telefonargli per sapere dove fosse. Ma sarebbe stato così fuori dal normale per Mia che lui avrebbe potuto insospettirsi—e non voleva rischiare.

Finalmente, a un quarto alle nove, la porta si aprì. Entrò, con un semplice paio di jeans blu e una maglietta nera. Non importava che cosa indossasse, naturalmente; sarebbe stato stupendo anche con degli stracci. Vedendola, un grande sorriso sbigottito apparve sul suo bel volto, illuminandogli i lineamenti e facendogli piegare quegli occhi ambrati agli angoli. E poi, un familiare bagliore dorato gli illuminò lo sguardo.

Prima che lei avesse la possibilità di dire qualcosa, la raggiunse, sollevandola senza sforzo per un bacio appassionato. Le infilò la lingua in bocca, e Mia gli mise le braccia intorno al collo e ricambiò il bacio, con passione e un po' disperatamente. Gli mise le gambe intorno ai fianchi, e rimasero così, l'uno tra le braccia dell'altra, fin quando Mia ansimò per respirare e si contorse intorno a lui, strofinando i seni sul suo petto e il sesso sul bacino. Lui grugnì con la gola, e lei sentì la sua erezione crescere sempre di più, spingendo nelle zone inferiori attraverso il tessuto che li separava. Tenendola su con un braccio, trovò il tessuto che le copriva la figa e lo strappò, esplorandole le pieghe umide con le dita. Mia gemette, spinta dal desiderio, e sentì il suono di una chiusura lampo scivolare giù. E poi fu dentro di lei, con il cazzo che spingeva, mentre continuava a sorreggerla in quel modo, sollevata contro di lui in mezzo al salotto.

Scioccata dall'improvvisa penetrazione, Mia gridò, con i tessuti interni in lotta per accogliere l'intrusione, e l'alieno si fermò per un secondo, lasciando che si abituasse alla sensazione di lui in quella posizione sconosciuta. Poi ricominciò a muoversi, sollevandola su e giù con una mano, mentre teneva l'altra nei suoi capelli, riportandole la bocca verso di lui. Questa volta non ci fu un crescendo dolce e lento, con tutto dentro di lei che si tese simultaneamente, e raggiunse l'orgasmo, con i muscoli che gli strinsero l'asta, e stava venendo anche lui, così profondamente dentro di lei che poteva sentirne le contrazioni nel ventre.

Sospirando, Mia crollò su di lui, non riuscendo a credere che tutto quello fosse successo nel giro di due minuti. Anche il respiro di Korum era pesante, in quanto poteva sentire il suo pesante torace muoversi su e giù, mentre era aggrappata a lui, con il cazzo ancora dentro. Non appena le pulsazioni dell'orgasmo si attenuarono, la sollevò e la poggiò a terra con cura, con le mani ancora avvolte intorno alla vita. A Mia tremavano le gambe, così si aggrappò a lui, grata per il sostegno.

Guardandolo, l'umana notò che i suoi occhi stavano riassumendo il normale colore ambrato. Piegando le labbra per un piccolo sorriso, disse con voce roca: "Credo che io debba scusarmi di nuovo—chiaramente non ho alcun controllo con te. Non volevo saltarti addosso in quel modo. Probabilmente hai anche fame..."

In realtà era così, ma non importava. Arrossendo un po' per la sensazione del suo seme che le scivolava lungo la gamba, mormorò: "No, non c'è bisogno che ti scusi... Sai che è piaciuto anche a me..."

Il sorriso di Korum ora tradiva una soddisfazione puramente maschile. "Mi fa piacere" sussurrò. "Che ne dici di cenare?"

Mia annuì, e arrossì ancora di più quando lui scomparve un attimo e tornò con un tovagliolo di carta. Imbarazzata, Mia distolse lo sguardo, sbarazzandosi dei residui della loro passione.

Lui rise. "Sei ancora così puritana" la prese un po' in giro. "Dovremo superarlo a un certo punto. È tutto naturale, lo sai."

Mia si strinse nelle spalle, senza guardarlo negli occhi. Per qualche ragione, a volte si sentiva ancora timida con lui, nonostante tutto il sesso selvaggio che facevano.

Korum rise ancora di più, e poi chiese: "Visto che sei vestita così bene, che ne dici di cenare in un bel ristorante francese?"

Mia si sentì felicissima, e glielo disse.

"Ok, allora fammi lavare e cambiare, e andiamo" disse, togliendosi la maglietta sulla strada per il bagno. La vista della sua schiena magra e muscolosa le fece riaffiorare il desiderio. Perché proprio lui, si disse ancora una volta in preda alla disperazione: perché doveva essere proprio lui a farla sentire così? E come avrebbe potuto sopportarlo, una volta sparito per sempre?

Cenarono in un ristorantino francese di cui Mia non aveva mai sentito parlare. Tuttavia, il pasto fu eccellente, dalla ratatouille che Mia aveva ordinato come piatto principale alla pastarella che avevano condiviso per dessert.

"Allora, hai ufficialmente finito con la scuola per quest'anno?" chiese Korum, bevendo un sorso del suo vino rosso. Sembravano piacergli il vino e lo champagne, aveva notato Mia, anche se non aveva mai visto alcun effetto su di lui. Ma non l'aveva mai visto bere più di un paio di bicchieri.

"Sì" rispose, tagliando un pezzo di zucchina con la forchetta. "L'anno scolastico è ufficialmente terminato per me. Oggi ho consegnato tutti i saggi, e ora posso oziare."

Le sorrise. "In qualche modo, non riesco a immaginarti oziare tutto il giorno. Ti ho sempre vista tutta presa a studiare o a fare qualcosa per la scuola." Allungandosi verso di lei, le accarezzò dolcemente la guancia, con l'espressione che si fece più seria. "Sarà bello farti riposare un po'. Hai lavorato troppo queste ultime due settimane. Non credo che tutto questo stress faccia bene alla tua salute."

Mia lo guardò, sorpresa. "Sto bene" protestò. "Mi sento benissimo— non è affatto un problema."

Korum la guardò intensamente, con un'espressione preoccupata sul volto. "Non lo so" disse, scuotendo la testa. "Il tuo sistema immunitario è così delicato, così fragile—non ti fa bene sovraccaricarti in quel modo."

Mia si strinse nelle spalle, chiedendosi che cosa lo avesse spinto ad affrontare quell'argomento. "Il mio sistema immunitario funziona benissimo" disse. "È forte come quello di qualsiasi altro umano. Non dovresti preoccuparti per me—non mi ammalo spesso."

"Forte come quello di qualsiasi altro umano non significa molto forte" disse, con un leggero solco tra le sopracciglia scure. La guardò attentamente, e Mia non sapeva a cosa stesse pensando. Di qualunque cosa si fosse trattato, apparentemente era giunto a una conclusione, perché la sua fronte tornò ad essere liscia. Cambiando discorso, le chiese della sua giornata, e la conversazione procedette con facilità.

Per tutta la cena, Mia non poté fare a meno di fissarlo, di osservarlo, scrutandone i gesti animati che usava quando parlava di qualcosa che aveva trovato eccitante, il modo in cui il suo corpo alto e muscoloso si muoveva sulla sedia—persino i più piccoli movimenti erano dotati di quella grazia atletica, inumana. La sua carne lo desiderava sessualmente, ma la bramosia andava oltre. Ogni cellula del suo corpo voleva stare con lui, e il pensiero dell'indomani la riempì di un orrore freddo e malato.

Non poteva dirglielo, non poteva avvisarlo di ciò che sarebbe successo, ma poteva cercare di ricordare ogni momento di quella serata, di imprimere nella memoria la curva della sua bocca, le ciglia scure, la risata, quando diceva qualcosa di divertente.

Una dolorosa consapevolezza la tormentava: lo amava. Malgrado tutto ciò che sapeva di lui, malgrado tutto quello che le aveva fatto, malgrado il fatto che fosse il suo nemico e che lo aveva tradito—malgrado tutto, l'amava con ogni fibra del proprio essere.

E l'indomani l'avrebbe perso per sempre.

CAPITOLO VENTITRÉ

La mattina seguente, un debole ma costante rumore di pioggia svegliò Mia. Ancora mezza addormentata, si allungò, riluttante ad affrontare la giornata, per qualche ragione—e poi il suo cervello collegò i puntini e si mise a sedere, ansimando per la consapevolezza di ciò che sarebbe dovuto succedere quella mattina.

Saltando giù dal letto, si sforzò di camminare verso il bagno e di lavare i denti, seguendo la solita routine mattutina nel caso Korum fosse ancora in casa. Dopo aver finito, indossò un paio di jeans, una comoda maglietta a maniche lunghe e si diresse verso il salotto per controllare la situazione.

Il salotto e la cucina erano vuoti, e Mia quasi rabbrividì dal sollievo. Korum doveva aver seguito la sua solita routine, uscendo per fare quello che faceva sempre. E dopo l'ondata di sollievo sopraggiunse la delusione. Razionalmente, sapeva che avrebbe dovuto essere felice di sapere che avrebbe avuto l'occasione per allontanarsi, che il destino si stava mostrando gentile con lei, permettendole di evitare un ultimo incontro—potenzialmente letale—con l'amante alieno, ma ciò non aiutava la ferita nel suo cuore che si era aperta per la consapevolezza che non l'avrebbe più rivisto.

La scorsa notte era stata incredibile, con il sesso tra loro che era stato quasi il corteggiamento che Mia non aveva mia provato. L'aveva trattata come una principessa, venerandola con il corpo, e la ragazza aveva nuovamente pianto, non riuscendo a trattenere le lacrime, consapevole di cosa avrebbe portato l'indomani. Aveva provato a calmarla, cercando di scoprire che cosa avesse provocato il suo disagio questa volta, ma Mia era stata incoerente. E infine, l'aveva semplicemente ripresa, spingendo dentro di lei con un ritmo selvaggio e implacabile, fino a farle dimenticare tutto, con le preoccupazioni che si dissolsero sotto il calore della passione —fino a farla gridare dall'estasi, mentre le faceva raggiungere l'orgasmo, più e più volte. E poi si era semplicemente addormentata, troppo sfinita per ricordare perché avesse pianto.

Ma non poteva pensarci ora. Non se voleva uscirne viva.

Afferrando lo zaino, Mia si allacciò le scarpe da ginnastica, preparandosi a lasciare l'appartamento di Korum. Rivolgendo un'ultima occhiata ai mobili color crema e alle piante, camminò verso la porta, con ogni passo che sembrava più pesante del precedente.

Non sapeva che cosa l'avesse fatta voltare, dirigendosi verso l'ufficio dell'alieno e lasciando lo zaino sul divano del salotto. Era il suo subconscio che continuava ad aggrapparsi alla speranza che lui fosse lì? Che l'avrebbe rivisto per l'ultima volta? Non lo sapeva, ma i suoi piedi sembravano avere una mente propria, portandola verso le porte scorrevoli che si aprirono man mano che si avvicinava.

Non c'era nessuno nella stanza, ma una gigantesca mappa tridimensionale scintillava davanti a lei, diversa da qualunque altra avesse mai visto.

Con il cuore che le martellava nel petto, Mia entrò in camera, come se fosse attirata da una corda invisibile.

Non era New York la città davanti a lei; l'avrebbe riconosciuta subito. Infatti, non sembrava affatto una città. La vegetazione era ovunque. Delle piante lussureggianti sembravano dominare il paesaggio, che andava dal familiare all'esotico. Delle strutture chiare potevano essere intraviste tra gli alberi, somigliando a degli strani funghi. Se non fosse stato per quelle strutture, Mia avrebbe pensato che si trattasse di un parco o della foresta di un Paese tropicale. Il luogo era bellissimo... e alieno. Ogni capello della sua nuca si rizzò, non appena capì esattamente che cosa stava guardando.

Doveva essere un Centro K... forse addirittura quello principale nella Costa Rica. Lenkarda, l'aveva chiamato Korum una volta.

Con il cuore che le batteva sempre più forte, Mia valutò la situazione. Doveva andarsene, e doveva farlo subito. Perché Korum avrebbe dovuto osservare la mappa di uno dei Centri K? Sospettava qualcosa? E perché era stato così distratto da lasciarla così in evidenza? Sospettava di lei? Era una trappola?

All'ultimo pensiero, Mia sentì una fredda ondata di terrore scorrerle nelle vene. Doveva andarsene immediatamente.

Eppure, non riusciva a staccare gli occhi dall'incredibile immagine davanti a lei. Quanti umani avevano ammirato una meraviglia del genere? I Centri K erano sorvegliati con cura, con una zona dello spazio sopra di essi vietata al volo. Nemmeno i satelliti umani potevano vederli; le protezioni Krinar avevano reso gli insediamenti invisibili all'elettronica umana. E lì aveva la possibilità di osservare una colonia aliena, di vedere dove Korum aveva vissuto.

Una terribile curiosità spinse Mia ad agire. Ignorando la razionalità e il buon senso, si addentrò nella stanza, girando lentamente intorno al tavolo e studiando la mappa che aveva davanti agli occhi.

Gli edifici—ammesso che quelle strutture lo fossero—erano molto distanziati l'uno dall'altro e si fondevano armoniosamente con l'ambiente circostante. Non c'erano strade asfaltate, né marciapiedi che Mia potesse vedere; ogni struttura era isolata, nel bel mezzo della vegetazione. E non c'erano né finestre, né porte, realizzò Mia—almeno, nessuna che fosse visibile. Ciascun edificio aveva un colore chiaro; avorio, crema e beige erano quelli prevalenti, anche se si vedevano delle sfumature chiare di color grigio e pesca.

Verso il centro della mappa c'erano diverse strutture più grandi, tra cui una grande cupola circolare. Erano tutte bianche. Mia immaginò che quelle fossero zone di ritrovo. Non c'erano né marciapiedi, né strade che conducessero ad esse, né ingressi o uscite visibili.

Sulla parte esterna dell'insediamento, alcuni piccoli edifici circolari erano distanziati in modo uniforme, circondando l'intero perimetro. Erano verdi e marroni e si mescolavano al paesaggio così bene che Mia dovette osservare attentamente per distinguerne la presenza. Sembravano camuffati. Se non fosse stato per il leggero luccichio che gli edifici sembravano emettere, non avrebbe mai saputo che erano lì. Mia si chiese se fossero una sorta di postazioni di guardia. I K erano in un territorio ostile dopo tutto, in numero molto inferiore rispetto agli indigeni; aveva senso che la sicurezza nelle loro colonie fosse alta.

Oltre gli edifici verdi e marroni c'era altra vegetazione, con la flora che dominava tutto. E ad ovest, Mia vide un grande bacino d'acqua—forse un oceano. Se quella era la Costa Rica, allora probabilmente si trattava del Pacifico; anche se il Paese aveva due coste, la regione del

Guanacaste che Korum aveva menzionato era situata sul lato del Pacifico.

Mentre Mia fissava meravigliata le immagini tridimensionali, notò un familiare bagliore che circondava una delle aree vicino all'oceano. Osservando più attentamente, vide una piccola struttura in legno che sembrava di origine umana—una specie di capanna. Riuscendo a malapena a respirare, allungò la mano verso di essa, e poi indietreggiò, ricordando quello che era successo l'ultima volta in cui era entrata nel mondo della realtà virtuale senza un modo per ritornare. Lanciando una disperata occhiata alla stanza, vide il maglione di Korum appeso allo schienale della sedia. Ah-ah!

Indossando velocemente il maglione, Mia toccò l'immagine brillante, aspettando il trasferimento della realtà che aveva sperimentato in precedenza.

E poi si ritrovò lì, sulla spiaggia, a respirare la brezza dal profumo di sale, sentendo il sole caldo sul viso e il ruggito dell'oceano. Una libellula sfrecciò, seguita da un'ape. Vide una creatura simile a un granchio sulla sabbia, a pochi passi da lei. Sembrava tutto così reale, ma sapeva che probabilmente si trattava di una specie di registrazione.

Socchiudendo gli occhi a causa del sole, Mia fissò l'ambiente circostante. C'era un piccolo sentiero che partiva dalla spiaggia e conduceva all'edificio simile a una capanna che aveva intravisto tra gli alberi. Sentendosi un po' come Alice nel Paese delle Meraviglie, si diresse in quella direzione, incredibilmente curiosa di vedere che cosa ci fosse all'interno.

La capanna sembrava vecchia e decrepita, ancor di più dopo un'ispezione più accurata. Doveva essere umana; a giudicare dalla condizione del legno, sicuramente era precedente all'arrivo dei K. Aveva anche una porta, il che significava che Mia poteva entrare ed esplorarla. Trattenendo il fiato dall'attesa, aprì la porta, sussultando per il rumore dei cardini arrugginiti.

L'interno della capanna era assolutamente pulito, privo di ragnatele e di altre cose spiacevoli che ci si aspetterebbe di trovare in un edificio abbandonato. I mobili erano vecchi e semplici, ma ancora funzionali, con un tavolino e alcune sedie disposte attorno ad esso. C'era anche un giaciglio sul pavimento, probabilmente per dormire. Era completamente vuota. Delusa, Mia si guardò intorno. Perché Korum aveva quella registrazione? Chiaramente, non stava succedendo niente.

E poi la porta si aprì, ed entrò un maschio K. Sembrava molto tipico per la sua specie: alto e bello, con i capelli neri e la carnagione abbronzata. Indossava un paio di pantaloncini grigi di un materiale insolito, una maglietta senza maniche e un paio di sandali. Osando a malapena respirare, Mia lo fissò, ma naturalmente lui non poteva sapere della sua presenza. Tuttavia, sembrava nervoso. Guardandosi intorno furtivamente, si avvicinò al tavolo. Per sicurezza, Mia si allontanò da lui, salendo sul giaciglio, incerta su cosa sarebbe successo, se avesse toccato qualcuno in quello strano mondo virtuale.

Il K spostò il tavolo da una parte e si accovacciò, guardando qualcosa sul pavimento. Poi spinse su un asse del pavimento, che sembrò cedere sotto le sue dita. Staccandola ulteriormente, tirò su qualcosa e l'intera sezione del pavimento si aprì. Senza alcuna esitazione, saltò giù, e l'apertura cominciò lentamente a chiudersi dietro di lui.

Il cuore di Mia batteva forte, mentre osservava le sue azioni. Era la sua occasione, ma avrebbe osato seguirlo? Quanto si trovava in profondità la sua destinazione, e che cosa sarebbe successo, se fosse saltata dopo di lui? Si sarebbe ferita? Tutto quello non era reale; stava solo guardando un film molto realistico. Ma certe sensazioni erano ancora lì—calore, odore, tatto. Eppure, cadere sul marciapiede l'ultima volta non le aveva fatto male. E l'apertura nel pavimento si stava chiudendo sempre di più con il passare dei secondi. Giù all'inferno, decise Mia. Stava già rischiando la vita stando lì—quale poteva essere la potenziale ferita in un mondo virtuale?

Facendo un respiro profondo, saltò giù.

All'inizio, ci furono solo l'oscurità e la sensazione della caduta che le facevano contorcere le viscere, e poi raggiunse il pavimento duro, ed atterrò facilmente, come un gatto. Ansimando per mandare giù aria, incredula per avercela fatta, Mia si toccò le gambe e le ginocchia con le mani. Sembrava tutto a posto, e il respiro cominciò a tornare alla normalità. Era sopravvissuta al salto, e adesso doveva solo capire dove fosse.

La stanza in cui era atterrata era piccola e ordinaria, ma c'era una porta. Il K doveva essere entrato lì. Aprendola con attenzione, Mia sbirciò dentro.

Al di là della porta c'era una grande camera, occupata da diversi K, tra cui quello che Mia aveva seguito. Il suo cuore saltò un battito. Non aveva mai visto tanti alieni riuniti in un solo posto, ed era uno spettacolo impressionante.

C'erano cinque maschi e due femmine, tutti alti e belli. I loro vestiti chiaramente erano adatti ad un clima caldo, con i maschi che indossavano pantaloncini e magliette senza maniche e le femmine vestite con abiti leggeri e svolazzanti, che coprivano solo i seni e i fianchi, lasciando esposta la maggior parte della pelle dorata. Nonostante l'abbigliamento, Mia dubitava che fossero lì per godersi la brezza dell'oceano. Sembravano tesi e preoccupati, con i gesti agitati e quasi violenti, mentre discutevano di qualcosa in lingua Krinar. In generale, a Mia ricordavano un branco di leoni, che si aggiravano nella stanza con quella grazia animalesca tipica della loro specie.

Infine, uno di loro si guardò il polso, a cui sembrava attaccato un piccolo dispositivo. Ringhiando quello che sembrava un comando, premette un pulsante e un'immagine olografica comparve in mezzo alla stanza. Il resto dei K si radunò, e Mia si avvicinò, cercando di vedere che cosa stessero guardando. Con sua sorpresa, c'era un uomo umano, forse un militare, a giudicare dall'uniforme che portava.

"Siamo tutti al sicuro" disse il K con i capelli neri in un perfetto inglese americano. "Tutti noi abbiamo lasciato il Centro stamattina e ieri sera. Tu sei pronto, Generale?"

Generale? Mia sentì un gelido terrore diffondersi nella vene. Quelli dovevano essere i Keith—e lavoravano con le forze umane che John aveva menzionato. E dato che li stava osservando in quel modo, le loro identità non erano più segrete. Korum sapeva esattamente chi fossero e cosa stessero facendo. Quasi in iperventilazione per il panico, Mia fissò la scena con orrore, sapendo che non sarebbe andata a finire bene.

Il generale annuì. "Siamo pronti. La nostra gente è appostata nei punti concordati fuori dai Centri. L'operazione inizierà al vostro segnale."

Una delle femmine K, una bellezza dai capelli castani, si avvicinò all'immagine. "E quelli fuori? Hai qualcuno pronto ad eliminarli?"

"Sì" disse il generale lentamente. "Ma c'è un piccolo problema. Ne manca uno."

La femmina socchiuse gli occhi. "Cosa intendi dire? Chi manca?"

"Korum. Non siamo riusciti a localizzarlo questa mattina."

I K sibilarono dalla rabbia, iniziando a parlare nella loro lingua. La femmina che aveva parlato gesticolava selvaggiamente, cercando di convincere il maschio con i capelli neri di qualcosa, ma lui scosse semplicemente la testa, ripetendo la stessa frase più volte. Mia desiderava disperatamente capire cosa stessero dicendo, ma tutto quello che riusciva a comprendere era l'occasionale menzione del nome di Korum.

Giungendo a una conclusione, il K con i capelli neri guardò di nuovo l'immagine. "Generale, questo è un grosso problema. Perché non siamo stati informati prima?" La sua voce era dura dalla rabbia.

"Avevamo la situazione sotto controllo fino a trenta minuti fa. I nostri due migliori combattenti erano su di lui, seguendolo mentre usciva dall'appartamento. E poi è entrato in uno Starbucks ed è scomparso. Non l'abbiamo più visto uscire, e abbiamo perlustrato la zona da cima a fondo. Sono stato informato di questo sviluppo solo pochi minuti fa."

"Idioti" sbottò la femmina. "Quante volte ti abbiamo detto quanto è pericoloso? Perché è scomparso così? Ha individuato i tuoi combattenti?"

Il generale la fissava con uno sguardo impassibile. "Vuoi che posticipiamo l'operazione?"

I K si guardarono a vicenda, discutendo nella loro lingua. Dopo circa un minuto, sembrarono giungere a una conclusione. "No" disse la femmina in inglese, scuotendo la testa: "È troppo tardi per questo. Se qualcosa ha destato i suoi sospetti, allora la cosa peggiore da fare sarebbe ritirarsi a questo punto. Dovremo affrontarlo in seguito, e spero che non troppe vite vengano strappate nel farlo."

"Possiamo procedere, allora?"

"Sì" rispose il maschio con i capelli neri, e la femmina annuì.

"Molto bene" disse il generale. "L'Operazione Libertà comincerà alle nove, ora orientale."

Mia si guardò freneticamente intorno, cercando di capire che ora fosse. Un vecchio orologio arrugginito era appeso su una delle pareti. Segnava le 6:55. Se l'orario era giusto e si trovava davvero in Costa Rica, allora l'attacco avrebbe avuto inizio tra meno di cinque minuti, dal momento che il Paese dell'America Centrale era due ore indietro rispetto a New York.

L'immagine del generale scomparve, sostituita da un'altra. Questa mostrava una foresta, con le famose strutture circolari marroni-verdastre sullo sfondo. Era il confine della colonia, capì Mia. I Keith avrebbero osservato l'attacco da quel bunker sotterraneo, dove pensavano di essere al sicuro.

Mia sentì le sue mani cominciare a tremare. Oh Dio, se solo avesse potuto avvisarli... Ma ormai era troppo tardi. Quando Mia era entrata nell'ufficio di Korum, erano già passate le dieci a New York. Se fosse avvenuto un attacco, ne avrebbe sentito parlare, avrebbe ricevuto dei messaggi preoccupati da Jessie o un avviso urgente da qualche fonte di notizie sul telefono.

No, la Resistenza doveva aver fallito. Tutto quello che poteva fare ormai era guardare impotente, mentre il disastro si consumava davanti ai suoi occhi.

I Keith passeggiavano per la stanza, lasciandosi andare di tanto in tanto a dei brevi commenti, ma tacendo per la maggior parte del tempo. L'ologramma mostrava un confine calmo e pacifico, con solo l'occasionale insetto volante come forma di intrattenimento. Il tempo sembrò improvvisamente rallentare, con ogni secondo che trascorreva più tranquillamente del successivo. Mia si ritrovò a mordere le unghie, cosa che aveva smesso di fare dal liceo, e guardava i K diventare sempre più ansiosi.

L'orologio segnò le sette, e l'inferno si scatenò.

Qualcosa scintillò ai margini della foresta, e apparve un lampo di luce blu. I Keith urlarono trionfanti, e Mia si rese conto che qualcosa era andato bene—forse uno scudo protettivo era saltato.

E poi ci fu una luce accecante, e la struttura circolare scomparve, dissolvendosi davanti ai suoi occhi. Un altro lampo di luce e un'altra struttura scomparve. Oh Dio, comprese Mia, l'attacco era reale; stava succedendo per davvero. Stavano eliminando le postazioni di guardia, irrompendo nelle difese del Centro.

All'improvviso, le forze umane apparvero, correndo verso il confine. Vestiti da militari, sembravano tutti soldati addestrati e ce n'erano molti—decine, no, centinaia... Corsero verso il confine, e tutto sul loro cammino scomparve in quei lampi di luce brillanti.

L'immagine olografica cambiò, ingrandendosi, e Mia poté vedere la grandezza di ciò che stava avvenendo.

Migliaia di truppe umane si erano ammassate al confine, la maggior parte delle quali con armi umane. Man mano che le postazioni di guardia si dissolvevano, sembravano rappresentare un segnale, e l'attacco cominciò davvero, con l'enorme ondata di soldati umani che si precipitò verso il Centro per poi circondarne il perimetro.

Poté sentire la Resistenza trasmettere la richiesta per la resa dei K, annunciando di avere le nanoarmi pronte per essere utilizzate.

E in un batter d'occhio, cambiò tutto.

Man mano che la prima ondata di soldati si avvicinava al confine, ci fu un altro lampo di luce blu e il luccichio ricomparve. I Keith gridarono qualcosa, e Mia guardò con orrore, mentre la gente davanti a lei veniva respinta da una forza invisibile, con i corpi ustionati.

Aprì la bocca per un grido di terrore senza parole, e improvvisamente finì tutto. Una grande ondata di luce rossa attraversò il campo di battaglia, e le restanti truppe umane caddero a terra all'unisono senza più muoversi. Migliaia di soldati umani ormai non erano che corpi che giacevano sull'erba. Era come se fosse esplosa una bomba, ma invece di farli a pezzi, li aveva semplicemente uccisi con quella luce rossa.

Mia non riusciva a respirare, non riusciva a distogliere lo sguardo dalla distruzione a cui stava assistendo. Si sentiva come se il petto avrebbe potuto esploderle dalla forza del suo cuore che martellava nella cassa toracica, e la calda bile le risalì nella gola. Era tutta colpa sua; se non avesse fatto quello che aveva fatto, non sarebbe successo niente. Non ci sarebbe stato un attacco, e tutte quelle persone sarebbero rimaste a casa con le loro famiglie, vivendo la loro giornata, invece di morire davanti ai suoi occhi. Ora aveva migliaia di vite umane sulla coscienza.

I Keith erano in preda al panico ora, e nella stanza regnavano le grida e le discussioni. Non sapevano se scappare o rimanere lì, si rese conto Mia, sempre più nauseata. Avevano rischiato tutto e avevano perso—e ora le sue azioni avevano avuto delle conseguenze. E poi il soffitto sopra le loro teste si spezzò, e i Keith gridarono dal terrore, mentre la luce del mattino penetrava il tetto della capanna, apparentemente distrutto. Anche Mia urlò, coprendosi, nonostante il cervello le dicesse che quello non era reale —che non era lei quella in pericolo. Pietrificata, si rannicchiò in un angolo, portando le ginocchia al petto e guardando impotente, mentre altri K saltarono nella stanza, con i semplici abiti color grigio scuro che riconosceva come le loro uniformi militari.

Il maschio con i capelli neri saltò su uno dei soldati, con un attacco rapido e improvviso; i suoi movimenti erano quasi appannati per gli occhi di Mia—e fu respinto altrettanto velocemente, con il corpo che iniziò a contorcersi in modo incontrollabile, mentre crollava sul pavimento. Un altro soldato—il loro leader, capì Mia—ringhiò un comando, e quei movimenti convulsi cessarono. Il Keith con i capelli neri era incosciente. Gli altri Keith rimasero fermi, non volendo condividere il suo destino, con le espressioni che spaziavano dalla rabbia all'amara sconfitta. Qualunque arma invisibile i soldati possedessero chiaramente fu sufficiente a dissuadere i Keith dal combattere ulteriormente.

Era finita, pensò Mia. Le lacrime le rigarono il viso, mentre osservava i soldati mettere dei cerchi argentati intorno al collo dei Keith. La versione K delle manette, forse... I cerchi si bloccarono nel punto giusto con un debole clic, e quel rumore trasmise un senso di conclusione—il rumore della sconfitta. La Resistenza aveva perso, con le loro forze decimate e i loro alleati alieni catturati. L'Operazione Libertà era fallita e migliaia di vite umane erano state spezzate. La Terra non sarebbe stata liberata, non oggi... e probabilmente mai.

Un altro K saltò giù nella stanza, con movimenti aggraziati. A differenza degli altri, indossava vestiti umani: un paio di jeans blu e una maglietta beige. E Mia riconobbe le familiari sopracciglia scure sugli occhi dorati e penetranti, la bocca sensuale che ora sembrava crudele, fissa in una linea inflessibile sul suo splendido volto.

Era Korum. Il suo nemico, il suo amante... la cui specie aveva appena ucciso migliaia di persone davanti ai suoi occhi.

CAPITOLO VENTIQUATTRO

ia non riusciva a pensare, tutta tremante per lo shock e la paura, mentre osservava Korum alla ricerca dei Keith. L'espressione sul suo viso era diversa da qualunque altra avesse mai visto prima, un mix di gelida furia ed estremo disprezzo. Parlò con la femmina dai capelli castani in Krinar, con voce bassa e fredda, e lei trasalì, come se l'avesse schiaffeggiata. L'altra femmina si intromise, con tono di supplica, e Korum le rivolse l'attenzione, dicendole qualcosa che la mise subito a tacere. I Keith maschi rimasero a guardare, con espressioni che spaziavano dalla paura alla sfida. Poi, Korum si voltò verso il capo dei soldati e gli fece una domanda. La risposta ottenuta lo fece annuire, apparentemente soddisfatto.

"Gli ho chiesto se anche tutti gli altri Centri fossero al sicuro... nel caso fossi curiosa di conoscere la traduzione."

Mia si bloccò, con il sangue che si trasformò in ghiaccio. Girando lentamente la testa da una parte, guardò gli occhi dorati dell'alieno, che lei stava osservando dall'altro lato della stanza.

Questo Korum indossava gli stessi vestiti del suo alter ego virtuale, ma il sorrisetto beffardo sul viso era diverso. Come il fatto che la stava guardando negli occhi, parlandole in inglese. Con la coda dell'occhio, l'umana poteva ancora vedere il dramma che continuava a consumarsi nella stanza, ma non importava più. Tutto quello che poteva fare era fissare la versione reale del suo amante... che ormai aveva sicuramente scoperto il tradimento.

"Fortunatamente, lo erano" continuò, con voce incredibilmente calma. "Ad eccezione dei traditori che vedi davanti a te, nessun Krinar è rimasto ferito. Solo alcune delle nostre postazioni di guardia sono state distrutte, e saranno sostituite facilmente nella prossima ora."

Mia poteva sentirlo appena, a causa del ruggito del suo battito cardiaco, non riuscendo a riflettere su quelle parole per il turbolento vortice dei pensieri. *Lui sapeva.* Sapeva che cosa aveva fatto, e niente di quello che lei avrebbe detto o fatto avrebbe cambiato l'esito. Poteva solo sperare che avrebbe ritardato l'inevitabile.

"C-come?" balbettò lei, muovendo appena le labbra. Aveva la gola stranamente secca, e poteva assaporare le lacrime salate agli angoli della bocca.

"Come facevo a saperlo?" chiese Korum, avvicinandosi all'angolo e accovacciandosi accanto a lei. Sollevando la mano, le mise un riccio dietro l'orecchio e le strofinò le nocche sulla guancia, con un tocco che le bruciò la gelida pelle.

Mia annuì, tremando per quella vicinanza.

"Come potevo non saperlo, Mia?" disse piano. "Credevi davvero che non avrei capito che cosa stava succedendo sotto il mio tetto? Che non sapessi che la donna con cui andavo a letto ogni notte lavorava con i miei nemici?"

"Ch-che cosa stai dicendo?" sussurrò lei, con il cervello dolorosamente lento. "T-tu hai sempre saputo tutto?"

Sorrise amaramente. "Certo. Dal momento in cui ti hanno avvicinata e tu hai accettato di fare la spia per loro."

"Non... Non capisco. Sapevi e mi hai comunque permesso di farlo?"

"Era una tua scelta, Mia. Avresti potuto dire di no. Avresti potuto rifiutare. E anche dopo aver accettato—in qualsiasi momento, avresti potuto dirmi la verità, avvisarmi. Anche la scorsa notte—avresti potuto dirmelo. Ma hai deciso di mentirmi fino alla fine." La sua voce era stranamente calma e distante, e quell'espressione amareggiata continuava a torcergli le labbra.

"Ma... ma sapevi—" Mia non riusciva a metabolizzare quella parte, non riusciva a capire cosa le stesse dicendo.

"Sì" disse lui, cercando di prenderle una ciocca di capelli. "Lo sapevo, e ho lasciato che le cose andassero come dovevano andare. Non faceva parte del mio piano iniziale; non era per questo che ero a New York. Volevo trovare e catturare uno dei loro leader, scoprire le identità dei traditori che hai visto oggi. Ma quando hai scelto di tradirmi, ho capito che mi si era presentata una rara opportunità—avremmo potuto sferrare una colpo alla Resistenza da cui non si sarebbero mai ripresi... e avremmo potuto prendere i traditori."

Fece una pausa, giocando con i suoi capelli, piegando più volte il filo intorno alle dita. Mia lo fissò, ipnotizzata, sentendosi come un coniglio catturato da un serpente.

"E così, sono stato al gioco. Ti ho dato ogni possibilità di riuscire nella tua infida missione—e ce l'hai fatta. Hai dimostrato di essere piena di risorse e intelligente, davvero ingegnosa." I suoi occhi assunsero una brillante sfumatura dorata. "La notte in cui mi hai rubato i progetti è stata... memorabile. Mi sono divertito molto."

Mia deglutì, cominciando a capire dove stesse andando a parare. "T-tu hai inserito dei falsi progetti" sussurrò lei, con un terribile dolore che si diffuse nel petto.

Lui annuì, con un sorrisetto trionfante sulle labbra. "Sì. Ho dato ai Keith abbastanza corda da potersi impiccare. Hanno imparato a disattivare gli scudi, ma non a mantenerli disattivi. L'arma su cui facevano affidamento non avrebbe funzionato correttamente; l'avevo progettata per farla funzionare in condizioni di prova, ma non una volta impiegata per davvero. E ho lasciato che avessero qualche arma minore, in modo che potessero provocare qualche danno ed essere catturati con le mani nel sacco nel tentativo di scappare... come i codardi che sono. Sapevo che si sarebbero fidati di te, quando hai portato loro i progetti—perché a quel punto avevi già fornito informazioni a sufficienza."

"Quindi, mi hai usata" disse Mia sottovoce, sentendosi soffocare. Il dolore era indescrivibile, anche se logicamente sapeva che non aveva il diritto di sentirsi così.

"Fa male, non è vero?" le chiese astutamente, con un sorriso selvaggio sul viso. "Fa male essere usati, essere traditi... non è vero?"

"C'era qualcosa di vero?" chiese Mia amaramente. "O era tutta una bugia? Avevi pianificato tutto, fin dal nostro incontro nel parco?"

"Oh, era tutto vero" disse piano, accarezzandole il lobo dell'orecchio. "Dal momento in cui ti ho vista, ho capito di volerti—più di chiunque avessi voluto da molto tempo. E ho cominciato a volerti bene, pur sapendo che era sciocco. Con il passare del tempo, speravo che avresti provato le stesse cose per me, che se ti avessi mostrato come sarebbe stato bello tra noi, ti saresti resa conto di quello che stavi facendo, dell'errore che stavi commettendo. E c'eri quasi, lo so... Eppure, alla fine mi hai tradito, senza che ti importasse nulla di quello che mi sarebbe successo, della mia vita o della mia morte—"

"No!" lo interruppe Mia, con gli occhi che le bruciavano per le lacrime. "Non è vero! Mi hanno promesso... mi hanno promesso che saresti stato bene, che ti avrebbero riportato a casa in tutta sicurezza—"

"Su Krina?" le chiese, con voce bassa e pericolosa. "Dove sarei scomparso dalla tua vita per sempre? E come si sarebbero assicurati che sarei rimasto lì?"

Mia poteva solo fissarlo. In qualche modo, quel pensiero non le era mai passato per la testa. Sullo sfondo, il Korum virtuale uscì dalla stanza, così come i soldati con i loro prigionieri al seguito.

Fece una risatina dura. "Capisco. Non ci avevi mai pensato, vero? Quella deportazione al massimo sarebbe stata una soluzione temporanea. No, i traditori non mi avrebbero mai riportato lì... Sono troppo pericoloso ai loro occhi, perché ho sia il desiderio che i mezzi per tornare sulla Terra con i rinforzi—e questa è l'ultima cosa che vorrebbero."

Mia si sentiva come se le avessero dato un pugno nello stomaco. Le avevano mentito. Non avrebbe mai portato avanti la sua missione, se avesse saputo che l'avrebbero ucciso. Doveva convincerlo. "Korum" disse disperata. "Non lo sapevo, te lo giuro—"

Lui scosse la testa. "Non importa" disse. "Anche se non volevi vedermi morto, avevi comunque l'intenzione di farmi scomparire dalla tua vita per sempre; quindi, mi hai tradito lo stesso... e non ti perdonerò tanto facilmente."

"Allora, che cosa facciamo adesso?" chiese Mia stancamente. Stava cominciando a sentirsi intorpidita, e accolse con piacere quella sensazione, perché la distoglieva dal terrore e dal dolore. "Mi ucciderai?"

La fissò, con lo sguardo che assunse una tonalità più fredda. "Ucciderti? Hai sentito quello che ho detto negli ultimi dieci minuti?"

Non l'avrebbe uccisa? L'intorpidimento si diffondeva, e poteva solo guardarlo, incapace di provare qualcosa di diverso da una vaga sensazione di sollievo.

Davanti alla sua non-risposta, disse lentamente: "No, Mia. Non ti ucciderò. Te l'ho già detto. Non sono il mostro insensibile che continui a credere che io sia."

Alzandosi con un unico movimento disinvolto, Korum agitò la mano, e Mia chiuse gli occhi, vedendo il mondo virtuale dissolversi intorno a lei.

Quando li riaprì, era seduta sul pavimento dell'ufficio di Korum, contro il muro, intenta ad abbracciare ancora le ginocchia al petto.

Piegandosi, allungò la mano verso di lei. Con dita tremanti, Mia mise la mano nella sua, permettendogli di aiutarla ad alzarsi. Con suo imbarazzo, le gambe le tremarono, e barcollò leggermente. Sospirando, la prese, dondolandola tra le braccia e portandola fuori dall'ufficio.

"Dove mi stai portando?" chiese Mia, confusa e disorientata dopo il recente trasferimento della realtà. Oh Dio, sicuramente l'alieno non poteva pensare di fare sesso in quel momento; Mia non pensava che avrebbe potuto sopportare quel genere di intimità dopo tutto ciò che era accaduto.

"In cucina" rispose Korum, camminando rapidamente. Prima che potesse chiedergli perché, furono lì, e la stava sistemando su una sedia. La ragazza sbatté le palpebre, troppo sfinita per cercare di comprendere il suo inspiegabile comportamento.

"Quando è stata l'ultima volta che hai mangiato qualcosa?" chiese, guardandola con un leggero cipiglio sul viso.

"Uhm... ieri sera." Mia non riusciva a capire dove volesse andare a parare.

Lui annuì, come se gli avesse confermato qualcosa. "Non mi meraviglia il tuo equilibrio così precario" disse con tono critico. "Non hai fatto colazione, e lo zucchero nel tuo sangue è basso." Camminando verso il frigorifero, riempì un bicchiere con un liquido chiaro e le si avvicinò. "Bevi questo, mentre ti preparo qualcosa da mangiare" ordinò, ignorando lo sguardo incredulo sul volto di Mia.

Voleva farla mangiare proprio ora? Stava facendo sul serio? Annusando cautamente il bicchiere, Mia sentì un profumo di cocco piacevolmente dolce. Dannazione, se avesse voluto vederla morta, dubitava sinceramente che avrebbe usato il veleno per ucciderla. Sorseggiando, capì che il suo naso non aveva mentito; Korum le aveva davvero dato la sua acqua di cocco fresca. Era esattamente ciò di cui il suo organismo aveva bisogno in quel momento, un perfetto mix di carboidrati ed elettroliti. L'intorpidimento che l'aveva bloccata come un'armatura cominciò a svanire, e altre lacrime si formarono nei suoi occhi. Perché si stava comportando in quel modo, dopo tutto quello che gli aveva fatto?

Terminata la bevanda, lo guardò muoversi nella cucina, mentre le preparava un panino con pomodoro e avocado. Ora che la scarica di adrenalina era passata, stava cominciando a riflettere, con il cervello che iniziava a riacquistare parzialmente le sue normali capacità. La verità sul loro rapporto era venuta a galla. Per tutto quel tempo aveva pensato di spiarlo per il bene dell'umanità, ma in realtà lui l'aveva usata per schiacciare la Resistenza una volta per tutte. Tutte quelle vite di oggi erano state spezzate a causa sua... No, non poteva pensarci ora, o si sarebbe frantumata in un milione di pezzi.

Si concentrò sulle intenzioni di Korum, invece. Non l'avrebbe uccisa, aveva detto. Ma l'avrebbe punita in qualche altro modo? Non poteva immaginare che l'avrebbe voluta dopo il modo in cui l'aveva tradito. La loro farsa di una relazione era finita. Aveva vinto lui: la Terra sarebbe rimasta saldamente sotto il controllo dei Krinar. E Mia era sopravvissuta dopo essere stata usata. Non aveva più bisogno di un'agente inconsapevole—

"Ecco, mangia questo" disse l'oggetto delle sue riflessioni, mettendole il panino davanti e sedendosi al tavolo. "E poi parleremo."

"Grazie" disse Mia gentilmente, mordendo il panino con fare obbediente. Il suo stomaco ringhiò, ed improvvisamente lo sentì vuoto, con la fame da lupi che era riaffiorata, nonostante il trauma degli eventi del mattino. In meno di un minuto, aveva divorato il panino, e alzò lo sguardo, leggermente imbarazzata dalla sua avidità. Il sorriso sul viso dell'extraterrestre era autentico questa volta, e ricordò che gli piaceva questo di lei—il sano appetito che aveva, nonostante fosse esile.

"Allora, che cosa facciamo adesso?" ripeté Mia, e il sorriso di Korum svanì. La guardava con uno sguardo imperscrutabile, e Mia si spostò sulla sedia, sempre più nervosa.

"Adesso" disse Korum con calma: "Verrai con me, mentre sistemerò questo casino."

Mia sentì tutto il sangue asciugarsi dal viso. "Verrò con te dove?" Sicuramente non poteva voler dire—

Un sorrisetto apparve sul viso di Korum. "Nello stesso luogo in cui sei andata a ficcare il naso questa mattina: Lenkarda, il nostro insediamento nella Costa Rica."

All'improvviso, non ci fu più aria a sufficienza nella stanza per far sì che Mia respirasse correttamente, e il panino sembrava un sasso all'interno dello stomaco. Che cosa stava dicendo? Non poteva desiderarla ancora, non dopo tutto...

"Perché?" riuscì a dire, fissandolo con incredulità.

"Perché, Mia, ti voglio con me, e non posso più stare a New York" disse con calma, con un'espressione illeggibile sul viso. "Sono stato via troppo a lungo. Ci sono cose che richiedono la mia attenzione—soprattutto devo decidere cosa fare con i traditori."

Mia scosse la testa, cercando di liberarsi della nebbia mentale che sembrava rallentarle il pensiero. "M-ma perché mi vuoi con te?" balbettò. "Mi stavi solo usando—"

"Ti stavo usando perché tu hai deciso di *tradirmi*—non dimenticarlo mai, tesoro" disse in un tono pericolosamente morbido. "Ti ho voluta sin dall'inizio, e niente di quello che hai fatto cambia le cose. Sei mia, e rimarrai con me fin quando lo vorrò. Chiaro?"

Sentì un ruggito sordo nelle orecchie. "No" sussurrò, con le parole appena udibili. "No. Non verrò da nessuna parte. Non sarò una schiava... Mi rifiuto, hai capito?" La sua voce era cresciuta di volume frase dopo frase, finché non arrivò quasi ad urlare, con la nebbia rossa della furia che le offuscava la vista, togliendole ogni residuo di cautela.

"Una schiava?" le chiese con un confuso cipiglio sul viso. E poi la sua fronte tornò alla normalità, apparentemente comprendendo di cosa stava parlando. "Ah, sì, avevo quasi dimenticato che hai lavorato per tutto questo tempo con una convinzione errata. Ti riferisci al fatto di essere la mia charl, vero?"

"Non sarò la tua charl!" mormorò Mia, stringendo le mani a pugno sotto al tavolo.

"Sarai tutto quello che desidero che tu sia, tesoro" disse piano, con un sorriso derisorio sulle labbra. "Tuttavia, i tuoi amici della Resistenza ti hanno informata male, involontariamente o intenzionalmente—sul vero significato di charl."

Con la rabbia che si sbollentò un po', Mia lo fissò. "Che cosa intendi dire? Mi stai dicendo che *non* tenete gli umani nei vostri Centri come... schiavi del piacere?" pronunciò le ultime parole con disgusto.

Lui scosse la testa, con lo stesso sguardo sardonico sul viso. "No, Mia. Un charl è un compagno umano—un amico umano, se vuoi. È un termine che usiamo per descrivere un legame speciale tra un uomo e un Krinar. Essere un charl è un privilegio, un onore—non quello che immagini tu."

"Stare con te contro la mia volontà sarebbe un privilegio?" chiese Mia amaramente. "Essere costretta ad andare dove non voglio andare, senza poter rivedere la mia famiglia, i miei amici?"

"Non mentirmi, Mia" disse piano. "E non mentire a te stessa. Stare con me non è affatto spiacevole per te. Credi che io non sappia perché hai pianto questa settimana? Hai bisogno di me... tanto quanto io ho bisogno di te. Ciò che abbiamo insieme è raro e speciale—anche se hai fatto del tuo meglio per dividerci. Se fossi giovane e sciocco, lascerei al dolore e alla rabbia avere la meglio su di me... e ti abbandonerei, pieno di amarezza per il tuo tradimento. Ma sono abbastanza grande da sapere che quando trovi una bella cosa, la tieni stretta; non la butti via per un capriccio."

"Davvero? La tieni anche se l'altra persona non ti vuole?" disse Mia sarcasticamente, infuriata dalla sua arrogante supposizione di sapere tutto dei suoi sentimenti. Forse si era *innamorata* di lui; forse aveva anche creduto di amarlo—ma tutto questo prima di venire a sapere che l'aveva usata, prima di assistere alla morte di migliaia di soldati umani a causa di quello che aveva fatto. Forse lui avrebbe potuto superare la sua ferita e la rabbia, ma Mia non riusciva ad essere così magnanima in quel momento.

"Oh, tu mi vuoi" disse Korum dolcemente. "Ne sono sicuro. Vuoi che te lo dimostri?"

E prima che lei potesse trovare una risposta, la raggiunse, prendendola in braccio e tirandola a sé per un bacio appassionato, spingendole la lingua nella cavità della bocca. Furiosa, Mia cercò di rimanere impassibile, di moderare la reazione, ma al suo corpo non importava che le avrebbe rovinato la vita. Conosceva solo il piacere del suo tocco, e Mia si ritrovò a sciogliersi contro di lui, con le mani aggrappate alle spalle invece di respingerlo. Una familiare ondata di calore l'attraversò, e sentì un aumento dell'umidità tra le gambe, con il corpo pronto ad essere posseduto.

Continuando a tenerla in braccio, l'alieno si avviò da qualche parte, ma Mia era troppo sconvolta per notare dove. Finirono nel salotto, e la poggiò sul divano, continuando a baciarla con quei baci profondi e appassionati che la facevano sempre impazzire. Lo sentì tirarle giù la lampo dei jeans, che poi tolse insieme alle scarpe da ginnastica, lasciandole la parte inferiore del corpo ricoperta solo da un paio di mutandine bianche. Il pollice trovò il punto sensibile tra le sue gambe, e premette sulla biancheria intima, facendo dei cerchi in modo da farle stringere i muscoli interni, e Mia gemette impotente, inarcandosi verso di lui, desiderando quella magia che aveva sperimentato solo tra le sue braccia.

La lasciò andare, facendo un passo indietro per togliersi i vestiti, strappando la maglietta con un movimento fluido, e poi si tolse in fretta i jeans e la biancheria intima, rimanendo completamente nudo. Mia lo fissò con una lussuria insopportabile, soffermandosi sui muscoli potenti coperti da quella bella pelle abbronzata, i peli scuri sul torace, e la zona pelosa dell'addome che lasciava spazio a un cazzo grosso e completamente arrapato, con le palle penzoloni.

Non le permise di godersi lo spettacolo troppo a lungo, perché le strappò la maglietta, tirandogliela sopra la testa, e poi le slacciò il reggiseno. Un secondo dopo, le mutandine le scesero lungo le gambe e si unirono al mucchio di vestiti sul pavimento. Si fermò un attimo, studiando il suo corpo nudo con uno sguardo ardente, e poi si piegò su di lei, chiudendo la bocca calda sul seno sinistro e succhiandolo. Mia gemette, sentendo quella bocca su di sé, e lui succhiò l'altro seno, indugiando con la lingua sul capezzolo in un modo che le fece disperatamente desiderare che la testa di Korum fosse trenta centimetri più in basso. Come se le leggesse nel pensiero, toccò le umide pieghe con la mano, spingendo un dito nell'apertura, premendo sul punto ultra-sensibile all'interno della figa, e Mia ansimò dall'intensità della sensazione, con il corpo che pulsava al limite dell'orgasmo. Senza togliere il dito, avvicinò la bocca verso il suo sesso, con la lingua che si fece strada tra le pieghe per stuzzicare la zona intorno al clitoride. Allo stesso tempo, mosse leggermente il dito dentro di lei, cominciando ad assumere un ritmo costante, e tutto il corpo di Mia si tese, con le sensazioni pre-orgasmiche che cominciarono a irradiarsi dalle zone inferiori verso l'esterno. Le strofinò la lingua sull'intimo, prima leggermente e poi con una pressione crescente, e Mia urlò per quel piacere quasi crudele, con i muscoli interni che si strinsero intorno al dito e poi pulsarono per i residui del rilascio.

Tirando fuori il dito, la fece girare, tirandola verso il bordo del divano. Sollevandola un po', la sistemò in modo tale da spingerla sul bracciolo del divano, a faccia in giù e con i piedi sul pavimento. Coprendola con il corpo, cominciò a spingere dentro di lei, con il cazzo che la penetrò centimetro dopo centimetro. Mia era morbida e bagnata dall'orgasmo, e il suo corpo accettò quel graduale ingresso, con i teneri tessuti che si espansero per accogliere l'intrusione. Mentre spingeva, le baciava il lato del collo, e lei tremò, con la tensione che cominciò a riaffiorare. Il suo sesso fremette attorno al suo cazzo, e lui gemette in risposta, sprofondando dentro di lei. La ragazza inalò pesantemente per la sensazione della sua asta sepolta in profondità; era incredibilmente duro e spesso, e si sentiva come se stesse bruciando dal calore di lui dentro di lei, su di lei, intorno a lei.

Poi cominciò a muoversi, con i colpi che la spinsero sempre di più verso il bracciolo del divano. Ogni muscolo del corpo dell'umana si irrigidì, e gridò, con ogni spinta che intensificava il doloroso piacere, fin quando il suo mondo non si ridusse a nient'altro che al cazzo che si muoveva dentro e fuori dal corpo, esistendo puramente per quelle sensazioni, spogliata fino alle parti crude e primordiali della sua natura animale. Poteva sentire delle ritmiche grida in lontananza e capì che dovevano essere le sue, e poi il massiccio orgasmo la attraversò, con i muscoli interni che si strinsero intorno a lui e tutto il corpo che tremò dallo shock dell'orgasmica ondata. E, con un grido roco, venne anche lui, sbattendo i fianchi dentro di lei, con il cazzo che le pulsava dentro per le contrazioni.

Alla fine, lo tirò fuori, lasciandola lì nuda, ancora piegata sul bracciolo del divano. Senza il suo grande corpo che la copriva, Mia improvvisamente sentì freddo—e la realizzazione di ciò che era accaduto si aggiunse al gelido nodo che stava crescendo dentro di lei. Alzandosi sulle gambe tremanti, Mia si chinò per raccogliere i vestiti, rifiutandosi di guardarlo e cercando di ignorare l'umidità che le rigava la gamba. Senza più il calore della passione, la rabbia riaffiorò, acuita dalla vergogna della sua indesiderata reazione verso di lui.

"Mia" disse lui piano, e con la coda dell'occhio, lo vide lì, completamente incurante della propria nudità. Si voltò, indossando il reggiseno, e utilizzando la maglietta per cancellare le tracce del sesso prima di mettere le mutandine. Tirando su i jeans, si sentì leggermente meglio, ma la fredda furia interna rimase. Senza pensarci due volte, si avvicinò allo zaino che aveva lasciato sul divano quella mattina. Raggiungendolo, tirò fuori il piccolo dispositivo che Leslie le aveva dato e lo puntò contro di lui.

"Me ne vado" disse con gelida calma. Uno sconosciuto sembrava essersi impossessato del suo corpo, e la normale Mia non poté fare a meno di meravigliarsi per quell'audacia, pur sapendo che le probabilità di successo erano nulle.

Alla vista dell'arma, il bagliore dorato negli occhi di Korum si raffreddò.

"Quello è un giocattolo pericoloso" disse lentamente, fissandola con un'espressione indecifrabile sul viso.

Mia annuì freddamente. "Non costringermi a usarlo."

"E così, te ne vai, e poi?" chiese con lieve curiosità. "Non puoi andare da nessuna parte, senza che io possa trovarti."

Mia non ci aveva riflettuto; infatti, non aveva rivolto alcun pensiero alle sue azioni future. Ormai era troppo tardi, così alzò le spalle e disse coraggiosamente: "Affronterò il problema al momento giusto."

"Hai intenzione di scappare? Cambierai identità?" continuò, con una nota di divertimento che si insinuò nella sua voce. "Nessuna di quelle opzioni funzionerebbe, lo sai."

"A causa dei dispositivi di monitoraggio che mi hai impiantato senza il mio consenso?" chiese amaramente.

Korum la guardò, senza ammettere, né negare. "C'è solo un modo per poterti liberare di me" disse lentamente.

Mia lo fissò, frustrata, senza capire. Ora che l'iniziale ondata di furia era passata, la piena stupidità delle sue azioni era riaffiorata. Lui aveva ragione; anche se fosse riuscita a lasciare quell'attico—un grosso se, visti i riflessi lampo dell'extraterrestre—l'avrebbe catturata prima che fosse riuscita ad allontanarsi di qualche isolato. Puntandogli l'arma contro, era solo riuscita a farlo arrabbiare, e provò un pizzico di paura a quel pensiero.

"E quale sarebbe?" gli chiese, decidendo di prendere tempo.

"Potresti spararmi" disse seriamente. "E risolveresti tutti i tuoi problemi."

Inorridita, Mia rimase a bocca aperta. L'idea di premere il pulsante e di vederlo dissolversi davanti ai suoi occhi, come quelle postazioni di guardia della colonia, era impensabile. Non aveva mai avuto intenzione di usare quell'arma. Voleva solo riconquistare un minimo di controllo, sentirsi padrona della propria vita. Avrebbe voluto minacciarlo, costringerlo a fargli rispettare la sua volontà, farlo sentire come si era sentita, quando le aveva tolto la libertà di scelta. Non avrebbe mai voluto fargli del male, tanto meno ucciderlo.

"Dai, Mia" disse piano. Il suo potente corpo nudo era rilassato, come se stessero avendo una normale conversazione—come se lei non avesse avuto una pistola puntata contro di lui. "Spara."

Le tremavano le dita, con i palmi madidi di sudore, e sentì gli occhi bruciarle a causa delle solite stupide e sgradite lacrime. "Ti prego" disse, senza più preoccuparsi di sembrare troppo supplichevole. "Non costringermi a farlo. Voglio solo andarmene... tornare a casa. Ti prego, lasciami andare—"

"Basta premere quel pulsante, Mia. E poi, potrai andare dove vuoi."

Mia sentiva caldo e freddo, con lo stomaco in subbuglio dalla nausea. Il piccolo dispositivo che teneva in mano improvvisamente era troppo pesante, e le tremò il braccio, mentre cercava di tenerlo puntato verso di lui. Le lacrime uscirono fuori, rigandole le guance, e abbassò l'arma, lasciandosi cadere a terra, con le gambe tremanti che non potevano più sostenerla. Seppellendo il viso tra le mani, pianse, amareggiata per la propria vigliaccheria, la propria idiozia. Non riusciva a fargli del male, non riusciva a ucciderlo; avrebbe preferito amputarsi un arto. Come poteva provare ancora quelle cose per lui? Che cosa c'era di sbagliato in lei, che si era innamorata di qualcuno che non era nemmeno umano... di un alieno la cui specie aveva ucciso migliaia di persone?

In preda alla disperazione, lo sentì abbracciarla, sollevandola dal pavimento e posandola sul divano. "Shh, tesoro" le sussurrò: "Andrà tutto bene, te lo prometto. Nemmeno io sarei riuscito a premere quel pulsante —e sono contento che tu non l'abbia fatto." Le accarezzò dolcemente i capelli, mentre piangeva sulla sua spalla nuda. Qualche minuto dopo, i singhiozzi cominciarono a calmarsi. Sentendosi imbarazzata per quella sfuriata, Mia cercò di allontanarsi, ma non glielo permise, sollevandole il mento per costringerla a guardarlo negli occhi.

"Mia" disse piano: "Non ti porterò con me per essere crudele. Dopo tutto quello che è successo, la Resistenza—o qualunque cosa ne sia rimasta—verrà a cercarti. Non sanno tutta la storia, e penseranno che tu li abbia traditi. Cercheranno di ucciderti, e, se scopriranno quanto sei importante per me, cercheranno di catturarti viva per usarti contro di me. Mi dispiace, ma non ho scelta. Non è sicuro per te stare in qualunque altro posto che non sia Lenkarda."

Mia lo fissò, con la vista ancora offuscata dalle lacrime. Non ci aveva pensato, ma era vero. Per la Resistenza, era la traditrice dell'umanità. Sicuramente l'avrebbero incolpata per tutte quelle vittime. Un terrificante pensiero l'attraversò. "E la mia famiglia?" gli chiese, con tutto dentro di lei che si trasformò in ghiaccio davanti alla possibilità che i combattenti per la libertà avrebbero potuto fare del male alle persone che amava.

"La tua famiglia non aveva niente a che fare con questo, e dubito che i combattenti sarebbero tanto vendicativi da fare del male ad altri umani inutilmente. Ma la tua specie può essere molto imprevedibile, quindi mi assicurerò che alcuni dei nostri migliori guardiani si sistemino nelle vicinanze della tua famiglia, per tenerla d'occhio."

Mia aprì la bocca per fare una domanda, ma lui la anticipò. "E no, questo non sarebbe sufficiente a garantire la *tua* sicurezza. Ci sono alcuni leader chiave della Resistenza che mancano all'appello, e sono in possesso di alcune armi Krinar. Mi aspetto che si nascondano e lascino in pace la tua famiglia, ma potrebbero essere disposti a tutto per arrivare a te.

Quindi, finché non saranno arrestati, sarai più al sicuro a Lenkarda. E se dovrai avventurarti fuori, lo farai con me al tuo fianco."

Davvero comodo per lui, pensò Mia amaramente: ora poteva tenere la sua prigioniera con una buona giustificazione. Certo, la Resistenza avrebbe voluto ucciderla—e avrebbe avuto ogni motivo per farlo. Era la responsabile di tutte quelle morti...

"Quante persone sono state uccise questa mattina?" chiese Mia, sentendosi morire.

Korum si strinse nelle spalle. "Non so se i medici siano riusciti ad arrivare a quelli rimasti ustionati abbastanza velocemente da riuscire a salvarli. Alcuni potrebbero aver perso la vita a seguito del loro incontro con lo scudo."

"E gli altri? Quelli che sono stati colpiti dalla luce rossa?" chiese Mia, con il cuore che cominciò a batterle forte per una selvaggia speranza.

"Sono stati resi incoscienti—così come quelli che hanno attaccato gli altri Centri. Naturalmente, meritavano di morire, ma abbiamo deciso di lasciare che se ne occupassero i vostri governi. Sarà interessante vedere quali saranno le loro punizioni per aver violato il Trattato di Coesistenza e aver messo in pericolo la tua specie."

Il sollievo che Mia provò era indescrivibile. La dolorosa stretta al petto sembrò allentarsi, lasciandola respirare liberamente per la prima volta da quando aveva assistito all'attacco.

Poi, Korum aggiunse: "Ovviamente non lasceremo niente al caso. Tutti quei combattenti ora hanno dei dispositivi di sorveglianza nel corpo, così sapremo tutto quello che fanno e dove vanno. Sono stati efficacemente neutralizzati come minaccia per noi, e ora possiamo utilizzarli per catturare gli altri—quelli che oggi non erano nei pressi dei nostri Centri."

E così, era riuscito nella sua missione di schiacciare il movimento della Resistenza. Dato il numero di combattenti che giacevano sul campo, i K ora avevano migliaia di meccanismi di sorveglianza in tutto il mondo. Era stata una mossa davvero intelligente: perché preoccuparsi di uccidere un umano, quando avrebbe potuto usarlo? Tipico della diavoleria di Korum.

Doveva sembrare sconvolta, perché disse: "Mia, smetti di preoccuparti. La Resistenza è finita. È stato un movimento stupido fin dall'inizio. Rifletti. A loro non piaceva che fossimo qui a cambiare alcune cose. È un buon motivo per rischiare così tante vite? Devi ammettere che non siamo affatto come gli invasori alieni dei vostri film. Non vogliamo schiavizzare gli umani o impossessarci del pianeta. Se il nostro programma fosse stato questo, l'avremmo già fatto. Ci siamo stabiliti qui nel modo più pacifico possibile, vivendo nei nostri Centri e interferendo al minino negli affari umani. Questo è molto meglio di quello che gli Europei hanno fatto agli indigeni americani."

Ancora seduta sul suo grembo, Mia distolse lo sguardo. Se Korum le aveva detto la verità e John le aveva mentito sul significato di charl, allora l'intero movimento della Resistenza era fuorviato, nel migliore dei casi—e criminalmente irresponsabile nel peggiore.

"E credi davvero che sarebbe stata una buona cosa per voi avere quei sette traditori come governanti? Perché, credimi, è quello che sarebbero diventati. Volevano il potere e non importava chi fosse rimasto colpito a causa delle loro azioni. Credi davvero che sarebbero stati felici di vivere tranquillamente tra gli umani, obbedendo a ogni vostra legge e condividendo altruisticamente il sapere dei Krinar?"

Ora che Korum l'aveva messa in quel modo, Mia poteva capire l'inattendibilità di ciò che John le aveva detto. Forse i leader della Resistenza avevano pensato di poter controllare in qualche modo i Keith, una volta che gli altri K se ne fossero andati—ma quella poteva essere un'ipotesi molto pericolosa da seguire. Mia si rammaricò mentalmente. Perché non aveva indagato ulteriormente sulle motivazioni dei Keith? Ma no, si era fidata ciecamente di quello che John le aveva detto, troppo presa dal proprio dramma personale per pensare a qualsiasi altra cosa.

Korum sospirò, e lei sentì il movimento del suo petto. "Ascolta, non sarà così male vivere a Lenkarda, credimi. Non sei nemmeno un po' curiosa di vedere come viviamo?"

Mia lo guardò di nuovo, sentendosi completamente sfinita. "Korum, non posso... Non posso proprio lasciare tutto e tutti—"

"E se ti portassi dalla tua famiglia per un paio di settimane, come ti avevo promesso?" chiese piano. "Questo ti farebbe sentire meglio?"

"Andremmo in Florida?" chiese Mia, sorpresa.

Lui annuì. "Potresti passare qualche giorno con loro prima che andiamo là."

Sorrise, con la pressione nel petto che si allentò ulteriormente. "Sarebbe fantastico" disse sottovoce.

Ricambiò il sorriso e le tolse delicatamente un riccio sul viso. "E speriamo che, entro la fine dell'estate, cattureremo il resto dei combattenti della Resistenza—così, se vorrai tornare a New York a quel punto, torneremo qui e potrai finire il tuo ultimo anno di scuola."

Mia sbatté le palpebre, non riuscendo quasi a credere alle proprie orecchie. "Mi riporterai qui?"

"Lo farò... se sarà ancora quello che vorrai." Alzandosi, la mise dolcemente in piedi. "Ora mettiti una maglietta e le scarpe, mentre mi vesto. Dobbiamo andare."

~

Korum le permise di prendere lo zaino con tutto il suo contenuto, ad eccezione dell'arma, e nient'altro. Quando protestò, dicendogli che aveva bisogno del computer e dei vestiti, lui rise. "Ti giuro che c'è tutto nel luogo in cui andremo" spiegò con un sorriso.

"E il mio passaporto?" chiese lei, e poi capì che era una domanda stupida. Erano diretti in un Paese straniero, ma dubitava che avrebbero attraversato la sicurezza aeroportuale. In qualche modo, Korum era riuscito a venire lì quella mattina per poi tornare a New York—tutto nel giro di un paio d'ore. No, pensò Mia, probabilmente non avrebbero viaggiato in aereo.

Le sue supposizioni si rivelarono corrette.

La condusse nel suo ufficio, tenendole la mano come se avesse avuto paura che avrebbe sussultato. Tornando verso il retro della stanza, alzò l'altra mano davanti alla parete ed essa si aprì, rivelando delle scale che probabilmente portavano sul tetto.

"Vieni" disse Korum, e lei lo seguì con esitazione, con il cuore che batteva forte al pensiero di dove stavano andando. Era troppo tardi per tornare indietro ormai—non che gliel'avrebbe permesso—e Mia sentì un improvviso mix di emozione e paura che le scorreva nelle vene, salendo le scale.

Si ritrovarono sul tetto, e Mia si guardò intorno. Non sapeva che cosa si aspettasse di vedere—forse alcuni aerei alieni. Ma non c'era niente. Il tetto era vuoto, ad eccezione di alcuni arbusti sempreverdi che crescevano in file ordinate intorno al perimetro. La pioggia era quasi cessata, ma era ancora umido, e Mia poteva praticamente sentire i ricci incresparsi a causa dell'umidità.

"Che cosa ci facciamo qui?" chiese, sorpresa. "Verrà a prenderci qualcuno?"

Korum scosse la testa e sorrise. "No, andremo da soli."

"Come?" domandò la ragazza, morendo dalla curiosità.

"Lo vedrai tra un attimo. Non aver paura, ok?" Le strinse il palmo con fare rassicurante.

Mia annuì, e Korum le lasciò la mano, facendo un passo avanti. Allungando il braccio, fece un gesto, come per indicare lo spazio vuoto davanti a lui. All'improvviso, Mia sentì un leggero ronzio. Il rumore era diverso da qualunque altro l'umana avesse mai sentito prima—troppo lieve per essere il ronzio di un insetto.

"Che cos'è?" chiese con cautela, chiedendosi se Korum intendesse teletrasportarla da qualche parte. Mia non conosceva i limiti della tecnologia K, ma sapeva che i fisici Krinar dovevano essere andati ben oltre le teorie di Einstein; altrimenti, i K non avrebbe potuto viaggiare più velocemente della luce. Chi sapeva che cos'altro potevano fare?

Korum si voltò verso di lei, con gli occhi scintillanti per qualche sconosciuta emozione. "È il suono delle nanomacchine che ho appena rilasciato. Useremo quelle per il viaggio." E Mia capì che era emozionato, felice di tornare a casa.

Qualcosa cominciò a brillare davanti a loro. Sulle braccia di Mia comparve la pelle d'oca, mentre fissava affascinata quello strano spettacolo. Le luci scintillanti si intensificarono, come se fosse stato gettato un secchio di lustrini—e poi le pareti del velivolo cominciarono a formarsi davanti ai suoi occhi.

Trattenendo a stento un sussulto, Mia guardò la struttura assemblarsi, apparentemente dal nulla. Le pareti lentamente si solidificarono, facendosi più spesse strato dopo strato, e poi un piccolo velivolo simile a una capsula apparve davanti a loro. Sembrava essere fatto di qualche materiale insolito in avorio, senza oblò o porte visibili, ed era più piccolo di un elicottero.

Mia inspirò forte, lasciandosi sfuggire un respiro che aveva trattenuto per una trentina di secondi.

"Si chiama tecnologia avanzata di rapida fabbricazione" disse Korum, sorridendo davanti allo stupore sul viso dell'umana. "È una delle nostre invenzioni più utili. Vieni con me." E riprendendole la mano, la condusse verso la struttura appena assemblata.

Man mano che si avvicinavano, la parete della capsula si disintegrò, creando un ingresso per loro. Mia sbatté le palpebre dallo shock, ma seguì Korum all'interno del velivolo. Una volta entrati, la parete si ricompattò, e l'ingresso scomparve di nuovo.

L'interno della capsula non somigliava affatto a qualunque velivolo avrebbe mai potuto immaginare. Le pareti, il pavimento e il soffitto erano trasparenti—poteva vedere il colore avorio dell'ambiente circostante, ma anche il mondo esterno. Era come se fossero dentro una gigantesca bolla di vetro, anche se Mia sapeva che la struttura non era visibile dall'esterno. Non c'erano pulsanti o comandi di alcun tipo, nulla che suggerisse che la capsula avesse un'elettronica complessa. E invece dei sedili, c'erano due panche bianche e ovali che fluttuavano nell'aria.

"Siediti" disse Korum, indicando una delle panche.

"Su questa?" Naturalmente, Mia sapeva che la tecnologia Krinar era molto più avanzata, e si aspettava di trovare cose incredibili. Ma quello... era come entrare in un regno fatato, a cui le normali leggi della fisica non sembravano applicarsi—e non aveva ancora lasciato New York.

Lui rise, apparentemente divertito dalla sua mancanza di fiducia. "Su quella. Non cadrai, promesso."

Attentamente, stringendogli ancora la mano, Mia si sedette sulla panca. Si mosse sotto di lei, e l'umana ansimò, mentre essa si adattava alla forma del suo sedere, trasformandosi improvvisamente nella sedia più comoda che avesse mai occupato. C'era anche uno schienale ora, e Mia si ritrovò appoggiata ad esso, con i muscoli tesi rilassati dalla sensazione stranamente accogliente.

Sorridendo, Korum si sedette su una panca simile accanto a lei, e Mia osservò con stupore il materiale bianco che si spostò attorno al corpo dell'alieno, adattandosi alla sua forma. Continuava a stringergli la mano con una presa d'acciaio, si rese conto con un po' di imbarazzo, e la lasciò andare, cercando di comportarsi nel modo più disinvolto possibile, quando si confrontava con una tecnologia che sembrava magica.

Korum annuì e agitò leggermente la mano.

Lentamente, senza emettere suoni, la capsula si sollevò dal suolo, salendo rapidamente in aria. Con una sensazione di nausea nello stomaco, Mia guardò giù verso il pavimento trasparente da cui poteva vedere la città di New York diventare sempre più piccola sotto di loro, man mano che prendevano quota. Sorprendentemente, non si sentì male come ci si sarebbe aspettato durante una salita così rapida; era come se fosse seduta su una sedia a casa, invece di andare a razzo.

"Perché mi sento come se non stessi volando affatto?" chiese con curiosità, alzando lo sguardo dal pavimento, dove ora poteva vedere solo nuvole.

"La navicella è dotata di un delicato campo antigravitazionale" spiegò Korum. "È stato progettato per farci stare comodi, mantenendo la forza gravitazionale allo stesso livello che sperimenteresti normalmente su questo pianeta; altrimenti, accelerare così sarebbe molto spiacevole per me—e probabilmente mortale per te."

E poi, sotto di loro vide sfrecciare solo le nuvole, mentre la capsula volava ad una velocità incredibile, portandola in un posto che pochi umani avrebbero potuto immaginare, tanto meno visitare di persona. Mia non avrebbe mai immaginato che una semplice passeggiata nel parco avrebbe potuto portare a quello, che si sarebbe ritrovata seduta su una navicella aliena diretta verso la principale colonia dei Krinar... che avrebbe provato quelle emozioni con il bellissimo extraterrestre seduto accanto a lei.

Un paio di minuti dopo, arrivarono a destinazione, e la navicella iniziò la sua discesa.

"Benvenuta a casa, tesoro" disse Korum dolcemente, mentre il verde paesaggio di Lenkarda apparve sotto i loro piedi, e la capsula atterrò silenziosamente, così com'era decollata.

La nuova vita di Mia era iniziata.

OSSESSIONI INTIME

Le Cronache dei Krinar: Volume 2

Il Krinar fissò l'immagine davanti a lui, con le mani strette a pugno.

L'ologramma tridimensionale mostrava Korum e i guardiani che si avvicinavano alla capanna sulla spiaggia. Uno dei guardiani alzò il braccio, e la capanna esplose in mille pezzi, con i frammenti di legno che volarono ovunque. La fragile struttura costruita dagli umani chiaramente non poteva competere con l'arma nano-esplosiva che tutti i guardiani portavano con loro.

Il K alzò la mano e l'immagine cambiò, con il dispositivo volante di ripresa che si avvicinava alle macerie per dare un'occhiata più da vicino. Non si preoccupava che il dispositivo potesse essere individuato; era più piccolo di una zanzara ed era stato progettato da Korum stesso.

No, il dispositivo era perfetto per quel compito.

Mentre volteggiava sopra la capanna, il K poteva vedere il dramma che si stava consumando nel seminterrato, dopo l'esplosione. I guardiani saltarono giù, mentre Korum rimase a studiare attentamente i resti della capanna sul terreno.

Certo, pensò il K, il suo nemico sarebbe stato molto attento. Si sarebbe assicurato che niente e nessuno si fosse allontanato dalla scena.

I Keith—anche il K avevano iniziato a chiamarli con quel nome tra sé e sé—erano in preda al panico, e Rafor attaccò stupidamente uno dei guardiani. Una stupida mossa da parte sua, pensò il K spassionatamente, guardando lo scudo protettivo invisibile che circondava i guardiani respingere l'attacco. Ora il maschio Krinar con i capelli neri si stava contorcendo in modo incontrollato sul pavimento, con il sistema nervoso fuso per il contatto con lo scudo mortale. Se fosse stato umano, sarebbe morto immediatamente.

I guardiani non lo lasciarono soffrire a lungo. Al comando del loro leader, uno dei guardiani rese Rafor rapidamente incosciente con l'arma integrata tra le dita.

Gli altri Keith furono abbastanza intelligenti da evitare il destino di Rafor e rimasero fermi, mentre i collari argentati venivano chiusi intorno al loro collo. Sembravano arrabbiati e sprezzanti, ma non potevano fare niente. Ora erano prigionieri, e sarebbero stati giudicati dal Consiglio per il proprio crimine.

Un paio di minuti dopo, anche Korum saltò giù nel seminterrato, e il K poté vedere che il suo nemico era furioso. Sapeva che lo sarebbe stato. I Keith erano finiti; Korum non avrebbe avuto pietà.

Sospirando, il K disattivò l'immagine. L'avrebbe osservata nel dettaglio più tardi. Per ora, doveva trovare un altro modo per neutralizzare Korum e realizzare il suo piano.

Il futuro della Terra dipendeva da quello.

CAPITOLO UNO

"*Benvenuta* a casa, tesoro" disse Korum dolcemente, quando il verde paesaggio di Lenkarda apparve sotto i loro piedi, e la navicella atterrò in silenzio, così come era decollata.

Con il cuore che le martellava nel petto, Mia si alzò lentamente dal sedile che aveva cullato il suo corpo così comodamente. Korum era già in piedi, e allungò la mano verso di lei. La ragazza esitò un attimo, e poi accettò, stringendogli il palmo con una forte presa. L'amante che aveva ritenuto un nemico nell'ultimo mese ora era la sua unica fonte di conforto in quella strana terra.

Uscirono dal velivolo e camminarono per pochi passi, prima che Korum si fermasse. Tornando verso la navicella, fece un piccolo gesto con la mano libera. All'improvviso, l'aria intorno alla capsula cominciò a brillare, e Mia sentì di nuovo quel suono basso, che indicava l'attività delle nanomacchine.

"Stai generando qualcos'altro?" gli chiese, sorpresa.

Lui scosse la testa con un sorriso. "No, la sto smontando."

Mentre Mia guardava, strati di materiale color avorio sembravano essere stati raschiati dalla superficie della navicella, dissolvendosi davanti ai suoi occhi. Nel giro di un minuto, scomparve completamente, con tutti i componenti che tornarono ad essere i singoli atomi da cui erano stati realizzati a New York.

Nonostante lo stress e la stanchezza, Mia non poteva fare a meno di meravigliarsi per il miracolo a cui aveva appena assistito. La navicella che li aveva appena portati a migliaia di chilometri di distanza in pochi minuti era completamente scomparsa, come se non fosse mai esistita.

"Perché l'hai fatto?" chiese a Korum. "Perché l'hai smontata?"

"Perché non c'è bisogno che esista e occupi spazio in questo momento" spiegò. "Posso ricrearla, ogni volta che abbiamo bisogno di usarla."

Era vero, poteva farlo. Mia aveva assistito a ciò solo pochi minuti fa sul tetto del suo appartamento di Manhattan. E ora l'aveva smontata. La capsula che li aveva trasportati fin lì ormai non esisteva più.

Man mano che rifletteva sulle implicazioni di ciò, la sua frequenza cardiaca aumentava, e improvvisamente trovò difficile respirare.

Un'ondata di panico l'attraversò.

Ormai era in Costa Rica, nella colonia principale dei K— completamente dipendente da Korum per tutto. Era stato lui a creare la navicella che li aveva portati lì, e l'aveva appena smontata. Se c'era un altro modo per uscire da Lenkarda, Mia non lo sapeva.

E se le aveva mentito? Se non avrebbe mai più rivisto la sua famiglia?

Si doveva vedere sul viso quanto fosse terrorizzata, perché Korum le strinse dolcemente la mano. La sensazione della sua grande mano calda era stranamente rassicurante. "Non preoccuparti" disse piano. "Andrà tutto bene, promesso."

Mia cercò di respirare profondamente per scacciare il panico. Non aveva altra scelta che fidarsi di lui. Anche a New York, poteva fare tutto quello che voleva con lei. Non c'era motivo di farle promesse che non intendeva mantenere.

Eppure, quella paura irrazionale la corrodeva dall'interno, aggiungendosi alle spiacevoli emozioni che si agitavano dentro di lei. La consapevolezza che Korum l'aveva manipolata per tutto il tempo, usandola per schiacciare la Resistenza, era come un acido nello stomaco, che la divorava dall'interno. Tutto quello che aveva fatto, tutto quello che aveva detto—faceva parte del suo piano. Mentre lei si sentiva addolorata spiandolo, probabilmente l'amante rideva segretamente dei suoi patetici tentativi di sconfiggerlo, per aiutare la causa che lui sapeva fin dall'inizio sarebbe fallita.

Ora si sentiva un'idiota per aver creduto a tutto ciò che la Resistenza le aveva detto. All'epoca, le era sembrato che avesse tutto senso; si era sentita così nobile contribuendo alla lotta contro gli invasori che avevano preso possesso del pianeta. E invece, involontariamente, aveva partecipato al tentativo di presa di potere da parte di un piccolo gruppo di K.

Perché non si era fermata a riflettere, ad analizzare meglio la situazione?

Korum le aveva detto che l'intero movimento della Resistenza era sbagliato, che avevano completamente frainteso la loro missione. E suo malgrado, Mia gli aveva creduto.

I K non avevano ucciso i combattenti per la libertà che avevano attaccato i loro Centri—e quel semplice fatto le diceva molto sui Krinar e sulle loro opinioni riguardo agli umani. Se i K fossero stati davvero dei mostri, come li ritraeva la Resistenza, nessun combattente sarebbe di certo sopravvissuto.

Allo stesso tempo, non si fidava pienamente della spiegazione che le aveva dato Korum su cos'era un charl. Quando John le aveva parlato della sorella rapita, Mia aveva percepito troppo dolore nella sua voce per considerarla una bugia. E le azioni di Korum nei suoi confronti combaciavano più con la spiegazione di John che con la sua. Il suo amante aveva negato che i K tenessero gli umani come schiavi del piacere; tuttavia, finora le aveva lasciato poca scelta su qualsiasi cosa nel loro rapporto. La voleva, e lei non era più padrona della propria vita. Faceva tutto quello che voleva lui, nel suo attico di TriBeCa—e ora era lì, nel Centro K della Costa Rica, seguendolo in una destinazione sconosciuta.

Per quanto temesse la risposta alla sua domanda, doveva sapere. "Dana è qui?" chiese Mia attentamente, non volendo provocarne la collera. "La sorella di John? John ha detto che è una charl a Lenkarda..."

"No" rispose Korum, guardandola con un'espressione illeggibile. "John è stato informato male—credo, volontariamente—dai Keith."

"Non è una charl?"

"No, Mia, non è mai stata una charl nel vero e proprio senso della parola. Era quella che voi definireste uno xeno—un essere umano ossessionato da tutte le cose dei Krinar. La sua famiglia non lo sapeva. Quando incontrò Lotmir in Messico, lo supplicò di andare con lui, e lui accettò di portarla con sé per un certo periodo di tempo. A quanto ne so, qualcun altro l'ha portata su Krina. Immagino che sia molto felice lì, viste le sue preferenze. Per quanto riguarda il motivo per cui se n'è andata senza dire una parola alla famiglia, credo che abbia qualcosa a che fare con suo padre."

"Suo padre?"

"Dana e John non hanno avuto un'infanzia molto felice" disse Korum, e lei sentì la mano dell'alieno stringersi nella sua. "Loro padre è qualcuno che avrebbero dovuto eliminare molto tempo fa. In base alle informazioni che abbiamo raccolto sui tuoi contatti con la Resistenza, il padre di John ha una particolare perversione, che riguarda i bambini molto piccoli—"

"È un pedofilo?" chiese Mia sottovoce, con la bile che le salì fino alla gola a quel pensiero.

Korum annuì. "Sì. Credo che i suoi figli siano stati i principali destinatari delle sue attenzioni."

Nauseata e carica di intensa compassione per John e Dana, Mia distolse lo sguardo. Se era vero, allora non poteva biasimare Dana per aver voluto allontanarsi, lasciarsi alle spalle tutto ciò che era legato sua vecchia vita. Anche se la famiglia di Mia era normale e affettuosa, aveva interagito con le vittime di abusi domestici e sui minori durante il tirocinio della scorsa estate. Sapeva delle cicatrici che lasciavano sulla psiche del bambino. Crescendo, alcuni di questi bambini iniziavano a fare uso di droghe o a bere per alleviare il dolore. Dana, a quanto pareva, aveva scelto il sesso con i K.

Certo, tutto questo presupponeva che Korum non le avesse mentito del tutto.

Pensandoci, Mia decise che probabilmente non l'aveva fatto. Perché avrebbe dovuto? Non che avrebbe potuto rompere con lui, anche se avesse scoperto che Dana era tenuta lì contro la propria volontà.

"E che mi dici di John?" chiese. "Sta bene? E Leslie?"

"Credo di sì" disse, con voce notevolmente più fredda. "Nessuno di loro è stato ancora catturato."

Sollevata, Mia decise di lasciar perdere. Aveva il sospetto che parlare con Korum della Resistenza non fosse la cosa più intelligente da fare. Così, tornò a concentrarsi sull'ambiente circostante.

"Dove stiamo andando?" chiese, guardandosi intorno. Stavano attraversando quella che sembrava una foresta incontaminata. I ramoscelli e le felci scricchiolavano sotto i loro piedi, e sentiva i suoni della natura ovunque—uccelli, insetti ronzanti, foglie fruscianti. Non sapeva che cosa avesse in mente l'alieno per il resto della giornata, ma aveva una gran voglia di seppellire la testa sotto una coperta e nascondersi per diverse ore. Gli eventi di quella mattina e i conseguenti sconvolgimenti emotivi l'avevano lasciata completamente esausta, e aveva bisogno di tranquillità per riflettere su tutto quello che era accaduto.

"A casa mia" rispose Korum, girando la testa verso di lei. C'era di nuovo un sorrisetto sul suo volto. "È a pochi passi da qui. Potrai rilassarti e riposare, non appena arriveremo lì."

Mia lo guardò con sospetto. La sua risposta era incredibilmente vicina a quello che aveva appena pensato. "Mi leggi nel pensiero?" domandò, spaventata dalla possibilità.

Le sorrise, mostrando la fossetta sulla guancia sinistra. "Sarebbe bello —ma no. Però, ti conosco abbastanza ormai da capire quando sei esausta."

Sollevata, Mia annuì e cercò di mettere un piede davanti all'altro, mentre camminavano nella foresta. Nonostante tutto, quel sorriso smagliante dell'extraterrestre le provocò una calda sensazione in tutto il corpo.

Sei un'idiota, Mia.

Come poteva sentirsi così, dopo tutto quello che le aveva fatto passare, dopo averla manipolata in quel modo? Che razza di persona era per essersi innamorata di un alieno che si era impossessato della sua vita?

Si sentiva disgustata da se stessa, ma non poteva farci niente. Quando l'extraterrestre sorrideva in quel modo, lei dimenticava quasi tutto ciò che era accaduto, provando gioia stando semplicemente con lui. Nonostante l'amarezza, era felice che la Resistenza avesse fallito—che lui fosse ancora nella sua vita.

I suoi pensieri continuavano a rivolgersi a quello che le aveva detto prima... alla sua ammissione di essersi affezionato a lei. Non voleva che succedesse, aveva detto, e Mia capì che all'inizio aveva fatto bene a temere e a resistergli—che in un primo momento la considerava davvero un giocattolo, un piccolo giocattolo umano da poter usare e gettare via quando lo desiderava. Naturalmente, essere "affezionato" non equivaleva a una dichiarazione d'amore, ma era più di quanto si sarebbe mai aspettata di sentirsi dire da lui. Come un balsamo applicato a una ferita aperta, le sue parole l'avevano fatta sentire un po' meglio, dandole la speranza che forse sarebbe andato tutto bene dopo tutto, che forse avrebbe mantenuto le promesse e lei avrebbe rivisto la sua famiglia—

Qualcosa di viscido sotto al piede la distolse da quel pensiero. Spaventata, Mia guardò giù e vide che aveva calpestato un grosso insetto scricchiolante. "Ohh!"

"Che cosa succede?" chiese Korum, sorpreso.

"Ho schiacciato qualcosa" spiegò Mia disgustata, cercando di pulire la scarpa sulla zolla d'erba più vicina.

Sembrava divertito. "Non dirmi che... Hai paura degli insetti?"

"Non ne ho paura" disse Mia con cautela. "Ma li trovo davvero repellenti."

Rise. "Perché? Sono solo delle creature viventi, proprio come te e me."

Mia si strinse nelle spalle e decise di non dargli ulteriori spiegazioni. Non era certa di capirlo appieno nemmeno lei. Così, decise di studiare meglio l'ambiente circostante. Pur essendo cresciuta in Florida, non si era mai sentita molto a proprio agio con la natura tropicale. Preferiva i sentieri ben curati dei bei parchi paesaggistici, dove poteva sedersi su una panchina e godersi l'aria fresca con la minima possibilità di incontrare insetti.

"Non avete strade o marciapiedi?" chiese a Korum con stupore, sussultando a causa di quello che sembrava un formicaio.

Le sorrise con indulgenza. "No. Ci piace che il nostro ambiente sia il più vicino possibile allo stato originario."

Mia arricciò il naso, dato che quell'affermazione non le piaceva affatto. Le sue scarpe da ginnastica erano già sporche, ed era grata che la stagione umida della Costa Rica non fosse ancora iniziata ufficialmente. Altrimenti, le sarebbe sembrato di fare trekking in una palude. Dato lo stato avanzato della tecnologia Krinar, trovava strano che avessero scelto di vivere in condizioni tanto primitive.

Un minuto dopo, entrarono in un'altra radura, una molto più grande. In mezzo c'era una struttura insolita color crema. Aveva la forma di un cubo allungato con gli angoli arrotondati, non aveva finestre o porte—né aperture visibili.

"Questa è casa tua?"

Mia aveva visto strutture simili sulla mappa tridimensionale dell'ufficio di Korum. Le erano sembrate molto strane e aliene da lontano, e quell'impressione era ancora più forte ora che si trovava accanto a una di esse. Sembrava così *strana*, così diversa da qualunque altra avesse mai visto.

Korum annuì, conducendola verso l'edificio. "Sì, questa è casa mia—ed ora è anche tua."

Mia deglutì nervosamente, con l'ansia che crebbe nell'ultima parte della sua affermazione. Perché continuava a dirlo? Voleva davvero che lei vivesse lì in modo permanente? Aveva promesso di riportarla a New York per finire il suo ultimo anno di college, e Mia si aggrappò disperatamente a quel pensiero, mentre fissava le pallide pareti della casa davanti a lei.

Man mano che si avvicinavano, una parte della parete improvvisamente si dissolse davanti a loro, creando un'apertura abbastanza grande da farli passare.

Mia ansimò dalla sorpresa, e Korum sorrise per la sua reazione. "Non preoccuparti" disse. "Questo è un edificio intelligente. Prevede le nostre esigenze e crea porte, se necessario. Non c'è nulla di cui temere."

"Lo fa per chiunque o solo per te?" chiese Mia, fermandosi prima dell'apertura. Sapeva che la sua riluttanza ad entrare era illogica. Se Korum voleva tenerla prigioniera, non poteva farci niente—era già in una colonia aliena senza alcuna via di uscita. Tuttavia, non poteva permettersi di entrare volontariamente nella sua nuova "casa," a meno che non fosse sicura di poterla lasciare da sola.

Intuendo la fonte della sua preoccupazione, Korum le rivolse un'occhiata rassicurante. "Lo farà anche per te. Potrai entrare e uscire ogni volta che vorrai, anche se sarebbe meglio che tu rimanessi al mio fianco per le prime settimane... almeno, finché non ti sarai abituata al nostro modo di vivere e non avrò avuto la possibilità di presentarti agli altri."

Tirando un sospiro di sollievo, Mia lo guardò. "Grazie" disse, con una parte del panico che svanì.

Forse stare lì non sarebbe stato così male, dopotutto. Se l'avesse davvero riportata a New York alla fine dell'estate, allora il suo soggiorno a Lenkarda si sarebbe rivelato esattamente quello—un paio di mesi trascorsi in un luogo incantevole che pochi umani potevano immaginare, con la straordinaria creatura di cui si era innamorata.

Sentendosi leggermente meglio sulla situazione, Mia attraversò l'apertura, entrando in un'abitazione Krinar per la prima volta.

L'ambiente che l'accolse all'interno era assolutamente inaspettato.

Mia era preparata a qualcosa di alieno e altamente tecnologico—forse sedie fluttuanti, simili a quelle della navicella che li aveva trasportati lì. Invece, la stanza era identica all'attico newyorkese di Korum, compreso il divano color crema. Mia arrossì al ricordo di ciò che era avvenuto su quel divano poco tempo fa. Solo le pareti erano diverse; sembravano essere fatte dello stesso materiale trasparente della navicella, e poteva vedere la vegetazione all'esterno anziché il fiume Hudson.

"Hai gli stessi mobili qui?" chiese sorpresa, lasciandogli la mano e facendo un passo avanti per rimanere a bocca aperta davanti allo spettacolo. Non riusciva a immaginare che i negozi di mobili facessero consegne ai Centri K—ma probabilmente lui poteva tranquillamente far apparire ciò che voleva usando la nanotecnologia.

"Non esattamente" disse Korum, sorridendole. "Ho sistemato tutto prima del tuo arrivo. Ho pensato che ti saresti abituata più facilmente, se avessi potuto rilassarti in un ambiente familiare per le prime due settimane. Quando ti sentirai più a tuo agio qui, ti mostrerò come vivo abitualmente."

Mia sbatté le palpebre. "Hai sistemato tutto solo per me? Quando?"

Anche con una rapida fabbricazione—o in qualunque modo Korum chiamasse la tecnologia che gli permetteva di creare cose dal nulla—probabilmente avrebbe avuto bisogno di un po' di tempo per fare tutto quello. Quando lo aveva avuto, visti gli eventi di quella mattina? Cercò di immaginarlo creare un divano, mentre catturava i Keith e quasi le sfuggì una risata.

"Un po' di tempo fa" disse Korum con fare ambiguo, scrollando leggermente le spalle.

Mia si acciglò. "Quindi... non oggi?" Per qualche ragione, la tempistica di quel gesto sembrava importante.

"No, non oggi."

Mia lo fissò. "La stavi pianificando già da un po'? La mia venuta qui, voglio dire."

"Certo" rispose con disinvoltura. "Io pianifico tutto."

La ragazza fece un respiro profondo. "E se non fossi stata in pericolo a causa della Resistenza? Mi avresti portata qui lo stesso?"

La guardò con un'espressione indecifrabile. "Ha importanza?" chiese piano.

Aveva importanza per Mia, ma non se la sentiva di avere quella discussione in quel momento. Così, alzò le spalle e distolse lo sguardo, studiando la stanza. In qualche modo, *era* confortante stare in un luogo che sembrava familiare, e dovette ammettere che era stata una cosa premurosa—creare per lei un ambiente simile a quello umano in casa propria.

"Hai fame?" chiese Korum, sorridendole.

Prepararle il cibo sembrava essere una delle sue attività preferite; le aveva addirittura dato da mangiare quella mattina, quando aveva temuto che l'avrebbe uccisa per aver aiutato la Resistenza. Era proprio quella una delle cose che l'avevano sempre fatta sentire così in conflitto riguardo a lui, riguardo alla loro relazione in generale. Nonostante l'arroganza, sapeva essere incredibilmente premuroso e gentile. A Mia infastidiva che non si comportasse mai come il cattivo che lei lo riteneva.

Scosse la testa. "No, grazie. Sono ancora sazia per il panino di prima."

E lo era. Tutto ciò che desiderava era sdraiarsi e cercare di far riposare il cervello.

"D'accordo, allora" disse Korum. "Riposati un po'. Devo uscire per un'ora o giù di lì. Pensi di poter stare da sola?"

Mia annuì. "Hai un letto da qualche parte?" chiese.

"Certo. Ecco, vieni con me."

Mia seguì Korum, incamminandosi lungo un familiare corridoio che conduceva nella camera da letto, identica a quella che aveva a TriBeCa. Notò anche la posizione del bagno.

"Quindi, tutto quello che vedo, è roba che so già usare?" chiese.

"Sì, più o meno" disse lui, cercando di sfiorarle la guancia. Quelle dita sembravano calde sulla pelle della ragazza. "Il letto probabilmente è più comodo di quello a cui sei abituata, perché utilizza la stessa tecnologia intelligente della sedia nella navicella e delle pareti di questa casa. Ho pensato che non ti sarebbe dispiaciuto. Non aver paura se si adatta al tuo corpo, ok?"

Nonostante la tensione alle tempie, Mia sorrise, ricordando quanto fosse comoda la sedia della navicella. "Ok, va benissimo. Non vedo l'ora di provarlo."

"Sono sicuro che ti piacerà." I suoi occhi brillarono per qualche sconosciuta emozione. "Fa' un pisolino, se vuoi, tornerò presto."

Piegandosi, le diede un bacio casto sulla fronte e si allontanò, lasciandola sola in una casa intelligente all'interno dell'insediamento alieno.

A meno di un miglio di distanza, il Krinar osservò il nemico arrivare con la sua charl.

Il modo gentile in cui Korum le teneva la mano, mentre la conduceva verso casa, era così strano che il K quasi ridacchiò tra sé e sé. Il coinvolgimento di una ragazza umana era uno sviluppo interessante. Sarebbe cambiato qualcosa? In qualche modo, ne dubitava.

Il suo nemico non si sarebbe lasciato distrarre dal proprio obiettivo, certamente non da una ragazza umana.

No, c'era solo un modo per salvare la razza umana.

E lui era l'unico a poterlo fare.

CAPITOLO DUE

Mia si svegliò nell'oscurità più totale.

Rimase sdraiata lì, cercando di capire che ora fosse. Si sentiva incredibilmente ben riposata, con tutti i muscoli del corpo rilassati e la mente assolutamente lucida. Comprese immediatamente di essere nella casa di Korum a Lenkarda, sdraiata sul suo letto "intelligente." Stiracchiandosi con uno sbadiglio, si chiese come avesse fatto Korum a dormire su un normale materasso umano a New York. Non avrebbe mai più voluto dormire su un altro letto per il resto della sua vita.

Aveva le lenzuola avvolte intorno al corpo, che le accarezzavano la pelle nuda con un leggero tocco sensuale. Non sentiva caldo, né freddo, e il cuscino le cullava la testa e il collo nello stesso modo. La tensione di prima era scomparsa.

Non avrebbe voluto addormentarsi, ma il riposino aveva davvero fatto magie sul suo stato d'animo. Dopo che Korum se n'era andato, si era fatta la doccia ed era salita sul letto con l'obiettivo di riposare qualche minuto. Appena salita, le lenzuola si erano spostate intorno a lei, avvolgendola in un dolce bozzolo, e aveva sentito sottili vibrazioni nelle parti più tese del corpo. Era come se delle delicate dita le stessero massaggiando i nodi della schiena e del collo. Ricordò che adorava quella sensazione, e doveva essersi addormentata, perché non riusciva a ricordare nient'altro.

Apparentemente percependo che si era svegliata, la stanza si illuminò gradualmente, anche se non c'era alcuna fonte di luce artificiale.

Era un'idea intelligente, pensò Mia, che la luce si accendesse così lentamente. La luce troppo brillante dopo la completa oscurità spesso è dolorosa per gli occhi, ma era così che funzionava la maggior parte degli apparecchi di illuminazione umana; si accendeva e si spegneva—ignorando il fatto che la transizione luce-tenebre in natura è molto più delicata.

Riluttante ad abbandonare la comodità del letto, Mia restò lì, cercando di immaginare quale sarebbe stata la mossa successiva. La sensazione di panico era scomparsa, e ora riusciva a pensare più lucidamente.

Era vero che Korum l'aveva usata e manipolata.

Ma, ad essere sincera, lo aveva fatto per proteggere la propria specie—proprio come lei aveva pensato che stesse aiutando tutta l'umanità spiandolo. La sensazione di tradimento che aveva provato ieri era stata irrazionale, fuori luogo considerata la natura della loro relazione e le sue azioni contro di lui. Il fatto che l'alieno non avesse fatto nulla per *punirla* a causa del tradimento la diceva lunga sulle sue intenzioni.

Aveva sbagliato a pensare così male di lui. Se finora non le aveva fatto del male per quello che era successo, probabilmente non l'avrebbe mai fatto.

Tuttavia, Korum chiaramente non si faceva problemi a ignorare i suoi desideri. Infatti, Mia era lì a Lenkarda. Eppure, se le aveva detto la verità, presto avrebbe rivisto i genitori e sarebbe tornata a New York per finire l'università.

Nel complesso, la sua situazione era di gran lunga migliore di quanto avesse immaginato quella mattina, quando aveva pensato che l'avrebbe uccisa per aver aiutato la Resistenza.

Tuttavia, le circostanze in cui si trovava erano preoccupanti. Era in un Centro K, di cui non conosceva la lingua, non conosceva nessuno a parte Korum e non aveva idea di come utilizzare la tecnologia più elementare dei Krinar. In quanto umana, era una straniera lì. I K l'avrebbero ritenuta una stupida per quello che era? Perché non comprendeva la lingua Krinar, né sapeva leggere dieci libri in un paio d'ore come sapeva fare Korum? L'avrebbero derisa per la sua ignoranza e per l'analfabetismo tecnologico? Non era esattamente tecnologica nemmeno per gli standard umani. In generale, l'arroganza di Korum faceva semplicemente parte della sua personalità o era tipica della sua specie e del loro atteggiamento verso gli umani?

Naturalmente, star male per tutto quello non cambiava le cose. Che le piacesse o meno, sarebbe rimasta a Lenkarda almeno per i prossimi due mesi, quindi tanto valeva approfittarne. E nel frattempo, c'era così tanto da imparare lì—

La porta della camera si aprì lentamente, e Korum entrò, interrompendo i suoi pensieri. "Ehi, dormigliona, come stai?"

Mia non poté fare a meno di sorridergli, dimenticando per un attimo le preoccupazioni. Per la prima volta da quando lo conosceva, Korum indossava abiti Krinar: una maglietta senza maniche realizzata con qualche materiale bianco e soffice, e un paio di pantaloncini grigi che gli arrivavano sopra le ginocchia. Era un abito semplice, ma stava benissimo sul suo fisico, accentuandone i muscoli potenti. Le fece venire l'acquolina in bocca, con la pelle dorata e liscia che trasudava salute e quegli occhi color ambra che brillavano, mentre la osservava lì sul letto.

"Questo letto è straordinario" confessò Mia. "Non so come tu abbia fatto a dormire su qualcosa di diverso."

Sorrise, sedendosi accanto a lei e prendendole una ciocca di capelli per giocarci. "Lo so. È stato un vero e proprio sacrificio—ma la tua presenza l'ha reso più sopportabile."

Mia rise e si sdraiò sullo stomaco, sentendosi assurdamente felice. "E adesso? Conoscerò altri oggetti intelligenti? Devo ammettere che la vostra tecnologia è davvero figa."

"Oh, non immagini quanto" esclamò Korum, guardandola con un sorriso misterioso. "Ma lo scoprirai presto."

Piegandosi, le baciò la spalla esposta e poi le mordicchiò leggermente il collo, con la bocca calda e delicata sulla sua pelle. Chiudendo gli occhi, a Mia venne la pelle d'oca per la piacevole sensazione. Il suo corpo reagì immediatamente a quel tocco, e gemette dolcemente, sentendo la calda umidità tra le gambe.

Ma lui si fermò.

Sorpresa, Mia aprì gli occhi e lo guardò. "Non mi vuoi?" chiese sottovoce, cercando di mantenere un tono ferito.

"Che cosa? No, tesoro, ti voglio tanto." Ed era vero; poteva vedere le calde striature dorate negli occhi espressivi dell'alieno, e il leggero tessuto dei pantaloncini poteva fare poco per nascondere l'erezione.

"Allora, perché ti sei fermato?" chiese Mia, cercando di non sembrare una bambina privata delle caramelle.

Sospirò, sembrando frustrato. "Sta per arrivare un mio amico. Sarà qui tra pochi minuti."

Mia lo guardò, perplessa. "Un tuo amico vuole conoscermi? Perché?"

Korum sorrise. "Perché mi ha sentito parlare molto di te. E anche perché è uno dei nostri esperti della mente e può aiutarti nel processo di adattamento."

Mia si acciglìo leggermente. "Un esperto della mente? Vuoi che veda uno strizzacervelli?"

Korum scosse la testa, sorridendo. "No, non è uno strizzacervelli. Nella nostra società, un esperto della mente è una persona che si occupa di ogni aspetto del cervello. È un mix tra neurochirurgo, psichiatra e psicologo—un vero e proprio esperto di tutte le questioni che hanno a che fare con la mente."

Era una spiegazione interessante, ma non rispondeva davvero alla sua domanda. "Allora, perché vuole vedermi?"

"Perché penso che possa fare qualcosa per far sì che ti senta più a casa qui" disse Korum, passandole le dita sul braccio, accarezzandolo dolcemente.

Gli piaceva farlo, aveva notato Mia; gli piaceva toccarla in modo casuale durante la conversazione, come se desiderasse un contatto fisico costante. A Mia non dava fastidio. Era quella chimica di cui lui aveva parlato; i loro corpi erano attratti l'uno dall'altro come due oggetti nello spazio.

Riportò l'attenzione dell'extraterrestre sulla conversazione. "Ad esempio?" gli chiese, sentendosi un po' preoccupata.

"Beh, ad esempio, ti andrebbe di comprendere e parlare la nostra lingua?"

Mia sgranò gli occhi e annuì con impazienza. "Certo!"

"Ti sei mai chiesta come faccia a parlare l'inglese così bene? E qualsiasi altra lingua umana? Come facciamo tutti noi?"

"Non sapevo che parlaste altre lingue oltre all'inglese" confessò Mia, fissandolo con stupore. Si era domandata come facesse a conoscere l'inglese americano così perfettamente, ma aveva sempre dato per scontato che i K avessero semplicemente studiato tutto prima di venire sulla Terra. Korum era incredibilmente intelligente, quindi non la stupiva che conoscesse la sua lingua e che sapesse parlarla senza alcun accento. E adesso le stava dicendo che parlava anche moltissime altre lingue?

"E così, parli il francese?" chiese. Al suo cenno con la testa, continuò: "Lo spagnolo? Il russo? Il polacco? Il cinese?" Ogni volta Korum faceva un gesto affermativo.

"E va bene... Che cosa mi dici dello swahili?" chiese Mia, sicura di averlo fregato questa volta.

"Anche, sì" rispose, sorridendo davanti all'espressione stupefatta dell'umana.

"D'accordo" disse Mia lentamente. "Non credo si tratti di pura intelligenza in questo caso."

Sorrise. "Esattamente. Avrei potuto imparare le lingue da solo, visto il mio tempo a disposizione, ma c'è un modo più efficace—e questo è ciò che può fare Saret per te."

Mia lo fissò. "Può insegnarmi a parlare il Krinar?"

"Non solo. Può darti le stesse capacità che ho io—comprensione e conoscenza immediata di qualsiasi lingua, sia umana che Krinar."

La ragazza ansimò dallo shock, con il cuore che le batteva più veloce dall'emozione. "Come?"

"Grazie a un piccolo impianto che influenzerà una specifica zona del tuo cervello e agirà come un dispositivo di traduzione altamente avanzato."

"Un impianto cerebrale?" La sua emozione si trasformò subito in terrore, in quanto tutto all'interno di Mia rifiutava violentemente l'idea. Aveva già i dispositivi di monitoraggio nei palmi; l'ultima cosa di cui aveva bisogno era che la tecnologia aliena le influenzasse il cervello. La capacità descritta era incredibile, e la voleva disperatamente—ma non a quel prezzo.

"Il dispositivo non è quello che stai immaginando" chiarì Korum. "Sarà minuscolo, grande quanto una cellula, e non sentirai alcun disagio—né durante l'inserimento, né dopo."

"E se dicessi di no? Se non lo volessi?" chiese Mia con voce bassa, preoccupata all'idea che Korum avesse già contattato l'esperto della mente.

"Perché no?" La guardò con un leggero cipiglio.

"Hai davvero bisogno di chiederlo?" disse con incredulità. "Mi hai *irradiata*—mi hai inserito dei dispositivi di tracciamento col pretesto di guarirmi i palmi. Credi davvero che sarei disposta ad accettare che tu mi metta qualcosa nel cervello?"

Il cipiglio di Korum si approfondì. "Questo non ha funzionalità aggiuntive, Mia." Non sembrava nemmeno un po' pentito per averla irradiata.

"Davvero?" gli chiese aspramente. "Non fa nient'altro? Non influenza in alcun modo i miei pensieri o i sentimenti?"

"No, tesoro, non lo fa." Sembrava vagamente divertito a quel pensiero.

"Non voglio un impianto cerebrale" disse Mia con fermezza, guardandolo con un'espressione ribelle sul viso.

La fissò. "Mia" disse piano. "Se avessi davvero voluto inserirti qualcosa di brutto nel cervello, avrei potuto farlo in un milione di modi diversi. Posso impiantarti qualcosa nel corpo in qualsiasi momento, e non te ne accorgeresti nemmeno. L'unica ragione per cui ti sto offrendo questa capacità è che voglio che ti senta a tuo agio qui, che possa comunicare con tutti. Se non vuoi, allora questa è una tua scelta. Non ti costringerò. Ma pochissimi umani hanno questa opportunità, quindi ti consiglierei di pensarci bene prima di rifiutare."

Mia distolse lo sguardo, comprendendo che lui aveva ragione. Non aveva di certo bisogno di informarla o di ottenere il suo consenso per tutto quello che voleva farle. Il panico che credeva di avere sotto controllo minacciò di prendere il sopravvento un'altra volta, e lei lo scacciò con uno sforzo.

Qualcosa non tornava. Facendo un respiro profondo, Mia lo guardò di nuovo, studiandone l'espressione imperscrutabile. Le dava fastidio capirlo ancora così poco, che la persona che aveva tanto potere su di lei fosse ancora un punto interrogativo.

"Korum..." Non sapeva se menzionarlo o meno, ma non riusciva più a resistere. La domanda l'aveva tormentata per settimane. "Perché mi hai irradiata? Non conoscevo nemmeno la Resistenza allora, quindi non avevi bisogno di monitorarmi per il tuo grande piano..."

"Perché volevo assicurarmi di trovarti sempre" spiegò, e nella sua voce c'era una nota possessiva che la spaventò. "Ti ho tenuta tra le mie braccia quel giorno, e ho capito che volevo di più. Volevo tutto. Sei stata mia da quel momento, e non avevo intenzione di perderti, nemmeno per un attimo."

Nemmeno per un attimo? Si rendeva conto della sua follia? Aveva visto una ragazza che voleva, e si era assicurato di sapere sempre dove fosse.

Il fatto che pensasse di avere il diritto di farlo era terrificante. Come avrebbe potuto sopportarlo l'umana? Non si faceva scrupoli sui confini quando si trattava di lei, non aveva alcun rispetto per la sua libertà di scelta. Aveva semplicemente ammesso un atto orribile, e lei non aveva idea di cosa potesse dirgli ora.

Al suo silenzio, Korum fece un respiro profondo e si alzò. "Dovresti vestirti" disse piano. "Saret sarà qui tra un minuto."

Mia annuì e si mise a sedere, tenendo le lenzuola al petto. Non era quello il momento di analizzare la complessità della loro relazione. Con un respiro profondo, scacciò la paura. Non c'era modo di cambiare le cose, e concentrarsi su quelle negative non faceva che peggiorare la situazione. Aveva bisogno di trovare un modo per andare d'accordo con il suo amante e di capire come gestirne la natura dominante.

"Che cosa dovrei indossare?" chiese Mia. "Non ho portato vestiti..."

"Vuoi i tuoi soliti jeans e magliette o vorresti vestirti come tutti gli altri qui?" chiese Korum, sorridendo. Una parte della tensione nella stanza svanì.

"Uhm, come tutti gli altri, credo." Non voleva distinguersi.

"Ok, allora." Korum fece un piccolo gesto con la mano e le porse un pezzo di tessuto chiaro che un attimo prima non c'era.

Sgranando gli occhi, Mia fissò l'abito che le aveva appena dato. "Altra fabbricazione istantanea?" gli chiese, cercando di comportarsi come se non fosse ancora un grande shock per lei vedere le cose materializzarsi dal nulla.

Sorrise. "Esatto. Se non ti piace, posso farti avere un'altra cosa. Dai, provalo."

Mia lasciò andare il lenzuolo e scese dal letto, sentendosi a proprio agio con la nudità. Nonostante tutti i difetti, Korum aveva fatto miracoli per la sua sicurezza e l'immagine del corpo. Dato che le ripeteva in continuazione quanto la trovasse bella, non si preoccupava più di essere troppo magra o di avere i capelli crespi e la carnagione pallida. Sarebbe stato meglio conoscerlo durante i suoi insicuri anni adolescenziali.

No, non ci pensare. Nessun'adolescente avrebbe dovuto essere sottoposta a qualcuno di così sconvolgente.

Prendendo il vestito, lo indossò, assicurandosi che lo spacco fosse nella parte posteriore. "Che te ne pare?" chiese, piroettando.

Lui sorrise con un caldo bagliore negli occhi. "È perfetto per te."

C'era un rigonfiamento nei suoi pantaloncini, e Mia sorrise, soddisfatta. Nonostante tutto, era bello sapere che aveva quell'effetto su di lui, che il bisogno dell'alieno era forte quanto il suo. Almeno in questo, erano uguali.

Curiosa di vedere come le stesse l'abito, si avvicinò allo specchio dall'altra parte della camera.

Korum aveva ragione; l'abito era molto carino. Con uno stile simile a quello che aveva visto sulle femmine dei Keith, era color avorio con sfumature color pesca, e le stava nello stesso modo. Le sue spalle e la schiena erano per lo più esposte, mentre la parte anteriore era piuttosto coperta, con pieghe strategiche intorno alla zona del seno, che le coprivano i capezzoli. Anche la lunghezza era perfetta per lei, con la gonna svolazzante che le arrivava un paio di centimetri sopra le ginocchia.

Quando si voltò, le porse un paio di sandali color avorio, realizzati con un materiale insolitamente morbido. Mia li provò. Le calzavano perfettamente ed erano incredibilmente comodi.

"Belli, grazie" gli disse. Poi, ricordando un ultimo indumento fondamentale, chiese: "Che mi dici della biancheria intima?"

"In realtà, non la indossiamo" spiegò Korum. "Posso crearla per te, se insisti, ma potresti provare a indossare solo i nostri vestiti."

Niente biancheria intima? "E se l'abito si alzasse o qualcosa del genere?"

"Non succederà. Anche il materiale è intelligente. È stato realizzato per aderire al corpo nel modo giusto. Se ti muovi o ti pieghi in una certa direzione, si muoverà con te in modo da tenerti sempre coperta."

Sembrava molto comodo. Mia pensò agli innumerevoli malfunzionamenti del guardaroba di Hollywood che avrebbero potuto essere evitati con l'abbigliamento K. "Ok, allora sono pronta, credo" disse. "Devo andare al bagno, e poi ho fatto."

"Fantastico" disse Korum, sorridendo. "Ci vediamo nel salone."

E dandole un rapido bacio sulla fronte, uscì dalla stanza.

~

"Mi piace come hai sistemato la casa. Sembra molto in stile americano del ventunesimo secolo."

L'amico di Korum era appena entrato e si stava guardando intorno con un sorriso. Pur essendo alto tre o quattro centimetri in meno rispetto a Korum, era altrettanto robusto e aveva la tipica carnagione scura dei K. Il suo viso era più rotondo, però, e aveva gli zigomi più spigolosi, un po' come un uomo con origini asiatiche.

"Che cosa posso dire? Sai che ho buon gusto" disse Korum, alzandosi dal divano dove era seduto con Mia per salutare il nuovo arrivato. Avvicinandosi, Korum gli toccò leggermente la spalla con il palmo, e l'altro K ricambiò il gesto.

Mia si chiese se quella fosse la versione K di una stretta di mano.

Girandosi verso di lei, Korum disse: "Mia, questo è il mio amico Saret. Saret, questa è Mia, la mia charl."

Saret sorrise, con gli occhi scuri che brillarono. Sembrava davvero felice di conoscerla. "Ciao, Mia. Benvenuta nel nostro Centro. Spero che ti sia piaciuto, finora."

Mia si alzò e ricambiò il sorriso. Era strano conoscere un altro K. Ad eccezione di alcuni brevi incontri con i colleghi di Korum, il suo amante era l'unico Krinar con cui avesse interagito fino ad oggi.

"È molto carino, grazie."

Avrebbe dovuto stringergli la mano? O fare quella cosa con la spalla che Korum aveva appena fatto? Non appena quel pensiero le passò per la testa, decise di non farlo. Non conosceva le regole dei K sul contatto fisico, e non voleva offendere per errore.

"Hai avuto la possibilità di esplorare Lenkarda? Korum mi ha detto che sei arrivata solo questa mattina."

Mia scosse la testa con rammarico. "No, purtroppo. Temo di aver trascorso la maggior parte della giornata a dormire." Che ora era, a proposito? Attraverso le pareti trasparenti della casa poté vedere che fuori era buio. Doveva essere prima mattina oppure notte.

"Mia ha subito le conseguenze del jet-lag ed era stanca per quello che era accaduto prima" spiegò Korum, tornando da lei e mettendole una mano intorno alla schiena con fare possessivo. La tirò giù sul divano accanto a lui, e Saret si sedette su una delle poltrone davanti a loro.

"Certo" disse Saret: "Capisco benissimo. Dev'essere stato molto traumatico per te venire a sapere la verità in quel modo."

La ragazza lo fissò, sorpresa. Quanto sapeva? Korum gli aveva detto qualcosa? Gli aveva parlato del suo ruolo nell'attacco della Resistenza ai loro Centri? Non sapeva come sarebbero state viste le sue azioni dai Krinar. Sarebbe stata punita in qualche modo per aver aiutato la Resistenza?

"Beh, la cosa positiva è che è finita" disse Korum, prendendo una mano di Mia nelle sue e strofinandole delicatamente il palmo con il pollice. Girandosi verso di lei, promise: "Non dovrai mai più preoccupartene."

"In realtà" disse Saret con uno sguardo triste sul bel viso. "Temo che ci sia ancora una cosa che Mia deve fare."

Il volto di Korum si rabbuiò. "Ho già detto loro di no. Ne ha passate abbastanza."

Saret sospirò. "C'è stata una richiesta formale da parte delle Nazioni Unite—"

"Fanculo alle Nazioni Unite. Non meritano di pretendere niente dopo questo fiasco. Sono dannatamente fortunati che non abbiamo reagito—"

"Comunque sia, la maggior parte del Consiglio crede che sia importante estendere a loro questo gesto di buona volontà."

Mia li ascoltò discutere con una fredda sensazione nello stomaco. Le Nazioni Unite? Il Consiglio? Che cosa c'entrava tutto quello con lei?

"Anche il Consiglio può andare affanculo" disse Korum senza mezzi termini. "Non ce n'è assolutamente bisogno, e loro lo sanno. È la mia charl, e non mi diranno che cosa devo fare."

"Non è solo la tua charl, Korum, e lo sai. È una testimone di quello che sarà il più grande processo degli ultimi diecimila anni, per non parlare dei processi umani—"

A Mia venne voglia di vomitare, quando cominciò a capire dove stava portando la conversazione. "Scusate" disse a bassa voce. "Che cosa dovrei fare esattamente?"

"Non importa" disse Korum. "Non possono obbligarti a fare niente senza il mio permesso."

Saret sospirò di nuovo. "Ascolta, il Consiglio vuole anche la sua testimonianza. Sarebbe la cosa migliore, se le lasciassi fare—"

Fissandoli, Mia cominciò a sentirsi arrabbiata. Stavano parlando di lei come se fosse una bambina o un animale domestico. Qualunque cosa volessero da lei, avrebbe dovuto essere una sua decisione, non di Korum.

"Non ha bisogno di questo adesso" disse Korum con fermezza. "Hanno prove a sufficienza, e non la sottoporrò a ulteriore stress—"

"Scusatemi" disse Mia freddamente. "Voglio sapere di che cazzo state parlando."

Chiaramente sorpreso, Saret scoppiò a ridere, e Korum la guardò con disapprovazione.

"Credo che la tua charl abbia più palle di quanto immagini" disse Saret a Korum, continuando a ridacchiare. Girandosi verso Mia, spiegò: "Vedi, Mia, i traditori che ci hai aiutato a catturare—i Keith, come li hanno chiamati i tuoi amici della Resistenza—saranno giudicati secondo le nostre leggi. Sebbene il nostro processo giudiziario sia abbastanza diverso da quello a cui sei abituata, abbiamo bisogno che siano presentate tutte le prove disponibili—e le testimonianze di tutti i testimoni. Dal momento che sei stata coinvolta per tutto il tempo, la tua testimonianza potrebbe svolgere un ruolo importante nella loro condanna e nella gravità della punizione."

"Vuoi che faccia da testimone in un processo Krinar?" chiese Mia, incredula.

"Sì, esattamente, e abbiamo anche ricevuto una richiesta formale per la tua presenza dall'ambasciatore delle Nazioni Unite—"

"Non lo farà, Saret. Scordatelo. Puoi tornare da Arus e dirgli che non succederà."

"Ascolta, Korum, ne sei sicuro? Siamo così vicini all'ottenimento dell'approvazione... Sai che questo non sarà ben visto—"

"Lo so" disse Korum. "Sono disposto a rischiare. Non sarà la prima volta che sono incazzati con me."

Saret sembrava frustrato. "D'accordo, ma credo che tu stia commettendo un grosso errore. Tutto quello che deve fare è andare lì e parlare—"

"Sai bene quanto me che se andasse lì il Protettore cercherebbe di smontare la sua testimonianza. Non la metterò in una situazione del genere. E non voglio che abbia niente a che fare con le Nazioni Unite—è troppo pericoloso. Inoltre, i media umani potrebbero scoprire la storia, e Mia non ha bisogno che tutto il mondo osservi la sua testimonianza presso le Nazioni Unite. Nemmeno la sua famiglia ne sa qualcosa al momento."

Dimenticando la rabbia, Mia strinse la mano di Korum dalla gratitudine. Non avrebbe potuto fare a meno della sua protezione. Era difficile dire cosa l'attraesse di meno—l'idea di apparire davanti al Consiglio dei Krinar o alle Nazioni Unite sotto gli occhi di tutto il mondo.

"Arus ha detto che possono prendere altri accordi per lei. L'udienza presso le Nazioni Unite può avvenire a porte chiuse, senza che i media sappiano qualcosa. E il Consiglio ha deciso di accettare la sua testimonianza registrata per il processo."

"Di' ad Arus che può parlare direttamente con me, se è così determinato a volerlo fare" disse Korum a voce bassa, con gli occhi socchiusi dalla rabbia. "È la mia charl. Se lui vuole che lei faccia qualcosa, dovrà chiedermelo molto, molto gentilmente. E poi, se Mia dirà di essere d'accordo, forse lo prenderò in considerazione."

Saret sorrise mestamente. "Certo. Sai che detesto stare in mezzo. Tu e Arus potete vedervela da soli. Mi è stato chiesto di recapitare un messaggio, e la mia responsabilità finisce qui."

Korum annuì. "Ho capito."

L'espressione sul suo volto era ancora dura, e Mia si spostò sulla sedia, sentendosi a disagio sul ruolo che aveva inavvertitamente svolto in quel disaccordo. Doveva ottenere maggiori informazioni su quel processo e sul suo significato, ma non voleva fare altre domande davanti a Saret. Così, volendo alleggerire la tensione nella stanza, chiese con cautela: "Allora, come mai vi conoscete?"

Saret le sorrise, comprendendo cosa stava facendo. "Oh, ci conosciamo da tanto tempo. Fin da quando eravamo piccoli."

Mia sgranò gli occhi. Se si conoscevano fin da quando erano piccoli, allora era in presenza di due alieni con migliaia di anni di età. "Eravate compagni di classe?" chiese con entusiasmo.

Korum scosse la testa, piegando leggermente le labbra. "Non proprio. Eravamo compagni di giochi. I nostri figli sono educati in modo molto diverso rispetto agli umani—non abbiamo le scuole come voi."

"No? Allora come fanno a imparare i vostri figli?"

Saret le sorrise, apparentemente soddisfatto della sua curiosità. "Soprattutto grazie al gioco. Lasciamo che sviluppino la maggior parte delle abilità principali di cui hanno bisogno attraverso la socializzazione e l'interazione con gli altri, sia bambini che adulti. Più tardi, fanno apprendistato in vari campi con l'obiettivo di perfezionare la capacità di risoluzione dei problemi e il pensiero critico."

Mia lo guardò affascinata. "Ma come imparano cose come la matematica, la storia e la scrittura?"

Saret agitò la mano con fare sbrigativo. "Oh, quelle sono cose semplici. Non so se Korum te ne abbia già parlato—"

"Non ancora" disse Korum. "Sei arrivato qui appena Mia si è svegliata. Ho avuto solo il tempo di menzionare l'impianto linguistico."

"Oh, bene." Saret sembrava emozionato. "Ti andrebbe di farlo stasera, Mia?"

La ragazza esitò. Se Korum non le aveva mentito, allora sarebbe stata un'idiota a non sfruttare quell'occasione. "Puoi rispiegarmi che cos'è esattamente questo impianto e cosa fa?" chiese, guardando Saret.

Korum sospirò, sembrando esasperato. "Sì, Saret, di' a Mia che cos'è esattamente quest'impianto. Non sembra fidarsi della mia spiegazione."

"Puoi biasimarmi?" chiese lei a Korum, cercando di tener fuori l'amarezza dal suo tono.

Saret sollevò le sopracciglia e sorrise di nuovo. "Ancora qualche problema irrisolto, capisco."

Korum lo guardò storto, e il sorriso di Saret scomparve immediatamente. "Non importa" disse in fretta. "Non so che cosa ti abbia raccontato Korum, Mia, ma l'impianto linguistico è un dispositivo molto semplice e molto trasparente, che molti Krinar ricevono al momento della maturità—quando il nostro cervello è completamente sviluppato. È un computer microscopico realizzato con un materiale biologico speciale che funge essenzialmente da traduttore altamente avanzato. La sua funzione è quella di convertire i dati da una forma all'altra—da un modello di pensiero alla lingua e viceversa. Funziona solo su un'area del cervello e non ha alcun effetto collaterale."

"Non possono esserci malfunzionamenti?" domandò Mia. "Può procurarmi qualcos'altro?"

"Ad esempio?" Saret sembrò perplesso. "E no, questa tecnologia esiste da oltre diecimila anni, quindi è stata perfezionata al meglio. Non ci sono malfunzionamenti, mai."

"Può farmi pensare cose che non voglio? O trasmettere i miei pensieri?" Ora che l'aveva detto ad alta voce, Mia si sentiva molto ridicola.

Saret scosse la testa con un sorriso. "No, niente di simile. È un dispositivo molto semplice. Ciò di cui stai parlando è scienza molto più avanzata. Il controllo della mente e la lettura del pensiero sono ancora nella fase teorica dello sviluppo."

"Ma in teoria è possibile?" chiese Mia con stupore, con la studentessa di psicologia in lei che improvvisamente moriva dalla voglia di apprendere anche un solo pezzettino di quello che i Krinar sapevano sul cervello. Ora che non era più così nervosa, si era accorta che il K seduto davanti a lei probabilmente era un vero e proprio pozzo di scienza nel proprio campo.

Saret annuì. "In teoria, sì. In pratica, non ancora."

Mia aprì la bocca per fare un'altra domanda, e Korum la interruppe, sembrando divertito dal suo malcelato interesse: "Questo ti fa sentire più a tuo agio per quanto riguarda l'impianto?"

L'umana rifletté un attimo. Quanto avrebbe dovuto fidarsi di loro? Korum aveva già dimostrato di essere un esperto manipolatore, e non aveva idea di come fosse Saret. Ma, come aveva detto Korum, non avevano veramente bisogno del suo permesso per farlo. Fu il fatto che le stessero lasciando quella scelta a convincerla.

"Credo di sì" disse lentamente.

"D'accordo, allora; Saret, puoi occupartene tu?"

"Uhm, aspetta" disse Mia, con il cuore che cominciò a batterle più velocemente: "Vuoi dire che possiamo farlo subito? C'è bisogno di un anestetico o qualcosa del genere?"

Saret sorrise. "No, niente di simile. È molto semplice—non lo sentirai nemmeno."

"Va bene..."

Korum si alzò, continuando a tenere la mano di Mia. Anche Saret si alzò, avvicinandosi a loro. "Posso?" chiese a Korum, indicando Mia.

Korum annuì, e Saret allungò la mano destra, sistemando i capelli di Mia dietro il suo orecchio sinistro. La ragazza rabbrividì leggermente per quel tocco sconosciuto. Affondò le unghie nella mano di Korum, e combatté l'impulso di sussultare. Anche se le avevano assicurato che non avrebbe fatto male, non poté evitare quella reazione istintiva.

"Ecco fatto." Saret fece un passo indietro.

"Cosa?" Mia sbatté le palpebre dallo shock.

"Ho finito. Hai l'impianto. Gli concederemo circa un minuto per sincronizzarsi con i tuoi percorsi neurali, e poi lo proveremo."

"Ma come? Dov'è stato inserito?"

"Nella pelle" spiegò Korum, sorridendole. "Non hai sentito niente, vero?"

"No, non ho sentito niente." La stavano prendendo in giro?

Saret rise, divertito dalla sua reazione. "Bene, non avresti dovuto. Il dispositivo stesso ha proprietà analgesiche, quindi non avresti dovuto sentire il taglietto nel sottile strato di pelle dietro l'orecchio."

Mia alzò la mano sinistra per sentire la ferita, ma non c'era niente.

"Dimmi, Mia, ti senti diversa? Hai pensieri che non dovresti avere?" chiese Korum con un beffardo bagliore negli occhi.

La ragazza scosse la testa con un leggero cipiglio. Non le piaceva che la deridesse per la sua ignoranza.

E poi le si fermò il respiro in gola.

Korum le aveva appena parlato in Krinar—e lei aveva compreso ogni sua parola.

"Aspetta un attimo" disse, con le parole che le uscirono dalla bocca strane e sconosciute. Eppure, sapeva perfettamente che cosa significavano, e i muscoli del viso sembravano non avere problemi a formare i suoni. "Hai appena parlato in Krinar!"

Korum sorrise. "Anche tu. Che te ne pare?"

Mia sbatté le palpebre. Sembrava strano, ma non richiedeva alcuno sforzo. "Sembra tutto a posto" disse ancora in Krinar. "Solo che non capisco come funziona. Se volessi dire qualcosa in inglese?"

"Se vuoi dire qualcosa in inglese, basterà pensare in inglese, e passerai a quella lingua" spiegò Saret. "Al momento, la risposta naturale del tuo cervello è quella di parlare in Krinar, perché è questa la lingua in cui ci stiamo rivolgendo a te. Devi pensare attivamente che vuoi parlare in inglese per farlo quando hai a che fare con un discorso in Krinar. Tuttavia, in futuro, quando ti sarai abituata all'impianto, il passaggio da una lingua all'altra sarà automatico e non richiederà pensieri supplementari da parte tua. È come essere multilingue. Sono certo che tu conosca persone che parlano fluentemente diverse lingue—e ora hai la stessa capacità, semplicemente portata a un livello diverso."

Mia ascoltò la spiegazione, comprendendone il senso. "Wow" disse piano: "E così, posso davvero parlare qualsiasi lingua ora? È così?"

Voleva saltare e correre per la stanza, urlare dalla gioia, e si controllò con difficoltà, non volendo sembrare una ragazza sciocca davanti all'amico di Korum. Tutto quello era assolutamente straordinario. Era sempre stata brava nelle lingue a scuola, studiando lo spagnolo e il francese durante la scuola superiore, ma non le aveva mai imparate perfettamente. E ora poteva parlare qualunque lingua volesse? Abbandonando la riluttanza, Mia si soffermò sulle incredibili possibilità.

"Proprio così" confermò Korum, guardandola con un sorriso, e Saret annuì.

Cercando di darsi un contegno, Mia controllò l'enorme sorriso che minacciava di apparirle sul viso. "Grazie" disse a Saret. "Lo apprezzo molto."

"Prego, Mia. Spero di rivederti presto." E con quello, toccò nuovamente la spalla di Korum e se ne andò, con la parete alla loro destra che si dissolse per permettergli di passare.

CAPITOLO TRE

Non appena Saret se ne andò, Mia non poté più contenere la contentezza. Si sentiva soffocare dalla pura gioia che la riempiva dall'interno, e sapeva che stava sorridendo ora, e che probabilmente sembrava un'idiota. Ma non le importava più, con l'emozione troppo forte per poter essere contenuta.

Era una poliglotta ora!

Cercò di immaginare di parlare cinese, e le parole arrivarono immediatamente. Aprendo la bocca, sentì i duri suoni tonali che le uscivano, mentre diceva a Korum: "Non mi sembra vero." Passando al russo, continuò: "Non riesco a crederci!" E poi tornò al tedesco, quasi saltando dalla gioia: "Oh mio Dio, so parlarle tutte!"

Le sorrise, con il viso illuminato dal piacere. Lasciandole la mano, le portò il palmo al viso, piegandolo intorno alla guancia. Guardandola, disse in inglese: "Sono contento che ti piaccia. Ci sono così tante cose che voglio mostrarti, tesoro..."

Mia lo fissò, con l'emozione per la nuova capacità che improvvisamente si trasformò in qualcosa di diverso. Era così bello, e la calda espressione sul volto mentre la guardava le fece stringere il cuore. "Korum" disse piano. "Io..."

Non sapeva cosa dire, come poter esprimere ciò che sentiva. C'erano ancora tante questioni irrisolte tra loro, ma in quel momento non le importava di com'era iniziata la loro relazione, né di tutte le bugie e i tradimenti reciproci. In quel momento, sapeva solo che l'amava, che ogni parte di lei desiderava stare con lui.

Allungandosi, gli avvolse la mano intorno al collo e tentò di spostargli il viso verso il suo. Alzandosi in punta di piedi, lo baciò sulla bocca, con le labbra morbide e incerte sulle sue. Raramente faceva la prima mossa—di solito era lui a iniziare il sesso nella loro relazione—e poté sentire l'improvvisa tensione stringergli il corpo al suo tocco.

Ricambiò il bacio, con la bocca calda e desiderosa, e si ritrovò sollevata tra le sue braccia e trasportata altrove. La destinazione si rivelò essere la camera e finirono sul letto, col potente corpo dell'alieno che la copriva, spingendola sul materasso con il peso. Le mani di Mia gli strapparono freneticamente la maglietta, cercando di trovare un modo per toglierla, per sentirne la nudità sulla sua. Si sentiva bruciare, con la pelle troppo sensibile, e la barriera dei vestiti tra loro era semplicemente insopportabile. Volendo di più, lo baciò più duramente, prendendogli il labbro inferiore tra i denti e mordendolo leggermente.

Korum sospirò, e lei lo sentì allontanarsi all'improvviso. Prima che potesse fare qualcosa di più che sbattere le palpebre, lui si drizzò sul letto e tolse rapidamente la maglietta e i pantaloncini, rivelando la grande erezione. La bocca di Mia iniziò a salivare alla vista del suo corpo nudo, con tutti quei muscoli tonici ricoperti dalla pelle liscia e dorata, e il petto con una leggera spolverata di peli scuri—e poi fu su di lei, strappandole l'abito e lasciandola distesa, esposta davanti ai suoi occhi.

Strisciando sopra di lei, la baciò di nuovo, più aggressivamente questa volta, facendosi strada con la mano lungo il suo corpo e verso la giunzione delle gambe. Mia gli gemette sulla bocca, inarcando i fianchi verso la sua mano, e lui le accarezzò le pieghe dolcemente, prima di spingere un dito nella sua apertura e di premere profondamente, facendo irrigidire i muscoli interni per l'improvvisa ondata di piacere. "Mi piaci quando sei così bagnata" mormorò, penetrandola prima con un dito e poi con due, distendendola, preparandola per il suo possesso. Mia gridò, piegando la testa all'indietro, e sentì il calore umido della bocca dell'extraterrestre sul collo, che le leccava e le mordicchiava la zona sensibile.

C'era anche un'altra cosa, una sensazione strana ma piacevole che notò in qualche zona remota del cervello, una calda vibrazione simile a dei massaggi con le dita sulla schiena, che le accarezzavano e le strofinavano le spalle e la curva della spina dorsale, stringendo leggermente le natiche e il retro delle cosce.

Il letto, si rese conto vagamente. Doveva essere il letto intelligente, e poi se ne dimenticò, troppo presa da ciò che Korum stava facendo per prestare attenzione a qualsiasi altra cosa. Le sue dita avevano trovato un ritmo: due spinte superficiali, una in profondità, e le strofinava il clitoride con dei movimenti circolari che la facevano impazzire. Affondò le unghie nella schiena dell'alieno, con tutto il corpo tremante dal bisogno, e poi le premette il pollice direttamente sul clitoride e lei venne, dimenandosi tra le sue braccia, con le ondate di piacere che raggiunsero le dita dei piedi.

Superati i postumi dell'orgasmo, Mia aprì gli occhi e lo guardò. La stava fissando con un tale desiderio sul volto che il respiro le si bloccò nella gola e lo stomaco si chiuse nuovamente dal desiderio. Aveva ancora le dita dentro di lei, e le tirò fuori lentamente, facendola rabbrividire dal piacere.

Portando la mano al viso, Korum leccò lentamente le dita, assaporandone il gusto. Mia lo fissò, ipnotizzata, incapace di distogliere lo sguardo, anche quando sentì il ginocchio dell'alieno aprirle le cosce e la durezza del suo cazzo premerle sulle vulnerabili pieghe.

Cominciò a penetrarla, guardandola ancora negli occhi, e Mia ansimò per la sensazione. Anche se avevano fatto sesso solo poche ore prima e l'aveva preparata con le dita, il suo corpo aveva ancora bisogno di un momento per accoglierlo, per distendersi intorno all'organo che la stava penetrando così inesorabilmente. C'era qualcosa di incredibilmente intimo nello stare con lui in quel modo, sentendo la sua pelle nuda contro i seni e l'asta dentro di lei, incrociando il suo sguardo. Sembrava che volesse possederle più del semplice corpo, pensò Mia vagamente, che volesse qualcosa di più del sesso.

Continuando a guardarla, cominciò a muovere i fianchi, prima lentamente e poi a un ritmo più veloce, con ogni colpo che si aggiungeva alla tensione che aveva iniziato a radunarsi nell'intimo. Arrendendosi alle sensazioni, Mia gemette e chiuse gli occhi, sentendo ogni spinta più in profondità all'interno del ventre. Lui abbassò la testa e lei sentì il calore del suo respiro sull'orecchio, mentre lo leccava leggermente, facendola rabbrividire un'altra volta. Poi aumentò nuovamente il ritmo, spingendo i fianchi contro di lei con una forza tale da affondarla nel materasso, permettendole a malapena di riprendere fiato tra una spinta e l'altra.

Irrigidendo il corpo, la ragazza gridò, raggiungendo un altro orgasmo, con i muscoli interni che lo strinsero forte. Man mano che le pulsazioni si placavano, poté sentire il cazzo di Korum gonfiarsi dentro di lei, e poi lui venne con un urlo roco, sbattendo contro di lei fin quando le contrazioni non si fermarono completamente.

Respirando a fatica, Mia rimase lì, con il corpo dell'alieno che sembrava troppo pesante sopra di lei. Rendendosene conto, scese giù e la tirò a sé, abbracciandola da dietro. La sua mano le trovò il seno, e la tenne così, premuta contro il suo corpo. Man mano che il battito cardiaco rallentava, si sentiva languida, rilassata... e incredibilmente soddisfatta.

"Hai sonno?" sussurrò Korum nei suoi capelli, strofinandole leggermente il capezzolo con il pollice.

"No" sussurrò lei. Si sentiva come se ogni muscolo del corpo si fosse trasformato in poltiglia, ma non aveva sonno. Il lungo pisolino di prima le aveva fatto bene. "Che ore sono, a proposito?"

"Le undici di sera."

"Ho dormito tutto il giorno?" Ecco perché si sentiva così fresca, allora.

"Dovevi essere esausta" mormorò lui, alzando la mano per spostarle i capelli da una parte. I ricci probabilmente gli stavano facendo il solletico al viso, si rese conto Mia, divertita.

"Saret fa visite a domicilio così tardi?" gli chiese, ripensando alla sua nuova e sorprendente capacità. Un sorriso enorme le illuminò il volto, immaginando di dimostrare le sue doti alla famiglia e agli amici. Sarebbero stati così invidiosi...

"Non è così tardi per noi" spiegò Korum, girandola tra le braccia per costringerla a guardarlo. "Sai che non dormiamo quanto gli umani. Qualsiasi ora prima dell'una del mattino e dopo le cinque è considerata un normale orario di lavoro e di visite."

Mia sbatté le palpebre, con il sorriso che svanì. Aveva senso, certo, ma questo contribuiva a renderla un'estranea lì. Se avesse provato ad adeguarsi ai loro orari "normali," si sarebbe sentita sfinita, a causa del sonno insufficiente.

"Devi esserti annoiato a New York" disse a voce bassa. "Con me che dormivo tutto il tempo e pochi locali aperti a notte fonda."

Sorrise e scosse la testa. "No, niente affatto. Mi dedicavo al lavoro, quando dormivi così dolcemente nel mio letto."

"Che genere di lavoro? I progetti?" chiese Mia con curiosità. C'erano ancora tante cose che non sapeva di lui, di come trascorreva i giorni—e le notti—quando non stava con lei. Era stato affascinante osservare le sue interazioni con Saret oggi. Aveva potuto capire meglio com'era Korum al di fuori della loro relazione, ed era desiderosa di saperne di più.

"Sì, spesso lavoro sui progetti—è la mia passione, quello che amo davvero fare" rispose prontamente, guardandola con una calda luce negli occhi. "Devo anche gestire la mia azienda, che mi occupa gran parte del tempo. Ho alcuni progettisti di talento che lavorano per me, qui e su Krina, e c'è sempre qualcosa che richiede la mia attenzione—"

"Ci sono persone che lavorano per te su Krina?" chiese Mia, sorpresa. "Come comunichi con loro e come le supervisioni?"

"Abbiamo una comunicazione più veloce della luce" spiegò Korum. "Quindi, non è molto più difficile comunicare da qui con Krina che con, ad esempio, la Cina. Certo, non li vedo facilmente di persona, ma abbiamo quella che tu chiameresti 'realtà virtuale,' in cui teniamo incontri che simulano la realtà molto da vicino. L'hai sperimentata un po' con la mappa virtuale—"

Mia annuì, fissandolo attentamente. Sospettava che pochissimi umani sapessero ciò che le stava dicendo.

"Beh, la mappa è una versione elementare di quella tecnologia. Quella che utilizziamo per le riunioni interplanetarie è molto più avanzata."

"Anche quella è un tuo progetto? La realtà virtuale, voglio dire?" domandò Mia, chiedendosi fin dove fosse arrivata la sua tecnologia.

"Alcune delle ultime versioni, sì. La tecnologia di base esiste da molto tempo; precede di molto sia me che la mia azienda."

Lo stomaco di Mia improvvisamente borbottò. Arrossì, sentendosi imbarazzata, e lui sorrise in risposta, porgendole un fazzoletto per pulirsi.

"Certo, devi avere fame dopo aver dormito tutto il giorno. Perché non mangiamo e continuiamo la conversazione durante la cena?"

"Buona idea" disse Mia, rendendosi conto che stava morendo di fame.

Si alzò, tirandola giù dal letto. Prima che lei potesse chiederglielo, le porse un nuovissimo abito creato da lui in pochi secondi. Era un altro vestito, simile allo stile di quello che ora era disteso sul letto. Questo era giallo chiaro, e Mia lo indossò volentieri, adorando la sensazione del morbido tessuto sulla pelle. Korum mise i pantaloncini e la maglietta di prima, che in qualche modo erano sopravvissuti alla sessione di sesso.

"Pronta?" le chiese, e Mia annuì. Prendendole la mano, l'accompagnò in cucina.

Come il salone e la camera da letto, la cucina era simile a quella del suo appartamento di TriBeCa. Un'ulteriore prova del tentativo di Korum di farla sentire a proprio agio lì, pensò Mia. Incamminandosi verso una delle sedie, si sedette e guardò Korum con entusiasmo. Era un cuoco straordinario—faceva parte della sua passione nel fare le cose—e persino le sue creazioni più basilari erano più deliziose di qualsiasi altra cosa a cui Mia potesse pensare.

"Che cosa vorresti?" le chiese, avvicinandosi al frigorifero.

Lei si strinse nelle spalle, non sapendo bene cosa rispondere. "Non lo so. Che cos'hai?"

Sorrise. "Più o meno tutto. Vuoi provare qualche cibo tipico di Krina o preferisci rimanere ancorata ai sapori familiari per il momento?"

L'umana strabuzzò gli occhi. "Hai qualche cibo proveniente da Krina?"

"Beh, non vengono importati da Krina—sono cresciuti proprio qui, a Lenkarda e negli altri Centri—ma abbiamo portato i semi dal nostro pianeta."

"Mi piacerebbe provarli" disse Mia, con aria seria. Era una mangiatrice avventurosa e amava provare nuove cose. Essendo di origine polacca, era cresciuta mangiando cibi che non facevano parte della dieta americana standard, e ora aveva una mentalità aperta, quando poteva provare cucine diverse.

Korum sorrise, sembrando soddisfatto del suo entusiasmo. Tirando fuori alcune cose dal frigorifero, sminuzzò rapidamente alcune piante e radici dall'aspetto strano e mise tutto in una pentola per cucinare.

"Come cucinate di solito?" gli chiese, osservando le sue azioni, affascinata. "Non posso immaginare che utilizziate tutti questi elettrodomestici normalmente..."

"Hai ragione, non lo facciamo. Infatti, di solito non cuciniamo" disse Korum, tirando fuori alcune piante a foglia rossa che somigliavano vagamente alla lattuga. "Ricordi quando ti ho detto che le nostre case sono intelligenti?"

Mia annuì.

"Beh, una delle loro funzioni è quella di fornirci sempre il cibo e di prepararlo come preferiamo."

Mia ansimò, non riuscendo a contenere l'emozione. "Davvero? La tua casa prepara del cibo per te ogni volta che vuoi?"

Sorrise, divertito dalla sua reazione. "Immagino che questo possa sembrarti interessante." Le abilità culinarie di Mia erano inesistenti—cosa di cui spesso si lamentava sua madre—ma adorava mangiare.

"Interessante? È straordinario!" Perché cucinare, quando la casa poteva preparare il cibo?

"Hai ragione" disse, facendo spallucce. "È comodo e sicuramente fa risparmiare molto tempo, ma a volte ho voglia di preparare qualcosa da solo, per vedere se posso migliorare le ricette che la casa ha nel proprio database."

"È così che hai imparato a cucinare così bene? Provando quelle ricette?"

Korum annuì, massaggiando le verdure a foglia rossa in modo da far uscire una sostanza arancione dalle foglie. "Più o meno. La cucina è un mio hobby abbastanza recente—ho cominciato ad appassionarmi ad essa solo dopo essere venuto sulla Terra. Ed è solo negli ultimi mesi che ho imparato a utilizzare gli apparecchi umani invece di programmare la casa per modificare le ricette che utilizza."

Mia fissò il suo amante, incredula. Aveva una casa intelligente che poteva preparare tutto il cibo che voleva, e perdeva tempo a imparare a utilizzare il forno? A tagliare le verdure utilizzando i coltelli invece di sfruttare la loro tecnologia? Era qualcosa che non avrebbe mai capito, pensò Mia. Non che le desse fastidio, naturalmente; era stato solo grazie a quello strano hobby che lei aveva potuto apprezzare tutti quei deliziosi piatti a New York.

Finì di spremere il liquido arancione dalle foglie rosse, lavò le mani e prese una lunga pianta gialla che sembrava una zucchina con la pelle lucida. Tagliandola rapidamente, la aggiunse all'insalatiera, dove le foglie rosse stavano nuotando nel liquido arancione, e poi spruzzò una polvere verdastra su tutto il piatto. Mettendo l'insalatiera in mezzo al tavolo, mise un paio di cucchiai dell'insalata variegata nel piatto di Mia e uno un po' più grande nel suo. L'utensile che stava utilizzando era inusuale, somigliante a una specie di pinza con un lato piatto e uno curvo.

"Assaggiala" esortò, in attesa.

Una versione più piccola dello stesso utensile comparve accanto alla scodella di Mia. Imitando le azioni precedenti dell'alieno, Mia afferrò alcune foglie con la pinza e masticò un boccone. Il sapore esplose sulla sua lingua, una perfetta combinazione di dolce, salato e un pizzico di piccante. "Oh mio Dio, è così buona. Che cos'è?" Riuscì a dire dopo aver inghiottito. Era quasi sopraffatta da tutte quelle sensazioni.

Lui sorrise. "È un piatto tradizionale del Rolert—la regione di Krina da cui proviene la mia famiglia. È molto facile da preparare, come hai visto, ma il trucco è quello di spremere lo *shari* per bene—cioè la pianta rossa— in modo che possa rilasciare tutti i sapori e i nutrienti."

Mia ascoltò la spiegazione mangiando il resto della porzione. Appena ebbe finito, allungò subito la mano per una seconda porzione. Lui sorrise e terminò l'insalata nel proprio piatto.

"Era squisita. Grazie" disse Mia, dopo aver finito di mangiare.

"Mi fa piacere che ti sia piaciuta" disse Korum, portando via i piatti. Invece di metterli nella lavastoviglie, li tenne semplicemente vicino a una parete. Apparve un'apertura, e li pose lì. E fu proprio così che i piatti sporchi scomparvero.

Notando lo sguardo sorpreso sul volto di Mia, Korum spiegò: "Non mi piace lavarli, quindi *utilizzo* parte della nostra tecnologia per questo."

"Quindi, la lavastoviglie è solo decorativa?"

"Più o meno. Puoi usarla se vuoi, ma hai visto quello che ho appena fatto, no?"

Mia annuì.

"Puoi fare la stessa cosa, se sei qui da sola. Oppure puoi lasciare i piatti sul tavolo, e la casa se ne occuperà qualche minuto dopo." Tornando al tavolo, si sedette davanti a lei e sorrise. "Il piatto principale sarà pronto tra un paio di minuti."

"Non vedo l'ora di assaggiarlo" gli disse Mia, sorridendo in attesa.

Finora, la sua presenza a Lenkarda si stava rivelando una fantastica esperienza, e provò un'intensa ondata di felicità, fissando il bel viso di Korum. Era difficile credere che solo quella mattina pensava che sarebbe stata deportata su Krina, e ora era seduta nella casa dell'alieno in Costa Rica, conversando con lui in lingua Krinar e gustando il cibo che le aveva preparato.

Ripensando agli eventi precedenti, il suo sorriso lentamente svanì. Avrebbe potuto perderlo oggi, si rese conto ancora una volta. Se Korum aveva ragione sulle intenzioni dei Keith, allora sarebbe potuto rimanere ucciso, nel caso in cui la Resistenza avesse avuto successo. Il freddo si diffuse nelle sue vene a quel pensiero.

Non era successo, si disse, cercando di concentrarsi sul presente, ma la sua mente continuava a vagare. Anche se i ribelli avevano fallito, aveva partecipato all'attacco degli insediamenti K. E ora volevano che testimoniasse, ricordò con un brivido lungo la schiena, che si presentasse davanti al loro Consiglio e alle Nazioni Unite per parlare del proprio coinvolgimento. Korum sembrava credere di avere il potere per proteggerla dal Consiglio, ma lei non capiva come funzionasse una cosa del genere.

"Qual è il problema?" chiese Korum, apparentemente sorpreso dall'improvvisa espressione seria sul suo volto.

Mia fece un respiro profondo. "Possiamo parlare di quello che è successo questa mattina?" domandò con cautela. "E di quello che succederà adesso?"

L'espressione dell'extraterrestre si rabbuiò leggermente, con il sorriso che scomparve dal volto. "Perché?" chiese. "È finita. Voglio che voltiamo pagina, Mia."

Lo fissò. "Ma—"

"Ma cosa?" le chiese a bassa voce, con gli occhi socchiusi. "Vuoi davvero riparlare di come mi hai tradito? Di come mi hai fatto quasi uccidere? Sono disposto a chiudere un occhio, perché so che eri spaventata e confusa... ma non ti conviene continuare a menzionarlo, dolcezza."

Mia respirò profondamente, cercando di trattenere la rabbia. "Ho fatto solo quella che pensavo fosse la cosa migliore" disse. "E tu sapevi tutto—e mi hai *usata*. E a quanto pare anche il tuo Consiglio vuole usarmi, quindi scusami se non sono pronta a "voltare pagina"."

"Il Consiglio non ha alcuna voce in capitolo quando si tratta di te, Mia" disse Korum, guardandola con un'espressione indecifrabile. "Non possono dirti cosa fare."

"E perché?" chiese Mia, con il cuore che cominciò a batterle più velocemente. "Perché sono la tua charl?"

"Esattamente."

Lo fissò, frustrata. "E che cosa significa? Che sono la tua charl?"

La guardò. "Significa che mi appartieni e che non hanno alcun potere su di te."

Prima che Mia potesse aggiungere altro, lui si alzò e si avvicinò alla pentola sul fornello. Sollevando il coperchio, girò lentamente il contenuto, e un insolito ma piacevole aroma riempì la cucina. "È quasi pronto" disse, tornando al tavolo.

La pausa di due secondi aiutò Mia a ritrovare la compostezza. "Korum" disse sottovoce. "Ho bisogno di capire. Tu, io—mi sento come se facessi parte di un gioco di cui non conosco le regole. Che cos'è esattamente un charl nella vostra società?"

Sospirò. "Te l'ho detto, è il termine che utilizziamo per definire gli esseri umani con cui abbiamo una relazione."

"Allora, perché il vostro Consiglio non ha alcun potere sui charl? È come il vostro governo, no?"

"Sì, esattamente" disse Korum, rispondendo alla seconda parte della domanda. "Il Consiglio è il nostro organo governativo."

"E tu ne fai parte?" Mia si ricordò che John le aveva detto qualcosa del genere una volta.

"Quando decido di esserlo. Non sono un grande fan della politica, ma a volte è inevitabile."

"Come puoi scegliere una cosa simile?" chiese Mia, fissandolo con stupore. "Siete eletti ufficialmente o funziona diversamente su Krina?"

"È molto diverso per noi." Korum si alzò e si avvicinò di nuovo ai fornelli. "Non abbiamo una democrazia come la vostra. I membri del Consiglio ne fanno parte in base alla posizione generale nella società."

Mia sollevò le sopracciglia. "Che cosa vuoi dire? Si deve nascere nell'alta società o qualcosa del genere?"

Scosse la testa. "No, non nascere. La posizione si guadagna col tempo. È determinata soprattutto dai nostri traguardi e da quanto contribuiamo allo sviluppo della società. Il nostro governo è una specie di oligarchia—ma si basa sulla meritocrazia."

Quella spiegazione era affascinante, anche se un po' intimidatoria. Korum doveva aver contribuito alla società K per un bel po' di tempo, vista la sua influenza.

"Quindi, quanti di voi fanno parte del Consiglio?" chiese Mia, guardandolo servire un mestolo di qualcosa simile allo stufato nelle scodelle. Non sembrava esotico quanto l'insalata shari, anche se poteva vedere qualcosa color porpora tra le verdure color marrone-rossastro.

"Al momento ci sono quindici membri nel Consiglio. Il numero varia col tempo—ce ne possono essere ventitré così come sette. Circa un terzo di noi è qui sulla Terra, e gli altri sono ancora su Krina."

Portando le scodelle al tavolo, si sedette e ne allungò una verso di lei. "Assaggia" le disse: "Sono curioso di sapere se ti piace anche questo."

Sospendendo momentaneamente le domande, Mia provò un cucchiaio di stufato. Con sua sorpresa, aveva un sapore ricco e gustoso, come se contenesse della carne. "È tutto a base di piante?" gli chiese, e Korum annuì, osservandone la reazione con un sorriso. La sua espressione era di nuovo calda.

Mia provò un altro boccone. La consistenza era morbida e un po' molliccia, quasi come se stesse mangiando patate, ma il sapore era completamente diverso. Le ricordava un po' il cibo giapponese con un lieve retrogusto di alghe, ma molto più accentuato. Dopo il secondo boccone, si sentì improvvisamente vorace, desiderosa di assaporare ancora quel gusto ricco, e tranguglò in fretta il resto del cibo nel piatto. "È davvero buono" mormorò tra un boccone e l'altro, e Korum annuì, terminando la sua porzione.

Dopo aver finito, ripeté il procedimento con i piatti, portandoli verso la parete, e lasciò che la casa si prendesse cura del loro lavaggio. Mia lo osservò attentamente, prendendo nota di tutte le sue azioni. Non sembrava difficile, con quella tecnologia ancora più intuitiva di alcuni degli iPad più recenti, e sperava che avrebbe ricordato come farlo, se avesse avuto bisogno di lavare i piatti.

"Grazie—era delizioso" disse, quando Korum ebbe finito.

"Prego" le rispose con fare indifferente, sedendosi al tavolo. Lo sguardo sul suo viso era divertito e leggermente derisorio, come se sapesse esattamente che cosa avrebbe aggiunto la ragazza.

Il carattere di Mia cominciò a riaffiorare, e decise di non deluderlo. "Allora, perché i charl non fanno parte della giurisdizione del Consiglio?" chiese ostinatamente.

"Perché è sempre stato così, Mia" rispose piano. "Perché gli umani sono accettati dalla società Krinar solo in quei termini—come appartenenti a uno di noi. Le uniche eccezioni sono quelli come Dana, che hanno scelto di lasciare la loro vita precedente per diventare donatori di piacere su Krina. Quindi, vedi, dolcezza, il Consiglio non può rivolgersi direttamente a te. Deve passare attraverso me perché, in base alla legge Krinar, tu sei mia."

Mia sospirò, sentendosi come se l'aria nella stanza non fosse sufficiente. "E così, avevo ragione" disse sottovoce. "La Resistenza non mi aveva mentito—tu invece sì."

Si chinò verso di lei, con gli occhi che assunsero una sfumatura dorata più profonda. "Ti hanno mentito. Un charl non è uno schiavo del piacere o qualunque altra cosa ti abbiano raccontato. È molto raro per noi avere un charl, e quando succede si tratta di relazioni sincere e autentiche."

"Come può esistere una relazione sincera e autentica, se le due persone non sono considerate alla pari nella vostra società?" chiese amaramente.

Rise, sembrando davvero divertito. "Quelle relazioni esistono da tempo, Mia. Basta guardare la vostra società umana. Mi stai dicendo che non volete bene ai vostri figli, agli adolescenti o agli animali domestici? Senza contare che le vostre cosiddette nazioni sviluppate hanno accettato solo di recente l'idea dei diritti delle donne, mentre molti Paesi della Terra ancora non l'hanno fatto—"

"È questo che sono per te? Un animale domestico?" Le venne il voltastomaco in attesa della risposta.

Scosse la testa, guardandola intensamente. "No, Mia, non sei un animale domestico. Sei una ragazza umana di ventun anni che deve ancora crescere un po'. Vorrei poterti lasciar perdere, così potresti conoscere qualcuno come quel bel ragazzo del locale—"

Stava parlando di Peter, realizzò Mia, sorpresa.

"—ma non posso."

Alzandosi, si avvicinò al tavolo e si sedette su una sedia accanto a lei. Sollevando la mano, le accarezzò dolcemente la guancia, mentre Mia lo fissava, incapace di distogliere lo sguardo dal calore dorato nei suoi occhi. "Mi hai conquistato" disse piano. "E ora ti voglio, in un modo che non avrei mai creduto possibile. So che hai ancora molto da imparare su di me, sulla tua nuova casa qui, e farò del mio meglio per facilitarti le cose, per aiutarti nell'adattamento. Ma devi smettere di preoccuparti troppo e di combattermi ogni volta. Può andare benissimo tra noi, Mia... soprattutto se mi darai una possibilità."

CAPITOLO QUATTRO

Quella notte—la sua prima notte a Lenkarda—Mia fece sogni strani e inquietanti. Stava di nuovo volando per andare da qualche parte, solo che questa volta Korum la teneva sul grembo per tutta la durata del viaggio. Il suo corpo era insolitamente pesante e languido, e non poteva muoversi —poteva solo stare tra le braccia dell'alieno, mentre la portava da qualche parte dopo essere atterrati. Nel sogno, la conduceva in uno strano edificio bianco dove tutto sembrava fluttuare e le pareti si dissolvevano di tanto in tanto. Improvvisamente, si ritrovò su uno di quegli oggetti fluttuanti, che sembrava incredibilmente comodo, come se fosse stato pensato per il suo corpo e per nessun altro. C'era una luce tenue che illuminava tutto, e una bella donna le parlava dolcemente, toccandole dolcemente il viso con mani eleganti. Mia sognò di parlare con quella donna, di dirle quanto fosse bella, e la donna rideva, dicendo a Korum che la sua charl era affascinante.

E poi ci furono solo le tenebre, e Mia dormì profondamente per il resto della notte, con il sogno che svanì dalla sua memoria.

Non appena si svegliò la mattina seguente, la sua mente cominciò immediatamente a rivivere la conversazione di ieri e gemette, seppellendo il viso nel cuscino. Subito dopo, il letto cominciò a massaggiarla per rilassarle i muscoli improvvisamente tesi.

Sospirando dal piacere, Mia glielo lasciò fare mentre rimase lì, cercando di dare un senso a Korum e alla loro relazione.

Dopo la conversazione della scorsa notte, l'aveva portata in camera da letto, mostrandole per alcune ore quanto potessero andare bene le cose tra loro. Il sesso le palpitava ancora, ripensando a tutto quello che le aveva fatto, ai tanti modi in cui l'aveva fatta gridare dall'estasi sconvolgente.

Non aveva ancora capito che cosa volesse Korum da lei. Pensava davvero che lei avrebbe accettato tutto senza problemi? In base a quello che aveva scoperto finora, essere un charl nella società Krinar non era molto diverso dall'essere uno schiavo. Secondo la loro legge, lei era una proprietà di Korum—qualcosa che gli apparteneva. Come avrebbe potuto nascere una relazione autentica e sincera? Lui deteneva tutto il potere; poteva farle tutto quello che voleva e nessuno avrebbe interferito.

E anche se fosse stata disposta ad accettare quel tipo di dinamica, c'erano tanti altri problemi da superare. Come le aveva detto, era una ragazza umana di ventun anni—immatura e inesperta— rispetto a un K che aveva vissuto duemila anni. Come poteva considerarla qualcosa di più di una persona ingenua e ignorante? Non solo la sua specie godeva di una scienza e di una tecnologia molto più avanzate, ma Korum stesso doveva aver raccolto una grande conoscenza nei secoli della sua esistenza. Come poteva un essere umano stargli vicino con una durata della vita di ottanta o novant'anni? Naturalmente non l'avrebbe più voluta una volta invecchiata; per quanto fosse forte la sua attrazione in quel momento, avrebbe sicuramente perso l'interesse per lei non appena fossero apparse le prime rughe e i capelli grigi—se non molto prima.

Chiudendo gli occhi per quel doloroso pensiero, Mia cercò di pensare a qualcos'altro, di distrarsi da quelle deprimenti riflessioni.

La cosa positiva era che fisicamente si sentiva benissimo. Nonostante i sogni che ricordava vagamente, doveva aver dormito benissimo, perché era piena di energie e il suo corpo era assolutamente privo dei dolori che di solito accompagnavano le lunghe sessioni di sesso. Korum doveva aver di nuovo usato qualche dispositivo di guarigione su di lei, pensò.

Era difficile credere che fosse solo sabato. Solo una settimana fa stava scrivendo freneticamente i suoi saggi. Ora sembrava una vita fa, con tutto quello che era successo negli ultimi giorni.

Lunedì avrebbe dovuto iniziare il tirocinio a Orlando, lavorando come consulente in un campo per bambini e ragazzi in difficoltà, e invece... Beh, Mia non aveva idea di cosa sarebbe successo—o di cosa il futuro avesse in serbo per lei, in generale. La sua vita aveva preso una piega talmente inattesa che qualsiasi tipo di pianificazione sembrava impossibile.

Avrebbe anche dovuto fare le valigie e lasciare la camera lunedì, ricordò improvvisamente con una sensazione di malessere nello stomaco. Aveva deciso di subaffittare la stanza per l'estate diversi mesi prima, e la subaffittuaria—una bella ragazza di nome Rita—avrebbe dovuto trasferirsi all'inizio della settimana seguente. Tuttavia, data l'improvvisa partenza di Mia da New York, tutta la sua roba era ancora lì.

Saltando giù dal letto, corse verso il piccolo tavolo dove aveva poggiato lo zaino. L'aveva portato con sé da New York, e conteneva qualcosa di estremamente prezioso: il cellulare. Doveva chiamare Jessie al più presto possibile. La sua compagna di stanza probabilmente era già preoccupata, non sentendola da ieri, e sarebbe rimasta assolutamente scioccata, se tutte le cose di Mia fossero rimaste ancora nella sua stanza, quando Rita si fosse trasferita. Jessie non avrebbe mai creduto che Mia fosse così irresponsabile da dimenticarsi del subaffitto.

Tirando fuori il cellulare, Mia trattenne il fiato, pregando che ci fosse una buona ricezione. Ma, naturalmente, le sue speranze furono vane—c'erano zero barre. Non solo era in un Paese straniero, si rese conto, ma la schermatura tecnologica dei K probabilmente bloccava tutti i segnali della torre telefonica.

Sospirando, indossò una vestaglia e lavò i denti prima di andare a cercare Korum. Se non avesse contattato Jessie nel fine settimana, la compagna di stanza avrebbe facilmente fatto venire la polizia nell'appartamento a TriBeCa di Korum entro lunedì.

Entrando nel salone, Mia vide Korum seduto sul divano con gli occhi chiusi. Sorpresa, si fermò e lo fissò. Stava dormendo? Per paura di disturbarlo, si limitò a stare lì, sfruttando quella rara opportunità di studiare l'amante alieno in un momento di vulnerabilità.

Con gli occhi chiusi, la perfezione bronzea del suo volto era ancora più evidente. Gli zigomi alti si mescolavano sinergicamente al naso solido e alla mascella risoluta, formando un viso tanto mascolino quanto bello. Aveva le sopracciglia scure e folte, proprio sopra gli occhi, e le ciglia sembravano incredibilmente lunghe, simili a ventagli scuri sulle guance. I capelli gli erano cresciuti nel corso del mese in cui lo aveva conosciuto—probabilmente era stato troppo impegnato a dare la caccia ai Keith per tagliarli, pensò Mia ironicamente—e stavano cominciando a sfiorargli il collo.

Come se percepisse il suo sguardo su di lui, aprì gli occhi e sorrise, quando la vide lì. "Vieni qui" mormorò, accarezzando il divano accanto a lui. "Come ti senti?"

Mia arrossì leggermente. "Sto bene" gli disse.

Continuava a guardarla con un'espressione misteriosa sul viso, quasi come se la stesse studiando. Sentendosi un po' insicura dopo la conversazione di ieri, si avvicinò con cautela. Anche se aveva trascorso la maggior parte della scorsa notte avvolta nel piacere delle sue braccia, c'erano ancora molte questioni irrisolte tra loro. Fermandosi a qualche metro di distanza, chiese: "Stavi dormendo? Mi dispiace averti interrotto, se..."

"Dormire? No." Sembrava sorpreso dalla sua supposizione. "Mi stavo solo occupando di qualche affare."

"Virtualmente?" chiese Mia, e Korum annuì, accarezzando di nuovo il divano.

Mia si avvicinò, e lui allungò la mano, tirandola sul grembo. Seppellendo la mano nella massa scura dei suoi riccioli, le piegò la testa verso di lui e la baciò, con la bocca calda ed esigente, strofinandole la lingua con la sua, finché Mia non dimenticò tutto tranne le incredibili sensazioni che le stava provocando. Riuscendo a malapena a respirare, gemette, sciogliendosi impotentemente contro di lui, con l'intimo pieno di liquido caldo, nonostante il fatto che avrebbe dovuto essere esausta dopo gli eccessi della notte scorsa.

Apparentemente soddisfatto della sua reazione, Korum alzò la testa e la guardò con un sorrisetto, liberandole i capelli e continuando a tenerla in braccio. "Vedi, Mia" disse piano. "Non mi importa niente delle etichette relative alla nostra relazione. Non cambiano niente tra noi."

Mia si leccò le labbra. Erano morbide e gonfie dopo il bacio. "No, hai ragione. Non cambiano niente" concordò. Saperne di più sul suo ruolo nella società dei K non riduceva affatto l'attrazione che provava per lui. Al suo corpo non importava che, essendo una charl, non aveva alcun diritto di decidere della propria vita.

Korum sorrise e si alzò, mettendola in piedi. "Dovrò partire tra circa mezz'ora per il processo. Vuoi vederlo da qui?"

Mia sgranò gli occhi. "Come in TV?"

"Attraverso la realtà virtuale" le disse. "Non ti voglio lì di persona, non vorrei che il Consiglio cercasse di metterti pressione per testimoniare."

"E se lo facessi? Testimoniare, voglio dire?" Mia era improvvisamente curiosa di sapere come mai Korum fosse così determinato a proteggerla. Non moriva dalla voglia di presentarsi davanti al Consiglio dei Krinar, ma sembrava eccessivamente preoccupato.

"I traditori avranno un Protettore" spiegò Korum. "È un po' come il vostro avvocato, ma diverso. Il Protettore è una persona che crede davvero nell'innocenza dell'accusato—potrebbe essere un loro familiare o un amico. Quando si agisce come Protettore, si mette tutto in discussione—la reputazione, la posizione nella società. Se non si riesce a dimostrare l'innocenza di coloro che si proteggono, si perde quasi quanto loro."

"E gli accusati hanno sempre questo Protettore?" domandò Mia, cercando di capire come funzionasse quel sistema così strano.

Korum scosse la testa. "No. Ma questi traditori ce l'hanno, purtroppo. Uno di loro, Rafor, è il figlio di Loris—uno dei membri più anziani del Consiglio—e Loris ha deciso di essere il suo Protettore. È uno degli individui più spietati che conosca, e non si fermerebbe davanti a nulla pur di proteggere il figlio. Tra l'altro, mi odia. Se ti lasciassi andare lì come testimone, farebbe tutto il possibile per far apparire la tua testimonianza come quella di un'umana isterica e irrazionale che ho manipolato per fini personali. Ti umilierebbe pubblicamente, facendoti a pezzi davanti a tutti, e non lo permetterò."

Mia deglutì, cominciando a capire. "Non ci sono regole in merito ai tipi di domande che possono essere fatte ai testimoni?"

"No" rispose Korum. "Visti i rischi che si corrono, tutto è lecito. L'unica cosa vietata al Protettore è il danno fisico. Ma niente può impedirgli di distruggerti verbalmente—e, credimi, Loris è davvero bravo in questo."

"Capisco" disse Mia lentamente, con lo stomaco sottosopra al pensiero di presentarsi davanti a un membro spietato del Consiglio dei Krinar, determinato a proteggere il figlio.

"Ma non preoccuparti" la rassicurò Korum. "Non succederà. Nel migliore dei casi, otterranno una testimonianza registrata da parte tua—e questo solo se Arus supplicherà per averla.

"Chi è Arus?" Mia ricordò quel nome menzionato in precedenza, durante la visita di Saret.

"È un altro membro del Consiglio e, tra l'altro, è il nostro ambasciatore presso i leader umani."

"Non ti piace nemmeno lui?" domandò Mia.

Korum piegò le labbra per un sorriso cupo, privo di umorismo. "Diciamo che abbiamo avuto divergenze politiche." Lo sguardo nei suoi occhi era freddo e distante, e Mia tremò leggermente, lieta che non fosse diretto a lei.

"Capisco" ripeté. Non era del tutto vero, ma credeva che non sarebbe stato saggio continuare con quell'argomento. Facendo un respiro profondo, ricordò il motivo iniziale per cui aveva voluto parlare con lui. "Uhm, Korum, volevo chiederti una cosa..."

La sua espressione si addolcì leggermente. "Certo, di cosa si tratta?"

Mia lo guardò con un'espressione implorante. "Devo telefonare a Jessie. Il mio cellulare non sembra avere una buona ricezione qui..."

Sollevò le sopracciglia. "Vuoi telefonare alla tua coinquilina? Perché?"

"Perché si preoccuperà, se continuerà a non sentirmi per altri giorni" spiegò Mia. "E perché devo chiederle un grande favore. Tutta la roba è ancora nella mia stanza, e la ragazza che la subaffitterà si trasferirà lunedì. Avrei dovuto fare le valigie e andarmene ieri, ma..."

"Ma sei finita qui" disse Korum, capendo subito. "Va bene, puoi chiamare Jessie e dirle dove sei. Forse può fare le valigie per te. Se lo farà, dirò al mio autista di andarle a prendere e di portarle nel mio appartamento di New York."

"Sarebbe fantastico, grazie" disse Mia, sorridendo dal sollievo. "E se potessi parlare un momento con i miei genitori, sarebbe davvero straordinario."

Le sorrise. "Certo. Ma a *loro* è meglio non dire dove sei."

"No, certo che no" concordò Mia. Cercò di immaginare la reazione dei suoi genitori alla notizia che si trovava in un insediamento alieno in Costa Rica, e non era un quadro piacevole. Continuando a riflettere, chiese: "E quando partirò per la Florida? Che cosa dirò?"

Korum si strinse nelle spalle. "La verità, credo. Sarò con te, quindi possono chiedermi quello che vogliamo per essere rassicurati sulla tua sicurezza."

Mia rimase a bocca aperta. "Vuoi conoscere i miei genitori?"

"Certo, perché no?"

"Uhm..." Mia poteva pensare a una dozzina di ragioni per cui sarebbe stato meglio di no. Si soffermò sulla prima. "Beh, non so come reagirebbero, sai, tu sei..."

Sembrava divertito. "Un Krinar? Dovranno abituarsi all'idea, se vogliono continuare a vederti."

Mia lo fissò. "Che cosa vuoi dire con 'se vogliono continuare a vederti'?"

"Voglio dire, Mia" disse piano. "Che stai con me, e la tua famiglia dovrà farsene una ragione." Notando lo sguardo ansioso sul suo viso, aggiunse: "E non preoccuparti, sarò paziente con loro. So che ti vogliono bene, e farò del mio meglio per tranquillizzarli."

Pochi minuti dopo, con Mia ancora in stato di shock al pensiero che i genitori avrebbero conosciuto il suo amante alieno, Korum le diede un sottile braccialetto argentato, che somigliava ad un orologio da polso.

"È un oggetto che ho appena creato per te" spiegò, sistemandolo attorno al suo polso sinistro. "Sarà il tuo dispositivo informatico personale, mentre sarai qui a Lenkarda. È in grado di connettersi ai cellulari e ai computer umani, e potrai utilizzarlo per chiamare o chattare con la tua famiglia. L'ho programmato con tutti i tuoi contatti—"

Sorpresa, Mia studiò il grazioso oggetto sul braccio. Somigliava molto a un gioiello elegante, e ricordava vagamente di aver visto alcuni K in TV che indossavano qualcosa di simile. "Come funziona?" chiese, non vedendo alcun pulsante.

"Risponderà ai tuoi comandi vocali—per il momento, questo sarà il modo più semplice per permetterti di gestire la nostra tecnologia."

"Quindi, mi capirà se darò le istruzioni parlando in modo normale?"

Korum annuì. "Ti capirà perfettamente in qualsiasi lingua, perché l'ho progettato specificamente per te."

Mia sbatté le palpebre. Non ne era sicura, ma sospettava che Korum fosse uno dei pochissimi K ad essere in grado di fare qualcosa di simile— di creare uno straordinario oggetto tecnologico che potesse essere utilizzato solo dalla sua charl. "Grazie" disse con gratitudine. "Ora chiamerò Jessie."

Cercando un po' di privacy, Mia entrò nella camera. Sedendosi sul letto, avvicinò il polso sinistro alla bocca e parlò nel braccialetto. "Chiama Jessie, per favore." Due secondi dopo, sentì dei suoni simili a quelli della composizione di un numero, che indicavano la riuscita del collegamento.

"Pronto?" Era la voce di Jessie, e si diffondeva dal piccolo dispositivo sul polso di Mia. A differenza degli altoparlanti dei telefoni che Mia conosceva, poteva sentire Jessie con una precisione cristallina, come se fosse in camera con lei.

Sperando che Jessie potesse sentirla altrettanto bene, Mia disse: "Ehi Jessie, come va? Sono Mia."

"Mia? Da dove stai chiamando?" Jessie sembrava sorpresa. "Mi appare un numero sconosciuto."

"Uhm, sì, in realtà... non sono in città al momento—"

"Che cosa? Dove sei?"

"Uhm... in Costa Rica."

"CHE COSA?" Il grido di Jessie era assordante.

Mia si strofinò le orecchie. "Sì, si è trattato di un viaggio inaspettato, ma va tutto bene. Sto con Korum e—"

"Oh mio Dio, che cazzo ci fai in Costa Rica? Quel bastardo ti ha costretta ad andarci? Perché se è così—"

"No, Jessie, va tutto bene! Ascolta, volevo solo chiamarti e farti sapere dov'ero—"

"Mia, che cosa stai facendo in Costa Rica?" Jessie sembrava un po' più calma, anche se Mia continuava a sentire il sottofondo di panico nella voce della coinquilina. "E dove, esattamente, in Costa Rica?"

Mia si fermò un attimo, cercando di pensare a come poter spiegare tutto al meglio. "Beh, in questo momento sono a Lenkarda—il Centro K della Costa Rica—"

"Oh mio Dio, Mia, ti ha portata lì? Ha scoperto tutto?" C'era puro terrore nella voce di Jessie. "Sa di... quello che hai fatto?"

Mia sospirò. "Sì. In realtà ha sempre saputo tutto. Non preoccuparti—va tutto bene ora..."

"Che cosa vuol dire che ha sempre saputo tutto?"

"Ascolta, Jessie, non voglio raccontarti tutta la storia ora, ma credimi se ti dico che non sono assolutamente in pericolo, ok?" Mia parlava in fretta, sapendo che probabilmente aveva solo pochi minuti a disposizione, prima che Jessie facesse qualcosa di drastico—come ricontattare la Resistenza. "Abbiamo parlato di tutto, e c'è stato un malinteso da parte mia—e ora va tutto bene. Passerò l'estate qui. Andremo in Florida tra un paio di settimane per far visita ai miei genitori, e poi tornerò a New York per il prossimo anno scolastico. Non preoccuparti, ti prometto..."

Cadde il silenzio per qualche secondo, poi Jessie disse sottovoce: "Mia, non capisco. Mi stai dicendo che l'alieno che ti spiava ti ha portata in un Centro K, e ti aspetti che creda che vada tutto bene?"

Mia fece un respiro profondo. "*Va* tutto bene. Davvero. Ho commesso un errore a lasciarmi coinvolgere dalla Resistenza. Korum mi ha spiegato tutto, e a quanto pare non avevo capito la situazione—"

"E adesso l'hai capita? Come puoi credere a quello che dice?"

"Ascolta, devo fidarmi di lui, Jessie. Non ha motivo di mentirmi ora." Almeno, Mia lo sperava.

"E ti permette di chiamarmi?"

La ragazza sorrise. "Sì, certo; quindi, vedi... non è come pensi." Poteva quasi sentire gli ingranaggi muoversi nella testa di Jessie.

"Quindi, mi stai dicendo che sei in un Centro K e che stai bene? Che tornerai a scuola e tutto il resto?"

"Assolutamente" disse Mia, sollevata dal fatto che Jessie stesse cominciando a crederle. "È solo successo che invece di andare in Florida per l'estate, sono andata in Costa Rica, ecco tutto."

"E il tuo tirocinio a Orlando?"

"Non lo so ancora" ammise Mia con riluttanza. "Dovrò chiamarli e spiegare che non posso più farlo."

"Quindi, niente tirocini estivi prima del tuo ultimo anno? Questa è una pessima mossa per la carriera, Mia..."

"Sì, lo so" disse Mia, non avendo bisogno che la coinquilina glielo ricordasse. "Forse riuscirò a trovare qualcosa durante l'anno scolastico tramite il centro per l'impiego... vedrò. Ma presto andrò in Florida per qualche giorno, quindi starò bene."

"Andrai con lui?"

"Sì." Mia sorrise, immaginando la reazione della compagna di stanza per quello che le stava per dire. "Vuole conoscere i miei genitori."

"CHE COSA? Stai scherzando?"

Mia rise. "È strano, vero?"

"Vuole sposarti?" Jessie sembrava incredula quanto l'amica.

"No, certo che no" disse Mia, sconvolta a quel pensiero. "Penso che voglia solo essere gentile. Forse. Non so se conoscere i genitori sia importante nella cultura dei K o meno. Inoltre, è molto più grande dei miei genitori, quindi non sarà intimidito da loro..."

"Wow, Mia" disse lentamente Jessie. "Non so nemmeno cosa dirti—"

"Non devi dire niente, Jessie. So che tutto questo è assurdo, ma sto davvero bene. Ascolta, in realtà volevo chiederti un enorme favore..."

"Fammi indovinare" disse Jessie. "Rita sarà qui lunedì, e tutti i tuoi meravigliosi vestiti nuovi sono ovunque."

"Sì, esatto." Mia cercò di sembrare implorante. "Jessie, se facessi questo per me, te ne sarei davvero grata..."

Sentì Jessie sospirare. "Certo. Lo farò per te. Ma dove dovrei mettere tutto? Nel deposito?"

"No, l'autista di Korum a New York può passare a prenderlo e portarlo da lui."

"Oh... capisco" disse Jessie, stranamente esitante. "Vuol dire che ti stai trasferendo ufficialmente da lui?"

"No, certo che no! È solo per l'estate, al posto del deposito, lo sai."

"Non lo so, Mia." Jessie sembrava di nuovo arrabbiata. "Chissà perché, ho la sensazione che non tornerai a vivere qui..."

"Jessie..." Mia non sapeva proprio cosa dire. Non poteva promettere niente, perché molte questioni erano ancora irrisolte. Korum avrebbe voluto vivere con lei a TriBeCa, una volta tornati a New York? E sarebbe stato un male, se l'avesse fatto? Lo conosceva solo da un mese, ed era difficile per lei immaginare come sarebbe stata la loro relazione tra altri due mesi.

"Va bene, non devi dire niente" disse Jessie, sembrando falsamente allegra. "Non possiamo essere compagne di stanza per sempre, lo sai. Doveva succedere. Certo, è successo in circostanze piuttosto strane, ma sono certa che il suo attico sia molto più bello del nostro edificio infestato dagli scarafaggi."

"Jessie, ti prego... È troppo presto per parlarne—"

"Non lo so" ribatté Jessie, con una nota di fastidio nella voce. "A quanto pare, state andando abbastanza in fretta—conoscendo già i genitori e tutto il resto..."

Mia rise, scuotendo la testa dalla disapprovazione, anche se la coinquilina non poteva vederla. "Oh, per favore, non essere sciocca."

Chiacchierarono un altro po', con Jessie che chiese a Mia di parlarle dell'esperienza a Lenkarda. Le parlò volentieri del cibo e si vantò della tecnologia intelligente che aveva incontrato, descrivendo il letto nel dettaglio. Come si aspettava, Jessie concordava sul fatto che ci fossero alcuni vantaggi nell'avere una relazione con un K. Era anche scioccata dalle nuove capacità linguistiche di Mia.

"Mi capisci davvero?" chiese Jessie in cinese, una lingua che aveva appreso dai genitori immigrati.

"Sì, Jessie, ti capisco perfettamente. Non è straordinario?" rispose Mia nella stessa lingua, e si strofinò le orecchie, quando Jessie gridò per l'emozione.

Alla fine, promettendo che l'avrebbe richiamata tra qualche giorno, Mia disse al piccolo dispositivo di riagganciare e scollegarsi.

I suoi genitori erano i prossimi sulla lista.

Sua madre fu felice di sentirla, anche se sembrava preoccupata che la figlia non la stesse chiamando dal solito telefono.

"Non preoccuparti, mamma" spiegò Mia. "Il mio cellulare funziona male, e sto utilizzando temporaneamente questo telefono, anche se non ho ancora capito tutte le impostazioni." In parte era vero. Il suo cellulare funzionava davvero male nel Centro K, e non aveva ancora esplorato tutto il potenziale del dispositivo di Korum.

"Va bene, tesoro" disse sua madre. "Basta che non dimentichi di telefonarci o mandarci qualche messaggio."

"Non lo farò" promise Mia. "Nei prossimi giorni sarò occupata con il progetto di volontariato, ma vi chiamerò mercoledì."

"Come sta andando, a proposito?" chiese sua madre, sembrando un po' irritata. Mia aveva detto ai genitori che sarebbe rimasta a New York altre due settimane per aiutare il suo professore con un programma speciale per i ragazzi svantaggiati. Naturalmente, la donna non era contenta di dover aspettare per rivedere la figlia più piccola.

"È fantastico" mentì Mia. "Sto imparando molto, e sarà perfetto per il mio curriculum." Fece una smorfia mentalmente al pensiero di dover mentire ai suoi genitori in quel modo, ma non poteva rivelare la verità, non ancora. Korum aveva ragione: sarebbe stato meglio se avessero saputo di lui di persona e avessero avuto la possibilità di parlargli per attenuare le loro preoccupazioni. Se Mia avesse detto loro dov'era in quel momento, i suoi genitori sarebbero impazziti.

Cercando di cambiare argomento, domandò: "Come sta papà? Ha avuto il mal di testa ultimamente?"

"Sì, qualche giorno fa" disse sua madre, sospirando. "Non è stato uno dei peggiori, per fortuna."

"Di' a papà di non stressarsi e di non passare troppo tempo davanti al computer. E di passeggiare regolarmente, ok?"

"Certo, tesoro, ci stiamo provando."

"Statemi bene!"

Sua madre le disse di non preoccuparsi, chiacchierarono ancora un po', e poi Mia la salutò e andò a trovare Korum, prima che lui partisse per il processo.

Le aveva offerto la possibilità di seguire gli avvenimenti, e Mia intendeva accettare quell'offerta.

CAPITOLO CINQUE

ia entrò nell'alta cupola bianca senza esitazione, con un pezzo della parete che si dissolse per consentirle il passaggio. Korum le aveva assicurato che nessuno avrebbe potuto vederla o sentirla in quella particolare versione del suo mondo virtuale, e che avrebbe potuto vivere tutta l'esperienza della partecipazione a un processo senza stress, né incontri spiacevoli con il Protettore. C'erano anche versioni interattive della realtà virtuale, le aveva spiegato, ma non erano appropriate per quella situazione. Lui stesso avrebbe partecipato personalmente; era una sua responsabilità in quanto membro del Consiglio e uno dei principali accusatori in quel caso.

Entrando nella cupola, Mia sussultò dallo stupore. Il luogo era pieno di Krinar, sia maschi che femmine, tutti vestiti con gli abiti chiari che la loro razza sembrava preferire. Era uno spettacolo incredibile, con migliaia di alieni alti, bellissimi e abbronzati che occupavano il gigantesco edificio dal pavimento al soffitto. Gli spettatori—almeno Mia supponeva che fossero tali—erano letteralmente disposti l'uno sull'altro, ciascuno seduto su uno dei sedili fluttuanti, fondamentali lì a Lenkarda. I sedili erano disposti a cerchio attorno al centro della cupola, con i cerchi che fluttuavano l'uno sull'altro. Era una disposizione ordinata, pensò Mia, come una specie di arena, ma con sedili fluttuanti.

Al centro, c'erano circa una dozzina di posti simili a podi, con circa un terzo di essi occupato dai Krinar. Il resto era vuoto.

Avvicinandosi attentamente verso il centro, Mia cercò di evitare di imbattersi in qualcuno, ma era inevitabile. Il luogo era assolutamente gremito. I partecipanti non potevano *sentirla*, ma Mia poteva sicuramente sentire *loro*, quando riceveva una gomitata da qualcuno o le calpestavano il piede. Non aveva idea di come funzionasse quella realtà virtuale, ma era fastidioso e piuttosto doloroso essere la ragazza invisibile in mezzo alla folla. Alla fine, riuscì ad arrivare al centro, dove un'ampia area circolare era completamente vuota.

Rimanendo al sicuro in quella zona, si guardò intorno, sbalordita.

Dall'interno, le pareti della cupola erano trasparenti, e la brillante luce solare filtrava da tutte le direzioni, riflettendo il colore bianco dei sedili e gli abiti chiari dei Krinar. A differenza degli indumenti semplici e svolazzanti che aveva visto loro indossare, i vestiti oggi sembravano meno casual, con linee più strutturate e forme adatte sia ai maschi che alle femmine. La maggior parte dei K sembrava avere capelli e occhi scuri, anche se qua e là poteva vederne alcuni con i capelli leggermente più chiari, sul castano. Korum era di altezza media, comprese Mia, osservando gli alieni alti intorno a lei. Uno come lei—alto un metro e sessanta e con un peso pari a cinquantacinque chili—probabilmente sarebbe stato considerato un nanerottolo.

Spostando l'attenzione sulle strutture simili a podi, Mia vide Korum seduto dietro a una di esse. Sorridendo al pensiero di poterlo osservare, mentre lui non poteva vederla, Mia gli si avvicinò. Sembrava occupato con qualcosa sul palmo—probabilmente il computer inserito lì—e non prestava attenzione alla presenza virtuale della ragazza. Con un sorriso malvagio, Mia gli si avvicinò da dietro e lo toccò, passandogli le mani sulle spalle. Naturalmente non ci fu alcuna reazione da parte sua, e Mia rise forte, immaginando le possibilità. Avrebbe potuto fargli tutto quello che voleva, e lui non l'avrebbe saputo.

Sperimentando la teoria, gli leccò il retro del collo. Ancora una volta, lui non reagì, ma *lei* poté gustare la debole salsedine sulla sua pelle, bearsi del familiare profumo caldo del suo corpo. Come previsto, Mia si sentiva eccitata, e si strofinò su di lui, sfregando i seni sul morbido tessuto della maglietta color avorio dell'alieno. Erano circondati da migliaia di spettatori, e non importava perché nessuno—nemmeno Korum stesso—sapeva cosa stesse facendo.

Sorridendo sempre di più, Mia gli mordicchiò il collo e si allungò verso i genitali, accarezzandogli la zona tra i vestiti. Si sentiva incredibilmente cattiva, come se stesse facendo qualcosa di proibito, pur sapendo che tutto quello si stava più o meno svolgendo nella sua testa. Prima che potesse continuare, tuttavia, si levò improvvisamente un rumore dalla folla, e Mia si allontanò, rendendosi conto che il processo stava iniziando.

Il tempo dei giochi era finito.

Il tavolo simile a un podio, di fronte al quale era seduto Korum, era così basso che Mia ci salì sopra, mettendosi comoda. Sembrava un buon punto da cui poter osservare il dramma imminente.

Esaminando l'ambiente circostante con attenzione, giunse alla conclusione che gli altri podi erano occupati dagli altri membri del Consiglio. Un terzo di essi era lì di persona, mentre gli altri sedili—quelli vuoti—erano occupati da immagini olografiche sia di Krinar maschi che femmine. Immaginò che le olografie fossero di coloro che non potevano esserci di persona—forse perché erano su Krina. Notò che Saret era seduto davanti a loro, ma non sapeva chi fossero gli altri Krinar. Mia contò quindici podi intorno al cerchio vuoto, ma solo quattordici erano occupati. Probabilmente quello libero era il sedile del Protettore, pensò Mia; aveva senso che non avrebbe giudicato le prove, dato che suo figlio era uno degli accusati.

Un suono simile a uno scampanellio riecheggiò nella cupola, e cadde subito il silenzio sulla folla. All'improvviso, il pavimento al centro del cerchio si dissolse, ed emersero sette grandi cilindri d'argento.

Il pavimento si risolidificò, e i cilindri si posarono su di esso. Mentre Mia osservava a bocca aperta, le pareti dei cilindri si dissolsero, lasciando intatte solo le estremità circolari superiori e inferiori. E dentro ciascuna di esse, Mia vide i Keith—i sette K che avevano rischiato tutto per aiutare l'umanità a raggiungere un futuro più brillante.

Oppure, stando alle parole di Korum, per cercare di governare la Terra da soli.

I Keith erano lì, ognuno nel proprio cerchio, con espressioni amareggiate e sprezzanti. Avevano dei collari d'argento intorno al collo—gli stessi collari che Mia aveva visto mettere su di loro dalle guardie, quando erano stati catturati. Pensò che si trattasse della versione K delle manette. C'erano cinque maschi e due femmine, tutti alti e bellissimi, come gli altri della loro specie.

Curiosa di vedere la reazione di Korum, Mia si guardò dietro e quasi sobbalzò per il disprezzo glaciale sul suo volto, mentre scrutava i traditori. Vide le pericolose striature giallognole negli occhi dell'alieno, e la sua bocca era tirata in una linea piatta e crudele.

Odiava e disprezzava davvero i Keith per quello che avevano fatto, si rese conto Mia con un brivido, e si chiese nuovamente come avrebbe potuto mai *perdonarla* per le sue azioni.

L'arena era ancora silenziosa. Non c'erano urla, né fischi, come ci si sarebbe potuto aspettare da una folla così grande. Era il processo più importante degli ultimi diecimila anni, aveva detto Saret, e Mia lo poté vedere riflesso nel cupo umore degli spettatori.

Una parte del pavimento si dissolse di nuovo, ed emerse un altro maschio Krinar. Era seduto su un ampio sedile fluttuante, e si alzò non appena il pavimento si solidificò di nuovo. A differenza di tutti gli altri Krinar presenti, indossava abiti neri. Probabilmente era il Protettore, pensò Mia.

Un altro scampanellio riecheggiò per l'edificio, e tutti i membri del Consiglio si alzarono da dietro i podi. Uno di loro fece un passo avanti e si avvicinò al nuovo arrivato. Toccandogli la spalla, il membro del Consiglio disse: "Benvenuto, Loris."

Il Protettore sorrise e ricambiò il gesto toccandogli la spalla a sua volta. "Grazie, Arus." Poi, rivolgendo l'attenzione al resto del Consiglio, riconobbe la loro presenza e salutò con qualche cortese cenno con il capo.

Quindi, quelli erano gli avversari di Korum, pensò Mia, osservandoli con grande interesse. I capelli di Loris erano nerissimi e i suoi occhi erano del colore dell'onice. Le ricordava un falco, con i lineamenti belli ma spigolosi e un'espressione debolmente predatrice sul volto. Arus, invece, sembrava molto più cordiale. Con la carnagione olivastra, i capelli neri e gli occhi color castano scuro era tipico della sua specie, e c'era una certa sincerità nel suo sorriso, che faceva pensare a Mia che non fosse affatto una cattiva persona.

Dopo i saluti, Arus tornò sul podio, lasciando Loris da solo.

Sentendo del movimento alle sue spalle, Mia si voltò e vide che Korum si era alzato. Camminò intorno al podio, dirigendosi verso il centro dell'arena, con movimenti lenti e disinvolti. Sorridendo freddamente a Loris, chiese: "Il Protettore è pronto per la presentazione?"

Loris annuì, con uno sguardo carico di rabbia a stento trattenuta sul viso. A quanto pareva, Korum non aveva esagerato, quando aveva detto che Loris lo odiava.

Con un impercettibile movimento del polso, Korum fece apparire un'immagine tridimensionale che fluttuò nell'aria, visibile da tutti.

"Miei cari abitanti della Terra e tutti voi che ci state guardando da Krina in questo momento" disse Korum, con voce che risuonava in tutta la cupola: "Vorrei mostrarvi la prova di un crimine così feroce che non si verificava nella storia dei Krinar da oltre centomila anni. Un crimine in cui una manciata di traditori insoddisfatti della propria posizione ha cercato di mandare cinquantamila concittadini a morire per una patetica presa di potere. Questi traditori—i sette individui che state vedendo in questo momento—non avevano alcuna intenzione di farci avanzare come specie, come società. No, volevano semplicemente il potere, senza preoccuparsi di quello che avrebbero dovuto fare per raggiungerlo. Hanno mentito, hanno tradito la nostra gente, hanno manipolato gli umani influenzabili con le loro false promesse... e avrebbero ucciso ognuno di voi nel tentativo di dominare questo pianeta, di essere adorati dagli umani come loro salvatori—"

"È una menzogna" lo interruppe Loris, parlando a denti stretti. Delle macchie rosse apparvero sotto la sua pelle vellutata, e Mia poté quasi sentire lo sforzo che stava facendo per controllarsi. "Stai inventando tutto—"

"Non è il tuo turno e non puoi parlare ora, Protettore" disse Korum, piegando le labbra in un sorriso sprezzante. "È il mio turno, e sto presentando le prove." E con questo, fece un piccolo gesto con la mano, e la registrazione tridimensionale prese vita.

La scena era familiare per Mia—solo ieri era stata in un ambiente virtuale. Mentre la registrazione andava avanti, rivide la vecchia capanna in cui i traditori si erano rifugiati durante l'attacco della Resistenza e sentì la loro conversazione con il misterioso generale umano. Aveva assistito al tentativo delle forze della Resistenza di assaltare Lenkarda con le armi K, e rivisse la loro terribile sconfitta. E anche se stava rivedendo il tutto per la seconda volta e sapeva che la maggior parte dei combattenti umani era sopravvissuta, Mia ebbe il voltastomaco alla fine del video.

Un altro movimento della mano di Korum, e cominciò la registrazione successiva—stavolta si trattava della conversazione telefonica tra un Keith e alcuni leader della Resistenza. Chiaramente stavano coordinando le azioni prima dell'attacco. E ce n'erano altri: video tridimensionali delle riunioni della Resistenza in cui avevano parlato dei Keith, interazioni tra i funzionari del governo umano che discutevano del potenziale per la liberazione della Terra, e persino un video di John che raccontava a Mia del loro cambio di programma e di come avrebbe dovuto rubare i progetti di Korum.

Guardando tutto ciò, Mia comprese ancora meglio quanto Korum l'avesse manipolata. Mentre credeva di spiarlo, lui monitorava ogni sua mossa; non c'era mai stata occasione per aiutare la Resistenza—era sempre stata la sua pedina. Il suo stomaco si contorse a quel pensiero.

Alla fine di tutte le registrazioni, erano passate almeno quattro ore. Mia aveva fame e sete, e aveva un forte mal di testa, ma non poteva lasciare il proprio posto sul podio di Korum, troppo affascinata dal processo.

Infine, le presentazioni di Korum terminarono.

Nell'inquietante silenzio che avvolgeva l'arena, Korum disse con tono allegro: "Ed è per questo, miei cari cittadini di Krinar e abitanti della Terra, che propongo la peggior punizione per questi traditori: la riabilitazione completa."

Un mormorio attraversò la folla, e Mia poté quasi percepire lo shock tra gli spettatori. Qualsiasi cosa significasse la riabilitazione completa, chiaramente si trattava di una pratica poco comune.

Anche i Keith sembravano sconvolti, e Mia poté vedere la paura sui loro volti. Qualunque punizione si aspettassero, era ovviamente diversa da quella che Korum aveva appena proposto.

Il Protettore fece un passo avanti. Come Korum, era rimasto al centro per tutta la durata delle registrazioni. I suoi occhi neri erano carichi di furia. "È impensabile, e lo sai" disse. "Anche se fossero colpevoli, ciò che stai proponendo è fuori discussione."

"Stai ammettendo la loro colpa ora?" chiese Korum, con tono pericolosamente delicato.

Loris sollevò le sopracciglia. "Nemmeno lontanamente. Sai che non hanno fatto niente di male—"

"Beh, lasciamo che siano il Consiglio e gli Anziani a deciderlo, no?" ribatté Korum, fissando l'altro Krinar con un'espressione beffarda sul viso. "Il tuo turno è domani, ed io, per una volta, sono molto desideroso di sapere come questi traditori possano essere innocenti."

"Oh, vedrai" disse Loris, rivolgendogli un'occhiata carica di odio. "E lo vedranno tutti gli altri."

E su quella nota, ci fu un altro scampanellio. Il processo era finito per quel giorno.

～

Il Krinar fece un respiro profondo, felice che il primo giorno del processo fosse terminato. Era andato esattamente come si aspettava.

Korum aveva chiesto la punizione peggiore per coloro che considerava traditori. Se il K non avesse preso precauzioni, avrebbe potuto facilmente essere l'ottava persona lì presente, giudicata dal Consiglio.

Aveva preso le distanze dai Keith appena in tempo. Ora nessuno avrebbe sospettato del suo coinvolgimento nell'attacco ai Centri.

Se ne era assicurato.

CAPITOLO SEI

Affamata e mentalmente esausta, Mia uscì dalla realtà virtuale dicendo al suo braccialetto- orologio da polso di riportarla a casa. La sua colazione quella mattina era stata leggera, solo uno spuntino a base di mango-avocado, e si sentiva come se stesse morendo di fame a quel punto. Aprendo gli occhi, si alzò dal divano dov'era seduta e iniziò a cercare del cibo.

Avvicinandosi al frigorifero, lo aprì con decisione e fissò i vari alimenti vegetali che lo riempivano. Alcuni erano familiari—vide un paio di pomodori e peperoni—ma altri erano completamente sconosciuti. Avrebbe voluto che Korum fosse lì, in modo da poterle preparare una delle sue prelibatezze. Tuttavia, dato che era stato al processo di persona, l'umana pensò che forse avrebbe fatto un po' tardi.

Improvvisamente, le venne un'idea. Korum aveva menzionato che una delle funzioni della casa era quella di preparare cibi. Lo avrebbe fatto anche per lei?

"Ehi, casa" disse Mia, sentendosi un'idiota: "Potresti prepararmi qualcosa da mangiare?"

Per un secondo, non successe niente, ma poi una melodiosa voce femminile chiese: "Che cosa vorresti, Mia?"

La ragazza quasi sobbalzò dall'emozione. "Oh mio Dio, hai parlato! È fantastico! Uhm... Vorrei la stessa cosa che Korum ha preparato ieri, soprattutto se può essere preparata in fretta."

"Sì, Mia" rispose la voce femminile. "L'insalata shari sarà pronta tra due minuti, e lo stufato kalfani sarà pronto tra sei minuti."

Sorridendo dallo stupore, Mia si avvicinò al lavandino per lavare le mani. Quando finì e si sedette al tavolo, una parte della parete si aprì e una scodella di insalata uscì fuori, fluttuando lentamente verso il tavolo.

Mia osservò scioccata, mentre l'insalata si sistemava ordinatamente davanti a lei. Era la porzione perfetta per il suo appetito, e l'utensile a forma di pinza era già nella scodella. Il piatto era assolutamente pronto per il consumo.

"Uhm, grazie" disse, cercando di guardarsi intorno per capire da dove provenisse la voce. C'era un computer incorporato da qualche parte nel soffitto?

"Prego, Mia" rispose la voce femminile. "Buon appetito! L'altro piatto sarà pronto tra qualche minuto."

Sorridendo di nuovo, Mia scavò nel cibo. Finora, le piaceva la tecnologia Krinar. Era tutto ciò su cui la gente fantasticava con la fantascienza, ma era assolutamente reale—e aveva un qualcosa di magico che lei trovava molto affascinante. Apprezzava particolarmente la facilità con cui poteva utilizzare tutto. Comandi vocali, semplici gesti con la mano—sembrava tutto così intuitivo.

Finita l'insalata, arrivò sul tavolo anche il piatto con lo stufato simile a quello del giorno prima. Mia lo consumò avidamente, sentendo gran parte della stanchezza svanire, man mano che i livelli di zucchero nel sangue si stabilizzavano. Il cibo era delizioso come ieri, e Mia si chiese nuovamente perché Korum si fosse preoccupato di imparare a cucinare, quando aveva accesso a tale tecnologia nella sua casa.

Infine, avvicinò i piatti alla parete—che si aprì per accettarli, proprio come aveva fatto con Korum—ed entrò nel salone.

Sembrava il momento giusto per telefonare al direttore del campo di Orlando e comunicargli che non avrebbe iniziato lunedì.

Quando Korum tornò a casa un'ora dopo, Mia era riuscita ad annoiarsi.

Aveva parlato con il direttore del campo e aveva spiegato che delle circostanze impreviste le impedivano di trascorrere l'estate in Florida. Era rimasto deluso, pur mostrandosi gentile e comprensivo, il che era stato un grosso sollievo per Mia. Poi, aveva esplorato un po' la casa e aveva persino provato a parlarle, ma la melodiosa voce femminile non sembrava tanto interessata a portare avanti la conversazione. Aveva chiesto se Mia fosse a proprio agio (e lo era) e se desiderasse qualcosa da mangiare o da bere (e non lo desiderava), ma l'interazione era finita lì. Non sembrava che ci fossero libri o nient'altro con cui poter divertirsi.

Sospirando, Mia si era lasciata cadere sul divano del salone e aveva fissato il verde fuori dalla finestra. Avrebbe voluto essere abbastanza coraggiosa da avventurarsi, ma il pensiero di perdersi in una foresta della Costa Rica non l'aveva tranquillizzata. Studiando il dispositivo simile a un braccialetto sul polso, Mia si era chiesta se avesse funzionato come un vero e proprio computer, permettendole di navigare su Internet. Aveva pensato di provare, ma poi decise di aspettare che Korum le mostrasse ulteriori capacità.

Finalmente, Korum arrivò. Sembrava teso e un po' stanco, e Mia pensò che altri politici avessero continuato dietro le quinte dopo l'aggiornamento del processo. Tuttavia, sorrise quando la vide seduta lì.

"Ciao" disse, assurdamente felice di vederlo. Nonostante tutto ciò che era successo tra loro, nonostante il fatto che l'aveva appena visto trattare i suoi avversari quasi con crudeltà, non poteva fare a meno di provare quella calda sensazione che si diffondeva dentro di lei in sua presenza.

Il sorriso dell'extraterrestre si allargò. Unendosi a lei sul divano, la baciò dolcemente e la tirò più vicino per un abbraccio. Mia ricambiò il gesto, sorpresa, e mormorò sulla sua maglietta: "Va tutto bene? È successo qualcosa?"

Scosse la testa e la strinse, seppellendo il viso tra i suoi capelli e respirandone il profumo. "No" mormorò. "Va tutto bene ora."

Qualche secondo dopo, si ritrasse e la guardò. "Spero che tu abbia mangiato qualcosa. Ho programmato la casa per rispondere ai tuoi comandi vocali, assicurandomi che non avresti avuto difficoltà."

Mia sorrise. "Sì, sono riuscita a farmi preparare qualcosa. Ti ringrazio per questo."

"Bene" disse piano. "Voglio che ti senta a tuo agio qui."

Mia annuì lentamente. "Sto cominciando a sentirmi a mio agio, un po'. Ma in realtà volevo chiederti una cosa..."

"Certo, di cosa si tratta?"

"Mi annoio" gli disse sinceramente. "Non ho niente da fare, quando non ci sei. A casa ho la scuola, il lavoro, gli amici, i libri, la TV."

"Ah, capisco" disse Korum, sorridendo. "Non ti ho mostrato tutto ciò che il tuo piccolo computer può fare. Digli che vuoi leggere qualcosa."

"Ok" disse Mia, dubbiosa, guardando il braccialetto. "Vorrei leggere qualcosa..."

Quasi immediatamente, una delle pareti si dissolse, rivelando una sezione nascosta all'interno—una specie di scaffale. E mentre Mia guardava, un oggetto che somigliava a uno spesso foglio di carta fluttuò verso di lei.

"Come fa a fluttuare tutta questa roba?" chiese Mia con stupore, afferrando l'oggetto in aria. "Piatti, sedie, ora questo..."

"Il presupposto è simile agli scudi che utilizziamo per proteggere i nostri insediamenti" spiegò Korum. "È una tecnologia del campo di forza, applicata su scala molto più piccola."

"Oh, capisco" disse Mia, come se quello le dicesse qualcosa. Non era affatto un genio della tecnologia. Studiando il foglio nelle sue mani, notò che era stato realizzato con qualche materiale simile alla plastica.

"È qualcosa con cui puoi passare il tempo" disse, sedendosi accanto a lei. "È un po' come un tablet. Puoi leggere qualsiasi libro—umano o Krinar—che sia mai stato scritto, e puoi guardare qualsiasi genere di film desideri. Anche questo funziona con i comandi vocali, quindi puoi dirgli cosa vuoi vedere o leggere."

"Posso utilizzarlo per saperne di più sui Krinar? Per leggere qualche libro di storia?" chiese Mia, fissando l'oggetto con meraviglia.

"Certo. Puoi utilizzarlo come preferisci."

La ragazza sorrise. "È fantastico, grazie!"

Ricambiò il sorriso. "Prego. Non voglio che ti annoi qui."

Improvvisamente, a Mia venne in mente una cosa. "Aspetta, hai detto che funziona con i comandi vocali, ma non ti ho mai visto, né sentito utilizzare comandi vocali. Come *controlli* tutta la tua tecnologia?"

"Ho un computer molto potente che essenzialmente mi permette di controllare tutto attraverso uno specifico modo di pensare" spiegò Korum, tenendo il palmo della mano sollevato. "È un tipo di interfaccia computer-cervello altamente avanzata. Utilizzo anche alcuni gesti, ma questa è semplicemente un'abitudine."

Mia lo fissò. "Quindi, controlli i dispositivi elettronici con la mente?"

"I dispositivi elettronici Krinar, sì. La tecnologia umana non è stata pensata per questo."

"E gli altri? Vale anche per loro?"

Korum annuì. "Per molti di loro, sì. Alcuni preferiscono fare ancora all'antica, cioè utilizzare i comandi vocali e i gesti, ma molti sono passati oltre. La maggior parte della nostra tecnologia è stata progettata per entrambi i modi di fare le cose, perché i nostri figli e i giovani utilizzano solo il primo metodo."

"Perché?" chiese Mia, guardandolo affascinata.

"Perché i loro cervelli non sono pienamente formati e sviluppati, e perché c'è una curva di apprendimento coinvolta nell'uso delle interfacce computer-cervello. È per questo che sto impostando tutto con le capacità vocali per te—è molto più facile per un principiante in questo modo. Più avanti, quando comprenderai meglio la nostra tecnologia e la società, potrò impostare la nuova interfaccia."

Mia sgranò gli occhi. Le avrebbe dato la capacità di controllare la tecnologia Krinar con la mente? Le possibilità erano semplicemente inimmaginabili. "È..."

"Un po' troppo per il momento?" chiese Korum, e Mia annuì.

"È per questo che puoi utilizzare i comandi vocali" disse. "La tua società è progredita abbastanza da permetterti di comprendere facilmente quel tipo di interfaccia, ed è molto intuitiva."

"Quindi, per ora, sarò come uno dei vostri figli?" chiese Mia.

Piegò le labbra per un sorriso. "Se tu fossi una Krinar, saresti davvero considerata un'adolescente, data la tua età."

"Capisco." Mia lo guardò leggermente accigliata. "E a quale età diventate adulti?"

"Beh, fisicamente raggiungiamo le nostre caratteristiche adulte più o meno alla stessa età degli umani, negli ultimi anni dell'adolescenza o intorno ai vent'anni. Tuttavia, è solo intorno ai duecento-trecento anni che un Krinar è considerato abbastanza maturo da essere un membro pienamente funzionante della nostra società—anche se potrebbe accadere prima, nel caso di qualche contributo straordinario."

Per qualche ragione, questo infastidiva Mia. Non sapeva come mai le importasse di non essere considerata un membro pienamente funzionante della società Krinar in un momento della propria vita. Non che avrebbero mai considerato un'umana come tale. E inoltre, non aveva idea di quanto sarebbe durata la sua relazione con Korum. Eppure, in qualche modo la faceva arrabbiare il fatto che i K l'avrebbero sempre considerata come poco più di una bambina.

Non volendo soffermarsi sull'argomento, domandò: "Allora, il processo è andato come previsto?"

Korum si strinse nelle spalle. "Più o meno. Loris cercherà di rigirare la frittata, di far credere che ho inventato tutto. Ma ci sono troppe prove del loro tradimento, e non credo che qualcosa possa salvarli a questo punto."

"Che cosa significa riabilitazione completa?" chiese Mia, insopportabilmente curiosa. "Sembravano tutti sconvolti, quando l'hai suggerita."

"È la nostra forma di punizione più estrema per i criminali" spiegò Korum, con gli occhi leggermente socchiusi. "È utilizzata nei casi in cui un individuo rappresenti un grave pericolo per la società—proprio come quei traditori."

"Ok... ma in cosa consiste?"

"Saret può spiegartelo meglio di me" disse Korum. "La meccanica esatta rientra nella sua area di competenza. Ma in pratica, qualunque cosa li abbia spinti ad agire in quel modo—quel tratto di personalità verrà completamente eliminato."

Mia strabuzzò gli occhi. "E come?"

Korum sospirò. "Come ho detto, non è la mia area di competenza. Ma da quello che so, da profano, comporta la cancellazione di molti ricordi e la creazione di una nuova personalità. Viene applicata solo quando non c'è altra scelta, perché è molto invasiva per la mente. I riabilitati non sono mai più gli stessi in seguito—e dovrebbe essere esattamente così in questo caso."

"Quindi, non ricorderebbero chi erano?" A Mia sembrava piuttosto orribile.

"Potrebbero ricordare qualcosa, quindi non sarebbero completamente vuoti, ma l'essenza della loro personalità—e quella parte che li ha spinti a commettere il crimine—scomparirebbe."

Mia deglutì. "Sembra molto duro..."

Socchiuse nuovamente gli occhi. "È meglio di quanto faccia la tua specie ai criminali. Almeno non abbiamo la pena capitale."

"No?" Mia non sapeva perché fosse così sorpresa di sentirlo. Forse aveva a che fare con l'immagine popolare dei K come una specie violenta, che derivava principalmente dalle cruente lotte durante il Grande Panico.

"No, Mia" le disse Korum sardonicamente. "Non siamo i mostri che dipingete voi."

"Non ho mai detto che la tua gente lo sia" protestò Mia, e lui rise.

"No, solo io, vero?"

La ragazza abbassò gli occhi, non riuscendo a sopportare lo scherno nel suo sguardo. "Non penso che tu sia un mostro" gli disse sottovoce. "Ma penso che sia sbagliato trattarmi come un oggetto solo perché sono umana. Sono una persona con sentimenti e desideri, e avevo una vita prima che la sconvolgessi—"

"E ora non ce l'hai?" chiese Korum, sollevandole il mento per costringerla a guardarlo negli occhi. Notando la sfumatura più dorata che gli circondava le iridi, Mia si inumidì nervosamente le labbra improvvisamente asciutte. "Credi che ti stia maltrattando? Che ti tenga lontana dalla vita affascinante che conducevi?"

"Mi piaceva la vita che conducevo" ripose Mia in modo sfacciato. "Era esattamente quella che volevo. Ti sarà sembrata noiosa, ma mi rendeva felice—"

"Felice di cosa?" le chiese a bassa voce. "Di studiare giorno e notte? Di nasconderti dietro abiti larghi, perché eri troppo spaventata per provare a vivere? Di essere ancora vergine a ventun anni?"

Mia arrossì dalla rabbia e dall'imbarazzo. "Proprio così" gli disse amaramente. "Felice della mia famiglia e dei miei amici, felice di vivere a New York e di studiare lì, felice del tirocinio che avevo in programma per questa estate..."

La sua espressione si rabbuiò. "Ti ho già promesso che rivedrai presto la tua famiglia" disse, con tono pericolosamente piatto. "E ti ho detto che ti riporterò a New York per l'anno scolastico. Non ti fidi della mia parola?"

Mia fece un respiro profondo, cercando di controllarsi. Probabilmente non era la mossa più saggia da parte sua, litigare con lui in quelle condizioni, ma non poteva farne a meno. Qualche demonio ribelle dentro di lei si era svegliato e non riusciva a scacciarlo. "Mi hai già mentito" disse, incapace di nascondere il risentimento nella voce.

"Oh davvero?" le disse, con le parole cariche di sarcasmo. "Ti ho mentito?"

Mia deglutì un'altra volta. "Mi hai manipolata facendomi fare esattamente quello che volevi" disse con decisione. "Non volevo niente— tutto quello che desideravo era essere lasciata in pace..."

La guardò con un'espressione imperscrutabile sul viso. "Le cose stanno ancora così?" le chiese piano. "Vuoi essere lasciata in pace?"

Mia lo fissò, completamente colta alla sprovvista. Aprì la bocca, ma le parole non uscivano.

"E non mentirmi, Mia" aggiunse lentamente. "Capisco sempre quando menti."

Mia sbatté le palpebre furiosamente, cercando di trattenere un'improvvisa ondata di lacrime. Con quella semplice domanda, l'aveva messa a nudo, esponendo tutte le vulnerabilità che lui avrebbe potuto sfruttare. Non voleva che sapesse della profondità dei sentimenti che provava per lui, non voleva che giocasse con le sue emozioni. Che razza di idiota doveva essere per voler stare con qualcuno del genere? Per odiarlo e amarlo così intensamente?

Korum piegò le labbra in un sorrisetto. "Capisco." Appoggiandosi a lei, la baciò dolcemente sulla bocca, con labbra stranamente delicate sulle sue.

"Vedrò cosa posso fare per farti ottenere un tirocinio" disse, facendo un passo indietro e alzandosi. "E ti farò conoscere altre ragazze umane in questo Centro—forse conoscerai nuovi amici."

E mentre Mia lo guardava in stato di shock, le sorrise nuovamente e andò in ufficio, lasciandola sola a metabolizzare tutto quello che era successo.

CAPITOLO SETTE

Tre ore dopo, Mia era sdraiata sul letto, completamente assorbita dalla storia dell'evoluzione dei Krinar, quando Korum entrò nella camera da letto.

"Andremo a cena tra venti minuti" le disse. "Sarà meglio che ti prepari."

Sorpresa, Mia lo guardò. "A cena dove?"

"Arman è un mio amico" spiegò Korum, sedendosi sul letto accanto a lei e mettendole una mano sulla gamba. "Ci ha invitati a casa sua quando gli ho detto di te. Anche lui ha una charl, una ragazza della Costa Rica, che sta con lui da qualche anno. Non vede l'ora di conoscerti."

Mia sorrise, improvvisamente molto emozionata. "Oh, voglio conoscerla anch'io!" Non vedeva l'ora di parlare con un'altra ragazza nella sua stessa situazione e di saperne di più sui K dal punto di vista di un essere umano che li conosceva altrettanto intimamente—e da molto più tempo.

Korum ricambiò il sorriso. "Lo immaginavo. Come va la lettura finora?"

"È affascinante" gli disse con serietà. "Non sapevo che anche voi vi foste evoluti da una specie simile alle scimmie."

Annuì. "È così. Ci sono molti punti in comune tra la nostra evoluzione e la vostra, a parte il fatto che alla fine si crearono due specie diverse su Krina: noi e i *lonar*—i primati di cui ti ho parlato. Eravamo più grandi, più forti, più veloci, vivevamo più a lungo ed eravamo molto più intelligenti dei lonar, ma eravamo legati a loro, perché avevamo bisogno del loro sangue per sopravvivere."

Mia lo fissò. L'aveva appena imparato, e non riusciva a togliersi le immagini dei primi Krinar dalla testa. Il libro conteneva alcune descrizioni molto vivide di come gli antichi K cacciavano le loro prede, con ogni maschio Krinar che segnava il proprio territorio attorno a un piccolo gruppo di lonar e combatteva gli altri K per mantenere l'approvvigionamento di sangue per sé e la propria compagna. Una volta dentro il "territorio" di un K, il lonar aveva bassissime probabilità di sopravvivenza, poiché sarebbe stato costantemente indebolito dalla perdita di sangue e traumatizzato dall'esperienza di essere sfruttato. Alla fine, vennero decimati, e i Krinar furono costretti ad adattarsi, ad apprendere nuove strategie di nutrimento.

A quel punto, i Krinar erano ancora una specie primitiva, poco più che cacciatori-raccoglitori. Tuttavia, la rapida riduzione della popolazione lonar comportò che i K dovettero evolversi oltre le proprie radici territoriali, imparare a collaborare tra loro per preservare ciò che rimaneva dei critici rifornimenti di sangue. I centomila anni che seguirono furono un momento di rapido progresso per i Krinar, che segnò la nascita della scienza, della tecnologia, della medicina, della cultura e delle arti. Invece di cacciare i lonar, i K cominciarono ad allevarli, creando condizioni favorevoli per farli vivere e riprodurre, e fecero del proprio meglio per nutrirsi solo di coloro che si riteneva avessero superato l'età riproduttiva.

Questi sforzi riuscirono a rallentare temporaneamente il declino della popolazione lonar, e la società dei Krinar cominciò a prosperare. Nonostante i bassi tassi di natalità, i loro numeri cominciarono a crescere, mentre sempre meno K morivano nei violenti combattimenti per difendere il territorio. L'innovazione cominciò ad essere molto apprezzata, e i K inventarono molto presto i viaggi nello spazio. Era la prima Età dell'Oro nella storia dei Krinar, un periodo caratterizzato da uno straordinario progresso scientifico e da una coesistenza relativamente pacifica tra le diverse tribù e regioni Krinar.

"Sono appena arrivata al punto in cui iniziò la peste" gli disse Mia. Apparentemente fu proprio quell'evento a porre fine alla prima Età dell'Oro, spazzando via quasi tutta la popolazione lonar e facendo precipitare la società dei Krinar nel panico e in sanguinosi tumulti.

Korum sorrise. "Stai facendo progressi sulla nostra storia, allora. Che te ne pare finora?"

"Credo che sia molto interessante" rispose Mia sinceramente. Era anche un po' spaventoso quanto fossero stati selvaggi in passato, ma non voleva dirglielo. Cercò di immaginare Korum come un Krinar primitivo, che cacciava le prede, ed era un'operazione sorprendentemente facile, che richiedeva poca immaginazione. Poteva vedere molte delle caratteristiche predatrici ancora presenti nella sua specie, dal modo sinuoso in cui si muovevano al controllo territoriale che aveva visto in Korum nei suoi riguardi.

"Puoi continuare più tardi" disse, strofinandole la coscia. Come al solito, il suo tocco le provocò un brivido di piacere in tutto il corpo. "Non dobbiamo arrivare tardi—è considerato molto scortese verso il padrone di casa."

"Certo" disse Mia, alzandosi immediatamente. L'ultima cosa che voleva era offendere qualcuno. "Devo vestirmi in un certo modo?" Indossava ancora i jeans e la maglietta che aveva quando era arrivata ieri a Lenkarda. In qualche modo, la casa era già riuscita a lavarli, perché li aveva trovati puliti e piegati sul comò della camera.

A quanto pareva, Korum era due passi davanti a lei, perché stava già aprendo la porta dell'armadio. "Ho creato un guardaroba per te" spiegò. "Quindi, puoi scegliere quello che preferisci. Ecco, lascia che ti mostri gli abiti."

Incuriosita, Mia si avvicinò per dare un'occhiata e rimase quasi a bocca aperta. L'armadio era pieno di bellissimi vestiti chiari e di scarpe che spaziavano dai sandali agli stivali comodi, e c'erano anche accessori vari. "Hai fatto tu tutto questo?"

Korum annuì. "Ho chiesto a Leeta di mandarmi tutti i suoi modelli di abiti. Oltre a lavorare nella mia azienda, le piace anche creare vestiti."

Leeta era la cugina lontana di Korum, e Mia aveva interagito brevemente con lei a New York. Non era la persona più espansiva e amichevole, a suo avviso, ma i suoi modelli di vestiti sembravano molto belli.

"Vuoi dire che non sei un esperto di moda?" Mia finse di essere sconvolta, spalancando comicamente gli occhi. A New York, si era sbarazzato dell'intero guardaroba della ragazza.

Rise. "Nemmeno un po'. Ma capisco quando gli abiti vengono usati come scudo" disse apertamente, riferendosi alla tendenza dell'umana a indossare vestiti brutti ma comodi.

Mia combatté un'infantile voglia di fargli la linguaccia. "Certo, continua pure" mormorò.

"Per stasera, puoi indossare questo" disse Korum, tirando fuori un vestito rosa chiaro.

Mia lo indossò, segretamente soddisfatta del calore negli occhi di Korum mentre si cambiava davanti a lui, e si avvicinò allo specchio. Come tutti gli altri vestiti Krinar, le stava perfettamente: le arrivava appena sopra al ginocchio e non c'era bisogno di indossare il reggiseno. Non aveva maniche, e la schiena era completamente esposta. Tuttavia, le spalle erano coperte da bretelline increspate e la scollatura quadrata sul petto era sorprendentemente modesta. Il colore era bellissimo, dando alle sue guance pallide l'illusione di un bagliore roseo.

"Ho notato che non indossate mai vestiti brillanti o scuri" commentò Mia, chiedendosi come mai. "In generale, sembrate preferire i colori chiari in tutto. C'è una ragione particolare per questo?"

Korum sorrise, guardandola con una calda luce negli occhi. "C'è. I colori brillanti o scuri sono stati storicamente associati alla violenza e alla vendetta nella nostra cultura, e preferiamo non vederli nella vita quotidiana. Ovviamente, quando lasciamo i nostri Centri e interagiamo con gli umani, di solito indossiamo indumenti umani—e non ci importa molto dei colori. Anzi, alcuni di noi amano indossare vestiti che di solito non mettono qui o su Krina—come l'abito rosso brillante che indossava Leeta a New York. Se si vestisse in quel modo tra i Krinar, tutti penserebbero che sia impazzita e che stia pianificando la vendetta."

Qualcosa fece riflettere Mia. "È per questo che il Protettore era vestito di nero al processo? Perché è sul piede di guerra?"

"Esattamente" rispose Korum. "Ha dichiarato che crede di essere stato ingannato e che intende vendicarsi."

"Vendicarsi in che modo?" chiese Mia, e Korum si strinse nelle spalle, apparentemente poco in vena di parlare di politica in quel momento. Visto che non avevano molto tempo, Mia decise di lasciar perdere e di concentrarsi sulla cena imminente.

"Ecco, puoi indossare queste scarpe" disse Korum, porgendole un paio di stivali color avorio. Come tutte le calzature K, sembravano avere una suola piatta. A quanto pareva, il concetto di scarpe col tacco alto non era così popolare tra le donne Krinar, a differenza delle donne umane.

Mia infilò gli stivali—che le si adattarono subito ai piedi, facendola stare comoda—e cercò di lisciarsi i capelli con le dita. Dopo aver riposato a lungo, aveva i capelli arruffati, con i lunghi riccioli aggrovigliati e disordinati. Dopo un paio di minuti, abbandonò la causa senza speranza. Nonostante il regolare utilizzo del fantastico shampoo di Korum, i suoi capelli non sarebbero mai stati così lisci e lucenti come avrebbe desiderato.

"Sono bellissimi, Mia. Lasciali così" disse Korum, osservando i suoi sforzi, divertito.

Mia non poté fare a meno di sorridergli. Quella era una delle cose che trovava peculiari di lui: sembrava adorare i suoi capelli, toccando e giocando spesso con i ricci. Dato che non aveva mai visto un K con i capelli ricci, supponeva che gli piacessero semplicemente per il fattore novità. "Ok, allora sono pronta, credo..."

"Un'ultima cosa" disse Korum, avvicinandosi da dietro e mettendole un'insolita collana intorno al collo. Era un modello ingannevolmente semplice, con un solo ciondolo a forma di lacrima su una catenina sottile, ma il materiale scintillante la rendeva indescrivibilmente bella. Era come se tutti i colori dell'arcobaleno fossero stati raccolti intorno al suo collo, gareggiando l'uno contro l'altro per ricevere attenzioni.

"Wow" sospirò Mia, toccando il ciondolo con riverenza. "Che cos'è?"

"È una collana di pietre brillanti" spiegò Korum. "La pietra brillante si trova in modo naturale solo nella mia regione di Krina, e questa è stata tramandata per generazioni nella mia famiglia. Ha appena un milione di anni."

Mia si voltò per fissarlo, scioccata. "E la stai mettendo a me? Se la perdessi o la danneggiassi?"

"Non succederà" rispose Korum, sorridendo debolmente. E offrendole il braccio, chiese: "Andiamo?"

Senza parole, Mia infilò il braccio nel suo gomito e lo seguì—con una scintillante collana di famiglia di un milione di anni che le brillava sfarzosamente intorno al collo.

～

Cinque minuti dopo, si ritrovarono davanti a una casa color crema che somigliava molto a quella di Korum. Il tragitto verso l'altra estremità dell'insediamento durò meno di un minuto col piccolo velivolo che Korum aveva creato appositamente per quello scopo.

Man mano che si avvicinavano, la parete della casa si dissolse davanti a loro, ed entrarono.

Un Krinar alto e magro era al centro della stanza, indossando i soliti abiti di colore chiaro. I suoi capelli erano della tonalità più chiara di castano che Mia avesse mai visto su un K, quasi color sabbia, e i suoi occhi nocciola avevano una sfumatura verde, che sembrava particolarmente esotica sulla pelle dorata. Il sorriso sul suo viso dall'aspetto ascetico era smagliante e bello.

Andando incontro a Korum, gli toccò la spalla con il palmo aperto. "Korum, è un vero onore averti qui" disse. I suoi modi erano molto rispettosi, e Mia si rese conto che probabilmente era molto importante per lui avere un membro del Consiglio in casa.

Korum ricambiò il sorriso e il gesto. "Anch'io sono felice di vederti, Arman. Grazie per l'invito."

Mentre i due K si salutavano, Mia esaminò l'ambiente circostante con molta curiosità. Quella era la prima abitazione completamente Krinar in cui fosse mai stata—ad eccezione dell'arena—ed era affascinata dall'estetica quasi Zen. Non c'era alcun disordine; infatti, sembrava che non esistessero mobili, a parte due grandi panche fluttuanti. Mia capì che erano destinate agli ospiti. Le pareti esterne erano completamente trasparenti, mentre il resto dell'interno era di una sfumatura color crema.

"E tu devi essere Mia" disse Arman, rivolgendosi direttamente a lei.

Mia gli sorrise. "Sì, ciao. È un piacere conoscerti."

Con sua sorpresa, si rese conto che le piaceva quel K. Aveva un aspetto gentile, e qualcosa di altrettanto cordiale nel modo in cui parlava la mise decisamente a proprio agio in sua presenza.

"Oh, è un vero piacere conoscere te" disse Arman, con un sorriso sempre più smagliante. "Maria è impaziente di conoscerti, da quando ieri ha saputo che eri qui."

In quel momento, una ragazza umana entrò nella stanza. Con un bellissimo abito bianco che le metteva perfettamente in risalto il fisico snello, ma con le curve era sorprendentemente bella e somigliava molto a Jennifer Lopez.

Con un largo sorriso, si avvicinò rapidamente a Mia e l'abbracciò calorosamente, strofinandole le labbra sulla guancia sinistra. Un profumo esotico raggiunse il naso di Mia. Leggermente sorpresa, ricambiò goffamente l'abbraccio.

"Oh mia cara, come stai?" esclamò in spagnolo, tirandosi indietro per guardare Mia. "Io sono Maria, e sono felicissima di conoscerti! Che bella collana! Come sono andati i tuoi primi due giorni qui? Korum ti ha già fatto esplorare la zona? Poverina, devi essere così sconvolta da tutto! Ricordo che non sapevo nemmeno usare il gabinetto all'inizio!"

Mia sbatté le palpebre, sconvolta dall'entusiasmo della ragazza. Era come un tornado, che spazzava via tutto sul suo cammino. "Sto bene, grazie" rispose Mia in spagnolo, ancora meravigliata dalle nuove abilità linguistiche. "Non ho ancora visto la maggior parte del Centro— sono arrivata solo ieri."

"Oh, non sei ancora andata in spiaggia? È così bella, dovresti farlo, davvero!" Voltandosi verso Korum, gli rivolse un cipiglio, con la fronte liscia che si corrugò leggermente.

Korum rise. "Tranquilla. Domani mostrerò la spiaggia a Mia."

"Maria!" esclamò il padrone di casa. "Sii gentile con i nostri ospiti!"

"Sono sempre gentile" replicò Maria, sorridendo. "È per questo che mi ami." In punta di piedi, baciò Arman sulla guancia, e Mia lo vide quasi sciogliersi, incapace di sopportare il potente fascino della ragazza.

Con un grande sorriso sul volto, Arman tornò a rivolgere l'attenzione ai due ospiti. "È incorreggibile" esclamò, e c'era una tale felicità nella sua voce che Mia poté solo rimanere a bocca aperta, stupita. "Ignoratela e seguitemi. La cena è pronta."

Seguirono Arman in un'altra stanza. In mezzo ad essa c'era una grossa panca fluttuante, dalla forma ovale, circondata da altre quattro panche fluttuanti. Mia non sapeva come mai tutte le panche K fluttuassero. Sulla grande panca—che evidentemente fungeva da tavolo—c'erano circa venti piatti diversi, che spaziavano dai soliti frutti tropicali alle insalate esotiche e agli stufati.

Sedendosi su una delle sedie, Mia la sentì adattarsi al proprio corpo e sorrise. Tutte le invenzioni K sembravano essere progettate per il massimo comfort e la convenienza.

La cena volò, dominata da una leggera conversazione e da storie divertenti sulla flora e la fauna della Costa Rica. Mia scoprì che Arman era un artista, e che era venuto sulla Terra per studiare la cultura e le arti umane. Aveva conosciuto Maria poco dopo il suo arrivo. La sua famiglia possedeva un terreno nella zona in cui i K avevano costruito il loro Centro, e Arman era stato uno dei Krinar responsabili di controllare che gli umani proprietari dei terreni venissero adeguatamente retribuiti. Era stato amore a prima vista.

"Fin dal momento in cui l'ho visto, ho capito di volerlo" confessò Maria, con gli occhi scuri che brillavano. "Non mi importava che non fosse umano o che tutti ne fossero spaventati. Sapevo che non poteva essere così malvagio come dicevano—era troppo gentile per poterlo essere." E allungandosi, gli strinse la mano, sorridendo ad Arman con un sorriso da un megawatt.

Osservando i due amanti, Mia sentì una strana pressione nel petto, molto simile alla gelosia. Sembravano davvero innamorati, nonostante gli ostacoli che Mia aveva sempre considerato insormontabili. E Maria era troppo felice per essere una persona che aveva così pochi diritti nella società Krinar. Chiaramente, il suo status formale di charl non influenzava molto la sua relazione con Arman. Anzi, sembrava che il K fosse abbastanza contento di lasciare che fosse lei a prendere l'iniziativa in molte cose, con la sua personalità tranquilla completata dalla natura espansiva dell'amata.

Finita la cena, Mia dimenticò la maggior parte delle preoccupazioni e si godette semplicemente la compagnia di quella simpatica coppia. Erano dolci e teneri l'uno con l'altra, e Maria non sembrava intimidita da nessuno dei due K. Aveva anche rimproverato Korum per non aver fatto fare a Mia un tour appropriato del Centro, e Korum si era scusato, ridendo. Avrebbe potuto essere un normalissimo appuntamento tra due coppie, se non fosse stato per il fatto che due partecipanti provenivano da una galassia diversa.

Infine, Mia li salutò con riluttanza e si diresse a casa insieme a Korum, ripensando alla stranezza di ciò a cui aveva appena assistito, con il cuore colmo di speranza per le cose che razionalmente pensava fossero impossibili.

Il Krinar riesaminò i risultati dell'ultimo esperimento, guardando più e più volte la registrazione.

Tutto sembrava funzionare come aveva sperato. Presto sarebbe stato in grado di realizzare la parte successiva del piano. Era stato un peccato che i Keith avessero fallito, ma in ultima analisi si era solo trattato di una piccola battuta d'arresto.

Ora voleva solo guardare nuovamente il suo nemico... e la sua piccola charl.

Per qualche ragione, trovava quelle registrazioni particolarmente affascinanti.

CAPITOLO OTTO

Sulla via del ritorno, Mia non poté fare a meno di pensare all'altra coppia. Un'umana e un K, così felici insieme—sembrava andare contro tutto ciò che la Resistenza le aveva raccontato e tutto ciò che aveva saputo sul ruolo dei charl nella società Krinar. Com'era possibile? E Maria non era preoccupata che prima o poi avrebbe perso Arman, una volta svanita la sua bellezza?

Naturalmente, Arman era diverso da Korum e da chiunque altro avesse mai visto. Era difficile credere che fosse un membro della stessa specie predatrice. Sembrava troppo gentile e cortese per essere un K, e Mia non poteva credere che stesse trattenendo Maria lì contro la sua volontà. Anzi, sembrava che fosse stata proprio lei ad avviare la loro relazione. Chiaramente, c'erano tante personalità diverse tra i K, come ce n'erano tante tra gli umani.

E Mia era riuscita a conoscerne uno che non sarebbe stato fuori luogo nelle foreste primordiali dei Krinar di miliardi di anni fa.

Korum sarebbe stato un cacciatore di successo, pensò Mia, con la sua combinazione di spietatezza e intelligenza. La sua ambizione lo aveva spinto all'apice della moderna società Krinar, e non aveva dubbi sul fatto che avrebbe avuto successo in qualsiasi tipo di ambiente—sembrava nato per quello. Sapeva esattamente cosa voleva, e non esitava a prenderselo.

E per il momento, voleva lei.

Sospirando, Mia guardò a terra, mentre atterrarono nella radura proprio accanto alla casa di Korum. La navicella toccò dolcemente il suolo, e una delle pareti si dissolse immediatamente, creando un'apertura per loro.

Alzandosi, la ragazza uscì dalla navicella e seguì Korum verso casa. "Siamo lontani dalla spiaggia?" chiese, ricordando che Maria l'aveva menzionata.

"No, è a soli pochi minuti di distanza" disse Korum, entrando in casa. "Ti mostrerò la strada domani, se vuoi, così non dovrai stare sempre in casa, quando non ci sono. Basta che non nuoti nell'oceano senza di me— le onde possono essere molto alte qui, e le correnti sono imprevedibili."

"Sono una brava nuotatrice" gli disse Mia. "Non devi preoccuparti per me."

"Non importa." Korum si fermò e la guardò con espressione seria. "O mi prometti che non nuoterai da sola o non andrai in spiaggia senza di me."

Mia alzò gli occhi mentalmente. Il dittatore era tornato. "D'accordo. Non nuoterò da sola." Essendo cresciuta in Florida, sapeva esattamente cosa intendesse per correnti improvvise e onde travolgenti, e l'oceano non la spaventava. Tuttavia, non voleva che Korum le impedisse di andare in spiaggia, così decise di smettere di litigare con lui.

"Bene." Sembrava soddisfatto. "Allora, ti ci porterò domani mattina."

"E il processo?"

"Non comincerà prima delle undici. Se ti sveglierai prima, potremo fare una passeggiata sulla spiaggia, e ti mostrerò qualche luogo nelle vicinanze. In seguito, ti farò fare un tour più approfondito."

"Sarebbe bello, grazie" disse Mia. "Posso assistere di nuovo al processo domani? È stato davvero affascinante..."

Le sorrise. "Naturalmente. Sarà il turno di Loris—dovrebbe essere particolarmente interessante da vedere."

"Perché ti odia tanto?" chiese Mia, curiosa di saperne di più sulla politica dei Krinar. "Avete avuto delle divergenze prima che il figlio venisse accusato?"

Le labbra di Korum si contorsero leggermente. "Diciamo che abbiamo avuto delle divergenze, sì. Aveva un'azienda che competeva con la mia poche centinaia di anni fa. I suoi progetti però erano molto inferiori, e dovette chiuderla alla fine. Suo figlio—Rafor—lavorava con lui in quel periodo come uno dei principali progettisti, e perse gran parte della sua posizione nella società, quando l'azienda chiuse l'attività. A quel tempo, Loris aveva altre imprese, ed era profondamente coinvolto nella politica, così la sua posizione subì un colpo molto più piccolo e si riprese in fretta. Suo figlio, però, non si riprese più."

E così, Rafor era il Keith con un background di progettazione, quello che aveva fornito i gadget K alla Resistenza. Ora tutto aveva un senso. I suoi progetti non erano mai stati buoni come quelli di Korum; non c'era da stupirsi che la Resistenza avesse fallito.

"E Loris ti odia per questo? Perché Rafor ha perso la sua posizione?" Mia non era certa di aver compreso appieno il concetto di posizione, ma sembrava molto importante per i Krinar.

"Sì" rispose Korum. "Detesta che suo figlio non fosse abbastanza bravo come progettista, e mi dà la colpa perché Rafor non ha mai fatto altro di produttivo nella sua vita. E ora, Rafor ha dimostrato di essere anche un patetico traditore..."

"Ti dà la colpa anche di quello?" chiese Mia, fissando Korum leggermente accigliata. "È per questo che intende vendicarsi?"

Korum annuì, con gli occhi che brillavano per qualcosa di simile all'attesa. "Esattamente."

"Non ti preoccupa?" chiese Mia, cercando di capire meglio il suo amante. Sembrava quasi che godesse dell'odio del K. "Che qualcuno ti odi così tanto, voglio dire?"

"Perché dovrebbe?" Sembrava divertito a quel pensiero. "Non è il primo, e non sarà l'ultimo."

Mia lo fissò. "Non ti interessa piacere alla gente? Se è tua amica o nemica?"

Korum rise. "No, dolcezza, perché dovrebbe? Se qualcuno vuole essermi nemico, è una sua scelta—una di cui si pentirà alla fine."

"Capisco" disse la ragazza, con un altro tassello del puzzle di Korum che andò al proprio posto. Sapeva che c'erano persone così, individui talmente sicuri di sé—o arroganti, a seconda di come li si guardasse—che sembravano disinteressati a come apparivano agli altri. E il suo amante sembrava essere uno di quelli. Anzi, sembrava che gli piacesse il conflitto. Si chiese se fosse una caratteristica specifica dei K o se facesse semplicemente parte della personalità di Korum.

Prima che Mia potesse finire di analizzare quel pensiero, Korum si avvicinò e sollevò la mano per toglierle i capelli dal viso. "Basta parlare di politica" disse, prendendole la guancia con una grande mano calda, con gli occhi che cominciarono a brillare con le solite sfumature dorate. "Posso pensare a cose molte più piacevoli che potremmo fare ora."

Il battito del cuore di Mia accelerò immediatamente, e i muscoli del ventre si contrassero, reagendo al suo tocco e all'inconfondibile intento sessuale nella sua voce. Una reazione molto pavloviana, notò la studentessa di psicologia in lei—con il corpo ormai pienamente condizionato a rispondergli in quel modo, a desiderare il piacere che solo lui poteva fornirle. La mancanza di controllo sulla sua carne preoccupava Mia, facendola sentire ancora meno responsabile della propria vita, delle proprie decisioni.

Piegandosi, le avvolse un braccio intorno alla schiena e l'altro sotto le ginocchia, prendendola in braccio senza sforzo. Mia chiuse gli occhi, seppellendo il viso sulla sua spalla, mentre la conduceva rapidamente verso la camera da letto.

Come aveva detto, le etichette poste sulla loro relazione non importavano—almeno non quando si trattava di quello.

❧

Quando arrivarono in camera, la sistemò sul letto e si raddrizzò un attimo. Confusa, lo osservò metterle un puntino bianco sulla tempia destra.

"Che cos'è?" gli chiese con cautela, quando si chinò nuovamente su di lei.

"Vedrai" disse misteriosamente, con un malvagio scintillio negli occhi ambrati. E poi le toccò anche la tempia. Sorpresa, Mia alzò la mano e sentì una piccola sporgenza. Aveva davvero messo un puntino su di lei.

Sentendosi nervosa, aprì la bocca per richiederglielo, ma in quel momento la baciò, e ogni traccia di razionalità le scomparve dalla testa. Chiuse la mano sul seno destro, strofinando il piccolo globo, sbattendo lievemente il pollice sul capezzolo, e Mia sentì un'ondata di calore attraversarla. Le mise l'altra mano nei capelli, tenendo la testa ferma, mentre le invadeva la bocca con la lingua. Poté assaporare il desiderio nel suo bacio, e si chiese vagamente che cosa l'avesse provocato.

All'improvviso, non riusciva più a sentire la morbidezza del letto sotto di lei e le orecchie le fischiavano per la musica forte, con il battito pulsante che le riverberava nelle ossa. Sospirando dallo shock, spinse su Korum, e lui la lasciò andare, guardandola con un inquietante mix di divertimento e ardore, quando lei si mise a sedere, rimanendo a bocca aperta per il panico e l'incredulità.

Erano su un pavimento dentro quella che sembrava una grande gabbia di metallo. Tutto intorno a loro, Mia poté vedere dei corpi che volteggiavano, strusciando e sbattendo l'uno contro l'altro. Stupefatta, si rese conto che stavano ballando. Le luci tremolanti sopra di loro illuminavo la stanza con tonalità di azzurro e viola, rendendo la situazione ancora più surreale.

"Dove siamo?" gridò, saltando in piedi e fissando Korum con stupore. Li aveva teletrasportati da qualche parte o si trovavano in uno strano mondo virtuale?

Rise, saltando in piedi con disinvoltura dal pavimento. "Vieni qui" disse, tirandola verso di sé.

Arrabbiata e confusa, Mia cercò di resistere, ma era inutile, ovviamente. Pochi secondi dopo, la teneva premuta sul corpo, e lei poté sentire la sua erezione spingerle sullo stomaco.

"E così, ho scoperto una cosa interessante oggi" disse Korum dolcemente, sovrastando la musica. I suoi occhi erano quasi gialli con le strane luci lampeggianti della pista da ballo. "La mia piccola e dolce charl sembra amare toccarmi nei luoghi pubblici—quando pensa che nessuno ci stia guardando, naturalmente. Quando pensa che io non possa sentirlo."

Mia deglutì, ricordando le proprie azioni prima dell'inizio del processo. Aveva giocato con Korum, certa che nessuno l'avrebbe mai saputo... ma in qualche modo lui sapeva. Era arrabbiato con lei? Intendeva punirla in qualche modo?

"Dove siamo?" chiese, guardandolo con circospezione. "Perché mi hai portata qui?"

"Siamo nella discoteca più esclusiva di Beverly Hills" rispose Korum. "E ti darò esattamente quello che vuoi."

Lo stomaco di Mia si contorse per uno strano mix di paura ed emozione. "Korum, per favore, non credo—"

Prima che potesse finire la frase, le afferrò il sedere e la sollevò, premendole la schiena contro il muro della gabbia, con le cosce aperte e il bacino contro il suo. Mia ansimò di nuovo, sentendo il suo cazzo sul sesso nonostante la sottile barriera dei loro vestiti. Poi, la sua bocca fu su di lei, per un bacio così profondo e appassionato che poteva a malapena respirare.

Intendeva scoparla in pubblico, si rese conto Mia con una parte semi-funzionante del cervello, sconcertata e insopportabilmente eccitata a quel pensiero. Sicuramente non era reale, pensò disperatamente, sicuramente non le avrebbe fatto quello... o sì?

Cercò di staccarsi dalla sua bocca, scavando con le unghie nelle spalle, ma lui non lo permise, mordicchiandole il labbro inferiore, finché la ragazza non poté fare altro che arrendersi. Il ruggito del battito cardiaco era quasi più forte della musica assordante intorno a loro, mentre lottava per conservare qualche parvenza di sanità in quella che sembrava una situazione assolutamente folle.

Tenendola su con un braccio, Korum usò l'altra mano per afferrarle la gonna e sollevarla più in alto, lasciandole nuda la parte anteriore e inferiore del corpo. Mia entrò nel panico, affondando freneticamente le unghie nelle spalle nude dell'alieno, che liberò il cazzo. L'umana poté sentirne la forza premere sulla delicata apertura, per poi cominciare a spingere dentro, ignorando il modo in cui i suoi muscoli si strinsero nel tentativo di negargli l'accesso.

Stava succedendo tutto così in fretta che Mia poteva a malapena riflettere sulla situazione, con le luci lampeggianti e la musica che peggioravano la sensazione di disorientamento. Sentiva troppo caldo, con il corpo che bruciava per una strana combinazione di inquietante vergogna e febbrile desiderio, mentre il cazzo continuava a spingere più in profondità dentro di lei, con le pareti strette riluttanti a distendersi attorno alla spessa circonferenza. Con tutto il peso sostenuto solo dal braccio di Korum, non poteva limitare in alcun modo la profondità della penetrazione, e sembrava troppo grande dentro di lei, con la punta dell'asta che quasi le sbatteva sulla cervice. Per qualche istante, il dolore la minacciò, ma poi il corpo si adattò, ammorbidendosi e sciogliendosi intorno a lui, e il disagio cominciò a recedere, lasciando il posto a un ardente desiderio. Allo stesso tempo, la bocca dell'extraterrestre continuava a saccheggiarla, con l'invasione della lingua che imitava l'implacabile spinta del cazzo.

Con i sensi completamente sopraffatti, Mia non riusciva a mettere insieme nemmeno un solo pensiero, poteva solo provare emozioni, mentre lui cominciò a muovere i fianchi, con la forza dei colpi che la spinsero sul muro della gabbia. Le sbarre metalliche scavavano nella pelle morbida della sua schiena esposta, e il pulsante battito della musica sembrava echeggiare dentro di lei, con il frastuono della folla danzante che sembrava un vertiginoso brusio nelle orecchie. Le si oscurò la vista per un secondo, con i baci di Korum che la privarono dell'ossigeno, ma poi staccò la bocca, permettendole di riprendere fiato, e la sensazione di stordimento svanì, riportandola alla semi-consapevolezza della situazione.

Cercando disperatamente di mandare giù aria, Mia chiuse gli occhi e cercò di fingere che non stesse succedendo niente, che non la stava davvero scopando in una gabbia nel bel mezzo di una discoteca. Nulla di tutto quello poteva essere reale; non poteva sentire davvero il metallo duro che le spingeva nella schiena, non poteva sentire la folla urlare e gridare in sintonia con la musica assordante. Eppure, la spietata spinta e la sensazione del cazzo dentro di lei non potevano essere scambiati per altro, e nemmeno l'umido calore della sua bocca che le scorreva sul lato del collo.

Un'ondata di calda vergogna l'attraversò, in qualche modo aggiungendosi alla potente tensione che stava crescendo dentro di lei. Korum aumentò il ritmo, martellando i fianchi dentro di lei, e tutti i muscoli del corpo della ragazza sembrarono stringersi contemporaneamente, con il piacere così forte che era quasi insopportabile... e poi, poté solo urlare, quando l'orgasmo la travolse con la forza di una marea, con i muscoli interni che strinsero e rilasciarono il cazzo diverse volte.

Man mano che la sensazione orgasmica svaniva, Mia si accasciò tra le braccia di Korum, seppellendogli il viso nell'angolo del collo. Anche lui tremava, e poteva sentirne il gemito roco, mentre l'asta pulsava dentro di lei, rilasciando il seme con calde ondate.

Ora che era finito, tutto quello che provava era un forte imbarazzo, e delle lacrime di rabbia le riempirono gli occhi, fuoriuscendo dagli angoli. Non voleva guardarsi intorno, non voleva affrontare le persone che sicuramente li stavano guardando con curiosità.

Caddero altre lacrime, bagnandogli il collo. Mia voleva scomparire, fingere che fosse solo un orribile sogno, ma non poteva sfuggire a quelle sconvolgenti sensazioni. L'asta afflosciata era ancora dentro di lei, e poteva sentire la gabbia scavarle nella schiena. E proprio quando credette di non poterlo più sopportare, le mormorò nell'orecchio: "Non siamo davvero qui, tesoro. Lo sai, vero?"

"Che cosa?" Mia sussultò, fissandolo scioccata e incredula. Poteva sentire l'ipnotico battito dell'ultimo singolo dance-hop, poteva sentirlo dentro di lei, e le stava dicendo che tutto quello stava accadendo nella sua testa?

Piegò le labbra in un sorrisetto. "Credevi che fosse reale?"

"Mettimi giù" gli disse, attraversata da un'ardente furia. "Mettimi subito giù."

Questa volta l'ascoltò e la mise a terra, ritirandosi lentamente da lei. Per un secondo, le gambe tremanti si rifiutarono di reggerne il peso, e lui la sostenne, guardandola con un'espressione leggermente divertita. L'abito tornò a posto, coprendole nuovamente la metà inferiore.

Non appena poté sorreggersi da sola, Mia spinse sul petto di Korum, e lui fece un passo indietro, permettendole di respirare. Solo per confermare quello che le aveva detto, Mia si girò lentamente in cerchio, fissando i ballerini fuori dalla gabbia.

Nessuno li stava guardando. Nemmeno una sola persona. La musica proseguiva, e i ballerini continuavano a strusciarsi l'uno contro l'altro, e nessuno stava prestando loro attenzione. *Dopotutto, quello non era reale.* Stava accadendo tutto virtualmente, proprio come nel processo. O no?

Girandosi verso Korum, chiese: "Abbiamo appena fatto sesso o mi hai semplicemente fottuto il cervello?"

Invece di rispondere alla domanda, Korum portò la mano alla sua tempia destra e la premette leggermente. Il locale si dissolse intorno a loro, con la realtà che si trasformò e si adattò, e Mia si ritrovò sul pavimento accanto a una delle pareti della camera da letto. C'era anche lui, a meno di un metro di distanza da lei, con i pantaloncini sbottonati e il sesso ormai flaccido parzialmente visibile.

Sbattendo le palpebre per scacciare il leggero offuscamento, Mia rifletté sul proprio stato attuale. Aveva il sesso gonfio e un po' dolorante, com'era di solito dopo un rapporto sessuale, e sentì l'umidità dello sperma lungo la gamba.

Quindi, il sesso sicuramente era stato reale.

Non riusciva a capire se questo la facesse sentire meglio o peggio riguardo alla situazione. Ora che l'ondata di adrenalina era passata, si ritrovò a tremare leggermente, sentendo freddo, nonostante il caldo della camera.

"Ho bisogno di una doccia" disse, rifiutandosi di guardarlo.

"Mia" le disse piano, avvolgendole la mano attorno al braccio, quando cercò di ignorarlo: "Non puoi dirmi che non ti è piaciuto."

"Certo che non mi è piaciuto!" Delle lacrime riapparvero nei suoi occhi, rivivendo le acute sensazioni della terribile umiliazione e dell'involontaria eccitazione, e cercò di strattonarlo. Uno sforzo inutile, naturalmente; l'alieno non sembrava nemmeno sentirlo.

"Bugiarda" disse Korum, e lei percepì il divertimento nella sua voce.

"Ho sentito benissimo quanto non ti è piaciuto, quando sei venuta, con la fighetta che mi ha stretto forte."

Mia sentì le guance arrossire. "Farò la doccia ora" ripeté, non volendo altro che scappare.

"D'accordo" disse. "La farò con te." E prima che lei potesse obiettare, la prese di nuovo in braccio e la portò nel bagno, mettendola in piedi accanto alla Jacuzzi.

"Volevo farla da sola" gli disse con fare ribelle, mentre le tirava giù il vestito, lasciandola lì nuda, ad eccezione della collana attorno al collo e dei morbidi stivaletti ai piedi. Mia sfiorò la collana, trovando il gancetto, e la tolse attentamente, posizionandola al lato della Jacuzzi. Non aveva intenzione di fare la doccia con un gioiello alieno di un milione di anni intorno al collo.

Le sorrise, spogliandosi. "E come mai?"

"Perché non mi piaci in questo momento" gli disse sinceramente. In realtà, stava minimizzando. Più che altro stava morendo dalla voglia di fargli qualcosa di violento—come togliergli quel sorriso dal bellissimo volto con uno schiaffo.

"Perché ti ho dato quello che volevi, ma che avevi troppa paura di chiedere?" domandò, piegando la testa da una parte.

"Non volevo quello" gli disse Mia con veemenza. "E il fatto che sono venuta non ha niente a che fare con questo. Sono molto più della semplice somma delle mie reazioni fisiche—"

"Certo che lo sei" disse Korum, avvicinandosi a lei e abbassandosi per toglierle gli stivali. Mia lo fissò con risentimento, combattendo la patetica voglia di strofinargli i capelli scuri e lucenti sulla testa. Tornando su e guardandola con un sorrisetto, aggiunse: "Se fossi stata davvero a disagio o spaventata, mi sarei fermato immediatamente e ti avrei riportata qui. Ho sentito la tua eccitazione e il piacere nel fare qualcosa di proibito. Ecco perché hai giocato con me nel mondo virtuale oggi—perché sotto quell'apparenza timida, segretamente ti piace l'idea di essere un po' cattiva..."

Mia non aveva una buona risposta per quello, così abbassò lo sguardo ed entrò nella doccia. La seguì, regolando l'acqua in modo che bagnasse entrambi. Versando lo shampoo profumato sulla mano, lo applicò sui capelli di Mia, scacciando con le dita forti la tensione nel cuoio capelluto.

Quando i suoi capelli furono nuovamente puliti e morbidi, rivolse l'attenzione al corpo della ragazza, lavando teneramente ogni parte, fino a farle dimenticare la rabbia e lasciando che si godesse quelle esperte carezze. E proprio quando l'umana pensò che avesse finito, si inginocchiò e le fece raggiungere un altro orgasmo con la bocca, con le labbra e la lingua morbide e dolci sulla sua carne sensibile.

Profondamente rilassata e incredibilmente assonnata, Mia lo sentì a malapena tirarla fuori e portarla a letto. Non appena la testa colpì il cuscino, si addormentò, appena consapevole di essere sdraiata nel suo caldo abbraccio.

CAPITOLO NOVE

La mattina successiva, Mia si svegliò con il ricordo della loro sessione di sesso virtuale vivo nella mente.

Non riusciva ancora a credere che Korum le avesse fatto una cosa del genere—che le aveva fatto credere che la stesse scopando in pubblico—e non riusciva a credere di aver reagito a lui in quel modo, nonostante le sensazioni di imbarazzo e umiliazione. Anche ora, si sentiva sempre più bagnata al pensiero, e maledisse la propria suscettibilità nei suoi confronti. Sembrava conoscere i suoi bisogni sessuali molto meglio di lei, e non esitava a spingerla al limite. Voleva continuare ad avercela con lui, davvero. Ma, se voleva proprio essere sincera con se stessa, doveva ammettere che l'esperienza le era piaciuta. Era stato assolutamente eccitante avere rapporti sessuali in pubblico in quel modo—soprattutto perché ormai sapeva che non c'era motivo di vergognarsi, visto che nessuno li aveva visti.

Stiracchiandosi, sbadigliò e poi si ricordò dell'escursione in spiaggia che le aveva promesso. Saltando giù dal letto e indossando una vestaglia, lavò i denti e spruzzò un po' d'acqua sul viso prima di andare a cercare Korum.

Con sua sorpresa, non lo trovò. Prima di poter chiedersi dove fosse, sentì qualcosa nel salone e lasciò la cucina per indagare. Poi, vide l'amante alieno entrare dall'apertura di una parete.

E Mia rimase a bocca aperta dallo shock, nel vederlo.

Al posto del consueto corpo immacolato, il suo amante sembrava essersi appena rotolato nel fango, con i vestiti sporchi e strappati. E quelle erano... *tracce di sangue* sulle braccia e sul viso?

Vedendola lì, Korum le fece un sorrisetto, con i denti sorprendentemente bianchi sul viso sporco. "Ti sei svegliata presto. Speravo che stessi ancora dormendo e che avrei potuto fare una doccia, prima che potessi vedermi in queste condizioni."

Mia finalmente ritrovò le parole. "Che cos'è successo? Stai bene?"

Rise, con gli occhi che brillavano dall'emozione. "Sto bene. Sono solo stato fuori a giocare a *defrebs*—uno sport che mi piace molto."

"Oh..." La ragazza tirò un sospiro di sollievo. "Quindi, è un gioco con la palla o qualcosa del genere?"

"Più simile alle arti marziali" spiegò, andando verso il bagno.

Incuriosita, Mia lo seguì, guardandolo togliersi i vestiti sporchi, lasciandoli cadere a terra e rivelando il magnifico corpo. Sembrava molto sudato, e la pelle dorata brillava dalle goccioline. Sembrava un guerriero fresco di battaglia, e ora poté vedere che quelli sulle braccia e le gambe erano davvero graffi e strisce di sangue.

"È questo che fai per esercitarti? Arti marziali?" chiese, spiandolo sul bordo della Jacuzzi, mentre lui aprì la doccia, regolando i comandi. I vestiti sporchi erano già scomparsi, essendo stati assorbiti da una delle pareti, e il pavimento era di nuovo pulito. Un'altra utile funzionalità della casa, pensò Mia.

"Più o meno" ammise, sistemandosi sotto l'acqua. La voce era ancora un po' soffocata dal getto d'acqua, così Mia si avvicinò per sentire meglio. "Raramente ci esercitiamo come fa la maggior parte degli umani di oggi, in palestra o praticando un solo tipo di attività fisica. Al contrario, di solito ci impegniamo in diversi sport. Il defrebs è particolarmente popolare, perché è simile ai combattimenti fuori dall'Arena—"

"Arena?"

"Ah, non sei ancora arrivata a quel punto della lettura..." Fece una pausa di alcuni secondi, strofinando i capelli e togliendo lo shampoo prima di continuare. "L'Arena è il luogo in cui si recano i nostri cittadini per risolvere alcune divergenze inconciliabili. Se, ad esempio, penso che qualcuno mi abbia fatto un danno irreparabile, posso sfidarlo nell'Arena —e dovrà accettare la mia sfida o perdere gran parte della sua posizione."

Mia guardò con sorpresa il vetro appannato della doccia. "Quindi, che cosa fate nell'Arena? Combattete?"

"Esatto. Non sono ammesse armi, ma tutto il resto sì. L'obiettivo è vincere, sottomettere completamente il nemico, mentre tutti gli altri guardano..."

Mia rise dall'incredulità. "Come i gladiatori dell'antica Roma?"

"Dove credi che i Romani abbiano preso l'idea?"

"Che cosa? Davvero?"

Korum chiuse l'acqua e aprì la porta, afferrando un asciugamano da uno scaffale vicino. "Assolutamente. Gli stessi scienziati di cui ti ho parlato—quelli che sono stati la fonte di molti miti greci e romani—sono responsabili anche di questo. Ad alcuni di loro mancava quell'aspetto della vita su Krina, così introdussero gradualmente la tradizione nella cultura romana, che poi si diffuse da sola. Fummo piuttosto sorpresi, in effetti, dalla durata di tempo in cui i giochi persistettero e da quanto divennero popolari."

Mia non riusciva a credere alle proprie orecchie. "E avete ancora questi giochi? Nell'era moderna?"

"Certo" confermò, con gli occhi che brillavano di sfumature dorate. "È un modo per soddisfare determinati... bisogni... che altrimenti sarebbero entrati a far parte di una società pacifica e prospera."

Bisogni? Sbatté le palpebre, guardandolo attentamente, mentre finiva di asciugarsi. E così, i Krinar avevano ancora le tendenze violente di cui aveva appena finito di leggere. Non c'era da meravigliarsi che girassero tutte quelle voci sulla loro brutalità durante il Grande Panico—

Prima che potesse analizzare ulteriormente quel pensiero, si avvicinò e la sollevò per la vita. Spaventata, Mia gli si aggrappò alle spalle, mentre sbatté la bocca sulla sua, baciandola con un'aggressività trattenuta a stento. Fare sport lo aveva chiaramente eccitato, e lei poté sentire il cazzo indurirsi sulla gamba, nonostante lo spesso tessuto dell'indumento. La sua risposta fu istantanea, con il sesso che si strinse dal desiderio e i capezzoli che sembravano gemme appuntite.

Percependo la sua eccitazione, ringhiò con la gola e la spinse contro il muro, strappandole la vestaglia. Piegando il ginocchio destro, la mise a cavalcioni, facendole sbattere il sesso nudo sulla gamba, e Mia gli gemette nella bocca, con la pressione sul clitoride che la eccitò ancora di più. Fece scorrere le mani più in basso, afferrandole le cosce e aprendole maggiormente, e poi fu dentro di lei, senza ulteriori preliminari.

Mia gridò per la potenza della sua entrata; nonostante l'eccitazione, era ancora troppo grosso per poterlo accogliere facilmente, e il suo delicato canale interno si sentiva disteso al limite del dolore. Si fermò un attimo, lasciandola adattarsi, e poi iniziò a spingere lentamente, continuando a tenerle le gambe aperte, impedendole di controllare l'atto sessuale. La spessa punta del cazzo colpiva il punto G spinta dopo spinta, e quella posizione gli permetteva di sbatterle il bacino sul clitoride ogni volta che entrava dentro di lei, facendo crescere ulteriormente la pressione.

Infine, Mia raggiunse l'orgasmo con un urlo, con tutto il corpo fremente tra le sue braccia. Incapace di resistere alle ritmiche pulsazioni dei muscoli interni della ragazza, venne anche lui, gemendo duramente contro il suo orecchio.

Ansimando, Mia si aggrappò a lui, fin quando non l'appoggiò a terra, uscendo lentamente fuori da lei e porgendole un fazzoletto.

Le ginocchia le tremavano un po', e la sostenne, fissandola con un aspetto leggermente perplesso sul bellissimo viso. "Che tu ci creda o meno, non volevo che succedesse questo" disse Korum, con un sorriso autocritico che gli fece piegare le labbra. "Sinceramente, non so perché non riesco a controllarmi con te. È come se dovessi entrare dentro di te tutte le volte che posso..."

Con la figa ancora palpitante per i residui dell'orgasmo, Mia inumidì le labbra e scrollò le spalle, assurdamente lusingata dalla sua ammissione. "Va bene... Non che mi dispiaccia..."

"Oh, davvero?" mormorò, con un sorriso luminoso sul viso. "Ti piace? Non l'avrei mai detto—"

Mia si accigliò, pulendosi con il fazzoletto. "Però, mi avevi promesso un giro in spiaggia" gli ricordò, volendo cambiare argomento. La forza della sua risposta sessuale a lui—dei suoi sentimenti per lui in generale—la faceva ancora sentire a disagio. Perché si era innamorata di una persona così complicata? Perché doveva essere proprio quell'uomo duro e spietato con una natura dominante? Sarebbe stato molto più facile avere una relazione con Arman; almeno, con uno come lui, avrebbe sentito di avere la situazione un po' più sotto controllo, invece di sentirsi costantemente spiazzata.

"Dovremmo ancora farcela" disse Korum, creando un vestito per se stesso con l'aiuto delle nanomacchine, e lo indossò. "Ti preparo la colazione e andiamo."

"Ok" disse Mia. "Faccio una doccia al volo e ti raggiungo."

≈

Sette minuti dopo, Mia entrò in cucina e vide che Korum stava preparando qualcosa di verde in un normale frullatore.

"Che cos'è quello?" gli chiese, osservando curiosamente lo strano intruglio.

Korum sorrise, con i lineamenti che si illuminarono non appena la vide. "Ah, speravo che avresti fatto in fretta." Facendo due passi verso di lei, le diede un rapido bacio sulla fronte e poi riprese la sua attività. "È una miscela di mango, banana, spinaci e bowit—è un tipo di noce dolce di Krina. Hai fame?"

"Sempre" ammise Mia con un sorriso timido. Il frappè era molto invitante. "Abbiamo tempo a sufficienza per nuotare prima che inizi il processo?"

"Assolutamente" disse, e poi accese il frullatore. Mia si tappò le orecchie a causa del rumore, che per fortuna durò solo dieci secondi. Non appena la stanza fu di nuovo silenziosa, l'alieno aggiunse: "Abbiamo circa due ore, quindi dovrei riuscire a mostrarti qualche luogo interessante qui intorno, e poi potremmo fare una nuotata veloce."

"Sarebbe fantastico" disse Mia, desiderosa di uscire e di esplorare la zona. "Mi sono sentita un po' reclusa ieri—"

"Certo" disse, versando il frullato verde in una grossa tazza chiara e porgendogliela. "Non voglio che ti senta così. Prova questo—dovrebbe essere abbastanza buono."

Mia bevve un sorso, e le papille gustative quasi esplosero per quel sapore dolce e ricco. Era diverso da qualunque cosa avesse mai assaggiato, con accenni di cioccolato, crema e qualcosa di completamente indescrivibile sotto ai familiari sapori della frutta. "Wow." Deglutì e si leccò le labbra. "Di qualunque cosa si tratti, è assolutamente squisita."

Soddisfatto della sua reazione, Korum sorrise. "Sì, è anche il mio preferito. La pianta del bowit impiega cinque anni a raggiungere la piena maturità, quindi questa è la prima volta che siamo riusciti a raccogliere queste noci qui, sulla Terra. Sono abbastanza gustose e si abbinano con molti piatti diversi."

"Posso portarlo con me?" chiese Mia, volendo cominciare al meglio la giornata. "Così, posso vestirmi in fretta e possiamo andare..."

"Certo, perché no?" Korum ne versò anche una tazza per sé. "Lascia che ti mostri il nostro costume da bagno."

Lasciando la cucina, si avviò verso la camera da letto, sorseggiando il frullato. Mia lo seguì, curiosa di vedere quale fosse la versione K di un costume da bagno.

Entrando nella camera, l'extraterrestre poggiò la tazza sul comò e si diresse verso l'armadio. Tirando fuori quello che sembrava un piccolo pezzo di tessuto bianco, lo posò sul letto e disse: "Questo è quello che normalmente indossano le nostre donne."

Mia lo fissò. "Uhm... non vedo come possa entrarmi." Sarebbe andato bene per il Chihuahua dei suoi genitori, forse, ma sicuramente non per lei.

Rise. "Il materiale è elastico. Provalo."

Ancora dubbiosa, Mia poggiò il suo frappè e si avvicinò al letto. Raccogliendo il tessuto, lo esaminò attentamente.

"Si infila dalla testa" disse Korum. "Ecco, spogliati e ti mostrerò come indossarlo."

"Ok" disse Mia, slacciando la vestaglia e gettandola sul letto. Era completamente nuda sotto, e sentiva il calore del suo sguardo mentre le guardava il fisico. Quando tornò a guardala in faccia, gli occhi dell'extraterrestre erano quasi completamente dorati. Il respiro di Mia accelerò, e poté sentire i capezzoli stringersi, con il corpo che rispose al desiderio.

Lo sentì fare un respiro profondo, come se stese inalando il suo profumo, e poi disse con voce roca: "Ecco, funziona così." Allungando il pezzo simile a una bandana tra le mani, glielo abbassò sopra la testa, lasciandolo andare fin quando fu saldamente intorno ai suoi fianchi. Le strofinò le dita sullo stomaco, facendola sentire nuovamente calda all'interno.

Separando leggermente le labbra, Mia lo fissò, incapace di credere che potesse già rivolerlo.

"Non guardarmi così" le disse, con voce dura. "Ti ho promesso una gita questa mattina, e questo è quello che faremo."

Mia arrossì. "Certo." Era ridicolo; la stava trasformando in una ninfomane. Sicuramente, non poteva essere normale desiderare qualcuno in quel modo tutto il tempo.

Cercando di distrarsi, guardò il pezzo di stoffa. Con sua sorpresa, si era allungato per coprirle il busto, trasformandosi in un costume da bagno intero. Il tessuto si sistemò tra le gambe, nascondendo la zona pubica e il centro del sedere, poi si allungò lungo il petto e le avvolse leggermente i seni, nascondendo i capezzoli dalla vista. Come tutti i vestiti K, il tessuto aderì perfettamente alla forma del suo corpo e sembrava sostenersi saldamente su di lei, anche se non c'erano lacci di alcun tipo per tenerlo su.

L'effetto complessivo era incredibilmente sexy, si rese conto Mia, e arrossì al pensiero di dover uscire conciata in quel modo. "È tutto quello che indosserò?" chiese, guardando Korum.

Lui scosse la testa. "No, sopra indosserai anche questo" disse, porgendole quello che sembrava un tubino bianco. "Puoi toglierlo, quando arriveremo in spiaggia."

Mia infilò l'abito e si avvicinò allo specchio per dare un'occhiata. Sembrava un semplice top a fascia, realizzato con un tessuto leggero e appiccicoso. Non troppo diverso da uno spolverino che si indosserebbe su una spiaggia della Florida.

"Puoi mettere questi stivali" disse Korum, porgendole un paio di stivaletti grigi fino al ginocchio. "Dato che andremo a piedi e che non ti piacciono gli insetti, questa potrebbe essere l'opzione migliore per te."

Disposta a indossare qualsiasi cosa pur di ridurre al minimo l'esposizione agli insetti disgustosi della Costa Rica, l'umana indossò gli stivali. Dando un'ultima occhiata al riflesso nello specchio, prese il frullato dal comò. "Sono pronta."

"Andiamo, allora." Afferrando la sua tazza, Korum la condusse fuori dalla casa, verso la giungla verdeggiante.

Il primo luogo che Korum le mostrò fu una bella grotta con due cascate di medie dimensioni. L'acqua cadeva da un'altezza di una decina di metri in un laghetto poco profondo, e poi si riversava in un piccolo fiume. Sulla sponda del fiume c'erano rocce molto grandi, e l'erba sembrava soffice e verde. Un luogo molto invitante per rilassarsi e leggere, pensò Mia, notando la posizione della grotta.

Dopo le cascate, si incamminarono verso un altro fiume più grande—un estuario che si riversava nell'oceano. Secondo Korum, era un ottimo posto per ammirare la fauna locale, tra cui varie specie di uccelli e scimmie urlatrici. "Sembra divertente" esclamò Mia, e lui promise di portarla a fare un gito in barca una di quelle mattine.

Seguendo l'estuario verso ovest, finalmente raggiunsero la spiaggia. Come Korum l'aveva avvertita, le onde erano abbastanza imponenti, e alcune si infrangevano contro la riva. In lontananza, Mia poté vedere alcune persone—probabilmente Krinar—che si godevano l'oceano, ma la zona intorno a loro era completamente deserta.

"Abbiamo solo trenta minuti a questo punto" disse Korum. "Dopodiché, dovrò andare al processo."

"Certo" disse Mia, sorridendo. "Che ne dici di una breve nuotata?" E senza aspettare la risposta, tolse gli stivali, gettò via il tubino, e corse verso l'oceano.

La prese subito in braccio, facendola dondolare tra le braccia prima che potesse mettere un piede nell'acqua. "Presa" disse, con gli occhi carichi di caldo divertimento.

Mia rise, con una sensazione di leggerezza nel petto che non sperimentava da settimane. Mettendogli le braccia intorno al collo, gli disse: "Ok, ma ora entrerai con me. E se l'acqua è troppo fredda per te, non voglio sentire lamentele."

"Oh, una sfida?" disse lui, sollevando un sopracciglio. "Vedremo chi si lamenta per primo..." E tenendola tra le braccia, si avvicinò con decisione alle onde.

Gridando e ridendo per l'improvvisa immersione nell'acqua fredda, Mia trattenne il fiato mentre una grossa ondata le coprì la testa. Poté sentire la forte corrente, e si rese conto che Korum probabilmente aveva ragione sui potenziali pericoli del nuotare da sola. Con lui, tuttavia, si sentiva completamente al sicuro; poteva resistere con facilità al trascinamento dell'acqua, con la forza del Krinar che poteva competere facilmente con la corrente.

L'onda si ritirò, e Mia si strofinò gli occhi con una mano, cercando di far uscire l'acqua salata. Quando finalmente li riaprì, Korum la guardò con un sorriso strano.

"Che cosa c'è?" chiese, sentendosi un po' a disagio.

"Niente" mormorò, continuando a sorridere. "Sei molto carina così, con le ciglia e i capelli tutti bagnati. Mi ricorda quel giorno in cui ti ho vista sotto la pioggia."

"Vuoi dire la seconda volta che ti ho visto, quando ti ho starnutito in faccia?" chiese Mia, ancora un po' imbarazzata per quel ricordo.

Annuì. "Sei stata la cosa più bella che avessi visto da tempo, con tutti i ricci gocciolanti e gli occhioni azzurri... e non riuscivo a smettere di baciarti."

Mia lo guardò, incredula. "Davvero? Credevo di essere in pessime condizioni, come un ratto annegato."

Rise. "Più che altro come una gattina annegata, se vuoi usare analogie animali. O un fregu bagnato—è un mammifero carino e morbidoso che abbiamo su Krina."

"Ce n'è qualcuno qui?" chiese Mia, improvvisamente emozionata all'idea di vedere qualche animale alieno. "A Lenkarda, voglio dire—"

Korum scosse la testa. "No, i fregu non sono addomesticabili in alcun modo, e non portiamo animali selvatici fuori dai loro habitat. Non addomestichiamo gli animali in generale."

"Quindi, non avete animali domestici?" domandò Mia, sorpresa.

Un'altra ondata si avvicinò in quel momento, e Korum la sollevò, permettendole di tenere la testa fuori dall'acqua questa volta. "Nessun animale domestico" confermò, non appena l'ondata passò. "Quella è una consuetudine unicamente umana."

"Davvero? Non l'avrei mai immaginato. I miei genitori hanno un cane" confidò Mia. "Un piccolo Chihuahua. È molto carino."

"Lo so" disse Korum. "Ho visto le registrazioni."

In qualche modo, Mia non era sconvolta. "Certo" disse, sospirando. Sapeva che avrebbe dovuto essere arrabbiata per quella invasione della privacy della sua famiglia, ma si sentiva stranamente rassegnata. Il suo amante non concepiva l'idea dei confini, e Mia in quel momento era troppo felice per rovinarlo con un'altra discussione. Tuttavia, non riuscì a fare a meno di chiedere: "C'è qualcosa che non sai di me o della mia famiglia?"

"Probabilmente non molto a questo punto" ammise con disinvoltura. "La tua famiglia è affascinante per me."

La sua famiglia? "Perché?" chiese Mia, perplessa. "Siamo una normalissima famiglia americana—"

"Perché *tu* sei affascinante per me" disse Korum, guardandola con imperscrutabili occhi color ambra. "E voglio capire meglio chi sei e da dove vieni."

Mia lo fissò. "Capisco" mormorò, ma in realtà non capiva. Non capiva come mai uno come lui—un brillante K con una posizione così alta nella loro società—potesse essere interessato a una normale ragazza umana.

Improvvisamente, le sorrise, e la strana tensione si dissolse. "Allora, perché non mi fai vedere come sei brava a nuotare?" le suggerì con gioia, lasciandola andare.

Mia ricambiò il sorriso, sentendosi insopportabilmente allegra. "Guarda e impara" gli disse con arroganza, e si diresse verso le profondità dell'oceano con una forte spinta, certa che sarebbe stata più al sicuro con Korum nell'acqua profonda che in una piscina per bimbi con un bagnino.

~

Il Krinar osservò il nemico spassarsela in acqua con la sua charl.

Inizialmente, non aveva compreso il fascino della ragazza; gli era sembrata una tipica umana. Una piccola umana, ma nulla di speciale. Tuttavia, mentre continuava a osservarla, cominciò lentamente a notare la fine delicatezza dei suoi lineamenti, il pallore della pelle. Il suo corpo era piccolo e fragile, ma con le curve nei punti giusti, e c'era un'innocente sensualità nel modo in cui si muoveva, nell'angolo in cui teneva la testa quando parlava.

Con shock, il K comprese di voler seppellire le dita nei suoi folti capelli ricci, respirare il suo profumo, leccarle il collo e sentire il caldo sangue scorrerle nelle vene sotto la soffice pelle. Era quella la parte migliore del sesso con le donne umane—la consapevolezza che con un solo piccolo morso avrebbe raggiunto il paradiso.

Quella bramosia lo sorprese ancora una volta. Non faceva parte del suo piano. Aveva cercato di passare sopra a quelle sciocchezze, a quei bisogni primitivi. Raramente si concedeva qualche sfizio; non poteva permettersi quella distrazione. La posta in gioco era troppo alta per mandare tutto all'aria, soddisfacendo un futile piacere fisico.

Con uno sforzo eroico, scacciò la fantasia e si concentrò sul compito a portata di mano.

CAPITOLO DIECI

*D*opo la nuotata, Korum la riportò a casa, saltò nella doccia e se ne andò due minuti dopo, alla velocità di un tornado. Confusa, Mia poté solo guardarlo, quando le diede un rapido bacio sulla fronte e poi praticamente volò fuori dalla porta.

Dopo la sua partenza, Mia fece una doccia e si rifocillò con uno spuntino a base di mango e noci, preparandosi ad un'altra udienza probabilmente lunga. Poi, indossando il braccialetto che Korum che le aveva dato, si sistemò comodamente sul divano e si immerse nello spettacolo.

Il secondo giorno del processo iniziò con l'ormai familiare scampanellio.

Come la volta precedente, Mia si fece strada tra la folla verso il podio di Korum e si sedette lì sopra. Questa volta, si rifiutò di toccargli il corpo virtuale, con le guance che avvamparono al ricordo di quello che le aveva fatto la scorsa notte come conseguenza delle sue azioni.

Oggi ci furono pochi saluti e preliminari. Dopo l'apparizione nell'arena dell'accusato e del Protettore, il pubblico si fece silenzioso, assistendo con grande interesse allo svolgimento del processo.

Come l'ultima volta, Loris era vestito di nero. L'espressione sul viso era tesa, con lo sguardo rivolto a Korum carico di una tale rabbia e amarezza che Mia rabbrividì involontariamente. Dopo pochi secondi, l'alieno sembrò riprendere il controllo, e i suoi lineamenti si addolcirono, con il volto che diventò inespressivo.

Facendo un passo in avanti, si rivolse agli spettatori con voce forte e squillante. "Cari abitanti della Terra e concittadini di Krina! Vi sono state mostrate le prove di un terribile crimine—un crimine così terrificante da sembrare quasi incredibile. E se doveste credere alle registrazioni che vi sono state mostrate ieri, naturalmente giudichereste quelle persone—tra cui mio figlio—colpevoli.

Ma dovete chiedervi: è plausibile? Com'è possibile che sette giovani senza precedenti di alcun tipo improvvisamente abbiano cospirato per deportare con la forza cinquantamila Krinar dalla Terra, mettendo in pericolo la nostra vita? Mettendo in pericolo la *mia* vita? Com'è possibile che abbiano elaborato questo complesso piano, fornendo agli umani le armi e la tecnologia Krinar? E perché? Per aiutare gli umani? Ha senso per qualcuno di voi?"

La folla rimase in silenzio. Mia trattenne il fiato, incapace di staccare gli occhi dalla figura vestita di nero così imponente nell'arena.

"Beh, per me non ha alcun senso. Conosco mio figlio, e ha i suoi difetti —ma non è un assassino di massa. Ed è per questo che ho dovuto assumermi il ruolo di Protettore—perché questo processo è una farsa. È un vero e proprio attacco a questi giovani, e non ho altra scelta che difenderli—"

Girandosi per un breve secondo, Mia osservò Korum, cercando di vedere la sua reazione a tutto questo. C'era un'espressione di caldo divertimento sul suo viso, e sembrava che stesse studiando il processo con garbata attenzione.

"Ho parlato a lungo con Rafor e i suoi amici, e nessuna delle loro storie corrisponde" continuò Loris. "Anzi, sono davvero confusi. Talmente confusi che non ricordano di aver fatto nulla in linea con quello per cui sono stati accusati—talmente confusi da riuscire a ricordare a stento gran parte degli eventi chiave dell'anno passato...

"Ora, so cosa stanno pensando molti di voi. Ovviamente, se fossero colpevoli, fingere di non ricordare sarebbe un ottimo modo per insabbiare il processo, per mettere in dubbio la validità di quelle accuse. E questo è stato anche il mio pensiero iniziale... ecco perché ho commissionato una scansione della memoria da parte di alcuni esperti della mente che vivono qui sulla Terra. Quattro diversi laboratori della mente hanno eseguito i loro esami—laboratori con sede in Arizona, Tailandia, Figi e Hawaii—e i risultati sono indiscutibili.

A tutti i sette accusati sono stati alterati i ricordi."

Uno scioccato mormorio attraversò la folla, e Mia vide gli sguardi sorpresi sui volti dei Consiglieri. Rivolgendo un'altra occhiata dietro di lei, vide che c'era un cipiglio lieve, quasi impercettibile sul viso di Korum. Sembrava confuso.

"Ora, molti di voi sanno che non ci sono molte persone in grado di fare qualcosa del genere. Infatti, credo che ci siano meno di trenta individui su questo pianeta che abbiano qualcosa a che fare con la manipolazione della mente. Tuttavia, uno stimato membro del Consiglio appartiene a questi—"

Un altro mormorio attraversò la folla all'ultima frase, e Saret si alzò lentamente dietro il podio. "*Mi* stai accusando di qualcosa?" chiese con tono incredulo.

"Sì, Saret" disse Loris, e Mia poté nuovamente sentire la rabbia appena trattenuta nella sua voce. "Sto accusando te e il tuo amico Korum di aver manomesso i ricordi di mio figlio e degli altri. Vi sto accusando di aver violato le loro menti con l'obiettivo di avanzare in politica. Sto accusando Korum di aver pianificato l'intera sequenza degli eventi, fino all'attacco alle colonie, col solo scopo di distruggere me e di sconvolgere l'equilibrio del potere in questo Consiglio per soddisfare la sua insaziabile ambizione. E ti sto accusando di averlo aiutato a coprire le tracce, violentando la mente di mio figlio e degli altri giovani presenti qui oggi!"

La folla esplose in una cacofonia di esclamazioni scioccate, e Mia si voltò di nuovo per vedere Korum. Non sapeva come avrebbe dovuto reagire alle parole di Loris. Poteva esserci qualche accenno di verità?

Korum rimase seduto lì tutto calmo, con un'espressione assolutamente indecifrabile. Soltanto le debole striature gialle intorno alle pupille mettevano in risalto le emozioni dentro di lui. Alzandosi lentamente, si avvicinò al centro dell'arena, dove si trovava il Protettore.

"Ottimo lavoro, Loris" disse Korum, con tono leggero e derisorio. "È stato piuttosto creativo. Devo ammettere che non mi aspettavo che saresti andato in quella direzione—anche se posso capirne il motivo. Volevi prendere due piccioni con una fava e tutto il resto... Naturalmente, ci sono ancora tutte le registrazioni, per non parlare dei testimoni, che mostrano chiaramente che tuo figlio e i suoi amici hanno agito lucidamente, senza alcuna traccia di confusione mentale—"

"Quelle registrazioni sono inutili" lo interruppe Loris, con il viso tirato da una rabbia appena controllata. "Come tutti sappiamo, una persona con le tue capacità tecnologiche può fingere benissimo cose del genere—"

"Invierò le registrazioni per farle esaminare dagli esperti" disse Korum, scrollando le spalle con fare indifferente. "Puoi scegliere tu alcuni di questi esperti—purché possano dimostrare il proprio valore in base ai risultati ottenuti. E, naturalmente, gli altri Consiglieri hanno già interrogato i testimoni. Consiglieri, c'era qualcosa nella storia di qualcuno di loro in contraddizione con le registrazioni?"

Arus si alzò per rispondere. Deglutendo nervosamente, Mia vide un altro avversario di Korum camminare verso il centro dell'arena. E se si fosse alleato con Loris? Korum sarebbe stato nei guai? Non riusciva a sopportare l'idea che sarebbe potuto succedergli qualcosa a causa di quelle accuse.

"Parlerò per conto del Consiglio" disse Arus con voce profonda e calma. Ancora una volta, c'era qualcosa in quello sguardo dall'aspetto aperto e sincero che spingeva Mia a fidarsi di lui. Un tratto molto utile per un politico, si rese conto—specialmente per un ambasciatore.

"Per quanto mi piacerebbe sostenere la causa di Loris per proteggere il figlio" affermò: "Non c'è dubbio sul fatto che tutti i testimoni intervistati finora—dai membri della Resistenza umani ai guardiani coinvolti nell'operazione—abbiano raccontato la stessa storia. E purtroppo, Loris, la storia comprova le registrazioni." Sembrava esserci un sincero rammarico nella voce di Arus, mentre diceva questo.

"I testimoni possono essere stati corrotti—"

Arus scosse la testa. "Non così tanti. Abbiamo radunato oltre cinquanta testimonianze di individui completamente diversi, sia umani che Krinar. Mi dispiace, Loris, ma sono semplicemente troppi."

"E allora, come spieghi la perdita di memoria?" chiese Loris amaramente, fissando Arus con risentimento.

"Non posso spiegarla" ammise Arus. "Il Consiglio dovrà investigare sulla questione—"

"Forse posso avanzare un'ipotesi" disse Korum, e Mia poté quasi sentire il brusio dell'attesa tra la folla. "C'è una strategia di difesa nei processi umani che viene spesso utilizzata nei Paesi sviluppati. Ciò comporta la dimostrazione che l'accusato è pazzo, mentalmente incapace di intendere e di volere. Perché, vedete, se è giudicato malato mentale, allora non può essere ritenuto responsabile delle proprie azioni—e invece di essere punito, viene curato.

Ora, il Protettore è pienamente consapevole che le prove indicano la colpevolezza dell'accusato. Naturalmente, non può affermare che suo figlio è pazzo e quindi che non sapeva cosa stava facendo. No, non può affermarlo—ma *può* dire che la mente del figlio è stata manipolata, che gli sono stati cancellati i ricordi con la forza. Naturalmente, c'è solo una persona che trarrebbe beneficio dalla perdita della memoria di Rafor e degli altri traditori—e non siamo né io, né Saret."

"Mi stai accusando di aver violato la mente di mio figlio?" chiese Loris, incredulo, e Mia vide le sue mani stringersi a pugno.

"A differenza tua, non accuso senza prove" disse Korum, rivolgendogli un sorriso freddo. "Sto solo ipotizzando."

Il rumore della folla aumentò. Curiosa di vedere come stesse reagendo Saret a tutto quello, Mia rivolse l'attenzione al podio. Stava seguendo il processo con un'espressione leggermente sorpresa sul volto, come se non riuscisse a credere di essere stato trascinato in quella storia. La ragazza si sentiva male per lui. Non che sapesse molto sulla politica dei Krinar, ma l'amico di Korum non sembrava un tipo che amasse ritrovarsi tra due fuochi.

Il suo amante, al contrario, era chiaramente a proprio agio. Korum godeva della furia impotente del nemico.

"Tutte le ipotesi e le accuse sono inutili a questo punto" disse Arus, e la folla cadde nuovamente nel silenzio. "Il Consiglio dovrà esaminare i risultati dei laboratori prima che possiamo procedere in quella direzione. Nel frattempo, mostreremo le testimonianze di tutti i testimoni disponibili per fare ulteriormente luce su questo caso." E con un piccolo gesto, fece apparire un'immagine tridimensionale, proprio come aveva fatto Korum il giorno prima.

Altre registrazioni, comprese Mia, sospirando al pensiero che il processo di oggi sarebbe durato ancora di più. Se avessero mostrato le testimonianze di cinquanta testimoni, allora il processo probabilmente sarebbe andato avanti fino a notte inoltrata.

Sistemandosi più comodamente sul podio di Korum, Mia si preparò per una sessione probabilmente lunga e noiosa.

Il Krinar osservò le registrazioni con soddisfazione.

Aveva funzionato tutto perfettamente, proprio come aveva sperato. Nessuno avrebbe scoperto la verità, non finché non fosse stato troppo tardi per poter fare qualcosa.

Era contento di aver avuto la prontezza di cancellare i ricordi dei

Keith. Ora non avrebbero mai potuto spiegare, non avrebbero mai potuto indicarlo come leader dietro la loro piccola ribellione.

Era al sicuro, e avrebbe potuto implementare il suo piano in pace.

Soprattutto se fosse riuscito a distogliere la mente da una certa ragazza umana.

CAPITOLO UNDICI

Dopo circa cinque ore di registrazioni, Mia ne aveva abbastanza. Uscendo dal processo virtuale, si alzò dal divano e si recò in cucina per mangiare qualcosa. Era davvero stressante prestare attenzione per tutto quel tempo, e non riusciva a capire come avessero fatto Korum e gli altri K a rimanere seduti così attentamente per tutto il tempo.

Come prima, la casa le preparò un delizioso pasto. Sentendosi audace, Mia chiese il piatto Krinar più tradizionale—purché fosse adatto al consumo umano. Quando il piatto arrivò, qualche minuto dopo, quasi gemette dalla fame, salivando per quel profumo appetitoso. Sembrava essere nuovamente uno stufato, con un ricco sapore salato che le ricordava vagamente l'agnello o il vitello. Naturalmente, non mangiava quelle prelibatezze da oltre cinque anni, quindi forse era solo la sua immaginazione. Come tutti i prodotti K che aveva provato finora, anche quello stufato era interamente vegetale.

Era ancora giorno quando terminò il pasto, così decise di avventurarsi fuori per un po'. Indossando un paio di stivali e un semplice vestito color avorio, disse alla casa di lasciarla uscire e sorrise con soddisfazione, quando la parete si dissolse per lei, come faceva solitamente per Korum. Afferrando il dispositivo simile a un tablet che Korum le aveva dato ieri e un asciugamano dal bagno, si diresse verso le cascate, impaziente di trascorrere un paio d'ore a leggere e a saperne di più sulla storia antica dei Krinar.

Arrivando a destinazione, Mia trovò uno spazio erboso dove non sembrava ci fosse vicino alcun formicaio. Poggiando l'asciugamano, si sdraiò a pancia in giù e si immerse nel dramma della fine della prima Età dell'Oro dei Krinar.

"Ehi? Mia?" Il suono di una sconosciuta voce che gridava il suo nome distolse la ragazza dall'immersione nella storia.

Sbalordita, alzò lo sguardo e vide una giovane donna umana a pochi metri di distanza. Con gli abiti Krinar, sembrava vagamente mediorientale, con grossi occhi castani, capelli neri ondulati e carnagione olivastra.

"Ciao" disse Mia, alzandosi e fissando la nuova arrivata. A prima vista, la donna—più una ragazza, in realtà—sembrava avere intorno ai vent'anni, ma c'era qualcosa di regale nel modo in cui si atteggiava che le fece pensare che fosse più grande. Pur non avendo i lineamenti di Maria, c'era una bellezza particolare e quasi luminosa nel suo volto a forma di cuore e nella figura alta e snella. Un'altra charl, capì Mia.

"Sono Delia" disse la ragazza, rivolgendole un sorriso gentile. Parlava in Krinar. "Maria mi ha detto che ti ha conosciuta ieri, così ho pensato di presentarmi e di accoglierti a Lenkarda."

"Piacere di conoscerti, Delia" disse Mia, ricambiando il sorriso. "Come sapevi che ero qui?"

"Sono andata a casa di Korum, ma non c'era nessuno" spiegò Delia. "Quindi, stavo tornando prendendo la strada panoramica verso casa, ma ti ho vista leggere qui. Spero che non ti dispiaccia—non ti volevo disturbare..."

"Oh, no, non mi disturbi affatto!" la rassicurò Mia. "Sono contenta che tu sia venuta! Siediti pure." Indicando l'altra estremità dell'asciugamano, Mia si mise a sedere. Delia sorrise e si unì a lei, sistemandosi con grazia sul telo.

"È da tanto che vivi a Lenkarda?" chiese Mia, studiando l'altra ragazza con curiosità.

"Sono qui fin da quando è stato costruito il Centro" rispose Delia. "Diciamo che sono uno dei residenti originari."

Mia sgranò gli occhi. Quella ragazza era una charl da quasi cinque anni? Doveva aver conosciuto il suo Krinar subito dopo il K-Day. "È incredibile" disse sinceramente a Delia. "Ti piace vivere qui?"

Delia scrollò le spalle. "È un po' diverso da quello a cui ero abituata. Preferisco la nostra vecchia casa, in realtà, ma Arus doveva vivere qui—"

"Arus?" Poteva trattarsi dello stesso Arus che aveva visto virtualmente?

"Sì" confermò Delia. "Hai già sentito questo nome?"

"Sì" rispose Mia attentamente, non sapendo bene quanto potesse rivelare a una persona che apparentemente stava con l'avversario di Korum. "È un membro del Consiglio, giusto?"

Delia annuì. "Sì, ed è anche il responsabile delle relazioni con i governi umani."

"Oh, sì, è vero" disse Mia, cercando di capire quanto ne sapesse la ragazza sull'apparente tensione tra i loro amanti.

Come se le leggesse nel pensiero, Delia le rivolse un'occhiata rassicurante. "Non devi preoccuparti, Mia" le disse. "Anche se i nostri *cheren* hanno avuto qualche divergenza politica, non sono qui come rappresentante di Arus o qualcosa del genere. Ho solo pensato che ti sentissi un po' sopraffatta da tutto e che ti avrebbe fatto bene parlare con qualcuno—"

Mia le rivolse un sorriso timido. "Scusa, non volevo insinuare—"

Delia ricambiò il sorriso. "Non importa. Non preoccuparti. Volevo solo chiarire eventuali fraintendimenti e tranquillizzarti."

"E così, da quanto tempo state insieme tu e Arus?" chiese Mia, desiderosa di cambiare argomento. "È così che chiami Arus, il tuo cheren?"

"Sì" confermò Delia. "Cheren è la parola con cui una charl chiamerebbe il proprio amante."

"Capisco." Ora aveva un termine Krinar per definire ciò che Korum era per lei. "Allora, quando hai conosciuto Arus? Quando sono arrivati per la prima volta?"

"L'ho conosciuto molto tempo fa." Delia le rivolse un sorriso calmo. "E tu? È da tanto che stai con Korum?"

Mia scosse la testa. "Affatto. L'ho conosciuto circa un mese fa a New York, a Central Park."

"Quando facevi parte della Resistenza?" chiese Delia, fissandola con quei grandi occhi scuri e languidi.

Mia arrossì. Tutti a Lenkarda sembravano essere a conoscenza del suo coinvolgimento nel tentato attacco alle colonie. "No" disse. "Ho conosciuto i combattenti della Resistenza solo in un secondo momento."

"Quindi, sei diventata prima la charl di Korum e *poi* sei entrata nella Resistenza?" Delia sembrava perplessa da quella sequenza di eventi.

Mia sospirò. "Mi hanno avvicinata subito dopo averlo conosciuto, e ho accettato di aiutarli. Credevo di fare la cosa giusta."

"Capisco" disse Delia, studiandola con attenzione. "Immagino che Korum non sia il cheren più facile, vero?"

Mia avvampò ulteriormente. "Non so bene che cosa intendi dire" disse, fissandola con un leggero cipiglio.

"Scusa." Delia sembrava rammaricata. "Non volevo ficcare il naso nella tua relazione. È solo che sembri così giovane e vulnerabile..."

"Non posso essere molto più giovane di te" disse Mia, un po' offesa dalla supposizione della ragazza.

Delia rise, scuotendo la testa con aria dispiaciuta. "Scusa, Mia. Ho di nuovo ficcato il naso, non è vero? Ascolta, non volevo insultarti in alcun modo... Tutto quello che volevo dire è che so quanto sia difficile all'inizio avere una relazione con uno di loro. Il tuo cheren ha anche la reputazione di essere molto spietato, e credo che volessi solo assicurarmi che stessi bene—"

"Sto benissimo" disse Mia, con un nuovo cipiglio. Non aveva bisogno di sentire da quella ragazza quale fosse la reputazione di Korum; sapeva meglio di chiunque altro quanto potesse essere spietato il suo amante.

"Certo" disse Delia con dolcezza. "Lo vedo."

"Come hai conosciuto Arus?" chiese Mia, cercando di far prendere alla conversazione una piega diversa.

Delia sorrise. "È una lunga storia. Se vuoi, posso raccontartela un giorno." Alzandosi, disse: "Arus mi ha appena detto che il processo è terminato e che sta tornando a casa. Devo andare. È stato un vero piacere averti conosciuta, Mia. Spero di rivederti presto."

Mia annuì e si alzò. "Grazie, è stato un piacere anche per me. Forse dovrei tornare a casa anch'io."

"Non è una cattiva idea" aggiunse Delia, sorridendo. "Sono certa che Korum si stia chiedendo dove sei."

Mia agitò la mano con fare sprezzante. "Oh, lo sa, grazie all'irradiazione e tutto il resto."

"Certo" disse Delia, e per un attimo ci fu qualcosa di simile alla compassione sul suo bel volto sereno. Prima che Mia potesse riflettere ulteriormente, la ragazza aggiunse: "Ascolta, Maria sta organizzando un raduno sulla spiaggia che si terrà tra circa tre settimane, una specie di picnic. È il suo compleanno, e voleva che ti invitassi, se ti avessi vista oggi. Ci sarà la maggior parte delle charl di Lenkarda, e potrebbe essere un buon modo per conoscere qualcuna di noi e farti delle amiche..."

Una festa in spiaggia tra charl? Mia sorrise, emozionata all'idea. "Oh, ci sarò" promise.

"È fantastico" disse Delia, sorridendo di nuovo. "Ci vedremo lì, allora." E, sollevando la mano, sfiorò le nocche sulla guancia di Mia con un gesto che sembrava quasi una carezza. Sorpresa, Mia portò la mano alla guancia, ma Delia stava già andando via, con la sua graziosa figura che scomparve tra gli alberi.

~

Entrando in casa, Mia sentì dei rumori ritmici provenienti dalla cucina. Incuriosita, andò a controllare e vide che Korum era già lì, a sminuzzare qualche verdura per cena. Lo stomaco di Mia brontolò, e si rese conto di essere molto affamata.

Vedendola entrare, Korum interruppe la sua attività e le rivolse un sorriso lento che la fece sentire calda dentro. "Ehilà. Stavo cominciando a chiedermi se fosse il caso di venirti a cercare tra i boschi. Non ti sei persa, vero?"

"No" gli disse Mia, sorridendo. "Ho appena conosciuto un'altra charl, in realtà. Una ragazza di nome Delia... e mi ha invitata a una festa in spiaggia!"

"Delia? La charl di Arus?"

Mia annuì con entusiasmo. "La conosci?"

"Non benissimo" rispose Korum. "L'ho vista solo alcune volte nel corso degli anni." Non sembrava particolarmente felice, e la sua espressione si raffreddò in modo significativo.

"Non ti piace?" chiese Mia, con l'entusiasmo che svanì. "O è solo perché sta con Arus?"

Korum si strinse nelle spalle. "Non ho niente contro di lei" disse. "Di cosa avete parlato? E cos'è questa storia della festa in spiaggia?"

"È il compleanno di Maria, e sta organizzando un raduno per le charl che vivono qui a Lenkarda" gli disse. "E non abbiamo avuto la possibilità di parlare molto. Delia ha detto che sta con Arus da molto tempo—credo che l'abbia conosciuto poco dopo il vostro arrivo. Più che altro, mi è sembrata molto amichevole. Oh, e ho scoperto un uovo termine che non conoscevo: cheren."

Korum sorrise, e Mia pensò che sembrasse quasi sollevato. "Sì, puoi chiamarmi così."

"Che cosa significa esattamente? Esiste una parola umana equivalente?"

"No" rispose Korum. "Proprio come non ce n'è una per charl. È unica della lingua Krinar."

"Capisco" disse Mia, camminando verso il tavolo e sedendosi. "Beh, la festa in spiaggia si terrà tra tre settimane. Posso andarci, vero?"

"Certo" disse, rivolgendole un sorriso caldo. "Puoi andare se vuoi, ti farai delle amiche. Penso che Maria sia molto gentile, e credo che tu le sia piaciuta ieri."

"Anche a me è piaciuta lei" ammise Mia, sorridendo al pensiero di rivedere la charl di Arman. "È esattamente così che spesso vengono dipinte le donne latine dai media americani—molto belle ed estroverse. A proposito, ho dimenticato di chiederlo a Delia oggi... Sai da dove viene? Delia, voglio dire..."

"Dalla Grecia, credo" rispose Korum, mettendo le verdure sminuzzate in una grande scodella e spruzzando sopra un po' di polvere marrone. Mescolando rapidamente il tutto, portò l'insalata al tavolo e la versò in ciascun piatto.

Mia consumò rapidamente la porzione e si appoggiò allo schienale, sentendosi sazia. Come tutti gli altri pasti preparati da Korum, era delizioso, con i familiari sapori dei pomodori e dei cetrioli che si mescolavano bene alle piante più esotiche di Krina. Era anche sorprendentemente pesante, considerando che erano solo verdure. "Grazie" gli disse Mia. "Era ottimo."

"Prego. Mi fa piacere che ti sia piaciuto."

"Sono andata avanti con la vostra storia oggi" gli disse Mia, guardandolo mentre si alzò dal tavolo con un movimento disinvolto per portare i piatti verso la parete, dove scomparvero immediatamente.

"E che cosa ne pensi?" Tornò al tavolo con un bicchiere di fragole.

"Sono rimasta abbastanza scioccata" disse Mia sinceramente. "Non riesco a credere che la vostra società sia sopravvissuta alla peste che ha quasi estinto quei primati. Non so se gli umani sarebbero potuti andare avanti, se l'ottanta per cento del loro cibo fosse stato eliminato nel giro di qualche mese."

"Per poco non ce l'abbiamo fatta" disse Korum, mordendo una fragola e leccando il succo rosso sul labbro inferiore. Mia soppresse un improvviso impulso di leccarlo. "Più della metà della nostra popolazione rimase uccisa a causa di tumulti e battaglie in quel periodo, e molti altri morirono a causa della mancanza di emoglobina necessaria. Se il sostituto sintetico del sangue non fosse arrivato in tempo, saremmo morti tutti. Impiegammo milioni di anni a riprenderci, a tornare ai livelli di prima che la peste spazzasse via quasi del tutto i lonar."

Mia annuì. L'aveva letto. Le conseguenze della peste furono orribili. I Krinar erano una specie violenta, e quella violenza si scatenò quando la loro sopravvivenza fu minacciata. Alcune regioni combatterono altre regioni, alcuni centri attaccarono altri centri all'interno della regione, e tutti cercarono di accaparrarsi i pochi lonar rimasti per se stessi e le proprie famiglie. Anche dopo che il sostituto sintetico divenne disponibile, i sanguinosi conflitti proseguirono, poiché le terribili perdite subite durante i giorni che seguirono la peste avevano lasciato profonde cicatrici nella psiche dei K. Quasi ogni famiglia aveva perso qualcuno—un figlio, un genitore, un cugino o un amico—e la sete di vendetta divenne una caratteristica della vita quotidiana.

"Come avete fatto a superarle? Tutte le guerre e le vendette? Per arrivare dove siete oggi?" Quel poco che aveva avuto modo di capire dei Krinar vivendo a Lenkarda sembrava in forte contrasto con la storia che aveva appena imparato.

"Non è stato facile" confessò Korum. "Ci volle molto tempo per far svanire i ricordi di quel tempo. Alla fine, creammo leggi che frenassero i comportamenti violenti e le vendette illegali. Ora, le sfide nell'Arena sono l'unico modo socialmente e legalmente accettato per vendicarsi e risolvere le controversie che non possono essere risolte diversamente."

Mia lo studiò con curiosità. "Hai mai combattuto nell'Arena?"

"Poche volte." Non sembrava disposto ad aggiungere altro. Così, si alzò dal tavolo e chiese: "Che ne dici di fare una passeggiata lungo la spiaggia?"

Mia sorrise, sorpresa. "Uhm, certo. Non pensi che presto sarà buio?"

"Vedo abbastanza bene al buio, e poi c'è la luce della luna. Non hai nulla da temere."

"Ok, allora sì." A parte le zanzare, avrebbe potuto divertirsi molto.

Prendendola per mano, Korum la condusse fuori. Il sole era appena tramontato, e c'era ancora un bagliore dietro gli alberi, che sembrava una scura silhouette nel cielo luminoso. Cominciava a fare più fresco, con il calore del giorno che iniziava a svanire, e Mia sentì il ronzio di alcuni insetti e il fruscio delle foglie nella profumata brezza tropicale. A pochi metri di distanza, una grossa iguana saltò giù da una roccia e si nascose tra i cespugli, cercando di evitarli.

"Com'è andato il resto del processo?" chiese Mia. "Ho smesso di guardarlo dopo circa cinque ore."

"È stato piuttosto tranquillo" disse Korum, sorridendole. "Non ti sei persa molto."

"Pensi che qualcuno abbia creduto a Loris, quando ha mosso quelle accuse contro di te?"

"Ne sono certo." Non sembrava troppo preoccupato per questo. "Ma non ha prove per dimostrare le sue affermazioni."

"Arus sembra essere dalla tua parte" disse Mia, superando attentamente un sasso caduto. Si stava facendo sempre più buio, e la spiaggia era ancora lontana.

"Non ha altra scelta" spiegò Korum. "Deve schierarsi dalla parte delle prove."

"Come mai non ti piace?" chiese Mia, guardandolo. "Non sembra una cattiva persona..."

"Non lo è" ammise Korum. "Solo che spesso commette errori. Non vede sempre il quadro generale delle cose."

"E tu sì?"

Il sorriso di Korum si allargò. "Quasi sempre."

Nei due minuti che seguirono, camminarono avvolti da un conciliante silenzio, con Mia concentrata su dove mettere i piedi, e Korum apparentemente perso nei suoi pensieri. C'era qualcosa di molto pacifico in quel momento, dal tenue bagliore del crepuscolo al quieto ruggito dell'oceano in lontananza.

Per la prima volta, Mia realizzò appieno quanto fosse tumultuosa la sua relazione con Korum. Era come stare sulle montagne russe, con molta passione, drammi ed entusiasmo, ma pochi momenti come quello, in cui poter trascorrere del tempo con lui senza che il cuore corresse a un miglio al minuto per l'eccitazione sessuale o qualche altra forte emozione. Quando aveva immaginato di avere un ragazzo, l'aveva sempre pensato così—lunghe, piacevoli passeggiate insieme, tempo trascorso in tranquillità a godere semplicemente della presenza di un'altra persona. E in quel momento, poteva fingere che Korum fosse esattamente quello per lei—un ragazzo, un normale amante che poteva far conoscere ai genitori senza preoccupazioni, qualcuno con cui poter avere un futuro...

Improvvisamente, Mia colpì una roccia con il piede, e inciampò. Prima che potesse fare più che ansimare, Korum la prese in braccio.

"Stai bene?" chiese, guardandola con preoccupazione.

In risposta, Mia gli avvolse le braccia intorno al collo e poggiò la testa sulla sua spalla, sentendosi insolitamente a disagio. "Sto bene. Sono solo un po' imbranata."

"Non sei imbranata" negò Korum. "È solo che non vedi bene al buio."

"Vero" disse Mia, respirando il caldo profumo della sua pelle vicino alla zona della gola. Si sentiva stranamente contenta di stare in quel modo, tenuta così dolcemente dalle sue braccia potenti. Si accorse di non aver più paura di lui, almeno a livello fisico. Era difficile credere che solo pochi giorni fa aveva pensato che l'avrebbe uccisa per aver aiutato la Resistenza.

L'alieno camminò per qualche altro minuto, portando Mia in braccio, fino a raggiungere la spiaggia. Mettendola giù con attenzione, le tenne le mani sulla vita. "Ti va di nuotare?" chiese, e Mia poté scorgere la sensuale curva delle sue labbra nella debole luce della luna quasi piena.

"Non ho il costume" disse Mia, guardandolo. L'aria della sera stava diventando sempre più fresca—perfetta per una passeggiata, ma probabilmente meno piacevole sulla pelle bagnata.

"Non c'è nessuno in giro" le disse. "A parte me. E io ti ho già vista nuda."

Per qualche ragione, quella semplice affermazione convinse Mia. La parte inferiore del ventre si strinse dall'eccitazione, e i capezzoli si indurirono. Tutto d'un tratto, sentiva molto più caldo, come se il sole ardente stesse ancora splendendo su di loro. Guardandolo, chiese: "E se venisse qualcuno?"

"Non succederà" promise Korum. "Questa porzione della spiaggia sarà tutta per noi stasera."

Aveva riservato la spiaggia solo per loro? Non aveva realizzato che qualcuno potesse farlo. Ma aveva senso, naturalmente, che se qualcuno avesse potuto, quella persona sarebbe stata Korum; essendo un membro del Consiglio, probabilmente godeva di privilegi speciali a Lenkarda.

Apparentemente impaziente per la mancanza di risposta, Korum decise di prendere in mano la situazione. Facendo qualche passo indietro, si tolse i vestiti e gettò via i sandali, spargendo tutto in modo negligente sulla sabbia. Il respiro della ragazza accelerò. Il corpo alto e muscoloso dell'extraterrestre era ormai completamente nudo, e la luce della luna rivelò la dura erezione tra le gambe.

"Spogliati" ordinò piano. "Ti voglio subito nuda."

Guardandolo, Mia si leccò le labbra improvvisamente asciutte. Poteva sentire il morbido tessuto del vestito sfregare sui capezzoli duri e l'umidità che cominciava a radunarsi tra le cosce. Tutto il suo corpo era sensibile, con il cuore che batteva più forte e il sangue che scorreva più velocemente nelle vene. I ricordi dell'esperienza inquietante—ma incredibilmente erotica—di ieri sera, improvvisamente le tornarono in mente, e deglutì nervosamente, chiedendosi se avesse intenzione di darle un'altra lezione o di soddisfare un'altra fantasia di cui non era a conoscenza.

Non le disse niente; rimase lì in attesa a guardarla. Mia si chiese quanto fosse bello il suo aspetto notturno. Non riusciva a vedere l'espressione sul suo viso nella luce fioca e non aveva idea di cosa stesse pensando adesso.

Con le mani un po' tremanti, tolse lentamente gli stivali. La sabbia sembrava fredda sotto i piedi nudi, non trattenendo più il calore del sole.

"E ora il vestito" ordinò Korum, e nella voce c'era una durezza che le fece pensare che la sua pazienza fosse al limite.

Mia obbedì, togliendo l'abito da sopra la testa e lasciandolo sulla sabbia. Ormai era completamente nuda, e si sentiva tremare nella brezza serale dell'oceano.

Le si avvicinò e la prese per le spalle, tirandola più vicino a sé. "Sei così bella" sussurrò, chinandosi per baciarla. Le staccò le mani dalle spalle e le piegò intorno alle natiche, sollevandola fino a farle sentire la durezza del cazzo sulla pancia.

Poggiò la bocca sulla sua, e Mia sentì il calore delle sue labbra e la persistente spinta della lingua che le penetrava la bocca. Tutto dentro di lei si ammorbidì, si sciolse, e gemette sottovoce, avvolgendogli le braccia intorno al collo. Le strinse le mani sul sedere, schiacciando i piccoli globi rotondi, e poi la poggiò a terra, mettendola sui loro vestiti. La mano destra si stava già facendo strada lungo il corpo dell'umana, aprendole le gambe ed esplorando le tenere pieghe con un tocco insopportabilmente delicato. Mia fremette, sollevando i fianchi verso di lui, desiderando di più, e lui insistette, penetrandole l'apertura con un dito e trovando il punto sensibile all'interno. La familiare tensione cominciò a radunarsi nel ventre di Mia, che contrasse i fianchi, avendo bisogno solo di un po' di più… e poi raggiunse il culmine con un piccolo grido, con i muscoli interni che pulsarono per un sollievo orgasmico.

Sdraiata lì esausta, sentì le mani dell'extraterrestre aprirle le gambe ancora di più. La sua eccitazione le strofinò le cosce, con la punta del cazzo incredibilmente liscia e calda. Era premuta sulla sua apertura, e a Mia si fermò il respiro nell'attesa dell'entrata, con il corpo che desiderò istantaneamente maggior piacere.

"Dimmi che mi vuoi" sussurrò, e c'era qualcosa di strano nella sua voce, una nota oscura che Mia non aveva mai sentito prima.

"Sai che ti voglio" gli disse piano, sentendosi come se fosse morta, se non l'avesse avuto subito. La sua pelle era troppo tesa, troppo sensibile, come se non potesse contenere il bisogno che la bruciava dall'interno.

"Quanto?" insistette duramente. "Quanto mi vuoi?"

"Tanto" ammise Mia, fissandolo, con i muscoli pelvici che si strinsero dal desiderio e il clitoride pulsante. Che cosa voleva da lei? Non riusciva a capire quanto il suo corpo lo desiderasse?

Poi abbassò la testa, baciandola nuovamente, con il cazzo premuto, ed entrò con una potente spinta. Mia gridò sulle sue labbra, improvvisamente piena fino all'orlo. Prima che potesse adattarsi completamente alla sensazione, lui cominciò a muoversi, spingendo e ritirandosi, con un ritmo duro che le riecheggiava nelle viscere in un modo che le fece dimenticare tutto il suo strano comportamento. Sentì le proprie grida, pur non essendone consapevole, con la durezza dell'alieno che in qualche modo si aggiunse alla tensione dentro di lei—

E poi lui si fermò, proprio quando lei era a pochi secondi dal rilascio. Frustrata, Mia gemette, divincolandosi sotto di lui, incapace di controllare i movimenti convulsi del corpo. "Korum, per favore..."

"Per favore?" mormorò, ritirandosi. La sua mano si fece strada tra i corpi e le premette leggermente le dita sul clitoride, tenendola su un delizioso bilico di dolore-piacere. "Per favore cosa?"

"Per favore scopami" gli sussurrò, travolta dal bisogno. Le premette più duramente sulle pieghe, e Mia gridò, con la tensione al suo interno che crebbe ancora di più.

"Dimmi che mi ami" ordinò, e Mia si bloccò, con quelle inusitate parole che perforarono il suo stordimento, facendole dimenticare per un attimo la nebbia sensuale.

"Dimmelo, Mia" disse bruscamente, e affondò un dito dentro di lei, trovando il punto che la faceva sempre impazzire e spinse ritmicamente, fin quando non cominciò quasi a piangere dalla frustrazione, contorcendosi tra le braccia dell'alieno.

Quasi incoerente, gridò: "Sì! Ti prego, Korum... sì!"

"Sì cosa?" Era implacabile, assolutamente insistente.

"Ti amo" singhiozzò, sapendo che si sarebbe pentita in seguito, ma non poteva farci niente. "Korum, ti prego... Ti amo!"

A quel punto, tolse le dita, e lei sentì nuovamente il suo cazzo spingerle dentro, e rabbrividì dal sollievo quando lui riprese a spingere, penetrandola profondamente, riempendo il vuoto che pulsava dentro. Allo stesso tempo, le affondò la mano tra i capelli, piegando la gola verso di lui, e Mia sentì il calore della sua bocca sul collo e il dolore del morso. Quasi istantaneamente, il suo mondo si dissolse in un mix di sensazioni, con l'orgasmo tanto atteso che esplose con tanta forza che sbatté le palpebre per pochi secondi, a malapena consapevole del grido dell'alieno, quando raggiunse l'orgasmo anche lui.

Il resto della notte fu sfocato, e lui la prese più volte con una frenesia indotta dal sangue, finché lei non poté più venire, con la gola roca per le urla e il corpo esausto per gli infiniti orgasmi. Niente di tutto quello sembrava reale, con i sensi inesorabilmente amplificati dalla sostanza chimica nella saliva di Korum e la mente svuotata da ogni pensiero, con tutto il corpo sconvolto dall'estrema estasi di quel tocco.

Infine, a un certo punto prima dell'alba, Mia si addormentò tra le sue braccia, con le onde dell'oceano che sbattevano sulla riva a pochi metri di distanza e la luna che splendeva sui loro corpi avvinghiati.

CAPITOLO DODICI

*L*a mattina seguente, aprendo gli occhi, Mia fissò il soffitto, mentre i ricordi della notte prima le inondarono il cervello.

Gli aveva detto di amarlo, ricordò con una strana sensazione nello stomaco. Come un'idiota, gli aveva permesso di strapparle la protezione rimanente, mettendo a nudo il cuore e l'anima. Ora lui poteva giocare con i suoi sentimenti, proprio come giocava con il corpo. E perché? Perché le aveva fatto questo? Non era sufficiente che avesse il pieno controllo della sua vita? Doveva possederla anche a livello emotivo, privandola dell'ultimo pizzico di privacy?

Avrebbe potuto negarlo. Avrebbe potuto dire che l'aveva costretta a dire quelle parole—e sarebbe stato vero. Ma Korum avrebbe saputo che stava mentendo, se Mia avesse provato a rimangiarsi quella riluttante confessione.

Gemendo, seppellì il viso nel cuscino, desiderando di poter dormire più a lungo. L'ultima cosa che voleva era affrontarlo oggi.

Dopo circa un minuto, si sforzò di alzarsi e di entrare nella doccia. Con sorpresa, non c'era traccia di sabbia su nessuna parte del corpo. Korum doveva averla portata a casa e lavata la notte scorsa—o a un certo punto di quella mattina. Non ricordava niente. Inoltre, era sorpresa di non provare alcun dolore dopo la maratona sessuale di ieri notte; a New York, Korum usava spesso il suo dispositivo di guarigione su di lei dopo una notte come quella. Probabilmente l'aveva fatto mentre lei dormiva, pensò Mia.

Sistemandosi sotto il getto caldo della doccia, chiuse gli occhi e cercò di pensare a qualcos'altro, oltre a vedere Korum oggi.

Si rivelò essere un compito impossibile. La sua mente continuava a pensare a ciò che gli avrebbe detto quando l'avrebbe rivisto, a come lui si sarebbe comportato, domandandosi se avrebbe conservato quell'atteggiamento beffardo... Desiderava disperatamente poter allontanarsi per un paio di giorni, tornare nel suo appartamento—ma ovviamente era fuori discussione.

Uscendo dalla doccia, si asciugò e indossò un accappatoio. Preparandosi per un possibile incontro, si avventurò nel salone. Con suo sollievo, Korum non c'era. Doveva essere al processo, comprese Mia. Controllando l'ora, rimase scioccata accorgendosi che erano già le tre del pomeriggio.

Andando in cucina, richiese un piatto di frutta per colazione e la portò con sé nel salone. Probabilmente era troppo tardi per entrare nel mondo virtuale del processo; se era cominciato alla stessa ora di ieri, gli interventi sarebbero andati avanti un altro paio d'ore. Così, la ragazza si sdraiò sul divano e cercò di distrarsi, leggendo l'ultimo thriller di Dan Brown.

Staccando gli occhi dal libro, controllò l'ora. Erano quasi le cinque. Il suo stomaco brontolava, ricordandole che aveva mangiato molto poco. Indossava ancora l'accappatoio e le pantofole.

Alzandosi, entrò nella camera da letto e indossò un bel vestito bianco e rosa e un paio di sandali col cinturino. Non aveva idea di quando Korum avrebbe finito con il processo, ma ieri era tornato a casa in serata e stava già preparando la cena, quando era tornata dopo la chiacchierata con Delia. Per qualche ragione, non voleva essere sciatta al suo ritorno, anche se non sapeva come mai si facesse tutti quei problemi. Per un breve istante, pensò di fare una passeggiata nella speranza di evitarlo per un po', ma poi decise di non comportarsi come una codarda. Non sarebbe andata lontano, e l'avrebbe trovata immediatamente. I dispositivi di tracciamento incorporati nei palmi lo aggiornavano costantemente su dove fosse. Era meglio affrontarlo una volta per tutte.

L'alieno tornò a casa un'ora dopo.

Sentendolo entrare, Mia alzò gli occhi dal libro, e il suo cuore saltò un battito a quella vista. Con gli indumenti formali adatti al processo, era assolutamente splendido, con la pelle dorata in netto contrasto con il bianco della maglia e il potente fisico enfatizzato dal vestito. Lo sguardo negli occhi ambrati era sorprendentemente caldo, come se non avesse passato la scorsa notte a torturarla con l'obiettivo di farle confessare i suoi stupidi sentimenti.

Mentre Mia lo guardava con cautela, si avvicinò e la prese dal divano, sollevandola per un rapido bacio.

"Ho una sorpresa per te" disse, continuando a tenerle le mani sulla vita.

"Una sorpresa?" chiese Mia, stupita.

Korum annuì, sorridendole. "Andremo a cena con Saret e uno dei suoi assistenti."

"Ok..." disse Mia, con un leggero cipiglio. "Sembra interessante, ma quale sarebbe la sorpresa?"

Il sorriso di Korum si allargò. "Il motivo per cui ci riuniremo è che vogliono saperne di più sulla tua conoscenza ed esperienza nel campo della psicologia, per capire meglio se e quanto tu possa essere utile nel laboratorio di Saret."

"Che cosa vuoi dire?" Mia non riusciva a credere alle proprie orecchie. "Che cosa c'entra il laboratorio di Saret?"

"Beh, dal momento che la scuola e la carriera sono così importanti per te" disse Korum: "Volevo assicurarmi di non averti privato di niente portandoti qui. Mi sei sembrata interessata alla specializzazione di Saret e, da quello che ho capito, il tuo campo di studio è simile al suo. Recentemente, uno dei suoi assistenti se n'è andato, liberando un posto nel laboratorio. Naturalmente, ci sono già circa dieci candidati per la posizione, ma l'ho convinto a lasciarti provare per qualche mese, solo per vedere come va. Naturalmente, questa sarà una straordinaria opportunità di apprendimento per te, ma potresti anche aiutarlo con le tue conoscenze uniche, visto il background—"

"E lui ha accettato? Un'umana?" chiese Mia incredula, col cuore che le saltò nel petto.

"Esattamente" rispose Korum. "Mi deve un paio di favori, e poi mi ha detto che gli piaci."

"Mi stai dicendo che posso lavorare in un laboratorio K insieme al miglior esperto della mente?" disse Mia lentamente, sentendo il bisogno di sentirne la conferma. Stava quasi iperventilando dall'entusiasmo. Era un'occasione incredibile. Quanti umani avevano quella possibilità, di studiare le menti Krinar dalla loro prospettiva? Gli scienziati avrebbero venduto l'anima al diavolo per essere al suo posto. Voleva saltare su e giù e ridere forte, e sapeva di avere un enorme sorriso stampato sul viso.

"Se sei interessata, sì" disse con fare indifferente, ma negli occhi aveva un bagliore che le fece capire che sapeva esattamente quanto ciò significasse per lei.

"Se sono interessata? Oh, Korum, non so nemmeno come ringraziarti" gli disse Mia sinceramente. "Ovviamente, questa è un'opportunità straordinaria per me! Grazie!"

Sorrise, sembrando soddisfatto di sé. "Certo. Mi fa piacere che ti piaccia l'idea. Per quanto riguarda il modo in cui puoi ringraziarmi..." I suoi occhi assunsero una familiare sfumatura dorata, e si sedette sul divano, tirandola a sé. "Un bacio sarebbe bello" le disse piano.

Il sorriso di Mia svanì e si irrigidì, ricordando ieri notte. Per un momento, aveva dimenticato quello che aveva fatto, quello che l'aveva costretta a dire, troppo distratta dall'incredibile occasione che le stava offrendo. Ma ormai, le era tornato in mente. Voleva fingere che non fosse successo? Se le cose stavano così, sarebbe stata più che felice di stare al gioco.

Guardandolo in faccia, Mia gli seppellì le dita tra i capelli e portò la testa verso di lei. I capelli dell'alieno erano folti e morbidi nelle sue mani e le labbra lisce e calde sulle sue. Aveva un sapore delizioso, sapeva di un frutto esotico e di lui, e lo baciò con tutta la passione e l'emozione che provava. Quando finalmente si fermò, il respiro di Korum era più rapido, e Mia poté sentire i suoi capezzoli stretti sotto il vestito.

"Mmm, bel ringraziamento" mormorò, guardandola con un sorrisetto. "Forse dovrei trovare tirocini per te ogni giorno."

"L'emozione potrebbe svanire, se lo facessi" gli disse Mia sinceramente. "Davvero, non me lo sarei mai aspettata. Grazie ancora."

"Prego" disse, ovviamente godendo della sua reazione. "Sei pronta per andare? La cena sarà pronta tra quindici minuti e non dobbiamo arrivare tardi."

Mia si alzò e roteò davanti a lui. "Posso indossare questo o dovrei cambiarmi?"

"Quello è perfetto. Aggiungi qualche gioiello, e sarai pronta."

～

Lasciarono la casa qualche minuto dopo, quando Mia indossò la sua collana di milioni di anni. Korum aveva già creato la piccola navicella che li avrebbe portati a cena, e Mia salì dalla parete che si dissolse, sedendosi su una delle panche fluttuanti e mettendosi comoda. Si stava già abituando a quella modalità di trasporto.

"Li incontreremo in un ristorante?" chiese, curiosa di sapere se qualcosa del genere esistesse a Lenkarda. Finora, l'unico pasto che aveva consumato fuori dalla casa di Korum era stato da Arman.

Korum annuì. "Qualcosa del genere. Si chiama Salone del Cibo, e abbiamo un salottino privato lì. L'idea è simile a un ristorante umano, ma non ci sono camerieri. Il cibo tende ad essere molto più ricercato di quello che mangeresti a casa, con ingredienti più esotici rispetto a quelli della mia casa o che preparerei io."

"E così, i K si ritrovano in questo Salone del Cibo, proprio come noi andiamo al ristorante per socializzare?"

"Esattamente" confermò Korum. "È un luogo popolare per incontri di lavoro e occasioni simili. Anche per gli appuntamenti privati, ma la maggior parte della gente preferisce un po' più di privacy per quello."

"Perché?" chiese Mia, quando la piccola navicella si alzò senza emettere suoni.

"Il sesso in pubblico è considerato scortese" spiegò Korum, guardandola con un sorriso maligno. "E gli appuntamenti privati spesso si concludono con il sesso."

Mia si sentì avvampare. "Capisco. Più frequentemente che nella società umana?"

"Probabilmente—anche se non ho prove evidenti per dimostrare tale ipotesi. La nostra società tende ad essere molto più liberale su tali questioni. Ad eccezione delle coppie, tutti usano il controllo delle nascite, così non ci dobbiamo preoccupare delle gravidanze indesiderate. Inoltre, non esistono malattie sessualmente trasmissibili tra i Krinar. Non c'è davvero alcun motivo per non divertirci."

Mia si sentì improvvisamente e irrazionalmente gelosa, immaginando Korum "divertirsi" con qualche donna Krinar. Le aveva detto che era lei l'unica donna della sua vita da quando l'aveva conosciuta, e lei gli credeva —non aveva motivo di mentire. Tuttavia, non riusciva a togliersi dalla mente le immagini di Korum con una bella donna K.

Prima che potesse fargli altre domande, la navicella atterrò delicatamente davanti a un grande edificio bianco. Con una forma simile alla casa di Korum, era anche un cubo allungato con angoli arrotondati, solo molto più grande.

Korum uscì per primo, e poi le tenne la mano. Mia la accettò, stringendogli il palmo con forza. Era la sua prima uscita pubblica a Lenkarda, e si sentiva emozionata e nervosa all'idea di conoscere altri Krinar. Soprattutto, sperava di non sembrare un'idiota davanti a Saret e al suo assistente. Avrebbe voluto avere la possibilità di ripassare le nozioni di alcune lezioni, nel caso in cui avessero deciso di interrogarla su ciò che aveva imparato finora grazie agli studi di psicologia.

Tenendole la mano, Korum la condusse verso l'edificio. Man mano che si avvicinavano, il muro si dissolse per lasciarli entrare, e si ritrovarono in un grande corridoio con pareti opache e un soffitto trasparente. Nessuno venne a riceverli, ma c'erano molti K che gironzolavano, sia maschi che femmine, vestiti con un mix di abbigliamento formale e casual.

Al loro ingresso, diverse dozzine di teste si girarono, e Mia strinse la mano di Korum, sorpresa di essere al centro dell'attenzione. Korum, però, non fece caso alle occhiate, camminando lentamente lungo il corridoio. Mia fece del proprio meglio per imitarne la compostezza, guardando dritto davanti a sé e sforzandosi di non sembrare inebetita davanti alle meravigliose creature che stavano studiando apertamente lei e il suo amante—e anche scortesemente, secondo lei. Proprio quando stavano per raggiungere la fine del corridoio, le pareti sulla destra si separarono, e Korum la portò nell'apertura. Si rivelò essere una piccola area privata, dove Saret e un altro Krinar maschio li stavano aspettando.

Appena entrarono, Saret si alzò dalla panca fluttuante e si avvicinò a Korum, salutandolo con il palmo sulla spalla. Il suo amante ricambiò il gesto con un piccolo sorriso.

"Sono felice di vedervi" disse Saret, guardando entrambi. "Mia, è la tua prima volta nel Salone del Cibo?"

La ragazza annuì, sentendosi un po' nervosa. Se tutto fosse andato secondo i piani, quel K sarebbe diventato presto il suo capo. "Sì, non sono ancora uscita molto."

"Certo" disse Saret. "Il tuo cheren è stato occupato con il processo, come molti di noi. Dimmi, Korum, conosci Adam?"

"Non ne ho avuto il piacere" disse Korum, rivolgendosi all'altro Krinar. "Ma ho sentito parlare di questo giovane."

Adam si alzò e, con sorpresa di Mia, gli strinse la mano con un gesto molto umano. "Anch'io ho sentito parlare molto di te" disse. La sua voce era profonda, e il modo in cui pronunciava alcune parole in Krinar lo faceva sembrare quasi uno straniero.

Sorridendo leggermente, Korum si allungò e strinse la mano di Adam. "Vedo che non apprezzi molto i nostri saluti."

L'altro K si strinse nelle spalle. "Ormai sono abituato, ma non mi vengono ancora naturali. Visto che hai vissuto per un po' di tempo a New York, ho pensato che non ti sarebbe dispiaciuto." Poi, rivolgendosi a Mia, le sorrise e disse: "Sono Adam Moore. E tu devi essere Mia Stalis, la ragazza di cui ho sentito tanto parlare."

Mia sbatté le palpebre, non sapendo bene se avesse solo immaginato di sentire un K presentarsi con quelli che sembravano un nome e un cognome umani. "Sì, ciao" disse, ricambiando il sorriso. Korum lo aveva definito un giovane, e si chiese quanti anni avesse. Fisicamente, sembrava avere la stessa età di Korum e Saret.

"Adam ha un background molto insolito" disse Saret, percependo la confusione della ragazza. "Vieni, siediti, e parleremo un po' di più durante la cena."

"Sembra una buona idea" disse Korum, avvicinando un paio di sedie fluttuanti. Mia si sedette su una di esse, lasciando che si adattasse alla forma del suo corpo, e Korum fece lo stesso. Le sedie fluttuarono verso gli altri due Krinar, che nel frattempo si erano seduti. Ora, tutti e quattro erano disposti a cerchio intorno a quello che sembrava essere un piccolo tavolo fluttuante. Dopo un'ispezione più approfondita, Mia poté vedere che il tavolo somigliava più a un tablet, pieno di scritte in Krinar e di immagini di vari piatti appetitosi. Un menù, si rese conto.

"Abbiamo già chiesto il nostro pasto" disse Saret. "Potete scegliere il vostro."

"Vuoi che ordini per te?" chiese Korum a Mia, con le labbra piegate in un sorriso.

"Certo" rispose la giovane amante, felice di delegare quel compito. Anche se il traduttore incorporato le permetteva di leggere la scrittura Krinar, non aveva idea di cosa fossero quei piatti.

Korum agitò il palmo sul tavolo. "Ok, ho appena ordinato per entrambi. Il cibo dovrebbe arrivare tra pochi minuti."

Mia lo ringraziò e tornò a rivolgere l'attenzione agli altri K, sorridendo.

Saret ricambiò il sorriso, con gli occhi scuri che brillarono. "Come stanno andando i tuoi primi giorni a Lenkarda?"

"È un bellissimo posto" gli disse sinceramente. "La spiaggia è molto carina. Sono cresciuta in Florida, quindi mi manca molto a New York. Voglio dire, abbiamo l'oceano e tutto il resto lì, ma non è la stessa cosa."

"Troppo sporco e inquinato, vero?" chiese Saret.

"È abbastanza sporco" ammise Mia. "E affollato. Anche d'estate, le spiagge intorno alla città non sono proprio le migliori. E, ovviamente, il tempo non è ottimale per andare al mare, la maggior parte delle stagioni dell'anno—"

"Vai mai a Jersey Shore o agli Hamptons?" chiese Adam. "Quelle spiagge sono molto più belle."

"No, non ne ho mai avuto la possibilità" rispose Mia. "Non ho la macchina, e di solito non trascorro l'estate a New York. Durante l'anno scolastico, il tempo è abbastanza bello per una gita in spiaggia solo a settembre, e di solito sono troppo occupata per prendere l'autobus e andare da qualche parte per un intero fine settimana. Perché, ci sei stato?"

"Sono cresciuto a Manhattan" disse Adam. "Quindi, andavo sia a Jersey Shore che agli Hamptons con la mia famiglia."

Mia sgranò gli occhi dallo shock. "Con la tua famiglia?"

Adam annuì. "Da piccolo, sono stato adottato da una famiglia umana. Non avevano idea di cosa fossi, naturalmente, e nemmeno io, almeno fino al K-Day."

"Davvero?" Mia lo fissò affascinata. Le sembrava un K, con i capelli bruni, la pelle dorata e gli occhi color nocciola. Aveva anche quel modo di muoversi, con la grazia simile a quella di un gatto comune a molti predatori. Ovviamente, prima del K-Day, nessuno sapeva dell'esistenza dei Krinar, quindi era possibile che fosse stato scambiato per un umano. "Quindi, hai scoperto solo di recente di essere un K?"

"Sapevo di essere diverso, naturalmente" disse Adam con una scrollata di spalle. "Ma non sapevo di provenire da un altro pianeta."

"Ma com'è possibile che nessuno se ne fosse accorto? Voglio dire, sarai stato molto più forte e più veloce degli altri ragazzi... E che dire delle analisi del sangue e delle vaccinazioni?"

"Non è stato facile" ammise Adam. "I miei genitori sono persone straordinarie. Capirono presto che non ero un normale ragazzo della Romania e fecero tutto il possibile per proteggermi."

"Ma com'è potuto succedere?" Mia stava ancora cercando di riflettere su una situazione così improbabile. "Come sei finito sulla Terra da piccolo —e prima del K-Day?"

"È una lunga storia" rispose Adam, sembrando improvvisamente più freddo e molto più pericoloso. Guardandolo più attentamente, Mia poté facilmente immaginarlo nei panni di Korum tra altri centinaia di anni. "E probabilmente non è un buon argomento di conversazione per una cena."

"Certo" si scusò Mia rapidamente. Chiaramente, aveva colpito un tasto dolente. "Non volevo ficcare il naso—"

"Non preoccuparti" disse Adam, sorridendole di nuovo. "So che è tutto molto strano, e non ti biasimo per esserne incuriosita."

Il cibo apparve in quel momento, con i piatti che emersero dalla parete alla sinistra di Mia e fluttuarono per poi posarsi sul tavolo—che si estese subito su una superficie abbastanza considerevole. Il piatto di Mia sembrava essere un mix di qualche strano grano violaceo e un mazzo di piante verdi e arancioni dall'aspetto sconosciuto. Tutto era organizzato in elaborate forme e vortici di fiori, più simili a un'opera d'arte che ad un cibo vero e proprio.

Korum sembrava aver ordinato la stessa cosa per sé. Assaggiando un boccone, Mia quasi gemette dal piacere, con le papille gustative inebriate dall'incredibile fusione di sapori dolci, salati e piccanti. Per qualche minuto, regnò solo il silenzio, poiché tutti e quattro erano concentrati sul pasto.

Saret fu il primo a terminare il pasto e spinse via il piatto, che immediatamente si allontanò. Tornando al precedente argomento di conversazione, disse a Mia: "Come puoi immaginare, Adam sta ancora cercando di abituarsi al nostro stile di vita. In qualche modo, voi due in realtà avete molto in comune; ecco perché ho portato Adam con me oggi. Nonostante la giovane età, è uno dei miei assistenti più promettenti—e questo è parzialmente dovuto al punto di vista unico che deriva dal suo background. Normalmente non sceglierei uno sui vent'anni—un adolescente della nostra società— ma Adam è molto più maturo di un tipico Krinar di quell'età."

Mia annuì, con i palmi che cominciavano a sudare. Stavano arrivando al motivo che si celava dietro a quella cena. Allontanò il resto del cibo per concentrarsi maggiormente su Saret.

"Korum mi ha detto che hai un forte interesse per tutte le questioni della mente—e che, infatti, è il tuo campo di studio. È vero?" le chiese, speranzoso.

"Mi sto specializzando in psicologia alla NYU" confermò Mia. "Da quello che ho capito, la psicologia è solo una parte della tua specializzazione... ma mi piacerebbe imparare qualunque cosa abbia a che fare con la mente."

"E quanto ne sai già? Cosa ti hanno insegnato alla NYU finora?"

Mia si sentiva in "modalità colloquio," con il nervosismo che in qualche modo si tradusse in una maggiore chiarezza di pensiero e di discorso. Facendo appello a tutto ciò che ricordava, parlò a Saret delle lezioni di psicologia di base, per poi passare ai corsi più avanzati e specializzati che aveva iniziato a seguire di recente. Parlò del saggio che aveva appena finito di scrivere sulla Psicologia del Bambino e del tirocinio che aveva fatto l'anno scorso presso l'ospedale di Daytona Beach, lavorando come consulente per le vittime di abusi domestici. Spiegò anche il suo piano di ottenere un master e di lavorare come consulente, in modo da poter influenzare positivamente i giovani in un momento importante della loro vita.

Saret e Adam ascoltavano con attenzione, con Saret che di tanto in tanto annuiva, quando lei menzionava alcuni dei concetti fondamentali che aveva appreso durante le lezioni. Korum osservò tutto silenziosamente, apparentemente contento di guardarla, mentre parlava animatamente dei suoi studi.

Alla fine, Saret la fermò dopo circa mezz'ora. "Grazie, Mia. Questo è esattamente quello che volevo sapere. Sembri molto appassionata per la tua... scelta... e credo che tu possa essere un valore aggiunto per la mia squadra. Potresti iniziare domani?"

Mia quasi saltò dall'emozione, ma si controllò all'ultimo momento e semplicemente rivolse a Saret un sorriso enorme. "Assolutamente! A che ora mi vuoi lì?" Poi, ricordando che probabilmente doveva consultare il K che le gestiva la vita, diede una rapida occhiata a Korum. Lui annuì, sorridendo, e il sorriso di Mia diventò più ampio.

"Potresti essere lì per le nove di mattina?" chiese Saret. "So che avete bisogno di più sonno rispetto a noi, ma credo che sia lo standard aziendale tra gli umani..."

"Certo" disse Mia con impazienza. "Posso anche venire prima, qualunque sia il normale orario—"

Con la coda dell'occhio, vide Korum scuotere la testa davanti a Saret.

"No, non ce n'è bisogno" disse Saret. "Non c'è alcuna urgenza, e ci sarai di grande utilità, se non sarai sfinita. Vieni alle nove, va bene?"

L'umana annuì, sentendosi al settimo cielo. "Certo, non vedo l'ora!"

Adam sorrise davanti al suo entusiasmo. "È una curva di apprendimento molto ripida" l'avvisò. "Ho lavorato in questo laboratorio negli ultimi due anni, e posso dirti che sto ancora imparando cinquanta cose nuove al giorno."

Mia sorrise di nuovo, troppo entusiasta per sentirsi intimidita. "Va benissimo—mi piace imparare." Girandosi verso Saret, gli disse con sincerità: "Grazie per questa opportunità. Farò del mio meglio per rendermi utile."

"Naturalmente" disse Saret con un sorriso. "Non vedo l'ora di vederti domani." E alzandosi, ripeté il saluto di prima, toccando la spalla di Korum prima di uscire.

Adam seguì l'esempio del suo capo, alzandosi e stringendo la mano di Korum prima di andarsene. Mia notò che per qualche ragione non le aveva stretto la mano, anche se doveva sapere che era un po' maleducato ignorarla così. Pensò che ci fosse qualche tabù sul toccare le donne—o forse solo le charl di altri K—che probabilmente aveva a che fare con la natura territoriale dei K. Visto che persino Adam rispettava quella particolare usanza, doveva esserci un motivo abbastanza convincente.

Alla fine, Korum e Mia rimasero da soli.

Alzandosi, il suo amante le sorrise calorosamente. "Sei andata benissimo—sono certo che Saret sia rimasto piacevolmente colpito. Sono davvero orgoglioso di te."

Mia gli rivolse un bel sorriso e si alzò, con quelle parole che le scaldarono il cuore. "Grazie. E grazie ancora per averlo reso possibile."

"Prego" disse Korum, tirandola più vicino a sé e affondando la mano tra i suoi capelli. Tenendola premuta contro il suo corpo e con il viso inclinato verso di lui, disse piano: "Dimmi ancora che mi ami."

Guardandolo, Mia si bloccò, con l'euforia che svanì, rimpiazzata da un terribile senso di vulnerabilità. Non aveva intenzione di *ignorare* quello che era successo la notte scorsa.

L'umana inumidì le labbra. "Korum, io..." Cercò di abbassare lo sguardo, di guardare lontano, ma era impossibile visto il modo in cui la stava stringendo.

"Dimmelo, Mia." I suoi occhi stavano assumendo una sfumatura dorata più accentuata. "Voglio sentirtelo ripetere."

Desiderava disperatamente negarlo, dirgli che quella notte non era in sé, ma le parole semplicemente non le uscivano.

Perché l'amava, così tanto che faceva male, così tanto che riusciva a malapena a concentrarsi su altro che non fossero le potenti emozioni che le riempivano il petto. A un certo punto, nelle ultime settimane, era passato dall'essere uno strano e pericoloso estraneo a qualcuno senza il quale non poteva immaginare di vivere. E per quanto detestasse la perdita di libertà, amava le innumerevoli premure che le riservava quotidianamente, il modo in cui la faceva sentire così viva...

Lui aveva ragione: non era mai stata così felice prima di conoscerlo.

Conduceva un'esistenza tranquilla, per lo più piacevole. Ma non aveva vissuto davvero.

"Dimmelo, tesoro mio" insistette, facendole scivolare la mano dai capelli per stringerle leggermente la guancia. "Dimmelo..."

"Sì. Ti amo" sussurrò, fissandolo, chiedendosi che cosa avrebbe detto ora, se avrebbe usato la sua confessione contro di lei.

Ma sorrise e si chinò per baciarla, con le bellissime labbra che sfiorarono le sue così teneramente che sentì il cuore stringersi nel petto. "Ti rende felice sapere che farai un tirocinio qui?" mormorò, sollevando la testa e guardandola con un bagliore caldo negli occhi dorati.

Mia annuì. "Certo" disse sottovoce. "Lo sai."

"Bene. Ti voglio felice qui" disse piano, facendo un passo indietro e liberandola dal suo abbraccio. Poi, prendendole la mano, la condusse fuori dalla loro area privata, nel corridoio.

～

Arrivarono a casa pochi minuti dopo.

Durante il breve tragitto, Mia tenne lo sguardo fisso sul pavimento trasparente, anche se riusciva a vedere a malapena il paesaggio sottostante con la mente occupata dagli eventi della serata. Per qualche strana ragione, era stato quasi liberatorio aprirsi con Korum in quel modo, dirgli cosa provava davvero. Ora non avrebbe dovuto stare costantemente in guardia, preoccupandosi del fatto che sapesse che si era innamorata di lui. Non avrebbe dovuto temere che l'avrebbe presa in giro per essere una ragazza sciocca, che confondeva il sesso con le emozioni.

No, non l'aveva affatto presa in giro. Contrariamente alle sue aspettative, sembrava accogliere il suo aspetto emotivo; infatti, l'aveva praticamente costretta ad ammettere che l'amava. Non aveva ricambiato con le sue parole d'amore, ma non si aspettava che lui lo facesse. Aveva detto in passato che teneva a lei, e lei gli aveva creduto. Ma l'amava? Uno come Korum poteva davvero innamorarsi di un'umana? Arman sembrava amare Maria, ma la loro relazione era così diversa da quella che Mia aveva con il suo cheren.

No, non sapeva se Korum l'avrebbe mai amata, e non voleva impazzire domandandoselo—non ora, non quando si sentiva così felice e aspettava con impazienza di iniziare il tirocinio.

Scesero dalla navicella, e Korum la fece svanire rapidamente, attivando le nanomacchine con un piccolo gesto. Mia lo guardò, con il cuore che sembrava essere sul punto di uscirle dal petto, incapace di contenere i sentimenti all'interno. Ogni movimento del corpo alto e muscoloso di Korum era carico di una forza trattenuta a stento, con l'eredità di cacciatore Krinar evidente nella grazia predatoria con cui agiva. Era così lontano dalla persona con cui si immaginava che sarebbe stata—e così sbagliato per lei—tuttavia era l'unico uomo in grado di farla sentire così.

Dopo la scomparsa della navicella, trasformatasi in singoli atomi, Korum la sollevò tra le braccia e la portò a casa, dirigendosi verso la camera da letto. Mia si aggrappò a lui, desiderosa del contatto fisico e dell'incredibile piacere che solo lui era in grado di darle.

Entrarono nella camera e la poggiò delicatamente sul letto. Sdraiata lì, Mia lo guardò togliersi la maglia, rivelando un torace potente e uno stomaco muscoloso. Seguirono i pantaloni, e poi fu completamente nudo, con il grosso cazzo già duro e le palle che oscillavano pesantemente tra le gambe. Il suo corpo era l'epitomo della bellezza maschile, pensò Mia vagamente, con il fisico che reagì a quella vista con un'eccitazione quasi istantanea.

Prima che potesse avere la possibilità di ammirarlo pienamente, salì sopra di lei e le tirò su il vestito, esponendo le zone inferiori al suo sguardo ardente. Senza preliminari, le aprì le gambe e si fermò per qualche secondo, apparentemente affascinato dal suo sesso.

Arrossendo, Mia cercò di chiudere le gambe, sentendosi troppo esposta, ma non glielo permise, non prima di averla osservata per bene. Infine, alzando la testa, Korum mormorò: "Hai la fighetta più bella che io abbia mai visto. Te l'ho mai detto?"

Mia scosse la testa, avvampando ancora di più.

"È così" confermò. "Con le pieghe delicate e rosa e il piccolo clitoride —il fiorellino più bello di tutti." E prima che Mia potesse dire qualcosa, lui piegò la testa verso l'oggetto della sua ammirazione, separando con le dita le suddette pieghe, passandoci inesorabilmente la lingua e trovando la zona sensibile intorno al clitoride.

Sorpresa dall'improvvisa ondata di piacere, Mia gridò e si piegò contro la sua bocca, con tutto il corpo teso per una sensazione così intensa che era quasi insopportabile. Le sue mani in qualche modo si fecero strada nei capelli dell'alieno, stringendoli, cercando di costringerlo ad assumere un ritmo più duro che le avrebbe consentito un immediato rilascio. Ma Korum si rifiutò di correre, e la sua lingua continuò con quei colpi assolutamente leggeri, mantenendola al limite. E proprio quando

Mia cominciò a credere di impazzire, le premette il lato piatto della lingua sul clitoride, spostandolo avanti e indietro con la forza sufficiente a farle raggiungere l'orgasmo con un forte grido, con tutto il corpo tremante per la forza del climax.

Ansimante e debole, rimase lì, mentre lui le osservava il sesso palpitare per l'orgasmo, con un interesse apparentemente ancora non pienamente soddisfatto. Dopo averla fatta un po' riprendere, cominciò a salire di nuovo sopra di lei, ma Mia sussurrò: "Aspetta."

Con sua sorpresa, la ascoltò, fermandosi un secondo.

Ancora leggermente tremante per i postumi di quello che aveva appena sperimentato, si mise a sedere e rivolse a Korum un sorriso di sfida, allungando la mano sinistra per strofinargli le palle. "E ora tocca a me" disse piano. "Perché non ti sdrai?"

Gli occhi dell'extraterrestre assunsero una sfumatura dorata più profonda, e Mia sentì le sue palle stringersi nella mano. Lo eccitava, si rese conto, quando prendeva l'iniziativa in quel modo.

"Che ne dici se sto in piedi?" suggerì lui, e Mia annuì, apprezzando l'idea ancora di più. Mettendosi in ginocchio sul letto, si allungò e gli passò le mani sul petto, godendosi la sensazione dei muscoli duri ricoperti da una pelle morbida. La sua carne era calda e solida al tocco, e sembrava quasi la statua vivente di un dio greco o romano.

Abbassò la mano destra, fino ai muscoli tesi dello stomaco, e seguì la lieve traccia di peli fino al sesso. Avvolgendo le dita intorno all'asta, Mia lo sentì indurirsi nella sua presa. Lo accarezzò dolcemente, godendo della sua pelle vellutata, e lui gemette, chiudendo gli occhi, con un'espressione sul viso che quasi rasentava il dolore.

Incoraggiata, Mia gli premette le labbra sul petto e lo baciò lungo il corpo, inginocchiandosi lentamente fin quando la bocca non fu appena sopra il suo cazzo. Gli si bloccò il respiro dall'attesa, e Mia sorrise e lo leccò, passando la lingua sulla punta sensibile. Lui sibilò, spingendo i fianchi contro di lei. Le affondò le mani tra i capelli, portandole il viso più vicino al sesso, fin quando Mia non ebbe altra scelta che aprire la bocca e lasciarlo entrare.

Alla sensazione delle labbra dell'umana intorno al cazzo, rabbrividì, e lei poté sentire il debole sapore salato del liquido pre-eiaculatorio. I suoi muscoli interni si strinsero, quando un tremito di emozione l'attraversò.

Il suo piacere l'aveva eccitata, si rese conto Mia, lieta dell'effetto che aveva su di lui. Raramente aveva la possibilità di farlo, di prenderlo in bocca e farlo venire, perché era sempre così preso a *farla* impazzire, *facendola* urlare dall'estasi nelle sue braccia.

Afferrandogli le palle con la mano sinistra, avvolse la destra intorno alla base dell'asta e iniziò un lento movimento ritmico, prendendolo sempre più in profondità con la bocca. Naturalmente, non poteva accettare tutta la lunghezza, ma a lui non sembrava importare, stringendole le dita nei capelli quasi al limite del dolore.

Lo sentì gonfiarsi ulteriormente, diventando incredibilmente lungo e spesso, e un liquido caldo e salato le inondò la bocca, quando Korum venne con un duro grido, piegando la testa all'indietro dall'estasi.

Un minuto dopo, Korum le staccò lentamente le dita dai capelli, mentre ritirò l'asta afflosciata dalla sua bocca. Guardandola, sorrise. "È stato incredibile" disse, e Mia lo fissò, leccandosi lentamente le labbra e degustando i residui del suo seme. Non sapeva perché trovasse così eccitante dargli piacere, ma era così. Era di nuovo eccitata, come se il potente orgasmo che aveva appena avuto fosse avvenuto giorni fa, e non pochi minuti prima.

Salendo sul letto, la tirò a sé e le sollevò il vestito da sopra la testa. Vedendola nuda, gli si agitò di nuovo il sesso, e lo stomaco di Mia si strinse dall'attesa, quando la tirò ulteriormente a sé, coprendole la bocca per un bacio sconvolgente.

E poi la prese, possedendola con il corpo, anche se ormai aveva anche il suo cuore e l'anima.

CAPITOLO TREDICI

Nei dieci giorni che seguirono, Mia cadde in una routine. I suoi giorni erano quasi interamente consumati dall'apprendistato presso il laboratorio di Saret, mentre Korum occupava le sue serate e—spesso—le nottate.

L'apprendistato al laboratorio si rivelò essere un lavoro impegnativo e mentalmente stancante, ma Mia imparò più in pochi giorni lì di quanto non avesse fatto nei tre anni di università. Saret non la prendeva in giro per la sua ignoranza o per il fatto che, essendo umana, fosse più lenta in certi compiti rispetto agli altri assistenti. Il primo giorno, la fece lavorare con Adam, assegnandole tre progetti, di cui il più interessante era quello di capire come poter migliorare il processo di trasferimento della conoscenza per i bambini Krinar. Il trasferimento della conoscenza, aveva appreso Mia, era il modo in cui i K educavano i figli—essenzialmente imprimendo le informazioni necessarie sui loro cervelli in maturazione, eliminando così la necessità di apprendere mnemonicamente le basi come la lettura, la scrittura, la matematica e la storia.

Dopo averle fatto una rapida panoramica della tecnologia altamente avanzata utilizzata nel laboratorio, Saret disse ad Adam di spiegare a Mia la ricerca che avevano fatto finora e di mostrarle le registrazioni e le letture necessarie. Quando Mia aveva lasciato il laboratorio il primo giorno, erano le dieci di sera, ed era completamente sfinita. Korum si era infuriato con Saret, ma il suo nuovo capo si era rivelato sorprendentemente inflessibile: o Mia lavorava duramente come gli altri apprendisti o non c'era posto per lei nel suo laboratorio. Dopo una forte discussione tra i due K, che aveva incluso diverse minacce appena velate di Korum, Saret aveva accettato con riluttanza che Mia tornasse a casa entro le sette la maggior parte delle sere—tranne quando eseguivano simulazioni critiche. In quei giorni, doveva rimanere fino a mezzanotte, come il resto della squadra. Mia aveva protestato, dicendo che non le dispiaceva, che amava imparare e sarebbe rimasta per tutto il tempo necessario, ma Korum si era rifiutato di ascoltarla. "Sei umana, e sei la mia charl. Non ti permetterò di esaurirti in quel modo" le aveva detto.

E la sua routine fu stabilita.

Nel tentativo di tenere il passo con l'enorme quantità di informazioni che riceveva quotidianamente, Mia inserì una serie di registrazioni relative al lavoro sul tablet che Korum le aveva dato. Il tablet era impermeabile, e Mia lo utilizzava per guardare alcuni video mentre faceva la doccia. Korum non fu affatto contento quando lo scoprì, mormorando che era ancora più ossessionata da quell'apprendistato di quanto non fosse stata con la scuola, ma non si fermò a questo. Infatti, creò per lei un comodo sedile nel suo ufficio, dove poteva studiare accanto a lui la sera, mentre lui era impegnato con i propri progetti.

Adam si dimostrò indispensabile come socio di laboratorio, e Mia si rese conto che Saret le aveva fatto un grande favore mettendoli a lavorare insieme ai progetti. Il giovane K—aveva appena ventott'anni, aveva scoperto la ragazza—era intelligente e si sentiva davvero a proprio agio a lavorare con un'umana. Da adolescente, aveva già fatto una fortuna lavorando nel mercato azionario, creando per la sua famiglia umana adottiva un importante fondo fiduciario e garantendo loro una vita agiata. Inoltre, aveva registrato un certo numero di brevetti di microchip, a cui Intel e Apple erano interessati, e sperava di svolgere un tirocinio presso l'azienda di Korum negli anni successivi. Con sua sorpresa, Mia scoprì che aveva una fidanzata umana (si rifiutava di chiamarla la sua charl). Quando Mia cercava di insistere, certa che fosse una storia affascinante, lui rifiutava di rivelare ulteriori dettagli. Le promise di fargliela conoscere un giorno, e dovette accontentarsi.

I primi tempi, Mia si sentì così sopraffatta da voler piangere, con il cervello dolente a causa dell'enorme quantità di informazioni che stava cercando di memorizzare giorno dopo giorno. Per aiutarla, Adam suggerì di provare a imprimerle alcune informazioni necessarie, proprio come avrebbero fatto con un figlio Krinar. La ragazza inizialmente resistette all'idea, ma dopo aver lottato con la raccolta base di dati utilizzando alcune delle apparecchiature più complesse del laboratorio, acconsentì amaramente. Saret era stato felice di avere un soggetto reale con cui sperimentare, anche se non era né una bambina, né una Krinar, e chiese a Korum di provare la nuova procedura di imprinting su Mia. Dopo aver torchiato sia Saret che Adam circa la sicurezza della procedura e i possibili effetti collaterali, il suo cheren diede il consenso, dicendo a Mia che sperava che l'avrebbe aiutata con la difficoltà del periodo iniziale di adattamento. Di conseguenza, Mia trascorreva la maggior parte del fine settimana all'interno della camera di imprinting, con il cervello che assorbiva rapidamente tutte le informazioni che Saret aveva ritenuto utili per la sua assistente.

Quando Mia uscì dalla camera domenica sera, si sentiva nauseata e in preda alle vertigini, ma conosceva la neurobiologia a sufficienza da poter fare domanda per una laurea ad honorem nel campo. Poteva anche eseguire la chirurgia al cervello, soprattutto su un soggetto Krinar—anche se non credeva che le sarebbe piaciuto l'aspetto fisico di quel compito specifico. Allo stesso tempo, aveva imparato a padroneggiare—almeno teoricamente—tutte le apparecchiature del laboratorio di Saret e ora si sentiva infinitamente più a proprio agio con la tecnologia Krinar in generale.

Dopo l'imprinting, un nuovo mondo le si aprì, e la sua seconda settimana nel laboratorio di Saret fu molto meno stressante della prima. Invece di sentirsi una perfetta idiota per tutto il tempo, sapeva come svolgere tutti i compiti semplici—e a volte anche quelli più avanzati—che Saret richiedeva ai suoi assistenti. Gli altri tre apprendisti del laboratorio —che all'inizio sembravano divertiti dalla sua presenza—cominciarono a trattarla con maggior rispetto, lasciandole condividere alcuni dei loro strumenti e attrezzature. Erano ancora diffidenti con lei, come se non si fidassero di un'umana, ma Mia non ci faceva caso. C'erano stati molti candidati Krinar per quel posto, e lei era lì solo grazie a Korum. Era comprensibile che gli altri apprendisti pensassero che non meritasse davvero quell'opportunità. Era determinata a dimostrare che si sbagliavano.

Ora che aveva ricevuto una solida base con l'imprinting, era diventata molto più veloce nell'apprendimento, ed era addirittura in grado di dare ad Adam dei suggerimenti sui possibili miglioramenti del processo di imprinting. Lui aveva già pensato alla maggior parte di essi, naturalmente, ma nonostante ciò riferì a Saret del progresso di Mia, e il suo capo disse che sembrava avere un'attitudine naturale per quel campo—parole di lode che non si sarebbe mai aspettata da un Krinar.

Le piaceva così tanto lavorare in laboratorio che si chiese come mai il precedente assistente se ne fosse andato.

"Non lo so" disse Adam. "Saur ha preso e se n'è andato un giorno. Ha detto a Saret che si sarebbe dimesso, e il giorno dopo non è più tornato. Era sempre stato un po' strano, un tipo solitario—nessuno di noi lo conosceva bene. Ma era davvero in gamba. Si impegnava moltissimo nella manipolazione della mente, che è la parte più complessa di quello che facciamo. Nessuno l'ha più visto, da quando è andato via. Non credo che viva ancora a Lenkarda."

Sul fronte privato, il suo rapporto con Korum aveva subito un cambiamento significativo. Dopo la prima piuttosto riluttante confessione d'amore, si sentiva come se non avesse più niente da nascondere, e le parole ora le uscivano rapidamente e facilmente. Korum sembrava compiaciuto di quella nuova situazione, insistendo spesso affinché gli dicesse quanto lo amava, e aveva un costante bagliore caldo nello sguardo quando la guardava. A volte, Mia pensava che ricambiasse il suo amore, almeno un po', ma non osava chiederlo per paura di incrinare la fragile tregua che ora sembrava regnare tra loro. Così, per la prima volta in vita sua, scelse di concentrarsi sul presente e di non soffermarsi sul passato o di preoccuparsi per il futuro.

Le giornate di Korum erano occupate dal processo e da tutta la politica associata, e spesso gliene parlava durante la cena. Il Consiglio aveva commissionato un'indagine sulla presunta perdita di memoria dei Keith, e diversi esperti della mente—tra cui Saret—dovevano accertare la validità di quei risultati. A quanto pareva, la perdita di memoria era davvero reale, e il verdetto finale venne posticipato fin quando il Consiglio non avrebbe scoperto cosa fosse accaduto esattamente e chi ci fosse dietro quegli eventi strani. Korum continuava a sospettare che Loris fosse il colpevole, ma non aveva le prove sufficienti per convincere il resto del Consiglio. Di conseguenza, i Keith godevano di una temporanea tregua, mentre l'indagine era in corso.

Ogni sera, Korum preparava la cena per loro, presentandole costantemente cibi nuovi ed esotici da Krina. Poi, facevano una passeggiata sulla spiaggia o si sedevano in ufficio, lavorando fianco a fianco. Ogni volta che Mia pensava alla sua vita a Lenkarda, rimaneva colpita da quanto fosse diversa—e straordinaria—rispetto alle sue prime aspettative. Lungi dal sentirsi l'animaletto umano di Korum, si svegliava ogni mattina con uno scopo, emozionata all'idea di affrontare la giornata e di imparare tutto ciò che il nuovo lavoro poteva insegnarle. Trascorreva le serate godendo della compagnia dell'amante, mentre le notti erano consumate dal sesso appassionato.

A letto, Korum era insaziabile, e Mia si rese conto che si era trattenuto a New York. Il suo desiderio per lei sembrava non conoscere limiti, e spesso la scopava finché non fosse completamente sfinita e quasi svenuta tra le sue braccia. Sorprendentemente, il suo corpo sembrava essersi abituato alle sessioni di sesso, e non doveva più preoccuparsi del dolore interno o dei muscoli doloranti al mattino. Anche nelle occasioni in cui le prelevava il sangue, si riprendeva con inusuale facilità.

Korum cominciò a introdurre la realtà virtuale anche nella loro vita sessuale. Ora, almeno un paio di volte alla settimana, facevano sesso in diversi luoghi pubblici e privati, che andavano dal palco di un concerto di Beyonce alla cima del Monte Everest (che era troppo freddo per i gusti di Mia). Dopo la prima volta in quella discoteca virtuale, non la spingeva troppo oltre la zona comfort, anche se lei non aveva dubbi sul fatto che l'alieno avesse appena iniziato a scalfire la superficie su tutto quello che aveva intenzione di farle a letto.

Alcuni giorni, si meravigliava per la sua stessa energia apparentemente inesauribile. Anche se si stancava molto più facilmente rispetto agli altri Krinar nel laboratorio di Saret, riusciva a lavorare più di dieci ore al giorno per poi trascorre tante altre ore con Korum, di cui almeno un paio a letto—o dovunque si trovassero quando lui ne aveva voglia. Avrebbe dovuto sentirsi esaurita e sfinita tutto il tempo, invece stava benissimo. Sicuramente il segreto era l'aria fresca della Costa Rica e l'entusiasmo generale per il nuovo lavoro.

Telefonò a Jessie una settimana dopo e le disse che era felice.

"Davvero, Mia? Sei felice lì?" chiese Jessie, incredula. "Dopo tutto quello che ti ha fatto?"

"È diverso ora" spiegò Mia alla compagna di stanza. "Ho sbagliato ad aver così paura di lui all'inizio. Credo che mi voglia davvero bene—"

"Un alieno che beve sangue e che ti ha praticamente rapita? Hai una strana versione della sindrome di Stoccolma?"

Mia rise. "Ehi, sono io che studio psicologia. E no, non credo..." Non rivelò tutti i dettagli sul migliorato rapporto con Korum—sembrava ancora troppo fragile e prezioso—ma parlò a Jessie del tirocinio e descrisse alcune delle nuove cose fighe che stava imparando.

"Oh mio Dio, Mia, sarai un'esperta di K, quando tornerai" disse Jessie gelosamente. "Ok, vedo che non ti sta esattamente maltrattando—"

"No, nient'affatto" disse Mia sinceramente. "Anzi, credo di non essere mai stata così felice in vita mia."

"Ma *tornerai* a New York, vero?" chiese Jessie, preoccupata. "Non rimarrai lì, vero?"

"No, certo che no" la rassicurò Mia. "Devo finire il college e tutto..." Anche se il pensiero di tornare non sembrava allettante come le era sembrato solo qualche giorno prima.

Telefonava anche ai suoi genitori qualche volta, dicendo loro che stava andando tutto bene e che sarebbe tornata a casa venerdì, quasi esattamente due settimane dopo rispetto al ritorno previsto. Korum aveva chiesto un periodo di ferie a Saret, dicendogli che Mia aveva bisogno di rivedere la sua famiglia. Il suo capo non era stato affatto contento di sapere che Mia se ne sarebbe andata per un'intera settimana, ma lo accettò, soprattutto dopo che lei promise di rimanere in contatto con Adam e di tenere il passo con gli ultimi sviluppi sui suoi progetti.

"Su quale volo sarai?" chiese sua madre con ansia. "Dobbiamo saperlo, in modo da poter venire a prenderti."

Mia fece una smorfia, felice che la madre non potesse vederla. Non aveva idea di come avrebbe fatto ad arrivare in Florida, ed era stata così occupata al lavoro che aveva dimenticato di chiedere a Korum le specificità del viaggio.

"Attualmente sono su una lista d'attesa per un volo in mattinata" mentì Mia, sentendosi male per un'altra bugia. "Ma potrebbe essere nel pomeriggio, quindi non lo so ancora. Ma non ti preoccupare—il professore ha prenotato una macchina a noleggio per me, quindi non c'è bisogno che mi veniate a prendere all'aeroporto."

"D'accordo, tesoro" disse sua madre, sembrando sorpresa. "Se ne sei sicura... Per noi non sarebbe affatto un problema. Atterrerai a Orlando o a Jacksonville?"

"Orlando" rispose Mia. Sembrava abbastanza plausibile.

~

Giovedì sera, proprio prima della partenza per la Florida, dovevano andare a una festa. La cugina di Korum, Leeta, stava con il suo compagno da quarantasette anni—un traguardo importante nella cultura Krinar. Secondo il tempo della Terra, in realtà erano più vicini ai cinquant'anni, in quanto Krina viaggiava intorno al suo sole ad un ritmo leggermente più lento rispetto alla Terra.

Era il primo evento pubblico di Mia a Lenkarda.

"Non abbiamo matrimoni come gli umani" spiegò Korum, guardandola indossare il bel vestito che aveva creato per lei. "Invece, quando una coppia vuole impegnarsi in modo permanente, si arriva a un accordo verbale, che poi viene documentano con una registrazione. A quel punto, la cosa non riguarda più nessuno. Non ci sono feste o cose del genere, e l'unione non è considerata permanente finché la coppia non avrà trascorso insieme almeno quarantasette anni—"

"Perché quarantasette?" chiese Mia, incuriosita, infilando i piedi in un paio di sandali brillanti abbinati al tessuto bianco scintillante dell'abito. Il vestito era aderente, evidenziando ogni curva del suo corpo. Era anche incredibilmente sexy, con la schiena interamente esposta. Intorno al collo, indossava la bella collana di Korum, e i capelli erano decorati da una treccina d'argento che li evidenziava con attenzione, separando ogni ciocca. Era stupenda, ed era grata a Leeta per averle inviato le istruzioni registrate su cosa indossare. Korum aveva insistito, volendo assicurarsi che Mia non si sentisse a disagio alla sua prima grande festa a Lenkarda.

"Perché è un numero che consideriamo speciale. È un numero primo decisamente grande, e diversi eventi storici importanti sono avvenuti su Krina in anni che finivano con quarantasette. Inoltre, è considerato un tempo sufficiente, affinché una coppia sappia se è compatibile nel lungo termine o meno. Prima della Celebrazione dei Quarantasette, è molto facile rompere il legame; ma l'evento a cui parteciperemo stasera rende l'unione vincolante. A questo punto, una coppia che si separa, perde una parte della propria posizione nella società. Naturalmente, se uno dei due ha tradito o ha fatto qualcos'altro per mettere fine all'unione, la sua posizione è quella che perde maggiormente, mentre la parte innocente è meno colpita."

"Quindi, i divorzi sono rari tra i Krinar?"

Korum annuì, alzandosi dal letto dov'era sdraiato. Indossava un paio di pantaloni bianchi infilati in scarponcini grigi lunghi fino al ginocchio e una maglietta bianca senza maniche realizzata con qualche tessuto rigido e strutturato. Era l'abito tradizionale dei Krinar per quelle celebrazioni, e gli stava splendidamente.

"Sì, i divorzi—o le dissoluzioni di legami—sono rari. Tuttavia, anche le unioni permanenti sono inusuali. Molti Krinar non trovano la persona con la quale vogliono stare per secoli o addirittura millenni, e alcuni evitano proprio le unioni tradizionali per diversi motivi. Quindi, vedi, la Celebrazione dei Quarantasette è un evento importante per noi, e ci sarà tantissima gente. Non possiamo fare tardi."

"Certo" disse Mia, seguendolo verso la porta della camera da letto.

Lasciando la casa attraverso la solita parete che si dissolse, salirono sulla navicella che Korum aveva creato accanto alla casa in preparazione del viaggio. La celebrazione si sarebbe tenuta a Lenkarda, ma non nelle immediate vicinanze. Nelle due settimane precedenti, Mia aveva scoperto che i Krinar viaggiavano in due modi—a piedi o tramite piccole capsule volanti. Non c'erano automobili, né trasporti terrestri di alcun tipo.

Sistemandosi sul sedile intelligente, Mia godé della sensazione di essere assolutamente comoda. Pur essendo già le dieci di sera e avendo trascorso una lunga giornata nel laboratorio, si sentiva piuttosto entusiasta al pensiero di partecipare a quella festa. Picchiettando il piede sul pavimento, osservò la navicella decollare, portandoli velocemente verso il centro della colonia.

Un minuto dopo, atterrarono davanti a un grande edificio che Mia non aveva mai visto prima. Anziché essere collocato sul terreno, fluttuava in aria pochi metri sopra le cime degli alberi. Un lungo sentiero collegava una parete alla terra, come una sorta di ponte.

"È la Sala della Celebrazione" spiegò Korum, mentre scesero dalla navicella e si avvicinarono all'imponente struttura. L'edificio sembrava alto circa venti piani, con le dimensione di un isolato cittadino. Mia era sorpresa di non averlo notato sulla mappa virtuale di Lenkarda.

"Questo edificio è sempre stato qui?" chiese, vedendo altre navicelle atterrare intorno a loro, facendo scendere centinaia di Krinar.

"No" rispose Korum, conducendola verso l'edificio e ignorando tutte le occhiate nella loro direzione. "È stato costruito appositamente per questo scopo, e verrà disfatto subito dopo oggi. C'è una Sala della Celebrazione molto più grande su Krina, e quella è permanente, ma siamo troppo pochi qui sulla Terra per giustificare un edificio così grande in modo stabile. La Celebrazione dei Quarantasette è uno dei rari eventi che riuniscono l'intera popolazione Krinar della Terra. Anche molti su Krina assisteranno virtualmente."

L'intera popolazione Krinar della Terra? Tutti i cinquantamila? Mia non si era resa conto della portata di quell'evento. Nervosa ed emozionata, si aggrappò al braccio di Korum, mentre entrarono nell'edificio.

Il rumore all'interno era quasi assordante. A quanto pareva, migliaia erano già dentro, e Mia non poté fare a meno di guardare le splendide creature intorno a lei. Le femmine indossavano scintillanti abiti di colore chiaro simili a quello di Mia, mentre i vestiti maschili erano simili a quelli di Korum. Anche le donne Krinar più basse superavano Mia di diversi centimetri, facendola pentire di non aver indossato i tacchi alti. L'edificio era magnificamente decorato, con fiori e superfici scintillanti ovunque. Le pareti non erano trasparenti, a differenza della maggior parte delle strutture Krinar; anzi, sembravano riflettenti, rendendo l'enorme sala ancora più grande.

Come nel Salone del Cibo, i Krinar intorno a loro fissavano Mia e Korum. Mia si chiese se fosse perché non avevano visto molti umani—improbabile, visto che vivevano tutti sulla Terra—o perché erano sorpresi di vedere Korum con una charl. Optò per la seconda alternativa. Probabilmente era solo il fattore novità di vedere un membro del Consiglio con una ragazza umana.

Mentre si facevano strada tra la folla, Korum le mise un braccio intorno alla vita con fare possessivo, tirandola a sé. La ragazza aveva imparato nelle ultime due settimane che era considerato un gesto altamente offensivo per un maschio Krinar toccare la femmina di un altro uomo, a prescindere che fosse la propria compagna o la charl. Era dovuto alle loro origini territoriali. I Krinar erano molto liberi quando si trattava del sesso, e le donne Krinar godevano tutte degli stessi diritti e libertà degli uomini Krinar. Tuttavia, quando si impegnavano in una relazione, nessun altro uomo poteva toccare le donne senza l'esplicito consenso del cheren o del compagno. In alcuni casi, la violazione di quella regola poteva addirittura portare a una sfida nell'Arena.

Korum era particolarmente rigido a quel proposito. Quando era andato a prenderla nel laboratorio il suo secondo giorno e aveva visto Adam chino su di lei per aiutarla con un particolare dispositivo, era quasi impazzito. Mia era rimasta colpita dalla compostezza di Adam in quella situazione; invece di spaventarsi per la rabbia di Korum, il giovane Krinar aveva spiegato con calma che stava aiutando Mia a fare il suo lavoro e che non le aveva messo nemmeno un dito addosso. Per fortuna, Korum non aveva fatto altro che guardarlo storto—Mia avrebbe detestato assistere a una rissa tra i due. Tuttavia, dopo quell'incidente, Adam divenne particolarmente cauto con lei, lasciando sempre almeno due metri di spazio tra loro. L'ultima cosa di cui aveva bisogno era un cheren geloso, le aveva spiegato con una risata.

Così, ora Korum la teneva stretta, mentre camminavano verso il centro della sala gigante. Guai se qualche maschio l'avesse anche solo sfiorata, pensò Mia, esasperata.

Man mano che si avvicinavano al centro, Mia vide una piattaforma fluttuante con una coppia su di essa. Riconobbe i capelli rosso scuro della cugina di Korum, di cui stavano festeggiando l'unione. Era una tonalità insolita per una Krinar, e Mia si chiese se fosse naturale o tinta. Il compagno di Leeta era bello quanto lei—alto, muscoso e con la tipica carnagione scura dei Krinar. Indossavano abiti inusuali, color verde chiaro, ed erano disposti l'uno davanti all'altra.

Centinaia di panche fluttuanti erano disposte in file circolari intorno alla piattaforma, e Korum la condusse verso la prima fila. Essendo un parente e un membro del Consiglio, probabilmente gli spettavano i posti migliori.

Guardandosi intorno, Mia notò una figura familiare un paio di file dietro di loro. Sollevando il braccio, salutò Delia e sorrise, quando la charl di Arus ricambiò il saluto. Ruotando la testa per vedere cosa stesse guardando Mia, Korum vide Arus e gli fece un cenno. L'altro Consigliere ricambiò con gentilezza. Chiaramente, le tensioni politiche tra i due non si erano appianate da quando Mia li aveva osservati interagire al processo.

"Allora, che cosa succederà?" chiese Mia, vedendo sempre più Krinar entrare nell'edificio. Forse non erano ancora cinquantamila, ma certamente sembravano tantissimi.

"Tra qualche altro minuto, si uniranno e poi festeggeranno ballando tutta la notte" disse Korum, con un malvagio scintillio negli occhi.

Quel bagliore generalmente significava che stava escogitando qualcosa. "Che cosa vuol dire che si uniranno?" chiese Mia con cautela. La sua mente stava cominciando a vagare in una direzione strana e inopportuna.

Separò le labbra per un sorriso, esponendo la fossetta sulla guancia sinistra. "Esattamente quello che credi significhi, dolcezza. Si accoppieranno pubblicamente, vincolando la loro unione come i nostri antenati."

"Faranno sesso davanti a tutti?"

Doveva essere diventata rossa, perché Korum scoppiò a ridere. "Sì, mia cara. Ma non ti preoccupare, le vesti che indossano sono state realizzate specificamente per la privacy. La tua delicata sensibilità non verrà troppo offesa."

"La mia sensibilità non è delicata" sibilò Mia, sapendo che tutti i

Krinar intorno a loro probabilmente potevano ascoltare la loro conversazione. Come i vampiri della leggenda, i K avevano sensi più affinati rispetto alla maggior parte degli umani, con miglior vista, udito e senso dell'olfatto—tutto grazie alla loro tradizione di cacciatori.

"No?" mormorò, alzando la mano per accarezzarle la guancia. "Sei abituata alle orge pubbliche?"

La ragazza allontanò la sua mano e si girò per rivolgere l'attenzione alla coppia sulla piattaforma. A volte Korum amava scherzare con lei, dicendole cose cattive per vederla arrossire. Mia non era una puritana, ma non poteva fare niente per impedire alcune reazioni involontarie della pelle—e lui sembrava esserne divertito.

In quel momento, la sala si oscurò e il rumore della folla improvvisamente svanì. Si accese una luce tenue, che illuminava solo la piattaforma. Era come un palcoscenico, si rese conto Mia, con le guance che avvamparono nuovamente al pensiero di quello che sarebbe successo. In generale, trovava la cultura Krinar piuttosto paradossale; mentre la loro scienza e la tecnologia erano incredibilmente avanzate, alcune delle loro tradizioni—come i combattimenti nell'Arena e ora questo rituale di accoppiamento—erano quasi barbare.

Una strana musica, diversa da qualunque altra Mia avesse mai sentito, cominciò a suonare. La melodia era affascinante e potente, e il beat sottostante era sia ritmico che irregolare, facendo agitare Mia sulla sedia. Non era musica per ballare, ma era stranamente sensuale, con qualche tono che quasi le accarezzava la pelle. Non aveva idea di quali fossero gli strumenti musicali utilizzati, ma dovette ammettere che il risultato complessivo era bello. Korum le aveva fatto sentire qualche musica Krinar, e lei l'aveva trovata molto insolita—ma niente a che vedere con quella che stava ascoltando ora.

"Questa è la canzone tradizionale dell'unione" le sussurrò Korum. "È una delle nostre melodie più antiche—risale a più di un miliardo di anni fa."

"È incredibile" sussurrò Mia, sentendo i sottili peli sulla nuca rizzarsi, man mano che il ritmo cresceva.

La coppia—che era rimasta sul palcoscenico tutto il tempo senza muoversi—fece un passo l'uno verso l'altra. Avvicinarono le mani, unendo i palmi, e le vesti che indossavano sembrarono espandersi e piegarsi intorno ai loro corpi, creando una specie di tenda. Solo le loro teste erano visibili ora, e le espressioni sui volti erano calme, come se non stessero per fare qualcosa di molto intimo davanti a cinquantamila spettatori.

Mentre la musica continuava a suonare, il compagno di Leeta cominciò a parlare, con la voce che riecheggiò in tutta la sala. "Negli ultimi quarantasette anni, sei stata la mia compagna, il mio amore, la mia vita. Senza di te, il mio futuro non ha alcun significato. Tu sei l'aria che respiro, l'acqua che bevo, il cibo che consumo. Sei parte di me, e lo sarai sempre."

Si fermò, e Mia sbatté le palpebre per sbarazzarsi dell'improvvisa umidità negli occhi. Pur essendo semplici, quelle parole sembravano davvero sincere, e non poté fare a meno di invidiare Leeta per avere qualcuno che l'amasse così profondamente.

Poi, fu Leeta a parlare. "Tu sei il mio compagno, il mio amore, la mia vita" disse solennemente. "Senza di te, il mio futuro non ha alcun significato. Tu sei l'aria che respiro, l'acqua che bevo, il cibo che consumo. Sei parte di me, e lo sarai sempre. Sarò con te per i prossimi quarantasette anni, per gli altri quarantasette che verranno, e per tutti gli altri quarantasette fino all'infinito."

Rimase in silenzio, e poi parlarono insieme. "Siamo uniti" dissero, e la loro promessa riecheggiò in tutto l'edificio.

La musica si fermò un attimo e poi riprese, solo che questa volta il ritmo era più profondo, più sessuale. Con sua sorpresa, Mia cominciò a sentirsi eccitata, con il battito accelerato e i muscoli del ventre che si strinsero per quei toni insoliti, ma melodiosi. Non avrebbe mai immaginato che la musica potesse farle un effetto simile.

E a quanto pareva, non era l'unica. L'atmosfera nel pubblico sembrò cambiare, e Mia poté sentirne l'improvvisa tensione. Una calda mano maschile le sfregò la coscia, accarezzandola leggermente, e Mia si voltò per vedere Korum, che la stava guardando con un familiare bagliore negli occhi ambrati. "Ora inizia la parte divertente" le disse, e Mia avvampò di nuovo.

Guardandosi intorno, vide che gli altri spettatori stavano fissando il palco con un'espressione rapita sui volti.

Nel frattempo, la coppia sul palco si avvicinò ancora di più. Anche se Mia non poteva vederne i corpi, capì che si stavano toccando a quel punto. Leeta aveva gli occhi chiusi, e sembrava rossa sotto la pelle leggermente dorata, mentre il suo compagno sembrava respirare più rapidamente, mentre le guardava il bel viso. Non si stavano baciando, e non c'era alcun contatto fisico visibile, ma il cuore di Mia continuò a battere per la consapevolezza di ciò che stavano facendo. La scena sulla piattaforma era incredibilmente erotica, acuita ancora di più dal fatto che molto era lasciato all'immaginazione degli spettatori.

Incantata, Mia fissava il palcoscenico, incapace di staccargli gli occhi di dosso.

~

Qualche fila più dietro, il Krinar guardava la charl di Korum osservare la cerimonia di accoppiamento.

Aveva le guance arrossate e le labbra leggermente separate. Poteva vederne il piccolo petto salire e scendere ad ogni respiro, e lui stava morendo dalla voglia di tirarle giù il vestito e di denudarle i seni perfettamente tondi e rosa.

Nelle ultime due settimane, quel desiderio era diventato un'ossessione quasi insopportabile. Quando cercava di analizzarla logicamente, sapeva che era dovuto al fatto che apparteneva al suo nemico. Odiava Korum da molto tempo, e il pensiero di strappargli qualcosa che amava era estremamente affascinante.

Ma non era solo quello. Si ritrovava a pensare a lei costantemente, fantasticando di toccarla, assaporarla... Di scoparla, come aveva visto fare Korum sulla spiaggia. Ancora oggi non riusciva ad accettare pienamente quell'evento, a causa della rabbia e della gelosia che gli scorrevano nelle vene dopo aver visto il nemico, che godeva di qualcosa che lui desiderava ardentemente.

Era incredibilmente pericolosa quella sua ossessione. Stava iniziando ad avere problemi a controllarsi, e non poteva permettersi di mostrare i suoi veri sentimenti. La posta in gioco era troppo alta per buttar via tutto a causa di una ragazza umana, nonostante la voglia di quel corpicino delicato.

Inoltre, se il piano fosse riuscito, sarebbe stata sua.

Tutto sarebbe stato suo.

CAPITOLO QUATTORDICI

Finito il rituale di accoppiamento, una parete opaca si alzò intorno ai bordi della piattaforma, nascondendo la coppia dalla vista, e la musica si abbassò.

Con le guance rosse, Mia si alzò dal sedile, seguendo l'esempio di Korum. Quello a cui aveva appena assistito non era stato pornografico, ma non riusciva a togliersi dalla mente le espressioni estasiate sui volti della coppia. Il loro atto sessuale era stato nascosto, ma i sentimenti e le emozioni durante il rituale erano stati sotto gli occhi di tutti. Alla fine, la musica raggiunse un crescendo, e Mia si rese conto che stava imitando e facilitando il sesso.

Ora stavano tutti in piedi. Rivolgendo un'occhiata a Korum, vide che stava guardando dritto davanti a sé. All'improvviso, sbatté il piede sul pavimento, più e più volte. Il suo gesto sembrò un segnale, perché la sala si riempì improvvisamente di rumori, man mano che ogni singola persona del pubblico seguiva l'esempio di Korum. Incerta in un primo momento, lo fece anche Mia, pensando che probabilmente si trattava della versione K degli applausi. Korum girò la testa e le rivolse un sorriso di approvazione.

La luce del riflettore sul palco si affievolì e la sala gradualmente diventò più chiara. Tutti i sedili si levarono in aria e fluttuarono, lasciando una grande zona vuota, in cui gli spettatori erano seduti.

Una canzone diversa cominciò a suonare, questa più in linea con quello che Mia aveva ascoltato nella casa di Korum. Sembrava un mix di qualche sintetizzatore, con sottotoni tristi e un ritmo pulsante. La musica da festa dei Krinar, pensò Mia, guardandosi intorno, mentre tutti cominciarono a radunarsi in piccoli gruppi.

"Che te ne è parso?" chiese Korum, mettendole una mano sulla spalla e guardandola con un sorriso.

"Mi è parso bellissimo" disse Mia sinceramente, e il sorriso dell'extraterrestre si allargò.

"Vuoi rimanere per il ballo o sei troppo stanca?" le chiese.

"Oh, no, mi piacerebbe rimanere!" Che idiota sarebbe stata, se si fosse persa la prima festa da ballo Krinar?

"Allora, andiamo a ballare."

La portò via dalla piattaforma, conducendola verso una delle zone all'angolo, che apparentemente fungevano da pista da ballo. Mentre si facevano strada tra la folla, gli altri Krinar si fecero da parte, lasciandoli passare. Korum fece un cenno con la testa verso alcune persone in segno di assenso, fermandosi per salutarli brevemente e presentare Mia a qualche K. Tutti quelli che incontravano sembravano trattare Korum con un mix di rispetto e stima, e Mia rifletté ancora una volta su quanto fosse potente il suo amante nella società K.

Quando raggiunsero una delle piste da ballo all'angolo, Mia si fermò e rimase semplicemente a guardare. Non avrebbe mai potuto ballare così. Semplicemente non poteva.

La grazia atletica mostrata dai ballerini era incredibile—e inumana. Non si muovevano— semplicemente *fluivano* da un passo di danza a un altro. Era uno spettacolo diverso da qualsiasi altro a cui Mia avesse assistito, e cercò di immaginare come fossero gli atleti o i ballerini professionisti K—ammesso che esistessero.

Guardando Korum, disse con aria sbalordita: "Credo che guarderò dai margini. Questo potrebbe essere un po' troppo avanzato per me."

"Non ti preoccupare" disse Korum, sorridendole. "Puoi seguire il mio andamento."

E prima che la ragazza potesse protestare, la spinse sulla pista da ballo, con le mani salde sulla vita. Spaventata, Mia lo afferrò per le spalle, aggrappandosi a lui, mentre la lanciava in una serie di mosse sconosciute.

Ballare con Korum era un'esperienza diversa da qualunque altra. Non era nemmeno sicura di poterlo definire ballare—sembrava più che altro di essere sollevata e trasportata da un tornado. Durante l'ora successiva, i suoi piedi toccarono appena il pavimento, mentre la faceva volteggiare in una complessa sequenza. Ridendo e restando a bocca aperta per alcune delle mosse più estreme, Mia poteva solo aggrapparsi, mentre la stanza le girava intorno. Infine, assetata e senza fiato, lo pregò di fermarsi.

"È stato incredibile!" Non riusciva a togliersi il grande sorriso dal viso, quando si fermarono su uno dei tavoli fluttuanti che conteneva una varietà di liquidi dall'aspetto interessante.

Korum ricambiò il sorriso. "Vedi? Sai ballare." Riempendo una tazza arrotondata con un liquido rosa, gliela porse.

"Più che altro, posso aggrapparmi a te, mentre mi fai girare" disse Mia, ridendo per l'immagine che dovevano aver rappresentato. Le era sembrato di volare, ed era stata una sensazione straordinaria. Prendendo la tazza da lui, bevve un sorso e immediatamente trangugiò tutto.

"Era gustoso" disse. "Che cos'è?" Sembrava un succo di frutta, ma aveva un retrogusto rinfrescante.

"È un cocktail di frutta. Molto comune alle feste e ad altri eventi."

"Non bevete alcolici?"

"Sì." Korum indicò le altre bevande sul tavolo. "Ma tu non puoi berli. Quelli sono stati pensati per *mandarci* su di giri, quindi probabilmente finiresti sul tuo bel sederino, se ne assaggiassi uno. Quindi, accontentati di quel cocktail, ok?"

Mia fece finta di mettere il broncio. Dopo l'incidente nel locale di New York, Korum aveva fatto di tutto per limitarle l'assunzione di alcol. In realtà, Mia non voleva niente di abbastanza forte da far ubriacare un K, ma trovava divertente che Korum sentisse il bisogno di avvisarla.

"Non guardarmi così" disse piano, con gli occhi incollati sulla sua bocca. "Mi fa venir voglia di mordere quel delizioso labbro inferiore."

Sorpresa dall'improvviso cambiamento d'umore di Korum, Mia inumidì le labbra—e si rese conto dell'errore, quando lo sentì respirare forte.

"Basta così" disse piano, con voce un po' roca. "Andiamo a casa."

E prima che lei potesse aggiungere altro, la condusse rapidamente tra la folla, dirigendosi con decisione verso l'uscita.

Quando arrivarono a casa, le tolse immediatamente i vestiti. Sconcertata, Mia rimase lì nuda, vedendo spogliare anche lui. Era già completamente eccitato, e un calore familiare le scaldò il ventre, notando lo sguardo bramoso nei suoi occhi.

"Mi fai impazzire, lo sai?" disse duramente, facendo un passo verso di lei e sollevandola per sistemarla sul divano. Da lì, era un po' più alta di lui, ed era contenta per una volta di vederlo dall'alto in basso.

"Non sto facendo niente" protestò Mia, poi gemette, quando le poggiò la bocca calda sul collo, mordicchiandole la zona sensibile. Dei tremori di piacere l'attraversarono, e chiuse gli occhi, quando lui la tirò a sé, accarezzandole la schiena nuda con le mani. Spostò le labbra sulla clavicola, poi più in basso, fino a strofinarle la lingua intorno al capezzolo destro. Le si strinse lo stomaco dalla sensazione.

Sollevò la testa, osservandola con un ardente sguardo ambrato. "Tu esisti. Mi fai venir voglia di desiderarti semplicemente respirando. Tutto di te mi affascina—il sapore, il profumo, l'espressione sul viso quando sto in profondità dentro di te. Non posso stare un solo fottuto giorno senza toccarti, senza stringerti tra le mie braccia. Non posso resistere nemmeno poche ore. E non basta, Mia... voglio di più. Voglio tutto."

Il respiro di Mia si bloccò nella gola, mentre lo fissava. La sua intensità era quasi spaventosa.

"Hai tutto" sussurrò, stringendogli le spalle potenti. "Ti amo. Lo sai—"

"Lo so?" Le fece scivolare le mani lungo la schiena, afferrando le natiche. La tirò più a sé, fin quando la parte inferiore del corpo non fu premuta contro la sua, con la punta del cazzo dura in mezzo alle cosce della ragazza.

"Certo..." ansimò Mia, sentendolo cominciare a spingere.

"Dimmi che sei mia" ordinò, e lei si chiese cosa fosse quell'oscuro bisogno che vedeva riflesso sul suo volto. Il viso era arrossato e gli occhi scintillavano per qualche strana emozione.

Mia si leccò le labbra. Solo la punta del cazzo era dentro di lei per ora, ed era disperata per avere di più. "Sono tua" gli disse piano, e poi gridò, piegando la testa all'indietro, mentre lui entrò pienamente dentro con una spinta.

"Proprio così" sussurrò selvaggiamente. "Sei mia. Sarai sempre mia."

E nelle ore successive, Mia non ne dubitò.

"Come andremo in Florida? E puoi crearmi dei vestiti più umani? Non credo di averne abbastanza qui... E le scarpe... Forse dovremmo prendere qualche mio vestito nuovo che ho a New York?"

Sentendosi molto nervosa la mattina successiva, Mia camminò su e giù per la cucina, troppo agitata per continuare a dormire dopo le sette, nonostante avesse dormito appena quattro ore.

"Non credo di averti mai vista così nervosa, nemmeno quando mi spiavi" osservò Korum con divertimento, tagliando una papaya per il suo frullato. Era tornato normale, superando il malumore della notte scorsa.

Mia fece un respiro profondo e si accasciò su una delle sedie. "No, ma seriamente, non ho niente da indossare. Tutto quello che ho sono i jeans e la maglietta che indossavo—"

"È mai successo che non mi prendessi cura di te?"

Era vero, era molto premuroso. Si occupava sempre della logistica, e andava tutto perfettamente.

"E va bene, sono nervosa" confessò Mia, portando il pollice alla bocca per mordere l'unghia, prima di ricordare che si era liberata di quel terribile vizio al liceo.

"Perché? Dovresti essere felice. Rivedrai la tua famiglia. Non è quello che volevi?"

"Scopriranno che ho mentito" spiegò Mia impazientemente, guardando Korum come se non capisse. "E poi, saranno scioccati, quando vedranno te—"

Sospirò dall'esasperazione. "Non succederà. Ne abbiamo già discusso. Prima parlerai di me, e poi farò del mio meglio per rassicurarli sulla tua sicurezza e la salute."

Mia saltò in piedi, non riuscendo a stare seduta. "Lo so, ma non capisco come possano *non* rimanere scioccati. Non ho mai portato un ragazzo a casa, e ora mi presento con un K. Non hanno mai visto uno di voi, a parte in TV."

"Beh, sarà un'esperienza nuova."

Korum era assolutamente inflessibile su quell'argomento. Secondo lui, i genitori di Mia dovevano solo abituarsi al fatto che la loro figlia ora fosse la sua charl. Ogni volta che Mia cercava di convincerlo affinché potesse andare in Florida da sola, la guardava storto. Troppo pericoloso, le diceva, e non aveva intenzione di non vederla per una settimana. Quando Mia sosteneva che avrebbero potuto vedersi di notte—dal momento che la navicella super veloce poteva arrivare ovunque in tutto il mondo nel giro di pochi minuti—le ricordava la prima parte della sua affermazione. Non tutti i combattenti della Resistenza erano stati catturati ancora, spiegava, e quindi non era sicuro per lei lasciare Lenkarda da sola.

Mia si lasciò sfuggire un sospiro frustrato. "Ok, benissimo. Quindi, andremo lì con la stessa navicella che ci ha portati qui in Costa Rica?" Al cenno con la testa di Korum, continuò: "E dove hai intenzione di atterrare? Nel cortile dei miei genitori?"

Rise. "No, dolcezza. Questo li spaventerebbe davvero troppo, per non parlare del fatto che la tua famiglia riceverebbe troppa attenzione indesiderata. Atterreremo in una sezione speciale dell'Aeroporto Internazionale di Daytona Beach, e noleggeremo un'auto. Poi, guideremo fino alla casa dei tuoi genitori. Il tuo arrivo sarà molto umano e diretto."

"E poi? Rimarrai seduto in macchina, mentre spiegherò tutto?"

"Ti farò scendere e andrò a esplorare la zona. Mi chiamerai quando sarai pronta. Ecco, bevi il tuo frullato e smetti di stressarti. Andrà tutto bene" disse Korum per rassicurarla, porgendole il bicchiere.

"Grazie" gli disse Mia dopo qualche sorso. Stava cominciando a sentirsi leggermente meglio. Forse si stava preoccupando *eccessivamente.* "Allora, quando partiremo?"

Scrollò le spalle. "Quando sarai pronta. Anche ora, se vuoi."

"Che cosa? Anche in questo secondo?" I nervi riaffiorarono in tutta la loro potenza.

Korum sembrava esasperato. "Ho detto quando sarai pronta. Finisci il frullato, fa' tutto quello che devi fare, e poi andremo."

"Non dovrei vestirmi?" chiese Mia, guardandolo con ansia. Indossava la vestaglia e le pantofole.

"Sì, dovresti. E se guardi nell'armadio, troverai un abito che ho preparato apposta per oggi" disse Korum pazientemente. "Ora, smetti di angosciarti e preparati. La tua famiglia sta aspettando."

Quasi vibrando dalla tensione, Mia corse nella camera da letto e aprì l'armadio. Korum le aveva preparato un bel prendisole blu e un paio di infradito argentate. Non c'erano etichette né sul vestito, né sulle scarpe; il suo amante ovviamente aveva creato tutto da solo. Tuttavia, aveva lo stile giusto; l'abito era scollato come quelli delle riviste di moda e le infradito avevano proprio il giusto "glam casual da giorno"—o come le riviste denominavano quel look di recente. C'era anche un set di biancheria intima per lei: un paio di mutandine sexy e un reggiseno senza spalline abbinato. Korum aveva chiaramente pensato a tutto.

Indossando i nuovi abiti umani, Mia si studiò con fare critico davanti allo specchio, cercando di capire come l'avrebbero percepita i suoi genitori. Secondo il suo parere non troppo modesto, stava insolitamente bene. La pelle era priva di imperfezioni—perfino le lentiggini si erano in qualche modo sbiadite nonostante il calore del sole—e i ricci castano scuro erano ordinati e luminosi. Il colore del vestito era perfetto per i suoi occhi, trasformandoli in un azzurro più profondo. Nel complesso, sembrava esattamente come si sentiva—felice e sana. Forse quello avrebbe contribuito a mitigare la preoccupazione dei suoi genitori per la situazione.

Uscendo dalla camera da letto, Mia trovò Korum seduto nel suo ufficio, a modificare un progetto. Anche lui si era cambiato, e ora indossava un paio di jeans e una polo bianca che evidenziava i potenti muscoli del corpo alla perfezione. Ai piedi, indossava un paio di mocassini marroni che sembravano sia casual che eleganti al tempo stesso.

"Sono pronta" gli disse coraggiosamente, sentendosi come se avrebbe dovuto affrontare la ghigliottina, anziché i suoi amorevoli genitori.

Vedendola, Korum le sorrise lentamente e delle striature dorate apparvero nei suoi occhi espressivi. "Vieni qui" disse piano, tirandola sul grembo prima che lei potesse protestare.

Sistemandola lì, la baciò appassionatamente, spingendole la lingua nella bocca, mentre la mano si faceva strada sotto la gonna, premendo sulla figa coperta dal pizzo. Il corpo della ragazza reagì con una rapida eccitazione, con i capezzoli che si trasformarono in boccioli appuntiti e l'apertura che si inumidì, preparandosi per lui.

Mandando giù un po' d'aria, Mia gemette: "Che cosa stai facendo?" Le dita maliziose dell'alieno erano nelle sue mutandine, e le sentì cominciare a strofinare la zona direttamente intorno al clitoride. Non riuscendo a rimanere seduta, si dimenò sul suo grembo, sentendo la tensione cominciare a crescere. Non poteva credere che le stesse facendo quello, così presto dopo la maratona sessuale di ieri sera.

"Mi sto assicurando che sarai meno stressata, quando rivedrai i tuoi genitori" mormorò, e Mia sentì il rumore di una cerniera che si abbassava. Prima che lei potesse aggiungere altro, le tirò giù le mutandine, lasciandole appese alle caviglie e alzò la gonna. Ora aveva il sedere nudo sul suo grembo, e il cazzo duro le spingeva sulle natiche.

"Korum, ti prego... Non credo che sia una buona idea... Oh!" ansimò, quando entrò improvvisamente, spingendo dentro senza preliminari. Con i piedi legati dalle mutandine, non poteva allargare le gambe per una posizione più comoda, e lo sentiva enorme dentro di lei, con l'asta simile a un tizzo ardente che le bruciava dall'interno.

"Shh" le sussurrò, con le dita che trovarono ancora una volta il clitoride. "Rilassati. Che brava ragazza..."

Mia sussultò, sentendosi incredibilmente piena e insopportabilmente eccitata, quando cominciò a muoversi dentro di lei, sbattendo il cazzo sul punto G. Allo stesso tempo, iniziò a sfregarle il clitoride, mantenendo la pressione costante.

Senza alcun avvertimento, un potente orgasmo l'attraverso, e Mia gridò, con l'apertura fremente intorno al grosso intruso. Gemette anche Korum, spingendo il cazzo dentro di lei e rilasciando il caldo seme, mentre la ritmica contrazione dei muscoli interni di Mia lo spinse oltre il limite.

Sentendosi come una bambola, la ragazza crollò contro di lui. Il suo corpo continuava a tremare per i residui dell'orgasmo, e poté sentire il respiro dell'extraterrestre tornare lentamente alla normalità.

Dopo circa un minuto, si alzò e la mise dolcemente in piedi, porgendole un fazzoletto per togliere i resti del sesso. "Ti sento meglio adesso?" chiese, sorridendole.

L'umana sicuramente si sentiva meno tesa, ma ora era preoccupata di presentarsi dai genitori, sembrando una ninfomane. Lo guardò storto, mentre toglieva le tracce dello sperma dalla parte interna della coscia. "Ora ho bisogno di una doccia prima di andare..."

"Va bene." Korum sorrise. "Facciamo un rapido risciacquo e poi partiamo. Cinque minuti dovrebbero essere sufficienti." E sollevandola, la portò velocemente nel bagno, muovendosi con una velocità inumana.

Fedele alla sua parola, finirono e uscirono pochi minuti dopo. La capsula che aveva portato Mia in Costa Rica era già stata assemblata ed era pronta accanto alla casa. Korum aveva ampliato la radura intorno alla casa per accogliere la navicella, per evitare di camminare pochi minuti fino al punto in cui erano atterrati due settimane fa.

Entrando attraverso la parete che si dissolse, Mia studiò le trasparenti pareti avorio ormai familiari e i sedili fluttuanti. La navicella comunque non sembrava quel complesso pezzo di tecnologia che era, senza parti elettroniche o comandi visibili. Tuttavia, sapeva che era in grado di trasportarli a migliaia di chilometri di distanza in pochi minuti, senza gli effetti collaterali che ci si aspetterebbe viaggiando a quella velocità.

Sistemandosi su un sedile, Mia sospirò sentendolo adeguarsi intorno a lei, conformandosi alla forma del corpo. Quella era una delle cose che le sarebbero mancate maggiormente in Florida— tutta la tecnologia intelligente che sembrava essere stata progettata unicamente per rendere la vita più facile e comoda. Decise di chiedere a Korum di rifare la casa com'era prima che la "umanizzasse" per lei; ora che si era abituata alla tecnologia Krinar, era molto curiosa di vedere com'era normalmente la sua casa.

E poi partirono, con la navicella che si alzò silenziosamente, portandoli verso la Florida, dove i genitori di Mia erano ancora inconsapevoli della sorpresa che la loro figlia più piccola aveva in serbo per loro.

∼

Il Krinar osservò la partenza della navicella.

Erano andati via. *Lei* era andata via.

Vederla ballare con il nemico la scorsa notte era stato quasi insopportabile. Voleva essere *lui* ad avere quel corpo leggero premuto contro il suo, a riportarla a casa. Aveva trascorso le ore successive immaginandola nel letto di Korum, e la rabbia gli era bruciata nello stomaco. Forse era stato meglio che fosse partita. Avrebbe minimizzato le distrazioni per la prossima settimana.

Era sembrata felice, ridendo, mentre Korum l'aveva fatta volteggiare. Che ragazza sciocca. Se solo avesse saputo la verità...

Avrebbe accettato la sua causa, dopo avergliela spiegata. Avrebbe capito—il K ne era certo.

Avrebbe desiderato la salvezza della Terra.

CAPITOLO QUINDICI

"*P*uoi farmi scendere qui?" chiese Mia a Korum, quando arrivarono nei pressi della via dei genitori. "Potrebbero vedere la macchina, se entrerai nel loro vialetto."

"Certo" disse, e la costosissima Ferrari Spider decappottabile si fermò a qualche isolato di distanza dalla casa d'infanzia di Mia.

La ragazza non sapeva come mai Korum avesse scelto proprio quell'auto. Ricordò vagamente che il fratello di Jessie gliene aveva parlato qualche mese fa; presumibilmente costava più di tre case medie messe insieme. Quando Mia aveva protestato che una Toyota sarebbe andata altrettanto bene, il suo amante aveva semplicemente sollevato un sopracciglio. "È una delle auto più belle" le aveva detto: "E vorrei godermi l'esperienza di guidare uno di questi veicoli umani. Per non parlare del fatto che questo è l'unico modello di auto che mi sono preoccupato di adattare per renderlo riproducibile dalla nostra nanotecnologia."

Ed era straordinaria. La piccola vettura sportiva aveva sfrecciato sull'I-95 a oltre duecentoquaranta chilometri orari, portandoli alla loro destinazione di Ormond Beach in tempi record. Uno dei vantaggi del viaggiare con un K stava nel non doversi preoccupare delle multe per l'alta velocità; qualunque agente di polizia abbastanza sfortunato da fermarli sarebbe immediatamente rimasto a bocca aperta, vedendo il conducente.

"Va bene, chiamami, quando vuoi che venga. E smettila di

preoccuparti" disse Korum, chinandosi per aprirle la portiera e dandole un rapido bacio sulle labbra.

"Certo."

Mia scese dalla macchina e chiuse la portiera, guardandolo mentre si allontanava. Poi, facendo un respiro profondo, si diresse verso la casa dei genitori.

La strada in cui Mia era cresciuta si trovava nella zona leggermente più vecchia della città. La maggior parte delle case era stata costruita negli anni Ottanta e Novanta, prima del grande boom immobiliare della metà del 2000. Di conseguenza, alcuni tetti dei vicini sembravano un po' datati, ricoperti da pannelli solari che non erano proprio l'ultimo ritrovato. In generale, le case non avevano quell'aspetto lucido e nuovo che caratterizzava alcune di quelle erette nella zona più benestante. Tuttavia, il paesaggio era molto più bello, con grandi alberi che facevano ombra e garantivano un risparmio sulle bollette elettriche.

Attraversando la strada, Mia assorbì l'atmosfera familiare, con ogni casa, ogni arbusto che innescava un ricordo d'infanzia. C'era la casa della sua amica Lauren, dove aveva trascorso molte estati calde a nuotare nella sua piscina. E c'erano le alte querce su cui si arrampicavano, spensierate come solo i bambini potevano essere. Lauren si era trasferita nel Michigan per frequentare l'università, e Mia la vedeva raramente ormai, anche se si sentivano per telefono o su Skype ogni due mesi.

Come molti altri, i genitori di Mia si erano trasferiti in Florida da Brooklyn, attirati dal tempo caldo e dagli alloggi a prezzi abbordabili. Era stata una decisione di cui non si erano mai pentiti, adattandosi rapidamente al ritmo più lento della vita. Marisa aveva tre anni all'epoca, e New York era troppo costosa per far sì che una giovane coppia potesse acquistare qualcosa di più grande di un monolocale. Così, invece, risparmiarono per due anni—senza mangiare ai ristoranti per l'intero periodo, le aveva detto con orgoglio sua madre—e pagarono un anticipo per una bella casa con quattro camere da letto in un quartiere borghese di Ormond Beach.

Avvicinandosi alla casa, Mia esitò un secondo, cercando di controllare la tensione. Non volendo raccontare altre bugie, aveva deciso di non chiamare i genitori per comunicare a che ora sarebbe arrivata. Presentarsi lì e poi spiegare tutta la storia sembrava più facile. Controllando il telefono, vide che erano solo le nove del mattino, quindi probabilmente erano in casa.

Sollevando la mano, suonò il campanello. Subito, l'abbaiare di un cane ruppe il silenzio, quando Mocha, il Chihuahua dei genitori, fece il proprio dovere annunciando i visitatori. I genitori avevano preso il cane, quando Mia era partita per il college—un sostituto, le aveva detto il padre scherzosamente.

Venti secondi dopo, sua madre aprì la porta. "Oh mio Dio, Mia!"

Prima che Mia potesse dire qualcosa, la tirò a sé per un abbraccio caldo e familiare. Come al solito, Ella Stalis odorava di limoni e di profumo Chanel.

Sorridendo, Mia l'abbracciò prima di fare un passo indietro. "Ciao, mamma. Sorpresa!"

"Oh tesoro, non pensavamo che saresti arrivata così presto! Perché non ci hai chiamati? E dov'è la tua auto?" Sua madre guardò dietro le spalle di Mia e vide un vialetto vuoto. "E il bagaglio?"

"È una lunga storia, mamma. Papà è in casa? C'è una cosa che devo dirvi."

Un'espressione di immediata preoccupazione apparve sul volto dolcemente arrotondato di sua madre. "Mia, tesoro, va tutto bene? Che cos'è successo? Vieni, entra—"

"Non è successo niente, mamma" la rassicurò Mia, entrando nel corridoio che conduceva nell'ampio salotto. Mocha scappò subito via. Il cane dei genitori era timido con gli sconosciuti e continuava a ritenere Mia tale, pur avendola vista tante volte. "Va tutto bene. Ho solo una storia interessante da raccontarvi, tutto qui. Papà è in casa?"

"È nel suo ufficio" disse sua madre, poi gridò: "Dan! Vieni a vedere chi c'è!"

Daniel Stalis entrò nel salotto, indossando ancora i pantaloni del pigiama e una vestaglia. Alla vista di Mia, gli si illuminò il volto. "Mia, tesoro! Che cosa ci fai a casa così presto? Quando sei partita?"

Sorridendo, Mia si avvicinò e lo avvolse in un grande abbraccio, inalando il familiare profumo del dopobarba e del dentifricio. "Ciao, papà. Oh, mi siete mancati tanto!"

Suo padre sorrise, ricambiando l'abbraccio. "Oh, dimentico sempre quanto sei esile, quando passa troppo tempo senza vederti. Davvero, tesoro, dovresti mangiare di più."

"Mangio come un maiale, lo sai" gli disse Mia, sorridendo.

"Mia ha una cosa da dirci" disse la madre, e la ragazza notò il tono preoccupato nella sua voce.

Suo padre sollevò un sopracciglio. "Va tutto bene? Si tratta di quel professore?"

"Sì e no." Mia non sapeva nemmeno da dove cominciare. "Perché non vi sedete e beviamo un tè? È una storia un po' lunga."

La madre annuì lentamente. "Certo. Fammi preparare un po' di tè. Hai fame? Hai fatto colazione? Posso preparare un po' di frittelle di patate..."

"Ho già mangiato, mamma, grazie. Sarà sicuramente per un'altra volta." Sedendosi al tavolo, Mia strinse nervosamente le mani, guardando la madre mettere su l'acqua. Anche suo padre si sedette, studiando in silenzio la figlia mentre l'acqua si scaldava. Quando l'acqua ebbe finito di bollire, Mia si alzò per aiutare la madre a portare le tazze. Finalmente, tutti e tre si sedettero al tavolo, con un tè verde caldo che fumava davanti a loro.

"Va bene, tesoro. Ora dicci" disse sua madre, preparandosi al peggio.

"Ok" disse Mia lentamente. "Allora, non sono stata completamente sincera con voi riguardo a quello che mi è successo nelle ultime settimane. Non c'era nessun professore, e non sono rimasta a New York per quel progetto di volontariato..."

Vedendo le espressioni sorprese sui volti dei genitori, Mia continuò. "Vedete, ho conosciuto una persona..."

"Vedi, Ella, non ti avevo detto che Mia si comportava in modo strano?" Il padre sembrò compiaciuto per un attimo, ma la madre continuava a fissarla con preoccupazione.

Facendo un respiro profondo, la ragazza continuò. "Il motivo per cui non ve l'ho detto è che non è una persona con cui normalmente ci si sentirebbe a proprio agio, e non volevo farvi preoccupare—"

"Chi è, Mia?" chiese sua madre bruscamente. "Uno spacciatore? Un criminale?"

"No, niente del genere!" Anche se, in quel caso, sarebbe stato più facile per i suoi genitori accettarlo. "Korum è un K."

Per un attimo, il silenzio calò sul tavolo. I genitori sembravano sconcertati, storditi e senza parole.

Suo padre si schiarì la voce. "Un K? Cioè, un alieno?"

Mia annuì, bevendo un sorso di tè. "L'ho conosciuto in un parco di Manhattan, qualche settimana fa. Stiamo insieme da allora."

Il mento di sua madre tremò. "Che vuol dire che state insieme? Insieme in che senso?"

"Ella, non essere sciocca" disse suo padre, con tono sorprendentemente calmo. "Chiaramente, Mia sta cercando di dirci che ha un ragazzo che è un K. Non è così?"

Il padre era molto bravo in circostanze stressanti. "Esattamente" confermò Mia, con lo stomaco sottosopra, quando il volto della madre si corrugò e delle grosse lacrime cominciarono a rigarle la guancia. Sentendosi la peggior figlia del mondo, Mia cercò di rassicurarla. "Ascolta, come vedi sto benissimo. So come vengono descritti dai media, ma la realtà è ben diversa. È molto premuroso, e mi rende felice—"

"Premuroso? Come possono essere premurosi quei mostri? Mia, dicono che bevono sangue!" Sua madre era assolutamente sjoccata, con il volto normalmente pallido ora rosso e chiazzato.

"Bevono sangue?" chiese suo padre, sembrando incuriosito.

"Solo occasionalmente e in piccole quantità" ammise Mia. "È solo una cosa piacevole per loro —in realtà non ne hanno più bisogno."

La madre nascose il viso tra le mani. "Oh mio Dio, mi sento male!"

"Ella, basta" disse suo padre, con voce insolitamente ferma. "La tua reazione è esattamente il motivo per cui Mia aveva paura e non ce l'ha detto prima."

Mia sorrise, con il nodo nello stomaco che si sciolse un po'. "Grazie, papà. Ascolta, so come può sembrare, ma credimi quando dico che mi tratta molto bene e mi rende molto felice—"

"È per questo che non potevi tornare a casa prima?" chiese suo padre, mentre la madre alzò la testa per fissare Mia con gli occhi ancora pieni di lacrime.

"Sì. Siamo partiti per la Costa Rica subito dopo gli esami" confessò la ragazza. "Sto svolgendo un tirocinio lì, presso un laboratorio di neuroscienze, e sto lavorando su alcuni progetti davvero interessanti—"

"In Costa Rica?" Il padre sembrò perplesso per un attimo, e poi sgranò gli occhi. "Il Centro K della Costa Rica?"

Mia gli rivolse un bel sorriso. "Sì. Korum mi ha trovato un tirocinio lì. Sto lavorando a fianco di uno dei loro massimi esperti della mente, e non potete nemmeno immaginare quante cose sto imparando—"

"Stai lavorando in un Centro K della Costa Rica?" La madre era assolutamente sconvolta. "Con dei K?"

"Lo so, non riesco a crederci nemmeno io" disse Mia, sorridendo. "E ora posso parlare tante lingue..."

"Che cosa? Che cosa vuoi dire?" Il padre si strofinò le tempie. "Quali lingue?"

"Tutte" disse Mia in polacco, sapendo che l'avrebbe capita. "Tutte le lingue umane, più il Krinar. È un traduttore davvero figo, quello che Korum mi ha fornito." Decise di non parlare dell'impianto cerebrale.

Suo padre rimase a bocca aperta. "Parli polacco senza alcun accento! Mia, come hai fatto...?"

"Tecnologia Krinar" spiegò con un sorriso. "Non potete nemmeno immaginare alcune delle cose che possono fare—"

"Ma, Mia, non è *umano*..." La madre sembrava sotto shock. "Come puoi anche solo..."

"Mamma, sono molto simili agli umani sotto molti aspetti. Sai che ci hanno creati a loro immagine, vero?"

La madre scosse la testa, non riuscendo a credere alle proprie orecchie. "E questo li rende più accettabili? Come hai potuto innamorarti di lui? Lo hai conosciuto in un parco e poi che cos'è successo? Sei andata a un appuntamento con lui?"

Mia esitò un secondo. "Sì, più o meno. In realtà mi ha mandato dei fiori, e siamo andati in un ristorante bellissimo. E ci frequentiamo da allora..."

"Davvero?" La madre sembrava incredula. "Incontri una di quelle creature in un parco, e vai a un appuntamento? A cosa stavi pensando?"

Stava pensando che non voleva morire o essere rapita. Ma i suoi genitori non dovevamo saperlo. "È molto bello" disse sinceramente. "E non mi era mai successo di sentirmi attratta da qualcuno così intensamente."

"Quindi, hai completamente ignorato il fatto che non fosse umano? Mia, non è da te..." La madre la guardava come se le fosse spuntata un'altra testa.

"Come hai fatto ad arrivare qui dalla Costa Rica?" chiese il padre sottovoce, guardandola con un'espressione indecifrabile. Come al solito, era l'unico in grado di pensare lucidamente in circostanze difficili.

Mia lo guardò. "Korum mi ha portata qui. Siamo volati a Daytona su una delle loro navicelle, e poi mi ha lasciata scendere dalla macchina, per permettermi di parlarvi."

"E quanto tempo rimarrai?"

"Che cosa intendi dire, Dan? Per il resto dell'estate, non è vero? "chiese sua madre, sembrando in preda al panico.

Mia scosse la testa. "Resterò qui per una settimana, mamma. Purtroppo, non posso stare lontana dal laboratorio così a lungo—"

Sua madre scoppiò in lacrime. "Oh mio Dio, questa è l'ultima volta che ti vediamo..."

"Che cosa? No! Certo che no! Devo solo terminare il mio tirocinio, tutto qui. Tornerò presto a farvi visita e poi potreste venire a New York durante l'anno scolastico—"

"Dov'è adesso?" chiese il padre freddamente. "Se ti ha portata qui, allora dov'è?"

Mia fece un respiro profondo. "Devo chiamarlo. Volevo prima parlarvi, spiegare un po' prima di presentarvelo. Lui vorrebbe conoscervi per rassicurarvi sul fatto che va tutto bene e che sono al sicuro con lui."

"Stiamo per conoscere un K?" La madre sembrava stupefatta dalla piega che stava prendendo la conversazione.

"Sì" rispose Mia. "Vedrete che non c'è nulla di cui temere." Incrociò le dita, sperando che Korum si sarebbe comportato bene.

"Va bene, Mia" disse suo padre. "Perché non lo chiami? Vorremmo conoscere il tuo K."

∼

Mezz'ora dopo, il campanello suonò.

Mia era riuscita a raccontare ai genitori qualcosa di più su Korum e sulla loro relazione, soffermandosi solo sulle parti buone. Parlò di come si prendeva cura di lei e del suo hobby per la cucina (il volto della madre si era illuminato un po' sentendo quelle cose), della sua intelligenza pari a quella di un genio e della gestione dell'azienda, nonché della straordinaria opportunità che le aveva offerto con quel tirocinio. Di conseguenza, quando Korum entrò, Mia fu ragionevolmente certa che i suoi genitori sarebbero stati abbastanza tranquilli da essere civili. Tuttavia, non poté fare a meno di sentirsi agitata, quando aprì la porta e vide il suo amante, troppo bello per essere umano.

"Ciao" disse piano, chinandosi per baciare Mia sulla fronte.

"Ciao. Entra." Mia lo prese per mano e lo condusse in casa. Fermandosi un attimo nel corridoio, gli rivolse un'occhiata implorante e gli strinse la mano, sperando che comprendesse quella supplica inespressa.

Korum sorrise e sussurrò: "Fidati di me."

Mia non aveva altra scelta. Preparandosi al peggio, condusse Korum nel salotto.

Vedendolo, i genitori si alzarono dal divano e lo fissarono. Mia non poteva biasimarli: Korum era assolutamente incredibile. Con la polo bianca e i jeans blu, il suo amante era l'epitome dell'eleganza casual. Con i luminosi capelli neri e la pelle dorata, avrebbe potuto essere un modello o la star di un film, a parte il fatto che nessun umano aveva gli occhi di quell'insolita tonalità ambrata—né si muoveva con tale grazia animale. E persino in piedi, emanava un'inconfondibile aura di potere, con la presenza che dominava la stanza.

Facendo un passo verso i genitori, sorrise ampiamente, mostrando la fossetta sulla guancia sinistra. "Dovete essere Ella e Dan. Sono molto felice di conoscervi. Mia mi ha parlato molto della sua famiglia."

La ragazza notò che l'alieno non si era avvicinato per stringere la mano, né li aveva toccati in qualche altro modo. Probabilmente era la cosa giusta da fare. I due erano già abbastanza tesi, avendo un K in casa.

Il padre annuì con cautela. "È buffo, perché invece noi abbiamo sentito parlare di te solo oggi."

"Dan!" sussurrò sua madre, chiaramente preoccupata per la possibile reazione dell'ospite extraterrestre. Sembrava incapace di staccare gli occhi da Korum, fissandolo con un'espressione stordita. Mia sapeva esattamente come si sentiva.

Korum non sembrava affatto offeso, rivolgendo al padre un bel sorriso. "Certo" disse gentilmente. "Mi rendo conto che questo è un enorme shock per voi. So quanto amate vostra figlia e quanto vi preoccupate per lei, e vorrei tranquillizzarvi sulla nostra relazione."

La madre di Mia ricordò le buone maniere di padrona di casa. "Posso offrirti qualcosa da mangiare o bere?" chiese incerta, continuando a fissare Korum come se non sapesse bene se voleva correre via urlando o allungarsi per toccarlo.

"Certo" disse lui allegramente. "Un tè e un po' di frutta andrebbero benissimo, soprattutto se vi unite a me."

Mia sbatté le palpebre dalla sorpresa. Non sapeva che Korum beveva il tè. E poi si rese conto di quanto doveva essere esteso il fascicolo sulla sua famiglia: aveva scelto la cosa che avrebbe messo più a proprio agio la madre—il rituale quotidiano dei genitori di preparare e bere il tè.

"Perfetto." La madre sembrava sollevata di avere qualcosa da fare. "Puoi sederti nella sala da pranzo, e ti porterò un po' di tè. Abbiamo delle arance locali davvero belle... Mangiate le arance, giusto?"

Korum le sorrise. "Assolutamente. Adoro le arance, soprattutto quelle della Florida."

Ella Stalis gli sorrise con esitazione. "Fantastico. Quelle di questa settimana sono davvero buone—succose e dolci. Te le porto subito." E arrossendo un po', si affrettò ad andare in cucina, sembrando insolitamente lusingata.

Mia alzò gli occhi tra sé e sé. A quanto pareva, nemmeno le donne più anziane erano immuni al suo fascino.

"La sala da pranzo è da questa parte" disse suo padre, sembrando leggermente a disagio per essere rimasto da solo con Mia e il suo K.

Mia si avvicinò a Korum e lo prese per mano, decisa a mostrare a suo padre che non c'era niente di cui preoccuparsi. Sorridendo, lo condusse al tavolo.

Si sedettero tutti e tre.

In quel momento apparve Mocha, scodinzolando. Con grande sorpresa di Mia, si avvicinò volontariamente a Korum e gli annusò le gambe. Lui sorrise e si chinò per accarezzare il cane, che sembrò godere delle sue attenzioni. Mia guardò la scena con incredulità; il Chihuahua di solito era molto riservato con gli sconosciuti.

Un minuto dopo, Korum si raddrizzò e tornò a rivolgere l'attenzione agli abitanti umani della casa.

"Mia ci ha detto che sta svolgendo un tirocinio nella vostra colonia" disse Dan Stalis, guardando Korum come se stesse studiando una specie nuova ed esotica—cosa, di fatto, vera. "Come funziona esattamente? Immagino che non sappia molto della vostra scienza e che non conosca la vostra tecnologia..."

"Al contrario" disse Korum. "Mia impara davvero in fretta. Ha fatto enormi progressi nelle ultime due settimane. Saret—il suo capo al laboratorio—mi ha detto che è già molto utile."

Mia sorrise, arrossendo per quelle lodi. "Come ti ho detto, papà, Saret è uno dei loro massimi esperti della mente. È all'avanguardia nella neuroscienza e nella psicologia Krinar. E io lavoro con lui. Riesci a immaginarlo?"

Suo padre si strofinò le tempie, e Mia notò una leggera smorfia. "Non ci riesco, ad essere sincero. Tutta questa storia è piuttosto sconvolgente. Scusaci se non stiamo esattamente saltando dalla gioia—"

"Certo" disse Korum con delicatezza. "Non lo farei nemmeno io, al vostro posto."

"Hai figli?" chiese Dan schiettamente.

"No."

"Perché no?"

"Papà!" Mia si sentiva mortificata da tutte quelle domande.

Korum si strinse nelle spalle, apparentemente a proprio agio con l'interrogatorio. "Perché non ho una compagna, e non voglio crescere un figlio da solo."

Il padre socchiuse gli occhi. "Quanti anni hai?"

"Nei vostri anni terresti, circa duemila."

Suo padre rimase scioccato. "D-duemila?"

In quel momento, entrò la madre con un piatto di arance e un vassoio con le tazze di tè.

Mia si alzò e si precipitò da lei. "Ecco, lascia che ti aiuti" disse, togliendole il piatto dalle mani.

"Grazie, tesoro" disse sua madre, e Mia tirò un sospiro di sollievo, felice che almeno un genitore sembrava aver recuperato la compostezza.

Poggiando le tazze piene di tè caldo sul tavolo, Ella chiese a Korum: "Vuoi un po' di crema o di zucchero? Abbiamo crema di cocco, crema di mandorle, crema di soia..."

"No, grazie" rispose Korum educatamente, rivolgendole un sorriso smagliante. "Preferisco il tè senza niente."

"Anche noi" ammise la madre, arrossendo di nuovo. Mia non poté fare a meno di sorridere—la madre sembrava avere una cotta per il suo amante.

"Ella" disse il padre di Mia lentamente: "Korum è molto più grande di quanto pensassimo..."

"Davvero?" chiese sua madre, sedendosi e afferrando un'arancia. Sbucciando metodicamente il frutto, rivolse al marito un'occhiata interrogativa.

"Ha duemila anni..." Il padre sembrava impressionato da quel fatto.

"Che cosa?" L'arancia cadde sul tavolo, atterrando con un lieve tonfo.

"Mamma, sapevi che i K vivono a lungo" disse Mia, esasperata dalle loro reazioni. "Abbiamo visto quel programma insieme un paio di anni fa, ricordate? Era uno di quei documentari Nova sull'invasione."

"Mi ricordo" disse sua madre, continuando ad avere l'espressione di chi sembrava essere stata colpita da un martello. "Ma non avevo capito che significasse migliaia di anni..."

"Come funziona esattamente qualcosa di simile, se avete una relazione con un essere umano?" Il padre sembrava aver ritrovato la compostezza. "Perché Mia non può vivere così a lungo—"

"Questo riguarda me e tua figlia, Dan" disse Korum gentilmente, ma c'era una nota d'acciaio nella sua voce, che lo avvertiva di non proseguire in quella direzione. "Ne parleremo a tempo debito." E prendendo un'arancia, la sbucciò con calma, muovendo le dita più velocemente e in modo più efficiente rispetto alla madre.

"A proposito" aggiunse, mordendo l'arancia: "Mia ha detto che tendi ad avere frequenti mal di testa, e ho notato che ogni tanto ti sfreghi le tempie. Ti fa male ora?"

Colto alla sprovvista, il padre annuì.

A quel gesto affermativo, Korum allungò la mano nella tasca dei jeans e tirò fuori una piccola pastiglia. Consegnandola al padre di Mia, disse: "Questa dovrebbe funzionare. Uno dei nostri esperti di biologia umana l'ha sviluppata specificamente per casi come il tuo."

"Che cos'è? Un antidolorifico?" Il padre studiò la piccola pastiglia con scarsa fiducia.

"Sì, funziona immediatamente. Ma dovrebbe anche impedire che si ripresenti in futuro."

"Una cura per l'emicrania?" chiese la madre, con un'espressione carica di speranza negli occhi.

"Esatto" confermò Korum, e gli occhi di Ella Stalis si illuminarono.

Il padre sollevò un sopracciglio. "Ci sono effetti collaterali? Come faccio a sapere che è sicuro assumerla?"

"Papà, la loro medicina è meravigliosa" gli disse Mia sinceramente. "Davvero, non hai niente da temere."

"Mia ha ragione. I nostri farmaci non hanno effetti collaterali. E, Dan, l'ultima cosa che vorrei è fare del male alle persone che Mia ama di più. So che non avete motivo di fidarvi ancora, e spero che le cose cambieranno in futuro. Se non vuoi prendere il farmaco, non c'è problema. Volevo solo che l'avessi, nel caso il dolore fosse insopportabile."

"Prendilo, Dan. Subito" ordinò Ella, guardando il marito con un'espressione determinata. "Non credo che il ragazzo di Mia ti darebbe qualcosa che fa male. Se c'è anche una minima probabilità che possa davvero curarti, allora dovresti provarlo per te stesso e per la tua famiglia —soprattutto se Korum dice che non ci sono effetti collaterali."

Il padre esitò, studiando il volto di Korum per alcuni secondi. Qualunque cosa vide, sembrò rassicurarlo. "Devo solo ingoiarla?"

"Mettila in un bicchiere d'acqua, poi bevi" disse Korum. "Funziona più velocemente in quel modo."

La madre di Mia era già in piedi, versando dell'acqua in un bicchiere da una brocca sul tavolo. "Ecco" disse, spingendolo verso di lui.

Dan Stalis prese lentamente il bicchiere e strinse la pastiglia tra le dita, spremendo due gocce di liquido nell'acqua. "Così?" domandò, guardando Korum.

Il suo amante gli rivolse un sorriso incoraggiante. "Sì."

Odorandolo con cautela, il padre di Mia bevve un sorso. "Ha un buon sapore." Sembrava sorpreso.

"La maggior parte dei nostri farmaci ce l'ha."

Portando il bicchiere alla bocca, suo padre mandò giù il resto dell'acqua. Quasi subito, Mia poté vedere i muscoli tesi attorno alla sua mascella rilassarsi. Sorridendogli, disse: "Sta funzionando, vero? Farà subito effetto."

Suo padre sembrava piacevolmente sorpreso, e il viso della madre brillava dalla felicità. "Sì. Sembra istantaneo." Rivolgendosi a Korum, disse: "Grazie. È stato molto gentile da parte tua."

"Prego" disse Korum dolcemente. "Farei qualsiasi cosa per Mia e per le persone che ama."

CAPITOLO SEDICI

"Devo parlare anche con mia sorella" disse Mia, salendo in macchina e salutando i genitori. Sua madre teneva a bada Mocha, che li seguiva molto da vicino, avendo sviluppato un'inspiegabile cotta canina per Korum. "So che mamma la chiamerà ora, ma vorrei sentirla io stessa. Le ho parlato prima, e vorrei davvero avere la possibilità di spiegarle, in modo che non si faccia un'idea sbagliata sulla nostra relazione."

"Che cosa le hai detto?" chiese Korum, uscendo dal vialetto. Guidava come faceva qualsiasi altra cosa—con abilità ed efficienza.

"Le ho detto di avere un amante di Dubai" ammise Mia, arrossendo un po'. "E le ho detto che le cose non avrebbero funzionato tra noi, perché presto sarebbe partito."

"Capisco" disse Korum, con voce visibilmente fredda. "E quando le hai detto questo?"

Cazzo. Non avrebbe dovuto dirglielo, ma ormai era troppo tardi. "Quando credevo che saresti tornato su Krina" confessò. "Sai, prima..."

"Prima del tuo tradimento?"

Mia sospirò. "Sei ancora arrabbiato con me? Avevi detto che ci saresti passato sopra..."

"Che ci sarei passato sopra nel senso che non ti punirò per quello. Ma non riesco a dimenticarlo, dolcezza. Non ancora."

Mia si morse il labbro, sentendosi turbata. "A volte non ti capisco" disse a bassa voce. "Un minuto prima sei gentile con me e con la mia famiglia, e quello dopo dici di punirmi per una situazione che non ho causato io—una situazione che hai manipolato a tuo vantaggio. Che cosa ti aspettavi che facessi? Accettare con calma che sarei diventata una schiava sessuale?"

"Avresti potuto parlarmi in qualsiasi momento e chiedermi se fosse vero." Mantenne lo sguardo sulla strada, ma Mia scorse un muscolo della sua mascella leggermente teso.

"E se fosse stato vero? Che cosa avrei fatto allora? Avrei messo in pericolo John e tutti gli altri della Resistenza e avrei perso la mia unica possibilità di aiutare loro e me."

"Ti ho mai trattata come una schiava sessuale?" chiese Korum, e il suo tono piatto la fece tremare leggermente. Continuava a evitare di guardarla. "Ti ho dato tutto, Mia, e hai continuato a comportarti come se fossi il cattivo della situazione."

Mia deglutì. "Sapevi che avevo paura all'inizio, e non mi hai lasciato scelta" disse, sentendo il vecchio risentimento riaffiorare. "E poi, che cos'è una charl? Quali diritti ho nella vostra società? So che non mi tratti male, ma potresti, no? Se volessi tenermi chiusa in casa tua, qualcuno ti fermerebbe?"

Non rispose, e lei notò la sua mascella irrigidirsi ulteriormente.

Lasciarono Granada Boulevard per la A1A, e l'alieno guidò ancora qualche minuto prima di fermarsi nel tortuoso vialetto di una grande villa in riva al mare. Man mano che si avvicinavano, i cancelli in ferro battuto si aprirono, lasciandoli passare.

"Dove siamo?" chiese Mia, rompendo il silenzio. Si sentiva male. Detestava litigare con Korum, e gli ultimi giorni erano stati così belli, così pacifici. Perché gli aveva stupidamente ricordato quello che era successo?

La macchina si fermò, e lui inserì la modalità parcheggio prima di girarsi per guardarla. "Vieni qui" disse duramente, seppellendo la mano nei suoi capelli e chinandosi per darle un bacio appassionato. Quando la lasciò per farle riprendere fiato, Mia si stava sciogliendo, quasi tremando dal desiderio.

Lasciandola andare, scese dalla macchina e aprì la portiera del passeggero. Mia camminò su gambe un po' instabili, mentre la guardava con occhi dorati e smaniosi.

Alzò lo sguardo verso di lui.

"Questa è la casa che ho affittato per la settimana" le disse. "Entriamo."

E prendendole la mano, la condusse su per le scale dell'imponente edificio bianco.

L'interno della loro "casa in affitto" avrebbe potuto essere facilmente inserito nella rivista *Architectural Digest*, con i suoi mobili bianchi ben progettati e l'ambiente aperto con brillanti pavimenti in legno. Una parete —quella che si affacciava sull'oceano—era interamente di vetro e garantiva una vista mozzafiato.

Girando Mia verso di lui, Korum si chinò e la baciò di nuovo, leggermente. "Perché non chiami tua sorella ora?" suggerì, con voce un po' roca. "Quando tornerai, avrò dei programmi per te."

Cercando di calmare il battito cardiaco troppo alto, Mia salì le scale, entrando in una stanza in cui vide un vecchio telefono fisso. Dopo essersi assicurata di avere la situazione abbastanza sotto controllo e di riuscire a pensare a qualcosa di diverso dai programmi di Korum, telefonò alla sorella, digitando il numero di cellulare che conosceva a memoria.

Marisa rispose al quinto squillo. "Pronto?"

"Ehi, Marisa, sono io..."

"Mia? Ho appena parlato con mamma! Dannazione! Stai frequentando un K?!?"

Mia sospirò. "Sì. Ascolta, ricordi quella cosa che ti avevo detto?"

"A proposito del tuo presunto amante benestante?" La voce della sorella sembrava caustica. "Sì, ricordo perfettamente."

Mia sibilò. "Beh, non sono stata completamente sincera con te—"

"No, cazzo!"

"Scusa" disse Mia sinceramente. "Credevo davvero che potesse tornare su Krina e che non l'avrei più rivisto. Avevo bisogno di parlare con qualcuno, ma non me la sentivo di raccontare tutta la storia..."

Per un attimo, regnò il silenzio. "Mia" disse Marisa, arrabbiata: "Puoi sempre dirmi tutto, anche se si tratta di una cosa degna di apparire sulla copertina del *National Geographic*. Sono tua sorella, e se c'è una persona in grado di capirti, quella persona sono io."

Mia chiuse gli occhi, vergognandosi. "Lo so. Mi dispiace. È solo che stavano succedendo troppe cose e non ero molto lucida—"

"Che cosa *stava* succedendo? E che cos'è cambiato? Come sei passata da 'non potrà mai funzionare' al farlo conoscere ai nostri genitori e a trascorrere l'estate in Costa Rica?"

"Abbiamo lavorato sulle nostre differenze" disse Mia, senza voler entrare nei dettagli. "E rimarrà qui, sulla Terra."

Calò di nuovo il silenzio per un secondo. Poi, la sorella disse: "Davvero, Mia? Un K? Non potevi scegliere uno della stessa specie?"

Mia sorrise, sollevata. Il peggio sembrava passato. "Lo so, è folle—"

"Folle è dir poco" disse la sorella seriamente. "Assolutamente incredibile, direi."

Mia rise, sorpresa. "Che cosa?"

"La mia sorellina sta frequentando un alieno benestante e super sexy, che ha appena guarito le emicranie di papà? Cazzo, è straordinario!"

Mia non riusciva a credere alle proprie orecchie. "Non mi farai la predica, dicendomi quanto sono stata sciocca a lasciarmi coinvolgere da qualcuno tanto pericoloso e non umano, e bla, bla, bla?"

"Oh, per favore, sono sicura che l'abbiano già fatto mamma e papà. Che cosa potrei aggiungere? No, sorellina, sono felice per te. Sei stata buona e brava per troppo tempo. Un po' di pericolo e di pepe nella vita è esattamente quello di cui hai bisogno. E poi, da quello che mi ha raccontato mamma, è splendido ed esiste fin dalla notte dei tempi. È una vera figata... non vedo l'ora di conoscerlo!"

Mia sorrise enormemente. Sua sorella riusciva sempre a sorprenderla. "Sei la miglior sorella del mondo" disse a Marisa. "Allora, quando rivedrò te e Connor?"

"Stasera alle sei. A quanto pare, il tuo amante extraterrestre ha invitato tutta la famiglia a cena."

"Che cosa? Quando?" Mia non riusciva a ricordare nulla del genere.

"Non lo so. Non c'ero. Non *dovresti* saperlo? Pensavo che l'avesse fatto su tua richiesta..."

"Uhm... prende molto l'iniziativa, quando si tratta di queste cose." Troppo, considerando che Mia non era nemmeno a conoscenza dell'invito. Doveva aver parlato con i genitori quando era andata al bagno. "Quindi, ceneremo in un ristorante da qualche parte?"

"È abbastanza assurdo che te lo stia dicendo io, Mia." Sembrava che Marisa stesse ridendo. "Verremo a trovarvi nella casa che ha preso in affitto. Cucinerà lui. Davvero non lo sapevi?"

"Non mi sorprende." Mia sorrise, anche se Marisa non poteva vederla. "Sei fortunata—è un cuoco straordinario."

"E fa il bucato, vero? O hai inventato anche quella parte?"

"No" rispose Mia, sorridendo. "Faceva davvero il bucato, quando eravamo a New York. A quanto pare, gli piacciono le apparecchiature umane. Penso che abbia a che vedere col suo hobby della cucina, che è strano. Hanno queste case intelligenti che *cucinano* per loro, Marisa. Non ha bisogno di alzare un dito per avere pasti gourmet, eppure—"

"Oh mio Dio, dove posso trovare un altro K per me? Sono già innamorata e non l'ho ancora conosciuto!"

Mia scoppiò a ridere. "Ehi, questo è già preso! E poi, Connor non avrebbe qualcosa da ridire, sapendo che la moglie incinta frequenta un alieno?"

"Connor cederebbe volentieri la moglie incinta a un alieno in questo momento" disse Marisa, e Mia sentì il sottotono serio nella sua voce. "Sono così lunatica ultimamente che si aggira per la casa come se potessi morderlo. E potrei, in qualsiasi momento. Non riesco proprio a controllare le emozioni. Non rimanere incinta, sorellina—non è divertente..."

Mia si fece subito seria. "Oh, Marisa, sono proprio un'egoista. Non ti ho nemmeno chiesto come ti senti!"

"Beh, non ti ho dato la possibilità di farlo! Ma sì, mi sento ancora di merda. La nausea non se ne va. Ho perso un altro chilo nell'ultima settimana. Il medico non sa più che fare. Sto riposando molto, ho provato lo yoga e la meditazione—niente sembra funzionare."

"Oh Marisa..."

"Pensi che il tuo ragazzo possa aiutarmi?" scherzò sua sorella.

"Non lo so" disse Mia seriamente. "Forse. Glielo chiederò. Non è un medico, ma potrebbe avere accesso a uno dei loro meravigliosi farmaci."

"Oh, no, non c'è bisogno che tu lo faccia... Stavo solo scherzando—"

"Beh, io no. Glielo chiedo subito."

"Mia, per favore, sarebbe imbarazzante. Sono sicura che passerà tra qualche altra settimana..."

"Uh-uh" disse Mia. "Ma saresti pelle e ossa, se non lo sei già. Non hai esattamente molto grasso da spartire."

Poté sentire Marisa sospirare per quella che sembrava esasperazione. "Beh, puoi chiederglielo allora, credo. Non vorrei che pensasse che ci stiamo approfittando di lui—"

"Oh, per favore, è stato Korum a *offrire* la cura per l'emicrania a papà. Non sapevo nemmeno che esistesse una cosa del genere, tanto meno che l'avesse con sé. Non preoccuparti, ti prego—non ti fa bene."

"Ok, ok..." Sua sorella sembrò improvvisamente distratta. "Aspetta un attimo, tesoro, sto parlando con Mia!"

"Devi andare?" tirò a indovinare Mia.

"Oh, era Connor... Dovevamo andare a fare shopping quando mamma ha chiamato, e poi tu..."

"Oh, beh, vai allora. Ci vediamo stasera. Non vedo l'ora!"

"Anch'io. Ti voglio bene, sorellina! A dopo!"

"Ti voglio bene anch'io!" E riagganciando, Mia andò a cercare Korum.

Lo trovò fuori, a nuotare nella piscina olimpionica, che apparteneva alla proprietà. Si muoveva come uno squalo, con una velocità incredibile.

"Ciao" gridò Mia, e ricordò i misteriosi programmi che aveva in serbo per lei. Si trattava di qualcosa di sessuale? Il suo respiro accelerò a quel pensiero. Dicendo a se stessa di concentrarsi su Marisa, decise di chiedere subito il farmaco a Korum, prima che lui avesse la possibilità di mostrarle quali fossero i suoi programmi.

Nuotando fino al bordo della piscina, Korum si sollevò senza sforzo, usando solo le braccia. I suoi capelli neri erano bagnati e schiacciati sulla testa, e le gocce d'acqua brillavano come piccoli diamanti sulla pelle dorata. Era davvero sexy, e Mia deglutì, rendendosi conto ancora una volta di quanto fosse stupendo il suo amante. Camminando verso il bordo della piscina, si sedette su una delle sedie a sdraio posizionate lì.

"Ciao" disse, sorridendole e sedendosi sulla sedia accanto a lei. Sembrava aver dimenticato la litigata di prima, e Mia ricambiò il sorriso, sollevata.

Sembrava l'occasione giusta per chiedergli di Marisa. "Sai qualcosa sulle donne incinte?" mormorò, e poi, chissà perché, arrossì.

Korum sollevò le sopracciglia, sembrando divertito. "Immagino che stia parlando di tua sorella."

Mia annuì. "Ha una gravidanza difficile. Bruttissime nausee e tutto il resto. Mi chiedevo se avessi qualche farmaco anti-nausea o qualcosa per calmare il suo stomaco..."

Korum rifletté, sembrando pensieroso per un secondo. "Non ce l'ho con me, ma forse posso chiedere a qualcuno di portarlo qui. Tuttavia, sarebbe solo un rimedio temporaneo... Se c'è un problema che causa il malessere di tua sorella, la medicina non farà altro che mascherare i sintomi."

"Oh, capisco..."

"La cosa migliore per tua sorella probabilmente sarebbe Ellet. Le chiederò di passare in settimana e di dare un'occhiata a Marisa—"

"Ellet?" Quel nome suonava stranamente familiare, anche se non riusciva a ricordare dove l'avesse sentito.

Korum sorrise. "È la nostra esperta di biologia umana a Lenkarda. Il suo laboratorio progetta gran parte dei farmaci che ti ho somministrato in passato, così come quello che ho appena dato a tuo padre. È straordinaria in quello che fa, e ne sa più lei sulla salute umana di tutti i vostri medici messi insieme."

Qualcosa infastidì Mia, un ricordo sfuggente che non riusciva ad afferrare. Dopo aver provato a ricordare per un secondo, rinunciò e tornò sulla questione. "Oh, capisco... Sì, se potesse dare un'occhiata a Marisa, sarebbe fantastico. Lo farebbe davvero? Verrebbe fin qui per questo?"

Scrollò le spalle. "Mi deve alcuni favori."

"C'è qualcuno a Lenkarda che non ti deve dei favori?" chiese Mia, fissandolo. Il suo amante sembrava avere sempre un asso nella manica.

"Non molti" ammise Korum, sorridendole. "Credo che avere le giuste risorse—torni utile in situazioni come questa. Certo, Ellet probabilmente verrebbe qui a prescindere. Ha un debole per le donne incinte."

Mia sorrise, volendo abbracciarlo e baciarlo dalla gratitudine. Non voleva litigare con lui; lo amava troppo. Cedendo all'impulso, si alzò e si sedette sulla sua sedia, ignorando i pantaloncini bagnati dell'alieno che le premevano sul vestito. Prendendogli la testa tra le mani, lo avvicinò e gli diede un tenero bacio sulle labbra. "Grazie, Korum" disse piano, guardandolo negli occhi. "Apprezzo davvero tutto quello che hai fatto per me e per la mia famiglia."

Le sorrise, con gli occhi che emanavano una calda luce ambrata. "Certo, mia cara..."

"Ti amo" gli disse Mia sinceramente. "Ti amo tanto, e mi dispiace per quello che è successo. Hai ragione—avrei dovuto fidarmi di più. Pensi che riuscirai a perdonarmi prima o poi?"

Era la prima volta che si scusava per averlo spiato, e poté vedere che l'aveva piacevolmente sorpreso. Alzando la mano, le accarezzò la guancia. "Certo" disse piano. "Razionalmente, so perché hai fatto quello che hai fatto, ma ho difficoltà a essere razionale quando si tratta di te. La prima volta in cui hai accettato di lavorare per la Resistenza, ho lasciato che la rabbia per il tuo tradimento mi annebbiasse il pensiero, invece di concederti più tempo per abituarti alla nostra relazione. Mi dispiace per questo, e per lo stress e la preoccupazione che ti ho causato. Ma sono felice che tu sia qui ora, con me..."

"Anch'io sono felice" disse Mia, e sapeva che lui poteva leggerle la profondità dei sentimenti sul viso. "Lo sono davvero..."

Con gli occhi che si illuminarono, Korum si chinò verso di lei e la baciò con desiderio, come se volesse consumarla. Le mise le mani attorno alle spalle, tirandola a sé, trascinandola sul grembo, con l'erezione premuta su di lei, attraverso il tessuto bagnato dei pantaloncini da nuoto.

Sentendosi travolta dalla passione, Mia poté solo aggrapparsi a lui, mentre le divorava avidamente la bocca, passandole le mani sul corpo, strappando gli abiti che gli impedivano di toccarle la pelle nuda. Spostò la bocca calda lungo il collo, mordicchiandole leggermente la pelle, e lei gridò, piegando la testa all'indietro come se fosse troppo pesante per essere sostenuta dal collo. Si sentiva incredibilmente calda, come se stesse bruciando dentro per una fiamma liquida, con ogni centimetro sensibilizzato e desideroso del suo tocco. Lo stesso sembrava valere per lui, con l'erezione che le pulsava contro la gamba e le mani che si muovevano su di lei quasi grossolanamente.

Le dita di Mia diventarono artigli, scavando nelle sue spalle. "Per favore, Korum..." Lo voleva dentro di lei con una disperazione che non aveva pienamente senso. "Per favore..."

Lui si alzò, continuando a tenerla in braccio, e la fece girare, mettendola a cavalcioni sulla sedia. E poi si piegò sopra di lei, spingendo dentro con una spinta potente, con il cazzo duro che la penetrò senza controllo.

Mia ansimò, scioccata dall'entrata improvvisa, con i muscoli interni che si distesero per adeguarsi allo spessore, ma non le concesse il tempo necessario. Afferrandole i fianchi, la scopò incessantemente, martellando con una forza tale da impedirle di riprendere fiato, assolutamente sopraffatta dalle sensazioni. Poté sentire il respiro duro dell'alieno e le sue stesse urla, e poi il suo intero mondo non fu altro che il piacere e il dolore che si mescolarono, finché non fu impossibile distinguerli l'uno dall'altro... finché non fu altro che un animale, travolta dal bisogno più elementare.

Sembrò andare avanti per sempre, e poi venne con un gemito gutturale, sbattendo dentro di lei come se cercasse di unirli. Le pulsazioni del suo cazzo dentro di lei la spinsero al limite, e l'orgasmo l'attraversò, lasciandola debole e tremante nella sua scia. Solo le mani dell'alieno sui fianchi le impedirono di crollare sulla sedia, con le braccia e le gambe che tremavano troppo per sostenere il peso.

Dopo circa un minuto, il respiro dell'extraterrestre si era calmato e si ritirò da lei, separando i loro corpi. Mia si sentiva troppo esausta per potersi muovere, quindi fu felice quando la prese e la portò a casa.

Avvolgendogli le braccia intorno al collo, mormorò nella spalla: "Era questo che avevi in mente, quando avevi parlato di programmi?"

"Più o meno" ammise Korum, salendo al secondo piano. "Avevo immaginato qualcosa di più civile, ma non ho alcun controllo quando si tratta di te. Non ti ho fatto male, vero?"

Un po' sì, ma questo aveva solo aumentato il piacere. E inoltre, si sentiva benissimo, con il dolore apparentemente scomparso. "No" lo rassicurò Mia. "Mi è piaciuto tanto."

Entrò in un grande bagno lussuosamente arredato e la mise in piedi accanto a una grande vasca. "Bene" disse, aprendo l'acqua e sorridendole. "Però, penso che potresti fare un bel bagno, e potrei farlo anch'io."

E, mentre Mia lo guardava, il suo cazzo cominciò a indurirsi di nuovo.

CAPITOLO DICIASSETTE

Marisa e Connor furono i primi ad arrivare con la loro Toyota 2012, che si fermò nel vialetto cinque minuti prima delle sei. Korum stava finendo di apparecchiare la tavola, così Mia uscì da sola per salutarli.

"Oh mio Dio, Mia! Sorellina, è così bello rivederti! Sei stupenda! Che cosa ti prepara da mangiare?" mormorò Marisa appena scese dall'auto. "E, dannazione, guarda che posto! Dev'essere un super miliardario!"

Ridendo, Mia abbracciò forte sua sorella, intristendosi leggermente, sentendo l'insolita fragilità del suo corpo. "Marisa! Oh, è così bello rivedere anche te! E Connor!"

Sorridendo, suo cognato si chinò per abbracciarla. "Ecco la mia cognatina preferita. Come stai?"

"Oh, alla grande! Venite, entrate! Korum sta dando il tocco finale alla cena—che dovrebbe essere deliziosa, a proposito."

"Niente carne?" chiese Connor con un'espressione fiduciosa sul volto, mentre seguiva Mia verso casa. Un ex quarterback del college, il marito di Marisa aveva ancora difficoltà ad adeguarsi alla dieta post-K-Day.

"No, mi dispiace, mangiano per lo più verdure. Ma è roba davvero ottima."

"Trovo ancora strano che i vampiri siano vegetariani..." mormorò Connor, e Mia rise di nuovo.

"Non sono più dei veri e propri vampiri—l'hanno superato" spiegò Mia. "E alcune delle piante di Krina sono molto gustose e ricche di calorie. Penso che se le avessimo qui, nemmeno noi mangeremmo carne."

"Ooh, hai provato le piante di Krina?" Marisa sembrava invidiosa. Sua sorella di solito era una mangiatrice avventurosa, e spesso provavano ristoranti insoliti, quando andava a trovare Mia a New York.

"Sì" confermò Mia, sorridendo. "E sono davvero squisite. Ma questo solo a Lenkarda. Stasera mangeremo cibi molto più locali."

"Uh, spero di poter mangiare qualcosa. Avevo di nuovo la nausea, mentre ero in macchina per venire qui" confessò Marisa. Era pallida e malaticcia. "Ci siamo dovuti fermare in una piazzola di sosta. Mi sorprende che siamo arrivati qui prima di mamma e papà—"

"Oh, stavo per dirtelo" la interruppe Mia, fermandosi un attimo prima di entrare in casa. "Ho parlato con Korum, e farà venire uno dei loro medici a visitarti per determinare quale sia la causa del problema."

"Un medico K?" Connor sembrava sorpreso.

"In realtà, è più di un medico umano—una Krinar specializzata in biologia umana. Korum ha detto che è davvero brava."

"Wow, Mia, non so nemmeno cosa dire..." Gli occhi di Marisa si riempirono improvvisamente di lacrime.

"Oh no, non preoccuparti! Non è un problema—"

"Ormoni" spiegò Connor, avvicinando la moglie a sé per un abbraccio.

"Ah, capisco." Mia concesse a Marisa qualche secondo per riprendersi. Poi, sorridendole, chiese: "Sei pronta per entrare?"

Marisa annuì, sembrando molto più allegra, e Mia li condusse in casa.

Korum doveva aver appena finito quello che stava facendo, perché entrò nel salone nello stesso momento. Come sempre, era stupendo, con la tonalità dorata della pelle in contrasto con il colore bianco della semplice camicia abbottonata che indossava. E sebbene avessero trascorso la maggior parte del pomeriggio a letto, Mia non poté fare a meno di sentirsi eccitata a quella vista.

Notando la sorella, l'extraterrestre le rivolse un grande sorriso e si avvicinò a loro. "Tu devi essere Marisa" disse calorosamente. "Noto la somiglianza..."

Marisa annuì, sembrando stranamente timida e sorpresa. "Sì, ciao..." Sembrava incapace di dire qualcosa di più profondo.

Ricordando il primo incontro con Korum, Mia capì come doveva sentirsi sua sorella. A quanto pareva, nemmeno il matrimonio e la gravidanza potevano proteggere completamente una donna dall'impatto del fascino magnetico del suo amante.

Rivolgendosi a Connor, Korum disse: "E tu sei il marito di Marisa, vero? Connor?"

Suo cognato allungò educatamente la mano. "Sì, piacere di conoscerti. Korum, vero?" Sembrava molto meno scioccato rispetto alla moglie.

Il suo amante accettò la mano, stringendola leggermente. "Esatto. Il piacere è tutto mio. Posso offrirvi un drink, mentre aspettiamo i genitori di Mia?"

"Una birra sarebbe fantastica" disse Connor. Mia avrebbe voluto complimentarsi per la sua compostezza. Visto dall'esterno, non sembrava affatto intimidito.

Korum sorrise e scomparve in cucina. In quel momento, Marisa incrociò lo sguardo della sorella. "Wow" le mormorò. "È stupendo."

Mia sorrise. Era sempre stata gelosa della sua popolare sorella maggiore, che era sempre riuscita ad avere tutto—buoni voti, ottimi amici e una tonnellata di bei ragazzi che le andavano dietro. E ora, Marisa era invidiosa di lei?

Korum riapparve, portando un vassoio con una birra, un bicchiere di champagne e una tazza piena di liquido lattiginoso. Porgendo lo champagne a Mia e la birra a Connor, sollevò la tazza per la sorella. "Questo dovrebbe calmarti lo stomaco" disse gentilmente. "Almeno per il resto della serata."

Marisa accettò la tazza con gratitudine e bevve il contenuto, senza nemmeno mettere in discussione la sicurezza del liquido. Chiaramente, l'esperienza di suo padre le aveva consentito di fidarsi dei farmaci K. "Grazie" disse, e sgranò gli occhi. "Oh, wow, mi sento già molto meglio..."

In quel momento, il campanello suonò. I genitori delle sorelle erano arrivati.

Dopo averli salutati, Mia e Korum li condussero nella sala da pranzo, dove Korum aveva preparato un pasto che era più simile a una festa. Mia si sentiva un po' in colpa per non averlo aiutato affatto, ma Korum l'aveva gentilmente cacciata dalla cucina, quando si era offerta, spiegando che sarebbe stata semplicemente di troppo. Non sentendosi affatto offesa, Mia era andata a sedersi vicino alla piscina ad informarsi sugli ultimi sviluppi del laboratorio di Saret, chiacchierando con Adam attraverso un dispositivo simile a Skype, che proiettava la sua immagine come un ologramma tridimensionale.

Nel frattempo, Korum aveva preparato una festa gourmet che

consisteva in cinque diverse varietà di insalate, un miscuglio di verdure esotiche simili al sushi, vari tipi di spaghetti con salse deliziose e frutta fresca per dessert. Una bottiglia di Cristal era in fresco in un secchiello con del ghiaccio, e il tavolo era decorato con un grande centrotavola, che consisteva in una composizione di splendidi fiori. Era stato davvero straordinario, e il cuore di Mia si strinse, rendendosi conto che l'alieno stava cercando di fare una buona impressione sulla sua famiglia.

E i suoi genitori furono piacevolmente colpiti.

Sua madre continuava a chiedere a Korum informazioni sulle ricette dei piatti che stavano mangiando, e anche suo padre sembrava essere di buon umore, senza più alcuna traccia del mal di testa che lo aveva afflitto. L'atmosfera al tavolo era sorprendentemente rilassata, con la famiglia che interrogava Korum sulla vita su Krina e il suo amante che raccontava storie divertenti sui suoi genitori e sugli scherzi che gli faceva Saret quando erano piccoli. Guardandolo, Mia capì che l'alieno aveva volontariamente spostato la conversazione verso quegli argomenti che probabilmente avrebbero messo la sua famiglia a proprio agio... che l'avrebbero umanizzato ai loro occhi. E pur sapendo che si trattava di una recita, Mia si sentì sciogliere al pensiero di Korum da bambino, che giocava nei boschi di Krina e si metteva nei guai con gli amici.

La cena durò fino alle dieci. Alla fine, sazi e felici, se ne andarono tutti. Uscendo, la madre di Mia baciò Korum sulla guancia, e suo padre gli strinse la mano. Marisa arrossì e balbettò un po', ringraziando Korum ancora una volta per il farmaco anti-nausea, mentre suo marito gli rivolse un enorme sorriso e gli disse che sarebbero venuti a cena ogni sera, visto il delizioso pasto che avevano appena consumato.

Non appena la famiglia si allontanò, Mia avvolse le braccia intorno alla vita di Korum e lo abbracciò forte. Continuando a stringerlo, alzò la testa e notò che la stava guardando con una tenera espressione sul bellissimo viso. "Grazie" gli disse sinceramente. "Questo ha significato davvero molto per me."

Le accarezzò dolcemente la guancia. "Farei qualsiasi cosa per vederti felice, tesoro" disse piano. "Lo sai, non è vero?"

Mia annuì e seppellì il volto sul suo petto, sentendosi come se non potesse contenere tutte le emozioni che si agitavano all'interno. Lo amava così tanto che faceva male. E, in quel momento, fu quasi certa che l'amasse anche lui.

〜

La mattina successiva, Mia si svegliò sentendo parlare in Krinar. Una dolce voce femminile, stranamente familiare, si univa ai toni più profondi di Korum. Il medico, comprese Mia. Doveva essere già arrivata per visitare Marisa.

Scendendo giù dal letto, Mia si vestì rapidamente e si lavò, controllando l'ora. La sorella sarebbe arrivata tra pochi minuti.

Entrando nel salone, Mia vide una bella donna Krinar seduta lì, intenta a chiacchierare con Korum delle spiagge locali. Alta e magra, ricordava a Mia una modella brasiliana, con la carnagione scura, i capelli castani con riflessi dorati e brillanti occhi color nocciola. Ancora una volta, qualcosa assillò gli angoli della mente di Mia, qualche sfuggente ricordo su cui non riusciva a concentrarsi.

Si avvicinò a loro, e la femmina K si alzò e allungò la mano verso Mia. "Ciao" disse calorosamente. "Sono Ellet."

Sorridendo, Mia le strinse leggermente la mano, sorpresa dal saluto umano. A parte la cugina di Korum, Leeta, Mia non aveva parlato con molte femmine K. Tutti e quattro gli altri assistenti del laboratorio di Saret erano maschi, e Mia non aveva ancora socializzato con nessuno.

"Grazie per essere venuta" disse Mia. "Non immagini nemmeno quanto apprezzi il tuo aiuto."

"Oh, è un piacere" disse Ellet, con un sorriso a trentadue denti, e a Mia piacque immediatamente. "Questa è la mia prima volta in Florida, e mi piace da morire. È molto simile alla Costa Rica, ma molto più sviluppata e con tanti umani!"

Mia sollevò un sopracciglio dalla sorpresa. Lo sviluppo e l'eccessiva presenza di esseri umani di solito erano fattori negativi per la maggior parte dei Krinar, ma Ellet sembrava affermare il contrario.

"Ellet adora gli umani" disse Korum schiettamente. "Sono la sua specialità. Non so nemmeno perché viva a Lenkarda—New York sarebbe un posto più adatto a lei."

"È un po' troppo fredda e sporca per i miei gusti" disse Ellet, sorridendo. "Ma la Florida sembra molto più affascinante."

"Davvero?" chiese Mia, fissandola. "Ti traferiresti qui per fare cosa? Aprire una clinica?"

Ellet sorrise. "Mi piacerebbe, ma probabilmente non otterrei l'autorizzazione. È contro il mandato."

"Il mandato?"

"Il mandato di non interferenza—una delle condizioni sotto le quali gli

Anziani hanno accettato di lasciarci vivere qui, sulla Terra" spiegò Ellet, rivolgendo a Korum un'occhiata rapida e indecifrabile.

"Oh, capisco" disse Mia, anche se non era vero. Sapeva che i K non avevano condiviso la tecnologia e la scienza, e presumeva che fosse perché volevano vedere come sarebbe andato il loro grande esperimento evolutivo. Tuttavia, non aveva capito che esisteva un vero e proprio mandato.

Prima che potesse fare altre domande, il campanello suonò. Marisa era arrivata.

Mia andò ad aprire la porta.

Per l'ennesima volta, sua sorella era pallida, con il colore scuro dei capelli che accentuava il malsano pallore del viso. Il medicinale che Korum le aveva dato ieri ovviamente aveva smesso di far effetto.

"Ellet è già qui" le disse Mia. "È molto gentile—ti piacerà."

Marisa annuì, sembrando un po' verde. "Mia" sussurrò: "E se scoprisse che c'è qualcosa che non va in me o nel bambino? Qualcosa che i nostri medici non sono riusciti a diagnosticare? E se fosse qualcosa di brutto—di molto brutto?"

"Che cosa? No! Sono sicura che stai benissimo. Probabilmente si tratta solo di uno strano squilibrio ormonale... Non puoi cominciare a stressarti con i sé, prima ancora che il medico ti visiti! Vieni qui..." Mia l'abbracciò e sentì il suo esile corpo tremarle tra le braccia.

In quel momento, Ellet e Korum raggiunsero il corridoio, avendo probabilmente sentito qualcosa con il loro affilato udito Krinar.

"Tu devi essere Marisa" disse Ellet calorosamente, avvicinandosi alla sorella e studiandola con uno sguardo inquisitore sul volto perfetto.

Marisa si staccò dalla sorella minore, sembrando un po' stordita all'idea di doversi confrontare con una creatura così bella.

La donna Krinar le rivolse un bel sorriso. "Sono Ellet" disse gentilmente: "E sono un'esperta di biologia umana. Ti prego, non preoccuparti, non hai nulla di cui temere. Vieni, andiamo nel salone e ti darò un'occhiata. Anche se dovesse esserci qualcosa che non va, sono certa che possiamo risolverla. Ormai, il corpo umano ha pochi misteri per noi."

Marisa annuì, sembrando un po' rassicurata, ed entrarono tutti nel salone.

"Puoi rimanere un minuto in piedi?" chiese Ellet, raggiungendo un piccolo dispositivo bianco poggiato sul tavolino accanto al divano. Prendendolo, lo diresse verso la sorella di Mia, strofinandoglielo lentamente sul corpo dalla testa alle dita dei piedi, concentrandosi soprattutto sulla zona dello stomaco.

Poi, poggiando il dispositivo, disse: "Il tuo medico non ti ha detto che hai un'iperemesi gravidica al limite?"

Marisa sbatté le palpebre. "Uh, aveva menzionato qualcosa del genere, ma pensavo che fosse solo il nome per indicare una forte nausea e il vomito..."

"Lo è. È una condizione che si verifica quando si hanno livelli eccessivi dell'ormone beta hCG. Potrebbe essere pericolosa, se rimanessi gravemente disidratata, e non credo che i medici umani sappiano trattarla, a parte somministrare flebo nei casi più estremi e assicurarsi che ci si riposi. Tuttavia, dovrei riuscire a risolvere il problema, in modo che il resto della tua gravidanza proceda senza problemi."

Marisa le rivolse un'occhiata disperatamente speranzosa. "Davvero? Puoi curarmi?"

"Posso normalizzare i livelli ormonali. Visto che sei solo al primo trimestre, può capitare di avere la nausea ogni tanto, quindi ti darò qualcosa da poter prendere per questo. Ma potrai mangiare e tornare a fare tutto normalmente—e cominciare a riprendere peso."

"E il bambino? Sta bene?" chiese Marisa, tremando.

Ellet sorrise. "Sì. Sarà una bellissima bambina."

"Oh mio Dio, una bambina!" Lacrime di felicità riempirono gli occhi di Marisa. Diceva sempre di volere una bambina, ricordò Mia, e ora sembrava che il suo sogno stesse diventando realtà. Mia le sorrise e le strinse la mano.

"Va bene, pronta? Avremo bisogno di privacy per la prossima fase" disse Ellet.

"Potete andare in una delle camere al piano di sopra" disse Korum. "Vi aspettiamo qui."

Marisa sembrava un po' nervosa. "Che cosa farai?" chiese a Ellet. "È una specie di operazione?"

"Non ti taglierò o niente del genere" la rassicurò la K. "È solo un piccolo dispositivo che deve entrare dentro di te. Ci vorranno circa cinque minuti, e poi potrai tornare a casa."

"Dai" la incoraggiò Mia. "Andrà tutto bene..."

Marisa ed Ellet salirono al piano di sopra, e Mia si sedette accanto a Korum. "Grazie ancora per aver chiesto a Ellet di venire qui" gli disse. "È straordinaria."

"Sì, è una delle persone più gentili che conosca" ammise Korum. "È ancora relativamente giovane, avendo solo quattrocento anni, ma è molto appassionata di ciò che fa e ha dato molti contributi nel suo campo." Sembrava ammirarla.

All'improvviso, uno spiacevole pensiero balenò nella mente di Mia. "Tu e lei siete mai...?" Ellet era una delle donne più belle che Mia avesse mai visto, persino a Lenkarda.

Korum si strinse nelle spalle. "Non c'è mai stato niente di serio—solo un piccolo flirt qualche anno fa. Niente di cui dovresti preoccuparti."

Mia deglutì, con lo stomaco che improvvisamente bruciava dalla gelosia. "Eravate amanti?" Un'ondata di nausea la sommerse, immaginandoli insieme a letto, con le labbra della K sul corpo di Korum, e con le mani che lo toccavano nelle zone intime.

"Solo per poco tempo. Devi capire una cosa, dolcezza—il sesso è una divertente attività ricreativa per noi. A meno che non si svolga nel contesto di una relazione seria, non gli attribuiamo alcun significato."

Mia lo fissò, cercando di metabolizzare per un attimo e di scacciare le spiacevoli immagini pornografiche che persistevano nella sua mente. "Ma allora, che cosa determina se avete una relazione seria o meno?"

"Se teniamo all'altra persona e in che misura."

"E non tenevi a Ellet?"

Scosse la testa. "No. Eravamo troppo simili. Abbiamo capito presto che non c'era molto, a parte l'attrazione iniziale—che è scomparsa dopo poche settimane."

"Ma è così bella... Come puoi non essere più attratto da lei? E lei da te?" chiese Mia sottovoce, sentendosi irrazionalmente turbata. Che cosa avrebbe potuto desiderare Korum da una normalissima umana, che non poteva assolutamente reggere il confronto con una delle sue ex amanti? Se la sua attrazione verso Ellet era svanita così in fretta, quale possibilità poteva avere Mia di continuare a ricevere le sue attenzioni ancora a lungo? Stavano insieme solo da poco più di sei settimane. Entro un mese si sarebbe stancato di lei?

Korum si allungò e le prese la guancia nel grande palmo caldo. "Mia" disse piano: "Che cosa ti preoccupa? Ho conosciuto migliaia di belle donne, ma non ho mai voluto nessuna quanto voglio te..."

Mia lo guardò, con il nodo nello stomaco che si allentò.

"E tu sei molto più attraente per me, fisicamente, rispetto a lei" continuò, con gli occhi che assunsero una sfumatura più brillante. "Come puoi ancora avere dubbi su questo? Non basta che ti tengo incatenata al mio letto? Se fossi più attraente per me, rimarrei sepolto nel tuo bel corpicino giorno e notte... e poi dove finiremmo?"

Un caldo rossore si diffuse sul viso di Mia, sentendosi reagire fisicamente a quelle parole. Al tempo stesso, si rese conto che sua sorella ed Ellet sarebbero scese tra un minuto. "Korum, per favore" sussurrò: "E se ci sentissero?"

Le rivolse un sorriso malvagio. "Allora scoprirebbero una cosa sconvolgente—il fatto che facciamo sesso..."

Neanche a farlo apposta, Mia sentì dei passi provenienti dalle scale, e Marisa entrò nella stanza, seguita da Ellet.

Staccandosi rapidamente da Korum, Mia saltò in piedi e corse verso sua sorella. "Marisa! Com'è andata?"

Marisa scosse la testa, come se fosse in un leggero stato di shock. "Non ho sentito quasi niente, quando Ellet mi ha toccata, e ora sto già cominciando a sentirmi meglio..."

"Ti sentirai ancora meglio tra un paio d'ore, man mano che le nanoparticelle normalizzeranno gradualmente la produzione ormonale" osservò Ellet, sembrando soddisfatta. "Inoltre, se dovessi avere ancora qualche residuo di nausea, prendi quella polvere che ti ho dato e dovresti star bene per il resto della tua gravidanza. E come ti ho detto, sarei felicissima di essere qui al momento del parto..."

Marisa tirò su col naso, con gli occhi pieni di lacrime, e poi abbracciò Ellet, ovviamente sorprendendo la K. "Grazie, Ellet, davvero! Vorrei che tutti sapessero quant'è gentile la tua specie —"

Ellet ricambiò l'abbraccio un po' goffamente. "Grazie, Marisa, ma ricorda quello che ti ho detto. Non puoi andare in giro a raccontarlo alla gente—altrimenti mi metteresti nei guai. Non dovremmo interferire troppo con gli umani—"

"Perché no?" chiese Mia. "Qual è il problema, se aiutate una donna incinta?"

Korum si avvicinò e le avvolse un braccio intorno alle spalle, tirandola a sé. "Te lo spiegherò dopo, dolcezza" disse, e c'era una nota di avvertimento nel suo tono. "Per il momento, perché non fai una passeggiata insieme a Marisa? Devo parlare con Ellet di alcune cose riguardo a Lenkarda."

Voleva essere lasciato solo con la sua ex amante? La malata sensazione di gelosia che pensava di avere sotto controllo riaffiorò in piena forza. Tuttavia, annuì rigidamente e chiese: "Marisa, ti andrebbe di fare una passeggiata sulla spiaggia?"

Sua sorella sorrise. "Certo. Sarebbe fantastico" disse, e Mia capì che i segnali della tensione non erano sfuggiti all'occhio acuto di Marisa.

Korum si chinò per baciarla sulla fronte e poi la liberò dal suo abbraccio. "Vai pure" disse. "Il tuo frullato del mattino è in cucina. Ne ho preparato uno anche per Marisa. Potete portarli con voi, se volete."

Mia lo ringraziò, e le due sorelle uscirono con i frullati.

CAPITOLO DICIOTTO

"Eva bene, sorellina, sputa il rospo. Che mi dici della tua reazione?" Marisa bevve un sorso del suo frullato e guardò Mia con fare impaziente, mentre passeggiavano sulla riva, con le onde dell'oceano che sbattevano sulla sabbia a pochi metri di distanza.

Mia diede un calcio a una piccola conchiglia, scagliandola lontano e facendo riempire le infradito di sabbia. "Ho appena saputo che ha avuto una relazione con Ellet in passato" disse a Marisa tristemente. "E ora vuole stare da solo con lei in casa. Come avrei dovuto reagire?"

"Ahi."

"Sì."

Marisa rimase in silenzio per alcuni secondi, apparentemente riflettendo. "Non credo che ci sia più nulla tra loro..." disse pensierosa. "Anzi, ne sono abbastanza certa. Ha occhi solo per te—è quasi spaventosa l'intensità con cui ti guarda. Tuttavia, non si è comportato molto bene. Ma forse dovevano parlare di affari."

"Probabilmente" concordò Mia, scrollando le spalle. "Ha detto che tra loro è finita da alcuni anni e che non c'è mai stato niente di serio. Eppure, non riesco a immaginarli insieme, sai?"

Per un minuto, camminarono avvolte nel silenzio, bevendo lentamente i frullati e guardando l'acqua.

Poi, Marisa ruppe il silenzio. "Lo ami tanto, non è vero?" chiese, sembrando preoccupata per la prima volta.

Mia sospirò e guardò la sabbia. "Più di quanto immaginassi" ammise. "Più di quanto potessi mai immaginare."

"Oh Mia..."

"Lo so, lo so. Non ho bisogno di una predica. Non può finire bene, credimi, lo so."

Sua sorella si allungò e le strinse la mano. "Beh, per quello che conta, sembra pazzo di te. Assolutamente pazzo. Non ho mai visto niente del genere. Ti guarda come se volesse divorarti—e come se farebbe qualsiasi cosa per te. Sembra ossessionato da te, sorellina..."

Mia rise, con le parole di Marisa che le misero il buon umore. "Oh, per favore, sono sicura che stai esagerando. Abbiamo solo una buona chimica, tutto qui—"

"No, Mia" Marisa scosse la testa, sembrando seria. "Avete molto più di quello. Non so nemmeno come descriverlo. Osserva ogni tua mossa. È un po' inquietante, in realtà. E non sembra poter stare più di un paio di minuti senza toccarti..."

Mia arrossì un po', chiedendosi se la sorella avesse sentito la conversazione di prima. In quel caso, Ellet l'aveva sicuramente sentita; i Krinar tendevano ad avere un senso dell'udito più fino rispetto alla maggior parte degli umani.

"Come hai fatto a innamorarti di lui, a proposito?" chiese Marisa con malcelata curiosità. "Non mi hai mai raccontato tutta la storia, a parte quella stronzata sull'amante di Dubai... Sei sempre stata così cauta e attenta alle regole—non riesco a immagine che tu abbia deciso di iniziare una relazione con un K."

Mia esitò. Non voleva più mentire a sua sorella, ma non voleva nemmeno raccontare tutta la storia alla famiglia. "Non è stato facile per me" ammise. "Ero abbastanza spaventata all'inizio, e Korum può essere... minaccioso a volte. Ma ero molto attratta da lui, ovviamente, e lui era molto insistente... e, beh, conosci il resto della storia."

Marisa la fissò. "Capisco. Sono sicura che ci sia dell'altro, ma puoi dirmelo quando sarai pronta."

"Grazie, Marisa. Sei la sorella migliore che potessi avere" le disse sinceramente.

"Lo so—e sono anche molto modesta." La sorella sorrise, e Mia fece lo stesso.

Camminarono ancora un po', ognuna persa nei propri pensieri, fin quando Marisa non parlò di nuovo. "Non c'è modo di far funzionare le cose tra voi?" chiese, con espressione seria. "Niente?"

Mia scosse la testa. "No, non vedo come. Apparteniamo letteralmente a specie diverse—con durate di vita molto diverse. Prima o poi mi lascerà... e non so proprio come farò a sopravvivere a quel punto."

"Oh Mia... Tesoro, non so nemmeno cosa dire..." C'era un'espressione di intensa compassione sul bel viso di Marisa.

"Non devi dire niente" le disse Mia con calma. "È colpa mia, che mi sono innamorata di lui. Avrei potuto trovarmi un ragazzo simpatico e normale—uno come Connor—ma no, dovevo innamorarmi di un alieno. Sono sicura che alla fine mi riprenderò... e forse conoscerò anche un umano a cui vorrò bene."

"Ne hai parlato con lui?"

"No" rispose Mia sinceramente. "Sono troppo felice al momento per farlo. Per una volta, sto cercando di godermi il momento—di divertirmi senza pensare alle conseguenze..."

Marisa sorrise, ma c'era ancora un'ombra di preoccupazione sul suo viso. "Brava, ragazza. Carpe diem e tutto il resto."

~

Il Krinar osservava le due ragazze che camminavano lentamente lungo la spiaggia. Erano entrambe carine, ma solo una suscitava il suo interesse.

Era inutile osservarla ora, razionalmente lo sapeva. Avrebbe dovuto concentrarsi sul nemico, non su una piccola umana, che poteva rappresentare una minaccia per i suoi piani.

Eppure, non riusciva a distogliere lo sguardo.

Lei rise, alzando il viso verso il sole, e lui zoomò l'immagine, fermando un attimo la registrazione. La ragazza separò le labbra, mostrando i denti bianchi, e la pallida pelle sembrava luminosa, quasi brillante.

Sembrava felice, e lui si sentì quasi in colpa per quello che doveva fare. Se l'indomani fosse andato tutto bene, sarebbe stata stravolta per un po'.

Almeno fin quando non avrebbe avuto la possibilità di alleviarle il dolore.

~

Quella sera, Korum condusse tutta la famiglia a cena, portandoli in un ristorante gourmet, che era stato recentemente aperto a Hammock Beach, un'esclusiva comunità privata non troppo lontana da Ormond.

Con sorpresa di Connor, c'era il pesce sul menù, così come la bistecca e il caviale. I prezzi per i prodotti animali erano astronomici, naturalmente, con alcuni dei piatti che costavano all'incirca quello che alcuni insegnanti guadagnavano in una settimana. I suoi genitori rimasero a bocca aperta davanti al menù, sbalorditi, fin quando Korum non disse fermamente che la cena l'avrebbe offerta lui e che non avrebbe accettato proteste in proposito. Dopo un'iniziale esitazione, la famiglia cedette, con Connor che ordinò una costata di manzo e i genitori che condivisero un cocktail di gamberetti come antipasto e l'aragosta come piatto principale. Mia optò per delle tagliatelle all'uovo, mentre Marisa ordinò un blinis in stile russo con il caviale. Korum, come al solito, scelse principalmente piatti a base vegetale, anche se accettò un po' di burro sulle verdure hibachi. "Una delle invenzioni umane più squisite" disse.

La prima parte della cena trascorse senza problemi, con Korum che chiese gentilmente ai genitori del lavoro e di come fossero venuti in quel Paese da piccoli. Sembrava particolarmente interessato all'esperienza dell'immigrazione e al processo di adattamento per gli umani. I genitori erano più che felici di parlarne, e la conversazione proseguì tranquillamente.

Dopo qualche bicchiere di vino, tuttavia, il cognato cominciò ad avventurarsi in un territorio meno sicuro. "Allora, come mai siete venuti sulla Terra?" chiese Connor, guardando Korum con malcelata curiosità.

Mia si bloccò, ricordando l'opinione piuttosto bassa del suo amante sulla razza umana e sul loro trattamento della Terra—il pianeta che i K consideravano la loro futura dimora.

Ma non era il caso di preoccuparsi. La facciata spensierata di Korum era salda. "Il nostro sistema solare è molto più vecchio del vostro" spiegò con indifferenza. "E la nostra stella comincerà a morire molto prima del vostro sole. Così, abbiamo cominciato a prepararci per quell'eventualità. Inoltre, è una buona cosa avere a disposizione più ubicazioni: se dovesse verificarsi qualche disastro cosmico su Krina o sulla nostra galassia natale, almeno alcuni Krinar sopravvivrebbero."

"Oh, wow, siete davvero previdenti, eh?"

Connor sembrava sorpreso, e Korum gli rivolse un sorrisetto prima di spostare la conversazione sull'infanzia di Mia e su com'era all'asilo.

Il resto della cena volò, con la famiglia che faceva a gara per avere la possibilità di raccontare la storia più divertente e imbarazzante su Mia da bambina—dalla sua strana preferenza per i vestiti viola, quando aveva tre anni, a Marisa che la corrompeva con le caramelle per farsi aiutare con i compiti di matematica in prima elementare.

"Mi resta difficile credere che Mia abbia mai dovuto essere costretta a fare i compiti" disse Korum, sorridendole. "Non riesco a farla smettere nemmeno ora. La sua etica del lavoro è incredibile—anche Saret è sorpreso, e lui ha avuto molti assistenti talentuosi e ambiziosi nel corso degli anni."

I genitori sorrisero, sembrando orgogliosi e contenti, e Mia si rese conto ancora una volta di quanto Korum fosse un manipolatore esperto. Aveva la sua famiglia in pugno, nonostante il fatto che avrebbero dovuto essere follemente preoccupati che la loro figlia più piccola avesse una relazione con un predatore extraterrestre. Non che le desse fastidio, naturalmente. Il suo amante stava facendo esattamente quello che Mia voleva—tranquillizzare i genitori—ed era grata per questo.

La cena si concluse intorno alle dieci. Salutando la famiglia, Mia salì sulla Ferrari di Korum e si diressero verso casa, con l'umana che si sentiva felice e sazia dopo il delizioso pasto.

La mattina successiva, dopo essersi svegliata, Mia si alzò dal letto piena di energia. Lavandosi rapidamente i denti, indossò il due pezzi che Korum aveva lasciato per lei e andò a cercarlo.

Lo trovò seduto sul bordo della piscina, a prendere il sole come un grosso gatto. A differenza degli umani, Korum non si scottava mai, con la carnagione che aveva sempre la stessa tonalità leggermente abbronzata. Riflettendo, la ragazza si rese conto che in qualche modo era riuscita a evitare le scottature finora, pur non avendo messo la protezione solare. Per un attimo, si chiese se Korum le avesse dato qualcosa per proteggere la pelle senza che lei lo sapesse e poi smise di pensarci, troppo emozionata all'idea di cominciare la giornata.

Vedendola entrare nell'area della piscina, Korum le rivolse un sorriso lento e sensuale, che ricordò a Mia le cose cattive che le aveva fatto la notte scorsa. Il ventre le si strinse dal piacere. Non sembrava averne mai abbastanza di lei—né lei di lui—al punto tale che Mia stava cominciando a chiedersi se non fossero diventati dipendenti l'uno dall'altra. Ovviamente, Korum l'aveva avvertita sulla dipendenza dal sangue, non sulla dipendenza dal sesso, ma non riusciva a immaginare di desiderarlo più di quanto già facesse.

Degli arbusti alti e una solida recinzione bianca circondavano l'area della piscina, nascondendola dalla vista di chiunque passasse sulla spiaggia e garantendo la privacy per i residenti della villa. Incoraggiata, Mia si avvicinò e gli passò una mano sul petto, godendo della sensazione della sua pelle liscia e scaldata dal sole.

Lui sorrise e le prese la mano, portandola alla bocca per un bacio. "Ah, la mia signora si è svegliata" la prese in giro, mordicchiandole leggermente il dorso della mano.

Un brivido di piacere l'attraversò a quel tocco, sentendo improvvisamente molto più caldo. Combattendo il rossore, domandò: "Vuoi andare in spiaggia questa mattina?"

Dovevano incontrare i suoi genitori per pranzo e poi andare in auto fino a St. Augustine per visitare la Fattoria dell'Alligatore, una delle attrazioni della zona preferite di Mia. Tuttavia, erano solo le nove del mattino, quindi avevano tantissimo tempo a disposizione.

"E la colazione?" le chiese. "Non hai fame?"

"Posso mangiare una banana durante il viaggio" gli disse Mia, morendo dalla voglia di fare un bagno nell'oceano. "Sono ancora sazia dopo la cena di ieri."

"Andiamo, allora."

La spiaggia davanti alla loro casa era bellissima e quasi completamente deserta. Pur non essendo una spiaggia privata, non c'erano alberghi nelle vicinanze e nessun parcheggio accessibile a possibili visitatori. Di conseguenza, solo i ricchi residenti delle case di fronte al mare e qualche altra anima coraggiosa che faceva lunghe passeggiate sulla spiaggia potevano essere visti lì.

Uscendo dall'area della piscina dove c'era un cancello, camminarono su uno stretto ponte di legno che conduceva dalla casa alla sabbia, evitando le dune.

Appena lasciarono il ponte, Mia tolse le infradito e corse verso l'acqua, desiderosa di testarne la temperatura. In quel periodo dell'anno, l'Atlantico non era così caldo come sarebbe stato d'estate, ma non le importava. Nonostante fossero le prime ore del mattino, fuori era già caldo, e non vedeva l'ora di provare la freschezza dell'oceano.

Nuotarono per un'ora intera, finché Mia non si sentì piacevolmente stanca, con i muscoli doloranti per l'inusuale esercizio fisico. Rimase sorpresa dalla propria resistenza; a parte qualche nuotata serale in Costa

Rica, non aveva praticato molto sport negli ultimi mesi. Forse era ancora in forma dopo l'anno scorso, quando Jessie aveva iscritto entrambe a una corsa di beneficenza di cinque chilometri e Mia si era esercitata come una pazza per prepararsi. Oppure tutto quel cibo nutriente che le preparava Korum le faceva bene.

Quando finalmente uscirono dall'acqua, Mia si distese su un grande asciugamano che avevano portato da casa, e Korum si sdraiò accanto a lei. Chiudendo gli occhi, l'umana si rilassò, con i raggi del sole che le scaldavano la pelle. Si domandò vagamente se dovesse mettere la crema protettiva, ma si sentiva troppo pigra per muoversi. Solo qualche minuto, promise a se stessa, il necessario per produrre un po' di vitamina D...

Poco dopo, una piacevole sensazione di solletico la svegliò dal sonnellino.

Aprendo gli occhi, girò la testa di lato, strizzando gli occhi per la luce luminosa. Korum era sdraiato lì accanto a lei, appoggiato su un gomito. Guardandola con un sorriso, le accarezzava delicatamente il fianco con un lungo dito. I suoi capelli neri brillavano alla luce del sole, e negli occhi ambrati c'era un caldo bagliore.

"Che cosa c'è?" mormorò Mia, sentendosi un po' a disagio. Il bikini che indossava non lasciava molto all'immaginazione, e il modo in cui la stava fissando la faceva sentire assolutamente timida.

"Niente" disse piano. "La tua pelle è così incantevole sotto questa luce. Non mi ero mai reso conto di quanto potesse essere bella la carnagione così chiara."

"Uhm, grazie..."

"E arrossisce anche molto bene" mormorò, passandole le dita sulle guance improvvisamente troppo calde.

Mia gli rivolse un sorriso leggermente imbarazzato. Era ancora una novità per lei avere una relazione, avere qualcuno che la toccasse ed ammirasse in quel modo. E avere una creatura così splendida sdraiata accanto a lei—andava oltre qualunque cosa Mia avrebbe mai potuto immaginare.

"Quanto ho dormito?" gli chiese, ricordando l'estemporaneo pisolino. "Non volevo..."

"Non tanto. Circa venti minuti o giù di lì."

La ragazza sbadigliò delicatamente, coprendo la bocca con il dorso della mano. "Mi dispiace... Devi esserti annoiato—"

"Non mi annoio mai con te" disse, continuando a studiarla. "Mi piace guardarti dormire. Sembri sempre così dolce e tranquilla... come un angelo dai capelli scuri. Trovo molto rilassante osservarti mentre dormi."

Mia gli sorrise. A volte Korum era molto strano. "È positivo, immagino, considerando quanto dormo."

Sorrise, sistemandole un ricciolo dietro l'orecchio. "Hai fame? O sei ancora sazia dopo la cena di ieri?"

Mia rifletté. "Potrei mangiare. Ma non pranzeremo con i miei genitori tra poco?"

"Mancano ancora due ore. Probabilmente morirai di fame nel frattempo."

"Hmm, d'accordo. Voglio prima fare un'altra nuotata."

"Certo. Vuoi andare ora?"

"In realtà devo prima correre in bagno" ammise Mia. "Mi aspetti? Torno tra pochi minuti."

"Vai pure" disse Korum, sorridendo. "Aspetterò."

Saltando in piedi, Mia corse verso la casa. Entrando nell'area recintata della piscina, utilizzò uno dei bagni al primo piano. Poi si diresse verso la spiaggia, entusiasta all'idea della piacevole freschezza dell'acqua sulla sua pelle surriscaldata.

Avvicinandosi alla recinzione, aprì il cancello... e si bloccò.

Proprio fuori dalla recinzione, con il paesaggio che la nascondeva dalla vista di chiunque fosse sulla spiaggia, c'era Leslie—una delle combattenti della Resistenza con cui Mia aveva lavorato.

E tra le sue braccia muscolose aveva una pistola puntata direttamente contro il petto di Mia.

CAPITOLO DICIANNOVE

*P*er qualche secondo, il gelido terrore tenne Mia completamente immobile, incapace di pensare o reagire. Proprio come un cervo davanti ai fari accesi, notò una parte del suo cervello con inquietante divertimento. Le sue gambe erano deboli e pesanti, come se stesse camminando sulle sabbie mobili, e i suoi occhi socchiusi potevano vedere solamente l'arma letale puntata contro di lei.

Poi, un'ondata di adrenalina l'attraversò, schiarendole le idee e inviando la frequenza cardiaca alle stelle. Se non avesse fatto qualcosa, sarebbe morta, pensò Mia con lucidità. Korum era troppo lontano per aiutarla, se avesse urlato; il proiettile l'avrebbe raggiunta ben prima che lui avesse potuto avvicinarsi alla casa.

"Mani in alto, troia" ordinò Leslie, con i delicati lineamenti contorti dall'odio appena riconoscibili. "Fottuta traditrice, otterrai esattamente quello che meriti—"

"Che cosa ci fai qui, Leslie?" la interruppe Mia, cercando di tenere il tremore fuori dalla voce e sollevando lentamente le mani. *Non mostrare la tua paura a un cane rabbioso. Non mostrare mai la tua paura. Lasciala parlare. Prendi tempo.*

"Credevi davvero di farla franca?" sbottò Leslie, con le braccia che tremavano, mentre toccava nervosamente il grilletto con il dito. "Credevi davvero di poter tradire la tua specie e di vivere felice e contenta, scopando quel mostro?"

I suoi vestiti erano strappati e sporchi, osservò Mia con qualche parte semi-funzionante del cervello. La ragazza doveva essersi data alla fuga da un bel po' di tempo.

"Leslie, ascoltami" disse disperatamente Mia, sapendo che probabilmente le rimanevano solo pochi secondi. "Se mi spari, Korum ti ucciderà. Non riuscirai a scappare. Sentirà il colpo, e sarà su di te—"

Un sorriso folle e trionfale illuminò il viso di Leslie. Per un attimo, sembrò incredibilmente allegra. "Oh, pensi che metterò in pericolo la mia vita uccidendoti?" disse con disprezzo. "Credi che io sia stupida? No, troia, per quanto mi piacerebbe mettere fine alla tua inutile esistenza, i miei ordini sono quelli di tenerti viva—viva e fuori dai piedi, mentre lui si occupa del tuo amante…"

Inorridita, Mia la fissò, con la paura che si diffondeva nelle vene. "Che cosa vuoi dire?" sussurrò, con il cervello appena in grado di riflettere sulle implicazioni. "Lui chi?"

Leslie rise, chiaramente godendo della reazione di Mia. "Lo sapevo. Sapevo che ti eri innamorata di quel mostro. Avevo detto a John di non fidarsi di te, ma era stupidamente convinto che fossi dalla nostra parte. Ma io lo sapevo. Sapevo che eri il tipo in grado di innamorarsi della bella apparenza. Sei diventata anche dipendente? Vai in giro chiedendo ai K di morderti ogni ora, come faceva mio fratello prima che lo uccidessero?"

I pensieri di Mia turbinavano in preda al panico, con il cuore che batteva così forte che sembrava sul punto di esplodere dalla cassa toracica. Allo stesso tempo, una furia cominciò lentamente a crescerle nella profondità dello stomaco. "Lui chi?" ripeté a denti stretti, con voce bassa.

Le labbra di Leslie si piegarono nell'imitazione di un sorriso. "Credi che i Keith fossero soli?" disse con aria ironica. "Pensi che, visto che sono stati catturati, sia finita lì?"

Stupefatta, Mia poté solo fissarla in stato di shock.

"Oh sì, ci sono altri K coinvolti" confessò Leslie, con un crudele piacere sul viso. "Stanno facendo a pezzi il tuo amante, mentre parliamo…"

Mia cercò di respirare, con i polmoni incapaci di mandare giù aria a sufficienza. La sua vista si oscurò per un secondo, e poi una rabbia diversa da qualunque altra cosa avesse mai sperimentato la attraversò, senza lasciare spazio alla paura.

E all'improvviso, seppe esattamente che cosa doveva fare.

Per un attimo, il suo sguardo si concentrò su un punto appena dietro le spalle di Leslie, e lasciò che un'espressione di gioia selvaggia le illuminasse il viso.

Sorpresa, Leslie si voltò per guardare un attimo dietro di lei, e Mia la colpì, stringendo le mani intorno alla pistola, mentre la ragazza si rese conto di essere stata ingannata.

La forza del salto di Mia fece cadere entrambe a terra, e Mia finì sopra di lei, con la disperazione che le diede la forza che non credeva di possedere. Tuttavia, Leslie riuscì a mantenere la presa sull'arma, con la sua formazione e la stazza che le garantivano un enorme vantaggio, e rotolarono, mentre ognuna cercava di avere il controllo della pistola.

La ragazza più pesante finì sopra, spingendo Mia a terra. Colpì Mia nello stomaco con il ginocchio, e lei ansimò, temporaneamente privata dell'aria. Allo stesso tempo, Leslie si avventò sulla pistola con entrambe le mani, quasi spezzando il braccio dell'avversaria. Quest'ultima notò appena il dolore, attenuato dall'adrenalina che le scorreva nelle vene e dalla furia omicida che le offuscava la mente.

Per la prima volta nella sua vita, Mia capì come ci si sentisse a voler davvero uccidere qualcuno, facendolo a pezzi e vedendolo sanguinare. Con una nebbia rossastra che le oscurò la vista, combatté in tutti i modi per la propria sicurezza o per quello che sembrava giusto. Il suo viso finì vicino alla spalla di Leslie, e la morse, affondando selvaggiamente i denti nella parte carnosa del braccio. La combattente urlò, e Mia godé del suo dolore, del sapore metallico del sangue che le riempì la bocca. La colpì duramente col ginocchio, sbattendolo sull'osso pubico di Leslie, con tutta la forza che Mia poté raccogliere, e la ragazza rimase a bocca aperta, allentando leggermente la presa sull'arma.

Quella era proprio l'occasione che Mia stava aspettando.

Invece di tirar via la pistola, si abbassò, piegandosi contemporaneamente. Il dito indice di Leslie, preso nel paragrilletto, si contorse, e la ragazza urlò, mentre il dito cedette, piegandosi innaturalmente all'indietro.

Sfruttando la distrazione, Mia strappò l'arma, togliendola dalla mano di Leslie.

E poi, appena consapevole delle proprie azioni, colpì con forza selvaggia il cranio di Leslie.

Il corpo della ragazza si afflosciò, col sangue che sgorgava dal punto in cui il duro oggetto metallico le aveva colpito la testa. Ansimando e rabbrividendo, Mia la spinse via, con la mente concentrata su un solo pensiero: raggiungere Korum prima che fosse troppo tardi.

Saltando in piedi, afferrò la pistola e scappò via, ignorando la ragazza rimasta a terra, incosciente.

Mia corse più velocemente che mai, con i polmoni in fiamme e il ponte in legno duro che le tagliava i piedi nudi. La pistola sembrava pesante nella sua mano estranea.

Dall'altra estremità del ponte, vide un maschio Krinar che le dava le spalle, con il braccio destro disteso e puntato contro Korum—che era immobile, con lo sguardo fisso sull'oggetto nell'altra mano del K.

Leslie non aveva mentito. Un minuto dopo, e forse sarebbe stato troppo tardi. Rallentando leggermente, Mia sollevò la mano, puntandola contro l'ampia schiena del K davanti a lei, e premette il grilletto.

Non accadde nulla, si sentì solo un leggero clic. *Non era carica, la dannata arma non era carica.*

Lanciando l'arma da una parte, corse ancora più velocemente. Dei punti scuri danzavano davanti ai suoi occhi, interferendo con la vista, mentre il cervello cercava di ricevere ossigeno a sufficienza. Tutto intorno a lei diventò sfocato, grigio, mentre si precipitava verso la scena con ogni grammo di forza rimasto nel corpo. Tutto quello che riusciva a vedere, tutto quello su cui riusciva a concentrarsi, era la scena davanti ai suoi occhi.

E poi arrivò lì, e vide il K che si stagliava davanti a lei, con il grande corpo tremante e il sudore che brillava sul retro del collo. Con il ruggito del suo battito cardiaco nelle orecchie, Mia sentì vagamente il tono calmo della voce di Korum, mentre cercava di convincere il K ad allontanare l'arma e ad ascoltarlo—e intravide l'orrore sul volto dell'amante, quando la vide correre e comprese le sue intenzioni.

Senza riflettere ulteriormente, Mia saltò sul K, senza pensare alla futilità del suo attacco, con le dita che afferrarono e si aggrapparono ai suoi capelli. Sorpreso e gridando dal dolore improvviso, il K se ne liberò con un colpo potente, facendola volare sulle dune a quasi quattro metri di distanza.

Sbattendo pesantemente il fianco sinistro sul terreno, Mia rimase sdraiata lì per un attimo, stordita, con il vento che le toglieva il fiato. E poi i suoi polmoni si espansero e fece un respiro ansante, inalando altra aria. Confusa e disorientata, cercò di rialzarsi, rotolandosi sullo stomaco e cercando di mettersi a quattro zampe.

Quando provò a muoversi, un terribile dolore la colpì al braccio sinistro.

Sbirciando, guardò al suo fianco, e le girò la testa alla vista di un osso bianco che le sporgeva da un lacerato tessuto sanguinante nella pelle. Un'improvvisa nausea calda le ribollì nella gola e reagì in modo incontrollabile, con il contenuto dello stomaco che si riversò sull'erba secca della duna.

Sistemandosi sul lato destro, cercò di strisciare, con le membra deboli e tremanti, quando due braccia forti la sollevarono, cullandola su un familiare petto.

Tremando completamente, Korum si inginocchiò nella sabbia, stringendola tra le braccia e facendola oscillare avanti e indietro. Il suo respiro era pesante e irregolare, e Mia poté sentire il cuore battere come un tamburo nel petto.

"Mia... Oh dolcezza, credevo di averti perso..." Il terrore nella sua voce era l'immagine speculare del timore che lei aveva provavo vedendolo in pericolo. Sembrava incapace di aggiungere altro, tenendola sul petto, mentre cercava di riprendere il controllo. Nonostante il panico, sembrava consapevole del braccio ferito, facendo attenzione a non provocarle ulteriore dolore.

"Il-il K..." riuscì a balbettare. "H-ha...?"

"Non ti preoccupare" disse Korum con voce roca. "Non è più una minaccia. Sei viva e questo è tutto ciò che conta."

Continuando a stringerla, si alzò in piedi. "Non guardare" disse duramente, portandola verso il ponte.

Mia chiuse gli occhi per un secondo, ma quello la faceva sentire ancora più nauseata, così li riaprì immediatamente.

E capì subito come mai Korum l'aveva avvertita di non guardare.

Sulla sabbia, a pochi metri da loro, giaceva l'aggressore. Il corpo era ormai difficilmente riconoscibile, con il braccio destro mancante e un buco sanguinante, dove c'erano la testa e il collo. Il sangue era ovunque, ricoprendo il cadavere sfigurato e infiltrandosi nel terreno sabbioso.

Per un attimo, Mia pensò che non poteva essere reale, ma il fetore metallico era innegabile, così come il sottostante olezzo di qualcosa di molto più disgustoso, come le acque reflue. La puzza della morte, realizzò con una parte ancora razionale del cervello. Non l'aveva mai sentito prima, ma qualcosa di primitivo dentro di lei lo riconobbe e si ritrasse.

Un inorridito gemito le sfuggì dalla gola prima che potesse sopprimerlo.

Korum imprecò, e accelerò il ritmo fin quando non cominciò a correre verso casa, continuando a fare attenzione a non scuoterle il braccio ferito.

Chiudendo gli occhi, Mia cercò di respirare profondamente, di convincersi che aveva appena assistito alla scena di un film, che non c'era davvero un essere intelligente morto e consumato dalla sabbia di Ormond Beach. Ma le immagini davanti ai suoi occhi erano troppo vivide e innegabili, e lo stomaco si contorse. Se non l'avesse svuotato appena un minuto fa, avrebbe vomitato di nuovo.

Il K che la teneva tra le braccia aveva letteralmente fatto a pezzi l'avversario.

CAPITOLO VENTI

Con lo stomaco sottosopra, spinse istintivamente sul torace di Korum con la mano destra, ma lui ignorò il suo debole tentativo di liberarsi.

"Shh, tesoro, andrà tutto bene" mormorò fieramente, entrando nell'area della piscina e portandola verso casa.

Mentre attraversavano il cancello, Mia aprì di nuovo gli occhi e vide che il corpo di Leslie era ancora lì, proprio fuori dal cancello della piscina. Con uno strano distacco, si chiese se anche la combattente della Resistenza fosse morta. Sapeva che avrebbe dovuto essere spaventata a quel pensiero, ma in quel momento si sentiva semplicemente intorpidita —intorpidita e fredda dentro.

Korum la condusse su per le scale, verso il grande bagno al secondo piano. Mettendola dolcemente in piedi, aprì la doccia e regolò i comandi dell'acqua mentre Mia era lì, ad osservare svogliatamente le sue azioni. Una specie di foschia era scesa sulla sua mente, proteggendola parzialmente dalla brutale realtà della situazione. Sapeva cosa stava vedendo, ma non sembrava toccarla in alcun modo, come se stesse accadendo a qualcun altro.

Tutto il corpo di Korum era ricoperto di sangue e sabbia, compresi i capelli. Sembrava essere sopravvissuto a una battaglia—che, in realtà, era vero. Se aveva assimilato correttamente quella scena spaventosa, aveva ucciso l'altro K a mani nude.

La bile calda le risalì nella gola, e la trattenne con uno sforzo. Pur sapendo di essere priva di difese, era ancora inorridita dal fatto che il suo amante fosse capace di quel livello di violenza.

Ma ciò che la spaventava ancora di più era il fatto che lo fosse anche lei.

Perché sotto sotto, era incredibilmente felice che l'altro K fosse morto —che era il suo corpo, non quello di Korum, a giacere lì, fatto a pezzi. Se il suo attacco fosse andato a buon fine... Se fosse riuscito a uccidere Korum, Mia l'avrebbe volentieri ucciso—o comunque avrebbe fatto qualunque cosa per provare a farlo.

Spostò gli occhi sulla sinistra e vide il suo riflesso nel grande specchio appeso al muro. Striature di sangue secco le rigavano il viso, intorno alla bocca—nel punto in cui aveva morso Leslie, si rese conto. Sporcizia, sabbia e frammenti di erba le ricoprivano il corpo per lo più nudo, e aveva qualche rametto nei capelli, che contribuivano al suo folle aspetto omicida.

"Ecco, ti porto dentro" disse Korum con dolcezza, prendendola in braccio con premura e portandola nella cabina doccia, dove impostò l'acqua alla temperatura perfetta.

Il getto caldo era straordinario sulla sua pelle, e Mia capì di sentirsi fredda, congelata dentro, nonostante il caldo. E poi tremò. Il suo corpo doveva essere scosso, pensò con un'obiettività quasi clinica. Non osò guardare il braccio per paura di imbarazzarsi di nuovo; per ora il dolore era in qualche modo tollerabile, come se le avessero somministrato un anestetico. A differenza della maggior parte delle persone, Mia non si era mai rotta niente, e si chiese se ci si sentisse sempre così. Se era così, allora non era terribile, ed era sicuramente sopportabile.

"Rimani qui" disse Korum. "Torno subito con qualcosa per il tuo braccio."

Mia annuì obbedientemente, e lui scomparve per un minuto, tornando con una piccola pillola. Entrando nella doccia, gliela porse e le disse di inghiottirla.

Lei lo fece, e il dolore palpitante si attenuò quasi immediatamente.

"Chiudi gli occhi e non guardare" disse. "Dico sul serio, Mia. Tienili chiusi."

Facendo un respiro profondo, chiuse gli occhi. Poté sentire le mani dell'alieno sul suo braccio ferito, che lo manipolavano con delicatezza—e in qualche modo, non sentì alcun dolore, quando lo raddrizzò, rimettendo l'osso al suo posto.

"Ho finito" le disse con voce rauca. "Ora puoi riaprire gli occhi."

Mia lo guardò, e la gelida maschera che l'avvolgeva improvvisamente andò in frantumi.

Dei duri singhiozzi le uscirono dalla gola e si accasciò a terra, tremando incontrollabilmente. Tutto il terrore e la violenza che aveva appena vissuto le tornarono alla mente, travolgendola. Avrebbe potuto perderlo, sarebbero potuti morire entrambi, lui aveva brutalmente massacrato un altro Krinar e lei avrebbe potuto uccidere Leslie... Era troppo, e Mia portò le ginocchia al petto, con il corpo che rabbrividì per la forza dei singhiozzi ansimanti.

"Mia, shhh, tesoro, è finita. È finita, te lo giuro..." mormorò, inginocchiandosi e tirandola più vicino a sé. Raggiungendola, diresse il getto della doccia in modo che l'acqua cadesse su di loro e la lasciò piangere, sapendo che era esattamente quello di cui aveva bisogno in quel momento.

Qualche minuto dopo, i singhiozzi cominciarono ad attenuarsi, e la sollevò, mettendola attentamente in piedi e togliendole il costume. Poi, versando il sapone nel palmo, lavò ogni centimetro del suo corpo e le mise lo shampoo ai capelli, rimuovendo tutte le tracce di sangue e sporcizia. Poi, fece lo stesso per sé, finché non furono entrambi completamente puliti.

Chiudendo l'acqua, uscì dalla cabina doccia e tornò con un grande asciugamano morbido, che le avvolse intorno. Troppo traumatizzata per fare altrimenti, Mia rimase lì, accettando le sue premure.

"È morta?" chiese apaticamente, pensando alla ragazza che aveva lasciato sanguinante e incosciente davanti al cancello della piscina.

Korum scosse la testa, asciugando anche se stesso. "Non credo—l'ho vista respirare, mentre passavamo. Ho chiamato i guardiani che stavano in zona a sorvegliare la tua famiglia. Sono quasi qui. La prenderanno in custodia e ripuliranno il resto—"

"Chi era? Lo conoscevi?"

Per un attimo, la rabbia brillò negli occhi di Korum, che poi si controllò con un visibile sforzo. "Sì" rispose, e l'umana poté sentire la rabbia appena soppressa nella sua voce. "Non sapevo che fosse coinvolto con i Keith. Non posso credere che abbia ingannato tutti in quel modo."

Mia continuò a guardarlo, e lui fece un respiro profondo, cercando di calmarsi.

"Si chiamava Saur" spiegò Korum con tono uniforme. "Lavorava nel tuo laboratorio—nel laboratorio di Saret—da quando siamo venuti per la prima volta sulla Terra. È stato lui ad andarsene poche settimane fa, lasciando il posto che hai preso tu. Saret parlava sempre molto bene di lui. Saur era il suo assistente più giovane e più brillante—almeno fino all'arrivo di Adam. Non so che cosa lo abbia spinto a lasciarsi coinvolgere dai Keith; aveva così tanto da offrire alla nostra società... E non so come mai sia venuto qui per ucciderci..."

"Per *ucciderti*" lo corresse Mia, rabbrividendo a quel pensiero. "Leslie mi ha detto che i suoi ordini erano di tenermi viva e fuori dai piedi, mentre lui si occupava di te..."

Sollevò le sopracciglia. "Capisco" disse pensieroso, facendola uscire dal bagno e conducendola verso la camera da letto.

Le aveva già preparato i vestiti da indossare per il pranzo con i genitori—un bel prendisole color pesca e un tanga di seta bianco—e la vestì con cura, come se fosse una bambina, con le mani particolarmente gentili intorno al suo braccio rotto.

Che ormai non faceva più male, si rese conto Mia.

Incuriosita, si guardò il braccio sinistro e sbatté le palpebre, non riuscendo a credere ai propri occhi. Al posto della macchia sanguinante con l'osso che sporgeva appena qualche minuto fa, ora c'era una pelle perfettamente liscia, senza alcuna traccia di lesioni.

Sorpresa, mosse il braccio, e notò che funzionava abbastanza bene. Lo sollevò, flettendo il bicipite, e tutto sembrava funzionare normalmente. Come aveva fatto quella piccola pillola a guarirla?

In generale, si sentiva molto meglio. La doccia e il medicinale avevano fatto miracoli per il suo stato fisico, anche se la mente stava ancora cercando di accettare tutto quello che avevano appena passato.

"Dovrebbe andare tutto bene adesso" disse Korum, guardandola esaminare il braccio.

Anche lui si era vestito, indossando una maglietta bianca e un paio di jeans. Era talmente stupendo—e talmente *vivo*—che Mia quasi ricominciò a piangere al pensiero di ciò che era accaduto.

"Ora" disse piano, avvicinandosi e sollevandole il mento con le dita: "Dimmi... A che cazzo stavi pensando quando hai rischiato la vita in quel modo?"

Mia sbatté le palpebre, sorpresa dalla malcelata furia nella sua voce. "Leslie ha detto che lui ti avrebbe ucciso. H-ha detto che t-ti avrebbe fatto a p-pezzi..." Con la voce tremante al ricordo di quell'orrore, riuscì appena a trattenere le lacrime che le riempivano gli occhi di nuovo.

"E allora? Hai deciso di saltare addosso a una combattente esperta, che ti ha puntato una pistola contro? Di affrontare un Krinar che avrebbe potuto ucciderti con un colpo solo?" Korum stava quasi tremando dalla rabbia, con gli occhi completamente assorbiti da quelle minacciose striature gialle. "Non ti rendi conto di quanto sei fragile e delicata? Della facilità con cui qualcosa può farti del male o ucciderti?"

Mia deglutì. "Non l'avrei sopportato, se ti fosse successo qualcosa—"

"A me? Come credi che mi sarei sentito, se qualcosa fosse successo a *te*?" Era quasi fuori di sé, con i denti stretti e un muscolo che gli pulsava nella mascella. Non l'aveva mai visto in quello stato, e Mia si chiese vagamente se avrebbe dovuto averne paura. Dopotutto, aveva appena ucciso brutalmente un essere intelligente. Eppure, per qualche ragione, non riusciva a provare nemmeno un grammo di paura. In qualche modo, nelle ultime settimane, era passata dalla convinzione che l'avrebbe uccisa per averlo spiato al sentirsi completamente al sicuro con lui. Anche se era arrabbiato, non le avrebbe fatto del male; ora lo sapeva con assoluta certezza.

"Non lo so" gli disse, notando che i suoi occhi brillavano ancora di più. Prima che potesse battere ciglio, la sollevò e si sedette sul letto, cullandola sul grembo. Tenendola così forte da permetterle a malapena di respirare, le seppellì il viso tra i capelli, e Mia poté sentire i tremiti che gli scuotevano il grosso corpo muscoloso.

"Non lo sai?" sussurrò duramente. "Davvero non sai che sei tutto per me?"

Non riuscendo a credere alle proprie orecchie, Mia lo spinse sul petto per mettere un po' di distanza tra loro, in modo da guardarlo in faccia. "Lo so?"

"Certo che lo sai." La guardò con un'intensità che Mia non aveva mai notato prima. "Come puoi dubitarne?"

"Stai... stai dicendo che mi ami?" chiese tremando, temendo anche solo di dar voce a quella possibilità. E se le avesse detto di no? E se avesse frainteso tutto, e le avesse riso in faccia, deridendola per la sua stupidità? Le si strinse il petto dall'ansia anticipatoria.

"Mia, ti amo più della vita stessa" disse, con voce carica di emozione. "Se ti succedesse qualcosa... Se morissi, non vorrei continuare a vivere. Mi capisci?"

Mia annuì, troppo sopraffatta dai propri sentimenti per poter dire qualcosa. L'amava? Quel bell'uomo straordinario l'amava?

Socchiuse gli occhi. "E se riproverai a mettere in pericolo la tua vita in quel modo—"

Mia non lo lasciò finire. Si allungò e affondò le mani nei suoi capelli, abbassandogli la testa verso di lei. E poi lo baciò, esprimendo la profondità delle sue emozioni nel modo migliore in cui erano abituati a farlo.

In un primo momento, si bloccò, come se avesse paura di farle male, ma poi gemette con la gola e ricambiò il bacio, stringendole nuovamente le mani intorno, con la bocca affamata e disperata sulla sua.

Mia si aggrappò a lui con la stessa disperazione, con la paura di prima e l'adrenalina che si trasformarono in eccitazione. Era vivo—erano entrambi vivi—e il suo corpo lo desiderava, sentendo il bisogno di riaffermare quel fatto nel modo più primitivo e istintivo possibile.

Finì di schiena sul letto, sotto il suo corpo pesante e muscoloso, con le mani che gli strappavano freneticamente la maglietta. Si sentiva come se fosse affamata, come se sarebbe morta senza il suo tocco, con il corpo che gridava per essere riempito da lui. Il suo bacio la consumò, con la lingua che le spinse in profondità nella bocca, e Mia godette, desiderando il suo sapore, volendo tutto da lui. Sentiva insopportabilmente caldo, con la pelle troppo sensibile per contenere il desiderio che bruciava dentro di lei, e si inarcò verso di lui, cercando freneticamente di avvicinarsi ancora di più.

Lui gemette di nuovo, con la reazione di Mia che gli provocò una reazione altrettanto appassionata. Le infilò la mano sinistra nei capelli, tenendole la testa ferma per depredarle la bocca, mentre le sollevò la gonna con la mano destra, esponendo la parte inferiore del corpo. Ora c'erano solo il piccolo tanga e i jeans a dividerli, e si liberò anche di quelli, strappandole la biancheria intima e togliendosi i pantaloni. E poi fu dentro di lei con una spinta potente, con il cazzo che la penetrò senza problemi.

Sospirando per lo shock dovuto all'entrata improvvisa, Mia affondò le unghie nelle sue spalle, stordita e assolutamente sollevata di averlo dentro di lei. Era incredibilmente caldo e spesso, e la sua forza era esattamente quello di cui aveva bisogno in quel momento. Le tremarono i muscoli, che si distesero intorno alla sua grande asta, mentre il nucleo interno si sciolse, liquefatto dalla sensazione di lui che la riempiva così perfettamente, colmando il vuoto dentro.

L'alieno cominciò a muoversi, con ogni colpo che la spingeva più in profondità nel materasso, e lei gridò, con la tensione interna che raggiunse il culmine fin quando tutto il corpo non sembrò esplodere per la forza dell'orgasmo, con l'apertura che gli pulsava incontrollabilmente intorno al cazzo.

Sospirando, si alzò sui gomiti, fissandola con occhi quasi dorati. Delle gocce di sudore erano visibili sulla fronte, e il volto era arrossato sotto la tonalità abbronzata della pelle. Era magnifico e selvaggio, e Mia non riusciva a staccare gli occhi dall'ardente intensità nel suo sguardo. Non aveva ancora raggiunto il culmine, e il suo cazzo era ancora duro dentro di lei.

"Sei mia" le disse con voce roca, e Mia non poteva dubitarne, non con lui sepolto così profondamente dentro di lei, dentro il suo cuore. Si sentiva incredibilmente vulnerabile, ma ora sapeva che anche lui lo era—che anche lei aveva qualche potere su di lui.

"E tu sei mio" rispose, stringendo le mani sulle sue spalle, e sentì l'asta spingere dentro di lei, mentre il suo corpo reagì fisicamente a quelle parole.

Ricominciò a spingere duramente, con i fianchi che martellarono, imprimendosi sulla sua carne con ferocia quasi identica alla sua. Mia sentì ogni spinta in profondità nel ventre, con la punta del cazzo che spingeva contro la cervice, con un piacere così forte che rasentava il dolore... e poi lo sentì gonfiarsi ulteriormente dentro di lei e il suo corpo si strinse, mentre un altro violento orgasmo l'attraversò. Allo stesso tempo, lui si gettò tra le sue braccia, raggiungendo l'orgasmo con un grido roco, liberando il seme dentro di lei con caldi spruzzi.

Per un minuto, rimasero così, con i corpi che si unirono, mentre il loro respiro tornò alla normalità e i battiti cardiaci rallentarono. Mia non si era mai sentita così legata a un'altra persona in vita sua. Era come se avessero cessato di essere individui separati, come se l'atto sessuale li avesse legati in un modo che andava oltre la fisicità. Poteva sentire il cuore dell'alieno battere in sintonia con il suo, con il calore e il profumo del suo corpo che la circondava, coccolandola mentre la stringeva nel suo abbraccio, piacevolmente pesante sopra di lei.

Dopo un po', si spostò e la tirò a sé, lasciandola sdraiare sul suo torace. Mia sapeva che doveva alzarsi e pulirsi, che dovevano partire al più presto per il pranzo con i genitori, che avevano ancora molte cose di cui discutere—ma in quel momento, voleva solo rimanere lì con lui, lasciando fuori il resto del mondo.

Lo amava e lui amava lei, e questo era tutto ciò che importava adesso.

~

I guardiani arrivarono qualche minuto dopo, con la navicella che atterrò senza alcun rumore sulla spiaggia vicino alla casa. Abbottonando i jeans e dandole un bacio sulla fronte, Korum andò a salutarli, lasciando Mia a rinfrescarsi prima del pranzo.

Alzandosi, la ragazza notò vagamente che le gambe continuavano a tremarle e che il sesso palpitava per i residui del loro appassionato incontro. Non aveva idea di come sarebbe stato il sesso con un altro uomo, con un umano, ma aveva il forte sospetto che ciò che sperimentava ogni sera—e spesso durante il giorno—non era affatto tipico. Forse in futuro, dopo aver passato più tempo insieme, il loro insaziabile desiderio l'uno per l'altra si sarebbe un po' attenuato, ma per ora nessuna quantità di sesso sembrava sufficiente. Era quello che intendeva Korum con chimica insolita? Sapeva che sarebbe stato così fin dall'inizio?

Andando al bagno, si spruzzò un po' d'acqua sul viso e cercò di lisciare i ricci, rendendoli più presentabili. Sotto il pallore della sua pelle, il viso brillava con un colorito più roseo, e le labbra erano più piene, più gonfie dopo tutti quei baci. Sembrava felice e soddisfatta, niente a che vedere con le condizioni in cui era prima. Aveva l'aspetto e l'odore di una persona che aveva appena fatto sesso. Chiaramente era necessaria un'altra doccia.

Dieci minuti dopo, era pulita e indossava un nuovo abito. Era quasi giunto il momento di dirigersi verso St. Augustine, così andò a cercare Korum.

Lo trovò nell'area della piscina, a parlare con tre maschi Krinar, che indossavano uniformi color grigio chiaro. Ricordava di aver visto uniformi simili sui K che avevano catturato i Keith due settimane fa.

Dovevano essere i guardiani che Korum aveva menzionato.

Uno dei guardiani teneva Leslie, che ora era cosciente e sembrava avere un forte mal di testa o una commozione cerebrale. Mia si sentì enormemente sollevata. Non l'aveva uccisa dopotutto, né sembrava averle causato danni permanenti. Tuttavia, Leslie sembrava terrorizzata per essere stata catturata dalle creature che considerava dei veri e propri mostri, e Mia quasi si sentì male per lei, ricordando quanto temesse Korum all'inizio. Quasi—perché non poteva dimenticare che la ragazza le aveva puntato una pistola contro e aveva cospirato per uccidere Korum.

Ora che riusciva nuovamente a riflettere, Mia si chiese perché Saur volesse che Leslie tenesse lei—Mia—viva e fuori dai piedi. Pensava che sarebbe stata utile alla Resistenza? O voleva qualcos'altro da lei? E perché Korum era il suo bersaglio? Nulla di tutto ciò aveva senso.

Improvvisamente, le venne in mente qualcosa. La perdita di memoria dei Keith! Se Saur aveva avuto accesso ad alcune delle tecnologie del laboratorio e aveva la conoscenza sufficiente, poteva essere stato proprio lui a cancellare i loro ricordi. Infatti, Adam una volta aveva menzionato che Saur lavorava sulla manipolazione della mente.

Emozionata, Mia si avvicinò a Korum e ai guardiani. Rivolgendo loro un enorme sorriso, disse: "Mi sono appena resa conto di una cosa... Se Saur lavorava nel laboratorio di Saret—"

Korum annuì. Ovviamente, aveva già capito tutto. "Esatto. Questo spiegherebbe molte cose—anche se non ho ancora compreso le sue motivazioni."

Leslie lì osservò conversare con un'amareggiata espressione sul viso angosciato. "Troia di una xeno" mormorò, rivolgendo a Mia un'occhiata carica d'odio.

"Chiudi il becco" le disse Korum freddamente, fissando la ragazza con uno sguardo sprezzante sul viso. "Dovresti ringraziare qualunque patetica divinità in cui credi che Mia non è rimasta ferita oggi—e che la pistola non era carica. Se le fosse successo qualcosa, tu e tutti i tuoi amici della Resistenza avreste imparato il vero significato della sofferenza. Mi capisci?"

La combattente deglutì visibilmente, ma rifiutò di distogliere lo sguardo. Mia ammirò con riluttanza il suo coraggio; se Korum avesse rivolto quelle parole a *lei*, sarebbe morta dalla paura. Forse lo stesso valeva per Leslie, ma sicuramente non lo dava a vedere.

Mia si chiese che cosa sarebbe successo alla ragazza. I K l'avrebbero lasciata andare dopo averle inserito nel corpo i dispositivi di sorveglianza, come avevano fatto ai combattenti della Resistenza che li avevano attaccati? Decise che l'avrebbe chiesto a Korum, una volta rimasti soli. Nonostante tutto, sperava che Leslie non sarebbe stata punita troppo severamente per le sue azioni; la combattente non sembrava una brutta persona—solo molto accecata dall'odio per i K.

Altri due guardiani attraversarono il cancello. "Abbiamo finito" disse uno di loro in Krinar. "Tutte le prove sono state registrate e rimosse."

"Bene" disse Korum. "Grazie per essere venuti qui così in fretta."

Il guardiano che aveva appena parlato annuì. "Prego. Se dovesse venirti in mente qualche altra cosa relativa a questo attacco, contattaci."

Korum promise di farlo, e i guardiani se ne andarono, portando Leslie con loro.

"Che cosa le faranno?" chiese Mia, notando l'espressione in preda al panico sul volto della ragazza, mentre un guardiano la conduceva verso la spiaggia.

"Sarà sottoposta alla riabilitazione" disse Korum. "Ha causato fin troppi problemi, e le riserveremo lo stesso trattamento che abbiamo riservato agli altri leader della Resistenza, che abbiamo catturato finora."

"Riabilitazione?"

Ora che Mia aveva trascorso del tempo nel laboratorio di Saret, sapeva che influenzare la mente di qualcuno in quel modo era una procedura molto complessa e delicata. Era facile provocare danni irreparabili, e ogni cervello era diverso—ciò che funzionava per una persona poteva non funzionare per un'altra. La manomissione mentale era il ramo più avanzato della neuroscienza Krinar—e persino Saret aveva ammesso che era ancora molto imperfetta.

"Non lo stesso tipo di riabilitazione dei Keith" spiegò Korum. "Una versione molto più mite. Non serve lo stesso sforzo con gli umani; potrebbe cavarsela con una lieve perdita di memoria."

Nel frattempo, a Mia venne in mente qualcos'altro. "Korum" chiese lentamente: "Non finirai nei guai, vero? A causa di quello che è accaduto sulla spiaggia?" A causa del Krinar che aveva fatto a pezzi—ma non riusciva a dirlo.

Le rivolse un sorriso rassicurante. "No. Si è trattato di un evidente caso di autodifesa, e ho delle registrazioni per dimostrarlo."

"Registrazioni?"

Sollevò la mano, mostrando il palmo. "La tecnologia incorporata è molto utile. Inoltre, se abbiamo bisogno di dettagli più specifici, possiamo ottenere alcune immagini dai satelliti che abbiamo nell'orbita della Terra. Quello che succede su una spiaggia pubblica come quella non è mai un segreto. Potrebbe esserci un'investigazione, solo per seguire il protocollo, ma non ci sarà un processo."

Mia tirò un sospiro di sollievo. "Sono così contenta." Facendo un passo verso di lui, gli avvolse la vita con le braccia e lo strinse forte, respirandone il profumo caldo e familiare. Anche lui l'abbracciò, premendola contro di sé con una mano e accarezzandola con l'altra. Rimasero così per un minuto, semplicemente godendo l'uno della vicinanza dell'altra, lasciando che l'orrore della giornata si dissipasse nel calore del loro abbraccio.

CAPITOLO VENTUNO

*M*ia si ritrovò con i genitori per pranzo a St. Augustine, in un piccolo e caratteristico ristorante chiamato The Present Moment Cafe. Prima del K-Day, era uno dei pochi ristoranti vegani della zona, che proponeva diversi ingredienti esotici e piatti insoliti. Ultimamente, quei ristoranti erano molto più comuni—i ristorantini economici e le bisteccherie ora erano una rarità—ma il locale aveva ancora la reputazione di essere uno dei migliori per i cibi gourmet a base vegetale.

Korum insistette per pagare il pranzo, e i genitori acconsentirono dopo qualche protesta. Tra un piatto e l'altro, li intrattenne con alcune storie sulla sua prima visita alla Terra settecent'anni fa e su come l'Europa fosse diversa a quell'epoca. Mia poté vedere che i genitori erano assolutamente affascinati—proprio come lei, in realtà—e il tempo passò molto rapidamente.

Vedendolo interagire così facilmente con la sua famiglia, Mia si meravigliò per l'incredibile compostezza di Korum—o forse era semplicemente bravissimo a recitare. Rideva e scherzava con i genitori come se non fosse successo niente, come se non avesse appena ucciso un K a mani nude. Cercò di non pensarci, di superare gli eventi della mattinata, ma non riusciva a togliersi le immagini inquietanti che continuavano a passarle per la mente.

Anche se Mia sapeva che la violenza era stata una parte importante della storia e della cultura dei Krinar, sembravano averla superata. Per lo meno, la ragazza aveva avuto quell'impressione durante il suo soggiorno di due settimane a Lenkarda. Sapeva che lo sport preferito di Korum consisteva nel combattere—e sapeva delle sfide nell'Arena. Ma quello non aveva niente a che vedere con l'uccisione di qualcuno sulla spiaggia. A Korum non importava affatto delle proprie azioni? L'uomo che amava—e che apparentemente ricambiava il suo amore—era un assassino privo di rimorsi? E se le cose stavano così, *le* importava?

Dopo un paio d'ore, salutarono i genitori e si recarono alla Fattoria dell'Alligatore, una delle attrazioni più famose di St. Augustine. Korum sembrava molto interessato alle creature con il sangue freddo, spiegando che erano molto diverse da quelle che avevano su Krina.

Mentre attraversavano i sentieri, studiando le varie specie di alligatori e coccodrilli, Mia decise di parlare di una cosa che aveva in mente da quella mattina.

"Avevi già ucciso in passato?" gli chiese, cercando di sembrare indifferente.

Korum si fermò e la guardò. "Mi stavo chiedendo quando ti saresti avvicinata all'argomento" disse piano, e sul suo viso apparve un'espressione indecifrabile. "Che cosa ti piacerebbe sentirmi dire, dolcezza? Che non sono mai stato in situazioni in cui dovevo difendere me e gli altri? Che sono riuscito a vivere duemila anni senza aver mai dovuto togliere una vita?"

Mia deglutì, fissandolo. "Capisco."

"Capisci?" La sua bocca si contorse leggermente. "Davvero? So che hai condotto una vita molto tranquilla, tesoro, e sono felice per te. Se avessi potuto risparmiarti quello a cui hai assistito questa mattina, credimi, l'avrei fatto."

"Quante?" Mia sapeva che avrebbe dovuto smettere, ma non riusciva a farne a meno. "Quante persone—Krinar o umane—hai ucciso nella tua vita?"

Sospirò. "Non tante quante probabilmente immagini. Da giovane, ero una testa calda e scatenavo risse per questioni che ora sembrano piuttosto banali. Molti dei miei avversari mi sfidavano nell'Arena, e accettavo le sfide. E quando ci si trova nell'Arena... Beh, potresti non capirlo, ma è molto difficile fermarsi non appena esce la prima goccia di sangue. Nel bel mezzo della battaglia, agiamo puramente d'istinto—e il nostro istinto ci dice di distruggere il nemico a tutti i costi. Ecco perché i combattimenti nell'Arena sono così pericolosi e così rari ultimamente, perché il risultato è spesso abbastanza letale—"

"Perché il vostro governo non li ha messi fuori legge?" interruppe Mia, cercando di comprendere quella stranezza della cultura Krinar. "Perché non vi liberate di un'usanza così barbarica? La vostra società è così avanzata in tanti altri campi..."

"Perché la violenza è più contenuta in questo modo—meglio controllata, se vuoi" spiegò con calma, guardandola con quegli occhi ambrati. "Se qualcuno ha un problema con me, può sfidarmi nell'Arena invece di fare del male alla mia famiglia. Le vendette si verificano occasionalmente, ma sono molto più rare rispetto al passato—e la nostra società è molto più pacifica di conseguenza. Tecnicamente, è illegale uccidere qualcuno nell'Arena, ma nessuno è mai stato perseguito per essersi lasciato trasportare durante un equo combattimento."

"È quello che è successo oggi? Ti sei lasciato trasportare dal combattimento?"

Annuì, irrigidendo la bocca. "Sì... ma il mio unico rimpianto è quello di non aver avuto la possibilità di interrogarlo, di scoprire perché ha fatto quello che ha fatto. Ti aveva fatto del male—avrebbe potuto facilmente ucciderti—e ha meritato esattamente quello che ha ottenuto."

Mia distolse lo sguardo, non sapendo cosa dire. Aveva ucciso per proteggerla—e probabilmente lei avrebbe fatto lo stesso per lui—ma continuava a ritenere spaventoso sapere che era capace di togliere la vita a qualcuno con una tale facilità.

"Che cosa mi dici degli umani?" chiese, mentre camminavano, ripensando a tutte le voci che aveva sentito sulla brutalità dei K durante i mesi del Grande Panico. "Hai ucciso molti umani?"

Non rispose per alcuni momenti. "Perché lo stai facendo, Mia?" disse sottovoce, quando si fermarono davanti a un grande recinto per alligatori. "Perché fai domande di cui non vuoi conoscere la risposta?"

"Non lo so" gli disse Mia sinceramente. "In qualche modo, sei ancora un mistero per me. Ti amo, eppure sento di conoscerti appena..."

Guardò giù nell'acqua, affascinato, osservando gli alligatori che scivolavano via senza problemi. I turisti mantenevano le distanze dal punto in cui erano loro; come la maggior parte degli umani, avevano giustamente dedotto che il K tra loro era di gran lunga la creatura più pericolosa nelle vicinanze. Ormai Mia era così abituata che non ci faceva nemmeno caso. Ogni volta che uscivano in pubblico, la presenza di

Korum attirava inevitabilmente bisbigli e sussurri tra la popolazione umana.

Dopo un po', si voltò per guardarla. "Sì, Mia" disse stancamente." Ho ucciso alcuni umani. Alcuni per autodifesa, altri per motivi diversi. Ho avuto molte interazioni con la tua specie nel corso dei secoli, e non tutte sono state buone. C'è qualcos'altro che vorresti sapere?"

Mia inumidì le labbra, fissandolo. "Avresti ucciso Peter quella notte? Nel locale? Se non ti avessi fermato?"

"Non mi hai fermato, Mia" disse Korum freddamente. "Avevo già deciso di lasciarlo andare come avvertimento. La sua offesa non era abbastanza grave da giustificare qualcosa di più."

Un respiro che non si era resa conto di trattenere le sfuggì dalle labbra. "Capisco."

"Certo" aggiunse, con gli occhi scintillanti: "Se ti avesse toccato di più —se avesse dormito con te—il risultato sarebbe stato diverso."

Il cuore di Mia saltò un battito. "Lo avresti ucciso?" sussurrò, con un brivido lungo la schiena.

Korum non rispose, la guardò solo... e lei capì che quello che aveva sempre pensato di lui era vero.

Era pericoloso—non per lei, ma per tutti gli altri. Per quanto potesse sembrare una creatura civilizzata dall'esterno, avanzata com'erano i K nella scienza e nella tecnologia, sotto sotto, era un predatore. Un predatore con una natura violenta e un istinto territoriale profondamente radicato.

Un predatore che a quanto pareva l'amava quanto lei amava lui.

Quella sera, Marisa e Connor tornarono a cena, e Korum preparò una versione ridotta del banchetto che aveva preparato il giorno precedente. Sua sorella era molto allegra, con la pelle che ora aveva un colorito sano e gli occhi scintillanti. Il suo appetito era tornato alla normalità, e aveva ripreso a mangiare tutti i suoi cibi preferiti. Qualunque procedura Ellet avesse eseguito su di lei, sembrava aver avuto l'effetto promesso.

Connor era più che grato. "Finalmente ho di nuovo mia moglie" confessò, quando Marisa andò al bagno. "Le ultime settimane sono state un inferno—ho avuto così paura che avrebbe dovuto trascorrere il resto della gravidanza in ospedale. Le storie dell'orrore che abbiamo sentito sulle donne nella sua condizione..."

Korum gli sorrise. "Sono contento che tutto abbia funzionato. Ellet è piuttosto brava—"

Mia sentì un pizzico di gelosia alla lode della donna che era stata la sua amante, ma fece del proprio meglio per ignorarla.

"—ed è stata contentissima di poter aiutare in questa situazione."

Dopo cena, i quattro decisero di andare a vedere un film—l'ultimo thriller di James Bond con un K come cattivo. Korum fu molto divertito dal presupposto, in particolare dalla parte in cui l'agente umano riusciva a mettere nel sacco il malvagio K, e a usare la tecnologia Krinar per sventare il suo piano di sterminare tutti gli umani. Il cattivo era interpretato da un attore umano che effettivamente aveva fatto un lavoro abbastanza decente nell'imitazione di un K con l'aiuto della grafica, ma Mia trovò la sua performance inadeguata. Tuttavia, Marisa e Connor lo apprezzarono, e riempirono Korum di domande sulla via del ritorno verso casa.

Mentre Mia osservava le loro interazioni, si rese conto che la famiglia era completamente affascinata dal suo amante. Non avevano mai visto il suo lato intimidatorio, e non avevano motivo di temerlo—come lo temeva lei all'inizio. Per loro era un affascinante straniero che sapeva intrattenerli con infiniti fatti e racconti interessanti, un generoso benefattore che aveva già dato loro l'inestimabile dono di una salute migliore e un ragazzo gentile che trattava Mia come una principessa.

E Mia ne era felice. Nemmeno nei sogni più selvaggi si sarebbe aspettata che la sua famiglia accogliesse così bene l'amante alieno. Aveva pensato che ne sarebbero stati spaventati e che si sarebbero preoccupati per lei—e probabilmente sarebbe stato così, se Korum non avesse cercato in tutti i modi di conquistarli. Quello, più di ogni altra cosa, dimostrava quanto tenesse a lei. Sapeva che la sua famiglia era importante per lei, e si era assicurato che avrebbero preso bene la loro relazione—o comunque il possibile, sapendo che il fidanzato della figlia non era umano.

Rivolse nuovamente i pensieri al futuro, e sentì un familiare dolore nel petto—la stessa sensazione che provava sempre quando pensava all'inevitabile fine della loro relazione. L'amava, ma sicuramente non poteva durare per sempre. Per quanto tempo sarebbe rimasta giovane e bella? Dieci anni, venti, se fosse stata fortunata? Certo, alcune attrici erano stupende anche a quaranta o cinquant'anni. Forse lo sarebbe stata anche Mia, soprattutto se la medicina Krinar si fosse estesa anche al campo della cosmetica. Immaginò Ellet procurarle un lifting e quasi rabbrividì al pensiero che la bella K l'avrebbe vista vecchia e rugosa.

Infine, tornarono a casa e salutarono Marisa e Connor, che presero la loro auto e andarono via.

Sorridendo, Mia li salutò ed entrò in casa, dove Korum era già seduto sul divano, studiando qualcosa nel palmo.

Sentendo entrare Mia, alzò la testa e le rivolse un sorriso. "Sei stata molto silenziosa sulla strada del ritorno" disse, guardandola con espressione inquisitrice. "Non ti è piaciuto il film?"

Si avvicinò e si sedette accanto a lui. "È stato divertente" rispose, alzando le spalle.

"Allora, qual è il problema? Sei ancora turbata per quello che è successo oggi?" Si allungò e le prese la mano, massaggiandole leggermente il palmo in un modo che la fece sciogliere dentro.

"No." Mia fissò la grande mano che l'accarezzava teneramente. Le sue dita sembravano piccole e delicate nella presa di Korum, con il pallido colore della carnagione che contrastava eroticamente con la sua tonalità più scura. "Beh, forse. Non lo so. Sto cercando di non pensarci troppo. Il film è stato una buona distrazione, in realtà..."

"Allora, che cosa c'è?" Chiaramente non aveva intenzione di cambiare argomento.

Mia alzò gli occhi per incrociare il suo sguardo. "Stavo solo pensando al futuro, tutto qui. So che dovrei concentrarmi sul presente e godere di quello che abbiamo ora, ma a volte non riesco a farne a meno—"

Si chinò verso di lei e la baciò leggermente, fermando con le labbra le sue parole successive. "Ne riparleremo quando torneremo a Lenkarda" mormorò, tirandosi indietro e guardandola con un'espressione piuttosto enigmatica sul viso. "Non preoccuparti di niente ora. Andrà tutto bene, te lo prometto."

Sorpresa, Mia sbatté le palpebre, e ricordò che lui aveva menzionato qualcosa di simile poche settimane prima, quando erano ancora a New York. Insopportabilmente curiosa, aprì la bocca per fargli un'altra domanda, ma Korum la baciò di nuovo e ogni pensiero razionale scomparve dalla sua testa.

Prendendola in braccio, la portò nella camera da letto al piano di sopra, e Mia non ebbe la possibilità di riflettere per il resto della notte.

CAPITOLO VENTIDUE

*L*a mattina seguente, Mia si svegliò tra le braccia di Korum. Era un evento così insolito che aprì gli occhi non appena si rese conto di cosa stava succedendo.

Era distesa su un fianco, cullata contro il suo corpo. Erano entrambi nudi, e sentiva la sua erezione semidura, che le spingeva sulla curva delle natiche. Sorpresa, si voltò per guardargli il viso e vide che era sveglio.

Notando i suoi movimenti improvvisi, le sorrise e le strofinò le labbra sulla fronte. "Sei sveglia, vedo."

Annuì, sbattendo le palpebre nel tentativo di scacciare la sonnolenza. "Che cosa ci fai qui? Di solito ti svegli molto prima..."

"Non volevo lasciarti sola" spiegò Korum dolcemente, accarezzandole la guancia. "Sembravi avere un sonno agitato, gridando ogni due ore, e volevo assicurarmi che stessi bene."

Colpita, Mia si strinse a lui, abbracciandolo forte. "Grazie" mormorò nella sua palla. "Credo di aver avuto degli incubi a causa di ieri." Ricordava vagamente di aver sognato armi e sangue, ed era sorpresa di essere riuscita a dormire tutta la notte. Indubbiamente, la presenza di Korum accanto a lei aveva aiutato.

Le accarezzò lentamente i capelli. "Certo, mia cara. È del tutto comprensibile."

"Hai mai degli incubi?" gli chiese, staccandosi, con la studentessa di psicologia in lei improvvisamente incuriosita.

"Raramente" ammise Korum, giocando con i lunghi riccioli dell'umana. "Di solito dormo profondamente per un paio d'ore, e poi mi sveglio. Non ricordo l'ultima volta che ho fatto un sogno. Può succedere, ma è più raro che avvenga rispetto agli umani. Il nostro ciclo del sonno è un po' diverso."

"Oh, capisco."

"Che cosa vuoi fare oggi?" chiese. "Non abbiamo programmi in questo momento."

"Stavo pensando che stasera potremmo nuovamente cenare con i miei genitori, ma non ne ho idea per quanto riguarda il giorno... Niente spiaggia, però—non credo di essere pronta per tornarci."

"Certo." Il corpo dell'extraterrestre si irrigidì per un attimo. "Perché non facciamo qualcosa di completamente diverso? Che ne dici di un viaggio a Orlando? Potremmo visitare uno di quei parchi tematici con le montagne russe e tutto il resto—"

"Come Disney World?" Mia lo guardò, incredula.

"Certo" disse seriamente. "Oppure Universal. Quello è per adulti, no?"

Non riuscendo a controllarsi, Mia scoppiò a ridere. "Davvero? Vuoi andare agli Universal Studios?" Immaginò loro due in fila per l'Incredibile Hulk, e tutti i turisti spaventati a morte, vedendo un K vicino ai loro figli.

"Sì, perché no?"

Già, perché no. Continuando a ridacchiare, Mia disse: "Ok, ci sto. Possiamo andare alle Isole dell'Avventura—quella è la parte degli Universal Studios con più ottovolanti. Come raggiungeremo Orlando? In macchina?"

"Potremmo. Non mi dispiacerebbe guidare—mi consentirebbe di esplorare meglio la zona." Le sorrise, sembrando così affascinante e spensierato che non poté fare a meno di baciargli la fossetta sulla guancia sinistra.

Tuttavia, quando le sue labbra gli toccarono il viso, percepì il cambiamento d'umore in lui. Ormai era talmente in sintonia con l'alieno che comprese immediatamente quello che voleva. Quando si ritrasse, la guardò sotto le palpebre semichiuse. "È questo il motivo per cui di solito non rimango a letto con te" mormorò, prima di sfiorarle le labbra e di farsi strada con la mano tra le sue cosce.

E durante l'ora successiva, dimenticarono tutto di Orlando, presi dalla cavalcata selvaggia.

～

Due ore dopo, sfrecciarono sull'autostrada a oltre centosessanta chilometri orari. Con qualcun altro al volante, Mia sarebbe morta dalla paura, ma i riflessi di Korum erano migliori di quelli di qualsiasi pilota di auto da corsa, e si sentiva assolutamente al sicuro con lui. Per i primi venti minuti del tragitto, guidò col tettuccio abbassato, ma i capelli di Mia continuavano a coprirle il viso, e dovettero fermarsi per tirarlo su.

"Dovrei tagliare questo cespuglio" mormorò Mia, quando tornarono sull'autostrada, cercando di lisciare l'esplosione di ricci sulla testa. Era inutile. Il vento e i suoi capelli non andavano d'accordo.

"Non pensarci nemmeno" disse Korum seriamente. "Adoro i tuoi capelli lunghi."

Mia sospirò. "Bene. Allora li farò lisciare..."

"Perché? I tuoi ricci sono bellissimi. Lasciali così."

"Sei strano" gli disse Mia. "Alla maggior parte degli uomini piacciono i capelli lisci e setosi, non il nido di uccelli che ho qui sopra—"

"Non mi interessa cosa piace alla maggior parte degli uomini. Lascia i capelli così come sono." Il suo tono non lasciava spazio a obiezioni.

Mia sorrise, scuotendo mentalmente la testa. Anche per quella banale questione lui doveva assumere il controllo. Era strano che non le importasse più di tanto ormai, anche se non era cambiato niente. Era ancora la sua charl, e lui continuava ad avere fin troppo potere sulla sua vita. La differenza era che ora sapeva che lui l'amava, che non era solo un giocattolo umano per lui.

Le tornò in mente un episodio dell'incontro con Leslie. "Korum" disse con esitazione: "Che cos'è esattamente questa dipendenza dal sangue di cui mi hai avvertita? Leslie me ne ha parlato ieri..."

Tenendo lo sguardo sulla strada, Korum chiese: "Che cos'ha detto?"

Mia si sforzò di ricordare le parole esatte della ragazza. "Qualcosa sul fatto che suo fratello ne era dipendente e che andava in giro implorando i K di morderlo ogni ora, fino quando non l'hanno ucciso..."

Per alcuni secondi, Korum rimase in silenzio. "Sembra un caso particolarmente sfortunato" disse qualche minuto dopo. "Dev'essere accaduto non molto tempo dopo il nostro arrivo qui."

"Che cosa vuoi dire?"

"Ricordi quando ti ho detto che non abbiamo più bisogno di sangue per sopravvivere? Che ormai è soltanto una fonte di piacere per noi?"

"Sì, certo."

"Beh, a quanto pare assumerne grosse quantità ha un effetto collaterale. Il piacere è così intenso da causare dipendenza a noi—e agli umani da cui lo preleviamo. Tuttavia, affinché un Krinar ne diventi fisicamente dipendente, deve bere dallo stesso umano più spesso di un paio di volte alla settimana. In sostanza, i Krinar diventano dipendenti dalla specifica firma del DNA in quel sangue umano. È un particolare effetto collaterale della riparazione genetica che ci permette di sopravvivere senza sangue. Alcuni dei nostri migliori scienziati attualmente stanno studiando questo fenomeno, cercando di capire perché succede e come può essere fermato."

Mia lo guardò, affascinata. "Quindi, che cosa succede quando si diventa dipendenti? È fisicamente doloroso?"

"Quando il Krinar è separato dall'umano per qualsiasi ragione, sì. Non sopravvivono più di qualche ora senza ottenere la dose—e questo è un problema sia per l'umano che per il Krinar."

"È questo che è successo al fratello di Leslie? Non sono sicura di aver capito..."

"No, funziona diversamente per gli umani. La vostra specie diventa dipendente dalla sostanza nella nostra saliva, ma qualsiasi saliva Krinar funzionerebbe. Non so esattamente che cosa sia successo al fratello di Leslie, ma posso avanzare qualche ipotesi. Potrebbe essere rimasto coinvolto in uno dei primi club-x—"

"Club-x?"

"Club-x, club-xeno—è il termine che utilizzate per i nightclub in cui si recano gli umani per interagire con la nostra specie."

Mia sbatté le palpebre. "Non ne ho mai sentito parlare. Sono come i siti web in cui gli umani mettono gli annunci per voler far sesso con i K?"

Sembrò vagamente divertito. "Più o meno. I siti web di solito sono per coloro che sono solo curiosi. Pochissime persone che si iscrivono lì trasformerebbero la loro fantasia in realtà. Quelli seri si recano nei club-x."

"Davvero?" Mia era stupita di non averne sentito parlare prima. "Dove si trovano questi club? Ce n'è qualcuno a New York?"

"No, sono vicini ai nostri Centri—generalmente non ci piace andare nelle grandi città. Forse è per questo che non lo sapevi. Ce ne sono alcuni in Costa Rica, alcuni in New Mexico e in Arizona, alcuni in Tailandia e nelle Filippine..."

"E i K vanno davvero in questi luoghi?"

Korum annuì. "Alcuni sì, soprattutto quelli riluttanti ad avventurarsi fuori dai Centri. Non ci sono mai andato personalmente, perché non ho problemi a trascorrere qualche ora nelle città umane. Molti Krinar sì, però; non sopportano la folla o l'inquinamento, quindi i club rappresentano un modo utile per avere rapporti sessuali con gli umani."

"Quindi, pensi che il fratello di Leslie possa essere andato in un club-x?"

"È altamente probabile. Negli ultimi due anni, questi luoghi sono diventati più rigorosamente regolamentati. Ora a ogni umano è permesso entrare solo due volte a settimana, e ai Krinar che vanno lì non è concessa la condivisione di quell'umano per la nottata. Tuttavia, i primi tempi, era tutto molto più disorganizzato, e alcuni umani si lasciavano trasportare. Andavano a letto con uno o più Krinar ogni notte, facendosi prelevare il sangue troppo spesso."

Mia arricciò il naso, disturbata da quel pensiero. Quando Korum le aveva preso il sangue, era stata un'esperienza così sublime che non poteva immaginare di condividerla con qualcun altro. Naturalmente, non aveva idea di come fosse avere rapporti sessuali con altri, quindi probabilmente non era un confronto equo. "Capisco."

"La mia ipotesi è che il fratello di Leslie fosse diventato gravemente dipendente. Non so perché sia morto. Forse era diventato violento e ha cercato di costringere una donna Krinar—questo può succedere e potrebbe essere il motivo per cui è stato ucciso—"

"Un umano che costringe una Krinar?"

"Non ho detto che ci si riesca sempre. Le nostre donne sono molto più deboli degli uomini Krinar, ma sono più forti degli umani. Tuttavia, un tentativo potrebbe essergli costato la condanna a morte. Nessun umano sano proverebbe una cosa simile, naturalmente, ma alcuni di questi dipendenti non sono razionali, soprattutto dopo essere stati privati di sangue per un bel po'."

Mia rabbrividì. Sembrava tutto così terribile. "Esiste una cura?" domandò, cercando di immaginare quanto dovessero essere disperate quelle povere persone.

"Non ancora. Per quanto ne so, è ancora in fase sperimentale."

"Quando l'avete scoperta? La dipendenza, voglio dire. Prima o dopo che siete venuti qui?"

"Lo sappiamo da qualche millennio, ma non era considerata un vero problema finché non siamo venuti qui. Succedeva principalmente tra charl e cheren, ed era considerata una parte del legame di coppia. E dato che quelle relazioni erano estremamente rare, nessuno pensava male. Naturalmente, ora che viviamo tra gli umani, è molto diverso."

"Capisco..." Mia guardò fuori dal finestrino, cercando di

comprenderne le implicazioni. Qualcosa non aveva senso per lei, ma in quel momento non riusciva ad essere molto lucida.

E poi le venne in mente.

Voltandosi per guardarlo, aggrottò la fronte dalla confusione. "Korum, che cosa succede quando il charl muore? Per i Krinar, voglio dire. Se sono dipendenti da quell'umano in particolare, come fanno a continuare a vivere?"

Per un attimo, Korum non rispose. Poi, disse piano: "Il charl non muore, Mia."

Sorpresa, Mia lo fissò. "Che cosa vuoi dire?" sussurrò, credendo di non aver sentito bene.

Rimase in silenzio, e lei vide i muscoli della sua mascella stringersi. All'improvviso, sterzò sulla corsia di destra e si diresse verso l'uscita, ignorando lo stridio dei freni e il frastuono dei clacson dai conducenti a cui aveva tagliato la strada. Spaventata, Mia si aggrappò alla maniglia della portiera con la mano destra, cercando di sostenersi. Un minuto dopo, raggiunsero il parcheggio del Comfort Inn, e Korum mise l'auto in modalità "parcheggio."

Girandosi, le disse sottovoce: "Non lasciamo che gli umani che amiamo muoiano, dolcezza. Tu, Maria, Delia—siete tutte vicine all'immortalità. Non invecchierete, non vi ammalerete, e qualunque infortunio vi capiterà—purché non sia davvero irreparabile—guarirà rapidamente, proprio come accade a me."

CAPITOLO VENTITRÉ

*P*er alcuni secondi, Mia rimase a bocca aperta dallo shock. Era uno scherzo? "M-ma c-come?" balbettò. "Io non sono una Krinar—"

"No, sicuramente non lo sei" concordò Korum. "Sei umana, lo sei sempre stata."

"Allora, come?" Mia riusciva a malapena a riflettere su quello che le stava dicendo. "Com'è possibile?"

"Hai notato che guarisci più velocemente? Forse che ti senti meglio, più energica?"

Mia annuì, con il cuore che le galoppava nel petto.

"E non ti sei mai chiesta come fosse possibile? Come ha fatto il tuo braccio a guarire così rapidamente ieri?"

"Pensavo che mi avessi dato qualcosa" mormorò Mia. "Quella pillola..."

"La pillola era un antidolorifico; non aveva la capacità di guarirti in quel modo. Per farlo, avrei avuto bisogno di apparecchiature specializzate simili ai dispositivi che ho usato in precedenza su di te. No, tesoro, il tuo braccio è guarito così bene, perché ora ci sono milioni di nanociti altamente avanzati e complessi nel tuo corpo, e la loro unica funzione è quella di mantenerti in salute, riparando qualsiasi danno—sia a livello cellulare che di DNA."

"Che cosa?" Delle macchie scure apparvero davanti alla sua vista, e respirò profondamente, rendendosi conto di aver smesso di respirare per un secondo. "Che cosa intendi dire? Come sono entrati nel mio corpo?"

"Ellet li ha impiantati su mia richiesta la prima notte dopo il tuo arrivo a Lenkarda" spiegò, studiandola con vigili occhi color ambra. "Ti ho portata al suo laboratorio, e lei ha eseguito la procedura."

A Mia girava la testa, e non sembrava riuscire a comprendere ciò che le aveva appena detto. "T-tu mi hai portata al laboratorio di Ellet? Mentre dormivo? Mi hai fatto questo d-due settimane fa?"

"Sì" rispose, con gli occhi che lentamente tornarono ad essere più dorati. "Non volevo rischiare che ti succedesse qualcosa, posticipandola ulteriormente."

Lo fissò, assolutamente scioccata. "Perché non me l'hai detto? Perché non me l'hai chiesto prima di farlo?"

"Non potevo rischiare che tu rifiutassi" disse semplicemente. "Eri ancora troppo arrabbiata, troppo risentita, quando ti ho portata lì. E sinceramente, mia cara, ero troppo arrabbiato con te—troppo arrabbiato e ferito per offrirti una cosa del genere e discutere su quell'argomento. Il tuo tradimento mi ha ferito, Mia. Logicamente, capivo perché l'avevi fatto, ma nonostante ciò mi ha ferito più di qualsiasi altra cosa chiunque altro mi abbia mai fatto..."

Mia deglutì, con le lacrime che le riempirono gli occhi. "Mi dispiace... Mi dispiace così tanto—"

"E poi" proseguì Korum, sostenendo il suo sguardo: "Dopo la procedura, ho aspettato a dirtelo perché volevo vedere come sarebbe evoluto il nostro rapporto, se mi avresti amato quanto io amavo te..."

"Mi stavi mettendo alla prova?"

Annuì. "In un certo senso. So quant'è importante l'immortalità per la maggior parte degli umani. Volevo che amassi *me*... e non solo la lunga vita che ti avrei donato. Te l'avrei detto una volta tornati a Lenkarda, ma l'argomento continuava a riaffiorare, e non volevo mentirti."

Con i pensieri sempre più frenetici, Mia si allungò verso la portiera, cercando di trovare la maniglia di quell'auto sconosciuta.

"Che stai facendo?" chiese bruscamente, socchiudendo gli occhi.

"Io... ho bisogno di un minuto" disse, con il braccio tremante mentre apriva la portiera. Si sentiva violata e invasa, e la consapevolezza che l'uomo che amava le avesse fatto quello le faceva male. "Ho solo bisogno di un minuto—"

Prima che potesse scendere dalla macchina, la raggiunse, spostandosi sul sedile del passeggero. "Fermati, Mia. Non andrai da nessuna parte."

Sentendosi come se stesse iperventilando, Mia balzò fuori dall'auto, ignorando il suo ordine. Aveva bisogno di un po' di distanza tra loro, necessaria per metabolizzare tutto quello che aveva appena saputo.

Le afferrò il braccio, mentre cercava di divincolarsi. "Smettila di comportarti così. Hai detto di amarmi—ieri hai addirittura rischiato la vita per salvarmi—e sei arrabbiata perché possiamo stare insieme a lungo?"

Mia scosse freneticamente la testa, cercando di sfuggire alla presa di Korum—un futile tentativo, ovviamente. "No, certo che no!" Poteva sentire l'isteria nella sua voce. "Ma non me l'hai nemmeno chiesto! Come hai potuto fare una cosa così importante senza chiedere il mio parere?"

"E che cosa avrei fatto?" Il suo tono era freddo, e l'espressione dura. "Donarti una salute perfetta? Una lunga vita?"

Mia sentì che la testa era sul punto di esploderle. "Impiantare qualcosa nel mio corpo! Eseguire una procedura medica su di me senza che io lo sapessi e senza il mio consenso!"

"Ti ho fatto un regalo, Mia." I suoi occhi erano quasi completamente gialli a quel punto. "Non è che ti ho rubato un rene—"

"Hai rubato la mia volontà di scelta!" Mia si rese vagamente conto che stava urlando, ma non le importava. La sua vista era sfocata dalla rabbia, e si sentiva tremare per la forza delle emozioni. Tutta la frustrazione delle ultime settimane riaffiorò in superficie. "Hai rubato la mia capacità di prendere decisioni! Sì, ti amo, ma questo non ti dà il diritto di trattarmi come un oggetto. Non capisci, Korum? Non ti rendi conto di come mi faccia sentire sapere che puoi farmi qualcosa del genere?"

La fissò, e lei vide il muscolo che gli pulsava nella mascella tesa. "Ho fatto la cosa migliore per te. Ti ho donato l'immortalità, Mia. Non era questo che ti preoccupava? Il nostro futuro insieme?"

"Il futuro in cui sarò trattata come una schiava per secoli e secoli? Il futuro in cui non avrò voce nelle decisioni sul mio corpo, sulla mia vita? Quel genere di futuro?" chiese Mia amareggiata, troppo furiosa per riflettere su quello che stava dicendo.

Lo sentì respirare forte. "Sali in macchina, Mia" le ordinò, con voce bassa e fredda. "Ti stai comportando in modo irrazionale."

"Altrimenti?" disse sfacciatamente. "Mi costringerai? Mi obbligherai?"

"Se devo, sì. Sali ora."

Tremando dalla rabbia, Mia salì e lo guardò chiudere la portiera del passeggero, per poi avvicinarsi al lato del conducente.

"Torneremo a casa" disse, uscendo dal parcheggio con gli pneumatici che stridettero. "Non credo che un parco tematico sia una buona idea in questo momento."

Il tragitto verso casa trascorse avvolto nel silenzio, con Mia che guardava fuori dal finestrino e Korum concentrato sulla guida. Impiegarono meno di trenta minuti a tornare, con il tachimetro che raggiunse i duecentodieci chilometri orari. Fortunatamente, non vennero fermati dalla polizia. Mia aveva il forte sospetto che qualsiasi agente di polizia tanto sfortunato da affrontare Korum in quelle condizioni non se la sarebbe cavata bene.

Anche se desiderava tanto passare del tempo da sola, il silenzioso tragitto ebbe quasi lo stesso effetto su di lei, concedendole il tempo per pensare. Con la rabbia che lentamente si raffreddava, rifletté sulle implicazioni di ciò che le aveva appena detto. L'aveva resa immortale—o almeno quasi immortale per un essere biologico, si corresse mentalmente. Sarebbe ancora potuta morire, se il suo corpo fosse rimasto danneggiato senza possibilità di riparazione, proprio come Korum—ma non sarebbe potuta morire a causa dell'invecchiamento o della malattia, come il resto dell'umanità.

Significava che avrebbe vissuto migliaia di anni? Non riusciva nemmeno a immaginare la lunghezza di quel tempo. Aveva solo ventun anni, e anche solo i trenta sembravano lontani. Mille anni? Le sembrava possibile solo nelle favole. Niente invecchiamento, niente malattie... L'alieno aveva ragione; era il sogno di ogni umano che diventava realtà. Era il *suo* sogno che diventava realtà.

Ma il modo in cui lui l'aveva fatto... Mia fissò i palmi, dove aveva ancora i dispositivi di monitoraggio che le aveva impiantato quando l'aveva irradiata. Perché era così sorpresa che le avesse fatto qualcos'altro? Ovviamente la considerava "sua," la sua charl, a cui poter fare tutto quello che voleva. Sì, le aveva fatto un dono inestimabile, ma le aveva anche strappato qualsiasi apparenza di illusione sulla vera natura della loro relazione. Non era il suo ragazzo, né il suo amante; era il suo padrone. Non aveva alcuna volontà quando si trattava del proprio corpo, della propria vita, e lui chiaramente non vedeva niente di sbagliato nel fare quello che voleva.

Nelle ultime settimane, aveva vissuto in un mondo fantastico, felice di stare con lui, di aver ottenuto la straordinaria opportunità che le aveva dato, del modo in cui aveva interagito così bene con la sua famiglia... E per tutto quel tempo non aveva capito che l'aveva cambiata profondamente, che non era la stessa Mia di sempre.

Immortalità. Sembrava così assurdo, così impossibile... Per millenni, la gente aveva cercato quella sfuggente fonte di giovinezza, eppure i K l'avevano sempre avuta. Un brivido l'attraversò, rendendosi perfettamente conto di cosa significava: i Krinar avevano il potere di prolungare indefinitamente la durata della vita umana, ma avevano deciso di non farlo.

Il mandato di non interferenza.

Doveva essere quella l'unica spiegazione. I Krinar avevano creato la sua specie, e continuavano a giocare a essere Dio. Gli umani non erano altro che un esperimento per loro, e Mia capì quanto fosse stata sciocca a sperare che Korum l'avrebbe considerata una sua pari. Forse l'amava a suo modo, ma non la vedeva come una persona, come qualcuno che aveva gli stessi diritti fondamentali. Come avrebbe potuto, quando la sua specie considerava gli umani come nient'altro che loro creazioni, il risultato del loro grande progetto evolutivo?

L'auto uscì dall'autostrada, e Mia scese non appena si fermò, correndo verso casa. Non riusciva a guardare Korum in quel momento, non riusciva a essere razionale. Non ancora, non finché non avesse avuto la possibilità di metabolizzarlo ulteriormente.

Con suo sollievo, non la seguì, concedendole lo spazio necessario.

Corse al piano di sopra e si chiuse a chiave in una delle camere degli ospiti. La serratura era fragile, ovviamente; probabilmente non avrebbe scoraggiato un umano, tanto meno un Krinar. Tuttavia, la faceva sentire un po' meglio sapere di avere quella barriera tra loro.

Sedendosi sul letto, Mia si guardò le mani, stringendole sul grembo. Sul pollice destro, c'era sempre stata una piccola cicatrice; si era tagliata con un coltello da cucina quando aveva sette anni, cercando di sbucciare una mela. La cicatrice era scomparsa ormai. Come aveva fatto a non notarlo prima?

Alzandosi, si avvicinò al grande specchio appeso al muro vicino all'entrata. L'immagine riflessa sembrava assolutamente normale. Stesso viso pallido, stessi ricci scuri e indisciplinati. Eppure, con un'ispezione più accurata, poté scorgere le sottili differenze. La pelle, generalmente con un po' di lentiggini, era completamente liscia e bianca, senza nemmeno un accenno di macchie. Il lieve danno del sole che aveva accumulato nel corso dei suoi ventun anni sembrava scomparso. Anche i capelli sembravano più sani, senza doppie punte—eppure, non andava dal parrucchiere da oltre sei mesi.

Sollevando il braccio, lo flesse leggermente, guardando il piccolo muscolo muoversi sotto la pelle. Anche il corpo era leggermente cambiato; era sempre stata esile, ma ora sembrava un po' più tonica, come se si fosse esercitata regolarmente. Ricordava come aveva nuotato per un'ora, come aveva combattuto Leslie, vincendo... A quanto pareva, la miglior forma fisica era uno dei vantaggi di quella procedura.

Non la stupiva che Ellet le fosse sembrata un volto così familiare. Mia ricordò il sogno che aveva fatto, quando era arrivata a Lenkarda per la prima volta—un sogno in cui una bella donna la toccava con dita eleganti. Ellet. Era stata Ellet. Korum aveva portato Mia nel suo laboratorio per la procedura, e la ragazza doveva essere rimasta semicosciente.

Tornando a letto, Mia si sdraiò e si raggomitolò in una palla, portando le ginocchia al petto. Si sentiva nauseata, e sapeva che era tutto nella sua testa. Non poteva star male ora; era un'impossibilità fisica. Ma la sgradevole sensazione nello stomaco rimase, con le viscere che si contorsero, quando immaginò Korum che la drogava e la portava dalla sua ex amante. Immaginò Ellet eseguire la procedura sul suo corpo inconscio e rabbrividì.

Come aveva potuto farle quello? Come aveva potuto donarle qualcosa di così prezioso, qualcosa che non aveva nemmeno osato sperare, distruggendo allo stesso tempo la sua fiducia? E come poteva stare con qualcuno che aveva fatto qualcosa di simile, che aveva completamente ignorato la sua volontà?

Eppure, come non poteva?

Cercò di immaginare un futuro senza Korum, e gli anni le passarono davanti, grigi e vuoti. Se non l'avesse mai conosciuto—se non avesse mai sperimentato la sua passione, le sue premure—sarebbe stata felice, ma ormai... Ormai era necessario quanto l'aria. Pur quando passava solo pochi minuti lontana da lui, sentiva la sua assenza così acutamente che era come se mancasse una parte di lei. Se l'avesse lasciata, non solo sarebbe stata devastata; semplicemente avrebbe smesso di esistere, di essere una persona. Non sarebbe stata altro che un guscio vuoto, una semplice ombra di quello che era prima.

E anche lui si sentiva così?

Le lacrime le riempirono gli occhi a quel pensiero. Era per quello che l'aveva fatto? Perché non poteva aspettare, non riuscendo a sopportare la possibilità di eventuali incidenti, se avesse ritardato la procedura anche solo di un paio di settimane? L'aveva privata della libertà di scelta a causa della potenza dei suoi sentimenti per lei?

Cercò di immaginare come si sarebbe sentita, se qualcuno che amava fosse diventato debole e fragile, soggetto a malattie e danni. Korum era sempre stato così forte, così invulnerabile; a parte quella volta sulla spiaggia—e prima, quando lei aveva lavorato per la Resistenza—non si era mai preoccupata per la sua salute e il suo benessere.

Ma lui si preoccupava costantemente per lei. Lo sapeva.

Faceva di tutto per prendersene cura, per assicurarsi che fosse al sicuro e che mangiasse bene, che guarisse da ogni ferita, a prescindere dalla gravità. Sapendo quanto fossero importanti la scuola e la carriera per lei, non aveva cercato di limitarla. Anzi, le aveva fatto un dono incredibile, dandole la possibilità di sentirsi felice e soddisfatta in quell'aspetto della sua vita. Si era anche assicurato che la sua famiglia si sentisse a proprio agio con la loro relazione. Le aveva dato tutto—tranne la capacità di decidere per se stessa.

No, non poteva immaginare una vita senza di lui—e ormai non ce n'era bisogno. Nel bene e nel male, sarebbero stati insieme per sempre, e il suo stupido cuore si riempì di gioia a quel pensiero. Non sapeva se l'avrebbe mai perdonato per aver eseguito la procedura senza il suo consenso—non ancora, almeno—ma poteva provarci. Ci avrebbe provato. Lo amava troppo per non farlo.

Dopotutto, ora avevano secoli a disposizione per far funzionare le cose.

CAPITOLO VENTIQUATTRO

*D*ieci minuti dopo, Mia si diresse al piano di sotto, pronta per parlare. Aveva un milione di domande per Korum, e non vedeva l'ora di ottenere le risposte.

Con sua sorpresa, lo trovò nel salone, a fissare l'oceano fuori dalla finestra. Sentendo i suoi passi, si girò per guardarla, e Mia si bloccò sulle scale, scioccata dall'espressione distante sul suo volto.

I suoi occhi sembravano vuoti, come se le stesse leggendo l'anima, e l'espressione sul volto era dura e illeggibile, non lasciando trapelare nulla.

"Korum?" Mia sapeva che le stava tremando leggermente la voce, ma non poté farci niente. Lo aveva visto freddo e beffardo, lo aveva visto arrabbiato e appassionato, ma non l'aveva mai visto in quelle condizioni. Era come se uno sconosciuto la stesse guardando, uno sconosciuto con i familiari lineamenti dell'uomo che amava.

"Le chiavi della macchina sono laggiù" disse, indicando il tavolino. La sua voce era piatta e priva di emozioni. "Mi assicurerò che Roger mandi tutte le tue cose a casa dei tuoi genitori. Per ora, ho trasferito il denaro sul tuo conto bancario, in modo che tu possa acquistare i beni primari, fin quando non arriverà il tuo bagaglio."

"Che cosa?" sussurrò Mia in modo impercettibile, sentendosi come se mancasse l'aria nella stanza. Il suo petto sembrava essere schiacciato in una morsa gigante, e non riusciva a far funzionare i polmoni.

"I guardiani continueranno a vegliare su di te e la tua famiglia per il momento, finché non ci saremo assicurati che Saur ha agito da solo. Dovresti essere piuttosto al sicuro ora che lui e Leslie sono stati catturati."

Il suo cervello non sembrava riuscire a riflettere su quello che le stava dicendo. "K-Korum? Di cosa stai parlando?"

Si voltò, guardando di nuovo fuori dalla finestra. "Questo è tutto, Mia. Puoi andare."

Senza rendersi conto delle proprie azioni, Mia scese lentamente le scale, con una sensazione di freddo che si diffuse in tutto il corpo. "Posso andare dove?" chiese, non riuscendo e non volendo capire. Fermandosi a qualche metro di distanza da lui, rimase lì, tremante, desiderando disperatamente che si girasse, che la guardasse col suo sorriso caldo.

Ma non lo fece. Era come una statua, assolutamente immobile. "A casa dei tuoi genitori, immagino" disse infine. "Non è lì che di solito trascorri l'estate?"

"Vuoi che m-me ne vada?" Mia riuscì a stento a balbettare quelle parole, a causa della costrizione nella gola. Un pozzo nero di disperazione sembrò aprirsi sotto di lei, pronto a travolgerla da un momento all'altro. Sicuramente non poteva voler dire sul serio, sicuramente non poteva volere davvero che se ne andasse...

"Prendi la macchina" disse, continuando a guardare fuori dalla finestra. "Sai guidare, no?"

"Non ho la patente con me" ribatté stizzita, fissandogli la schiena.

"Se ti ferma qualche poliziotto, pagherò io la multa. La patente e il resto delle cose ti verranno consegnate in settimana."

Con il nodo in gola sempre più grosso, la ragazza avvolse le braccia attorno a sé, cercando di contenere il dolore. "Perché?" sussurrò con voce roca. "Perché vuoi che me ne vada?"

"Non è quello che volevi?" chiese freddamente, girandosi per guardarla. Il suo viso era assolutamente inespressivo; solo le deboli striature gialle nelle iridi lasciavano intravedere qualche accenno di emozione. "Non è quello per cui hai combattuto tutte queste settimane? La tua libertà? Bene, ce l'hai." Si voltò di nuovo, respingendola.

Sentendosi soffocare, Mia mandò giù un po' d'aria. "Korum, per favore, non capisco—"

"Il mio inglese non è abbastanza chiaro per te?" Le sue parole la colpirono come una frusta. "Sei libera di andare. Vai, vattene da qui."

Quasi soffocando sul singhiozzo che le sfuggì dalla gola, Mia indietreggiò, con il dolore del rifiuto quasi insopportabile. La parte posteriore delle sue ginocchia toccò il tavolino, e chiuse automaticamente la mano intorno alle chiavi della macchina. Afferrandole, Mia si voltò e corse fuori di casa, con la vista offuscata dalle lacrime che le rigavano il viso.

Raggiunse l'auto, prima di accasciarsi. Tutto il suo corpo stava tremando, e riusciva appena a respirare a causa della pressione sul petto. Per qualche ragione, Korum non la voleva più. Voleva che se ne andasse. Dopo tutto quello che era successo, la stava lasciando andare.

Non aveva senso; niente aveva senso. Appoggiandosi all'auto, Mia si sedette sul terreno duro, abbracciando le ginocchia e cullandosi avanti e indietro. Dopo un paio di minuti, quando l'iniziale shock della sofferenza cominciò a svanire, cercò di raccogliere i pensieri per cercare di capire cosa fosse successo. Sicuramente, doveva esserci una spiegazione logica. Perché l'aveva resa immortale, se intendeva allontanarsi da lei? Perché si era impegnato tanto per far sì che la sua famiglia lo accettasse, se non gli importava di lei? Perché le aveva detto di amarla? Le aveva mentito? Aveva giocato con i suoi sentimenti? Quel pensiero era così doloroso che dovette respingerlo per il bene della propria sanità mentale.

O era stata tutta colpa sua? La sua reazione a quella rivelazione gli aveva fatto cambiare idea sulla loro relazione? Forse stava già cominciando a stancarsi, e quella era stata la goccia che aveva fatto traboccare il vaso. Portò il pugno alla bocca, mordendosi duramente per trattenere un grido di dolore. Non poteva immaginare la sua vita senza di lui, e lui non la voleva più. Lo aveva perso; per qualche ragione, l'aveva perso...

Sarebbe potuta salire in macchina e andarsene, cercare di salvare un po' di orgoglio invece di piangere nel suo vialetto, ma non riusciva a muoversi. Se fosse andata via ora, non l'avrebbe mai più rivisto. Korum non aveva più motivo di stare a New York, e non c'era alcuna garanzia che le sarebbe mai stato concesso di rimettere piede a Lenkarda. Se fosse andata via, la persona che amava più di qualunque altra cosa sarebbe scomparsa dalla sua vita.

Non poteva permettere che quello succedesse.

Con il viso bagnato dalle lacrime, si alzò risolutamente, togliendo la polvere e la ghiaia dal vestito. Se davvero Korum non la desiderava più, avrebbe dovuto sentirglielo dire. Avrebbe dovuto spiegarglielo, prima che lei se ne andasse senza combattere. Si era insinuato con forza nella sua vita, nel suo cuore, e ora pensava di poter andar via senza una spiegazione? Forse aveva avuto troppa paura di metterlo in discussione all'inizio, ma le cose non stavano più così. Se voleva sbarazzarsi di lei, avrebbe dovuto rimuoverla fisicamente da casa sua. Non se ne sarebbe andata, finché non avessero discusso.

E asciugandosi le guance con il retro del polso, Mia si diresse verso casa per affrontare l'unico uomo che avesse mai amato.

Korum era nello stesso posto, e continuava a guardare fuori dalla finestra. Sentendola avvicinarsi, si voltò. Per un attimo, un lampo di qualcosa apparve sul suo volto, prima di essere sostituito dalla solita maschera priva di espressioni.

"Non te ne sei andata" disse piano, studiandola attentamente. Mia sapeva che al suo sguardo aguzzo non sfuggivano i residui delle lacrime sul viso, né le tracce di sporco sulle gambe.

"No" rispose, con voce più dura del solito. "Non me ne sono andata."

"Perché no?" chiese, sembrando incuriosito, come se stessero parlando di qualcosa importante quanto un film che non le era piaciuto.

Mia strinse gli occhi. "Perché vuoi che me ne vada?" ribatté, sollevando il mento. "Ieri hai detto di amarmi, e ora non vuoi più stare con me?"

La sua espressione si rabbuiò, e i suoi occhi assunsero nuovamente quella pericolosa tonalità dorata. "Mia, se non te ne andrai ora, non lo farai più. Mai più. Mi capisci?"

Con il cuore che le martellava nel petto, l'umana lo fissò con aria di sfida. "No, non ti capisco. Non ti capisco affatto." E invece di allontanarsi, fece un passo nella sua direzione.

In un batter d'occhio, fu accanto a lei, muovendosi così velocemente che la ragazza sobbalzò dalla sorpresa. Allungò la mano e la strinse nella parte anteriore del suo vestito, tenendola ferma, mentre incombeva su di lei. "Che cosa non capisci?" disse piano, e lei sentì la rabbia a stento trattenuta nella vellutata morbidezza della sua voce. "Vuoi che ti supplichi di restare? Che ti ripeta quanto ti amo?"

Con il petto che saliva e scendeva rapidamente ad ogni respiro, Mia deglutì per sbarazzarsi dell'ostruzione nella gola. Non l'aveva mai visto così, ed era quasi spaventata. Quasi—perché ora sapeva che non le avrebbe mai fatto del male. Non fisicamente, almeno.

"Perché non sei andata via, quando ti ho dato la possibilità di farlo, Mia?" sussurrò duramente, tirandola a sé, finché non si ritrovò premuta contro il suo corpo, sentendo il calore che emanava e il duro rigonfiamento nei jeans. "Non sai quanto mi costi lasciarti andare?"

Non stava cercando di sbarazzarsi di lei. Le stava concedendo la libertà, perché pensava che fosse quello che voleva.

A quel punto, Mia quasi scoppiò di nuovo in lacrime. Korum l'amava; l'amava abbastanza da lasciarla andare, da superare il proprio bisogno di tenerla con sé.

Per la prima volta, le stava lasciando una scelta.

Con il cuore in festa, Mia lo fissò, vedendo i segni della tensione sul suo bel viso. L'amava e la stava lasciando andare. La grandezza del suo gesto non le sfuggiva. A quello splendido e potente uomo non era mai stato negato niente di quello che voleva—e ora sapeva senza ombra di dubbio che la desiderava. Il suo intelletto e l'ambizione avevano spinto Korum in cima alla società Krinar, ed era abituato ad avere una straordinaria quantità di influenza e di controllo. Qui sulla Terra, il suo potere era ancora più grande; essendo un membro della specie che aveva conquistato il suo pianeta, poteva fare quasi tutto senza conseguenze. Tra gli umani, era come un dio.

Come sarebbe stato esercitare quel genere di potere? Sarebbe riuscita a trattenersi, se avesse saputo che avrebbe potuto ottenere tutto ciò che voleva? Avere chiunque desiderava? Mia non si era mai posta quella domanda, e si chiese se le sarebbe piaciuta la sua risposta.

Il fatto che le stava lasciando una scelta... Sapeva quanto fosse difficile per lui, quanto andasse contro la sua natura. La considerava sua, e, secondo la legge Krinar, gli apparteneva. Il fatto che Korum stesse rinunciando a quel potere, che la stesse lasciando andare—questo, più di qualunque altra cosa, le dimostrava quanto fosse importante per lui.

Così, invece di trasalire per paura della sua rabbia, gli fece scivolare le mani sul torace, stringendo il viso tra i palmi. Sostenendo il suo sguardo, sussurrò: "Non voglio andarmene. Non vorrò mai andarmene..."

Gli occhi dell'alieno si illuminarono ancora di più, e lei poté vedere le sue pupille espandersi, quando poggiò la bocca sulla sua, con le labbra rigide e quasi livide. La lingua le invase la bocca, per un bacio sconvolgente, e lei ricambiò con entusiasmo, felice del desiderio che poteva assaporare in quel bacio. Le mani di Korum si spostarono sulla sua schiena, stringendola fino a permetterle appena di respirare, e Mia poté sentire il suo grande corpo tremare dall'intensità delle emozioni.

Tirandosi un attimo indietro, ringhiò: "Resterai" e Mia annuì, sebbene quella non fosse una domanda. Alzandosi in punta di piedi, lo baciò di nuovo, e sentì la stanza girare, quando la prese in braccio, portandola sul divano.

L'autocontrollo di prima era completamente scomparso, e ora la ragazza poteva sentire la primitiva necessità che lo guidava. Non era delicato, e non voleva che lo fosse, non in quel momento, non quando aveva un disperato bisogno della sua passione. Le sue mani le strapparono l'abito, le mutandine, e poi si immerse dentro di lei, selvaggio dall'impulso di entrare, di possederla nel modo più elementare possibile.

Per la forza del suo ingresso, Mia gridò e si inarcò verso di lui, con le dita piegate come artigli, scavando nella parte posteriore del collo. Era incredibilmente duro e spesso, distendendola, riempiendola fino a farle dimenticare tutto il dolore per averlo quasi perso, sopraffatta dalla potenza delle sue spinte.

Chiuse la mano destra a pugno nei suoi capelli, le piegò la testa di lato, esponendo il collo, e poi la morse, strofinandole i denti affilati sulla pelle. Mia ansimò per l'improvviso dolore, e poi la bocca dell'alieno si avvicinò alla ferita e il mondo intorno a lei si dissolse, mentre l'estasi si diffuse nelle vene.

Per diverse ore, tutto quello su cui si concentrò fu l'oscura beatitudine del suo abbraccio.

CAPITOLO VENTICINQUE

"*D*immi di più su questa cosa dell'immortalità" disse Mia pigramente, guardandolo sollevare un lungo riccio e farle un cerchio con esso sulla spalla.

Erano sdraiati sul letto fianco a fianco, dopo essersi nuovamente saziati di sesso quella mattina.

Mia non riusciva a ricordare il resto della giornata precedente. Dopo averla morsa, non aveva ripreso conoscenza se non in tarda serata, quando l'aveva svegliata da un sonno profondo per la cena. Poi, l'aveva portata a letto, e lei si era di nuovo addormentata, aprendo gli occhi quella mattina solo per sorprenderlo a guardarla con un'espressione desiderosa sul volto. "Finalmente" aveva mormorato, prima di toglierle la coperta e strisciare sul suo corpo, facendole raggiungere l'orgasmo con la bocca esperta prima che fosse completamente sveglia. Poi, l'aveva presa un'altra volta, come se non potesse sopportare di essere fisicamente lontano da lei per poche ore.

Ora, girò la testa per guardarla, con un caldo bagliore negli occhi. "Che cosa vuoi sapere?" chiese, sorridendo.

"Tutto" rispose Mia. "Avete sempre saputo come farlo—come rendere gli umani immortali? E come funziona esattamente? Sono ancora umana o sono uno strano ibrido? Ho anche maggior velocità e forza? E cambierò anche fisicamente o resterò così per il resto della mia vita?"

Rise, alzandosi sul gomito. "Quante domande. Cominciamo da quelle semplici. Sì, sei ancora umana. No, non sei molto più forte o più veloce di prima, anche se sei più in forma. Tuttavia, guarisci molto velocemente. Se volessi diventare più forte, sarebbe facile per te; tutto quello che devi fare è iniziare a sollevare pesi e ad esercitarti. Il tuo corpo ora si rigenera così rapidamente che non avrai bisogno di periodi di inattività, e potresti arrivare a essere in forma come qualsiasi vostro atleta professionista nel giro di qualche settimana.

Ora hai anche maggior resistenza, sempre grazie alle rapide proprietà curative del tuo corpo. E no, non sei assolutamente un ibrido. I nanociti imitano le funzioni naturali del tuo corpo e riparano tutti i danni; è questo che fanno. Fanno tornare il tuo corpo al suo stato ottimale, quindi sì, non cambierai fisicamente. Rimarrai giovane e bella per i prossimi anni e secoli."

Mia ascoltò la sua spiegazione con il cuore che cominciò a martellare dall'entusiasmo. "Wow" sussurrò con stupore. "Non so nemmeno cosa dire. Solo... wow."

Korum le sorrise, e poi la sua espressione si fece più seria. "Per quanto riguarda la prima parte della tua domanda, questa è una tecnologia relativamente nuova per noi. L'abbiamo solo da alcune migliaia di anni."

"Alcune migliaia di anni? È un lasso di tempo molto lungo..." Non avrebbero potuto donare l'immortalità agli umani in qualsiasi momento degli ultimi mille anni?

Sospirò. "Se lo dici tu."

"Korum" disse Mia con esitazione: "Che cos'è esattamente questo mandato di non interferenza? È per questo che non avete condiviso con noi nessuna delle vostre tecnologie?"

Annuì. "Sì. Il mandato di non interferenza è stato costituito dagli Anziani, e sostituisce tutte le leggi del Consiglio—"

"Gli Anziani?"

"Il più vecchi Krinar esistenti. Ci sono nove di noi che sono conosciuti come gli Anziani; sono quelli che vivono da milioni di anni. Lahur è il più vecchio, e si dice che viva da oltre dieci milioni di anni."

Stupefatta, Mia lo fissò. "Dieci milioni di anni?" Dieci milioni di anni fa, gli umani non esistevano nemmeno come specie. Ed esistevano Krinar così vecchi?

"È inimmaginabile perfino per me" disse Korum, comprendendo il suo stupore. "Devono aver visto così tanto, imparato così tanto durante tutta la loro vita. Niente può essere paragonato alla saggezza degli Anziani."

"Dove sono?" chiese Mia, con la pelle d'oca su tutto il corpo, cercando di immaginare qualcuno così anziano. "Qualcuno di loro è venuto sulla Terra?"

"No, sono su Krina. Sono molto solitari; pochi Krinar li hanno conosciuti, e a loro sta bene così. Ho visto Lahur da lontano, ma sono uno dei pochi ad averlo fatto."

Mia aggrottò la fronte, perplessa. "Quindi, come hanno costituito il mandato? Come lo fanno rispettare?"

"Non hanno bisogno di farlo, Mia. Gli Anziani sono venerati nella nostra società; opporsi a loro è un reato punibile con la morte."

"Ma perché l'hanno fatto? Perché costituire un mandato tanto per cominciare?"

"Non so bene quali siano le motivazioni esatte" ammise Korum. "Ma so che due di loro fecero parte del gruppo di scienziati alla guida dell'evoluzione umana. Furono i creatori originari della vostra specie. Se dovessi avanzare un'ipotesi, direi che stanno ancora supervisionando quel progetto."

La fronte di Mia si corrugò ancora di più. "Allora, perché vi hanno lasciato venire sulla Terra?"

"Perché il Consiglio—in particolare, io, Saret e alcuni altri—li ha convinti che fosse necessario per la sopravvivenza dei Krinar. Le vostre armi, la vostra tecnologia stavano evolvendo così rapidamente e in una direzione così distruttiva da mettere in pericolo il vostro pianeta. E dato che prima o poi dovremo chiamare la Terra casa—quando la nostra stella morirà, tra un centinaio di milioni di anni o giù di lì—non potevamo permettervi di rendere questo pianeta inabitabile."

Mia cercò di riflettere. Non riusciva ancora a comprendere appieno questa faccenda degli Anziani. "Allora, come hai fatto a rendermi immortale nonostante il mandato?"

"Rivendicandoti come mia charl." I suoi occhi brillarono. "Siamo autorizzati a fare eccezioni per i nostri charl."

"Capisco." Mia lo guardò, ricordando la sua affermazione che essere un charl era un onore. Ora, capiva perché la pensasse così. Sì, i charl avevano pochi diritti nella società K, ma avevano qualcosa che nessun altro umano poteva ottenere—una salute perfetta e una durata di vita incredibilmente lunga. Anche negli Stati Uniti odierni, probabilmente molti avrebbero volentieri scambiato i diritti e le libertà di cui godevano per la possibilità di vivere anche solo qualche decennio in più, figuriamoci centinaia o addirittura migliaia di anni.

"E che mi dici dei miei genitori e di mia sorella?" chiese Mia, trattenendo il fiato. "Il mandato prevede eccezioni per loro?"

Un'espressione di sincero rammarico apparve sul bel volto di Korum. "No, Mia, mi dispiace. Non le prevede. Farò tutto il possibile per tenerli in salute e massimizzarne la naturale durata di vita, ma non posso dar loro quello che ho dato a te."

Mordendosi dolorosamente il labbro, Mia distolse lo sguardo. Lo sospettava, ma faceva male sentirne la conferma. Sarebbe rimasta giovane e sana, mentre tutte le persone intorno a lei sarebbero invecchiate e morte. Quel pensiero era insopportabilmente deprimente.

"Tesoro, vieni qui" mormorò, tirandola tra le sue braccia. "Mi dispiace tanto. Per quanto possa valere, farò una petizione agli Anziani da parte tua. Non so se servirà a qualcosa, però."

"Grazie" disse Mia, guardandolo negli occhi. "Grazie di tutto."

"Ti amo" disse piano, accarezzandole la schiena con la mano. "E farò qualsiasi cosa per te. Lo sai, vero?"

Mia sorrise, con il cuore sopraffatto dalle emozioni. "Io ti amo di più..."

"È impossibile" le disse, e l'intensità della voce la sorprese. "Ti amo così tanto che fa male. Se mi avessi lasciato ieri..."

Deglutendo per trattenere un'ondata di lacrime, Mia lo abbracciò più forte. "Non l'avrei mai fatto" disse con voce roca. "Non ti lascerei mai. Pensavo che non mi volessi più..."

"Ti vorrò sempre." Sembrava assolutamente convinto.

"Come fai a esserne certo?" chiese Mia, incuriosita. "Ci conosciamo da meno di due mesi. Come fai a sapere cosa proverai tra qualche anno?"

Le sue labbra si piegarono per un tenero sorriso. "È qui che l'esperienza torna utile, dolcezza. So cosa provo—l'ho sempre saputo. La prima volta in cui ti ho tenuta tra le mie braccia, la prima volta in cui abbiamo fatto l'amore, ho capito che non mi ero mai sentito così. Non riuscivo a pensare ad altro che a te—al tuo sapore, al tuo odore, a come sollevavi il mento con testardaggine... Ho creduto che stessi perdendo la testa, perché stavo diventando ossessionato da una ragazza umana—una ragazza che non voleva stare con me. Volevo scoparti, sì, ma volevo anche tenerti al sicuro, portarti con me e non lasciarti mai andare..."

"Perché non me l'hai detto?" chiese Mia, con il cuore che saltò un battito a quelle parole. "Perché non mi hai detto prima cosa provavi?"

Il sorriso lasciò il suo volto, con espressione di nuovo seria. "Perché ero terrorizzato" ammise. "Perché non mi ero mai sentito così, e non sapevo come fare. Per la prima volta dopo secoli, sono stato guidato dall'emozione, anziché dalla ragione, e non ho sempre fatto le scelte più sagge quando si trattava di te. Volevo averti, e non riuscivo a pensare ad altro che non fosse quel bisogno, quella bramosia. Non sono stato abbastanza paziente, e ti ho spaventata... e poi ti sei lasciata coinvolgere dalla Resistenza. Ti amavo, e tutto quello che sembravi volere era farmi uscire definitivamente dalla tua vita. Anche dopo, quando hai detto di amarmi, non ero certo che provassi davvero quelle emozioni, e non sapevo se stessi giocando, dandomi quello che volevo—"

Mia scosse la testa, non riuscendo a credere alle proprie orecchie. Era sempre sembrato invulnerabile, e la consapevolezza che aveva avuto il potere di fargli del male era davvero avvilente. "No, Korum" mormorò, alzando la mano per accarezzargli il viso. "Mi sono innamorata di te a New York. Anche se pensavo che volessi danneggiare la mia specie, anche se avevo paura di diventare la tua schiava sessuale, mi sono innamorata di te... E ora non posso vivere senza di te—"

Fece un respiro profondo e la strinse più forte a sé, seppellendo il viso nei suoi capelli. "E io non posso vivere senza di te, tesoro" sussurrò. "Non credo che potrò mai lasciarti andare, non più..."

"Allora, perché l'hai fatto? Perché hai cercato di lasciarmi andare ieri?"

Si distaccò, guardandola. "Perché ho capito che non potevo costringerti ad amarmi, a voler stare con me." Sulle sue labbra apparve un sorriso amareggiato. "Avrei potuto tenerti fino alla fine, ma non potevo costringerti ad amarmi. Non era più sufficiente, vedi, averti soltanto. Volevo di più—volevo che mi amassi volontariamente. Credevo di farti felice rendendoti immortale, ma ti sei arrabbiata... E allora ho capito che non potevo farti questo, che non potevo tenerti contro la tua volontà..."

"Oh Korum" mormorò Mia. "Non è contro la mia volontà. È da tanto che non è contro la mia volontà..."

La sua espressione si addolcì di nuovo. "Sono contento" disse piano, togliendole una ciocca di capelli dal viso. "Voglio che tu sia felice con me. Non volevo farti sentire come una schiava. È solo che non riuscivo a sopportare il pensiero che ti potesse succedere qualcosa, se avessi rimandato la procedura, lasciandoti abituare a Lenkarda e a stare con me. Pensavo che ti stessi dando qualcosa che avresti voluto..."

"Lo voglio. Lo voglio" disse Mia sinceramente. "Come puoi dubitarne? Mi hai dato un dono inestimabile, e non intendevo insinuare nulla... Ma, Korum, mi prometti una cosa?"

La studiò con uno sguardo attento. "Che cosa?"

"Mi prometti che non farai mai più una cosa senza prima chiedermi il consenso? Anche se pensi che sia per il mio bene, anche se non sei sicuro che io accetti?"

Esitò un attimo, e poi annuì con riluttanza. Poté vedere quanto gli costasse fare quella concessione, quanto andasse contro la sua natura. Ma le aveva dato la sua parola, e sapeva che avrebbe mantenuto la promessa.

"Grazie" disse, accarezzandogli la spalla. "Significa molto per me."

Sorrise e si chinò verso di lei, dandole un dolce bacio.

Quando si allontanò, Mia fece un'espressione seria e gli chiese: "Sai che cos'altro significherebbe molto per me adesso?"

Sembrava un po' preoccupato. "Che cosa?"

"Una deliziosa colazione" gli disse, e guardò il suo volto illuminarsi con un sorriso abbagliante.

Venerdì mattina, partirono per tornare a Lenkarda.

Il resto della loro visita in Florida era stato privo di eventi, e la sua famiglia si era rattristata vedendoli andar via. Korum promise che avrebbe riportato Mia per un paio di giorni prima della fine dell'estate, guadagnandosi l'abbraccio in lacrime della madre e un sincero ringraziamento dal padre. Marisa era stata particolarmente emotiva, ringraziando nuovamente Korum per tutto quello che aveva fatto per loro e poi arrossendo molto quando le diede un bacio sulla guancia come saluto.

"Mi mancheranno" disse Mia, mentre si dirigevano verso l'aeroporto, dove lui stava progettando di creare la navicella. "Vorrei davvero vederli più spesso."

"Lo farai" disse Korum, tenendo gli occhi sulla strada. "Non appena mi sarò assicurato che sia completamente sicuro, non c'è motivo per cui tu non possa andare a trovarli una volta ogni due settimane o giù di lì. Non ci vuole molto ad arrivare qui da Lenkarda—"

"Da Lenkarda?" chiese Mia gentilmente. "Pensavo che saremmo tornati a New York in autunno..."

Korum sospirò. "Se lo vuoi ancora, allora sì."

"Perché non dovrei volerlo?"

Scrollò le spalle. "Non hai davvero bisogno della laurea, se continuerai a lavorare nel laboratorio di Saret. Non è che a scuola impareresti qualcosa di più di quello che impareresti rimanendo a Lenkarda..."

"È questo che speri?" chiese Mia. "Che io decida di non tornare a scuola?"

"Preferisco Lenkarda a New York" confessò. "Ma non mi dà fastidio, se decidi di terminare il college. So che è ancora importante per te, e ho promesso che ti avrei riportata lì per l'anno scolastico. Nove mesi—non sono niente nel grande schema delle cose, e se ti fa stare tranquilla..."

Per la prima volta, Mia pensò seriamente alla possibilità di non finire la scuola. Korum aveva ragione: quello che stava imparando durante l'apprendistato superava qualsiasi cosa l'università avrebbe mai potuto insegnarle. E se Lenkarda fosse diventata la sua casa, una laurea universitaria non avrebbe avuto alcun significato. Saret le avrebbe consentito di tornare al laboratorio dopo un'assenza così lunga? Avrebbe detestato perdere quell'occasione per scrivere altri saggi e studiare per qualche altro esame. Ne avrebbe discusso presto col suo capo, decise Mia.

Arrivarono all'Aeroporto Internazionale di Daytona Beach, e Korum assemblò la navicella in una zona lontana, fuori dalla vista di qualunque altro umano. Mentre la capsula decollava silenziosamente, Mia ricordò quanto si fosse sentita spaventata, quando aveva lasciato New York, volando a Lenkarda per la prima volta. Era stato solo tre settimane fa? Sembrava che fosse passata una vita intera.

La ragazza che aveva lasciato New York era spaventata e traumatizzata, incerta del suo destino e non sapeva se avrebbe potuto fidarsi dell'uomo che amava—quello che considerava un nemico, quello che aveva tradito.

Non era più quella ragazza.

Questa Mia era assolutamente sicura dell'amore di Korum.

Negli ultimi giorni, la loro relazione aveva subito un ulteriore cambiamento. Ora c'era un'apertura che era mancata prima. Fino a quella discussione—prima di lasciarle scelta—Mia aveva ancora dei dubbi sul loro rapporto. Era un sentimento scomodo, sapendo che lui aveva tutto il potere e che non si faceva remore a usarlo—e ora si rese conto che aveva trattenuto una parte di sé come conseguenza, che gli aveva inconsapevolmente resistito.

Adesso, però, era diverso—sembrava diverso. Sì, era ancora la sua charl, ma non si sentiva più posseduta da lui. L'amava abbastanza da lasciarla andar via, da rinunciare al controllo su di lei, e quella consapevolezza era come un balsamo per l'anima, che guariva le cicatrici lasciate dal tumultuoso inizio della loro relazione.

Ogni sera, dopo la cena con la famiglia, andavano a passeggiare lungo la spiaggia e parlavano. Aveva scoperto alcune delle relazioni passate di Korum (ne aveva avute molte) e che non era mai stato innamorato. Pensava di esserne incapace. "Mi ha davvero sorpreso la profondità dei miei sentimenti per te" aveva confessato, e lei si era resa conto ancora una volta di quanto fosse stato difficile per lui lasciarla andare. Quel fatto dimostrava che i suoi sentimenti erano reali, che il loro legame sessuale poteva diventare il vero e proprio sodalizio che aveva sempre desiderato.

E ora, mentre la loro navicella volava verso la Costa Rica, Mia si allungò e strinse la mano di Korum. "Ti amo" disse, e vide un sorriso caldo apparire sul suo bel volto.

La sua vita non sarebbe potuta andare meglio.

EPILOGO

*S*tavano tornando.

Saur aveva fallito, ma il Krinar lo aveva previsto. Korum era un combattente troppo forte per poter essere ucciso così facilmente. Naturalmente, non aveva messo in conto che Mia rimanesse ferita. Quella parte era inaccettabile. Se il suo nemico non avesse ucciso Saur, l'avrebbe fatto il K.

Presto sarebbe stata di nuovo vicino a lui. Il Krinar alzò la mano e la fissò, immaginando di toccare la sua carne delicata, di accarezzare quella pelle setosa. Sarebbe stata così piccola, così fragile tra le sue braccia. Così vulnerabile. Avrebbe potuto farle tutto ciò che voleva, e lei non avrebbe potuto resistergli.

Il suo cazzo si agitò a quel pensiero, e maledisse l'apparente incapacità di controllarsi. In previsione del suo arrivo, si era recato in un vicino club-x e si era ingozzato di ragazze umane. Tutte e tre erano carine, con l'ambizione di una carriera a Hollywood. Una aveva perfino i capelli ricci, anche se di una tonalità più sul biondo sporco che non gli era piaciuta più di tanto. Le aveva scopate per ore, eppure era rimasto insoddisfatto.

Voleva *lei*.

E presto l'avrebbe avuta—insieme a tutto il resto. La sua settimana era stata abbastanza produttiva.

Un altro paio di giorni, e sarebbe stato tutto pronto.

RICORDI INTIMI

Le Cronache dei Krinar: Volume 3

PARTE UNO

PROLOGO

Il Krinar camminava per le strade di Mosca, osservando silenziosamente le masse umane tutt'attorno a lui. Mentre passava, poteva scorgere la paura e la curiosità sui loro volti, sentire l'odio provenire da alcuni passanti.

La Russia era uno dei Paesi che aveva opposto maggior resistenza—e in cui il bilancio delle vittime del Grande Panico era stato più pesante. Con un governo largamente corrotto e una popolazione diffidente nei confronti di qualsiasi autorità, molti russi avevano preso l'invasione dei Krinar come scusa per saccheggiare a volontà e accumulare tutte le risorse possibili. Perfino ora, più di cinque anni dopo, alcune delle vetrine di Mosca erano ancora spoglie, con le vetrate oscurate, testimonianza dei mesi tumultuosi che erano seguiti al loro arrivo.

Per fortuna, l'aria nella città era migliore ora, meno inquinata di quanto il Krinar ricordasse. Qualche anno fa, un pesante smog incombeva sulla città, irritandolo come nessun'altra cosa. Non che avrebbe potuto danneggiarlo in qualche modo, ma il K prediligeva l'aria respirabile, che non conteneva troppe particelle di idrocarburi.

Avvicinandosi al Cremlino, il K si tirò il cappuccio del giubbotto sopra la testa e cercò di sembrare quanto più umano possibile, facendo molta attenzione ai movimenti per renderli più lenti e meno aggraziati. Non si faceva illusioni sul fatto che i satelliti K non lo stessero osservando in quel momento, ma nessuno nei Centri aveva motivo di sospettare di lui. Negli ultimi anni, aveva viaggiato il più possibile, spesso comparendo nelle principali città umane per una ragione o per l'altra. In questo modo, se qualcuno si fosse interrogato sul suo comportamento, le sue ultime spedizioni non avrebbero destato alcun allarme.

Non che qualcuno si sarebbe preoccupato. I Krinar che avevano aiutato la Resistenza—i Keith, come venivano chiamati—erano in carcere, e il povero Saur era stato accusato di aver cancellato i loro ricordi. Le cose non sarebbero potute andare meglio, se il K le avesse pianificate da solo.

No, non aveva bisogno di nascondere la propria identità dagli occhi Krinar nel cielo. Il suo obiettivo era quello di ingannare le telecamere umane posizionate intorno ai muri del Cremlino— nel caso in cui i leader russi si fossero allarmati, prima che lui avesse avuto la possibilità di visitare le altre grandi città.

Sorridendo, il K finse di essere nient'altro che un turista umano, mentre faceva un piacevole giro intorno alla Piazza Rossa, con le suole delle scarpe che sbattevano sul marciapiede e rilasciavano minuscole capsule contenenti i semi di una nuova era nella storia umana.

Dopo aver finito, si diresse verso la navicella che aveva lasciato in uno dei vicoli vicini.

L'indomani avrebbe rivisto Mia.

Saret non vedeva l'ora.

CAPITOLO UNO

"Oh mio Dio, Korum, quando l'hai fatto?"

Mia fissò l'ambiente circostante in stato di shock. Tutti i mobili che conosceva erano scomparsi, e la casa di Korum a Lenkarda—il luogo che aveva cominciato a considerare casa sua—assomigliava molto a un'abitazione Krinar ora, con tanto di panche fluttuanti e spazi al posto giusto. L'unica cosa rimasta erano le pareti e il soffitto trasparenti—una caratteristica Krinar che Korum si era concesso fin dall'inizio.

Il suo amante sorrise, mostrando la familiare fossetta sulla guancia sinistra. "Sono sgattaiolato per un'ora o giù di lì, mentre dormivi."

"Sei venuto qui dalla Florida solo per cambiare l'arredamento?"

Rise, scuotendo la testa. "No, dolcezza, non sono così meticoloso. Dovevo occuparmi di alcune questioni d'affari, e ho deciso di sorprenderti."

"Beh, è una bellissima sorpresa" esclamò Mia, girando lentamente in cerchio e studiando lo strano spettacolo che l'aveva accolta al loro ritorno a Lenkarda.

Al posto del divano color avorio, ora c'era una lunga tavola bianca che fluttuava a un paio di metri dal pavimento. Da quello che Korum le aveva spiegato una volta, i Krinar erano in grado di far fluttuare i mobili, utilizzando una variazione della stessa tecnologia del campo di forza che proteggeva le loro colonie. Mia sapeva che, se si fosse seduta sulla tavola, essa si sarebbe immediatamente adattata al suo corpo, diventando il più confortevole possibile. Altre panche fluttuanti erano visibili vicino alle pareti, e un paio di queste erano occupate da qualche pianta da interno con brillanti fiori rosa.

Anche il pavimento era diverso—e differente da qualsiasi cosa la ragazza avesse visto in altre abitazioni Krinar. Cercò di ricordare come fossero gli altri pavimenti, ma tutto ciò che riuscì a richiamare alla memoria fu che erano solidi e chiari, come se fossero di pietra. Non aveva prestato ad essi molta attenzione, perché i materiali Krinar per la pavimentazione non sembravano così diversi da qualcosa che si sarebbe potuto trovare in una casa umana. Tuttavia, ciò che aveva ora sotto i piedi aveva una struttura molto insolita e una consistenza quasi spugnosa. La faceva sentire come se fosse sospesa nell'aria.

"Che cos'è?" chiese a Korum, indicando la strana sostanza.

"Togliti le scarpe e lo vedrai" suggerì, togliendo i suoi sandali. "È una novità che un mio dipendente ha inventato di recente—una variazione della tecnologia intelligente del letto."

Incuriosita, Mia seguì il suo esempio, lasciando che i piedi nudi affondassero nella comoda pavimentazione. Il materiale sembrava fluttuare intorno ai suoi piedi, avvolgendoli, e poi fu come se migliaia di piccole dita le stessero sfregando delicatamente le dita dei piedi e i talloni, allentando ogni tensione. Un massaggio... solo mille volte meglio. "Oh, wow" sospirò Mia, con un enorme sorriso beato sul viso. "Korum, è straordinario!"

"Uh-uh." Stava camminando per la stanza, quasi godendo anche lui di quelle sensazioni. "Sapevo che ti sarebbe piaciuto."

Con i piedi in paradiso, Mia lo osservò girare lentamente nella stanza, con il corpo alto e muscoloso che si muoveva con la grazia felina comune alla sua specie. A volte stentava a credere che quell'uomo splendido e complicato fosse suo—che l'amasse tanto quanto lei amava lui.

La felicità di Mia in quei giorni era così assoluta da essere quasi spaventosa.

"Vuoi vedere il resto della casa?" Si fermò accanto a lei e le rivolse un caldo sorriso.

"Sì, certo!" Mia sorrise, entusiasta come una bambina in un negozio di dolciumi.

Tre giorni fa, durante una delle loro passeggiate serali in Florida, aveva accennato a Korum che le avrebbe fatto piacere vedere com'era la casa prima che lui la "umanizzasse" per il suo bene. Per quanto quel gesto fosse stato premuroso, Mia era ormai abituata allo stile di vita dei Krinar e non aveva più bisogno delle rassicurazioni di un ambiente familiare. Voleva vedere come aveva vissuto il suo amante alieno prima che si conoscessero. Le aveva sorriso e le aveva promesso che avrebbe modificato prontamente la casa—e ovviamente aveva mantenuto la promessa.

"Ok" disse, fissandola con uno sguardo leggermente malizioso sul suo bel viso. "C'è una stanza che non hai ancora visto, e muoio dalla voglia di mostrartela..."

"Davvero?" La ragazza sollevò le sopracciglia, con il cuore che iniziò a battere più velocemente e il ventre che si irrigidì dall'attesa. Gli occhi dell'extraterrestre ora avevano un sottotono dorato, e lei capì che, a prescindere da cosa fosse, ne sarebbe rimasta estasiata, gridando tra le sue braccia. Se c'era una cosa su cui poteva sempre contare, era il suo desiderio insaziabile per lei. Nonostante facessero sesso innumerevoli volte al giorno, sembrava volere sempre di più... e anche lei.

"Vieni" disse, prendendole la mano e conducendola verso la parete alla loro sinistra.

Man mano che si avvicinavano, la parete non si dissolse come al solito. Anzi, Mia si sentì sprofondare sempre di più nel materiale spugnoso sotto i suoi piedi. Essi furono assorbiti per primi, seguiti dalle caviglie e dalle ginocchia. Sembravano sabbie mobili, ma il tutto stava accadendo proprio nella casa. Guardando Korum con un'espressione spaventata, si aggrappò alla sua mano. "Che cosa—?"

"Va tutto bene." Diede al palmo una stretta rassicurante. "Non preoccuparti." La stessa cosa stava succedendo a lui; e Mia vide che il pavimento lo stava praticamente risucchiando.

"Uhm, Korum, non ne sarei così sicura..." La ragazza era ormai sepolta fino alla vita, e la parte inferiore del corpo si sentiva decisamente strana— quasi priva di peso.

"Ancora qualche secondo" le promise, sorridendo.

"Ancora qualche secondo?" Mia ora era ricoperta fino al petto da quello strano materiale. "Prima di cosa?"

"Prima di questo" disse, mentre la loro discesa improvvisamente accelerò e attraversarono completamente il pavimento.

La ragazza emise un grido, stringendo la presa sulla mano di Korum. All'inizio, c'erano solo le tenebre e la spaventosa sensazione del nulla sotto i piedi, e poi si ritrovarono improvvisamente a fluttuare in una stanza circolare, illuminata da luci soffuse, con massicce pareti e soffitto color pesca.

Fluttuarono letteralmente a mezz'aria.

Ansimando, Mia fissò il suo amante, incapace di credere a quello che stava succedendo. "Korum, questa è—?"

"Una stanza a gravità zero?" Stava sorridendo come un bambino in procinto di scartare un nuovo giocattolo. "Sì, esattamente."

"Hai una stanza a gravità zero in casa tua?"

"Sì" ammise, ovviamente soddisfatto della sua reazione. Lasciando andare la mano di Mia, fece una lenta capriola nell'aria. "Come puoi vedere, è molto divertente."

Mia rise, incredula, poi cercò di seguire il suo esempio—ma non riuscì a controllare i movimenti. Non aveva idea di come Korum fosse riuscito a farlo così facilmente. Muoveva le braccia e le gambe, ma non sembrava molto utile per lei. Era come se stesse galleggiando nell'acqua, ma senza la sensazione del bagnato.

Non sapeva dire quale parte fosse l'alto o il basso; la stanza era priva di finestre, e non c'era una chiara distinzione tra pareti, pavimento e soffitto. Era come se fossero in una gigantesca bolla—cosa che probabilmente non era poi così lontana dalla verità. Mia non era un'esperta in materia, ma pensava che non fosse facile creare un ambiente a gravità zero sulla Terra. Doveva esserci molta tecnologia complessa che li circondava e negava la forza gravitazionale del pianeta.

"Wow" disse dolcemente, gironzolando nell'aria. "Korum, è incredibile... Anche altri Krinar ce l'hanno?"

Era riuscito a raggiungere una delle pareti, e la utilizzò per spingersi nella sua direzione. "No—" Si allungò per afferrarle un braccio, fluttuando verso di lei. "—non sono in molti ad averla."

Mia sorrise, mentre la tirava verso di sé. "Oh davvero? Solo tu?"

"Forse" mormorò, avvolgendole un braccio intorno alla vita e stringendola forte. I suoi occhi stavano diventando più dorati secondo dopo secondo, e la durezza che premeva sul ventre di Mia non lasciava dubbi sulle sue intenzioni.

L'umana sgranò gli occhi. "Qui?" gli chiese, con il battito del cuore che accelerò per l'eccitazione.

"Mmm-mmm..." La stava già tirando su (o giù?) per mordicchiarle la zona sensibile dietro il lobo.

Come sempre, il suo tocco le fece vibrare tutto il corpo dall'attesa. Piegando la testa all'indietro, gemette piano, con il calore liquido che le attraversò le vene.

"Ti amo" le sussurrò nell'orecchio, accarezzandola con le grosse mani e tirandole giù il vestito. Si era alzato, ma Mia non ci aveva fatto caso, con gli occhi incollati all'uomo che amava più della vita stessa.

Non si sarebbe mai stancata di sentire quelle parole da lui, pensò Mia, osservandolo, mentre si allontanò un attimo per togliere i vestiti. La sua maglietta fu la prima, seguita dai pantaloncini, e poi fu completamente nudo, mostrando un fisico che colpiva per la perfezione maschile. Il fatto che stessero fluttuando nell'aria aggiungeva un elemento di surrealismo all'intera scena, facendo sentire Mia come se fosse all'interno di uno stravagante sogno erotico.

Allungando la mano, gli passò le mani sul petto, meravigliata dalla liscia consistenza della sua pelle e dai muscoli solidi come rocce lì sotto. "Ti amo anch'io" mormorò, e vide i suoi occhi brillare più intensamente dal desiderio.

Portandola verso di lui, la fece girare, in modo che fluttuasse perpendicolarmente a lui, con la parte inferiore del corpo all'altezza degli occhi. Prima che lei potesse dire qualcosa, le aprì le cosce, esponendo le delicate pieghe al suo sguardo affamato. "Così bella" sussurrò. "Così calda e umida... Non vedo l'ora di assaggiarti—" aggiunse, con una lenta leccata della zona più intima: "—di farti venire..."

Gemendo, Mia chiuse gli occhi, con la familiare tensione che cominciò a radunarsi nel profondo del ventre. Fluttuare a mezz'aria sembrava accentuare tutte le sensazioni. Senza una superficie su cui sdraiarsi o qualsiasi altra cosa che le toccasse il corpo, tutto ciò che poteva sentire— tutto ciò su cui si poteva concentrare—era l'incredibile piacere della sua bocca che le leccava e mordicchiava il clitoride, e delle mani forti che la accarezzavano lungo le cosce.

Senza alcun preavviso, un potente orgasmo l'attraversò, partendo dal nucleo e diffondendosi verso l'esterno. Mia gridò, arricciando le dita dei piedi dall'intensità del rilascio, e poi la capovolse in modo che lo guardasse. Prima ancora che le pulsazioni si calmassero, il grosso cazzo era già sulla sua apertura, entrando con una semplice spinta.

Ansimando, Mia aprì gli occhi e lo afferrò per le spalle, con lo shock per quel possesso che riecheggiò nel suo corpo. Si fermò un attimo, poi cominciò a muoversi lentamente, concedendole il tempo di adattarsi alla pienezza all'interno. Colpo dopo colpo, la punta dell'asta colpiva il punto sensibile in profondità, facendola sussultare dalla sensazione.

Quelle spinte delicate e misurate sembravano andare avanti all'infinito, portandola sempre più vicino al limite, ma senza raggiungere il climax. Gemendo dalla frustrazione, Mia affondò le unghie nelle sue spalle, sentendo il bisogno che si muovesse più velocemente. "Per favore, Korum..." sussurrò, sapendo che a volte lo voleva—che gli piaceva sentirla supplicare per il massimo piacere.

"Oh, non ti preoccupare" mormorò lui, con gli occhi quasi oro puro. "Ti soddisferò, dolcezza mia." E stringendola forte con un braccio, allungò la mano dietro di lei e le sfregò la zona che li univa, raccogliendo l'umidità. Poi, con sorpresa di Mia, il dito dell'alieno si avventurò più in alto, tra i globi lisci delle natiche, e premette delicatamente sulla piccola apertura.

Rimanendo a bocca aperta, Mia lo fissò con un mix di paura ed eccitazione.

"Shhh, rilassati..." la calmò, con voce vellutata. E prima che lei potesse dire qualcosa, lui chinò la testa, prendendole la bocca per un bacio appassionato e seducente, mentre il dito cominciò a spingere dentro.

All'inizio, sembrò far male e bruciare, con la sconosciuta intrusione che la fece fremere contro di lui in un inutile sforzo per alleviare il disagio. Con l'asta tutta sepolta dentro di lei, l'invasione aggiuntiva del suo corpo era troppa, le sensazioni strane e snervanti. Tuttavia, quando si fermò, con il dito solo parzialmente dentro di lei, il bruciore cominciò ad attenuarsi, lasciando un'insolita sensazione di pienezza nella sua scia.

Alzando la testa, Korum la fissò sotto le palpebre pesanti. "Va tutto bene?" chiese dolcemente, e Mia annuì, incerta, non riuscendo a decidere se la strana sensazione le piacesse o meno.

"Bene" sussurrò, cominciando a muovere nuovamente i fianchi, tenendo il dito fermo. "Rilassati... Sì, che brava ragazza..."

Chiudendo gli occhi, Mia si concentrò, cercando di non irrigidirsi, anche se stava diventando sempre più difficile. Lo sconosciuto disagio in qualche modo si aggiungeva alla pressione che si stava accumulando dentro di lei, con ogni spinta del cazzo che faceva muovere il dito leggermente, travolgendole i sensi. L'extraterrestre accelerò il ritmo gradualmente, muovendo i fianchi sempre più velocemente... e poi, all'improvviso lo raggiunse, con tutto il corpo scosso da un orgasmo così intenso da lasciarla debole e ansimante.

Korum emise un gemito soffocato contro di lei, mentre i muscoli interni gli strinsero il cazzo, scatenando il suo orgasmo. Poté sentire gli spruzzi caldi del suo seme nel ventre, sentire il suo duro respiro aspro nelle orecchie, mentre le stringeva il braccio attorno alla vita, tenendola saldamente immobile.

Quando tutto finì, ritirò lentamente il dito e la baciò, con le labbra dolci e tenere sulle sue.

E poi fluttuarono per qualche altro minuto, con i corpi madidi di sudore e avvolti intimamente l'uno attorno all'altro.

La mattina seguente, Mia si svegliò e si stiracchiò, con un grande sorriso sul viso, al ricordo di quello che era accaduto il giorno prima. Sembrava che Korum avesse appena iniziato a farle conoscere i vari piaceri erotici che aveva in serbo per lei... e lei non vedeva l'ora di viverli. Giusto o sbagliato che fosse, ora era completamente dipendente da lui, dal piacere che provava tra le sue braccia, e non riusciva a immaginare di stare con nessun altro—specialmente non con un normale umano.

Era buffo: aveva sempre sentito dire che le relazioni tendevano a perdere l'intensità iniziale col passare del tempo, ma sembrava che la loro passione si stesse rafforzando giorno dopo giorno. In parte, era dovuto al fatto che Korum era un amante fenomenale; durante i suoi duemila anni, aveva avuto tutto il tempo per scoprire tutte le zone erogene del corpo di una donna. Ma era anche qualcosa di più, qualcosa di indefinibile—quella singolare armonia tra loro, che era stata evidente fin dall'inizio.

A volte la spaventava la misura in cui ora aveva bisogno di lui. La bramosia andava al di là del fattore fisico, anche se non riusciva a immaginare di vivere anche un solo giorno senza il piacere sconvolgente che provava tra le sue braccia. Era come se fossero connessi a livello cellulare—due metà di un intero.

Continuando a sorridere, Mia rotolò giù dal letto. Prendendo l'orologio da polso, lo guardò per controllare l'ora. Con sua sorpresa, erano già le otto del mattino, il che significava che aveva solo un'ora per fare colazione e andare al laboratorio. Sebbene fosse sabato, era una giornata lavorativa a Lenkarda, dal momento che i Krinar non seguivano il calendario umano per quanto riguardava i giorni feriali e i fine settimana. La loro "settimana" durava solo quattro giorni, non sette—tre giorni di lavoro, seguiti da una giornata di riposo. Tuttavia, Mia continuava a pensare al tempo in termini di calendario umano, dato che era quello a cui era abituata.

Korum era già andato via, così Mia chiese alla casa di prepararle un frullato e corse a fare una doccia veloce. Anche quella era diversa ora, dopo gli sforzi di rimodellamento di Korum. Al posto della combinazione doccia/Jacuzzi a cui era abituata, il bagno ora aveva una gigantesca cabina circolare con la stessa tecnologia intelligente del resto della casa. L'acqua usciva dovunque e da nessuna parte, lavando e massaggiandole ogni parte del corpo, con la pressione dell'acqua e la temperatura che si adattavano automaticamente alle sue esigenze. Non era necessario alcuno sforzo per lavarsi; sui capelli e la pelle vennero applicati delicati saponi, shampoo e alcuni oli insoliti, mentre lei stava semplicemente lì, lasciando che la tecnologia Krinar svolgesse tutto il lavoro.

Dopo la doccia, Mia uscì e dei caldi getti d'aria le asciugarono il corpo. Anche i capelli si asciugarono automaticamente, con l'effetto di ricci ordinati e lucenti che avrebbero potuto essere il risultato di una seduta da un parrucchiere di lusso. Allo stesso tempo, la sua bocca si riempì del sapore di qualcosa di fresco, come se si fosse appena lavata i denti.

Dopo essersi vestita, un frullato di mandorle e fragole era già pronto ad aspettarla sul tavolo della cucina. Afferrandolo, Mia lasciò la casa e si diresse al lavoro.

Pur essendo stata via solo una settimana, Mia scoprì che le era mancato l'ambiente del laboratorio. Amava imparare, e la sfida di padroneggiare un argomento difficile non l'aveva mai scoraggiata. Parte della sua iniziale riluttanza a lasciarsi coinvolgere da Korum era dovuta alla paura di perdere se stessa, di diventare niente più che una glorificata schiava del piacere. Invece, sembrava aver scoperto un modo per diventare una parte utile della società Krinar, per contribuire in qualche modo. Trovandole il tirocinio, Korum aveva fatto molto più che aiutarla con il curriculum; aveva anche dimostrato di considerarla una persona intelligente e capace —una persona non solo da desiderare, ma anche da rispettare.

Arrivata al laboratorio, Mia trascorse la maggior parte della giornata a rimettersi in pari con quello che si era persa durante la settimana in Florida. Nonostante le chiacchierate quasi quotidiane con Adam, il suo collaboratore di progetto, sentiva che era rimasta indietro su alcuni degli ultimi sviluppi. Non aveva nemmeno molto tempo per recuperare, dato che Adam stava programmando di partire per andare a trovare la sua famiglia umana adottiva quel pomeriggio.

"Com'è possibile che Saret ti abbia concesso di farlo?" scherzò Mia. "Partirai per un'intera settimana? Korum ha dovuto praticamente usare le maniere forti per convincerlo a lasciarmi andare tutto quel tempo, e tu sei molto più utile..."

Adam scrollò le spalle. "Non aveva molta scelta. Gli ho detto che sarei partito, ecco tutto."

Lei gli sorrise, nuovamente colpita dal giovane Krinar. Nonostante l'educazione umana—o forse proprio per questo—sapeva reggere benissimo il confronto con loro.

Alla fine, verso le quattro del pomeriggio, Adam le diede un po' di letture e se ne andò per la sua vacanza, lasciandola sola nel laboratorio. Gli altri apprendisti stavano lavorando su un progetto congiunto con il laboratorio della mente della Tailandia, ed erano andati lì alcuni giorni per concludere qualche esperimento.

Mia passò le due ore successive a leggere e poi andò a controllare i dati che venivano generati dalla simulazione virtuale di un giovane cervello Krinar. A quanto pareva, l'ultimo metodo che lei e Adam avevano ideato era davvero un passo nella giusta direzione. Il trasferimento della conoscenza stava avvenendo a un ritmo più veloce e con meno effetti collaterali spiacevoli. Probabilmente, avrebbero potuto migliorarlo ulteriormente entro la fine dell'estate—

"Com'è andata la tua vacanza in Florida?" chiese una voce familiare dietro di lei, e Mia sussultò, sorpresa.

Voltandosi, fece un respiro profondo, cercando di calmare il battito del cuore. "Mi hai spaventata" disse a Saret, sorridendogli. "Non sapevo che ci fosse qualcun altro nel laboratorio."

Il capo si passò le dita tra i capelli scuri. "Sto solo finalizzando alcune cose." Sembrava insolitamente teso, e Mia pensò che fosse stanco—cosa insolita per un Krinar.

"Va tutto bene?" chiese timidamente, non volendo oltrepassare il limite. Sebbene stesse lavorando per Saret da un paio di settimane, si sentiva come se non lo conoscesse ancora bene. Non trascorreva molto tempo nel laboratorio, dal momento che qualsiasi progetto a cui lavorava lo portava in giro per il mondo. Quando era nel laboratorio, di solito passava il tempo nel suo ufficio—anche se lo aveva sorpreso a guardarla alcune volte, tenendo d'occhio l'unica umana che aveva accettato nel laboratorio.

"Certo" disse Saret, rilassando i lineamenti per un sorriso. "Perché non dovrebbe? Uno dei miei assistenti preferiti è tornato."

Sentendosi leggermente imbarazzata, Mia ricambiò il sorriso. "Grazie" disse. "È bello essere tornata. Stavo controllando i dati, e a quanto pare ci sono dei progressi—"

"Bene" la interruppe Saret. "Non vedo l'ora di leggere la tua relazione."

"Certo. La preparerò stasera—"

"No, non ce n'è bisogno. Puoi tornare a casa presto oggi. È il tuo primo giorno dopo le vacanze, e so che il tuo cheren non sarebbe felice, se ti tenessi qui fino a tardi."

Sorpresa, Mia annuì. "D'accordo, se ne sei sicuro..." Normalmente, a Saret non piaceva quando i suoi apprendisti non rimanevano un giorno intero. Aveva persino avuto una discussione con Korum, quando Mia aveva iniziato il tirocinio. E ora, sembrava voler davvero che tornasse a casa… Tuttavia, la ragazza non aveva intenzione di polemizzare; aveva pianificato di tornare a casa nella prossima ora, comunque.

"Certo." Saret le sorrise. C'era qualcosa in quel sorriso che la metteva a disagio, ma non riusciva a capire cosa.

"Va bene, allora, grazie. Ci vediamo domani" disse Mia, passandogli accanto. E mentre lo faceva, avrebbe giurato di sentirlo avvicinarsi, inspirando—quasi come se stesse respirando il suo profumo.

Dicendo a se stessa che stava immaginando tutto, Mia uscì dal laboratorio e salì sulla navicella che la stava aspettando accanto all'edificio del laboratorio. Korum l'aveva creata appositamente per lei, con il preciso scopo di spostarsi per Lenkarda. Come l'orologio da polso che le aveva dato, era programmata per rispondere ai suoi comandi vocali. Sentendosi stanca dopo un'intera giornata di lavoro, Mia si sedette su uno dei sedili intelligenti e ordinò alla navicella di portarla a casa.

Saret guardò Mia uscire, con le mani quasi tremanti dall'impulso di allungare la mano e toccarla.

Averla così vicino dopo la sua lunga assenza era stato terribile. La dolcezza del suo profumo inebriava il laboratorio, e non era riuscito a evitare di avvicinarsi, di respirarla. Se non fosse andata via, avrebbe fatto qualcosa di stupido—come avvicinarsi per assaggiarla. E non sarebbe stato in grado di fermarsi dopo un solo assaggio.

Quando cercava di analizzare la propria mente—come avrebbe fatto qualsiasi esperto della mente—poteva ipotizzare una dozzina di ragioni per cui era diventato così ossessionato da lei. Innanzitutto, apparteneva a Korum. Anche da piccoli, Saret aveva sempre desiderato i giocattoli di

Korum. Anche allora il suo nemico era stato creativo, modificando i progetti per i giochi popolari e creando qualcosa che fosse migliore di quello che chiunque altro possedeva. Saret detestava Korum per questo, e adesso lo detestava ancora di più. Certo, non l'avrebbe mai dato a vedere. I nemici di Korum non facevano mai una bella fine. Era molto meglio essergli amico—o, almeno, comportarsi come tale.

E Mia era il suo ultimo giocattolo. Così piccola, così delicata, così perfettamente umana. Per la prima volta, Saret comprese perché la sua specie teneva animali domestici. Avere una creatura graziosa da chiamare tua, da accarezzare e toccare a tuo piacimento—c'era qualcosa di incredibilmente attraente in questo. Soprattutto quando quella creatura ti amava, dipendeva da te... Sarebbe stata un ottimo animale domestico, pensò Saret ironicamente, con quella folta massa di capelli che sembrava così morbida da accarezzare.

Era sorpreso che Korum le permettesse di passare così tanto tempo lontana da lui. Saret lo aveva messo alla prova all'inizio, insistendo sul fatto che Mia rimanesse tutto il giorno, solo per vedere se ciò avrebbe convinto Korum dell'assurdità di avere un'umana in un ambiente di lavoro Krinar. Il suo nemico era l'ultima persona che lui si sarebbe aspettato avrebbe trattato una ragazza umana come suo pari. Certo, era intelligente—per essere un'umana—ma era anche giovane e malleabile. Non ci sarebbe voluto molto per modellarla, rendendola ciò che voleva. Qualunque cosa lei pensasse di volere ora—niente di tutto ciò importava. Se fosse stata la *sua* charl, l'avrebbe facilmente convinta a essere felice del ruolo nella sua vita, nel suo letto. C'erano così tanti divertimenti di cui una ragazza umana avrebbe potuto godere: trattamenti termali virtuali e reali, bei vestiti, registrazioni interessanti, libri divertenti... E invece, Korum la faceva lavorare senza sosta. Non c'era da stupirsi che lei continuasse a obiettare di essere una charl. Il suo cheren semplicemente non sapeva come trattarla correttamente.

Sospirando, Saret tornò nel suo ufficio. Tutta l'analisi della mente del mondo non cambiava il fatto che lui la voleva. E presto l'avrebbe avuta. Doveva solo pazientare ancora un po'.

Tornando a rivolgere l'attenzione al proprio compito, Saret fece apparire una mappa tridimensionale di Shanghai.

La Cina era il prossimo Paese sulla sua lista.

CAPITOLO DUE

"Non c'è nulla di cui preoccuparsi" disse Korum con tono rassicurante, posando un punto bianco sulla tempia di Mia. "Ti adoreranno, proprio come me."

Mia attorcigliò nervosamente una ciocca di capelli con le dita, prima di sistemarla dietro l'orecchio. "Alla tua famiglia non dispiacerà che sono umana?"

"No" la rassicurò. "Sanno già tutto di te, e sono molto contenti che io abbia trovato una persona a cui tengo molto."

Dopo che la ragazza era tornata a casa dal lavoro, Korum l'aveva sorpresa dicendole di volerle far conoscere la *sua* famiglia. Così, ora stava per portarla in una realtà virtuale, in cui avrebbe conosciuto i suoi genitori. L'ambiente virtuale sarebbe stato molto realistico, e lei avrebbe potuto interagire con i genitori come se fossero stati lì di persona.

Erano su Krina.

"Sei sicuro che non dovrei cambiarmi?" Mia sapeva che stava temporeggiando, ma si sentiva ridicolmente in ansia. "E a tua madre non darà fastidio che io indossi la collana della tua famiglia?"

"Sei bellissima, e la collana è perfetta per te" disse con fermezza. "Mia madre sarà felice di vederla intorno al tuo collo; me l'ha data proprio per questo—per donarla alla donna di cui mi fossi innamorato."

Mia fece un respiro profondo, cercando di controllare il rapido battito cardiaco. "Ok, allora sono pronta." Era pronta più che mai per incontrare i genitori del suo amante extraterrestre—che risiedevano a migliaia di anni luce di distanza.

Korum sorrise, e il mondo intorno a lei si offuscò per un secondo.

In preda alle vertigini, Mia chiuse gli occhi, e quando li riaprì si ritrovò in un grande edificio arioso che somigliava vagamente alla casa di Korum a Lenkarda. Dall'interno, era completamente trasparente, e poté vedere piante insolite all'esterno. La maggior parte della flora aveva una familiare tonalità di verde, ma proliferavano anche il rosso, l'arancione e il giallo. Era straordinariamente bello. L'interno dell'edificio aveva lo stesso aspetto "Zen" della casa di Arman. Era tutto di un bel colore bianco sporco, e la luce del sole che filtrava dal soffitto chiaro rifletteva su una splendida composizione floreale proprio nel bel mezzo della stanza—l'unico tocco di colore in un ambiente altrimenti incontaminato. I fiori sembravano crescere proprio da un'apertura nel pavimento. Lungo le pareti, c'erano alcune panche fluttuanti dall'aspetto familiare che fungevano da mobili multiuso.

"È stupenda" sussurrò Mia, guardandosi intorno. "È la casa dei tuoi genitori?"

Korum annuì, sorridendo. Sembrava piuttosto soddisfatto. "È la mia casa d'infanzia" spiegò, allungandosi per prenderle la mano e stringerla leggermente.

Come al solito, il suo tocco la fece sentire calda dentro, e si meravigliò di nuovo di quanto fosse autentica quella realtà virtuale. In qualche modo, questo era ancora più convincente della discoteca in cui l'aveva portata una volta per soddisfare la sua fantasia. Tutti i suoi sensi erano potenziati, come se fosse fisicamente presente lì, su un pianeta di una galassia diversa.

Respirando profondamente, Mia si rese conto che l'aria era un po' rarefatta rispetto a quella a cui era abituata, come se fossero ad alta quota. In realtà si sentiva anche un po' stordita, e sperava che presto si sarebbe abituata. La temperatura era piacevolmente mite, e sembrava esserci una leggera brezza proveniente da qualche parte, anche se erano all'interno dell'edificio. C'era anche un profumo esotico, ma attraente nell'aria. Probabilmente dovuto ai fiori, pensò Mia. L'aroma era quasi... di frutta. Non aveva mai sentito niente di simile.

Mentre Mia studiava l'ambiente circostante, una delle pareti si dissolse, ed entrò una donna Krinar. Era alta e magra, con lunghe gambe da top model e capelli scuri e lucenti. I suoi occhi erano dello stesso caldo colore ambrato di quelli di Korum. Non poteva che essere la madre di Korum; la loro somiglianza era inconfondibile.

Vedendoli lì insieme, un enorme sorriso le illuminò il volto. "Figlio mio" disse dolcemente, con gli occhi che brillavano dall'amore, mentre guardava Korum. "Sono così felice di rivederti." Come per tutti i K, era impossibile determinare la sua età; sembrava avere venticinque anni.

Lasciando andare la mano di Mia, l'alieno attraversò la stanza e avvolse la madre in un caldo abbraccio. "Anch'io, Riani, anch'io..."

Mia osservò il loro ricongiungimento, sentendosi come se si stesse intromettendo in un familiare momento intimo. Non riusciva a immaginare come dovesse essere per i suoi genitori, con il figlio che viveva così lontano. Certo, potevano incontrarsi virtualmente, ma non era come vedersi di persona.

Voltandosi verso Mia, Korum sorrise e disse: "Vieni qui, tesoro. Lascia che ti presenti a mia madre."

Piegando le labbra in un sorriso di risposta, Mia si avvicinò a loro, notando il modo in cui gli occhi della K la esaminavano dalla testa ai piedi. All'umana cominciarono a tremare i palmi. Che cosa stava pensando quella donna meravigliosa? Si stava chiedendo come avesse fatto il figlio a finire con un'umana?

Fermandosi a qualche metro di distanza, Mia sorrise ancora di più. "Ciao" disse, non sapendo bene se allungarsi e sfiorare la guancia della K con le nocche. Nelle ultime due settimane aveva imparato che era il saluto usato dalle femmine Krinar.

Ma la madre di Korum non aveva simili perplessità. Sollevando la mano, sfiorò delicatamente la guancia di Mia e ricambiò il sorriso. "Ciao, mia cara. Sono così felice di conoscerti finalmente."

"Riani, questa è Mia, la mia charl" disse Korum. "Mia, questa è Riani, mia madre."

"È un vero piacere conoscerti, Riani." Mia stava iniziando a sentirsi più a proprio agio. Nonostante la bellezza luminosa della donna e l'aspetto giovanile, c'era qualcosa di molto rilassante nei suoi modi. Quasi materno, pensò Mia con un sorriso interiore.

"Dov'è Chiaren?" chiese Korum, rivolgendosi alla madre.

"Oh, sarà qui tra poco" disse, agitando la mano. "Ha avuto un contrattempo al lavoro. Non preoccuparti—sa che siete qui."

Chiaren doveva essere il padre di Korum, pensò Mia. Era interessante che chiamasse i genitori per nome, anche se aveva senso. Vista la longevità dei K, i confini tra le generazioni probabilmente erano molto meno definiti rispetto a quelli degli umani. Sebbene Korum avesse menzionato una volta che i suoi genitori erano molto più grandi di lui, lei pensava che il divario tra duemila anni e qualche migliaio di anni non fosse poi così drammatico.

Un sibilo interruppe le riflessioni di Mia. Girando la testa di lato, vide la parete riaprirsi. Entrò un bel Krinar scuro, con i tipici abiti K. Attraversando rapidamente la stanza, alzò la mano e sfregò il palmo sulla spalla di Korum, salutando suo figlio.

Korum ricambiò il gesto, ma sembrò molto più riservato di quanto non fosse stato con sua madre. "Chiaren" disse piano. "Sono contento che tu ce l'abbia fatta."

Qualcosa nel suo tono di voce fece sobbalzare Mia. C'era qualche tensione tra padre e figlio?

Suo padre inclinò la testa. "Certo. Non mi sarei perso la tua visita." Poi, rivolgendo l'attenzione a Mia, inclinò la testa di lato e la studiò con un'espressione indecifrabile sul viso.

Mia deglutì, sentendo il bisogno di inumidire la gola improvvisamente secca. La postura di Chiaren, la piega leggermente beffarda sulle labbra— le era tutto fin troppo familiare. Korum aveva l'aspetto di sua madre, ma sicuramente aveva ereditato alcuni tratti della personalità da suo padre. Trovava quel K intimidatorio, con lo sguardo freddo e minaccioso e l'assenza di emozioni visibili. Le ricordava Korum, quando si erano incontrati per la prima volta.

"Chiaren, questa è Mia" disse Korum, avvicinandosi a lei e mettendole un braccio intorno alle spalle con fare possessivo. "È la mia charl. Mia, questo è mio padre, Chiaren."

Il K sorrise, sembrando improvvisamente molto più alla mano. "È fantastico" disse gentilmente. "Una ragazza così bella e umana. Quanti anni hai, Mia? Sembri più giovane di quanto immaginassi."

"Ho ventun anni" rispose l'umana, consapevole di dimostrare meno anni di quelli che aveva. Era un problema comune per le persone con la corporatura esile come la sua—un problema che non si sarebbe mai risolto.

Il sorriso di Chiaren si allargò. "Ventuno..."

Mia arrossì, consapevole che la considerasse poco più di una bambina. E rispetto a lui, lo era. Tuttavia, avrebbe preferito che non fosse sembrato così divertito per la sua età.

"Mia, cara, parlaci un po' di te" disse Riani, sorridendole per un caloroso incoraggiamento. "Korum ha detto che stai studiando la mente. È vero?"

Mia annuì, rivolgendo l'attenzione alla madre di Korum. Non era sicura di cosa pensasse del padre, ma sicuramente Riani le piaceva. "Sì, è vero" confermò. "Ho iniziato a lavorare con Saret quest'estate. Prima di allora, mi stavo specializzando in psicologia in una delle nostre università."

"Come ti sembra finora? Il tirocinio, voglio dire" chiese Chiaren. "Immagino che debba essere molto diverso da qualsiasi cosa tu abbia mai fatto." Sembrava sinceramente incuriosito.

"Sì" disse Mia. "Sto imparando moltissime cose." Sentendosi molto più a proprio agio, raccontò del lavoro nel laboratorio, con gli occhi che brillavano, mentre spiegava il progetto dell'imprinting.

Poi, Riani le chiese della famiglia, sembrando particolarmente interessata al fatto che Mia avesse una sorella. La gravidanza di Marisa sembrava affascinarla, ed ascoltò attentamente mentre Mia le riferiva delle difficoltà che sua sorella aveva dovuto affrontare prima dell'arrivo di Ellet. A quel punto, Chiaren volle sapere dei genitori di Mia e delle loro professioni, e di come solitamente venivano misurati i contributi umani alla società, così Mia parlò per un po' del ruolo degli insegnanti e dei professori nel sistema d'istruzione americano.

Poco dopo, si ritrovò coinvolta in un'animata discussione con i genitori di Korum. Scoprì che stavano insieme da quasi tre millenni, e che Riani aveva quasi cinquecento anni più del compagno. A differenza di Korum, che aveva scoperto la sua passione per la progettazione tecnologica fin da piccolo, sia Riani che Chiaren erano "dilettanti." La maggior parte dei Krinar lo era, in realtà. Invece di specializzarsi in una materia specifica, cambiavano spesso carriera e area di interesse, senza mai raggiungere il livello "esperto" in un campo in particolare. Di conseguenza, anche se la loro posizione nella società era piuttosto rispettabile, nessuno dei genitori di Korum si era mai avvicinato al coinvolgimento nel Consiglio.

"Non so bene come abbiamo fatto a produrre un figlio così intelligente e ambizioso" confessò Riani, sogghignando. "Sicuramente non è stato intenzionale."

Vedendo lo sguardo perplesso sul volto di Mia, Chiaren spiegò: "Quando una coppia decide di avere un figlio, di solito lo fa in condizioni molto controllate. Si sceglie la combinazione ottimale di tratti fisici e potenziali capacità intellettuali, consultando i migliori esperti della medicina—"

"La maggior parte dei Krinar sono bambini 'progettati'?" Mia sgranò gli occhi. Questo spiegava come mai tutti i Krinar che aveva incontrato fossero così belli. Avevano assunto il controllo della propria evoluzione, praticando una forma di selezione genetica per i propri figli. Aveva moltissimo senso. Qualsiasi cultura abbastanza avanzata da manipolare il proprio codice genetico—come i Krinar, che avevano eliminato il bisogno di sangue—poteva facilmente specificare quali geni desiderasse nella prole. Mia rimase sorpresa di non averci riflettuto prima.

Chiaren esitò. "Non conosco quel termine..."

"Sì, esattamente" disse Korum, sorridendo a Mia. "Pochi genitori sono disposti a giocare alla roulette genetica, visto che esiste un modo migliore."

"Ma noi l'abbiamo fatto" disse Riani, sembrando un po' imbarazzata. "Rimasi incinta per caso—uno dei pochi incidenti di questo tipo che si sono verificati negli ultimi diecimila anni. Avevamo discusso sulla possibilità di avere un figlio, ed abbandonammo il controllo delle nascite, progettando di recarci in un laboratorio come ogni altra coppia che conoscevamo. Statisticamente, le probabilità di rimanere incinta in modo naturale nel primo anno fertile sono circa una su un milione. Certo, questo successe durante il mio periodo degli studi musicali, ed ero così presa dall'espressione vocale che rimandammo la nostra visita al laboratorio di alcuni mesi. E quando l'esperto di medicina mi visitò, ero già incinta di Korum di tre settimane."

"Sono un ritorno al passato, come vedi" disse Korum, ridendo. "Non ebbero alcun controllo sui tratti genetici degli antenati che avrei ereditato."

Mia gli sorrise. "Beh, penso che sia abbastanza ovvio da chi hai preso i tuoi segni identificativi." Sembrava il fratello gemello di Riani, invece del figlio.

"È l'ambizione che suscita perplessità" disse Chiaren, rivolgendo al figlio un'occhiata indecifrabile. "È davvero venuta fuori dal nulla..."

Korum socchiuse leggermente gli occhi, e Mia capì che probabilmente era quello il motivo della tensione tra padre e figlio. Decise che l'avrebbe chiesto a Korum. Per ora, era contenta delle informazioni che aveva ottenuto sul suo amante. "E così, non sei un bambino 'progettato,' eh?" lo prese in giro, sorridendogli.

"No." Korum sorrise. "Sono naturale al cento percento."

"Beh, sei venuto perfetto lo stesso" disse Mia, studiandone i lineamenti magnificamente mascolini. Non riusciva a immaginare che potesse essere più bello.

Con sua sorpresa, Korum scosse la testa. "No, in realtà non è così. Ho una piccola deformità."

"Che cosa?" Mia lo fissò, scioccata. Quell'uomo meraviglioso aveva una deformità? Dove l'aveva nascosta per tutto quel tempo?

Sorrise e indicò la fossetta sulla guancia sinistra. "Sì, proprio lì. Vedi?"

Mia lo guardò, incredula. "La fossetta? Davvero?"

Annuì, con gli occhi che brillarono dal divertimento. "È considerata una deformità tra i miei simili. Ma ho imparato a conviverci. A quanto pare, ad alcune donne piace, però."

Che cosa? A Mia faceva impazzire, e glielo disse, facendo ridere lui e i suoi genitori.

"Forse dovremmo andare" disse Korum dopo un po'. "È ora di cena, e Mia ha bisogno di dormire un po', perché deve alzarsi presto per andare al lavoro domani."

"Certo." Riani le rivolse un'occhiata carica di comprensione. "So che gli umani si stancano più facilmente..."

La ragazza aprì la bocca per protestare, ma poi cambiò idea. Era vero, anche se non era particolarmente stanca in quel momento. Così, disse: "È stato un vero piacere conoscervi, Riani—e Chiaren. Mi è piaciuto molto parlare con tutti e due."

"Lo stesso vale per noi, cara." Riani le toccò di nuovo la guancia con dolcezza. "Speriamo di rivederti presto."

Mia sorrise e annuì. "Certo. Non vedo l'ora."

"È stato un piacere conoscerti, Mia" disse il padre di Korum, sorridendole. Poi, rivolgendosi a Korum, aggiunse: "Ed è stato bello rivedere te, figlio mio."

Korum inclinò la testa. "Ci vediamo la prossima volta."

E il mondo si offuscò di nuovo intorno a loro, facendo chiudere gli occhi a Mia. Quando li riaprì, erano nuovamente nella casa di Korum a Lenkarda.

~

"Mi piacciono i tuoi genitori" disse Mia a cena. "Sono molto simpatici."

"Oh, è così" disse Korum, masticando un pezzo di jicama al melograno.

"Riani è favolosa. Anche Chiaren, sebbene non sempre siamo d'accordo su alcune cose."

"Perché no?"

Si strinse nelle spalle. "Non lo so. È sempre stato così. In un certo senso, siamo troppo simili, ma in altri aspetti siamo completamente diversi. Non ha mai capito perché passassi tutto il tempo a costruire la mia azienda invece di godermi la vita e trovarmi una compagna, come faceva lui. E non mi ha mai davvero perdonato per aver lasciato Krina e aver privato Riani del loro unico figlio, anche se vado a trovarli spesso nel mondo virtuale."

Mia sorrise, vedendo alcune similitudini con la sua famiglia in quella dinamica. Era stato abbastanza difficile per i suoi genitori, quando era andata al college a New York; non riusciva a immaginare come si sarebbero sentiti, se fosse scomparsa in un'altra galassia. Non poteva davvero biasimare il padre di Korum per essere arrabbiato, soprattutto se non capiva o non apprezzava l'ambizione del figlio.

Continuando a pensare alla famiglia di Korum, Mia mangiò lentamente il suo stufato, gustandone la soddisfacente combinazione di radici e verdure di Krina riccamente aromatizzate. All'improvviso, le venne in mente un pensiero inquietante, che le fece mettere giù la posata e guardare verso Korum.

"Hai mai voglia di tornare su Krina?" gli chiese, sollevando un sopracciglio. "Devono mancarti i genitori, e sembra così bello il tuo pianeta..."

Esitò per un paio di secondi. "Un giorno, forse" disse infine, guardandola con un'espressione indecifrabile. "Ma probabilmente non succederà molto presto."

Mia sentì il petto stringersi un po'. "E io?"

"Tu verresti con me, naturalmente" disse con fare indifferente, bevendo un sorso d'acqua.

Respirò profondamente, cercando di mantenere la calma. "Su un altro pianeta? Lasciando tutto e tutti?"

Socchiuse leggermente gli occhi. "Non ho detto che partiremo prossimamente, Mia. Forse nemmeno durante la vita della tua famiglia. Ma un giorno, sì, potrei aver bisogno di visitare Krina e vorrei che tu venissi con me."

Mia sbatté le palpebre e distolse lo sguardo, con il cuore che si strinse al ricordo della disparità esistente tra lei e il resto dell'umanità. Grazie ai nanociti che le circolavano nel corpo, non sarebbe mai invecchiata, né morta—ma sarebbe vissuta molto più a lungo rispetto ai propri cari. Il fatto che i Krinar avessero i mezzi per estendere indefinitamente la durata della vita umana, ma avevano deciso di non farlo, la infastidiva molto, facendola sentire in colpa ogni volta che pensava a questa cosa.

"Mia..." Korum si allungò sul tavolo e le prese la mano. "Ascoltami. Ti avevo detto che avrei fatto una petizione agli Anziani a favore della tua famiglia, e ho iniziato la procedura. Ma non posso prometterti nulla. Non ho mai sentito parlare di un'eccezione concessa a chi non sia considerato un charl."

"Ma perché?" chiese Mia dalla frustrazione. "Perché non condividere la vostra conoscenza, la tecnologia con noi? Perché i vostri Anziani si preoccupano tanto di questo problema?"

Korum sospirò, accarezzandole il palmo con il pollice. "Nessuno di noi lo sa esattamente, ma ha qualcosa a che vedere con il fatto che siete ancora molto imperfetti come specie, e gli Anziani vogliono che abbiate più tempo per evolvere..."

"Siamo imperfetti?" Mia lo fissò, incredula. "Che cosa significa? Stai dicendo che siamo difettosi? Come la parte di una macchina che non funziona correttamente?"

"No, non come la parte di una macchina" spiegò pazientemente, stringendo le dita, quando lei cercò di tirare via la mano. "La vostra specie è molto giovane, tutto qui. La vostra società e la vostra cultura si stanno evolvendo a un ritmo rapido, e l'alto tasso di natalità e la breve durata della vita probabilmente hanno qualcosa a che vedere con questo. Se vi donassimo la nostra tecnologia ora, se ogni essere umano potesse vivere migliaia di anni, il vostro pianeta potrebbe diventare sovrappopolato molto rapidamente... a meno che non facessimo anche qualcosa per il tasso di natalità. Vedi, Mia, o tutto o niente: o controlliamo tutto o vi lasciamo per lo più così come siete. Non c'è una via di mezzo, dolcezza."

Mia cominciò a digrignare i denti. "Allora, perché non lasciare questa scelta alla gente?" chiese, arrabbiata per l'intera faccenda. "Perché non lasciar decidere se vogliono vivere a lungo o se preferiscono avere figli? Sono sicura che molti opterebbero per la prima opzione, invece di affrontare la morte e la malattia—"

"Non è così semplice, Mia" disse Korum, guardandola. "Vedi, la sovrappopolazione non è l'unica preoccupazione degli Anziani. Ogni generazione porta qualcosa di nuovo nella società, cambiandola in meglio. Meno di duecento anni fa gli umani del tuo Paese non si facevano scrupoli sugli schiavi. E ora trovano quel pensiero aberrante—perché le generazioni sono passate e i valori sono cambiati. Pensi che avreste potuto eliminare la schiavitù, se le stesse persone che un tempo possedevano gli schiavi fossero ancora in vita oggi? I progressi della vostra società rallenterebbero moltissimo, se estendessimo in modo uniforme la durata della vita—e non è quello che vogliono gli Anziani a questo punto."

"Quindi, siamo *solo* un esperimento" disse Mia, non riuscendo a trattenere l'amarezza. "Volete solo vedere cosa ci succede, e non vi importa di quanti umani soffrano nel frattempo—"

"Gli umani non sarebbero qui a soffrire, se non fosse per i Krinar, dolcezza" la interruppe, sembrando vagamente divertito dalla sua esplosione. "Ti dimentichi molto opportunamente di questo fatto."

"Giusto, ci avete creati, e ora potete giocare a essere Dio." Poté sentire il vecchio risentimento riaffiorare, facendole venir voglia di sottolineare l'ingiustizia di tutto ciò. Per quanto amasse Korum, a volte la sua arroganza la innervosiva.

Sorrise, per niente turbato dalla sua rabbia. Allentò la stretta delle dita sul palmo della ragazza, con il tocco che si fece morbido e rilassante. "Mi vengono in mente altre cose a cui preferirei giocare" mormorò, con gli occhi che iniziarono a riempirsi di un colore dorato.

E mentre Mia lo osservava incredula, lui allontanò il tavolo fluttuante, rimuovendo la barriera tra loro. Continuando a stringerle la mano, la tirò a sé finché lei non ebbe altra scelta che sedersi sul suo grembo.

"Pensi che il sesso renderà tutto migliore?" chiese, infastidita dalla risposta inevitabile del proprio corpo alla sua vicinanza. Nonostante fosse arrabbiata, le bastava che la guardasse in un certo modo per farla sciogliere in un mare di bisogno.

"Mmm-mm..." Si era già chinato in avanti per baciarle il collo, con la bocca calda e umida sulla sua pelle nuda. "Il sesso rende sempre tutto migliore" sussurrò, mordicchiandole la delicata giunzione tra il collo e la spalla.

E durante le ore successive, Mia non trovò alcun motivo per non essere d'accordo con quell'affermazione.

～

Dopo il rumore e la folla di Shanghai, il paesaggio spoglio della tundra siberiana sembrava quasi rilassante. Se non fosse stato per il freddo, Saret avrebbe probabilmente gradito visitare questa remota regione settentrionale della Russia.

Ma faceva freddo. La temperatura lì, appena sopra il Circolo Polare Artico, non era mai abbastanza calda per un Krinar, nemmeno il giorno più caldo dell'estate. Oggi, però, era sotto lo zero, e Saret si assicurò che ogni parte del corpo fosse coperta da indumenti termici prima di scendere dalla navicella.

Il grande edificio grigio davanti a lui era uno dei più brutti esempi di architettura dell'era sovietica. Il filo spinato e le torri di guardia ad ogni angolo indicavano esattamente ciò che era—una prigione di massima sicurezza per i peggiori criminali della Russia. Poche persone erano a conoscenza dell'esistenza di quel luogo, motivo per cui Saret l'aveva scelto per il suo esperimento.

Si avvicinò al cancello, senza preoccuparsi di essere visto da telecamere o satelliti. Per quell'uscita in pubblico, indossava un travestimento, uno di quelli che aveva sviluppato nel corso degli anni. Non solo gli cambiava l'aspetto, ma anche lo strato esterno del DNA, rendendo quasi impossibile scoprire la sua vera identità. Gli umani sapevano che era un Krinar, naturalmente, ma non sapevano nient'altro di lui.

Man mano che si avvicinava, il cancello si spalancò, lasciandolo entrare. Saret si avviò rapidamente verso l'edificio, dove fu accolto dal guardiano—un panciuto umano di mezza età, che puzzava di alcol e sigarette.

Senza dire una parola, il guardiano lo condusse nel suo ufficio e chiuse la porta.

"Beh?" chiese Saret in russo non appena ebbero la privacy. "Hai i dati che ho richiesto?"

"Sì" rispose lentamente il guardiano. "I risultati sono piuttosto... insoliti."

"Insoliti? In che senso?"

"Sono trascorse sei settimane dalla tua ultima visita" disse l'umano, giocando nervosamente con la penna. "Nel mese scorso, non abbiamo avuto un solo omicidio. Nelle ultime tre settimane, non ci sono state risse. Gestisco questo luogo da vent'anni e non ho mai visto niente del genere."

Saret sorrise. "No, ne sono certo. Qual era il tasso di omicidi prima?"

L'uomo aprì una cartelletta e tirò fuori un foglio di carta, consegnandolo a Saret. "Guarda. Di solito, ci sono due o tre omicidi al mese e una rissa al giorno. Non riusciamo a spiegarlo. È come se tutti avessero subito un trapianto di personalità."

Il sorriso di Saret si allargò. Se solo l'umano avesse saputo la verità. Soddisfatto, piegò il foglio e lo infilò nella tasca dei pantaloni termici. "Riceverai l'ultimo pagamento entro domani" disse al guardiano, e uscì dalla stanza.

Non vedeva l'ora di tornare sulla navicella, al riparo da quel freddo.

CAPITOLO TRE

I due giorni successivi trascorsero privi di eventi significativi. Mia passò il tempo a lavorare nel laboratorio e a godersi le serate con Korum, incredibilmente felice nonostante le discussioni occasionali. Non aveva dubbi sul fatto che lui l'amasse—e questo faceva tutta la differenza del mondo. Un giorno sperava che lo avrebbe convinto a vedere la sua specie sotto una luce diversa, a comprendere il fatto che gli umani fossero più di un semplice esperimento degli Anziani Krinar. Per ora, però, doveva accontentarsi della possibilità di un'eccezione per la sua famiglia—e Korum stava lottando duramente per ottenerla.

Al laboratorio, gli altri apprendisti erano ancora via, quindi Mia si trovava spesso a lavorare da sola, circondata da tutta l'apparecchiatura. Saret andava e veniva, e ogni tanto lo sorprendeva a guardarla con un'espressione enigmatica sul viso. Pensando che fosse dovuto alla strana diffidenza verso la sua apprendista umana, finì la relazione e gliela inviò, sperando di ricevere presto il suo feedback. Durante l'attesa, continuò ad esercitarsi con la simulazione, provando diverse varianti del processo e registrando attentamente i risultati.

Il martedì era il giorno di riposo a Lenkarda, ed era anche il compleanno di Maria. La vivace ragazza le aveva mandato un messaggio olografico durante il fine settimana, invitandola formalmente alla festa sulla spiaggia alle due del pomeriggio. Mia aveva accettato volentieri.

"Quindi, io non posso venire?" Korum era sdraiato sul letto e la guardava, mentre lei si preparava per la festa. I suoi occhi dorati brillavano dal divertimento, e l'umana capì che la stava prendendo in giro.

"Mi dispiace, tesoro" gli disse beffardamente, roteando davanti allo specchio. "Nessun cheren può venire. Solo i charl."

Lui sorrise. "Che brutta discriminazione."

Indossò la collana che le aveva donato e un leggero abito svolazzante con un costume da bagno sotto—nel caso in cui la festa avesse previsto qualche nuotata nell'oceano.

"Sì, beh, sai com'è" gli disse, ridacchiando. "Noi umani siamo troppo fighi per voi K."

Gli piaceva poter scherzare con lui ora. In qualche modo, quasi impercettibilmente, la loro relazione aveva assunto quasi una parità. Gli piaceva ancora avere il controllo—e sapeva essere ancora incredibilmente prepotente in certe occasioni—ma Mia stava cominciando a tenergli testa. La consapevolezza che l'amava, che i suoi pensieri e le opinioni erano importanti per lui, era molto liberatoria.

"E va bene" disse, chinandosi per dargli un bacio casto sulla guancia. "Devo scappare."

Tuttavia, prima che lei potesse andare, le mise il braccio intorno alla vita, e si ritrovò sul letto, distesa sulla schiena, inchiodata dal suo grosso corpo muscoloso.

"Korum!" Si divincolò, cercando di fuggire. "Sono in ritardo! Mi hai detto che è un insulto arrivare in ritardo—"

"Un bacio" insistette, trattenendola senza sforzo. Mia poté vedere i familiari segnali dell'eccitazione sul viso dell'alieno e sentire il cazzo indurirsi sulla sua gamba. Il corpo della ragazza reagì in modo prevedibile, con le viscere che si strinsero dall'attesa e il respiro che accelerò.

Scosse la testa. "No, non possiamo..."

"Solo un bacio" le promise, abbassando la testa. La sua bocca era calda ed esperta su di lei, con la lingua che accarezzava l'interno delle labbra, e Mia si sentì sciogliere, con una piacevole nebbia che le avvolse la mente. Tuttavia, prima che potesse completamente perdere se stessa, lui si fermò, sollevando la testa e scivolando giù da lei.

"Vai" disse, e apparve un sorriso malvagio sul suo viso. "Non voglio che tu faccia tardi."

Frustrata, Mia si alzò e gli tirò un cuscino. "Sei cattivo" gli disse. Ora era estremamente eccitata, e non l'avrebbe rivisto per le prossime ore.

L'unica cosa che la faceva sentire meglio era il fatto che lui avrebbe sofferto nello stesso modo.

"Volevo solo che tornassi presto, tutto qui" disse, sogghignando, e Mia gli lanciò un altro cuscino, prima di afferrare il regalo di Maria e di uscire dalla porta.

~

Riuscì a non fare tardi, anche se tutte e dodici le altre charl erano già lì, quando lei arrivò. Il messaggio di invito di Maria le aveva comunicato che ci sarebbero state tredici ragazze in totale, compresa Mia.

Un insolito mix musicale suonava da qualche parte. I suoni erano bellissimi, e Mia riconobbe la melodia che a volte Korum suonava in casa. Tuttavia, intervallati dalla nota melodia Krinar, riuscì a sentire i più familiari sottotoni del flauto e del violino.

Le ragazze erano sedute su sedili fluttuanti disposti in cerchio attorno a una grande panca sospesa, che apparentemente fungeva da tavolo da picnic. Il tavolo era ricco di ogni sorta di frutta dall'aspetto delizioso e da vari piatti esotici.

Avvistando Mia, Maria la salutò con entusiasmo. "Ciao, unisciti a noi!"

Mia si avvicinò, sorridendole. "Buon compleanno!" disse, porgendo a Maria una scatolina avvolta da una bella carta.

"Un regalo! Oh mia cara, non avresti dovuto!" Ma il viso di Maria si illuminò dall'emozione, e Mia capì che aveva fatto la cosa giusta, chiedendo a Korum di aiutarla a trovare un regalo.

Felice come una bambina, Maria strappò l'involucro e aprì la scatola, tirando fuori un piccolo oggetto ovale. "Oh mio Dio, è quello che penso che sia?!?"

"L'ha fatto Korum" spiegò Mia, soddisfatta dalla sua reazione. Ovviamente, Maria conosceva la tecnologia Krinar abbastanza da capire che aveva appena ricevuto un fabbricatore—un dispositivo che le avrebbe permesso di usare le nanomacchine per creare ogni sorta di oggetto da singoli atomi. Certo, il computer che Korum aveva nel palmo della mano gli consentiva di fare la stessa cosa senza altri dispositivi—e su una scala molto più grande e complessa. Tuttavia, era uno dei pochissimi in grado di creare un'intera navicella da zero. La fabbricazione rapida era una tecnologia relativamente nuova e ancora abbastanza costosa, quindi non tutti i Krinar potevano permettersi anche solo un semplice fabbricatore—

come quello che aveva progettato per Maria. Era un oggetto molto ambito, le aveva spiegato Korum.

"Oh mio Dio, un fabbricatore! Grazie mille!" Maria era quasi fuori di sé dalla contentezza. "È così bello—ora potrò creare tutti i vestiti che voglio!"

"E anche altre cose" disse Mia, sogghignando. Il piccolo fabbricatore non era abbastanza avanzato da poter realizzare una tecnologia complessa, ma poteva costruire qualunque oggetto più semplice.

"Vestiti" disse Maria fermamente. "Voglio soprattutto vestiti."

Tutti intorno al tavolo risero per l'espressione determinata sul suo viso, e una ragazza con i capelli rossi gridò: "E le scarpe per me!"

"Oh, dove ho la testa!" esclamò Maria in mezzo a tutte le risate. "Non ti ho ancora presentata. Ragazze—questa è Mia, la nostra nuova arrivata. Come potete vedere, è assolutamente fantastica. Mia, conosci già Delia. La bella signora alla sua destra è Sandra, poi Jenny, Jeannette, Rosa, Yun, Lisa, Danielle, Ana, Moira e Cat."

"Ciao" disse Mia, sorridendo e salutando tutte le ragazze. L'ondata di nomi era un po' travolgente; non avrebbe mai potuto ricordarli tutti subito. Di solito, era timida nelle situazioni sociali in cui non conosceva la maggior parte della gente, ma oggi per qualche ragione si sentiva a proprio agio. Forse era dovuto al fatto che aveva già molto in comune con quelle ragazze. Pochi altri al di fuori di quel piccolo gruppo avrebbero potuto anche solo immaginare che cosa significasse avere una relazione con qualcuno letteralmente fuori dal mondo.

Sedendosi sul sedile galleggiante libero, Mia fissò il tavolo con impassibile curiosità. Come lei, tutte quelle ragazze erano immortali. Forse significava che alcune erano più grandi di quanto sembrassero? Sembravano giovani e incredibilmente belle, di diverse razze e nazionalità. Tuttavia, due di loro erano semplicemente carine, e Mia si chiese nuovamente come potesse essere possibile che un Krinar bello come un dio fosse attratto da un'umana. Era dovuto alla possibilità di berne il sangue? Se bere il sangue era piacevole come lasciarselo prendere, allora poteva capire.

Rivolgendo l'attenzione a Delia, Mia la ringraziò per averla informata della festa.

"Certo" disse Delia. "Sono contenta che tu sia venuta. Abbiamo saputo che non eri a Lenkarda la scorsa settimana; altrimenti, Maria ti avrebbe mandato l'invito formale prima."

"Sì, ero in Florida, a far visita alla mia famiglia" spiegò Mia, e vide le sopracciglia di Delia sollevarsi per una domanda.

"Korum ti ha lasciata andare?" chiese, con una nota di incredulità nella voce.

"Siamo andati insieme" disse Mia, mettendo una fragola in bocca. La bacca era dolce e succosa; i Krinar conoscevano davvero i frutti migliori.

"Oh" disse Delia: "Capisco..." Sembrava leggermente confusa.

"Vai mai a trovare la tua famiglia?" domandò Mia senza pensarci. "Sono ancora in Grecia?"

Delia sorrise, sembrando stranamente divertita. "No, non ci sono più."

"Oh, mi dispiace tanto..." Mia si sentì malissimo. Non sapeva che quella ragazza fosse orfana.

"Va tutto bene" disse Delia con calma. "Sono morti molto tempo fa. Ho solo qualche frammento di ricordo. All'epoca non esisteva la fotografia."

Mia cominciò a farsi un'idea della situazione. "Quanto tempo fa è successo?" chiese, non riuscendo a contenere la curiosità. Non esisteva la fotografia? Quanti anni aveva la charl di Arus?

"Oh, non conosci la storia di Delia?" domandò una charl con i capelli castani seduta alla destra di Delia. "Delia, dovresti raccontarla a Mia—"

"Non ne ho ancora avuto l'occasione, Sandra" disse Delia, rivolgendosi alla ragazza. "Ho incontrato Mia solo una volta."

"La nostra Delia è un po' più grande di quanto sembri" disse Sandra, con un sorrisetto sul viso. "Adoro le reazioni dei nuovi arrivati, quando scoprono la sua vera età..."

Incuriosita, Mia fissò la ragazza greca. "Qual *è* la tua vera età, Delia?"

"Per quanto ne so, compirò duemilatrecentododici anni quest'anno."

Mia si strozzò con il pezzo di fragola che stava mangiando. Tossendo, riuscì a schiarirsi la gola abbastanza da poter gracchiare: "Che cosa?"

"Sì, hai sentito bene" disse Sandra, ridendo. "Delia è solo un po' più giovane di alcune piramidi—"

E più grande di Korum. "Sei una charl da tutto questo tempo?" chiese Mia, incredula.

"Da quando avevo diciannove anni" rispose Delia, guardandola con grandi occhi castani. "Conobbi Arus sulla costa del Mediterraneo, vicino al mio villaggio. Era molto più giovane allora, aveva appena duecento anni, ma per me era l'epitome della saggezza e della conoscenza. Credevo che fosse un dio, soprattutto quando mi mostrò una parte della loro miracolosa tecnologia. Il giorno in cui mi portò sulla loro navicella, ero convinta che mi stesse portando sul Monte Olimpo..."

"Dove hai vissuto tutto questo tempo? Su Krina?" Mia era completamente affascinata. Per qualche ragione, pensava che i rapporti umani con i Krinar fossero uno sviluppo abbastanza recente. Anche se, ora che ci pensava, l'esistenza della terminologia charl/cheren in lingua Krinar implicava che questi tipi di relazioni esistessero da un po' di tempo.

"Sì" disse Delia. "Arus mi portò su Krina, quando lasciò la Terra. Abbiamo vissuto lì fin quando i Krinar non sono venuti qui alcuni anni fa."

Mia la guardò, immaginando quanto dovesse essere stato sconvolgente e scioccante per qualcuno dell'antica Grecia finire su un altro pianeta. Anche a Mia, che sapeva che i Krinar non erano affatto soprannaturali, molto di quello che potevano fare sembrava magico. Come poteva essere stato per qualcuno che non aveva mai usato un cellulare o una TV, che non aveva idea di cosa fosse un computer o un aereo?

"Come hai fatto ad affrontare tutto?" chiese Mia. "Non riesco nemmeno a immaginare come dev'essere stato per te."

Delia sollevò le spalle in modo aggraziato. "Non lo so, a dire il vero. Ormai riesco a malapena a ricordare quei primi tempi—ho solo immagini e impressioni sfocate nella mente. Ricordo solo che non affrontai bene il viaggio verso Krina. Il tuo cheren—che non era nemmeno nato all'epoca—ha fatto molto per rendere il viaggio intergalattico più sicuro e comodo. Ma all'epoca era molto più difficile. Durante l'intero viaggio stetti malissimo, perché la navicella non era ottimizzata per gli umani, e impiegai alcuni giorni per riprendermi quando arrivai su Krina, nonostante la loro medicina."

"Volevi andare?" Mia non poté fare a meno di provare intensa compassione per una diciannovenne a cui era stato strappato tutto ciò che aveva, e che era stata portata in un luogo strano e sconosciuto.

Delia sollevò di nuovo le spalle. "Volevo stare con Arus, ma non avevo capito appieno che cosa avrebbe comportato. Ovviamente, non ho rimpianti adesso."

"Ci sono charl ancora più grandi di te?"

"Sì" disse Delia. "Ce ne sono due. Uno è il charl dell'esperta di biologia, che ha sviluppato il processo di estensione della durata della vita umana. Ha quasi cinquemila anni. E l'altra ha circa cinquecento anni più di me. È originaria dell'Africa."

"Aspetta, hai detto il charl?" Era la prima volta che Mia sentiva parlare di un charl maschio.

"Sì" rispose Sandra, unendosi alla conversazione. "Anch'io ero rimasta sorpresa. Ma alcune donne Krinar—e uomini Krinar—scelgono maschi umani come charl. È molto più raro, ma succede. Sumuel—il charl originario—in realtà sta con una coppia."

Mia sbatté le palpebre. "Una specie di triangolo?"

"Più o meno" disse Sandra con un sorriso malizioso sul viso. "È piuttosto insolito, ma funziona per loro. La figlia della coppia ritiene Sumuel un terzo genitore."

"La figlia della coppia Krinar?"

"Sì, certo" disse Delia. "Non possiamo avere figli con i Krinar. Non siamo sufficientemente compatibili, geneticamente."

Anche se Mia lo sapeva, sentirlo confermare da Delia le provocò un lieve dolore allo stomaco. Negli ultimi giorni, Mia era stata così felice che non aveva avuto la possibilità di riflettere sugli aspetti negativi dello stare sempre con qualcuno che non apparteneva alla sua stessa specie. Korum le aveva detto all'inizio che non poteva metterla incinta, e lei non aveva avuto motivo di dubitarne. Inoltre, aveva avuto altre cose per la testa. Tuttavia, ora che Mia era sicura di un futuro con Korum, si rese conto di cosa implicasse quel futuro—o, piuttosto, di cosa non implicasse: i figli.

Non sentiva il desiderio ardente di diventare madre, almeno non adesso. Avere un figlio era qualcosa che aveva sempre immaginato come parte di un futuro piacevole e nebuloso. Aveva sempre pensato che avrebbe finito il college, frequentato la scuola di specializzazione e incontrato un brav'uomo da qualche parte lungo il cammino. Si sarebbero frequentati un paio d'anni, si sarebbero sposati, avrebbero avuto un piccolo matrimonio di famiglia e avrebbero cominciato a pensare ai figli dopo essere stati sposati da tempo. Invece, era diventata la charl di un extraterrestre una settimana dopo averlo conosciuto, aveva ottenuto l'immortalità e perso ogni possibilità di una normale vita umana.

Non che le dispiacesse, ovviamente. Stare con Korum, amarlo, era molto più di quanto avrebbe mai potuto sperare. E se da qualche parte, nel profondo, una piccola parte di lei si sentiva vuota per la perdita del suo inesistente figlio o figlia... Beh, l'avrebbe accettato. Forse, un giorno, avrebbe persino convinto Korum ad adottarne uno.

Così, si stampò un bel sorriso sul volto e tornò a rivolgere l'attenzione a Delia, chiedendole delle sue esperienze su Krina e di come fosse stato vivere così a lungo.

Nell'ora successiva, Mia conobbe Delia e Sandra, venne a sapere le loro storie e com'era davvero la vita di un charl. A differenza di Delia, Sandra era a Lenkarda solo da tre anni. Originaria dell'Italia, aveva conosciuto per caso il suo cheren sulla costiera amalfitana. Sia Delia che Sandra sembravano abbastanza soddisfatte della loro vita, anche se Mia aveva la sensazione che Arus trattasse Delia come una vera partner, mentre il cheren di Sandra la viziasse molto, ma senza prenderla troppo sul serio.

Dopo la scomparsa della maggior parte del cibo a tavola, Maria sfidò le ragazze a un gioco di bevute che somigliava a vero o falso. Chi non rispondeva doveva bere un intero bicchiere di tequila.

"Non preoccuparti" sussurrò Sandra a Mia. "Non riuscirai a ubriacarti —nemmeno se bevi cinque bicchieri all'ora. I nostri corpi metabolizzano l'alcol molto velocemente ora."

Mia sorrise, ricordando l'ultima volta in cui si era ubriacata. Sarebbe stato bello aver avuto tutti quei nanociti in quel club; le avrebbe risparmiato un po' di imbarazzo.

Giocarono per un'ora e Mia bevve almeno sei bicchieri, scegliendo l'opzione "falso" invece di rispondere ad alcune domande molto inquisitorie sulla sua vita sessuale. Tuttavia, le altre ragazze non si facevano gli stessi scrupoli, e Mia scoprì tutto sulla preferenza di Moira per i pantaloni neri di pelle, sulla passione di Jenny per i massaggi ai piedi e sul fatto che Sandra una volta avesse fatto sesso su una scialuppa di salvataggio.

Alla fine, la festa terminò. Sentendosi leggermente sbronza, Mia si diresse verso casa, aspettando con impazienza di vedere Korum e di finire quello che avevano iniziato prima che lei andasse via.

～

Saret attraversò le baraccopoli di Città del Messico, osservando spassionatamente la feccia dell'umanità che lo circondava. Aveva già piazzato i dispositivi nel centro della città, quindi quell'escursione non aveva alcuno scopo particolare, se non quello di soddisfare la sua curiosità—e di rafforzare nella sua mente la correttezza di ciò che stava facendo.

All'angolo, due teppisti stavano minacciando una prostituta con un coltello. Lei tirò fuori i soldi dal reggiseno con riluttanza, imprecando in uno spagnolo molto colorito. Saret camminò nella loro direzione, facendo intenzionalmente rumore, e i teppisti fuggirono, vedendolo avvicinarsi, lasciando la puttana da sola. Quest'ultima guardò Saret e corse via, comprendendo chi fosse.

Saret sorrise tra sé e sé. *Vigliacchi del cazzo.*

Era già passata la mezzanotte, e la zona pullulava di ogni tipo di vita dei bassifondi. La violenza legata alla droga in Messico non era migliorata negli ultimi anni, e il governo del Paese si era spinto fino al punto di rivolgersi ai Krinar per ricevere assistenza in merito al problema. Dopo qualche discussione, il Consiglio aveva deciso di non accettare, non volendo essere coinvolto negli affari umani. Saret in segreto non era d'accordo con quella decisione, ma aveva votato come Korum: contro il coinvolgimento. Non era mai una buona idea opporsi apertamente al suo cosiddetto amico. Inoltre, non aveva senso aiutare gli umani su una scala così limitata. Quello che Saret avrebbe fatto sarebbe stato molto più efficace.

Stava tornando dove aveva lasciato la navicella, quando una dozzina di membri della gang commisero l'errore fatale di passargli davanti. Armati di mitragliatrici e strafatti di cocaina, evidentemente si sentivano invincibili e perfettamente in grado di attaccare un K—un errore per cui pagarono immediatamente.

I primi proiettili riuscirono a colpire Saret, ma nessuno degli altri lo fece. Consumato dalla rabbia, non rifletté nemmeno sulle proprie azioni, agendo esclusivamente d'istinto—e il suo istinto fu quello di distruggere e fare a pezzi tutto ciò che lo minacciasse. Quando Saret riprese il controllo, c'erano parti di corpi in tutto il vicolo e l'intera strada puzzava di sangue e morte.

Disgustato da se stesso—e dagli idioti che l'avevano provocato—Saret tornò sulla navicella.

Era più convinto che mai che la sua strada fosse quella giusta.

CAPITOLO QUATTRO

Il giorno dopo, Mia finì di eseguire la simulazione per la terza volta e inviò i risultati digitali a Saret, sperando che presto lui avrebbe avuto la possibilità di guardarli. Senza il suo feedback—o l'input di Adam—non c'era davvero nient'altro che potesse fare per far avanzare il progetto in quel momento.

Erano solo le undici di mercoledì, e aveva già terminato quello che aveva deciso di fare in laboratorio quel giorno. Certo, poteva sempre dedicarsi a qualche lettura sulla mente o guardare alcune registrazioni, ma quelle erano attività che tendeva a fare nel tempo libero fuori dal laboratorio. Le ore di laboratorio dovevano essere dedicate al lavoro effettivo e Mia sperava che avrebbe potuto trovare qualcosa con cui tenersi occupata, finché non avesse ricevuto il feedback necessario sul suo attuale progetto.

Come al solito, Saret era andato da qualche parte, e gli altri apprendisti erano di nuovo in Tailandia. L'avevano lasciata da sola nel laboratorio—cosa che Mia considerava un probabile segno di fiducia. Dubitava che Saret avrebbe lasciato chiunque con quelle complesse apparecchiature del laboratorio.

Alzandosi, si diresse verso la struttura di archiviazione dei dati comuni—un dispositivo Krinar, che era anni luce avanti a qualsiasi computer umano. Mia stava appena iniziando ad apprendere tutte le sue capacità, così decise di sfruttare il periodo di inattività per esplorarlo un po' e approfondire alcuni dei progetti degli altri apprendisti. L'unità di dati rispondeva ai comandi vocali, il che rendeva più facile per Mia gestirli.

Le sei ore successive sembrarono volar via. Assorbita dal suo compito, Mia sentiva appena il passare del tempo, mentre si informava sulle proprietà rigenerative del tessuto cerebrale dei Krinar e sulla complessità dello sviluppo della mente infantile. Fece una breve pausa per pranzo—richiedendo un sandwich all'edificio del laboratorio intelligente—e poi continuò, affascinata da ciò che stava imparando. Sembrava che il progetto che aveva portato gli altri apprendisti lontano dal laboratorio fosse ancora più interessante di quello su cui stavano lavorando Mia e Adam. Sentendosi un po' gelosa, decise di chiedere a Saret se potesse esserne coinvolta in qualche modo.

Finalmente, arrivarono le cinque del pomeriggio. Sebbene Mia di solito rimanesse fino a tardi nel laboratorio, decise di fare un'eccezione, dato che non aveva altro da sbrigare. Lasciando il laboratorio, si diresse verso casa.

Arrivata a casa, non fu sorpresa di scoprire che Korum non era ancora tornato. I suoi orari erano ancora più estenuanti, anche se aiutava il fatto che lui non avesse bisogno di dormire più di un paio d'ore a notte. Anzi, lavorava molto di notte o al mattino presto, quando Mia dormiva profondamente.

Mettendosi a proprio agio sulla lunga panca fluttuante nel soggiorno, Mia decise di sfruttare il tempo per telefonare a Jessie. Non si erano sentite da prima del viaggio di Mia in Florida, e le mancava davvero la voce allegra dell'amica.

"Chiama Jessie" disse all'orologio da polso, e sentì i familiari suoni della digitazione del numero, mentre il dispositivo si collegava.

"Mia?" La voce di Jessie sembrava cauta.

"Sì, sono io" disse Mia, sogghignando. Sapeva che sul telefono di Jessie sarebbe apparso un numero sconosciuto. "Come va? Non ci sentiamo da più di una settimana!"

"Oh, sto bene" disse Jessie, sembrando un po' distratta. "Come sta la tua famiglia? Hanno già conosciuto Korum?"

"Sì" disse Mia. "Che tu ci creda o meno, a loro è piaciuto. Ma ehi, ascolta, sei occupata adesso? Posso richiamare, se hai da fare—"

"Che cosa? Oh, no, aspetta, devo solo cambiare stanza..." Ci fu un breve silenzio, poi disse: "Ok, va bene ora. Scusa. Stavo uscendo con Edgar e Peter. Ti ricordi di Peter?"

"Certo" disse Mia. Peter era il ragazzo che aveva conosciuto in discoteca—quello che Korum aveva quasi ucciso per aver ballato con lei. Mia rabbrividì ancora una volta al ricordo di quella terribile notte, quando aveva pensato che Korum avesse scoperto il suo inganno e che l'avrebbe uccisa. Col senno di poi, era stata un'idiota; avrebbe dovuto immaginare che non le avrebbe mai fatto del male. Ma a quel tempo, Korum era ancora un estraneo per lei, un membro della misteriosa e pericolosa razza Krinar che aveva invaso la Terra cinque anni prima.

"Chiede ancora di te" disse Jessie—un po' malinconicamente, pensò Mia. "Edgar mi ha detto che è davvero preoccupato—"

"È carino da parte sua, ma non c'è motivo di preoccuparsi" interruppe l'amica, a disagio con la piega che stava prendendo la conversazione. "Davvero, non sono mai stata più felice in vita mia..."

Jessie rimase in silenzio per un secondo, poi Mia la sentì sospirare. "Quindi, è così, eh?" disse dolcemente. "Sei innamorata del K?"

"Sì" rispose Mia, con un grande sorriso sul viso. "E lui ama me. Oh, Jessie, non hai idea di quanto mi renda felice. Non avrei mai immaginato che potesse essere così. È come un sogno che diventa realtà—"

"Mia..." Sentì Jessie sospirare di nuovo. "Sono felice per te, lo sono davvero... Ma, dimmi, pensi che tornerai a New York?"

Mia esitò per un momento. "Penso di sì..." Ora ne era molto meno sicura di prima. Ogni giorno che passava, il college e tutto ciò che implicava sembravano sempre meno importanti. Che senso aveva una laurea conseguita presso un'università umana, se avesse continuato a vivere e a lavorare a Lenkarda? Imparava più durante una giornata in laboratorio che in un mese alla NYU. Aveva davvero senso passare altri nove mesi a scrivere saggi e a fare esami solo per il gusto di dire che si era laureata? E, cosa più importante, Saret le avrebbe permesso di tornare al laboratorio dopo un'assenza così lunga? Visto il rapido ritmo della ricerca, tornare dopo nove mesi sarebbe stato quasi come ricominciare.

"Non sembri molto convinta" disse Jessie, con una nota di tristezza nella voce.

"Sì, non credo di esserlo" ammise Mia. "A Korum non dispiacerebbe, ma non so se potrei tornare al mio tirocinio, se mi assentassi per così tanto tempo..."

"Quindi, ti piace stare lì? Nel Centro K, intendo?"

"Sì" disse Mia. "Jessie, è così bello qui... Non riesco a nemmeno a descriverti quanto siano meravigliose alcune delle loro invenzioni. Korum ha una camera a gravità zero in casa sua. Puoi immaginarlo? E ha un pavimento che ti massaggia i piedi, mentre ci cammini sopra." Per non parlare del fatto che ormai era praticamente immortale—ma non le era permesso parlarne al di fuori di Lenkarda.

"Davvero? Un pavimento che ti massaggia i piedi?" Jessie sembrava gelosa ora.

"Sì, e un letto che fa la stessa cosa a tutto il tuo corpo. Tutta la loro tecnologia è straordinaria, Jessie. Credimi quando ti dico questo: non è affatto difficile stare qui."

"Sì, sembra proprio così" disse Jessie, e Mia percepì la rassegnazione nella sua voce. "Credo che mi manchi, tutto qui."

"Mi manchi anche tu" disse Mia. "Forse verrò a trovarti tra un paio di settimane. Lascia che ne parli con Korum, e troveremo un modo."

"Oh, sarebbe fantastico!" Jessie sembrava molto più emozionata ora.

"In qualche modo faremo" promise Mia, sorridendo. "Ti farò sapere quando verremo. Ma comunque, basta parlare di me... Parlami di te e di Edgar. Come vanno le cose?"

E nei dieci minuti successivi, Mia venne sapere tutto sul nuovo fidanzato di Jessie, sul suo ruolo nel nuovo film e sul panda di peluche che aveva vinto per Jessie in un parco divertimenti. A quanto pareva, i due stavano diventando sempre più intimi, e Mia era contenta che Jessie fosse così felice. Se c'era qualcuno che meritava di avere un ragazzo carino e premuroso, quella persona era la sua ex coinquilina.

Alla fine, Jessie dovette andare a cena, così Mia la salutò e andò a cambiarsi prima che Korum tornasse a casa. Le aveva accennato che l'avrebbe portata a passeggiare lungo la spiaggia dopo cena, e Mia volle assicurarsi che il costume fosse pronto.

"Allora, quando pensi che il Consiglio deciderà sui Keith?" chiese Mia, assaggiando il peperone ripieno di riso aromatizzato ai funghi. "Stanno ancora eseguendo le indagini?"

Korum annuì, raccogliendo un pezzo di fungo con la posata a forma di pinna usata dai Krinar al posto delle forchette. "Loris sta facendo il difficile, come pensavo. Ha un paio di Consiglieri dalla sua parte, e afferma che è impossibile che Saur possa aver cancellato i ricordi dei

Keith. Apparentemente, qualcuno del laboratorio delle Fiji gli ha detto che gli apprendisti non hanno accesso a quel tipo di apparecchiatura."

"Davvero? Quindi, continua a dire che tu e Saret siete i responsabili?"

"Credo che abbia rinunciato all'idea di incastrare Saret" disse Korum, con un sorriso beffardo sulle labbra. "Ora sta cercando delle prove contro di me."

Mia lo fissò, preoccupata per quello sviluppo. Il Krinar vestito di nero che aveva visto al processo non sembrava una persona con cui si potesse scherzare—e odiava davvero Korum. "Credi che possa crearti problemi?"

"No, non preoccuparti, dolcezza" disse Korum in tono rassicurante, anche se i suoi occhi brillarono per qualcosa che sembrava attesa. "Sta solo cercando di rimandare l'inevitabile. Ha fallito come Protettore, e lo sa. Non appena suo figlio e il resto di quei traditori saranno condannati, perderà tutta la propria autorità—compresa la posizione all'interno del Consiglio."

"E non ti dispiace neanche un po'?" chiese Mia, guardandolo con un sorriso ironico. Nel bene e nel male, il suo amante tendeva ad essere piuttosto spietato con i propri avversari—un tratto della personalità che la rendeva felice di essere dalla sua parte ora.

Korum scrollò le spalle. "È stata una scelta di Loris rischiare tutto per il figlio. Ora ne pagherà il prezzo. E se avrò meno persone contro di me come conseguenza, allora tanto meglio."

Mia annuì e si concentrò sul resto del piatto di peperoni ripieni. Nonostante tutto, non poteva fare a meno di sentirsi un minimo comprensiva verso il Protettore. Dopotutto, il K stava solo difendendo il figlio. Pensò che avrebbe fatto la stessa cosa per il suo—non che ora avrebbe dovuto preoccuparsene, ricordò a se stessa. Scacciando quello spiacevole pensiero, guardò Korum, studiandolo di nascosto mentre finiva di mangiare.

A volte era ancora difficile per lei credere che fossero così felici insieme. Secondo la legge Krinar, apparteneva a Korum—un fatto che la faceva sentire ancora molto a disagio. In quanto charl, la sua posizione legale nella società K era torbida, per non dire altro. Se non l'avesse amato così tanto—e se non l'avesse trattata così bene—la sua vita sarebbe stata molto triste.

Ma lei lo amava. E lui amava lei, con tutta l'intensità della sua natura. Di conseguenza, sembrava che stesse cercando di reprimere la sua innata arroganza, sapendo che era importante per lei essere considerata alla pari. C'era ancora molta strada da fare, naturalmente—la differenza di età ed esperienza era troppo ampia per poter essere colmata facilmente—ma l'alieno stava sicuramente facendo uno sforzo in quella direzione.

Dopo che entrambi ebbero terminato il pasto, Korum si alzò e le offrì la mano. "Ti va di fare una passeggiata, dolcezza?" le chiese, con un caloroso sorriso.

Mia sorrise. "Certo." Amava quelle passeggiate dopo cena sulla spiaggia. Le avevano fatte quasi tutte le sere, quando erano in Florida, e aveva scoperto molte cose su Korum durante quei momenti tranquilli.

Prendendogli la mano, lo seguì fuori.

Camminarono in silenzio per un paio di minuti, godendo della dolce brezza serale. Il sole stava tramontando dietro gli alberi, e un bagliore arancione illuminava il cielo, riflettendo sull'acqua un lontano tremolio.

"Sai" disse Mia, ripensando al loro primo incontro a New York: "Non so ancora il tuo nome completo. Hai detto che non sarei riuscita a pronunciarlo, se me lo avessi detto, ma non ho mai sentito nessuno chiamarti diversamente."

Sorrise. "I nostri nomi completi sono generalmente usati solo alla nascita e alla morte. Vuoi sentirlo lo stesso?"

"Certo." Immaginò qualcosa di assolutamente impronunciabile. "Qual è?"

"Nathrandokorum."

"Oh, sembra carino" disse Mia, sorpresa. "Perché non lo usi più spesso?"

Si strinse nelle spalle. "Non lo so. È così che funzionano le cose da molto tempo. I nomi completi non sono diventati altro che una formalità. Dubito che qualcun altro, a parte i miei genitori, sappia che mi chiamo Nathrandokorum."

Mia sorrise, scuotendo la testa. Alcune parti della cultura Krinar erano davvero strane.

Camminarono ancora un po', e poi Mia ricordò la recente conversazione con l'ex coinquilina. "Credi che presto potremmo andare a New York?" chiese. "Ho parlato con Jessie, e mi farebbe davvero piacere rivederla..."

Korum sorrise, guardandola dall'alto in basso. "Certo. Se vuoi, possiamo andare la prossima volta che avrai un giorno libero. O vorresti passarci più giorni?"

"No, un giorno sarebbe perfetto. A volte dimentico che possiamo fare un salto laggiù ogni volta che vogliamo."

Il suo sorriso si allargò. "Certo che possiamo—soprattutto ora che la maggior parte dei membri della Resistenza sono stati catturati."

"Dov'è Leslie?" chiese Mia, ricordando la ragazza che l'aveva aggredita in Florida. "È qui, a Lenkarda?"

Korum scosse la testa. "No, è nel nostro Centro in Arizona."

"Sta... bene?" Mia aveva quasi paura di sentire la risposta. La combattente della Resistenza si era unita a Saur—l'ex apprendista del laboratorio di Saret—per cercare di uccidere Korum in Florida. Ora era sotto la custodia dei K, in procinto di essere 'riabilitata.' Da quello che Mia aveva compreso della procedura, l'obiettivo finale era quello di modificare quella parte della personalità di Leslie che la rendeva un pericolo per la società (o per i Krinar, a seconda dei casi). La Riabilitazione—o manomissione mentale—era la branca più avanzata delle neuroscienze Krinar, e Mia aveva appena iniziato a studiarla nel laboratorio.

"Presumo di sì" disse Korum, con l'espressione che si raffreddò. Ovviamente non aveva dimenticato che la ragazza aveva puntato una pistola contro Mia e che l'aveva quasi fatto uccidere da Saur.

"Potresti informarti per favore?" Per qualche ragione, Mia si sentiva responsabile per quello che era successo a Leslie, anche se la ragazza l'aveva *aggredita*. Tuttavia, non poteva fare a meno di ricordare il terrore sul volto di Leslie, mentre veniva portata via dai guardiani K. Per quanto fossero errate le intenzioni della combattente, non meritava di essere maltrattata, e Mia sperava sinceramente che non le facessero del male durante la sua riabilitazione.

Korum esitò, poi annuì bruscamente. "Va bene, lo farò." Tuttavia, serrò la mascella, e la giovane capì che stava ripensando all'incidente sulla spiaggia.

Per distrarlo, gli strinse la mano e gli rivolse un grande sorriso. "Grazie" disse. "Lo apprezzo molto."

"Certo, mia cara" disse, con l'espressione che si addolcì visibilmente. "Qualsiasi cosa pur di renderti felice—lo sai." E chinandosi, strofinò le labbra sulle sue per un breve bacio.

"Allora, chi sono i guardiani, a proposito?" chiese Mia, quando ripresero a camminare. "Sono la vostra polizia?"

"Qualcosa del genere" rispose Korum. "Sono un incrocio tra soldati, polizia e una delle vostre agenzie di intelligence. Applicano le nostre leggi, catturano i criminali e affrontano ogni tipo di minaccia umana. La nostra società è così uniformata a questo punto che non abbiamo più guerre su Krina, come le avete ancora qui sulla Terra. Ci sono ancora alcune rivalità regionali, naturalmente, e ci sono sempre alcuni pazzi che non sono d'accordo con il modo in cui le cose vengono fatte dal governo, ma non abbiamo il genere di conflitto che richiederebbe un esercito permanente."

"Quindi, siete riusciti a invadere il nostro pianeta senza un esercito?"

Korum rise. "Se vuoi metterla in questo modo, sì. La maggior parte dei maschi Krinar che sono venuti sulla Terra hanno ricevuto un addestramento in stile militare, perché ci aspettavamo qualche resistenza. Ma no, non avevamo bisogno di un grande esercito per controllare la Terra; tutto ciò di cui avevamo bisogno era la nostra tecnologia."

"Certo." Mia cercò di tenere l'amarezza fuori dalla voce. Amare Korum nel modo in cui l'amava rendeva facile dimenticare che stava praticamente dormendo con il nemico—anche se quest'ultimo non intendeva realmente danneggiare il suo pianeta. Era solo durante quelle conversazioni che a Mia veniva spiacevolmente ricordato che i Krinar avevano preso con la forza il suo pianeta... e che l'uomo che l'amava non aveva necessariamente a cuore gli interessi del genere umano.

"Fidati, Mia, è stato meglio così" disse Korum, come se le leggesse nel pensiero. "Il tuo governo non ha avuto altra scelta che accettare l'inevitabile, e questo ha contribuito a minimizzare lo spargimento di sangue. Sarebbe stato molto peggio, se ci fosse stata una vera e propria guerra tra la nostra gente."

Mia serrò la bocca, ma annuì, sapendo che aveva ragione. Sarebbe stato inutile opporsi alla superiorità tecnologica dei Krinar; in un certo senso, quello aveva reso la loro invasione il più indolore possibile. L'invasione in sé era una questione diversa, naturalmente—ma Mia non aveva l'energia o la voglia di combattere quella particolare battaglia. Aver lavorato per la Resistenza una volta le era bastato.

"Posso farti una domanda?" disse Mia, ripensando a quei giorni folli in cui spiava Korum. "Non capisco una cosa dei piani dei Keith. Anche se fossero riusciti a cacciare tutti i Krinar dalla Terra, la tua gente non sarebbe tornata con i rinforzi? So che hai detto che ti avrebbero *ucciso*, ma per quanto riguarda tutti gli altri? Sei l'unico con i mezzi per fare avanti e indietro tra la Terra e Krina?"

Korum le lanciò un'occhiata divertita. "No, certo che no. La mia azienda ha i progetti di navicelle più avanzate, ma i Krinar viaggiano verso e dalla Terra da molto tempo prima che io nascessi. Penso che i Keith sperassero di controllare il campo protettivo."

"Il campo protettivo?"

Annuì. "Fino a una dozzina di anni fa, i viaggi interspaziali in gran parte non erano regolati. Chiunque poteva andare ovunque, purché avesse una navicella che lo trasportasse. Ora, però, abbiamo uno scudo per proteggere la Terra dai viaggi non autorizzati—lo stesso tipo di scudo che abbiamo installato recentemente intorno a Krina."

"C'è uno scudo intorno alla Terra?" Mia lo guardò, sorpresa.

"In realtà, è uno scudo intorno al sistema solare" spiegò Korum. "Non una barriera, ma più un campo perturbatore. Una volta attivato, crea problemi alle capacità delle nostre navicelle più veloci della luce."

"Perché avere qualcosa che potrebbe rovinare le vostre navicelle?"

"Per motivi di sicurezza, vogliamo essere certi che il Consiglio sia informato—e che autorizzi qualsiasi viaggio tra la Terra e Krina. Inoltre, se ci sono altre forme di vita intelligenti là fuori, che usano una tecnologia paragonabile alla nostra, gli scudi ci garantiscono una protezione da loro."

Mia gli rivolse un'occhiata ironica. "Quindi, non possono farvi quello che avete fatto a noi?"

"Esattamente." Le sorrise, sembrando così impenitente che Mia non poté fare a meno di ridere.

"Ok" disse, tornando alla domanda iniziale. "Quindi, che cosa avrebbero fatto i Keith? Avrebbero usato il campo protettivo per tenere fuori il resto dei Krinar?"

"Probabilmente" disse Korum, sempre sorridendo. "Questo è quello che avrei fatto al posto loro."

Camminarono ancora per qualche minuto prima di raggiungere l'oceano. Come al solito, quella parte della spiaggia era completamente deserta. Con solo cinquemila K nell'insediamento costaricano, c'era spazio in abbondanza per tutti e la maggior parte dei Krinar tendeva a tenersi lontano dai "territori" degli altri—tanto informali quanto fossero quelli dei tempi moderni. Dato che Korum amava fare passeggiate serali su quella particolare distesa di sabbia, gli altri K si tenevano rispettosamente alla larga.

"Vuoi fare una nuotata?" chiese Mia, lasciandogli andare la mano e togliendo le scarpe per verificare la temperatura dell'acqua con la punta del piede. Era perfetta—abbastanza fredda da essere rinfrescante.

Invece di rispondere, Korum si tolse la maglietta, rivelando un busto muscoloso e abbronzato. "Assolutamente" disse, con gli occhi che diventavano più dorati secondo dopo secondo.

Sorridendo, Mia fece qualche passo indietro e tolse lentamente il vestito, adorando il modo in cui lo sguardo dell'extraterrestre era incollato a ogni sua mossa. Poteva vedere la crescente erezione nei suoi pantaloncini, e i capezzoli le si indurirono, con il corpo che reagì al desiderio dell'alieno. Il fatto che potesse procurargli quello semplicemente rimanendo con il costume da bagno era esilarante—e incredibilmente lusinghiero.

"Mi stai stuzzicando?" chiese, con voce bassa e pericolosamente dolce.

Con il cuore che le batteva dall'eccitazione, Mia annuì, osservando i suoi occhi stringersi per la risposta.

"Capisco" disse pensieroso. E prima che Mia potesse battere ciglio, fu su di lei, prendendola tra le braccia e portandola in acqua.

Tenuta saldamente nel suo abbraccio, Mia rise, godendosi la freschezza dell'acqua, mentre andavano sempre più a largo. "Sarà questa la mia punizione?" scherzò mentre lui si fermò, aspettando che una grossa onda li superasse prima di procedere.

"Oh, vuoi essere punita?" mormorò, guardandola con un bagliore acceso negli occhi.

Sorridendo, Mia scosse la testa. "No..."

"Penso di sì..." disse dolcemente, spostandola tra le braccia in modo da tenerla con una sola mano. Prima che Mia potesse dire qualcosa, l'altra mano le scivolò nel costume e premette sul sesso, trovando il clitoride e pizzicandolo con le dita.

Lei si irrigidì, sorpresa dalla forte sensazione, e lui lo fece di nuovo, osservando il suo viso da vicino. "Fa male?" chiese, con voce vellutata. "O ti piace?"

Mia ansimò, mentre le sue dita aumentavano la pressione. "Non lo so..."

"Oh, penso che tu lo sappia" sussurrò. "Penso che tu lo sappia molto bene..." Le sue dita scivolarono dentro, distendendola.

"Korum, per favore..." Poté sentirlo piegare un dito dentro di lei, sfregandolo sul punto G.

"Sei bagnata" mormorò. "Così scivolosa che riesco a sentirlo nonostante l'oceano. Mi fai venir voglia di scoparti subito."

"Allora fallo" sospirò Mia, fissandolo. "Scopami." Era già sull'orlo dell'orgasmo—tutto ciò di cui aveva bisogno era una piccola spinta per portarla oltre il limite.

I suoi occhi divennero più luminosi. "Oh, lo farò..." In pochi secondi, la spogliò, con i resti strappati del costume che galleggiavano intorno a loro. I pantaloncini di Korum andarono incontro allo stesso destino, e poi la mise in piedi, lasciandola scivolare lungo il suo corpo. Mettendole le braccia intorno al collo, Mia premette contro di lui. I suoi seni erano teneri, con i capezzoli sensibili, e li sfregò contro il suo petto per alleviare il dolore profondo. La sua erezione le spingeva sul ventre, spessa e calda, e il sesso le pulsò dal bisogno di prenderlo.

Chinandosi in avanti, gli baciò le labbra, assaporando il sale dell'acqua oceanica e l'essenza squisitamente deliziosa che era Korum. Lui gemette, approfondendo il bacio, e Mia gli succhiò la lingua, accarezzandola con la sua. Allo stesso tempo, si allungò sotto l'acqua, avvolgendogli le dita attorno all'asta dura. Questa saltò a quel tocco, gonfiandosi ulteriormente, e Korum inspirò bruscamente, sollevandola e aprendole le cosce. Un'onda li colpì, con le gocce d'acqua che spruzzarono sul viso di Mia, e lei chiuse gli occhi, afferrando le spalle di Korum con entrambe le mani. Per un breve secondo, la punta del suo cazzo le sfiorò l'ingresso, e poi spinse dentro con un colpo potente.

Mia ansimò per l'invasione, i suoi muscoli interni si irrigidirono per la sensazione di lui così profondamente dentro. Avvolgendogli le gambe attorno alla vita, lo tenne lì, godendosi la straordinaria sensazione.

"Cazzo" gemette lui. "Sei così... fottutamente... straordinaria..." Rimarcò ogni parola con una lieve spinta poco profonda, sbattendole il bacino contro il clitoride, e Mia urlò, quando un orgasmo improvviso l'attraversò, facendole fremere il sesso attorno all'asta dell'extraterrestre. Lui gemette di nuovo, e continuò a spingere dentro di lei, sollevandola su e giù sul suo cazzo con un ritmo implacabile che la spinse di nuovo al limite, pochi minuti dopo. Questa volta, si unì a lei, e sentì il calore del rilascio dell'umana nel profondo del suo ventre.

E poi, semplicemente galleggiarono lì, lasciando che le onde li cullassero avanti e indietro.

CAPITOLO CINQUE

*L*a mattina seguente, Mia si ritrovò ancora una volta da sola nel laboratorio. Saret era ancora in viaggio e non le aveva inviato il feedback, così lei continuò a studiare gli altri progetti, finché lo stomaco non brontolò, ricordandole che era ora di mangiare.

Alzandosi, si stiracchiò e chiese un popolare stufato Krinar per pranzo. L'edificio del laboratorio intelligente glielo preparò cinque minuti dopo, e Mia si sedette a mangiare su una delle panche/tavoli fluttuanti.

Per qualche ragione, i suoi pensieri continuavano a tornare sulla conversazione che aveva avuto con Korum ieri, e sulla combattente della Resistenza che lei aveva aiutato a catturare. Leslie avrebbe subito la manipolazione della mente, e Mia non poté fare a meno di chiedersi quanto sarebbe cambiata la ragazza. Non riusciva a immaginare che qualcuno le potesse *alterare* i pensieri, i sentimenti e i ricordi, e si sentiva in colpa per il fatto che un'altra persona sarebbe stata sottoposta a qualcosa di così invasivo. Sicuramente doveva esserci un modo migliore per dissuadere Leslie dalla sua inutile battaglia contro i Krinar. Forse qualcuno avrebbe potuto parlarle, spiegare che i Krinar non avevano intenzioni sinistre verso la Terra... Naturalmente, era possibile che l'odio della ragazza verso gli invasori fosse troppo profondo per permetterle un pensiero razionale.

Sospirando, Mia terminò il pasto e tornò all'unità di archiviazione dei dati. Mentre stava per tirare fuori il progetto sullo sviluppo della mente infantile, si fermò, ricordando un dettaglio a cui Adam aveva accennato a un certo punto. Saur—il K che aveva cercato di uccidere Korum—un tempo era stato un apprendista in quello stesso laboratorio, e presumibilmente era abbastanza bravo nella manipolazione della mente. Se alcuni dei suoi vecchi progetti fossero stati ancora conservati lì, avrebbero potuto aiutarla a capire meglio che cosa avrebbero fatto a Leslie.

Improvvisamente emozionata, Mia ordinò all'unità di localizzare tutti i dati che Saur aveva inserito. Ce n'erano molti, ma aveva molto tempo a disposizione.

Mettendosi comoda, si immerse nella complessità della mente alterata.

Cinque ore dopo, si rialzò, profondamente confusa. Aveva appena cominciato a grattare la superficie di tutto ciò su cui Saur aveva lavorato, ma nulla era direttamente collegato alla cancellazione della memoria. C'erano molte note e registrazioni sul condizionamento comportamentale e sull'impianto della memoria—ma solo brevi accenni sulla rimozione intenzionale di essa.

Se Mia aveva capito correttamente, Saur non aveva mai eseguito simulazioni sulla cancellazione della memoria, tanto meno aveva fatto pratica con soggetti veri e propri.

Accigliandosi, Mia fissò l'unità di archiviazione dei dati, stranamente turbata da ciò che aveva appena scoperto. Qualcosa non aveva senso per lei. Se Saur non sapeva come cancellare i ricordi, Saret non avrebbe dovuto dire qualcosa a tal proposito al Consiglio? Il suo capo sapeva sempre chi stava lavorando a un determinato progetto e sapeva tutto su di essi; era lui che assegnava i compiti a tutti.

Forse si sbagliava. Forse c'era qualche altro spazio di archiviazione dei dati di cui non era a conoscenza, in cui erano conservati altri progetti. Era possibile: Mia era ancora una principiante e stava appena cominciando a muovere i primi passi.

Era anche possibile che Saur semplicemente non si fosse preoccupato di inserire alcuni dei suoi progetti nel database comune. Adam aveva menzionato una volta che l'apprendista morto era un po' strano—un solitario che non andava d'accordo con nessuno. Forse trovava difficile seguire il protocollo del laboratorio.

Tuttavia, Mia non riusciva a scacciare la sensazione di disagio nello stomaco, la fastidiosa vocina che le diceva che qualcosa in quel quadro non era al suo posto. Aveva bisogno di parlare con Korum e doveva farlo presto.

Fermandosi per inviare a Korum un breve messaggio olografico per comunicargli che sarebbe tornata a casa tra pochi minuti, si diresse verso una delle pareti di uscita.

E mentre si avvicinava, la parete di fronte a lei si dissolse, e il suo capo entrò nel laboratorio.

～

"Ciao, chi si vede" disse Saret, guardandola con un sorriso. "Non sei ancora tornata a casa? Speravo che te la saresti presa comoda, senza di noi negli ultimi due giorni."

Mia ricambiò il sorriso, cercando di nascondere il nervosismo. "No, mi stavo solo informando su alcuni degli altri progetti qui" disse, rimanendo il più vicino possibile alla verità. "Quello su cui sta lavorando Aners è davvero interessante. Sai, sullo sviluppo della mente infantile."

"Certo." Il sorriso di Saret cambiò—diventando quasi indulgente, pensò Mia. "È un progetto molto importante quello. Ne possiamo riparlare, quando tu ed Adam avrete finito col vostro attuale compito."

"Sarebbe fantastico!" Mia inserì la giusta dose di entusiasmo nella voce e cercò di ignorare il modo in cui i palmi delle mani le stavano cominciando a sudare. "Non vedo l'ora. Grazie ancora per avermi dato quest'opportunità."

"Prego." Gli occhi castani di Saret brillarono, mentre fece un paio di passi verso di lei. Fermandosi a meno di un metro di distanza, disse: "Mi fa piacere che ti trovi bene qui."

Mia annuì, mantenendo un grande sorriso sul viso. Forse era un'idiota, ma le emozioni che le stava provocando il capo la facevano sentire decisamente a disagio. Tutto quello che voleva era andare a casa e parlare con Korum di quello che aveva scoperto. Molto probabilmente, c'era una buona spiegazione per tutto, ma vista la minima possibilità che non ci fosse, non voleva indugiare nel laboratorio più del necessario. Ed era la seconda volta che Saret si comportava in modo quasi... strano.

"D'accordo" disse lei allegramente, guardandogli il viso abbronzato. "Puoi dare un'occhiata alla relazione quando puoi? Vado a casa ora. O hai ancora bisogno di me?"

Saret sorrise di nuovo. "Ho sempre bisogno di te" disse, con una nota insolitamente dolce nella voce. "Ma devi riposare, lo capisco..." E il battito del cuore di Mia accelerò, quando le si avvicinò ulteriormente, con gli occhi che sembravano incollati alla sua spalla scoperta.

"Va bene allora—" indietreggiò "—ci rivedremo presto." E voltandosi, fece un passo verso la parete che portava fuori.

"C'è qualcosa che non va, Mia?" Saret si mise improvvisamente davanti a lei, bloccandole la strada. "Sembri preoccupata."

Ogni pelo del corpo di Mia era rizzato. "Scusa" disse senza troppo entusiasmo, sforzandosi di ridere. Anche alle sue orecchie sembrava una risata finta. "Stavo solo pensando di andare a New York per rivedere la mia coinquilina, tutto qui."

"Oh, davvero?" Saret inclinò la testa di lato. "E quando hai intenzione di andare?"

"Oh, non starò via troppo a lungo." Mia si pentì di essersi lasciata sfuggire quel particolare e di aver prolungato la conversazione. "Andremo durante uno dei giorni di riposo—"

"Allora, perché sei così nervosa?" chiese Saret, con una strana espressione negli occhi. "È perché hai scoperto qualcosa che non avresti dovuto scoprire?"

Mia deglutì, con un brivido lungo la spina dorsale. "Non so di cosa stai parlando..."

Saret sorrise—con lo stesso sorriso amichevole che era piaciuto a Mia in un primo momento. Ora, invece, lo trovava spaventoso. "Che cosa ti ha spinta a esaminare i file di Saur oggi?" chiese con fare indifferente. "Non sai che è vietato dal protocollo del laboratorio accedere ai progetti di altri apprendisti?"

Mia scosse la testa. Non lo sapeva, in effetti. Fissando Saret, le sembrò di vederlo per la prima volta. Era amico di Korum. Perché stava facendo questo? Perché aveva ingannato tutti sulle abilità di Saur? E, soprattutto, che cosa intendeva fare per impedire a Mia di dirlo a tutti?

Riflettendo furiosamente, si rese conto che negare sarebbe stato inutile a questo punto. In qualche modo, Saret sapeva della scoperta di Mia. "Perché?" gli chiese, mantenendo la voce ferma nonostante il tremore alle mani. "Perché non hai detto al Consiglio che Saur non avrebbe potuto farlo?"

Il sorriso di Saret si allargò. "Perché era conveniente che pensassero questo" spiegò, e lei scorse qualcosa di trionfante nel suo sguardo. "Non era quello che intendevo inizialmente, ma ha funzionato lo stesso."

Con la paura che cresceva minuto dopo minuto, Mia fece un passo indietro. Ogni suo istinto le stava urlando di scappare, *subito*. Forse c'era davvero una buona spiegazione per le azioni di Saret, ma non poteva rischiare. Mettendo da parte ogni residuo di cortesia, Mia portò rapidamente il braccialetto-orologio da polso al viso. "Chiama Kor—"

Ma non ebbe la possibilità di completare la sua richiesta. La mano di Saret fu improvvisamente attorno al suo polso, stringendolo in una morsa d'acciaio. Delle forti dita le strapparono il dispositivo, schiacciandolo.

"Oh, no" disse dolcemente Saret, trascinandola verso di sé, fino a premerla contro il suo corpo muscoloso. "Non potrai più chiamarlo, capisci?"

Stordita e terrorizzata, Mia fissò il K, che era stato il suo capo e mentore nell'ultimo mese. La sua mano le avvolgeva il polso, ruotandolo in modo tale da non permetterle di muoversi. Con orrore, Mia si rese conto che era duro, con l'erezione che spingeva minacciosamente nella morbidezza della sua pancia.

"Che cosa stai facendo?" sussurrò, mentre la calda bile le saliva in gola. "Korum ti ucciderà per questo, lo sai..."

Gli occhi di Saret brillarono. "Oh, lo farà? Sarà più che benvenuto, se verrà a cercarti qui. Il laboratorio è ben preparato per accogliere il suo arrivo."

"Che cosa?" Sicuramente non intendeva dire—

"Voglio dire che, quando arriverà il tuo cheren, avrò una sorpresina per lui" disse Saret, rivolgendole un sorriso gentile. "Vedi, cara Mia, è giunta l'ora che tu sappia la verità sul tuo amante. Vieni, andiamo nel mio ufficio e parliamone un po'."

E senza concederle alcuna scelta in merito, la trascinò verso il retro della stanza, con le dita avvolte saldamente intorno al suo polso. Al loro avvicinarsi, una delle pareti si dissolse, creando un'entrata nello spazio che Saret utilizzava per i progetti privati.

Con le ginocchia deboli dalla paura, Mia inciampò, mentre la trascinava nell'apertura, con la parete che si chiuse dietro di lei. Prima che potesse cadere, tuttavia, Saret la prese, sollevandola tra le braccia.

"Ecco" disse con dolcezza, sedendosi su una delle panche fluttuanti con lei tenuta stretta sul grembo. "Ti ho presa... Ma non preoccuparti— starai bene" aggiunse, apparentemente sentendo i tremori che la scuotevano.

"Lasciami andare" sussurrò Mia, spingendo sul suo petto con tutte le forze. Poté sentire un duro rigonfiamento premerle contro le cosce, e il suo stomaco si contorse dalla nausea. La sua voce si alzò istericamente. "Lasciami andare, subito!"

Non rispose, con gli occhi che si oscurarono mentre la fissava. L'espressione sul suo volto era quasi... rapita, realizzò Mia con orrore. Per qualche ragione, la voleva, e non c'era niente che potesse fare per fermarlo, se lui aveva deciso di agire in base a quell'inclinazione.

"Hai detto che mi avresti parlato di Korum" disse disperatamente, con la voce stridula per il panico. "Che cosa non so di lui?"

Saret sbatté le palpebre, con lo sguardo che si schiarì leggermente. "Oh, sì" disse, con un sorriso autoironico che gli apparve sulle labbra. "Ti ho detto che avremmo parlato, non è vero? Ecco, è meglio che ti sieda..." E sollevandola dalle ginocchia, la mise accanto a lui, continuando a tenere una mano avvolta saldamente intorno al suo braccio.

Mia cercò immediatamente di dimenarsi, ma la sua presa si strinse, impedendole di muoversi.

"Ascoltami, Mia" disse Saret, con un lieve cipiglio: "So che non capisci perché sto facendo questo adesso, e che ti sembra tutto assurdo. Ma, credimi, è per il tuo bene—per il bene di tutta l'umanità. Ciò che il tuo cheren ha in mente per la tua specie non è bello, e dev'essere fermato. Sai di cosa sta cercando di convincere gli Anziani?"

Mia scosse la testa, con lo stomaco sottosopra, mentre le allentò la presa sul braccio, massaggiandole delicatamente la pelle con il pollice.

"Vuole strapparvi il pianeta. Te l'ha detto?"

"No" riuscì a dire Mia, con il cuore che le batteva così forte da impedirle di ragionare. Saret le stava mentendo, naturalmente. Doveva essere così.

"Il mio cosiddetto amico è un mostro assetato di potere" disse Saret, con lo sguardo che si indurì. "Non era abbastanza per lui ottenere la massima reputazione su Krina. Oh no, cara Mia, doveva estendere il suo regno su un altro pianeta—sul vostro pianeta. Se non fosse stato per lui, non saremmo mai venuti sulla Terra. È stato lui a convincere gli Anziani della necessità di controllare il vostro pianeta, di salvarlo per le future generazioni Krinar. E ora ha intenzione di strapparvelo completamente. Capisci quello che sto dicendo?"

Mia annuì, cercando di farlo parlare. Sarebbe stata disposta ad ascoltare tutte le sue menzogne, se solo fosse servito a farle prendere tempo. Tra qualche altro minuto, Korum si sarebbe reso conto che non era tornata a casa come promesso. Sarebbe venuto a cercarla? Sarebbe finito in qualche trappola che Saret sembrava aver teso per lui? *Ti prego, fa' che non gli succeda niente. Ti prego, fa' che non gli succeda niente.*

"Vedi, Mia" continuò Saret: "Tutto ciò che voglio è il benessere della tua gente—il meglio per il maggior numero di esseri intelligenti. Voglio liberare la Terra, liberarla dalla tirannia di Korum e del Consiglio. Voglio che vi riprendiate il vostro pianeta."

"Perché? Cosa te ne importa?" Saret era uno dei Keith? E in quel caso, come era riuscito a sfuggire alla detenzione per tutto quel tempo?

"Perché? Perché ho sempre voluto fare qualcosa di grande." La voce di Saret era piena di emozione appena trattenuta. "Tutti i nostri contributi alla società, tutto questo—" agitò una mano verso il laboratorio "—impallidisce in confronto alla liberazione di miliardi di esseri intelligenti, all'idea di dar loro una vita migliore... una vita pacifica priva del terrore. Non voglio essere ricordato per aver inventato un altro modo per migliorare i ricordi, Mia. Voglio essere quello che porta la pace sulla Terra."

"La pace sulla Terra?" Le sembrava una follia. "Ma non siamo in guerra contro i Krinar—"

"Oh no, sbarazzarsi dei Krinar è solo l'inizio." Saret rise. "Vedi, Mia, posso anche dare alla tua gente una vita migliore. Posso farlo, in modo che non dobbiate passare i vostri pochi decenni a temere guerre, sparatorie, attacchi terroristici... Posso darvi quello che gli umani sognano dall'inizio dei tempi: una vita senza paura e violenza. Non lo vorresti, Mia? Non lo desidereresti per la tua specie?"

"Di cosa stai parlando?" Esisteva la malattia mentale tra i K? Stava ascoltando i deliri di un pazzo?

"So che non capisci ora, ma capirai—te lo prometto." Il volto di Saret era quasi incandescente dal fervore. "Quando i vostri tassi di omicidi scenderanno a zero e la guerra sarà solo un ricordo del passato, il vostro mondo capirà che è iniziata una nuova era nella storia umana—e mi ringrazierà per questo."

Mia lo fissò, per un minuto incapace di comprendere quello che stava dicendo. Poi, un'idea terrificante e inverosimile le passò per la testa. "Saret" disse lentamente, guardando il K noto come uno dei più grandi esperti della mente. "Stai parlando di qualche tipo di manipolazione mentale per gli umani?" *Ti prego, fa' che scoppi a ridere e che mi dica che non è vero. Ti prego, fa' che non sia così.*

Saret le rivolse un sorriso compiaciuto, accarezzandole il braccio con la mano e facendole accapponare la pelle. "Sì, cara Mia, è esattamente quello di cui sto parlando. Ho sempre saputo che siete brillanti come specie. Vedi, negli ultimi anni ho sviluppato e perfezionato una nuova tecnica, un modo per monitorare determinati impulsi neuronali, stimolando contemporaneamente i centri del dolore e del piacere del cervello—"

Mia trattenne il fiato. "Stai dicendo—" Si fermò un attimo, e dovette ricominciare. "Stai dicendo che hai sviluppato una sorta di controllo mentale?"

Saret rise, con gli occhi castani che brillarono dal divertimento. "No, certo che no. Credo che ormai tu abbia imparato abbastanza da sapere che il vero controllo della mente è impossibile. No, la mia tecnica permette di dirigere determinati comportamenti—di condizionare il cervello, se vogliamo. Ogni volta che qualcuno ha un pensiero violento, ad esempio, posso fargli provare dolore. Ogni volta che mi obbedisce—piacere. Immagina: un intero pianeta pieno di umani pacifici... Non lo vorresti, Mia?"

La ragazza stava per vomitare. "Ma come? Come puoi fare qualcosa del genere su una scala di massa?"

Saret sorrise, ovviamente godendo della sua reazione. "Beh" disse. "È qui che entrano in gioco Rafor e il resto dei Keith. Come probabilmente saprai, Rafor non era neanche lontanamente bravo quanto il tuo cheren nella progettazione tecnologica, ma era abbastanza bravo da occupare una posizione elevata nell'azienda del padre. Quando Korum lo ha messo fuori dal giro, il povero Rafor è stato lasciato libero. Vedi, avendo perso la reputazione, nessun altro lo avrebbe assunto come progettista, ed è stato costretto a dilettarsi in diverse materie che non gli interessavano quanto il campo scelto originariamente. È venuto addirittura da me un paio di anni fa, chiedendo di poter fare un apprendistato nel mio laboratorio.

"Ho rifiutato, ovviamente. Non era abbastanza qualificato per poter lavorare qui. Non lo eri nemmeno tu, essendo un'umana e tutto il resto, ma almeno ti appassionava l'argomento. Lui non aveva nemmeno questo." Saret si lasciò sfuggire una risatina. "In ogni caso, gli ho offerto la possibilità di aiutarmi in un progetto privato, di progettare i nanociti di cui avevo bisogno per attuare il piano. Ha compreso immediatamente quello che stavo cercando di fare—si allineava bene con le sue vedute comprensive verso gli umani—e ha fatto un ottimo lavoro creando sia il design nano che il meccanismo di dispersione."

Mia lo ascoltava attentamente, quasi senza osare respirare. Quello che le stava dicendo era così incredibile—e così terrificante—che riusciva a malapena a riflettere su ciò che stava ascoltando.

"Ovviamente, Rafor ha fallito miseramente nella prima parte del piano" proseguì Saret. "Doveva sbarazzarsi di Korum e degli altri con l'aiuto della Resistenza, invece è stato catturato."

Mia deglutì per liberarsi della secchezza nella gola. "Così, hai cancellato i loro ricordi" ipotizzò, e Saret annuì, sorridendo.

"Ho dovuto farlo. Non avevo altra scelta. Era l'unico modo per proteggere me stesso e il resto del piano. Inoltre, questo dava ai Keith una possibilità al processo."

"E così, il Protettore aveva ragione: sei stato tu a manipolare i ricordi tutto questo tempo—"

"Aveva parzialmente ragione." Il sorriso di Saret era luminoso e felice. "Pensava che avessi cancellato i loro ricordi per aiutare Korum, ma nulla potrebbe essere più lontano dalla verità. Questo ha ostacolato un po' il programma del tuo cheren—un bell'effetto collaterale, se non del tutto intenzionale dell'intera questione."

"Perché lo odi così tanto? Ti considera un amico—"

Il K con i capelli scuri scoppiò a ridere, piegando la testa all'indietro. "Certo—ho fatto in modo che lo fosse. Solo un idiota vorrebbe Korum come nemico. L'ho visto distruggere coloro che gli ostacolano il cammino, e non ho mai commesso quell'errore."

"Ma lo stai commettendo ora" fece notare cautamente Mia, guardando storto verso il punto in cui le dita del K erano ancora avvolte attorno al suo braccio. Se Korum fosse stato lì, Saret sarebbe già stato ucciso. Se c'era una cosa che aveva imparato nelle ultime settimane, era proprio la tendenza alla territorialità dei maschi Krinar.

"Oh, perché sto toccando la sua preziosa charl?" disse Saret, con gli occhi che brillarono per un mix di eccitazione e qualche altra emozione non identificabile. "Non preoccuparti, cara Mia, non sarai sua ancora a lungo. Te ne libererai presto. Non appena sarà qui..."

Il sangue di Mia si trasformò in ghiaccio. "Hai—" Dovette fermarsi un attimo, perché non riusciva a parlare a causa della costrizione nella gola. "Hai intenzione di ucciderlo?" riuscì a dire finalmente.

"Molto probabilmente." Saret le sorrise di nuovo—con quello stesso sorriso amichevole che le fece venir voglia di gridare. "Probabilmente sarebbe la cosa più facile. Certo, potrei sempre provare a catturarlo e fargli subire lo stesso trattamento di Saur. Questo sarebbe il premio finale: avere Korum sotto il mio controllo—"

"Saur? Hai controllato la mente di Saur?" Mia lo fissò con inorridita incredulità. Saret aveva davvero spinto il suo ex apprendista ad attaccarli a Ormond Beach?

"No." Saret sembrò deluso dalla sua mancata comprensione. "Non posso controllare la mente. Te l'ho detto. Posso condizionarla. La mia tecnica funziona in modo molto subdolo. Non trasforma le persone in zombie privi di cervello o qualunque altra cosa tu stia immaginando—"

"Ma hai condizionato la mente di Saur per spingerlo a uccidere Korum?"

"Esatto" ammise Saret con un'espressione di orgoglio sul viso. "Non è stato facile, credimi. Tutti i Krinar hanno scudi nel sistema immunitario che respingono i nanociti; è qualcosa che è stato sviluppato migliaia di anni fa, dopo che qualcuno aveva provato a utilizzare la nanotecnologia medica nelle guerre. Sono riuscito a penetrare le difese di Saur solo dopo dozzine di iniezioni fisiche—e persino a quel punto, il condizionamento mentale ha funzionato solo perché Saur era più debole degli altri. Ecco perché volevo che i Krinar lasciassero la Terra: perché non riesco a controllarli in modo efficace. Con gli umani, è molto più facile. Siete completamente privi di difese; tutto quello che devo fare è rilasciare i nanociti in aria nelle zone più popolate ed essi arriveranno agli obiettivi stabiliti."

A Mia stava girando la testa. "Quindi, fammi capire bene... Stai cercando di liberarti dei tuoi simili in modo da poter controllare la mente —o, piuttosto, condizionarla—di tutti gli umani sulla Terra?"

"Detta così, sembra una follia, non è vero?" Saret sorrise ironicamente. "Ma sì, è proprio questo che sto cercando di fare. Voglio portare pace alla tua gente, Mia. È una cosa così brutta? Rifletti un minuto. Non ti piacerebbe vivere in un mondo in cui puoi camminare per strada di notte senza preoccuparti di essere uccisa o violentata? In cui i serial killer sono roba da film dell'orrore e non esistono nella vita reale? Niente più sparatorie nelle scuole, niente più terrorismo o guerre... Non ti piacerebbe tutto questo?"

Mia lo fissò. Per un momento, l'immagine dipinta sembrò stranamente attraente. "Certo" disse. "Ma quello di cui stai parlando è un'invasione delle nostre menti. Vuoi toglierci il libero arbitrio—"

"Libero arbitrio?" Saret sollevò le sopracciglia. "Come definisci il libero arbitrio? I tuoi simili potranno vivere come vogliono, stare con chi vogliono, fare tutto ciò che vogliono... Solo che non potranno uccidere o danneggiare gli altri, quando l'impulso li spingerà a farlo."

"E ti adoreranno, non è vero?" chiese Mia, socchiudendo gli occhi. "È questo che desideri in realtà, non è vero? Un intero pianeta popolato da marionette che obbediranno a ogni tuo comando?"

Saret rise, scuotendo la testa. "Messo così, suona terribile, non è vero? Ma no, cara Mia, non è così che la vedo io. La tua specie mi adorerà, è vero—ma è perché sarò il loro salvatore. Sarò io a porre fine alla loro sofferenza, a liberare il loro pianeta, portando la pace."

"E che cos'hai intenzione di fare con il resto dei Krinar qui?" chiese Mia, non appena quel pensiero le passò per la testa. "Korum ha vanificato il tuo piano con la Resistenza, e tutta la tua gente è ancora qui. Non pensi che se ne accorgerebbero, se tutti gli umani diventassero improvvisamente pacifici? Se i tassi di omicidio scendessero a zero in un batter d'occhio?"

"Non accadrebbe in un batter d'occhio" spiegò Saret. "Il condizionamento mentale completo richiede molti giorni, se non settimane. Ma sì, alla fine se ne accorgerebbero, naturalmente—ed è per questo che dovrò sbarazzarmi di tutti quello che sono nei Centri e assicurarmi che il campo protettivo impedisca a chiunque altro di venire qui."

Mia fece un respiro profondo, lottando contro l'impulso di vomitare. Sicuramente non intendeva—"Sbarazzarti di tutti in che modo?"

Sospirò. "Uccidendoli, ovviamente."

Mia sbiancò. "Vuoi uccidere tutti i cinquantamila Krinar?" sussurrò, non riuscendo a comprendere la malvagità necessaria per uccidere su così larga scala.

Saret scrollò le spalle. "La maggior parte, sì. Alcuni potrebbero sopravvivere, naturalmente, ma la maggior parte perirà."

"E come?" Mia sentì l'isteria nella sua stessa voce. "Come puoi uccidere così tanti individui?"

"Utilizzando la stessa nanoarma che Rafor e la Resistenza intendevano utilizzare come minaccia" spiegò Saret, guardandola attentamente. "Il progetto che Korum ci ha fornito tramite te era difettoso, naturalmente, ma conteneva elementi giusti e ho assunto qualcuno in grado di perfezionarli. È quasi pronto ora; il mio progettista sta solo apportando gli ultimi ritocchi."

"Fammi capire bene" disse Mia, fissando lo psicopatico seduto accanto a lei: "Vuoi uccidere cinquantamila individui della tua stessa razza per portare la pace sulla Terra? E non vedi niente di sbagliato in questo?"

"Certo che lo vedo." Saret si accigliò. "Pensi che mi piacerà quella parte del piano? Li rispedirei volentieri su Krina oppure cercherei di controllarli, se potessi. Ma non posso. Tutto quello che posso fare è cercare di farli sparire nel modo più indolore possibile. So che questo non è esattamente coerente con il mio programma pacifista. Ma vedi, Mia, il bene di molti supera di gran lunga i bisogni di pochi. Non saremmo mai dovuti venire sul vostro pianeta; è stata la sconfinata ambizione del tuo cheren a portarci qui. Ora dobbiamo espiare per quello che abbiamo fatto; dobbiamo pagare per i nostri peccati contro la vostra specie..."

"Hai intenzione di uccidere anche me?" Mia sentì la paura svanire, quando uno strano torpore iniziò a insinuarsi dentro di lei. Quello che il K aveva in mente era così orribile che semplicemente non riusciva a metabolizzarlo completamente. "O hai intenzione di farmi diventare una marionetta? È per questo che me lo stai dicendo, non è vero? Perché non ti preoccupa che io possa riferirlo a qualcuno?"

Saret sorrise, liberandole il braccio e coprendole la mano con il palmo. Quel tocco sembrò ustionarle la pelle, facendole capire quanto le sue mani fossero diventate gelide. "L'idea di trasformarti in una marionetta è piuttosto allettante, devo ammettere" disse, con gli occhi che si rabbuiarono di nuovo. "E forse lo farò alla fine... Ma preferirei non manomettere troppo la tua mente in un primo momento. Mi piaci abbastanza così come sei."

"Allora, che cos'hai intenzione di fare con me?" Il tono di Mia era quasi disinteressato. "Se non hai intenzione di uccidermi, significa che—"

"Non ti ucciderò" la rassicurò Saret. "Mi limiterò a fare in modo che non ricorderai questa conversazione—o qualsiasi altra cosa ti sia accaduta negli ultimi mesi. Sarà la cosa migliore, vedrai... So che ti sei affezionata a quel mostro, e che probabilmente ti mancherebbe, se non ci fosse più. Ma in questo modo, sarai libera per sempre dalla sua influenza. Sarà come se non fosse mai stato nella tua vita."

Mia lo fissò, con un'acida rabbia che cominciò a bruciarle nella bocca dello stomaco. "Ucciderai Korum e mi cancellerai la memoria per farmelo dimenticare?"

"No, cara Mia" disse Saret, sorridendo. "Non sarei così crudele con te. Cancellerò prima la tua memoria. In questo modo, non proverai nulla, quando morirà. Vedi, non voglio farti soffrire per quel tipo di trauma. I ricordi dolorosi del genere sono i più difficili da eliminare, e l'ultima cosa che vorrei è provocarti incubi che indugiano nel tuo subconscio—"

"Sei pazzo" disse Mia, con la rabbia che cresceva di secondo in secondo. Accolse la sensazione, perché l'aiutava a liberarsi della nebbia del terrore nel cervello. "Credi davvero che sia un favore invadermi il cervello in quel modo? E perché ti importa di me, a proposito? Stai per uccidere cinquantamila Krinar senza pensarci due volte, e io sono solo la charl di Korum—"

"Sai, mi sono posto la stessa domanda." Saret aggrottò la fronte con un'espressione introspettiva. "Sei solo una ragazza umana—una molto carina, certo—ma niente di speciale, ad essere sincero. All'inizio, non riuscivo a capire perché Korum fosse così ossessionato da te. Ma poi è successo qualcosa di divertente, Mia—" si chinò in avanti, con gli occhi che brillarono cupamente "—ho iniziato a volerti tutta per me."

Si fermò un secondo, e poi continuò, ignorando l'espressione di orribile disgusto sul viso dell'umana. "Credimi, è stato un inferno vederti sempre e sapere di non avere il diritto di toccarti, che è *lui* a portarti a letto tutte le sere. Ma d'ora in avanti le cose saranno diverse. Quando ti sveglierai, sarà come se non fosse mai esistito... e tu sarai mia, come avresti dovuto essere fin dall'inizio."

Incredibilmente nauseata, Mia cercò di scostare la sua mano, con la bile nella gola. La tenne per un secondo, poi la lasò andare, guardandola con un sorriso, mentre saltò indietro come una gattina spaventata.

"Mai" sibilò, indietreggiando verso la parete. "Hai capito? Non so cosa tu stia immaginando, ma non starò mai con te volentieri. Potresti costringermi, ma questo è tutto ciò che ci sarà mai tra noi, con i ricordi o senza—"

"Perché?" chiese Saret, continuando a sorridere. "Perché credi di essere innamorata di lui? Che cosa ne sa una ventenne dell'amore? Ti ha sedotta, Mia, tutto qui. Quando uscirà dalla tua vita, io farò lo stesso—e tu mi amerai tanto quanto pensavi di amare lui."

Mia scoppiò a ridere, con la disperazione che la rendeva sprezzante. Il pensiero di dimenticare Korum e di essere costretta a dividere il letto con un potenziale assassino di massa era così ripugnante che pensò che avrebbe preferito morire. Forse avrebbe potuto spingerlo a ucciderla. "Oh, davvero?" disse con disprezzo. "Non sono nemmeno minimamente attratta da te, Saret. Sei come il cibo per cani per me. Ho voluto Korum fin dall'inizio—dal primo momento in cui l'ho visto. Ma non te. Mai. Hai capito?"

Mentre parlava, vide il sorriso svanire dal volto di Saret, con l'espressione che si indurì. "Vedremo" disse, alzandosi e avvicinandosi a lei. "Non appena avrò cancellato i tuoi ricordi, il tuo tono sarà molto diverso, credimi."

"No!" urlò Mia, mentre la raggiungeva. Piegò le unghie come se fossero artigli, graffiandogli le braccia, mentre l'afferrava. "Sta' lontano da me, psicopatico del cazzo! No!!!"

Ignorando le sue grida e i tentativi di dimenarsi, Saret la sollevò e la portò fuori dall'ufficio, con le braccia simili a fasce di ferro intorno al suo corpo. Camminando verso il lato opposto del laboratorio, la mise su una delle panche fluttuanti vicino alla parete. La superficie intelligente si avvolse immediatamente attorno alle sue braccia e alle gambe, tenendola completamente immobile, mentre Saret raggiunse il muro e tirò fuori un piccolo dispositivo bianco.

"No!" Mia cercò di girare la testa, mentre si avvicinava di nuovo a lei. "No! Non farlo!"

Saret si fermò per un secondo, guardandola dall'alto in basso. "Mi dispiace, Mia" disse dolcemente. "Vorrei che non fosse necessario. Se solo ti avessi incontrata per primo... Ma non farà male, te lo prometto..." E premendole il dispositivo sulla fronte, le rivolse un sorriso gentile.

Quel sorriso fu l'ultima cosa che Mia vide, prima che il suo mondo svanisse nell'oscurità.

PARTE DUE

CAPITOLO SEI

orum controllò di nuovo l'ora.

Mia avrebbe dovuto essere già a casa. Aveva ricevuto il suo messaggio venti minuti fa, e aveva immediatamente interrotto la sessione di test con i progettisti, incapace di resistere alla tentazione di rivederla il prima possibile.

Mentre l'aspettava, aveva preparato rapidamente la cena, cucinando la sua insalata *shari* preferita e un piatto a base di patate con i funghi di una ricetta che gli aveva dato la madre di Mia. L'aveva chiesta a Ella Stalis prima che lasciassero la Florida, volendo sorprendere Mia un giorno. Amava vedere il suo visetto illuminarsi dal piacere e dall'emozione, quando le faceva cose del genere. La sua felicità significava il mondo per lui ultimamente.

Dov'era finita?

Leggermente infastidito, Korum interrogò il suo computer per determinarne la posizione. Il complesso dispositivo incorporato nel palmo della mano era completamente sincronizzato con i suoi percorsi neurali—tanto che utilizzarlo equivaleva a pensare in un certo senso. Non a tutti i Krinar piaceva l'idea di essere così tecnologici, e molti decidevano di attenersi ai vecchi comandi vocali e ai dispositivi autonomi. Korum pensava che fosse da idioti essere così diffidenti, ma era stato lui a progettare il computer, conoscendone i limiti e le capacità. Molti della sua specie non avevano nemmeno idea di come funzionassero i semplici sistemi elettronici umani, né desideravano imparare—cosa che non avrebbe mai capito.

Non appena formulò quella domanda mentale, comprese la posizione di Mia con chiarezza cristallina: il laboratorio. Era ancora nel laboratorio. I dispositivi di monitoraggio che le aveva inserito nelle mani si stavano rivelando molto utili, anche ora che non era più coinvolta nella Resistenza.

Con le labbra che si piegarono per un sorriso, Korum ripensò alla sua reazione ogni volta che la conversazione si avvicinava all'argomento dell'irradiazione. Si comportava come una gattina arrabbiata, con gli artigli tirati fuori e la pelliccia arruffata. Gli faceva venir voglia di coccolarla e scoparla allo stesso tempo—un confuso mix di desideri che gli suscitava sempre.

Forse avrebbe dovuto sentirsi in colpa per averla irradiata. E a volte, quasi si sentiva così. Gli rimproverava il fatto che avrebbe saputo sempre dove si trovava, non comprendendo che questo lo faceva stare tranquillo. Era così fragile, così umana... Se fosse stato per lui, Mia non avrebbe mai lasciato il suo fianco; l'avrebbe tenuta sempre con sé per proteggerla.

Ma sapeva che a lei non sarebbe piaciuto. Riteneva importante avere la propria indipendenza, eccellere nel campo scelto e contribuire alla società. Lui lo comprendeva e lo rispettava, ma questo non facilitava le cose. Quando erano stati a New York—prima che le desse i nanociti per renderla meno vulnerabile—aveva dovuto davvero sforzarsi per lasciarla avventurarsi da sola, specialmente in una città umana, dove qualcosa di così stupido come un incidente automobilistico avrebbe potuto facilmente toglierle la vita. Ecco perché aveva sempre avuto un guardiano a seguirla, a non più di cento metri di distanza in ogni istante. La ragazza non l'avrebbe mai sospettato, naturalmente, né Korum gliel'avrebbe mai riferito. Ma era stato per la sua protezione; nemmeno allora riusciva a sopportare il pensiero che sarebbe potuto accaderle qualcosa.

Controllando di nuovo l'ora, Korum vide che erano passati venticinque minuti. Perché era ancora nel laboratorio? Era successo qualcosa che l'aveva fatta tardare? Se Saret la stava facendo nuovamente lavorare fino a tardi, avrebbe discusso seriamente con lui. Ormai, Mia aveva dimostrato di essere abbastanza utile, e Korum era certo che l'amico non avrebbe interrotto il suo apprendistato, anche se lei avesse dovuto lavorare meno ore.

Inviando un'altra domanda mentale, Korum raggiunse il dispositivo di comunicazione che aveva creato per lei—quello che la ragazza definiva il suo braccialetto-orologio da polso. Con sua sorpresa e crescente inquietudine, non riuscì a connettersi; era come se ci fosse solo il vuoto al posto dei segnali digitali.

C'era qualcosa di strano.

Korum ne era improvvisamente certo. Alzando la mano, fissò il palmo, con gli occhi che seguirono i minuscoli impulsi di luce sotto la sua pelle. Era un modo per concentrarsi, per utilizzare specifici percorsi mentali più complessi di quelli necessari per le attività quotidiane elementari.

Non aveva usato quel particolare percorso nelle ultime settimane, da quando la Resistenza era stata sconfitta. Mia non ne sapeva nulla, e Korum non aveva intenzione di dirglielo. Non ce n'era bisogno; aveva smesso di utilizzare il dispositivo per monitorare le sue attività. L'unico motivo per cui era ancora su di lei era che il procedimento per rimuoverlo era abbastanza complicato—e perché gli piaceva l'idea di tenerlo lì per le emergenze.

Tenendo gli occhi incollati al palmo della mano, Korum inviò una profonda indagine, attivando il piccolo dispositivo di registrazione nascosto sotto il lobo dell'orecchio sinistro di Mia. Gli avrebbe permesso di sentire tutto nelle sue vicinanze e, soprattutto, di controllarne i segnali vitali.

Non appena il dispositivo si accese, parte della tensione si allentò dai suoi muscoli. L'umana stava bene, con il battito cardiaco forte e il respiro regolare.

Eppure... Korum si accigliò, ascoltando attentamente. Era tutto tranquillo—troppo tranquillo. Se stava ancora lavorando, avrebbe dovuto muoversi, parlare con chiunque l'avesse trattenuta. Invece, era come se stesse dormendo profondamente.

Oppure come se fosse incosciente.

Non appena rifletté sulla seconda possibilità, capì che era sulla strada giusta. Ma perché avrebbe dovuto essere incosciente? Non aveva alcun senso. E quello era...? Ascoltò di nuovo. Erano i movimenti di qualcun altro quelli che sentiva intorno a lei?

Il suo disagio si trasformò in vera e propria preoccupazione.

Alzandosi, Korum si diresse rapidamente verso la parete e uscì di casa. Fermandosi per qualche secondo, inviò un comando mentale per creare una capsula per il trasporto con tutta la velocità possibile. Mentre le nanomacchine svolgevano il loro lavoro, scavò in profondità negli archivi del dispositivo di registrazione. Tutti i registratori che aveva progettato funzionavano in quel modo; anche quando non erano attivati per trasmettere in tempo reale, continuavano a raccogliere dati e ad archiviarli internamente.

Ci volle un secondo, e poi ebbe accesso ai ricordi del registratore, scansionandoli per trovare il punto giusto. Iniziò con il momento esatto in cui Mia gli aveva inviato il messaggio. Invece di ascoltare la registrazione a velocità normale, fece creare dal computer una trascrizione istantanea, che poi lesse in pochi secondi.

E man mano che Korum capiva cosa stava leggendo, ogni cellula del suo corpo si riempì di una furia vulcanica.

Non riusciva nemmeno a riflettere sulla portata del tradimento—né sulla pura malvagità che stava per essere scatenata dall'uomo che aveva considerato un amico negli ultimi duemila anni. E Mia... No, non poteva pensarci. Non ancora, almeno. Se voleva che sopravvivessero tutti, avrebbe dovuto concentrarsi, controllare la rabbia e il dolore.

Utilizzando ogni grammo di forza di volontà in proprio possesso, Korum raggiunse il lato freddamente razionale di sé e iniziò ad analizzare il modo migliore per gestire la situazione.

Saret osservò impazientemente, mentre Korum finalmente lasciò la casa e creò la capsula per il trasporto. Ora il suo nemico sarebbe venuto a cercare Mia, probabilmente con il minimo—o nessun—sospetto.

Certo, non avrebbe mai dovuto sottovalutarlo. Il bastardo aveva sempre qualche brutta sorpresa in serbo per chi lo faceva. Tuttavia, Korum non aveva motivo di credere che stesse succedendo qualcosa di sinistro, e sicuramente non si sarebbe mai aspettato che Saret stesse cercando di ucciderlo.

Era stato uno spiacevole caso che Mia avesse trovato quei file oggi. Saret aveva sempre saputo che qualcuno avrebbe ficcato il naso, capendo che Saur non era poi un grande esperto della cancellazione della memoria come era stato descritto. Saret avrebbe dovuto spostare i file, ma tutti nel laboratorio sapevano che era meglio non accedere al lavoro di altre persone senza il suo esplicito permesso.

Tutti, tranne una ragazza umana, a quanto pareva.

Ma forse, in un certo senso, Saret voleva che lei lo scoprisse. Gli era piaciuto spiegarle il piano e osservare le emozioni sul suo piccolo viso espressivo. Ovviamente non aveva capito pienamente, ancora troppo presa da Korum per poter pensare lucidamente.

Lo aveva fatto arrabbiare quello che aveva detto sul fatto di non essere attratta da lui. Aveva mentito, ovviamente, cercando di spingerlo a fare qualcosa di stupido. Era un maschio Krinar nel fiore degli anni; sapeva benissimo che le donne umane lo desideravano. E lo avrebbe desiderato anche lei; se ne sarebbe assicurato.

All'inizio sarebbe stato gentile con lei, non com'era stato Korum quando si erano conosciuti. Saret aveva visto alcune registrazioni dell'inizio della loro relazione durante il processo, e lo aveva fatto arrabbiare il modo in cui il suo nemico l'aveva trattata. Saret sarebbe stato un cheren migliore, ne era certo.

Dov'era Korum?

Accigliandosi, Saret guardò di nuovo l'immagine. Sembrava che il suo nemico non avesse fretta. Invece di andare al laboratorio, Korum era accanto alla navicella a chiacchierare tranquillamente con una donna Krinar che Saret non aveva mai visto. Stava quasi... flirtando con lei? *Fottuto bastardo, stava già tradendo Mia.*

Beh, non importava. Korum sarebbe arrivato lì prima o poi. E, a quel punto, avrebbe trovato una bella sorpresa.

All'insaputa di tutti, Saret aveva passato gli ultimi anni a costruire una fortezza altamente tecnologica all'interno del laboratorio. Tutti gli edifici Krinar erano durevoli, pensati per resistere a qualsiasi cosa, da un'esplosione nucleare a un'eruzione vulcanica. Il suo laboratorio, tuttavia, aveva fatto un passo in avanti: le pareti erano armate—progettate per uccidere chiunque avesse tentato di entrare, una volta che Saret avesse attivato la modalità di protezione. Erano anche impenetrabili a qualsiasi forma di nanotecnologia, perché Saret aveva installato gli stessi scudi che venivano utilizzati a difesa dei Centri.

Non era stato facile. La popolazione non aveva facilmente accesso alle armi, specialmente alle nanoarmi specializzate come quelle incorporate nelle sue pareti. Saret era stato costretto a chiedere molti favori e a spendere una parte considerevole della propria fortuna personale per sistemare tutto esattamente come voleva. Gli era costato ancora di più fare tutto in segreto.

Ora, tuttavia, la fatica l'avrebbe ripagato. Tra un altro paio di giorni, la nanoarma che aveva progettato di usare nei Centri sarebbe stata pronta. I dispositivi di dispersione con i nanociti erano già stati posizionati in tutte le principali città umane.

Aveva solo bisogno di pazienza ora.

Altri dieci minuti, e Saret stava perdendo quello che rimaneva di quella pazienza. Perché diavolo Korum stava impiegando così tanto? Forse Saret aveva sottovalutato l'attaccamento del suo nemico alla ragazza? Sembrava che quel bastardo stesse ancora flirtando con quella donna. Eccolo lì, a ridere e a toccarle il braccio. *Che cazzo stava facendo?* Dov'era finita la sua ossessione per Mia? Era stata solo un giocattolo per lui tutto questo tempo?

Non appena quel pensiero attraversò la mente di Saret, lo scacciò. No, c'era qualcosa sotto. All'improvviso, ne era certo.

Il suo nemico si stava prendendo gioco di lui? Quella che Saret stava osservando era una falsa immagine? Era impossibile capirlo; le figure che stava guardando sembravano assolutamente reali. Ma, come Saret sapeva bene, l'apparenza poteva essere ingannevole.

Doveva affrontare la possibilità che Korum avesse capito che stava succedendo qualcosa.

Muovendosi rapidamente, Saret si armò e indossò uno scudo protettivo che gli avvolgeva tutto il corpo. Le pareti del laboratorio erano ancora la sua miglior difesa, e aveva tutte le intenzioni di affrontare il nemico lì, dove Saret aveva quel vantaggio. Non provava paura, anche se il suo battito aumentò in previsione dell'imminente battaglia.

Dando un'occhiata a Mia, Saret si accertò che fosse ancora incosciente, sdraiata e legata sul lettino sanitario fluttuante. Si sarebbe risvegliata presto, e lui sperava che tutte le cose spiacevoli fossero finite prima di questo.

Ignorando l'adrenalina che gli scorreva nelle vene, si sedette accanto a lei e le accarezzò il braccio, meravigliandosi della morbidezza della sua pallida carnagione. Era così carina, con le sue ciglia scure che si aprivano a ventaglio sulle guance e quella bocca morbida leggermente socchiusa. Qual era quella favola umana per bambini? La Bella Addormentata? In realtà, assomigliava più a Biancaneve, pensò Saret, con la carnagione color latte e i capelli scuri.

Abbassandosi, le baciò le labbra, sfiorandole leggermente con la lingua. Come sospettava, era deliziosa; quel piccolo assaggio fu sufficiente a farlo indurire. Se avesse avuto più tempo, l'avrebbe presa in quel momento, incosciente o meno.

Ma non aveva più tempo. Doveva rimanere concentrato. In un modo o nell'altro, Korum sarebbe arrivato presto.

Alzandosi, Saret si avvicinò di nuovo all'immagine. Ormai, era quasi certo che fosse falsa.

Dov'era Korum?

Saret cominciò a camminare avanti e indietro, troppo agitato per rimettersi a sedere.

Quando tutto iniziò due minuti dopo, non se ne accorse nemmeno.

Un basso ronzio fu il primo avvertimento che qualcosa non andava. Il rumore sembrò riempire l'aria, crescendo gradualmente di volume, finché non diventò quasi un ruggito per il suo sensibile udito Krinar.

Poi, le pareti cominciarono a sciogliersi. Saret non aveva mai visto una cosa del genere: il materiale progettato per resistere a un'esplosione nucleare sembrò liquefarsi dall'alto verso il basso, come se l'edificio fosse stato di cera.

A quel punto, la paura ebbe la meglio su Saret. Tagliente e acida, si addensava nel suo stomaco. Le cose non dovevano andare così. Doveva essere al sicuro lì, nella sua fortezza costruita con cura... ma non lo era. Saret non conosceva alcuna arma in grado di poter fare quello—in grado di penetrare gli stessi scudi che proteggevano le colonie—ma i suoi occhi non mentivano. Le pareti si stavano letteralmente sciogliendo intorno a sé.

C'era solo una cosa da fare: ritirarsi e sopravvivere per combattere in un altro momento. Per un secondo, Saret pensò di portare Mia con sé, ma lo avrebbe rallentato e non poteva correre quel rischio. Sarebbe dovuto tornare per lei.

Lanciando un'ultima occhiata verso la ragazza incosciente sul lettino fluttuante, Saret attivò l'uscita di emergenza e scomparve attraverso il pavimento dell'edificio.

CAPITOLO SETTE

"Voglio che sia trovato. Con qualsiasi mezzo necessario. Hai capito?" Korum era consapevole della durezza della propria voce, ma non riusciva più a contenere la gelida rabbia che gli scorreva nelle vene.

Alir, il capo dei guardiani, annuì. "Te lo riporteremo" promise, con gli occhi neri freddi e inespressivi.

"Bene" disse Korum.

Voltandosi, si diresse verso la parte posteriore della stanza, dove Ellet era seduta accanto a Mia e stava eseguendo degli esami diagnostici.

Al suo avvicinarsi, la donna Krinar alzò lo sguardo, con segni di tensione evidenti sul bel viso. "Presto dovrebbe riprendere conoscenza" disse dolcemente. "Ma, Korum, temo che il danno sia stato fatto."

"Che cosa stai dicendo?" Non voleva crederci, non poteva accettare quella possibilità.

"Temo che la scansione mostri segni di trauma coerenti con una perdita di memoria. Mi dispiace tanto—"

"No. Devi esserti sbagliata." Strinse i pugni così forte che le unghie gli entrarono nella pelle, facendo uscire del sangue. "Dev'esserci qualcosa che possiamo fare—"

"Me ne occuperò io" disse Ellet, alzandosi in piedi. "Ma questo tipo di cancellazione tende ad essere irreversibile, temo."

Korum fece un passo in avanti. "Non voglio che te ne occupi, Ellet" le disse senza troppi giri di parole. "Voglio che lasci perdere qualunque altra fottuta cosa tu stia facendo e le ripristini la memoria."

Ellet si accigliò. "Sai che farò del mio meglio—"

"Non basta." Korum sapeva di essere irrazionale, ma non gli importava. Non si era mai sentito così—così selvaggiamente sanguinario. Voleva distruggere Saret, farlo a pezzi e sentirlo gridare in preda all'agonia. Voleva eviscerare l'uomo che un tempo considerava un amico e fare il bagno nel suo sangue, come facevano gli antichi con i propri nemici.

Sotto la vorticosa furia e l'amarezza per il tradimento, il senso di colpa —pesante e terribile—si insinuò nelle spalle di Korum. Mia era rimasta ferita—ferita a causa sua. Perché non era riuscito a proteggerla dal mostro in mezzo a loro. Perché si era fidato troppo. Se non fosse stato per lui, non avrebbe mai fatto quell'apprendistato, non sarebbe mai stata esposta alle voglie malate di Saret.

Se non l'avesse portata a Lenkarda, non sarebbe mai stata in pericolo.

Come aveva fatto a non capirlo prima? Come poteva non aver percepito quel tipo di disprezzo? Uno dei suoi più cari amici si era rivelato il più grande nemico—e lui se ne era accorto quando ormai era troppo tardi.

E ora vedeva la compassione sul volto di Ellet. Sapeva cosa l'alieno provava per Mia e probabilmente poteva intuirne lo stato mentale. "Ce la metterò tutta, Korum" disse, cercando di tranquillizzarlo. "Te lo prometto, farò tutto il possibile per aiutarla."

Korum fece un respiro profondo per calmarsi. Non era colpa di Ellet, se il suo amico si era rivelato il peggior psicopatico nella storia moderna dei Krinar. "Grazie" disse con calma.

Ellet sorrise, sembrando sollevata. "Puoi portarla a casa ora, se vuoi. Si sveglierà naturalmente tra qualche ora, e sarà meglio che succeda a casa tua. Sarà meglio che abbia a che fare con noi il meno possibile all'inizio."

Korum annuì. "Certo." Chinandosi sul lettino di Mia, la sollevò con cura, cullandola dolcemente sul petto. Era così leggera, così fragile tra le sue braccia. La consapevolezza che oggi sarebbe potuta rimanere uccisa era come veleno nelle sue vene, che bruciava dall'interno.

Saret avrebbe pagato per quello che le aveva fatto—per quello che aveva intenzione di fare a tutti loro. Korum se ne sarebbe assicurato.

Mia emise un piccolo sbuffo e arricciò il naso, sollevando una mano per togliere un riccio scuro dalla guancia. Aveva ancora gli occhi chiusi, anche se era ovvio che stava iniziando a riprendere conoscenza.

Seduto sul bordo del letto, Korum la osservò svegliarsi lentamente, non riuscendo a distogliere lo sguardo. Logicamente, sapeva che non era la donna più bella che avesse mai visto, ma non importava. Per lui, era perfetta. Amava tutto di lei; ogni parte del suo piccolo corpo delicato lo eccitava. Persino ora, mentre era sdraiata lì con quell'abito rosa chiaro, dovette combattere l'impulso di toccarla, di avvicinarla e di entrare in profondità dentro di lei.

L'inquietante mix di lussuria e tenerezza che suscitava in lui era diverso da qualsiasi altra cosa avesse mai provato. Come molti Krinar, Korum aveva sempre considerato il sesso una divertente attività ricreativa. La maggior parte delle sue relazioni precedenti erano state avventure occasionali, simili a quella che aveva avuto con Ellet qualche anno prima. Gli piacevano le donne e godeva della loro compagnia anche fuori dalla camera da letto, ma non ne aveva mai voluta una in modo permanente—non aveva mai sentito l'impulso di rivendicarne una come sua.

Finché non aveva incontrato Mia.

Per qualche ragione, quella ragazza umana stuzzicava i suoi istinti più oscuri e primitivi. Ciò che provava per lei andava oltre il desiderio sessuale, oltre la brama per la sua tenera carne. Ciò che voleva davvero era possederla completamente, farla sua in ogni modo possibile.

Non era un fenomeno sconosciuto tra i Krinar. Nei tempi antichi, i maschi Krinar avevano bisogno di cacciare e proteggere il proprio territorio—ed erano molto più portati a svolgere un lavoro efficace, se erano fortemente attaccati alla compagna. Era stato un semplice adattamento evolutivo all'epoca—la fissazione ossessiva di un maschio per una donna in particolare. Più profonda della lussuria, più forte dell'amore, era una potente combinazione delle due cose che assicurava che un uomo rinunciasse alla propria vita per proteggere la sua donna e la loro prole.

Nel corso degli anni, man mano che la società Krinar diventava più civile, quel tipo di attaccamento divenne meno importante per la sopravvivenza della specie, e la tendenza genetica verso di esso si indebolì col passare del tempo. Succedeva ancora, naturalmente, ma era un evento abbastanza raro nei tempi moderni—e questo era il motivo per cui

Korum non si era reso conto di cosa stava succedendo, quando aveva conosciuto Mia per la prima volta.

All'inizio, non aveva capito come mai si sentisse così. Tutto quello che sapeva era che la voleva—e che doveva averla. Nemmeno la riluttanza iniziale dell'umana era stata sufficiente a scoraggiarlo; semmai, la sua diffidenza lo aveva incuriosito, innescando gli istinti predatori che normalmente riusciva a sopprimere.

Non aveva mai inseguito qualcuno in quel modo; aveva sempre rispettato i desideri di una donna, ma con Mia era stato spietato. L'aveva rincorsa con tutta l'intensità della sua natura, trascurando tutte le idee di giusto e sbagliato. In meno di una settimana, aveva ottenuto ciò che voleva: Mia nel suo letto, nel suo appartamento—era sua, e poteva prenderla ogni volta che voleva.

Aveva impiegato molto più tempo a guadagnarsi il suo amore.

Tuttora, non poteva fare a meno della rabbia che si agitava nello stomaco, quando pensava al suo coinvolgimento con la Resistenza. Razionalmente, sapeva che non poteva biasimarla per aver combattuto, per non essersi fidata di lui all'inizio. Era solo una bambina in confronto a lui; avrebbe dovuto essere più consapevole delle sue paure, avrebbe dovuto sedurla pazientemente, invece di costringerla a stare con lui. Forse in quel modo non avrebbe creduto alle bugie dei combattenti, non l'avrebbe tradito come aveva fatto.

Ma non era stato paziente. La forza delle sue emozioni lo aveva colto di sorpresa, rendendolo cieco a tutto pur di averla. Ciò che era iniziato come un'ossessione sessuale era diventato rapidamente qualcosa di molto più profondo, e Korum non era riuscito ad affrontarlo. Aveva agito spinto dal dolore e dalla rabbia, usandola contro la Resistenza come punizione per averlo spiato, quando avrebbe dovuto semplicemente spiegarle tutto, farle capire quali fossero le sue intenzioni.

Il fatto che ora lo amava era un miracolo—uno di cui era grato ogni giorno. E se non si fosse ricordata di lui al risveglio, allora quella sarebbe stata l'occasione giusta per un nuovo inizio, un modo per fare ammenda per quello che era successo.

In un modo o nell'altro, Mia lo avrebbe amato di nuovo.

L'alternativa era impensabile.

~

Alla fine, aprì gli occhi. Sbatté le palpebre, sembrando confusa, poi lo fissò a bocca aperta.

Accarezzandole delicatamente il braccio, Korum sorrise. "Ciao, tesoro mio" disse, iniettando intenzionalmente una nota rassicurante nella voce. Ciò che voleva davvero era abbracciarla, ma questo l'avrebbe spaventata, se aveva davvero perso la memoria ed era un estraneo per lei.

A quel punto, sentì il battito del cuore dell'umana accelerare, percepì l'improvvisa tensione nei suoi muscoli, quando Mia si rese conto di cosa fosse lui. La sua piccola lingua rosa uscì fuori, leccandosi il labbro inferiore con quel gesto inconsapevolmente provocante che lo faceva sempre impazzire. Scorse la paura nei suoi occhi... ed era come se gli avessero conficcato un coltello nel cuore, con un dolore tagliente e acuto.

Tirando via il braccio, la ragazza si agitò, balzando verso l'altro lato del letto. "Che cosa ci faccio qui? Chi sei tu?"

Korum sentì il panico nella sua voce, e si sforzò di rimanere immobile, di non fare alcun movimento nella sua direzione.

"Sono Korum" disse invece, cercando eventuali segni di riconoscimento sul suo viso. Ma non ce n'erano. Scacciando la delusione, chiese: "Qual è l'ultima cosa che ricordi, dolcezza?"

Lei deglutì visibilmente, indietreggiando ancora di più. "Sto seguendo la mia lezione" sussurrò. "Sto facendo un esame..."

"Quale esame, tesoro mio? Quale lezione?" *Quanta memoria aveva cancellato Saret?*

"La mia... lezione di Psicologia Infantile" rispose, con voce leggermente tremante.

Korum tirò un sospiro di sollievo. "Quindi è il tuo semestre primaverile." Aveva perso solo un paio di mesi, non anni come aveva temuto inizialmente.

Annuì, ancora terrorizzata. "Che cosa vuoi da me? Perché mi hai portata qui?" L'alieno poteva sentire la crescente isteria nella sua voce.

Korum sospirò. Sarebbe stata dura. "È complicato, Mia" disse piano. "Vuoi che ti spieghi?"

Annuì di nuovo, con gli occhi azzurri spalancati e spaventati.

"Allora vieni qui, così parleremo" disse, vedendola irrigidirsi ulteriormente. "Prometto che non ti farò del male in alcun modo... Siediti qui, accanto a me." Accarezzò il letto, sentendo il bisogno di averla più vicino.

Mia esitò, e lui vide le emozioni attraversarle il viso con i lineamenti delicati. Notò il momento esatto in cui lei capì che non aveva nulla da perdere accettando la sua richiesta. Dopotutto, era un Krinar e quindi era ugualmente pericoloso da vicino o a dieci metri di distanza.

Con l'esile corpo tremante, si spostò lentamente verso di lui, guardandolo con circospezione. Quando fu abbastanza vicina, Korum si allungò e le prese una mano, scaldandole la pelle fredda tra i palmi.

All'inizio sobbalzò, poi si calmò, con lo sguardo concentrato sul suo viso.

Korum sorrise, con un po' della tensione dentro di lui che si allentò, perché gli aveva concesso di toccarla. "Siamo amanti, Mia" disse dolcemente, osservando la sua reazione. "Non ti ricordi di me, perché hai perso una parte della tua memoria. È giugno e siamo a Lenkarda, il nostro Centro della Costa Rica."

CAPITOLO OTTO

Mia fissò il bellissimo maschio Krinar che le stava sfregando dolcemente la mano. Ciò che le aveva appena detto era follia pura. Erano amanti? Aveva perso la memoria? Tra tutti gli assurdi scenari che attraversavano la mente di Mia, quello non era nemmeno sulla lista delle possibilità.

Stava giocando con lei? Se era così, perché, e qual era la vera storia? Cercò di controllare il panico abbastanza a lungo da poter pensare, ma era come se una parte del cervello fosse annebbiata. Anche gli eventi recenti—la pausa primaverile, gli esami—sembravano confusi nella sua mente, come se fossero accaduti tanto tempo fa invece che nelle ultime due settimane.

"Non mi credi, vero?" chiese il K, con gli occhi color ambra che la scrutavano con un inquietante calore.

"No, certo che no." La sua voce era sorprendentemente calma. Considerato tutto, Mia sentiva che stava gestendo la questione ragionevolmente bene. Non stava piangendo o urlando, e stava portando avanti una conversazione con un alieno che molto probabilmente l'aveva rapita. Un alieno che forse beveva sangue umano—e che ora le stava accarezzando il polso in un modo che le faceva stringere il ventre per una strana eccitazione.

Perché non aveva più paura di lui? Tutto quello che sapeva sulla sua specie suggeriva che avrebbe dovuto essere terrorizzata per la propria vita.

Ma non lo era.

Stava impazzendo perché non sapeva dove fosse o come fosse arrivata lì—o perché stesse con un K che sosteneva di essere il suo amante—ma non era veramente spaventata. Semmai, trovava la sua presenza stranamente confortante, con il tocco sia rassicurante che elettrizzante. Aveva fatto qualcosa che l'aveva fatta reagire in quel modo?

"Certo che no" ripeté, rivolgendole un sorriso comprensivo. "Come potresti credere a una cosa così assurda senza prove?"

Mia annuì, incapace di distogliere gli occhi da quel sorriso. La fossetta sulla guancia sinistra la affascinava; era così fanciullesca, così fuori luogo rispetto al resto del suo aspetto.

"Va bene, tesoro." La sua voce era incredibilmente tenera. "Lascia che ti mostri le prove." E continuando a tenerle la mano, fece un gesto verso il lato, dove un'immagine olografica tridimensionale era apparsa improvvisamente a mezz'aria.

Mia ansimò, spaventata, e poi vide che l'immagine mostrava se stessa e il K accanto a lei. Sembravano camminare sulla spiaggia, mentre parlavano e ridevano. Il K si chinò e prese in braccio la ragazza nell'immagine, sollevandola senza sforzo come se fosse fatta d'aria. Lei rise di nuovo, poi gli avvolse le braccia intorno al collo, baciandolo con tanta passione che le guance di Mia avvamparono.

"Che cos'è? Dove hai preso questo video?" L'umana si sentì arrossire furiosamente, mentre il K baciava la ragazza, tenendola con un braccio e usando l'altro per allungarsi sotto il vestito.

"È solo la registrazione di uno dei nostri satelliti" spiegò il K di nome Korum, guardandola con un insolito bagliore dorato negli occhi. Per qualche ragione, Mia si sentì eccitata da quello sguardo, con il cuore che cominciò a batterle più velocemente e i capezzoli che si indurirono sotto il tessuto sottile del vestito. Sperava disperatamente che il K non se ne accorgesse; sarebbe stato imbarazzante—e potenzialmente pericoloso—se avesse scoperto l'effetto che le faceva.

E poi si rese conto di quello che lui aveva appena detto. "Aspetta, i satelliti ci stavano spiando?"

"I nostri satelliti registrano sempre tutto" spiegò, con quelle labbra sensuali che si piegarono per un sorriso. "Ma non preoccuparti, dolcezza, solo i nostri computer possono vederlo, a meno che qualcuno non faccia una richiesta specifica—come ho fatto io."

Il battito di Mia accelerò, questa volta a causa dell'ansia. "Stai dicendo che non abbiamo mai alcuna privacy da voi?"

"Certo che no" disse il K casualmente. "Non ne avete molta nemmeno dal vostro governo. Lo sai, vero?"

Mia sbatté le palpebre. Lo sapeva. I GPS e i cellulari avevano reso praticamente impossibile nascondersi per una persona, e sapeva che varie agenzie governative utilizzavano tutti i mezzi a disposizione per rintracciare terroristi e altri criminali. Essendo una cittadina rispettosa della legge, non aveva mai riflettuto molto sul fatto che tutte le sue attività —dalla navigazione in Internet a una telefonata—potevano essere monitorate, se necessario. L'aveva accettato come parte della vita nel ventunesimo secolo. Ma, per qualche ragione, l'idea che i satelliti Krinar osservassero ogni sua mossa era più che un po' inquietante.

Accigliandosi, si rese conto che si stava comportando come se l'immagine che le stava mostrando fosse reale. Non c'era assolutamente alcuna garanzia di ciò; essendo così avanzati, sicuramente per i Krinar sarebbe stato un gioco da ragazzi inventare qualunque video avessero voluto, tridimensionale o meno.

"Come faccio a sapere che non hai inventato tutto questo?" chiese, indicando l'immagine in cui la coppia era impegnata in un'appassionata sessione di baci. Con il rossore che si accentuò, Mia distolse nuovamente lo sguardo.

"Non puoi, naturalmente" rispose il Krinar. "Potrei inventare tutto, se lo volessi. Ho centinaia di altre registrazioni che potrei mostrarti, e saresti intelligente a non fidarti di nessuna di esse."

Mia rise nervosamente, sorpresa dalla sua franchezza. "Ok, allora come puoi dimostrarmi qualcosa di tutto questo?" Non riusciva nemmeno a credere che stesse iniziando ad accettare la possibilità che potesse essere vero. Come avrebbe potuto crederci una persona razionale? Sicuramente l'avrebbe ricordato, se avesse fatto sesso con un alieno stupendo... o anche solo se avesse fatto sesso in generale.

Il K sorrise di nuovo. "Ci sono tantissimi modi" rispose. "Iniziamo col fatto che mi capisci, anche se ti sto parlando in Krinar."

Mia lo guardò a bocca aperta. Aveva sicuramente capito quello che stava dicendo, anche se aveva pronunciato l'ultima frase in una lingua che era sicura di non aver mai sentito prima. "Aspetta, che cosa?" Le parole le uscirono nella stessa lingua. "Mi stai parlando in Krinar?"

"Sì, e tu mi stai rispondendo in Krinar" disse, con il sorriso che si allargò. "E ora ti sto parlando in italiano. Mi capisci ancora, vero?"

Mia annuì, con la testa che le girava per l'impossibilità di tutto quello.

"È perché hai un piccolo impianto che funge da traduttore" spiegò il K, questa volta in inglese. "Te l'ho dato non appena siamo venuti qui, a Lenkarda. Ti permette di parlare e comprendere qualsiasi lingua conosciuta, sia umana che Krinar."

"Ma—" Mia non sapeva nemmeno da dove cominciare. "Come faccio a sapere che non me l'hai dato ora? E, aspetta, hai detto che è giugno? L'ultima cosa che ricordo è avvenuta a marzo. Come posso aver perso un pezzo della mia memoria? Non ha senso—"

Il K sospirò e sollevò la mano, sistemandole delicatamente un riccio dietro l'orecchio. "Lo so, Mia" disse sottovoce. "So che sarà difficile per te accettarlo. Lascia che ti racconti una piccola storia, e poi ti dimostrerò che non sto mentendo. Va bene?"

"D'accordo" acconsentì Mia, ipnotizzata dalla calda espressione sul suo bellissimo viso. Come poteva qualcuno così bello essere il suo amante? Forse quello era solo un sogno insolitamente realistico. Forse stava ancora dormendo profondamente, con l'inconscio che stava creando quella splendida creatura? Se era davvero il suo amante, allora era la ragazza più fortunata del mondo—anche se continuava a non capire come fosse possibile una cosa del genere.

"Bene" disse lui, con gli occhi dorati che brillavano. "Allora, lascia che ti parli di noi a partire dall'inizio..."

E per i venti minuti successivi, Mia lo ascoltò scioccata, mentre le raccontava del loro primo incontro ad aprile e le descriveva la tumultuosa relazione che ne seguì. Quando cominciò a spiegarle il suo coinvolgimento con la Resistenza, Mia rimase sbalordita.

"Ti stavo spiando?" Quando mai avrebbe avuto il coraggio di farlo? Anche se sembrava gentile con lei ora, aveva la sensazione che quel K avrebbe potuto essere abbastanza pericoloso, se fosse stato provocato. In generale, la sua specie non era nota per la natura indulgente, con la vena violenta ampiamente dimostrata durante il periodo del Grande Panico.

"Sì" confermò il K, stringendo leggermente la mascella. "Ma è stata anche colpa mia, perché sapevo che lo stavi facendo e ti ho dato informazioni false."

Mia gli rivolse un'occhiata incredula. "E stai dicendo che ci amiamo? Dopo tutto questo?"

"Siamo più che amanti, Mia. Sei la mia charl."

"Charl?"

Annuì. "È la parola che usiamo per definire ciò che sei per me. La migliore approssimazione sarebbe qualcosa di simile alla compagna umana."

"Una sorta di moglie?" Mia sentì la propria voce alzarsi dall'incredulità.

Sorrise. "Non esattamente, ma potresti vederla in questo modo, sì."

Mia lo fissò. "Ma hai detto che ci siamo conosciuti ad aprile ed è solo giugno. Quando abbiamo avuto la possibilità di sposarci?"

Esitò per un secondo. "Non funziona così, tesoro mio. Non c'è una cerimonia formale in una relazione charl-cheren."

"Allora, come *funziona*? In che modo è diverso dal fidanzamento?" Non riusciva a immaginare quella bella creatura nemmeno come fidanzato. Addirittura un marito? La sua mente andò in tilt a quel pensiero.

"È diverso, Mia, perché non potrei dare a una semplice fidanzata quello che ho dato a te" disse sottovoce. "Perché rivendicandoti come mia charl, ti ho portata completamente nel nostro mondo, con tutto ciò che questo comporta."

Il cuore di Mia ricominciò a battere più forte. "E cosa comporta?"

"Una durata di vita molto più lunga" disse dolcemente. "La libertà dall'invecchiamento e dalle malattie. L'immortalità, come vi piace chiamarla."

~

Korum la vide sgranare gli occhi, con lo scetticismo in lotta con l'entusiasmo sul viso. Il ricciolo che le aveva sistemato dietro l'orecchio scese di nuovo, rifiutando di essere trattenuto. Amava quel riccio ribelle; attirava sempre le dita ai suoi capelli, facendogli desiderare di toccare quella massa morbida e folta.

In generale, era rimasto sorpreso e soddisfatto della sua reazione fino a quel momento. Naturalmente era cauta, quindi c'era da aspettarsi una certa diffidenza, ma era molto meno spaventata di quanto si aspettasse. Non rabbrividiva al suo tocco, né sembrava opporsi alla sua vicinanza. In qualche modo, nonostante la mancanza di ricordi coscienti, doveva ancora riconoscerlo a un certo livello, doveva ancora fidarsi del fatto che non le avrebbe fatto del male.

"Avete la capacità di rendere gli umani immortali?" chiese, con un lieve cipiglio che le corrugò la fronte liscia.

Korum sospirò, non volendo percorrere quella via. "Sì" disse pazientemente. "Ma non tutti gli umani—solo quelli che diventano parte della nostra società. Al momento, sto cercando di ottenere una deroga per i tuoi genitori e tua sorella, però—"

"Li conosci?" lo interruppe. "Hai conosciuto la mia famiglia?"

"Sì" confermò Korum, felice di averlo fatto. Sarebbe stato molto peggio, se lei avesse perso la memoria prima del loro viaggio in Florida. "Ed è proprio per questo che capirai che ti sto dicendo la verità, dolcezza. Parlerai con Marisa e con i tuoi genitori."

Mia sembrò spaventata all'idea, e poi il suo viso si illuminò. Ormai Korum la conosceva abbastanza bene da sapere che era appena riuscito a dissipare le paure che nutriva sul fatto di essere separata dalle persone che amava.

Il suo forte attaccamento alla famiglia era una delle maggiori vulnerabilità di Mia, e Korum non aveva esitato a sfruttarlo in passato—utilizzandolo per legarla ancora di più a sé. Era stato sorprendentemente facile conquistarsi la simpatia dei suoi genitori e della sorella. Aveva accuratamente studiato tutto su di loro prima dell'incontro, e avevano reagito esattamente come aveva sperato, con la diffidenza iniziale che svanì, non appena si resero conto che Mia era felice e amata.

E questo aveva reso la ragazza ancora più felice e attaccata a *lui.*

Nel bene e nel male, Korum sapeva che avrebbe fatto qualsiasi cosa pur di mantenere le cose in quel modo. Forse non riusciva a ricordarlo ora, ma lo aveva amato una volta—e lo avrebbe amato di nuovo. Per ora, però, aveva bisogno di dimostrarle che non era né pazzo, né la stava prendendo in giro.

"Ecco, usa questo" disse, dandole un nuovo computer da polso che aveva creato un paio d'ore prima. Questa volta, aveva aggiunto delle capacità visive per renderle ancora più facile rimanere in contatto con la famiglia. Impiegò un altro minuto per mostrare a Mia come far funzionare il dispositivo, e poi lei si collegò all'account Skype dei genitori, con la voce e l'immagine di sua madre che apparvero nella stanza.

Sorridendo, Korum l'attraversò e si sedette nell'angolo, concedendo un po' di privacy alle due donne. Tuttavia, poteva sentire tutto ciò di cui stavano discutendo, e ascoltò con molta curiosità.

Come al solito, la sua piccola charl sembrava molto attenta a non far preoccupare i genitori. Invece di dare a vedere che aveva perso la memoria, Mia mantenne la conversazione sul leggero, indagando sulla salute dei genitori e chiedendo come stesse Marisa. Sorridendo, Korum ascoltò Ella Stalis chiacchierare allegramente sugli ultimi sviluppi della gravidanza di Marisa (era ingrassata di due chili!) e su quanto le fosse piaciuto avere Mia e Korum da quelle parti.

Sebbene la gravidanza della sorella doveva essere uno shock per Mia, sembrava coraggiosamente meravigliata, comportandosi come se fosse tutto normale. Riuscì persino a ridere e a promettere di tornare presto per una visita, come se ricordasse l'ultimo viaggio perfettamente. Korum non poté fare a meno di ammirarla per questo; sapeva quanto doveva sentirsi smarrita e ansiosa in quel momento, ed era più che impressionato dalla sua compostezza.

Alla fine, Mia terminò la conversazione e lo guardò. "Lo rivuoi?" chiese, incerta, indicando il dispositivo da polso che le aveva dato.

"No, puoi tenerlo." Korum si alzò e le si avvicinò. "Ti ha aiutata la conversazione? Mi credi ora?"

"Non lo so" sussurrò, e lui scorse il dolore e la confusione sul suo viso. "Se è tutto vero, allora che cos'è successo? Come ho potuto perdere una parte così importante della mia vita? Ho battuto la testa o qualcosa del genere?"

"Qualcosa del genere." Korum cercò di scacciare i rabbiosi pensieri sul tradimento di Saret. L'ultima cosa che voleva era spaventarla ora. Sollevando la mano, cedette all'impulso di accarezzarle la guancia, godendo della familiare sensazione della morbida pelle sotto le sue dita.

Lei sbatté le palpebre, con le ciglia folte che si muovevano su e giù come ventagli scuri. Con immensa soddisfazione dell'extraterrestre, non indietreggiò al suo tocco. Anzi, sembrò chinarsi verso di lui, come se desiderasse ardentemente la vicinanza fisica.

Non riuscendo più a resistere, Korum chinò la testa e la baciò, tenendole il viso delicatamente con le mani. Solo un bacio, promise a se stesso, solo un piccolo bacio...

In un primo momento era rigida, con la bocca chiusa per contrastare l'intrusione della sua lingua. L'alieno sentì il suo cuore batterle freneticamente nel petto, percependo il momentaneo panico, ma poi le labbra si addolcirono, separandosi leggermente. Sollevò le mani, premendogliele leggermente sul petto, come se non sapesse bene se allontanarlo o stringerlo.

La reazione, quando arrivò, fu molto più incerta del solito, ma fu abbastanza da farlo impazzire. Il suo sapore, il suo odore era inebriante, come una droga che gli scorreva nelle vene. Approfondì il bacio senza rendersene conto, facendole scivolare una mano lungo la schiena per spingerla più vicina a sé, con il cazzo così duro che gli sembrava potesse esplodere da un momento all'altro.

Fu solo il suo basso gemito a riportarlo in sé. Sollevando la testa, Korum guardò Mia, con il respiro affannoso e irregolare.

Le guance dell'umana erano pallide e arrossate, le labbra gonfie. L'alieno sentì il desiderio, il calore che emanava la sua pelle, e capì che se si fosse allungato tra le sue gambe, l'avrebbe trovata umida e scivolosa, con il corpo pronto per lui. Ma per la mente era una questione completamente diversa, si rese conto Korum, con l'espressione negli occhi della ragazza che trasudava paura e confusione.

Con il corpo che infuriava dal bisogno insoddisfatto, Korum lottò per riacquistare il controllo, sapendo di desiderarla più che mai. "Scusa" disse, sforzandosi di lasciarla andare. "Non avevo intenzione di farlo così presto..."

Fece un paio di passi indietro e lo fissò, con il petto che si muoveva su e giù, attirando la sua attenzione sulla durezza dei capezzoli sotto il vestito. Korum deglutì, ricordando la loro tonalità rosa pallido, il sapore che avevano nella sua bocca, il modo in cui si conficcavano sotto la lingua.

No, non pensarci, cazzo. Riportando gli occhi sul suo viso, Korum disse: "So che non sei ancora pronta per questo, dolcezza. Non ti farò del male, te lo prometto..." Ed era vero. Avrebbe preferito perdere un arto piuttosto che fare qualcosa che avrebbe potuto traumatizzarla, mentre era così vulnerabile.

Si morse un labbro, poi annuì, incrociando le braccia sul petto in un gesto difensivo che lo fece sentire in colpa. A volte detestava la lussuria che lo consumava sempre quando le era vicino. Era così piccola, così delicata, con il corpo inadatto alle dure richieste che spesso esigeva da lei. Per quanto cercasse di stare attento, sapeva che non era sempre l'amante più gentile, con il travolgente bisogno che metteva costantemente alla prova il suo autocontrollo.

"Allora, che cos'è successo?" ripeté, continuando a guardarlo con circospezione. "Perché non mi ricordo di te, di mia sorella incinta, o altre cose del genere? Come ho fatto a perdere due mesi della mia vita?"

Korum fece un respiro profondo, cercando di controllare la rabbia che ancora gli ribolliva nelle vene al pensiero di Saret. "Qualcuno che conoscevo e di cui mi fidavo—un uomo che ha finto di essermi amico per molto tempo—ha fatto questo" disse senza troppi giri di parole. "Questa persona ha cancellato una parte della tua memoria per arrivare a me... e perché anche lui voleva te."

"Davvero?" Sgranò gli occhi. "Un altro K?"

"Sì, un altro Krinar" confermò Korum prima di lanciarsi nell'intera storia, partendo dall'apprendistato di Mia e terminando con il tradimento di Saret. Non volendo sopraffarla, sorvolò sulla parte riguardante le intenzioni di Saret per la sua specie, così come su alcune delle complessità della politica del Consiglio. Non aveva bisogno di sapere tutto in una volta; poteva vedere che era già quasi troppo per lei. Voleva avvolgerle le braccia intorno e abbracciarla, placare la sua angoscia, ma sapeva che non l'avrebbe accolto subito—non dopo il modo in cui l'aveva quasi aggredita prima.

La cosa migliore da fare ora era concederle tempo, decise. Tempo e spazio per riflettere su tutto ciò che aveva saputo.

"Devo andare ora" disse Korum, con il cuore che si strinse dolorosamente, notando il sollievo sul viso dell'umana. "Ci sono alcune cose di cui devo occuparmi. Perché non ti rilassi e ti tranquillizzi un po'? Tornerò tra un paio d'ore e possiamo pranzare insieme. Se nel frattempo ti viene fame, di' ciò che vuoi ad alta voce e ti sarà dato. O hai fame ora?"

Scosse la testa, con i ricci scuri che le caddero sulle spalle. "No, sto bene, grazie."

"Bene. Puoi esplorare la casa, se vuoi. So che ti sembra tutto strano, ma è abbastanza intuitivo, quindi non dovresti sentirti troppo a disagio." Sorrise, ricordando quanto a Mia piacesse quell'aspetto della vita a Lenkarda. "Tutti i mobili sono intelligenti, quindi non spaventarti se si conformano al tuo corpo. Anche la casa è intelligente, quindi puoi chiedere il cibo o qualsiasi altra cosa di cui tu abbia bisogno."

"Ok" disse, sorridendogli. "Grazie."

Fermandosi un attimo di più, Korum si beò di quel sorriso. Poi uscì, lasciandola da sola a metabolizzare tutto ciò che aveva appena appreso.

CAPITOLO NOVE

Uscendo di casa, Korum creò rapidamente una capsula per il trasporto e si diresse verso un piccolo edificio circolare nel cuore del Centro—il luogo di ritrovo per le riunioni ordinarie del Consiglio.

Entrando, salutò gli altri Consiglieri, annuendo freddamente verso Loris e un paio di altri suoi avversari. Sebbene potessero partecipare tutti virtualmente alla riunione, tutti quelli che vivevano sulla Terra avevano scelto di partecipare di persona oggi, dato l'importante argomento di discussione.

Sedendosi su una delle sedie fluttuanti, Korum osservò attentamente i volti dei Consiglieri, cercando di valutarne l'umore generale. Ciò che aveva fatto all'edificio del laboratorio di Saret li aveva spaventati, annullando la loro convinzione sull'impenetrabilità delle difese dei Centri. Alcuni membri del Consiglio non riuscivano a comprendere la necessità del progresso tecnologico, aggrappandosi a ciò che era noto e familiare invece di progredire con i tempi.

"Benvenuto, Korum" disse Arus, voltandosi verso di lui. "Sono felice che abbia deciso di unirti a noi oggi. Mia sta bene?"

"Sì, grazie" disse Korum, apprezzandone la preoccupazione. Se c'era qualcuno che comprendeva i suoi sentimenti per Mia, quella persona era probabilmente Arus, la cui devozione alla propria charl era ampiamente nota. Anche se non erano sempre d'accordo su tutto, Korum rispettava l'ambasciatore e in qualche modo gli piaceva.

Arus piegò la testa come risposta. "Bene. Mi fa piacere. Delia era preoccupata, quando ha saputo cos'era successo."

"Di' a Delia che può venire a trovarla quando vuole" disse Korum senza problemi, sapendo che tutto il Consiglio li stava osservando e ascoltando. "Sono sicuro che a Mia farebbe bene parlare con un'amica in questo momento."

Con la coda dell'occhio, Korum intravide un sorrisetto sul volto di Loris. Il suo nemico di lunga data chiaramente godeva della situazione, sia del fatto che Korum fosse nei guai per essersi innamorato di una ragazza umana che dell'intera disfatta con Saret. Una rabbia tossica attraversò nuovamente le vene di Korum, ma non lasciò trasparire nulla sul viso, mantenendo un'espressione leggermente divertita. Lasciò che Loris godesse del suo disagio per ora; il cosiddetto Protettore non avrebbe fatto parte del Consiglio ancora a lungo, vista la colpevolezza ormai quasi dimostrata del figlio.

"Va bene, allora. Abbiamo molte cose di cui discutere oggi." Era Voret, uno dei membri più anziani del Consiglio. "I guardiani ci hanno riferito che tutti i dispositivi di dispersione di Saret sono stati localizzati e neutralizzati, grazie a Korum, che ci ha avvisato in tempo. A quanto pare, erano stati programmati per esplodere contemporaneamente tra circa trentadue ore. Abbiamo anche trovato il progettista che aveva la nanoarma. Era in Tailandia ed è stato arrestato. L'arma era già perfettamente funzionante, e Alir pensa che Saret avesse intenzione di utilizzarla poco dopo essere riuscito a liberare i dispositivi di controllo della mente tra la popolazione umana. Arus, hai parlato con le Nazioni Unite?"

"Sì. Ho sorvolato sulla situazione, quando l'ho spiegato" rispose l'ambasciatore. "Hanno già le mani occupate con i leader militari che hanno aiutato la Resistenza, e non c'è bisogno di spaventarli a questo punto. Devono sapere che Saret è a piede libero, e i loro servizi segreti sicuramente lo stanno tenendo d'occhio. Non sono entrato nei dettagli, a parte informarli che è un individuo pericoloso, che deve essere prontamente arrestato."

"Bene" disse Voret. "Hai fatto la cosa giusta. Già non si fidano di noi, e, se sapessero dei dispositivi di controllo della mente, probabilmente si farebbero prendere di nuovo dal panico."

"E con buone ragioni questa volta" disse Korum, pensando al folle piano di Saret. "Se è riuscito a convincere Saur ad attaccarmi, immaginate che cosa avrebbe potuto fare con le menti umane."

"Assolutamente" disse Voret, e Korum lo vide prepararsi ad affrontare l'argomento che probabilmente avrebbe suscitato maggior interesse per il Consiglio oggi. "Ora, per quanto riguarda gli altri eventi che si sono verificati ieri..."

"Sì?" sollecitò Korum, quando l'altro Consigliere si fermò. Sapeva esattamente dove voleva andare a parare Voret, ma voleva sentire cos'avesse da dire.

Voret gli lanciò un'occhiata imbarazzata. "Korum, abbiamo guardato tutte le registrazioni degli eventi, e alcune delle cose che abbiamo visto erano... inquietanti, per non dire altro."

Korum sorrise, per niente sorpreso. "Quale parte ti ha disturbato di più, Voret?" chiese. "Il fatto che Saret abbia pianificato di annientarci tutti spinto dalla sua ambizione di manipolare la mente degli umani? O il fatto che nessuno di noi ne fosse a conoscenza?"

Voret si accigliò. "Sai che mi sto riferendo al modo in cui sei riuscito a infrangere gli scudi del laboratorio. Affronteremo la situazione di Saret in modo più dettagliato non appena avremo maggiori informazioni dai guardiani, ma prima dobbiamo sapere se siamo al sicuro qui, all'interno dei nostri Centri. Hai sviluppato un'arma in grado di penetrare i nostri scudi di protezione?"

"Sì" rispose Korum, godendosi le espressioni scioccate e impaurite su alcuni dei volti dei Consiglieri. "Ma non preoccuparti—ho sviluppato anche scudi migliori. Entrambi sono ancora in fase di sperimentazione, motivo per cui nessuno ne ha ancora sentito parlare."

"E hai usato quest'arma ieri?" chiese Arus, sollevando le sopracciglia.

"Sì. Non ho avuto scelta, quando ho saputo come Saret aveva predisposto il laboratorio."

"Come l'hai saputo?" Era di nuovo Voret.

"Scansionando l'edificio del laboratorio. Una volta scoperto cosa intendesse fare Saret, non è stato difficile capire che aveva installato delle difese abbastanza potenti. Ed era così. L'ho distratto mostrandogli un'immagine di me stesso di tre anni fa, e ho sfruttato quel tempo per costruire l'arma in base ai miei progetti sperimentali."

Voret si accigliò ulteriormente. "E quando avevi intenzione di parlarci di questi nuovi progetti?"

"Non appena fossero stati pronti per l'uso" disse Korum. A volte, Voret e gli altri dimenticavano che Korum non aveva alcun obbligo di condividere informazioni con il Consiglio. Lo faceva per il bene di tutti i Krinar, ma non aveva intenzione di chiedere il permesso e l'approvazione del Consiglio per ogni singolo progetto.

"Qualcun altro potrebbe aver ottenuto l'accesso a quest'arma?" chiese Arus, concentrandosi sulla parte più importante del problema. "Korum, sei sicuro che nessun altro abbia questi progetti?"

"Sono l'unico" rispose Korum, comprendendo la preoccupazione dell'ambasciatore. "Nessuno dei miei progettisti è stato ancora coinvolto in questo progetto, e nessuno ha accesso a questi file."

"Nemmeno la tua charl?" Era Loris stavolta, con la voce praticamente grondante di sarcasmo. "Sei sicuro che non sia in grado di rubare i dati e correre dai suoi amici della Resistenza?"

Korum gli rivolse un'occhiata sardonica. "No, Loris. Non può farlo. E poi, che cosa farebbe la Resistenza con queste informazioni senza tuo figlio? Sappiamo tutti ormai quanto fosse utile per loro… e per Saret."

Loris si alzò lentamente, col volto scuro dalla rabbia. "Menzogne! Nessuno ci crederebbe mai—"

"Oh, davvero?" disse Korum freddamente, guardando con disprezzo il Krinar con i capelli neri. "Abbiamo visto tutti la registrazione—e abbiamo sentito Saret spiegare il ruolo di Rafor nei suoi piani. Tuo figlio è colpevole quanto lo stesso Saret, e sarà punito di conseguenza."

Le mani di Loris si strinsero a pugno, con le nocche che diventarono bianche. "Saret era *tuo* amico" sibilò, non riuscendo più a trattenersi. "Per quanto ne sappiamo, ci sei tu dietro a tutto questo e ora stai solo aspettando il momento giusto per usare la tua nuova arma su di noi—"

"Loris, basta così!" La voce di Arus sferzò l'aria come una frustata. Nel silenzio che seguì, l'ambasciatore continuò con un tono più calmo: "Comprendiamo il tuo bisogno di proteggere tuo figlio, ma, sfortunatamente, le prove contro di lui continuano a crescere. Date queste nuove informazioni, dovremo avere un'altra seduta processuale domani. Potrebbe essere quella finale—"

L'intero corpo di Loris tremava dalla rabbia ora. "Vaffanculo, Arus. E fanculo a tutti voi. Rafor non è un traditore. Quello—" indicò verso Korum "—è l'unico traditore qui, e siete troppo fottutamente ciechi per vederlo!"

"L'unica persona cieca qui sei tu, Loris" disse Korum con calma, osservando il nemico andare in rovina proprio davanti ai suoi occhi. "E domani, quando il Consiglio giudicherà i Keith colpevoli, il mondo intero saprà del tuo fallimento."

Quella sembrò essere la goccia che fece traboccare il vaso. Con un ruggito inferocito, Loris si lanciò contro Korum, attraversando la stanza con tutta la velocità di un Krinar.

Agendo d'istinto, Korum si voltò e contorse il corpo, proteggendo automaticamente la testa e la gola. Mentre Loris si schiantava contro di lui, gli diede una spallata, colpendolo sul fianco con il gomito, mentre caddero a terra e si rotolarono verso il centro della sala.

Con il duro pavimento che gli raschiò la pelle, Korum sentì la propria rabbia crescere, con ogni cellula del corpo che si riempì di sete di sangue. Piegò le dita come se fossero artigli e le affondò nel braccio di Loris, strappandogli muscoli e tendini. Allo stesso tempo, gli agganciò il braccio intorno al collo in una delle più complesse mosse di *defrebs*, esponendo la gola ai propri denti—

"Basta così! Basta!" Delle mani forti li separarono, staccandoli e trascinandoli verso i lati opposti della sala. Ancora abbastanza razionale da comprendere quello che stava succedendo, Korum non si oppose, mentre Arus e un altro Krinar gli tenevano le braccia, impedendogli di continuare il combattimento. Loris, invece, era completamente fuori controllo, contorcendosi e urlando, mentre altri due Consiglieri lo tenevano inchiodato al muro. Alla fine, sembrava aver esaurito il fiato, ansimando e fissando Korum con odio. Il suo braccio era un grumo insanguinato, che stava appena iniziando a guarire.

"Potete lasciarmi andare ora" disse Korum, respirando lentamente per calmarsi, mentre guardava i due uomini che continuavano a stringerlo con una presa ferrea.

"Scusa, Korum" disse Arus, piegando le labbra per un debole sorriso, mentre gli liberò il braccio e fece un passo indietro. "Non potevo lasciare che lo uccidessi qui."

Voret seguì l'esempio di Arus, lasciando andare l'altro braccio di Korum.

"Va bene" disse Korum, asciugandosi la mano insanguinata sulla maglietta. "Continueremo nell'Arena. Era questo che volevi, non è vero, Loris? Una sfida?"

Il Protettore con i capelli neri lo fissò, con il petto che si gonfiava dalla rabbia. "Sì" ringhiò a denti stretti. "Puoi definirla una sfida."

"Bene" disse Korum, rivolgendogli un largo sorriso predatorio. "Che sfida sia, allora." Non combatteva nell'Arena da un bel po', e sentì il sangue ribollirgli dall'attesa.

"Loris, non è una buona idea" disse Arus, facendo qualche passo nella direzione del Krinar. Korum non era sorpreso dalla sua preoccupazione; Loris e l'ambasciatore di solito andavano d'accordo, coalizzandosi spesso contro Korum e Saret. Korum pensò che ora dovesse essere difficile per Arus prendere le parti del suo ex avversario contro un uomo che considerava suo alleato.

Loris rise amaramente. "Oh davvero, Arus? Non è una buona idea?"

Arus lo guardò storto. "Eccelle nel *defrebs*. Quando è stata l'ultima volta che hai combattuto?"

Il labbro superiore di Loris si arricciò dalla derisione. "Sì, vaffanculo anche tu, Arus. Pensi che mi sia rammollito? Ho ucciso più persone nell'Arena di quante questo stronzo ne abbia sfidate."

"Allora, la sfida è stata lanciata." Voret si fece avanti, con la voce che assunse una cadenza formale. "Dato che il processo si terrà domani, il combattimento nell'Arena avrà luogo il giorno dopo a mezzogiorno."

E con ciò, la riunione del Consiglio fu aggiornata.

Mia si sedette sul letto, fissando senza espressione la lussureggiante foresta fuori dalla parete trasparente. Era immortale e aveva un amante K —qualcosa di simile a un marito, ma non proprio.

Era così incredibile che riusciva a malapena a crederci, con la mente che vagava in un milione di direzioni diverse.

Dopo che il K se n'era andato, aveva chiamato sia Marisa che Jessie, avendo bisogno di una conferma aggiuntiva alle impossibili affermazioni di Korum. Sia sua sorella che l'amica erano state molto felici di sentirla— ed entrambe avevano menzionato l'alieno nel corso della conversazione. Marisa aveva continuato a parlare della sua gravidanza e di quanto si sentisse molto meglio grazie al coinvolgimento di Korum e all'aiuto di qualcuno che si chiamava Ellet, e Jessie aveva chiesto se Mia avesse deciso quando lei e Korum sarebbero venuti a farle visita.

Ancora in stato di shock, Mia era riuscita a dare a Jessie una vaga risposta—spiegando che avrebbe dovuto parlarne con Korum—e ascoltò educatamente, mentre sua sorella si dilungava sugli ultimi risultati ecografici. Con suo sollievo, nessuna delle due sembrava sospettare che qualcosa non andasse, che la Mia con cui avevano parlato oggi fosse tutt'altro che normale.

Non sapeva come mai fosse così riluttante a rivelare la verità sulla propria condizione a chiunque, ma le cose stavano così. Non voleva che la sua famiglia e gli amici si preoccupassero, sì, ma era anche quasi... imbarazzata.

Come poteva esserle successo? Com'era possibile che tutta la famiglia conoscesse il suo amante alieno, mentre a lei sembrava un estraneo? Come aveva potuto dimenticare di aver *fatto l'amore* con un essere così straordinario? Quando l'aveva baciata, il suo corpo aveva reagito in un modo che Mia non aveva mai sperimentato prima—o per lo meno che non ricordava di aver mai sperimentato. Era stato quasi spaventoso il modo in cui aveva perso il controllo tra le sue braccia. Se avesse continuato a baciarla invece di fermarsi, avrebbe potuto facilmente finire nel letto con lui—lei, che non ricordava di essere mai andata oltre qualche bacio con un ragazzo.

La stranezza della sua reazione continuava a destabilizzarla. Lui era un extraterrestre—qualcuno appartenente a una specie diversa—eppure non era rimasta sconvolta, sentendogli dire che era il suo amante. Gli credeva persino ora, dopo solo alcune conversazioni con la famiglia e Jessie. In teoria, avrebbe potuto ancora mentirle; la sua famiglia forse era stata minacciata o sottoposta al lavaggio del cervello per dire quello che avevano detto. Dannazione, avrebbe potuto persino rimpiazzarli con qualche robot che somigliava e parlava come loro. Mia sapeva di cosa fossero davvero capaci i K.

Eppure... gli credeva. Qualcosa dentro di lei sembrava riconoscerlo, anche se non riusciva a ricordarlo coscientemente. Era stata contenta quando l'aveva lasciata sola, concedendole il tempo di metabolizzare tutto, ma ora ne sentiva la mancanza, desiderando il conforto della sua presenza. Non aveva alcun senso logico, ma era vero: uno sconosciuto le sembrava più necessario delle persone che aveva conosciuto in tutta la sua vita.

Tutto ciò che le aveva detto fino a quel momento le aveva creato una grande confusione nella mente. La Resistenza, i K che simpatizzavano per gli umani, lei che l'aveva spiato—sembrava tutto più un film che qualcosa di realmente accaduto. Perché avrebbe fatto una cosa così folle? Come avrebbe potuto desiderare qualcosa di diverso che non fosse stare con quello splendido uomo—alieno o meno?

Facendo un respiro frustrato, Mia si guardò le mani, cercando di dare un senso a quell'assurda situazione. Perché avrebbe aiutato la Resistenza? Non aveva mai pensato che sarebbe stato utile combattere contro i K, non dopo che avevano preso il controllo del suo pianeta, fondamentalmente lasciando gli umani da soli.

Eppure, a quanto pareva, aveva combattuto contro i K—perlomeno aveva cercato di aiutare quelli che lo facevano. Secondo Korum, non era stato uno sforzo che aveva avuto grande successo.

Ma forse sbagliava a fidarsi di lui. Certo, era stato gentile con lei fino a quel momento, e alla sua famiglia sembrava piacere, ma non aveva idea di come fosse veramente. E se si stesse fidando di qualcuno che non meritava la sua fiducia? Non sapeva che cosa volevano i K dagli umani. *Giravano* quelle voci sul fatto che bevessero sangue. Per quanto ne sapeva, poteva essere stato Korum stesso a cancellarle la memoria, facendole dimenticare qualcosa di terribile su di lui.

Stava cominciando a farle male la testa per tutte quelle supposizioni, così si alzò e iniziò a camminare avanti e indietro per la stanza. L'ambiente circostante era strano e sconosciuto, eppure non si sentiva a disagio. Aveva già esplorato il resto della casa, meravigliandosi degli oggetti intelligenti fluttuanti che fungevano da tavoli, sedie e divani. Rappresentavano indubbiamente un notevole miglioramento rispetto ai mobili degli umani. Le piaceva anche l'estetica generale della casa, con il soffitto e le pareti trasparenti e una sensazione simile a quella Zen in tutto lo spazio.

Un essere malvagio poteva vivere in un luogo così bello e rilassante?

Non appena quel pensiero le passò per la mente, Mia rise forte, non riuscendo a trattenersi. Era ridicola, e lo sapeva. Non c'era assolutamente alcun motivo per costruire quella pazzesca cospirazione nella mente. Fino a quel momento, Korum era stato assolutamente carino con lei.

Infatti, non vedeva l'ora di trascorrere altro tempo con lui e di riapprendere tutto ciò che aveva dimenticato.

Alla fine, dopo quella che era sembrata un'eternità, Mia sentì qualcosa nel soggiorno. Uscendo dalla camera da letto, vide che il K—o Korum, come sapeva ormai—era appena entrato da quella che sembrava un'apertura in una delle pareti. Mentre Mia osservava, l'apertura si restrinse e si solidificò, lasciando una parete trasparente al posto dell'ingresso.

Vedendola, il viso dell'alieno si illuminò per quello che sembrava sincero piacere. "Ciao, dolcezza." Le rivolse un ampio sorriso, che espose la fossetta sulla guancia sinistra. Mia ebbe voglia di baciare quella fossetta. In generale, voleva baciarlo e leccarlo dappertutto, solo per capire se la sua liscia pelle dorata fosse deliziosa come sembrava.

Wow, come sono lussuriosa. Scuotendo mentalmente la testa per la stranezza di tutto ciò, ricambiò il sorriso. "Ciao."

"Scusa, ho fatto tardi" disse lui, attraversando la stanza e dirigendosi verso la cucina. "La riunione del Consiglio è stata più ricca di eventi di quanto mi aspettassi. Devi avere fame..."

"Sto bene—" Mia lo seguì in cucina "—ma potrei sicuramente mangiare. Ordinerai qualcosa?" Era curiosa di sapere come si nutrivano i Krinar. Era anche incoraggiante che lui avesse in programma di mangiare, invece di fare qualcosa di spaventoso come bere sangue umano. Avrebbe dovuto chiederglielo prima o poi; sperava che quella fosse solo una diceria.

"Volevo cucinare qualcosa" disse. "Ma ordinare probabilmente sarà più veloce. Ecco, siediti qui, mentre la casa prepara il nostro pasto."

Mia si appollaiò con cautela su una delle panche fluttuanti, mettendosi comoda. "Cucini?" chiese, studiandolo affascinata, mentre si sedeva davanti a lei.

Le sorrise. "Sì. È un mio hobby."

Ricambiò il sorriso, incuriosita e sollevata. I suoi precedenti sospetti sembravano ancora più sciocchi ora. Fino a quel momento, il suo amante K era stato più vicino all'uomo dei suoi sogni che mai, e non vedeva l'ora di saperne di più su di lui. C'erano così tante domande che le frullavano per la testa che non sapeva nemmeno da dove cominciare.

"Hai avuto la possibilità di parlare con il resto della tua famiglia?" chiese, guardandola con un sorrisetto.

"Ho parlato con Marisa e Jessie" ammise Mia.

"E? Mi credi ora?"

Scrollò le spalle. "Suppongo che tu possa aver falsato quelle interazioni in qualche modo, ma non so perché l'avresti fatto. La conclusione più logica è che mi stai dicendo la verità—anche se mi sembra ancora assurdo."

Le sorrise. "Lo so, dolcezza. Credimi, me ne rendo conto."

"Allora, che cosa facciamo adesso?" chiese, non riuscendo a distogliere lo sguardo da quel sorriso abbagliante. "Come procediamo?"

"Ci conosciamo di nuovo" disse, con espressione che si fece più seria. "E nel frattempo, cercherò un modo per ripristinare la tua memoria."

Il cuore di Mia sobbalzò dall'emozione. "C'è un modo?"

"No, per quanto ne so" ammise. "Ma questo non significa che non esista—o che non lo inventeremo col tempo."

"Oh, capisco." Mia cercò di scacciare la delusione. "In questo caso, puoi raccontarmi qualcosa di te? Mi piacerebbe davvero saperne di più..."

"Certo, tesoro, ne sarò felice" disse piano.

E durante tutto il loro delizioso pasto, Mia venne a sapere tutto sul ruolo del suo amante nel Consiglio dei Krinar, sulla sua passione per la progettazione tecnologica e sul fatto che era molto più vecchio di quanto avrebbe mai potuto immaginare. Mentre parlavano, Mia si sentì cadere sempre di più sotto l'incantesimo dell'alieno, volendo cedere alla tentazione del suo sorriso, del tocco, del calore nel suo sguardo, quando la guardava. Era un uomo bello e affascinante, e non poteva fare a meno di invidiare la ragazza che era stata—quella che lo aveva conosciuto fin dall'inizio, quella che lui sembrava amare.

Memoria o meno, riusciva a capire come mai si fosse innamorata di lui—e poteva facilmente immaginare che la storia si sarebbe ripetuta.

CAPITOLO DIECI

Korum guardò il suo viso vivace durante il pranzo, adorando le occhiate timide, ma ammirate che gli rivolgeva durante la conversazione. L'attrazione tra loro era più forte che mai, e non aveva dubbi sul fatto che l'avrebbe sedotta di nuovo. Forse addirittura quella sera—anche se probabilmente non sarebbe stata pronta.

Per una volta, Korum era determinato a non farle pressioni per andarci a letto. Quando si erano conosciuti per la prima volta, la potenza del desiderio lo aveva colto di sorpresa, facendolo agire in modi che normalmente avrebbe condannato. Non voleva ripetere gli stessi errori, a prescindere da quanto il cazzo insistesse sul fatto che fosse sua—che *gli* appartenesse e che avesse il diritto di prenderla, di soddisfarla ogni volta che voleva. Le immagini sessuali gli passarono per la testa, vedendola godersi il pasto, immaginando la sua soffice bocca che gli mordicchiava la carne, invece del frutto che stava consumando.

Non aiutava il fatto che l'adrenalina continuava a pompargli nelle vene dopo l'attacco di Loris. La lotta spesso potenziava la sua libido già forte, con l'aggressività accentuata che si traduceva in un bisogno primitivo di scopare. Era sempre così con gli uomini Krinar—e anche con quelli umani, per quanto ne sapeva. La violenza e il sesso si erano intrecciati dall'inizio dei tempi, entrambi attratti dalla stessa pulsione maschile di dominare e conquistare.

Ma per quanto il suo corpo lo esigesse, Korum non voleva

costringerla. Sembrava rispondere così bene all'intera situazione, guardandolo con curiosità e desiderio invece che paura. Se solo fosse stato paziente, sarebbe venuta da lui, attirata dallo stesso bisogno che strisciava sotto la sua pelle.

Così, mentre il pranzo proseguiva, Korum si trattenne, senza nemmeno toccare Mia, quando le cattive intenzioni cercavano di prendere il sopravvento. Le parlò ulteriormente dei nanociti nel corpo e le mostrò alcune delle capacità della tecnologia Krinar, creando una coppa d'argento grazie all'utilizzo di nanociti per poi dissolverla allo stesso modo. Le raccontò anche dell'apprendistato e di come aveva già iniziato a contribuire alla società Krinar, vedendole gli occhi illuminarsi dall'emozione a quel pensiero.

Verso la fine, mentre stavano consumando il dessert—un piatto di mango appena tagliato con salsa al pistacchio—Korum notò che Mia sembrava un po' nervosa, come se avesse qualcosa per la testa. Non potendo più resistere, allungò la mano lungo il tavolo e prese la sua, massaggiandole leggermente il palmo con il pollice.

"C'è qualcosa che vorresti chiedermi, dolcezza?" chiese, sorridendo, osservandola mentre un bel rossore si insinuò nelle sue guance.

"Uhm, forse..." Il colorito si intensificò. "Ok, probabilmente mi riderai in faccia, ma devo sapere..." Deglutì. "Sono vere le voci secondo cui bevete sangue?"

Alla sua domanda innocentemente provocante, Korum quasi gemette, con il cazzo che si indurì istantaneamente fino a fargli male. Mia non sapeva, naturalmente, che il sangue umano e il piacere sessuale erano inseparabili nella mente di un moderno Krinar—e che sollevare l'argomento in quel modo equivaleva a chiedere a un Krinar di scoparti. Persino il sesso più straordinario impallidiva rispetto all'estasi dell'atto combinato del bere sangue con i rapporti.

"C'è qualcosa di vero" ammise Korum con attenzione, felice che l'umana non potesse vedere la sua dura erezione. "Un tempo era necessario per la nostra sopravvivenza, ma non lo è più." E, cercando di sopprimere il travolgente bisogno di prenderla, le raccontò la complicata storia dell'evoluzione dei Krinar e la nascita della razza umana.

"Quindi, ora bevete sangue per piacere?" chiese Mia, fissandolo con un'espressione scioccata, ma incuriosita.

"Sì." Korum sperava che abbandonasse l'argomento prima che lui impazzisse del tutto.

Ma non lo fece. Anzi, lo guardò, con le guance arrossate e gli occhi brillanti per la curiosità e qualcosa di più. "Hai—" si fermò per inumidire le labbra "—hai mai preso il mio sangue?"

Korum pensò che sarebbe letteralmente esploso. Qualcosa di quello che provava doveva essere evidente sul suo viso, perché lei deglutì nervosamente e strappò la mano dalla sua presa. *Che ragazza intelligente.*

Ci fu un momento di imbarazzante silenzio, poi chiese con esitazione: "Perché i tuoi occhi fanno così? Diventano più dorati, voglio dire... È una caratteristica dei Krinar?"

Korum fece un respiro per calmarsi. Quando fu ragionevolmente certo che non le sarebbe saltato addosso, rispose: "No, è solo una stranezza genetica. È più comune tra la gente della mia regione di Krina. Anche mia madre ce l'ha, e lo stesso valeva per mio nonno."

"Tuo nonno?"

Korum annuì. "Rimase ucciso in un combattimento, quando mia madre aveva circa la mia età."

"Che mi dici di tua nonna e degli altri nonni?"

"Mia nonna materna morì in uno strano incidente mentre stava esplorando uno degli asteroidi in un sistema solare vicino. Alcuni pensarono addirittura che si fosse trattato di suicidio, dal momento che mio nonno era stato ucciso solo pochi anni prima. Per quanto riguarda i miei nonni paterni, dissolsero la loro unione poco dopo la nascita di mio padre—fu una delle pochissime coppie a farlo dopo aver avuto dei figli. A quanto pare, mia nonna voleva lasciarlo, ma mio nonno non era d'accordo—e finì per affrontare una sfida nell'Arena contro l'uomo che lei aveva scelto come amante. Mio nonno non sopravvisse, e mia nonna si tolse la vita poco dopo, probabilmente sentendosi troppo in colpa per continuare a vivere. Non fu una storia felice."

Gli occhi di Mia si riempirono di compassione. "Oh, mi dispiace—"

"Va tutto bene, dolcezza. Successe tutto prima della mia nascita. È spiacevole, ma la morte è una tragedia che accade a tutti prima o poi. Gli umani possono considerarci immortali, perché non invecchiamo, ma siamo comunque esseri viventi—e possiamo essere uccisi, nonostante la tecnologia avanzata e la velocità di guarigione. Ecco perché gli Anziani sono così riveriti nella nostra società: perché è quasi impossibile vivere così a lungo senza che si verifichi mai un incidente mortale o altro."

"Hai già parlato di questi Anziani." Mia era chiaramente affascinata. "Chi sono? Governano Krina?"

"No." Korum scosse la testa. "Non governano nel senso di essere coinvolti nella politica o qualcosa del genere. Per quello abbiamo il

Consiglio, che si occupa di tutte le questioni. Gli Anziani forniscono una guida e stabiliscono la direzione da seguire per la nostra specie nel suo insieme."

"Oh, capisco." Sembrò pensierosa per un secondo. "Quanti anni hanno?"

"Credo che il più giovane abbia poco più di un milione di anni terrestri" disse Korum, sorridendo per l'espressione meravigliata sul suo viso. "E il più vecchio ne ha circa dieci milioni."

Lo fissò. "Wow..."

"Wow, davvero" concordò Korum, godendosi la sua reazione.

Finito il pranzo, fecero una lunga passeggiata sulla spiaggia e parlarono un altro po'. Korum le teneva la mano, mentre passeggiavano pigramente sulla sabbia, beandosi della sensazione delle sue piccole dita che gli stringevano il palmo con tanta fiducia.

All'inizio temeva che la perdita di memoria dell'umana li avrebbe riportati indietro di mesi, che avrebbe avuto di nuovo paura di lui. Invece, era come se una parte di lei lo conoscesse ancora—come se lo amasse ancora. La sua calma accettazione della situazione era sorprendente e incoraggiante al tempo stesso, soprattutto perché non c'era alcuna garanzia che sarebbero riusciti a neutralizzare il danno causato da Saret.

Dopo la riunione del Consiglio, Korum era andato a trovare Ellet, sperando che l'esperta di biologia umana avesse compiuto qualche progresso verso la scoperta di una soluzione. Anche se la mente umana non era la sua specialità, Korum aveva sperato che lei si fosse informata sulle ricerche effettuate in quella direzione. Con sua terribile delusione, Ellet non aveva trovato niente, nonostante avesse contattato dozzine di scienziati Krinar su entrambi i pianeti. Aveva parlato anche con tutti gli esperti della mente degli altri Centri. Per quanto ne sapeva, non c'era modo di annullare una cancellazione della memoria come quella che aveva effettuato Saret.

"E così, che cosa vi ha fatto decidere di venire sulla Terra?" chiese Mia, quando si fermarono per sedersi su un paio di grandi rocce. Davanti a loro, un piccolo estuario scorreva verso l'oceano, fungendo da ostacolo per un ulteriore passaggio, ma contribuendo a una veduta molto panoramica. "So che mi hai già raccontato di come avete impiantato la vita qui e di come in pratica avete creato gli umani, ma perché siete venuti qui a vivere al nostro fianco? Da quello che hai detto, Krina sembra un posto molto carino su cui vivere. Perché l'avete lasciato?"

"Il nostro sole è una stella più antica" spiegò Korum, ripetendo ciò che le aveva detto una volta. "Morirà tra circa cento milioni di anni. A quel punto, avremo bisogno di un altro posto in cui vivere—e la Terra ci attira per ovvie ragioni."

Si accigliò, corrugando la fronte in un modo che lui trovava molto tenero. "Ma è così lontano... Perché siete già venuti? Perché non avete aspettato altri novanta milioni di anni o giù di lì?"

Korum sospirò, ricordando la loro ultima discussione su quell'argomento. "Perché la vostra specie stava diventando molto distruttiva per l'ambiente, dolcezza. Volevamo assicurarci di avere un pianeta abitabile per quando ne avessimo avuto bisogno." Questa era la versione ufficiale, almeno. La spiegazione completa era più complicata e non era ancora pronto a condividerla con Mia.

Il suo cipiglio si fece più accentuato. Ovviamente non le piaceva sentirlo—ma la sua charl tendeva a mettersi sulla difensiva, quando lui criticava la sua specie. Non poteva davvero biasimarla per questo; era leale nei confronti della sua razza quanto lui lo era con la propria.

"Quindi, quando la vostra stella inizierà a morire, tutti i Krinar verranno sulla Terra?" chiese, socchiudendo leggermente gli occhi.

"Molto probabilmente" rispose Korum. Sperava davvero che non sarebbe stato così, ma non poteva ancora dirglielo.

"E a quel punto, che cosa succederebbe a noi? Agli umani, voglio dire? Avete davvero intenzione di vivere con noi fianco a fianco? Il pianeta non diventerebbe troppo affollato?"

Korum esitò un momento. Stava facendo tutte le domande opportune e non voleva mentirle, ma non poteva neanche dirle la verità. L'ultima cosa di cui avevano bisogno era che si diffondessero voci che spingessero nuovamente gli umani nel panico.

"Non necessariamente" spiegò. "Inoltre, non è qualcosa di cui dovremo preoccuparci per molto tempo."

Lo guardò, ovviamente cercando di capire quanto si potesse fidare. Korum poteva praticamente vedere gli ingranaggi girarle nella testa. Amava questo di lei: la sua smisurata curiosità, il modo logico in cui la sua mente elaborava le informazioni. Era giovane e ingenua, ma era anche molto intelligente, e lui non aveva dubbi sul fatto che un giorno avrebbe lasciato il segno nella società.

Per ora, però, Korum aveva bisogno di distrarla da quella particolare serie di domande. Sorridendo, allungò una mano e le spostò i capelli dal viso. "Allora, che te ne pare di Lenkarda finora? Stai cominciando a sentirti più a tuo agio o è ancora tutto molto strano per te?"

Gli rivolse un sorrisetto. "Non lo so, sinceramente. Non è così strano come dovrebbe essere. Non *ricordo* nulla, ma è come se lo conoscessi in qualche modo. Ed è la stessa cosa con te—"

"Ti sembra di conoscermi come ti sembra di conoscere i mobili?" la stuzzicò Korum, osservando il suo sorrisetto ampliarsi fino a diventare un vero e proprio sorriso.

"Tu sei..." Rise mestamente. "Non capisco come funzioni tutto questo, ma non sei così spaventoso come dovresti essere. Non lo sei affatto, per qualche ragione."

Korum sentì il petto espandersi per riempirsi di qualcosa di molto simile alla felicità. "Mi fa piacere, dolcezza" disse, accarezzandole la morbida guancia. "Non dovresti aver paura di me. Non ti farei mai del male. Sei tutto per me; sei tutto il mio mondo. Preferirei morire che farti del male. Credimi, non c'è motivo di aver paura..."

Mentre parlava, vide il sorriso di Mia svanire, sostituito da un'espressione stranamente vulnerabile. "Tu—" deglutì, con la gola che si mosse: "—mi ami?"

"Sì" rispose Korum senza esitazione. "Più di chiunque altra io abbia mai amato in vita mia."

"Ma perché?" Sembrava sinceramente confusa. "Sono solo una normalissima umana, e tu—" Si fermò, arrossendo di nuovo.

"Io cosa?" insistette Korum, volendo vederla avvampare ancora di più. Non sapeva come mai lo trovasse così attraente, ma ogni volta si eccitava. Ma in realtà lo eccitava semplicemente respirando, quindi non era poi così sorprendente che trovasse le sue guance arrossate irresistibili.

Il colorito sul viso della ragazza si accentuò. "Sei uno splendido K che esiste fin dalla notte dei tempi" disse tranquillamente. "Che cosa potresti vedere in me?"

Korum sorrise, scuotendo la testa. Il suo piccolo tesoro non si era mai reso conto del proprio fascino, non si era mai reso conto di quanto fosse attraente per un maschio di entrambe le specie. Tutto di lei, dai morbidi ricci folti sulla testa alla morbidezza della pelle, sembrava fatto apposta per il tocco di un uomo. Non sarà stata una bellezza classica, ma nel suo delicato modo era davvero bella, con quegli occhioni azzurri e i capelli scuri.

Col senno di poi, Korum doveva aver capito che sarebbe stato meglio non lasciarla lavorare così vicino a un altro maschio single. Non poteva biasimare Saret per averla voluta, per aver bramato qualcosa da cui lui stesso era così ossessionato. Voleva fare a pezzi il suo ex amico per quello che aveva fatto, ma capiva—almeno in parte—perché Saret lo avesse fatto. Se i ruoli fossero stati invertiti, e Mia fosse stata la charl di qualcun altro, Korum non sapeva fino a che punto si sarebbe spinto per farla sua, quanti tabù avrebbe infranto nel tentativo di possederla.

Naturalmente, il fascino fisico di Mia era solo una parte di questo. Allungandosi, Korum le prese di nuovo la mano. "Vedo in te la donna che amo" disse, senza nemmeno tentare di nascondere la profondità delle sue emozioni. "Vedo una ragazza bellissima e intelligente, che è dolce e impavida e ha il coraggio delle sue convinzioni. Vedo qualcuno che farebbe qualsiasi cosa per quelli che ama, che si spingerebbe fino al limite o oltre per proteggere chi ha a cuore. Vedo qualcuno con cui non posso vivere senza, qualcuno che illumina ogni momento della mia esistenza e mi rende più felice di quanto non sia mai stato in vita mia."

Mia sospirò, con gli occhi che si riempirono di lacrime. "Oh, Korum..." Le dita sottili dell'umana si contrassero nella sua presa. "Korum, non so nemmeno cosa dire—"

"Non devi dire niente" la interruppe, ignorando il dolore del suo involontario rifiuto. "So di essere ancora un estraneo per te. Non mi aspetto che provi le stesse cose che provavi per me. Non ancora, almeno—"

Annuì, e una lacrima le rigò il viso. "Detesto questo" confessò, con la voce che si incrinò per un secondo. "Detesto che una parte così grande della mia vita sia scomparsa, che abbia perso tutto ciò che ci ha portati fino a questo punto. Ho bisogno di te, ma non ti conosco, e sto impazzendo. Ti amavo anch'io, non è vero? Nonostante tutte le cose che sono successe tra noi, eravamo ancora innamorati, vero?"

"Sì" disse Korum, stringendole la mano intorno al palmo. "Sì, eravamo molto innamorati, tesoro mio." E non riuscendo più a trattenersi, le avvolse dolcemente un braccio intorno alla schiena, avvicinandola a sé. Affondò il viso nella spalla dell'alieno, e lui poté sentire l'umidità delle sue lacrime sulla pelle nuda. Il dolce profumo dei suoi capelli gli stuzzicò le narici, con quella vicinanza che gli fece indurire di nuovo il cazzo.

Non essere un animale. Ha bisogno di conforto adesso, si disse Korum. E, ignorando la lussuria che imperversava nel suo corpo, lasciò che Mia piangesse, sapendo che aveva bisogno di quella liberazione emotiva.

Un minuto dopo, si staccò, guardandolo attraverso le ciglia bagnate dalle lacrime. "Scusa" sussurrò: "Non volevo piangerti addosso..."

Korum sorrise, asciugandole l'umidità sulle guance con le nocche. "Puoi piangermi addosso ogni volta che vuoi." Le sue lacrime erano preziose quanto i suoi sorrisi. Detestava vederla triste, ma gli piaceva la sensazione del suo esile corpo tra le braccia, gli piaceva essere l'unico in grado di calmarla, di far sparire il suo dolore.

Anche se, il più delle volte, era stato lui la causa di quel dolore.

Trascorsero il resto della giornata insieme sulla spiaggia, con Korum che le spiegò pazientemente tutto ciò che Mia aveva dimenticato sui Krinar. Le parlò della dipendenza dal sangue e degli xenos, della Celebrazione dei Quarantasette e dell'importanza della "posizione" nella società Krinar. Lo ascoltava attentamente, facendo domande, e Korum rispondeva volentieri, sapendo quanto lei avesse bisogno di recuperare.

"Quindi, avete il concetto del denaro? Come funziona la vostra economia?" I suoi occhi erano brillanti e curiosi, mentre continuavano la discussione durante la cena.

"Sì, assolutamente, abbiamo sicuramente il concetto di denaro." Korum fece una pausa per assaggiare un boccone di spaghetti soba al gusto di arachidi. "Lavoriamo e siamo pagati per i contributi che apportiamo alla nostra società. Maggiore è il contributo, maggiore è la retribuzione, indipendentemente dal campo. Tuttavia, la ricchezza non è tanto importante per noi quanto lo è per gli umani. La nostra economia non è né capitalista, né governativa; è una specie di mix delle due. Diciamo che ognuno riesce a soddisfare i propri bisogni fondamentali. Non esistono i senzatetto o la fame su Krina. Persino il Krinar più pigro vive abbastanza bene secondo gli standard umani. Ma, per avere qualcosa oltre al cibo, al riparo e alle necessità quotidiane, devi fare qualcosa di produttivo nella tua vita—devi contribuire in qualche modo alla società."

Sembrava molto interessata, così Korum continuò con la sua spiegazione. "Le ricompense finanziarie sono solo una parte del motivo per cui le persone lavorano, però. La motivazione principale è la necessità di essere rispettati, di essere riconosciuti per i nostri risultati. Pochi Krinar vogliono vivere la vita, mentre altri li guardano dall'alto in basso. Vedi, per noi avere una posizione bassa equivale quasi a essere degli emarginati. Chi non ha mai fatto niente di utile nella propria vita alla fine verrà trattato con disprezzo dagli altri. Avere una posizione elevata è molto più importante dell'essere ricchi—anche se le due cose di solito vanno di pari passo."

"Quindi, i Krinar ricchi hanno una posizione di rilievo, e viceversa?" chiese Mia.

"No, non necessariamente. Uno potrebbe essere ricco grazie all'eredità o alla famiglia, ma ciò non significa che quella persona avrà una posizione elevata. Rafor, il figlio di Loris, ne è un esempio. Suo padre gli ha donato tutta la ricchezza di cui avrebbe potuto aver bisogno, ma non ha potuto donargli una buona posizione. Questa può essere ottenuta—o persa—solo attraverso i propri sforzi."

Mia sembrò perplessa. "Aspetta, come si può perdere la posizione nonostante gli sforzi?"

"Ci sono diversi modi" spiegò Korum. "Commettendo un crimine, ovviamente. Oppure facendo qualcosa di disonorevole, come tradire la propria compagna. Inoltre, è possibile perdere la posizione fallendo in qualcosa di importante. Ad esempio, Loris si è preso questo rischio, assumendo il ruolo di Protettore per suo figlio e per i Keith. Una volta che saranno giudicati colpevoli, la sua posizione sarà molto inferiore e non farà più parte del Consiglio. Ecco perché oggi mi ha sfidato nell'Arena— perché a questo punto ha ben poco da perdere."

Mia sgranò gli occhi per la sorpresa. "Che vuol dire che ti ha sfidato?"

Korum esitò. Forse non avrebbe dovuto menzionarlo, ma ormai era troppo tardi. "Ricordi che ti ho parlato dell'Arena oggi?" chiese.

"Hai detto che è un modo per risolvere le divergenze inconciliabili..." Un lieve cipiglio apparve sul suo viso.

"Sì" confermò Korum. "Esattamente. Ed è quello che abbiamo io e Loris: una divergenza di opinione inconciliabile. Penso che suo figlio sia un vigliacco traditore, e lui non è d'accordo."

"Quindi, ti ha sfidato a combattere? Ma pensavo avessi detto che è pericoloso—"

"Lo è." Korum sorrise dall'attesa, con la familiare emozione che gli attraversò le vene. Ne aveva bisogno a volte: il pericolo, l'adrenalina, la sfida fisica per soggiogare un avversario. Per quanto gli piacesse lottare durante gli incontri di defrebs, sapeva sempre che si trattava solo di un gioco, che tutti ne sarebbero usciti con solo qualche graffio e livido. Non c'era una tale garanzia nell'Arena, e questo lo rendeva emozionante.

"Quindi, potresti essere ucciso?" Gli occhi di Mia cominciarono a riempirsi di lacrime, e Korum si rese conto che lei trovava l'idea più che inquietante. Sicuramente non avrebbe dovuto rivelarlo.

"C'è una piccola possibilità" disse con attenzione, non volendo turbarla ulteriormente. "Anche se uccidere è tecnicamente illegale, di solito è perdonato se avviene nell'impeto di una battaglia nell'Arena. Ma non devi preoccuparti, dolcezza. So prendermi cura di me stesso."

Non sembrava convinta. "Hai detto che ti odia." Le tremò leggermente la voce. "Non *cercherebbe* di ucciderti?"

"Sicuramente ci proverà" disse Korum. "Ma non glielo permetterò. Non hai nulla di cui preoccuparti—"

"Non è un buon combattente?"

"Lo è" ammise Korum. "O almeno lo era. Non so quale sia il suo attuale livello di abilità."

"Non farlo" disse, allungandosi per afferrargli la mano. "Per favore, Korum, evita questo combattimento—"

"Mia..." sospirò, coprendole la mano con la sua. "Ascoltami, tesoro, una volta lanciata una sfida, non può essere annullata. Non posso evitare questa lotta, e nemmeno Loris. Siamo entrambi obbligati, lo capisci?"

"No" disse testardamente. "Non lo capisco. Non voglio che rischi la vita in quel modo—"

"Non è un grosso rischio come pensi" disse Korum. "Quando mi ha aggredito oggi, ho impiegato dieci secondi ad arrivare alla sua gola. Se fosse stato un combattimento nell'Arena, a quel punto sarebbe stato dichiarato un perdente." Era altrettanto probabile che Loris sarebbe morto, ma Korum non voleva dirlo a Mia. Le donne umane e la violenza in genere non stavano bene insieme—soprattutto quando la donna in questione era una ragazza che conduceva una vita protetta.

"Quindi, quando si terrà questa lotta?" Sembrava ancora sconvolta.

Korum sospirò. Avrebbe davvero dovuto tacere. "Dopodomani" rispose. "A mezzogiorno."

CAPITOLO UNDICI

Mia era nella stanza circolare che fungeva da box doccia, lasciando che i getti d'acqua le colpissero ogni centimetro del corpo. In circostanze normali, le sarebbe piaciuta la novità di fare una doccia in un'abitazione aliena. Come ogni altra cosa della casa, la doccia era intelligente, e si adattava automaticamente alle sue esigenze. Tutto quello che doveva fare era stare lì e lasciare che la straordinaria tecnologia la lavasse, la strofinasse, la insaponasse e la massaggiasse. Era meravigliosamente rilassante—o lo sarebbe stato, se solo avesse potuto spegnere il cervello e non pensare a quello che Korum le aveva detto durante la cena.

Era stato sprezzante del pericolo in merito al combattimento imminente, ma Mia non riusciva ad essere così indifferente. Quando aveva accennato alla sfida di Loris, le si era gelato il sangue, con le immagini fredde e raccapriccianti di corpi smembrati che le inondavano la mente. E se fosse successo qualcosa a Korum? Non era veramente immortale; poteva essere ucciso, proprio come suo nonno.

Il pensiero che Korum potesse morire era insopportabile, inimmaginabile. Non importava che Mia lo conoscesse solo—o ricordasse di conoscerlo—da un giorno.

Quel giorno era stato il migliore della sua vita cosciente.

Trascorrere del tempo con Korum era stato incredibile. Non aveva mai provato quel tipo di legame con nessun altro, non si era mai sentita così magicamente viva in presenza di un altro uomo. Andava oltre il desiderio sessuale, oltre il semplice bisogno fisico. Era come se ogni parte di lei desiderasse stare con lui, immergersi nella sua essenza. Lo voleva con una disperazione che non aveva senso, con una passione che faceva quasi paura nella sua intensità.

Da qualche parte nel profondo della sua mente, Mia sapeva che si stava comportando in modo irrazionale, che non era da lei. Una persona normale in quel tipo di situazione avrebbe chiesto a Korum di riportarla a casa, a New York o in Florida, dove avrebbe potuto riprendersi gradualmente dalla perdita di memoria e tornare ad avere una vita normale—come prima. Non avrebbe dovuto desiderare di aggrapparsi a un extraterrestre, non avrebbe dovuto essere così calma vivendo nella sua casa, lontana da tutti e da tutto ciò che ricordava.

Eppure non voleva chiederglielo, non voleva pensare di lasciarlo nemmeno per un momento. Non aveva dubbi sul fatto che i compagni di psicologia avrebbero avuto una giornata campale analizzando le sue strane reazioni, dalla facilità con cui aveva accettato l'impossibile alla malsana dipendenza da un uomo che conosceva solo da pochissimo tempo. Ma a lei non importava; tutto quello che sapeva era che aveva bisogno di Korum—e che anche lui sembrava aver bisogno di lei.

Il suo ex capo—Saret—sapeva che sarebbe stato così? Si era reso conto che cancellarle una parte della memoria non aveva distrutto qualunque cosa l'avesse legata a Korum? In qualche modo, Mia ne dubitava. Se ciò che Korum le aveva detto sulle intenzioni di Saret era vero, l'esperto della mente sarebbe rimasto spiacevolmente sorpreso dal suo permanente attaccamento a Korum e dalla mancanza di interesse verso di lui.

Dopo aver fatto la doccia, Mia uscì dalla cabina circolare, lasciando che l'acqua gocciolasse sulla strana sostanza spugnosa del pavimento che continuava a massaggiarle i piedi. Korum le aveva spiegato che tutto quello che doveva fare era stare lì e lasciare che la tecnologia si occupasse della routine del bagno, e Mia lo stava prendendo in parola.

I caldi getti d'aria le asciugarono rapidamente il corpo, mentre un piccolo tornado sembrò inghiottire la zona intorno alla testa, soffiando aria intorno a ogni ciocca dei capelli e riempiendole la bocca con qualcosa di gradevolmente pulito. Quando ebbe finito, Mia era asciutta dalla testa ai piedi, con i ricci definiti e modellati alla perfezione, come se fosse appena uscita da un parrucchiere di grido. Inoltre, era come se si fosse appena lavata i denti.

Carino.

Non le restava che vestirsi. Indossando la morbida vestaglia che Korum le aveva premurosamente dato, si guardò allo specchio che apparve da una delle pareti, notando il luccichio negli occhi e il rossore che le colorava le guance. Il suo cuore batteva forte dall'attesa, e sembrava che lo stomaco stesse ospitando un'intera colonia di farfalle.

Se c'era anche solo una piccola possibilità che avrebbe potuto perdere Korum tra due giorni, allora ogni momento che passavano insieme era prezioso. E, per quanto quel pensiero la rendesse nervosa, Mia voleva conoscere a fondo il suo amante—per rivivere ciò che aveva dimenticato.

Voleva che Korum la portasse a letto.

Korum si sedette sul bordo del letto, aspettando che Mia finisse di fare la doccia. Lui l'aveva già fatta, usando il pugno per alleviare la lussuria che lo aveva sopraffatto per tutto il giorno.

Trascorrere così tanto tempo con lei, toccandola, odorandola—lo aveva quasi fatto impazzire. In circostanze normali, avrebbero fatto sesso un paio di volte in spiaggia o dopo essere tornati a casa prima di cena. E invece, aveva dovuto accontentarsi di qualche lieve tocco e carezza che aveva solo peggiorato la sua fame, facendo prudere la pelle e gonfiare il cazzo dal bisogno. Se non si fosse masturbato sotto la doccia, avrebbe davvero rischiato di saltarle addosso quella sera. In realtà, Korum si sentiva ancora piuttosto nervoso, e sperava di smaltire un po' dell'energia in eccesso con una sessione di defrebs al mattino presto—o di notte, come gli umani definivano le ore tra le tre e le quattro del mattino.

Erano già le undici di sera, che era l'ora in cui Mia di solito andava a dormire. Korum non era affatto stanco, ma voleva stringerla e abbracciarla fin quando non si fosse addormentata—anche se questa sarebbe stata un'ulteriore tortura. Era importante che cominciasse ad abituarsi a lui, che si sentisse a proprio agio con il suo tocco... perché Korum non sapeva per quanto tempo avrebbe potuto continuare a farne a meno.

Per distrarsi, abbassò lo sguardo sul palmo, inviando una domanda mentale per controllare i progressi della ricerca di Saret. I guardiani avevano trovato tracce della presenza di Saret in Germania, ma poi le avevano di nuovo perse. In qualunque modo si stesse muovendo, lo stava facendo evitando i satelliti Krinar e altri dispositivi di spionaggio—una prodezza che Korum un po' ammirava, anche se il pensiero di Saret in libertà gli faceva vedere rosso.

"Che cosa stai facendo?" La domanda sottovoce di Mia lo distolse dai pensieri sulla ricerca.

Alzando lo sguardo, Korum sorrise vedendo che era lì, con i piedi piccoli e nudi e la vestaglia avvolta intorno al corpo snello. Le mani si contorsero in un gesto che tradiva il suo nervosismo. "Sto solo controllando un paio di cose" rispose. "Com'è andata la doccia? Ti è piaciuta?"

L'umana inumidì le labbra, attirando la sua attenzione sulla bocca. "È stata fantastica" disse. "Come tutto il resto."

"Bene" disse Korum, osservandola attentamente. Aveva paura di stare vicino a un letto con lui? Addolcendo il tono, disse: "Vieni, andiamo a dormire, dolcezza mia. Hai avuto una giornata intensa. Devi essere molto stanca."

Annuì, incerta, e si avvicinò a lui, con i movimenti carichi di un'inconsapevole sensualità che faceva parte di lei come quei bellissimi ricci. Korum si spostò e sollevò leggermente il ginocchio, cercando di nascondere l'erezione che tendeva nuovamente i pantaloncini.

Quando Mia fu a mezzo metro di distanza, si fermò, e lui sentì il suo rapido battito del cuore. Un profumo caldo e femminile raggiunse le sue narici, inviando più sangue verso l'inguine.

Non aveva paura, realizzò Korum. Era eccitata.

Osando a malapena respirare, allungò una mano e le prese la sua, avvicinandola a sé fin quando non fu seduta sul letto accanto a lui. Alla sua azione, le sentì il battito del cuore palpitare, con un mix di apprensione ed eccitazione stampato sul volto.

"Mia" le chiese dolcemente: "Sei sicura?"

Lei annuì, con la morbida bocca tremante. "Sì" sussurrò. "Sono sicura..."

Il suo corpo reagì a quelle parole con dolorosa intensità, e il cazzo si indurì ulteriormente, con le palle che si strinsero al corpo. Ma quando si chinò per baciarla, tenne le labbra delicate, tenere—come avrebbe dovuto essere la prima volta della ragazza.

Era venuta anche l'altra prima volta, ma l'aveva fatto come una sfida, come un modo per affermare la sua indipendenza e disprezzarlo, in qualche modo. Allora non gli era importato, felice di averla semplicemente lì, nel suo appartamento, nel suo letto. E nella fretta di prenderla, le aveva fatto male, strappandole la verginità con tutta la brutalità di una bestia in calore.

Quella era la sua occasione per riparare. Lei era di nuovo vergine—mentalmente, se non nel corpo. E Korum era determinato a fare in modo che non provasse dolore questa notte, solo piacere.

La baciò dolcemente, solo con le labbra all'inizio, accarezzandole i capelli e la schiena con movimenti rilassanti. Aveva un sapore fresco e dolce, un profumo familiare e seducente. Le sue piccole mani si sollevarono, piegandosi intorno alla nuca dell'alieno, infilandogli le dita nei capelli e provocandogli brividi di piacere lungo la spina dorsale. Non volendo approfondire il bacio, Korum spostò le labbra sulla sua guancia, poi sul lato inferiore della mascella, assaporandone la pelle sensibile.

Lei gemette, piegando la testa all'indietro, esponendo di più la sua pallida gola alla bocca dell'extraterrestre, e Korum la baciò anche lì, combattendo l'impulso di prenderle il sangue contemporaneamente. Lo avrebbe fatto, ma non oggi, non per quella prima volta.

Con attenzione, per non spaventarla, le tolse la vestaglia, aprendola, mentre continuava a baciarla, spostando la bocca sulla clavicola e poi più sotto.

Il corpo dell'umana era bello, magro e con le curve nei punti giusti, con la pelle liscia e invitante al tatto. Korum le passò lentamente la mano sui seni e sul ventre piatto, meravigliandosi per la delicatezza della sua struttura. Il palmo della mano poteva quasi coprirle l'intera cassa toracica, con la pelle straordinariamente scura rispetto alla sua pallida perfezione.

Poteva vederle le pulsazioni battere rapidamente sul lato del collo, sentire il respiro accelerare, e capì che era tanto ansiosa quanto eccitata. Alzando la testa, Korum la sorprese a fissarlo, con il viso rosso e le labbra leggermente socchiuse.

"Ti amo, Mia" mormorò, allungando la mano per spostarle quel riccio scomposto dal viso. "Lo sai, vero?"

Annuì timidamente, continuando a guardarlo con gli occhioni azzurri. Quegli occhi gli facevano venir voglia di fare a pezzi dei draghi per lei, di distruggere chiunque avesse osato farle del male.

"Non aver paura, tesoro" disse, facendole scivolare un braccio sotto le ginocchia e un altro dietro la schiena. Sollevandola, la mise con cura in mezzo al letto. "Andrà tutto bene, te lo prometto..." Fermandosi un secondo, Korum tolse la maglietta e i pantaloncini, liberando l'erezione.

Prima che lei avesse la possibilità di fare qualcosa di più che rivolgergli un'occhiata apprensiva, Korum le salì sopra, strofinandole nuovamente il collo e la spalla fino a farla gemere. Poi, iniziò lentamente a farsi strada lungo il suo corpo, ignorando l'insistente pulsazione del cazzo. Ci sarebbero state altre volte in cui l'avrebbe presa con forza e durezza, ma non quella. Quella sera avrebbe fatto qualsiasi cosa per soddisfarla.

Afferrandole un globo rotondo del seno, ne ammirò la solidità, il modo in cui il capezzolo si induriva sotto il suo palmo. I seni non erano grandi, ma erano perfettamente modellati, adatti al suo esile fisico. Piegando la testa, assaggiò il capezzolo, passandoci la lingua, e poi lo succhiò con una decisa strattonata.

Lei gemette di nuovo, inarcandosi verso di lui, e Korum riservò lo stesso trattamento all'altro seno, godendo del conseguente aspetto dei capezzoli: tutti rosa e lucenti.

Seguì il suo stomaco, e le baciò la morbida pelle lì, toccando l'ombelico e sentendo i muscoli addominali irrigidirsi, mentre la bocca continuava a muoversi più in basso. Teneva le gambe chiuse, così Korum le separò le cosce, ignorando la difficoltà nel suo respiro, quando vide quelle pieghe umide e il triangolo scuro dei ricci lì sopra. Come il resto di Mia, la sua figa era piccola e delicata, più dolce di qualsiasi altra cosa lui avesse mai assaggiato.

Abbassando la testa, Korum respirò il suo profumo inebriante e poi leccò delicatamente la zona intorno al clitoride, stuzzicandola, lasciandola lentamente eccitare. Mentre continuava, la sentiva ansimare ogni volta che la sua lingua si avvicinava al nocciolo sensibile, percepiva il modo in cui i fianchi della ragazza continuavano a sollevarsi dal letto verso la sua bocca. Sapeva che era molto vicina al limite, ma non era pronto a lasciarle raggiungere l'orgasmo. Non ancora almeno.

Muovendo la mano, utilizzò l'indice per penetrarla lentamente, scivolando nel suo canale, distendendola attentamente e preparandola per lui. Era così piccola all'interno che sembrava perfino stretta attorno al suo dito, e Korum soppresse un gemito torturato, mentre il cazzo si contraeva contro le lenzuola per la dolorosa eccitazione.

Lei gridò, mentre il dito dell'alieno scivolava più in profondità, sfregando contro quel punto che la faceva sempre impazzire, e poi Korum sentì la convulsione di Mia, mentre le pareti interiori pulsavano attorno al suo dito, raggiungendo l'orgasmo.

Non potendo più aspettare, si sistemò nuovamente sopra di lei, tenendole le cosce aperte con il ginocchio. Sostenendosi con un gomito, usò l'altra mano per dirigersi verso la sua piccola apertura, facendo scivolare dentro la punta del cazzo, e poi facendo una pausa per farla abituare alle sue dimensioni.

Al suo ingresso, Mia inspirò bruscamente e gli afferrò le spalle, fissandolo. Sforzandosi per il rigido controllo che stava cercando di mantenere, Korum cominciò a spingere di più, mantenendo la penetrazione graduale e lenta per evitare di farle male. Man mano che il cazzo scendeva più in profondità, il suo corpo si ricoprì di perle di sudore e il respiro divenne più duro, più irregolare. Era calda, bagnata e stretta— e Korum pensò che sarebbe potuto letteralmente esplodere.

Sfruttando tutta la propria forza di volontà, si fermò, quando fu completamente dentro, lasciando che si abituasse alla sensazione di lui nella profondità del corpo. "Stai bene?" riuscì a chiedere con un bisbiglio sommesso, guardandola.

L'umana si leccò le labbra. "Sì."

"Bene" sospirò Korum. Non era sicuro che sarebbe riuscito a fermarsi, se avesse risposto diversamente. Era a pochi secondi dall'orgasmo, con le palle attaccate al corpo e la schiena che gli prudeva per la familiare tensione pre-orgasmica.

Ma non voleva ancora venire, non prima di averla soddisfatta un'altra volta. Usando la mano destra, Korum si allungò tra i loro corpi, trovando il punto in cui si univano e stimolandole leggermente il clitoride con le dita. Allo stesso tempo, cominciò a muoversi dentro di lei, ritirandosi parzialmente per poi spingere di nuovo.

Lei gemette un'altra volta, stringendogli le dita intorno alle spalle e scavando con le unghie affilate nella sua pelle. L'extraterrestre sentì il calore che emanava il corpo dell'umana, percepì il suo respiro cambiare, e capì che c'era quasi. Lasciandosi andare, cominciò a spingere con crescente velocità, cavalcando l'ondata sempre di più, con ogni muscolo del corpo che fremeva dall'intensità delle sensazioni. All'improvviso, lei urlò, con i muscoli interni che gli strinsero il cazzo, e lui esplose con un ruggito, con il seme che uscì in diversi spruzzi potenti.

Una volta finito, Korum rotolò giù da Mia e la tirò su di sé, lasciandola sdraiare parzialmente sul petto. Stavano entrambi respirando a fatica, con i corpi sfiniti e madidi di sudore.

Korum sapeva che avrebbe dovuto dire qualcosa, ma non riusciva a raccogliere i pensieri. C'era il sesso—e poi c'era quello che aveva vissuto con Mia. Non avrebbe mai immaginato di poter desiderare una donna così tanto, di poter trarre così tanto piacere semplicemente scopando.

Non era inesperto. Neanche lontanamente. Nei suoi secoli di esistenza, si era impegnato in atti sessuali di ogni tipo. Non c'era uno stigma associato ai comportamenti promiscui nella società Krinar, e gli individui single venivano incoraggiati a sperimentare il contenuto dei propri cuori.

Eppure, Korum non ricordava di aver mai provato quel genere di profonda soddisfazione che provava con Mia. Si era sempre chiesto come facessero gli individui accoppiati—o quelli che avevano un charl—a rimanere fedeli per tutta la vita. L'idea della mancanza di varietà gli sembrava strana e innaturale. Dopo aver conosciuto Mia, però, non riusciva a immaginare di voler stare con un'altra donna. Lei era tutto ciò che desiderava.

Finalmente il suo respiro si calmò, e Korum guardò la testa riccia sdraiata sul suo petto. Sentendosi felice, le accarezzò i capelli, sorridendo, quando sentì un tranquillo sbadiglio.

"Vuoi fare una rapida doccia per poi andare a dormire?" mormorò, continuando a sorridere mentre lei alzò lo sguardo.

Gli rivolse un'occhiata deliziosamente assonnata, poi sbadigliò di nuovo. "Certo, sarebbe bello..."

Ridacchiando, Korum le avvolse le braccia intorno e si alzò, portandola verso la doccia. Continuando a stringerla, entrò e inviò un rapido comando mentale ai controlli dell'acqua. Due minuti dopo erano puliti e asciutti, e Korum la riportò a letto, godendo del modo fiducioso con cui gli si era aggrappava per tutto il tempo.

Sistemandola sul letto, si sdraiò accanto a lei e la tirò nel suo abbraccio, piegando il corpo intorno a lei da dietro. Completamente rilassato, chiuse gli occhi e lasciò che il respiro rilassato di Mia facesse sprofondare nel sonno anche lui.

CAPITOLO DODICI

La mattina seguente, svegliandosi lentamente, Mia si stiracchiò e sorrise, ricordando la notte scorsa. L'intera esperienza era stata straordinaria, come qualcosa che avrebbe potuto solo sognare. Il sesso era sempre così? O solo il sesso con Korum?

Dopo quella prima volta, l'aveva presa nuovamente a un certo punto della notte, svegliandola scivolando dentro di lei. In qualche modo, era già bagnata, e aveva raggiunto l'orgasmo nel giro di pochi minuti—cosa che pensava sarebbe stata difficile, visto quanto si era sentita soddisfatta dopo la volta precedente.

Ma a quanto pareva era insaziabile quanto il suo amante alieno.

Sorridendo come il gatto del Cheshire, Mia si alzò, indossò un prendisole color pesca e si dedicò alla routine del bagno mattutino. Korum se n'era già andato, così chiese alla casa una colazione gustosa e poi si sistemò su una delle panche fluttuanti che fungevano da divano. "Qualcosa da leggere, per favore" chiese, e rise, quando un dispositivo simile a un sottile tablet fluttuò verso di lei da una delle pareti.

Ieri, quando Korum le aveva parlato del suo ruolo nel laboratorio della mente, aveva accennato al fatto che era abituata a conservare documenti e registrazioni di lavoro su quel tablet. Mia era intensamente incuriosita, cercando di immaginare come avesse fatto a lavorare in un ambiente di lavoro Krinar, vista la sua scarsa familiarità con la loro tecnologia e la scienza. Da quello che Korum aveva spiegato, molte conoscenze le erano state trasferite attraverso lo stesso procedimento utilizzato per insegnare ai bambini Krinar, e lei segretamente sperava che ne avesse conservate un po' nonostante la cancellazione della memoria. Sicuramente si sentiva più a proprio agio a Lenkarda di quanto si aspettasse, ed era sicura di sapere cose sul cervello che andavano ben oltre ciò che aveva imparato al college.

Utilizzando un comando vocale per aprire uno dei file, Mia si mise comoda e iniziò il processo di riapprendimento di tutto ciò che aveva parzialmente o completamente dimenticato.

"Il Consiglio ha preso una decisione."

Le parole di Arus echeggiarono per la grande sala simile ad un'arena, dove si teneva la parte pubblica del processo. Quasi tutti i Krinar sulla Terra—e molti abitanti di Krina—erano presenti virtualmente o di persona.

Korum si chinò in avanti, aspettando di sentire le parole che avrebbero decretato il destino dei traditori. Davanti a lui, vide Loris lì in piedi, vestito di nero. I pugni del Protettore erano serrati, le nocche quasi bianche, mentre si preparava a sentire la sentenza sul figlio.

"Rafor, Kian, Leris, Poren, Saod, Kula e Reana" disse chiaramente Arus: "Il Consiglio ritiene che siate colpevoli di aver cospirato con il movimento della Resistenza, attaccando i Centri e mettendo in pericolo la vita di cinquantamila vostri concittadini. Siete anche ritenuti colpevoli di aver violato il mandato di non interferenza, condividendo la tecnologia Krinar con il suddetto movimento della Resistenza. Inoltre, Rafor, il Consiglio ti giudica colpevole di favoreggiamento nei confronti di un pericoloso individuo noto come Saret nel suo piano atto a commettere un omicidio di massa e a manipolare illegalmente le menti umane."

Il Protettore impallidì visibilmente, e i Keith avevano l'aspetto di chi aveva ricevuto un pugno allo stomaco. Un mormorio attraversò la folla, poi si affievolì, mentre gli spettatori tacquero per sentire il resto.

"La condanna per i suddetti crimini è la riabilitazione completa."

Korum si appoggiò allo schienale, ascoltando il tumulto del pubblico. In quel momento, provò un'insolita compassione per Loris, che aveva appena perso il suo unico figlio. A prescindere dalle loro divergenze passate, non era colpa di Loris se Rafor si era rivelato un fallimento e un criminale. Korum non poteva biasimare Loris per aver voluto difendere il figlio, sebbene quel figlio fosse immeritevole.

Tuttavia, Korum non aveva rimpianti sul ruolo che aveva svolto nella loro condanna. Rafor e i suoi amici avevano ottenuto esattamente ciò che meritavano: una cancellazione quasi totale delle loro personalità. Erano troppo pericolosi per essere sottoposti a una riabilitazione parziale, e le azioni commesse erano fin troppo atroci per poter essere perdonate. Se c'era una tipologia di persone che Korum disprezzava, erano coloro che cercavano di danneggiare la propria specie in nome dell'avidità e del potere—come avevano fatto quei traditori.

Il breve barlume di compassione che aveva provato per Loris si spense, quando il Protettore si voltò e lanciò a Korum un'occhiata carica di disprezzo. Il viso di Loris era incolore sotto la tonalità abbronzata della pelle, e gli occhi brillavano per qualcosa di simile alla follia. Era lo sguardo di chi non aveva nulla da perdere, e Korum comprese che l'avversario avrebbe fatto tutto il possibile per distruggerlo l'indomani. Certo, Korum non aveva intenzione di permettere che ciò accadesse. Non voleva uccidere Loris, ma avrebbe fatto il necessario per difendersi.

Dopo che il tumulto della folla si fu placato, i Keith vennero portati via e Korum si alzò, dirigendosi verso l'uscita. Quello che desiderava ora era Mia, ma non poteva ancora tornare a casa.

Doveva parlare nuovamente con gli Anziani per far avanzare il progetto—e per tenere d'occhio la sua petizione sui genitori di Mia.

～

"Hai una visita, Mia."

Sorpresa dalla sconosciuta voce femminile, Mia alzò lo sguardo dal dispositivo di lettura. Dalla parete trasparente, vide una giovane donna lì fuori. Tirando un sospiro di sollievo, Mia si rese conto che la voce che aveva appena sentito doveva appartenere alla casa intelligente di Korum, che l'aveva avvisata della presenza dell'ospite.

"Certo" disse Mia, come se avesse sempre parlato con la tecnologia aliena. "Puoi farla entrare?"

"Sì, Mia." E la parete di fronte alla visitatrice si dissolse, creando un ingresso.

Alzandosi dalla panca fluttuante, Mia sorrise alla ragazza con i capelli scuri, che con grazia attraversò l'apertura.

"Ciao" disse Mia, sapendo che probabilmente stava salutando una persona che già conosceva.

"Ciao, Mia" disse la ragazza, rivolgendole un sorriso gentile. "So che

595

non ti ricordi di me, ma sono Delia. Ci siamo già viste un paio di volte. Anch'io sono una charl qui a Lenkarda."

"È un piacere rivederti, Delia." Mia era felice che l'ospite sembrasse essere a conoscenza delle sue condizioni. "Mi scuso in anticipo per non riuscire a riconoscerti—"

"Non è colpa tua" la interruppe Delia, con i grandi occhi castani carichi di comprensione. "Come puoi scusarti per una cosa del genere? Sono passata a vedere come stavi, dopo quello che è successo. Dev'essere devastante svegliarsi non sapendo dove sei o come ci sei arrivata..."

Mia studiò la ragazza, notando la sua bellezza serena ma luminosa e la maturità che ne smentiva l'apparente giovinezza. "Grazie, Delia" disse. "In realtà sto benissimo. Non so perché, ma sembra che io stia prendendo tutto molto bene."

"E Korum?"

Mia le rivolse un'occhiata interrogativa. "Korum?"

"È—" Delia esitò un attimo. "È gentile con te?"

"Certo." Mia corrugò la fronte. "Perché non dovrebbe esserlo? È il mio... cheren, giusto?"

Delia le rivolse un sorriso radioso. "Naturalmente. Stavo andando alle cascate, dove io e te ci siamo incontrate la prima volta. Ti andrebbe di venire con me? È davvero un bel posto. Non so se Korum te l'abbia già mostrato..."

"No" ammise Mia. "E mi piacerebbe unirmi a te." La incuriosiva quella ragazza—quella charl—e sperava di saperne di più su Lenkarda e sulla sua vita lì.

"Fantastico" disse Delia, sempre sorridendo. "Andiamo, allora."

La passeggiata verso le cascate durò poco più di venti minuti. Mentre si facevano strada nella foresta, Mia chiese a Delia quale fosse la sua storia, volendo scoprire come fosse diventata una charl. Poi, ascoltò sdoccata e affascinata, mentre la ragazza greca le raccontava di aver conosciuto Arus sulle rive del Mediterraneo quasi ventitré secoli fa e di come la sua vita fosse stata stravolta da allora.

"Quando arrivai per la prima volta su Krina, gli umani erano trattati in modo molto diverso rispetto a oggi" spiegò Delia. "Duemila anni fa, molti Krinar ci ritenevano appena migliori dei primati, a causa della nostra mancanza di tecnologia e dei costumi sociali primitivi. Alcuni, come Arus, riconobbero che non eravamo molto diversi da loro, ma la maggior parte si rifiutava di considerarci una specie altrettanto intelligente. Tale atteggiamento persiste tuttora, sebbene il rapido ritmo dei progressi terrestri negli ultimi due secoli abbia colpito molti individui su Krina."

"Pensavano che fossimo come le scimmie?" Mia aggrottò la fronte, non piacendole affatto quello che stava sentendo.

Delia annuì. "Più o meno. Non posso biasimarli; dopotutto sono stati loro a crearci, facendoci diventare ciò che siamo oggi."

"Come hanno fatto?" chiese Mia, che si era posta la domanda da un po'. "Voglio dire, un Krinar può quasi passare per un umano, e viceversa. Per quanto riguarda l'aspetto, è come se fossero una razza umana diversa, piuttosto che una specie separata. So che hanno guidato la nostra evoluzione, ma è un po' strano..."

"In realtà non è poi così strano" disse Delia. "Hanno manipolato i nostri geni per milioni di anni, sopprimendo quei tratti che ci avrebbero fatto sembrare diversi da loro. Hanno permesso qualche sottile variazione —come il colore degli occhi, della carnagione e dei capelli—ma si sono assicurati che saremmo stati molto simili a loro. Era qualcosa che i loro Anziani volevano, credo."

Mia distolse lo sguardo, riflettendo per un po', mentre continuavano a camminare nella foresta. "Quindi, che cosa pensi che vogliano da noi ora?" chiese, una volta raggiunta la loro destinazione.

"I Krinar?" Delia si sedette su una zona erbosa vicino all'acqua e si voltò verso Mia.

"I loro Anziani" chiarì Mia, sedendosi accanto a lei.

"Chi lo sa?" Delia scrollò le spalle. "Persino il Consiglio non conosce appieno le motivazioni degli Anziani. Sono qualcosa di simile a degli dei, anche se i Krinar non hanno la religione nel senso tradizionale."

"Capisco." Mia rifletté su tutto ciò che aveva saputo finora. "Quindi, come ci considerano ora i Krinar? Korum ha detto che lavoravo in uno dei loro laboratori. Sicuramente non me l'avrebbero permesso, se mi avessero ritenuta solo una scimmia insolitamente intelligente. Per non parlare del fatto che ci sposano..."

"Sposano?" Delia sembrò sorpresa. "Che cosa vuoi dire?"

"Non significa questo essere charl? Non è un po' come essere sposati con uno di loro, solo senza la cerimonia ufficiale?" Era quella l'impressione che Mia aveva avuto ieri dopo la conversazione con Korum.

Delia la guardò con un'espressione pensierosa. "In effetti, potresti vederla in quel modo" disse lentamente. "Soprattutto se applichi la definizione di matrimonio del passato."

"Del passato?"

"Sì" rispose Delia. "Quando una moglie apparteneva legalmente al marito."

"Apparteneva? Che cosa intendi dire?"

"Secondo la legge Krinar, una charl appartiene al suo cheren, Mia. Non abbiamo alcun diritto qui. Korum non te l'ha detto?"

Mia scosse la testa, provando una spiacevole sensazione di oppressione al petto. "Stai dicendo che siamo le loro... schiave?"

Delia sorrise. "No. I Krinar non credono nella schiavitù, soprattutto non come veniva praticata ai miei tempi. La maggior parte delle charl sono trattate molto bene e amate dal loro cheren. Ci considerano davvero le loro compagne umane. Ma non è esattamente il tipo di relazione paritaria a cui una ragazza moderna come te sarebbe abituata."

Mia la fissò. "Come mai?"

"Beh, per esempio un Krinar non ha bisogno del tuo permesso per renderti la sua charl. Arus me l'ha chiesto, ma molti cheren non lo fanno."

"Korum *me* l'ha chiesto?" Mia aspettò la risposta con il fiato sospeso.

"Non lo so" disse Delia, dispiaciuta. "Non sono mai stata al corrente dei particolari della vostra relazione. Tuttavia, da quello che so di Korum —e considerato che hai aiutato la Resistenza—credo che non fosse così rispettoso dei tuoi sentimenti come avrebbe dovuto essere."

Mia si accigliò. "Che cosa vuoi dire? Che cosa sai di Korum?"

Delia la guardò, come se stesse valutando se procedere o meno. "Il tuo cheren è un uomo molto potente e molto ambizioso" disse infine. "Molti nel Consiglio pensano che sia l'orecchio degli Anziani. È noto anche per essere abbastanza autocratico e spietato con i propri avversari. Ecco perché inizialmente ero preoccupata per te—perché non pensavo che Korum potesse essere un amante particolarmente premuroso. Ma credo di essermi sbagliata. Da quello che ho potuto vedere, sembravi davvero felice con lui. L'ultima volta che ci siamo viste, al compleanno di Maria, eri praticamente allegra. E anche ora, mentre molte donne si sentirebbero perse e intimidite, sembra che tu stia prendendo tutto molto bene—e Korum dev'esserne l'unico responsabile."

Mia studiò l'altra ragazza, chiedendosi se ci fosse qualcos'altro che Delia non le stava dicendo. "Non ti piace il mio cheren, vero?"

"Non lo conosco personalmente" rispose Delia con attenzione. "So solo che lui e Arus hanno avuto delle divergenze in passato per una serie di questioni diverse. Ma sono contenta che si comporti bene con te. Quando ti ho vista per la prima volta, sembravi così giovane e vulnerabile... e non ho potuto fare a meno di preoccuparmi per te. Ora vedo che sei più forte di quanto pensassi all'inizio. Potresti addirittura influenzare positivamente Korum. Arus pensa che il tuo cheren ti ami davvero—cosa che non ci saremmo mai aspettati da lui."

"Capisco." Mia inspirò profondamente e distolse lo sguardo, cercando di riflettere su ciò che aveva appena scoperto. Forse il suo stupido pensiero sulla malvagità di Korum non era poi così inverosimile come sembrava. Per l'ennesima volta, desiderò di poter ricordare gli ultimi due mesi, in modo da poter comprendere meglio la complessa relazione in cui si trovava. Che cos'era esattamente Korum per lei? Che cosa significava essere la sua charl? E qual era il vero Korum? Il tenero amante della notte scorsa o lo spietato Consigliere che Delia aveva descritto?

Forse entrambi. Mia rifletté un minuto. Sì, le cose potevano stare proprio così. Dopotutto, lo stesso Korum le aveva detto di averla usata in passato per annientare la Resistenza. Eppure, sembrava amarla davvero ora—e Mia non poté fare a meno di evitare che quella sensazione di calore si diffondesse in lei al solo pensiero.

Voltandosi verso la ragazza greca, Mia la guardò. "Delia" disse lentamente, sollevando un argomento che la preoccupava da ieri: "Sai che cosa succede durante un combattimento nell'Arena?"

"Sì." Delia le rivolse un'occhiata comprensiva. "Sai della sfida di Loris?"

"Korum me ne ha parlato ieri" disse Mia. "Hai mai assistito a uno di questi combattimenti? Sono comuni?"

"Non sono così comuni come lo erano un tempo, ma si verificano ancora con una certa regolarità. Di solito ci sono un paio di combattimenti all'anno, a volte di più."

"E quanto sono pericolosi?"

Delia esitò un secondo. "Il combattimento nell'Arena è la prima causa di morte tra i Krinar" disse infine. "Seguito da vari incidenti."

Mia si sentì come se fosse stata pugnalata allo stomaco. "Muore sempre qualcuno durante un combattimento?"

"No, non sempre. A volte il vincitore riesce a controllarsi abbastanza da fermarsi in tempo. In generale, però, gli uomini Krinar non hanno molto controllo sui propri istinti durante l'impeto della battaglia." La charl greca non sembrava particolarmente infastidita da ciò.

Mia deglutì. "Capisco."

"Ma per rispondere alla tua domanda di prima, penso che gli

atteggiamenti dei Krinar verso gli umani stiano cambiando" disse Delia, tornando alla discussione precedente. "Duemila anni fa, l'idea che un'umana lavorasse in un laboratorio Krinar sarebbe stata impensabile. Hanno fatto molti passi in avanti da allora, e vedo che le cose migliorano sempre di più giorno dopo giorno. Il fatto che vivano qui sulla Terra, in mezzo a noi, sta cambiando molte cose. Ora ci vedono davvero come la loro specie *sorella*, vedono che abbiamo il potenziale per ottenere tanto quanto loro."

"Non ci considerano più solo delle scimmie intelligenti?" chiese Mia, scherzando solo in parte.

Delia sorrise. "Alcuni sì, ne sono sicura. Ma non è più l'idea prevalente. E più ci saranno relazioni come la tua e la mia, più gli umani saranno accettati dalla società Krinar." Si fermò un secondo. "Quindi vedi, Mia, non c'è bisogno che tu combatta i Krinar per aiutare la tua specie. Basta convincere uno di loro a innamorarsi di te."

A ottomila chilometri di distanza, Saret si alzò e sorrise alla ragazza umana che giaceva nuda e raggomitolata in una piccola palla nel suo letto. Era minuta, alta non più di un metro e mezzo, e i suoi capelli castano scuro cadevano in morbide onde intorno al viso magro. A parte gli occhi castani, assomigliava molto a Mia. L'aveva trovata ieri a Parigi.

Lei lo fissò, e lui poté vedere la paura e l'odio sul suo viso. Era stata sfortunata ad essere fidanzata quando lui l'aveva incontrata, con il matrimonio in programma per il mese prossimo. Era stata comprensibilmente resistente alle sue attenzioni e non aveva avuto il tempo di sedurla adeguatamente.

Era stato sbagliato prenderla, naturalmente. Saret lo sapeva. A quel punto, tuttavia, non importava. Tutti lo consideravano già un mostro, e rubare un'umana era solo un innocuo scherzo nel grande schema delle cose. L'aveva morsa durante il sesso, quindi sapeva che anche lei aveva provato piacere. Non era Mia, ma si era divertito lo stesso a scoparla, fingendo che il corpo snello tra le sue braccia fosse quello che desiderava davvero.

Saret sapeva di non avere alcuna speranza di sfuggire ai guardiani ancora a lungo; era solo questione di tempo prima che venisse catturato. Ora che aveva avuto la possibilità di riflettere, si rese conto di come Korum avesse sempre saputo cosa aspettarsi. Era stato molto semplice, davvero. Il suo nemico doveva controllare la propria charl molto più di quanto avesse confessato a Saret. Con il senno di poi, Saret avrebbe dovuto aspettarsi qualcosa del genere; era colpa sua, se aveva sottovalutato l'ossessione di Korum per Mia.

No, Saret sapeva che non avrebbe potuto nascondersi ancora a lungo. Stava usando vari travestimenti, ma sentiva avvicinarsi i guardiani. Ieri aveva corso un rischio e si era collegato alla rete Krinar. Aveva cercato di nascondere la propria identità, ma era sicuro che Korum avrebbe trovato le sue tracce nel cyberspazio prima o poi. Tuttavia, Saret aveva bisogno di sapere cosa stesse succedendo a Lenkarda e se il Consiglio avesse scoperto il suo piano.

Ciò che aveva saputo lo aveva fatto arrabbiare ed entusiasmare al tempo stesso. Arrabbiare—perché i suoi dispositivi di dispersione nanometrica accuratamente piantati erano già stati scoperti e neutralizzati. Ed entusiasmare—perché finalmente sapeva come sbarazzarsi di Korum una volta per tutte.

L'incombente combattimento del suo nemico sarebbe stato l'ultimo.

Saret se ne sarebbe assicurato.

CAPITOLO TREDICI

*L*a prima cosa che Korum vide quando entrò in casa era Mia, raggomitolata sul lungo divano fluttuante e assorta in qualunque cosa stesse leggendo sul suo tablet.

Vedendolo entrare, alzò la testa e sorrise, con il viso illuminato dall'emozione. "Ciao" disse. "Com'è andata la tua giornata?"

Korum sentì un'ondata di tenerezza, anche se il proprio corpo reagì in modo prevedibile alla sua vicinanza. "Ciao, dolcezza" disse, avvicinandosi e chinandosi per darle un bacio. Aveva pensato a lei tutto il giorno, rivivendo nella testa ogni momento della notte prima. Non vedeva l'ora di reintrodurla ai piaceri del fare l'amore, di assaggiarne il delizioso corpo più e più volte.

Voleva fare le cose con calma, ma non appena le sfiorò le labbra, Mia sollevò le braccia snelle, mettendole intorno al collo di Korum, e tutte le sue buone intenzioni svanirono in un istante. La bocca dell'umana era dolce e morbida, mentre lui approfondiva il bacio, con il profumo di lei caldo e femminile. Poté sentire il suo respiro accelerare, odorarne il desiderio, percepire il suo corpo inarcarsi verso di lui... e il sangue quasi gli ribollì nelle vene.

Senza riflettere coscientemente, abbassò la mano sul vestito, e il fragile tessuto si strappò, esponendole la delicata carne sottostante. Lei ansimò, e lui sentì le unghie della ragazza affondare nella parte posteriore del suo collo. La sua frequenza cardiaca aumentò, e lei gemette, mentre la mano di Korum si avvicinava alle sue cosce, spingendo tra di esse per raggiungere la stretta apertura.

Era calda e scivolosa intorno alle sue dita, e Korum sfruttò l'autocontrollo residuo per farle raggiungere l'orgasmo premendo ritmicamente il pollice sul clitoride. Non appena Mia iniziò a dimenarsi con un gemito sommesso, l'alieno capì di non poter resistere ancora a lungo. Strappandosi i vestiti, le afferrò le gambe e la tirò a sé, finché soltanto la parte superiore del corpo dell'umana rimase sul divano. Poi, affondò dentro di lei con una potente spinta.

Lei gridò, con il corpo che si irrigidì, e Korum gemette mentre i suoi muscoli interni gli stringevano l'asta. Mia sgranò gli occhi, concentrandosi su di lui, e Korum sostenne il suo sguardo, sapendo che poteva leggergli in faccia l'oscuro desiderio. Il cazzo pulsava nel suo canale accogliente, e non era abbastanza. L'animale dentro di lui aveva bisogno di possederla a un livello che andava al di là di quello sessuale, di imprimersi nella sua mente e nel suo corpo.

"Sei tutta mia" bisbigliò duramente, rendendosi conto a malapena di quello che stava dicendo. "Hai capito?"

Lo fissò, con il viso rosso e le labbra che si aprirono leggermente, e Korum poté sentire la sua temperatura alzarsi. Un'ondata di pura possessività lo attraversò. Serrò le natiche, mentre spingeva più in profondità dentro di lei, tenendole le cosce spalancate per facilitare la penetrazione. Lei ansimò, con i lineamenti del viso contorti per un misto di dolore e piacere, e lui sentì il respiro di Mia bloccarsi nella sua gola.

Chinandosi in avanti, le lasciò andare le gambe e le fece scivolare un braccio sotto la parte superiore della schiena, avvicinandola. Con l'altra mano si fece strada tra i suoi capelli, tenendole la testa parzialmente piegata all'indietro, con l'esile collo scoperto. "Dillo, Mia" ordinò, spinto da un primitivo bisogno di rivendicarla. "Di' che sei mia."

"Sono..." Sembrava avere qualche difficoltà a pronunciare quelle parole, con gli occhi azzurri che si offuscarono per una sconosciuta emozione, e la voglia di dominarla si rafforzò. Piegando la testa, le prese la bocca per un bacio selvaggio, con la mano che le scivolò sulle pieghe e il pollice che premette forte sul clitoride. Le pareti interne dell'umana si serrarono intorno al suo cazzo come un pugno, e gemette nella sua bocca.

"Sei mia" ripeté, fermandosi un attimo, e lei annuì, fissandolo, con le labbra gonfie e lucenti.

"Dillo."

"Sono tua." Il suo bisbiglio era a malapena udibile, ma sufficiente a soddisfare la brama dell'alieno per ora.

Abbassandosi, la baciò di nuovo, più dolcemente questa volta, anche se iniziò a spingere con un ritmo regolare. Le palle gli si attaccarono al corpo, mentre un piacere puro e genuino gli scorreva nelle vene, con tutta la beatitudine di stringere la piccola ragazza tra le braccia. Chiudendo gli occhi, Korum lasciò che le sensazioni lo inebriassero, godendosi il gusto, la sensazione della morbida pelle di Mia sotto le sue dita... la stretta del suo corpo intorno al cazzo.

E proprio quando il piacere divenne troppo intenso, la sentì contorcersi intorno a lui con un lieve grido, che gli fece raggiungere il climax.

Poche ore dopo, Korum si svegliò con la familiare sensazione di Mia premuta contro il fianco. Il suo respiro era tranquillo e regolare, e sapeva che stava dormendo profondamente, consumata dalle sue richieste sessuali. Era riuscito ad astenersi dal berne il sangue, questa volta, dal momento che l'aveva prelevato abbastanza recentemente, ma non era riuscito a evitare di prenderla un altro paio di volte durante la notte.

Spesso si chiedeva se fosse normale il modo in cui la bramava continuamente. Aveva sempre avuto una forte carica erotica, ma non aveva mai sentito l'impulso di avere una donna più e più volte. Con Mia, semplicemente non ne aveva mai abbastanza, e non era sicuro che gli piacesse essere così dipendente da una piccola ragazza umana.

In generale, la sua ossessione per lei lo infastidiva in diversi modi. Per quanto lo rendesse felice, la profondità dei suoi sentimenti per lei era inquietante. Se mai l'avesse persa... Korum non riusciva nemmeno a pensare a quella possibilità, con il petto che si strinse dal dolore.

Distaccandosi lentamente da lei, si alzò, cercando di essere il più silenzioso possibile per evitare di svegliarla. Aveva bisogno di molto più sonno rispetto a un Krinar, e si assicurava sempre che riposasse abbastanza. Nonostante i nanociti nel corpo, era ancora troppo fragile e vulnerabile, e non riusciva a stare tranquillo. Se fosse stato per lui, non sarebbe mai andata da nessuna parte, rimanendo sempre al sicuro al suo fianco.

Ma Korum sapeva che l'avrebbe odiato, se avesse limitato troppo la sua indipendenza. Era già risentita per le poche misure di sicurezza che lui aveva implementato. Vedeva i dispositivi di monitoraggio come un modo per controllarla, come un'invasione della privacy, non capendo quanto fossero importanti per lui la sua sicurezza e il benessere.

Erano già le cinque del mattino—un inizio della giornata tardivo per Korum. Normalmente, sarebbe già stato al lavoro a quell'ora, ma era andato a dormire solo tre ore prima, rimanendo alzato fino a tardi per soddisfare la voglia di Mia. Ne aveva bisogno più del solito, sentendosi nervoso e irrequieto in attesa della lotta imminente.

Non aveva paura. Anzi, l'idea del pericolo lo eccitava. Era sempre stato così; da giovane, aveva persino provocato un paio di risse solo per provare quella scarica di adrenalina. Tuttavia, con l'avanzare dell'età, aveva imparato a sopprimere quella parte della sua natura, a usare lo sport come sbocco per l'energia in eccesso. Di conseguenza, non era più rimasto coinvolto in una vera e propria lotta—ad eccezione dell'aggressione di Saur in Florida—per ben ottant'anni.

Era preoccupato di avere Mia nell'Arena, però. Il luogo sarebbe stato affollato, con quasi tutti i Krinar sulla Terra che avrebbero assistito all'evento di persona. Quelli su Krina l'avrebbero seguito virtualmente. L'idea di farla vedere in pubblico dopo tutto quello che era successo lo faceva sentire a disagio, pur sapendo che il pericolo reale era lieve. Il combattimento si sarebbe tenuto a Lenkarda, mentre Saret era da qualche parte nel mondo umano.

Tuttavia, Korum l'avrebbe tenuta lontana, se non fosse stato per il fatto che farlo avrebbe significato insultarla in pubblico. I combattimenti nell'Arena erano considerati una delle parti più importanti e interessanti della vita dei Krinar e tutti—comprese le charl—dovevano partecipare. Escludere volontariamente Mia avrebbe significato che Korum la stesse punendo per qualcosa—cosa che non poteva essere più lontana dalla verità.

Riflettendo ulteriormente, Korum decise di ingaggiare due guardiani per controllare Mia in ogni momento. Inoltre, l'avrebbe fatta sedere accanto a Delia, nel caso in cui la sua charl avesse avuto bisogno di essere rassicurata da un'amica più grande e più esperta. In questo modo, non avrebbe dovuto preoccuparsi di lei durante il combattimento—e quindi si sarebbe concentrato completamente sul proprio avversario. Anche un solo momento di disattenzione nell'Arena avrebbe potuto rivelarsi mortale.

Aveva ancora qualche ora a disposizione prima dell'evento principale. La cosa migliore da fare a quel punto era parlare con i progettisti e assicurarsi che stessero lavorando al prototipo della tecnologia di schermatura che aveva sviluppato di recente. Voret e il resto del Consiglio erano comprensibilmente preoccupati per l'utilizzo dei vecchi scudi ora, quindi quel progetto doveva avere la priorità.

Rivolgendo un'ultima occhiata alla charl addormentata, Korum uscì di casa.

CAPITOLO QUATTORDICI

Mia aspettò che Delia passasse a prenderla, con il piede che picchiettava nervosamente sul pavimento. Aveva quasi la nausea per l'ansia in previsione del combattimento, ed era felice che l'altra charl sarebbe stata con lei durante l'evento.

Per distrarsi, fece un respiro profondo e abbassò lo sguardo sul tessuto scintillante del suo abito bianco. Korum gliel'aveva lasciato in mattinata, e lei lo aveva indossato per l'evento. A differenza dei soliti vestiti Krinar leggeri e fluenti, il vestito di oggi aveva un tessuto rigido, relativamente spesso e aderente. Era anche luccicante, come i sandali. Korum le aveva anche regalato una bella collana da mettere intorno al collo. Se Mia non avesse saputo la verità, avrebbe pensato che stesse andando al suo matrimonio.

Quella mattina non aveva visto Korum, sebbene l'avesse chiamata e le avesse promesso di incontrarla nell'Arena prima dell'inizio ufficiale della battaglia. Quando avevano parlato, aveva percepito una nota di malcelata eccitazione nella sua voce, e aveva capito che l'alieno non vedeva l'ora di partecipare a quel rituale barbarico.

Era ancora sorpresa di quanto si sentisse così in sintonia con lui dopo solo un paio di giorni. Poteva addirittura percepire alcuni dei suoi stati d'animo, distinguerne le emozioni. Poteva persino prevederne alcune reazioni. Quando era tornato a casa la scorsa notte, aveva capito esattamente che cosa sarebbe successo quando gli aveva avvolto le braccia attorno al collo e aveva trasformato un innocente bacio in qualcosa di più. Per quanto le fosse piaciuta la loro prima notte insieme, aveva capito che Korum si era trattenuto, che aveva cercato di tener conto della sua "inesperienza." E, pur apprezzandone l'autocontrollo, in qualche modo non era stato abbastanza. La scorsa notte, non aveva voluto la dolcezza e la gentilezza; lo avrebbe voluto selvaggio e fuori controllo, avrebbe voluto che le mostrasse la sua vera natura.

La sua possessività la spaventava e la eccitava. Se non lo avesse desiderato così tanto, sarebbe stata spaventata dalla sua passione, dalla sua insistenza nel dargli ogni parte di sé. Si chiese che cosa sarebbe successo se avesse mai provato a lasciarlo. L'avrebbe lasciata andare o le avrebbe impedito di tornare a casa? L'avrebbe fermata? Se quello che aveva detto Delia era vero, gli umani avevano pochissimi diritti negli insediamenti Krinar—un pensiero che infastidiva un po' Mia.

Naturalmente, nulla di tutto ciò aveva importanza ora, alla luce della lotta imminente. Guardando con impazienza il braccialetto-orologio da polso, vide che erano già le undici e quaranta. *Dov'era Delia?* L'attesa stava accrescendo l'ansia di Mia.

Due minuti dopo, vide finalmente una piccola capsula per il trasporto atterrare fuori, vicino alla casa. Delia scese dalla navicella e la salutò. Sollevata, Mia sorrise, felice di vedere l'altra ragazza. La charl di Arus indossava un vestito simile a quello di Mia, ed era splendida, con i capelli scuri lisci e intrecciati con dei gioielli dall'aspetto strano.

Uscendo rapidamente di casa, Mia si avvicinò alla ragazza greca. "Grazie per essere venuta a prendermi" disse, mentre si avvicinava.

"Prego" disse Delia. "L'avrei fatto anche se Korum non me l'avesse chiesto. Devi essere così spaventata ora."

"Sono più che spaventata" ammise Mia. "Mi viene voglia di vomitare, quando ci penso."

Delia sorrise. "Immagino. Ecco, vieni dentro, e andiamo lì."

"Arus è mai rimasto coinvolto in uno di questi combattimenti?" chiese Mia, seguendola nella capsula e sedendosi su uno dei sedili fluttuanti all'interno.

"Un paio di volte" rispose Delia, rivolgendole un'occhiata comprensiva. "E ogni volta pensavo che avrei avuto un infarto. Credimi, so esattamente cosa stai passando."

"Probabilmente per te è stato peggio" disse Mia. "Se non altro, conosco Korum solo da un paio di giorni." Anche se tanto valeva che lo conoscesse da un paio d'anni, vista la paura quasi paralizzante che provava al pensiero di perderlo.

Facendo un respiro profondo, cercò di calmarsi studiando l'ambiente circostante. Dopotutto, non era mai stata su una navicella aliena—o, almeno, non ricordava l'esperienza. Con sua sorpresa, vide che l'interno della capsula somigliava moltissimo all'interno della casa di Korum, con colori chiari, pareti trasparenti e sedili fluttuanti. Non c'era una "tecnologia" ovvia, come era abituata a vederla nel mondo umano. Tutto sembrava funzionare senza fatica, quasi come per magia.

Mentre il velivolo decollava, Mia poté vedere la foresta verde attraverso il pavimento trasparente. In lontananza, le acque azzurre dell'Oceano Pacifico brillavano sotto al sole splendente. Era una bellissima giornata, e, in qualsiasi altra circostanza, Mia avrebbe gradito molto il viaggio. Ma, visto come stavano le cose, non riusciva a smettere di pensare a quello che sarebbe successo.

Un'altra domanda le passò per la mente, e alzò la testa, incrociando lo sguardo di Delia. "Quanto durano di solito questi combattimenti?" chiese Mia, con l'immaginazione che le evocò un'orrenda giornata sanguinosa.

"Da pochi minuti a un paio d'ore" rispose la ragazza greca. "Dipende molto dagli avversari che si affrontano. Prima c'è anche una breve cerimonia e ce n'è una più lunga dopo, durante la quale il vincitore festeggia."

"Festeggia come?"

Delia sorrise, e un malizioso scintillio apparve nei suoi occhi castani. "Beh, un maschio single sceglie spesso una o più femmine single, e si accoppiano nella *shatela*—una struttura simile a una tenda in mezzo all'Arena. Gli uomini impegnati di solito fanno la stessa cosa con la compagna."

Sesso in pubblico? Delia stava dicendo sul serio? Mia sentì che un furioso rossore le stava inondando il viso. "E quelli con le charl?"

Delia rise. "Dipende. Arus è molto premuroso quando si tratta della mia sensibilità umana, e di solito mi bacia semplicemente nell'Arena e aspetta che torniamo a casa per festeggiare come si deve. Altri trattano la propria charl proprio come le donne Krinar in questa situazione."

"Quindi, stai dicendo che se Korum vince potrebbe voler fare sesso davanti a tutti?"

"Forse" disse Delia, sogghignando. "Nessuno ti vedrebbe davvero, comunque, dato che sareste dentro la shatela. Potrebbero solo sentirvi."

"Oh, fantastico. Questo rende le cose migliori" mormorò Mia. Ricordò ciò che Korum le aveva detto sulla Celebrazione dei Quarantasette, e di quanto fosse stata felice che, essendo umana, non ci si aspettava che partecipasse allo spettacolo esibizionista. Ma ora sembrava che non ci fosse una via d'uscita— a meno che Korum non avesse "rispettato la sua sensibilità umana." Solo un'altra cosa di cui avrebbe dovuto preoccuparsi durante il combattimento.

Prima che avesse la possibilità di riflettere ulteriormente, la capsula atterrò silenziosamente in una zona boscosa.

"Eccoci qui" disse Delia, alzandosi.

Anche Mia si alzò e la seguì fuori dalla navicella. Sembrava che fossero nel bel mezzo della foresta. "Qui dove?"

Delia si girò verso di lei, e Mia rimase scioccata nel vedere un lampo di eccitazione nei suoi occhi. "Nell'Arena" disse e indicò la collina coperta dagli alberi davanti a loro.

Mia sollevò le sopracciglia, ma non disse nulla mentre si dirigevano verso l'altura. Sentì un rombo sordo in lontananza, come quello di una grossa cascata. L'Arena era vicino a un fiume? Camminando con cautela, si concentrò per evitare gli insetti o qualsiasi altra cosa potesse strisciare nella giungla della Costa Rica. I sandali con la suola sottile non erano esattamente adatti alle escursioni, e Mia sperava sinceramente di non essere punta o morsa prima di giungere al luogo del combattimento. Se ricordava correttamente, le tarantole erano uno dei pericoli di quella zona del mondo—anche se ormai era apparentemente immune a tali pericoli, con i nanociti che circolavano in tutto il corpo e riparavano rapidamente qualsiasi danno cellulare.

Mentre risalivano la collina, Mia si rese conto che il suono che stava sentendo era il brusio sordo di una folla. Da qualche parte nelle vicinanze, migliaia di K erano radunati per assistere al combattimento. Apparentemente desiderosa di unirsi a loro, Delia corse su per il resto della collina, muovendosi quasi con la stessa grazia di un Krinar. "Eccoci arrivate" disse, girandosi verso Mia e indicando dritto davanti a sé.

Con il cuore che le batteva forte e le mani sudate, Mia si affrettò a raggiungere l'altra charl. Quando raggiunse la cima della collina, si fermò di colpo.

La verde vallata sottostante era uno spettacolo diverso da qualsiasi altro avesse mai visto in vita sua. Migliaia—no, decine di migliaia—di Krinar erano raccolti lì sotto. Alti e dalla pelle dorata, gli alieni indossavano abiti bianchissimi, che brillavano alla luce del sole. Anche se la maggior parte era seduta a terra, alcuni di loro occupavano sedili fluttuanti disposti in cerchi attorno a una grande radura. Era come un campo di calcio rotondo, solo che gli spettatori fluttuavano nell'aria invece di essere seduti sugli spalti—oppure come una versione high-tech di un antico anfiteatro romano. Quest'ultimo era probabilmente un paragone migliore, pensò Mia, dato quello che stava per accadere.

"Mia! Eccoti!"

Voltandosi alla sua destra, Mia vide Korum avvicinarsi a loro. A differenza di tutti gli altri, indossava i suoi soliti vestiti—una maglietta chiara e un paio di pantaloncini. Avvicinandosi, la tirò a sé per un rapido abbraccio e le baciò la fronte. "Come stai, dolcezza?" le chiese, guardandola con un caldo sorriso.

Mia poté sentire il cuore batterle più veloce per la sua vicinanza. "Sto bene. Sei pronto per il combattimento?"

"Certo." Le accarezzò la guancia con le dita, poi si girò verso Delia. "Grazie per aver portato Mia qui" disse, sorridendo all'altra ragazza. Il braccio sinistro era ancora avvolto intorno a Mia, tenendola premuta contro il suo fianco.

"È stato un piacere" disse Delia, facendo un cenno regale a Korum. "Vi lascio parlare. Mia, quando hai finito, unisciti a me. Siamo sedute laggiù." Indicò una fila di sedili fluttuanti più vicini alla radura.

"La porterò lì tra un minuto" promise Korum, sembrando vagamente divertito dai modi fieri dell'altra ragazza.

Non appena Delia scomparve tra la folla, chinò la testa e avvicinò Mia per un bacio più appassionato, con una grande mano che le prese la testa e l'altra che teneva la parte inferiore del corpo premuta contro di lui. Mia sentì la durezza della sua erezione sul ventre, la forza delle sue braccia che la circondavano, e il calore le inondò il corpo, culminando nella zona sensibile tra le gambe. Le labbra e la lingua le stuzzicarono e le accarezzarono la bocca, soddisfacendola, consumandola, finché non dimenticò la folla intorno a loro, travolta da un sensuale stordimento.

Quando finalmente le lasciò riprendere aria, si aggrappò disperatamente a lui, incurante del luogo pubblico.

"Cazzo" imprecò sottovoce, alzando la testa e fissandola con occhi dorati: "Non vedo l'ora che questo combattimento sia finito. A volte mi fai impazzire, lo sai?"

Mia si leccò le labbra, gustando il suo sapore. Era così eccitata che riusciva a malapena a sopportarlo, muovendo i fianchi involontariamente e cercando di sfregarsi contro di lui. Eppure, qualcosa la tormentava, dissipando la nebbia del desiderio che le offuscava il cervello.

Spinse le mani sul suo petto, cercando di frapporre una certa distanza tra loro in modo da poter pensare. "Delia ha detto..." Mia esitò, non sapendo come esprimersi. "Delia ha detto che il vincitore festeggia, uhm…"

"Scopando?" chiese Korum, con gli occhi ancora carichi di un bagliore dorato. "È questo che ti ha detto?"

Mia annuì, con le guance in fiamme.

Korum fece un piccolo passo indietro, continuando a stringerla. "È vero" disse, con voce bassa e roca. "Se vinco, dovrò festeggiare in quel modo. Sarebbe un problema?"

Mia lo fissò. "Vuoi dire... Vorresti farlo in pubblico?"

"Non è esattamente in pubblico, dolcezza" disse, piegando un angolo della bocca verso l'alto. "Saremmo in una shatela—una struttura appositamente pensata per questo. Ma sì, mi piacerebbe molto scoparti dopo il combattimento. Il tuo dolce corpo sarebbe la mia ricompensa."

Korum vide le pupille della ragazza espandersi, facendo sembrare i suoi occhi azzurri più scuri. Aveva il respiro irregolare e le guance erano di un bel colore rosa. Era eccitata, quasi quanto lui in quel momento. Se il combattimento si fosse già concluso, era certo che Mia non avrebbe protestato, se l'avesse portata in una shatela, se le avesse tolto quell'abito aderente e le avesse immerso il cazzo tra le cosce. Gli piaceva l'idea di rivendicarla davanti a tutti; richiamava qualcosa di primitivo dentro di lui.

"Korum, io—"

"Shhh" disse, portando il dito alle labbra in un gesto che aveva visto fare agli umani. "Non preoccuparti ora. Non ti obbligherò a fare nulla che non vuoi."

E Korum diceva sul serio. Non aveva cercato di dimostrare niente, baciando Mia, ma la reazione della ragazza aveva chiaramente dimostrato la sua suscettibilità nei confronti dell'extraterrestre. Nonostante la perdita di memoria, era attratta da lui quanto prima—una consapevolezza che lo riempiva di una profondissima soddisfazione maschile. Non l'avrebbe mai costretta, ma probabilmente non ce ne sarebbe stato bisogno. Sospettava che la sua piccola charl fosse più avventurosa di quanto lei pensasse di essere.

Lo guardava ancora con diffidenza, così chinò la testa e le baciò di nuovo la deliziosa bocca. Solo un breve assaggio questa volta, non più di un semplice sfregamento delle labbra sulle sue. Il suo corpo gli gridava di fare di più, di prenderla, ma non c'era tempo. Doveva andare a prepararsi per il combattimento.

Ma anche un semplice bacio era stato sufficiente a distrarla in quel momento. I suoi occhi sembravano di nuovo dolci, annebbiati dal desiderio. Korum dovette sforzarsi di distogliere lo sguardo per riprendere il controllo.

"Vieni" disse con voce roca: "Ti porto al tuo posto. Devo andare ora, ma voglio assicurarmi che tu sia al sicuro accanto a Delia, prima che me ne vada."

"Certo." Sembrava di nuovo ansiosa, impallidendo leggermente. "Comincerà a mezzogiorno?"

"Sì" disse Korum, prendendole la mano e cominciando a guidarla tra la folla. "Tendiamo ad essere puntuali, quindi abbiamo esattamente dieci minuti prima dell'inizio della cerimonia."

Camminarono verso la prima fila, dove Delia e Arus erano già seduti. Solo un sedile accanto a Delia era libero, e Korum condusse Mia lì. Man mano che si avvicinavano, la folla si aprì, lasciandoli passare. I suoi conoscenti rivolsero cortesi cenni col capo, al loro passaggio, mentre altri fissavano lui e la sua charl con malcelata curiosità. Questo non infastidiva Korum neanche un po'. Essendo un membro del Consiglio con una certa reputazione, era abituato a quel tipo di attenzioni. Anche Mia era una figura di interesse, viste le voci sul suo coinvolgimento con la Resistenza. I Krinar non consideravano maleducato ricevere occhiate; al contrario, era un segno di rispetto guardare qualcuno direttamente.

"Oh, bene" disse Delia, quando arrivarono al suo sedile. "Ero preoccupata che non ce l'avresti fatta prima dell'inizio del combattimento."

"Non preoccuparti, siamo qui" disse Mia, arrossendo un po'. Korum soppresse un sorriso, consapevole che fosse imbarazzata per la loro sessione di baci in pubblico. Il suo piccolo tesoro era ancora così innocente; gli piaceva la sua timidezza quasi quanto gli piaceva curarla.

Arus guardò Korum. "Ci prenderemo cura di Mia, te lo prometto. Non devi preoccuparti per lei ora."

"Grazie" disse Korum, lieto che l'altro Consigliere comprendesse la sua inespressa preoccupazione. Pur sapendo che era al sicuro, si sentiva ancora a disagio a lasciare Mia da sola in pubblico. Ciò che era successo con Saret aveva lasciato un'impronta indelebile nella sua mente, e sapeva che avrebbe dovuto lavorare duramente per superare la paura di perderla.

Tutt'intorno a loro, gli altri Krinar si sistemarono sui sedili, liberando i corridoi e svuotando il campo dell'Arena. Mancavano meno di cinque minuti all'inizio della cerimonia, e Korum doveva ancora prepararsi, mentalmente e fisicamente, a quello che sarebbe accaduto.

"Devo andare" disse con riluttanza, scorgendo gli occhi di Mia riempirsi di lacrime alle sue parole.

"Fa' attenzione" sussurrò lei, guardandolo. "Ti prego, Korum, fa' attenzione." E avvolgendogli le braccia intorno alla vita, lo abbracciò forte, stringendolo per qualche lungo secondo.

Commosso, Korum ricambiò l'abbraccio e poi lentamente si distaccò. "Ti amo" disse, rivolgendole un ultimo sorriso.

"Ti amo anch'io" sussurrò Mia, mentre lui cominciava ad allontanarsi.

Korum si fermò, stentando a credere alle proprie orecchie. Voltandosi, vide che gli occhi dell'umana brillavano per le lacrime non versate. Voleva prenderla, chiederle se lo pensasse davvero, ma non c'era tempo. Così, le rivolse il sorriso più luminoso che poteva e proseguì verso una piccola struttura sul lato opposto dell'Arena.

La cerimonia stava per iniziare.

～

Mia si sedette sul sedile fluttuante, sentendosi come se una morsa le stesse stringendo il cuore. Nonostante tutte le rassicurazioni di Korum, sapeva che c'era una reale possibilità che lo stesse vedendo per l'ultima volta.

Quel pensiero era così angosciante che Mia non riuscì a respirare per un momento.

"Mia? Ascoltami, Mia. Andrà tutto bene, ok?" Era Delia, con la sua voce calma e tranquillizzante.

Mia sbatté le palpebre, sforzandosi di concentrarsi sull'altra charl. "Lo so" disse con una sicurezza che non sentiva. "Certo, lo so."

Anche il maschio Krinar che stava con Delia le rivolse un sorriso rassicurante. "Ha ragione, Mia" disse con voce profonda e pacata. "Il tuo cheren è molto bravo in questo. Non ha mai perso un combattimento finora. A proposito, io sono Arus. Non ci siamo mai incontrati di persona."

"Oh, ciao" disse Mia, allungando automaticamente la mano per una stretta. "È un piacere conoscerti."

Il sorriso di Arus si allargò. "Le strette di mano non sono permesse, temo" disse gentilmente. "Non vorrei essere il prossimo a finire su quel campo e sfidare Korum."

"Oh, giusto." Mia ritirò la mano, leggermente imbarazzata. "Scusa; me ne ero dimenticata. Korum mi ha parlato un po' delle vostre usanze."

"Non hai nulla di cui scusarti" disse Delia. "Sono molto colpita dalla rapidità con cui stai reimparando tutto. Ho impiegato molto tempo a sentirmi a mio agio come sembri sentirti tu ora."

"Sì, non so perché sia così" ammise Mia. "Forse ricordo le cose a un livello subconscio."

"Sembri provare già dei forti sentimenti per Korum" osservò Arus, con gli occhi scuri che si riempirono di congetture, mentre guardava Mia. "Più di quanto ci si aspetterebbe in questa situazione. Mi chiedo come mai. Non sono un esperto della mente, ma sembra abbastanza insolito."

"Davvero?" Mia si accigliò, perplessa. "Pensavo che forse una procedura di cancellazione della memoria non eliminasse completamente i ricordi..."

"Dovrebbe farlo" disse Arus. "Se si tratta di una cancellazione standard della memoria, dovresti tornare a qualche mese fa: con zero conoscenza del nostro mondo o di Korum. Il fatto che ti stia adattando così velocemente è... interessante, per non dire altro."

Mia lo guardò, chiedendosi cosa significasse tutto ciò. Da quando si era svegliata a Lenkarda, le sue reazioni e i sentimenti erano stati strani. Era possibile che Saret avesse fallito e non fosse riuscito a cancellarle completamente i ricordi, dopotutto?

Un forte suono, simile a un rintocco, distolse Mia dalle sue ipotesi.

La cerimonia pre-combattimento stava iniziando.

Un alto maschio Krinar con un insolito vestito blu uscì da una delle piccole strutture ai margini dell'Arena e si diresse verso il centro del campo.

"Quello è Voret" sussurrò Delia, appoggiandosi a Mia per un secondo. "È uno dei membri più anziani del Consiglio."

Mia annuì, con gli occhi incollati a quello che stava succedendo sotto di lei.

"Residenti della Terra e tutti voi che ci osservate da Krina" disse Voret, con la voce profonda che riempiva l'intero anfiteatro. "Benvenuti all'antico rito della Sfida nell'Arena. Come tutti voi sapete, il combattimento odierno è tra due dei nostri stimati membri del Consiglio: Loris e Korum. La causa di questa Sfida, come tutte le altre, è una divergenza che può essere risolta solo con il sangue."

Voret sollevò il braccio e una luce blu sembrò fluirgli dalla punta delle dita, trasformandosi in una gigantesca immagine tridimensionale che fluttuava a mezz'aria. Mostrava una strana foresta, con piante verdi, gialle, rosse e arancioni. "Per generazioni, ci siamo riuniti nell'Arena per assistere alla risoluzione di tali divergenze. Iniziò tutto dopo la Grande Guerra, quando ci facemmo quasi a pezzi a vicenda dopo la scomparsa dei *lonar*—la nostra fonte di sangue vivificante. Allora, la violenza era uno stile di vita—e lo sarebbe tuttora, se non fosse per le Sfide nell'Arena."

L'immagine fluttuante cominciò a cambiare, come se una telecamera stesse ingrandendo una particolare parte di quella foresta aliena. Mia osservò affascinata, mentre l'immagine mostrava un maschio Krinar, che indossava frammenti di tessuto color marrone, balzare tra gli alberi con una velocità che avrebbe suscitato l'invidia di Tarzan. Sotto di lui, delle piccole creature umanoidi correvano a terra, con i corpi coperti da peli biondo chiaro e nient'altro. Dovevano essere i lonar, si rese conto Mia, notando lo sguardo predatorio sul volto del maschio Krinar, mentre li seguiva da sopra. Non era bello come i moderni K; i suoi lineamenti erano più rudi, meno simmetrici, sebbene conservasse i tipici capelli scuri e la pelle dorata dei K.

"Ci siamo evoluti come cacciatori. Predatori." La voce di Voret echeggiò per tutta l'Arena. "Abbiamo bisogno della violenza. La desideriamo. Affinché una società rimanga pacifica, abbiamo bisogno di uno sfogo—di un modo per risolvere i disaccordi che altrimenti porterebbero a conflitti e guerre. L'Arena è quello sfogo."

Il Krinar nell'immagine balzò dall'alto dell'albero, saltando a terra davanti agli sventurati lonar. Essi gridarono dalla paura, con le urla stranamente simili a quelle delle scimmie, e si voltarono per fuggire, ma era troppo tardi. Una di loro—una femmina—era già intrappolata nella presa d'acciaio di un K, che le stava passando i denti aguzzi sul collo. Un intenso sangue rosso le colò lungo il collo e il petto, con un colore sorprendente sulla pelliccia chiara del primate.

"L'estinzione dei lonar ci ha quasi distrutti. Il fatto che siamo sopravvissuti è una testimonianza degli sforzi eroici di quegli scienziati che scoprirono un sostituto del sangue nel bel mezzo della guerra e del caos."

L'immagine cambiò ora, non mostrando più la foresta o il Krinar che si nutriva della femmina indifesa. Mostrava tre K con forti lineamenti mascolini e volti più simili a quelli dell'antico cacciatore che allo splendido Krinar che amava Mia.

"Nell'Arena, onoriamo tutti coloro che ci hanno preceduto—e tutti coloro che verranno. Con questo rito di violenza, onoriamo la pace—e le leggi che la rendono possibile."

Ora l'immagine fluttuante mostrava la stessa foresta di prima—solo che questa volta era popolata dalle pallide strutture oblunghe che fungevano da moderne abitazioni Krinar. Una coppia stava passeggiando per i boschi, un maschio e una femmina K, con gli abiti chiari a cui Mia era abituata. Erano bellissimi e felici, camminando insieme mentre si tenevano per mano. L'immagine indugiò per alcuni secondi, poi scomparve, lasciando Voret al centro dell'Arena.

Rimase in silenzio per un secondo, poi la sua voce risuonò di nuovo. "È giunto il momento che i combattenti si uniscano a me. Loris e Korum, vi prego di entrare nell'Arena."

Mia trattenne il fiato, quando i due K apparvero, Korum da una struttura a destra di Mia e Loris da una struttura a sinistra. Invece del solito abbigliamento Krinar—o dei formali vestiti bianchi degli spettatori—indossavano entrambi un paio di pantaloni lunghi fino al polpaccio che avevano il colore del sangue fresco. I piedi e il petto erano nudi, ad eccezione della vernice rossa che decorava le loro braccia e i busti.

Deglutendo per inumidire la gola asciutta, Mia fissò il suo amante, affascinata. Era stupendo—e assolutamente selvaggio. Seduta in prima fila, poteva vedere il colore giallo-oro dei suoi occhi, brillanti e luccicanti sulla tonalità bronzea della pelle. La semi-nudità accentuava la potenza del suo corpo; i muscoli si flettevano e si contraevano mentre camminava, con la postura aggraziata e minacciosa al tempo stesso.

L'altro Krinar era più alto di qualche centimetro, con una corporatura leggermente più robusta. L'espressione sui suoi lineamenti da falco era cupa e carica di disprezzo.

I due combattenti si avvicinarono alla figura vestita di blu al centro dell'Arena, fermandosi rispettosamente a un paio di metri di distanza. Voret si voltò verso Loris e gli disse: "Loris, hai deciso di sfidare Korum oggi. È così?"

"Sì" rispose il Krinar, con gli occhi che scintillarono con la stessa oscura attesa che Mia poteva scorgere sul viso di Korum.

Voret annuì, apparentemente soddisfatto. Rivolgendosi a Korum, chiese: "Accetti la sfida di Loris?"

"Sì" rispose Korum.

"Che il combattimento abbia inizio, allora."

CAPITOLO QUINDICI

Korum osservò Voret sollevare le braccia—il segnale dell'inizio. Allo stesso tempo, il sedile che si trovava sotto i piedi di Voret si attivò, sollevando il Consigliere in aria sopra l'Arena. Era l'unico modo in cui il Mediatore—il ruolo ricoperto da Voret oggi—poteva rimanere al sicuro durante il combattimento.

Con gli occhi incollati sul proprio avversario, Korum iniziò lentamente a girare intorno a Loris, cercando l'opportunità migliore per colpire. Sentì il cuore battergli più forte, con il sangue che circolava più velocemente nelle vene. La sua mente era lucida e affilata, concentrata completamente sul nemico. Era sempre così per lui nell'Arena; l'adrenalina aumentava la concentrazione di Korum, esaltandone i riflessi. Da qualche parte nella sua mente, era consapevole che Mia lo stava guardando in quel momento. Poteva sentire il suo sguardo sulla pelle, e questo lo eccitava ancora di più rispetto alla lotta imminente.

Loris reagì muovendosi in un cerchio altrettanto lento, con gli occhi scuri che bruciavano dall'odio. Korum gli rivolse un sorriso sarcastico, volendo farlo infuriare ulteriormente. Era uno dei principi di base del defrebs: il combattente che mantiene la calma vince. Quando Loris lo aveva aggredito nella sala riunioni del Consiglio, era stato ridicolmente facile per Korum sottometterlo—in parte perché il Protettore era completamente fuori controllo.

Un sorriso: una cosa così semplice, ma funzionò. Loris serrò la mascella, con il muscolo vicino all'orecchio che si contrasse. E poi colpì, scagliando il braccio destro, con le dita strette come un'arma letale.

Korum evitò il colpo di Loris con facilità, con il corpo che si piegò all'ultimo momento. Allo stesso tempo, diede un calcio, colpendo il ginocchio di Loris con una forza tale che Korum sentì l'articolazione dell'altro spezzarsi in due.

Loris urlò dal dolore, barcollando all'indietro, e Korum gli saltò addosso, sfruttando lo slancio del balzo per far cadere il Protettore a terra. Il combattimento ravvicinato era pericoloso, ma ora lo era meno, visto che l'avversario era parzialmente—anche se temporaneamente—claudicante. Il suo pugno si schiantò sul viso di Loris, una volta, poi ancora, con ogni movimento rapido come un lampo. Allo stesso tempo, il ginocchio di Korum colpì il fianco dell'avversario, danneggiandogli gli organi interni.

Non sarebbe stata una lotta lunga.

Anzi, sottomettere il Protettore era così facile che Korum avrebbe potuto evitare di ucciderlo del tutto.

Due file dietro Mia, Saret aspettava il momento perfetto per colpire, con tutta l'attenzione rivolta ai combattenti. Era rischioso essere così vicino al palco, ma ciò massimizzava le sue probabilità di successo—e gli avrebbe consentito di afferrare Mia, se si fosse presentata l'opportunità.

Naturalmente, quando aveva scelto quel luogo, non sapeva che la charl di Korum sarebbe stata così strettamente sorvegliata. Non solo era seduta accanto ad Arus, ma c'erano almeno due guardiani a controllarla. Saret li aveva individuati prima. Cercavano di mimetizzarsi con la folla, ma i loro sguardi acuti tradivano il loro vero scopo: erano lì per proteggere Mia.

Saret si chiese se Korum sospettasse qualcosa o se fosse solo paranoico sulla sicurezza della sua charl. In ogni caso, sembrava che Mia fosse fuori dalla portata di Saret per ora—almeno finché Korum era vivo. Tuttavia, una volta eliminato il nemico, sarebbe stato diverso. A meno che un altro influente Krinar non avesse scelto Mia come sua charl, sarebbe stata condotta su Krina, dove Saret l'avrebbe rivendicata sotto l'altra identità.

L'interesse di Saret per le diverse identità era iniziato diversi secoli fa, molto prima che iniziasse a sviluppare i suoi piani per gli umani. Era stato incaricato di riabilitare un criminale che era un maestro di travestimenti, fingendo di essere tre persone differenti contemporaneamente, con diverse sembianze, documenti legali e vite consolidate. Saret ne era rimasto così affascinato che aveva passato innumerevoli ore a imparare tutto sul mestiere dell'uomo. Il criminale era stato più che felice di rivelargli tutto quello che sapeva, in cambio di una versione più mite della riabilitazione rispetto a quella a cui era stato condannato.

La seconda identità di Saret era iniziata per scherzo, come un modo per vedere se potesse cavarsela con qualcosa del genere nella loro società tecnologicamente avanzata. E, con sua sorpresa, aveva scoperto che poteva; erano necessari solo gli strumenti giusti, la conoscenza di diversi database governativi e un paio di secoli per creare un nuovo personaggio convincente.

Saret—l'esperto della mente—ormai era considerato un criminale. Juron, tuttavia, era un cittadino rispettoso della legge di Krina, che stava facendo esplorazioni spaziali individuali nel sistema solare di Krina. Sarebbe stato Juron a rivendicare Mia come sua prossima charl.

Tutto ciò di cui Saret aveva bisogno era uccidere Korum in quel momento, e almeno quella parte del piano sarebbe stata portata a termine con successo. Poi, avrebbe potuto provare a riportare la pace sulla Terra.

Il suo attuale travestimento era un'altra identità che aveva iniziato a sviluppare qui sulla Terra. Non era perfetta come quella di Juron, ma era stata sufficiente a fargli superare tutta la sicurezza e a raggiungere Lenkarda in tempo per il combattimento. Nessuno sospettava che l'uomo seduto così vicino al palco fosse il Krinar più ricercato dell'universo.

Saret lanciò un'altra occhiata a Mia, poi distolse lo sguardo. Non sarebbe servito a niente fissarla apertamente, anche se molti altri stavano facendo la stessa cosa. Era ignara di tutto, con tutta la sua attenzione concentrata sulla lotta. Saret imprecò sottovoce. Sembrava che il piccolo esperimento gli si fosse ritorto contro, e che lei si stesse nuovamente affezionando a quel bastardo.

Non era giusto. Ora sarebbe rimasta più che turbata dalla morte dell'alieno.

Alzando lentamente la mano, Saret puntò il palcoscenico e attese il momento perfetto. Quando Korum saltò su Loris, Saret capì che era giunto il momento.

Facendo un respiro profondo, attivò l'arma.

~

Korum sollevò il pugno per scagliare un altro colpo, e in quel momento gli si bloccò il braccio.

Un'ondata di dolore lo attraversò, cominciando dalla nuca. Le sue membra erano incontrollabilmente pesanti, con i muscoli che tremavano dallo sforzo di sostenersi.

Un'arma stordente. Korum se ne rese conto con improvvisa certezza. Gli scanner dei guardiani erano progettati per catturare qualsiasi cosa pericolosa, ma questo tipo di storditore utilizzava una tecnologia più vecchia e semplice—una molto più difficile da rilevare a distanza.

Stringendosi di riflesso la nuca, Korum si sentì scivolare giù dal corpo di Loris. La schiena colpì il terreno, lasciandolo disteso e indifeso, incapace di muoversi per pochi secondi preziosi. Agli spettatori sembrava che Loris gli avesse riservato un colpo nascosto di qualche tipo; la possibilità di uno stordimento non sarebbe venuta in mente a nessuno.

Nonostante il pericolo—o forse proprio per questo—la mente di Korum operò con cristallina chiarezza, analizzando la situazione in un istante. C'era solo una persona abbastanza motivata da rischiare, facendo una cosa del genere.

Saret. Era lì ad assistere al combattimento.

Aveva colpito Korum alla nuca. Sapeva come ci si sentiva a essere colpiti da uno storditore, ne aveva già sperimentato gli effetti. Proprio come una pistola umana, era un'arma che doveva essere puntata da una posizione specifica.

Una posizione che potesse essere localizzata.

Ignorando il dolore e la debolezza che lo tormentavano, Korum inviò una domanda mentale al suo computer interno... e poi capì.

Il suo nemico era a pochi passi da Mia.

La paura, acuta e straziante, si insinuò nelle vene di Korum, seguita da una rabbia così intensa che il suo intero corpo tremò.

Non poteva salvarsi in quel momento, ma avrebbe fatto di tutto per proteggere Mia ancora una volta.

Chiudendo gli occhi, Korum si concentrò sulla connessione alla rete di comunicazione privata dei guardiani.

Mia soffocò un urlo, quando vide Korum agitarsi convulsamente per poi scivolare giù dal corpo di Loris. Finora, era sembrato invincibile, con la situazione del tutto sotto controllo. Aveva persino cominciato a rilassarsi, con la paura che era diminuita, mentre aveva assistito all'esibizione priva di sforzo del suo amante nell'Arena.

Poi, tutto era cambiato in un istante.

Che cos'era successo? Vide Korum stringersi la nuca, come se qualcosa lo avesse morso. Sembrava stordito, indebolito da qualcosa.

Che cazzo era successo?

Vide Loris alzarsi in piedi. Sembrava che stesse già meglio, con il suo corpo Krinar che si stava riprendendo dalle ferite che Korum gli aveva inflitto.

E Korum era ancora sdraiato lì, come se non riuscisse a muoversi. Persino gli occhi erano chiusi, impedendogli di vedere l'avversario.

"No!" Mia sentì il proprio urlo echeggiare nell'Arena. Delia l'afferrò per un braccio, impedendole di saltare giù dal sedile, mentre Loris attaccava il corpo prono di Korum.

Vide la gioia dell'altro K, mentre lo colpiva più volte, sentì l'odore metallico del sangue che trasformava i loro corpi dipinti in un rosso più luminoso.

Era il sangue di Korum.

"No!" Un altro grido agonizzante le sfuggì dalla gola. Ora si sentì il nauseante rumore di un pugno che si scagliava sulla carne, più e più volte. "No, basta!" Mia strappò il braccio dalla presa di Delia e balzò in piedi.

"Mia, no! Non puoi interferire—" La ragazza greca cercò di afferrarla di nuovo, ma Mia la scacciò come una mosca, con il disperato bisogno di entrare nell'Arena.

Riuscì a fare due passi prima che un braccio d'acciaio le avvolgesse la vita, premendola contro un duro corpo maschile. Mia graffiò quel braccio imprigionante, incurante di tutto tranne che del massacro che si stava consumando davanti ai suoi occhi. "Fermate la lotta! È una trappola! Non vedete? Non riesce a combattere! Qualcuno ha imbrogliato!" Il braccio la strinse ulteriormente. "Lasciami andare! Lasciami andare, cazzo!"

La ragazza era vagamente consapevole di urlare come una dannata, gridando qualunque cosa le passasse per la mente, ma non importava. Arus la stava trattenendo ora, e lei lo stava combattendo furiosamente, cercando di liberarsi della sua presa. Era impossibile vincere contro un Krinar, ma non importava.

Aveva superato ogni parvenza di razionalità.

∼

Korum sentiva i colpi del pugno di Loris, con il corpo in preda all'agonia, mentre le dita simili ad artigli del Protettore gli strappavano pezzi di carne.

Incoraggiato dall'evidente debolezza di Korum, il suo nemico si stava divertendo a torturarlo, prima di infliggere il colpo letale. Il dolore era scioccante, nauseante, ma Korum combatté contro le tenebre che minacciavano di sopraffarlo, sapendo che altrimenti tutto sarebbe andato perduto. Era vagamente consapevole del fatto che i suoi reni e la milza erano danneggiati, che le costole erano schiacciate e la clavicola sinistra rotta, ma non importava, perché poté sentire che l'effetto del colpo dello storditore stava cominciando a svanire.

Sullo sfondo, poté sentire Mia che urlava e piangeva, con il dolore nella sua voce che gli lacerava il cuore. Ogni secondo che passava, la debilitante debolezza che lo rendeva così indifeso si dissipava, con il corpo che riprendeva a funzionare con una parvenza di normalità.

Doveva sopravvivere ancora un po'. Ancora un po', e forse avrebbe avuto una possibilità, invece di giacere lì come carne morta.

Per il momento, però, era ancora troppo debole. Combattere a quel punto sarebbe stato letale. Loris stava giocando con lui, dando spettacolo, cercando di riconquistare la posizione con quella dimostrazione delle sue abilità di combattimento—ma a qualsiasi segnale di ritrovata resistenza da parte di Korum, avrebbe mirato direttamente alla sua gola.

Così, Korum lasciò che i colpi piovessero su di lui, senza nemmeno gemere, quando Loris lo prese a calci. Ignorò il dolore delle ossa che si spezzavano e dei tendini che si laceravano, cercando solo di rimanere cosciente.

E quando Loris finalmente raggiunse la sua gola, Korum raccolse tutta la forza del proprio corpo ferito e lacerato... e lasciò che la rabbia prendesse il sopravvento.

Il braccio sinistro—l'unico arto rimasto semi-funzionante—si agganciò alla gola di Loris con una presa letale, avvicinando il Protettore. E prima che l'avversario potesse reagire, i denti di Korum affondarono nella sua carne, mordendolo nella colonna vertebrale e interrompendo il collegamento con il cervello.

Il sangue schizzò dappertutto: negli occhi di Korum, nei suoi capelli, nella bocca... Era coperto di sangue, con il sapore e l'odore che lo consumavano, aggiungendosi alla furia nera che gli scorreva nelle vene. Non stava più pensando o ragionando; era assetato di sangue, lo bramava sempre di più. I suoi denti affondarono nuovamente nella gola di Loris, lacerandolo, facendolo a pezzi, finché non rimase più nulla.

625

CAPITOLO SEDICI

aret osservò con stupore e rabbia incredula, mentre la testa mozzata di Loris rotolava per il campo. Gli occhi scuri del Consigliere erano aperti e spenti, con la bocca ricoperta di sangue.

Intorno a lui, la folla si stava scatenando. Le persone erano salite sui sedili, nei corridoi, urlando e sbattendo i piedi. Il nome di Korum fu ripetuto più e più volte, e Saret si sentì nauseato.

Doveva uscire di lì. Ora, prima che fosse troppo tardi. Avrebbe analizzato il fallimento in un secondo momento; tutto quello che importava a quel punto era andare via.

Alzandosi dal sedile, si unì agli spettatori urlanti nel corridoio. Con la coda dell'occhio, vide Mia che lottava contro Arus, cercando di raggiungere il suo amante. Saret desiderò disperatamente poterla prendere e portarla con sé, ma era troppo ben protetta. Sarebbe dovuto tornare per lei.

Facendosi strada tra la folla, si diresse lentamente verso l'uscita, facendo del proprio meglio per non attirare attenzioni eccessive su di sé. Ce l'aveva quasi fatta, quando provò un'improvvisa sensazione di tremolio nel corpo.

Stordito e indifeso, crollò sul pavimento, a malapena consapevole dei guardiani che lo circondavano.

❧

Korum non sapeva per quanto tempo fosse rimasto in quello stato di rabbia insensata. Potevano essere passati minuti o ore. Quando tornò in sé, la testa di Loris era a diversi metri dal suo corpo, con gli occhi vuoti e il collo che sembrava essere stato assalito da un animale selvatico.

Morto. Il suo avversario era morto.

Il corpo di Korum era dolorante, e poté sentire l'oscurità che tentava nuovamente di avere la meglio. Solo la consapevolezza che c'era ancora qualcosa che doveva fare lo trattenne dalla dolcezza dell'oblio.

Il suo più grande nemico non era quello che giaceva sul campo; era quello nascosto in mezzo agli spettatori—e Mia era ancora in pericolo.

Gemendo dal dolore, riuscì ad alzarsi sulle mani e le ginocchia, con i muscoli che tremarono per lo sforzo. Era vagamente consapevole del fatto che la folla lo stesse applaudendo, che Voret lo stesse formalmente annunciando come il vincitore.

Niente di tutto ciò gli importava ora. Voleva solo raggiungere Mia, e andare da lei prima che lo facesse Saret. Il corpo di Korum stava guarendo, ma non abbastanza velocemente, e imprecò tra sé e sé, quando il femore fratturato si rifiutò di sostenere il peso, con la gamba che crollò sotto di lui, mentre cercava di alzarsi in piedi.

"Lo abbiamo preso. Va tutto bene; la ragazza è al sicuro." Delle mani forti lo stavano improvvisamente sostenendo, aiutandolo a rimettersi in piedi. Era Alir—il capo dei guardiani.

Korum si voltò, e si sentì nauseato, mentre il corpo danneggiato protestava per la nuova posizione verticale. "Dov'è?" riuscì a dire, con voce roca e rotta.

"Lì." Alir indicò l'uscita con la mano sinistra, sostenendo Korum con la destra.

Korum strizzò gli occhi in quella direzione, con il sole che lo accecò per un momento. Quando la vista si schiarì, vide un Krinar dall'aspetto poco familiare catturato da tre guardiani. I lineamenti dell'uomo erano completamente diversi da quelli di Saret, con gli occhi più grandi e il mento più prominente.

"Ha un ottimo travestimento" disse Alir, comprendendo la domanda inespressa di Korum. "Anche lo strato esterno del DNA è diverso, ed è per questo che non siamo riusciti a rilevare la sua presenza prima. Ma le coordinate del tiratore che ci hai inviato corrispondono perfettamente alla posizione di quest'uomo, e un campione interno di DNA ha dimostrato che è davvero Saret."

Un intenso sollievo si mescolò a un amaro rimpianto, lasciando

Korum perplesso su quegli eventi. Avrebbe voluto essere lui a catturare Saret, a punirlo per quello che aveva fatto a Mia. Invece, il suo ex amico era ora nelle mani dei custodi della legge Krinar. Per quanto Korum volesse ucciderlo, Saret ora sarebbe stato processato.

"Korum!" La voce di Mia raggiunse le sue orecchie, distraendolo dagli oscuri pensieri. Alzando gli occhi, vide la sua piccola figura correre giù per il campo, con i capelli scuri che svolazzavano dietro di lei. La felicità che lo riempì a quella vista fu così acuta che dimenticò tutto su Saret e sul suo tradimento, concentrandosi solo sulla ragazza che amava.

Poi lo raggiunse, e lui poté vedere che era pallida e tremante, con il vestito strappato in un punto. Il bel viso era bagnato dalle lacrime. Un pallido braccio si sollevò verso di lui, con la mano tremante come se non fosse sicura di poterlo toccare. "Sei vivo" sussurrò, e lui riuscì a sentire la nota incredula nella sua voce. "Oh mio Dio, Korum, sei vivo..."

E Korum si rese conto esattamente di quello che lei stava vedendo. Era coperto di sangue, sia il suo che quello di Loris. Poteva sentirne il sapore metallico sulla lingua, odorarlo, e capì che era sui suoi capelli, sul viso, sulla bocca.

Fanculo. Doveva sembrare un incubo, soprattutto con le parti del corpo che stavano guarendo rapidamente, nei punti in cui Loris gli aveva strappato la carne.

Ricordando la reazione dell'umana davanti ai resti di Saur sulla spiaggia, Korum si maledisse mentalmente per aver permesso a Mia di vederlo in quelle condizioni. In parte, aveva sperato di poter evitare di uccidere Loris per questa ragione—perché non voleva traumatizzare la piccola umana, vedendo il suo amante uccidere brutalmente qualcuno. Quello avrebbe dovuto essere un combattimento facile, nel quale Korum si sarebbe trattenuto, avrebbe evitato di cedere agli istinti primitivi della sua specie. Se non fosse stato per l'interferenza di Saret, Korum avrebbe potuto sottomettere facilmente l'avversario, sconfiggendolo ma lasciandolo vivere. E invece, si era comportato come un selvaggio, come un animale stretto in un angolo.

Le gambe stavano già meglio, così Korum si liberò del sostegno di Alir e si allungò con cautela verso Mia, tirandola verso di sé. Sapeva che c'era la possibilità che lo trovasse ripugnante ora, ma aveva bisogno di lei. Aveva bisogno di sentire la sua morbidezza, di respirarne il profumo pulito e dolce.

Con sua sorpresa, gli avvolse le braccia intorno, stringendolo così forte da fargli male alle costole semi-guarite. Stava tremando, con il corpo snello vibrante nel suo abbraccio.

"Va tutto bene, dolcezza" mormorò, con una parte della tensione che svanì, quando si rese conto che non aveva paura di toccarlo. "Andrà tutto bene..."

"Credevo—" Con il viso sulla sua spalla, la voce di Mia era appena udibile. Le sue mani erano gelide sulla pelle nuda della schiena dell'extraterrestre. "Credevo che ti avesse ucciso... Oddio, Korum, credevo fossi morto—"

"No" la rassicurò, godendo della sua apparente preoccupazione per lui. "No, tesoro, non l'ha fatto. È finita ora—"

Un singulto le sfuggì dalla gola. "Ti ha fatto del male. L'ho visto farti del male, più volte. Korum, ti stava uccidendo—"

"Va tutto bene, sto bene" sussurrò Korum, con il cuore agonizzante per l'orrore nella sua voce. "Andrà tutto bene. Mi dispiace che tu abbia dovuto vederlo. Non doveva essere così, credimi..."

L'umana fece un respiro tremante e si tirò indietro per guardarlo. Aveva gli occhi arrossati, con le ciglia scure bagnate dalle lacrime. "Che cos'è successo? Ti ho visto cadere e poi è stato come se non riuscissi più a combattere. Loris ha imbrogliato in qualche modo? Ti ha fatto qualcosa?"

"Non è stato Loris" spiegò Korum, cercando di trattenere la furia nella voce. "È stato Saret. Era in mezzo al pubblico, a pochi posti da te. Mi ha sparato con un taser—un'arma simile a una pistola stordente—quindi, non ho potuto muovermi per un po'."

Ansimò. "Ha cercato di ucciderti? Il trambusto era dovuto a questo? Non stavo prestando attenzione—"

"Sì" rispose Korum. "Ho mandato i guardiani a prenderlo non appena ho capito che cosa stesse succedendo."

"Hai mandato i guardiani? Come?"

"Ricordi quando ti ho detto che ho un computer incorporato?" chiese Korum.

Mia annuì, fissandolo. Era ancora pallida, anche se i tremori che facevano oscillare la sua esile figura stavano cominciando a placarsi.

"L'ho utilizzato per contattare i guardiani."

L'umana sbatté le palpebre, e lui realizzò che non stava comprendendo le sue parole, con la mente ancora sconvolta da quello che era appena successo.

Alir si mise di fronte a lui, rendendo Korum nuovamente consapevole della sua presenza. "La cerimonia della vittoria sta per iniziare" disse lentamente il guardiano. "Riesci a partecipare?"

Korum rifletté un momento, tenendo Mia al proprio fianco, poi rivolse ad Alir un lieve cenno con il capo. "Dovrei farcela." Era ancora dolorante, ma era un tipo di dolore che stava guarendo. Il corpo si stava riparando dall'interno, con le cellule che si stavano rigenerando. Tra qualche minuto, sarebbe quasi tornato alla normalità.

Naturalmente, dato tutto quello che era successo, una normale cerimonia con un pubblico che reclamava la sua charl era fuori discussione. Anche se il corpo in via di guarigione stava cominciando a reagire alla vicinanza della ragazza, Korum era pienamente consapevole del suo aspetto attuale. Era sporco, sudato e ricoperto di sangue—non esattamente attraente per un'umana. Lei aveva anche subito un forte shock, e l'ultima cosa di cui aveva bisogno erano delle avance sessuali indesiderate da un uomo che probabilmente ora considerava un selvaggio assassino.

Alir inclinò la testa in segno di rispetto e uscì dal campo, con la sua figura alta e grossa che si muoveva con l'andatura di un guerriero. Korum aveva giocato a defrebs con quell'uomo diverse volte negli ultimi due anni, e aveva perso più di una volta. I guardiani erano combattenti straordinari, con la professione che richiedeva che rimanessero in perfetta forma, e Korum era contento di non aver mai dovuto affrontarne uno nell'Arena.

"Tutto quello che devi fare è restare con me ora" disse Korum a Mia, quando Alir fu più lontano. "Date le circostanze, la cerimonia post-combattimento sarà breve."

"Perché sei ferito?" chiese, e lui percepì la tensione nella sua voce.

"No, io starò bene. Ma tu non sei pronta per qualcosa come la celebrazione di una vittoria in questo momento" disse Korum dolcemente. "Abbiamo soltanto bisogno di andare a casa."

All'inizio della cerimonia, Mia cercò di concentrarsi sull'evento, ma la mente continuava a tornare alle macabre immagini del combattimento.

Flash. Korum disteso a terra, incapace di muoversi.

Flash. Sangue che spruzza ovunque. Quella terribile espressione gongolante sul viso di Loris.

Flash. Korum restituisce il colpo con la velocità di un cobra. L'improvviso terrore sul volto dell'altro Krinar.

Flash. Altro sangue.

Flash. La testa di Loris è staccata dal suo corpo.

No, basta! Mia voleva urlare, ma erano in pubblico, e non poteva farlo, non poteva imbarazzare Korum in quel modo. La teneva per mano, ed erano su un grande oggetto fluttuante nel bel mezzo dell'Arena. Lo stesso Krinar che aveva guidato l'inizio della cerimonia stava parlando di nuovo, dicendo qualcos'altro sulla storia dei combattimenti nell'Arena, ma Mia non stava prestando attenzione. C'era un senso di irrealtà in tutto quello; continuava a sentirsi come se fosse in un sogno—o, più precisamente, in un incubo.

Solo il tocco di Korum sembrava reale. Voleva strisciare nel suo abbraccio e non staccarsi mai. Quando l'aveva tenuta prima, aveva sentito un po' del proprio terrore diminuire, ma ora sentiva di nuovo freddo, con i denti che battevano nonostante il calore del luminoso sole della Costa Rica.

Era vivo. Mia non riusciva ancora a crederci. Doveva essere un miracolo. Com'era possibile sopravvivere a quel genere di ferite? Sapeva che i Krinar guarivano rapidamente, ma Korum era stato letteralmente fatto a pezzi. C'era stato così tanto sangue. *Oh Dio, il sangue.*

La ragazza deglutì a fatica, cercando di trattenere la nausea. Non avrebbe più potuto vedere il colore rosso per molto tempo. Non la stupiva che i Krinar preferissero i colori chiari nella vita quotidiana; probabilmente avevano bisogno del contrasto dopo i violenti spettacoli nell'Arena.

Korum era quasi morto oggi. Il suo amante alieno—così forte, così apparentemente invincibile—era stato quasi sconfitto dal traditore. Per qualche terribile momento, Mia era stata sicura che fosse morto per *davvero*—e anche lei aveva desiderato morire. Si era sentita come se le avessero squarciato il cuore, con ogni colpo sul corpo di Korum che distruggeva qualcosa di profondo nella sua anima. Non aveva mai provato un dolore simile e non avrebbe mai più voluto riviverlo.

Era vagamente consapevole del fatto che Voret aveva smesso di parlare, che si stava rivolgendo a Korum ora, chiedendogli della celebrazione. Vide che Korum cominciò a scuotere la testa, e le venne un'idea. Agendo puramente d'istinto, si avvicinò a Korum e gli sussurrò nell'orecchio: "Ti voglio. Per favore, Korum, ti voglio."

Girò la testa per guardarla, con un'espressione incredula, e gli strinse la mano, dicendogli implicitamente che andava bene, che avrebbe potuto festeggiare davanti alla sua gente.

Giusto o sbagliato che fosse, aveva bisogno di lui ora, e non le importava di nient'altro.

Mia vide le pupille di Korum dilatarsi, con le iridi che diventarono più brillanti. Con il sangue e la sporcizia che lo ricoprivano, sembrava un selvaggio, uno di quegli antichi cacciatori che Voret aveva mostrato all'inizio della cerimonia. Lo voleva così tanto che faceva male, con il corpo che aveva bisogno di affermare la vita nel modo più semplice possibile.

Esitò per un secondo, fissandola, e poi sollevò la mano, curvando il grande palmo attorno alla sua guancia destra. "Mia..."

"Ti prego, Korum." Sostenne lo sguardo dell'alieno, sapendo che lui poteva scorgere la sincerità delle sue intenzioni sul viso. Aveva bisogno di sentire il suo tocco sulla pelle, aveva bisogno che le facesse dimenticare l'orrore dell'ultima ora.

Con gli occhi scintillanti, si chinò in avanti e disse sottovoce: "Non hai idea di cosa stai chiedendo, dolcezza. Non posso essere... delicato ora."

Mia deglutì, con i muscoli interni che si strinsero alle sue parole. "Non voglio che tu lo sia."

La guardò per qualche secondo, e lei vide il battito del polso sul lato del collo muscoloso dell'extraterrestre. Poi, come se non riuscisse a trattenersi, piegò la testa e la baciò, avvolgendole le braccia intorno e sistemandola sul grembo.

Sullo sfondo, Mia sentì la folla ruggire, con gli spettatori che applaudivano e sbattevano i piedi, ma questo non la infastidiva. Tutto ciò su cui riusciva a concentrarsi era il calore della bocca dell'alieno che consumava la sua, la pressione della sua erezione contro le natiche, la sensazione delle sue forti mani che le strofinavano la schiena. C'era un debole sapore metallico che avrebbe dovuto disgustarle, ma che invece la fece eccitare ancora di più. L'uomo che la stava baciando in quel momento era un predatore, un assassino—e lei lo voleva esattamente com'era, senza alcuna preclusione.

Sollevando la testa, la fissò per un secondo, con il respiro pesante e la pelle arrossata sotto le striature di sudiciume e di sangue. Tutto intorno, la folla si stava scatenando, intonando i loro nomi. Mia pensò all'improvviso che le rock star dovevano sentirsi così, circondate dai fan in delirio.

Come in risposta a tutto ciò, una strana musica cominciò a suonare, con note così profonde che Mia poté sentire le vibrazioni nelle ossa. Il ritmo era irregolare, quasi scattante. Avrebbe dovuto sembrarle discordante, sgradevole, ma invece si aggiunse al calore pulsante tra le gambe, facendo sentire la sua pelle più tesa e facendole battere il cuore più velocemente.

Anche Korum reagì, con il cazzo che si indurì ancora di più, spingendole nella morbidezza del sedere. Continuando a tenerla, si alzò e cominciò a camminare verso una struttura simile a una tenda nel centro dell'Arena, portandola come un bottino di guerra.

Mia si aggrappò a lui, sentendosi quasi intossicata. Le girava la testa e tutto sembrava surreale, come se stesse accadendo in un sogno. La studentessa di psicologia in lei riconobbe che era la risposta del suo cervello al trauma, che non stava pensando lucidamente, ma non importava. Stava morendo dal bisogno, e Korum era la cura per ciò che la affliggeva.

Arrivarono alla tenda, e la mise in piedi, tenendola premuta contro il suo corpo. Invece di essere loro ad entrare, la tenda sembrò muoversi e scorrere intorno a loro, per lo più coprendoli dalla vista della folla. Mia era vagamente consapevole della sottigliezza delle pareti, del fatto che migliaia di curiosi occhi Krinar stavano osservando la struttura in quel momento, ma non rifletté completamente su quell'informazione. Avevano una sorta di privacy, e questo era abbastanza soddisfacente per lei.

Non appena le pareti della tenda si fermarono, Korum fece un passo indietro, liberandola dal suo abbraccio. "Togliti il vestito." La voce era insolitamente rude, e lei poté vedere la tensione nelle sue possenti spalle. Con gli occhi di un giallo brillante, sembrava selvaggio, più animale che uomo. "Spogliati, Mia."

Lei obbedì, liberandosi dell'abito, con l'eccitazione mista a un minimo briciolo di paura. Non l'aveva nemmeno toccata, ma capì che era già vicino a perdere il controllo.

Prima ancora che il vestito toccasse terra, era già su di lei, scavando con una mano tra le sue cosce e afferrandole i capelli con l'altra. La sua bocca si abbassò su quella di Mia, mentre il dito spingeva dentro, nella piccola apertura. Era rude, quasi frenetico, e Mia si rese conto che non aveva mentito sul fatto di non poter essere delicato. Era bagnata, ma i suoi muscoli si contrassero involontariamente, con il corpo che cercò di resistere alla penetrazione aggressiva.

All'improvviso, ritirò il dito e utilizzò la mano che le teneva i capelli per spingerla giù, in ginocchio. Piccoli sassi e ghiaia le scavarono la morbida pelle delle rotule. "Succhialo" disse duramente, aprendo la parte anteriore dei pantaloni. "Voglio la tua bocca, subito."

La sua erezione si liberò, strofinandole la guancia. Mia aprì la bocca, lasciandolo entrare, e gemette quando le sue labbra si chiusero intorno alla punta del pene. Aveva un sapore salato, con la punta già ricoperta di liquido pre-eiaculatorio. Avvolse la lingua intorno all'asta, imitando ciò che aveva visto una volta in un porno. L'alieno emise un suono simile a un ringhio, e strinse le mani più duramente tra i capelli, tenendole la testa ferma, mentre iniziò a muovere i fianchi, a scoparle la bocca con il cazzo.

Mia si concentrò sul prendere piccoli respiri, cercando di non soffocare, mentre la maggior parte della lunghezza le spingeva nella bocca, premendo contro la parte posteriore della gola. L'extraterrestre spinse più e più volte, e poi venne con un gemito duro, con il seme che esplose in ondate calde e salate. Quando ebbe finito, lentamente si ritirò da lei, con il cazzo ancora semi-duro.

Deglutendo, Mia si leccò le labbra e lo fissò, stranamente eccitata da ciò che era appena accaduto. Soddisfarlo in quel modo l'aveva fatta eccitare, quasi come se l'avesse toccata.

L'alieno sostenne il suo sguardo, e lei poté vedere che i suoi occhi erano ancora luminosi, con il desiderio più forte che mai. Il sesso di Korum era ancora fremente, duro davanti al suo viso. Aveva appena raggiunto l'orgasmo, realizzò lei, mentre la tirò su.

Quando la toccò di nuovo, fu più delicato, con il desiderio più controllato. Le mani e la bocca scesero lungo il suo corpo, accarezzando e adorando ogni centimetro di pelle. Mia chiuse gli occhi, con silenziosi gemiti che le sfuggirono dalla gola, man mano che una piacevole tensione cominciava a radunarsi nel ventre. Poi si inginocchiò davanti a lei, con il viso al livello dei suoi fianchi e le mani che le afferrarono le curve lisce delle natiche. Portandola verso di lui con una mano, usò l'altra per penetrarla con un dito, stavolta molto più attentamente. Allo stesso tempo, scavò con la bocca tra i soffici riccioli sull'apice delle cosce, con la lingua che si allungò tra le pieghe per accarezzarle il clitoride.

Mia sobbalzò per la sorprendente sferzata di sensazioni, con tutto il corpo che si irrigidì, quando il dito di Korum le sfregò il punto sensibile in profondità. Poté sentire la crescente pressione, e le ginocchia iniziarono a tremare, con le gambe improvvisamente troppo deboli per sostenere il peso. Se non fosse stato per il dito dentro di lei e la mano sul sedere, sarebbe crollata, cadendo a terra accanto a lui.

"Vieni per me" sussurrò, con l'alito caldo che le inumidì il sesso, e lei lo fece, con quelle parole che la spinsero oltre il limite, fornendo quel qualcosa di inafferrabile che non sapeva nemmeno di desiderare. Tutto dentro di lei si irrigidì e si rilassò, con il piacere così forte da sembrare un'esplosione lungo le sue terminazioni nervose.

Quando le pulsazioni cessarono, lui ritirò il dito e la spinse di nuovo giù. Questa volta erano entrambi in ginocchio sul terreno duro. Guardandola, sollevò la mano e si leccò lentamente il dito, quello che era appena stato dentro di lei. "Adoro il tuo sapore" mormorò, con gli occhi così carichi di quella fame che la sua bocca si seccò. "Mi fa venir voglia di scoparti per sempre, solo per averlo sulla lingua."

Mia fece un respiro tremante, con il sesso che si strinse dal bisogno.

Prima che lei potesse aggiungere qualcos'altro, l'alieno si sdraiò a terra, sollevandola e mettendola a cavalcioni sulle sue cosce. Il cazzo era di nuovo completamente duro, ritto sul suo corpo. "Cavalcami, Mia" disse, guardandola con le palpebre socchiuse.

"Sì" sussurrò lei: "Lo farò." E afferrandogli la spessa lunghezza con la mano destra, Mia lo guidò verso la sua apertura, chiudendo gli occhi, mentre la punta larga cominciò a spingere dentro. Si abbassò lentamente, stuzzicando entrambi, e fu ricompensata da un basso gemito che gli sfuggì dalla gola.

Quando fu tutto dentro, aprì gli occhi, incontrando il suo sguardo ardente. Con il viso rigato dal sudiciume e dal sangue, sembrava pericoloso—addirittura crudele. L'umana stava letteralmente cavalcando una tigre—un predatore che avrebbe potuta farla a pezzi in un batter d'occhio. Invece di spaventarla, il brivido potenziava solo il desiderio che le scorreva nelle vene.

Mentre cominciò a muoversi, tenne gli occhi puntati su di lui, osservando le minuscole gocce di sudore comparire sulla fronte e un muscolo che gli pulsava nella mascella dall'apparente sforzo di trattenersi. Le strinse le mani sui fianchi, con le dita che affondarono nella carne morbida, e poi la sollevò su e giù sul suo cazzo, andando sempre più a fondo ad ogni colpo.

La tensione dentro di lei aumentò, e Mia piegò la testa all'indietro, con la bocca aperta per un urlo sommesso. Un potente orgasmo la attraversò, mentre Korum continuava a spingere sempre più velocemente, cercando il rilascio. Quando arrivò, i movimenti inarrestabili del suo bacino intensificarono i residui dell'orgasmo di Mia, lasciandola completamente sfinita. Respirando a fatica, la ragazza si accasciò sul suo petto, con i muscoli in poltiglia e la mente svuotata da ogni pensiero.

Era così rilassata che non reagì neppure quando la tirò su, avvicinando il collo alla sua bocca. Fu solo quando sentì uno strano dolore, simile a un taglio, che Mia capì cosa stava succedendo... e il suo mondo si dissolse in una frenesia di sangue e sesso.

PARTE TRE

CAPITOLO DICIASSETTE

orum si svegliò con l'inconsueta sensazione di una superficie dura sotto la schiena. Ancora prima di aprire gli occhi, ricordò tutto ciò che era accaduto, compresa la volontaria partecipazione di Mia alla celebrazione.

Sentiva il suo leggero peso sul braccio, il respiro calmo, e capì che stava dormendo profondamente, logorata dal doppio sconvolgimento della lotta e della celebrazione. Muovendosi con attenzione, Korum liberò il braccio, abbassandole dolcemente la testa a terra. Poi, si alzò e creò degli abiti nuovi per entrambi. Un paio di pantaloncini per sé e una vestaglia per Mia—quel tanto che bastava per offrir loro una copertura nel caso in cui qualche spettatore fosse rimasto nell'Arena.

Aveva fame e sete, ma a parte questo stava benissimo, con il corpo che praticamente sprizzava energia. Gli scienziati avevano detto che non c'era alcun bisogno fisiologico di sangue umano o dei lonar, vista la correzione genetica, ma molti su Krina pensavano che fosse rimasto una sorta di bisogno psicologico. Korum non sapeva se crederci o meno, ma sapeva che raramente si sentiva soddisfatto come le volte in cui prelevava il sangue di Mia.

Tenendo la vestaglia, si accovacciò accanto a lei e la studiò per alcuni secondi, godendo della vista del suo corpo nudo. Raramente aveva la possibilità di vederla così; di solito il suo bisogno per lei era così intenso che non riusciva a guardarle la carne nuda senza scoparla subito dopo.

Persino ora, dopo la maratona sessuale della scorsa notte, poteva sentire i caldi stimoli del desiderio—anche se non era niente in confronto all'usuale bramosia.

Era distesa sulla schiena, con un esile braccio disteso sopra la testa e l'altro piegato sul petto. Affascinato dal seno, Korum allungò una mano e accarezzò un pallido globo, sorridendo quando il capezzolo si indurì al suo tocco. La pelle era morbida come nessun'altra cosa avesse mai toccato, con la consistenza setosa che era un richiamo costante per le sue dita.

Avvolgendola con la soffice vestaglia, la sollevò. Non si mosse nemmeno, con un sonno così profondo che rasentava l'incoscienza. Era sempre così dopo averle preso il sangue: il suo corpo umano aveva bisogno di riprendersi dall'eccesso di sensazioni.

E anche il suo, anche se in misura minore. Korum aveva visto come gli altri fossero diventati dipendenti dalle loro charl; il sangue di Mia era una potente tentazione per lui, con un effetto più potente di quello di qualsiasi droga. Un tempo pensava che i dipendenti dal sangue fossero deboli, ma ora Korum si chiedeva se ci fosse davvero tanta differenza tra la dipendenza fisica e quella psicologica. Sicuramente non poteva immaginare di aver bisogno di Mia più di quanto non ne avesse già.

Portandola fuori dalla shatela, Korum si diresse verso la zona erbosa dove aveva lasciato la capsula per il trasporto. Non si era preoccupato di disassemblarla prima, quindi li stava aspettando.

Guardandosi intorno, vide che l'Arena era completamente deserta. Era anche presto, con il sole che stava appena iniziando a sorgere. Sorridendo, Korum si rese conto che doveva essere rimasto nella shatela molto più a lungo del solito. Era la prima volta che festeggiava con un'umana, ed era stata di gran lunga la migliore esperienza che avesse mai avuto.

Raggiunsero la navicella, e Korum inviò un rapido comando mentale per far sì che li portasse a casa. Un minuto dopo, entrarono in casa sua, con Mia ancora addormentata tra le braccia.

Appena furono dentro, Korum si diresse verso la stanza di purificazione—il bagno, in termini umani. Era ancora coperto di terra, sangue rappreso e sudore, e parte della sporcizia era stata cancellata dalla pelle di Mia, lasciandola segnata da strisce scure.

Un altro comando mentale da parte sua, e l'acqua si aprì, con getti caldi che massaggiarono dolcemente i loro corpi, eliminando ogni traccia delle attività di ieri. Korum godé della sensazione; era sia energizzante che rilassante. Pochi minuti dopo, sia lui che Mia erano puliti e asciutti, e la portò a letto, sapendo che aveva bisogno di dormire ancora. Era così sfinita non si era svegliata nemmeno durante il lavaggio.

Poggiandola sul letto, Korum le fece scorrere il materiale intelligente intorno e poi la coprì con un lenzuolo morbido, sapendo che le piaceva la sensazione delle coperte. Baciandole la fronte, rivolse un'ultima occhiata alla ragazza che amava e uscì per cominciare la giornata.

~

"Si rifiuta di parlare con noi" disse Alir a Korum, mentre si dirigevano verso l'altro lato dell'edificio dei guardiani. "Dice che parlerà solo con te."

"Davvero?" chiese Korum, senza preoccuparsi di nascondere il sarcasmo nella voce. "E che cosa gli fa credere di essere nella condizione giusta per fare richieste?"

Alir scrollò le spalle. "Non lo so. Ma sembra convinto che ti interesserà ascoltare ciò che ha da dire. Dice che ha a che fare con Mia."

Le mani di Korum si strinsero a pugno alla menzione della sua charl. Il fatto che Saret avesse osato nominarla—

"Il resoconto per gli Anziani è pronto" disse Alir, cambiando argomento. "Vuoi leggerlo?"

"Sì" rispose Korum. "Inviamelo. Ne parlerò al Consiglio."

Alir annuì. "Lo farò."

Raggiunsero la destinazione, e Alir si fermò prima di entrare. "Vuoi che rimanga?"

"No." Korum ne era certo. "Voglio parlargli da solo."

"Allora è tutto tuo." Voltandosi, Alir tornò indietro, lasciando Korum da solo.

Korum attese che il capo dei guardiani se ne fosse andato, e poi fece un passo in avanti, verso la parete che nascondeva il nemico alla sua vista. La parete si dissolse, formando un ingresso, e lui entrò.

Saret era seduto su un sedile fluttuante, con un collare intorno alla gola. Korum sorrise, vedendolo. Ricordò di aver avuto una discussione con Saret riguardo ai collari alcune centinaia di anni fa, con il suo ex amico che aveva cercato di convincerlo che i collari fossero umilianti e inutili. Korum non era d'accordo, credendo che la vergogna del collare di un criminale fosse parte del deterrente per i potenziali criminali.

Era bello vedere che Saret ne indossava uno ora, soprattutto alla luce delle sue opinioni al riguardo.

"Vedo che non sei travestito ora" osservò Korum, studiando i familiari tratti del nemico. "Non hai fatto bene i tuoi conti, vero?"

Saret gli rivolse un sorriso freddo. "A quanto pare, ho sottovalutato quanto Loris ti disprezzasse. Se avessi saputo che avrebbe cercato di prolungare la tua agonia, ti avrei sparato due volte."

"Sbagliando si impara" disse Korum. "Non è quello che dicono gli umani?"

"Certo." Gli occhi di Saret brillarono per qualcosa di oscuro.

Korum gli rivolse un'occhiata beffarda e si sedette su un altro sedile, allungando le gambe in segno di mancanza di rispetto. "Volevi parlare con me" disse freddamente. "Quindi, sputa il rospo."

"Va bene" disse Saret. "Lo farò. A proposito, come sta Mia? Sembrava un po' turbata ieri."

Korum sentì riaffiorare un'ondata di rabbia, ma mantenne un'espressione calma, divertita. "Sì. Ma ora è felice, come sono sicuro che tu possa immaginare."

"Certo" disse Saret. "E si sta adattando benissimo a vivere qui, non è vero? È quasi come se non avesse perso completamente la memoria, vero? È come se ti conoscesse ancora, forse ti ama, addirittura. E accetta tutto. Niente la affligge. È incredibile, no?"

Korum si bloccò un secondo, con un brivido che gli attraversò la schiena. L'unico modo in cui Saret poteva saperlo era—

"Sì" disse Saret. "Vedo che sei sulla buona strada. Ho di nuovo valutato male, vedi. Mia sarebbe dovuta finire con me, non con te."

"Che cosa le hai fatto?" chiese Korum tranquillamente, con i peli che gli si rizzarono sulla nuca.

Saret rise. "Nulla di troppo orribile, credimi. Mi sono semplicemente assicurato che sarebbe stata ricettiva. È ancora se stessa... per lo più."

"Che cos'hai fatto?" Senza nemmeno rendersi conto di quello che stava facendo, Korum si ritrovò giù dal sedile, con la mano attorno alla gola di Saret.

Saret emise un gemito soffocato, con la mano che tirava le dita di Korum, e Korum si sforzò di rilasciarlo, facendo un passo indietro. Stava tremando dalla rabbia, e sapeva che avrebbe ucciso Saret, se non avesse frapposto una certa distanza tra loro.

"Si chiama ammorbidimento" disse Saret, massaggiandosi la gola. La sua voce era roca, dopo che Korum gli aveva quasi schiacciato la trachea. "È una nuova procedura che ho sviluppato appositamente per gli umani. Una mente ammorbidita non avverte la paura in modo acuto. È anche più aperta alle nuove impressioni, alle nuove idee." Saret fece una pausa teatrale. "Ai nuovi legami. Anzi, una mente del genere cerca qualcosa—o piuttosto qualcuno—a cui *attaccarsi*."

Korum fissò Saret, con il ghiaccio che si diffondeva nelle vene.

"E quel qualcuno può essere chiunque, vedi. Dovevo essere io—ma, invece, sei tu."

Stai mentendo. Korum voleva urlare, negare ciò che aveva appena sentito, ma non poteva. Aveva troppo senso. La ragazza che aveva conosciuto a New York non avrebbe accettato niente di tutto ciò con quella facilità, non l'avrebbe invitato nel suo letto dopo averlo conosciuto solo da qualche giorno. Sarebbe stata spaventata e diffidente, e lui avrebbe dovuto riguadagnarsi la sua fiducia e il suo affetto. E invece, sembrava amarlo con quasi nessuno sforzo da parte sua.

Ma non lo amava. Nient'affatto. I suoi sentimenti per lui non erano reali. Nulla di tutto ciò era reale. Il suo comportamento, il suo apparente attaccamento a lui—era tutto il risultato della procedura di Saret.

"Ha ancora i suoi ricordi?" Korum seppellì il dolore in profondità, dove non poteva offuscargli il pensiero. "O li hai cancellati completamente?"

Saret sorrise, visibilmente deliziato dalla domanda. "No, i ricordi sono scomparsi. Sembra che ci siano, perché assorbe tutto come una spugna, imparando con un ritmo incredibile. Molto presto, sarà più abituata al nostro mondo di quanto non lo fosse prima—se non lo è già."

"Puoi annullarlo?" Korum sapeva che era inutile, ma doveva chiederlo lo stesso.

"Che cosa? L'ammorbidimento o la perdita di memoria?"

"Entrambi."

Il sorriso di Saret si allargò. "Non posso. E anche se potessi, non lo farei. Potresti averla ora, ma non l'avrai mai davvero. Non saprai mai se quello che prova per te è sincero—o se avrebbe provato le stesse emozioni per qualsiasi altro uomo che avesse passato del tempo con lei al risveglio."

Korum guardò l'uomo che un tempo aveva considerato un amico. I ricordi della loro infanzia, felice e spensierata, gli attraversarono la mente, lasciando il posto all'amaro retrogusto del rimpianto. "Perché?" chiese tranquillamente.

"Perché ti odio?" Saret sollevò le sopracciglia. "O perché ho fatto tutto questo?"

Korum continuò a guardarlo.

"La risposta è la stessa per entrambe le domande" disse Saret, con il sorriso che svanì. "Ero stanco di vivere sempre nella tua ombra. A prescindere dai miei successi, dai miei sforzi, ero sempre l'amico di Korum. Korum l'inventore, Korum il progettista, Korum che ci ha portati qui sulla Terra. La tua ambizione non conosceva limiti—e nemmeno il mio odio per te."

"Eppure mi sostenevi" disse Korum, con il dolore del tradimento in qualche modo distante, non avendolo ancora raggiunto completamente. "Eri sempre dalla mia parte nel Consiglio. Mi hai aiutato a portarci qui, sulla Terra."

"Sì" concordò Saret. "Perché sapevo che sarebbe stato sciocco fare diversamente. Persino gli Anziani sono dalla tua parte ultimamente, no?"

Korum decise di non rispondere. Così, rivolse a Saret un'occhiata carica di disprezzo. "Quindi, tutti i tuoi grandiosi piani per gli umani, il tuo presunto desiderio di pace nel mondo, era solo il frutto della tua meschina invidia?"

"No" disse Saret con gli occhi socchiusi. "Ho visto un modo per plasmare la storia, e ho colto l'occasione. Quale potrebbe essere una conquista più grande della pace per un intero pianeta? Pensi che uno qualsiasi dei tuoi gadget possa essere paragonato a questo?"

"Una conquista che avrebbe comportato la morte di cinquantamila Krinar."

"Sì" disse Saret, ed ebbe la faccia tosta di sembrare dispiaciuto per un momento. "Sarebbe stato spiacevole. Inevitabile, ma spiacevole."

"Spiacevole?" Korum non riusciva a credere alle proprie orecchie. "Che cosa c'è che non va in te, Saret? Come hai potuto diventare così?"

Saret stava iniziando ad arrabbiarsi. "Che cosa c'è che non va in *me*? Mi chiedi questo, mentre tu sei lì, con il sangue di Loris ancora fresco sulle mani? Pensi che ci sia qualcosa di sbagliato in me, perché volevo migliorare la vita di miliardi di persone uccidendone alcune migliaia? Quanti Krinar hai ucciso nell'Arena, Korum? Venti, trenta? E cosa mi dici degli umani? Pensi che non sappia che ti piace uccidere, proprio come al resto della nostra specie del cazzo?"

Korum lo fissò, cercando di comprendere l'uomo che conosceva da una vita. "Ti sbagli" disse lentamente. "Non mi piace uccidere. Non volevo uccidere Loris ieri—e non l'avrei fatto, se tu non avessi interferito. Mi piacciono i combattimenti, non il risultato finale. E la nostra specie del cazzo è fatta così, come sai, dal momento che l'esperto della mente sei tu. Amiamo il pericolo e la violenza—li desideriamo ardentemente—ma non siamo degli assassini."

"Eppure lo siamo" disse Saret. "Puoi ingannare te stesso quanto vuoi, ma in definitiva siamo esattamente questo. Siamo venuti sulla Terra e migliaia di umani sono morti durante il Grande Panico di conseguenza. E quello che vuoi fare ora provocherà altre morti. Non ti perdonerà per questo, lo sai."

"La tua procedura non si occuperà di questo?" domandò Korum, con la bocca piegata per un sorriso amareggiato. "Non hai detto che non mi amerà mai a prescindere da tutto?"

Saret scosse la testa. "No. Se la provocherai troppo, il suo amore si trasformerà in odio. Aspetta e vedrai."

ia si svegliò urlando, con il cuore che le batteva forte e la pelle ricoperta dal sudore freddo.

Nel sogno, il corpo di Korum veniva mutilato, fatto a pezzi, mentre sguazzava in un fiume di sangue. Aveva provato a salvarlo dalle onde, a portarlo a riva, ma era stato inutile. La corrente era troppo forte, strappandoglielo dalle mani e portandolo via, giù fino alle cascate, dove l'acqua era scura come sangue raggrumato.

Mettendosi seduta, Mia cercò di tenere il respiro sotto controllo. Era stato solo un brutto sogno. Korum aveva vinto il combattimento. Era al sicuro.

Era al sicuro—e pienamente guarito, a giudicare dalla celebrazione di ieri.

Al ricordo della sua guarigione, si sentì immediatamente molto meglio. La resistenza del suo amante era letteralmente straordinaria. Il piacere che le aveva dato era stato incredibile, quasi più di quanto potesse sopportare. Non si era mai sentita così estasiata come quando l'aveva morsa; non avrebbe mai immaginato che esistessero tali sensazioni.

Sorridendo, scese dal letto e si diresse verso la doccia. La lotta era finita, Saret era stato catturato e non c'era nient'altro di cui temere.

Lei e Korum erano finalmente al sicuro.

Gemendo, lasciò che la tecnologia di pulizia facesse la propria parte, mentre era lì a pensare al suo amante—e a quanto fosse diventato fondamentale per lei.

Quando fu pulita e asciutta, andò in cucina e fece preparare la colazione. Secondo le informazioni sul tablet, il collega di laboratorio, Adam, sarebbe dovuto tornare oggi dalla vacanza di una settimana—il che significava che Mia avrebbe potuto iniziare a reimparare tutto ciò che aveva dimenticato sul suo apprendistato.

Il laboratorio non sarebbe stato aperto, visti i recenti eventi, ma sperava che ci fosse un modo per poter continuare a imparare e conoscere la mente. L'argomento l'affascinava più che mai.

～

Korum camminò senza meta lungo la riva dell'oceano, lasciando che il ruggito delle onde martellanti soffocasse la confusione nella testa. Per la prima volta in vita sua, si sentiva perso. Perso e senza speranza... e arrabbiato.

La rabbia era diretta principalmente a se stesso, anche se una buona parte era riservata a Saret. Korum non si era fermato a riflettere sul tradimento dell'amico, troppo concentrato su Mia e sulla sua perdita di memoria. Poi, il combattimento aveva consumato la sua attenzione. Ora, però, non c'era nulla che lo distraesse dal fatto che l'uomo che aveva considerato un amico si era rivelato il suo più grande nemico.

Korum sapeva di non essere universalmente apprezzato. Non gli era mai importato. Era rispettato e temuto, ma c'erano solo pochi individui che aveva sempre considerato amici. La maggior parte era rimasta su Krina, impegnata con la propria vita e la carriera. Saret era stato l'unico ad accompagnarlo sulla Terra.

Anche da piccolo, Korum era sempre stato autosufficiente. Aveva scoperto l'interesse per la progettazione durante l'infanzia, e quella passione gli aveva consumato la vita—prima di conoscere Mia. Ora aveva due passioni: il lavoro e la ragazza umana che era la sua charl. Non era un solitario, ma raramente sentiva il bisogno della compagnia altrui. A differenza della maggior parte della gente, Korum era altrettanto felice da solo—o trascorrendo del tempo con Mia—quanto lo era circondato da persone.

Il tradimento di Saret si era dimostrato doloroso in più di un senso. Korum si era fidato di Saret; si era confidato con lui per secoli, condividendo i suoi obiettivi e i sogni. Giocavano insieme da piccoli,

647

discutevano delle conquiste sessuali da adolescenti e spesso lavoravano verso un obiettivo comune come membri del Consiglio. Da quando Saret aveva iniziato a odiarlo? O era sempre stato così e Korum era stato troppo cieco per vederlo? Poteva fidarsi di alcuni dei suoi amici o erano tutti come Saret, che aspettavano solo di colpirlo alle spalle?

Quei pensieri erano sia dolorosi che inquietanti. L'insicurezza non era mai stata nella natura di Korum, ma non poté fare a meno di chiedersi se la colpa fosse stata sua. Sapeva che a volte poteva essere duro e arrogante —persino spietato, quando si trattava di raggiungere i propri obiettivi. Aveva fatto qualcosa per far sì che Saret lo odiasse a tal punto? O si trattava semplicemente di invidia, come aveva sottinteso Saret?

Raggiunto l'estuario dove si era seduto con Mia sulle rocce, Korum si tolse i vestiti e si immerse nelle onde, lasciando che l'acqua lo rinfrescasse. Aveva sempre trovato l'oceano terapeutico. La potenza delle onde lo affascinava, e gli piaceva soprattutto quando la corrente era forte, come lo era adesso con l'alta marea. Si lasciò cullare, facendosi trasportare in acque profonde, e galleggiò finché la riva non fu a pochi chilometri di distanza. Poi ricominciò a nuotare verso la sponda, con la resistenza della corrente che sembrava una sfida. L'insensato sforzo di nuotare cominciò a schiarirgli le idee, e si sentì un po' meglio, quando alla fine emerse dall'acqua.

Sedendosi sulle rocce, lasciò che il sole splendesse sulla sua pelle nuda, riscaldandolo di nuovo. La cosa peggiore del tradimento di Saret non era ciò che aveva fatto a Korum: erano le conseguenze per Mia. Non solo aveva perso i suoi ricordi, ma anche la libertà di pensiero. Qualunque cosa provasse per Korum ora era involontaria, un effetto collaterale di quell'"ammorbidimento" che le aveva fatto Saret. La sua dolce, bellissima ragazza non era più la stessa persona; la sua mente era stata manomessa nel modo più imperdonabile.

Mia ne aveva avuto paura, ricordò Korum. Quando era arrivata per la prima volta a Lenkarda, era sembrata riluttante all'impianto linguistico, timorosa di avere una tecnologia aliena nel cervello. Korum ne era rimasto divertito, ma a quanto pareva lei aveva avuto ragione a temerlo. Saret era sempre stato pericoloso.

E Korum non era riuscito a proteggerla. Quel pensiero lo corrodeva, consumandolo dall'interno. Lui, che non aveva mai fallito, non era stato in grado di proteggere la persona più importante. Mia avrebbe mai potuto perdonarlo? E se avesse potuto, come avrebbe fatto lui a sapere se i suoi sentimenti fossero reali? Se Saret aveva detto la verità, ora l'umana avrebbe accettato la maggior parte delle cose con equanimità, e le sue reazioni sarebbero state diverse da quelle del passato.

Alzandosi, Korum si infilò i vestiti e iniziò a camminare verso casa. Sarebbe stata una lunga camminata, ma non aveva fretta. Mia era lì e, per la prima volta, era meno desideroso di vederla.

Le avrebbe detto tutto ciò che aveva saputo oggi. Lei avrebbe voluto saperlo, avrebbe voluto decidere autonomamente cosa fare.

E se avesse scelto di lasciarlo, avrebbe dovuto lasciarla andare.

Anche se farlo lo avrebbe devastato.

Mia uscì di casa e si diresse verso la navicella che la stava aspettando. Aveva mandato un messaggio ad Adam dal braccialetto-orologio da polso, e il K aveva accettato di incontrarla, inviando la capsula a prenderla per portarla al laboratorio.

Entrando, Mia si sistemò su uno dei sedili fluttuanti, sentendo che si stava adattando intorno a lei. Si stava talmente abituando alla tecnologia K che non aveva nemmeno bisogno di pensare a come usare le cose— tutto stava iniziando a sembrarle perfettamente naturale.

Era curiosa di incontrare l'ex collega e di riacquistare quella parte della sua vita a Lenkarda. Aveva trovato alcune registrazioni in cui Adam spiegava qualcosa, ed era rimasta colpita non solo dalla sua intelligenza, ma anche dalla capacità nel prendere argomenti complessi e parlarne in termini semplici e facili da capire.

Due minuti dopo, atterrò su una radura di fronte a un edificio di medie dimensioni che sembrava aver attraversato qualcosa di straordinario. Le pareti erano parzialmente sparite, come se qualcosa le avesse fuse dall'alto verso il basso, ma l'interno sembrava perfettamente intatto.

Adam era lì, ad aspettarla. Quando Mia uscì dalla capsula, le sorrise— con un sorriso luminoso e sincero che gli illuminò il bel viso. Aveva quelle che Mia stava imparando a considerare le tipiche caratteristiche dei K: capelli e occhi scuri e quella pelle meravigliosamente abbronzata.

"Beh, ciao, cara collega" disse, con gli occhi che si increparono in modo attraente agli angoli. "Ho sentito dire che il nostro capo si è rivelato essere il Dottor Male e che ha praticato parte del suo mestiere su di te."

Mia sorrise, apprezzando immediatamente quel Krinar. "Sì, hai sentito bene. Parti per una settimana e guarda che cosa succede."

"Quindi, non ti ricordi di me ora?" chiese, con un'espressione che si fece più seria. "Quanto ha cancellato?"

"Quando mi sono svegliata qui un paio di giorni fa, i miei ultimi ricordi risalivano a marzo" spiegò Mia, osservando la mascella serrata del K.

"Quel fottuto bastardo" disse Adam, con la rabbia che si insinuò nella sua voce. "Mi dispiace, Mia. Avrei voluto essere stato qui—"

Mia agitò la mano con fare sprezzante. "Non essere sciocco. Nessuno sospettava niente; è stato troppo astuto. Ieri è persino riuscito a intrufolarsi nella lotta e ha quasi ucciso Korum."

"Sì, ne ho sentito parlare" disse Adam. "Ho visto la registrazione del combattimento stamattina."

"Oh, giusto." Mia cercò di non arrossire. Se Adam aveva visto il combattimento, forse aveva visto anche la celebrazione che ne era seguita.

"Vuoi entrare?" chiese Adam, indicando l'edificio in rovina. "Penso che potremmo estrarre molti file e dati. Ho parlato con gli altri apprendisti, e per loro non c'è problema."

"Certo" disse Mia velocemente, grata per il cambio di argomento.

Entrando nell'edificio, salirono attraverso l'apertura lacera in una delle pareti. Il consueto meccanismo di dissolvimento della parete sembrava difettoso—il che era ben poco sorprendente, considerando le condizioni dell'edificio.

"Che cosa succederà al laboratorio?" chiese Mia, quando furono dentro. "Qual è il normale protocollo per qualcosa di simile?"

Adam scrollò le spalle. "Non esiste un normale protocollo. Questo laboratorio è di Saret, quindi tecnicamente stiamo violando la sua proprietà. Anche se credo che sia il governo a possederlo ora, visti i crimini che Saret ha commesso. Non so bene come funzionino queste cose. Suppongo che la maggior parte delle informazioni verranno trasferite ai laboratori negli altri Centri—e forse qualche altro esperto della mente vorrà aprire un nuovo laboratorio qui a Lenkarda."

"E tu? Perché non lasciano che sia tu a subentrare nel laboratorio?"

"Io?" Adam sollevò le sopracciglia. "Sono troppo giovane e inesperto per loro."

"Davvero?" Mia lo guardò sorpresa. Sembrava un uomo nel pieno della vita, esteriormente simile a Korum. "Quanti anni hai?"

"Oh, è vero, mi ero quasi dimenticato che non ricordi." Adam sorrise. "Ventotto, ho solo pochi anni più di te. Inoltre, sono quasi un nuovo arrivato nei Centri. Sai, sono cresciuto in una famiglia umana."

"Davvero?" Mia sgranò gli occhi. "Come?"

"Sono stato adottato da piccolo" spiegò Adam. "Ora, perché non cominciamo a esaminare alcuni dei file di Saret per vedere se c'è qualcosa di utile? Forse possiamo far luce sulle tue condizioni."

Mia moriva dalla voglia di fare altre domande sulle origini di Adam, ma lui non sembrava essere dell'umore giusto per parlarne, così si concentrò sul compito a portata di mano. Adam le mostrò come azionare alcune apparecchiature del laboratorio, e iniziarono a scavare tra le montagne di informazioni, alla ricerca di qualsiasi cosa relativa alla memoria.

Sei ore dopo, Mia si alzò e si massaggiò il collo, sentendo che il cervello le sarebbe esploso per tutto quello che aveva imparato oggi. Adam era ancora concentratissimo, esaminando un file dopo l'altro senza mostrare alcun segno di stanchezza.

Sentendo i movimenti di Mia, alzò lo sguardo dall'immagine che stava studiando e le rivolse un caloroso sorriso. "Dovresti andare a casa, Mia. Si sta facendo tardi. Lavorerò ancora un po', e poi me ne andrò anch'io."

Mia esitò. "Sei sicuro?" Era mentalmente esausta e affamata, ma si sentiva male all'idea di lasciarlo da solo.

"Certo" disse Adam. "Vai. È abbastanza per oggi."

Korum camminava avanti e indietro nel salone, troppo nervoso per stare seduto. Quando era arrivato a casa un'ora fa e aveva trovato la casa vuota, il suo primo pensiero era stato che qualcosa fosse successo a Mia—che Saret avesse trovato un modo per raggiungerla dopotutto.

Naturalmente, le cose non erano andate così. Un rapido controllo aveva rivelato la posizione della ragazza, e quindi era stato facile accedere alle immagini satellitari e vederla parlare con Adam fuori dal laboratorio di Saret parecchie ore prima. Tuttavia, quei pochi secondi prima che Korum si fosse assicurato della sua sicurezza gli avevano fatto venire i brividi.

Ora, stava combattendo l'impulso di andare al laboratorio e portare a casa Mia. Voleva abbracciarla e sentire il calore del suo corpo tra le braccia, forse per l'ultima volta. Non appena le avesse raccontato la verità sulle sue condizioni, sarebbe stata più che giustificata nel volerlo lasciare. Per quanto fosse stata terribile la sua perdita di memoria, l'altra procedura era stata molto più invasiva, alterandole il cervello in un modo che probabilmente avrebbe trovato imperdonabile. Ora non avrebbe mai saputo se quello che provava nei confronti di Korum—o di qualsiasi cosa in generale—fosse reale o se fosse il risultato di ciò che aveva procurato Saret.

Un'oscura tentazione consumava Korum. E se non gliel'avesse detto? E se l'avesse lasciata nella beata ignoranza, felice della sua vita così com'era? A parte Saret e Korum, nessun altro conosceva la verità. Poteva tenerla, e lei lo avrebbe amato—e lui sarebbe stato l'unico a sapere che non era vero amore.

Un paio di mesi prima, Korum non aveva esitato. L'aveva voluta e l'aveva semplicemente presa, ignorando i suoi desideri. Se fosse stato messo davanti a quel dilemma, sarebbe stata una decisione facile da prendere: l'avrebbe tenuta e avrebbe maledetto tutto il resto. Ma non poteva più farlo, non poteva trattarla come una bambina o un animale domestico, come una volta lo aveva accusato di fare. Voleva che rimanesse, ma doveva farlo di sua spontanea volontà—anche se quel libero arbitrio in qualche modo era stato alterato.

No, doveva dirglielo, e doveva farlo presto.

Alla fine, Korum vide una capsula atterrare fuori. Mia uscì e la navicella decollò, tornando verso qualunque luogo provenisse.

Nonostante l'umore nero, Korum non poté fare a meno di sorridere, quando lei entrò in casa. Indossava un vestito color crema che le lasciava quasi tutta la schiena nuda, e i capelli scuri erano tirati su in modo disordinato. Quell'acconciatura era sorprendentemente sexy, esponendole la delicata nuca e attirando l'attenzione dell'alieno sull'elegante colonna della sua gola.

"Tesoro, sono tornata" disse, con un sorriso smagliante.

Non riuscendo a trattenersi, Korum rise e la prese in braccio, dandole un bacio appassionato.

Quando la rimise giù, il suo sorriso era quasi accecante. Lo guardava come se fosse tutto il suo mondo—e Korum sentì che il cuore si sarebbe spezzato in un milione di pezzi.

"Com'è andata la tua giornata, dolcezza?" chiese, continuando a tenerle le mani sulla vita.

"È stata grandiosa" disse, sempre sorridendo. "Ho rivisto Adam. È molto carino. Mi piace molto."

Korum provò un'ondata di gelosia, ma la scacciò, rifiutandosi di cedere all'emozione. A Mia era sempre piaciuto il collega, ma, per quanto lui ne sapeva, i suoi sentimenti erano del tutto platonici. Inoltre, il giovane K aveva già un'umana da cui era ossessionato; Korum l'aveva scoperto durante un controllo che aveva effettuato su Adam poco dopo che Mia aveva iniziato a lavorare con lui.

"Abbiamo fatto un sacco di ricerche sui file di Saret" continuò Mia, con gli occhi luccicanti dall'emozione. "Adam pensa che potremmo scoprire qualcosa di utile sulla mia condizione in questo modo."

In quel momento, il suo stomaco rumoreggiò e le guance avvamparono, facendo sorridere Korum. "Credo che qualcuno abbia fame" la prese in giro.

"Hai indovinato" disse lei, ridendo.

Sorridendo, Korum la lasciò andare e si diresse verso la cucina. Qualche minuto dopo, si sedettero per consumare un pasto a base di panini ripieni di verdure grigliate e salsa all'avocado.

Mia rapidamente divorò tutto, e così fece lui, con un forte appetito dopo la nuotata del mattino. Per dessert, Korum fece preparare alla casa una torta di mango e kiwi in crosta di noce di macadamia macinata—e del tè per Mia.

Mentre si godevano il pasto, Korum allungò il braccio sul tavolo e le prese la mano, accarezzandole il palmo con il pollice. "Mia" disse sottovoce: "C'è una cosa che dovrei dirti."

Si bloccò un secondo, apparentemente reagendo alla nota seria nella voce dell'extraterrestre. "Di cosa si tratta?"

"Ho parlato con Saret oggi" disse Korum, stringendole le dita attorno al palmo. "Non ha semplicemente cancellato i tuoi ricordi recenti. Ha fatto anche qualcosa per farti... accettare le cose più facilmente."

Mia fissò il suo amante, incapace di credere a quello che stava sentendo. "Che cosa? Che cosa significa?"

"L'ha chiamato 'ammorbidimento'" spiegò Korum, con un'espressione triste sul volto. "A quanto pare, era un modo per renderti più sensibile alle sue avances. Se non ha mentito, non provi la paura di prima... e sei anche più aperta a nuove esperienze."

Mia si accigliò. "Non capisco. In che modo questo avrebbe aiutato Saret?"

"Perché non solo sei più aperta a nuove esperienze—il che spiega come mai tu ti stia abituando così bene—ma sei anche incline a nuovi legami." La bocca di Korum era serrata dalla rabbia.

"Nuovi legami?" E poi comprese tutto. "Pensava che mi sarei innamorata di lui? È assurdo!" Scoppiò a ridere, invitandolo a prenderla come una battuta.

Korum non reagì, e il suo divertimento svanì. "Aspetta un attimo" disse lentamente. "Stai dicendo quello che penso tu stia dicendo?"

"Mi dispiace, Mia. Vorrei davvero che non fosse così."

Scuotendo automaticamente la testa, Mia ritrasse la mano dalla sua presa e si alzò in piedi. "Ma è ridicolo" disse. "Stai dicendo che non sono me stessa? Che tutto ciò che penso e sento è il risultato della procedura di un pazzo? Che quello che provo per *te* non è reale?"

Anche Korum si alzò. "È tutta colpa mia" disse, con la voce carica di senso di colpa. "Avrei dovuto fermarlo. Avrei dovuto proteggerti da lui—"

"No." Mia rifiutava di crederci. "Come fai a essere sicuro che non abbia mentito? Non potrebbe averlo fatto?"

"Sì" disse Korum. "E avrebbe tutto il senso del mondo. Ed è per questo che voglio farti visitare dal laboratorio della mente in Arizona. Ci andremo domani."

"Ma non pensi che abbia mentito."

"No." Korum le rivolse un'occhiata sofferente. "Non credo."

"Perché no?" sussurrò Mia, con la voce che cominciò a tremare.

"Perché non sei pienamente te stessa, dolcezza" disse sottovoce. "Le differenze sono sottili, ma ci sono. Le hai notate anche tu, vero?"

Mia trattenne il fiato. Sì. Certo che le aveva notate. Si era domandata come fosse possibile che si stesse adattando al suo nuovo mondo così rapidamente, a vivere in una colonia aliena con un amante che aveva appena conosciuto. Un amante che ormai era necessario come il cibo e l'aria.

"Non potrebbe esserci una spiegazione diversa?" Mia sapeva che si stava arrampicando sugli specchi, ma l'alternativa era troppo dolorosa per soffermarcisi. "E se i miei ricordi non fossero spariti del tutto? E se fossero ancora lì, soppressi in profondità da qualche parte? Questo spiegherebbe tutto: perché mi sento così a mio agio qui, perché sto imparando così in fretta, perché mi sono innamorata di te..."

Korum chiuse gli occhi per un momento. Quando li riaprì, il suo sguardo era cupo. "Non è così, Mia. Non ti sei innamorata di me. Mi conosci appena."

"Ma se ti ricordassi ancora a un certo livello—"

Fece un profondo respiro. "No, dolcezza. Ellet ha eseguito degli esami su di te, prima che ti svegliassi, e ha riscontrato segni di danni coerenti con una perdita di memoria. Vorrei davvero che le cose non stessero così, credimi."

Mia sbatté le palpebre, deglutendo a fatica per contenere il crescente nodo nella gola. Korum pensava che fosse danneggiata. Difettosa. Incapace di provare emozioni vere. "E allora?"

"È una tua decisione" disse Korum, con voce stranamente piatta. "Puoi restare con me o tornare alla tua vecchia vita."

"Tornare alla mia vecchia vita?" Riuscì a malapena a pronunciare quelle parole. "Tu... T-tu vuoi che me ne vada?"

"Che cosa? No!" Sembrava sorpreso. "Certo che non voglio che tu te ne vada. Sei tutta la mia vita ora, non lo capisci?"

Mia quasi rabbrividì dal sollievo. La voleva ancora, nonostante il danno causato dalla procedura.

"Anche tu sei tutta la mia vita" gli disse. "So che pensi che il mio modo di sentire sia il risultato di ciò che ha fatto Saret, ma non ci credo. Ti ho amato prima, nonostante tutto quello che era successo tra noi, e mi sono nuovamente innamorata di te in questi ultimi giorni. Potresti pensare che non sia reale, ma conosco la mia mente. Sì, ho notato che non sto reagendo alle cose come mi sarei aspettata, ma che cosa significa? Non è positivo che io stia imparando così in fretta? Che mi senta così a mio agio a Lenkarda come mi sentivo una volta a New York? Anche se è il risultato della procedura di Saret, questo non cambia il fatto che io sia così ora— che pensi e provi questo. Ciò non rende le mie emozioni meno forti... o meno vere."

Mentre lei parlava, i piccoli solchi della tensione ai lati della bocca dell'alieno cominciarono a sciogliersi. "Sei sicura, Mia?" chiese, con gli occhi che si riempirono del familiare calore dorato. "È questo che vuoi davvero?"

"Stare con te? Sì!" Mia non era mai stata più sicura di qualcosa in vita sua. Il pensiero di lasciarlo, di tornare a casa e di non rivederlo mai più era insopportabile. Quando aveva creduto che fosse morto, aveva desiderato di morire anche lei. La vita senza Korum non valeva la pena di essere vissuta.

"Allora starai con me." La sua voce era roca, con le mani che si affrettarono a raggiungerla e a stringerla tra le braccia.

La sua bocca era famelica, come se volesse consumarla, e Mia reagì in modo gentile, con un desiderio corrispondente al suo. Bramava il suo tocco, il suo abbraccio. L'estasi sconvolgente del sesso dopo il combattimento nell'Arena l'aveva lasciata sfinita, esausta, eppure desiderava già di più. Più di Korum, più magia.

Le mani dell'alieno erano frenetiche sul suo corpo, strappandole l'abito, lasciandolo a brandelli sul pavimento. I suoi indumenti ebbero lo stesso destino. Prima che lei potesse battere ciglio, si ritrovò premuta contro il muro, con le cosce divaricate, mentre la sollevava, massaggiando l'erezione sul suo sesso nudo.

"Cazzo" ringhiò. La sua espressione era quella di un uomo sofferente, con il respiro rapido e irregolare. "Devo entrare dentro di te, Mia. Subito."

"Sì" sussurrò lei, sostenendo il suo sguardo infuocato. "Sì… ti prego..."

Come se gli avesse dato il permesso, si immerse dentro di lei, con l'asta insopportabilmente spessa e lunga, dilatandola, riempiendola fino all'orlo. Mia gridò, con il piacere-dolore del suo possesso intenso e inquietante al tempo stesso. Nel modo in cui la stringeva, era completamente aperta a lui, incapace di controllare la profondità della penetrazione in alcun modo. Era così in profondità che poteva sentirlo sbattere contro la cervice, con il canale che si strinse dall'inutile sforzo di respingerlo.

Si fermò per un breve attimo, lasciandole riprendere fiato, e poi cominciò a martellare dentro, con i colpi che la spingevano contro il muro. Mia gemette, con il corpo travolto dalle sensazioni. Non ci fu un lento crescendo, nessuna transizione graduale dal disagio al piacere; raggiunse l'orgasmo all'improvviso, con i muscoli interni che fremettero intorno al suo cazzo senza preavviso.

Lui gemette, aumentando ulteriormente il ritmo, e lei raggiunse di nuovo il culmine con un urlo, incapace di controllare l'impotente reazione del corpo. La sua pelle era troppo calda, e ansimò, senza fiato, ma lui era implacabile, portandola verso il terzo picco pochi minuti dopo il secondo.

E proprio quando Mia pensò di non poterlo più sopportare, Korum venne con un ruggito selvaggio, con la testa piegata all'indietro e il cazzo che pulsava profondamente dentro di lei.

~

Il mattino seguente, Korum attese con impazienza che Haron—l'esperto della mente del Centro dell'Arizona—esaminasse attentamente Mia.

Era sdraiata su un tavolo fluttuante, con gli occhi chiusi e l'espressione rilassata. Era stata leggermente sedata per consentire un esame più approfondito del cervello. Haron le sistemò i capelli indietro, esponendole la fronte per attaccarci l'apparecchiatura.

Korum aveva dato il permesso all'altro maschio di toccarla in questo caso, ma continuava ad avere voglia di farlo a pezzi. Si era sentito ugualmente arrabbiato sapendo che Arus l'aveva trattenuta durante il combattimento, pur sapendo che lo aveva fatto unicamente per proteggere Mia. L'istinto territoriale era primitivo—e completamente irrazionale viste le circostanze—ma Korum non poteva farci niente. Quando si trattava di Mia, non era più evoluto di un'ameba.

Terminato l'esame, Korum era di cattivo umore. "Beh?" chiese, non appena Haron mise via l'apparecchiatura.

L'esperto della mente alzò le spalle larghe. "Non lo so" disse, rivolgendo a Korum un'occhiata perplessa. "Il suo cervello è sano, ma mostra ancora i segni della recente cancellazione della memoria. C'è anche qualcos'altro, qualcosa che non ho mai visto prima."

"La procedura di ammorbidimento" disse Korum. "Pensi che possa essere questo?" Aveva detto ad Haron delle affermazioni di Saret, e l'esperto della mente era rimasto molto incuriosito.

"Potrebbe essere" disse Haron. "Sinceramente non avevo mai visto niente di simile. Se Saret ha detto di aver inventato la procedura, allora avrebbe senso." Sembrava ammirarlo, e a Korum venne di nuovo voglia di fargli qualcosa di violento.

"Puoi guarirla?" Korum conosceva già la risposta, ma doveva chiederlo.

Haron scosse la testa. "Non credo, non senza rischiare un vero e proprio danno al suo cervello. Ogni volta che scopriamo qualcosa di nuovo, facciamo molti esami approfonditi in un ambiente simulato, prima di sperimentare con i soggetti reali. Potrei provare, naturalmente, se vuoi—"

"No." Korum non avrebbe mai voluto correre quel rischio con Mia. "Scordatelo."

Mentre la loro navicella tornava a Lenkarda, Korum tenne Mia sulle ginocchia. Era sveglia, ma un po' intontita, e sembrava felice di essere semplicemente seduta lì, con la testa appoggiata sulla sua spalla. Le accarezzò i capelli, godendosi la sensazione dei morbidi ricci sotto le dita.

La loro conversazione di ieri era andata molto diversamente da quello che lui aveva temuto. Mia era rimasta sioccata e incredula per quello che Saret aveva fatto, ma ciò che l'aveva turbata di più era stata l'idea di lasciarlo. E Korum ne era rimasto contento. Era rimasto dannatamente felice e sollevato dal fatto che lei volesse restare. Sinceramente non sapeva cosa avrebbe fatto, se avesse detto di voler tornare a casa. Voleva credere che l'avrebbe lasciata andare... ma, nel profondo, sapeva che non l'avrebbe fatto. Non riusciva s sopportare il pensiero di stare lontano da lei per un giorno; come sarebbe potuto sopravvivere senza di lei?

Non ci sarebbe riuscito. Era semplice. Avrebbe provato, se quello fosse stato ciò che lei voleva, ma le probabilità di fallimento sarebbero state alte. Korum non si faceva illusioni su se stesso. L'altruismo non era nella propria natura. Avrebbe sofferto per un po'—a causa dei sensi di colpa per aver lasciato che le facessero del male, per il desiderio di rimediare agli errori del passato—ma alla fine sarebbe tornato per lei.

Si mosse tra le braccia dell'alieno, interrompendo le sue riflessioni. Alzando la testa, gli rivolse un sorriso assonnato. "Dove stiamo andando?"

"A casa, tesoro mio" rispose Korum, con i residui del cattivo umore che svanirono, mentre fissava il suo bel viso. Per quanto desiderasse arrestare la procedura di Saret e annullare qualsiasi danno avesse causato a quella stupenda creatura, era felice di averla, nonostante tutto. Anche se forse ora non lo amava veramente, sperava che avrebbe sviluppato dei sentimenti sinceri col passare del tempo.

E Korum si sarebbe assicurato che l'amore della ragazza non si sarebbe trasformato in odio, non appena avesse saputo la verità sui suoi piani.

CAPITOLO DICIANNOVE

Il mese successivo volò via. Korum si ritrovò ad essere più impegnato del solito, con i suoi progettisti che finalizzavano i nuovi scudi per i Centri e il Consiglio che cercava di decidere il destino di Saret.

Dopo diversi incontri, venne stabilito che un processo come quello dei Keith non avrebbe funzionato in questo caso. Dato che Saret era stato per molto tempo un membro del Consiglio, nessuno era completamente imparziale e le emozioni erano alle stelle. Korum non era l'unico ad aver considerato Saret un amico. L'esperto della mente in generale piaceva, con la sua personalità apparentemente tranquilla e amichevole. La vastità del suo tentativo di crimine aveva dell'incredibile, e persino la riabilitazione completa sembrava una punizione troppo lieve per ciò che aveva intenzione di fare. Alla fine, il Consiglio si rivolse agli Anziani per chiedere suggerimenti—un'iniziativa di cui Korum assunse il comando, poiché aveva anche altre cose di cui discutere con gli Anziani.

Tra questo e il suo normale lavoro, trovava a malapena il tempo per dormire—perché voleva anche passare più tempo possibile con la propria charl. L'attaccamento di Mia a lui sembrava crescere giorno dopo giorno, e Korum non dubitava più della forza dei suoi sentimenti. Come gli aveva detto, qualunque cosa Saret le avesse fatto, ormai lei era quella che era— ed entrambi dovevano accettarlo.

Tra i lati positivi, Korum continuava a rimanere sorpreso del modo in cui Mia si stava adattando a tutto... e di quanto stesse diventando indipendente.

Prima della perdita di memoria, era riluttante a vagare per Lenkarda da sola, diffidava della gente ed era intimidita da alcune delle loro tecnologie. Oltre ad andare al laboratorio e in alcuni luoghi panoramici che le aveva mostrato, di solito rimaneva a casa con lui. Anche il tempo libero era più limitato, viste le rigide ore di lavoro che Saret aveva fissato per i suoi apprendisti. Ora, tuttavia, dal momento che lei e Adam stavano imparando molto da soli, Korum scoprì che la sua charl sembrava avere sete di avventura—e sfruttava ogni occasione.

Un giorno andò a nuotare nell'oceano vicino all'estuario, un giorno in cui la corrente era relativamente debole. Nonostante ciò, Korum—che aveva preso l'abitudine di controllare ogni ora dove si trovasse—aveva sentito il sangue ghiacciarsi nelle vene, quando aveva capito che si era allontanata di circa quattrocento metri dalla riva. Era andato subito lì, solo per vederla nuotare tranquillamente, chiaramente divertita. Quando era uscita dall'acqua, era riuscito a calmarsi abbastanza da avere una discussione razionale sui pericoli di quel particolare luogo, e lei aveva accettato di stare più attenta le prossime volte—ma Korum aveva continuato a sentirsi scosso per diversi giorni dopo l'incidente.

Le altre sue escursioni furono meno pericolose. Aveva sviluppato una passione per l'escursionismo e la fotografia/registrazione di video della fauna locale con il suo braccialetto-orologio da polso. Scimmie urlatrici, iguane, persino alcuni grossi insetti—li registrava tutti e inviava le immagini come fotografie e video alla famiglia, per condividere più informazioni con loro sulla sua nuova casa.

Si era anche avvicinata a Delia, incontrandola spesso per le passeggiate mattutine sulla spiaggia. Korum aveva incoraggiato l'amicizia con lei, felice che Mia stesse costruendo altre relazioni a Lenkarda. A volte si univa anche Maria, e Korum aveva deciso di invitare lei e Arman a cena un paio di volte.

Il loro principale disaccordo ruotava intorno allo stato di Mia come charl. "Non capisci come mi sento, sapendo che legalmente ti appartengo solo perché sono umana?" gli disse una volta. "Non vedi quanto questo sia troglodita?"

Korum non la vedeva affatto così. Sì, era sua—sua da proteggere, da amare e da venerare. Avere una charl era un serio impegno per la vita. In base alla legge Krinar, Korum era responsabile delle azioni di Mia. Se mai lei avesse infranto il mandato, ad esempio, sarebbe stato lui a rispondere di questo agli Anziani. Mia non sarebbe mai più stata una normale umana, non con i nanociti nel sistema; anche se lo avesse lasciato, Korum avrebbe sempre dovuto vegliare su di lei, per assicurarsi che non rivelasse alcuna informazione non pubblica sui Krinar. Un charl non era né uno schiavo, né un animale domestico, e la maggior parte dei cheren li vedeva come compagni umani—cosa che Mia non riusciva a capire.

"Come potrei essere la tua compagna, se non ho alcun diritto qui?" disse la ragazza, e la sua testardaggine gli fece venire voglia di metterla in ginocchio e sculacciarle il grazioso sederino. "Non ho mai accettato di essere la tua compagna—o la tua charl—vero? Inoltre, non possiamo nemmeno avere figli insieme..."

Korum non voleva mai discutere su quest'ultimo punto, e il problema dei charl rimaneva irrisolto, incombendo su di loro e rispuntando occasionalmente fuori durante alcune conversazioni più accese—sebbene quelle stessero diventando sempre più rare con l'evolversi della relazione.

Vedendo che Mia si sentiva sempre più a proprio agio con la tecnologia Krinar, Korum le donò un fabbricatore—una versione più avanzata di quello che aveva realizzato per il compleanno di Maria. Era abbastanza potente da riuscire a creare tutto ciò di cui Mia aveva bisogno nel corso della giornata, inclusa una capsula per il trasporto.

La sua contentezza per quel regalo fu indescrivibile.

"Grazie! Oh mio Dio, Korum, grazie! È fantastico!" Quasi lo soffocò con i baci, con gli occhi che brillavano e tutto il corpo che vibrava dall'emozione. Durante le ore successive, giocò ininterrottamente con il fabbricatore, creando e dissolvendo una cosa dopo l'altra, mentre Korum si crogiolava nella gioia.

Poco dopo, Mia decise di andare a New York—su una navicella che lei stessa aveva creato. Korum le diede il modello; era una macchina più complicata di quella che utilizzava per spostarsi nel Centro. Creò la navicella mentre lui la guardava con un sorriso, orgoglioso di quanto avesse già imparato.

Andarono a New York insieme, dal momento che Korum era riluttante a lasciarla andare così lontano da sola. Sapeva che era illogico; dopotutto, aveva vissuto senza problemi nella città umana per anni prima di conoscerlo, e sia la minaccia di Saret che quella della Resistenza erano state eliminate. Tuttavia, non riusciva a scacciare l'irrazionale paura per la sua sicurezza. O sarebbe andato con lei o le avrebbe vietato di partire, e Korum sapeva che la ragazza non avrebbe preso bene la seconda opzione.

La mattina del viaggio, Mia utilizzò il fabbricatore per creare vestiti umani.

"Hmm, vediamo" disse, sorridendo maliziosamente. "Che ne dici di una maglietta rosa per te?"

"Certo." Korum soffocò una risata davanti alla sua espressione mortificata. "Mi piacerebbe una maglietta rosa." La specie dell'alieno non associava i colori al genere, e a lui piacevano tutte le sfumature pastello. Sapeva che lei avrebbe sperato che lui si irritasse per quello che considerava un indumento femminile, ma a Korum non importava—purché non gli facesse indossare una gonna. La gonna oltrepassava il suo limite.

"Bene" borbottò lei. "Non sei divertente." Ma creò comunque una maglietta rosa, che Korum indossò senza alcuna esitazione. Per fortuna, i jeans che gli porse erano della normale varietà di blu scuro.

"Sai" gli disse pensierosa, studiandolo dopo che si furono vestiti entrambi. "Il rosa è davvero sexy su di te."

Korum rise. "Grazie, dolcezza. Sono lusingato." Anche lei era molto sexy, con un paio di jeans aderenti, gli stivaletti alti che le coprivano la caviglia e una canotta argentata che le esponeva le braccia e le spalle toniche. Con i nanociti nel corpo, ora Mia aveva molta più resistenza quando si trattava di praticare attività fisica, e il suo recente interesse per l'escursionismo e il nuoto aveva fatto meraviglie per il corpo snello. Korum l'aveva sempre trovata irresistibile, ma ora riusciva a malapena a staccarle gli occhi—e le mani—di dosso.

"Hai detto a Jessie che atterreremo sul suo tetto?" le chiese, mentre entrarono nella navicella.

"Sì. Sa che stiamo arrivando e che abbiamo addirittura ottenuto il permesso dall'amministratore dell'edificio."

Per risparmiare tempo, avevano deciso di andare direttamente da Jessie, invece di volare verso una delle apposite aree di atterraggio Krinar. L'idea alla base di queste aree era quella di ridurre al minimo il disagio della popolazione umana nelle grandi città. Ancora oggi, la vista delle navicelle Krinar spesso provocava incidenti automobilistici. A quanto pareva, i guidatori umani spaventati tendevano a essere distratti. Essendo un membro del Consiglio, Korum poteva permettersi di non seguire quella linea guida per l'atterraggio, ma continuava a essere cauto nelle grandi città come New York.

Jessie li salutò dal tetto, quando atterrarono. Era lì con un giovane maschio umano che non poteva che essere Edgar, il suo nuovo fidanzato. Korum ricordò di averlo già visto, nella discoteca in cui aveva trovato Mia a ballare con un altro uomo. Quell'incidente non era uno dei ricordi preferiti di Korum.

Tuttavia, sorrise a Jessie ed Edgar, determinato a stare al gioco. Sapeva che l'ex coinquilina di Mia era preoccupata per lei. Era stata la testimone del burrascoso inizio della relazione di Korum con Mia, e continuava ad essere diffidente nei suoi confronti—cosa a cui Korum intendeva rimediare oggi.

Anche Mia sorrise, e lui capì che era sinceramente felice di rivedere la sua amica. Era anche nervosa, a giudicare dalla stretta delle dita attorno al suo palmo. Per qualche ragione, non aveva ancora detto agli amici o alla famiglia della perdita di memoria. Quando Korum gliene aveva parlato, gli aveva dato una vaga risposta sul non voler far preoccupare nessuno, e lui si era accontentato.

"Mia!" Jessie si precipitò da lei non appena scesero dalla capsula, e le due ragazze si abbracciarono, ridendo e strillando.

Korum sorrise davanti a quell'esuberante riunione, poi fece un passo avanti, stringendo la mano di Edgar in un gesto di saluto umano. "Ciao. Non credo che ci siamo mai presentati formalmente."

"No, hai ragione" disse Edgar, accettando la stretta di mano. "L'ultima volta che ti ho visto, la tua mano era avvolta intorno alla gola del mio amico Peter. Ho pensato che quello non fosse il momento giusto per le presentazioni."

"Effettivamente" esclamò Korum, socchiudendo leggermente gli occhi. Quell'umano aveva osato ricordargli quel giorno? Peter era stato fortunato che il K fosse riuscito a controllarsi così bene. Ogni volta che l'extraterrestre ripensava a quel ragazzo che aveva baciato Mia, vedeva rosso. *Comportati bene*, ricordò a se stesso, e addolcì i lineamenti in un'espressione più amichevole. "E così, sei un attore" disse, spostando la conversazione verso un argomento che l'umano avrebbe sicuramente apprezzato.

"Proprio così." Edgar abboccò. "Sono in quella nuova serie su CBS. Si chiama *The Vortex*. Forse ne hai sentito parlare?"

"Ho visto tutti gli episodi" rispose Korum. "In realtà, sono un grande fan. Non potevo credere a quello che è successo ad Eva la scorsa settimana—non mi sarei mai aspettato che sua sorella si rivelasse in quel modo."

Gli occhi di Edgar si illuminarono. "Oh, è straordinario! Segui la serie? È popolare tra i K?"

Era popolare per un particolare K che aveva bisogno di seguirla come preparazione per quel viaggio. "Certo" disse Korum. "Ci piace l'intrattenimento tanto quanto piace agli umani."

Mia finì di abbracciare Jessie e si avvicinò a Edgar. "Ciao, Edgar" disse. "È bello rivederti."

Korum nascose un sorriso. Piccola bugiarda. Non ricordava affatto il ragazzo, ma stava recitando molto bene. Edgar non era l'unico attore oggi.

"Ciao, Korum." Era Jessie. C'era un familiare accenno di sfiducia sul suo bel viso, e Korum sospirò interiormente. Tra tutti, quella particolare amica di Mia sarebbe stata la più difficile da conquistare. Lo vedeva dall'inclinazione ostinata del suo mento, mentre lo guardava. Era risentita per averle portato via Mia—e per la prepotente tattica iniziale.

Era positivo che Korum fosse sempre pronto per una sfida. "Ciao, Jessie." Rivolse alla ragazza umana un caloroso sorriso.

Entrarono nell'appartamento che le due ragazze avevano condiviso. Korum sapeva che molti studenti della NYU vivevano nell'edificio per via della sua vicinanza al campus e di un affitto ragionevole (per New York), ma aveva sempre pensato che il luogo non fosse adatto come abitazione. La vernice nei corridoi si stava scrostando, e sentiva l'odore del marciume nelle vecchie pareti ammuffite. Quando aveva incontrato Mia per la prima volta, si era ripromesso di tirarla fuori da lì e di sistemarla nel suo confortevole attico.

Jessie aveva preparato un piatto vegetariano, una birra e delle patatine come spuntino, e si sedettero tutti e quattro nel soggiorno. Poi, Korum programmò di portarli tutti fuori per un pasto al ristorante, ma per il momento, quello era il luogo ideale dove fermarsi.

Korum si sedette di proposito accanto alla padrona di casa. Mia si sedette dall'altra parte, ed Edgar si accomodò su una poltrona davanti a Korum. Dopo un paio di birre, ogni traccia di imbarazzo iniziale si era dissipata e la conversazione andava avanti liberamente. Per essere dei giovani umani, gli amici di Mia in realtà erano piuttosto interessanti, e Korum si ritrovò a essere inaspettatamente divertito. Jessie ed Edgar avevano un ottimo feeling insieme, ridendo e scherzando, e poté vedere la tensione iniziale di Mia svanire, dato che nessuno sembrava sospettare qualcosa della sua mancanza di memoria.

Quando tutti furono sufficientemente rilassati, Korum iniziò la sua campagna per ingraziarsi Jessie. Cominciò chiedendole dell'estate, e poi l'ascoltò attentamente mentre gli parlava del suo tirocinio presso una grande casa farmaceutica. Korum lo sapeva già, dal momento che aveva fatto le sue ricerche prima di venire a New York. Tuttavia, sapeva anche che alle persone piaceva parlare di sé, così continuò a fare domande a Jessie. Nel frattempo, Edgar mostrò a Mia i poster del suo ultimo spettacolo dall'altra parte della stanza.

"Questa casa farmaceutica è quello che desideravi come impiego a tempo pieno?" chiese Korum a Jessie, e lei annuì, con un'espressione speranzosa sul viso.

"È quello che desidera chiunque non voglia frequentare la scuola di medicina" spiegò. "Dal momento che vorrei fare la ricercatrice, questo sarebbe il posto giusto per iniziare. C'è molta concorrenza, ovviamente. Assumono gli stagisti in un numero dieci volte superiore ai ricercatori a tempo pieno di cui avranno bisogno per l'anno successivo, quindi anche frequentare uno stage lì non garantisce l'assunzione."

E così, Korum capì immediatamente che cosa doveva fare. "Non devi preoccuparti" disse gentilmente. "Metterò una buona parola per te con il direttore."

"Davvero?" Jessie lo guardò stupita. "Conosci il direttore della Biogem?"

"Sì" disse Korum. Non era una gran bugia, dato che presto l'avrebbe conosciuto.

"Oh, wow. Non c'è bisogno che tu lo faccia, Korum" protestò lei debolmente, ma Korum sapeva che le avrebbe fatto molto piacere. Lo desiderava ardentemente, e lui glielo avrebbe consegnato su un piatto d'argento.

"Lo farò" disse con fermezza. "Ovviamente ti meriti questa opportunità, e so che Mia vorrebbe che tu l'avessi."

Jessie sorrise, incerta. "Beh, in tal caso, grazie. Gradirei qualsiasi aiuto in quella direzione."

E l'Operazione Jessie era completata.

Quando la birra e gli snack non furono più sufficienti, uscirono per una cena anticipata. Korum li portò in un nuovo ristorante francese che stava ricevendo recensioni entusiastiche—e che era noto per i piatti tradizionali a base di carne a prezzi astronomici. Si attenne alla sua solita dieta a base vegetale, ma Mia e i suoi amici ordinarono qualcosa del regno animale. A Korum non dava fastidio se una volta ogni tanto si concedevano la carne. I Krinar erano particolarmente preoccupati per l'impatto ambientale delle abitudini alimentari umane, ma il consumo occasionale di carne non era disastroso per il pianeta come quello che gli umani nei Paesi sviluppati avevano fatto in passato.

Dopo cena, uscirono per un drink. Sapendo che le ragazze volevano un po' di privacy, Korum si avviò discretamente insieme a Edgar verso l'estremità del bar, lasciando Mia e Jessie da sole vicino alla finestra. Continuò a tenerle d'occhio, solo per assicurarsi che non fossero disturbate da nessuno, ma, a parte questo, si concentrò soprattutto sulla conversazione con Edgar.

"Pratichi qualche sport?" chiese a Edgar, quando arrivarono le birre. Quella era una delle tante cose che i Krinar avevano in comune con gli umani: i giochi che richiedevano abilità e doti fisiche.

L'attore annuì. "Giocavo a calcio al college, e lo pratico ancora di tanto in tanto per divertimento. Recentemente ho anche iniziato a praticare pugilato, allenandomi per il mio prossimo ruolo."

"Oh, davvero?" disse Korum. "Parliamone."

Mia sorrise, vedendo Korum ed Edgar dall'altra parte del bar. Sapeva esattamente che cosa stava facendo e perché: il suo amante voleva che lei e Jessie trascorressero un po' di tempo tra sole ragazze.

"Wow, Mia" disse Jessie, dopo che il barista porse loro i cocktail. "Devo ammettere che sto iniziando a capire come mai ti sei innamorata di lui. È molto più gentile di quanto pensassi inizialmente."

Mia sorrise. "Sì, è fantastico." Non aveva idea di come fosse stato Korum quando si erano conosciuti, ma aveva alcuni sospetti in base a quello che lui le aveva detto—e a ciò che lei aveva capito dalle interazioni con gli altri nell'ultimo mese. L'amore della sua vita sicuramente non era qualcuno che avrebbe voluto come nemico.

"Anche tu sembri diversa" disse Jessie. "Più forte, più sicura... e ancora più bella. Qualunque cosa stia facendo per te sembra funzionare."

"Mi rende felice" le disse Mia. "Oh, Jessie, mi rende così incredibilmente felice. Non avrei mai pensato di potermi innamorare così tanto. È come se una fiaba fosse diventata realtà."

"Una fiaba che include un Principe Azzurro extraterrestre?"

Mia rise. "Certo." Korum non era esattamente un Principe Azzurro, ma non aveva intenzione di dirlo a Jessie. Le piaceva la nuova dinamica amichevole tra il suo amante e i suoi amici, e non aveva intenzione di sconvolgerla.

No, sapeva che Korum era tutt'altro che perfetto. Lo amava, ma non era cieca davanti ai suoi difetti. Era estremamente possessivo, paranoico riguardo alla sua sicurezza—e manipolatore, quando doveva esserlo. Aveva capito che l'alieno aveva volontariamente trascorso del tempo con Jessie, rendendola più docile. Aveva funzionato; la sua ex coinquilina sembrava avere un'opinione molto migliore di lui ora.

"Non ti dà fastidio che abbia tutti quegli anni più di te?" chiese Jessie, con gli occhi scuri luccicanti di curiosità. "Edgar ha ventisei anni, e scherza dicendo che sono più giovane. Non posso nemmeno immaginare come sia frequentare una persona dell'età di Korum..."

"Non è così vecchio per essere un Krinar, che tu ci creda o meno" disse Mia, sorridendo. "Ce ne sono alcuni molto, molto più anziani. Ma sì, a volte la differenza di età è una sfida. Ci sono sicuramente momenti in cui mi sento come se fosse divertito da me. Non mi fa mai sentire stupida o qualcosa del genere, ma so che mi ritiene molto giovane."

"Non ti tratta come una bambina?"

"No." Mia scosse la testa. "No. È assolutamente iperprotettivo, tutto qui."

Jessie la guardò, pensierosa. "Credi che questa sia una relazione a lungo termine per te?" chiese, con un piccolo cipiglio che le increspò la fronte levigata. "Voglio dire, il matrimonio e tutto il resto? Come funzionerebbe con un K, se non invecchiano come noi?"

Mia bevve un gran sorso del suo cocktail e tossì, quando le scese lungo la trachea. "Uhm, non credo che siamo arrivati a quel punto" disse, quando finalmente riuscì a respirare. Korum le aveva detto che nessuno al di fuori di Lenkarda avrebbe dovuto sapere del prolungamento della durata della sua vita. Aveva qualcosa a che fare con un mandato stabilito dai loro Anziani. La ragazza detestava quella restrizione, ma sapeva che era meglio non infrangere quelle regole. Come aveva spiegato Korum, agli umani che sapevano troppe cose venivano cancellati i ricordi—e Mia non avrebbe mai voluto sottoporre qualcuno dei suoi amici o familiari a quella procedura.

"Però?" insistette Jessie. "Ci hai pensato? Se rimarrete insieme, che cosa succederà quando invecchierete? E i figli?"

Mia scrollò le spalle. "Ne parleremo, quando sarà il momento." Non voleva pensare ai figli in quel momento. Quella era l'unica cosa che sicuramente le avrebbe rovinato il buon umore. Le differenze di DNA tra

umani e Krinar erano troppo grandi per consentire una prole biologica—
un fatto che aveva senso, ma che rendeva doloroso pensarci.

"Comunque sia" disse Mia, volendo cambiare argomento. "Che mi dici
di te ed Edgar? Quant'è seria la cosa?"

Il sorriso di Jessie era brillante come il sole. "Ho conosciuto i suoi
genitori la settimana scorsa" confessò. "E la settimana prossima, lo
porterò a conoscere i miei."

"Wow... Jessie, è straordinario!" Per quanto ne sapeva Mia, quella era la
prima volta che l'amica avrebbe presentato un ragazzo alla sua famiglia.
Sebbene i genitori di Jessie vivessero in America da molto tempo,
conservavano ancora alcune usanze e tradizioni cinesi. Portare a casa un
fidanzato era una cosa seria, e il ragazzo in questione doveva essere
pronto a rispondere ad alcune domande molto insistenti sulla carriera e
sui piani di vita futuri.

"Sì" disse Jessie ironicamente. "Ho avvertito Edgar del fatto che lo
metteranno sulla graticola, ma a lui sta bene."

All'improvviso, Mia sentì un leggero tocco sul braccio nudo. "Posso
offrirvi un drink, signorine?" chiese una sconosciuta voce maschile, e la
ragazza girò la testa per vedere un attraente uomo con i capelli scuri, che
sembrava avere una trentina d'anni.

"Siamo qui con i nostri ragazzi" disse rapidamente Jessie, con una nota
ansiosa nella voce.

"Ok, nessun problema" disse il ragazzo, e sparì tra la folla.

Mia guardò Jessie, sollevando le sopracciglia. La sua amica era stata
insolitamente rude, e non riusciva a capire perché. E poi seguì lo sguardo
di Jessie.

Korum le stava fissando, con la mascella serrata e gli occhi di un
brillante giallo dorato. Mia sorrise e gli fece un cenno con la mano,
volendo sciogliere la tensione. Sapeva che non gli piaceva che qualche
altro uomo la toccasse, ma il ragazzo era stato innocuo.

"Non perderà di nuovo la testa, vero?" Jessie sembrava spaventata.

"Che cosa? No, certo che no" disse automaticamente Mia, e poi ricordò
che Korum le aveva parlato di un incidente avvenuto in una discoteca nei
primi giorni della loro relazione. Le aveva detto che lei e Jessie erano
uscite da sole, e che un tizio l'aveva baciata. Notando la reazione di Jessie,
Mia pensò che Korum avesse minimizzato la sua reazione.

"Uh-uh" disse Jessie, dubbiosa.

"Non lo farà" disse Mia con sicurezza, guardando Korum. Sapeva
perfettamente che lui poteva sentirla.

La fissava. I suoi occhi avevano ancora quei pericolosi riflessi dorati, ma un angolo della bocca si piegò, con un abbozzo di sorriso che gli attraversò il viso. Mia continuò a guardarlo, socchiudendo gli occhi, e il sorriso dell'alieno si ampliò, trasformandogli i lineamenti da semplicemente a incredibilmente sexy. Poi si voltò e continuò a parlare con Edgar, come se non fosse accaduto niente.

"Santo cielo" sospirò Jessie, sgranando gli occhi. "Ce l'hai fatta! Mia, cazzo, ci sei riuscita..."

"A fare cosa?"

"A domare un K."

CAPITOLO VENTI

*P*assarono altre due settimane dopo il viaggio a New York. Mia si ritrovò ad amare la sua nuova vita... e cominciò a pensare di non tornare per terminare l'ultimo anno di scuola.

Lenkarda era quanto di più vicino al paradiso potesse immaginare. L'estate era la stagione delle piogge in quella regione della Costa Rica, il che significava soleggiate mattinate e pioggia tropicale nel pomeriggio. Come conseguenza di tutta quella pioggia, tutto divenne verde e lussureggiante, con cascate e fiumi che si ingrossarono. Mia spesso passava le mattine a esplorare i boschi vicini, fotografando la fauna locale, e la seconda parte della giornata lavorava nel laboratorio con Adam.

Haron, l'esperto della mente dell'Arizona, aveva accettato di rilevare il laboratorio di Saret come soluzione temporanea per tenere aperto il sito. Lì si erano svolte troppe ricerche importanti per poterlo chiudere. Mia aveva conosciuto il K per la prima volta durante il loro breve viaggio in Arizona e non era sicura che le piacesse. Aveva la sensazione che la considerasse una sorta di curiosità medica, a causa delle sue condizioni. Tuttavia, non gli dava fastidio che lei continuasse a lavorare in laboratorio, e lasciava lei e Adam soli per la maggior parte del tempo—cosa che andava benissimo a Mia.

Ogni giorno che passava, amava sempre più la propria vita a Lenkarda. La sua amicizia con Delia continuò a svilupparsi, e le due ragazze spesso andavano a nuotare e a fare immersioni insieme—cosa che tranquillizzava i loro cheren. "Almeno Delia può chiedere aiuto, se ti succede qualcosa e viceversa" disse Korum una sera, mentre stavano a letto. "E sa quali zone evitare."

L'iperprotettività di Korum faceva impazzire Mia. Quando se ne lamentava con Delia, la ragazza più grande rideva. "Oh, faresti meglio ad abituarti. Arus è esattamente così, credimi. Potresti pensare che dopo secoli passati insieme si sia reso conto che sono capace di prendermi cura di me stessa, ma no. Se fosse per lui, non uscirei mai di casa da sola."

"Come riesci a sopportarlo?" chiese Mia, studiandosi le mani. Sapeva dei dispositivi di localizzazione, e li *detestava*. Quando aveva saputo dell'irradiazione—dopo aver chiesto a Korum come facesse sempre a sapere esattamente dove fosse—si era sentita furiosa e aveva insistito affinché l'alieno rimuovesse i dispositivi. Lui si era rifiutato, spiegando che doveva assicurarsi che lei fosse al sicuro. Ebbero una lunga discussione che culminò con Korum che la portò a letto. I dispositivi erano ancora lì per ora, ma Mia aveva tutte le intenzioni di rimuoverli alla prima occasione.

Delia scrollò le esili spalle. "Non lo so" disse. "So che Arus mi ama e che ha paura di perdermi. Sono tanto necessaria alla sua esistenza quanto lui lo è per la mia—e cerco di essere accomodante. Col passare del tempo, abbiamo imparato entrambi il valore del compromesso, e lo farete anche tu e Korum."

Avere Delia per amica era come avere un mentore e una confidente in un unico aggraziato pacchetto. A volte, era saggia e misteriosa come una sfinge, ma, altre volte, era proprio come qualsiasi altra giovane donna dell'età di Mia, e si comportava come una ragazzina. Questo insolito mix di personalità era piuttosto comune tra i Krinar, scoprì Mia. Vivevano a lungo, ma non si sentivano mai *vecchi*. I loro corpi erano sani a diecimila anni come lo erano a venti, e tutti intorno a loro condividevano quella longevità, quindi raramente subivano il decadimento di un umano insolitamente longevo.

"Sai, non incarni lo stereotipo di un essere immortale meditabondo" disse Mia a Korum una volta, dopo una sessione di gioco particolarmente divertente nella loro camera a gravità zero. "Non dovreste essere tutti lunatici e odiare la vita invece di godervela così tanto?"

Korum sorrise, con i denti bianchi che lampeggiarono. "Come potrei odiare la vita, quando ho te?" disse, sollevandola e facendola roteare per la stanza.

Quando finalmente la rimise a terra, Mia era senza fiato dalle risate.

"La vita va goduta, dolcezza" disse, continuando a stringerla, con un'espressione sul viso inaspettatamente seria. "Ecco perché ti amo così tanto. Mi *godo* te, Mia—tu migliori ogni momento della mia esistenza. Il tuo sorriso, la tua risata—persino la tua testardaggine—mi rendono più felice di quanto non sia mai stato prima d'ora. Anche quando non siamo insieme, pensare a te mi fa sentire contento, perché so che sei qui, che quando torno a casa, posso abbracciarti, sentirti—" i suoi occhi si fecero più luminosi "—scoparti."

Mia lo fissò con i capezzoli induriti, mentre un brivido di eccitazione l'attraversava.

"Sì" disse, con voce bassa e roca. "Non dimentichiamo l'ultima parte. Mi diverto molto a scoparti. Adoro il modo in cui gemi quando sono dentro di te, il rossore sulle tue guance quando sei eccitata... Adoro il tuo profumo, il tuo sapore. Voglio gustarti come un dessert..." Allungò una mano tra le sue gambe, dilatandole le pieghe con le dita, accarezzandola lì, diffondendo l'umidità intorno alla sua apertura. "La tua figa è più dolce di qualsiasi frutto" sussurrò, inginocchiandosi e sollevandole l'orlo del vestito. "Più deliziosa del cioccolato..."

E Mia quasi raggiunse l'orgasmo al primo tocco della sua lingua. Gemendo, gli affondò le dita tra i capelli, aggrappandosi a lui, mentre la sua abile bocca la portava al culmine, soddisfacendola fino a frantumarla in un milione di pezzi.

"Ripetilo" ordinò Korum, fissando Ellet.

"Penso di aver trovato qualcuno che possa arrestare la procedura di Saret e annullare la perdita di memoria di Mia" ripeté Ellet, incrociando le lunghe gambe. Erano seduti nel laboratorio di Ellet, dove Korum aveva portato Mia dopo averla salvata dalle grinfie di Saret.

"Chi?"

"Un'apprendista emergente del laboratorio di Baranil. A quanto pare, ha appena sviluppato un modo per annullare quasi ogni procedura mentale. È tutto molto segreto, ecco perché non lo sapevamo prima. Puoi immaginare le implicazioni di qualcosa di simile. Chiunque abbia subito un qualsiasi tipo di riabilitazione lo vorrebbe."

"Il laboratorio di Baranil" disse Korum fissando Ellet. "Su Krina."

"Sì."

"Capisco." Korum si alzò e iniziò a camminare.

"Ne hai ancora bisogno?" chiese Ellet, fissandolo con i suoi grandi occhi scuri. "Mia sembra abbastanza felice così com'è... e anche tu." C'era una nota un po' malinconica nella sua voce.

Korum la guardò. Sebbene fossero stati amanti, non aveva mai provato sentimenti profondi per Ellet—ed era certo che lo stesso valesse per lei.

Come per rispondere alla sua domanda inespressa, Ellet sorrise. "Sono felice per te" disse dolcemente. "Lo sono davvero. Quello che c'è stato tra noi è finito molto tempo fa. È solo che non avrei mai pensato che sarebbe stata una ragazza umana a farti sentire così."

Korum sospirò, passandosi una mano tra i capelli. "Nemmeno io, Ellet. Credimi, è abbastanza scioccante anche per me."

"Oh, ti credo" disse Ellet, continuando a sorridere. Era bellissima—obiettivamente, Korum lo riconosceva—ma il suo aspetto ora lo lasciava indifferente. Ogni donna che vedeva in questi giorni veniva confrontata con Mia e ne usciva sconfitta—un altro effetto collaterale della sua ossessione per la propria charl.

"Puoi mettermi in contatto con quest'apprendista?" chiese Korum, tornando sull'argomento. "Mi piacerebbe parlarle."

~

Lasciando Ellet, Korum si diresse verso il suo laboratorio, dove lavoravano i progettisti. Anche se potevano lavorare in remoto, incontrandosi solo in ambienti virtuali, qualcosa circa la vicinanza fisica tendeva a favorire il processo creativo, con conseguente miglioramento della coesione del team e risultati più innovativi.

Entrando nel grande edificio color crema, Korum salutò Rezav, uno dei principali progettisti, e andò nel suo ufficio, uno spazio privato in cui di solito svolgeva il lavoro migliore. La scorsa settimana era stata tranquilla, con i dipendenti che si erano rilassati dopo la corsa dello scorso mese per finalizzare i progetti per i nuovi scudi. Normalmente, per Korum questo sarebbe stato il momento perfetto per lavorare sui propri progetti—ma le ultime due settimane erano state tutt'altro che normali.

Assicurandosi che nessuno potesse entrare nel suo ufficio, Korum attaccò un nodo della realtà virtuale alla tempia e chiuse gli occhi. Quando li riaprì, era accanto a un grande fiume, circondato dalle familiari sfumature verdi, rosse e dorate della vegetazione di Krina.

Il sole era luminoso, persino più caldo dell'equatore terrestre. Korum ne sentiva i raggi sulla pelle nuda delle braccia, e godeva della piacevole sensazione. Respirando profondamente, lasciò che i polmoni si riempissero di aria pura e pulita e dell'aroma inebriante delle piante in fiore.

"È molto diverso dalla Terra, vero?" disse una voce profonda alla sua destra, e Korum si girò per vedere Lahur, a meno di un metro di distanza. Non aveva sentito l'Anziano avvicinarsi—ma nessuno era in grado di muoversi alla velocità di Lahur. Il vecchio Krinar era l'ultimo predatore, con la sua velocità e la forza leggendarie come l'uomo stesso.

"Sì" disse Korum semplicemente. "Molto diverso." Se c'era una cosa che aveva imparato durante le sue recenti interazioni con gli Anziani, era l'importanza di dire il meno possibile. Lahur—il più anziano di tutti— amava il silenzio e sembrava disprezzare quelli che parlavano inutilmente.

Il fatto stesso che Lahur stesse parlando con lui era incredibile. Korum non era un estraneo per gli Anziani, essendosi rivolto a loro numerose volte per varie questioni del Consiglio. Tuttavia, tutte le sue precedenti comunicazioni erano state effettuate attraverso i canali ufficiali, e gli Anziani non si erano quasi mai visti con i Consiglieri di persona— virtualmente o nel mondo reale. Così, quando Korum aveva contattato gli Anziani per conto di Mia alcune settimane fa, non si era mai aspettato che la sua richiesta venisse presa sul serio, tanto meno che avrebbero acconsentito a un incontro virtuale.

Un incontro virtuale che in qualche modo si era trasformato in un'intera serie di interviste nelle settimane successive.

Lahur lo fissò, con gli occhi scuri e impenetrabili. Come Korum, era stato concepito naturalmente, non in un laboratorio, e i lineamenti asimmetrici erano più simili a quelli degli antichi Krinar che a quelli moderni.

"Abbiamo preso in considerazione la tua richiesta" disse l'Anziano, con lo sguardo impassibile concentrato su Korum.

Korum non disse niente, inclinò solo leggermente la testa. La pazienza era fondamentale. La pazienza e il rispetto.

"Desideri che la famiglia della tua charl venga portata nella nostra società. Per condividere con lei una durata di vita prolungata."

Korum rimase in silenzio, sostenendo lo sguardo di Lahur.

"Non accetteremo la tua richiesta."

Korum cercò di nascondere la delusione. "Perché?" chiese con calma. "Si tratta solo di alcuni umani. Che male farebbe portarli a Lenkarda e permettere loro di condividere pienamente la vita della mia charl?"

Gli occhi di Lahur si rabbuiarono, diventando neri come la pece. "Vuoi discutere per loro?"

"No" disse Korum, ignorando il modo in cui le sue pulsazioni erano aumentate. "Discuto per lei—per Mia."

Lahur lo fissò. "Perché? Perché una di quelle creature è così importante per te?"

"Perché è così" disse Korum. "Perché lei significa tutto per me." Sapeva di aver praticamente esposto la gola a Lahur, ma non gli importava. Non era un segreto che Mia fosse la sua debolezza, e cercare di nasconderlo a un Anziano di dieci milioni di anni era inutile come sbattere la testa contro un muro.

Con shock di Korum, un debole sorriso fece piegare le labbra di Lahur, addolcendogli le rughe del viso. "Molto bene" disse l'Anziano. "Mi hai convinto—e ti darò la possibilità di convincere gli altri. Porta qui gli umani e lasciali parlare." Fece una pausa per un secondo, lasciando che il pieno impatto delle sue parole colpisse Korum. "Mi piacerebbe conoscere questa tua Mia."

CAPITOLO VENTUNO

"Qual è il problema?" chiese Mia, quando Korum tacque per la seconda volta, come se fosse assorto nei suoi pensieri.

Era tardi e stavano cenando in spiaggia—una gita romantica che Korum aveva suggerito il giorno prima. Mia si aspettava qualcosa di straordinario... ed ottenne proprio questo. Tutt'intorno a loro, centinaia di minuscole luci fluttuavano nell'aria, somiglianti a stelle e lucciole che si inseguivano. Il sole era già calato, e queste luci, insieme alla nuova luna crescente, erano le uniche fonti di illuminazione.

Per il pasto, Korum aveva preparato dozzine di piccoli piatti, per lo più stuzzichini. Spaziavano dai panini ripieni di una deliziosa pasta di carciofi ad alcuni frutti esotici che Mia non aveva mai assaggiato. Era un pasto adatto a un re. A Mia era piaciuto tutto—finché non notò l'atteggiamento stranamente distratto di Korum.

"Che cosa ti fa pensare che ci sia qualche problema?" chiese, con le labbra che si piegarono in un sorriso sensuale, ma Mia non era stupida. C'era sicuramente qualcosa che non andava.

"Non credi che ormai riesco a capire quando sei preoccupato per qualcosa?" Mia inclinò la testa di lato, fissando il suo amante. Poteva essere ancora un mistero per lei, a volte, ma imparava a conoscerlo meglio giorno dopo giorno.

La guardò, con fare quasi... calcolatore. "Hai ragione, dolcezza" disse alla fine. "C'è una cosa di cui ho bisogno di parlarti."

Mia deglutì. L'ultima volta in cui Korum aveva avuto bisogno di parlarle di una cosa, aveva scoperto che la sua mente era stata manipolata. Di cosa poteva trattarsi questa volta?

"Non è niente di brutto" disse Korum, apparentemente comprendendo la sua preoccupazione. "Anzi, ho una buona notizia per te."

"Sarebbe?" Mia non riusciva a scacciare la sensazione di disagio.

"Abbiamo trovato qualcuno su Krina in grado di arrestare la procedura di Saret" disse Korum, osservandola attentamente. "Questa persona può annullare tutto quello che lui ti ha fatto—compresa la cancellazione della memoria."

"Oh mio Dio..." Mia non sapeva nemmeno cosa dire. "Ma Korum, è straordinario!"

Le sorrise. "Già. E c'è qualcos'altro."

"Che cosa?"

"Ricordi la mia petizione agli Anziani riguardo alla tua famiglia?"

Mia smise quasi di respirare. "Per renderli immortali come me?"

"Sì."

"Certo che mi ricordo" disse Mia, con il cuore che cominciò a batterle nel petto con un selvaggio mix di speranza e apprensione.

"C'è una possibilità che possano concederla."

Questa volta, Mia non riuscì a trattenere un urlo emozionato. Saltando in piedi e ridendo, si lanciò contro Korum, che si era alzato appena in tempo. "Grazie! Oh mio Dio, Korum, grazie!"

"Aspetta, tesoro" disse lui, allontanandola cautamente. "Non è così semplice. È necessaria una cosa che potresti non voler fare."

Mia lo fissò, mentre l'emozione svaniva. "Che cosa?"

"Dovremmo andare su Krina e portare la tua famiglia con noi."

Quella notte, la ragazza non riuscì a dormire. Continuava a svegliarsi ogni ora, con la mente che frullava per un milione di domande e preoccupazioni varie. Come aveva spiegato Korum, il viaggio su Krina avrebbe avuto due scopi: annullare la procedura di Saret e presentare il caso di Mia davanti agli Anziani. "Vogliono conoscervi" aveva detto, scioccando Mia e facendola sprofondare nel silenzio.

Un grande corpo caldo le premeva contro la schiena, distogliendola dalle riflessioni. "Sei di nuovo sveglia" mormorò Korum, tirandola tra le sue braccia. "Perché non dormi, tesoro?"

"Perché gli Anziani vogliono questo?" Mia non riusciva a smettere di pensarci. "Perché vogliono vederci? Pensavo che fossero come i vostri dei o qualcosa del genere. Che cosa potrebbero volere da me e dalla mia famiglia?"

Korum sospirò, e lei sentì il movimento del suo petto. "Non sono degli dei. Sono dei Krinar, come me—solo molto, molto più vecchi. Per quanto riguarda il motivo per cui vogliono vedervi, non lo so. Hanno sviluppato un insolito interesse per la mia petizione, parlandomi diverse volte e facendo molte domande su di te e sui tuoi genitori."

"E non hanno detto che avrebbero accettato la tua richiesta, vero?" Mia si rigirò tra le sue braccia per guardarlo in faccia.

"No" disse Korum, con il debole bagliore della luce lunare filtrante dal soffitto trasparente che si rifletteva nei suoi occhi. "Non l'hanno detto. Però, Lahur ha spiegato che ci darebbe una possibilità in più—facendo capire che sarebbe dalla nostra parte."

"Lahur è il più vecchio?"

"Sì. È quello che vive da oltre dieci milioni di anni."

Mia rabbrividì, con la pelle d'oca che comparve sulle sue braccia.

"Hai freddo?" Korum la tirò a sé, sistemando una coperta sopra di lei.

"No, non proprio." Il corpo nudo dell'alieno era come una fornace, che generava così tanto calore che la ragazza non aveva mai freddo quando dormiva accanto a lui. La temperatura nella casa di Korum era sempre confortevole—più fresca durante la notte, più calda durante il giorno. Era stata adattata specificamente per soddisfare le loro esigenze. Quando Mia viveva in Florida, aveva sempre detestato l'aria condizionata; l'aria fredda era troppo forte dopo il caldo esterno, e di solito era troppo alta per i suoi gusti. A Lenkarda, le strutture intelligenti mantenevano l'interno degli edifici a una temperatura perfetta, creando microzone di clima attorno a ciascuna persona.

"Non c'è bisogno di andare, lo sai." Korum le accarezzò delicatamente la schiena. "Possiamo rimanere qui. Ti sei abituata a tutto così bene. Se la perdita di memoria non ti dà fastidio, allora non serve cambiare nulla—"

"No" disse Mia, giocando col suo petto. "Se fosse solo questo, allora potremmo restare. Ma i miei genitori, mia sorella... Se c'è anche una sola possibilità che possano vivere più a lungo, dobbiamo farlo. Non me lo potrei mai perdonare altrimenti."

"Lo so, tesoro" disse Korum dolcemente. "Lo so."

"Non potremmo incontrare gli Anziani virtualmente?" Mia

indietreggiò per guardarlo in faccia. "È così che hai parlato con loro, non è vero?"

"Sì" disse Korum. "Ma loro non lo considerano un vero e proprio incontro. Quando Lahur ha detto che voleva conoscerti, intendeva dire di persona, nella vita reale."

"È un po' all'antica, vero?" disse Mia ironicamente.

Korum rise. "All'antica è solo un eufemismo."

Mia tacque, pensando di nuovo al viaggio imminente. "Pensi che torneremo presto?" chiese dopo qualche secondo.

"Non lo so" rispose Korum. "Dipende da cosa vogliono gli Anziani."

Il giorno seguente Korum osservò Mia suonare il campanello della casa dei suoi genitori. Sapeva che era preoccupata per quella parte: dire alla sua famiglia delle capacità dei Krinar di estendere la durata della vita e convincerli a recarsi su Krina.

Indossava abiti umani oggi, un paio di pantaloncini e una maglietta. Per quanto a Korum piacesse vederla con degli abiti interi, doveva ammettere che i pantaloncini le stavano bene, mettendone in evidenza le gambe affusolate. Forse avrebbe dovuto vestirsi in quel modo più spesso.

La madre di Mia aprì la porta con un enorme sorriso sul viso leggermente arrotondato. "Mia! Korum! Oh, sono così felice di rivedervi!" Abbracciò prima Mia, e poi Korum si ritrovò avvolto in un forte abbraccio.

Sorridendo, diede un bacio sulla guancia di Ella Stalis ed entrò in casa, seguendo le due donne all'interno. Mocha, la cagnolina che Mia aveva definito un Chihuahua, uscì da una delle stanze, abbaiando allegramente e cercando di saltare addosso a Korum. Lui si chinò e accarezzò l'animaletto, che rotolò immediatamente sul dorso e gli mostrò il ventre—apparentemente per farsi strofinare anche quello.

"Wow, Korum, le piaci" disse Mia meravigliata. "Non riesco a credere che si comporti così con te. Di solito è timida con gli estranei..." E per dimostrare la sua tesi, Mia allungò la mano verso il cane, che immediatamente si voltò e corse via.

Korum sorrise. Sembrava che le piccole creature graziose avessero un debole per lui.

I genitori di Mia vivevano in una casa incantevole—l'epitome di ciò che lui considerava tipico degli umani americani. Aveva un'atmosfera confortevole, vibrante, con divani imbottiti che mostravano lievi segni di usura e fotografie di famiglia ovunque. A Korum piaceva soprattutto vedere quelle di Mia da piccola. Era una bambina carina, con lunghi ricci e grandi occhi azzurri. Per un secondo, ebbe una stretta al petto immaginando di avere una figlia tutta sua, con i lineamenti di Mia—uno strano ed impossibile impulso che non aveva mai avvertito.

Il padre di Mia entrò nel soggiorno proprio quando si sedettero sul divano. Mia balzò in piedi. "Papà!"

"Oh, Mia, tesoro, sono così felice di rivederti!" Dan Stalis abbracciò la figlia, baciandola sulla guancia.

Anche Korum si alzò in piedi e tese la mano per un saluto umano. "Ciao, Dan."

"Korum, è bello rivedere anche te" disse il padre di Mia, stringendogli la mano. Era un po' più freddo di quanto non fosse stato con Mia, e Korum capì che il genitore era ancora leggermente indeciso riguardo alla loro relazione. Korum non poteva biasimarlo; se fosse stato nei panni dell'umano, non avrebbe accettato facilmente qualcuno che gli avesse portato via sua figlia.

"Dov'è Marisa?" chiese Mia, quando tutti si sedettero di nuovo. "Sta arrivando?"

"Sì, dovrebbe essere qui tra pochi minuti" rispose sua madre, ancora raggiante per la felicità di avere a casa la figlia. Anche Mia era felice. Osservandoli, Korum fu ancora più convinto che mai di aver fatto la cosa giusta rivolgendosi agli Anziani. La sua charl sarebbe stata infelice, se i genitori fossero invecchiati e avvizziti, sapendo che per tutto il tempo Korum aveva avuto il potere di impedire che ciò accadesse.

"Posso offrirti un tè? Forse un po' di frutta?" chiese Ella, rivolgendosi a Korum. "Avete fame? Ieri ho preparato una deliziosa insalata di barbabietole—"

"Sto bene, grazie" disse Korum, addolcendo la risposta con un sorriso. "Abbiamo mangiato appena prima di venire qui."

"Prendo un po' di tè" disse Mia. "Ma non ti preoccupare, mamma—lo preparo io." Alzandosi, andò in cucina, lasciando Korum da solo con i due umani più anziani.

Ella e Dan Stalis lo osservavano in modo strano, quasi in attesa, e Korum ebbe un improvviso lampo di intuizione. Pensavano che lui e Mia si stessero per sposare—e probabilmente si aspettavano che avrebbe chiesto loro il permesso, secondo i vecchi usi umani.

Korum sentì un lampo di inaspettato rimorso per averli delusi. Non era quello il motivo per cui lui e Mia erano venuti oggi, né l'idea era mai passata loro per la testa. Per quanto ne sapeva, nessun Krinar aveva mai sposato un'umana; semplicemente non era mai accaduto. Rivendicando Mia come sua charl, Korum si era già impegnato con lei—anche se lei non la vedeva necessariamente allo stesso modo.

Con suo sollievo, il campanello suonò di nuovo, creando un momento imbarazzante. Entrambi gli umani si alzarono e si affrettarono verso la porta, lasciando entrare la figlia maggiore e suo marito. Anche Mia uscì dalla cucina, con un largo sorriso sul volto.

Korum si alzò per salutarli mentre varcavano la porta. Baciò Marisa sulla guancia e strinse la mano a Connor, sinceramente felice di rivedere la giovane coppia. La sorella di Mia aveva appena iniziato a farsi vedere in giro, con la pancia rotonda a causa del bambino che portava in grembo, e sembrava radiosa.

Strofinandole leggermente le labbra sulla guancia, Marisa arrossì, con la pelle chiara e sensibile come quella di Mia. Korum soppresse un sorriso. Sapeva che le donne umane lo trovavano attraente, e gli piaceva avere quell'effetto su di loro. Era meglio che farle rabbrividire dalla paura, come a volte facevano per quello che era.

A Connor non sembrava importare della reazione di sua moglie, sorridendo con la stessa calma di prima. Korum non riusciva a comprendere la sua tranquillità. Se Mia fosse arrossita al tocco di un altro uomo, quell'uomo avrebbe avuto i minuti contati. Gli umani erano decisamente più rilassati su tali argomenti; alcuni maschi erano possessivi quanto i Krinar quando si trattava delle loro donne, ma la maggior parte non lo era.

Poi, fu il turno di Mia, che li salutò, e tutti tornarono nel soggiorno.

"Bene, sorellina" disse Marisa, sedendosi sul divano. Suo marito si sedette accanto a lei. "Dicci che cosa sta succedendo."

Mia fece un respiro profondo e Korum le strinse la mano per incoraggiarla. "Sono immortale" disse coraggiosamente. "Ora posso vivere quanto Korum—e se verrete con noi su Krina, potreste diventarlo anche voi."

〜

Per un momento, calò il silenzio sulla stanza. Poi, tutti iniziarono a parlare contemporaneamente. Nella cacofonia delle voci, era impossibile sentire una domanda specifica. Solo Dan Stalis era silenzioso, appoggiato a un tavolo a osservare gli avvenimenti con mite curiosità sul viso.

"Non sembri sorpreso" disse Korum, guardando il padre di Mia.

"No" confermò Dan. "Non lo sono."

"Perché no?" chiese Korum.

"Perché ha tutto il senso del mondo" rispose Dan Stalis. "Altrimenti, come potreste stare insieme tu e Mia? Non ha mai parlato di un futuro con te, eppure non sembra mai turbata quando ne discutiamo. Come potrebbe non esserlo, se ti ama e vuole stare con te? E poi, hai curato le mie emicranie con una semplice pillola. Non è difficile immaginare che la vostra gente sia in grado di curare altre cose, come il cancro o le malattie cardiache." Fece una pausa per un secondo. "Forse anche l'invecchiamento."

Korum sorrise, involontariamente colpito dall'umano.

"Dan, non mi hai mai detto niente." Il tono di Ella era sbigottito. "Tutte le volte che abbiamo discusso di Mia, non hai mai sollevato questi sospetti!" Alzò la voce sul finale, socchiudendo gli occhi mentre fissava il marito.

"È sempre stata solo un'ipotesi" disse Dan con tono rassicurante. "Ella, tesoro, non volevo illuderti, nel caso mi fossi sbagliato."

"E così, ora sei una K?" Marisa stava guardando sua sorella con un'espressione scioccata sul viso. "Bevi anche sangue?"

"Aspettate" disse Connor. "Possiamo tornare alla parte in cui possiamo diventare tutti immortali, se andiamo su Krina?"

Mia aprì la bocca per rispondere, e Korum le strinse di nuovo la mano. "Lascia che provi a spiegare io, dolcezza" disse. "E poi risponderemo a qualsiasi altra domanda che potrebbe avere la tua famiglia."

Rimasero tutti in silenzio, a fissarlo, e lui continuò: "Abbiamo i mezzi per curare il cancro—l'invecchiamento e qualsiasi altra malattia che possa affliggere gli umani. Lo facciamo inserendo nanociti—nanomacchine che imitano le funzioni delle cellule in un corpo umano. Essi riparano qualsiasi danno cellulare in corso e consentono una rapida guarigione delle ferite. Questo è tutto ciò che fanno; non c'è trasformazione da una specie all'altra.

"Mia ha questi nanociti nel corpo. Glieli ho impiantati un paio di mesi fa. E hai ragione, Dan. Questo è l'unico modo per poter stare insieme nel lungo termine."

Korum fece una pausa ed esaminò la stanza. "Il motivo per cui Mia non vi ha detto niente prima—e per il quale non ne avevate mai sentito parlare—ha a che fare con qualcosa che si chiama mandato di non interferenza. È stato deciso dai nostri Anziani. Non è permesso far nulla che possa alterare in modo significativo il corso del naturale progresso umano. Ecco perché non condividiamo la nostra tecnologia o la scienza con voi: perché farlo è proibito. Le uniche eccezioni a questa regola sono gli umani che definiamo charl: quelli come Mia, con cui stabiliamo relazioni serie."

"Ma perché?" chiese Connor, accigliato. "Perché esiste questo mandato?"

"Non lo so" ammise Korum. "Ci sono molte teorie, la più popolare delle quali è che gli Anziani stiano ancora conducendo un esperimento riguardo alla vostra evoluzione. Hanno assistito alla nascita della vostra specie, e vogliono vedere come progredite senza la minima interferenza da parte nostra—"

"Che cosa vuol dire 'alla nascita'? Quanti anni hanno questi vostri Anziani?" interruppe Dan, guardando Korum.

"Sono vecchi" rispose Mia per lui. "Molto vecchi. Hanno circa dieci milioni di anni."

Il padre di Mia impallidì visibilmente. "Dieci *milioni* di anni?"

"Sì" rispose Mia. "Quando Korum ha detto che hanno assistito alla nascita della razza umana, non stava scherzando. Due degli Anziani avevano la responsabilità di sorvegliare la nostra evoluzione fin da quei tempi. Vero?" Guardò Korum.

"Sì, esattamente" confermò.

"Quindi, se questo mandato è ancora in vigore, perché ci stai raccontando queste cose adesso?" chiese la madre di Mia, confusa. "E cos'hai detto prima sul fatto di andare su Krina?"

"Ho fatto una petizione agli Anziani a vostro nome" spiegò Korum. "Per sottoporvi alla stessa procedura di Mia. Non hanno esattamente accettato, ma hanno fatto una richiesta molto insolita: vedere di persona Mia e la sua famiglia."

"Gli Anziani vogliono vederci?" Ella Stalis sembrò sul punto di svenire.

"Sì" rispose Korum. "Vogliono vedere voi e Mia di persona."

"Perché?" Era di nuovo Dan.

"Non lo so" disse Korum sinceramente. "Vorrei potervelo dire."

"Allora, fammi capire... vogliono che veniamo su Krina, ma non garantiscono che ci daranno questi nanociti?" chiese Connor, accigliato. "Ci stanno chiedendo di lasciare le nostre vite qui nella remota possibilità che ciò accada?"

"Sì." Korum non provò nemmeno a indorare la pillola.

"Che cosa accadrebbe, se disobbedissi a questi Anziani?" chiese Marisa, contorcendo le piccole mani. "Se infrangessi il mandato di non interferenza?"

"Dipende" disse Korum. "Un'infrazione minore si tradurrebbe nella perdita della posizione—che è qualcosa di simile alla nostra reputazione —e spesso ci sono sanzioni economiche e di altro tipo. Se è qualcosa di più serio, viene trattato come un reato alla pari dell'omicidio."

"Oh" disse Marisa debolmente.

"Fammi capire bene" disse Dan Stalis. "Ci stai dando la possibilità di avere una durata di vita infinitamente lunga, ma solo se veniamo con te su un altro pianeta."

"Sì."

"E se ci rifiutassimo?" chiese Connor, con un'espressione ostinata. "Se non volessimo sradicare le nostre vite per volare nello spazio?"

Korum scrollò le spalle. A dire il vero, non aveva idea di cosa sarebbe successo se qualcuno della famiglia di Mia avesse deciso di declinare l'invito degli Anziani. Normalmente, se gli umani scoprivano qualcosa che non dovevano, una parte dei loro ricordi sarebbe stata cancellata. Ma ora era diverso, e non sapeva quali linee guida avrebbero applicato in questo caso.

"No, Connor, non puoi rifiutare" disse Mia, guardando storto il cognato. "Non capisci? Se gli Anziani esaudissero la nostra richiesta, tu e Marisa—e vostro figlio—potreste vivere per migliaia di anni. Come potresti rifiutare qualcosa del genere? E, mamma, papà, voi sareste di nuovo giovani. Non sarebbe fantastico?" Lanciò un'occhiata supplichevole per tutta la stanza. "Vi prego, non fatemi assistere alle vostre morti solo perché siete spaventati. Korum vi sta offrendo l'immortalità. Come potete rifiutare?"

CAPITOLO VENTIDUE

Le due settimane successive passarono in un turbinio di preparativi per la partenza. I genitori di Mia, Marisa e Connor chiesero un permesso di lavoro e sistemarono le loro finanze. Tra tutti, Connor sembrava il più esitante, anche se Marisa lo convinse che dovevano andare—se non altro per il bene del bambino. Dopo molte discussioni, decisero che se gli Anziani non avessero concesso l'immortalità, sarebbero tornati alle loro vite normali—dopo aver firmato un accordo per non rivelare alcuna informazione confidenziale sui K. Tuttavia, se la petizione si fosse conclusa con successo, allora Lenkarda sarebbe stata la loro nuova casa, proprio come lo era per Mia.

Per scacciare ogni preoccupazione sul viaggio della sorella durante la gravidanza, Mia parlò con Ellet e le fece esaminare Marisa un'ultima volta. "È perfettamente sana" li rassicurò Ellet. "E il viaggio nello spazio non dovrebbe rappresentare alcun problema. Se dovesse andare a esplorare nuove galassie, sarei preoccupata, ma un semplice viaggio tra Krina e la Terra—è la cosa più sicura che ci sia ultimamente."

Mia chiamò Jessie e le parlò, spiegando che sarebbe stata via per un po' e che non sarebbe tornata per l'anno scolastico. Jessie non fu minimamente sorpresa, anche se pianse quando Mia disse che non sapeva quando sarebbe tornata. Dal momento che l'amica non poteva rivelare a Jessie le vere ragioni del viaggio, doveva lasciare che pensasse che fosse l'attività di Korum a portarli via.

"Può venire anche Jessie?" chiese Mia a Korum dopo quella conversazione da cardiopalma. "So che hai detto solo la famiglia, ma lei è come un membro della famiglia per me—"

"No, dolcezza" disse Korum con rammarico. "Gli Anziani hanno già esitato con Connor. Ho dovuto insistere per convincerli che un cognato è l'equivalente di un vero fratello. Se i genitori di Connor fossero stati ancora in vita, non credo che avrebbe potuto funzionare—avrebbero dovuto fare un'accezione per troppi umani."

Mia deglutì. Non si era resa conto di quanto fosse stata vicina a perdere sua sorella, che probabilmente avrebbe scelto di restare con il marito. Per la prima volta, la mancanza di famiglia di Connor era in qualche modo un vantaggio. Mia si era sempre sentita dispiaciuta per il cognato, perché sua madre, un genitore single, era morta a causa del cancro al seno sette anni fa... ma ora quel fatto forse avrebbe permesso alla famiglia di Mia di rimanere unita.

Adam preparò una pila di fogli e registrazioni da farle portare al laboratorio della mente di Krina. "Non dimenticarti di darli a quell'apprendista" disse a Mia. "Contengono tutto quello che ho trovato nei file di Saret sulla perdita di memoria e sull'ammorbidimento. Non è molto—deve aver distrutto la maggior parte dei dati prima—ma potrebbe aiutarli a comprendere la tua condizione."

"Grazie, Adam." Mia sorrise al K. "È stato fantastico averti come collega."

Adam sorrise, con i denti bianchi che lampeggiarono. "Grazie, penso lo stesso di te, collega. Mandami un messaggio, quando atterrate e vi sistemate; mi piacerebbe sapere come va l'incontro con gli Anziani."

"Certo" disse Mia. Sapeva che Adam aveva un buon motivo per voler conoscere l'esito della petizione di Korum: tutta la sua famiglia adottiva era umana—come la misteriosa ragazza di cui non parlava mai.

"Saret sarà sulla navicella insieme a noi" disse Korum a Mia, mentre camminavano sulla spiaggia la sera prima della partenza. "Il Consiglio lo rivuole su Krina in modo che gli Anziani possano processarlo personalmente."

Lo stomaco di Mia si contorse ripensando alla passata paura. Di tanto in tanto aveva ancora degli incubi sul combattimento nell'Arena—orribili sogni in cui Korum non ne usciva vincitore. Saret era quasi riuscito a uccidere il suo amante, e non avrebbe mai potuto dimenticare il dolore dei momenti in cui aveva pensato di aver perso Korum.

Come se leggesse nel pensiero, Korum disse: "Non c'è niente di cui preoccuparsi, dolcezza. Sarà rinchiuso per l'intero viaggio."

"Che durerà solo un paio di settimane, giusto?" domandò Mia.

"Sì" confermò Korum. "Allontanarsi sufficientemente dalla Terra è ciò che impiegherà più tempo. Questo è un sistema solare molto affollato e dobbiamo assicurarci che nulla interferisca con le capacità di curvatura della nostra navicella."

Mia rise, dimenticando tutto su Saret per il momento. "Capacità di curvatura? Come quella della nostra fantascienza—la cosa che permette di andare più veloce della luce?"

"Sì" rispose Korum. "Molto simile a quella. Si piega nello spazio-tempo, permettendoci di viaggiare da un punto all'altro dell'universo quasi istantaneamente."

"Come fa?" chiese Mia affascinata. Non era mai stata un genio della fisica, ma persino lei sapeva che accadevano cose strane durante i viaggi alla velocità della luce e che quelli più veloci della luce erano considerati impossibili fino all'arrivo dei K.

Korum sorrise, apparentemente soddisfatto del suo interesse. "Non posso spiegarlo completamente senza entrare in complicate questioni di matematica, ma posso darti un'idea approssimativa" disse. "In sostanza, le nostre navicelle creano un'enorme bolla di energia che provoca una contrazione nello spazio-tempo di fronte ad essa e un'espansione nello spazio-tempo dietro di essa. Questo è ciò che ci spinge da un posto all'altro—la forza a favore e contraria dello spazio-tempo stesso. Non abbiamo bisogno di raggiungere la velocità della luce in nessun punto; la aggiriamo del tutto."

"Una cosa del genere non richiederebbe molta energia? Che cosa utilizzate come carburante?"

"Beh, la bolla di energia attorno alla navicella utilizza una combinazione di energia positiva e negativa" spiegò Korum. "L'energia negativa è qualcosa che i vostri scienziati hanno appena iniziato ad esplorare. E sì, hai assolutamente ragione: la curvatura dello spazio-tempo richiede un'enorme quantità di energia. Fortunatamente, ne abbiamo in abbondanza. Sfruttiamo anche l'antimateria come fonte di carburante; questo è ciò che alimenta la nostra navicella, quando non siamo in modalità curvatura."

Mia sgranò gli occhi. "Antimateria?"

"È la fonte di energia più potente che ci sia" spiegò Korum.

Mia rimase in silenzio, pensando alla grandezza di ciò che stava per fare. L'indomani avrebbe lasciato la Terra per un periodo di tempo ancora indeterminato, con un amante che non era nemmeno umano. Stava affidando il destino dell'intera famiglia nelle sue mani.

Quello avrebbe dovuto essere un pensiero spaventoso, ma in qualche modo non lo era. Anzi, era quasi stordita dall'emozione. A quante persone veniva offerta una possibilità del genere? Vedere un pianeta diverso, andare su Krina—l'origine di tutta la vita? E incontrare gli Anziani Krinar... Non riusciva ancora a crederci. Lei, una normale ragazza umana, avrebbe conosciuto i veri creatori dell'umanità.

A chiunque sarebbero venute le vertigini.

La mattina dopo andarono in Florida a prendere la famiglia di Mia, volando su una grande capsula per il trasporto che Korum aveva creato appositamente per quello scopo. Tutti erano già riuniti nella casa dei genitori di Mia, con i bagagli pronti. Anche se Korum aveva spiegato che non avrebbero avuto bisogno di molte cose, gli umani insistettero nel portare vestiti e altre cose che ritenevano necessarie.

Questa volta, Korum fece atterrare la navicella sulla strada di fronte alla casa degli Stalis. Mia gli aveva spiegato che i suoi genitori avevano già detto a tutti i vicini del viaggio imminente (senza, tuttavia, comunicarne la ragione), e nessuno sarebbe rimasto troppo scioccato vedendo una navicella aliena atterrare nel loro tranquillo quartiere.

Scendendo dalla capsula, Korum e Mia si avvicinarono alla porta e suonarono il campanello. Intorno a loro, le persone stavano lentamente uscendo dalle loro case, spinte dalla curiosità per il rapporto extraterrestre dei loro vicini. Korum sentì i loro bisbigli, le risatine e i sussulti di emozione e paura. Una coppia di anziani a poche case di distanza era al telefono con i propri figli, lamentandosi del fatto che il "malvagio K" fosse arrivato a Ormond Beach. Probabilmente pensavano che non potesse sentirli, non rendendosi conto di quanto fossero acuti i sensi dei Krinar.

Nulla di tutto questo disturbava Korum. In passato, aveva cercato di essere rispettoso, di assicurarsi che la sua presenza nella piccola città non attirasse troppa attenzione sulla famiglia della charl. Ora, però, non importava. Se gli Anziani avessero accettato la loro richiesta, i parenti di Mia non sarebbero mai tornati alle loro normali vite.

Marisa aprì la porta per farli entrare. "Ciao ragazzi" esclamò vivacemente. "Entrate! Siamo quasi pronti."

"Fantastico!" Mia aveva un enorme sorriso sul viso, mentre varcavano la porta. "Sei emozionata? Io tantissimo—"

"Oh mio Dio, mi chiedi se sono emozionata? Stai scherzando? Non dormo da due giorni..."

Korum sorrise e seguì le due sorelle, che continuarono a chiacchierare fino in cucina. I genitori di Mia e Connor erano già riuniti lì, a fare colazione.

"Korum!" esclamò Ella, con gli occhi che brillavano. "Vuoi unirti a noi? Ho preparato dei pancake di patate con la marmellata di mirtilli freschi."

"Certo" disse Korum, sedendosi al tavolo. "Mi piacerebbe un pancake." Lui e Mia avevano mangiato circa un'ora fa, ma era curioso di provare il piatto che Mia definiva la specialità di sua madre.

In quel momento, la ragazza si avvicinò alla sua sedia da dietro e gli baciò la guancia, con i capelli che gli fecero il solletico sulla schiena. "Hai già fame?" scherzò, massaggiandogli delicatamente le spalle con le mani. La sua facile dimostrazione di affetto gli fece venir voglia di abbracciarla. Non sapeva quanto ne avesse bisogno fin quando lei non aveva iniziato a toccarlo in quel modo nelle ultime settimane. Prima, era quasi sempre stato lui a iniziare il contatto fisico, sia quello di tipo sessuale che quello più informale.

Naturalmente, quando gli stava così vicino, si induriva, ma il disagio era un piccolo prezzo da pagare. Korum si spostò sulla sedia, sollevando leggermente il ginocchio nel caso qualcuno dei suoi compagni umani avesse sbirciato sotto il tavolo.

"Mia, tesoro, e tu?" chiese sua madre. "Vuoi un pancake anche tu?"

"Mi piacerebbe, mamma, grazie." Mia lasciò andare le spalle di Korum e si sedette accanto a lui. Korum si allungò e le prese la mano, desiderando ancora il suo tocco.

"Ooh, è davvero squisito" disse Connor, masticando un pancake. "Guarda quei due, Marisa."

"Sta' zitto, Connor" disse sua moglie, alzandosi per far bollire l'acqua. "Sembrano una vecchia coppia sposata come noi." Ma c'era un grande sorriso sul suo viso mentre lo diceva, e Korum capì che stava scherzando. Da quello che aveva visto, Marisa e suo marito erano molto affettuosi l'uno con l'altra.

A Korum non dava fastidio che Connor lo prendesse in giro; amava Mia e non aveva intenzione di nascondere i propri sentimenti alla sua famiglia, di mostrare quanto gli importasse di lei. Dopotutto, ormai si fidavano di lui abbastanza da lasciare le loro vecchie vite alle spalle.

Sperava che gli Anziani non gli avrebbero negato i nanociti. Detestava l'idea di deludere la famiglia di Mia—e Mia stessa. In qualche modo, quasi impercettibilmente, Korum si era affezionato a quelle persone. Nelle ultime due settimane, aveva interagito molto con ciascuno dei parenti di Mia, rispondendo alle loro domande su Krina e su cosa aspettarsi durante il viaggio—e aveva scoperto che gli piacevano davvero. Vedeva tracce di Mia nei suoi genitori e in sua sorella, e spesso trovava divertente la compagnia di Connor. Se qualche mese fa qualcuno avesse detto a Korum che avrebbe pensato questo di un gruppo di umani, gli avrebbe riso in faccia. Ma da quando aveva conosciuto Mia, la sua prevedibile vita era finita.

Ella Stalis portò i pancake e servì tutti. Degustando la porzione, Korum si complimentò immediatamente per la sua cucina, amando la combinazione della marmellata dolce con la patata saporita. Lei sorrise, ovviamente compiaciuta. In quel momento, Korum capì quanto dovesse esser stata bella da giovane—e probabilmente lo sarebbe stata di nuovo dopo la procedura.

Alla fine, tutto il cibo venne consumato e i piatti furono messi via. Korum aiutò a ripulire, caricando tutto nella lavastoviglie. Per qualche ragione, gli apparecchi umani lo avevano sempre interessato; erano primitivi e sgraziati, eppure riuscivano a fare il proprio lavoro la maggior parte delle volte.

In quel momento, la cagnolina corse fuori da una delle stanze, abbaiando e saltando di nuovo addosso a Korum. Prima che avesse la possibilità di fare qualcosa, Marisa la sollevò dal pavimento. "Mocha!" sgridò l'animale. Rivolgendosi a Korum, gli rivolse un sorriso di scusa. "Mi dispiace. L'avevamo chiusa in camera in modo che non desse fastidio mentre preparavamo le valigie, ma in qualche modo è riuscita a sgattaiolare—"

"Non fa niente; non ti preoccupare" la rassicurò Korum. Poi gli venne in mente un pensiero improvviso. "Che cos'hai intenzione di fare con il cane quando te ne andrai?"

Marisa lo fissò. "Verrà con noi, ovviamente."

Korum sbatté le palpebre lentamente. "Capisco."

"Non è un problema, vero?" chiese Marisa con ansia. "So che i miei genitori morirebbero senza di lei—"

"No, non è un problema" disse Korum. Era inaspettato, ma non era un problema. Avrebbe dovuto immaginare che avrebbero voluto portare anche la creatura pelosa; gli umani spesso si affezionavano in modo innaturale agli animali domestici. Avrebbe dovuto apportare alcune modifiche dell'ultimo minuto alla disposizione della navicella per adattarla alla presenza del cane, ma non sarebbe stato un grosso problema.

Venti minuti dopo, erano tutti pronti per partire. Korum portò fuori cinque grandi valigie e le caricò sulla capsula, ignorando le occhiate incuriosite dei vicini.

"Fa' attenzione, sono pesanti" lo ammonì Dan Stalis, e Korum soppresse un sorriso. Il padre di Mia chiaramente non capiva la portata delle differenze tra i corpi Krinar e quelli umani. Le valigie per lui non erano più pesanti di quanto fosse la borsetta di Ella per lei. Tuttavia, la sua preoccupazione era piuttosto commovente.

Quando furono tutti all'interno della navicella, Mia si assicurò che fossero comodamente seduti sui sedili. La madre teneva il cane in grembo, stringendolo con una disperazione che tradiva il suo nervosismo.

"Addio, Ormond Beach. Addio, Terra" sussurrò la sorella di Mia mentre la capsula decollava, trasportandoli verso l'alto, oltre l'atmosfera terrestre, dove la grande astronave li attendeva per il viaggio interplanetario.

CAPITOLO VENTITRÉ

Mentre la navicella saliva, Mia osservava gli edifici e i monumenti sottostanti. Le pareti e il pavimento trasparenti della capsula consentivano una vista a 360 gradi. Nel giro di pochi secondi, essa era sopra le nuvole e l'accecante luce del sole filtrò all'interno, costringendo Mia a socchiudere gli occhi finché Korum non fece qualcosa per attenuare il bagliore.

"Wow" sospirò Marisa, facendo eco alle sensazioni di Mia. "Non è come viaggiare in aereo..."

"Ci stiamo muovendo molto più velocemente rispetto ai vostri aerei" spiegò Korum. "Tra qualche minuto, raggiungeremo la nostra destinazione proprio al di fuori dell'atmosfera terrestre."

Mia si allungò e gli strinse la mano. Il cuore le batteva forte per l'emozione e la trepidazione, e poteva solo immaginare come si sentissero gli altri. Suo padre era un po' pallido e sua madre teneva Mocha così forte che la cagnolina si stava contorcendo. Persino Connor era insolitamente silenzioso, con un'espressione di meraviglia sul viso.

"Andrà tutto bene, dolcezza" disse Korum, chinandosi per baciarle la tempia. "Andrà tutto benissimo."

"Lo so" disse Mia sottovoce. "È solo incredibile, tutto qui."

Le sorrise, mostrando quella fossetta sexy sulla guancia sinistra. Lo rendeva ancora più bello del solito, e Mia desiderò disperatamente di essere da sola con lui in quel momento, invece che circondata dalla famiglia.

Come se le leggesse nel pensiero, Korum le sussurrò: "Più tardi" e Mia sentì le guance avvampare. Il sorriso dell'alieno cambiò, diventando più provocante, e lei in risposta gli pizzicò il braccio.

Sollevò le sopracciglia con fare interrogativo, e Mia lo guardò con un cipiglio. "Non davanti ai miei genitori" espresse con un semplice movimento della bocca, e il sorriso dell'extraterrestre si ampliò ancora di più.

Determinata a non permettergli di farla arrossire, Mia guardò in basso, osservando con emozione a malapena controllata mentre si allontanavano sempre di più dalla Terra. Da piccola, sognava di diventare un'astronauta, di andare sulle stelle e di esplorare galassie lontane. Come la maggior parte dei bambini, l'aveva superato, scegliendo una professione più adatta a lei. Ora, tuttavia, le era stata offerta la possibilità di vivere quel sogno infantile, e questo era assolutamente sorprendente.

Ben presto furono così lontani da riuscire a vedere la Terra nella sua interezza—un bellissimo pianeta blu che sembrava troppo piccolo per poter ospitare miliardi di persone. Guardandolo, Mia non poté fare a meno di rendersi conto di quanto fosse vulnerabile l'intera razza umana, legata com'era a quell'unico luogo che sembrava così indifeso nella vastità dello spazio.

"A cosa stai pensando?" chiese Korum, allungandosi per accarezzarle un ginocchio.

"Stavo pensando che ora capisco perché i Krinar vogliono la diversificazione" disse Mia. "Perché non volete rischiare la vostra sopravvivenza su un altro pianeta. Sembra così fragile..."

"Sì, vero?" La mano di Korum le strinse il ginocchio. Quando alzò la testa per guardarlo, notò che la stava osservando con una strana espressione sul viso. Prima che potesse chiedergli qualcosa al riguardo, però, sentì sua mamma sussultare.

"Oh wow, Korum!" esclamò Ella Stalis. "Quella è la tua astronave?"

Mia alzò lo sguardo. Si stavano avvicinando a qualcosa che sembrava un grosso proiettile. Di colore scuro, era sorprendentemente semplice, completamente diversa da qualsiasi astronave avesse mai visto nei film di fantascienza.

"È quella?" chiese, cercando di mantenere la delusione fuori dalla voce. Le capsule per il trasporto dei Krinar sembravano più avanzate e futuristiche di quell'astronave che a quanto pareva poteva andare più veloce della luce.

"Esatto." Korum sorrise. "Non è proprio come la vostra gente la immaginava, vero?"

"No" disse Connor, parlando per la prima volta da quando la navicella era decollata. "Come hanno potuto entrare lì dentro tutte quelle migliaia di Krinar? Sembra un po' piccola..."

"Oh, questa non è l'astronave che ci ha portati qui" spiegò Korum. "Hai ragione; quella è molto più grande. Questa l'ho realizzata appositamente per il nostro viaggio. Solo una settantina di noi andranno su Krina questa volta; non c'era bisogno di utilizzare un'astronave più grande per così poche persone."

"Potete farlo?" chiese il padre di Mia, fissando incredulo Korum. "Potete creare un'astronave in grado di andare su una galassia diversa?"

"Korum può farlo" rispose Mia, comprendendo la confusione di suo padre. "Non tutti i Krinar possono. Lui è quello che ha realizzato il progetto. Vero?" Guardò Korum.

"Sì" confermò il suo amante. "Questo progetto è mio. Abbiamo avuto astronavi con capacità più veloci della luce, naturalmente, ma queste sono di ultima generazione. Sono più sicure e più facili da usare."

"Capisco" disse Dan, guardando Korum con un mix di shock e rispetto. Le stesse emozioni erano riflesse sul viso di Ella. Apparentemente, i genitori di Mia non avevano ancora capito la portata delle abilità tecnologiche di Korum.

Mentre la capsula si avvicinava all'astronave, Mia poté vedere uno dei suoi lati dissolversi per lasciarli entrare. Dato che tutte le abitazioni Krinar erano dotate di una simile tecnologia d'ingresso, non rimase sorpresa a quella vista. La sua famiglia, tuttavia, la trovò molto impressionante.

"Come funziona esattamente questa roba intelligente?" chiese Marisa. "Le pareti ragionano davvero autonomamente?"

"No" rispose Korum. "Questa non è intelligenza artificiale nel vero senso della parola. Non è autonoma in alcun modo. Quando dico 'tecnologia intelligente' quello che intendo è che è un oggetto in grado di svolgere la sua funzione specifica in un modo che imita le capacità di un essere intelligente. Quindi, ad esempio, la mia casa può preparare i pasti, mantenere la temperatura adatta ai nostri corpi, tenere fuori i visitatori indesiderati e pulirsi da sola. Svolge quei compiti come farebbe un umano o un Krinar—ma non si può davvero portare avanti una conversazione con essa."

"È straordinario" disse Connor. "Avete anche dei robot con cui *potete* parlare?"

Korum sorrise con indulgenza. "Sì, quelli erano popolari qualche migliaio di anni fa, ma non vanno più di moda. Ora sono usati principalmente per intrattenere i bambini piccoli, sebbene piacciano anche ad alcuni adulti."

Prima che Connor potesse fare altre domande, la navicella toccò il suolo dell'astronave, atterrando dolcemente. Marisa applaudì. "Bravo! È stato il viaggio più tranquillo di sempre."

Korum rise, alzandosi dal proprio posto. "Eccoci qui" disse. "Finché non raggiungeremo la nostra destinazione, questa sarà la vostra nuova casa."

~

Quando scesero, Korum fece fare a tutti un tour dell'astronave. Nonostante il modesto strato esterno, l'interno del velivolo spaziale era decorato meravigliosamente, come qualsiasi abitazione Krinar. Colori chiari, arredi fluttuanti, piante esotiche—l'astronave aveva tutto ciò a cui Mia si era abituata a Lenkarda, e si sentì immediatamente a casa.

I genitori di Mia erano più che sorpresi. "Korum, è davvero meravigliosa" continuava a ripetere sua madre. "E il panorama! Oh Dio, che panorama!"

Il panorama era davvero incredibile. Le pareti esterne dell'astronave erano visibili dall'interno, proprio come nella maggior parte degli edifici Krinar, e c'erano molte zone in cui era possibile osservare lo spazio in tutta la sua maestosità. Senza l'interferenza dell'atmosfera, tutto era più nitido, più chiaro, le stelle sembravano più luminose di qualsiasi cosa Mia avesse mai visto sulla Terra.

Korum aveva preparato degli alloggi speciali per la famiglia di Mia, che imitavano accuratamente l'interno della casa dei suoi genitori. "Spero che vi piacciano" disse loro. "Altrimenti, posso sostituirli con qualsiasi altra cosa preferiate."

"Oh, no, sono perfetti" disse il padre di Mia, andando a sedersi su un grande divano imbottito. "Tutta quella roba fluttuante è un po' inquietante, ad essere sinceri."

"Bene, sono contento che vi piaccia." Korum sorrise, e Mia ebbe voglia di baciarlo per la sua premura. "Ho preparato anche una zona speciale per Mocha, in modo che possa correre e andare al bagno lì."

I pochi K che incontrarono durante la visita furono gentili con la famiglia di Mia, essendo stati già informati della loro presenza da Korum. Li fissavano tutti, ovviamente, ma Mia era già abituata. Due femmine dell'equipaggio sembravano particolarmente affascinate dalla cagnolina, che la mamma di Mia insisteva nel portarsi dietro.

"È così carina!" esclamò una di loro, allungando una mano per accarezzare Mocha. "Oh, non ne avevo mai vista una da così vicino!"

Il cane tollerò le attenzioni, ma Mia capì che non ne era felice. Sembrava che Korum fosse l'unico K che piacesse davvero a Mocha.

Dopo la visita, la famiglia di Mia decise di riposare. Sua sorella era particolarmente stanca, sfinita per tutte quelle emozioni. "È l'ora del pisolino" disse Connor, sorridendo a sua moglie, e lei annuì, soffocando uno sbadiglio.

Mia e Korum erano finalmente soli.

~

"A quanto pare, siamo soli ora" disse Mia, sorridendo a Korum. Erano appena entrati nel loro alloggio privato, dotato di un grande letto circolare simile a quello della casa di Korum.

"Proprio così." I suoi occhi cominciarono a brillare per una familiare luce dorata.

Sostenendo il suo sguardo, Mia lentamente e volontariamente agganciò i pollici sotto le bretelline che sorreggevano il prendisole e le spinse giù sulle spalle. "Ops" sussurrò. "Non riesco a toglierlo. Avrei bisogno del tuo aiuto..."

Le narici di Korum si dilatarono, e lei vide la tensione invadergli i muscoli. "Vieni qui" ringhiò.

Mia scosse la testa. "No. Vieni qui tu." Sapeva esattamente che cosa voleva, e Korum non avrebbe preso il sopravvento questa volta.

L'alieno socchiuse gli occhi. Sembrava minaccioso ora, come un selvaggio predatore che non riusciva a controllarsi, e il cuore dell'umana iniziò a battere più forte per il brivido di ciò che aveva intenzione di fare. "Vieni" ripeté, piegando il dito verso di lui.

Lui venne. Anzi, praticamente saltò dall'altra parte della stanza. In un secondo, la raggiunse, con il corpo muscoloso grande e intimidatorio, e la spinse contro il muro. "Hai bisogno di aiuto con il vestito, vero?" Le dita

696

strattonarono le bretelline sottili, con il tessuto leggero che quasi si strappò nelle sue mani forti.

"Sì" sospirò Mia, guardandolo. "Sii delicato, però. E dopo averlo fatto, voglio che ti spogli anche *tu*."

Gli occhi dell'alieno diventarono quasi gialli. "Davvero?"

"Sì" disse Mia. "E poi voglio che ti stendi sul letto." Il cuore le batteva così forte che ebbe la sensazione di essere sul punto di esplodere, e il corpo si stava sciogliendo dal bisogno. Lo voleva disperatamente... ma alle sue condizioni.

Per un secondo, pensò che lui non avrebbe acconsentito, ma poi fece un passo indietro. "Va bene" disse, con voce insolitamente dura. "Girati."

Mia soppresse un sorriso trionfante e fece come aveva chiesto. L'abito che indossava era in stile umano, con una cerniera nella parte posteriore, e le dita dell'extraterrestre erano calde sulla sua pelle nuda mentre tirava giù la lampo completamente. Non appena ebbe finito, Mia si spostò di lato e lasciò cadere il vestito sul pavimento. Sotto, indossava un minuscolo perizoma blu—un indumento che aveva indossato quella mattina proprio pensando a Korum.

Trattenne il fiato. "Mia... Mi vuoi stuzzicare..."

Sollevò le sopracciglia. "Non ti piace?" Fece una piroetta, facendo finta di non vedere il calore esplosivo nel suo sguardo mentre la fissava.

Un muscolo gli pulsava nella mascella. "Mi stai torturando?"

"Non lo so" mormorò Mia. "Lo sto facendo?" Dandogli le spalle, si chinò e lentamente spinse giù il perizoma, come aveva visto fare nei film. Poi ne uscì fuori. Quando si voltò di nuovo verso di lui, sembrava quasi feroce, con gli occhi che scintillavano e le mani strette a pugno.

"Tocca a te" disse Mia, guardandolo affascinata. Avrebbe perso il controllo e le sarebbe saltato addosso? Le piaceva quando riusciva a farlo entrare in quello stato, completamente preso e desideroso di lei. La sua passione selvaggia non la spaventava; anzi, lo bramava ancora di più.

Korum fece un respiro profondo, poi un altro, e lei vide le sue mani che si aprirono lentamente. Poi, continuando a fissarla con uno sguardo ardente, tolse la maglietta da sopra la testa e si sbottonò i jeans, spingendoli lungo i fianchi. Non indossava la biancheria intima, ed era già completamente eccitato, con l'erezione che sporgeva in modo aggressivo.

Mia rimase a bocca aperta davanti a quella vista. Il suo amante era la perfezione maschile in persona. Ogni muscolo del suo potente corpo era chiaramente definito, con la levigatezza della pelle dorata contaminata solo in pochi punti da una lieve spolverata di peli scuri. Voleva saltargli addosso e leccarlo dappertutto.

"Sdraiati sul letto" riuscì a dire, con la voce carica di desiderio.

Fece come le aveva chiesto, ma la ragazza poté vedere che il suo autocontrollo non sarebbe durato a lungo. All'improvviso, le venne un'idea. "Il mio fabbricatore, per favore" disse ad alta voce, sapendo che l'astronave intelligente avrebbe capito che cosa voleva. Infatti, pochi secondi dopo, una delle pareti si dissolse e il dono di Korum fluttuò direttamente nelle mani di Mia.

"Che cosa stai facendo?" chiese Korum, guardandola con diffidenza dal letto, e lei gli rivolse un sorriso malizioso.

"Vedrai."

Tenendo il fabbricatore in mano, disse al gadget: "Manette con una chiave, per favore" e poi attese che le nanomacchine facessero il loro lavoro.

Korum si mise a sedere, fissandola con un'espressione illeggibile sul volto. "E che cosa pensi di fare con quelle?"

Mia posò il fabbricatore e prese le manette. "Metterle su di te, ovviamente."

"Oh, davvero?"

"Sì, davvero" disse Mia fermamente, salendo sul letto accanto a Korum. "Ora, dammi i polsi."

Lui esitò un secondo, poi tese le mani, con la lussuria sul viso ormai mitigata dal divertimento. "Pensi che quelle mi terranno?"

"Probabilmente no" ammise Mia, mettendogli le manette. Ciascuno dei polsi era grosso quanto i suoi combinati, con gli avambracci muscolosi. "Ma non è questo il punto."

"Qual *è* il punto, dolcezza?" le chiese gentilmente, guardandola con le palpebre pesanti. "Stai cercando di dimostrare qualcosa?"

Invece di rispondere, Mia gli diede una leggera spinta, facendolo sdraiare sulla schiena con le braccia ammanettate sollevate sopra la testa. Poi salì sopra di lui, mettendosi a cavalcioni sul suo stomaco finché l'erezione non fu a soli pochi centimetri dall'apertura dell'umana. Chinandosi, si poggiò sul suo petto e gli sussurrò nell'orecchio: "Il punto è che tu sei mio, e io posso fare tutto quello che voglio con te."

Fece un profondo respiro e inarcò i fianchi, cercando di avvicinare il cazzo al suo ingresso. "E questo include lasciarmi entrare nella tua fighetta stretta?" La sua voce era roca, tesa dal bisogno.

"Oh, sì." Mia si spostò verso il basso finché la sua asta non fu tra le labbra delle parti basse, con il clitoride che gli sfregava il fianco. La pelle che gli copriva il cazzo era morbida, quasi delicata, e lei chiuse gli occhi, assaporandone la sensazione sul sesso.

"Mia..." gemette, muovendosi sotto di lei. "Mettilo dentro. Ora."

Decidendo di non continuare a torturarlo—e di non torturare nemmeno se stessa—Mia avvolse la mano intorno alla sua lunghezza e lo guidò dentro di lei. Mordendosi il labbro per la sensazione di stiramento, si abbassò lentamente finché il cazzo non fu quasi completamente dentro. Fece una pausa, abituandosi al suo spessore, e poi lo prese più in profondità, senza fermarsi finché non fu entrato fino in fondo.

Korum gemette di nuovo, flettendo i muscoli del braccio nello sforzo di evitare di raggiungerla in quel momento, e il suo cazzo scattò dentro di lei. Mia capì che lui stava morendo dalla voglia di prendere il controllo, di far venire entrambi, e rimase sorpresa da quell'insolita compostezza.

Non rimase sorpresa a lungo. Prima che potesse muoversi di nuovo, si ritrovò di schiena, con il grande corpo dell'alieno che la premeva contro il materasso. I suoi occhi erano selvaggi, lo sguardo sfocato. Era riuscito a spezzare gli anelli metallici che gli tenevano insieme le manette, e aveva le mani sulle sue cosce, tenendole spalancate per le spinte.

Gridando, Mia gli avvolse le braccia attorno al collo, a malapena in grado di sorreggersi mentre lui la colpiva, guidato unicamente dall'istinto primitivo di accoppiamento. Il corpo della ragazza scivolava avanti e indietro sul materasso ad ogni movimento dei suoi fianchi potenti, e il letto intelligente si addolcì intorno a loro, assomigliando più a un cuscino, e proteggendola da eventuali ferite.

Il suo primo orgasmo l'attraversò come un treno merci, e Mia urlò, dimenandosi tra le braccia dell'extraterrestre, ma era spietato, assolutamente inesorabile. Il secondo, pochi istanti dopo, le fece letteralmente vedere le stelle, eppure continuò a scoparla, feroce nel suo bisogno.

Era troppo. Mia si sentiva come se si stesse per spezzare, come se si stesse lacerando dall'intensità delle sensazioni. Il suo corpo non era più suo, la sua mente non era più sua. C'erano solo il calore e il sudore, e il corpo di Korum sopra di lei, in lei, intorno a lei. Erano fusi insieme, fusi dall'estasi incandescente della loro unione.

Quando rabbrividì su di lei, Mia sembrò incoerente, con la voce roca per le urla e il corpo tremante a causa delle infinite ondate di piacere. E proprio quando pensò che fosse finita, sentì i denti dell'extraterrestre fenderle la vena del collo... mandandola ancora più in estasi.

CAPITOLO VENTIQUATTRO

*S*e qualcuno avesse detto a Mia che un viaggio intergalattico sarebbe stato facile come andare in crociera, avrebbe riso a crepapelle. Eppure le cose stavano proprio così. Trascorsero quasi una settimana volando via dalla Terra ad una velocità inferiore a quella della luce—in modo da non causare alcun disturbo con la distorsione dello spazio-tempo—e poi attivarono la propulsione a curvatura, atterrando su Krina dopo pochi giorni di volo. Era filato tutto così liscio che Mia non aveva sentito niente. Fu solo quando Korum le disse che erano in una galassia diversa che capì che l'astronave aveva fatto il salto.

"Andremo subito dagli Anziani?" chiese Mia, mentre erano sdraiati nel letto la sera prima del loro arrivo. Dal momento che erano entrambi meno impegnati con le altre faccende, lei e Korum avevano passato molto tempo insieme durante il viaggio. Mia si stava prendendo una pausa dall'apprendimento della conoscenza della mente, e Korum non aveva alcun problema urgente del Consiglio da risolvere. Mia dormiva fino a tardi, trascorreva la mattinata con la famiglia e passava la maggior parte della giornata con Korum—un'attività che culminava in parecchie ore di beatitudine sessuale.

"No" rispose Korum. "Andremo a parlare prima con l'esperta della mente, per ripristinarti la memoria." E per annullare l'ammorbidimento, ma quella parte era implicita. Mia sapeva che temevano entrambi l'annullamento della procedura, non sapendo bene che cosa sarebbe cambiato tra loro di conseguenza.

Fissando la parete trasparente nella loro camera da letto, Mia poté vedere stelle e costellazioni sconosciute nel cielo. Erano già nel sistema solare di Krina, un luogo strano e bellissimo con dieci pianeti che circondavano una stella che era circa 1,2 volte la dimensione del sole della Terra. Krina era il quarto pianeta in termini di distanza dal suo sole, ed era sorprendentemente simile alla Terra per dimensioni, massa e composizione geochimica. "Ecco perché la Terra è così importante per noi" spiegò Korum. "È più simile a Krina di qualsiasi altro pianeta in cui ci siamo imbattuti in tutti gli anni di esplorazione dell'universo."

La principale differenza tra i due pianeti stava nelle lune. La Terra ne aveva solo una, mentre Krina ne aveva un totale di tre—una delle dimensioni di quella della Terra e due più piccole. "Abbiamo delle maree spettacolari" le disse Korum. "Somigliano a dei piccoli tsunami. La Terra è migliore in questo senso; nella maggior parte dei luoghi, si può vivere proprio vicino all'oceano, senza preoccuparsi di qualcosa in più di un occasionale uragano. Su Krina, l'oceano è più pericoloso, e non abbiamo insediamenti a meno di trenta chilometri dalla riva."

Con sorpresa di Mia, apprese che quando Korum faceva riferimento all'oceano su Krina, intendeva l'Oceano—cioè, un enorme specchio d'acqua. A differenza della Terra, dove il supercontinente originario della Pangea si era separato creando diversi continenti, Krina aveva una gigantesca massa continentale, che fungeva da unico continente per tutti i Krinar. Tinara, l'aveva chiamata Korum.

Questo fatto spiegava anche una cosa che aveva lasciato perplessa Mia: la relativa assenza di varietà nell'aspetto esteriore dei Krinar. La specie del suo amante tendeva ad avere i capelli scuri e la pelle abbronzata, e, pur essendoci variazioni nella colorazione, c'erano poche differenze significative tra i K rispetto agli umani di razze diverse. I Krinar erano più omogenei—cosa che aveva senso, se si erano evoluti tutti insieme in quel supercontinente.

"Allora, come mai tua cugina Leeta ha i capelli rossi?" chiese Mia. Aveva incontrato la bella donna Krinar un paio di volte in seguito alla perdita di memoria. "C'è un gene per quello nella popolazione K?"

Korum scosse la testa. "No, non proprio. Alcuni di noi hanno capelli con una sfumatura leggermente ramata, ma niente a che vedere con quella attuale di Leeta. Ha alterato la struttura delle sue molecole di capelli da quando è arrivata sulla Terra, probabilmente perché le piace quel colore."

"E non esistono Krinar biondi e con gli occhi azzurri?"

"No" rispose Korum. "Niente Krinar con i capelli ricci come i tuoi. Con i tuoi ricci e gli occhi azzurri, ti distinguerai davvero su Krina."

"Oh, bene" mormorò Mia. "Mi noteranno ancora di più."

Korum sorrise. "Sì. Ma non è una brutta cosa."

Mia scrollò le spalle. Sapeva che i Krinar non consideravano rude fissare gli altri, ma continuava a sentirsi a disagio con quella specifica differenza culturale. "Quindi, quando incontreremo la tua famiglia?" chiese, cambiando argomento. "Saranno lì ad aspettarci quando arriveremo?"

"No. Ho detto loro che saremmo andati a trovarli dopo il recupero della tua memoria. Hai già conosciuto i miei genitori una volta e probabilmente ti sentirai meglio, se ricorderai l'incontro originario."

Mia sbadigliò e si voltò, premendo la schiena contro il petto di Korum e lasciando che la cullasse da dietro. Lui la strinse, tirandola più vicino. "Dormi, dolcezza" le mormorò nell'orecchio, e Mia si addormentò, sentendosi calda e al sicuro nel suo abbraccio.

"Oh mio Dio, siamo arrivati? Quella è Krina?" Marisa si alzò in piedi, indicando il pianeta che diventava sempre più grande davanti ai loro occhi. Anche Mia lo stava fissando, con il cuore che batteva come un tamburo dall'attesa e dall'emozione.

"Sì" confermò Korum, sorridendo. "È proprio Krina."

Erano tutti seduti intorno a un tavolo fluttuante, a fare colazione. Quello era l'ultimo pasto sull'astronave prima del loro arrivo. Connor era tornato ad essere insolitamente silenzioso, e Mia si accorse che i suoi genitori stavano a malapena toccando il cibo, apparentemente troppo nervosi per mangiare normalmente.

Erano seduti in una delle stanze con una parete rivolta verso l'esterno dell'astronave, una parete fatta dello stesso materiale trasparente delle abitazioni Krinar. Korum l'aveva scelto apposta, per permettere loro di godersi l'avvicinamento a Krina per la prima volta.

L'astronave si muoveva con incredibile velocità, e presto il pianeta divenne visibile in maggior dettaglio. "Veniamo da Tinara—il lato del supercontinente" spiegò Korum. "Ecco perché non vedete molta acqua, rispetto alla Terra."

Ed era vero. La vista davanti a loro era molto diversa dalle immagini della Terra riprese dalla NASA nello spazio. Mia poteva vedere solo un sottile anello blu; invece, tutto era dominato da una gigantesca massa continentale marrone al centro—il supercontinente. Man mano che si avvicinavano, si rese conto che ciò che aveva scambiato per una tonalità marrone era in realtà una combinazione di verde, rosso e giallo.

Ben presto entrarono nell'atmosfera, e Mia notò un debole bagliore rossastro intorno all'astronave. "Questi sono i nostri scudi di forza che ci proteggono dal caldo e dall'attrito" spiegò Korum. "Ci stiamo ancora muovendo velocemente; quindi, se non fosse per i nostri scudi, rimarremmo carbonizzati."

A poco a poco, il bagliore svanì e l'astronave rallentò. Appena superarono la coltre di nubi, Mia vide una grande foresta sotto di loro, straordinariamente colorata... e insolitamente immacolata. Dove ci si sarebbe aspettato di vedere città e grattacieli, c'erano solo alberi e altri alberi.

"Ci stiamo dirigendo verso una zona di atterraggio speciale per le astronavi intergalattiche" disse Korum, apparentemente anticipando le loro domande. "È piuttosto distante da tutti i nostri Centri."

"Perché non utilizziamo una navicella per scendere, come abbiamo fatto per salire sull'astronave?" chiese il padre di Mia. "Perché atterrare con quest'astronave?"

"Bella domanda, Dan" disse Korum. "Quando eravamo sulla Terra, abbiamo utilizzato la capsula per il trasporto, perché non ci sono aree di atterraggio idonee per astronavi come questa. Ciò potrebbe cambiare in futuro, ma per ora è più semplice mantenere questi tipi di astronavi in orbita intorno alla Terra. Qui su Krina siamo equipaggiati per questo, quindi non c'è motivo di non atterrare."

Ora Mia vide una grande radura davanti, con alcune strutture che assomigliavano a funghi giganti. Doveva essere il campo di atterraggio. Infatti, l'astronave si diresse lì e pochi minuti dopo toccarono terra.

Erano ufficialmente su Krina.

∼

Mentre uscivano dall'astronave, Mia sentì un'esplosione di calore che le ricordava il clima della Florida. Era anche difficile respirare, e si sentì stordita, mentre cercava di mandare giù più aria. Afferrando la mano di Korum, attese che l'ondata di vertigini passasse.

"Stai bene?" le chiese, avvolgendole un braccio intorno alla schiena per sostenerla.

"Sì" disse Mia. "L'aria è più fina qui, credo." Era anche insolitamente e piacevolmente profumata, come i fiori che sbocciano e i frutti dolci.

"È più fina" confermò Korum. "La nostra atmosfera in generale contiene un po' meno ossigeno di quello a cui sei abituata, e questa regione in particolare sembra essere a un'altitudine maggiore. Dovresti abituartici presto, però, grazie ai nanociti."

Mia stava già iniziando a sentirsi meglio, ma ora aveva una nuova preoccupazione. "E i miei genitori? E Marisa e Connor? Come faranno ad abituarsi?" La sua famiglia stava scendendo dall'astronave, circa dieci metri dietro di loro.

"La maggior parte degli umani tollera bene la nostra atmosfera, dopo un periodo iniziale di acclimatamento" disse Korum. "Ma non preoccuparti; so che i tuoi genitori non sono in ottima forma, così mi sono assicurato che le nostre esperte di medicina fossero a portata di mano." Indicò una piccola capsula che era appena atterrata vicino all'astronave. "Aiuteranno la tua famiglia con qualsiasi tipo di problema."

In quel momento, due donne Krinar uscirono dalla capsula. Alte, con i capelli scuri e aggraziate, si avvicinarono a Korum e sorrisero. "Io sono Rialit, e questa è la mia collega Mita" disse la donna più bassa sulla destra. "Bentornato su Krina."

Korum inclinò la testa. "Grazie, Rialit. E Mita. Vorrei che aiutaste i miei compagni umani. La mia charl sta bene, ma i suoi parenti potrebbero aver bisogno del vostro aiuto."

"Certo" disse Rialit, girandosi verso Ella e Dan. Loro e Marisa sembravano un po' pallidi, e Connor sembrava che stesse cercando di mandar giù quanta più aria possibile.

Le esperte di medicina si affrettarono, con dei piccoli dispositivi e, un minuto dopo, tutti sembrarono tornare alla normalità. Korum ringraziò le due donne e loro se ne andarono, facendo decollare la navicella pochi minuti dopo.

"Wow" disse la madre di Mia, fissando il velivolo spaziale in partenza. "Non posso credere che abbiano passato quei piccoli dispositivi su di noi, e che ora respiriamo di nuovo. Che cosa ci hanno fatto?"

"Credo che abbiano creato un piccolo campo di ossigeno intorno a voi" disse Korum. "In questo modo, vi abituerete in modo più graduale. Il campo si dissiperà nei prossimi due giorni, ma lo farà lentamente, così i vostri corpi si abitueranno a respirare la nostra aria."

"È straordinario" esclamò Dan. "Semplicemente straordinario."

Mia sorrise. "Non è vero?"

Mentre parlavano, Korum aveva iniziato il procedimento di creazione di una capsula di trasporto per portarli alla loro destinazione finale: la sua casa. La sorella di Mia ansimò quando la navicella cominciò a prendere forma, mentre Connor e i genitori rimasero semplicemente a guardare scioccati. Mia sorrise notando le loro reazioni; non era passato molto tempo da quando tutto ciò che Korum le aveva mostrato le era sembrato un miracolo. Ora anche lei poteva fare molte di quelle cose, pur non comprendendone la tecnologia alla base. Ma la maggior parte della gente non capiva come funzionavano i telefoni e i televisori, pur sapendo utilizzarli—proprio come Mia sapeva utilizzare il suo fabbricatore.

Una volta completata la navicella, tutti salirono e si sistemarono sui sedili fluttuanti. "Adoro queste cose" disse Marisa, con un'espressione felice sul viso, mentre il sedile si adattava alla sua forma. Mia immaginò che sua sorella stesse già iniziando a provare i fastidi e i dolori legati alla gravidanza, e decise che ne avrebbe parlato con le esperte di medicina. Marisa probabilmente era troppo timida per farlo da sola.

Mentre la loro capsula decollava, Mia guardò il pavimento trasparente, con il respiro che le si fermò in gola per la consapevolezza di essere davvero lì. Su Krina.

Sul pianeta che era stato l'origine di tutta la vita sulla Terra.

CAPITOLO VENTICINQUE

Il volo verso la casa di Korum durò appena due minuti, con la navicella che volava troppo velocemente, perché Mia potesse vedere qualcosa di più di una macchia di vegetazione esotica di sotto. Appena atterrati, balzò in piedi, desiderosa di vedere Krina da vicino.

"Aspetta, tesoro" disse suo padre, prendendole il braccio mentre stava per correre fuori dalla navicella. "È un pianeta alieno. Non sai che cosa c'è in quei boschi."

"Ha ragione, dolcezza" disse Korum. "Ho bisogno di mostrarvi alcune cose prima, per evitare possibili problemi. Rimanete vicino a me per ora, e non toccate niente."

Uscendo dalla capsula, li guidò verso una struttura color avorio visibile tra gli alberi.

Mentre camminavano, Mia rimase meravigliata dalla bellissima vegetazione che li circondava. Anche se il verde dominava, c'erano molte più piante rosse e gialle rispetto a quelle che si trovavano sulla Terra. In alcuni punti riusciva persino a vedere delle brillanti foglie viola, che facevano capolino in mezzo ad una distesa erbosa simile a un prato che ricopriva il suolo della foresta. Qua e là, fiori di ogni sfumatura dell'arcobaleno aggiungevano un tocco festoso a tutto. Quei fiori sembravano i responsabili del profumo che Mia aveva notato al loro arrivo.

Anche i tronchi degli alberi erano di vari colori. Il marrone era comune, ma lo erano anche il bianco e il nero. Un albero che Mia amava particolarmente aveva rami bianchi e foglie rosso vivo con il centro giallo. "È stupendo!" esclamò, e Korum rise, scuotendo la testa.

"Stupendo, ma velenoso" le disse. "Qualunque cosa facciate, non permettete alla linfa degli alberi di entrare in contatto con la vostra pelle —è come l'acido."

"Davvero?" Mia fissò l'ambiente circostante con rinnovata cautela. I suoi genitori sembravano spaventati, e Connor mise un braccio con fare protettivo intorno a Marisa, tirandola più vicino a sé.

"Non dovete aver paura" disse Korum. "Dovete solo sapere di non toccare l'albero *alfabra*. La stessa cosa vale per quella pianta laggiù—" Indicò un cespuglio verde dall'aspetto grazioso coperto da fiori bianchi e rosa. "Ama mangiare tutto ciò che si posa su di esso, ed è noto per consumare animali piuttosto grandi."

Qualcosa volò vicino all'orecchio di Mia, e lei lo schiacciò di riflesso, ansimando quando sentì un improvviso pizzico leggero. Abbassando la mano, lo fissò incredula. "Oh mio Dio, Korum, che cos'è?"

Una creatura blu-verde era in mezzo al suo palmo, con gli enormi occhi grandi quasi la metà delle dimensioni del suo corpo di sette centimetri. Aveva solo quattro zampe, ma sembrava avere centinaia di dita su ognuna, tutte affondate nella pelle di Mia. Aveva anche delle piccole ali che non sembravano abbastanza grandi da permetterle di volare.

"È una *virta*" disse Korum, sollevando delicatamente la creatura dal palmo di Mia e gettandola via. "È innocua—l'hai appena spaventata e lei ti ha afferrata. Si nutrono di foglie e a volte di *mirat*."

"Mirat?" chiese Connor.

"Sì, mirat" disse Korum, indicando uno dei tronchi d'albero marroni.

Quando Mia osservò meglio, vide che quello che aveva scambiato per il legno solido era in realtà un tipo di sostanza gelatinosa—che tremava e si muoveva, espandendosi e contraendosi in modo inquietante.

"I mirat sono simili alle vostre api, anche se non pungono" spiegò Korum. "Sono insetti socievoli, e costruiscono queste complesse strutture attorno agli alberi. I nostri scienziati adorano studiarli. Si discute molto sull'intelligenza superiore mostrata dai mirat. Non li disturbiamo mai, e loro generalmente evitano noi e le nostre dimore. Se toccate il loro alveare, vi verrà un capogiro per il fumo che emettono, quindi è meglio starci alla larga."

"È pazzesco" disse Marisa, sembrando preoccupata. "C'è qualcos'altro del genere che dovremmo sapere?" Si strinse lo stomaco in un gesto protettivo.

"Sì" rispose Korum. "Quella, laggiù—" indicò una piccola cosa rossa simile a un insetto sul terreno "—è un'altra cosa a cui dovete prestare attenzione. Morde e adora scavare nella pelle. Non è velenosa, ma estrarla è molto spiacevole. Ci sono anche alcuni grandi predatori, ma è improbabile incontrarli in questa zona. Hanno paura dei Krinar e di solito evitano i nostri territori."

Connor era accigliato. "Korum, senza offesa, ma c'è un sacco di roba di cui dobbiamo preoccuparci qui. Non credo che ci fossimo resi conto che saremmo vissuti nel bel mezzo di una giungla aliena."

Korum non sembrava minimamente offeso. "La nostra giungla è molto meno pericolosa delle vostre città, a patto di non attraversarla ciecamente" disse con calma. "E la mia casa è assolutamente sicura e priva di animaletti. Tra pochi giorni saprete esattamente a cosa fare attenzione e potrete uscire senza di me. Fino ad allora, vi accompagnerò ovunque e non avrete problemi."

Connor aprì la bocca per dire qualcosa, ma la madre di Mia lo interruppe, esclamando: "Oh, wow, Korum, quella è la tua casa?"

Mentre stavano parlando, avevano raggiunto l'abitazione color avorio, con forma oblunga. Agli occhi di Mia, sembrava molto simile alla casa di Korum a Lenkarda—un luogo che ora considerava casa sua. Agli altri, però, doveva sembrare strana e aliena.

"Sì" rispose Korum, sorridendo. "Esattamente."

"Non ha porte o finestre?" chiese suo padre, esaminando la struttura con visibile curiosità.

"No, papà" disse Mia. "Ha pareti intelligenti, proprio come l'astronave che ci ha portati qui. Probabilmente sono trasparenti dall'interno. Vero, Korum?"

"Vero" confermò il suo amante, e Mia sorrise, sentendosi esplodere dall'emozione. Era davvero su Krina!

Korum fece un rapido tour della casa, mostrando alla sua famiglia come usare tutto. I genitori di Mia sembravano un po' sconvolti, così creò per loro una suite 'umanizzata' separata, proprio come aveva fatto sull'astronave. Sua sorella e il cognato, tuttavia, decisero di rimanere nella parte principale della casa, preferendo il comfort della tecnologia K ai mobili più familiari in stile umano.

"Adoro questa cosa." Marisa era distesa sul letto intelligente nella sua stanza, con un'espressione felice sul viso per il massaggio che stava ricevendo. "Non voglio più lasciarla."

"È fantastica, vero?" Mia si sedette accanto a sua sorella. "Tutta la loro roba è incredibilmente meravigliosa, proprio come quella. La prima volta che mi sono addormentata su un letto come questo, ho pensato di essere morta e di trovarmi in Paradiso."

"Assolutamente." Marisa chiuse gli occhi, gemendo dal piacere. "È così dannatamente straordinario..."

"Ti lascio stare, allora" disse Mia, sogghignando. "Riposati, ok?"

Marisa non rispose, e Mia capì che sua sorella si stava già addormentando, con il corpo gravido che richiedeva più riposo del solito.

Connor stava facendo la doccia, e anche i suoi genitori si stavano rilassando, così Mia andò a cercare Korum. "Sono pronta" gli disse. "Ora è il momento perfetto."

Si alzò dal sedile nel soggiorno su cui era seduto, con il corpo alto e muscoloso aggraziato come quello di una pantera. "Sei sicura?" chiese, e lei poté scorgere la preoccupazione sul suo bellissimo viso.

"Sì" disse Mia, sollevando la mano per accarezzargli i folti capelli scuri. "Sono sicura."

Le prese la mano e la portò alle labbra, baciando teneramente ogni nocca. "Allora facciamolo" disse dolcemente. "Ripristiniamo la tua memoria e la vecchia personalità."

Un'atletica donna Krinar con i capelli castani girò intorno a Mia, attaccandole piccoli punti bianchi sulla fronte, sulle tempie e sulla nuca. Mia si aspettava che l'avrebbero addormentata per l'annullamento della procedura di Saret, ma l'apprendista della mente—Laira—disse che doveva essere cosciente.

"Ecco" disse Laira con soddisfazione. "Fatto. Ora, per favore, siediti. Puoi sistemarti anche sul grembo di Korum, se vuoi." Fece l'occhiolino, e Mia rise, apprezzando quella donna K. Secondo Korum, Laira era giovane —doveva avere meno di duecento anni—ed era già considerata una stella nascente nel campo degli studi sulla mente.

Korum sorrise e sistemò Mia sulle ginocchia. "Certo, sarei felice di tenerla qui."

"Non ne dubito." Laira sorrise. "È una charl molto carina."

"Scusa" disse Mia, mettendo un braccio con fare possessivo intorno al collo di Korum. "Anche il mio *cheren* è molto carino."

"Vero, vero" disse Laira ridendo. Poi, la sua espressione divenne più seria. "Va bene, Mia, per ora puoi aspettarti questo: ti sembrerà che la tua mente si stia svuotando. Poi sentirai un afflusso di immagini e impressioni, mentre la memoria ritorna e la procedura viene annullata. Man mano che i ricordi riaffiorano, voglio che ti concentri su di essi uno alla volta, in modo da assorbirli lentamente. Ecco perché devi rimanere sveglia per questo, anche se so che sarà spiacevole per te."

"Le farà male?" chiese Korum, stringendo le braccia attorno a Mia.

"No, si sentirà solo a disagio, come ho detto" rispose Laira. "Sei pronta, Mia?"

"Sì." Mia si preparò.

"Bene, allora."

All'inizio, Mia sentì una piacevole debolezza avere la meglio e chiuse gli occhi. Si sentì come se si stesse addormentando. Provò una strana sensazione di nulla, di vuoto.

All'improvviso, fu come se una bomba le fosse scoppiata nel cervello, con un'esplosione di colori, sentimenti e forme, che apparvero tutti insieme. Ansimò, scavando con le dita nel braccio di Korum, mentre cercava di affrontare l'assalto. Era troppo, come un film IMAX 3D con eccessivi effetti speciali, trasmessi direttamente nel suo cervello.

Da qualche parte, in lontananza, poteva sentire la voce di Korum. Era furioso, insistente. "Smettila! Smettila subito! Non vedi che sta soffrendo?"

"Lo supererà..." Era la voce di Laira, calma e rassicurante. Mia si aggrappò ad essa, avendo bisogno di qualcosa di stabile nel vortice che le stava inghiottendo la mente.

All'inizio era insopportabile, e lei urlò senza voce, troppo sopraffatta per emettere qualche suono reale. Laira non aveva mentito. Non c'era dolore; c'era solo sofferenza. Era come se il cervello di Mia si stesse riempendo fino all'orlo, con il cranio che si allungava e si dilatava per contenere tutto.

E proprio nel momento in cui pensò che la sua testa sarebbe letteralmente esplosa, la sofferenza iniziò ad attenuarsi, con quei colori e forme che si separarono in immagini, con quelle immagini ed emozioni che si trasformarono in eventi specifici. I ricordi iniziarono a fondersi, prendendo forma uno alla volta, finché riuscì ad afferrarli, integrandoli in quelli che già conosceva.

C'era la festa alla fine di marzo, poco prima che incontrasse Korum. Jessie l'aveva trascinata, e Mia aveva finito per divertirsi dopo un paio di drink. Aveva ballato con alcuni ragazzi, scambiando addirittura il numero di telefono con uno di loro, ma non ne era venuto fuori niente. Se solo avesse saputo quale strana svolta avrebbe assunto la sua vita...

Il ricordo del suo primo incontro con Korum le passò per la mente, e Mia rivisse il forte sentimento della paura, mescolato ai primi turbamenti del desiderio. L'uomo che la stava stringendo così amorevolmente l'aveva terrorizzata all'inizio, con l'arroganza e il disprezzo per le sue volontà che l'avevano portata a pensare il peggio sulla sua specie.

Altri ricordi... La prima volta nel letto di Korum, John che le spiegava il significato di charl, l'incidente nel locale in cui Korum aveva quasi ucciso Peter... Korum che l'abbracciava mentre piangeva, Mia che lo portava a conoscere i suoi genitori per la prima volta... I ricordi buoni, belli, brutti—ricordava tutto, ed era come se un vuoto dentro di lei stesse scomparendo, con il prima e il dopo che si scontrarono, facendola sentire intera per la prima volta dall'aggressione di Saret.

Saret! Ricordava anche lui. Le piaceva, lo considerava il suo capo e il suo mentore. Era stato lui a donarle l'impianto linguistico, a lasciare che svolgesse l'apprendistato nel suo laboratorio su richiesta di Korum. Rivisse l'emozione che aveva provato quando Korum le aveva parlato dell'opportunità, l'entusiasmo di apprendere ciò che migliaia di scienziati umani potevano solo sognare di fare.

E poi il suo ultimo ricordo del passato: Saret che la stringeva in un angolo del laboratorio. Mia ricordò il suo terrore, lo shock nell'apprendere le sue intenzioni per la razza umana... Il suo disgusto quando aveva ammesso di volerla, la sensazione di malessere nello stomaco quando le aveva raccontato dei suoi piani per i Krinar... E quella terribile oscurità che aveva preso il sopravvento quando le aveva spazzato via una parte importante della vita, alterandole il cervello.

Ora il presente e il passato erano di nuovo uniti. Mia si accorse che Korum le stava accarezzando i capelli, dandole dolci baci sul viso. Continuando a tenere gli occhi chiusi, Mia rivisse gli eventi più recenti, dal risveglio nel letto di Korum al viaggio verso Krina. Cercò di confrontare quelle emozioni con quello che provava ora—e con quello che era sempre stata.

Saret non aveva mentito. Quando Mia si era svegliata senza i ricordi, non si era sentita completamente se stessa. Era davvero più tollerante, più aperta a nuove esperienze. Poteva vederlo ora. Comunque, era stata una buona cosa. Nel suo tentativo di addolcire Mia per sé, Saret aveva inavvertitamente creato le condizioni perfette per farle superare il dolore e la confusione causati dalla perdita di memoria. Invece di soffrire, Mia si era abituata. Invece di preoccuparsi, aveva imparato.

E invece di temere nuovamente Korum, si era innamorata di lui. Si era davvero innamorata del bellissimo e tenero Krinar, che l'aveva salutata al risveglio. Il Korum degli ultimi mesi non era la stessa persona che aveva incontrato nel parco quel giorno di aprile; la sua arroganza era stata mitigata dall'affetto, l'indifferenza verso i suoi desideri si era trasformata nel desiderio di renderla felice. L'amava, Mia non aveva dubbi su questo ora. L'amava con la stessa intensità, con la stessa disperazione con cui lei amava lui.

Mentre il presente e il passato si univano, lo stesso valeva per i suoi sentimenti e le emozioni. Tutto ciò che aveva provato venne ingigantito, rafforzato dalle prove e dalle tribolazioni degli ultimi due mesi.

Aprendo gli occhi, Mia sorrise al suo amante K.

CAPITOLO VENTISEI

$\mathcal{V}$edendo il suo sorriso, Korum rabbrividì dal sollievo. "Mia, dolcezza, stai bene?" Negli ultimi dieci minuti era stata rigida come una tavola, con il viso pallido e persino le labbra prive di colore. Non aveva reagito a nulla, come se fosse stata in coma.

"Sta bene. Vero, Mia?" Laira si avvicinò, chinandosi per sbirciare la faccia di Mia, e Korum lottò contro l'impulso di strangolare l'apprendista. La sua charl aveva ovviamente sofferto, e l'alieno capì che non avrebbe mai perdonato Laira per questo.

"Sto bene ora" disse Mia dolcemente, come se comprendesse i suoi sentimenti. Sollevando la mano, gli accarezzò la guancia, con quel tenero gesto che raffreddò parte della sua rabbia.

"Ricordi qualcosa?" La voce di Laira li interruppe di nuovo.

"Sì" disse Mia, guardandola. "Ricordo tutto. Grazie."

Ricordava. Ricordava tutto. Korum si sentì come se potesse respirare di nuovo, con il terribile senso di colpa dentro di lui che si attenuava per la prima volta da quando aveva saputo del tradimento di Saret.

"E la procedura di ammorbidimento?" chiese a Laira, stringendo inconsciamente le braccia attorno alla ragazza sulle sue ginocchia.

"Anche quella dovrebbe essere stata annullata" rispose Laira. "Mia, ti senti diversa in questo senso?"

"Non lo so" rispose la ragazza, con un piccolo cipiglio che apparve sul suo viso. "Ho capito che le mie reazioni erano un po' esagerate, quando mi sono svegliata a Lenkarda, ma non mi sento diversa ora."

"No?" chiese Korum, e Mia sorrise.

"No" disse lei, con gli occhi dolci. "Non mi sento diversa."

Un altro peso si sollevò dalle spalle di Korum, facendolo sentire più leggero dell'aria. Fino a quel momento, non aveva capito quanto avesse temuto la risposta a quella domanda. Mia lo aveva amato prima della perdita di memoria, lo sapeva, ma una parte di lui aveva ancora avuto paura che i suoi sentimenti per lui dopo la procedura di Saret non fossero altrettanto reali—e che l'annullamento di essa avrebbe distrutto qualsiasi amore lei pensasse di provare per lui.

Mia fece per alzarsi, e lui si sforzò di lasciarla andare, anche se avrebbe voluto continuare a stringerla per sempre.

Alzandosi, si voltò verso Laira e le rivolse un cenno di ringraziamento. Sebbene la procedura avesse funzionato, Korum non riusciva ancora a dimenticare l'espressione torturata sul viso di Mia durante quei terribili dieci minuti. Si era sentito impotente, incapace di fare qualsiasi cosa per alleviarle la sofferenza, e non l'avrebbe dimenticato molto presto.

Non meno turbata dal suo evidente dispiacere, Laira gli sorrise. "A quanto pare, hai riavuto la tua charl, tutta sana e salva."

"Sì" disse Korum, mettendo un braccio intorno a Mia per sostenerla, dato che sembrava ancora troppo pallida. "Direi proprio di sì."

Il loro volo di ritorno a casa di Korum durò una ventina di minuti, dal momento che il laboratorio di Laira si trovava a poche migliaia di chilometri dalla sua regione natale di Rolert. Korum notò che Mia era affascinata dal panorama al di fuori della capsula di trasporto, e ordinò al velivolo di volare a una quota più bassa e con una velocità inferiore, per darle la possibilità di osservare meglio.

Cercò di vedere Krina come l'avrebbe vista lei, e dovette ammettere che il suo pianeta nativo era bellissimo. La gigantesca massa continentale di Tinara ospitava un'enorme varietà di flora e fauna e, dall'alto, la vegetazione sembrava un variopinto tappeto verde, con sfumature rosse e dorate. C'erano grandi laghi e fiumi, alcuni azzurri e chiari come i Caraibi, e altri di un ricco blu-verde.

Gli insediamenti Krinar erano sparsi, per lo più raggruppati attorno a questi specchi d'acqua. Non c'erano vere e proprie città, solo Centri che fungevano da punti focali di commercio e affari. La maggior parte dei Krinar viveva alla periferia di questi Centri, facendo i pendolari per lavoro e altre attività.

La casa di Korum era accanto a Banir—un Centro di medie dimensioni situato nella regione di Rolert, vicino al centro del supercontinente e all'equatore. Quando Korum aveva portato Mia e la sua famiglia lì, al mattino presto, tutti avevano commentato su quanto fosse caldo il clima—persino più caldo di quello della Florida durante l'estate. Il caldo non infastidiva Korum, ma sapeva che gli umani erano più sensibili, quindi si era assicurato di farli entrare rapidamente. In serata, quando la temperatura si raffreddò, li condusse al vicino lago per nuotare e osservare alcuni degli animali selvatici locali.

"Quella è Viarad" disse Korum a Mia mentre sorvolavano un Centro particolarmente grande. "È la cosa più vicina che abbiamo a una capitale planetaria. Lì si effettuano molte ricerche, ed è anche il luogo in cui si svolgono i combattimenti nell'Arena e altri importanti incontri."

Mia lo guardò, con occhi luminosi e curiosi. "Le vostre città non sono come le nostre" osservò. "Non vedo nemmeno molti edifici, figuriamoci grattacieli e simili."

"Ce ne sono" la rassicurò Korum. "Non grattacieli, ma ci sono molti grandi edifici per vari scopi commerciali. Dall'alto non si vedono a causa degli alberi. La foresta che circonda Viarad ha alcuni degli alberi più alti di Krina, con molti di essi che superano i venti piani di altezza."

Sgranò gli occhi. "Venti piani?"

"Come minimo" disse Korum. "Forse di più. Quegli alberi sono antichi; alcuni di loro esistono da oltre cento milioni di anni."

"È incredibile." La sua voce era carica di meraviglia. "Korum, il tuo pianeta è fantastico."

Sorrise, divertito dal suo entusiasmo. "Lo è, non è vero?"

Pur volando a una velocità inferiore, raggiunsero la sua casa pochi minuti dopo. Korum condusse Mia all'interno della casa, dove la sua famiglia si stava rilassando dopo il viaggio. "Preparerò la cena" le disse. "Puoi riposare un po' se vuoi. Hai passato una giornata dura oggi."

"Sto bene" disse Mia, e lui capì che non stava mentendo. Il colore delle sue guance era tornato, e sembrava essersi completamente ripresa dalla precedente esperienza. "Esco con i miei genitori, se non ti dispiace."

"No, certo che no, vai pure" disse Korum. "Ci vediamo presto."

〜

La cena preparata da Korum era insolita e deliziosa, e consisteva in un po' di semi locali, frutta e verdura preparati in modo creativo. Mia e ciascun membro della sua famiglia scoprirono qualcosa di nuovo che consideravano davvero ottimo.

Uno dei piatti consisteva in un ortaggio a forma di lacrima con la buccia viola il cui sapore assomigliava a un incrocio tra un pomodoro e una zucchina. Era farcito con granelli al gusto di nocciola che avevano una consistenza simile a bollicine. Il padre di Mia adorava quel piatto, optando per una seconda e una terza porzione non appena ebbe finito. Nel frattempo, Mia e Marisa impazzivano entrambe per lo stufato kalfani, con il sapore ricco e delizioso, mentre la madre e Connor continuavano a mangiare il frutto esotico, che era il loro dessert. "Tutto questo cibo è sicuro per il consumo umano" disse Korum. "Non tutto su Krina lo è, ma mi sono assicurato che questi alimenti specifici fossero idonei al vostro apparato digerente."

Dopo cena, Korum li portò al lago che era vicino a casa sua. Il sole stava tramontando, e Mia poté vedere le tre lune che cominciavano ad apparire nel cielo, nonostante ci fosse ancora molta luce.

Mentre camminavano, l'extraterrestre mostrò loro varie piante e insetti, parlandone un po'. "Quella è una *nooki*" disse, indicando una grossa creatura gialla simile a un ragno con quelle che sembravano centinaia di zampe. "Estraggono i nutrienti dal terreno, quasi come le piante. Ai nostri figli piace giocarci, perché fanno cose divertenti quando le spaventi." Batté le mani accanto alla creatura, ed essa si gonfiò, con ogni zampa che raggiunse quasi il triplo dello spessore e il busto che diventò rosso vivo. "È assolutamente innocua, quindi non dovete averne paura."

Mia sorrise e allungò la mano verso la creatura, curiosa di scoprire se si lasciasse toccare. Scivolò via, sembrando una goffa palla dai colori vivaci.

Korum le sorrise, e Mia rise, sentendosi incredibilmente felice. Alzandosi in punta di piedi, gli poggiò le mani sulle guance e portò il suo viso verso di lei, dandogli un rapido bacio sulle labbra. "Ti amo" disse, sostenendo il suo sguardo, e le si strinse il cuore scorgendovi l'amore.

"Ehi, piccioncini, date un'occhiata a questo!" urlò Connor, e Mia ebbe voglia di dargli un pugno per aver interrotto il momento.

Korum le rivolse un sorriso triste e andò a vedere di cosa stesse parlando Connor. Mia lo seguì, ancora arrabbiata col cognato. Non appena arrivò lì, tuttavia, dimenticò tutto il dispiacere. "Oh, wow" sussurrò. "Che cos'è?"

Sul ramo di un albero a pochi metri dal suolo della foresta, parzialmente nascosta dalle foglie, c'era una piccola creatura pelosa che sembrava un incrocio tra un lemure e un gattino. Di colore marrone, aveva enormi occhi blu e una coda corta e soffice.

"È un piccolo *fregu*" disse Korum dolcemente. "Sono molto carini, ma a volte mordono, quindi non provate ad accarezzarlo."

"Fregu?" Quella parola suonava familiare per qualche motivo. Poi, Mia ricordò. "Ehi, avevi detto che ti ricordavo uno di questi!" disse a Korum in tono accusatorio, poi scoppiò a ridere perché lei stessa poté notare la somiglianza.

Il fregu fu solo il primo dei loro incontri con la fauna selvatica Krinar. C'erano uccelli con quattro ali, insetti che avevano le dimensioni di un piccolo uccello e piante che si comportavano più come animali. Una volta, Connor quasi calpestò una creatura simile a un serpente che gli urlò contro e rotolò via, con il corpo lungo e stretto che si muoveva come un mattarello.

Alla fine, raggiunsero il lago. Era uno specchio d'acqua piuttosto grande, probabilmente largo circa tre chilometri e lungo diversi chilometri. La riva del lago era coperta di sabbia fine e grigia e piccole rocce nere. Facevano sembrare l'acqua stessa scura e misteriosa.

"Ci si può nuotare?" chiese Marisa, togliendo il sandalo e immergendo un dito per verificarne la temperatura.

"Sì" le disse Korum. "Ci sono alcuni predatori pericolosi lì dentro, ma nessuno si avvicina troppo alla riva. Questo lago è molto profondo e ci sono moltissimi tipi di animali che ci vivono, ma generalmente non si addentrano in acque poco profonde. Per ogni evenienza, però, indossa questo." Le porse un braccialetto sottile e trasparente che aveva creato solo un secondo prima. "Respinge gli animali acquatici, emettendo un suono che trovano molto sgradevole."

Mia e gli altri ricevettero lo stesso tipo di braccialetto, e poi andarono a fare una nuotata, godendosi la rinfrescante fuga dal caldo.

CAPITOLO VENTISETTE

ia si svegliò la mattina dopo con una fastidiosa sensazione di disagio nel petto. Per qualche ragione, continuava a sognare Saret e quel giorno nel laboratorio. Nel suo sogno, Saret la stava toccando, facendole accapponare la pelle dal disgusto, e non c'era nulla che lei potesse fare al riguardo, se non gridare senza voce nella propria testa perché era paralizzata e impossibilitata a muoversi.

Troppo agitata per tornare a dormire, si alzò e andò a fare una doccia. Korum era via da qualche parte, e Mia non sapeva se la sua famiglia stesse ancora dormendo o meno. A giudicare dalla posizione del sole all'esterno, dovevano essere le prime ore del mattino.

Mettendosi sotto al getto dell'acqua, sbadigliò, sentendosi insolitamente stanca. Forse non avrebbe dovuto ancora alzarsi. Lo stupido sogno era ancora ben impresso nella mente, e si lavò accuratamente la pelle, cercando di scacciarlo. In realtà, Saret l'aveva a malapena toccata, quindi non sapeva perché il suo subconscio si fosse spinto fin lì quella notte.

Per dissipare le sensazioni persistenti del sogno, rivisse mentalmente gli eventi reali di quel giorno, a partire da quando, uscendo, si era imbattuta in Saret. Era sembrato così felice di parlarle dei suoi piani, di dirle tutto ciò che intendeva fare agli umani e agli amici Krinar. Mia immaginò che non fosse stato facile per lui, non essendosi mai confidato con nessun altro, avendo sempre cercato di interpretare un ruolo per nascondere la sua vera natura. Con lei, dal momento che pensava che non avrebbe mai ricordato la loro conversazione, si era sentito sicuro di lasciar cadere la maschera che normalmente indossava.

Con il senno di poi, era stato quasi divertente, con tutte quelle folli farneticazioni sul portare la pace sulla Terra e sull'agire come un salvatore per il suo popolo. Aveva anche provato a convincerla che Korum avesse dei piani malvagi sulla conquista del suo pianeta. Era così ridicolo che Mia ridacchiò tra sé e sé. Aveva davvero pensato che sarebbe stata solidale con la sua causa? Che siccome aveva creduto al peggior Korum una volta avrebbe commesso lo stesso errore?

Uscendo dalla doccia, lasciò che la tecnologia di asciugatura facesse il proprio lavoro. Poi, sentendosi leggermente meglio, tornò in camera per prendere il fabbricatore e vestirsi.

Con sua sorpresa, Korum era lì, seduto sul letto. Indossava un tipico completo Krinar con pantaloncini chiari e una maglietta senza maniche. Per qualche ragione, aveva i capelli bagnati.

"Sei sveglia" disse, guardando il suo corpo nudo con un familiare scintillio sensuale negli occhi. "Sono andato a nuotare nel lago, perché pensavo che avresti dormito per un po'. Perché ti sei alzata così presto?"

"Brutto sogno." Mia si sedette accanto a lui. Le mani dell'alieno le presero subito il seno, stringendolo leggermente, come se non potesse fare a meno di toccarla.

"Perché, dolcezza? Che genere di sogno?" Vide un'espressione preoccupata sul bel viso dell'extraterrestre, anche se le mani continuavano a giocare con il seno della ragazza, con i pollici che le sfioravano i capezzoli in un modo che le inviava il calore fino al nucleo.

Mia non riusciva a pensare lucidamente con lui che le faceva questo. "Uhm... solo quella cosa con Saret..." La sua testa cadde all'indietro, piegando il collo, mentre lui si chinò per mordicchiarle il punto sensibile vicino alla clavicola.

"Quale cosa?" mormorò, facendole scivolare una mano tra le cosce, accarezzandole il sesso dolorante.

"Solo quella... conversazione..." ansimò Mia, mentre il dito di Korum scivolava dentro di lei, con il pollice che le premeva il clitoride, mentre l'altra mano continuava a giocare con il suo capezzolo.

"Cioè?" sussurrò, con l'alito caldo che le bagnò il collo, provocandole la pelle d'oca dappertutto.

"Io non... non lo so" riuscì a dire Mia, con i muscoli interni che si strinsero attorno al suo dito, mentre un'ondata di calore le attraversava il corpo. Era così vicina... così vicina...

Korum ritirò il dito e la spinse giù, in modo che fosse sdraiata sulla schiena con le gambe appoggiate al lato del letto. Inginocchiandosi sul pavimento, le tirò le gambe sulle spalle e portò il sesso verso la sua bocca.

Al primo tocco della sua lingua calda e umida sul clitoride, Mia si frantumò in un milione di pezzi. Il rilascio fu così potente che si inarcò sul letto, chiudendo gli occhi mentre ondate di piacere si diffondevano in ogni parte del corpo.

Prima che le ondate potessero svanire, lui era già dentro di lei, con i pantaloncini strappati sull'inguine e la spessa lunghezza sepolta profondamente nel suo piccolo canale. Ansimando per l'ingresso improvviso, Mia lo afferrò per le spalle, tenendosi forte mentre lui cominciò a spingere, stimolandole le terminazioni nervose ancora sensibili dopo l'orgasmo. Ansimando, riaprì gli occhi e incontrò il suo sguardo dorato.

La stava fissando con occhi carichi di desiderio sul viso. Piegando la testa, le prese la bocca per un bacio selvaggio, devastandola con la lingua, mentre il cazzo continuava a spingere dentro di lei da sotto. Una mano le teneva i capelli, tenendo la testa immobile, mentre l'altra scivolava lungo il fianco, toccando le pieghe. Il dito le strofinò l'ingresso, raccogliendo l'umidità lì, e poi quello stesso dito si sistemò tra le sue natiche e spinse nell'altra apertura.

Sopraffatta dalle sensazioni, Mia gemette, impotente. Dato che la stringeva in quel modo, non poteva far altro che sentirlo. Era sopra di lei, dentro di lei, su di lei, e non riusciva a riprendere fiato, con il battito del cuore che salì vertiginosamente, mentre la tensione dentro di lei aumentava sempre di più. Il suo dito nel sedere sembrava incredibilmente grande, invasivo; eppure, c'era anche un piacere oscuro, un'insolita sensazione di pienezza che si aggiungeva alla sensualità del momento.

Senza alcun preavviso, tutto dentro di lei si fece più forte e convulso, e Mia venne, con il corpo che si contorse, e tremò tra le sue braccia. Lui gemette, digrignando contro di lei, cercando di scendere ancora più in profondità, e l'umana sentì il suo cazzo pulsare dentro di lei, quando raggiunse l'orgasmo.

Dopo un paio di minuti, si allontanò lentamente da lei. "Va tutto bene?" chiese piano, e Mia annuì, troppo sfinita e rilassata per muoversi.

Lui sorrise e la sollevò, portandola nella doccia per un altro rapido risciacquo, e poi si vestirono e si prepararono per la colazione con la sua famiglia.

~

A colazione, Mia si ritrovò a farsi domande, con la mente che vagò nuovamente, ripensando a quel sogno e a quella conversazione con Saret. Dopo alcuni minuti di riflessione, si rese conto di cosa la preoccupava.

Perché Saret aveva sostenuto che Korum fosse il cattivo? Era delirante o pensava che Mia sarebbe stata così ingenua da credere alle sue bugie? E perché mentirle, se aveva pianificato di cancellarle la memoria poco dopo? Provò a riflettere sulle sue parole esatte, qualcosa sul fatto che Korum volesse riappropriarsi del suo pianeta. Che cosa diavolo significava? I Krinar erano già lì, sulla Terra, a condividerla con gli umani —e quella era la loro intenzione, aveva detto Korum.

Tuttavia, Mia non riusciva a scacciare quella sensazione di disagio. Sapeva che il suo amante era spietato—e sapeva che era fedele alla propria gente. Quella lealtà poteva estendersi fino al punto di volersi sbarazzare di un'intera specie rivale per ottenere una risorsa preziosa? Korum le aveva detto che la Terra era unica, che tra tutti i pianeti là fuori era quello più simile a Krina. E ora che Mia era lì, poté vedere che era davvero così; se mai qualcosa fosse accaduto sulla Terra, gli umani sarebbero stati più che felici di vivere su Krina—e probabilmente lo stesso valeva per i Krinar.

Mettendo giù la posata simile a una pinza, Mia studiò il suo amante, mentre conversava e scherzava con la famiglia. Sembrava impossibile che potesse esserci qualcosa di sinistro nascosto sotto il suo bellissimo aspetto esteriore e il caldo sorriso. Poteva amarla e contemporaneamente desiderare di distruggere la sua gente? Fino a che punto si estendeva la sua ambizione?

Assaggiando un boccone di cibo, provò a pensarci razionalmente. Sicuramente l'avrebbe saputo, se si fosse innamorata di un mostro. Nessuno avrebbe potuto nascondere tale oscurità così a lungo. Korum non era un angelo—e non necessariamente aveva il massimo rispetto per la sua specie—ma non si sarebbe spinto fino al punto di portar via il loro pianeta.

O forse sì?

Il cibo che aveva appena inghiottito si posò pesantemente sullo stomaco di Mia. Scusandosi, si alzò e andò in bagno a rinfrescarsi.

721

Spruzzandosi un po' d'acqua sul viso, fissò lo specchio, scorgendo il malcelato panico nei suoi occhi.

Aveva bisogno di parlare con Korum e aveva bisogno di farlo subito, prima che i vecchi dubbi e i sospetti avessero la possibilità di avvelenare nuovamente la loro relazione. Se c'era una cosa che Mia aveva imparato dal fallimento della Resistenza, era la follia di saltare alle conclusioni e presupporre il peggio. Non era più la ragazza troppo spaventata per parlare con l'amante K per paura di tradire la sua gente. Korum ora le apparteneva tanto quanto lei apparteneva a lui, e, in un modo o nell'altro, avrebbe saputo la verità.

~

La colazione sembrò non finire mai. Mia sorrise e chiacchierò con la sua famiglia, continuando a contorcersi dall'impazienza. Notò che di tanto in tanto Korum le lanciava delle occhiate interrogative, e immaginò che doveva aver capito che qualcosa non andava, che i suoi sorrisi avevano un fragile confine.

Finalmente, terminò. Marisa tornò nella sua camera per un sonnellino post-pranzo—cosa che aveva iniziato a fare recentemente per combattere la stanchezza dovuta alla gravidanza—e Connor la raggiunse, non volendo separarsi dalla moglie. Anche i genitori di Mia si ritirarono nella loro stanza per leggere e guardare alcuni spettacoli su Krina che Korum aveva preparato per loro.

"Ti va di andare a fare una passeggiata?" chiese Mia a Korum non appena i suoi genitori furono fuori dalla portata d'orecchio.

Sollevò le sopracciglia. "Non fa troppo caldo per te adesso?"

"Dovrebbe andar bene." Mia non sapeva se sarebbe andata bene o meno, ma voleva uscire di casa e allontanarsi dalla famiglia.

"Ok, certo." Korum si alzò in piedi come solo un Krinar poteva fare. "Andiamo."

L'esplosione di calore colpì Mia non appena uscirono di casa. Erano circa le undici del mattino e il sole era incredibilmente luminoso nel cielo senza nuvole. Intorno a loro, Mia sentiva il cinguettio e il canto di insetti, uccelli e altre creature, alcune apparentemente familiari, altre strane ed esotiche.

Camminarono per qualche minuto verso il lago, seguendo lo stesso percorso che avevano fatto ieri. Alla luce del giorno, l'ambiente circostante era ancora più bello e sorprendente di quanto non fosse stato al crepuscolo, ma Mia non poteva concentrarsi su quello ora. Aveva lo stomaco in subbuglio e si sentiva nauseata, come se avesse mangiato qualcosa che le aveva fatto male.

"E va bene, Mia." Korum si fermò in una zona in ombra, quando raggiunsero il lago, e la tirò giù per farla sedere accanto a lui su una fitta macchia di piante simili all'erba. "Cosa c'è che non va, dolcezza? Che cos'hai stamattina?"

Mia guardò l'uomo che amava più della vita stessa. "Voglio sapere se c'è qualche verità su ciò che ha detto Saret."

Mantenne lo sguardo fisso e non batté ciglio. "Quale parte?"

"La parte..." La sua voce si spezzò a metà frase. "La parte su di te che vuoi strapparci la Terra."

Per un momento, ci fu solo il silenzio, durante il quale si fissarono l'un l'altra. Poi, l'alieno disse dolcemente: "Vogliamo condividere il vostro pianeta con voi. Te l'ho detto."

"Allora perché Saret ha detto che vuoi portarcelo via?" Qualcosa non tornava per davvero. "Era solo una follia sua o c'è qualcosa che dovrei sapere? Quali sono le tue vere intenzioni, Korum? In che modo pensi di condividere il nostro pianeta, quando il vostro sole sarà morto?"

Rimase di nuovo in silenzio per qualche secondo, con espressione dura e illeggibile. "Ancora non ti fidi di me, vero?" disse, infine. "Dopotutto, pensi ancora che io sia il cattivo."

Mia fece un respiro tremante, con la sgradevole sensazione nello stomaco che peggiorò. "No, Korum. Non penso questo. Non voglio pensarlo. Voglio solo sapere la verità. Tutta." Sembrava ancora irremovibile, così aggiunse: "Ti prego, Korum... Se mi vuoi bene per davvero, dimmi tutto."

CAPITOLO VENTOTTO

"*E*va bene." La sua voce era più fredda di qualsiasi altra cosa gli avesse sentito dire da molto tempo. "Però, dolcezza, tieni a mente che nessuno al di fuori del Consiglio e degli Anziani è al corrente di quello che sto per dirti. Non puoi condividerlo con nessun altro, hai capito?"

Mia annuì, trattenendo il fiato.

"Non vi strapperemo la Terra" disse. "Prenderemo Marte. E poi daremo agli umani la possibilità di trasferirsi lì, una volta che avremo creato le condizioni adeguate per la vita."

Mia lo fissò scioccata. "Che cosa? Marte? Ma... ma è inabitabile."

"Ora è inabitabile" precisò Korum. "Non appena avremo finito, sarà come il paradiso. Il pianeta ha già acqua sotto forma di ghiaccio. Lo scalderemo, creeremo un'atmosfera e daremo a Marte un campo magnetico per mitigare le radiazioni solari e impedire che l'atmosfera finisca nello spazio. Anche il differenziale di gravità può essere sistemato; i nostri scienziati hanno recentemente trovato un modo per migliorare la gravità della superficie e renderla simile a quella della Terra e di Krina."

"Ma—" Mia si ritrovò senza parole. "Aspetta, quindi volete Marte, non la Terra?"

Korum sospirò. "No, Mia. Vogliamo un posto in cui la nostra specie possa continuare a prosperare, quando il nostro sole comincerà a oscurarsi. È spiacevole, ma non possiamo impedire alla nostra stella di morire. Forse un giorno scopriremo un modo per sistemare anche quello, ma per ora dobbiamo organizzarci per il peggio. La Terra sarebbe la nostra seconda scelta, dopo Krina, e Marte sarebbe la terza."

"Quindi, volete la Terra?" Mia sentiva che qualcosa non tornava.

"Sì." Il suo sguardo ambrato era freddo e uniforme. "Certo che la vogliamo. Almeno le parti più calde di essa. Ma non abbiamo intenzione di uccidere gli umani per questo o qualunque altra cosa Saret abbia insinuato. Daremo alla tua razza la possibilità di rimanere sulla Terra o di trasferirsi sul trasformato Marte in cambio di ricchezza significativa e altri vantaggi."

"Corromperete gli umani per spingerli a lasciare la Terra?" Mia lo fissò incredula.

"Sì." Un sorrisetto apparve sulle sue labbra. "Potresti vederla così. Ci sono molte zone della Terra che sono povere, dove l'esistenza quotidiana è una lotta. Offriremo a queste persone la possibilità di trasferirsi in un luogo che è molto simile al paradiso, dove tutti i loro bisogni di base sarebbero soddisfatti e vivrebbero come dei re. Non pensi che questo sarebbe attraente per qualcuno che vive nelle aree rurali dell'India o nello Zimbabwe?"

Mia sbatté le palpebre. Riusciva a capire la sua logica—ma riusciva anche a intravedere un grosso problema in quello che stava dicendo. "Se Marte sarà così straordinario" disse lentamente "perché i Krinar non vogliono viverci da soli e lasciare il nostro pianeta?"

"Alcuni di noi probabilmente vorranno vivere su Marte" disse Korum. "Non è escluso che tu ed io non ci trasferiremo lì a un certo punto. Ma ci saranno sempre quelli che si sentono a disagio con ciò che considerano una natura artificiale, quelli che preferirebbero vivere in un pianeta che ha attraversato miliardi di anni di evoluzione naturale—anche se quel pianeta è stato in qualche modo inquinato e danneggiato dagli umani."

"Così, verranno a vivere con noi—con gli umani, voglio dire—sulla Terra?"

"Sì" disse Korum. "Esattamente. Costruiremo altri Centri sulla Terra, in modo che alcuni Krinar possano viverci. E in cambio degli umani che ci cedono questo spazio, daremo loro un ambiente molto più lussuoso su Marte. Sarà un vantaggio per entrambe le specie."

"E se gli umani non volessero cedere quello spazio?"

Socchiuse gli occhi. "Perché non dovrebbero? Credi davvero che un agricoltore di sussistenza del Ruanda rifiuterebbe la possibilità di non dover mai più svolgere un lavoro così faticoso? Rifiuterebbe di poter nutrire la propria famiglia ogni giorno con cibo gustoso e nutriente? Chiunque accetterà di vivere su Marte avrà accesso all'assistenza sanitaria gratuita, all'istruzione, all'alloggio... a qualsiasi cosa di cui abbia bisogno. Non faremo alla tua specie ciò che gli Europei fecero ai Nativi Americani. Non è da noi."

"Non hai risposto alla mia domanda" disse lentamente. "Se le persone rifiutassero di andare, verrebbero trasportate con la forza su Marte? Avete intenzione di strappar loro la terra ad ogni costo?"

"Faremo tutto il necessario per assicurare la sopravvivenza—e il continuo benessere—della nostra specie, Mia" disse, con gli occhi freddi e brillanti sotto le ciglia scure. "Proprio come farebbe la vostra."

Un brivido attraversò la schiena di Mia. "Capisco."

"Che cosa ti aspettavi di sentirti dire, dolcezza?" Il suo tono era leggermente beffardo. "Volevi che ti mentissi, che ti dicessi che non prenderemmo mai ciò di cui abbiamo bisogno, se non potessimo prenderlo in un altro modo?"

"No" disse Mia. "Non volevo che mi mentissi. Non l'ho mai voluto." Alzandosi in piedi, si avvicinò all'acqua, fissando la superficie color blu scuro con sguardo assente. Non sapeva cosa pensare, come iniziare ad affrontare quella situazione.

Ciò che Korum aveva appena descritto sembrava relativamente innocuo, persino generoso rispetto a ciò che avevano fatto i conquistatori umani nel corso della storia. Ma Mia sapeva che non sarebbe stato così semplice. L'arrivo dei Krinar avvenuto diversi anni fa aveva causato un gigantesco panico, che aveva portato alla nascita del movimento della Resistenza e provocato migliaia di morti. Era follia pensare che la stessa cosa non sarebbe accaduta, quando la gente avesse saputo delle intenzioni dei K riguardo a Marte. Anche se i Krinar avessero trasferito solo coloro che lo accettavano volentieri, la popolazione generale sarebbe rimasta profondamente sospettosa—e probabilmente a ragione. Non appena i Krinar avessero avuto un posto dove poter spostare con la coscienza pulita gli umani, cosa avrebbe impedito loro di farlo?

Korum le si avvicinò da dietro e le avvolse le braccia attorno al petto, tirandola a sé in modo che la sommità della testa si rannicchiasse sotto al suo mento. "Mi dispiace, Mia" disse dolcemente. "Non volevo essere duro con te. Ma hai il diritto di sapere—e non dovrei biasimarti per non esserti fidata di me dopo il nostro primo incontro. Non voglio fare del male alla tua specie. Davvero—soprattutto non ora che mi sono innamorato di te e che ho conosciuto la tua famiglia. Faremo del nostro meglio per assicurarci che tutto proceda senza intoppi, che tutti i governi siano pienamente informati su ciò che sta accadendo. Nessuno si farà male. Ci assicureremo che tutti ne traggano vantaggio."

Mia voleva sciogliersi nel suo abbraccio, lasciare che la tranquillizzasse sul fatto che tutto sarebbe andato bene, ma non poteva essere uno struzzo che nascondeva la testa nella sabbia. "Quando avete intenzione di farlo?" La sua voce suonò spenta, vuota. "Quando pensate di trasformare Marte?"

"Presto" disse Korum, stringendole le braccia intorno. "Ho appena ricevuto il via libera definitivo dagli Anziani per procedere."

"Ma perché proprio Marte?" Mia non riusciva a capire quella parte. "Perché i Krinar non prendono semplicemente un pianeta in un altro sistema solare? Se potete fare questo, questo genere di cose—"

"Terraformazione" disse Korum. "Si chiama terraformazione."

"Giusto" disse Mia. "Se potete terraformare Marte, perché non farlo con un altro pianeta? Perché dev'essere così vicino alla Terra?"

"Perché la vicinanza alla Terra renderà il progetto più semplice" spiegò tranquillamente. "Non abbiamo mai fatto qualcosa di così grande, e avremo bisogno di una base da cui i nostri scienziati e altri esperti possano operare. La Terra può fungere da base per ora. Non sarà un compito facile. Occorreranno anni—forse decenni—per rendere Marte abitabile, e sarà bello avere i nostri Centri sulla Terra nelle vicinanze in caso di emergenze. Non appena avremo elaborato tutti i dettagli del procedimento, allora potremo terraformare altri pianeti situati in zone abitabili nelle diverse galassie."

"Altri pianeti oltre alla Terra e a Marte?" Mia si voltò tra le braccia dell'alieno, incrociando il suo sguardo. Per la prima volta, si rese conto della profondità della sua ambizione—e questo la scioccava come non mai. "Stai costruendo un impero, vero?" sussurrò. "Un vero e proprio impero intergalattico... Terra, Marte, gli altri pianeti in futuro—i Krinar domineranno tutti, vero?"

"Sì." I suoi occhi brillarono. "Proprio così."

～

Korum poté vedere lo shock sul viso della ragazza, e addolcì il tono. "Sarebbe una cosa così brutta, dolcezza? Anche la tua specie ne trarrà vantaggio. Se qualcosa dovesse accadere sulla Terra, gli umani sopravvivrebbero e prospererebbero al nostro fianco."

Poteva sentire la tensione nel delicato corpo dell'umana, e maledisse Saret per aver seminato dubbi nella sua mente quel giorno. Korum aveva programmato di dire tutto a Mia a tempo debito, di spiegare le proprie intenzioni nel modo più rassicurante possibile. Sapeva che c'era una possibilità che gli avrebbe fatto domande dopo aver riacquistato la memoria, ma non aveva previsto la reazione alle sue domande. La sfiducia, la propensione a pensare il peggio di lui—ricordava fin troppo bene l'inizio, quando lo aveva spiato e tradito con la Resistenza. Le ferite di quel tempo erano ancora troppo fresche perché potesse rimanere calmo e rilassato come avrebbe sperato.

"Al vostro fianco—e sotto il vostro controllo, giusto?" Fece una mossa per liberarsi, e Korum lasciò cadere le braccia, facendo un passo indietro per concederle un po' di spazio. Non si preoccupò di rispondere alla sua domanda; la risposta a ciò era ovvia.

Un impero intergalattico... Di solito non ci pensava in quei termini, ma non era una brutta descrizione per quello che sperava di realizzare nella propria vita. Da quando poteva ricordare—da quando era piccolo— Korum aveva sognato di esplorare e colonizzare altri pianeti. Lo vedeva come il loro destino. Per quanto Krina fosse bello, era pur sempre un piccolo pianeta tra migliaia di miliardi—un pezzo di roccia dipendente dalla sua stella e vulnerabile a vari disastri cosmici.

La Terra lo aveva sempre affascinato, con le sue caratteristiche simili a quelle di Krina e una specie straordinariamente simile agli stessi Krinar. In gioventù, Korum, come molti altri, aveva considerato gli umani inferiori, con i loro corpi deboli e fragili e il modo di vivere primitivo. Solo negli ultimi secoli aveva iniziato a capire che erano esseri intelligenti e pieni di risorse come gli stessi Krinar. In passato, ciò che Mia temeva sarebbe stata una preoccupazione legittima: il Korum di mille anni fa non avrebbe esitato a strappare la Terra alla sua gente. Ora, tuttavia, non voleva privare gli umani del loro pianeta; voleva solo assicurarsi che anche i Krinar avessero una casa.

Non aveva mai ritenuto che la sua ambizione fosse particolarmente oltraggiosa. Sapeva che gli altri lo pensavano, però. A volte, perfino il suo stesso padre sembrava intimidito dall'ambizione di Korum, non capendo che il figlio voleva semplicemente il meglio per la loro specie. Un gruppo di pianeti popolati e controllati dai Krinar era il logico passo successivo nella loro evoluzione, e Korum non vedeva nulla di sbagliato nell'impegnarsi verso quell'obiettivo.

Ora doveva solo far vedere le cose alla charl dal suo punto di vista.

"Mia, ascoltami" disse Korum, guardandola attentamente. "So che hai paura, ma non ti sto mentendo. Non ti ho mai detto niente di tutto questo perché è l'equivalente di un'informazione riservata—non perché stavo cercando di nascondere qualcosa di malvagio. Ho appena ricevuto l'autorizzazione finale dagli Anziani per Marte, e poi contatteremo i vostri governi per informarli delle nostre intenzioni. In questo modo, possono preparare adeguatamente la popolazione e stroncare sul nascere qualsiasi voce potenzialmente pericolosa. Nessuno deve farsi male in questo—e faremo del nostro meglio per assicurarci che ciò non accada."

La ragazza tirò fuori la piccola lingua sexy per leccarsi le labbra, e trovò gli occhi dell'extraterrestre incollati alla sua bocca, immaginando che quella lingua stesse leccando qualcos'altro. *Dannazione, concentrati.* Con sforzo, Korum alzò lo sguardo per incontrare il suo, ignorando il movimento nel cazzo. Non era quello il momento di pensare al sesso; doveva convincerla che non avrebbe sterminato la sua specie, né avrebbe derubato il loro pianeta.

"Lo giuri?" La voce dell'umana era dolce, tremante, e lui scorse la speranza in conflitto con il dubbio sul suo viso. Voleva fidarsi di lui, ma aveva bisogno di maggior rassicurazione. "Giuri che non intendi danneggiare la mia gente? Che quando costruirai il tuo impero, non sarà a scapito del benessere della mia specie?"

"Sì, tesoro" disse Korum. "Lo giuro. A meno che gli umani non ci colpiscano, non faremo niente per danneggiarli. Coloro che desiderano lasciare la Terra saranno ben ricompensati per la loro scelta, e vivremo insieme al tuo popolo sulla Terra, su Marte e su qualsiasi altro pianeta che troveremo. Non sarà così male, dolcezza. Te lo prometto."

E facendo un passo verso di lei, la tirò di nuovo nel suo abbraccio, tirando un sospiro di sollievo quando sentì anche le sue braccia avvolgergli la vita.

CAPITOLO VENTINOVE

*M*ia indossò la collana di pietre luccicanti che Korum le aveva donato e si esaminò criticamente nello specchio tridimensionale della camera da letto. Indossava abiti formali Krinar: un abito bianco scintillante simile a quello che aveva indossato al combattimento. Aveva i capelli raccolti e coperti da una retina argentata, che si abbinava ai sandali ai piedi. Sembrava allegra—e pronta ad affrontare gli Anziani.

Di norma, avrebbe dovuto essere nervosa. Dopotutto, stava per incontrare i più antichi Krinar esistenti, i cui nomi erano leggenda tra i K e il cui mandato determinava il destino dell'umanità. I Krinar che avrebbero deciso la durata di vita della sua famiglia. Eppure si sentiva stranamente calma, come se niente avrebbe potuto sfiorarla in quel momento.

La sua mente continuava a soffermarsi sulla conversazione di quella mattina con Korum, rivivendola più e più volte. Marte, la Terra, un intero impero intergalattico... Le ambizioni del suo amante non conoscevano limiti. Mia non aveva dubbi sul fatto che Korum avrebbe raggiunto il suo obiettivo—e che sarebbe stato al timone di quell'impero che stava per costruire.

E lei sarebbe stata al suo fianco. Le girava la testa al solo pensiero. Lei, che non aveva mai desiderato altro che una vita tranquilla e ordinaria, avrebbe assistito alla formazione dell'impero Krinar, al fianco—e nel letto—dell'uomo che l'avrebbe creato.

Questo la rendeva una traditrice per il suo popolo? O era come aveva detto Delia, secondo la quale il fatto che Korum si fosse innamorato di lei aveva già aiutato l'umanità più di qualsiasi sforzo della Resistenza?

Gli aveva creduto, quando lui aveva promesso che i Krinar non avrebbero fatto del male agli umani di proposito. Aveva sempre mantenuto le promesse. La ragazza non sapeva come sarebbero andate le cose, non appena le persone avessero scoperto le intenzioni dei K su Marte. Ci sarebbero stati nuovi movimenti anti-K? La popolazione umana sarebbe entrata nel panico e avrebbe tentato di colpire gli invasori, spingendo i Krinar a vendicarsi? Mia sarebbe stata devastata, in questo caso.

Ma il pensiero di lasciare Korum era insopportabile. Non poteva vivere senza di lui; le cose stavano così. Lo amava con ogni fibra del suo essere, e sapeva che lui l'amava altrettanto. Forse questo la rendeva una traditrice... o forse la rendeva la donna più fortunata del mondo. Solo il tempo avrebbe potuto dirlo.

Per ora, doveva concentrarsi sull'incontro con gli Anziani.

"È meglio che lasciate parlare me per la maggior parte del tempo" disse Korum, mentre si avvicinavano a una radura nel bel mezzo della foresta. "A loro non piacciono le conversazioni inutili."

"Certo" disse Mia. "Non diremo una parola."

"No, forse dovrete" le disse. "Probabilmente vorranno parlare direttamente con te e la tua famiglia—e in questo caso, vi consiglio caldamente di rispondere alle loro domande in modo sincero e conciso."

Mia annuì, essendo d'accordo con lui. Con la coda dell'occhio, poteva vedere i suoi genitori tenersi per mano mentre camminavano. Sua madre era pallida e suo padre sembrava cupo, come se stesse per andare al patibolo. Marisa e Connor li seguivano, sembrando nervosi ed emozionati al tempo stesso.

A differenza di Mia, gli altri indossavano abiti umani. Era stata una loro scelta. "Che cosa? Dovrei indossare una cosa del genere alla mia età?" aveva detto sua madre, indicando il vestito aderente e aperto di Mia. Korum non aveva obiettato; dal momento che nessuno di loro era un charl, non erano considerati parte della società Krinar e quindi potevano indossare qualunque cosa volessero. Suo padre indossava giacca e cravatta, così come il marito di Marisa. Sua madre e Marisa indossavano abiti semi-formali e tacchi alti. Mia sperava che non si sentissero troppo a disagio, trascinandosi per la foresta conciati in quel modo con quel caldo.

Il fatto che gli Anziani volessero vederli all'aperto—e non all'interno di un edificio—non sorprendeva affatto Mia. I K erano notevolmente in sintonia con la natura, e Korum le aveva detto che alcuni Anziani evitavano del tutto le abitazioni artificiali, scegliendo di vivere come i loro antenati primitivi: nei tronchi cavi di alberi giganti o in formazioni rocciose simili a caverne nelle montagne. Inoltre, custodivano gelosamente il territorio, non permettendo a nessuno di avvicinarsi a meno di una decina di chilometri dalle loro aree prescelte. Quel luogo nel bosco era considerato un terreno neutro, un posto in cui gli Anziani si incontravano spesso per discutere di varie questioni e socializzare tra loro.

"Pochissimi Krinar hanno mai avuto il privilegio di incontrare gli Anziani di persona, come state per fare voi" disse Korum, mentre si fermarono davanti alla radura. "È l'onore più grande che ci sia."

Mia fece un respiro profondo, cercando di controllare il leggero tremore delle dita. Ora che erano davvero lì, la sua precedente calma l'aveva abbandonata, e il cuore le batteva freneticamente nel petto. E se avesse accidentalmente fatto o detto qualcosa che avrebbe irritato gli Anziani? In tal caso, probabilmente avrebbero negato la petizione di Korum o peggio. Non aveva idea di che cosa fossero capaci quei vecchi Krinar.

"Pronta, dolcezza?" chiese Korum, e lei annuì, mettendo la mano nella sua. Poi, camminarono insieme nella radura, seguiti dalla famiglia.

C'erano nove K, tre donne e sei uomini. Stavano tutti guardando Mia e la sua famiglia, con volti assolutamente inespressivi. Fisicamente, sembravano essere nel periodo migliore della vita, non più vecchi di Korum o di qualsiasi altro Krinar Mia avesse mai incontrato. Tutti i maschi erano alti e robusti, e anche le femmine sembravano più forti del solito. La più bassa delle donne Anziane probabilmente era alta poco più di un metro e ottanta, con muscoli magri e ben definiti che le coprivano il corpo. Con sorpresa di Mia, indossavano tutti moderni vestiti Krinar, con gli abiti chiari in contrasto con la tonalità bronzea della carnagione.

Sebbene le donne fossero belle come principesse-guerriere, gli uomini avevano un aspetto più variegato. Un maschio K in particolare assomigliava alla replica degli antichi molto più di quanto non valesse per gli altri Krinar. Anche se i suoi lineamenti aspri e spigolosi erano piuttosto attraenti, sembrava troppo duro per essere considerato bello. Mia si chiese se qualcuno degli Anziani avesse un compagno, o se fossero sopravvissuti per milioni di anni senza alcun legame profondo.

Korum lasciò andare la mano di Mia e piegò la testa con fare rispettoso, senza dire nulla. Mia seguì il suo esempio, mantenendo lo sguardo puntato sugli Anziani per tutto il tempo. Nella cultura Krinar, era considerato maleducato guardare dall'alto in basso, quando si incontrava una figura autorevole; bisognava guardarli negli occhi.

Una delle donne si fece avanti, con movimenti disinvolti e armoniosi. Avvicinandosi a Mia, le strofinò le nocche sulla guancia nel tradizionale saluto tra femmine. Mia sorrise e ricambiò, sperando che non stesse facendo qualcosa di sbagliato. A giudicare dal bagliore di approvazione negli occhi di Korum, aveva fatto esattamente la cosa giusta.

Dopo aver salutato Mia, la donna girò intorno agli altri umani, studiandoli con evidente curiosità. Non disse una parola, né fece alcun gesto verso di loro, ma Mia vide delle gocce di sudore sulla fronte del padre. Doveva essere molto nervoso, perché di solito non sudava molto dal caldo.

Sempre in silenzio, la donna tornò verso gli Anziani e riprese la sua posizione iniziale vicino alle altre due femmine. Poi, nove paia di occhi scuri li guardarono semplicemente, osservandoli con un'intelligenza fredda e profonda, che sembrava distintamente inumana.

Mia li guardò, cercando di capire quali fossero i due coinvolti nel guidare l'evoluzione umana. In un certo senso, stava incontrando degli dei in carne ed ossa, i creatori della razza umana. L'idea era così sconvolgente che non ci si soffermò troppo. Probabilmente sarebbe collassata, se avesse pensato a quegli Anziani come a qualcosa di più che delle semplici versioni più vecchie di Korum. E sinceramente, per una ventunenne, non c'era un'enorme differenza tra qualcuno che aveva duemila anni e qualcuno che ne aveva due milioni. Erano entrambi incredibilmente vecchi—o almeno così continuava a ripetersi.

Alla fine, dopo quella che sembrava un'ora, il maschio dall'aspetto duro si fece avanti, avvicinandosi a Mia e Korum. "E così, questa è la tua charl" disse, con voce bassa ed eccezionalmente profonda. Mia pensò che la sua camminata assomigliasse a quella di un leone, con tutta quella massa muscolare magra e l'intensità predatoria.

Korum inclinò la testa. "Sì."

"Insolito" disse l'Anziano, piegando la testa di lato mentre studiava Mia. "Molto insolito."

Mia combatté l'impulso di nascondersi da quello sguardo penetrante. Si sentiva come se l'antico K la stesse spogliando, scorgendone ogni paura e vulnerabilità.

"Perché pensi che dovremmo fare un'eccezione per la tua famiglia, Mia?" chiese improvvisamente l'Anziano, rivolgendosi direttamente a lei.

Mia deglutì per sbarazzarsi del nodo in gola. Si era preparata mentalmente per l'interrogatorio, eppure si sentì presa alla sprovvista. Tuttavia, quando parlò, la sua voce era sorprendentemente regolare, e non tradiva nulla del tumulto interiore. L'adrenalina le scorreva nelle vene, affilando la concentrazione, e le parole che le uscirono dalla bocca furono insolitamente nitide e chiare.

"Non credo che dovreste fare un'eccezione per la mia famiglia" disse, guardando l'Anziano. "Credo che dovreste condividere la vostra tecnologia con l'intera razza umana. Se non lo farete, per qualsiasi ragione, allora pensateci: stando con Korum, ora condivido la sua durata di vita. Dato che è una cosa che tu e i tuoi colleghi avete permesso, dovete vedere la logica in questo. Senza i nanociti nel mio corpo, invecchierei e morirei tra qualche decennio, mentre Korum rimarrebbe lo stesso—e questo sarebbe insopportabile per entrambi, perché ci amiamo." Fece una pausa, facendo un respiro profondo. "E sarebbe altrettanto insopportabile per me vedere le persone che amo—" fece un gesto verso la sua famiglia "—ammalarsi e morire."

L'antico K continuava a guardarla, e lei scorse un barlume di divertimento sul suo viso. Addolcì leggermente i lineamenti, cosa che lo fece sembrare solo un po' meno intimidatorio. Mia voleva aggiungere dell'altro, ma ricordava l'ammonizione di Korum sull'essere concisi nel rispondere alle domande, e decise di tacere. Aveva detto tutto quello che c'era da dire; a parte ripetere i suoi punti e fare appello al loro senso dell'etica e della moralità, non c'era altro da aggiungere.

L'Anziano la fissò per qualche altro secondo e poi si voltò. Mia poté percepire una sorta di comunicazione senza parole tra lui e gli altri, e poi si girò verso Mia e Korum.

"Presto prenderemo la nostra decisione" disse, rivolgendosi a Korum questa volta.

Poi tornò verso il resto degli Anziani, e tutti svanirono nella foresta, lasciando Korum, Mia e la sua famiglia da soli nella radura.

~

"Quello era Lahur" disse Korum alla sua charl durante il viaggio di ritorno verso casa. "È quello di cui ti ho parlato—il più vecchio Krinar esistente. La donna che si è avvicinata a te e ai tuoi genitori è Sheura; è una biologa evolutiva, è stata coinvolta nel progetto sugli umani fin dall'inizio."

"Oh, non mi stupisce che sembrasse così incuriosita da noi! Pensi che lo faranno? Pensi che accetteranno?" Mia era appollaiata su un sedile accanto a lui, con gli occhi luminosi per l'emozione. Korum sapeva che probabilmente era ancora in preda all'adrenalina dopo l'incontro, e le sorrise, orgoglioso del modo in cui si era comportata con gli Anziani. Sapeva che si era sentita nervosa, naturalmente, ma aveva mantenuto la compostezza per tutto il tempo—meglio di quanto avrebbe fatto qualunque Krinar al suo posto.

"Non lo so, dolcezza" disse sinceramente. "Nessuno può prevedere quello che faranno gli Anziani. Spero che abbiano visto qualunque cosa volessero vedere oggi. Tutto quello che possiamo fare ora è aspettare."

"Dobbiamo rimanere su Krina mentre decidono?" chiese la madre di Mia, e Korum notò che ora sembrava molto più calma, sollevata che il calvario si fosse concluso.

"Sì" rispose Korum. "Probabilmente sarebbe meglio. Hanno detto presto, quindi non dovrebbero metterci molto. Inoltre, non avete ancora conosciuto i miei genitori. So che stanno morendo dalla voglia di vedervi." Korum aveva anche un altro motivo per volere la famiglia di Mia su Krina, ma ora non era il momento giusto per discuterne.

"Oh, ci piacerebbe tanto conoscerli!" esclamò Ella. "Non sarebbe fantastico, Dan?"

"Certo" disse il padre di Mia. "Ci farebbe davvero piacere conoscerli."

"Bene" disse Korum. "Allora organizzerò l'incontro."

CAPITOLO TRENTA

Canticchiando sottovoce, Mia si vestì e si preparò per andare a casa dei genitori di Korum. Ricordava che le erano piaciuti Riani e Chiaren durante il loro incontro virtuale, e non vedeva l'ora di rivederli. Era convinta che anche ai suoi genitori sarebbero piaciuti, sebbene probabilmente sarebbero rimasti sbalorditi dalla loro giovinezza e bellezza.

Se gli Anziani avessero dato il consenso, anche i genitori di Mia avrebbero riguadagnato la giovinezza. Lo desiderava così tanto. Aveva visto le foto dei genitori quando avevano l'età di Mia, ed erano una bella coppia, con suo padre alto e attraente e la madre carina e spensierata. Voleva vederli così nella vita reale, sani e vigorosi, senza i vari dolori e gli acciacchi causati dalla mezza età.

Proprio mentre si stava vestendo, Korum entrò in camera. Era più splendido che mai, con il viso che brillava per un'emozione sconosciuta. Avvicinandosi a Mia, chinò la testa per darle un bacio sulle labbra. "Sei bellissima, dolcezza" disse gentilmente, infilandole un riccio dietro l'orecchio.

"Grazie." Mia gli sorrise. "Anche tu."

"Ho una cosa che mi piacerebbe indossassi" disse, guardandola con un sorriso misterioso. "Un altro gioiello."

"Oh, certo." Mia aveva già indossato la collana di pietre brillanti per l'incontro con i suoi genitori, ma non le dispiaceva indossare qualcos'altro—o un altro accessorio in aggiunta a quello. Riempirsi di accessori non era mai stato il suo forte, anche se aveva tutte le intenzioni di imparare a farlo. Era già diventata più brava a vestirsi alla moda; i gioielli sarebbero stati il passo successivo.

Con suo completo e totale shock, Korum fece un passo indietro e si mise in ginocchio. Nella sua mano c'era una scatolina nera. Mentre lei la fissava, la scatolina si aprì, rivelando l'anello più bello che avesse mai visto in vita sua. Piccolo e delicato, sembrava fatto dello stesso materiale iridescente della collana, con un brillante più grande incastonato nel mezzo.

"Mia" disse Korum sottovoce, guardandola con quegli incredibili occhi color ambra. "So che le cose tra noi non sono sempre state facili, e non posso prometterti che non ci saranno difficoltà d'ora in avanti. Ma posso dirti una cosa. Ti voglio, ora e per sempre, più di quanto abbia mai desiderato qualcuno in tutti i miei anni di esistenza. Ti voglio nella mia vita, nel mio letto e al mio fianco finché saremo entrambi vivi. Voglio amarti e proteggerti; voglio mettere il mondo ai tuoi piedi. Voglio che il tuo viso sia il primo che vedo quando mi sveglio e l'ultimo prima di andare a dormire. Voglio renderti felice come fai tu con me. Mia, dolcezza, sono follemente innamorato di te. Mi farai l'onore di diventare mia moglie?"

La ragazza aprì la bocca, ma non le uscirono parole. Invece, sentì una strana sensazione di bruciore negli occhi. "Tu... vuoi che ti sposi?" riuscì finalmente a sussurrare, temendo che in qualche modo avesse frainteso. "Ma—" deglutì "—sei un Krinar! Non puoi sposare un'umana!" La sua voce si alzò per l'incredulità verso la fine.

"Posso fare tutto ciò che voglio" disse Korum, e lei non poté fare a meno di sorridere tra sé e sé per la nota arrogante nella voce dell'alieno. Anche in ginocchio, sembrava il re del mondo. "Solo perché nessun altro l'ha fatto, questo non significa che non si possa. Voglio che tu sia mia in tutti i sensi della parola—secondo la legge Krinar e la legge umana. Mia, tesoro, vuoi sposarmi?"

Il bruciore negli occhi dell'umana aumentò, e una lacrima uscì e rotolò lungo il suo viso. "Sì" disse, quasi impercettibilmente, con la vista appannata dall'umidità. Il petto le sembrava troppo stretto, e non riusciva a riprendere fiato. "Sì, amore mio, ti sposerò."

Il sorriso di risposta dell'extraterrestre era accecante quanto il sole dei Krinar. Alzandosi in piedi, allungò la mano sinistra e le fece scivolare l'anello sull'anulare. Si adattò perfettamente, riflettendo ogni colore dello spettro visibile.

"Oh, Korum... è—" Mia stava piangendo apertamente, con le lacrime di felicità che le scorrevano lungo le guance. "È bellissimo..."

"Mai quanto te" disse dolcemente, tirandola nel suo abbraccio. "Niente potrebbe mai essere bello quanto te." E prendendole il viso tra le grandi mani, le baciò le lacrime sulle guance, con labbra tenere e premurose sulla sua pelle.

Accettarono di condividere la notizia con i genitori di Mia, quando entrambe le famiglie si sarebbero riunite, e Korum ora osservava divertito mentre la ragazza faceva del proprio meglio per nascondere la mano sinistra tra le pieghe del vestito durante il viaggio verso la casa dei genitori dell'aliano. Le aveva detto che per il momento poteva togliersi l'anello, ma lei aveva rifiutato con veemenza. "E se lo perdo?" gli aveva detto in tono inorridito, e Korum non aveva obiettato. Gli piaceva vedere il gioiello sul suo dito, era contento di sapere che c'era un simbolo visibile del loro impegno reciproco.

Non sapeva bene quando gli fosse venuta l'idea di sposarla alla maniera umana. Durante quella visita a casa dei suoi genitori, il pensiero gli si era fissato nella mente, ed era lì già da un mese. Sapeva che Mia si sentiva ancora a disagio per essere la sua charl; secondo lei, lui deteneva tutto il potere nella loro relazione. Rappresentava una continua fonte di litigio, e Korum sapeva che non sarebbe mai stata completamente felice, finché avesse continuato a sentirsi priva di diritti tra la sua gente.

Più Korum rifletteva sul problema, più sembrava che il matrimonio potesse essere la soluzione. Sposando pubblicamente Mia su Krina, avrebbe elevato la sua posizione nella loro società. Non sarebbe più stata soltanto una charl, un'umana che gli apparteneva; sarebbe stata l'equivalente della sua compagna molto prima della Celebrazione dei Quarantasette.

Inoltre, in quel modo sarebbe appartenuta ufficialmente a lui agli occhi della sua gente. A Korum piaceva l'idea. Se qualche maschio umano avesse osato guardarla, avrebbe visto l'anello al dito e avrebbe capito che quella donna era stata presa. Quegli anelli erano un'abitudine intelligente, aveva capito Korum di recente. Permettevano a un uomo di marcare il proprio territorio in modo molto civile. Mia ora era la sua fidanzata, proprio come presto sarebbe diventata sua moglie—e nessuno avrebbe avuto dubbi su questo.

Naturalmente, il loro matrimonio avrebbe anche tranquillizzato i genitori di Mia. Sebbene la famiglia Stalis avesse accettato la loro relazione, Korum sapeva che sarebbero stati molto più felici se avessero potuto definirlo con qualcosa di diverso dal fidanzato della figlia. Ora sarebbe stato il genero, un legame molto più forte ai loro occhi, e si sarebbero sentiti più rassicurati dal suo impegno nei confronti di Mia.

La capsula di trasporto atterrò davanti alla casa dei suoi genitori, e condusse Mia all'interno, con i genitori, la sorella e il cognato alle loro spalle. La sua famiglia umana, pensò l'alieno ironicamente. Era così improbabile che riusciva a malapena a crederci, ma quelle persone erano importanti per Mia—e stavano diventando sempre più importanti anche per lui.

Riani e Chiaren li stavano aspettando. Quando Korum entrò in casa, vide prima sua madre, con un enorme sorriso sul viso, e la presenza più austera di suo padre immediatamente dietro di lei. Erano rimasti scioccati quando aveva parlato con loro di Mia per la prima volta, pur essendone contenti. Korum a volte si chiedeva se i suoi genitori pensassero che avrebbe passato tutta la vita senza mai trovare qualcuno da amare.

Facendo un passo in avanti, abbracciò Riani e salutò suo padre con il più formale tocco sulla spalla. Poi, rivolgendosi alla famiglia di Mia, li presentò ai genitori.

Con sua sorpresa, i due gruppi di genitori fecero amicizia quasi immediatamente. Nel giro di pochi minuti, stavano chiacchierando animatamente, scambiandosi storie sulle imprese giovanili dei figli. "Oh mio Dio, è imbarazzante" sussurrò Mia nell'orecchio dell'alieno, arrossendo quando Ella rivelò ridendo l'abitudine della figlia di liberarsi dei pannolini e di gattonare nel loro cortile dietro gli scoiattoli.

"Che cosa sono gli scoiattoli?" chiese curiosamente Riani, e il padre di Mia spiegò tutto sul piccolo mammifero con la coda folta.

Marisa e Connor, che stavano osservando l'intera scena con meraviglia, andarono a sedersi accanto a Korum e Mia dall'altra parte della stanza. "Wow, vanno proprio d'accordo, vero?" disse Marisa a sua sorella, e Mia rise, con gli occhi che brillavano per la felicità.

Sembrava il momento perfetto per l'annuncio.

Alzandosi, Korum tirò su anche Mia. Tutti gli occhi si voltarono immediatamente verso di loro. "C'è qualcosa che vorremmo condividere con voi" disse Korum, guardandosi intorno nella stanza. I suoi genitori sembravano perplessi, mentre gli umani lo fissavano con gioia appena celata. "Ho chiesto a Mia di sposarmi, e lei ha accettato."

Mia sorrise e sollevò la mano sinistra, mostrando l'anello luccicante al dito.

La stanza esplose. Risate, grida e congratulazioni riempirono l'aria. Sembrava che tutti stessero abbracciando tutti gli altri, e i suoi genitori si unirono all'emozione, anche se Chiaren continuava a lanciare sguardi interrogativi nella sua direzione. Come aveva detto Mia, nessun Krinar aveva mai sposato un'umana, e il concetto stesso di matrimonio era estraneo alla sua gente. L'unione di accoppiamento segnata dalla Celebrazione dei Quarantasette era l'equivalente Krinar più vicino. Korum intendeva spiegare il proprio pensiero ai genitori più tardi; per ora, era sufficiente che sapessero quanto amasse la sua charl.

Dopo l'affievolirsi del trambusto iniziale, Korum disse ai genitori di Mia: "Non sapevo se prima avessi dovuto chiedere il vostro permesso o meno. Per quello che ne so di questa usanza, si fa raramente nei tempi moderni. Spero non vi dispiaccia—"

"Dispiacerci?" esclamò Ella. "Nient'affatto!" I suoi occhi brillavano dalle lacrime, e Korum si chiese come mai il matrimonio rendesse le donne umane così emotive.

Il resto del loro tempo trascorso insieme venne dedicato alla discussione delle possibili date per il matrimonio (Korum insistette affinché si celebrasse entro la settimana seguente), il luogo (a Mia piaceva il lago vicino alla casa dell'extraterrestre) e la logistica di una cerimonia di matrimonio umana su un pianeta così lontano dalla Terra.

"Non c'è bisogno che qualcuno vi sposi?" chiese Connor. "Un prete, un rabbino, un giudice, qualcuno? E per poter essere legalmente riconosciuto a casa, non è necessario registrarlo da qualche parte sulla Terra?"

Korum aveva già pensato a quegli ostacoli. "Una charl che vive su Krina era in realtà un giudice del Missouri" disse a tutti. "L'ho già contattata per chiedere la sua assistenza. Per quanto riguarda la registrazione, trasmetteremo le nostre firme elettronicamente all'Addetto della Corte Distrettuale di Daytona Beach. Sono certo che faranno un'eccezione per noi, date le circostanze."

~

A Mia, i cinque giorni successivi sembrarono passare in un batter d'occhio. Non appena si diffuse la notizia del loro fidanzamento, ci fu una sfilza infinita di visitatori in casa di Korum, tutti desiderosi di conoscere lei e la sua famiglia.

Gli amici, i conoscenti, i dipendenti, i contatti di lavoro di Korum, persino i membri del Consiglio... Mia conobbe così tanti K durante il suo breve fidanzamento che non riusciva a tener traccia di tutti i nomi e i volti. Con sua sorpresa, riuscì a percepire gli echi dello stesso rispetto che mostravano verso Korum nel loro atteggiamento nei suoi confronti. Era sottile, ma evidente. La sua opinione veniva chiesta più spesso, e le parlavano direttamente, spesso evitando Korum. Dopo averci riflettuto per un paio di giorni, Mia si rese conto che ora la trattavano più come la compagna di Korum e meno come la sua charl. Ai loro occhi, non era più solo un'umana che apparteneva a uno di loro; sarebbe stata una parte vera e propria della loro società.

A Mia piacquero in particolare Jalet e Huar, gli amici di lunga data di Korum. Come i genitori di Korum, Jalet era un tuttofare. Intelligente e simpatico, sembrava conoscere tutto dell'universo, e Mia adorava ascoltare le sue storie della vita su Krina. Huar, invece, era silenzioso e serio. Era considerato un esperto di studi oceanici. Sia Huar che Jalet erano stati anche amici di Saret, ed erano rimasti inorriditi dopo aver scoperto la sua vera natura.

"Noi quattro eravamo come i vostri moschettieri" le disse Jalet, riferendosi al classico romanzo di Dumas. "Ci siamo cacciati in tantissime avventure durante la nostra gioventù. Avevo pensato di accompagnare Saret e Korum sulla Terra, ma sono rimasto bloccato su un progetto e il tempismo non l'ha permesso."

"Probabilmente è stato meglio così." Korum sorrise al suo amico. "Per quanto ne sappiamo, avrebbe potuto tentare di uccidere anche te."

"Sai" disse Huar pensieroso. "Ora che ci penso, non è poi così sorprendente che Saret ce l'avesse con te, Korum. Era piuttosto ambizioso, ma molto riservato. Tu hai sempre saputo cosa volevi e lo perseguivi apertamente, ma a Saret piaceva fare progetti e manovrare dietro le quinte, quindi nessuno sapeva chi fosse veramente. Sospettavo che potesse essere invidioso di te, ma non mi ero mai reso conto di quanto fosse profonda questa invidia."

"Nessuno di noi sapeva chi fosse veramente" disse Korum. "Saret è riuscito a ingannare tutti, specialmente me." Mia sentì la nota amareggiata nella sua voce, che le fece male al cuore. Non ne parlava mai molto, ma la ragazza sapeva che l'alieno si sentiva ancora in colpa per averla messa in pericolo.

"Amore mio, sai che probabilmente era uno psicopatico, vero?" Poggiando una mano con fare rassicurante sul ginocchio di Korum, gli rivolse un'occhiata seria. "Era abbastanza intelligente da nasconderlo, ma lo era. Tutto fascino in superficie e una completa mancanza di rimorso sotto. Era anche in gamba, abbastanza da indossare una maschera per secoli." Mia ricordò di aver letto degli psicopatici in una delle sue lezioni universitarie, ed erano una specie davvero affascinante. Non sapeva se Saret rientrasse nella definizione del libro di testo—o se i K potessero essere dei veri psicopatici in senso medico—ma sicuramente mostrava alcuni tratti, inclusa una grandiosa autostima.

Korum sorrise, abbracciandola, ma lei realizzò che sarebbe passato molto tempo prima che le ferite inflitte dal tradimento di Saret si sarebbero rimarginate.

Oltre a tutti i visitatori, c'era molto da fare per la preparazione del matrimonio stesso. Con l'aiuto virtuale della cugina di Korum, Leeta, Mia creò un bellissimo abito bianco che incorporava alcuni elementi di entrambe le culture. Realizzò anche abiti lusinghieri per la sua famiglia— per lo più in stile Krinar—ma prese in considerazione le loro preferenze personali.

Nel frattempo, Korum fabbricò un'enorme sala cerimoniale che fluttuava sul lago vicino a casa sua. Con la grandezza di uno stadio olimpico, era stato progettato per ospitare oltre centomila persone—un numero che faceva girare la testa di Mia ogni volta che ci pensava.

"Quanto sarà grande questo matrimonio?" ansimò, quando vide la gigantesca struttura.

"Quanto dev'esserlo" replicò Korum, guardandola, e Mia si rese conto che avrebbe fatto una dichiarazione pubblica. Sposandola davanti a tutta Krina, stava proclamando che gli umani erano ufficialmente arrivati, che non erano più una specie inferiore che poteva esistere solo ai margini della società Krinar.

Korum stava affrontando le preoccupazioni della ragazza riguardo al suo posto nel mondo dell'alieno.

CAPITOLO TRENTUNO

Il giorno prima della celebrazione del matrimonio, gli Anziani presero finalmente una decisione su Saret. Non appena Korum venne a sapere la notizia, andò a trovare il suo ex amico, sentendo uno strano bisogno di vederlo per l'ultima volta.

Saret era confinato a Viarad, in un edificio fortemente sorvegliato, in cui i pericolosi criminali attendevano il processo. Gli ultimi due mesi non erano stati piacevoli per lui. Se Korum non lo avesse conosciuto meglio, avrebbe pensato che Saret fosse invecchiato in qualche modo. Il suo sguardo era cupo e vuoto, e la pelle sembrava stranamente color cenere. Era come se avesse perso ogni speranza e, per un breve momento, Korum provò pietà per il suo nemico, ripensando alla loro infanzia trascorsa insieme.

Ma poi ricordò ciò che Saret aveva fatto a Mia—e cosa intendeva fare a tutti loro—e il sentimento di pietà svanì. Korum non aveva mai conosciuto il vero Saret; tutti i bei momenti che avevano passato insieme erano falsi come l'amicizia di Saret.

"Sei venuto a gongolare, vero?" La voce di Saret ruppe il silenzio. "Suppongo che tu abbia saputo della mia condanna." Contorse le labbra amaramente, strattonando con le dita il collare da criminale intorno alla gola.

"No" disse Korum sinceramente. "Non sono venuto a gongolare."

"Allora perché sei qui?"

"Non lo so" ammise Korum. "Credo di aver bisogno di una conclusione."

"Una conclusione?" Saret rise, con un suono aspro che irritò le orecchie di Korum. "Che genere di conclusione?"

Korum scrollò le spalle, non sapendo bene come rispondere.

"Jalet e Huar sono venuti a trovarmi ieri" disse Saret, con gli occhi incollati al viso di Korum. "Mi hanno raccontato tutto sulla tua piccola sposa umana e su come il vostro matrimonio sarà il più grande evento del millennio. Complimenti. Immagino che tu le abbia fatto un lavaggio del cervello migliore di quanto io avrei mai potuto. Anche se quella puttana di Laira ha annullato la mia procedura, Mia ti vuole ancora. Le hai detto che cos'hai intenzione di fare alla sua gente?"

"Sì" disse Korum. "Ho spiegato tutto. Ha capito. Non ho mai voluto danneggiare la sua gente, solo far spazio per noi sul loro pianeta."

"Sì, certo." Saret gli rivolse un'occhiata sarcastica. "Credi che non ricordi come consideravi gli umani un tempo? Come dicevi che la Terra avrebbe dovuto essere nostra di diritto?"

Korum fissò incredulo il suo ex amico. "Credevi davvero che la pensassi ancora così? Saret, è stato più di mille anni fa! È cambiato tutto da allora. *Io* sono cambiato da allora—"

"Oh, davvero? E cosa ti ha fatto cambiare? Una fighetta stretta e un paio di occhioni azzurri?"

Korum sentì un forte impulso di fare qualcosa di violento a Saret, ma si trattenne all'ultimo momento. "No" disse, mantenendo la voce regolare. "Ho visto con quanta rapidità stavano progredendo, diventando più simili a noi. Ho capito secoli fa che mi ero sbagliato su di loro—che molti di noi si erano sbagliati. Sicuramente lo sapevi."

"No, non lo sapevo" disse Saret. "O forse lo sapevo, ma non ci credevo. Comunque, non ha importanza ormai, vero? Dopo oggi, non sarò più io. È per questo che sei venuto a trovarmi, non è vero? Per vedermi morire?"

"Non morirai" disse Korum con calma. "Ti hanno condannato a una nuova versione di riabilitazione completa, che Laira stessa ha inventato di recente. A differenza di quella vecchia, non può essere annullata."

Saret rise amaramente. "Giusto. Come ho detto, dopo questa procedura non sarò più io."

"Addio, Saret." Korum rivolse un'ultima occhiata al suo ex amico e uscì, mettendo fine a quel capitolo della propria vita.

～

Quando tornò a casa, Mia lo stava aspettando, con un'espressione ansiosa. "Com'è andata?" chiese, alzandosi dal sedile dove stava leggendo col suo tablet. "Sei riuscito a parlargli?"

"Sì." Korum la tirò a sé per un abbraccio. La familiare sensazione di lei tra le sue braccia era rassicurante, alleviandogli lo stress e la tensione. Per quanto Korum detestasse ammetterlo a se stesso, vedere Saret era stato doloroso. Nonostante il tradimento, nonostante tutto, Korum l'aveva considerato un amico per tutta la vita, e non poteva fare a meno di rimpiangere la perdita di quell'illusione.

La ragazza gli avvolse le braccia intorno alla vita e lo strinse, strofinandogli le piccole mani sulla schiena. In qualche modo, sapeva che aveva bisogno di conforto; sapeva sempre di cosa avesse bisogno l'alieno ultimamente.

Dopo un paio di minuti, si ritrasse leggermente e lo guardò, con gli occhi azzurri che si riempirono di compassione. "Quando lo faranno?" chiese lentamente. "Quando verrà eseguita la procedura?"

"Oggi pomeriggio" rispose Korum, sollevando una mano per spostarle un riccio dalla guancia. "Tra un paio d'ore."

"E poi? Che cosa succede a coloro che vengono riabilitati in quel modo?"

"Sarà portato in una speciale struttura di rieducazione, in cui ai riabilitati viene insegnato come diventare membri produttivi della società. Saprà della sua vecchia identità, ovviamente, ma gli verrà data la possibilità di ricominciare daccapo, di costruirsi una nuova vita."

"E sarà completamente cambiato? Non vorrà fare di nuovo quelle cose?"

"Molto probabilmente no" rispose Korum. "E poi, sarà sotto stretta sorveglianza per i secoli a venire. Al minimo segno di rinnovate tendenze criminali, subirà di nuovo la procedura."

Mia inumidì le labbra, e Korum si ritrovò a fissarle la bocca, con i pensieri che improvvisamente assunsero una piega sessuale. "Pensi che lo rincontreremo prima o poi?" chiese. "Se rientrerà nella società dopo la riabilitazione, pensi che lo rivedremo?"

Korum cercò di liberare la mente dall'immagine delle labbra dell'umana avvolte attorno al suo cazzo. "Probabilmente" riuscì a dire. "Ma non preoccuparti—sarà un uomo molto diverso." Nonostante la serietà della conversazione, sentì il corpo indurirsi, reagendo alla sua vicinanza come al solito.

Sentendo il rigonfiamento sullo stomaco, Mia gli rivolse un sorriso malizioso e si strinse più forte, strofinandogli i seni contro il petto. Korum inspirò bruscamente, sentendo i capezzoli appuntiti nonostante i due strati di vestiti che li separavano. I suoi occhi diventarono scuri, con le pupille che si allargarono, e apparve un accenno di rossore sulle pallide guance di Mia. Si stava eccitando; lui poteva percepirlo... sentirlo e fiutarlo. Il suo profumo caldo e sensuale era un afrodisiaco per lui, che gli faceva scorrere il sangue nelle vene e pulsare il cazzo dal bisogno.

Continuando a guardarlo con quel sorriso seducente, si leccò di nuovo le labbra, questa volta lentamente. Il suono che gli sfuggì dalla gola era più simile a un ringhio. La ragazza sapeva esattamente cosa fare ormai, come farlo impazzire nel minor lasso di tempo possibile.

Disperato dalla voglia di assaggiarla, Korum chinò la testa e la baciò, godendo del modo in cui l'umana arricciò la lingua attorno alla sua, accarezzando e strofinandogli l'interno della bocca. Era un'abile baciatrice, ben lontana dalla timida vergine che lui aveva spinto nel letto a New York. Gli infilò le dita tra i capelli, con le unghie che gli graffiarono delicatamente lo scalpo, e lui quasi gemette, oscillando i fianchi avanti e indietro, spingendole l'erezione sul ventre.

La pelle dell'extraterrestre era calda, e improvvisamente i loro vestiti sembrarono troppo stretti, troppo d'intralcio. Korum le tirò giù la parte superiore del vestito, imprigionandole le braccia nel tessuto ed esponendole i bellissimi seni. Erano bianchi, sodi e perfettamente tondi, e i capezzoli erano di un bel rosa. Incapace di resistere alla tentazione, si mise in ginocchio e portò quei piccoli capezzoli duri verso la bocca, succhiando prima l'uno e poi l'altro. Lei gemette, inarcandosi verso di lui, con le mani che gli tenevano la nuca, e Korum fece scivolare una mano sotto la gonna del vestito, sentendo la morbidezza dei ricci tra le sue cosce.

"Korum, per favore" sussurrò lei, e l'alieno capì che voleva di più, proprio come lui. Continuando a stuzzicarle i capezzoli, spinse un dito dentro di lei, con le palle che si strinsero per la sensazione calda e scivolosa del suo canale interno. Voleva che venisse, ma allo stesso tempo voleva continuare a torturarla, a farla gridare dal piacere tra le sue braccia. Il pollice scivolò tra le sue pieghe, trovando il piccolo clitoride, e premette leggermente, mantenendo il tocco troppo delicato perché lei potesse raggiungere il culmine. Si dimenò contro di lui, e Korum lo fece di nuovo, adorando i piccoli gemiti indifesi che le sfuggirono dalla gola. Il suo cazzo sembrò esplodere, ma continuò a spingere il dito dentro di lei, sentendo un'ondata di umidità ad ogni colpo.

Bella, era così fottutamente bella per lui. Strappandole il vestito, le denudò lo stomaco e il triangolo scuro tra le cosce, lasciando stare i seni per baciarle ogni centimetro di pelle esposta. C'erano così tante cose che voleva farle, tanti modi in cui voleva prenderla, e avrebbe fatto tutto, ma per ora aveva bisogno di procedere lentamente, di introdurla gradualmente a tutti i piaceri della carne. Stava tremando tra le sue braccia, con le delicate pareti interne che fremevano intorno al suo dito, e lui le spinse un secondo dito dentro, distendendola, con il pollice che continuava a giocare con il clitoride.

"Korum..." Quel gemito torturato era come musica per le sue orecchie, e sorrise trionfante, raschiandole delicatamente i denti sulla delicata pelle dello stomaco. Non strappò la pelle, ma lei sussultò per la puntura, e sentì la figa stringersi attorno alle sue dita, ricoprendole di un'umidità ancor più deliziosa.

"Sì" mormorò l'alieno. "Sì, puoi venire per me ora..." E lei lo fece, con la testa piegata all'indietro per un urlo, con le pulsazioni dei muscoli interni che si aggiungevano al calore ardente dentro di lui.

Ritirando le dita, Korum le leccò, assaporandone il sapore, poi la trascinò sul pavimento accanto a lui. Il materiale intelligente era morbido intorno a loro, massaggiando ginocchia e polpacci con piccole appendici simili a dita, ma Korum notò appena la piacevole sensazione, concentrandosi solo sulla donna tra le sue braccia.

Mia stava ancora tremando, con il respiro rapido e irregolare per i residui dell'orgasmo, e Korum sistemò il suo corpo flessibile in modo che fosse carponi, con lo sguardo verso il basso. La curva del suo sedere perfetto era una tentazione insopportabile. Poteva vedere le pieghe bagnate e gonfie del sesso e la piccola rosa dell'altra apertura, e voleva essere in entrambi i posti contemporaneamente, per scoparla in ogni modo possibile.

Spingendo il pollice nel suo canale scivoloso, raccolse l'umidità da lì e poi la usò come lubrificante, premendole lo stesso dito sul sedere. Lei gridò, con i muscoli che resistettero all'intrusione, e lui si fermò, lasciando che si abituasse alla sensazione prima di continuare lentamente a farsi strada lungo lo stretto passaggio. Quando fu tutto dentro, le afferrò i fianchi con l'altra mano e affondò il cazzo nella sua figa.

Lei si inarcò, gemendo, e Korum inspirò a fatica, con il pollice che sentì il movimento dell'asta dentro di lei attraverso la sottile parete che separava i suoi due orifizi. *Così fottutamente bella.* Il piacere era incredibile, quasi insopportabile. Non potendo più aspettare, Korum cominciò a scoparla senza controllo, sentendone i muscoli interni aggrappati al suo cazzo, afferrandolo così forte che si sentì esplodere.

E poi lo fece, piegando la testa all'indietro per un profondo ruggito. Gridò anche lei, dimenandosi contro di lui, e Korum sentì i suoi muscoli interni che lo stringevano, spremendo ogni goccia di sperma dal corpo.

Ansimando, si lasciò cadere sul pavimento, ancora dentro di lei. Dopo qualche istante, ritirò il pollice e tirò il suo corpo nudo e tremante contro di lui. Respirava forte quanto lui, e le baciò il delicato lobo dell'orecchio, sapendo che aveva bisogno di tenerezza dopo il modo in cui l'aveva presa come un selvaggio. "Ti amo" sussurrò, e lei si voltò verso di lui con un sorriso—il sorriso di una donna che si sentiva assolutamente soddisfatta.

"E io amo te" disse lei dolcemente, accarezzandogli il viso con le dita.

Rimasero così per un po' di tempo, stringendosi l'un l'altra e godendo della sensazione del contatto della pelle. Poi, Korum sentì lo stomaco di Mia borbottare.

Lei arrossì leggermente, e sorrise. "Doccia e pranzo?"

"Sì, volentieri" disse lei, e lui la sollevò per portarla al bagno.

I guardiani vennero a prendere Saret alle due del pomeriggio. Tra questi c'era Alir, con i suoi occhi neri freddi e inespressivi.

Quando lo afferrarono, Saret si liberò delle loro mani su di lui e uscì dalla stanza da solo, seguendoli verso la camera di esecuzione.

Laira era già lì, con un'aria tetra che si addiceva all'occasione. Saret l'aveva vista una volta e l'aveva subito detestata. Gli ricordava Korum. La stessa acuta intelligenza, la stessa spietata ambizione. Aveva fatto domanda per lavorare nel suo laboratorio alcuni decenni fa, prima che diventasse nota come una stella nascente nel campo. Dopo un breve colloquio, Saret aveva declinato la candidatura, godendo dell'espressione delusa sul suo viso quando le aveva detto che non era qualificata.

Per ironia della sorte oggi sarebbe stata lei il suo carnefice.

Lo legarono a un lettino fluttuante, accertandosi che non potesse sfuggire a quello che sarebbe successo. Saret non oppose resistenza. Perché avrebbe dovuto? I guardiani erano armati fino ai denti, e, anche se non lo fossero stati, erano degli abili combattenti. Non avrebbe avuto alcuna possibilità. A quel punto, Saret desiderava solo morire con dignità.

E quella sarebbe stata la sua morte. Anche se il suo corpo sarebbe rimasto, la mente—quella che lo rendeva Saret—sarebbe scomparsa, completamente cancellata. Non sarebbe mai più stato se stesso; i suoi ricordi, la sua personalità, la sua essenza—tutto sarebbe stato spazzato via.

Laira gli si avvicinò, tenendo in mano un piccolo dispositivo bianco. Saret lo riconobbe. Ne aveva usato una versione simile su Mia solo un paio di mesi fa.

"Mi dispiace" disse Laira, premendogli il dispositivo sulla fronte. "Mi dispiace davvero."

Quel volto fu l'ultima cosa che Saret vide, prima che il suo mondo svanisse nell'oscurità.

CAPITOLO TRENTADUE

*L*a mattina del loro matrimonio ebbe inizio senza imprevisti.

"Mia, tesoro, sei—" Sua madre si asciugò le lacrime. "Sei stupenda—"

"Grazie, mamma" disse dolcemente la ragazza. "Anche tu e Marisa siete bellissime." Non stava mentendo; la sorella era meravigliosa con quell'abito color crema con le pieghe leggermente drappeggiate che nascondevano abilmente il suo leggero pancione, mentre la madre sembrava straordinariamente giovane con quel vestito color pesca che evidenziava le sue dolci curve. Anche suo padre e Connor indossavano abiti Krinar, con un aspetto sorprendente nei loro pantaloni bianchi aderenti, stivali e camicie senza maniche.

"Non riesco a credere che la mia sorellina stia per sposarsi." Marisa tirò su col naso, e anche i suoi occhi si riempirono di lacrime. Non era insolito, però; la sorella di Mia piangeva anche per la caduta di un cappello ultimamente.

"E con un K, tra l'altro" Connor balzò in piedi, con un grande sorriso sul volto. "Dan, avresti mai immaginato che alla tua figlia minore sarebbe accaduta una cosa del genere?"

"No" disse suo padre. "Assolutamente no."

La famiglia di Mia era seduta in una stanza privata della gigantesca sala, osservando la ragazza, che dava gli ultimi ritocchi ai capelli. Come regalo di nozze, Leeta le aveva mandato il modello per un bellissimo accessorio per capelli, e Mia ora lo stava mettendo sulla testa. Realizzato con alcuni metalli scintillanti e lucenti pietre bianche, le adornò i capelli, sistemandosi su ciascun riccio e facendola assomigliare a una principessa delle fiabe.

Il suo abito contribuiva a quell'impressione. Era lungo, coprendole i piedi, con una gonna larga e una scollatura a cuore senza bretelline che le sollevava i seni e le metteva in risalto l'esile busto. Sarebbe stato un classico abito da sposa, se non fosse stato per il fatto che l'intera schiena era esposta nello stile dei suoi soliti vestiti Krinar. Dato che il vestito era lungo, Mia decise di indossare i tacchi alti—concedendosi dieci centimetri in più di altezza, che la rendevano alta quasi quanto le donne Krinar più basse.

"Korum non ti ha ancora vista, vero?" chiese sua madre con ansia, e Mia scosse la testa, sorridendo per la sua superstizione.

"No, mamma, rilassati."

Mia sapeva che avrebbe dovuto sentirsi nervosa anche lei. Dopotutto, non era vero che tutte le spose andavano almeno un po' fuori di testa il giorno del matrimonio? E Mia aveva molte più ragioni per impazzire, viste le dimensioni dell'evento e il fatto che l'intera razza Krinar avrebbe assistito virtualmente o di persona all'avvenimento senza precedenti.

Tuttavia, non si sentiva nemmeno un po' ansiosa. Riusciva a percepire solo un caldo bagliore di felicità. Korum si era occupato di tutta la logistica, gestendo i preparativi del matrimonio con la stessa calma con cui aveva sempre gestito tutto il resto, quindi non c'era nulla di cui preoccuparsi da quel punto di vista. Per quanto riguardava il loro futuro insieme, sapeva che non sarebbe stato sempre facile, ma il loro amore era abbastanza forte, abbastanza reale da poter sopravvivere a qualsiasi ostacolo.

Una parte di lei ancora non riusciva a credere che stesse accadendo, che stesse per sposare un K che un tempo temeva e considerava un nemico. Anche se erano passati solo pochi mesi, nella sua vita—e in quella di Korum—erano cambiate tantissime cose. Avevano appreso entrambi l'importanza del compromesso, del vedere il punto di vista dell'altra persona. Mia era diventata più forte, più sicura di sé, mentre Korum aveva iniziato a temperare la sua naturale arroganza e le tendenze al controllo. Era ancora ridicolmente iperprotettivo, naturalmente, ma Mia sperava che anche quello si sarebbe attenuato con il tempo, man mano che i ricordi dell'aggressione di Saret fossero svaniti. La possessività di

Korum era una questione diversa; aveva il forte sospetto che parte della sua personalità non sarebbe mai cambiata.

"Sai, diventerai una celebrità sulla Terra" disse Marisa pensierosa, guardando Mia. "La mia sorellina—la prima umana ad aver sposato un K! Se i media ci metteranno sopra le mani, sarai su tutti i notiziari..."

"Lo so." Mia rabbrividì mentalmente a quel pensiero. Lei e Korum avevano già discusso dell'inquietante possibilità. "Quando torneremo sulla Terra, probabilmente vivremo a Lenkarda, quindi non sarà così male per noi. Per voi, però... Potreste prendere in considerazione l'idea di trasferirvi a Lenkarda, a prescindere da quello che succederà con la petizione." Era implicito che la famiglia di Mia avrebbe dovuto vivere nei Centri, se fosse stata concessa loro l'immortalità, proprio come dei charl.

Con un'ultima occhiata allo specchio, Mia si voltò e sorrise a tutti. "Sono pronta."

Con uno smoking bianco in stile umano, Korum era in attesa davanti all'altare. Mentre cominciarono a suonare le prime note della marcia tradizionale delle nozze umane, il suo cuore iniziò a battergli forte. Nel giro di pochi minuti, Mia avrebbe attraversato quel corridoio, e finalmente lui avrebbe visto la sua sposa umana.

Due ore prima, i suoi genitori l'avevano portata via e lo avevano messo in guardia severamente sul fatto che non avrebbe potuto vederla finché non fosse iniziata la cerimonia. A causa della sfortuna o di qualcosa altrettanto ridicolo. Korum non ne era rimasto contento, dal momento che avrebbe voluto aiutare Mia a vestirsi—e magari avere l'opportunità di una sveltina prima della lunga celebrazione—ma Ella Stalis era stata irremovibile e Korum aveva ceduto a malincuore. Discutere con la futura suocera non era in cima alla sua lista delle priorità.

Mentre la musica continuava, lanciò una rapida occhiata intorno alla grande sala delle celebrazioni. Decorata con toni di bianco e argento, era assolutamente gremita. Oltre alla famiglia, agli amici e ai vari conoscenti di Korum, molti membri dell'élite dei Krinar erano presenti di persona. Il resto di Krina—e gli abitanti Krinar della Terra—stava vivendo l'evento virtualmente. Tutti lo osservavano con malcelata curiosità, e Korum sapeva che si stavano chiedendo perché lo stesse facendo, perché stesse sposando la sua charl. Persino Arus era rimasto perplesso. "Non è ridondante?" aveva chiesto a Korum dopo una riunione del Consiglio a cui l'amante di Mia aveva partecipato a distanza. "Tu e Mia siete già praticamente sposati. Lei è la tua charl."

Korum aveva sorriso, senza preoccuparsi di approfondire le sue ragioni. Mia era la sua charl, naturalmente, e ora sarebbe stata anche sua moglie.

In lontananza, poté sentire i suoi passi. Suo padre la stava accompagnando, concedendola in sposa come da tradizione. Korum sorrise tra sé e sé. Gliel'avrebbe strappata volentieri dalle mani.

Quando apparve dall'altra parte del corridoio, sottobraccio al padre, rimase a bocca aperta. Mia sembrava radiosa, più bella di qualsiasi altra donna Korum avesse mai visto. Era splendida, con gli occhi azzurri che brillavano dalla felicità e le labbra che si piegarono in un ampio sorriso. Il vestito ne enfatizzava la vita stretta e le sollevava i deliziosi seni rotondi, attirando l'attenzione dell'alieno sulla scollatura. Solo vederla in quel modo gli fece venir voglia di prenderla e portarla a letto—tenendola lì per le ore successive.

Presto, si ripromise Korum, e fece del proprio meglio per scacciare dalla mente tutti i pensieri sul sesso. Tuttavia, era impossibile, perché semplicemente non riusciva a distogliere gli occhi da lei. Mentre la ragazza attraversava il corridoio, si ritrovò ad osservarla ardentemente ad ogni passo, beandosi della delicatezza dei suoi lineamenti, delle linee eleganti del collo e delle spalle. La sua pelle era così morbida, così delicata che a Korum prudevano le dita dall'impulso di accarezzarla, di sentirla dappertutto.

Poi fu lì, accanto a lui, e la musica raggiunse un crescendo, poi si quietò. Korum prese la mano di Mia e si voltò verso la bionda donna umana che avrebbe celebrato la cerimonia. Un'ex giudice del Missouri, Lana Walters ora era una charl che viveva su Krina, e si era sentita onorata di far parte di un'occasione così storica.

"Cari amici, famiglia e tutti coloro che sono presenti o che ci osservano oggi" disse Lana con voce roca. "Oggi siamo qui riuniti per assistere al matrimonio di Nathrandokorum e Mia Stalis, la prima volta che una tale unione abbia mai avuto luogo." Fece una pausa per un effetto teatrale. "Korum, vuoi prendere Mia come tua sposa, per averla e tenerla, per amarla e adorarla, nella salute e nella malattia, finché morte non vi separi?"

"Lo voglio" disse Korum, guardando Mia. A quelle parole, il sorriso di Mia si fece incredibilmente luminoso, abbagliandolo con la sua bellezza.

"E tu, Mia? Vuoi prendere Korum come marito, per averlo e tenerlo, amarlo e adorarlo, nella salute e nella malattia, finché morte non vi separi?"

"Lo voglio." La sua voce era forte e chiara, senza nemmeno un accenno di esitazione.

"Allora, vi dichiaro marito e moglie. Puoi baciare la sposa."

Korum non aveva bisogno di alcuna sollecitazione. Portando Mia verso di sé, chinò la testa e la baciò, con il delizioso sapore della ragazza che inviò un'ondata di sangue dritta all'inguine. Dovette far appello a tutta la propria forza di volontà per fermarsi dopo un minuto. Quando si staccò, lei lo guardò con la bocca leggermente gonfia e gli occhi azzurri dolci dal desiderio.

Allo stesso tempo, la folla si alzò e cominciò a calpestare i piedi nella versione Krinar degli applausi. Il pavimento tremò, quando centomila ospiti calpestarono all'unisono e festeggiarono per loro. Prendendo la mano di Mia, Korum sollevò i loro palmi uniti in aria, spingendo la folla verso una frenesia ancora più grande.

Era giunto il momento di festeggiare.

Mia non riusciva a smettere di ridere mentre suo marito la faceva volteggiare sulla pista da ballo senza il minimo sforzo, come se fosse una bambola. Intorno a loro, anche altre coppie Krinar stavano danzando, con movimenti così complessi e disinvolti che Mia non sarebbe mai stata in grado di replicare da sola. La sua famiglia stava osservando ai margini, sembrando meravigliata quanto Mia dalla grazia inumana e dalla flessibilità dei ballerini.

Nonostante la cerimonia di nozze tradizionalmente umana, la festa che seguì fu decisamente aliena. A Mia ricordava la celebrazione dell'unione di Leeta a Lenkarda. Tutto, dalla musica esotica all'angolo della pista da ballo, era puramente Krinar. Sedie fluttuanti, pareti riflettenti e decorazioni lucenti abbondavano.

Mia poté vedere che i suoi genitori erano sopraffatti da tutto il luccichio e dalla folla che li circondava. Marisa e Connor, invece, sembravano amarli. Il cognato di Mia assaggiò persino una delle bevande alcoliche locali. "Cazzo, è roba forte" disse con approvazione, dopo che i suoi occhi smisero di lacrimare. Mia e gli altri si limitarono al rinfrescante cocktail rosa, non volendo provare qualcosa di così forte da far sbronzare un K. Dopo un po' i genitori di Korum si unirono alla famiglia di Mia, e tutti conversarono, mentre l'alieno portò via Mia dalla pista da ballo.

Dopo circa una vigorosa ora di danza, Mia dovette supplicare per avere un po' di pietà. "Ti rendi conto che sono un'umana, vero?" disse ridendo a Korum, fermandosi per riprendere fiato.

In quel momento, furono avvicinati da un alto uomo Krinar. "Congratulazioni" disse, sorridendo a entrambi. "Sono Kellon, il cugino di Ellet."

Korum ricambiò il tradizionale saluto Krinar, e si toccarono la spalla con i palmi.

"Ho un regalo di nozze per voi" disse Kellon. "Da parte di Ellet."

"Davvero?" Korum sollevò le sopracciglia, e Mia guardò il K. Che cosa voleva dar loro l'esperta di biologia umana?

"Negli ultimi anni, Ellet ha lavorato su un progetto molto ambizioso" disse Kellon. "E finalmente l'ha terminato la scorsa notte. È qualcosa di particolare interesse per entrambi—ed è per questo che mi ha chiesto di donarvelo oggi, per il vostro matrimonio."

"Di cosa si tratta?" chiese Mia, insopportabilmente curiosa.

"È da un po' che sta cercando di scoprire un modo affinché gli umani e i Krinar possano avere figli biologici... e crede di aver finalmente trovato una soluzione."

"Una soluzione?" sussurrò Mia, quasi non osando credere alle proprie orecchie. "Stai parlando di bambini Krinar-umani?" Suo marito sembrava paralizzato, fissando l'altro K sotto shock.

"Sì" confermò Kellon. "La proceduta è tutt'altro che perfetta, ed Ellet ha molti dettagli da sistemare, ma è riuscita a capire come combinare il DNA di entrambe le specie in modo tale da produrre prole vitale. Ancora qualche anno e voi due potreste avere un figlio—se lo vorrete, naturalmente."

"Ne è sicura?" La voce di Korum era calma, ma i suoi occhi erano quasi gialli dall'emozione. "Ellet ne è assolutamente sicura? Se si tratta solo di una simulazione, allora—"

"No" disse Kellon. "Ne è sicura. Ha eseguito almeno un centinaio di simulazioni, e ognuna di esse ha prodotto gli stessi risultati. Per la prima volta, sarà possibile per una charl e il suo cheren avere figli insieme."

"Grazie, Kellon" disse Mia. "E, ti prego, ringrazia Ellet da parte nostra. Questo... questo è il miglior regalo di nozze che avremmo mai potuto ricevere." Si sentì come se fosse sul punto di scoppiare in lacrime da un momento all'altro, e distolse lo sguardo, sbattendo le palpebre furiosamente per trattenere l'umidità che le riempiva gli occhi. Un figlio con Korum! Quello superava ogni immaginazione.

"Sì" disse Korum sottovoce. "Per favore, esprimi i nostri più sinceri ringraziamenti a Ellet. Ha tutta la nostra gratitudine."

Kellon inclinò rispettosamente la testa e si allontanò, mischiandosi alla folla.

Non appena se ne fu andato, Mia si rivolse a suo marito. "Un figlio! Oh mio Dio, Korum, un figlio!" Gli afferrò la mano, stringendola tra i palmi per l'emozione.

"Un figlio" ripeté lui, e sul suo viso apparve un'espressione strana. "Nostro figlio."

Una parte dell'emozione di Mia svanì. "Tu... Tu desideri un figlio, vero?" chiese, incerta. "Voglio dire, so che sarebbe parzialmente umano e tutto il resto—"

"Se desidero un figlio?" La fissò come se le fossero spuntate due teste. Quando parlò di nuovo, la sua voce era bassa e carica di intensità. "Mia, dolcezza, ti amo. Un figlio che sarebbe parte di te e di me? Come potrei non desiderarlo?" Coprendole le mani con l'altro palmo, la tirò a sé, con gli occhi luccicanti. "Lo desidero infinitamente."

Mia era raggiante, sentendosi come se il suo cuore le traboccasse dalla felicità. "Se avessimo una figlia, potremmo chiamarla Ivy. Ho sempre amato quel nome. Che cosa ne pensi?"

"Penso che mi piaccia molto" mormorò, piegando la testa e dandole un bacio profondo e appassionato.

Decisero che avrebbero condiviso la notizia con le loro famiglie dopo il matrimonio. C'erano semplicemente troppe persone in giro in quel momento per un annuncio così importante—e privato. Tuttavia, Mia non riusciva a smettere di pensare al regalo di Ellet.

"Credi che la procedura sarà perfezionata per quando avrò trent'anni?" chiese a Korum, mentre la riconduceva verso la pista da ballo. "Ho sempre desiderato avere un figlio prima dei trent'anni—"

"Trent'anni?" Suo marito rise. "Mia, tesoro, la tua età è irrilevante ora. Nostro figlio potrebbe nascere quando avrai trent'anni—o quando ne avrai cinquecentotrenta. Non ha importanza—"

"Ha importanza per i miei genitori" disse Mia lentamente. "Vorrei che vedessero i loro nipoti, che li conoscessero durante la loro vita." Era l'unica cosa che la preoccupava: il fatto che non avessero ancora ricevuto una risposta dagli Anziani.

Korum iniziò a dire qualcosa quando la musica improvvisamente si fermò. Tutto il frastuono cessò, con un silenzio mortale che scese dal nulla. Tutti sembravano bloccati, fissando l'entrata.

"Che cosa sta succedendo?" sussurrò Mia, avvicinandosi a Korum.

"Zitta, dolcezza" disse piano, mettendole un braccio con fare protettivo intorno alla schiena. "Sembra che Lahur sia qui."

Mia trattenne a stento un gemito. Da quello che Korum le aveva detto, gli Anziani non uscivano mai per socializzare con altri Krinar o per partecipare a eventi pubblici. Erano essenzialmente dei solitari, che si tenevano separati dalla popolazione generale. E ora Lahur, il più anziano di tutti, era lì alla loro festa?

La folla si aprì lentamente, e Mia vide un uomo alto e potente farsi strada verso di loro. Man mano che si avvicinava, riconobbe i lineamenti duri dell'Anziano con cui aveva parlato nella foresta. Indossava formali abiti Krinar, come tutti gli altri ospiti, ma l'abbigliamento elegante non aiutava molto a nascondere la sua natura predatoria. Anche in mezzo agli altri Krinar, sembrava in qualche modo più selvaggio, una pantera che vagava tra i gatti di casa.

"Benvenuto, Lahur" disse Korum con calma, inclinando la testa verso il nuovo arrivato. "Siamo lieti che ti sia unito a noi."

"Grazie." La voce profonda di Lahur conteneva una nota di divertimento. "Non sono qui da molto. Sono venuto per donarvi un regalo di nozze. È una vostra usanza, vero, Mia?"

La ragazza fissò l'Anziano in stato di shock. "Sì" riuscì a dire. "È un'usanza nei matrimoni umani." Era sorpresa che fosse in grado di parlare, con il cuore che le batteva più forte che mai.

"Bene" disse Lahur, fissandola con gli occhi scuri. "Volevo dirti che abbiamo accettato la tua petizione. Alla tua famiglia verranno assegnati tutti i diritti e i privilegi di coloro che chiamiamo charl."

Un mormorio scioccato attraversò la folla alle sue parole, e Mia inspirò bruscamente, con gli occhi che si riempirono di lacrime di gioia. "Grazie" sussurrò, guardando il volto cupo del vecchio alieno di dieci milioni di anni davanti a lei. "Grazie mille..."

"Sì" disse Korum, stringendo il braccio intorno alla schiena di Mia. "Grazie per questo meraviglioso regalo di nozze. Io e mia moglie siamo davvero grati."

Lahur inclinò la testa, accettando i loro ringraziamenti. Poi, si voltò e si allontanò, con la folla che si divise nuovamente per lasciarlo passare.

La musica ricominciò e la festa riprese. Correndo verso Mia, Marisa abbracciò lei e Korum, singhiozzando dalla felicità, e i suoi genitori si abbracciarono, con le lacrime che scorrevano sui loro visi. Connor strinse la mano di Korum, e Mia vide che anche gli occhi di suo cognato erano lucidi.

Per la prima volta nella storia, a un'intera famiglia umana sarebbe stata concessa l'immortalità, un dono più prezioso di qualsiasi cosa avrebbero mai potuto immaginare.

Guardando il marito—il suo bellissimo amante K—Mia sorrise tra le lacrime. "Ti amo" gli disse dolcemente. "Ti amo così tanto."

"E io amo te" disse, guardandola con caldi occhi color ambra.

La loro felicità era assoluta.

*L*ahur si fermò nella radura della foresta, sentendo la brezza calda sul viso. Gli altri erano riuniti intorno a lui, con i loro volti che gli erano familiari quanto il suo. Quelle persone—note come gli Anziani—erano tra le poche di cui Lahur potesse tollerare la compagnia per più di dieci minuti alla volta.

"E ora?" chiese Sheura, osservandolo con lo sguardo calmo e cupo.

Lahur la guardò. "Cosa ne pensi?"

"Penso che sia giunto il momento" disse lei lentamente. "Penso che dobbiamo farlo."

"Sono d'accordo." Era Pioren, la collega di Sheura nell'esperimento. "Non possiamo più stare a guardare. Il progetto è riuscito fin troppo bene. Sono come noi. I migliori e i più brillanti ora si stanno accoppiando con loro."

"Sì" disse Lahur. "È così." L'aver visto la ragazza umana dai capelli ricci accanto a Korum era stata una rivelazione. Non era la prima umana che aveva incontrato, ma qualcosa in lei l'aveva toccato, penetrando lo strato di ghiaccio che ultimamente lo circondava. Per un attimo, Lahur era riuscito a percepire il forte legame esistente tra lei e il suo cheren, a gioire dell'amore che provavano l'uno per l'altra.

Tra tutti i giovani, Lahur riteneva Korum tra i più interessanti, probabilmente perché gli ricordava se stesso in gioventù. Stessa ambizione, stessa disponibilità a fare ciò che fosse necessario per raggiungere i propri obiettivi. Lahur non aveva dubbi sul fatto che Korum sarebbe riuscito a costruire un impero Krinar, conducendo tutti in un viaggio senza precedenti.

Un viaggio che Korum intendeva intraprendere con una ragazza umana al proprio fianco.

Non poteva esserci alcun segno più chiaro che ci fosse bisogno di concludere l'esperimento.

"Facciamolo" disse Lahur. "Hai ragione. È giunto il momento. Dobbiamo condividere la nostra tecnologia, dar loro tutto ciò che abbiamo dato solo a pochi eletti. La loro evoluzione è completa."

E mentre guardava la radura, notando il consenso sui volti degli altri, Lahur aveva un solo pensiero per la testa:

Niente sarebbe mai più stato lo stesso.

FINE

RINGRAZIAMENTI

Grazie per aver letto *La Trilogia Completa Sulle Cronache dei Krinar*! Apprezzerei molto, se poteste lasciare una recensione, perché le recensioni mi incoraggiano a scrivere e aiutano gli altri lettori a scoprire i miei libri. Anche se la storia di Mia & Korum si conclude qui, in questo universo ci sono altri libri.

Se vi piace questo mondo, ma preferireste altri personaggi, potete provare:

- *L'Articolo sui Krinar* – La turbolenta storia d'amore tra il proprietario del club Krinar Vair e la giornalista Amy
- *La Prigioniera dei Krinar* – Un romanzo standalone ambientato poco prima dell'Invasione.
- *Travolta* – Un breve racconto sull'incontro tra Arus e Delia nell'antica Grecia.

Se vi è piaciuto Mia & Korum potrebbero piacervi anche questi romanzi dark e contemporanei di Anna Zaires:

- *La Trilogia Strapazzami* – La storia di Julian & Nora.
- *La Trilogia Catturami* – La storia di Lucas & Yulia.
- *Il Mio Tormentatore* – La storia di Peter & Sara.

Collaborazioni con mio marito, Dima Zales:

• *I lettori di pensieri* – Urban fantasy

Se desiderate ricevere una notifica quando il prossimo libro verrà pubblicato, iscrivetevi alla mia mailing list delle nuove pubblicazioni sul sito www.annazaires.com/book-series/italiano.

E ora, voltate pagina per un breve assaggio de *La Prigioniera dei Krinar*, e *Strapazzami*.

ESTRATTO DA LA PRIGIONIERA DEI KRINAR

Nota dell'Autrice: *La Prigioniera dei Krinar* è un romanzo standalone che si svolge circa cinque anni prima della trilogia de *Le Cronache dei Krinar*.

~

Emily Ross non si sarebbe mai aspettata di sopravvivere alla caduta mortale nella giungla della Costa Rica, e sicuramente non avrebbe mai pensato di svegliarsi in un'abitazione stranamente futuristica, tenuta prigioniera dall'uomo più bello che avesse mai visto. Un uomo che sembra più che umano...

Zaron è sulla Terra per facilitare l'invasione dei Krinar—e per dimenticare la terribile tragedia che gli ha sconvolto la vita. Eppure, quando trova il corpo distrutto di una ragazza umana, tutto cambia. Per la prima volta dopo anni, prova qualcosa di più della rabbia e del dolore, ed Emily ne è la ragione. Lasciarla andare comprometterebbe la sua missione, ma tenerla con sé potrebbe distruggerlo nuovamente.

~

Non voglio morire. Non voglio morire. Ti prego, ti prego, ti prego, non voglio morire.

Continuava a ripetere ostinatamente quelle parole nella sua mente, una disperata preghiera che nessuno avrebbe mai ascoltato. Le sue dita scivolarono di un altro centimetro sul bordo di legno ruvido, spezzandosi le unghie nel tentativo di mantenere la presa.

Emily Ross era appesa—letteralmente—per le unghie a un vecchio ponte mal ridotto. Decine di metri sotto, l'acqua inondava le rocce, con il ruscello gonfio per le recenti piogge.

Quelle piogge erano in parte responsabili della sua situazione. Se il legno del ponte fosse stato asciutto, forse non sarebbe scivolata, facendo una storta. E sicuramente non sarebbe caduta sulla ringhiera, fracassandola sotto il suo peso.

Solo una disperata stretta dell'ultimo minuto aveva evitato ad Emily di precipitare verso la morte. Mentre scivolava verso il basso, la mano destra aveva afferrato una piccola sporgenza sul lato del ponte, lasciandola penzoloni in aria decine di metri sopra le rocce dure.

Non voglio morire. Non voglio morire. Ti prego, ti prego, ti prego, non voglio morire.

Non era giusto. Non doveva andare così. Quella era la sua vacanza, il suo periodo di rigenerazione. Come poteva morire proprio ora? Non aveva ancora iniziato a vivere.

Le immagini degli ultimi due anni attraversarono la mente di Emily, come le presentazioni PowerPoint che le avevano occupato tante ore di lavoro. Ogni notte, ogni fine settimana trascorso in ufficio—era stato tutto inutile. Aveva perso il lavoro a causa dei tagli del personale, e ora stava per perdere la vita.

No, no!

Emily dimenò le gambe, scavando più in profondità nel legno con le unghie. Alzò l'altro braccio, allungandosi verso il ponte. Non sarebbe accaduto. Non l'avrebbe permesso. Aveva lavorato troppo duramente per lasciare che uno stupido ponte della giungla avesse la meglio su di lei.

Il sangue le scorreva lungo il braccio, mentre il legno le lacerava la pelle delle dita, ma ignorò il dolore. La sua unica speranza di sopravvivenza consisteva nel tentativo di afferrare il lato del ponte con l'altra mano, in modo da potersi tirare su. Non c'era nessuno nelle vicinanze per salvarla, proprio nessuno; poteva contare solo su se stessa.

Emily non aveva riflettuto sulla possibilità che sarebbe potuta morire da sola nella foresta pluviale, quando era partita per quel viaggio. Era abituata a fare escursioni, ad andare in campeggio. E nonostante l'inferno degli ultimi due anni, era ancora in buona forma, forte, e pronta a correre e a praticare sport sia durante la scuola superiore che all'università. La Costa Rica era considerata una destinazione sicura, con un basso tasso di criminalità e una popolazione aperta ai turisti. Era anche poco costosa— un fattore importante vista la rapidità con cui si assottigliavano i suoi risparmi.

Aveva prenotato quel viaggio *prima*. Prima che il mercato peggiorasse di nuovo, prima di un altro ciclo di licenziamenti, che aveva causato la perdita del lavoro per migliaia di lavoratori di Wall Street. Prima che Emily andasse a lavorare lunedì, con gli occhi stanchi per aver lavorato tutto il fine settimana, solo per lasciare l'ufficio lo stesso giorno con tutti i suoi effetti personali in una piccola scatola di cartone.

Prima che la sua relazione durata quattro anni si sgretolasse.

La sua prima vacanza dopo due anni, e stava per morire.

No, non pensarci. Non succederà.

Ma Emily sapeva di mentire a se stessa. Sentiva le sue dita scivolare sempre di più, con il braccio destro e la spalla in fiamme per via dello stiramento nel sostenere il peso di tutto il corpo. La sua mano sinistra era a pochi centimetri dal lato del ponte, ma tanto valeva che quei centimetri fossero miglia. Non riusciva ad aggrapparsi con una forza tale da sollevarsi con un braccio.

Fallo, Emily! Non pensarci, fallo e basta!

Raccogliendo tutta la forza, fece oscillare le gambe in aria, sfruttando lo slancio per sollevare il corpo in una frazione di secondo. Afferrò il bordo sporgente con la mano sinistra, lo strinse... e il fragile pezzo di legno si spezzò, facendola gridare dal terrore.

L'ultimo pensiero di Emily prima di colpire le rocce fu la speranza di una morte istantanea.

L'odore della vegetazione della giungla, ricco e pungente, raggiunse le narici di Zaron. Inalò profondamente, lasciando che l'aria umida gli riempisse i polmoni. Era pulita lì, in quel piccolo angolo della Terra, quasi incontaminata come quella del suo pianeta.

Aveva bisogno di quella adesso. Aveva bisogno dell'aria fresca, di isolamento. Negli ultimi sei mesi aveva cercato di fuggire dai suoi pensieri, di esistere solo in quel momento, ma non c'era riuscito. Nemmeno il sangue e il sesso lo soddisfacevano ormai. Poteva distrarsi scopando, ma poi il dolore tornava sempre, più forte che mai.

Era davvero troppo. La sporcizia, le folle, il fetore dell'umanità. Quando non era avvolto da una nebbia di estasi, era disgustato, con i sensi sopraffatti dall'aver trascorso troppo tempo nelle città umane. Era meglio lì, dove poteva respirare senza inalare veleno, dove poteva sentire l'odore della vita invece di quello dei prodotti chimici. Pochi anni dopo, tutto sarebbe stato diverso, e avrebbe potuto riprovare a vivere ancora una volta in una città umana, ma non ancora.

Non prima di essersi stabiliti lì completamente.

Quello era il compito di Zaron: supervisionare gli insediamenti. Aveva fatto ricerche sulla fauna e la flora della Terra per decenni, e quando il Consiglio aveva chiesto la sua assistenza per l'imminente colonizzazione, non aveva esitato. Qualunque cosa era meglio che essere a casa, completamente permeata dai ricordi della presenza di Larita.

Non c'erano ricordi lì. Nonostante tutte le somiglianze con Krina, quel pianeta era strano ed esotico. Sette miliardi di *Homo sapiens* sulla Terra—un numero impensabile—e si stavano moltiplicando a un ritmo vertiginoso. Con la loro breve durata di vita e la conseguente mancanza di memoria a lungo termine, stavano consumando le risorse del loro pianeta con un profondo disprezzo per il futuro. In qualche modo, gli ricordavano la *Schistocerca gregaria*—una specie di locusta che aveva studiato diversi anni fa.

Naturalmente, gli esseri umani erano più intelligenti degli insetti. Alcuni individui, come Einstein, erano addirittura simili ai Krinar in alcuni aspetti del loro pensiero. Ciò non era particolarmente sorprendente per Zaron; aveva sempre pensato che fosse questo l'intento del grande esperimento degli Anziani.

Passeggiando per la foresta della Costa Rica, si ritrovò a pensare al proprio compito. Quella parte del pianeta era promettente; era facile immaginare piante commestibili provenienti da Krina che fiorivano lì. Aveva fatto tante prove sul suolo e aveva alcune idee su come rendere ancora più rigogliosa la flora di Krina.

Intorno a lui, la foresta era lussureggiante e verde, impregnata del profumo di eliconie in fiore e del rumore dei fruscii delle foglie e degli uccellini appena nati. In lontananza, sentì il grido di una *Alouatta palliata*, una scimmia urlatrice nativa della Costa Rica, e qualcos'altro.

Accigliato, Zaron ascoltò più attentamente, ma il suono non si ripeté.

Incuriosito, si diresse in quella direzione, con gli istinti di cacciatore in allerta. Per un attimo, quel suono gli aveva ricordato l'urlo di una donna.

Muovendosi con facilità tra la folta vegetazione della giungla, Zaron scattò a gran velocità, saltando su un piccolo torrente e sui cespugli che trovava sul suo cammino. In quel luogo, lontano dagli umani, poteva muoversi come un Krinar, senza la preoccupazione di esporsi. Qualche minuto dopo, arrivò abbastanza vicino da poterne sentire il profumo. Forte e simile al rame, gli fece venire l'acquolina in bocca e risvegliare il sesso.

Sangue.

Sangue umano.

Raggiungendo la sua destinazione, Zaron si fermò, fissando la visuale davanti a lui.

Di fronte c'era un fiume, un torrente di montagna in piena per le recenti piogge. E sulle grandi rocce nere al centro, sotto un vecchio ponte di legno che attraversava la gola, c'era un corpo.

Il corpo frantumato e contorto di una ragazza umana.

La Prigioniera dei Krinar è già disponibile. Vi preghiamo di visitare il mio sito su www.annazaires.com/book-series/italiano/ per saperne di più e iscrivervi alla mia mailing list delle nuove pubblicazioni.

ESTRATTO DI STRAPAZZAMI

Nota dell'Autrice: *Strapazzami* è una trilogia dark erotica su Nora & Julian Esguerra. Tutti e tre i libri sono disponibili.

∼

Rapita. Portata su un'isola privata.

Non avrei mai immaginato che potesse succedermi questo. Non avrei mai immaginato che un incontro casuale alla vigilia del mio diciottesimo compleanno avrebbe potuto cambiarmi la vita in questo modo.

Ora appartengo a lui. A Julian. A un uomo che è così spietato quanto bello —un uomo il cui tocco mi fa bruciare. Un uomo la cui tenerezza trovo più devastante della sua crudeltà.

Il mio rapitore è un enigma. Non so chi sia, né perché mi abbia presa. C'è un'oscurità in lui—un'oscurità che mi spaventa anche se mi attira.

Mi chiamo Nora Leston e questa è la mia storia.

∼

È sera ormai. Ogni minuto che passa, l'ansia sale sempre di più al pensiero di rivedere il mio rapitore.

Il romanzo che stavo leggendo non mi interessa più. Lo poso e cammino in cerchio per la stanza.

Indosso gli abiti che Beth mi ha dato prima. Non è quello che avrei scelto di indossare, ma è sempre meglio di una vestaglia. Un paio di mutandine di pizzo sexy e bianche e un reggiseno abbinato come biancheria intima. Un bel prendisole blu con i bottoni nella parte anteriore. Mi sta tutto benissimo in modo sospetto. Mi seguiva da tempo? Scoprendo tutto di me, compresa la mia taglia di vestiti?

Quel pensiero mi dà la nausea.

Cerco di non pensare a quello che avverrà, ma è impossibile. Non so perché sono così sicura che verrà da me stasera. Forse ha un intero harem di donne da qualche parte sull'isola e fa visita ad ognuna solo una volta a settimana, come facevano i sultani.

Eppure qualcosa mi dice che verrà presto. Ieri sera aveva semplicemente stuzzicato il suo appetito. So che non ha finito con me, neanche per sogno.

Finalmente, la porta si apre.

Cammina come se fosse a casa sua. Ed è proprio così, infatti.

Rimango di nuovo colpita dalla sua bellezza mascolina. Potrebbe essere un modello o una star del cinema, con un viso del genere. Se ci fosse giustizia nel mondo, sarebbe stato basso o avrebbe avuto qualche altra imperfezione sul volto per compensare.

Ma non è così. È alto e muscoloso, perfettamente proporzionato. Ricordo cos'ho provato ad averlo dentro e sento una sgradita scossa di eccitazione.

Indossa ancora jeans e T-shirt. Una grigia questa volta. Sembra preferire i vestiti semplici e fa bene a farlo. Il suo aspetto non ha bisogno di altri accessori.

Mi sorride. È quel sorriso da angelo caduto—oscuro e seducente allo stesso tempo. "Ciao, Nora."

Non so cosa rispondere, così sputo la prima cosa che mi passa per la mente. "Per quanto tempo hai intenzione di tenermi qui?"

Inclina leggermente la testa di lato. "Qui in camera? O sull'isola?"

"Entrambi."

"Beth ti farà fare un giro domani, potrai nuotare se vuoi" dice, avvicinandosi. "Non verrai chiusa a chiave, a meno che tu non faccia qualcosa di stupido."

"Tipo?" chiedo, con il cuore che mi batte forte nel petto mentre si ferma accanto a me e solleva la mano per accarezzarmi i capelli.

"Cercare di fare del male a Beth o a te stessa." La sua voce è dolce, il suo sguardo ipnotico mentre mi guarda. Il modo in cui mi tocca i capelli è stranamente rilassante.

Sbatto le palpebre, cercando di spezzare il suo incantesimo. "E per quanto riguarda l'isola? Per quanto tempo mi terrai qui?"

Mi accarezza il viso con la mano, piegandola sulla mia guancia. Mi sorprendo ad appoggiarmi al suo tocco, come una gatta che viene coccolata, e mi irrigidisco subito.

Le sue labbra si arricciano in un sorriso presuntuoso. Il bastardo sa quale effetto ha su di me. "A lungo, mi auguro" dice.

Chissà perché, non mi stupisce. Non mi avrebbe portata fin qui, se avesse solo voluto scoparmi un paio di volte. Sono terrorizzata, ma non sono sorpresa.

Raccolgo il coraggio e passo alla prossima domanda logica. "Perché mi hai rapita?"

Il sorriso abbandona il suo volto. Non risponde, semplicemente mi guarda con uno sguardo blu imperscrutabile.

Comincio a tremare. "Hai intenzione di uccidermi?"

"No, Nora, non voglio ucciderti."

La sua negazione mi rassicura, anche se potrebbe benissimo mentire.

"Hai intenzione di vendermi?" riesco a malapena a far uscire le parole. "Come prostituta o qualcosa del genere?"

"No" dice a bassa voce. "Mai. Sei mia e solo mia."

Mi sento un po' più calma, ma c'è ancora una cosa che devo sapere. "Hai intenzione di farmi del male?"

Per un attimo, non risponde. Per un istante qualcosa di oscuro lampeggia nei suoi occhi. "Probabilmente" dice lentamente.

E poi si china in avanti e mi bacia, con le sue calde labbra morbide e delicate sulle mie.

Per un attimo, resto lì bloccata, senza rispondere. Gli credo. So che dice la verità quando afferma che mi farà del male. C'è qualcosa in lui che mi fa paura, che mi ha spaventata fin dall'inizio.

Non è come i ragazzi che ho frequentato. Lui è capace di qualunque cosa.

E sono completamente alla sua mercé.

Rifletto ancora una volta sulla possibilità di affrontarlo. Questa sarebbe la cosa normale da fare nella mia situazione. La cosa coraggiosa da fare.

Eppure non lo faccio.

Sento l'oscurità dentro di lui. C'è qualcosa di sbagliato in lui. La sua bellezza esteriore nasconde qualcosa di mostruoso dentro.

Non voglio scatenare quell'oscurità. Non so cosa accadrà se lo faccio.

Così, resto immobile mentre mi abbraccia e gli permetto di baciarmi. E quando mi tira di nuovo su e mi porta sul letto, non cerco in alcun modo di opporgli resistenza.

Anzi, chiudo gli occhi e mi abbandono alle sensazioni.

Tutti e tre i libri della trilogia *Strapazzami* sono già disponibili. Visitate il mio sito web all'indirizzo www.annazaires.com/book-series/italiano/ per saperne di più e per iscrivervi alla mia mailing list delle nuove pubblicazioni.

BIOGRAFIA DELL'AUTRICE

Anna Zaires è un'autrice bestseller di sci-fi romance, romance contemporaneo erotico e dark del *New York Times, USA Today*. È appassionata di libri dall'età di cinque anni, quando sua nonna le insegnò a leggere. Da allora, vive sempre parzialmente in un mondo di fantasia, in cui gli unici limiti sono quelli della sua immaginazione. Al momento risiede in Florida. Anna è felicemente sposata con Dima Zales (un autore fantasy e di science fiction) e collabora strettamente con lui in tutti i suoi lavori.

Per saperne di più, visitate il sito www.annazaires.com/book-series/italiano/.